Von Peter Straub
sind als Heyne-Taschenbücher erschienen:

Schattenland · Band 01/6713
Julia · Band 01/6724
Das geheimnisvolle Mädchen · Band 01/6781
Die fremde Frau · Band 01/6877
Der Talisman · Band 01/7662
Wenn Du wüßtest ... · Band 01/7909
Mystery · Band 41/27

PETER STRAUB

KOKO

Roman

WILHELM HEYNE VERLAG
MÜNCHEN

HEYNE ALLGEMEINE REIHE
Nr. 01/8223

Für Susan Straub
und
Lila J. Kalinich, Ärztin

Titel der Originalausgabe
KOKO
Aus dem Amerikanischen übersetzt
von Uta McKechneay

Printed in Germany 1991
Umschlaggestaltung: Atelier Ingrid Schütz, München
Gesamtherstellung: Ebner Ulm

ISBN 3-453-84834-2

Inhaltsverzeichnis

Teil I
DIE EINWEIHUNG

Teil II
REISEVORBEREITUNGEN

Teil III
TIGER BALM GARDENS

Teil IV
DIE UNTERIRDISCHE GARAGE

Teil V
DAS MEER DES VERGESSENS

Teil VI
BIS AN DIE WURZELN DES SEINS

Teil VII
DIE FALLE

Teil VIII
TIM UNDERHILL

Teil I

DIE EINWEIHUNG

Ich glaube, es ist möglich und
sogar empfehlenswert,
bei allem den Blues zu spielen.

Frank Morgan,
Tenorsaxophon

1. KAPITEL

Washington D.C.

1

An einem grauen, windigen Tag Mitte November blickte der Kinderarzt Michael Poole um drei Uhr nachmittags aus seinem im zweiten Stockwerk gelegenen Zimmer auf den Parkplatz des Sheraton Hotels hinunter. Ein VW-Bus, übersät mit unzähligen Friedenssymbolen, fiel ihm auf. Am Steuer mußte entweder ein Betrunkener oder ein Verrückter sitzen, denn der Wagen versuchte auf dem engen Raum zwischen der ersten Reihe parkender Wagen und dem Hoteleingang eine Wende. Damit blockierte er eine Reihe hupender Autos und versperrte ihnen die einzige Zufahrt. Michael beobachtete, wie der VW-Bus am Ende der scharfen Kurve mit seiner vorderen Stoßstange den Kühlergrill und die Scheinwerfer eines staubigen kleinen Camaros bohrte. Der ganze Kühler des Camaros wurde eingedrückt. Die anderen Autos hupten wie wild. Der Fahrer des VW-Bus stieß zurück, und Michael glaubte schon, er wolle sich aus dem Staub machen, und rückwärts an der ersten Reihe von Wagen entlang in die Woodley Road einbiegen. Doch statt dessen quetschte er den VW-Bus in die Parklücke zwei Wagen weiter. »Nicht zu fassen«, sagte sich Michael.

Michael hatte schon zweimal telefonisch unten nachgefragt, doch die drei Männer, die er erwartete, waren noch nicht eingetroffen. Harry ›Beans‹ Beevers, der Lost Boß und miserabelste Lieutenant auf der ganzen Welt. Und dann Tina Pumo, genannt Pumo der Puma, den Underhill ›Lady‹ Pumo zu nennen pflegte. Der Dritte im Bunde war der wilde kleine Conor Linklater. Diese Männer waren außer ihm selbst die einzigen Überlebenden seines Zuges. Michael stellte sich vor, daß sie nun alle aus dem VW-Bus sprangen. In Wahrheit würden sie selbstverständlich getrennt in Taxen vor dem Hotel vorfahren. Doch er hätte viel darum gegeben, wenn sie jetzt aus dem VW-Bus gestiegen wären. Bis zu diesem Augenblick war er sich nicht sicher, ob ihm sehr viel daran lag, daß sie zu ihm kamen. Er wollte das Gefallenendenkmal erst einmal allein besichtigen. Doch er sehnte sich noch mehr danach, sich das Kriegerdenkmal später zusammen mit seinen Kameraden ein weiteres Mal anzusehen.

Michael Poole sah die Türen des VW-Busses aufgleiten. Zunächst einmal erschien nur eine Hand, die einen Flaschenhals umklammerte. Michael sah sofort, daß es sich um Jack Daniels Whiskey handelte.

Der Flasche folgte langsam ein kräftiger Arm und dann ein Kopf mit einer Kopfbedeckung, wie man sie im Urwald trägt. Der Mann stieg aus und zog die Tür auf der Fahrerseite zu. Er war weit über 1,80 m groß und wog mindestens 230 Pfund. Zwei kleinere Männer entstiegen dem VW-Bus durch die seitliche Schiebetür. Ein vierter Mann in einer abgetragenen Flakjacke schloß die Beifahrertür und ging vorn um den Bus herum, um die Flasche in Empfang zu nehmen. Er lachte, schüttelte den Kopf und nahm einen kräftigen Schluck, bevor er die Flasche einem seiner Begleiter reichte. Die Männer sahen wie Dutzende anderer Soldaten aus, die Poole gekannt hatte. Er beugte sich vor und starrte aus dem Fenster, bis seine Stirn das Fensterglas berührte.

Er kannte natürlich keinen dieser Männer. Der große Kraftprotz war nicht Underhill, und die anderen waren auch nicht die, an die er dachte.

In Wahrheit verhielt es sich ganz einfach so, daß er Menschen wiedersehen *wollte*, die er da drüben gekannt hatte. Er sehnte sich nach einer großen Wiedervereinigung mit jedem einzelnen Lebenden oder Toten, mit dem er in Vietnam in Berührung gekommen war. Und er wollte das Kriegerdenkmal sehen. Poole wünschte sich, daß es ihm gefiel, daß er es ins Herz schließen konnte. Doch gleichzeitig fürchtete er sich beinahe vor dem Anblick. Das einzige Denkmal, mit dem er je gerechnet hatte, war ein Monument des Abschieds, der Eigenständigkeit. Nach den Fotos zu urteilen, die er von dem Gefallenendenkmal gesehen hatte, mußte es sehr schön sein – mächtig, imposant in seiner Einfachheit und tragisch, düster. Dieses Denkmal war es sicher wert, daß man es ins Herz schloß. Es stand ihm und auch den Cowboys unten auf dem Parkplatz zu, denn sie waren unverwechselbar. Zusammengenommen waren alle so unverwechselbar, daß sie Poole fast wie ein eigenes geheimes Volk erschienen.

Der große Cowboy zog ein Stück Papier aus der Hemdentasche. Er neigte sich vor und kritzelte etwas auf den Fetzen. Die anderen holten Matchbeutel hinten aus dem Wagen. Die Flasche Jack Daniels machte die Runde. Der Fahrer trank den letzten Schluck und legte die leere Flasche in eine der Taschen.

Michael zog es nach draußen. Er mußte sich bewegen. Laut dem Programm, das sich Poole unten am Empfang mitgenommen hatte, hatte die Parade auf der Constitution Avenue bereits begonnen. Bis er sich das Gefallenendenkmal angesehen hatte und zurückgekommen war, würden die anderen bestimmt auch schon eingetrudelt sein.

Außer, Harry Beevers hatte es wieder mal geschafft, sich an der Bar im Restaurant von Tina Pumo vollaufen zu lassen. Vielleicht saß er gerade dort und bestellte sich noch einen Wodka Martini, einen allerletzten winzig kleinen Martini. Dann konnten sie ja immer noch um fünf anstatt um vier Uhr fliegen, oder auch um sechs oder um sieben Uhr. Tina Pumo, der einzige der alten Meute, den Poole einigermaßen regelmäßig sah, hatte ihm verraten, daß Beevers manchmal den ganzen Nachmittag in seinem Restaurant verbrachte. In den letzten vier oder fünf Jahren hatte Poole nur ein einziges Mal mit Harry Beevers direkt zu tun gehabt. Das war vor drei Wochen gewesen. Da hatte ihn Beevers angerufen, um ihm einen Artikel aus *Stars und Stripes* vorzulesen. Den hatte ihm sein

Bruder geschickt. In dem Artikel ging es um eine ganze Reihe scheinbar planloser Morde, die jemand namens Koko im Fernen Osten begangen hatte.

Poole trat vom Fenster zurück. Der Mann im Tarnanzug mit Tigerstreifen und Dschungel-Kopfbedeckung klemmte seinen Zettel unter die Windschutzscheibe des Camaros. Was er da wohl draufgekritzelt hatte? *Mann, es tut mir leid, daß ich deinen Wagen so zugerichtet habe. Laß uns mal zusammen einen heben...*

Poole setzte sich auf die Bettkante und griff nach dem Telefonhörer. Er zögerte kurz und rief dann Judy in der Schule an.

Als sie sich meldete, sagte er: »Also, ich bin jetzt hier, aber die anderen sind noch nicht eingetroffen.«

»Erwartest du vielleicht von mir, daß ich dich bedaure?« entgegnete Judy.

»Nein, ich dachte nur, daß du vielleicht gern wüßtest, wie die Dinge hier so stehen.«

»Hör mal, Michael, geht es um etwas ganz Konkretes? Sonst hat diese Unterhaltung nämlich wenig Sinn. Du willst ein paar Tage mit deinen alten Kameraden aus Vietnam verbringen. Da betrinkt ihr euch und werdet schrecklich sentimental. Welche Rolle käme mir denn dabei zu? Ich würde doch nur Schuldgefühle in euch wecken.«

»Trotzdem wünschte ich, du wärst mitgekommen.«

»Die Vergangenheit gehört der Vergangenheit an, ist aus und vorbei. Verstehst du, was ich damit sagen will?«

»Ich glaube schon«, erwiderte Michael. Sie schwiegen sich an – ein bißchen zu lange für Michaels Geschmack. »Na schön«, sagte er schließlich. »Wahrscheinlich treffe ich mich heute abend mit Beevers, Tina Pumo und mit Conor. Morgen möchte ich gern an einigen Feierlichkeiten teilnehmen. Wahrscheinlich bin ich dann am Sonntag so gegen fünf oder sechs Uhr wieder zu Hause.«

»Deine Patienten haben vollstes Verständnis dafür.«

»Babys sterben schließlich nicht gleich an einem wunden Po«, wandte Michael ein. Judy stieß etwas aus, das wie Gelächter klang.

»Soll ich dich morgen wieder anrufen?«

»Bemüh dich nicht. Das ist sehr nett gemeint, aber wirklich nicht nötig.«

»Wirklich nicht«, bestätigte Michael leise und legte auf.

2

Michael schlenderte gemächlich durch die Eingangshalle des Sheraton Hotels und nahm die Männer vor dem Empfang in Augenschein. Er entdeckte auch den riesigen Cowboy im Kampfanzug sowie seine drei Kameraden. Eine Unmenge von Leuten saß auf grün gepolsterten Stühlen und Sitzbänken. Das Sheraton gehörte zu den Hotels, in denen es keine eigentliche Hotelbar gibt. Frauen in enganliegenden hauchdünnen Kleidern bedienten die Gäste an den zwanzig oder dreißig Tischen im tiefer gelegenen Teil der Eingangshalle. Die Kellnerinnen schienen alle der gleichen hochgewachsenen, lustlosen, gutaussehenden Familie zu entstammen. Normalerweise servierten diese Prinzessinnen wahrscheinlich Männern in dunklen Anzügen Gin und Tonic oder Perrier mit Limonenscheiben – Männern wie den Nachbarn Michael Pooles in Westchester County. Jetzt dagegen stellten sie Tequila und Flaschenbier vor völlig verwilderte Männer in Kampf- oder Drillichanzügen und khakifarbenen Schirmmützen hin.

Michael hätte sich nach diesem unerfreulichen Gespräch mit seiner Frau am liebsten mitten unter die Männer gemischt, die sich alle gerade einen Drink genehmigten. Doch wenn er sich setzte, würde er in alles mögliche mit hineingezogen werden. Irgend jemand würde ihn ansprechen. Er würde einem Manne einen Drink spendieren, der in Vietnam vielleicht an den gleichen Orten gewesen war wie er. Vielleicht hatte dieser Fremde aber auch nur einen Freund, der dort gewesen war. Dann würde dieser Mann ihm einen Drink ausgeben. Dann würden sie auspacken, sich Geschichten erzählen, in Erinnerungen kramen, Theorien aufstellen, ihm Fremde als ihre Kameraden vorstellen. Sie würden sich verbrüdern, und es würde damit enden, daß er mit einer Gruppe völlig Fremder zur Parade ging und das Gefallenendenkmal nur durch den tröstlichen Schleier des Alkohols sah. Michael ging also weiter.

»Kavallerie, auf ins Gefecht!« rief jemand hinter ihm mit trunkener Stimme.

Durch einen Seitenausgang gelangte er zum Parkplatz. In Pullover und Tweedjacke fror er ein wenig, doch er wollte nicht noch einmal hinaufgehen, um seinen Mantel zu holen. Der stürmische bewölkte Himmel verhieß Regen, doch Michael störte das nicht weiter.

Die Wagen strömten nur so die Auffahrt hinauf. Michael fielen Nummernschilder aus Florida, aus Texas, aus Iowa, aus Kansas und aus Alabama auf. Er sah jeden Wagentyp, jedes Fabrikat – angefangen von den massiven Trucks von General Motors bis zu den leichten japanischen Kleinwagen. Der Cowboy und seine Freunde waren im VW-Bus aus New Jersey, dem Gartenstaat, nach Washington gekommen. Unter dem Scheibenwischer des Camaros steckte noch der Zettel mit seiner Notiz:

Du warst mir im Weg.
Das hast du jetzt davon,
du Trottel!!!

Ein Stückchen weiter hielt Michael ein Taxi an. Er bat den Taxifahrer, ihn zur Constitution Avenue zu bringen.

»Gehen Sie bei der Parade mit?« wollte der Fahrer sofort von ihm wissen.

Michael nickte mit dem Kopf.

»Dann sind Sie wohl ein Vietnam-Veteran und waren drüben.«

Wieder nickte er und schaute auf. Von hinten sah der Fahrer aus wie einer dieser ernsten, verzweifelten, leicht angeschlagenen Studenten, die beim Studium der Medizin im Staatsexamen durchgefallen waren: farblose Plastikbrille, strähniges Haar, blasser jugendlicher Teint. Auf seinem Hemdkragen ein eingetrockneter Blutfleck.

»Haben Sie mitgekämpft? Ich meine, so richtig im Gefecht?«

»Ja, hin und wieder.«

»Etwas wollte ich schon immer wissen. Ich hoffe, Sie verübeln mir die Frage nicht.«

Michael wußte ganz genau, wie die Frage lauten würde. »Wenn Sie vermeiden wollen, daß ich Ihnen etwas übelnehme, dann stellen Sie mir keine indiskreten Fragen.«

»Okay.« Der Fahrer wandte sich um und sah Michael ins Gesicht. »Ist ja schon gut. Nun werden Sie mal nicht gleich böse.« Er sah wieder nach vorn.

»Ich kann Ihnen nicht sagen, was es für ein Gefühl ist, einen Menschen zu töten«, sagte Michael.

»Damit wollen Sie sicher sagen, daß Sie noch nie einen getötet haben.«

»Nein. Das heißt lediglich, daß ich es Ihnen nicht sagen kann.«

Der Taxifahrer schwieg.

»Sind wir hier richtig, oder möchten Sie noch weiter?« fragte er schließlich. Neben ihnen waren unzählige Menschen, Fahnen, Männer mit Bannern, die zwischen zwei Fahnenstangen gespannt waren. Michael bezahlte den Taxifahrer und stieg aus.

Er konnte über die Köpfe der meisten Menschen hinwegsehen, die am Straßenrand standen. Alle hatten sie sich hier versammelt. Männer, die Soldaten gewesen waren – zumeist gekleidet, als seien sie es noch immer –, nahmen die ganze Breite der Constitution Avenue ein. In Gruppen mit der Größe einer Einheit marschierten sie die Straße entlang. Dazwischen Musikkapellen. Auf den Bürgersteigen standen Leute und sahen ihnen zu. Sie hatten eine hohe Meinung von diesen Veteranen. Sie standen für eine Sache, die sie durch ihre Taten gerechtfertigt hatten. Die Leute applaudierten. Michael begriff mit einem Mal, daß er bisher nicht wirklich geglaubt hatte, daß die Parade tatsächlich stattfinden würde.

Es handelte sich nicht um eine Konfettiparade und dicke Limousinen auf der Fifth Avenue, wie nach der Befreiung der Geiseln aus dem Iran. Diese Parade bedeutete in mancher Hinsicht mehr. Sie war umfassender, nicht so fröhlich, aber dennoch weit emotionsgeladener. Michael drängte sich durch die Menschenmassen auf dem Bürgersteig. Er trat vom Bordstein auf die Straße und schloß sich der nächsten größeren Gruppe an. Zu seiner Verwunderung stiegen ihm fast sofort Tränen in die Augen.

Drei Viertel der Männer vor ihm waren Dschungelkämpfer. Fehlte nur das zweischneidige Schwert und das M-16. Zu einem Viertel handelte es sich um plumpe untersetzte Veteranen aus dem zweiten Weltkrieg, die aussahen wie Boxer. Erst jetzt, als Michael sah, wie ihre langen Schatten nach hinten auf die Straße fielen, bemerkte er, daß die Sonne zwischen den Wolken hervorgetreten war.

Er erkannte Tim Underhill, der auch einen langen Schatten warf. Den Bauch herausgestreckt, schritt er weit aus. Der Qualm seiner Zigarre wehte wie eine Fahne hinter ihm her. Im Geiste hörte er Underhill ausgelassene obszöne Bemerkungen über alle Anwesenden machen. Er sah ihn in Sommeruniform vor sich. Großes farbiges Tuch um den Kopf, weite Drillich-Arbeitshosen. Auf der linken Schulter das verschmierte Blut erschlagener Moskitos. Michael wünschte sich Underhill trotzdem an seiner Seite.

Als ihm Harry Beevers Ende Oktober die Zeitungsartikel seines Bruders aus Okinawa geschickt hatte, hatte er sofort an Underhill denken müssen. Doch er hatte sich nicht nur Grübeleien hingegeben, sondern ihn tatsächlich *in Erwägung*, ja sogar in Verdacht gehabt.

Zwei verschiedene Vorfälle, bei denen drei Menschen – ein Tourist aus England, Anfang Vierzig, und ein älteres amerikanisches Ehepaar – ums Leben gekommen waren. Sie alle waren in Singapur ermordet worden, genau zu der Zeit, als die Geiseln aus dem Iran nach Amerika zurückgekehrt waren. Es hieß, die Morde seien im Abstand von einer Woche oder zehn Tagen begangen worden. Den Leichnam des Engländers fand man auf dem Grund und Boden des Goodwood Park Hotels; die Leichen des amerikanischen Ehepaars in einem leeren Bungalow in der Gegend um die Orchard Road in Singapur. Alle drei Leichen waren schrecklich verstümmelt. Bei zwei der Leichen wurden Spielkarten gefunden, auf die ein geheimnisvoller Name gekritzelt worden war: Koko. Sechs Monate später, im Sommer des Jahres 1981, wurden zwei französische Journalisten in ihrem Hotelzimmer in Bangkok ermordet aufgefunden, ebenfalls verstümmelt. Auf den Leichen Spielkarten mit dem Namen Koko. Es gab nur einen Unterschied zwischen diesen Morden und denen, die anderthalb Jahrzehnte zuvor nach Ia Thuc geschehen waren: Es handelte sich nicht um Regimentskarten, sondern um ganz gewöhnliche handelsübliche Spielkarten.

Michael vermutete, daß Underhill in Singapur lebte. Zumindest hatte Underhill immer davon gesprochen, nach dem Militärdienst dort hinzuziehen. Doch Poole konnte es sich andererseits auch nicht vorstellen, daß Underhill wirklich dieser Mörder war.

Während seiner Zeit in Vietnam hatte Poole zwei außergewöhnliche Menschen kennengelernt. Zwei Männer, die es weit mehr als die meisten verdienten, daß man sie mochte und respektierte. Einer dieser Männer war Tim Underhill, der andere ein Junge aus Milwaukee namens M. O. Dengler. Poole erinnerte sich, daß Underhill und der kleine Dengler in Vietnam immer ihr Äußerstes gegeben hatten. Sie waren die tapfersten Menschen, die er je gekannt hatte.

Tim Underhill hatte nach dem Krieg dafür gesorgt, daß er so schnell wie möglich wieder in den Fernen Osten zurückkehren konnte. Als Autor von Kriminalgeschichten heimste er bald bescheidenen Ruhm ein. M. O. Dengler kam bei einem Autounfall ums Leben, als er zusammen mit einem anderen Soldaten namens Victor Spitalny in Bangkok Fronturlaub machte.

Underhill fehlten die beiden Männer damals sehr, vor allem Underhill.

Die Gruppe von Veteranen hinter Michael hatte ihn inzwischen eingeholt. Jetzt marschierte er nicht mehr allein, sondern bewegte sich mit ein paar Männern mit verwegenen Schnurrbärten und einem ganzen Sortiment in Synthetik-Anzügen zwischen den Menschenmassen zu beiden Seiten der Straße hindurch.

Einer der Männer, der neben Michael herging, drängte sich an ihn heran und flüsterte ihm etwas zu. Michael neigte sich zu ihm hinab und legte die Hand hinters Ohr, um ihn besser verstehen zu können.

»Mann, ich war ein verdammt guter Kämpfer«, flüsterte der kleine ehemalige Soldat nun eine Spur lauter. In seinen Augen glänzten Tränen.

»Offen gesagt erinnern Sie mich an einen der besten Soldaten, die ich je kannte«, sagte Michael.

»Machen Sie keine Witze.« Der Mann nickte lebhaft. »Zu welcher Einheit, welchem Truppenteil haben Sie gehört?«

Poole nannte seine Division und sein Bataillon.

»Wann war das genau?« Der kleine Mann legte den Kopf in den Nakken, um Poole ins Gesicht sehen zu können.

»1968–69.«

»Ia Thuc«, sagte der Mann wie aus der Pistole geschossen. »Ich erinnere mich genau. Das seid ihr gewesen, stimmt's? *Time* Magazine und der ganze Kram, habe ich nicht recht?«

Poole nickte.

»Tolle Leistung. Diesem Lieutenant Beevers hätte eine verdammte Ehrenmedaille verliehen werden müssen für das, was er getan hat. Einen Orden hätte er dafür verdient. Doch den hätten sie ihm dann wieder wegnehmen müssen, als er vor den blöden Journalisten das Maul so weit aufgerissen hat«, sagte der kleine Mann und machte sich mit einer leichten, unhörbaren Bewegung aus dem Staub. Er hätte bestimmt auch kein Geräusch verursacht, wenn er über morsche Zweige gegangen wäre.

Zwei dicke Frauen mit kurzem aufgetufften Haar, pastellfarbenen Hosenanzügen und gelassenen Gesichtern schwenkten rhythmisch eine rote Fahne, auf der in großen schwarzen Lettern POW-MIA* zu lesen stand. Ein paar Schritte hinter ihnen marschierten zwei ziemlich junge ehemalige Soldaten, die auch ein Banner trugen: MACHT DEN SCHADEN WIEDER GUT, DER DURCH AGENT ORANGE ANGERICHTET WORDEN IST. Agent Orange...

* (Kriegsgefangene – vermißt)

Victor Spitalny hatte den Kopf zur Seite geneigt und die Zunge heraushängen lassen. Er hatte behauptet, das Zeug schmecke gut. *Ihr Idioten, schüttet es in euch hinein! Es tut euren Eingeweiden unwahrscheinlich gut!* Washington und Spanky Burrage sowie Trotman, die farbigen Soldaten in der Abteilung, konnten sich vor Lachen nicht mehr halten. Sie versanken in dem Dickicht zu beiden Seiten des Pfades. Sie schlugen sich gegenseitig auf den Rücken und sagten immer wieder: *Das Zeug tut euren Eingeweiden unwahrscheinlich gut!* Spitalny geriet in Wut. Sie wußten schließlich, daß er ja nur versucht hatte, auf seine dämliche Art einen Witz zu reißen. Der Geruch von Agent Orange – irgendwo zwischen Benzin und einem industriellen Lösungsmittel – ging ihnen noch lange nach. Bis ihn der Schweiß, das Insektenschutzmittel, der Staub und der Schmutz des Weges überdeckt oder hinweggespült hatten.

Poole ertappte sich dabei, wie er die Handflächen aneinanderrieb, auch wenn es inzwischen nicht mehr nötig war, sich noch von Agent Orange zu befreien.

Was ist es für ein Gefühl, jemanden zu töten? Ich kann es Ihnen nicht sagen, weil ich es Ihnen nicht verraten kann. Vielleicht bin ich selbst getötet worden, aber nicht, bevor ich meinen Sohn getötet habe. Mann, Sie lachen ja so sehr, daß Sie noch in die Hose machen werden.

3

Als Michael Poole am Park anlangte, hatte sich die Parade aufgelöst. Zuschauer und Marschierer liefen zusammen übers Gras. Vor ihm strömten lose Gruppen auf das Denkmal zu, liefen zwischen den spärlichen Bäumen hindurch. Obwohl er die Gedenkstätte nicht sehen konnte, wußte Michael, wo sie sich befand. Etwa hundert Meter vor ihm bewegten sich die Menschenmassen einen Abhang hinunter auf eine natürliche Senke zu. Dort befanden sich viel zu viele Menschen. Das spürte man ganz instinktiv. Das Gefallenendenkmal stand sicher ganz unten zwischen all den vielen Menschen. Michaels Kopfhaut prickelte, sie juckte.

Eine ganze Phalanx von Männern in Rollstühlen fuhr eigenhändig über die endlose Wiese auf die Senke zu. Ein Rollstuhl kippte seitlich um. Ein hagerer schwarzhaariger Mann ohne Beine stürzte heraus. Michaels Herz setzte einen Schlag lang aus – der Mann war Harry Beevers! Michael wollte losstürzen, um dem Behinderten wieder aufzuhelfen. Doch dann hielt er an sich. Freunde umringten diesen Mann, der ja bestimmt nicht Pooles alter Lieutenant war. Zwei Männer richteten den Rollstuhl wieder auf. Sie hielten ihn fest, während sich der Beinamputierte auf seine Stümpfe wälzte. Dann stieß er sich ab, bis er auf den metallenen Fußstützen des Rollstuhls saß, und griff dann nach oben. Er bekam die Armstützen zu fassen und zog sich mit großem gymnastischen Geschick ganz allein auf die Sitzfläche hoch.

Die Rollstuhlfahrer wurden ganz allmählich von der Menschenmenge überholt. Michael warf einen Blick in die Runde. Ringsum vertraute bekannte Gesichter. Erst beim zweiten Hinsehen entpuppten die Leute sich als Fremde. Mehrere große bärtige Doppelgänger von Tim Underhill bewegten sich auf die grasbewachsene Senke zu, auch die unterschiedlichsten drahtigen Kopien Denglers und Spitalnys waren anwesend. Ein strahlender Spanky Burrage mit rundem Mondgesicht klatschte einem Farbigen mit der Kopfbedeckung einer Sondereinheit auf die Handfläche. Poole fragte sich, was aus dem Begrüßungszeremoniell geworden war, dieser Reihenfolge komplizierter Handgriffe, mit denen sich die Farbigen in Vietnam zu begrüßen pflegten. Poole hatte dieses ›Ritual‹ stets als unübertreffliche Mischung aus Ernsthaftigkeit und mit undurchdringlicher Miene zur Schau gestellter Ausgelassenheit empfunden.

Die Menschen strömten in die Senke hinunter. Alte Frauen und kleine Kinder hielten winzige Flaggen in der Hand. Rechts neben Michael gingen zwei junge Männer auf Krücken, gefolgt von einem alten Haudegen mit kalkweiß leuchtender Glatze. Über der linken Brusttasche seines Hemdes im Schottenmuster prangte eine Reihe Orden. Neben ihm kämpfte ein rosiger Siebzigjähriger mit VFW-Garnisonsmütze mit einer blinkenden vierseitigen Gehhilfe. Poole sah allen Männern ins Gesicht, die ungefähr in seinem Alter waren. Die meisten erwiderten den Blick – ein Kreuzfeuer von Blicken, aus denen widerwillige Anerkennung sprach. Blicke des Wiedererkennens. Er machte auf dem niedergetretenen Gras einen großen Schritt nach vorn und schaute geradeaus.

Die Menschenmenge vor ihm schien auseinanderzuweichen. Er konnte alles ganz deutlich vor sich sehen.

Der große gebrochene schwarze Flügel des Gefallenendenkmals war von Menschen umringt, aber dennoch auch aus der Entfernung gut zu erkennen. Auf den Fotos, die Poole bisher gesehen hatte, war das Kriegerdenkmal nicht so recht zur Geltung gekommen. Erst jetzt wußte er warum: Die Kraft des Denkmals rührte von der Masse her.

An den spitz zulaufenden Enden war es nur ein paar Zentimeter hoch, doch in der Mitte ragte es drei bis vier Meter hoch auf. Umgeben war es von einem etwa dreißig Zentimeter hohen Erdwall mit kleinen Flaggen, auf Stöcken gespießte Briefe, Trauergebinden und Fotos der Toten. Parallel dazu verlief ein schräg abfallender Weg aus Granitblökken.

Beeindruckt von diesem Monument gingen die Menschen ganz langsam an den immer höheren Tafeln vorbei. Sie blieben hin und wieder stehen, beugten sich vor und fuhren mit den Fingern über einen Namenszug. Michael beobachtete zahlreiche Umarmungen. Eine besonders knochige Ausgabe eines ungeliebten Stabsfeldwebels – zuständig für die Grundausbildung – steckte eine Handvoll kleiner, roter Mohnblumen Stück für Stück in die Risse zwischen den Wänden und Tafeln.

Die Menschen, die sich unmittelbar vor dem Gefallenendenkmal befanden, schwärmten in allen Richtungen in das Stadion aus. Von allen diesen Menschen – so schien es Michael – ging eine starke Welle von Emotionen aus.

Das war also vom Krieg noch übriggeblieben. Der Vietnamkrieg bestand aus den in das Kriegerdenkmal eingravierten Namen und der Menschenmenge, die entweder vor den Namen vorbeidefilierte oder dastand und auf die Namen starrte. In Pooles Augen war Vietnam mittlerweile nur irgendein beliebiges Land. Vietnam lag Tausende von Meilen entfernt. Das Land hatte eine bewegte Geschichte und eine ganz eigenständige, unzugängliche Kultur. Beide hatten sich kurz auf katastrophale Weise mit der seines Landes überschnitten. Aber das wirkliche Land Vietnam war nicht *Vietnam.* Das war hier, zeigte sich in diesen amerikanischen Namen und Gesichtern.

Der Geist von Underhill trat wieder in Erscheinung. Er ging neben Michael her und massierte sich die fleischige Schulter mit seinen Fingern. Auf seiner tiefgebräunten Haut waren Spuren von Insektenblut. *Ach, Lady Michael, das sind alles gute Kerle, aber durch den Krieg sind sie ganz durcheinander, das ist alles.* Michael stieß ein trockenes Lachen aus. *Wir sind es nicht gewesen, stimmt's nicht, Lady Michael? Wir bilden uns doch immer ein, über den Dingen zu stehen, habe ich nicht recht? Gib zu, daß ich recht habe.*

Ich dachte, ich hätte mitangesehen, wie du einen Wagen total verbeult hast, um in eine Parklücke reinzukommen, sagte Poole zu dem imaginären Tim Underhill.

Ich fahre Wagen nur auf dem Papier an.

Underhill, hast du diese Leute in Singapur und Bangkok umgebracht? Hast du die Spielkarten mit dem Namen Koko auf die Leichen gelegt?

Ich glaube, das hängst du mir besser nicht an, Lady Michael.

»In der Luft!« rief jemand.

»Luftlandeunternehmen geglückt!« rief ein anderer zurück.

Poole arbeitete sich durch die jetzt größtenteils stehende Menschenmenge näher an das Kriegerdenkmal heran. Der Stabsfeldwebel, der Poole so sehr an seinen alten Stabsfeldwebel aus Fort Sill erinnerte, steckte jetzt kleine rote Mohnblumen in die Ritzen zwischen den letzten beiden großen Tafeln. Die Mohnblumen, die zwischen den Tafeln hervorschauten, wurden zweimal reflektiert, so daß jede rote Blüte zwei schwarze Schatten warf. Ein großer Mann hielt eine texanische Flagge mit flatternden goldfarbenen Fransen hoch. Poole trat neben eine mexikanische Familie, die direkt neben dem Weg aus Granitblöcken stand, und bemerkte jetzt zum erstenmal, wie sich alle in der großen schwarzen Tafel widerspiegelten. Zahllose Menschen strömten vorbei, die sich in dem Denkmal wiederholten. Die Spiegelbilder der mexikanischen Familie – Mann und Frau, zwei junge Mädchen und ein kleiner Junge mit einer Flagge in der Hand – starrten alle auf die gleiche Stelle an der Wand. Die Eltern hielten das Foto eines jungen Marineinfanteristen hoch. Auch Poole hatte den Kopf zurückgelegt und schien genau wie die anderen einen ganz bestimmten Namen ausmachen zu wollen. Dann sah der wirkliche Poole wie in einem Traum Namen aus der schwarzen Wand heraustreten. Donald Z. Pavel, Melvin O. Elvan, Dwight T. Pouncefoot. Er las die Namen auf der nächsten Tafel. Art A. McCartney, Cyril P. Downtain, Masters J. Robinson, Billy Lee Barnhart, Paul P. J. Bedrock, Howard X. Hoppe, Bruce G. Hyssop. Alle diese Namen kamen ihm vertraut und zugleich fremd vor.

Hinter ihm sagte jemand ›Alpha Papa Charlie‹. Michael wandte sich um. Jetzt füllten die Menschen die flache Senke völlig. Auch auf dem Hang dahinter standen sie dicht nebeneinander. Alpha Papa Charlie. Ohne zu fragen hätte er nicht sagen können, welcher von den Männern, den weißhaarigen, kahlköpfigen, denen mit Pferdeschwanz, mit klaren sauberen und pockennarbigen Gesichtern, oder auch runzlig und vernarbt – wer von den Unzähligen gesprochen hatte. Einer aus einer Gruppe von vier oder fünf Männern mit grünen Jacken und Dschungelkopfbedeckung sagte mit rauher Stimme »... haben ihn außerhalb von Da Nang verloren.«

Da Nang. Das war im I Corps, das war *sein* Vietnam. Poole war wie gelähmt, konnte vorübergehend weder Arme noch Beine bewegen. Eine Woge von Namen schlug über ihm zusammen. Namen, an die er seit vierzehn Jahren nicht mehr gedacht hatte. Chu Lai, Tam Ky. Poole sah einen schmalen, schlammigen Weg, eine Art Gasse vor sich, die hinter einer Reihe von Hütten entlangführte. Poole roch die Klumpen von trocknendem Marihuana, die in einer baufälligen Hütte von der Decke hingen. Dort hauste Mama-san mit dem unwiderstehlichen Namen Si Van Vo. Mein Gott, das Dragon Valley bzw. Drachental. Phu Bai, Lz Sue, Hue, Quang Tri. Alpha Papa Charlie. Gegenüber einer Ansammlung von strohgedeckten Hütten bewegte sich eine Reihe von Wasserbüffeln über die schlammige Ebene auf einen Bergpfad zu. Millionen von Insekten verdunkelten die feuchte Luft. Marble Mountain. Marmorberg. All die entzückenden kleinen Orte zwischen den Cordilleren von Annam und dem Südchinesischen Meer, wo der tote SP4 Cotton, von einem Scharfschützen namens Elvis umgebracht, lässig in schäumendem rosarotem Wasser trieb. Das A Shau Tal: ja, und wenn ich auch wanderte...

Ja, genau: Und wenn ich auch wandere durch das A Shau Tal, so fürchte ich mich doch nicht. Er sah M. O. Dengler einen schmalen hochgelegenen Pfad entlanghüpfen. Dengler blickte über die Schulter zurück und grinste ihn an. Gürtel mit Munition hingen ihm über den Rükken. Hinter Denglers fröhlichem Gesicht breitete sich tiefgrün die Landschaft aus. Sie versank über tausend Meter tief im Dunst und Nebel. Dutzende von verschiedenen Grünschattierungen wurden sichtbar. Die Landschaft verlor sich in einer grünen himmlischen Unendlichkeit. *Bist du ein schlechter Mensch gewesen?* hatte Dengler ihn gerade erst gefragt. *Wenn du nichts auf dem Kerbholz hast, mach dir auch keine Sorgen. Ja, wenn ich auch wandere durchs A Shau Tal...*

Poole merkte, daß er weinte.

»Ja, auf beiden Seiten glatt poliert«, hörte er ganz in seiner Nähe die Stimme einer alten Frau. Poole fuhr sich über die Augen, doch sie füllten sich sofort mit neuen Tränen. »Die ganze Nachbarschaft war polnisch, beide Seiten, rauf und runter --- Toms Vater hat am 1. Weltkrieg teilgenommen, doch durch sein Emphysem ging das nicht lange gut.« Poole zog sein Taschentuch aus der Tasche und drückte es sich auf die Augen, um den Tränenstrom zum Versiegen zu bringen. »Ich habe gesagt, lieber Mann, du kannst es damit halten wie du willst, aber mich hält nichts zurück. Ich fahre am nächsten Veteran's Day nach DC. Junge, mach dir keine Gedanken, hier stört sich niemand dran, wenn du dir die Augen ausweinst.«

Poole merkte jetzt erst, daß der letzte Satz an ihn gerichtet war. Er ließ das Taschentuch sinken. Eine korpulente weißhaarige Frau über sechzig sah ihn mit mütterlicher Sorge an. Neben ihr stand ein Farbiger in einer verblichenen Jacke, der Jacke seiner Sondereinheit. Die Anzac-Kopfbedeckung saß auf seinem wirren Haar im Afro-Look.

»Danke«, sagte Poole. »Das hat dieses Ding bewirkt.« Er wies auf das Memorial.

Der Farbige, der auch einmal Soldat war, nickte.

»Ich habe da übrigens jemanden was sagen hören – weiß nicht einmal mehr, was es war...«

»Ja, ich auch«, bestätigte der Farbige. »Jemand hat gesagt ›ungefähr zwanzig Kilometer von An Khe entfernt‹, und ich... mein armer Magen hat sich da fast umgestülpt.«

»Korps II«, sagte Michael. »Sie waren ein Stückchen südlicher als ich. Mein Name ist übrigens Michael Poole, freut mich, Sie kennenzulernen.«

»Bill Pierce.« Die Männer reichten sich die Hände. »Diese Dame hier ist Florence Majeski. Ihr Sohn war in meiner Einheit.«

Poole verspürte auf einmal den kaum zu unterdrückenden Wunsch, die alte Frau in die Arme zu schließen, doch er wußte, daß er dann wieder zusammenbrechen würde. Also fragte er, was ihm gerade in den Sinn kam: »Haben Sie die Mütze einem Südvietnamesen gemopst?«

Pierce grinste. »Hab' sie mir einfach geschnappt, als ich in einem Jeep vorbeigefahren bin. Armer kleiner Kerl.«

Dann erst fiel ihm ein, was er Pierce ursprünglich hatte fragen wollen. »Wie finden Sie in all dem Gewirr hier die Namen, die Sie suchen?«

»An beiden Enden des Memorials stehen Marineinfanteristen«, erklärte Pierce. »Die haben Bücher, in denen steht, welcher Name sich auf welcher Tafel befindet. Sie können aber auch eine dieser Gelbkappen fragen. Die sind nur heute hier – wegen des starken Andrangs.« Pierce sah Mrs. Majeski an.

»Tom steht auch bei ihnen im Buch. Sie haben seinen Namen gleich gefunden«, stimmte ihm die alte Frau zu.

»Da drüben sehe ich einen.« Pierce wies nach rechts. »Der sucht Ihnen jeden Namen raus.« Ein hochgewachsener bärtiger junger Weißer stand inmitten einer kleinen Ansammlung von Leuten und suchte Namen auf Listen, die er lose in einer Mappe trug. Dann wies er auf die entsprechenden Tafeln.

»Gott segne dich, mein Sohn«, sagte Mrs. Majeski. »Wenn du je nach Ironton in Pennsylvania kommst, mußt du uns unbedingt besuchen.«

»Viel Glück!« wünschte ihm Pierce.

»Danke gleichfalls. Das wünsche ich Ihnen beiden auch.« Michael lächelte ihnen zu und wandte sich dann ab.

»Das war ganz ernst gemeint!« rief ihm Mrs. Majeski noch nach. »Kommen Sie uns mal besuchen!«

Michael winkte und ging dann auf den Mann mit der gelben Kappe zu. Er war von mindestens zwei Dutzend Leuten umringt. Es sah aus, als neigten sie sich ihm alle zu. »Ich kann nicht alle gleichzeitig abfertigen. Bitte immer nur einer«, bat der Mann mit der Kappe im Tonfall des Mittleren Westens.

Poole dachte: *Die anderen sind jetzt bestimmt schon im Hotel.*

Der junge Mann suchte die gewünschten Namen auf den Listen, zeigte den Leuten, wo sich die entsprechenden Tafeln befanden, und wischte sich den Schweiß von der Stirn. Bald stand Michael vor ihm. Der Freiwillige trug Blue Jeans und ein nur bis zur Hälfte zugeknöpftes Denim-Hemd. Darunter trug er ein durchgeschwitztes graues T-Shirt. In seinem Bart hingen Schweißtropfen. »Name?« fragte er.

»M. O. Dengler«, sagte Poole.

Der Mann blätterte die Listen durch, bis er bei ›D‹ angekommen war. Dann fuhr er mit dem Zeigefinger eine Spalte entlang. »Da haben wir ihn ja. Es gibt nur einen Dengler, Vornamen Manuel Orosco – aus Wisconsin. Da bin ich übrigens auch her. Tafel vierzehn, Westseite, Zeile zweiundfünfzig. Gleich da drüben.« Er wies nach rechts. Den Rand der Tafel zierten kleine Mohnblumen, sie wirkten winzig wie Stecknadelköpfe. Vor der Tafel stand bewegungslos eine große Menschenmenge. NIE WIEDER EIN VIETNAM! verkündete ein hellblaues Banner.

Manuel Orosco Dengler? Michael staunte über die spanischen Vornamen. Er blieb plötzlich stehen, vergaß ganz, sich weiter einen Weg durch die Menschenmenge in Richtung auf das blaue Banner zu bahnen. Der Mann hatte ihm den falschen Dengler genannt. Doch dann fiel ihm ein, daß der ja ausdrücklich darauf hingewiesen hatte, es gäbe überhaupt nur einen Dengler auf der Liste. Die Initialen stimmten ja auch. *Manuel Orosco*, das *mußte* ja sein Dengler sein.

Wieder stand Poole unmittelbar vor dem Denkmal. Schulter an Schulter mit einem weinenden Veteranen mit ungekämmtem Haar und Schnurrbart. Neben ihm stand eine Frau mit weißblondem Haar bis zur Taille. Sie trug Jeans und hielt ein kleines, ebenfalls blondes Mädchen an der Hand. Ein Kind ohne Vater, so wie er jetzt für alle Zeiten ein Vater ohne Kind war. Hinter der Erdumrandung erhob sich jetzt unmittelbar vor Michael die vierzehnte Tafel westlich der Mitte. Poole zählte die Namen ab, bis er zum zweiundfünfzigsten kam. M. O. Dengler, *Manuel Orosco* Dengler. In den schwarzen Granit eingraviert, sprang ihm der Name regelrecht ins Auge. Poole bewunderte die Akribie, die sorgfältige Art und Weise, mit der der Name eingraviert worden war. Die schlichten schmucklosen Lettern hoben sich eindrucksvoll von der Tafel ab. Poole wußte, er hätte gar nicht anders gekonnt, als hier vor Denglers Namen auf dem Memorial zu stehen.

Dengler hatte sogar die drittklassigen Eßrationen gemocht, über die die anderen nur die Nase rümpften. Er behauptete tatsächlich, die Bohnen und das amerikanische Büchsenfleisch, das in den Augen der anderen nach Hundefutter schmeckte, schmecke ihm viel besser als irgend etwas, was seine Mutter ihm je vorgesetzt habe. Dengler ging außerdem ausgesprochen gerne auf Patrouille. *Hört mal, als Kind war ich ständig beim Spähtrupp.* Hitze, Kälte, Feuchtigkeit hatten ihm kaum etwas ausgemacht. Wenn man Dengler glauben wollte, froren Regenbogen bei Schneestürmen in Milwaukee auf dem Boden fest. Da kamen die Kinder aus den Häusern gerannt, hackten sich kleine Stücke in ihrer Lieblingsfarbe ab und lutschten daran, bis sie weiß wurden. Was die Gewalttätigkeit betraf, so hatte Dengler behauptet, daß es vor einer ganz normalen Kneipe in Milwaukee mindestens genauso rauh zuging wie bei einem durchschnittlichen Gefechtskampf. Drinnen sei es noch viel wüster.

Im Dragon Valley hatte sich Dengler furchtlos inmitten der größten Gefahrenzone bewegt, als sie heftig angegriffen wurden. Er hatte den verwundeten Trotman zu Peters, dem Arzt, geschleppt und ständig beruhigend und humorvoll auf alle eingeredet. Dengler hatte wohl gewußt, daß ihm dort nichts passieren würde.

Poole machte einen vorsichtigen Schritt nach vorn, um kein Foto oder Trauergebinde zu zertreten. Er fuhr mit den Fingern über die scharfen Kanten von Denglers Namen, der in den kalten Stein graviert war.

Michael sah ein vertrautes Bild vor sich, das blitzschnell wie eine Vision vorbeihuschte und ihn nicht gerade glücklich machte. Er sah Dengler und Spitalny vor sich, wie sie durch die Rauchschwaden auf den Höhleneingang von Ia Thuc zustürzten.

Poole wandte sich von dem Denkmal ab. Er hielt die Anspannung nicht mehr aus. Die blonde Frau sah ihn mitfühlend mit einem müden Lächeln an und zog ihre kleine Tochter beiseite, um Michael durchzulassen.

Poole wollte *seine* ehemaligen Kameraden wiedersehen. Er fühlte sich entsetzlich allein, völlig isoliert.

2. KAPITEL

Nachricht

1

Michael war so fest davon überzeugt, daß seine Freunde im Hotel eine Nachricht für ihn hinterlassen hatten, daß er schnurstracks zum Empfang ging, nachdem er das Hotel durch die Drehtür betreten hatte. Harry Beevers hatte ihm versichert, er und die anderen würden ›irgendwann nachmittags‹ eintrudeln. Inzwischen war es zehn vor fünf.

Poole suchte am Empfang nach seiner Zimmernummer, sobald er nahe genug heran war, um die Zahlen unter den Fächern zu erkennen. Als er drei Viertel der Hotelhalle durchquert hatte, sah er, daß in seinem Fach diagonal ein Zettel mit einer Nachricht des Hotels für ihn steckte. Seine Müdigkeit verflog im Nu. Beevers und die beiden anderen waren eingetroffen.

Michael trat an den Empfang und wandte sich an den Empfangschef. »Sie haben eine Nachricht für mich«, sagte er. »Für Poole, Zimmer Nr. 204.« Er zog seinen Zimmerschlüssel aus der Jackentasche und zeigte ihn dem Mann. Der inspizierte daraufhin die Fächer hinter sich, und zwar so langsam, daß Poole fast die Geduld verlor. Schließlich fand der Mann das Fach und zog den Zettel raus. Er warf einen kurzen Blick darauf und reichte ihn dann Poole. Dabei sah er ihn lächelnd an. »Bitte, Sir.«

Michael nahm den Zettel an sich und wandte sich vom Empfang ab, um ihn zu lesen. *Habe versucht, zurückzurufen. Hast du wirklich aufgelegt? Judy.* Auch die Zeit war angegeben, mit purpurfarbener Tinte: 3 Uhr 55. Judy hatte also angerufen, kurz nachdem Michael fortgegangen war.

Er wandte sich wieder dem Empfang zu. Der Mann am Empfang sah ihn mit leerem ausdruckslosem Blick an. »Ich möchte wissen, ob ein paar Leute schon eingetroffen sind, die inzwischen eigentlich schon hier sein müßten.«

Poole nannte ihm die Namen.

Der Mann drückte gemächlich Tasten eines Computerterminals. Er runzelte die Stirn, neigte den Kopf zur Seite, runzelte noch einmal die Stirn, und ohne seine Haltung auch nur im geringsten zu verändern, sah er Michael von der Seite an und sagte: »Mr. Beevers und Mr. Pumo sind noch nicht eingetroffen. Ein Mr. Linklater hat hier kein Zimmer reserviert.«

Conor wollte wohl Geld sparen, indem er einfach mit in Pumos Zimmer schlief.

Poole wandte sich wieder ab, faltete den Zettel mit der Nachricht von Judy und steckte ihn in die Jackentasche. Jetzt fiel ihm zum erstenmal seit seiner Rückkehr auf, was in der Halle vor sich ging.

Jetzt saßen Männer in dunklen Anzügen und gestreiften Krawatten an den Tischen und in den Sitzecken. Die meisten waren glattrasiert und trugen weiße Namensschilder mit ihrem Namenszug oder dem Namen ihrer Firma. Sie unterhielten sich in aller Ruhe, blickten hin und wieder auf ihre langen gelben Schreibblöcke und drückten Zahlen auf ihren Taschenrechnern. Während der ersten Monate nach seiner Rückkehr aus Vietnam konnte Michael Poole an der Körperhaltung eines Mannes ganz genau erkennen, ob dieser ebenfalls fort gewesen war oder nicht. Erst mit der Zeit konnte er sich nicht mehr so ganz auf seinen Instinkt verlassen, wenn er feststellen wollte, ob jemand ein Veteran oder ein Zivilist war. Doch bei dieser Gruppe bestand gar kein Zweifel.

»Entschuldigen Sie, Sir«, ertönte eine helle Stimme dicht an seiner Seite.

Sie gehörte zu einer kleinen, strahlenden, jungen Frau. Blondes, etwas wirres Haar rahmte ihr Gesicht ein. Sie trug ein Tablett mit Gläsern, in denen sich eine dunkle Flüssigkeit befand.

»Darf ich fragen, Sir, ob Sie ein Vietnamveteran sind?«

»Ich war in Vietnam«, sagte Poole.

»Die Firma Coca Cola dankt Ihnen zusammen mit dem übrigen Amerika persönlich für Ihren Einsatz in Vietnam. Wir möchten die Gelegenheit ergreifen und Ihnen unsere Dankbarkeit bezeugen, indem wir Sie mit unserem neuesten Erzeugnis bekanntmachen. Es handelt sich um Diät Coca Cola. Wir hoffen, daß es Ihnen schmeckt und Sie es zusammen mit Ihren Freunden und den anderen Veteranen trinken werden.«

Poole schaute auf und sah ein langes, strahlend rotes Banner wie aus Fallschirmseide, das hoch über der Halle aufgehängt war. Darauf stand in weißen Buchstaben: DIE FIRMA COCA-COLA BEGRÜSST DIE VIETNAM-VETERANEN! Er sah wieder zu dem Mädchen hinunter.

»Danke, ich möchte lieber nicht.«

Das Mädchen legte ein noch strahlenderes Lächeln auf – genau wie alle Stewardessen auf Pooles Flug von San Francisco nach Vietnam. Dann wandte sie den Blick von ihm ab und ging weiter.

Der Mann am Empfang klärte ihn auf: »Ihre Meetings finden unten statt, Sir. Vielleicht warten Ihre Freunde dort auf Sie.«

2

Die Herren in ihren blauen Anzügen nippten an ihren Drinks und gaben vor, die Mädchen nicht zu überwachen, die mit ihrem aufgesetzten Lächeln und Tabletts mit Diät Coca Cola durch die Halle gingen. Michael griff nach Judys Nachricht in der Jackentasche. Entweder fühlte sich der Zettel heiß an oder seine Fingerspitzen. Sollte er sich an die Bar in der Eingangshalle setzen, um zu beobachten, wer durch die Drehtür kam?

Doch dann würde es sicher nicht lange dauern, bis ihn jemand fragte, ob er am Vietnamkrieg teilgenommen hätte.

Poole ging zu den Aufzügen hinüber und wartete. Ein seltsames Konglomerat von Veteranen und leitenden Angestellten von Coca Cola entstieg dem Aufzug. Jede Gruppe tat, als sei die andere nicht vorhanden. Außer ihm betrat nur noch ein Mann in Drillichhose mit Tigerstreifen den Aufzug und drückte vier- oder fünfmal den Knopf für die 16. Etage. Dann sank er gegen das Geländer hinten in der Kabine. Er rülpste. Eine Bourbon-Fahne breitete sich aus. Poole erkannte in dem Mann den VW-Busfahrer, der den Camaro so lädiert hatte.

»Das kennen Sie doch, oder nicht?« fragte ihn der Riese. Er richtete sich zu seiner vollen Größe auf und fing an, ein Lied zu gröhlen, das Poole und alle anderen Veteranen in- und auswendig kannten.

›Homeward Bound, I wish I were
Homeward Bound ...‹

(Nach Hause, ich wünschte, ich könnte nach Hause)

Bei der zweiten Zeile sang Poole mit. Leise und tonlos sang er vor sich hin. Der Aufzug hielt, die Tür ging auf. Der Riese sang mit geschlossenen Augen weiter. Poole trat auf den grünen Teppich im Korridor hinaus. Die Aufzugtüren glitten wieder zu, die Kabine bewegte sich nach oben. Poole hörte die Stimme des Mannes im Liftschacht verhallen.

3. KAPITEL

Das Wiedersehen

1

Ein nordvietnamesischer Soldat, der wie ein Zwölfjähriger aussah, stand über Poole gebeugt. Er setzte Poole den Lauf eines schwedischen Maschinengewehrs an den Hals. Um in den Besitz dieses Gewehres zu kommen, mußte er einen Menschen getötet haben. Poole stellte sich tot, damit ihn der Nordvietnamese nicht erschoß. Seine Augen waren geschlossen, doch er sah das Gesicht des Soldaten lebhaft vor sich. Struppiges schwarzes Haar fiel ihm auf die breite faltenlose Stirn. Die schwarzen Augen und der fast lippenlose Mund wirkten in ihrer Ausdruckslosigkeit beinahe heiter. Als sich ihm der Lauf des Gewehrs schmerzhaft in den Hals bohrte, ließ Poole seinen Kopf ganz langsam über die verschmierte Erde auf die Seite gleiten. Er hoffte, auf diese Weise wie ein Sterbender zu wirken. Denn in Wirklichkeit durfte er noch nicht sterben. Er war Vater und mußte unbedingt am Leben bleiben. Große irisierende Insekten schwirrten dicht über seinem Gesicht durch die Luft. Ihre Flügel hörten sich an wie Scheren, die man auf- und zuklappt.

Der Mann hörte auf, den Gewehrlauf gegen Pooles Hals zu drücken. Ein dicker Schweißtropfen löste sich von Pooles rechter Augenbraue und rollte in die kleine Vertiefung zwischen Nasenrücken und Augenwinkel.

Eines der Insekten schoß gegen seine Lippen. Als der Soldat sich nicht rührte und nicht zu einer der Leichen ringsum ging, wußte Poole, daß er zum Tode verurteilt war. Sein Leben lag schon hinter ihm. Er würde seinen Sohn, den kleinen Robert, niemals kennenlernen. So sicher, wie er sich der Liebe zu seinem unbekannten Sohn war, so sicher wußte er, daß der Soldat ihn hier auf dem schmalen, mit Leichen übersäten Feld mit einem Kopfschuß ins Jenseits befördern würde.

Doch der Schuß erfolgte nicht. Dafür prallte ein weiteres Insekt wie ein Geschoß gegen seine schweißüberströmte Wange. Zum Wahnsinnigwerden, wie lange es dauerte, bis es wieder auf die Beine kam und schwerfällig davonflog.

Dann hörte Poole ein leises Klicken und ein schleifendes Geräusch – ganz so, als würde etwas aus einer Hülle, einem Etui gezogen. Die Füße des Soldaten bewegten sich. Poole begriff, daß der Mann sich neben ihn kniete. Ganz ruhig drückte er mit seiner schmalen Hand Pooles Kopf fest auf die schmierige Erde und riß ihn dann am rechten Ohr hoch. Er hatte die Rolle des Toten wohl zu perfekt gespielt. Der Nordvietnamese war offensichtlich auf sein Ohr aus, um es als Trophäe vorzuweisen. Ohne es zu wollen, riß er die Augen auf. Wo er Himmel erwartet hatte, schaute er auf ein langes, graues Messer. Dahinter die bewegungslosen schwarzen Augen des anderen Soldaten, der die Luft anhielt. Den Bruchteil einer Sekunde hing der Gestank von Fischsauce in der Luft.

Poole sprang mit einem Satz vom Boden auf und fuhr im Bett hoch. Das Bild des Nordvietnamesen löste sich langsam in Wohlgefallen auf. Verschwunden waren auch die Leichen und die herumschwirrenden Insekten. Das Telefon klingelte, Poole griff nach dem Hörer. »Mike?« Eine rauhe Stimme drang aus dem Hörer an sein Ohr. Er blickte über die Schulter zurück und warf einen Blick auf die verblichene Tapete und das Bild über dem Bett, das eine nebelverhangene chinesische Landschaft darstellte. Er konnte wieder durchatmen.

»Hier ist Michael Poole«, meldete er sich.

»Mikey! Wie geht's dir denn so? Mann, du klingst ja ganz schön mitgenommen.« Michael erkannte die Stimme von Conor Linklater. Linklater wandte sich vom Telefon ab und sagte: »He, ich hab' ihn an der Strippe. Er ist in seinem Zimmer! Mann, ich hab' dir doch gesagt, daß Mike bestimmt in seinem Zimmer ist, stimmt's oder stimmt's nicht?« Dann richtete sich Conor wieder an ihn. »Sag mal, hast du denn unsere Nachricht nicht bekommen?«

Michael erinnerte sich wieder daran, daß die Gespräche mit Conor Linklater meistens ziemlich wirr verliefen. »Nein. Wann seid ihr denn angekommen?« Er sah auf seine Uhr. Er hatte ungefähr eine halbe Stunde geschlafen.

»Mann, wir sind hier um *vier Uhr dreißig* eingetroffen. Wir haben dich sofort angerufen. Zuerst hieß es, du wärst gar nicht da. Tina hat drauf bestanden, daß sie das noch mal überprüfen. Dann hieß es, du *wärst* zwar hier, würdest dich aber am Telefon nicht melden. So, jetzt weißt du es. Warum hast du denn auf unsere Nachricht nicht reagiert?«

»Ich bin zum Denkmal gefahren«, sagte Poole, »und bin erst kurz vor fünf zurückgekommen. Gerade, als du mich geweckt hast, hatte ich einen fürchterlichen Alptraum.«

Conor sprach jetzt leiser als zuvor. »Mann, dieser Alptraum muß dich wirklich ganz durcheinandergebracht haben.«

Eine rauhe Hand, die mit aller Kraft an seinem Ohr zog – der Boden ein einziges Geschmier von Blut. In Pooles Erinnerung erschienen erschöpfte Männer, die Leichen zu den herabbaumelnden Leitern wartender Hubschrauber schleppten – im dunstig blauen, ersten Morgenlicht. Manche der Leichen hatten nur noch schwärzliche blutige Löcher, wo vorher die Ohren gewesen waren. »Ich fürchte, ich war wieder in Dragon Valley«, sagte Poole. Das begriff er erst in diesem Augenblick.

»Bleib cool«, riet ihm Conor Linklater. »Wir sind schon an der Tür.« Er legte auf.

Poole spritzte sich im Badezimmer Wasser ins Gesicht, frottierte sich kurz mit einem Handtuch ab und warf einen Blick in den Spiegel. Obwohl er geschlafen hatte, sah er bleich und müde aus. Auf dem Bord neben seiner Zahnbürste lagen Megavitamintabletten in einer durchsichtigen Plastikhülle. Er drückte eine Tablette heraus und nahm sie ein.

Bevor er den Gang entlang zur Eismaschine ging, wählte er die Nummer, unter der Nachrichten gespeichert wurden.

Der Mann am anderen Ende der Leitung erklärte ihm, es seien zwei Nachrichten für ihn hinterlassen worden. Die erste lautete: ›Habe versucht, zurückzurufen‹, um 3 Uhr 55 abgestempelt.

»Die habe ich mir schon am Empfang geholt«, erklärte Poole.

»Die zweite stammt von 4 Uhr 50 und lautet: ›Wir sind gerade angekommen. Wo steckst du denn? Ruf uns unter der Nummer 1315 an, wenn du zurückkommst.‹ Unterschrift *Harry.*«

Sie hatten also angerufen, als er noch unten in der Halle war.

2

Michael Poole ging zwischen Tür und Fenster auf und ab. Aus dem Fenster sah man auf den Parkplatz hinaus. Jedesmal wenn er zur Tür kam, blieb er stehen und lauschte. Die Aufzüge summten und klapperten in ihren Aufzugschächten, Wagen wurden auf quietschenden Rädern vorbeigeschoben. Nach einer Weile hörte er das Geräusch des ankommenden Aufzugs. Er öffnete die Zimmertür einen Spalt breit, um den Gang entlangzusehen. Ein gepflegter grauhaariger Mann in blauem Anzug und weißem Oberhemd mit Namensplakette kam auf ihn zugeeilt. Ein paar Schritte hinter ihm eine große blonde Frau in einem grauen Flanellkostüm und einem raffiniert geschlungenen Paisley-Tuch. Poole zog den Kopf zurück und schloß die Tür. Er hörte, wie der Mann ein Stückchen weiter den Flur entlang einen Schlüssel in das Türschloß steckte. Poole trat wieder ans Fenster und sah auf den Parkplatz hinunter. Ein halbes Dutzend Männer in Teilen verschiedener Uniformen, die nicht zusammenpaßten, saßen mit Bierdosen in den Händen auf den Motorhauben und Kofferräumen mehrerer Autos. Sie schienen zu singen. Poole ging zurück zur Tür und wartete. Als er hörte, daß der Aufzug wieder in seiner Etage hielt, öffnete er ein zweites Mal die Tür und beugte sich hinaus.

Der große, aufgeregte Harry Beevers kam zusammen mit Conor Linklater den Korridor entlang. Ihnen folgte Tina Pumo, der einen nervösen Eindruck machte. Conor erspähte ihn zuerst. Er hob die Faust, grinste und rief aus: »Mikey Baby!« Im Gegensatz zum letzten Mal, als Michael Poole ihn gesehen hatte, war Conor Linklater heute glattrasiert. Sein etwas farbloses, rötliches Haar war kurzgeschnitten wie bei einem Punker. Conor trug normalerweise ausgebeulte Jeans und karierte Hemden, doch an diesem Tag hatte er auf seine Kleidung außergewöhnliche Sorgfalt verwandt. Irgendwo hatte er ein schwarzes T-Shirt mit dem Aufdruck AGENT ORANGE in großen unregelmäßigen, gelben Buchstaben erstanden. Darüber trug er eine riesige, locker sitzende schwarze Drillichweste mit einer Unmenge von Taschen. Die Weste war mit weißem Garn genäht. Linklaters schwarze Hose wies scharfe Bügelfalten auf.

»Conor, du bist ein sehr erfreulicher Anblick. Ich kann mich nicht sattsehen an dir«, sagte Poole und trat auf den Flur hinaus. Er hielt seine Zimmertür mit der ausgestreckten Linken auf. Conor Linklater war etwa 15 cm kleiner als Michael Poole. Er trat auf Michael zu, schloß ihn in die Arme und drückte ihn fest an sich.

»Mann«, sagte er mit bewegter Stimme und gab ihm einen spielerischen Kuß. »Was für ein Anblick für meine schlechten Augen.«

Harry Beevers grinste über diesen für Linklater typischen Ausspruch. Er trat von der Seite an Michael Poole heran und schloß ihn linkisch in die Arme. Der Duft von Rasierwasser – Marke ›Moschus‹ – umwehte ihn. Die Kante eines Diplomatenkoffers streifte seine Hüfte. »Michael, ein schöner Anblick für ›schlechte Augen‹, flüsterte Beevers Poole ins Ohr. Poole machte sich vorsichtig los und sah Harry Beevers' große farblose vorstehende Zähne aus nächster Nähe vor sich.

Tina Pumo ging indessen im Gang auf und ab und grinste sie unter seinem schweren Schnurrbart unwiderstehlich an. »Du hast geschlafen?« erkundigte er sich. »Hast du unsere Nachricht nicht bekommen?«

»Also gut, erschieß mich«, erwiderte Poole lächelnd. Conor und Beevers gaben ihn frei und gingen hintereinander auf die Zimmertür zu. Pumo zog den Kopf ein und entgegnete: »Ach, Mikey, ich muß dich auch umarmen. Mann, ist das schön, dich endlich mal wiederzusehen.«

»Ich freue mich auch«, sagte Michael, und die beiden Männer fielen einander in die Arme.

»Gehen wir lieber rein, bevor man uns verknackt, weil wir hier eine Orgie feiern«, meinte Harry Beevers. Er stand schon in der Tür zu Michaels Zimmer.

»Nun werden Sie mal nicht gleich komisch, *Lieutenant*«, ermahnte ihn Conor. Dabei ging er auf die Tür zu und warf den beiden anderen einen Seitenblick zu. Pumo schlug Michael lachend auf den Rücken. Dann ließ auch er ihn los.

»Also, was habt ihr denn gemacht, seit ihr hier angekommen seid«, erkundigte sich Michael bei den Kameraden. »Natürlich abgesehen davon, daß ihr über mich hergezogen seid.«

Conor ging im Zimmer auf und ab und sagte: »Teeny-Tiny macht mit seinem Restaurant eine sehr schwierige Zeit durch.« *Teeny-Tiny* war offenbar Pumos derzeitiger Spitzname. ›Tiny‹ hieß er schon als besonders klein geratenes Kind in seiner Heimatstadt im Staat New York. Später wurde das in ›Teeny‹ abgewandelt. Schließlich wurde daraus ›Tina‹. Pumo hatte zehn Jahre lang in Restaurants gearbeitet. Jetzt besaß er in Soho ein eigenes Restaurant mit vietnamesischer Küche. Vor ein paar Monaten erst war es in der Zeitschrift *New York* über alle Maßen gelobt worden. »Mann, er hat schon zweimal angerufen. Er und das Gesundheitsministerium lassen mich garantiert kein Auge zutun.«

»Es ist eigentlich nicht so tragisch«, protestierte Tina. »Es ist nur ein etwas ungünstiger Zeitpunkt. Ich hätte jetzt nicht weggedurft. In meinem Restaurant müssen bestimmte Dinge gemacht werden, und ich möchte sicher sein, daß sie richtig gemacht werden.«

»Gesundheitsministerium?« wiederholte Michael.

»Es ist wirklich nichts Ernstes.« Pumo warf Eiswürfel in seinen Wodka. Er nippte daran und grinste. Die Falten in seinen Augenwinkeln wurden noch länger und tiefer. »Das Restaurant geht ausgezeichnet. Fast jeden Abend voll besetzt.« Er hob sein Glas und prostete Michael und Harry Beevers zu. Sie saßen an dem runden Tisch am Fenster. Pumo setzte sich auf die Bettkante. »Harry kann das bezeugen. Die Geschäfte gehen ausgezeichnet.«

»Was soll ich da schon sagen?« meinte Beevers. »Du bist ein Erfolgsmensch.«

»Habt ihr euch im Hotel schon umgesehen?« erkundigte sich Poole.

»Ja, wir haben uns mal umgeschaut und die Räumlichkeiten für Meetings inspiziert«, erklärte Pumo. »Ein ganz schöner Rummel. Wenn ihr wollt, können wir heute abend etwas unternehmen.«

»Von wegen Rummel«, wandte Beevers ein. »Viele von den Jungs stehen doch einfach nur herum und wissen nichts mit sich anzufangen.« Er pellte sich aus seinem Jackett heraus und hängte es über die Stuhllehne. »Keine Spur von Organisation. *Nada, rien.* Nur die Leute von der First Air Cavalry haben alles unter Kontrolle. Sie haben ihren festen Platz und helfen einem, andere aus der gleichen Einheit ausfindig zu machen. Wir haben uns schon umgesehen, aber ich glaube nicht, daß wir irgend jemanden aus unserer ganzen gottverdammten Division ausmachen können. Der Gipfel ist, daß wir in ein mieses Loch verfrachtet worden sind, eine Halle, die an eine High School Turnhalle erinnert. Dort gibt es auch einen Diät-Cola Stand, falls euch das interessiert.«

»Mann – High School Turnhalle, so was«, murmelte Conor. Er starrte wie gebannt auf die Nachttischlampe. Poole sah Tina Pumo lächelnd an. Der erwiderte das Lächeln. Linklater hob die Lampe hoch und inspizierte das Innere des Lampenschirms. Dann setzte er sie wieder ab und fuhr mit den Fingern an der Schnur entlang, bis er den Schalter fand. Er knipste die Lampe an und wieder aus.

»Lieber Himmel, Conor, nun setz dich doch schon endlich«, herrschte ihn Beevers an. »Du machst mich ganz nervös, wenn du mit allem so herumspielst. Vielleicht denkst du mal daran, daß wir hier ernste Dinge zu besprechen haben.«

»Als ob ich das nicht wüßte«, setzte sich Conor zur Wehr und wandte sich von der Nachttischlampe ab. »Ich möchte wirklich wissen, wo ich mich hier setzen soll, wenn ihr auf den Stühlen sitzt und Tina auf dem Bett.«

Harry Beevers sprang auf, riß seine Jacke von der Stuhllehne und ging um den Tisch herum. Mit einer großspurigen Geste wies er auf den freigewordenen Stuhl. »Ich überlasse dir liebend gern meine Sitzgelegenheit, wenn ich dich nur dazu bringe, daß du nicht mehr herumstehst. Setz dich, Conor, ich trete dir meinen Platz ab. Na los schon, setz dich hin.« Er griff nach seinem Glas und ließ sich neben Pumo auf Michaels Bett nieder. »Glaubst du wirklich, du kannst im gleichen Zimmer mit diesem Burschen schlafen? Wahrscheinlich führt er auch noch nachts ständig Selbstgespräche.«

»*Lieutenant*, alle in meiner Familie führen Selbstgespräche«, sagte Conor. Er zog sich seinen Stuhl näher an den Tisch heran. Dann fing er an, mit den Fingern auf dem Tisch herumzutrommeln, als spielte er auf einem imaginären Klavier. »In Harvard macht man so was sicher nicht –«

»Ich habe nicht an der Harvard University studiert«, klärte ihn Beevers gelassen auf.

»Mikey!« Conor strahlte Poole immer noch an. »Ich freue mich *irrsinnig*, dich wiederzusehen!« Begeistert schlug er Poole auf den Rücken.

»Ja«, meinte Tina Pumo. »Wie geht's denn so, Michael? Wir haben uns ja schon eine ganze Weile nicht mehr gesehen.«

Tina lebte mit einer wunderschönen Chinesin Anfang zwanzig zusammen. Sie hieß Maggie Lah. Vor Maggie hatte er eine ganze Reihe von Mädchen gehabt. Tina behauptete immer, er habe sie alle geliebt.

Plötzlich klopfte es an der Tür. »Room Service«, sagte Michael und erhob sich. Ein Kellner schob einen Wagen herein und stellte Flaschen und Gläser auf den Tisch. Conor genehmigte sich ein Budweiser, während Harry Beevers Wodka in ein leeres Glas goß.

Als der Kellner wieder gegangen war, streckte sich Conor auf dem Bett aus. Er rollte sich auf die Seite und fragte: »Du hast Denglers Namen also wirklich auf dem Denkmal gesehen? Er war wirklich eingraviert?«

»Ja. Aber ich habe nicht schlecht gestaunt. Wißt ihr, wie er mit Vornamen hieß?«

»Ich kenne nur die Initialen: M. O.« meinte Conor.

»Sei nicht albern, die kennen wir doch alle«, warf Beevers ein. »Ich glaube, er hieß Mark.« Er sah Tina hilfesuchend an, doch Tina runzelte die Stirn und zuckte mit den Achseln.

»Er hieß Manuel Orosco Dengler«, verkündete Michael seinen Kameraden. »Das hätte ich nie gedacht.«

»Manuel?« wiederholte Conor ungläubig. »Dann war Dengler Mexikaner?«

»Michael, das war bestimmt der falsche Dengler«, meinte Tina Pumo lachend.

»Von wegen«, protestierte Michael. »Auf der Liste stand nicht nur kein anderer M. O. Dengler, da stand überhaupt nur ein einziger Dengler. Und zwar unser Dengler.«

»Dengler ein Mexikaner«, sinnierte Conor.

»Habt ihr schon je gehört, daß ein Mexikaner Dengler heißt? Ich vermute, daß ihm seine Eltern einfach spanische Vornamen gegeben haben. Wer weiß? Und was spielt das überhaupt für eine Rolle? Er war ein großartiger Soldat, nur das ist wichtig. Ich wünschte nur...«

Pumo unterbrach sich mitten im Satz und setzte sein Glas an die Lippen. Eine ganze Weile sagte niemand etwas. Die Zeit schien stillzustehen.

Linklater murmelte etwas Unverständliches vor sich hin, ging durchs Zimmer und setzte sich auf den Boden.

Michael stand auf, um sich Eiswürfel ins Glas zu geben. Conor Linklater lehnte schwarzgekleidet an der am weitesten entfernten Wand, die braune Flasche zwischen die Knie geklemmt. Er erwiderte Michaels Blick mit einem angedeuteten, geheimnisvollen Lächeln.

3

Conor kam es oft so vor, als ob 95% der Menschen in den Vereinigten Staaten nichts anderes täten, als ständig über Geld zu reden und sich den Kopf darüber zu zerbrechen. Nicht genügend Geld zu haben, machte sie ganz krank. Sie verzweifelten, ergaben sich dem Suff, oder schreckten nicht einmal davor zurück, sich Geld auf unrechtmäßige Weise anzueignen. Ihnen war jedes Mittel recht, um daran zu kommen. Vergessen finden, unter höchster Anspannung leben, wieder Vergessen finden. Ein ständiges Auf und Ab. Die übrigen fünf Prozent der Bevölkerung waren über diese Frage erhaben. Von all diesen Problemen unberührt gingen sie durchs Leben und besuchten die Schulen und Universitäten, die auch ihre Väter schon besucht hatten. Sie heirateten untereinander und ließen sich wieder scheiden – so wie Harry Pat Caldwell geheiratet und sich von ihr wieder hatte scheiden lassen. Sie hatten Berufe, bei denen man in Papieren wühlte und viel am Telefon erledigte. Sie saßen an ihren Schreibtischen und beobachteten gelassen, wie das Geld hereinkam. Sie schanzten sich untereinander solche Stellen zu. Beans Beevers, der ebenso viel Zeit an der Bar in Pumos Restaurant verbrachte, wie an seinem Schreibtisch, arbeitete in der Anwaltskanzlei, die Pat Caldwells Bruder leitete.

Conor war in South Norwalk aufgewachsen. Als Junge war er manchmal aus reiner Neugierde mit seinem alten Fahrrad auf der Straße Nr. 136 zur Mount Avenue in Hampstead gefahren. Die Leute in der Mount Avenue waren sehr reich, doch leider sah man sie so gut wie nie auf der Straße. Genausowenig wie ihre Villen, von denen man höchstens Teile des Ziegel- oder Stuckgemäuers erkennen konnte. Die meisten dieser Häuser, die am Wasser lagen, schienen bis auf das Personal unbewohnt zu sein, nur hin und wieder erspähte Conor einen ihrer Besitzer und Bewohner. Conor schaute nachdenklich vor sich hin. Er selbst war zur Zeit völlig pleite. Nächste Woche würde er vielleicht ein paar hundert Dollars verdienen. Da würde er in einer frisch gekachelten Küche die Fugen überkleben und versäubern. Harry Beevers verdiente wahrscheinlich doppelt soviel, während er auf einem Barhocker saß und sich mit Jimmy Lah unterhielt. Conor blickte auf. Er bemerkte, daß Michael Poole ihn ansah, als könne er Gedanken lesen, als ginge ihm gerade das gleiche durch den Kopf.

›Beevers führt wieder mal irgendeinen Blödsinn im Schilde. Das ist typisch für ihn‹, dachte Conor. ›Aber was es auch sein mag, Michael fällt nicht drauf herein.‹

Conor mußte lachen, als er daran dachte, wie Dengler immer die Leute genannt hatte, die niemals irgendwelche Sorgen hatten, für die alles selbstverständlich war: ›Zivilisten‹. Die Zivilisten führten jetzt überall das Regiment. Sie rangelten sich nach oben durch und trampelten alles nieder, was sich ihnen in den Weg zu stellen drohte. Diese Menschen taten ihm fast leid, mit ihrer Moral stand es nicht zum besten.

Doch gleichzeitig deprimierte es Conor, an diese Zivilisten zu denken. Er hätte liebend gern noch viel mehr getrunken, obwohl er wußte, daß er eigentlich keinen Alkohol mehr zu sich nehmen durfte. Aber schließlich feierten sie ja ihr Wiedersehen und saßen wie eine Gruppe alter Männer in einem Hotelzimmer herum. Er trank den Rest seines Biers in einem Schluck aus.

»Mikey, gib mir doch was von dem Wodka«, bat er und warf die leere Bierflasche in den Papierkorb.

»Gut gemacht«, lobte ihn Pumo und prostete ihm zu.

Michael goß ihm einen Drink ein und brachte ihn Conor.

»Also, ich möchte einen Toast ausbringen«, sagte Conor und stand auf. »*Mann*, es tut *gut*, so was zu machen.« Er erhob sein Glas. »Auf M. O. Dengler. Auch wenn er Mexikaner war, was ich allerdings nicht glaube.«

Conor trank von dem eiskalten Wodka. Er fühlte sich besser, kaum daß er ihn heruntergeschluckt hatte. Er fühlte sich so gut, daß er das Glas schon im nächsten Augenblick leerte. »Mann, manchmal erinnere ich mich an irgendeinen Mist, der da drüben passiert ist, so gut als wäre es gestern gewesen. Dafür kann ich mich kaum an das erinnern, was gestern wirklich vorgefallen ist. Ich meine, manchmal fällt mir plötzlich dieser Mann ein, der den Club im Camp Crandall leitete, der diese riesige Wand aus Bierkisten hatte...«

»Manly«, sagte Tina Pumo lachend.

»Manly, der gottverdammte Manly. Dann frage ich mich, wie er es geschafft hat, all das Bier dahin zu kriegen. Mir fallen alle möglichen Sachen ein, die er gemacht hat, wie er sich verhalten hat.«

»Manly gehörte hinter eine Theke«, meinte Beevers.

»Stimmt! Ich wette, Manly hat jetzt ein eigenes Lokal. Mann, alles ganz genau so, wie es ihm vorschwebt. Natürlich hat er auch einen guten Wagen und ein eigenes Haus. Er ist verheiratet und hat auch Kinder. An der Garage hat er ein Korbballnetz...« Es machte ihm sichtlich Spaß, sich auszumalen, wie Manly heute lebte. In den Stadtrandbezirken würde sich Manly glänzend machen. Er dachte in den Dimensionen von Verbrechern, auch wenn er selbst keiner war; also verdiente er wahrscheinlich ein Vermögen, indem er zum Beispiel Alarmanlagen einbaute, oder irgend etwas in der Art machte. Dann fiel Conor wieder ein, daß Manly eigentlich an all ihren Schwierigkeiten in Vietnam die Schuld trug...

Am Tag bevor sie nach Ia Thuc kamen, hatte sich Manly von der Kolonne abgesondert und war ganz allein im Dschungel unterwegs. Dabei ging er jedoch nicht sehr geschickt vor, machte unnötige Geräusche, so daß die Gefahr bestand, daß der Heckenschütze, der unter dem Namen ›Elvis‹ bekannt war, ihnen auflauerte. Durch den von Manly verursachten Aufruhr würde es für Elvis nicht mehr schwer sein, sie im Dschungel aufzuspüren. Conor wußte, was er hätte tun sollen. Er hatte längst herausgefunden, wie man es machte, daß man förmlich mit dem Hintergrund verschmolz. Es grenzte an ein Wunder. Conor konnte sich buchstäblich unsichtbar machen. Und er wußte, daß es funktionierte; denn Vietcong-Patrouillen hatten ihn zweimal direkt angesehen, ohne ihn zu sehen. Darauf verstanden sich Dengler, Poole, Pumo, ja selbst Underhill fast ebensogut wie er. Doch Manly ging dieses Talent völlig ab. Conor arbeitete sich unhörbar durch den Dschungel auf den Lärm zu. Er war so wütend, daß er Manly am liebsten umgebracht hätte, wenn er ihn anders nicht zum Schweigen bringen konnte. Im Bruchteil einer Sekunde spürte er wie durch Telepathie, daß Dengler ihm folgte.

Sie machten Manly ausfindig, wie er sich durch die grüne Wildnis kämpfte. Mit einer Machete und einem Maschinengewehr in Hüfthöhe im Anschlag, durchtrennte Manly das Buschwerk wie ein Wilder. Conor glitt leise auf ihn zu. Am liebsten hätte er ihm die Kehle durchgeschnitten. Da tauchte Dengler wie aus dem Boden geschossen neben Manly auf und packte ihn am Arm, in dem er die Machete hielt. Einige Sekunden vergingen, in denen sich die beiden überhaupt nicht rührten. Conor kroch weiter auf Manly zu. Er befürchtete, Manly könnte schreien, sobald er sich von seinem Schock erholte. Doch er hörte nur einen einzigen Schuß, der von rechts kam – von hoch oben aus dem Laubgewölbe. Dengler kippte nach vorn. Das Entsetzen lähmte ihn so, daß er seine Hände und Füße kaum mehr spürte.

Zusammen mit Manly hatte er Dengler zur übrigen Kolonne zurückgeschleppt. Obwohl er durch die Wucht des Einschlags niedergestreckt worden war und seine Verletzung stark blutete, hatte Dengler nur eine Fleischwunde davongetragen. Peters bat ihn, sich im Dschungel auf dem Boden auszustrecken. Er verarztete die Wunde und erklärte, Dengler sei damit wieder einsatzfähig. Conor dachte, wenn Dengler nicht verwundet worden wäre, so hätten sie in Ia Thuc wahrscheinlich nur ein verlassenes Dorf wie so viele andere gesehen. Doch so hatte es allen einen Schock versetzt, mitansehen zu müssen, was für Schmerzen Dengler litt. Vielleicht war es dumm von ihnen allen gewesen, so sehr an dessen Unverwundbarkeit zu glauben, aber ihn blutend und verwundet im Dschungel auf dem Boden liegen zu sehen, hatte Conor einen fürchterlichen Schreck versetzt. Danach war es ganz leicht gewesen, die Fassung zu verlieren und in Ia Thuc zu wüten, wie sie es vor Denglers Verwundung nie für möglich gehalten hätten. Von da an war nichts mehr so wie vorher. Selbst Dengler war ein anderer geworden. Vielleicht durch die Publicity und das Kriegsgericht. Conor selbst war danach immer so high gewesen, daß er sich an einiges, was in den Monaten zwischen Ia Thuc und dem zu erwartenden Transporttermin nach Übersee geschehen war, gar nicht mehr erinnern konnte. Doch er wußte noch, daß er kurz vor dem Kriegsgericht einem toten nordvietnamesischen Soldaten beide Ohren abgeschnitten und ihm eine Koko-Spielkarte in den Mund gesteckt hatte.

Conor merkte, daß er drauf und dran war, wieder in Depressionen zu verfallen. Er bedauerte zutiefst, Manly überhaupt erwähnt zu haben.

»Nächste Runde«, sagte er, trat an den Tisch und goß sich Wodka nach. Die anderen drei sahen ihn noch immer an. Sie lächelten ihrem Hofnarren zu. Alle verließen sich immer darauf, daß er sie aufheiterte.

»Also, ich trinke auf das 9. Bataillon, 24. Infanterieregiment.« Conor ließ sich den eiskalten Wodka durch die Kehle rinnen. Das Gesicht von Harlan Huebsch erschien vor seinem geistigen Auge. Harlan Huebsch stammte aus Oregon. Ein paar Tage nachdem er in Camp Crandall aufgetaucht war, stolperte er über einen Draht und wurde regelrecht zerrissen. Conor erinnerte sich noch ganz genau an den Tod von Huebsch, denn etwa eine Stunde später, als sie endlich auf der anderen Seite des kleinen verminten Feldes angekommen waren, hatte sich Conor an einen grasbewachsenen Damm gelehnt. Da war ihm aufgefallen, daß sich im Schuhriemen seines rechten Stiefels ein langes verwickeltes Stück Draht verheddert hatte. Zwischen ihm und Huebsch gab es nur einen Unterschied: Die Mine von Huebsch hatte ordnungsgemäß funktioniert. Von Harlan Huebsch war nichts geblieben als der in das Memorial eingravierte Name. Conor nahm sich fest vor, den Namen zu suchen, wenn sie alle gemeinsam zum Memorial gingen.

Beevers wollte auf den Eisernen Holzfäller (Tin Man) trinken, und obwohl sich ihm alle anschlossen, wußte Linklater, daß es nur Beans ernst damit war. Mike Poole trank auf Si Van Vo. Conor fand das urkomisch. Dann brachte Conor alle dazu, daß sie auf Elvis tranken. Und Tina Pumo trank schließlich auf Dawn Cucchio, eine Hure, der er auf Fronturlaub in Sydney in Australien begegnet war. Bei dem Gedanken, auf Dawn Cucchio zu trinken, bekam Conor einen solchen Lachanfall, daß er sich an die Wand lehnen mußte, um nicht umzukippen.

Doch dann überfielen ihn wieder unangenehme, finstere Gedanken. Wenn man sich die Realität ganz klar vor Augen hielt, war er ein arbeitsloser Arbeiter, der mit einem Anwalt, einem Arzt und einem Restaurantbesitzer rumsaß, dessen Restaurant so nobel war, daß Zeitschriften Fotos davon brachten.

Conor wurde klar, daß er Pumo angestarrt hatte. Der sah aber auch aus wie dem Modejournal *Gentlemen's Quarterly* entsprungen. Tina sah immer gut aus. Besonders gut machte er sich in seinem Restaurant. Conor ging ein- oder zweimal im Jahr hin. Das meiste Geld gab er an der Bar aus. Letztesmal war ihm eine appetitliche kleine Chinesin aufgefallen, das mußte Maggie sein. »Sag mal, Tina, wie heißt das beste Gericht, das du in deinem Restaurant servierst?«

Das Wort ›beste‹ hatte er sehr nachlässig ausgesprochen, aber er glaubte nicht, daß das den anderen aufgefallen war.

»Vermutlich Ente Saigon«, erwiderte Tina. »Jedenfalls ist das im Augenblick mein Favorit. Marinierte gebratene Ente. Schmeckt geradezu überirdisch.«

»Mit dieser Fischsauce?«

»Nuoc mam Sauce? Selbstverständlich.«

»Ich begreife gar nicht, wie die Leute diesen ostasiatischen Fraß runterbringen. Mann, als wir noch selber drüben waren, wußten wir doch alle, daß man diese Scheiße unmöglich essen kann. Weißt du das nicht mehr?«

»Damals waren wir achtzehn Jahre alt«, gab ihm Tina zu bedenken. »Damals war für uns ein Hamburger mit Pommes frites das höchste der Gefühle.«

Conor wollte Tina nicht eingestehen, daß für ihn ein Hamburger mit Pommes frites noch immer das höchste der Gefühle war. Er trank noch einen kräftigen Schluck von dem Wodka und fühlte sich so mies wie nie zuvor.

4

Doch nach einer Weile war es fast wieder wie in alten Zeiten. Conor erfuhr, daß Tina abgesehen von den üblichen Schwierigkeiten, die es bei Pumo immer gab, jetzt auch noch mit neuen Aufregungen und Komplikationen zu kämpfen hatte. Das lag daran, daß Maggie fast zwanzig Jahre jünger war als er. Und auch intelligenter. Maggie war zu ihm gezogen. Tina fühlte sich allmählich ›zu sehr unter Druck gesetzt‹. Das war ganz typisch für ihn. Doch etwas war bei Maggie anders: Nach ein paar Monaten war sie eines Tages ganz plötzlich verschwunden. Jetzt schlug sie Pumo mit seinen eigenen Waffen. Maggie rief ihn an, verriet ihm aber nicht, wo sie sich aufhielt. Manchmal gab sie verklausulierte Anzeigen für ihn in der *Village Voice* auf, die auf der letzten Seite erschienen.

»Kannst du dir vorstellen, was es heißt, mit einundvierzig Jahren jede Ausgabe der *Voice* zu kaufen, um die letzte Seite zu durchforsten?« fragte er.

Conor hatte niemals auch nur eine Seite irgendeiner *Village Voice* gelesen. Er schüttelte den Kopf.

»Alles was man bei einer Frau nur falsch machen kann, steht da in kalten harten Buchstaben. Zum Beispiel auf das Aussehen einer Frau hereinzufallen. ›Wunderschönes blondes Mädchen in Virginia Woolf T-Shirt, am 8. 5. bei Sedutto. Wir wären fast ins Gespräch gekommen. Jetzt raufe ich mir die Haare. Ich weiß, wir würden uns einmalig gut verstehen. Bitte Mann mit Rucksack anrufen. 5814901.‹ Oder man sieht eine Frau romantisch verklärt. ›Suki, du bist mein Lebenselixier, kann ohne dich nicht leben. Bill.‹ Liebeslied. ›Leide furchtbar, seit du weg bist. Völlig verzweifelt in Yorkville.‹ Masochismus. ›Bulle – Schuldgefühle überflüssig, ich verzeihe dir. Die Herumgestoßene.‹ Unentschiedenheit. ›Mesquite. Denke noch darüber nach. Margarita.‹ Natürlich steht da auch sonst noch alles mögliche. Jemand betet zu Judas. Telefonnummern werden angegeben, die man anrufen kann, wenn man von Kokain runterkommen will. Heilmittel gegen Kahlköpfigkeit werden propagiert. Viele Callgirls annoncieren. Vor allem aber gebrochene Herzen, die entsetzliche Qualen ausstehen. Meistens geht's dabei um Leute Anfang Zwanzig. Conor, ich muß dieses Zeug Zeile für Zeile lesen. Ich kaufe das verdammte Blatt, sobald es Mittwochmorgen am Kiosk erscheint. Vier- bis fünfmal lese ich die letzte Seite, denn bei den ersten Malen könnte ich leicht einen Hinweis übersehen. Weißt du, ich muß ausknobeln, welche verschlüsselte Nachricht von ihr stammen könnte. Manchmal nennt sie sich ›Type A‹, das bedeutet Taipeh, wo sie geboren ist. Aber dann nennt sie sich wieder ›Dame in Leder‹ oder ›Halbmond‹. Wegen der Tätowierung, die sie sich letztes Jahr hat machen lassen.«

»Wo?« erkundigte sich Conor. Ihm war jetzt nicht mehr so elend zumute, er merkte allerdings, daß er schon leicht angetrunken war. Er war nicht so übel dran wie Pumo. »Befindet sich der Halbmond vielleicht auf dem Hintern?«

»Nein, ein Stückchen unterhalb des Nabels«, sagte Tina. Er sah aus, als bereue er, daß er überhaupt zur Sprache gebracht hatte, daß seine Freundin tätowiert war.

»Maggie hat sich einen Halbmond auf ihre Muschi tätowieren lassen?« fragte Conor. Er hätte viel darum gegeben, mit von der Partie zu sein, als sich Maggie tätowieren ließ. Wenn Conor für Chinesinnen auch nicht viel übrig hatte, so mußte er doch zugeben, daß Maggie ungewöhnlich gut aussah. Sie schaffte es sogar, ganz toll zu wirken, wenn sie mit starr hochstehender Punkfrisur und Klamotten rumlief, die sie schon zerrissen kaufte.

»Nein, ich habe dir doch gesagt, ein Stückchen unterhalb des Nabels«, berichtigte ihn Pumo gereizt. »Wenn sie ein Bikinihöschen trägt, sieht man fast nichts davon.«

»Dann ist die Tätowierung also doch fast auf der Muschi!« rief Conor triumphierend aus. »Ist ein Teil der Tätowierung auf dem Schamhaar? Bist du dabei gewesen, als sie sich das hat machen lassen? Hat Maggie geweint? Hat es sehr wehgetan?«

»Und ob ich dabei war! Ich wollte sicher sein, daß sich der Kerl nicht ablenken ließ. Bei Maggie wäre das kein Wunder.« Pumo trank einen Schluck. »Sie hat übrigens nicht mit der Wimper gezuckt.«

»Wie groß ist denn der Halbmond?« fragte Conor. »So groß wie ein halber Dollar?«

»Wenn du so neugierig bist, kannst du sie ja bitten, dir ihre Tätowierung zu zeigen.«

»Aber klar doch«, meinte Conor. »Vielleicht mache ich das wirklich.«

Conor bekam vage mit, worüber sich Mike Poole und Beans Beevers unterhielten. Es ging um Ia Thuc und einen einfachen Soldaten, mit dem Poole während der Parade gesprochen hatte.

»War der Soldat ein ehemaliger Frontkämpfer?« erkundigte sich Beevers.

»Er sah aus, als wäre er erst vor einer Woche aus dem Felde heimgekehrt«, sagte Mike und lächelte zaghaft.

»Und dieser Veteran hat sich wirklich ganz genau an mich erinnert und gemeint, ich hätte einen Orden verdient?«

»Er sagte, man hätte dir für das, was du getan hast, einen Orden verleihen sollen, um ihn dir dann wieder wegzunehmen, weil du vor den Journalisten den Mund so weit aufgerissen hast.«

»Lächerlich«, meinte Beevers. »Die Idee mit dem Orden finde ich nicht schlecht, aber was das Übrige angeht, da komme ich nicht mit. Ich bin stolz auf alles, was ich drüben getan habe, und ich hoffe sehr, daß es euch auch so geht. Wenn es nach mir ginge, bekämen wir alle einen Orden verliehen.« Er sah auf sein Hemd hinunter, strich es glatt und hob den Kopf. »Aber die Leute wissen ja immerhin, daß wir richtig gehandelt haben. Das ist genauso viel wert wie ein Orden. Die Leute hätten genauso entschieden wie das Kriegsgericht, auch wenn sie schon längst vergessen haben, daß das je geschehen ist.«

Conor fragte sich, wie Beans so etwas sagen konnte. Er sah nicht ein, woher die *Leute* wissen sollten, daß sie das Richtige getan hatten in Ia Thuc, wenn nicht einmal die Männer, die dort gewesen waren, genau wußten, was geschehen war.

»Du würdest dich wundern, wie vielen Männern ich begegne, ich meine andere Anwälte oder auch Richter, die wegen dieser Sache meinen Namen kennen«, sagte Beevers. »Um die Wahrheit zu sagen: Beruflich hat es sich für mich schon mehr als einmal ausgezahlt, so eine Art von Held zu sein.« Beevers schaute so harmlos und aufrichtig in die Runde, daß Conor sich am liebsten übergeben hätte. »Ich sehe keinen Grund, mich wegen irgend etwas zu schämen, was ich in Vietnam getan habe. Man muß das, was einem widerfährt, nur positiv betrachten.«

Michael Poole lachte. »Du sprichst mir aus der Seele, Harry.«

»Das ist wichtig«, beharrte Beevers auf seinem Standpunkt. Einen kurzen Augenblick wirkte er etwas verwirrt. »Ich habe fast den Eindruck, als würdet ihr drei mir irgend etwas zur Last legen.«

»Harry, ich habe dir nicht das Geringste vorgeworfen«, wandte Michael Poole ein.

»Ich auch nicht«, sagte Conor wütend. Er wies auf Tina Pumo. »Und Tina ebensowenig.«

»Wir haben Schritt für Schritt den ganzen Weg gemeinsam zurückgelegt«, erklärte Harry. Conor brauchte eine Weile, bis er dahinterkam, daß Harry jetzt wieder von Ia Thuc sprach. »Wir sind immer füreinander eingetreten. Wir sind ein Team gewesen. Wir alle miteinander, Spitalny eingeschlossen.«

Da konnte Conor nicht mehr an sich halten. »Ich wünschte, dieser Mistkerl wäre dort in die Luft geflogen«, unterbrach er Beevers. »Mir ist nirgends sonst so ein gemeiner, boshafter Mensch begegnet. Mann, Spitalny mochte *niemanden*. Stimmt das etwa nicht? Und er hat behauptet, er wäre von Wespen gestochen worden? In dieser Höhle? Mann, ich glaube nicht, daß es in Vietnam überhaupt Wespen gibt. Ich habe dort zwar Insekten so groß wie Hunde gesehen, aber niemals Wespen.«

Tina stöhnte auf. »Hör mir bloß mit Wespen auf. Kein Wort mehr von Insekten, ganz gleich was für welche!«

»Hast du deshalb solchen Ärger?« fragte Michael.

»Das Gesundheitsministerium ist auf sechsbeinige Lebewesen nicht sehr gut zu sprechen«, sagte Pumo. »Ich darf gar nicht daran denken.«

»Jetzt aber zurück zum Thema, wenn ihr nichts dagegen habt«, forderte Beevers seine Kameraden auf. Er sah Poole mit einem bedeutungsschweren Blick an.

Welches Thema denn zum Teufel, fragte sich Conor.

Pumo schlug vor: »Wie wär's denn, wenn wir hier noch einen kippen und dann runtergehen. Wir könnten etwas essen und mal sehen, was so los ist. Jimmy Stewart soll auch hier sein. Ich habe Jimmy Stewart schon immer gern gemocht.«

Beevers erkundigte sich: »Mike, bist du der einzige, der begriffen hat, worauf ich hinauswollte? Ruf denen doch mal ins Gedächtnis, warum wir überhaupt hier sind. Komm, hilf mir mal ein bißchen.«

»Lieutenant Beevers findet, es ist an der Zeit, daß wir über Koko sprechen«, sagte Poole.

4. KAPITEL

Der Anrufbeantworter

1

»Gib mir doch bitte meinen Diplomatenkoffer, Tina. Er steht irgendwo da hinten an der Wand.« Beevers saß auf der Bettkante. Er beugte sich vor und streckte den Arm aus. Tina griff nach dem Koffer. »Laß dir ruhig Zeit, wir haben es nicht eilig.«

Beevers legte sich den Diplomatenkoffer auf den Schoß und ließ die Schlösser aufschnappen.

Poole reckte den Kopf vor und sah in dem Koffer einen Stapel von Kopien einer wohlvertrauten Seite aus der Zeitung *Stars and Stripes*. Kopien anderer Zeitungsartikel waren drangeheftet. Beevers nahm die Bündel heraus und erklärte: »Für jeden von euch eins. Michael hat einen Teil dieses Materials schon gesehen, aber ich finde, jeder sollte Kopien von allem haben. Dann wissen alle ganz genau, worum es geht.« Er reichte Conor das erste Bündel zusammengehefteter Seiten. »Setz dich und konzentriere dich auf die Papiere.«

»Sieg Heil«, sagte Conor und nahm neben Michael Poole auf einem Stuhl Platz.

Beevers reichte auch Poole und Pumo die Kopien. Die letzten Exemplare legte er neben sich aufs Bett. Er schloß den Koffer und stellte ihn auf dem Boden ab.

Pumo bemerkte: »Laß dir ruhig Zeit, wir haben es nicht eilig.«

»Mein Gott, bist du empfindlich.« Beevers legte die Papiere auf seinen Schoß. Dann nahm er sie mit beiden Händen auf und versuchte blinzelnd, etwas zu entziffern. Er legte die Papiere beiseite und griff in die Brusttasche seiner Anzugjacke, um das Brillenetui herauszuholen. Dem Etui entnahm er eine übergroße Brille mit dünner ovaler Schildpattfassung. Beevers legte das Etui auf die Anzugjacke und setzte sich die Brille auf die Nase. Wieder inspizierte er die Unterlagen.

Poole hätte gern gewußt, wie oft Beevers diese kleine Charade am Tag vorführte. Sie entsprach in seinen Augen höchstwahrscheinlich dem typischen Verhalten eines Anwalts.

Beevers sah von den Papieren auf. Komische Krawatte oder vielmehr Fliege, Hosenträger, Riesenbrille. »Zunächst einmal, *mes amis*, möchte ich betonen, daß wir uns alle schon ganz gut amüsiert haben, und bevor wir wieder auseinandergehen, amüsieren wir uns noch viel mehr, aber...«, ein vielsagender Blick in Conors Richtung..., »wir sind jetzt hier in diesem Raum zusammen, weil wir gemeinsam wichtige Erfahrungen gesammelt haben. *Und:* Wir haben diese Erfahrungen überhaupt nur überlebt, weil wir uns aufeinander verlassen konnten.«

Beevers starrte auf die Papiere auf seinem Schoß. Pumo ermahnte ihn: »Komm schon zur Sache, Harry.«

»Wenn ihr nicht begreift, *wie* wichtig Teamwork ist, dann wißt ihr nicht, worum es geht«, ließ Beevers verlauten. »Lest bitte die Artikel. Es sind drei – einer aus *Stars and Stripes*, einer stammt aus der *Strait Times*, die in Singapur erscheint, und der dritte aus der *Bangkok Post*. Mein Bruder George ist Berufssoldat. Der wußte von den Koko-Vorfällen. Als ihm daher der Name in dem Artikel in *Stars and Stripes* in die Augen stach, schickte er mir den Artikel. Und er bat meinen älteren Bruder Sonny – der ist ebenfalls Berufssoldat in Manila drüben –, alle asiatischen Zeitungen, die er bekommen konnte, daraufhin zu durchforsten. George tat sich zur gleichen Zeit in Okinawa um. Zusammen sahen sie fast alle englischsprachigen Zeitungen durch, die im Fernen Osten erscheinen.«

»Du hast zwei Brüder, die sich auf Lebzeiten beim Militär verpflichtet haben?« erkundigte sich Conor. Sonny und George waren Berufssoldaten in Manila und Okinawa? Aus einer Familie wie der in der Mount Avenue?

Beevers sah ihn verärgert an. »Sie stießen schließlich auf die zwei Artikel aus Zeitungen in Singapur und Bangkok, und damit hat es sich. Ich habe inzwischen auf eigene Faust weiter nachgeforscht, aber lest erst mal die Artikel. Ihr werdet sehen, daß unser guter Junge nicht faul gewesen ist.«

Michael Poole trank einen Schluck und überflog den obersten Artikel. Am 28. Januar 1981 war ein freiberuflich tätiger Journalist namens Clive McKenna, 32 Jahre alt, Engländer und als Tourist in Singapur, tot aufgefunden worden. Ein Gärtner entdeckte den Leichnam in einem fast überwucherten Teil des Parks, der zum Goodwood Park Hotel gehörte. An Stelle von Augen und Ohren wies der Leichnam nur noch blutverkrustete tiefe Wunden auf. In Mr. McKennas Mund steckte eine Spielkarte. Auf der Oberseite stand das Wort Koko. Am 5. Februar 1981 betrat ein Taxator einen vermeintlich leeren Bungalow in der Nähe der Orchard Road in Singapur. Auf dem Fußboden im Wohnzimmer fand er die Leichen des 61jährigen William Martinson und seiner Frau, der 55jährigen Barbara Martinson. Beide lagen nebeneinander auf dem Rücken. Das Ehepaar stammte aus St. Louis. Mr. Martinson war leitender Angestellter in der Schwerindustrie. Seine Firma machte auch in Asien Geschäfte. Mrs. Martinson hatte ihren Mann auf dieser Geschäftsreise begleitet. Der tote Mr. Martinson hatte keine Augen und Ohren mehr. In seinem Mund steckte eine Spielkarte. Das Wort Koko war quer darübergekritzelt.

In der *Strait Times*, Erscheinungsdatum drei Tage später, stand noch, daß die Leichen von Mr. und Mrs. Martinson weniger als achtundvierzig Stunden nach ihrem Tode aufgefunden worden waren. Mr. Clive McKenna sei dagegen möglicherweise schon fünf Tage tot gewesen, als man den Toten entdeckte. Zwischen den Morden lägen also etwa zehn

Tage. Die Polizei in Singapur habe viele Hinweise bekommen. Es sei nicht auszuschließen, daß eine Festnahme unmittelbar bevorstehe.

Der Artikel aus der *Bangkok Post* vom 7. Juli 1981 klang emotionsgeladener. FRANZÖSISCHE JOURNALISTEN ERSCHLAGEN – so lautete die Überschrift. Alle ehrenwerten Bürger seien bestürzt und entsetzt über diese Tat. Solche Gewalttaten wirkten sich auf die Hotelbranche natürlich sehr nachteilig aus. Der Schock, die moralische Entrüstung, habe auch ungute Folgen für andere Geschäftszweige, etwa für Taxen und Mietwagenfirmen oder Restaurants. Das Verbrechen ginge mit an Sicherheit grenzender Wahrscheinlichkeit auf das Konto unerwünschter Fremder, sei von Ausländern an anderen Ausländern begangen worden. Das müsse man nicht nur bedenken, man müsse sich diese fast unumstößliche Tatsache immer wieder vor Augen halten. Die Polizei aller umliegenden Distrikte dürfe sich rühmen, wirklich alles nur Menschenmögliche zu tun, um die Mörder innerhalb der nächsten Tage dingfest zu machen. Falls es dadurch politisch gesehen zu Feindseligkeiten gegenüber Thailand kommen sollte, so ließe sich das nicht ändern.

Eingebettet in diese sonderbare Hysterie die Nachricht, daß Marc Guibert, 48 Jahre alt, und Yves Danton, 49 Jahre alt, beide Journalisten aus Paris, in ihrer Suite im Sheraton von Bangkok von einem Zimmermädchen tot aufgefunden worden waren, als dieses am Morgen die Zimmer in Ordnung bringen wollte. Die beiden Journalisten hätten mit durchschnittener Kehle gefesselt auf Stühlen gesessen. Beide hätten keine Augen und Ohren mehr gehabt. Die beiden Männer seien am Nachmittag des vorhergehenden Tages in Thailand eingetroffen. Allem Anschein nach seien sie weder angerufen worden noch hätten sie Besuch empfangen. Die beiden Toten hatten Spielkarten im Mund, die aus einem ganz gewöhnlichen Kartenspiel aus Malaysia stammten. Quer über beide Spielkarten sei mit der Hand das Wort oder der Name Koko in Druckbuchstaben geschrieben worden.

Tina und Conor lasen noch, Tina gespielt gleichgültig, Conor mit eiserner Konzentration. Harry Beevers saß kerzengerade da, klopfte mit einem Bleistift gegen seine Schneidezähne und starrte ins Leere.

Mit der Hand geschrieben. Michael sah das vor sich: die Buchstaben so tief eingegraben, daß sie sich bis auf die Rückseite durchdrückten. Poole erinnerte sich noch daran, wie er zum erstenmal eine solche Spielkarte im Mund eines Toten in einem schwarzen Schlafanzug gesehen hatte. Ein Punkt für unsere Seite, hatte er gedacht. Okay.

Pumo sagte: »Ich fürchte, der gottverdammte Krieg ist noch immer nicht vorbei.«

Conor sah von dem Artikel aus der *Bangkok Post* auf. »Mann, das kann ja irgendwer gewesen sein. Hier wird doch klipp und klar behauptet, es handle sich um einen politischen Mord. Ach, zum Teufel mit der ganzen Sache.«

Beevers widersprach ihm. »Du glaubst doch nicht im Ernst, es ist ein

Zufall, daß der Mörder immer das Wort Koko auf eine Spielkarte schreibt, die er dann den Opfern in den Mund steckt?«

»Und ob ich das glaube«, verteidigte sich Conor. »Könnte doch schließlich sein. Oder es könnten Morde aus politischen Motiven sein, wie es hier in der Zeitung heißt.«

»Tatsache ist, daß es eigentlich nur unser Koko sein kann«, gab Pumo mit gedehnter Stimme zu bedenken. Er breitete die drei Zeitungsausschnitte neben sich auf dem Bett aus. »Und deine Brüder haben nur diese Artikel gefunden? Im Anschluß daran wurde nichts mehr gebracht?«

Beevers schüttelte den Kopf. Er beugte sich vor, hob sein Glas vom Boden auf und prostete ihnen spöttisch zu, ohne jedoch zu trinken.

»Du nimmst das alles auf die leichte Schulter. Dir gehen die Morde anscheinend nicht sehr an die Nieren«, warf ihm Pumo vor.

»Eines Tages, meine lieben Freunde, kann man daraus eine verdammt gute Story machen. Ich meine das ganz ernst. Man sollte ein Buch darüber schreiben. Darüber hinaus sollte man sich die Filmrechte sichern. Aber ehrlich gesagt wäre ich auch mit einer Miniserie schon ganz zufrieden.«

Conor schlug die Hände vors Gesicht. Poole sagte: »Du bist ja übergeschnappt.«

Beevers wandte sich ihnen zu, ohne mit der Wimper zu zucken. »Ich will, daß ihr euch eines Tages daran erinnert, wer zuerst gesagt hat, daß wir an dieser Sache alle eine Menge Geld verdienen können. Wenn wir es richtig anstellen. *Mucho dinero.*«

»Halleluja«, sagte Conor. »Der Lieutenant a. D. macht uns reich.«

»Haltet euch doch mal die Tatsachen vor Augen.« Beevers hob die Hand wie ein Haltesignal während er sich einen Schluck aus seinem Glas zu Gemüte führte. »Ein Jurastudent, der bei uns die Daten zusammenträgt, hat auf meine Anweisung hin Nachforschungen angestellt. Während der Arbeitszeit, das kostet uns also nichts. Er hat ein halbes Dutzend der wichtigsten Großstadtzeitungen von einem Jahr durchforstet. Das gilt auch für die Rundfunksendungen. Mit welchem Ergebnis? Natürlich abgesehen von den Berichten in den Zeitungen von St. Louis über die Martinsons sind Koko und die Morde hier bei uns weder in der Presse noch im Rundfunk auch nur mit einem Wort erwähnt worden. Auch in den Zeitungsberichten aus St. Louis war von den Spielkarten keine Rede. Koko trat nicht in Erscheinung.«

»Ist es möglich, daß zwischen den Opfern eine Verbindung besteht?« fragte Michael.

»Haltet euch doch mal die Tatsachen vor Augen. Ein englischer Tourist in Singapur – unser Jurastudent hat McKenna unter die Lupe genommen. Er hat einen Reiseführer über Australien und Neuseeland geschrieben, dann ein paar Krimis und das Buch *Ihr Hund kann länger leben.* Vielleicht wollte er in Singapur recherchieren. Wer weiß? Die Martinsons waren ein unauffälliges amerikanisches Ehepaar auf Geschäftsreise. Die Firma

von Mr. Martinson hat im Fernen Osten eine ganze Ladung Bulldozer und Kräne verkauft. Dann wären da noch die zwei französischen Journalisten, die für *L'Express* tätig waren. Guibert und Danton waren wegen der Massagesalons nach Bangkok gekommen. Sie waren schon seit vielen Jahren miteinander befreundet und machten alle paar Jahre zusammen *Urlaub*. Sie waren nicht beruflich in Bangkok, sondern auf eigene Faust.«

»Ein Engländer, zwei Franzosen und zwei Amerikaner«, konstatierte Michael.

»Ein ganz eindeutiges Beispiel für eine rein zufällige Auslese«, erklärte Beevers. »Ich glaube, diese Leute hatten einfach das Pech, zur falschen Zeit am falschen Ort zu sein. Sie haben vielleicht eingekauft oder an der Bar gesessen und sind dort mit einem vertrauenserweckenden Amerikaner ins Gespräch gekommen, der viel Interessantes zu erzählen wußte. Der hat sie dann schließlich an einen ruhigen Ort entführt, wo er ungestört war und ihnen den Garaus machen konnte. Der Bösewicht par excellence. Der typisch amerikanische Psychopath.«

»Martinsons Frau hat er aber nicht verstümmelt«, konstatierte Michael.

»Nein, die hat er einfach nur getötet«, bestätigte Beevers. »Wäre es dir lieber, er würde alle seine Opfer verstümmeln? Vielleicht hat er nur den Männern die Ohren abgeschnitten, weil er in Vietnam nur gegen Männer gekämpft hat.«

»Na schön«, mischte sich jetzt Conor ein. »Nehmen wir mal an, daß es sich um unsern Koko handelt. Was würde das schon ändern?« Er sah Michael fast unwillig an und zuckte die Achseln. »Ich meine, ich gehe bestimmt nicht zur Polizei oder so was. Ich habe keine Aussage zu machen.«

Beevers beugte sich vor und starrte Conor beschwörend an. »Ich bin ganz deiner Meinung.«

»Was, du bist der gleichen Meinung?«

»Wir können der Polizei gegenüber keine Aussage machen. Vorerst wissen wir noch nicht einmal genau, ob Koko wirklich Tom Underhill ist.« Er richtete sich wieder auf und sah Poole an. Einer seiner Mundwinkel verzog sich zur Andeutung eines Lächelns. »Gefeierter oder nicht so gefeierter Krimiautor, wohnhaft in Singapur.«

Mit Ausnahme von Beevers schlossen die Männer im Zimmer die Augen bis auf einen kleinen Spalt.

»Sind seine Bücher wirklich so irre?« fragte Conor schließlich. »Wißt ihr noch, was für verrücktes Zeug er zusammengeredet hat? Wie hieß das Buch doch gleich?«

»*Der wildgewordene Soldat*«, klärte ihn Pumo auf. »Ich konnte es kaum glauben, als mir zu Ohren kam, daß er ein paar Bücher geschrieben hat, die tatsächlich gedruckt worden sind. Er hat so oft darüber gesprochen, daß ich mir nicht vorstellen konnte, daß wirklich was draus wird.«

»Aber es ist was draus geworden«, sagte Poole. Ganz wider Willen staunte er und war sogar bestürzt, daß Tina keines von Underhills Büchern gelesen hatte. »Es hieß *Tier in Sicht*, als es herauskam.«

Beevers sah Poole erwartungsvoll an, die Daumen in die Hosenträger eingehakt.

»Du glaubst also wirklich, daß es sich um Underhill handelt?« fragte Poole.

»*Halte dir doch mal die Tatsachen vor Augen*«, wiederholte Beevers. »Der Täter, der die Morde an McKenna, den Martinsons und den beiden französischen Journalisten begangen hat, ist ein- und derselbe Mensch. Wir haben es also mit einem Serienmörder zu tun, der sich dadurch zu erkennen gibt, daß er seinen Opfern Spielkarten in den Mund steckt, auf denen das Wort Koko steht. Was bedeutet dieses Wort?«

Pumo sagte: »Das ist der Name eines Vulkans auf Hawaii. Können wir jetzt gehen, damit wir Jimmy Stewart nicht verpassen?«

»Underhill hat mir erzählt, ›Koko‹ sei der Titel eines Liedes«, behauptete Conor.

»›Koko‹ steht für viele Dinge, darunter für die paar in Gefangenschaft gehaltenen Pandabären, einen hawaiischen Vulkan, eine thailändische Prinzessin und Jazzsongs von Duke Ellington und Charlie Parker. Im Mordfall Dr. Sam Sheppard spielte sogar ein Hund namens Koko eine Rolle. Aber das alles hat nichts zu bedeuten. Mit Koko sind wir gemeint und nichts sonst.« Beevers verschränkte die Arme vor der Brust und blickte in die Runde. »Ich war voriges Jahr nicht in Singapur oder Thailand. Bist du dort gewesen, Michael? *Haltet euch doch mal die Tatsachen vor Augen*. McKenna ist ermordet worden, unmittelbar nachdem die Geiseln aus dem Iran zurückgekommen waren – als Helden. Sie sind hier mit Paraden und Titelgeschichten gefeiert worden. Habt ihr gesehen, daß ein Vietnamveteran in Indiana ausgeflippt ist und zur gleichen Zeit ein paar Menschen umgebracht hat? He, verrate ich euch damit etwas Neues? Was habt ihr empfunden?«

Alle schwiegen.

»Ich auch«, sagte Beevers. »Ich habe mich gegen dieses Gefühl zur Wehr gesetzt, doch das hat nichts geholfen. Ich habe es ihnen nicht gegönnt, daß sie so geehrt wurden, bloß weil sie als Geiseln festgehalten worden waren. Dieser Veteran in Indiana muß wohl das gleiche empfunden haben und hat das nicht verkraftet. Was glaubt ihr, ist mit Underhill geschehen?«

»Oder wer immer die Morde begangen haben mag«, wandte Poole ein.

Beevers sah ihn grinsend an.

»Hört mal, ich finde, das ist sowieso alles Wahnsinn«, sagte Pumo. »Aber abgesehen davon – ist euch je der Gedanke gekommen, daß Victor Spitalny Koko sein könnte? Kein Mensch hat ihn mehr zu Gesicht bekommen, seit er Dengler vor fünfzehn Jahren in Bangkok verlassen hat. Vielleicht lebt er ja noch drüben.«

Poole staunte nicht schlecht, als Conor einwandte: »Spitalny kann nicht mehr am Leben sein. Mann, der hat das Dreckszeug doch *getrunken.*«

Poole schwieg dazu.

»Und nachdem Spitalny in Bangkok untergetaucht war, kam es ja noch einmal zu einem Koko-Zwischenfall«, gab Beevers zu bedenken. »Ich glaube, selbst wenn der ursprüngliche Koko einen Nachahmer gefunden haben sollte, ist der gute alte Victor aus dem Schneider. Ganz gleich, wo er sich aufhält.«

»Ich gäbe viel darum, wenn ich mich mit Underhill unterhalten könnte«, meinte Pumo. Poole gab ihm insgeheim recht. »Ich habe Tim eigentlich immer gern gemocht – sehr gern sogar. Wißt ihr, wenn ich nicht diesen Saustall in meiner Küche ausmisten müßte, wäre ich versucht, einfach rüberzufliegen, um Tim aufzuspüren. Vielleicht könnten wir ihm helfen, etwas für ihn zu tun.«

»Das ist ja ein hochinteressanter Vorschlag«, sagte Beevers.

2

»Ich bitte um die Erlaubnis, mich rühren zu dürfen, *Sir!*« gröhlte Conor. Beevers stierte ihn nur an. Da stand Conor auf, schlug Michael auf die Schulter und deklamierte: »Wißt ihr, um welche Stunde die Dunkelheit hereinbricht, Fledermäuse allüberall die Luft durchfurchen und wilde Hunde anheben zu heulen?«

Poole blickte amüsiert auf. Harry Beevers wollte gerade seinen Stift zum Mund führen. Er erstarrte mitten in der Bewegung und sah Conor ungläubig und gereizt an.

Conor neigte sich zu Beevers hinab und zwinkerte ihm zu. »Zeit für das nächste Bier.« Er nahm eine tropfende Flasche aus dem Sektkühler und hob den Kronenkorken ab. »Der Lieutenant ist also der Ansicht, wir sollten einen kleinen Suchtrupp losschicken, der Underhill aufspürt, damit wir sehen, wie verrückt er ist?«

»Also, Conor, da du schon danach fragst«, sagte Beevers mit erzwungener Ruhe, »etwas in der Richtung läge durchaus im Bereich der Möglichkeiten.«

»Wirklich rüberfliegen?« hakte Pumo nach.

»Du hast es als erster gesagt.«

Conor leerte die halbe Flasche Bier auf einen Zug und schluckte kontinuierlich. Er leckte sich die Lippen. Dann ging er zu seinem Stuhl zurück, wo er sich wieder einen langen Zug genehmigte. Alles war völlig außer Rand und Band geraten. Er konnte sich jetzt einfach bequem zurücklehnen, sich entspannen und abwarten, bis das auch die anderen erkannten.

Wenn der Lieutenant a. D. jetzt behauptet, daß er sich noch immer als Vorgesetzten Underhills betrachtet, übergebe ich mich auf der Stelle, dachte Conor.

»Ich weiß nicht, ob ihr das eine moralische Verantwortung nennen wollt oder nicht, aber ich finde, wir sollten uns selbst um die Angelegenheit kümmern. Wir haben den Mann gekannt, wir waren dort«, äußerte sich Beevers.

Conor riß den Mund auf, schluckte Luft und wartete ab, daß der Druck auf seinem Zwerchfell immer stärker wurde. Nach einer oder zwei Sekunden rülpste er laut und vernehmlich.

»Ich verlange ja nicht von dir, daß du auch Verantwortungsgefühl an den Tag legst«, ließ Beevers sich vernehmen. »Aber hör doch auf, dich so kindisch zu benehmen.«

»Lieber Himmel, wie soll ich denn nach Singapur fliegen?« brüllte Conor. »Ich habe nicht mal soviel Geld auf der Bank, daß ich damit auch nur um den Block käme. Mann, meine allerletzten Dollars sind für die Reise hierher draufgegangen. Ich schlafe in Tinas Zimmer auf der Couch, weil ich mir bei dieser Wiedersehensfeier nicht mal ein eigenes Zimmer leisten kann. So steht's mit mir, Mann. Also jetzt bitte mal im Ernst, ja?«

Schon im nächsten Augenblick war es Conor sehr peinlich, daß er in Mikes Gegenwart die Beherrschung verloren hatte. So erging es ihm fast immer, wenn er mehr trank, als er vertrug. Dann bekam er ganz urplötzlich diese Wutanfälle. Er mußte etwas sagen, um sich nicht noch mehr zum Narren zu machen. »Ich meine, ich wollte damit sagen, na schön, ich bin ein Armleuchter, ich hätte nicht so brüllen dürfen. Aber ich bin nun mal nicht wie ihr. Ich bin kein Arzt, kein Anwalt und auch kein Indianerhäuptling. Mann, ich bin völlig pleite. Früher gehörte ich zu den alten Armen, jetzt gehörte ich zu den neuen Armen. Ich bin ein gutes Beispiel für die neue Armut. So, jetzt wißt ihr es.«

»Ich bin auch kein Millionär«, erklärte Beevers. »Vor zwei Wochen habe ich gekündigt. Ich gehör nicht mehr zu der Anwaltskanzlei Caldwell, Moran, Morissey. Eine ganze Reihe von Gründen hat dabei eine Rolle gespielt. Tatsache ist jedenfalls, daß ich jetzt arbeitslos bin.«

»Dein eigener Schwager hat dich vor die Tür gesetzt?« erkundigte sich Conor verblüfft.

»Nein, ich habe von mir aus gekündigt«, berichtigte ihn Beevers. »Pat und ich sind *geschieden.* Zwischen Charles Caldwell und mir ist es zu ernsthaften Auseinandersetzungen gekommen. Um meine Finanzen steht es nicht viel besser als um deine, Conor. Aber ich habe eine ganz gute Abfindung ausgehandelt und bin gern bereit, dir zinsfrei ein paar tausend Dollar zu leihen. Die könntest du zurückzahlen, wie es dir am besten paßt. Damit wäre dir ja wohl geholfen.«

»Ich würde natürlich auch gern helfen«, erklärte Michael Poole. »Harry, das heißt zwar noch nicht, daß ich einverstanden bin, aber es dürfte meiner Meinung nach nicht allzu schwierig sein, Underhill zu finden. Er bekommt doch sicher Vorschüsse und Tantiemen von seinem Verlag. Vielleicht schickt der Verlag ihm sogar die Fanpost nach.

Ich wette, wir brauchen da bloß anzurufen und kriegen Underhills Adresse.«

»Ich kann es einfach nicht fassen«, mischte sich Pumo ein. »Ihr müßt alle drei den Verstand verloren haben.«

»Du warst der erste, der gesagt hat, du würdest gerne rüberfliegen«, rief ihm Conor ins Gedächtnis.

»Ich kann nicht einen Monat einfach alles hinter mir zurücklassen. Mein Leben spielt sich hier ab. Vergeßt nicht, daß ich Restaurantbesitzer bin.«

Pumo wußte nicht, wann alles außer Kontrolle geraten war. Na schön, dachte Conor. Singapur, was soll's?

»Tina, wir brauchen dich doch.«

»Hier werde ich entschieden mehr gebraucht. Rechnet nicht mit mir.«

»Wenn du nicht mitkommst, wirst du es dein Leben lang bereuen.«

»Lieber Himmel, Harry, schon morgen klingt das wie der reinste Witz. Was wollt ihr denn tun, falls es euch tatsächlich gelingt, ihn aufzuspüren?«

Pumo will in New York bleiben, damit er weiter seine Spielchen mit Maggie Lah spielen kann, dachte Conor.

»Das wird sich dann schon finden«, sagte Beevers.

Conor zielte und schleuderte die leere Bierflasche in Richtung Papierkorb. Er verfehlte ihn jedoch um etwa einen Meter. Die Flasche rollte unter die Kommode. Conor konnte sich nicht mehr daran erinnern, wann er von Wodka zum Bier übergegangen war. Vielleicht hatte er mit Bier angefangen, sich dann auf den Wodka verlegt, um dann wieder reumütig zu Bier zurückzukehren. Conor inspizierte die Gläser auf dem Tisch und versuchte, sein altes wiederzuerkennen. Conor goß großzügig eine Menge Wodka in das nächstbeste Glas. Er füllte es etwa bis zur Hälfte. Dann nahm er eine Handvoll Eiswürfel aus dem Eimer und ließ sie in das Glas fallen. Er hob das Glas, um einen Toast auszubringen und trank. Als er gerade sprechen wollte, bat ihn Beevers, sich zu setzen und den Mund zu halten. Als er sich wieder neben Michael setzte, verschüttete er etwas Wodka über seine Hose.

»Können wir jetzt gehen und Jimmy Stewart suchen?« fragte Pumo.

3

Nach einer Weile schlug jemand vor, er solle sich doch auf Michaels Bett ausstrecken und ein kleines Schläfchen halten, aber Conor lehnte ab. Nein, nein, ihm gehe es glänzend, schließlich befinde er sich in Gesellschaft seiner Kameraden, dieser Bastarde. Er mußte nur in Bewegung bleiben. Wer Singapur noch richtig buchstabieren und schreiben konnte, war doch noch ganz gut beieinander...

Mit einem Mal fand er sich im Flur draußen wieder. Seine Füße bereiteten ihm Schwierigkeiten. Mikey hielt mit eisernem Griff seinen linken Arm umklammert. »Welche Zimmernummer habe ich?« fragte er Mike.

»Du übernachtest mit in Tinas Zimmer.«

»Der gute alte Tina.«

Sie bogen um eine Ecke. Da sah er Harry Beevers und Tina. Sie warteten am Lift auf sie. Beevers kämmte sich vor einem großen Spiegel.

Dann bekam er mit, daß er im Lift auf dem Boden saß, doch bevor die Türen aufglitten, kam er wieder auf die Beine.

»Harry, du bist süß«, sagte er zu Beevers Hinterkopf.

Die Aufzugtüren glitten auf, und sie bewegten sich eine Ewigkeit durch lange kahle Gänge, in denen es von Menschen nur so wimmelte. Conor stieß ständig mit irgendwelchen Leuten zusammen, die viel zu ungeduldig waren, um sich seine Entschuldigungen anzuhören. Er hörte Leute singen, und zwar ›Homeward Bound‹, in seinen Augen das schönste Lied der Welt. Wenn er ›Homeward Bound‹ hörte, kamen ihm gleich die Tränen.

Michael sorgte schon dafür, daß er nicht hinfiel. Conor fragte sich, ob Michael überhaupt wußte, was für ein großartiger Mensch er war. Ganz bestimmt nicht, das war ja gerade das Großartige an ihm.

»Mir geht es wirklich gut«, beteuerte er.

In einem dunklen Gang setzte er sich neben Michael. Ein schwarzhaariger Mann mit einem dünnen Schnurrbart und einem Gürtel unter seinem Smoking, durch den er ihm wie ein Preisboxer erschien, sang *America The Beautiful* und sprang und hüpfte auf der Bühne vor der Kapelle hin und her.

»Wir haben Jimmy Stewart versäumt«, flüsterte ihm Mike zu. »Der hier ist Wayne Newton.«

»Wayne Newton?« fragte Conor und merkte selbst, daß er viel zu laut gesprochen hatte. Die Leute lachten über ihn. Es war Conor furchtbar peinlich, daß Mikey ihn korrigieren mußte. Wayne Newton war ein fetter Teenager, der wie ein Mädchen sang. Dieser Profi aus Las Vegas war nicht Wayne Newton. Conor schloß gequält die Augen. Da begann sich sofort der ganze dunkle Saal um ihn zu drehen, in immer größer werdenden Kreisen. Conor bekam die Augen nicht mehr auf. Applaus, Pfiffe und Beifallsrufe klangen ihm in den Ohren. Anfänglich hörte er sich noch selber schnarchen, doch gleich darauf verlor er das Bewußtsein.

4

»Wir ziehen nicht so viele Groupies an wie Popstars«, meinte Harry Beevers zu Michael Poole gewandt. »Aber da sitzen welche. Das sind im Grunde Durchschnittsfrauen mit einem Quentchen Abenteuerlust.

Ist er hinüber? Leg ihn doch auf deine Couch und komm dann wieder zu uns runter an die Bar.«

»Ich möchte ins Bett gehen«, erklärte Poole. Conor Linklater, der hundertsechzig Pfund wog und ihm doppelt so schwer vorkam, hing über seiner Schulter.

Beevers blies Poole seinen Alkoholatem ins Gesicht. »Vietnamgroupies sind zwar kompliziert, aber inzwischen bin ich ihnen auf die Schliche gekommen. Sie sind ganz hin bei dem Gedanken, daß wir Soldaten und Kämpfer sind, aber irgendwie mehr durchgeistigt als andere Veteranen. Das ist der erste Grund. Zweitens haben sie etwas von Sozialarbeitern an sich und wollen uns demonstrieren, daß unser Land uns liebt. Drittens wissen sie nicht, was wir da drüben gemacht haben, und das nimmt sie für uns ein.« Beevers sah ihn mit glänzenden Augen an. »Hier sind sie anscheinend genau richtig. Sie träumten davon, Tausende von Meilen anzureisen, nur um hier in unserer Nähe an der Bar zu sitzen.«

Poole konnte sich des unguten Gefühls nicht erwehren, daß Harry damit ohne es zu wissen seine geschiedene Frau Pat Caldwell beschrieb.

Michael lud Conor auf der einen Seite des Bettes ab, das das Zimmermädchen nicht aufgedeckt hatte. Dann zog er seinem Freund die schwarzen Schuhe aus und hakte ihm den Gürtel auf. Conor stöhnte. Seine bleichen von Adern durchzogenen Augenlider flatterten. Mit seinem kurzgeschorenen roten Haar und dem blassen Teint wirkte er wie ein Neunzehnjähriger. Ohne seinen struppigen Bart und Schnurrbart sah er wieder ganz genauso aus wie damals in Vietnam. Poole deckte Linklater mit einer Decke aus dem Kleiderschrank zu. Dann knipste er die Deckenlampe und die Nachttischlampe aus. Wenn Conor auf einer Couch in Pumos Zimmer schlafen sollte, mußte Pumo eine Suite genommen haben. In Pooles Zimmer stand jedenfalls keine Couch, auf der es sich ein benommener Gast hätte bequem machen können. Beevers hatte zweifellos auch eine Suite gebucht. Denn Harry wäre es nicht eingefallen, Conor die Couch in seiner Suite anzubieten.

Es war kurz vor Mitternacht. Poole schaltete den Fernseher an und stellte den Ton ganz leise. Dann nahm er in einem der Sessel Platz und zog sich die Schuhe aus. Charles Bronson stand in einer schönen, aber öden Gegend am Straßenrand. Vielleicht irgendwo im Westen von Irland. Durch ein Fernglas beobachtete er einen grauen Mercedes-Benz, der eine kiesbestreute Auffahrt zu dem fürstlichen Herrenhaus hochfuhr. Einen Augenblick umhüllte den Mercedes spürbar unheilschwangere Ruhe. Dann loderten plötzlich Flammen auf, und der Wagen explodierte.

Michael griff nach dem Telefon und stellte es neben sich auf den Tisch. Das Zimmermädchen hatte die Flaschen in Reih und Glied aufgestellt, die durchsichtigen Plastikbecher ineinandergesteckt, die leeren weggeworfen und die Platte mit dem Käse in Cellophan gehüllt. Im Eimer stand eine Flasche Bier noch bis zum Hals im Wasser. Drumherum schwammen schon halb geschmolzene Eisstückchen. Michael griff sich einen sauberen Becher, tauchte ihn in den Sektkühler und trank einen Schluck von dem Eiswasser.

Conor murmelte ›Gugel‹ und vergrub sein Gesicht im Kissen.

Einem plötzlichen Impuls folgend griff Michael nach dem Hörer und wählte die Privatnummer seiner Frau. Es war ja immerhin möglich, daß Judy noch wach war, im Bett lag und las, während der Fernseher lief, den sie sich zur Gesellschaft eingeschaltet hatte. Doch das Programm ignorierte sie mit Erfolg.

Das Telefon läutete bei Judy. Dann klickte es, als habe jemand den Hörer abgenommen. Poole hörte das Band laufen und erkannte, daß Judy den automatischen Anrufbeantworter eingeschaltet hatte.

»Judy kann das Gespräch im Augenblick nicht selbst annehmen, aber wenn Sie nach dem Piepston Ihren Namen, Ihre Telefonnummer und Ihre Nachricht hinterlassen, meldet sie sich so bald wie möglich bei Ihnen.« Das alles in gänzlich unbeteiligtem Tonfall.

Er wartete den Piepston ab.

»Judy, ich bin es, Michael. Bist du zu Hause?« Der Anrufbeantworter war an das Telefon in ihrem Arbeitszimmer angeschlossen, das neben dem Schlafzimmer lag. Wenn sie im Bett noch wachlag, würde sie seine Stimme hören. Doch Judy antwortete nicht. Nur das Band spulte sich ab.

Er sprach ganz mechanisch ein paar Sätze auf Band. Zum Schluß sagte er: »Am späten Sonntagabend bin ich wieder zu Hause. Also, bis dann.«

Im Bett las Michael ein paar Seiten aus dem Buch von Stephen King, das er mitgenommen hatte. Neben ihm im Bett ächzte und schnaufte Conor Linklater. Was sich in dem Buch abspielte, wirkte lediglich ein kleines bißchen sonderbarer und bedrohlicher als das, was einem täglich widerfuhr. Auch im wirklichen Leben war man vor dem Unwahrscheinlichsten und vor Gewalttaten nicht sicher. Stephen King schien das zu wissen.

Das Buch erregte ihn sehr und als er schließlich das Licht ausmachte, war er schweißgebadet. Er träumte von einer Militärstation, die um ein Vielfaches größer war als Camp Crandall. Das Camp war jenseits des Stacheldrahtzauns, der es umgab, von Hügeln umgeben, die einst dicht mit Bäumen bewachsen gewesen waren. Jetzt waren sie so zerbombt, verkohlt und entlaubt, daß aus der pulverisierten braunen Erde nur noch verkohlte Baumstümpfe aufragten. Er ging an einer Reihe leerer Zelte vorbei. Das Schweigen lastete auf ihm. Er war allein. Das Camp lag ganz verlassen da. Er war zurückgeblieben. Vor dem Hauptquartier der Kompanie ein Fahnenmast, an dem keine Fahne mehr wehte. Er trottete an dem leeren Gebäude vorbei und kam in eine völlig verlassene Gegend.

Es roch beißend nach brennendem Unrat. Er wußte, daß er gar nicht träumte. Er war wirklich in Vietnam... sein *übriges* Leben war geträumt. Poole hatte in seinen Träumen noch nie etwas gerochen. Er war sogar davon überzeugt, daß er meistens nicht einmal farbig träumte. Poole drehte sich um.

Eine alte Vietnamesin sah ihn mit ausdrucksloser Miene an. Sie stand neben einem Ölfaß mit brennenden Kerosin-durchtränkten Exkrementen. Dichter schwarzer Qualm stieg von dem Faß auf und verdunkelte den Himmel.

Kein Wunder, daß er verzweifelt war.

Er hatte Vietnam nie verlassen. Alles, was seither geschehen war, war lediglich dem Wunschtraum eines Neunzehnjährigen entsprungen.

Zwischen durch:

Der Tisch ist mit Unmengen von Eßbarem beladen – doch Conor hat keinen Appetit. Eine unvernünftige Haltung – denn „für unsere Reise müssen wir bei Kräften bleiben", lautet der Ratschlag, den auch wir beherzigen sollten: Selbst wer die Reise nur auf den Buchseiten unternimmt, kann immer dem kleinen Hunger zwischendurch begegnen. Dann ist es gut, wenn man vorgesorgt hat – mit der…

5. KAPITEL

Beans Beevers am Memorial

1

Poole erwachte mit der verblassenden Erinnerung an Qualm und Lärm, an Artilleriefeuer und Männer in Uniform, die im Stechschritt durch ein brennendes Dorf marschierten. Doch er stieß diese Vision sofort in den Bereich des Vergessens hinab. Das geschah ganz unbewußt. Bewußt nahm er sich dagegen vor, in Westerholm in die Buchhandlung Walden zu gehen, um ein Buch für eine zwölfjährige Patientin namens Stacy Talbot zu kaufen, bevor er sie im Krankenhaus St. Bartholomew besuchte. Dann fiel ihm ein, daß er sich ja in Washington aufhielt. Sein nächster Gedanke war, ob Tim Underhill wohl noch am Leben war. Eine neue Vision überfiel ihn – nur den Bruchteil eines Augenblicks: er sah sich in einem sehr gepflegten Friedhof in Singapur am Grab von Tim Underhill stehen und mit einem Gefühl des Bedauerns und der Erleichterung auf dessen Grabstein starren.

Oder war Underhill wahnsinnig geworden – davon überzeugt, daß sein Land sich immer noch im Kriegszustand befand?

Conor Linklater schien sich davongemacht zu haben. Nur das zerwühlte Kissen und die zerknautschte Bettdecke zeugten noch davon, daß er im gleichen Bett geschlafen hatte. Poole kroch durch das Bett und sah auf Conors Seite über die Bettkante hinunter. Conor lag auf dem Boden und schlief, zusammengerollt, mit offenem Mund und bewegungslosen Augenlidern.

Michael trat den Rückzug an, stieg aus dem Bett und ging auf leisen Sohlen ins Bad, um zu duschen.

»Lieber Himmel«, sagte Conor, als Michael aus dem Bad kam. Er saß auf einem der Stühle und preßte beide Hände an den Kopf. »Wie spät ist es überhaupt?«

»Ungefähr halb elf.« Poole nahm Socken und Unterwäsche aus dem Koffer und begann sich anzuziehen.

»Mann, so was von einem Blackout«, sagte Conor. »Ich habe einen gräßlichen Kater.« Er hatte die Hände vors Gesicht geschlagen und blinzelte Poole zwischen seinen Fingern hindurch an. »Wie bin ich überhaupt hierher gekommen?«

»Na ja, ich habe dir geholfen.«

»Mensch, vielen Dank.« Linklater stöhnte. Er stützte den Kopf mit den Händen, die er vors Gesicht geschlagen hatte. »Ich muß mein Leben ändern. Bin in letzter Zeit zu oft versumpft. Ich werde langsam älter, da muß ich kürzer treten. *Puh!*« Er richtete sich auf und sah sich im Zimmer um, als fände er sich nicht zurecht. »Wo sind denn meine Anziehsachen?«

»In Pumos Zimmer«, sagte Michael und knöpfte sich das Hemd zu.

»So was Blödes. Ich habe meinen ganzen Mist bei ihm gelassen. Mann, ich wünschte, er käme mit nach Asien, du nicht auch? Pumo der Puma. Er sollte wirklich mitkommen. He, Mikey, darf ich in deinem Bad unter die Dusche, bevor ich wieder raufgehe?«

»Meine Güte«, sagte Poole, »ich habe es gerade saubergemacht.«

Conor stand auf und ging durchs Zimmer wie ein alter Mann nach einem Schlaganfall. Die Haare standen ihm zu Berge wie kleine orangefarbene Spieße. »Sag mal, bilde ich mir das nur ein oder hat Beans wirklich gesagt, er würde mir ein paar tausend Piepen leihen?«

Michael nickte.

»Glaubst du, er hat das ernst gemeint?«

Wieder nickte Michael.

»Aus dem werde ich wohl niemals schlau«, murmelte Conor und knallte die Badezimmertür hinter sich zu.

Poole schlüpfte in seine Slipper. Dann ging er zum Telefon, um Judy anzurufen. Sie meldete sich nicht. Auch ihr Anrufbeantworter blieb stumm. Poole legte wieder auf.

Ein paar Minuten später rief ihn Beevers an, um Michael und Conor mitzuteilen, daß in einer halben Stunde, also um Punkt elf Uhr, alle in seiner Suite zum Frühstück eingeladen seien. Er riet Michael noch, sich zu beeilen, wenn er mehr als eine Bloody Mary abbekommen wolle.

»Mehr als eine?«

»Na ja, du hast dich wahrscheinlich heute nacht nicht so verausgabt wie ich«, prahlte Beevers. »Vor einer oder zwei Stunden ist eine entzückende Dame gegangen – eine von der Sorte, über die ich gestern abend noch gesprochen habe. Das war eine Wohltat wie ein Monat auf dem Lande. Michael, versuch Pumo klarzumachen, daß es auf der Welt wichtigere Dinge gibt als sein Restaurant. Bitte, tu mir den Gefallen.« Bevor Poole noch etwas darauf erwidern konnte, hatte er schon aufgelegt.

2

Beevers Suite bestand nicht nur aus einem langgestreckten Wohnzimmer mit Schiebetüren, durch die man auf einen großen Balkon hinausgelangte – zu der Suite gehörte auch ein Eßzimmer. Dort saßen Michael, Pumo und Beans Beevers um einen runden Tisch herum, der mit Unmengen von Eßbarem beladen war.

Conor saß auf dem Sofa im Wohnzimmer über eine Tasse schwarzen Kaffee gebeugt. »Ich esse später etwas«, sagte er.

»*Mangia, mangia.* Für unsere Reise müssen wir bei Kräften bleiben.« Beevers schwenkte eine Gabel, von der Eigelb und Sauce Hollandaise tropften. Sein schwarzes Haar und seine Augen glänzten. Sein weißes Hemd hatte er frisch aus der Verpackung genommen, die Ärmel aufgerollt. Seine ganz nüchtern gestreifte Fliege war perfekt gebunden. Die dunkelblaue Anzugsjacke, die über seiner Stuhllehne hing, hatte einen breiten kreideweißen Streifen. Er sah aus, als müsse er vor dem Obersten Gerichtshof und nicht vor dem Vietnam Memorial antreten.

»Ist es euch noch immer ernst damit?« erkundigte sich Pumo.

»Was hast du denn gedacht? Tina, wir brauchen dich. Was sollen wir denn ohne dich anfangen?«

»Es wird euch nichts anderes übrigbleiben«, meinte Pumo. »Aber ist das nicht sowieso eine akademische Frage?«

»Nein, für mich nicht«, sagte Beevers. »Wie stehst du dazu, Conor? Glaubst du, daß ich nur scherze?«

Die drei Männer am Tisch sahen Conor im Wohnzimmer an. Er erschrak, als sich aller Augen auf ihn richteten und riß sich sehr zusammen. »Nein, wenn du bereit bist, mir das Geld für das Flugticket auszulegen, meinst du es wohl ernst. Dann ist das ganz bestimmt kein Witz«, versicherte er Beevers.

Jetzt schaute Beevers Michael mit seinen aufreizend hellen, klaren Augen fragend an. »Und was ist mit dir? Michael, *was sagen Sie?«*

»Harry, bluffst du jemals?« fragte Michael. Es widerstrebte ihm, bei Harrys neuestem Spielchen mitzuspielen.

Beevers sah ihn immer noch eindringlich an und wartete darauf, daß Michael sich weiter zu der Sache äußerte. Er wußte, daß das noch nicht alles war.

»Ich bin versucht mitzumachen, Harry«, sagte Michael und merkte, wie ihn Pumo von der Seite ansah.

3

»Eine neugierige Frage«, Harry Beevers beugte sich zu dem Taxifahrer vor. »Was halten Sie von uns vieren? Was für einen Eindruck haben Sie von uns als Gruppe?«

»Fragen Sie das im Ernst?« wollte der Taxifahrer wissen. Er wandte sich an Poole, der vorn neben ihm saß. »Meint der das wirklich ernst?«

Poole nickte. »Na los schon, spucken Sie es aus. Es interessiert mich«, drängte Beevers.

Der Taxifahrer betrachtete Beevers im Rückspiegel, wandte seine Aufmerksamkeit wieder dem Verkehr zu und sah dann Pumo und Linklater über die Schulter an. Er war ein unrasierter aufgedunsener Mann Mitte Fünfzig und roch aufdringlich nach getrocknetem Schweiß.

»Ihr Burschen paßt überhaupt nicht zusammen, aber auch kein bißchen«, behauptete der Taxifahrer. Mißtrauisch beäugte er Poole. »He, falls das etwa die ›Versteckte Kamera‹ oder irgend so 'ne Scheiße ist, steigt ihr besser sofort aus.«

»Wir passen nicht zusammen? Was soll das denn heißen?« fragte Beevers irritiert. »Wir sind eine Einheit!«

»*Ich* sehe das ganz anders.« Der Fahrer blickte wieder in den Rückspiegel. »Sie kommen mir wie eine große Nummer, wie ein Anwalt vor, vielleicht ein Lobbyist oder so einer, der seine Karriere damit anfängt, daß er Geld aus der Kollekte klaut. Der Kerl, der neben Ihnen sitzt, sieht wie ein Zuhälter aus und der dritte im Bunde wie ein Handlanger, der einen mordsmäßigen Kater hat. Der Mann hier neben mir könnte Lehrer am Gymnasium sein.«

»Zuhälter!« entrüstete sich Pumo.

»Verklagen Sie mich meinetwegen«, konterte der Fahrer. »Aber Sie wollten es ja wissen.«

»Ich *bin* ja ein Handlanger«, stimmte Conor dem Taxifahrer zu. »Und mein Kater ist wohl kaum zu übersehen. »Tina, gib es ruhig zu – du bist ein Zuhälter.«

»Habe ich also ganz richtig gelegen«, meinte der Fahrer. »Was habe ich gewonnen? Ihr seid doch von der Sendung ›Glücksrad‹, oder?«

»Fragen Sie das im Ernst?« erkundigte sich Beevers.

»Antworten Sie zuerst auf meine Frage«, forderte der Taxifahrer.

»Nein, ich wollte nur wissen –« setzte Beevers an, doch Conor riet ihm dringend, endlich den Mund zu halten.

Auf der ganzen Fahrt zur Constitution Avenue grinste der Taxifahrer vor sich hin. »Jetzt ist es nicht mehr weit«, konstatierte Beevers. »Fahren Sie an den Straßenrand.«

»Ich dachte, Sie wollten zum Memorial.«

»Ich habe gesagt, Sie sollen halten.«

Der Taxifahrer riß das Steuer herum, fuhr an den Straßenrand und bremste scharf. »Könnten Sie es arrangieren, daß ich Vanna White kennenlerne?« fragte er und sah dabei in den Rückspiegel.

»Lassen Sie sich ausstopfen«, riet ihm Beevers und sprang aus der Taxe. »Tina, zahl die Fahrt.« Er hielt die Tür auf, bis Tina und Linklater ausgestiegen waren, dann knallte er sie zu. »Ich kann nur hoffen, daß du diesem Mistkerl nicht auch noch ein Trinkgeld gegeben hast.«

Pumo zuckte die Achseln.

»Wenn das so ist, dann bist du auch ein Mistkerl.« Beevers wandte sich ab und stampfte davon, dorthin wo sich das Memorial befand.

Poole sah zu, daß er ihn möglichst schnell einholte.

»Was habe ich denn schon gefragt?« giftete sich Beevers. »Ich habe ja nichts Schlimmes gefragt. Der Kerl war halt ein Trottel, das ist alles. Ich hätte ihm die Zähne einschlagen sollen.«

»Harry, nun beruhige dich doch.«

»Du hast doch wohl mitbekommen, was er zu mir gesagt hat.«

»Na und? Pumo hat er für einen Zuhälter gehalten«, wandte Michael ein.

»Tina ist ein Zuhälter im Hinblick auf das Essen«, sagte Beevers.

»Geh doch langsamer, sonst verlieren wir die anderen.«

Beevers fuhr herum, um auf Tina und Conor zu warten, die etwa zehn Meter hinter ihnen gingen. Conor blickte auf und lächelte sie an.

Beevers neigte den Kopf zur Seite und fragte Michael flüsternd: »Hast du es nie satt bekommen, für diese beiden den Babysitter zu spielen?« Dann rief er Pumo zu: »Hast du diesem Scheißkerl nun ein Trinkgeld gegeben oder nicht?«

Pumo verzog keine Miene. »Lächerlich wenig.«

Poole erzählte: »Der Taxifahrer, an den ich gestern geraten bin, wollte mich fragen, was es für ein Gefühl ist, jemanden zu töten.«

»Was es für ein Gefühl ist, jemanden zu töten?« wiederholte Beevers spöttisch mit hoher Stimme. »Ich hasse diese Frage. Wenn sie das wirklich wissen wollen, sollen sie doch selbst jemanden töten.« Jetzt fühlte er sich schon viel besser. Die beiden anderen hatten sie inzwischen eingeholt. »Na ja, wir wissen ja, daß wir der gleichen Einheit angehören, stimmt's?«

»Wir sind blutrünstige Killer«, sagte Pumo.

Conor fragte: »Wer zum Teufel ist denn Vanna White?« Pumo platzte laut heraus.

Als die vier Männer bis auf hundert Meter an das Memorial herangekommen waren, waren sie plötzlich von einer ungeheuren Menschenmenge umgeben. Die Männer und Frauen, die aus allen Richtungen herbeiströmten, waren vielleicht die gleichen Leute, die Poole am Vortag schon gesehen hatte. Veteranen, die Teile von Uniformen trugen, die nicht zusammenpaßten. Alte Männer mit Schirmmützen. Frauen in Pooles Alter mit erschrockenen Kindern an der Hand. Harry Beevers wirkte in seiner Anwaltskluft wie ein frustrierter Fremdenführer, der sich sehr überlegen vorkam.

»Was für ein Haufen von Verlierern wir doch sind, wenn man es sich so recht überlegt«, flüsterte Beevers Poole ins Ohr.

Poole äußerte sich nicht dazu. Er beobachtete zwei Männer, die sich über den Rasen vorkämpften. Der eine mußte schon fast fünfundsechzig sein und hatte ganz dünne Beine. Auf eine metallene Krücke gestützt schwang er das steife rechte Bein in weiten Kreisen, um überhaupt vorwärtszukommen. Es mußte wohl auch aus Metall sein. Sein bärtiger Gefährte saß in einem hölzernen Rollstuhl. Jedesmal wenn er die Räder bewegte, mußte er den Körper vom Sitz hieven. Die beiden Männer unterhielten sich in aller Ruhe und lachten hin und wieder, während sie sich auf das Memorial zubewegten.

»Hast du Cottons Namen gestern schon entdeckt?« fragte Tina Pumo und unterbrach damit Pooles Gedanken.

Poole schüttelte den Kopf. »Wir wollen ihn heute suchen.«

»Zum Teufel, wir suchen alle Namen«, mischte sich Conor ein. »Wozu sind wir denn sonst gekommen?«

Pumo notierte sich alle Namen und die Tafeln, auf denen sie eingraviert waren, auf der Rückseite eines American Express Blocks. Dengler, 14. Tafel Westseite, Zeile 52. Daran konnte Poole sich noch erinnern. Cotton, 13. Tafel Westseite, Zeile 73... Trotman, 13. Tafel Westseite, Zeile 18. Peters, 14. Tafel Westseite, Zeile 38. Und Huebsch, Hannapin, Recht. Und Burrage, Washington, Tiano. Und Thomas Chambers Rowley, der einzige Soldat aus ihrer Kompanie, der in Ia Thuc umgekommen war. Und die Opfer von Elvis, dem wendigen Heckenschützen: Lowry, Montegna, Blevins. Und noch viele andere. Pumo notierte sie in seiner winzigen säuberlichen Handschrift alle auf dem grünen Block von American Express.

Sie standen auf den Steinplatten des Weges und sahen gemeinsam zu den Namen hoch, die in den schwarzen blankpolierten Granit eingraviert waren.

Beim Anblick von Denglers Namen weinte Pumo. Conor und auch Pumo hatten Tränen in den Augen, als sie den Namen ihres Arztes PETERS, NORMAN CHARLES lasen.

»Gottverdammter Mist«, grollte Conor. »Peters sollte jetzt auf einem Traktor sitzen und sich besorgt fragen, ob es auch genug regnen würde.« Peters Familie bearbeitete schon seit vier Generationen das gleiche Stück Land in Kansas. Der Arzt hatte überall verkündet, daß es ihm zwar Freude mache, sie vorübergehend medizinisch zu versorgen, doch daß ihm nachts manchmal der Geruch seiner Felder in die Nase stieg.

»Dann riecht es nach Spitalny, aber nicht nach Kansas«, pflegte Cotton zu sagen. Jetzt beackerten die Brüder Peters Felder, und die Überreste von Norman Charles Peters ruhten unter der zweifellos fruchtbaren Erde eines Landfriedhofs. Der Hubschrauber, in dem er Herbert Wilson damals Plasma verabreicht hatte, war abgestürzt und in Flammen aufgegangen.

»Er würde jetzt nur meckern und bemängeln, wie die Regierung ihn und all die anderen Farmer nach Strich und Faden bescheißt«, erklärte Beevers.

Michael Poole sah rechter Hand eine große Flagge mit Goldrand, die in der Brise flatterte. Ihm fiel ein, daß er diese Flagge auch schon am Vortag gesehen hatte. Ein großer Mann mit wirrem Haar hielt sie in seinem breiten Gürtel verankert. Neben ihm stand – von einem glänzenden Gebinde fast verdeckt – ein rundes weißes Schild, auf dem in roten Buchstaben geschrieben war: EINE GRÖSSERE LIEBE GIBT ES NICHT. Vielleicht stand dieser ehemalige Marinesoldat zwei Tage ununterbrochen an der gleichen Stelle.

»Habt ihr heute morgen in der Zeitung über diesen Mann gelesen?« fragte Pumo. »Er hält die Flagge zu Ehren der Kriegsgefangenen und Vermißten hoch.«

»Dadurch kommen sie auch nicht eher zurück«, meinte Beevers.

»Ich glaube, darum geht es gar nicht«, hielt ihm Pumo vor.

In diesem Augenblick wurde das langgezogene schwarze Memorial sichtbar. Poole kam es so vor, als habe es ihn angesprochen und einen Schritt auf ihn zu gemacht. Auch beim erstenmal am Vortag war es ihm so ergangen. Er entfernte sich ein Stückchen von den anderen. Alles sah ganz verschwommen aus.

Einmal hatte Poole stundenlang bis an die Taille in einem Gewässer gestanden, in dem es von Blutegeln nur so wimmelte. Er hatte seine schwere Waffe hochgehalten und auch die Munition, bis seine Arme schmerzten und sich anfühlten wie Blei. Sie starben förmlich ab... *Thomas Charles* Rowley hatte neben ihm gestanden. Auch er hielt ein ganzes Arsenal hoch, damit es nicht mit dem stinkenden Wasser in Berührung kam. Ganze Schwärme von Moskitos summten und surrten ständig um sie herum und flogen ihnen ins Gesicht. Alle paar Sekunden mußten sie sich Moskitos aus den Nasen schnauben, die ganz furchtbar kitzelten.

Poole dachte noch mit Grauen daran, wie müde er gewesen war. Wenn Rowley sich erboten hätte, ihm die Arme hochzuhalten, wäre er auf der Stelle eingeschlafen.

Er erinnerte sich noch, wie sich die Blutegel an seinen Oberschenkeln festgesogen hatten.

»O Gott«, murmelte Poole, als er merkte, wie er zitterte. Er fuhr sich mit der Hand über die Augen und sah sich verstohlen nach den anderen um.

Conor weinte ebenfalls, und auch Pumos hübsches glattes, ansonsten unverwundbares Gesicht spiegelte sehr deutlich seine Gefühle wider.

Harry Beevers beobachtete ihn.

Er wirkte bedrückt. »Die Rührung hat euch in den Fängen, was?«

»Allerdings«, sagte Michael.

Beevers Gefühllosigkeit und Abgebrühtheit ärgerten ihn maßlos. »Bist du immun dagegen?«

Beevers schüttelte den Kopf. »Wohl kaum, Michael. Ich zeige meine Gefühle nur nicht so. Ich verschließe sie in mir. So bin ich nun mal erzogen worden. Aber ich finde, daß man noch ein paar Namen in das Memorial eingravieren sollte. McKenna. Die Martinsons. Danton und Guibert. Ihr erinnert euch doch sicher?«

Poole verspürte keine Lust, auch nur versuchsweise zu erklären, was ihm gerade durch den Kopf gegangen war. Ihm wäre auch mindestens ein Name eingefallen, den man noch auf dem Memorial anbringen könnte.

Beevers schaute Michael augenzwinkernd an. »Dir ist doch wohl klar, daß wir dadurch alle reich werden?« Dabei bohrte er Michael zweimal seinen ausgestreckten Zeigefinger in die Brust. Dann wandte sich Beevers an Linklater und Pumo und sagte offensichtlich etwas über das Memorial. Michael spürte noch immer Harrys Zeigefinger, der ihm spielerisch aufs Brustbein klopfte.

»Das einzig Dumme ist, daß nicht genug Namen draufstehen«, hörte er Beevers sagen.

Hundert sterbende Moskitos verstopften ihm die Nasenlöcher. Sterbende Blutegel klammerten sich an seine müden, schon fast abgestorbenen Beine.

Michael sagte sich, daß nun nicht mehr daran zu rütteln war. Es stand fest, daß sie wieder in den Fernen Osten fliegen würden – ganz so, als wollten sie die Unerfahrenheit und Tollkühnheit der damals neunzehnjährigen Soldaten wiederaufleben lassen.

Teil II

REISE-VORBEREITUNGEN

6. KAPITEL

Beevers ist beruhigt

1

»Maggie kommt nicht mehr hierher, Maggie hat die Nase voll«, sagte Jimmy Lah und beantwortete damit Harrys Frage. Er goß einen silbrigen Strahl Wermut über das Eis und die Flüssigkeit im Glas. Er drückte einen Schnitz Limonenschale rings um den Rand des Glases aus und ließ ihn dann auf die Eiswürfel hinunterrutschen.

»Hat Maggie die Nase von diesem Leben voll oder von Tina?« wollte Beevers wissen.

Jimmy Lah legte eine frische Papierserviette auf die Theke. Auf der Serviette die Abbildung eines Mannes, der eine Rikscha zog. Darüber in schrägen roten Buchstaben das Wort Saigon. Er stellte Harrys Drink auf die Serviette und fegte die nasse zerrissene Serviette daneben beiseite. »Tina ist zu normal für Maggie.«

Der Barkeeper zwinkerte Harry zu, dann trat er einen Schritt zurück. Es war vier Uhr nachmittags, und Harry schlug die Zeit bis zu der Verabredung mit seiner geschiedenen Frau tot. Jimmy Lah mixte ein seifenähnliches Gebräu für einen anderen Gast, einen Spinner mit hochstehendem knallgelben Hahnenkamm und einer riesengroßen rosa Sonnenbrille.

Harry fuhr auf dem drehbaren Barhocker herum und blickte in den großen rechteckigen Speisesaal von Pumos Restaurant. Er sah knotige Bambusstühle und Bambustische mit Glasplatten. Über ihm an der Decke drehten sich ganz langsam Ventilatoren mit Propellerflügeln, die an braune blankpolierte Ruder erinnerten. Die weißen Wände waren mit riesigen Palmwedeln und Palmblättern bemalt. Das Restaurant machte den Eindruck, als könne Sidney Greenstreet jeden Augenblick hereinspazieren.

Hinter einer Theke am anderen Ende des Restaurants ging eine Schwingtür auf. Man sah zwei Vietnamesen in weißen Schürzen Gemüse kleinhacken. Hinter ihnen blubberte das Essen in Töpfen auf dem Gas. Er beugte sich vor, um alles besser sehen zu können. Er erhaschte einen Blick auf einen flatternden durchsichtigen Vorhang hinter dem Kochherd. Vinh, Pumos Chefkoch, stürzte auf die offene Tür zu. Vinh stammte aus An Lat, einem Dorf, das ganz in der Nähe von Ia Thuc lag.

Dann sah Harry, wer die Tür geöffnet hatte.

Ein Stückchen unterhalb von Harrys üblichem Blickfeld bewegte sich ein kleines vietnamesisches Mädchen vorsichtig, aber blitzschnell auf die Theke zu. Sie war schon fast dort angelangt, als es Vinh gelang, sie an der Schulter festzuhalten. Das Kind riß erstaunt den Mund auf. Vinh schob es in die Küche zurück. Die Schwingtüren schlugen wieder zu. Eine Flut von vietnamesischen Worten ergoß sich über das Mädchen.

Harry Beevers hatte plötzlich eine gespenstische, erschreckend deutliche Halluzination: Dicht hinter seiner rechten Schulter hörte er M. O. Dengler keuchen, während weiter weg geschossen wurde und jemand gräßlich schrie. Aus dem Dunkel ringsum stiegen undeutlich bleiche Gesichter auf. Ihm fiel wieder ein, wo er diese Dämonenfratzen schon gesehen hatte. Bei kleinen schwarzhaarigen Frauen, die mit erhobenen geballten Fäusten herbeigestürzt kamen. *Du Numma zehn: Du Numma zehn!*

Ein Abgrund hatte sich gerade vor Harry Beevers aufgetan. Er entsetzte sich bei dem Gedanken, nicht zu existieren. Das Gefühl, nie so gelebt zu haben, wie einfachere, gesündere Menschen lebten, machte ihn ganz krank.

Er hörte sich fragen, was ein Kind in der Küche zu suchen hatte.

Jimmy Lah trat näher. »Das ist Vinhs kleine Tochter Helen. Beide wohnen vorübergehend hier. Wahrscheinlich hat Helen Maggie gesucht – sie sind schon lange gute Freundinnen.«

»Tina muß sich wohl im Augenblick mit allem möglichen herumschlagen«, meinte Harry, der sich jetzt wieder besser zu fühlen begann.

»Haben Sie mal einen Blick in die *Village Voice* geworfen?«

Harry schüttelte den Kopf. Ihm fiel jetzt auf, daß er ganz instinktiv die Hände in die Taschen gesteckt hatte, damit niemand sah, wie seine Hände zitterten. Jimmy wühlte hinter der Bar herum, bis er die Zeitung in einem Stapel von Speisekarten neben der Kasse fand und schob sie Beevers mit der Rückseite nach oben über die Theke hin. *ANZEIGEN* lautete die Überschrift über drei engbedruckte Spalten mit Anzeigen unterschiedlicher Länge. Harry sah, daß zwei der Anzeigen umrandet worden waren.

Die erste lautete: *Restaurantbesitzer. Vermißte hat dich verflucht. Ist am Mittwoch, dem 10., im Mike Todd Raum. Streunerin.* Die zweite Anzeige bestand aus lauter Großbuchstaben: *GERADE ENTSCHIEDEN, DASS ICH MICH NICHT ENTSCHEIDEN KANN. VIELLEICHT MIKE TODD, VIELLEICHT AUCH NICHT. LA-LA.*

»Da sehen Sie es mal«, sagte Jimmy. Er griff nach den Gläsern auf seiner Seite der Theke und schwenkte sie heftig im Spülbecken.

»Hat Ihre Schwester diese Anzeigen beide aufgegeben?«

»Klar«, sagte Jimmy. »Die ganze Familie ist verrückt.«

»Tina tut mir leid.«

Jimmy sah grinsend vom Spülbecken auf. »Wie geht es denn dem Arzt so? Endlich ein bißchen besser?«

»Sie kennen ihn doch«, meinte Harry. »Seit sein Sohn gestorben ist, macht es keinen Spaß mehr, mit ihm zusammenzusein.«

»Macht er mit bei Ihrem Jagdausflug?« erkundigte sich Jimmy.

»Sie nennen es besser eine Mission oder einen taktischen Einsatz«, entgegnete Harry. »Sagen Sie, wann schnappt Tina denn endlich einmal Luft? Wann taucht er auf?«

»Vielleicht später«, erwiderte Jimmy ohne Harry anzusehen.

In Pumos Restaurant lebten zwei Vietnamesen. Momentan nahm er seine ganze Küche auseinander, um ein paar Wanzen und Kellerasseln unschädlich zu machen, und was Maggie Lah anging, so führte er sich wie ein grüner Junge auf. Eben La-La. Aus Beans Beevers altem Kameraden war einer dieser... wie nannte Dengler das doch gleich... ach ja, ein trauriger Zivilist geworden.

»Richten Sie ihm aus, daß er am besten mit einem gottverdammten Messer im Gürtel zu Mike Todd geht.«

»Maggie würde sich köstlich amüsieren.«

Harry sah auf seine Uhr.

»Harry, haben Sie sich vorgenommen, bei dieser Mission auch nach Taipeh zu fliegen?« fragte Jimmy. Zum erstenmal bemerkte Harry an ihm einen Anflug von Interesse.

Ein Zittern, Prickeln und Kribbeln kündigte sich an. »Stammen Sie nicht aus Taipeh, Sie und Maggie?« Ein Nerv an seiner Schläfe zuckte.

Da begriff er! Wer konnte mit Sicherheit behaupten, daß Tim Underhill noch immer in Singapur lebte? Harry war auf Fronturlaub in Taipeh gewesen. Er konnte sich gut vorstellen, daß sich Tim Underhill entschlossen hatte, in dieser chaotischen, rein zufälligen Mischung aus Dodge City und China Town zu leben. So hatte er selbst Taipeh in Erinnerung. Er erkannte mit einem Mal, daß die Gerechtigkeit, von der man irrtümlich annahm, daß sie schlief, die ganze Zeit hellwach gewesen war. Alles war vorherbestimmt.

Harry machte es sich wieder auf seinem Barhocker bequem, bestellte noch einen Martini und schob das Zusammentreffen mit seiner geschiedenen Frau noch einmal zwanzig Minuten auf. Er hörte Jimmy Lah zu, der ihm die Schattenseiten des Nachtlebens der Hauptstadt von Taiwan schilderte.

Jimmy stellte eine Tasse dampfend heißen Kaffee vor ihn hin. Harry steckte die zusammengefaltete Serviette in die Innentasche seiner Anzugjacke. Sein Herz schlug wie rasend. Er lächelte gequält und verbrannte sich die Zunge an dem kochend heißen Kaffee.

2

Kurz darauf stand Harry in einem engen Gang im Kellergeschoß am Münztelefon neben der Herrentoilette. Zuerst versuchte er, seine geschiedene Frau in der Galerie Maria Farr zu erreichen, die sich im Erdgeschoß eines ehemaligen Lagerhauses in der Spring Street in Soho befand. Pat Caldwell Beevers hatte gemeinsam mit Maria Farr eine Privatschule besucht. Als es aussah, als müsse die Galerie wieder dichtmachen, hatte sie sie wieder flottgemacht. Inzwischen gehörte die Galerie zu ihren Lieblingsbeschäftigungen. Pat erwies sich gern als Gönnerin. Als seine geschiedene Frau angefangen hatte, sich mit der Kunstgalerie abzugeben, mußte Harry Dinnerparties über sich ergehen lassen, bei denen Maler bzw. Bildhauer zugegen waren, deren Werk darin bestand, daß sie rostende Rohre willkürlich auf dem Boden verstreuten. Andere stellten eine Reihe säuberlicher Aluminiumplatten aufrecht nebeneinander oder stellten rosafarbene mit Warzen übersäte Säulen auf, die in Harrys Augen Ähnlichkeiten mit riesenhaften Erektionen hatten. Er konnte sich immer noch nicht vorstellen, daß die Frevler, die diese infantilen Machwerke verbrochen hatten, damit tatsächlich Geld verdienten.

Maria Farr meldete sich selbst. Das war ein schlechtes Zeichen.

»Maria, wie schön, Ihre Stimme wieder mal zu hören. Ich bin es«, sagte Harry. In Wahrheit mußte Harry beim Klang ihrer Stimme wieder daran denken, wie unsympathisch sie ihm war. Alle Konsonanten klangen hart wie Kieselsteine.

»Harry, ich habe Ihnen nichts zu sagen.«

»Das ist wahrscheinlich für uns beide ein Segen«, sagte Harry. »Ist Pat noch in der Galerie?«

»Das verrate ich Ihnen nicht.« Maria legte auf.

Er rief die Auskunft an und erfuhr die Nummer von *Rilke Street*, der literarischen Zeitschrift, die Pat zur Zeit ebenfalls mit ihrem Wohlwollen bedachte. Die Verlagsräume befanden sich in der Fabriketage von William Tharpe, dem Herausgeber der Zeitschrift in der Duane Street. Weil Harry nicht so viele Abende mit Tharpe und seinen verarmten Mitarbeitern verbracht hatte wie mit Maria Farr und ihren Bildhauern bzw. Malern, hatte Tharpe Harry immer mehr oder weniger für bare Münze genommen.

»*Rilke Street*, William Tharpe am Apparat.«

»Billy, mein Junge, wie geht es Ihnen? Hier ist Harry Beevers, der beste geschiedene Mann Ihrer besten Versagerin. Ich hoffe, ich erreiche sie bei Ihnen.«

»Harry, da haben Sie Glück!« sagte Tharpe. »Pat und ich sind gerade dabei, Heft Nr. 35 zusammenzustellen. Das wird eine fantastische Nummer. Kommen Sie vielleicht hier vorbei?«

»Wenn Sie mich so nett bitten«, meinte Harry. »Was meinen Sie – ob ich wohl die liebe Patrizia mal sprechen kann?«

Harrys geschiedene Frau griff sofort nach dem Hörer. »Wie *nett* von dir, mal anzurufen, Harry. Gerade habe ich an dich gedacht. Sag mal, kommst du klar?«

Sie wußte also, daß Charles ihn an die Luft gesetzt hatte.

»Ja, fantastisch, allerbestens, könnte gar nicht besser sein«, beteuerte er. »Mir ist nach Feiern zumute. Was hältst du von einem Drink oder Abendessen, nachdem du dem guten alten Billy die Eier genug gekitzelt hast?«

Pat wandte sich kurz an William Tharpe. Dann sprach sie wieder in den Hörer. »In einer Stunde, Harry«, sagte sie.

»Du brauchst dich nicht zu wundern, daß ich dich noch immer anbete«, sagte er. Pat legte rasch den Hörer auf.

3

Als das Taxi an einem Selbstbedienungsladen für Alkoholika vorbeikam, bat Harry den Fahrer anzuhalten. Er wolle eine Flasche kaufen. Er sprang aus dem Wagen und ging über den Bürgersteig. Sein Mantel flatterte. Der Laden erinnerte an eine Scheune und war grell beleuchtet. Harry fielen die breiten Gänge und die hellblaue Neon-Leuchtreklame auf, die besagte: IMPORTWARE, BIER und BESTER CHAMPAGNER. Er wollte gerade auf den Champagner zustürzen, als er drei junge Frauen mit starr hochstehendem Haar und irrer Kleidung bemerkte, die vor ihm den Gang entlanggingen. Harry verlangsamte seine Schritte. Punkerinnen erregten ihn immer. Die drei Mädchen besprachen sich kichernd im Flüsterton. Sie standen an einem Weinregal mit billigem Rotwein. Ihre aufgetufften vielfarbigen Haare waren ein grotesker Anblick. Die Mädchen steckten die Köpfe zusammen, als lachten sie über einen schmutzigen Witz.

Eines der Mädchen hatte blondes und rosafarbenes Haar und war fast so groß wie Harry. Sie griff sich eine Flasche Burgunder und drehte sie ganz langsam in den langen schmalen Händen.

Die Mädchen trugen alle drei schwarze zerfetzte Klamotten, die aussahen, als hätten sie sie von der Straße aufgelesen. Das kleinste der Mädchen beugte sich vor, um die Flasche genauer in Augenschein zu nehmen, die das größte Mädchen so liebevoll umfaßte. Sie wandte Harry ihren runden Hintern zu. Ihre Haut leuchtete sandfarben, fast schon golden. Harry wurde plötzlich klar, daß er sie kannte. Dann sah er sie im Profil, das sich vor dem blauen Neonlicht im Hintergrund deutlich abzeichnete. Das Mädchen war Maggie Lah.

Harry machte einen Schritt auf Maggie zu. Er grinste, als er an den Kontrast zwischen seinem Anzug und den zerlumpten Klamotten dieser Mädchen dachte.

Maggie löste sich von den anderen beiden und eilte mit weichen katzenartigen Bewegungen bis ans Ende des Ganges. Die beiden anderen stürzten hinterher. Das große Mädchen streckte eine Hand aus und legte sie Maggie auf die Schulter. Harry registrierte seine eingefallene Wange, mit dunklen Stoppeln übersät. Das große Mädchen war ein Mann! Harry blieb unvermittelt stehen. Sein Lächeln erstarb ganz abrupt. Maggie strich dem Mann mit der Handkante über die unrasierte Wange. Die drei gingen weiter den Gang entlang und wandten sich dem Champagner zu, ohne daß sie Harry wahrgenommen hatten.

Maggie und ihre Freunde bogen in den Seitengang ein, in dem sich die Kühltruhen befanden. Die Neonleuchtschrift übergoß sie mit leuchtend blauem Licht. Harry fiel wieder ein, daß das Taxi draußen auf ihn wartete und daß er den Laden nur betreten hatte, um Pat zur Besänftigung eine Flasche Champagner mitzubringen. In diesem Augenblick öffnete Maggie die Glastüren einer Kühltruhe. Auf ihrem Gesicht lag ein Ausdruck konzentrierter Aufmerksamkeit. Sie entwendete eine Flasche Dom Perignon und verbarg sie sofort zwischen ihren Klamotten. Die Flasche war nicht mehr zu sehen. Das alles dauerte nur wenige Sekunden. Harry sah plötzlich die dunkle kalte Flasche Dom Perignon ganz deutlich zwischen Maggies Brüsten eingebettet.

Ohne zu überlegen riß auch Harry die Glastüren auf und schnappte sich eine Flasche Dom Perignon. Er sah das geheimnisvolle Lächeln, das auf dem Gesicht der Vietnamesin lag, die durch die Küchentür des Restaurants Saigon auf ihn zukam. Er verbarg die Flasche unter seine Anzugjacke. Er wirkte daraufhin ein wenig ausgebeult. Maggie Lah und ihre abgerissenen Freunde schlenderten gemächlich auf die Kassen ganz vorn im Laden zu. Harry griff nach der Flasche unter seiner Jacke und steckte sie sich mit dem Hals nach unten in die Hose. Darüber knöpfte er die Jacke und den Mantel zu. Die Flasche zeichnete sich darunter kaum noch ab. Damit würde er wohl kaum Verdacht erregen. Er ging hinter Maggie her auf die Kassen zu.

Die Angestellten an den wenigen besetzten Kassen drückten Tasten und schoben Weinflaschen und Sechserpackungen mit Bier auf die Fließbänder. Maggie und die beiden anderen segelten mit Unschuldsmiene an einer unbesetzten Kasse und einer uniformierten Aufsichtsperson vorbei. Harry sah, wie sie hinausgingen.

»Hallo, Maggie!« rief er. An der nächstgelegenen unbesetzten Kasse vorbei eilte er ihr nach. »Maggie!«

Der Mann in Uniform sah auf und runzelte die Stirn. Harry wies auf die Tür. Jetzt starrten ihn alle Leute vorn im Laden an. »Ich habe eine alte Freundin entdeckt«, erklärte Harry dem Uniformierten. Der sah ihn nur teilnahmslos an und lehnte sich wieder an die Fensterscheibe.

Als Harry draußen auf dem Bürgersteig nach Maggie Ausschau hielt, war sie schon verschwunden.

Auf dem ganzen Weg zur Duane Street suchte Harry die Bürgersteige nach ihr ab. Als das Taxi hielt und Harry vor dem Lagerhaus stand, in dem William Tharpe samt seinen Verlagsräumen untergebracht war, dachte er: Wohin ich jetzt reise, da gibt es eine Million solcher Mädchen.

4

Harry Beevers präsentierte dem erstaunten, dankbaren William Tharpe die eisgekühlte Flasche Dom Perignon und erging sich fünf oder zehn Minuten verzückt in Hypothesen über die nächste Ausgabe von *Rilke Street*. Dann führte er die eindeutig ergrauende Pat Caldwell Beevers, die ihn immer mehr an einen englischen Schäferhund erinnerte, der sein halbes Leben lang um ihn herumscharwenzelt war, ins Restaurant.

Es gehörte zu der Art von Restaurants, die Tim Underhill scheißelegant zu nennen pflegte. Die Wände waren rot gelackt. Auf allen Tischen diskrete Lampen mit Lampenschirmen aus Messing. Stattliche Kellner umschwirrten sie. Harry dachte an Maggie Lah, an ihre goldfarbene Haut, an Champagnerflaschen und andere interessante Dinge zwischen ihren kleinen, aber zweifellos rührenden Brüsten. Währenddessen laborierte er die ganze Zeit an verschiedenen unumgänglichen Versionen herum, die mit seiner ›Mission‹ zusammenhingen. Obwohl Pat häufig lächelte und ihr der Wein, die Suppe und der Fisch zu schmecken schienen, war Harry davon überzeugt, daß sie ihn durchschaute und ihm kein Wort glaubte. Genau wie Jimmy Lah fragte sie ihn auch, wie es um Michael stand, wie es ihm so ginge. Gut, gut, erwiderte sie Harry. Ihm schien es, als läge in ihrem Lächeln ein leichtes Bedauern. Er hätte allerdings nicht sagen können, ob sie ihn bedauerte, ob sie sich selber leid tat, ob es ihr um Michael Poole ging, oder um die Welt im allgemeinen. Als es dann soweit war, daß er sie um Geld bat, fragte sie ihn nur: »Wieviel?« Ungefähr zweitausend. Sie griff in ihrer Tasche nach dem Scheckbuch und dem Füller und schrieb mit ausdrucksloser Miene einen Scheck über dreitausend Dollar aus.

Sie schob ihm den Scheck über den Tisch hinweg zu. Ihr Gesicht war jetzt mit roten Flecken übersät. Diese Flecken zogen sich vor allem wie ein rotes Band von einem Wangenknochen zum anderen. Harry fand das sehr unattraktiv.

»Ich leihe mir das Geld natürlich nur. Ich zahle es zurück«, beteuerte er ihr. »Pat, du tust viel Gutes mit dem Geld. Ich meine das ganz ernst.«

»Die Regierung will also, daß du diesen Mann aufspürst, um festzustellen, ob er vielleicht ein Mörder ist?«

»Kurz gesagt, es ist natürlich zur Hälfte eine private Angelegenheit. Auf diese Weise kann ich mir auch gleich die Buchrechte und die Verfilmungsrechte sichern. Das ist selbstverständlich alles streng vertraulich.«

»Aber sicher.«

»Ich weiß ja, daß du es schon immer gut verstanden hast, zwischen den Zeilen zu lesen, aber...« Er schwieg bedeutsam. »Aber es wäre grotesk, wenn ich behaupten wollte, daß dieser Auftrag nicht beträchtliche Gefahren in sich birgt.«

»Darüber bin ich mir im klaren«, sagte Pat und nickte.

»Ich sollte vielleicht nicht darüber sprechen, nicht einmal daran denken, aber wenn ich nicht zurückkommen sollte, wäre es vielleicht angebracht, mich in Arlington beizusetzen.«

Wieder nickte Pat.

Harry gab es auf und sah sich suchend nach dem Kellner um.

Er erschrak, als er Pat sagen hörte: »Manchmal bedauere ich es noch immer, daß du je einen Fuß nach Vietnam gesetzt hast.«

»Was soll das denn jetzt?« wollte er wissen. »Ich bin ich. Ich bin immer nur ich selbst gewesen, ganz ich selbst und niemals etwas anderes.«

Vor dem Restaurant trennten sich ihre Wege.

Nachdem Harry ein kleines Stück den Bürgersteig entlanggegangen war, drehte er sich lächelnd um, weil er zu wissen glaubte, daß Pat ihm nachsah. Doch sie eilte, ohne sich einmal umzuschauen, in die entgegengesetzte Richtung davon. Ihre ausgebeulte vollgestopfte Tasche baumelte hin und her.

Harry ging zu seiner Bank, wo er Pats Scheck zusammen mit einem anderen, den er am gleichen Tag erhalten hatte, einreichte. Er hob vierhundert Dollar ab. Am Kiosk an der Ecke kaufte er sich *Screw.* Er faltete es ganz klein zusammen, damit niemand erkannte, was er da erstanden hatte. Dann machte er sich auf den Weg zurück zur 24. Straße West zu dem Studio-Apartment, das er bewohnte. Er hatte sich nach einer Unterkunft umsehen müssen, als Pat ihm unmißverständlich zu verstehen gab, daß sie sich scheiden lassen wollte. So eindeutig hatte sie sich während ihrer ganzen Ehe nie für etwas ausgesprochen.

7. KAPITEL

Conor bei der Arbeit

1

Komisch, dachte Conor, seit diesem Wiedersehen steigen ständig Dinge aus der Erinnerung an alte Zeiten in mir auf – als verkörpere Vietnam das wirkliche Leben und als wäre alles, was seitdem geschehen ist, nur so eine Art Nachglanz. Es fiel ihm ausgesprochen schwer, sich auf die Gegenwart zu konzentrieren. Immer wieder stand ihm die *damalige Zeit* vor Augen, manchmal sogar physisch. Vor ein paar Tagen hatte ihm ein alter Mann in aller Unschuld ein Foto gereicht, das SP 4 Cotton aufgenommen hatte. Es zeigte Tim Underhill mit dem Arm um einen seiner ›Schwulen‹.

Um vier Uhr nachmittags lag Conor mit dem ersten ernsthaften Kater seit der Einweihung des Memorials im Bett. Jeder glaubte, daß es einem mit den Jahren leichter fiel, den Druck zu verkraften, unter dem man stand; aber Conor hatte die Erfahrung gelehrt, daß es sich genau umgekehrt verhielt.

Noch vor drei Tagen hatte Conor als Zimmermann gearbeitet, schon die fünfte Woche. Das Geld, das er damit verdiente, würde zumindest für die Miete reichen, bis Poole und Beevers den Flug nach Singapur arrangiert hatten. In der Mount Avenue in Hampstead, nur zehn Minuten von Conors winzigem, nur sehr spärlich möbliertem Apartment in South Norwalk entfernt, hatte ein millionenschwerer Anwalt über sechzig namens Charles Daisy (»Nennen Sie mich ruhig Charlie!«) gerade zum drittenmal geheiratet. Seiner neuen Frau zu Gefallen ließ er das ganze Erdgeschoß seines Herrenhauses renovieren – die Küche, das Wohnzimmer, das Frühstückszimmer, das Eßzimmer, die Eingangshalle, das Morgenzimmer, die Wäschekammer und den Dienstbotentrakt. Daisys Bauunternehmer, ein alter Hase mit weißem Bart namens Ben Roehm, hatte Conor eingestellt, als sich seine übliche Truppe als zu klein erwies. Conor hatte im Lauf der Jahre schon drei- oder viermal bei Ben Roehm gearbeitet. Roehm war zuweilen launisch und unberechenbar, aber unter seiner Leitung war die Zimmerei weit mehr als ein bloßer Broterwerb. Conor war sogar der Ansicht, daß die Zusammenarbeit mit Roehm so viel Freude machte, wie Arbeit überhaupt nur machen konnte.

Am ersten Arbeitstag für Conor war Charlie Daisy frühzeitig aus der Kanzlei nach Hause gekommen. Er ging ins Wohnzimmer, wo Ben Roehm mit Conor einen neuen Eichenfußboden verlegte. Daisy stand lange da und sah ihnen bei der Arbeit zu. Das machte Conor ganz nervôs. Er bildete sich ein, daß dem Kunden sein Aussehen vielleicht nicht gefiel. Natürlich war es eine Qual, den ganzen Tag auf diesem harten Holz zu knien. Um den Schmerz etwas zu mildern, hatte sich Conor dicke Lumpen um die Knie gebunden. Um die Stirn hatte er sich ein getupftes Tuch gebunden, damit ihm der Schweiß nicht in die Augen lief. Das Tuch erinnerte ihn an Underhill, an Schwule und an lose Reden. Conor glaubte, daß er in den Augen von Charlie Daisy höchstwahrscheinlich ziemlich ausgeflippt aussah. Er wunderte sich daher gar nicht, als Daisy vortrat, die Faust vor den Mund hielt und hustete. Er und Roehm warfen sich einen raschen Blick zu. Manche Kunden, und ganz besonders Typen wie die aus der Mount Avenue, neigten dazu, aus heiterem Himmel die verrücktesten Dinge zu tun. »Sie, junger Mann«, sagte Daisy. Conor blickte auf. Er kniff die Augen zu, als ihm schmerzhaft zu Bewußtsein kam, daß er wie ein Straßenköter auf allen Vieren vor diesem gepflegten kleinen Millionär kniete. »Ich liege doch wohl richtig, wenn ich annehme, daß Sie in Vietnam gewesen sind. Stimmt's?« fragte ihn Daisy.

»Ja«, sagte Conor und machte sich darauf gefaßt, daß er gleich Ärger kriegen würde.

»Großartig«, lobte Daisy ihn. »Sie sind ein guter Mann.« Er beugte sich hinunter, um Conor die Hand zu schütteln. »Ich wußte doch, daß ich mich da nicht irre.«

Es stellte sich heraus, daß der Name seines einzigen Sohnes auch auf dem Memorial stand. Er war während der Tet-Offensive in Hue umgekommen.

Ein paar Wochen lang war das vermutlich der beste Job, den Conor je gehabt hatte. Er lernte fast täglich etwas Neues von Ben Roehm, kleine Dinge, die ebenso viel mit Konzentration zu tun hatten wie mit der Technik. Ein paar Tage, nachdem er Conor die Hand geschüttelt hatte, tauchte Charlie Daisy abends auf. Er hatte eine graue Schachtel und ein lederbezogenes Fotoalbum dabei. Conor und Roehm zogen eine neue Zwischenwand in der Küche. Es sah aus, als hätte eine Bombe eingeschlagen. Der Boden war ganz aufgerissen, überall ragten Drähte heraus und Rohre lagen bloß. Daisy stieg über den Bauschutt hinweg, kam auf sie zu und sagte: »Bis zu meiner Heirat hatte ich nur ein Herz für das.« Es stellte sich heraus, daß die Schachtel die Orden von Daisys Sohn enthielt. Das Kästchen war mit Wildleder bezogen. Innen lagen auf üppigem Satin ein purpurnes Herz, ein Bronzestern und ein Silberstern. In dem Album lauter Bilder aus Vietnam.

Daisy redete drauf los, was das Zeug hielt. Er wies auf Fotos von schlammbespritzten M-48 Panzern und Teenagern ohne Hemd, die Arme um die Schultern ihrer Kameraden. Conor bedauerte, daß der unternehmungslustige alte Anwalt nicht so klug war, einfach den Mund zu halten; denn die Fotos sprachen ja für sich.

Die Fotos sprachen Conor wirklich an. Hue lag im 1. Corps, Conors Vietnam. Alle Fotos, die sich Conor ansah, kamen ihm vertraut vor.

Hier zum Beispiel das A Shau Tal – die Berge völlig ineinander verschachtelt. Eine lange Reihe von Männern stieg bergauf. Sie schlängelten sich in einer schier endlosen Kette durchs Gebirge. Dengler hatte einmal gesagt: *Ja, wenn ich auch wandere durch das A Shau Tal, so fürchte ich doch nichts Böses; denn ich bin der verrückteste Hurensohn im ganzen Tal.* Junge Soldaten, noch gar nicht trocken hinter den Ohren, hißten auf einer Lichtung im Dschungel die Friedensflagge. Einer trug einen schmutzigen Gazeverband um den nackten Oberarm. Conor sah Denglers glühendes heiteres Gesicht anstelle des jungenhaften Gesichts auf dem Foto.

Conor betrachtete das hohlwangige Gesicht mit Backenbart, das sich über dem Lauf eines in einem großen grünen Hubschrauber montierten M-60 um ein Lächeln bemühte. Peters und Herb Recht waren in einem Hubschrauber dieses Typs umgekommen. Plasma, Gürtel mit Munition, sechs weitere Männer und diese zwei hatte es ganz in der Nähe von Camp Crandall so zerrissen, daß sie über einen ganzen Berghang versprengt wurden.

Conor starrte wie versteinert auf das M-60.

»Sie erkennen diesen Hubschrauber wohl wieder«, mutmaßte Daisy.

Conor nickte.

»Davon haben Sie damals wohl viele zu sehen bekommen?«

Das war ganz eindeutig eine Frage, doch Conor konnte wieder nur nicken.

Zwei blutjunge Soldaten, noch so frisch, daß sie sicher erst vor höchstens einer Woche angetreten waren, saßen auf einem grasbewachsenen Erdwall und hielten sich Feldflaschen an den Mund. »Diese Jungen sind Seite an Seite mit meinem Sohn umgekommen«, sagte Daisy. Ein feuchtwarmer Wind fuhr ihnen durch das kurzgeschorene Haar. Magere Ochsen stampften durch das versengte aufgewühlte Feld hinter den beiden Jungen. Conor spürte den Geschmack von Plastik auf der Zunge... diesen säuerlichen penetranten Geschmack von warmem Wasser in einer Feldflasche aus Plastik.

Von den Erinnerungen überwältigt, führte Daisy eigentlich mehr Selbstgespräche, als daß er sich an seine Zuhörer wandte. Er kommentierte ein Foto mit Soldaten, die 9-cm-Raketengeschosse auf das Dach eines Gebäudes hievten. Er äußerte sich zu dem Foto einer Gruppe von Gemeinen, die vor einer Holzhütte herumlungerten, die bald das Hauptquartier von Wilson Manly werden sollte. Daisy gab Erklärungen zu Fotos ab, auf denen Soldaten Glimmstengel rauchten, Soldaten in staubigem Ödland schliefen, grinsende Soldaten ohne Kopfbedeckung zusammen mit gleichgültigen Vietnamesinnen posierten...

»Hier ist ein sonderbarer Bursche, ich weiß nicht, wie er heißt«, erklärte Daisy. Kaum sah ihn Conor auf dem Foto, da hörte er schon nicht mehr, was der Anwalt sagte. »Ein Mordskerl, finden Sie nicht auch? Ich kann mir schon denken, was er mit diesem kleinen Mädchen vorhatte.«

Das hätte nicht kommen dürfen. Die dritte Ehefrau hatte Daisys

Triebe offenbar wieder so richtig auf Trab gebracht. Warum kam er wohl sonst schon um halb fünf Uhr nachmittags nach Hause?

Der große Soldat auf dem Foto war Tim Underhill mit Halstuch. Und das Mädchen war einer seiner ›Schwulen‹, ein so femininer junger Mann, daß man ihn wirklich für ein Mädchen hätte halten können. Sie standen auf einer engen Straße in Da Nang oder Hue, auf der sich Jeeps und Rikschas drängten und lächelten den Fotografen an.

»Junge!« sprach ihn Daisy an. »Alles in Ordnung, mein Junge?«

Den Bruchteil einer Sekunde überlegte Conor, ob Daisy ihm das Foto von Tom Underhill wohl geben würde.

»Junge, Sie sind ja kreidebleich«, sorgte sich Daisy.

»Machen Sie sich keine Sorgen«, beruhigte ihn Conor. »Alles in bester Ordnung.«

Den Rest der Fotos schaute er sich nur noch oberflächlich an.

»Das Schlimme ist, daß man das alles nicht vergessen kann«, bemerkte er.

Wenige Tage später stellte Ben Roehm fest, daß er für die Isolierung in der Küche noch einen zusätzlichen Mann brauchte und heuerte Victor Spitalny an.

Conor war ein paar Minuten zu spät zur Arbeit erschienen. Als er in die aufgerissene Küche kam, hatte er den Fremden, der das lange strähnige, zu einem Pferdeschwanz zusammengebundene Blondhaar an den Türrahmen der Trennwand lehnte, auf der Stelle bemerkt. Der Mann trug einen ausgefransten Rollkragenpullover und darüber ein kariertes Hemd. Unterhalb des Bierbauchs hatte er sich einen abgewetzten Werkzeuggürtel um den Leib geschlungen. Auf seinem Nasenrücken frischer Grind. Auf den Knöcheln seiner linken Hand schon älterer Grind von der Farbe von verbranntem Toast. Seine Augäpfel waren von roten Äderchen durchzogen. Aus Conors Erinnerung löste sich eine Blase, gefüllt mit dem unauslöschlichen Gestank von brennendem, kerosindurchtränkten Unrat. Vietnam ließ einen nicht in Frieden leben.

Ben Roehm und die anderen Zimmerleute und Anstreicher des Trupps saßen oder lagen auf dem Boden. Sie tranken Kaffee aus ihren Thermosflaschen. »Conor, das ist Tom Woyzak, Ihr neuer Mitarbeiter beim Versäubern der Fugen«, stellte Ben den Neuen vor. Woyzak starrte ein paar Sekunden auf Conors ausgestreckte Hand, bevor er sie widerstrebend ergriff.

Schluck's runter, erinnerte sich Conor. *Ist gut für deine Eingeweide.*

Den ganzen Vormittag arbeiteten sie schweigend in der Küche, jeder auf seiner Seite.

Um elf Uhr erschien Mrs. Daisy mit einer frischen Kanne Kaffee. Kaum war sie wieder gegangen, da knurrte Woyzak: »Haben Sie gesehen, wie sie auf mich abgefahren ist? Bevor wir hier noch fertig sind, bin ich schon oben im Schlafzimmer dieses Flittchens und nagle sie am Boden fest.«

»Aber klar doch«, meinte Conor lachend.

Woyzak jagte mit einem Satz durch die Küche. Hinter ihm her zog sich eine Tropfspur kochend heißen Kaffees. Die Tasse auf dem Boden schwankte und wäre um ein Haar umgekippt. Woyzak bleckte die Zähne. Er trat ganz dicht vor Conor hin und drohte: »Stell dich mir bloß nicht in den Weg, du mieser Schwuler, sonst ist es aus mit dir.«

»Schleich dich«, sagte Conor und schob ihn beiseite. Er war ohne weiteres dazu bereit, diesen Irren mit einem Boxhieb zur Ruhe zu bringen, ihm einen Tritt zu versetzen und ihm den Adamsapfel mit einem linken Haken zu zermalmen. Doch Woyzak klopfte sich die Schultern ab, als fühle er sich durch die Berührung Conors beschmutzt. Er trat den Rückzug an.

Nach Feierabend warf Woyzak seinen Werzeuggürtel in eine Küchenecke und sah schweigend zu, wie Conor sein eigenes Werkzeug weg-packte.

»Was für ein mieser kleiner Scheißkerl«, ließ Woyzak verlauten.

Conor schlug seinen Werkzeugkasten mit einem lauten Knall zu. »Haben Sie viele Freunde, Woyzak?«

»Glauben Sie vielleicht, diese Leute adoptieren Sie? Das tun sie ganz bestimmt nicht.«

»Ach, halt doch die Klappe.«

»Du bist also auch drüben gewesen?« Woyzak sorgte dafür, daß so wenig Neugier wie nur irgend möglich aus der Frage sprach.

»Mhm.«

»Als Büromensch?«

Conor schüttelte wütend den Kopf und wandte sich ab.

»Zu welcher Einheit hast du denn gehört?«

»Zum 9. Bataillon, 24. Infanterieregiment.«

Woyzaks Gelächter hörte sich an, als wehte der Wind über lockeren Kies. Conor ging einfach weiter, bis er aus dem Haus hinaus war.

Dann saß er eine ganze Weile auf seinem Motorrad, ohne sich zu rühren. Er starrte auf die dunkelgrauen Steine in der Auffahrt und bemühte sich, an nichts zu denken. Der Himmel und die Luft waren genauso dunkel wie der Kies. Der Wind wehte ihm eisig über das Gesicht. Er spürte, wie sich spitze Steine in die Sohlen seiner Stiefel bohrten.

Einen Augenblick war Conor sich ganz sicher, daß er seine Harley anlassen und *lospreschen* würde, einfach mit Höchstgeschwindigkeit wie im Rausch immer weiterfahren, bis er Hunderte von Kilometern weit gekommen war, ohne auch nur einmal anzuhalten. Wenn er so dahinraste, fühlte er sich herrlich leicht und leer. Conor sah, wie sich die Straßen vor ihm erstreckten, er sah die Neonleuchtreklame an Motels und Hamburger, die auf dem Grill von Kiosken und Würstchenbuden an der Straße brutzelten.

In der kalten grauen Abendluft über sein Motorrad geneigt, hörte er, wie im Haus Türen zugeschlagen wurden.

Er wünschte, Mike Poole würde ihn anrufen und sagen: *Babygesicht, es geht los. Pack deine Koffer. Wir treffen uns am Flughafen.*

Ben Roehm machte die Tür auf und sah Conor eindringlich an. Er trat aus der Tür und zog seinen schweren fellgefütterten Mantel zurecht. »Bis morgen also?«

»Ich wüßte nicht, wohin ich sonst gehen sollte«, sagte Conor.

Ben Roehm nickte. Conor trat auf den Anlasser seiner Harley und schoß davon, als der restliche Trupp aus dem Haus trat.

Drei oder vier Tage ignorierten sich Woyzak und Conor. Als Charlie Daisy bemerkte, daß ein weiterer Veteran für ihn arbeitete, und wieder mit dem Ordenskästchen und dem Fotoalbum ankam, legte Conor sein Werkzeug weg und ging hinaus. Es wäre ihm unerträglich erschienen, mitanzusehen, wie Thomas Woyzak das Foto von Tim Underhill betrachtete.

In der Nacht vor dem Tag, der sein letzter Arbeitstag sein sollte, schreckte Conor um vier Uhr früh aus einem Alptraum hoch. Er hatte von M. O. Dengler und Tim Underhill geträumt. Um fünf Uhr stand er auf. Er kochte sich eine Kanne Kaffee und leerte sie fast völlig, bevor er zur Arbeit ging. Den ganzen Morgen über verfolgte ihn der Traum.

Zusammen mit Dengler kauerte er in einem Bunker. Die Kampfhandlungen sind in vollem Gange. Underhill muß in einem dunklen Teil des gleichen Bunkers oder in einem anderen Bunker gleich nebenan sein; denn seine volle Stimme, die an die von Ben Roehm erinnert, übertönt den größten Lärm.

In Dragon Valley hatte es keine Bunker gegeben.

Der Leichnam des Lieutenants lehnt aufrecht an der Wand am anderen Ende des Bunkers, mit ausgestreckten Beinen. Seine Kehle ist säuberlich durchschnitten. Das Blut aus dieser Wunde ist auf den Rumpf gelaufen. Seine ganze Brust ist rot durchtränkt.

»Dengler!« sagte Conor im Traum. »Dengler, sieh dir den Lieutenant an! Das Arschloch hat uns dieses Schlamassel eingebrockt, und jetzt ist er tot!«

Ein ungeheuer grelles Licht erschien plötzlich am Himmel. Da bemerkt Conor, daß eine Koko-Karte aus dem Mund von Lieutenant Beevers ragt.

Conor faßt Dengler an der Schulter. Dengler sackt in sich zusammen und fällt ihm auf die Beine. Conor blickt in sein verstümmeltes Gesicht und sieht die KOKO-Karte in seinem aufgerissenen Mund. Er schreit im Traum und auch in Wirklichkeit, schreckt aus diesem Alptraum hoch.

Conor kam vorzeitig an und wartete vor dem Haus auf die anderen. Nach ein paar Minuten fuhr Ben Roehm in seinem Wagen vor. Er brachte ein paar andere aus dem Trupp mit, die im gleichen Teil des Staates wohnten wie er selbst. Väter von kleinen Kindern, die Miete zu zahlen hatten, aber noch zu jung waren, als daß sie schon am Vietnamkrieg hätten teilnehmen können. Als Conor sie so aus dem Wagen steigen sah, stellte er mit Erstaunen fest, daß er diesen kräftigen jungen Zimmerleuten gegenüber väterliche Gefühle hegte. Sie verfügten noch nicht über genügend Erfahrung, um zu wissen, was für ein Unterschied zwischen Ben Roehm und den meisten anderen Bauunternehmern bestand.«

»Na, wie geht's denn heute morgen, Rotschopf?« erkundigte sich Roehm.

»Mann, ich fühle mich taufrisch.«

Woyzak fuhr gleich darauf in einem langen Wagen vor. Der war mit schwarzer Grundierungsfarbe gestrichen und allen äußeren Zierrats beraubt. Selbst die Türgriffe waren abgeschraubt.

Als sie sich an die Arbeit machten, fiel Conor zum erstenmal auf, daß Woyzak, der doppelt soviel schaffte wie er selbst, sehr schlampig arbeitete. Ben Roehm war jedoch sehr akkurat. Um ihn zufriedenzustellen, mußte man flache glatte Fugen vorweisen können. In Woyzaks Fugenband waren dagegen Klumpen, Ausbuchtungen und Falten, die nicht mehr wegzubringen waren und die man auch noch sehen würde, wenn die Wände verputzt und zweimal überstrichen worden waren.

Woyzak bemerkte, daß Conor ihm bei der Arbeit zusah. »Stimmt irgend etwas nicht?«

»Mann, das kann man wohl sagen. Da stimmt wirklich rein gar nichts. Haben Sie schon mal für Ben gearbeitet?«

Woyzak legte sein Werkzeug aus der Hand und kam auf Conor zu. »Du kleiner rothaariger Scheißkerl willst mir weismachen, daß ich mein Handwerk nicht verstehe? Ist dir nicht aufgefallen, daß ich doppelt so schnell arbeite wie du? Wahrscheinlich bist du nur deshalb noch nicht rausgeflogen, weil du um die Fotos von dem Alten so ein Geschrei gemacht hast. Der Alte möchte, daß die Zivilisten zufrieden sind.«

Der Alte? Zivilisten? Was sollte das denn heißen? »Mann, sein Sohn hat die Fotos gemacht«, sagte er.

»Ein Nigger namens Cotton hat die Fotos gemacht.«

»Scheiße.« Conor hatte das Gefühl, als müsse er sich ganz schnell setzen.

»Cotton war im gleichen Zug wie der junge Daisy. Der Junge hat veranlaßt, daß er Kopien von seinen Fotos kriegt, du Arschloch.«

»Ich habe Cotton *gekannt*«, erklärte Connor. »Ich war sogar dabei, als es ihn erwischte.«

»Ist *mir* doch wurscht, wer die Fotos gemacht hat. Es kümmert mich auch einen Dreck, ob er schon tot ist oder noch am Leben oder ob er sich in einem Zwischenstadium befindet. Ist mir auch völlig schnuppe, ob dich hier alle für einen Helden halten, weil du in meinen Augen nichts als ein lästiger Wichtigtuer bist, Mann.« Woyzak machte noch einen Schritt auf ihn zu. Conor erkannte, daß der Mann seine Wut kaum mehr bezähmen konnte. Wut und Verzweiflung waren so tief in ihm verwurzelt, daß er sie nicht mehr auseinanderhalten konnte. »Ich war einundzwanzig Tage mitten im Gefecht, Mann, einundzwanzig Tage und einundzwanzig Nächte. Ohne Unterbrechung. Stell dir das mal vor!«

»Wir müssen dafür sorgen, daß die Fugen glatter werden, das ist alles...«

Woyzak hörte gar nicht zu. Seine Augen erinnerten an Feuerräder.

»Ich bin ein guter Handwerker!« brüllte Woyzak.

Ben Roehm machte dem Streit ein Ende, indem er plötzlich mit der Faust auf eine Wand schlug. Mrs. Daisy stand mit der Kaffeekanne in der Hand hinter dem Unternehmer.

Woyzak lächelte sie schuldbewußt an.

»Jetzt reicht es aber«, sagte Roehm.

»Ich kann mit diesem Arschloch nicht zusammenarbeiten«, stöhnte Woyzak und warf die Hände buchstäblich in die Luft.

»Der Kerl hat mich ständig provoziert«, protestierte Conor.

»Charlie würde einen Anfall bekommen, wenn er hören könnte, wie hier geflucht wird«, bemerkte Mrs. Daisy nervös. »Er sieht vielleicht nicht danach aus, aber er ist sehr altmodisch.«

»Wer ist hier überhaupt vom Fach?« Woyzak bückte sich und griff nach einer Klinge und der Bürste. Seine Augen wirkten jetzt wieder ganz normal. »Ich will nur meine Arbeit machen.«

»Mann, sehen Sie doch mal, *wie* er arbeitet!«

Ben Roehm sah Conor mit ernster Miene an und gab ihm zu verstehen, sie müßten sich mal unterhalten.

Er ging Conor den Gang entlang voraus in das demolierte Morgenzimmer. Conor hörte, wie Woyzak Mrs. Daisy hinter seinem Rücken etwas Schmeichelhaftes sagte. Mrs. Daisy kicherte.

Im Morgenzimmer schritt Ben Roehm über die Löcher im Fußboden hinweg und lehnte sich an eine kahle Wand. »Dieser Junge ist der Mann von meiner Nichte Ellen. Er hat in Übersee Furchtbares durchgemacht. Ich versuche ihm zu helfen. Sie brauchen mir gar nicht erst zu sagen, daß er arbeitet wie ein Matrose, der schon drei Tage lang besoffen ist. Ich tue für ihn, was ich kann.« Er sah Conor an, hielt seinem Blick aber nicht lange stand. »Rotschopf, ich wünschte, ich könnte Ihnen etwas anderes sagen, aber ich kann leider nicht. Sie selbst arbeiten ausgezeichnet.«

»Für mich war Vietnam natürlich nichts weiter als ein Picknick.« Conor schüttelte den Kopf und biß die Zähne zusammen.

»Ich zahle Ihnen noch ein paar Tage extra. Im Sommer habe ich dann wieder Arbeit für Sie.«

Der Sommer ließ noch auf sich warten. Trotzdem sagte Conor: »Machen Sie sich keine Sorgen, ich habe schon etwas anderes vor. Ich mache eine Reise.«

Zum Abschied sagte Roehm verlegen: »Halten Sie sich von den Bars fern.«

2

Als Conor wieder in der Water Street in South Norwalk eintraf, wurde ihm bewußt, daß er sich an nichts erinnern konnte, was vorgefallen war, seit er sich von Ben Roehm verabschiedet hatte. Es war, als sei er eingeschlafen, als er auf seine Harley stieg und erst wieder aufgewacht, als er den Motor vor seinem Apartmenthaus abstellte. Er war müde und zerschlagen, wie ausgehöhlt und zutiefst deprimiert. Conor konnte sich nur schwer erklären, wieso es nicht zu einem Unfall gekommen war, da er den ganzen Weg nach Hause wie in Trance gefahren war. Er konnte froh sein, daß er noch am Leben war.

Er sah wie gewöhnlich in seinen Briefkasten. Neben der üblichen Reklame und Appellen von Politikern aus Connecticut stieß er auf einen länglichen weißen Briefumschlag. Die Adresse war mit der Hand geschrieben, der Brief in New York abgestempelt worden.

Conor nahm die Post mit in seine Wohnung hinauf, warf die Reklame und die Postwurfsendungen in den Papierkorb und holte sich ein Bier aus dem Kühlschrank. Zufällig fiel sein Blick in den Spiegel über dem Spülbecken in der Küche. Er bemerkte Falten auf der Stirn und Säcke unter den Augen. Richtig krank sah er aus – alt und krank. Conor stellte den Fernseher an, warf seinen Mantel über den einzigen Stuhl und ließ sich aufs Bett fallen. Er riß den weißen Umschlag auf, nachdem er das so lange wie möglich hinausgezögert hatte. Er warf einen Blick hinein. In dem Umschlag befand sich ein langes blaues rechteckiges Stück Papier. Conor zog den Scheck aus dem Umschlag und begutachtete ihn. Verwirrt und ungläubig las er immer und immer wieder, was der Scheck besagte. Es handelte sich wirklich und wahrhaftig um einen Scheck über zweitausend Dollar, zahlbar an Conor Linklater, von Harold J. Beevers unterzeichnet. Conor nahm den Umschlag wieder an sich, sah noch einmal darin nach und entdeckte einen Zettel. *Alles startklar! Wegen des Fluges setze ich mich mit dir in Verbindung. Grüße, Harry (Beans!)*

3

Conor steckte den Zetel und den Scheck wieder in den Umschlag, nachdem er beides einige Minuten angestarrt hatte. Dann überlegte er, wo er den Scheck wohl am sichersten aufbewahren konnte. Wenn er den Umschlag auf den Stuhl legte, setzte er sich vielleicht darauf. Legte er ihn aber auf das Bett, wickelte er ihn vielleicht mit ein, wenn er die Bettwäsche in den Waschsalon brachte. Es war auch zu riskant, den Umschlag auf den Fernseher zu legen. Wenn er betrunken war, hielt er ihn vielleicht für Müll und warf ihn weg. Schließlich beschloß er, den Umschlag auf den Kühlschrank zu legen. Oder noch besser in den Kühlschrank. Er stieg aus dem Bett, beugte sich hinunter, um den Kühlschrank aufzumachen und legte den Umschlag vorsichtig in das leere Fach direkt unter eine Sechserpackung Molson's Ale.

Er benetzte sein Gesicht mit Wasser, fuhr sich mit der Bürste übers Haar und zog sich das schwarze Hemd und die Cordhose an, die er schon in Washington getragen hatte.

Conor ging zu Donovan's und trank vier Bier mit einem Schuß

Whisky, bevor noch andere Gäste kamen. Er fragte sich, was nun größer sei: die Freude über das Reisegeld oder der Kummer angesichts der Tatsache, daß er seine Arbeit los war. Bekümmerte es ihn mehr, daß er durch dieses Arschloch Woyzak seine Arbeit eingebüßt habe, als er sich über das Reisegeld freue? Die Freude überwog. Er beschloß, sich noch einen Drink zu gönnen.

Andere Gäste trafen ein. Die Bar füllte sich allmählich. Conor starrte eine gutaussehende Frau an, bis er sich wie ein Feigling vorkam. Er rutschte von seinem Barhocker, um sie anzusprechen. Sie machte zur Zeit einen Computerkursus. Sie tranken ein paar Gläser zusammen. Conor fragte sie, ob sie Lust habe, sich sein komisches kleines Apartment anzusehen. Sie erklärte ihm, er sei ein komischer kleiner Bursche und erklärte sich dazu bereit.

Als Conor das Licht in seiner Miniwohnung anknipste, fragte das Mädchen: »Sie sind richtig häuslich, habe ich nicht recht?«

Nachdem sie miteinander geschlafen hatten, fragte sie ihn schließlich, woher die Beulen auf seinem Bauch und Rücken stammten.

»Agent Orange«, erklärte er. »Ich wünschte, ich könnte ihm beibringen, sich zu bewegen, Worte auszusprechen und noch mehr solchen Mist.«

Als er später wieder erwachte, war er allein und hatte einen Kater. Er hätte gern mit Mike Poole über Agent Orange gesprochen und zerbrach sich den Kopf über Tim Underhill.

8. KAPITEL

Dr. Poole bei der Arbeit und beim Spiel

1

»Aha, da haben wir's«, sagte Michael. »Im Januar findet in Singapur ein Ärztekongreß statt. Die Organisatoren bieten verbilligte Flüge an.«

Er blickte von der Zeitschrift *American Physician* auf. Judy kniff lediglich die Lippen zusammen und starrte auf den Bildschirm. Sie frühstückte im Stehen an der Theke mitten in der Küche. Michael saß allein an dem Küchentisch aus dem gleichen Holz. Vor drei Jahren hatte Judy behauptet, ihre Küche sei total veraltet, eine Beleidigung und völlig unbrauchbar. Sie hatte auf einer neuen Kücheneinrichtung bestanden. Jetzt aß sie jeden Morgen im Stehen, durch drei Meter sündhaft teures Holz von ihm getrennt.

»Worum geht es denn bei dem Kongreß?« erkundigte sie sich, ohne den Blick vom Bildschirm abzuwenden.

»Um Traumapädiatrie. Untertitel Das Trauma der Pädiatrie.«

Judy sah ihn halb spöttisch, halb belustigt an. Dann biß sie in ihren knusprigen Toast.

»Es müßte eigentlich alles klappen. Mit ein bißchen Glück müßten wir Underhill eigentlich innerhalb von einer oder zwei Wochen finden und alles zum Abschluß bringen können. Die Tickets sind drei Wochen gültig.«

Als Judy weiter teilnahmslos auf den Bildschirm starrte, fragte Michael: »Hast du gestern Conors Nachricht auf meinem Anrufbeantworter gehört?«

»Warum sollte ich mir das anhören? Das geht doch nur dich an.«

»Harry Beevers hat Conor einen Scheck über zweitausend Dollar geschickt, damit er den Flug und das Hotel bezahlen kann.«

Judy rührte sich nicht.

»Conor konnte es kaum glauben.«

»Findest du es richtig, daß Bryant Gumble Tom Brokaw's Stelle bekommen hat? Ich habe ihn immer für ein Leichtgewicht gehalten.«

»Ich habe ihn immer gemocht.«

»Na also, dann ist ja alles in bester Ordnung.« Judy wandte sich ab, um ihren fast sauberen Teller und die leere Kaffeetasse in die Geschirrspülmaschine zu stellen.

»Ist das alles, was du dazu zu sagen hast?«

Judy fuhr herum. Man sah ihr an, daß es ihr sehr schwer fiel, sich noch zu beherrschen. »Oh, tut mir leid. Ich darf also mehr dazu sagen? Tom Brokaw fehlt mir am Morgen. Ich vermisse ihn. Na, wie findest du das? Manchmal hat mich der gute alte Tom richtig auf Touren gebracht.«

Judy hatte vor vier Jahren, also 1978, einen sexuellen Schlußstrich unter ihre Ehe gesetzt, als ihr Sohn Robert – oder Robbie – an Krebs gestorben war. Seitdem hatte sie nicht mehr mit ihm geschlafen. »Die Sendung ist einfach nicht mehr so interessant – wie viele andere Dinge. Aber so etwas passiert halt immer wieder. Mit einundvierzig Jahre alten Ehemännern passieren auch seltsame Dinge.« Sie schaute auf ihre Armbanduhr. Dann sah sie Michael mit einem bohrenden Blick an. »In zwanzig Minuten muß ich in der Schule sein. Da hast du dir wieder mal genau den richtigen Moment ausgesucht.«

»Du hast dich immer noch nicht zu der Reise geäußert.«

Judy seufzte. »Was glaubst du wohl, wo Harry das Geld her hat, das er Conor geschickt hat? Pat Caldwell hat mich vorige Woche angerufen und erzählt, Harry hätte ihr weismachen wollen, er reise im Auftrag der Regierung.«

»So?« Es verschlug Michael die Sprache. »Beevers hält sich anscheinend für James Bond. Aber eigentlich spielt es keine Rolle, wo er das Geld her hat.«

»Ich möchte wirklich wissen, warum es für dich so wichtig ist, dich mit ein paar Irren nach Singapur abzusetzen, um dort einen anderen Irren aufzuspüren.« Judy zupfte wütend am Saum ihrer kurzen Jacke mit Brokatmuster. In diesem Augenblick erinnerte sie Michael an Pat Caldwell. Sie war nicht geschminkt. Ihr kurzes blondes Haar wies aschgraue Strähnen auf.

Dann sah sie ihn zum ersten Mal an diesem Morgen offen und ehrlich an. »Und was wird aus deiner Lieblingspatientin?«

»Mal sehen. Ich sage es ihr heute nachmittag.«

»Um alle anderen kümmern sich vermutlich die Kollegen.«

»Nur allzu gern.«

»Und du freust dich, daß du dich nach Asien absetzen kannst.«

»Ich bleibe ja nicht lange.«

Judy sah zu Boden und lächelte so verbittert, daß es Michael ganz entsetzlich schmerzte.

»Ich möchte wissen, ob Tim Underhill vielleicht Hilfe braucht. Die Sache ist noch nicht abgeschlossen, was Tim Underhill angeht.«

»Ich will dir mal sagen, wie *ich* die Sache sehe. Im Krieg werden Menschen getötet, auch Kinder. Das ist die Quintessenz des Krieges. Aber was vorbei ist, ist vorbei.«

»Ich glaube, in diesem Zusammenhang ist nichts je vorbei«, widersprach ihr Michael.

2

Michael Poole hatte in Ia Thuc ein Kind erschossen, das ließ sich nicht bestreiten. Die näheren Umstände blieben unklar – jedenfalls hatte er geschossen und einen kleinen Jungen getroffen, der im Schatten einer

Hütte stand. Er war keinen Deut besser als Harry Beevers. Er war sogar genau wie Harry Beevers. Auf der einen Seite Harry Beevers und das nackte Kind, auf der anderen Seite er selbst und das nackte Kind in der Hütte. Abgesehen von dem Ergebnis unterschieden sich die beiden Fälle zwar in jeder nur erdenklichen Hinsicht – aber was zählte, war nun einmal das Resultat.

Vor ein paar Jahren hatte Michael in einem Roman gelesen, daß eine Geschichte ohne ihre Vergangenheit nicht existieren könne. Erst die Vergangenheit versetze uns in die Lage, die Geschichte zu begreifen. Das galt nicht nur für Geschichten in Büchern. Er war genau der Mensch, der er im Augenblick war. Ein einundvierzigjähriger Kinderarzt, der mit einer Ausgabe von *Jane Eyre* neben sich auf dem Beifahrersitz durch eine Kleinstadt fuhr. Zu diesem Menschen war er unter anderem geworden, weil er in Ia Thuc einen kleinen Jungen erschossen hatte. Vor allem aber, weil er das College abgeschlossen hatte und weil ihm eine hübsche Pädagogikstudentin namens Judith Writzmann über den Weg gelaufen war, die er dann zur Frau nahm. Als er eingezogen wurde, hatte ihm Judy zwei- oder dreimal pro Woche geschrieben. Manche dieser Briefe konnte Michael noch immer Wort für Wort zitieren. In einem dieser Briefe hatte sie ihm geschrieben, als erstes Kind wünsche sie sich einen Sohn, der Robert heißen solle. Ihr Verhalten hatte sie zu dem gemacht, was sie jetzt waren. Er hatte Judy geheiratet, hatte ein Kind ermordet und die Erinnerung daran immer wieder in Alkohol zu ertränken versucht. Judy hatte ihm das Studium ermöglicht, ihn finanziell unterstützt. Robert, der liebe, zärtliche, etwas zurückgebliebene wunderhübsche Robbie, war in Westchester zur Welt gekommen. In dieser Kleinstadt, die seine Mutter liebte und die sein Vater haßte, hatte er sein ereignisloses, ganz normales Leben zugebracht, seine unnützen Kinderjahre. Robbie hatte erst sehr spät sprechen und laufen gelernt. Auch in der Schule kam er sehr schlecht mit. Doch für Poole spielte es keine Rolle, ob sein Sohn nach Harvard oder auf irgendeine andere Universität ging. Er veränderte allein durch seine Existenz Pooles ganzes Leben, machte es unendlich schön.

Mit fünf Jahren landete Robbie wegen seiner ständigen Kopfschmerzen in der Klinik seines Vaters. Dort wurde der erste bösartige Tumor festgestellt. Später kamen dann noch weitere hinzu – Tumoren auf der Milz, der Leber, an der Lunge. Michael schenkte seinem Sohn ein weißes Kaninchen. Das Kind nannte das Tier Ernie, nach Ernie aus der Sesamstraße. Wenn es Robbie vorübergehend besser ging, hatte er Ernie im Haus herumgeschleppt wie einen Teddybär. Robbies Krankheit hatte sich über drei Jahre hingezogen. Diese Jahre verliefen nach ihrem eigenen Zeitmaß, ihrem eigenen Rhythmus, der mit der Zeit, nach der sich die Menschen sonst richteten, nicht in Zusammenhang stand. Im nachhinein kam es Michael vor, als seien diese sechsunddreißig Monate innerhalb von zwölf Monaten vergangen. Innerhalb dieser zwölf Monate war ihnen jede Stunde wie eine Woche vorgekommen, jede Woche wie ein Jahr. Diese drei Jahre hatten aus dem ehedem so jungen Michael einen Erwachsenen gemacht. Aber im Gegensatz zu Robbie hatte er diese schwere Zeit überlebt. Als Robbie im Krankenhaus um seinen letzten Atemzug kämpfte, hatte er seinen Sohn in den Armen gehalten. Doch Robbie hatte den Kampf schließlich aufgegeben und war sehr leicht gestorben. Michael hatte seinen geliebten toten Sohn wieder in sein Bett zurückgelegt und dann seine Frau – eigentlich zum letztenmal – umarmt.

»Wenn ich nach Hause komme, will ich das verdammte Karnickel nicht mehr sehen«, hatte sie gesagt. Was heißen sollte, daß sie von ihm erwartete, daß er es tötete.

Fast hätte er es auch getötet, obwohl ihm der Befehl wie der einer bösen eitlen Königin im Märchen vorkam. Aber dann war er mit dem Kaninchen zum nördlichen Stadtrand von Westerholm gefahren, hatte den Käfig aus dem Wagen genommen, die kleine Tür aufgemacht, und das Kaninchen war davongehoppelt. Ernie hatte sich zuerst mit seinen sanften Augen umgesehen, die ihn stark an die Augen seines Sohnes erinnerten, dann war das Kaninchen losgehoppelt und bald darauf im Wald verschwunden.

Als Michael auf den Parkplatz neben dem Krankenhaus St. Bartholomew einbog, fiel ihm auf, daß er die ganze Strecke von seinem Haus zum Krankenhaus, also auf der Fahrt durch ganz Westerholm, Tränen in den Augen gehabt hatte. Seine Wangen waren naß, seine Augenlider ganz geschwollen, die Augen rot gerändert. Er zog ein Taschentuch aus der Tasche und fuhr sich damit über das Gesicht.

»Michael, du benimmst dich wie ein Trottel«, rief er sich zur Ordnung. Er griff nach dem Buch auf dem Beifahrersitz und stieg aus.

Er ging über den Parkplatz auf das riesige unregelmäßige Gebäude in der Farbe fauliger Blätter zu, das Türmchen, Strebepfeiler und Hunderte von kleinen Fenstern zierten.

Michaels wichtigste Aufgabe im Krankenhaus bestand zunächst einmal darin, sich alle Babys anzusehen, die während der Nacht zur Welt gekommen waren. Seit zwei Monaten lag Stacy Talbot auf der Privatstation im Krankenhaus. Einmal pro Woche hatte er hier Dienst. Dann besuchte er sie und blieb so lange wie möglich.

Michael untersuchte alle Neugeborenen und besuchte auch die Mütter, um seine Neugier zu befriedigen. Dann fuhr er mit dem Lift in den neunten Stock hinauf, zur Krebs-Endstation. Er hatte einmal mit angehört, wie ein Assistenzarzt diese Station so nannte.

Der Lift hielt im dritten Stock. Sam Stone, Chirurg der Fachrichtung Orthopädie, stieg ein. Michael kannte ihn gut. Stone hatte einen prachtvollen weißen Bart und ungewöhnlich breite Schultern. Er war mindestens fünfzehn Zentimeter kleiner als Michael. Doch dank seiner ausgeprägten Eitelkeit gelang es ihm, den Eindruck zu erwecken, als sehe er aus großer Höhe auf seinen Kollegen Michael hinab, obwohl er in Wirklichkeit das Kinn und den Bart hochrecken mußte, um Michael ansehen zu können.

Vor zehn Jahren hatte Stone einmal eine Beinoperation an einem Patienten von Michael ganz böse vermasselt. Als der Junge über immer stärkere Schmerzen klagte, tat Stone das verärgert als kindliche Hysterie ab. Nachdem er die Schuld jedem Arzt, der das Kind behandelt hatte, in die Schuhe schieben wollte, war der Orthopäde gezwungen worden, den Jungen noch einmal zu operieren. Weder Stone noch Michael hatten das je vergessen. Michael hatte nie wieder einen Patienten an Stone überwiesen.

Stone warf einen Blick auf Michaels Buch, runzelte die Stirn und sah auf die Leuchttafel, die anzeigte, in welcher Etage sie sich befanden.

»Soviel ich weiß, Herr Dr. Poole, haben gute Ärzte kaum je Zeit, Romane zu lesen.«

»Ich habe überhaupt keine Freizeit, basta«, sagte Michael.

Michael erreichte Stacy Talbots Zimmertür, ohne daß ihm ein weiterer von den etwa siebzig Ärzten in Westerholm über den Weg lief. Er schätzte, daß etwa ein Viertel dieser Ärzte zur Zeit nicht mit ihm sprach. Auch manche von den Ärzten, die noch mit ihm sprachen, fragten sich, was er auf der Onkologie-Station zu suchen hatte. Es handelte sich ja nur um die ganz normale Medizin.

Für Menschen wie Sam Stone war das, was Stacy Talbot zu erleiden hatte, vermutlich auch nur ganz normale Medizin. Für ihn selbst lag der Fall ganz ähnlich wie bei Robbie.

Er betrat ihr Zimmer und versuchte, im Dunkeln etwas zu erkennen. Stacy lag mit geschlossenen Augen da. Er wartete einen Augenblick, bevor er auf sie zuging. Das Licht war ausgeschaltet, die Jalousien heruntergezogen. Stacys Brust hob und senkte sich, war unter dem Gewirr von Schläuchen kaum mehr zu erkennen. Neben ihr lag auf der Bettdecke das Buch *Huckleberry Finn*. Ganz hinten steckte ein Lesezeichen. Sie hatte das Buch also schon fast ausgelesen.

Als er zu ihr ans Bett trat, schlug sie die Augen auf. Sie erkannte ihn und lächelte strahlend.

»Ich bin froh, daß Sie es sind«, erklärte sie.

Stacy war eigentlich gar nicht mehr seine Patientin. Als die Krankheit von ihrem ganzen Körper und ihrem Gehirn Besitz ergriff, wurde sie von einem Spezialisten zum nächsten weitergereicht.

»Ich habe dir ein neues Buch mitgebracht«, sagte er und legte es ihr auf den Nachttisch. Dann setzte er sich zu ihr aufs Bett und griff ganz sanft nach ihrer Hand.

Stacys ausgetrocknete Haut strahlte Hitze aus. Michael sah, wie sich die einzelnen Härchen ihrer braunen Augenbrauen von kleinen Wülsten roten Fleisches abhoben. Stacy waren alle Haare ausgefallen. Sie trug eine Strickmütze in leuchtenden Farben, die ihr ein orientalisches Aussehen verlieh.

»Glauben Sie, daß Emmaline Granger Krebs hatte?« fragte sie Michael. »Ich glaube es eigentlich nicht. Ich hoffe immer noch, daß ich eines Tages ein Buch in die Hände bekomme, in dem jemand wie ich vorkommt, aber daraus wird wohl nie was.«

»Du bist ja auch nicht gerade ein durchschnittliches Mädchen«, gab ihr Michael zu verstehen.

»Manchmal kann ich gar nicht glauben, daß mir das wirklich alles zugestoßen ist. Dann denke ich, daß ich mir das alles nur eingebildet haben muß und ich in Wirklichkeit zu Hause im Bett liege und mich aufspiele, um nicht in die Schule gehen zu müssen.«

Michael schlug Stacys Krankenbericht auf und las, was da in trockenen Worten über ihre immer weiter fortschreitende Krankheit stand.

»Sie haben schon wieder einen entdeckt.«

»Ja, das sehe ich.«

»Dann habe ich also noch eine Geschwulst und vielleicht bald noch ein Loch im Kopf.« Sie versuchte, ihn von der Seite anzulächeln, doch das mißglückte jämmerlich. »Aber es ist fast ein Vergnügen, zum CAT-Scanner gebracht zu werden. Was für eine *herrliche* Fahrt! Am Schwesternzimmer vorbei den ganzen Gang entlang, und dann die Fahrt im Lift!«

»Das muß ja sehr anregend sein.«

»Danach fühle ich mich so schwach, daß ich den Rest des Tages liegen muß.«

»Und weißgekleidete Frauen lesen dir jeden Wunsch von den Augen ab.«

»Ja, von wegen.«

Plötzlich riß sie die Augen auf und preßte ihre heißen Hände darauf. Als sie sich wieder entspannt hatte, sagte sie: »In einem solchen Augenblick sagt eine meiner Tanten immer, daß sie für mich beten will.«

Michael lächelte und hielt ihre Hand ganz fest.

»Bei solchen Gelegenheiten denke ich dann immer, daß derjenige, der sich diese Gebete anhören muß, meinen Namen sicher schon nicht mehr hören kann.«

»Ich will sehen, ob dich nicht eine der Schwestern ab und zu ein bißchen herumfahren kann, damit du mal aus deinem Zimmer rauskommst. Im Lift zu fahren scheint dir Spaß zu machen.«

Ein Hoffnungsfunken schien in Stacy aufzukeimen.

»Ich wollte dir noch sagen, daß ich bald verreisen muß. So gegen Ende Januar, für zwei oder drei Wochen.« Ihr Gesicht verfiel daraufhin sofort, wurde wieder zur Maske einer Todkranken. »Ich fliege nach Singapur. Vielleicht auch noch nach Bangkok.«

»Allein?«

»Zusammen mit ein paar anderen Leuten.«

»Das klingt sehr mysteriös. Da muß ich Ihnen wohl dankbar dafür sein, daß Sie mich so frühzeitig vorgewarnt haben.«

»Ich schicke dir tausend Ansichtskarten von Männern, die Schlangen durch die Luft wirbeln und von Elefanten, die im Verkehrsgewühl mit Rikschas wetteifern.«

»Großartig. Ich fahre im Lift, und Sie fliegen nach Singapur. Sie brauchen mir nicht zu schreiben.«

»Ich will dir aber schreiben.«

»Sie sollen mir aber keinen Gefallen tun.« Sie drehte den Kopf auf die andere Seite, wandte sich von ihm ab. »Ich meine das ganz ernst. Sie sollen nichts für mich tun.«

Michael hatte das Gefühl, als sei das zuvor auch schon geschehen, genau auf die gleiche Weise. Er beugte sich über sie und strich ihr sanft über die Stirn. Ihr Gesicht war ganz verzerrt. »Es tut mir leid, daß du mir böse bist. Nächste Woche besuche ich dich wieder, dann können wir weiter darüber sprechen.«

»Woher wollen Sie wissen, was in mir vorgeht? Ich bin ja so *dumm*. Sie haben keinen blassen Schimmer, was ich fühle.«

»Ob du es nun glaubst oder nicht – ich verstehe dich sehr wohl«, beteuerte er.

»Haben Sie schon mal einen CAT-Scanner von innen erlebt, Herr Dr. Poole?«

Michael erhob sich. Als er sich über Stacy beugte, um ihr zum Abschied einen Kuß zu geben, drehte sie den Kopf weg.

Sie weinte, als er das Zimmer verließ. Michael ging noch kurz in das Schwesternzimmer, bevor er das Krankenhaus fluchtartig verließ.

3

Am gleichen Abend noch informierte Poole seine Kameraden über den Charterflug. Conor sagte: »Mann, ist ja toll, reservier mir einen Platz in der Maschine.« Harry Beevers ließ verlauten: »Großartig! Ich habe mich schon gefragt, wann du dich bei uns melden würdest.« Tina Pumo meinte: »Meine Antwort kennst du, Mike. Schließlich muß sich jemand um den Laden kümmern.«

»Damit bist du in den Augen meiner Frau ein Held«, sagte Michael. »Na ja, wie dem auch sei – tust du uns den Gefallen und versuchst, Tim Underhills Adresse rauszukriegen? Sein Taschenbuchverlag ist Gladstone House – da weiß sicher irgend jemand die Adresse.«

Sie beschlossen, vor dem Reiseantritt noch ein Glas zusammen zu trinken.

4

In der darauffolgenden Woche fuhr Michael Poole eines Abends im Schneesturm langsam von New York nach Hause. Liegengebliebene Wagen, viele ganz verbeult oder nur noch Schrott, lagen in regelmäßigen Abständen am Rande des Parkway wie Leichen nach einer Schlacht. Ein paar hundert Meter vor ihm blinkte die Leuchtleiste auf dem Dach eines Polizeiautos in den Farben rot-gelb-blau-gelb-rot. Die Wagen krochen in einer einzigen langen Reihe dahin, nur vage auszumachen. Sie passierten einen großen weißen Krankenwagen. Polizisten regelten den Verkehr mit Leuchtstäben.

Poole bildete sich einen Augenblick lang ein, Tim Underhill gesehen zu haben. Er stand wie ein riesenhaftes weißes Kaninchen im Schneesturm und schwenkte eine Laterne. Gab ihm ein Zeichen. Um ihm Einhalt zu gebieten? Oder um die Straße zu beleuchten, damit er sich besser zurechtfand?

Poole drehte sich um, sah aber nur einen Baum, die Zweige schwer vom Schnee. Ein gelber Lichtstrahl von einem Polizeiwagen drang durch seine Windschutzscheibe und wanderte über den Fahrer- und Beifahrersitz.

9. Kapitel

Auf der Suche nach Maggie Lah

1

Mit einemmal scheint alles schiefzulaufen, dachte Tina Pumo, alles entzieht sich mir und nichts hat mehr Beständigkeit. Er haßte das Palladium und den Mike Todd Raum. Ebenso zuwider waren ihm das Area, das Roxy, CBGB's, das Magique, die Danceteria und das Ritz. Maggie würde gar nicht im Mike Todd Raum aufkreuzen und auch nicht in einem der anderen Etablissements. Er konnte vier Stunden an der Bar stehen und trinken, bis er bewußtlos umfiel. Das würde ihm nichts einbringen. Wahrscheinlich würden nur Hunderte von kleinen Nachtschwärmern auf dem Weg zur nächsten Pinte an ihm vorbeikommen.

Als er das erste Mal den Türsteher beschwatzt hatte, ihn in den großen scheunenähnlichen Raum zu lassen, den das Palladium für seine Veranstaltungen benutzte, kam er gerade von einer Marathonsitzung mit den Buchhaltern des Restaurants Saigon. Er trug den einzigen grauen Flanellanzug, den er besaß. Schon vor dem Vietnamkrieg hatte er ihn erstanden, und er war inzwischen so eng, daß er ihn in der Taille kniff. Pumo hatte sich auf der Suche nach Maggie durch die Menschenmenge gezwängt. Schließlich fiel ihm auf, daß ihn fast alle einmal kurz in Augenschein nahmen, um dann zurückzutreten. In einem ansonsten völlig überfüllten Saal umgab man ihn mit einer Art von Sicherheitsabstand, sozusagen einer entmilitarisierten Zone. Einmal hörte er jemanden hinter seinem Rücken lachen. Als er sich umdrehte, um mitlachen zu können, erstarrten alle zur Salzsäule und stierten ihn an. Schließlich war es ihm gelungen, sich bis zur Bar vorzuarbeiten und bei dem dürren jungen Barkeeper einen Drink zu bestellen.

»Kennen Sie vielleicht zufällig ein Mädchen namens Maggie Lah?« fragte er ihn. »Ich bin heute abend hier mit ihr verabredet. Sie ist eine kleine, sehr gut aussehende Chinesin...«

»Ja, ich kenne sie«, erklärte der Barkeeper. »Vielleicht kommt sie später noch.« Er zog sich ans andere Ende der Bar zurück.

Tina überkam plötzlich eine fürchterliche Wut auf Maggie. *Vielleicht Mike Todd, vielleicht auch nicht. La La.* Er erkannte, daß diese Nachricht nichts als ein mieser Trick war. Sie lachte jetzt sicher über ihn. Er stürzte von der Bar weg und stand plötzlich vor einem blonden Mädchen, das aussah, als sei es sechzehn Jahre alt. Sie hatte sich Sterne auf beide Bakken gemalt und trug ein glitzerndes schwarzes Hemd, das ihren Körper hauteng umschloß. Sie war genau sein Typ. »Ich möchte dich mit nach Hause nehmen«, sagte er. Das Mädchen schaute ihn kurz an und gab ihm deutlich zu verstehen: »Ich gehe nicht mit Drogenfahndern.«

Das war eine Woche nach Halloween gewesen. Danach hatte er die Stadt mindestens zwei Wochen lang links liegen lassen, während er die Küche seines Restaurants sozusagen auseinandernahm. Wann immer er und die Kammerjäger sich eine Wand vornahmen, kamen ganze Heerscharen von Ungeziefer angekrabbelt und versuchten, sich dem Lichtschein so schnell wie möglich zu entziehen. Wenn man sie an einer Stelle unschädlich gemacht hatte, tauchten sie am nächsten Tag an einer anderen auf. Lange schien es, als hielten sich die meisten hinter den Kochherden auf, als hätten sie sich dort eingenistet und verschanzt. Damit das Insektenvertilgungsmittel das Essen nicht verdarb, hatten er und das Küchenpersonal große durchsichtige Plastikplanen zwischen den Kochherden und den Tischen, auf denen das Essen zubereitet wurde, und den Stellen aufgespannt, an denen sie dem Ungeziefer vehement zu Leibe rückten. Der Garland-Kochherd wog dreitausend Pfund. Sie schoben ihn drei Meter weit, weg aus der Mitte der Küche. Jetzt jammerte der Chefkoch Vinh, er und seine Tochter könnten nachts nicht schlafen, weil das Ungeziefer nachts hinter den Wänden rumkrabbelte und rumorte. Sie waren in das ›Büro‹ des Restaurants gezogen, einen kleinen Raum im Tiefgeschoß; denn Vinhs Schwester bekam wieder ein Baby und brauchte ihr Zimmer in ihrem Haus in Queens. Normalerweise befanden sich in dem Büro ein Schreibtisch, eine Couch und Aktenschränke. Jetzt gehörte die Couch Goodwill, der Schreibtisch war in eine Ecke von Pumos Wohnzimmer gequetscht worden. Vinh und Helen schliefen auf einer Matratze auf dem Boden.

Alles sah nicht nur nach einer vorübergehenden illegalen Situation aus, sondern nach einer permanenten. Helen fand nicht nur keinen Schlaf, sie machte auch ins Bett, auf die Matratze, wann immer sie eindöste. Vinh behauptete, das Bettnässen sei schlimmer geworden, seit das Kind Harry Beevers an der Bar hatte sitzen sehen. Dieser Harry Beevers sei ein Teufel, der Kinder verfluchte und verzauberte. In Pumos Augen war das nichts als Hysterie von seiten der Vietnamesen. Doch sie glaubten nun einmal daran. Also traf es für sie zu. Manchmal hatte Pumo beinahe Lust, Vinh zu erwürgen. Aber dann würde er nicht nur im Gefängnis landen, er würde auch keinen neuen Chefkoch finden.

Alles bereitete ihm Kopfschmerzen. Maggie rief zehn Tage nicht an und ließ nichts von sich hören. Nicht das kleinste Lebenszeichen. Er träumte von Victor Spitalny, der im Traum mit Wespen und Spinnen übersät aus der Höhle in Ia Thuc gestürzt kam.

Das Gesundheitsministerium verwarnte ihn zum zweitenmal. Der Inspektor murmelte etwas von Mißbrauch von Räumlichkeiten, die nicht als Wohnraum gedacht seien. In dem winzigen Büro stank es nach Urin.

Einen Tag, bevor Maggie wieder eine Anzeige in der *Village Voice* aufgab, rief Michael Poole wieder an und fragte Pumo, ob er sich schon bei der Gladstone House nach Tim Underhills Adresse erkundigt habe. »Aber klar doch«, knurrte Tina. »Ich lese sowieso den ganzen Tag Gedichte.« Immerhin schlug er die Nummer im Telefonbuch nach. Die

Frau, die sich daraufhin meldete, verwies ihn an die Verlagsleitung. Eine Frau namens Corazon Fayre behauptete, noch nie von Timothy Underwood gehört zu haben und reichte ihn an eine gewisse Dinah Mellow weiter. Die verwies ihn dann an Sarah Good. Die legte ihm Betsy Flagg ans Herz. Betsy Flagg schien zumindest von Timothy Underwood gehört zu haben. So hieß er doch, nicht wahr? Nein? Einen Augenblick, ich verbinde Sie mit der Publicity-Abteilung. Dort verwies ihn Jane Boot an May Upshaw. Die bat ihn, sich mit Marjorie Fan in Verbindung zu setzen. Die verschwand für eine Viertelstunde in irgendeinem Archiv. Als sie von dort wieder auftauchte, gab sie ihm die Auskunft, Mr. Underwood habe vor zehn Jahren geschrieben und verlangt, daß seine Lebensumstände und seine Adresse geheimgehalten würden. Hielten sie sich nicht daran, sei der Autor sehr verstimmt. Seine gesamte Post einschließlich der Fanpost sei ihm über seinen Literaturagenten Mr. Fenwick Throng zuzustellen.

»Fenwick Throng?« wiederholte Pumo. »Heißt der wirklich so?«

Der nächste Tag war ein Dienstag. Tina fuhr Vinh zum Markt und Helen in die Schule. Dann kaufte er am Kiosk Ecke 8. Straße und Sixth Avenue die *Village Voice.* Es gab so manchen Kiosk, der viel näher lag, aber der an der besagten Ecke lag nur ein paar Blocks von La Groceria entfernt. Fahles Sonnenlicht ergoß sich durch die hohen Fenster ins Café. Dort schlürfte Pumo zwei Tassen Cappuccino, während hübsche Serviererinnen mit blassen Morgengesichtern gähnten und sich wie Ballettänzerinnen streckten. Er verschlang die *Village Voice,* er ließ nichts aus. Vor allem auf der letzten Seite, der mit den Anzeigen.

Unmittelbar über der Zeichnung in der Mitte der Seite entdeckte er eine Nachricht von Maggie. *Vietnam-Veteran. Gleicher Ort und gleiche Zeit, versuchs noch einmal. Quetschungen und Tätowierungen. Du solltest mit den anderen in den Fernen Osten fliegen und Taipeh mitnehmen.*

Er überlegte, wie es wohl wäre, wenn er mit Poole, Linklater, Harry Beevers und Maggie Lah nach Singapur flöge. Da verkrampfte sich sofort alles in ihm, und der Cappuccino schmeckte bleiern. Sie würde zu viel Kram mit an Bord nehmen. Die Hälfte davon in Papiertüten. Schon aus Prinzip würde sie darauf bestehen, mindestens zweimal das Hotel zu wechseln. Sie würde mit Poole flirten, sich mit Beevers ständig streiten und Conor buchstäblich adoptieren. Pumo brach der Schweiß aus allen Poren. Er machte der Serviererin ein Zeichen, zahlte und ergriff die Flucht.

Mehrere Male rief er bei Fenwick Throng an, doch es war immer besetzt.

Um elf Uhr ließ er dann das Restaurant schließen. Dann duschte er, zog sich um und eilte zum Hintereingang vom Palladium. Eine Viertelstunde stand und fror er da zusammen mit einem halben Dutzend anderer Leute in einer Art Hundezwinger – von Draht umzäunt –, bis ihn schließlich jemand erkannte und hereinließ.

Wäre der Artikel im *New York* nicht gewesen, dachte er, käme ich hier nicht mal rein.

Diesmal trug er ein elegantes Jackett, weite gefältelte schwarze Hosen, ein graues Seidenhemd und eine schmale schwarze Krawatte. So hielt man ihn vielleicht für einen Zuhälter, aber ganz bestimmt nicht für einen Drogenfahnder.

Mit der Bierflasche in der Hand ging Pumo zweimal an der ganzen Bar entlang. Dann mußte er sich eingestehen, daß ihn Maggie schon wieder zum Narren gehalten hatte. Er kämpfte sich durch die Menschenmenge zu den Tischen vor. Extravagant gekleidete junge Leute unterhielten sich bei Kerzenlicht. Maggie war nicht dabei.

Mir gleitet alles aus den Händen, dachte Pumo. Seit geraumer Zeit hat mein Leben einfach keinen Sinn mehr.

Junge Leute wirbelten vorbei. Über Synthesizer plärrte Rockmusik aus unsichtbaren Lautsprechern. Eine Weile sehnte sich Pumo nach Hause zurück. Maggie würde nie wieder auftauchen, weder heute abend noch an irgendeinem anderen Abend. Wahrscheinlich würde schon sehr bald irgendein Trampel von einem Mann zu ihm ins Restaurant kommen, um Maggies Plastikradio, ihren kleinen gelben Fön und die alten Platten abzuholen, die sie dagelassen hatte.

Pumo kämpfte sich zur Bar durch und bestellte einen doppelten Wodka Martini on the rocks. *Keine Oliven, keinen Wermut und kein Eis*, das hatte Michael Poole in Manlys kleinem Club gesagt, wo es keine Oliven, keinen Wermut und kein Eis gab, nur einen Krug verdächtig aussehenden gelblichen Wodka. Manly behauptete, er habe ihn von einem Oberst der First Air Cavalry bekommen.

»So glücklich haben Sie heute abend bisher noch nicht ausgesehen«, sagte eine tiefe Stimme neben ihm.

Pumo drehte sich um und erblickte eine große Erscheinung schwer zu bestimmenden Geschlechts im Tarnanzug, die ihn mit einem strahlenden Lächeln anschaute. Über den Ohren glänzte nackte glattrasierte Haut. Schwarzes Haar türmte sich auf dem Kopf der Erscheinung und hing bis auf den Rücken hinab. Dann fielen Pumo die Brüste auf, die sich unter dem Oberteil des Tarnanzugs wölbten. Die schwellenden Hüften zeichneten sich unter dem breiten Gürtel ab. Pumo fragte sich, wie es wohl wäre, mit ihr im Bett zu liegen.

Eine Viertelstunde später drängte sich das Mädchen auf dem Rücksitz eines Taxis an ihn. »Beiß mich ins Ohr!« verlangte sie.

»Hier im Taxi?«

Sie hielt ihm ihren Kopf hin. Pumo legte ihr einen Arm um die Schulter und nahm ihr Ohrläppchen zwischen die Zähne. Er fühlte feine Stacheln an der Seite ihres Kopfes.

»Fester!«

Sie wand sich, als er fester zubiß.

»Ich weiß nicht mal, wie du heißt«, bemerkte er.

Das Mädchen legte ihm die Hand auf die Genitalien und preßte ihre

Brüste an seinen Oberarm. Ein wohliges Gefühl stieg in ihm auf. Sie sagte: »Meine Freunde nennen mich Dracula. Aber nicht etwa, weil ich Leuten das Blut aussauge.«

In seiner Wohnung angekommen erlaubte sie ihm nicht, das Licht anzuknipsen. Er mußte sich im Dunkeln zu seinem Schlafzimmer vortasten. Kichernd stieß sie ihn aufs Bett. »Bleib ganz ruhig liegen«, forderte sie ihn auf. Sie schnallte ihm den Gürtel ab, zog ihm die Stiefel aus und die Hose hinunter. Er befreite sich von seiner Jacke, lockerte die Krawatte und streifte sie sich über den Kopf. »Hübscher Tina«, sagte Dracula. Sie beugte sich über seinen erigierten Penis und nahm ihn in den Mund. »Immer, wenn ich das mache, komme ich mir wie in der Kirche vor.«

»Fantastisch«, sagte Tina. »Wo hast du bloß mein ganzes Leben lang gesteckt?«

»Du willst doch gar nicht wirklich wissen, wo ich war.« Sie fuhr ihm zart mit einem ihrer langen Fingernägel über den Hodensack. »Mach dir keine Sorgen, ich habe keine ansteckende Krankheit. Ich *lebe* praktisch in der Arztpraxis.«

»Wieso denn das?«

»Wahrscheinlich, weil ich gern ein Mädchen bin.«

Todmüde und vom Alkohol eingelullt ließ Pumo sie machen, was sie wollte. Als sie sich auf ihn setzte, sah sie aus wie ein Apachenhäuptling mit ausgezupften Augenbrauen. »Gefällt dir Dracula?«

»Ich glaube, ich heirate Dracula«, stöhnte Tina.

Da knöpfte sie ihr Tarnhemd auf und riß es sich vom Leibe. Feste kegelförmige Brüste kamen zum Vorschein. »Beiß mich!« verlangte sie und stieß ihm ihre Brüste ins Gesicht. »*Ganz fest*. Bis ich dir sage, du sollst aufhören.«

Er biß zart in eine ihrer Brustwarzen. Sie rammte ihm die Fingerknöchel in den Kopf. »Fester.« Sie grub ihm die Fingernägel in den Schwanz. Pumo biß fester zu.

»*Noch viel fester.*«

Da biß er fester zu.

Als er Blut auf der Zunge spürte, schrie und stöhnte sie und hielt seinen Kopf im Klammergriff. »Gut, gut.« Sie ließ seinen Kopf los und griff mit der linken Hand nach seinem Schwanz. »Noch immer hart? Guter Tina.«

Schließlich gestattete sie ihm, den Kopf zu heben. Ein dünnes Rinnsal Blut lief ihr von der Brust auf die Rippen. »Und jetzt geht die kleine Dracula wieder in die Kirche.«

Pumo lachte und sank aufs Kissen zurück. Er fragte sich, ob Vinh oder Helen sie schreien gehört hatten. Wahrscheinlich nicht. Sie schliefen ja zwei Stockwerke tiefer.

Pumo lag lange da wie im Delirium. Als er einen Orgasmus hatte, verspritzte er seinen Samen in gewundenen Bändern auf ihre Wangen, Augenbrauen und auch in die Luft. Sie stöhnte und schob sich auf seinen

Leib. Sie klemmte ihm die Arme mit den Beinen fest und verrieb sich seinen Samen mit beiden Händen im Gesicht. Tina staunte.

»So bin ich nicht mehr gekommen, seit ich zwanzig war«, gestand er. »Aber du tust mir an den Armen weh.«

»Armer Kleiner.« Sie klopfte ihm auf die Wange.

»Ich wäre dir wirklich dankbar, wenn du von meinen Armen runtergehen würdest.«

Sie sah von ihrer Höhe triumphierend auf ihn hinunter und schlug ihn kräftig auf die Schläfe.

Pumo setzte sich zur Wehr und versuchte hochzukommen. Aber Dracula schlug noch mal zu. Er konnte sich nicht rühren. Sie grinste ihn teuflisch an. Ihre Zähne und Augen leuchteten im Dämmerlicht. Wieder versetzte sie ihm einen Fausthieb an die Schläfe.

Pumo rief um Hilfe. Da schlug sie wieder zu.

»Mord!« brüllte er, doch niemand hörte ihn.

Bevor sie ihm den zwanzigsten Schlag auf die Schläfen versetzte, lichtete sich der Schleier über Pumos Augen und er sah, wie Dracula ganz unbeteiligt auf ihn hinunterstarrte, mit geschürzten Lippen und ganz verschmiertem Lippenstift.

Pumo kam wieder zu sich, als es noch dunkel war. Er hätte nicht sagen können, wie lange er ohnmächtig gewesen war. In seinen Lippen pochte und zuckte es, sie fühlten sich so dick wie Steaks an. Er schmeckte Blut. Alles tat ihm weh. Der Schmerz strahlte vor allem von seinem Kopf und seinen Lenden aus. Er geriet in Panik und tastete nach seinem Penis. Der war zum Glück intakt. Er riß die Augen auf und hob die Hände – sie waren blutbesudelt.

Pumo hob den schmerzenden Kopf, um seinen Körper zu betrachten. Da sprang der Schmerz wie ein glühend heißes Band von einer Schläfe zur anderen.

Sein Kopf fiel auf das durchweichte Kissen zurück. Das Atmen fiel ihm schwer. Wieder hob er den Kopf, doch diesmal viel vorsichtiger. Er fror ganz entsetzlich. Er lag splitternackt auf den dunklen nassen Laken.

Wie eine Schlange schoß der Schmerz durch seinen Kopf. Seine Lippen fühlten sich wie rauhe rote Ziegelsteine an. Er fuhr sich mit den nassen Händen über das Gesicht.

Pumo überlegte, ob er aufstehen sollte. Wie spät mochte es wohl sein? Er hob den rechten Arm, um auf seine Armbanduhr zu sehen. Sie war nicht mehr da. Er drehte den Kopf zur Seite, doch auch das Radio mit der Digitaluhr stand nicht mehr auf seinem Nachttisch.

Vorsichtig ließ er sich aus dem Bett gleiten – bäuchlings, berührte den Boden zuerst mit einem Fuß und ließ sich dann auf beide Knie sinken. Als er mit dem Brustkorb über das Laken rutschte, schluckte er Erbrochenes.

Er richtete sich auf, doch alles drehte sich um ihn. Ihm wurde schwarz vor Augen. Er zog sich mühselig am Kopfende des Bettes hoch. Seine Arme schmerzten. An der Schläfe war die Haut aufgeplatzt. Die Wunde pochte dumpf.

Pumo tappte ganz langsam ins Bad und hielt dabei den Kopf mit beiden Händen umklammert. Im Bad wusch er sich das Gesicht mit kaltem Wasser. Dann erst wagte er es, das Licht anzuknipsen und sich im Spiegel zu betrachten.

Sein Gesicht war eine groteske aufgedunsene feuerrote Maske. Aus dem Spiegel starrte ihm ein Elefantenmensch entgegen. Dieser Anblick ging über seine Kraft. Sein Magen machte da nicht mit.

Er übergab sich in das Waschbecken und verlor das Bewußtsein, bevor er auf dem Boden aufschlug.

10. Kapitel

Träume und Gespräche

1

»Ja, es geht mir ziemlich dreckig. Nein, ich habe es mir nicht anders überlegt. Ich komme auf keinen Fall mit«, sagte Pumo in den Hörer. Er telefonierte mit Michael Poole. »Du solltest mich mal sehen – oder vielleicht besser nicht. Ich sehe furchterregend aus. Ich bleibe meistens drinnen; denn wenn ich rausgehe, laufen die Kinder vor mir weg.«

»Soll das vielleicht ein Witz sein?«

»Ach, wäre das schön! Leider ist es kein Witz. Ich bin von einer Psychopathin zusammengeschlagen worden. Und auch noch ausgeraubt.«

»Soll das heißen, daß du überfallen worden bist?«

Pumo zögerte. »Sozusagen. Ich würde dich ja in die näheren Umstände einweihen, Mike, aber das ist mir zu peinlich.«

»Kannst du mir nicht einen kleinen Hinweis geben?«

»Meinetwegen. Lies nie jemanden auf, der sich Dracula nennt.« Nachdem Michael pflichtschuldigst gelacht hatte, fuhr Pumo fort: »Ich habe meine Armbanduhr, mein Radio mit Digitaluhr, ein nagelneues Paar Stiefel aus Eidechsenleder von MacReedy und Shreiber, meinen Walkman, meinen *Wachmann*, ein Dunhill-Feuerzeug, das nicht mehr funktioniert hat, eine Jacke von Giorgio Armani, alle meine Kreditkarten und etwa dreihundert Dollar Bargeld eingebüßt. Und als dieses Arschloch sich dann aus dem Staub gemacht hat, blieb die Haustür auf. Irgend so ein gottverdammter Penner hat sich eingeschlichen und den ganzen Hausflur vollgepinkelt.«

»Und wie findest du das?« Michael stöhnte. »Lieber Himmel, was für eine blöde Frage. Ich meine, wie fühlst du dich ganz allgemein? Ich wünschte, du hättest mich gleich angerufen.«

»Ganz allgemein gesehen hätte ich nicht übel Lust, einen Mord zu begehen. Jetzt weißt du, wie ich mich fühle, Michael. Die Sache hat mich wirklich mitgenommen. Die Welt ist furchterregend. Überall wird einem wehgetan. Man kann sich nirgends sicher fühlen. Jedem können jederzeit schreckliche Dinge widerfahren. Ich fürchte mich fast, aus dem Haus zu gehen. Aber wenn man nicht gerade auf den Kopf gefallen ist, muß man sich doch sagen, daß diese Angst nicht von der Hand zu weisen ist. Hör mal, ich hoffe, daß ihr sehr *vorsichtig* seid, wenn ihr rüberfliegt. Geht bloß kein Risiko ein.«

»Geht in Ordnung«, versprach ihm Michael.

»Ich habe weder dich noch einen von den anderen angerufen, weil diese schlimme Sache auch etwas Positives nach sich zog: Maggie ist wieder aufgetaucht. Wahrscheinlich habe ich sie dort nur knapp verfehlt, wo ich Dracula begegnet bin. Der Barkeeper hat ihr gesagt, er hat mich mit jemand anders fortgehen sehen. Am nächsten Tag ist sie dann zu mir gekommen, um sich zu vergewissern. Da hat sie mich dann mit einem Gesicht vorgefunden, das doppelt so groß und so dick war wie gewöhnlich. Also ist sie wieder bei mir eingezogen.«

»Jede Sache hat einen Haken, wie Conor immer sagt. Oder so ähnlich.«

»Aber ich habe mit Underhills Literaturagenten gesprochen. Oder besser gesagt mit seinem ehemaligen Agenten. Es heißt, er sei tatsächlich nach Singapur gegangen, was er sich ja fest vorgenommen hatte. Throng – ob du es glaubst oder nicht, der Agent heißt Fenwick Throng – konnte mir allerdings nicht sagen, ob Underhill noch immer in Singapur lebt. Sie haben mir eine komische Geschichte aufgetischt. Underhill ließ seine Schecks immer bei der Zweigstelle einer Bank in Chinatown deponieren. Nicht einmal Throng hat je seine Adresse gewußt. Wenn er ihm schrieb, dann landete die Post in einem Postfach. Underhill hat Throng hin und wieder angerufen, um hochtrabende Reden zu führen und ihn zu beschimpfen. Ein paarmal hat er ihn sogar rausgeschmissen, ihm gekündigt. Ich nehme an, daß diese Anrufe im Laufe von fünf oder sechs Jahren immer schlimmer wurden, die Beschimpfungen unflätiger und ausfallender. Throng glaubt, daß Tim meistens betrunken oder high war oder vielleicht auch beides. Ein paar Tage später rief Tim dann immer in Tränen aufgelöst wieder an und bat Throng, auch weiterhin für ihn zu arbeiten. Schließlich wurde es Throng zu bunt, und er teilte Tim mit, er wolle nicht mehr für ihn arbeiten. Er glaubt, daß Tim seither sein eigener Agent ist.«

»Also ist er wahrscheinlich noch dort, aber wir müssen ihn jetzt selber suchen.«

»Und er ist verrückt, völlig übergeschnappt. Michael, das hört sich wirklich beängstigend an. Ich würde an deiner Stelle lieber hierbleiben.«

»Durch den Agenten bist du also zu der Überzeugung gelangt, daß Tim Underhill höchstwahrscheinlich Koko ist.«

»Ich wünschte, es wäre nicht so.«

»Ich auch.«

»Nun überleg doch mal: Lohnt es sich wirklich, daß du für ihn Kopf und Kragen riskierst?« erkundigte sich Tina.

»Eins steht jedenfalls fest: Ich riskiere mein Leben entschieden lieber für Tim Underhill als für Lyndon Baines Johnson.«

»Na siehst du, die Sache hat also auch einen positiven Aspekt«, meinte Tina.

2

»Ich glaube, es gibt einfach keine erwachsenen Männer mehr, falls es überhaupt je welche gegeben hat«, sagte Judy. »Sie sind großgewordene verkappte kleine Jungen. Es ist so entwürdigend. Michael ist ein intelligenter, rücksichtsvoller Mensch, er arbeitet schwer und tut alles, was man sich nur wünschen kann. Aber es ist einfach lächerlich, an was er glaubt. Von einem bestimmten Niveau an sind seine Wertvorstellungen einfach kindisch.«

»Na, das ist doch immerhin etwas«, entgegnete Pat Caldwell am Telefon. »Ich fürchte, Harrys Ansichten waren infantil.«

»Michael glaubt tatsächlich noch immer an das Militär. Er würde das zwar abstreiten, aber es ist die reine Wahrheit. Dieses Kleinejungenspiel ist für ihn das einzig Wahre. Zu einer Gruppe zu gehören hat ihm sehr gefallen.«

»Für Harry war die Zeit in Vietnam das Höchste«, sagte Pat.

»Michael geht tatsächlich *zurück.* Er möchte wieder zum Militär. Wieder einer Einheit angehören.«

»Ich glaube, Harry möchte nur was zu tun haben.«

»Was zu tun haben? Er könnte wieder eine Stelle annehmen und sich benehmen wie ein Anwalt!«

»Hm, na ja, vielleicht.«

»Stell dir bloß mal vor, Michael möchte seinen Anteil an der Praxis verkaufen. Er will von Westerholm wegziehen und in den Slums arbeiten. Er findet, daß er nicht genug *tut.* Ich meine, da ist natürlich etwas dran. Man muß Arzt an einem solchen Ort sein, um festzustellen, was die Politik dabei für eine Rolle spielt. Du kannst dir nicht vorstellen, was für Kämpfe sich da hinter den Kulissen abspielen. Aber so *ist* das Leben nun einmal.«

»Also will er versuchen, sich auf der Reise über alles klarzuwerden«, meinte Pat.

»Nein, da will er nur wieder mal Soldat spielen«, belehrte Judy sie. »Diese Sache in Ia Thuc macht ihm noch immer sehr zu schaffen.«

»Harry ist immer sehr stolz auf Ia Thuc gewesen«, sagte Pat. »Ich sollte dir wirklich mal die Briefe zeigen, die er mir damals geschrieben hat.«

3

In der Nacht, bevor sie nach Singapur flogen, träumte Michael, er ginge nachts auf einem schmalen Bergpfad auf eine Gruppe von Männern in Uniform zu, die um ein kleines Feuer herum saßen. Als er näher herankam, sah er, daß es Geister waren und keine Menschen. Die Flammen schienen durch die Leiber der Männer vor dem Feuer. Die Geister wandten sich ihm zu, als er sich ihnen näherte. Ihre Uniformen waren zerlumpt und starr vor Schmutz. Im Traum erschien es Michael ganz selbstverständlich, daß er zusammen mit diesen Männern gedient hatte. Eine der geisterhaften Gestalten, Melvin O. Elvan, erhob sich und trat auf ihn zu. *Laß dich nicht mit Underhill ein,* sagte Elvan. *Überall auf der Welt werden einem Schmerzen zugefügt.*

Tina Pumo träumte in der gleichen Nacht, er läge im Bett und Maggie Lah liefe im Schlafzimmer herum. In Wirklichkeit war Maggie wieder verschwunden, sobald sein Gesicht verheilt war. *Bei einer Katastrophe kannst du nicht gewinnen,* sagte Maggie. *Du mußt nur versuchen, den Kopf über Wasser zu halten. Denk doch an den Elefanten mit seiner Schwere und doch auch Anmut. Und seiner angeborenen Noblesse. Brenn das Restaurant doch nieder und fang ganz von vorn an.*

11. Kapitel

Koko

Die Läden des Bungalows waren geschlossen, um die Hitze abzuhalten. Auf den pinkfarbenen mit Stuck verzierten Wänden lag ein dünner Feuchtigkeitsfilm. Die Luft im Raum war schwül und stickig, das Zimmer in rosafarbenes Dunkel gehüllt. Es stank nach Exkrementen. Der Mann in dem vordersten der beiden schweren Sessel stöhnte dann und wann, bewegte sich oder preßte die Arme gegen seine Fesseln. Die Frau dagegen rührte sich nicht; denn die Frau war tot. Koko blieb unsichtbar. Trotzdem folgte der Mann ihm mit den Blicken. Wer weiß, daß es ans Sterben ging, sieht auch das Unsichtbare.

Wenn man sich zum Beispiel in einem Dorf befand...

Wenn der Qualm vom Herdfeuer erzitterte und dann wieder in die Luft aufstieg. Wenn das Hühnchen eines der Beine hob und dann erstarrte. Wenn die Sau den Kopf zur Seite legte. Wenn man diese Dinge sah. Wenn man ein Blatt erbeben sah und mitbekam, wie der Staub aufgewirbelt wurde.

Dann sah man vielleicht auch die Ader in Kokos Hals pochen und pulsieren. Dann sah man Koko vielleicht an einer Hütte lehnen und sah diese Ader zucken.

Koko wußte eines: Es gibt immer Orte, wo sich niemand aufhält. Selbst in Städten, wo die Menschen auf den Bürgersteigen und auf dem Straßenpflaster schlafen, in Städten, die so dicht bevölkert sind, daß mehrere Menschen in einem Bett schlafen, in Städten, die so überfüllt sind, daß niemand jemals wirklich seine Ruhe hat. Vor allem in solchen Städten gibt es völlig in Vergessenheit geratene Gegenden, verlassene Behausungen, wohin sich – zumindest vorübergehend – kein Mensch verirrt. Reiche Leute lassen ihre Häuser leer zurück oder die Stadt selbst läßt sie leerstehen.

Die reichen Leute transportieren alles ab. Um die Häuser selbst kümmern sie sich dann nicht mehr. Nachts bricht dann mit Koko die Ewigkeit herein, bricht ein auf leisen Sohlen.

Sein Vater hatte auf einem der beiden schweren Sessel gesessen, die die reichen Leute zurückgelassen hatten. *Wir haben für alles Verwendung,* sagte sein Vater. *Wir lassen nichts verkommen.*

Auch für die Sessel haben wir Verwendung.

An eines erinnerte er sich – an etwas, das in der Höhle vorgefallen war. Koko wußte eines: Die Sessel waren ihnen nicht gut genug gewesen. Sie hatten bessere Sessel – wo immer sie auch hingezogen sein mochten.

Die Frau zählte überhaupt nicht. Roberto Ortiz hatte sie einfach nur mitgebracht. Es waren nicht einmal mehr genug Karten für diejenigen übrig, die zählten und schon gar nicht für ihre zufälligen Begleitpersonen. Wenn sie sich auf die Briefe hin meldeten, sollten sie natürlich allein kommen, aber Menschen wie Roberto Ortiz nahmen es nicht wichtig, wohin sie in diesem Fall gingen und mit wem sie es da zu tun hatten. Sie rechneten mit zehn Minuten und nahmen das nicht weiter ernst... Sie dachten niemals über die Karten nach. Keiner hatte sich nachts je darüber gebeugt und gesagt, *wir leisten ganze Arbeit*. Die Frau mochte zur Hälfte indischer und zur Hälfte chinesischer Abstammung sein oder etwas in der Art, vielleicht auch einfach nur eine Eurasierin, die Roberto Ortiz aufgelesen hatte und die er vögeln wollte – so wie Pumo der Puma die Hure Dawn Cucchio in Sydney in Australien gevögelt hatte. Einfach nur eine Frau, die tot in einem Sessel saß – irgendeine Frau, die nicht einmal eine Karte wert war.

In der rechten Jackentasche hatte er die restlichen fünf Spielkarten mit den sich aufbäumenden Elefanten. Mehr hatte er von den Regimentskarten nicht übrig. Auf vier der Karten waren mit Bleistift ganz dünn die Namen geschrieben. Beevers, Poole, Pumo, Linklater. Damit mußte er nach Amerika.

In der linken Jackentasche trug er ein ganz gewöhnliches Kartenspiel aus Taiwan bei sich.

Er machte die Tür auf, mit dem breiten, für Tim Underhill so typischen Grinsen auf dem Gesicht. Er sah die Frau neben Roberto Ortiz stehen. Sie lächelte entschuldigend. Da begriff er, warum sich zwei Sessel in dem Raum befanden.

In der ›Höhle‹, diesem fensterlosen Raum, gab es keine Sessel, keine Sitzgelegenheiten für die Herren dieser Erde. Koko zitterte bei dem Gedanken daran, auch bei dem Gedanken an den Vater und den Teufel.

»Ich habe natürlich nichts dagegen«, hatte er gesagt. »Viel kann ich Ihnen allerdings nicht bieten, aber immerhin sind Sessel für Sie beide da. Treten Sie also bitte ein und nehmen Sie Platz. Setzen Sie sich bitte. Ich hoffe, es macht Ihnen nichts aus, daß es hier so leer ist. Wir ändern unsere Pläne oft und ziehen häufig um. Eigentlich arbeite ich hier gar nicht...«

Oh, ich bete hier.

Jedenfalls nahmen sie Platz. Ja, Mr. Roberto Ortiz hatte seine gesamte Dokumentation bei sich. Lächelnd legte er sie vor. Er fing an, sich zu wundern. Der Staub fiel ihm auf und die Leere.

Als Koko die Unterlagen aus seiner Hand entgegennahm, schaltete er den Unsichtbarkeitsschalter an.

An alle schickte er den gleichen Brief. *Lieber (Name), ich finde, ich darf die Wahrheit über das im Dorf Ia Thuc des 1. Corps im Jahre 1968 Vorgefallene nicht mehr verschweigen. Es muß endlich Gerechtigkeit walten. Sie verstehen sicher, daß ich die Wahrheit über die Ereignisse nicht einfach hinausposaunen und der Welt vor Augen führen kann, da ich ja selbst beteiligt war. Zudem habe ich meinen Horror angesichts dieser Geschehnisse schriftstellerisch ausgewertet und zu Papier gebracht. Als ehemaliger oder auch derzeitiger Angehöriger der Welt-*

presse, der höchstpersönlich am Schauplatz eines großen unbekannten Verbrechens gewesen ist, der es aus eigener Anschauung kennt, wären Sie vielleicht daran interessiert, die Angelegenheit mit mir zu besprechen. Ich selbst bin keineswegs an dem Profit interessiert, der möglicherweise durch die Publikation der wahren Geschichte von Ia Thuc herausspringt. Sie können mir nach (Adresse) schreiben, wenn Sie daran interessiert sind, hierher zu kommen, um die Angelegenheit weiter zu verfolgen. Um meiner eigenen Sicherheit willen bitte ich Sie nur, die Angelegenheit keiner Menschenseele gegenüber auch nur zu erwähnen, bevor wir Kontakt miteinander aufgenommen und ein erstes Gespräch geführt haben. Zudem möchte ich Sie bitten, bis zu unserem Zusammentreffen im Hinblick auf mich oder Ia Thuc keine Aufzeichnungen oder Eintragungen in Ihr Tagebuch zu machen. Bei unserem ersten Zusammentreffen sollten Sie Ihre Identität durch Vorlage folgender Papiere unter Beweis stellen können: a) Reisepaß b) Kopien sämtlicher Stories und Artikel, die Sie im Zusammenhang mit den Vorfällen von amerikanischer Seite im Dorf von Ia Thuc geschrieben oder zu denen Sie beigetragen haben. Ich bin davon überzeugt, daß Sie unsere Begegnung mehr als lohnend finden werden.

Mit freundlichen Grüßen

Timothy Underhill.

Koko fand Roberto Ortiz gleich sympathisch. Er gefiel ihm sogar sehr. Ich dachte, ich könnte Ihnen einfach meinen Paß vorlegen und Ihnen mein Material hierlassen, sagte er. Miß Balandran und ich wollten zu Lola. Da bleibt kaum mehr Zeit für ein Gespräch. Miß Balandran ist sehr daran gelegen, daß ich Lola sehe. Das ist eine hier in der Stadt sehr bekannte Form der Unterhaltung. Vielleicht könnten Sie morgen zum Mittagessen zu mir ins Hotel kommen. Da bleibt Ihnen genug Zeit, um die Unterlagen in Augenschein zu nehmen...

Kennen Sie Lola?

Nein.

Koko gefiel seine glatte olivfarbene Haut, sein glänzendes Haar und sein hoffnungsvolles Lächeln. Er trug ein weißes Hemd, eine glitzernde Krawatte und einen blauen Blazer. Ihm stand Miß Balandran zur Verfügung, die lange goldbraune Beine und Grübchen hatte und wußte, worum es ging. Er wollte ihm nur etwas abliefern und sich dann mit ihm auf seinem eigenen Territorium treffen – genau wie die Franzosen.

Aber die Franzosen hatten nur sich selbst gehabt, oder anders ausgedrückt, jeder nur den anderen. Sie verfügten über keine Miß Balandran, die so entzückend lächelte und ihn so erregend und voller Liebreiz drängte, sich damit einverstanden zu erklären.

»Sie müssen selbstverständlich tun, worum Ihre bezaubernde Begleiterin Sie bittet«, hatte Koko gesagt. »Sehen Sie sich alles an. Sie brauchen ja nur kurz zu bleiben. Sie genehmigen sich einen Drink, während ich flüchtig einen Blick auf diese Unterlagen werfe...«

Roberto Ortiz war gar nicht aufgefallen, daß Miß Balandran errötete, als Koko von ihr als der *Begleiterin* sprach.

Zwei Pässe?

Sie hatten Platz genommen und schauten ihn mit vertrauensvollem Lächeln an, einem Lächeln voller Zuversicht. Beide waren exquisit gekleidet und verfügten über ausgezeichnete Manieren. Sie glaubten fest daran, daß sie schon in wenigen Minuten unterwegs zum Nachtclub wären, daß das Abendessen, ihre Drinks und das Amüsement nicht mehr lange auf sich warten lassen würden.

»Ich habe zwei Staatsbürgerschaften«, erklärte Ortiz und lächelte Miß Balandran schelmisch zu. »Ich bin Amerikaner und bin außerdem Staatsbürger von Honduras. In der Akte finden Sie alle Publikationen in Spanisch außer denjenigen, mit denen Sie ohnehin vertraut sind.«

»Sehr interessant«, sagte Koko. »Wirklich sehr interessant. Ich mixe Ihnen nur eben Ihre Drinks, und dann trinken wir auf den Erfolg bzw. das Gelingen unseres Unterfangens sowie auf den Abend, an dem Sie die Stadt unsicher machen wollen.«

Er ging um die Sessel herum in die Küche. Dort ließ er das kalte Wasser laufen, stellte es wieder ab und schlug eine Schranktür zu.

»Ihre Bücher haben mir sehr gefallen!« rief ihm Roberto Ortiz vom Wohnzimmer aus zu.

Auf der Anrichte neben dem Spülbecken lagen ein Hammer, ein Hakkebeil, eine Automatikpistole und eine Rolle starkes Klebeband. Außerdem eine kleine Papiertüte.

»Ihr Buch *Der gespaltene Mensch* gefällt mir, glaube ich«, rief Roberto Ortiz.

Koko steckte sich die Pistole in die Jackentasche und nahm den Hammer an sich. »Danke«, sagte er.

Sie saßen in den Sesseln, den Blick nach vorn gerichtet. Koko glitt unhörbar aus der Küche. Sie sahen und hörten ihn nicht kommen. Sie warteten auf ihre Drinks. Er trat hinter Roberto Ortiz, hob den Arm. Erst als er Roberto Ortiz mit dem Hammer auf den Kopf schlug, merkte Miß Balandran an dem matschigen Geräusch, daß er zurückgekehrt war.

»Ganz ruhig«, sagte er. Roberto Ortiz sank in sich zusammen – bewußtlos, aber noch nicht tot. Ein Rinnsal Blut floß aus seiner Nase.

Koko ließ den Hammer fallen und trat rasch zwischen beide Sessel.

Miß Balandran umklammerte die Sessellehnen und starrte ihn mit weit aufgerissenen Augen an.

»Sie sind wunderschön«, bemerkte Koko, riß die Pistole aus der Tasche und schoß sie in den Leib.

Schmerz und Angst wirkten sich ganz unterschiedlich auf die Menschen aus. Wann immer sie mit der Ewigkeit in Berührung kamen, enthüllten sie ihr wahres Ich. Die Erinnerung, die sie verkörperten, ergriff Besitz von ihnen. Koko rechnete damit, daß das Mädchen aufstehen und sich auf ihn stürzen würde. Nach ein paar Schritten würde sie dann merken, daß ihre Eingeweide auf dem Sessel zurückgeblieben waren. Sie machte ganz den Eindruck, als wüßte sie sich vehement zur Wehr zu setzen. Aber sie konnte sich nicht einmal erheben. Es *kam ihr gar nicht in den Sinn*, vom Sessel aufzustehen. Es dauerte entsetzlich lange, bis sie auch nur die Hände von den Lehnen nahm. Sie wagte es nicht, den Blick nach unten zu richten. Sie besudelte sich, machte in die Hose – genau wie Lieutenant Beans Beevers damals in Dragon Valley. Die Füße gehorchten ihr nicht mehr, und sie fing an, den Kopf zu schütteln. Da sah sie plötzlich aus wie ein kleines Mädchen von fünf Jahren.

»Lieber Himmel«, sagte Koko und schoß ihr in die Brust. Der Knall tat ihm in den Ohren weh. Das Echo brach sich an den mit Stuck verzierten Wänden. Das Mädchen fiel nach hinten, versank buchstäblich in dem Sessel. Koko hatte fast den Eindruck, daß der Knall allein sie schon getötet hatte, bevor die zweite Kugel ihrem Leben ein Ende setzen konnte.

»Sehen Sie, ich habe nur dieses eine Seil«, wandte sich Koko an Roberto Ortiz.

Er ließ sich auf die Knie sinken und steckte die Arme zwischen Roberto Ortiz' verdrehten Füßen hindurch, um das Seil unter dem Sessel hervorzuziehen.

Roberto Ortiz gab keinen Laut von sich, als Koko ihn fesselte. Er stöhnte nicht einmal. Als sich das Seil über seine Brust spannte und ihm die Arme einschnürte, stieß er einen leisen Stoßseufzer aus. Sein Atem roch nach Mundwasser. Auf der einen Kopfseite zeigte sich jetzt eine rote Beule von der Größe eines Baseballs. Dahinter verklebte ein Rinnsal Blut das Haar. Dieses Rinnsal erinnerte Koko irgendwie an eine Straße auf einer Landkarte.

Er holte das Hackebeil von der Anrichte in der Küche. die Rolle Klebeband und eine braune Papiertüte. Er warf das Hackebeil auf den Boden und nahm einen nagelneuen Waschlappen aus der Tüte. Dann packte er die Nase von Roberto Ortiz mit dem Daumen und dem Zeigefinger, riß sie nach oben und stopfte Ortiz den Waschlappen in den Mund. Er riß ein Stück von dem starken Klebeband ab und verklebte Ortiz' untere Gesichtshälfte. Er verklebte auch den Mund, in dem der Waschlappen steckte.

Koko zog die verschiedenen Spielkarten aus den Taschen ud ließ sich im Schneidersitz auf dem Boden nieder. Er legte die Karten neben sich auf den Boden. Der Griff des Hackebeils lehnte an seinem Oberschenkel. Er ließ Ortiz nicht aus den Augen und wartete darauf, daß der wieder zu sich kam.

Ortiz hatte viele kleine Fältchen um die Augen, die an ein Spinnennetz erinnerten. Diese Fältchen wirkten schmutzig, wie mit Schmutz gefüllt. Das lag an seiner olivfarbenen Haut. Ortiz hatte sich die Haare gerade erst gewaschen. Sie waren dicht und glänzend schwarz. Seine Locken sahen echt aus. Man konnte ihn für gutaussehend halten, bis einem seine kleine Knubbelnase auffiel, die einem vorkam wie die eingeschlagene Nase eines Boxers.

Endlich schlug Ortiz die Augen wieder auf. Eins mußte man ihm zugestehen: Er erfaßte seine Lage auf der Stelle und versuchte, mit einem Satz aufzuspringen. Natürlich kam es dazu gar nicht erst. Die Fesseln hinderten ihn daran. Er versuchte kurz, sich freizukämpfen, dann sah er ein, daß das völlig zwecklos war. Er gab sich geschlagen, lehnte sich zurück und sah sich im Zimmer um. Nichts sollte ihm entgehen. Als er Miß Balandran zusammengesunken in ihrem Sessel sitzen sah, ließ er den Blick nicht mehr weiterwandern. Er starrte sie eindringlich an. Dann sah er Koko in die Augen und versuchte wieder, aufzustehen. Auch als er begriff, daß das nicht ging, ließ er keinen Blick von Koko.

»Sie sind jetzt hier bei mir, Roberto Ortiz«, sagte Koko. Er griff nach den Regimentsspielkarten und hielt Ortiz den guten alten, sich aufbäumenden Elefanten hin. Hielt ihm die Karte direkt vor die Nase. »Erkennen Sie dieses Emblem?«

Ortiz schüttelte den Kopf. Koko sah an seinen Augen, daß er große Schmerzen hatte. Der Schmerz spiegelte sich in den Augen wider.

»Sie müssen mir die reine Wahrheit sagen«, forderte ihn Koko auf. »Lügen Sie mich bloß nicht an. Versuchen Sie, sich an alles zu erinnern. Schalten Sie Ihr Gehirn nicht aus. Also, sehen Sie sich die Karten an.«

Er sah, wie sich Roberto Ortiz konzentrierte. Man sah seinen Augen an, daß irgendeine kleine Zelle in seinem Hinterkopf zu neuem Leben erwacht war.

»Ich habe mir doch gleich gedacht, daß Sie sich erinnern würden«, sagte Koko. »Sie sind ja schließlich mit den übrigen Hyänen aufgetaucht, da müssen Sie doch irgendwas gesehen haben. Sie müßten auch die Karten kennen. Sie sind doch überall herumgelatscht. Wahrscheinlich haben Sie sich Sorgen gemacht, Ihre mit Spucke blankgewienerten Stiefel könnten dreckig werden. Roberto, Sie sind dort gewesen. Ich habe Sie hergebeten, weil ich mit Ihnen sprechen wollte. Ich möchte Ihnen ein paar wichtige Fragen stellen.«

Roberto Ortiz stöhnte durch den Waschlappen in seinem Mund und das Klebeband hindurch. Mit seinen großen sanften braunen Augen sah er Koko flehend an.

»Sie brauchen nicht zu sprechen. Nicken Sie nur einfach.«

Wenn man ein Blatt erbeben sah...

Wenn das Hühnchen auf einem Bein erstarrte...

Wenn man so etwas erlebte, wurde keine Zeit verschwendet.

»Der Elefant symbolisiert das 24. Infanterieregiment, stimmt's?«

Ortiz nickte.

»Und finden Sie nicht auch, daß der Elefant die folgenden Wesenszüge hat: Vornehmheit, Anmut, Gemessenheit, Geduld, Durchhaltevermögen, Kraft und Zurückhaltung in Friedenszeiten – in Kriegszeiten dagegen Kraft und Zorn?«

Ortiz machte einen verwirrten Eindruck, doch er nickte.

»Und hat sich im Corps I Dorf von Ia Thuc Ihrer Meinung nach etwas Grauenhaftes abgespielt?«

Ortiz zögerte, dann nickte er.

Koko befand sich nicht in einem dunklen Zimmer in einem Bungalow mit stuckverzierten Wänden am Rande einer Großstadt in den Tropen, sondern in der hartgefrorenen Tundra, über die sich stahlblau der Himmel spannte. Der Wind pfiff unaufhörlich und wirbelte die dünne Schneeschicht auf, die die Hunderte von Metern dicke Eisschicht bedeckte. Weit im Westen ragte eine Kette schroffer Berge mit Gletschern wie abgebrochene Zähne. Riesengroß hing die Hand Gottes in der Luft und wies auf ihn.

Koko sprang auf und schmetterte Ortiz den Pistolengriff genau auf die Beule. Ortiz verdrehte die Augen. Es sah aus, als schwebten sie in seinem Kopf herum. Er fiel in Ohnmacht. Koko setzte sich und wartete darauf, daß Ortiz wieder zu sich kam.

Als seine Augenlider flatterten, schlug ihn Koko kräftig. Ortiz riß den Kopf hoch und starrte Koko mit wilden Blicken an. Er war jetzt wieder ganz bei der Sache.

»Sie haben falsch geantwortet«, belehrte ihn Koko. »Selbst vor dem Kriegsgericht, wo es weiß Gott unfair zuging, konnte nicht bewiesen werden, daß sich dort irgendwelche Greueltaten abgespielt haben. Es war höhere Gewalt. Buchstäblich höhere Gewalt. Wissen Sie, was das bedeutet?«

Ortiz schüttelte den Kopf. Die Pupillen seiner Augen sahen ganz verschwommen aus.

»Spielt ja keine Rolle. Mal sehen, ob Sie sich noch an bestimmte Namen erinnern. Erinnern Sie sich zum Beispiel an den Namen Tina Pumo beziehungsweise Pumo der Puma?«

Ortiz schüttelte den Kopf.

»Und wie steht's mit Michael Poole?«

Ortiz schüttelte erschöpft den Kopf.

»Und was ist mit Conor Linklater?«

Wieder schüttelte Ortiz den Kopf.

»Und dann wäre da noch Harry Beevers.«

Ortiz hob den Kopf und überlegte. Schließlich nickte er.

»Aha. Er hat sich mit Ihnen unterhalten, stimmt's? Er war sehr mit sich zufrieden. Er sagte: ›Kinder können töten.‹ Stimmt's? ›Es spielt keine Rolle, was man einem Killer antut.‹ Und ›Der Elefant kümmert sich um die Seinen.‹ Das hat er doch gesagt, nicht wahr? ›Der Elefant kümmert sich um die Seinen.‹«

Ortiz nickte.

»Sind Sie sicher, daß Sie sich an Tina Pumo nicht erinnern?«

Ortiz schüttelte den Kopf.

»Roberto, was sind Sie für ein jämmerlicher Schwachkopf. Sie erinnern sich an Harry Beevers, aber alle anderen haben Sie vergessen. Ich muß alle diese Leute finden, muß sie irgendwie aufspüren – wenn sie sich nicht zu mir bemühen. Na ja, kein besonders guter Witz. Was soll ich Ihrer Meinung nach mit ihnen machen, wenn ich sie gefunden habe?«

Ortiz legte den Kopf schräg.

»Finden Sie, ich sollte mich mit ihnen unterhalten? Diese Menschen waren meine Brüder. Ich könnte mich ja aus dieser Scheiße heraushalten, mich von allem distanzieren und mir sagen, ich habe meinen Anteil an der Jauchegrube ausgeräuchert. Jetzt ist mal jemand anders an der Reihe. Ja, ich könnte mich damit zufriedengeben, ganz von vorn anfangen. Dann liegt die Verantwortung nicht mehr bei mir. Na, was halten Sie davon, Roberto Ortiz?«

Roberto Ortiz ließ Koko durch den Ausdruck seiner Augen wissen, daß er es jetzt jemand anders überlassen sollte, die Jauchegrube auszumisten.

»Roberto, das ist nicht so einfach. Meine Güte, Poole war *verheiratet*, als wir drüben waren! Glauben Sie nicht, daß er seiner Frau erzählt hat, was da vorgefallen ist? Pumo war mit Dawn Cucchio zusammen. Glauben Sie da nicht, daß er auch jetzt eine kleine Freundin hat oder verheiratet ist? Vielleicht auch beides gleichzeitig. Lieutenant Beevers hat damals mit einer Frau namens Pat Caldwell korrespondiert. Sie sehen, daß das kein Ende nimmt. Roberto, das ist die Unendlichkeit, die Ewigkeit. Das bedeutet, daß Koko weiter und immer weitermachen muß, aufräumen mit der ganzen Welt... Ich muß sichergehen, daß ich keinen übersehe, daß niemand mehr etwas verlauten lassen kann. Ich muß alle ausrotten, die etwas weitererzählen könnten, das Übel an der Wurzel packen. Es darf niemand übrigbleiben...«

Eine Sekunde lang sah er tatsächlich rot... eine Woge von Blut überspülte alles und riß alles mit sich. Häuser und Kühe, Lokomotiven. Alles wurde reingewaschen.

»Wissen Sie, warum ich wollte, daß Sie mir Kopien Ihrer Artikel mitbringen?«

Ortiz schüttelte den Kopf.

Koko lächelte. Er griff nach der umfangreichen Ake mit den Kopien der Artikel, die auf dem Boden lag, und schlug sie auf seinem Schoß auf. »Das ist eine fantastische Schlagzeile, Roberto. ›*SIND DREISSIG KINDER UMGEKOMMEN?*‹ Was soll die Frage? Das ist feige. Roberto, Sie können wirklich stolz auf sich sein. Das fällt in eine Sparte mit ›*GROSSFUSS VERSCHLINGT TIBETANISCHES BABY*‹. Übrigens, wie lautet Ihre Antwort auf die Frage? Sind dreißig Kinder niedergemetzelt worden?«

Ortiz rührte sich nicht.

»Finde ich cool, daß Sie darauf nicht antworten wollen. Der Teufel taucht in vielerlei Gestalten auf, Roberto. In vielerlei Gestalten, mehr, als Sie sich je träumen lassen würden.« Noch während er sprach, nahm er eine Schachtel Streichhölzer aus der Tasche und zündete die Papiere an. Er wedelte damit in der Luft herum, damit die Flammen nicht erstarben.

Als Koko Gefahr lief, sich die Finger zu verbrennen, ließ er die lodernden Papiere fallen und trat sie auseinander. Die kleinen Flämmchen hinterließen schmierige Brandlöcher auf dem Parkett.

»Der Geruch des Feuers hat mich schon immer fasziniert«, erklärte Koko. »Auch Schießpulver rieche ich sehr gern. Und Blut. Das sind saubere Gerüche, wissen Sie?«

Ich habe schon immer sehr gern Schießpulver gerochen. Ich habe schon immer sehr gern Blut gerochen.

Er lächelte angesichts der kleinen Flammen, die auf dem Boden aufloderten und ihre Glut versprühten. »Es gefällt mir, daß man sogar riecht, wie der Staub verbrennt.« Lächelnd wandte er sich Ortiz zu. »Ich wünschte, meine Arbeit läge bereits hinter mir. Wenigstens bleiben mir zwei schöne Pässe, die mir sehr zustatten kommen werden. Vielleicht gehe ich nach Honduras, wenn ich in den Staaten alles erledigt habe. Ich glaube, das wäre wirklich angebracht. Vielleicht setze ich mich dorthin ab, nachdem ich alle diese *Leute* ausfindig gemacht habe, die ich noch suchen muß...« Er schloß die Augen und wiegte, auf dem Boden sitzend, den Oberkörper vor und zurück. »Die Arbeit nimmt kein Ende, habe ich nicht recht?« Er saß wieder still. »Soll ich Sie jetzt losbinden?«

Ortiz sah ihn mißtrauisch an, dann nickte er ganz langsam.

»Sie sind so dämlich! Nicht zu fassen«, sagte Koko. Er schüttelte den Kopf, lächelte traurig, griff nach der Automatik-Pistole und richtete sie mitten auf Roberto Ortiz' Brust. Er sah Roberto Ortiz in die Augen, schüttelte wieder traurig lächelnd den Kopf, stützte das rechte Handgelenk mit der linken Hand und drückte ab.

Koko sah zu, wie Roberto Ortiz starb. Ortiz wand sich wie in Krämpfen, kämpfte mit aller Macht gegen das Sterben an und versuchte noch zu sprechen. Blut floß über seinen schönen Blazer. Es besudelte das schöne Hemd und ruinierte die noble Krawatte.

Die Ewigkeit lag auf der Lauer, sah sich zusammen mit Koko das Schauspiel an.

Als es vorüber war, schrieb Koko seinen Namen auf eine der handelsüblichen Spielkarten. Er griff nach dem Hackebeil und stieß sich vom Boden ab. Die wahre Schmutzarbeit lag ja noch vor ihm.

Teil III

TIGER BALM GARDENS

12. KAPITEL

Die Männer unterwegs

1

»Lassen Sie mir bitte meine Bücher«, bat Michael Poole die kleine Frau mit dem glänzenden schwarzen Haar und den tiefen Grübchen. Sie hielt sich kerzengerade. Auf ihrem Namensschild stand PUN YIN. Da hielt sie ihm sein Board-Case hin. Poole zog die Bücher von Tim Underhill aus der Seitentasche. Die Stewardeß lächelte ihm zu und bahnte sich dann ihren Weg zwischen den Kinderärzten hindurch nach vorn.

Die Ärzte entspannten sich, sobald das Flugzeug die günstigste Flughöhe erreicht hatte. Auf der Erde erschienen Michaels Kollegen den Patienten und auch anderen Laien umsichtig und allwissend und nur gerade so unreif, wie es die Konventionen in Amerika gestatteten. Doch in der Luft benahmen sie sich wie die Mitglieder einer Studentenverbindung. Kinderärzte in Freizeitkleidung, in Jogginganzügen aus Frottee und College-Pullovern, Kinderärzte in roten Blazern und karierten Hosen schlenderten durch die Gänge der riesigen Maschine, begrüßten einander überschwenglich und erzählten sich anrüchige Witze. Als Pun Yin sich etwa bis zur Mitte des Flugzeugs vorgearbeitet hatte, stellte sich ihr ein untersetzter aufgeschwemmter Arzt in den Weg und grinste aufdringlich. Er rempelte sie an und verneigte sich entschuldigend.

»Leute!« jubilierte Beevers. »Wir sind unterwegs!«

Dann fiel ihm etwas ein.

»Hast du an die Fotos gedacht? Oder hat dich dein Verstand im Stich gelassen?« wandte er sich an Michael.

»Keine Sorge, die Fotos sind im Koffer«, erwiderte Poole. Auf der Rückseite von *Orchid Blood*, Underhills neuestem Buch, war der Autor abgebildet. Poole hatte fünfzig Abzüge von dem Foto machen lassen.

Die drei Kameraden sahen mit an, wie der ihnen nicht bekannte Arzt um Pun Yin herumscharwenzelte. Eine Gruppe von Medizinern spornte ihn durch Zurufe an. Die hübsche Stewardeß klopfte dem Mann auf die Schulter und zwängte sich an ihm vorbei, Michaels Aktenkoffer diente ihr dabei als Schutzschild.

»Wir werden dem Elefanten wieder gegenüberstehen«, meinte Beevers. »Erinnert ihr euch noch?«

»Wie könnte ich das je vergessen?« entgegnete Poole. Im Bürgerkrieg, als ihr Regiment gegründet worden war, bedeutete ›dem Elefanten gegenüberstehen‹ in den Kampf ziehen.

Conor lallte lauthals: »Welche Wesenszüge hat der Elefant?«

»Im Krieg oder im Frieden?«

»Sowohl als auch. Die ganze Litanei.«

Beevers warf Poole einen Blick zu. »Der Elefant verkörpert Vornehmheit, Anmut, Gemessenheit, Geduld, Durchhaltevermögen, Kraft und Zurückhaltung in Friedenszeiten – in Kriegszeiten dagegen Kraft und Zorn.«

Die Kinderärzte ringsum starrten ihn verwundert an. Sie hätten offensichtlich sehr gern mitgelacht.

Beevers und Poole fingen an zu lachen.

»Genau das«, lallte Conor. »Da haben wir's, das ist es.«

Pun Yin tauchte noch einmal kurz am vorderen Ende auf. Dann schob sie einen Vorhang beiseite und war gleich darauf verschwunden.

2

Das Flugzeug brachte langsam die vielen Kilometer hinter sich, die zwischen Los Angeles und Singapur lagen, wo die tote Miß Balandran und der tote Roberto Ortiz noch immer unentdeckt in ihren Sesseln in dem Bungalow in einer dichtbelaubten Straße lagen. Die Ärzte lehnten sich bequem zurück, betäubt vom Alkohol und müde von der Reise. Ein einfaches Mahl wurde serviert – nicht entfernt so köstlich, wie Pun Yins Lächeln verhieß, als sie es den Reisenden servierte. Schließlich holte die Stewardeß die Tabletts wieder ab, schenkte Brandy aus und klopfte den Passagieren die Kissen für die lange Nacht zurecht.

»Ich habe dir ja noch gar nicht erzählt, was Underhills ehemaliger Agent Tina Pumo verraten hat«, sagte Poole über den vor sich hindösenden Conor Linklater hinweg zu Beevers.

Lichtstrahlen tasteten sich durch den Passagierraum der 747. Bald würde der Film *Savannah Smiles* anlaufen. Darauf würde ein zweiter Film mit Karl Malden in der Hauptrolle folgen.

»Was nur bedeuten kann, daß du mir nichts davon erzählen wolltest«, meinte Beevers. »Es muß wohl ziemlich wichtig sein.«

»Ja, das könnte man sagen«, gab Poole zu.

Beevers wartete. Schließlich sagte er: »Na ja, uns bleiben ja noch etwa zwanzig Stunden.«

»Ich versuche ja nur, meine Gedanken zu ordnen.« Poole räusperte sich. »Underhill hat sich zuerst verhalten wie jeder andere Autor auch. Er hat wegen des Drucks herumgemeckert, wollte wissen, wo die Schecks über das Verfasserhonorar beziehungsweise die Tantiemen blieben, alles so ungefähr auf dieser Linie. Er war aber immerhin netter als die meisten Schriftsteller, jedenfalls nicht schlimmer. Natürlich hatte er seine Schrullen und Marotten, doch die fielen nicht weiter ins Gewicht. Er lebte in Singapur. Ohne Angabe der Adresse. Der Verlag konnte ihn nicht unmittelbar erreichen. Selbst sein Agent kannte nur seine Postfachnummer.«

»Warte, laß mich raten. Dann kam die große Wende, und es wurde schlimm mit ihm.«

»Ja, aber nicht auf einen Schlag, sondern ganz allmählich. Er schrieb ein paarmal an den Vertrieb und die Werbeabteilung des Verlages. Warf den Leuten vor, sie investierten nicht genügend Geld in ihn und nähmen ihn nicht ernst. Die Titelseite der Taschenbuchausgabe sagte ihm nicht zu. Die Schrift sei viel zu klein. Na schön. Der Verlag beschloß daraufhin, sich bei seinem zweiten Buch *The Divided Man* (Der gespaltene Mensch) ein wenig mehr Mühe zu geben. Das zahlte sich aus. Einen oder zwei Monate lang stand das Buch sogar auf den Taschenbuch-Bestsellerlisten. Es verkaufte sich sehr gut.«

»Und unser Mann war endlich glücklich, schickte Rosen an den Vertrieb von Gladstone House, seinen Verlag.«

»Er geriet völlig außer Rand und Band«, mußte Michael eingestehen. »Kaum hatte sich das Buch einen Platz auf der Bestsellerliste gesichert, da schrieb Underhill einen langen, völlig verrückten Brief an den Verlag – das Buch hätte eher auf der Bestsellerliste landen müssen, und zwar viel weiter oben, die Werbekampagne ließe sehr zu wünschen übrig. Er habe es allmählich satt, daß man ihm immer wieder einen Dolchstoß in den Rücken versetzte, etc. etc. Bald darauf ging schon der nächste bitterböse Brief ein. Eine Woche lang bekam Gladstone House täglich einen Brief von Underhill. Es waren lange Briefe, immer mindestens fünf oder sechs Seiten. In den letzten Briefen drohte er mit physischer Gewaltanwendung.«

Beevers grinste.

»Er warf seinem Verlag immer wieder vor, er werde ausgetrickst und überrollt, weil er ein Vietnam-Veteran sei. Ich nehme an, er hat sogar Ia Thuc erwähnt.«

»Ha!«

»Als das Buch dann nicht mehr auf der Bestsellerliste stand, drohte er immer wieder, einen Prozeß gegen den Verlag anzustrengen. Bei dem Verlag Gladstone House gingen sonderbare Briefe von einem Anwalt in Singapur namens Ong Pin ein. Underhill fordert zwei Millionen Dollar. Sein Anwalt habe errechnet, daß ihm dieser Betrag durch die Inkompetenz des Verlages entgangen sei. Ong Pins Klient sei allerdings bereit, sich mit einer einmaligen Zahlung von einer halben Million Dollar zufriedenzugeben, falls der Verlag die Kosten und den Schaden scheute, die ihm durch einen solchen Prozeß mit Sicherheit entstehen würden. Der Ruf des Verlages würde nämlich garantiert darunter leiden.«

»Was der Verlag natürlich abgelehnt hat.«

»Das kannst du glauben. Den Verlagsleuten war nämlich aufgefallen, daß Ong Pin das gleiche Postfach hatte wie Tim Underhill selbst. An dieses Postfach schickte Fenwick Throng, Underhills Agent, ja die gesamte Post und auch die Schecks über das Autorenhonorar beziehungsweise die Tantiemen.«

»So was sieht dem Jungen ähnlich. Typisch Underhill.«

»Der Verlag schrieb ihm, er könne sein nächstes Buch sonstwo verlegen lassen, wenn er mit ihren Diensten nicht zufrieden sei. Das verfehlte seine Wirkung nicht. Er kam anscheinend zur Besinnung. Er schrieb sogar an den Verlag und entschuldigte sich für seine Entgleisungen. Er erklärte, Ong Pin sei ein befreundeter Anwalt, der seine Kanzlei aufgegeben hatte und vorübergehend bei ihm wohne.«

»Ein Schwuler!«

»Na ja... er tat, als habe er die Drohung, den Verlag auf Zahlung von zwei Millionen Dollar zu verklagen, lediglich in volltrunkenem Zustand ausgesprochen. Es kehrte wieder Ruhe ein. Doch kaum hatte er sein nächstes Buch, *Orchid Blood*, abgeliefert, da flippte er schon wieder aus und drohte erneut damit, gegen den Verlag zu prozessieren. Als das Buch erschien, schickte Underhill dem Verlagsleiter von Gladstone House – Geoffrey Penmaiden – ein Paket mit getrockneten Fäkalien. Ein Paket mit Scheiße, stell dir das mal vor! Das Buch erwies sich als Niete. Verschwand einfach wieder in der Versenkung. Underhill hat sich seitdem bei dem Verlag nicht mehr gemeldet, und ich glaube, der Verlag ist auch nicht scharf darauf, je wieder mit ihm zusammenzuarbeiten.«

»Er hat Geoffrey Penmaiden, dem berühmtesten Verleger in Amerika, ein Paket mit Scheiße geschickt? Wirklich nicht zu fassen!«

»Ich glaube, das spricht mehr für Selbstzerfleischung, als dafür, daß er den Verstand verloren hat.«

»Ich glaube, in diesem Fall ist das ein und dasselbe.« Beevers streckte die Hand aus und klopfte Michael aufs Knie. »Wirklich.«

Als Beevers seinen Sitz in Schlafposition brachte und die Augen schloß, knipste Michael das Leselicht an und griff nach seinem Buch *A Beast in View.*

Underhills erster Roman beginnt damit, daß ein reicher junger Mann namens Henry Harper eingezogen wird. Man schickt ihn zur Grundausbildung in den Süden. Harper gehört zu der Sorte von Menschen, von denen man zunächst einmal einen sehr guten Eindruck hat. Diesen ersten Eindruck unterminiert er ganz allmählich, dafür aber um so gründlicher. Harper ist oberflächlich betrachtet ein ganz charmanter Bursche, jedoch versnobt und selbstsüchtig. Von anderen Menschen ist er entweder angewidert oder tief beeindruckt. Natürlich ist ihm die Grundausbildung verhaßt. Keiner von den anderen Rekruten akzeptiert ihn. Schließlich gerät er an Nat Beasley, einen farbigen Soldaten, der ihn trotz seiner Fehler zu mögen scheint und der Henry trotz seiner Versnobtheit und seines übersteigerten Selbstbewußtseins für einen anständigen Menschen hält. Zu Harpers großer Freude und Erleichterung sorgt sein Vater, Bundesrichter in Michigan, dafür, daß Henry und Beasley in Vietnam zur gleichen Einheit kommen. Der Richter erreicht es sogar, daß Henry und Nat in der gleichen Maschine von San Francisco nach Tan Son Hut fliegen. Auf diesem Flug trifft Henry Harper ein Abkommen mit Nat Beasley. Er verspricht ihm die Hälfte des gesamten Geldes, das er je verdienen oder erben wird, wenn Nat ihn dafür weiterhin beschützt. Da es sich um eine Summe von mindestens zwei oder drei Millionen Dollar handelt, erklärt sich Beasley damit einverstanden.

Etwa einen Monat nach ihrer Ankunft in Vietnam werden die beiden Soldaten auf Patrouille von ihrer Einheit getrennt. Nat Beasley greift nach seinem M-16 und schießt Henry Harper ein Loch von ansehnlicher Größe in die Brust. Dann tauscht er die Erkennungsmarken aus und vernichtet Harpers Leichnam bis zur völligen Unkenntlichkeit. Als er sicher sein kann, daß es keinem Menschen mehr gelingen dürfte, Harper zu identifizieren, flieht er querfeldein und setzt sich nach Thailand ab.

Michael las und las. Unter dem gelben Lichtstrahl blätterte er um, während auf der kleinen Leinwand vor ihm ein unverständlicher Film ablief. Die Stille summte in den Ohren – manchmal unterbrochen vom Schnarchen oder Rülpsen der schlafenden Kinderärzte.

Nat Beasley brachte es dann in Bangkok als Haschischdealer zu einem beträchtlichen Vermögen. Er heiratete eine wunderschöne Hure aus Changmai und flog mit einem auf den Namen Henry Harper ausgestellten Paß nach Amerika zurück.

Pun Yin oder eine der anderen Stewardessen seufzte hörbar in der letzten Reihe.

Am Flughafen von Detroit nahm Nat Beasley sich einen Leihwagen. Er fuhr nach Grosse Pointe. Neben ihm saß die wunderschöne Hure aus Changmai. Michael sah ihn am Steuer des Leihwagens vor sich, sah, wie er sich seiner Frau zuwandte und ihr das große weiße Herrenhaus von Richter Harper und den gepflegten Rasen zeigte. Diese Bilder riefen die Erinnerung an andere Bilder in ihm wach. Seit 1967 war Poole nicht mehr so weit geflogen. Er mußte wieder an den unangenehmen Flug nach Vietnam denken. Genauso unbehaglich fühlte er sich jetzt bei dem Gedanken an die Abenteuer von Nat Beasley.

Er hatte sich damals auf dem ganzen langen Flug nicht an den Gedanken gewöhnen können, mittels eines Linienfluges an den Kriegsschauplatz zu gelangen. Mit einer Linienmaschine in den Krieg! Etwa 75% der Flugpassagiere waren frisch eingezogene Soldaten wie er selbst. Die übrigen 25% setzten sich aus Berufssoldaten und Geschäftsleuten zusammen. Die Stewardessen hatten mit ihm gesprochen, ohne ihn direkt anzusehen, ihr Lächeln hatte aufgesetzt gewirkt.

Michael mußte daran denken, wie er seine Hände betrachtet und sich gefragt hatte, ob sie wohl zerschossen und unbrauchbar sein würden, wenn er nach Amerika zurückflog. Warum war er nicht nach Kanada gegangen? In Kanada wurde nicht geschossen. Warum studierte er nicht einfach weiter? Welcher idiotische Fatalismus hatte sein Leben bestimmt?

Michael erschrak, als Conor Linklater plötzlich hochfuhr, ihn mit glasigen Augen ansah und murmelte: »He, du verschlingst das Buch ja regelrecht...« Er sank zurück und schlief schon wieder, bevor er auch nur die Augen schließen konnte.

Nat Beasley schlenderte gemächlich durch das hochherrschaftliche Haus von Richter Harper. Er überlegte, was wohl im Kühlschrank war. Er stand vor dem Kleiderschrank des Richters und probierte seine Anzüge an. Seine Frau lag währenddessen auf dem Bett des Richters und schaltete mittels Fernbedienung nacheinander alle sechzig Programme des Kabelfernsehens ein.

Pun Yin tauchte neben ihm auf, die Arme wie ein Engel ausgestreckt. Sie breitete eine Decke über den schlafenden Conor Linklater. Auf dem Flug nach Vietnam im Jahr 1967 hatte ihn ein Mädchen mit blondem Pagenkopf auf die Schulter getippt, ihn dadurch aufgeweckt und ihm lächelnd erklärt, die Maschine setze schon zur Landung an. Es grauste ihm bei dem Gedanken. Als die Stewardeß die Passagiertüren öffnete, drang heiße feuchte Luft ins Flugzeug. Michael geriet fürchterlich ins Schwitzen und war bald schweißgebadet.

Nat Beasley nahm eine schwere braune Plastiktüte aus dem Kofferraum seines Lincoln und warf sie in einen tiefen Graben zwischen zwei Tannenbäumen. Dann nahm er eine zweite, nicht ganz so schwere Tüte aus dem Kofferraum und warf sie auf die erste.

Pun Yin schaltete sein Leselicht aus und klappte sein Buch zu.

3

Der General, der jetzt in Harlem auf der Straße predigte, hatte Tina einen Augenblick in dem Gewirr seines überladenen Wohnzimmers an der Ecke 125. Straße und Broadway mit Maggie allein gelassen. Der General war mit Maggies Vater befreundet gewesen. Maggies Vater war offensichtlich auch General der Streitkräfte von Formosa gewesen. Nachdem er und seine Frau ermordet worden waren, hatte dieser befreundete General Maggie mit nach Amerika genommen. Und Maggie war in diese vollgestopfte Wohnung geflohen, die an Harlem grenzte! Der Grund war ihm ein Rätsel. Es irritierte ihn. Doch er war auch kolossal erleichtert.

Es hatte sich herausgestellt, daß seine Freundin die Tochter eines Generals war. Das erklärte natürlich so manches. So zum Beispiel ihren angeborenen Stolz. Sie war es gewöhnt, ihren Willen durchzusetzen. Sie sprach gern in Communiqués, und sie glaubte alles über Soldaten zu wissen.

»Konntest du dir denn nicht denken, daß ich mir Sorgen um dich machen würde?«

»Sorgen? Nein, das nicht. Du willst damit wohl sagen, daß du eifersüchtig warst.«

»Na und? Was ist so schlimm daran?«

»Tina, ich *gehöre* dir nicht, ich bin nicht dein Besitz. Es ist auch nur so, wenn ich weg bin und du nicht weißt, wo ich stecke. Weißt du, du benimmst dich wie ein kleiner Junge.«

Er ging nicht darauf ein.

»Denn wenn ich bei dir wohne, mit dir lebe, Tina, gelangst du schließlich zu der Überzeugung, daß ich eine halb verrückte kleine Punkerin bin, die dich eigentlich nur von der Arbeit abhält und dich daran hindert, mit deinen Kumpels rumzuhängen.«

»Maggie, das beweist mir, daß *du* eifersüchtig bist.«

»Vielleicht habe ich mich auch geirrt und du bist gar nicht so dämlich, wie ich dachte«, meinte Maggie lächelnd. »Für meinen Geschmack hast du jedenfalls zu viele Probleme.« Sie saß auf einem Sofa mit Brokatpolsterung auf ihren gekreuzten Beinen. Sie trug ein locker sitzendes fließendes Gewand aus dunklem Wollstoff, chinesisch wie das Sofa. Als sie so lächelte, hätte Tina sie am liebsten in die Arme geschlossen. Ihr Haar sah nicht so strohig aus wie sonst – ein richtig schöner glatter Haarschopf. Tina wußte, wie sich Maggies schweres seidiges Haar anfühlen konnte. Er hätte am liebsten auf der Stelle darin herumgewühlt.

»Soll das vielleicht heißen, daß du mich nicht liebst?«

»Aber Tina, man hört doch nicht so einfach auf, jemanden zu lieben«, sagte sie. »Wenn ich wieder zu dir ziehe, fragst du dich bald insgeheim, wie du mich am besten wieder loswirst. Du würdest es dir nie gestatten, irgendeine Frau zu heiraten, ganz gleich wer sie auch ist. Du denkst nicht im Traum daran.«

»Willst du meine Frau werden?«

»Nein.« Er reagierte verwundert, mißtrauisch. Sie beobachtete ihn ganz genau. »Wie gesagt, für meinen Geschmack schlägst du dich mit zu vielen Problemen herum. Aber daran liegt es nicht. Es liegt an deinem Verhalten, an deiner Einstellung.«

»Ich weiß ja, daß ich nicht vollkommen bin. Wolltest du das von mir hören? Ich möchte, daß du wieder mit zu mir kommst, das weißt du doch ganz genau. Aber ich könnte jetzt auch einfach gehen. Auch das weißt du, Maggie.«

»Tina, überleg doch mal. Habe ich nicht alle diese Anzeigen in der *Village Voice* für dich aufgegeben?«

Tina nickte.

»Hast du dich nicht darüber gefreut?«

Wieder nickte Tina.

»Hast du jede Woche nachgesehen, ob wieder eine Nachricht für dich drinsteht?«

Nicken.

»Trotzdem ist es dir nie in den Sinn gekommen, auch mal eine Annonce aufzugeben, stimmt's?«

»Also darum geht es dir.«

»Gar nicht so übel, Tina. Da kann ich ja noch von Glück sagen, daß du nicht behauptest, du seist für so was schon zu alt.«

»Maggie, im Augenblick läuft alles mögliche schief.«

»Haben dir die Behörden deinen Laden dichtgemacht?«

»Ich habe das Restaurant selbst vorübergehend geschlossen. Es ist unmöglich, zu kochen und gleichzeitig Insekten auszurotten. Daher habe ich beschlossen, mich auf die Insektenvertilgung zu konzentrieren.«

»Hauptsache, du bringst da nichts durcheinander und kochst die Biester nicht.«

Tina schüttelte ärgerlich den Kopf und sagte: »Die Schließung kostet mich ein Vermögen. Ich zahle schließlich eine ganze Reihe von Gehältern weiter.«

»Und du bedauerst, daß du nicht mit den anderen kleinen Jungen nach Singapur geflogen bist.«

»Ich will es einmal so ausdrücken: Es wäre sicher amüsanter als das Leben hier im Augenblick.«

»Im Augenblick?«

»Ich meine hier und jetzt – ganz allgemein.« Er warf ihr einen liebevollen Blick zu, aus dem Verzweiflung sprach. Sie erwiderte den Blick seelenruhig. »Ich habe nicht gewußt, daß du von mir erwartet hast, daß ich ebenfalls Anzeigen in der *Village Voice* aufgebe – sonst hätte ich es natürlich getan. Leider bin ich gar nicht drauf gekommen.«

Maggie seufzte und hob eine Hand, dann ließ sie sie langsam wieder auf ihre übereinandergeschlagenen Knie sinken. »Ist ja nicht so wichtig. Aber du solltest nicht vergessen, daß ich dich viel besser kenne als du mich je kennen wirst.« Sie sah ihn wieder an. In ihrem Blick lag unerschütterliche Ruhe. »Du machst dir ihretwegen Sorgen, stimmt's?«

»Na schön, ich gebe es ja zu. Wahrscheinlich wäre ich deshalb so gern bei ihnen.«

Maggie schüttelte den Kopf wie in Zeitlupe. »Mir will nicht in den Kopf, daß du um ein Haar ermordet worden wärst und glaubst, du kannst jetzt weiterleben wie bisher – als wäre nichts geschehen.«

»Es ist allerhand passiert, das gebe ich ja zu.«

»Du hast Angst, du fürchtest dich.«

»Ja, ich habe Angst.« Er atmete geräuschvoll aus. »Ich gehe nicht einmal tagsüber gern aus dem Haus. Nachts höre ich die seltsamsten Geräusche. Ich denke immer wieder – na ja, mir fallen fürchterliche groteske Sachen ein. Immer geht es um Vietnam.«

»Immer oder nur nachts?«

»Na ja, wenn ich drauf achte, ertappe ich mich dabei, daß ich bei Tag und Nacht an fürchterliche Dinge denke – wenn es das ist, was du meinst.«

Maggie streckte die Beine aus und stellte sie auf den Boden. »Also gut, ich komme mit und bleibe eine Weile bei dir. Aber du darfst nicht vergessen, daß nicht nur du jederzeit weggehen kannst.«

»Wie, zum Teufel, könnte ich das vergessen?«

Mehr war gar nicht nötig. Er brauchte ihr nicht einmal zu gestehen, daß er gerade erst noch mit einer Flasche Bier in der Hand in der Küche seines Restaurants gestanden und die unumstößliche Gewißheit ihn durchdrungen hatte, daß die Kugel, die seinen Namen trug und die ihn vor Jahren verfehlt hatte, noch immer um die Welt kreiste. Sie würde ihr Ziel erreichen.

Der General, der jetzt ein salbungsvoller Redner geworden war und den Menschen predigte, starrte Tina an, als sei er immer noch ein verkannter General. Dann warf er Maggie ein paar Worte auf chinesisch an den Kopf. Maggies Antwort klang verdrießlich, ihre Stimme ausgesprochen kindlich. Der General war der schlagende Beweis dafür, daß er kantonesisch nie verstehen würde. Er lächelte Maggie strahlend an, schloß sie in die Arme und küßte sie aufs Haar. Er schüttelte sogar Tina strahlend die Hand.

»Wahrscheinlich ist er froh, daß er dich losgeworden ist«, bemerkte Tina, während sie auf den entsetzlich langsamen, übelriechenden Lift warteten.

»Der General ist Christ und glaubt fest an die Liebe.«

Tina wußte wieder einmal nicht, ob ihn Maggie auf den Arm nahm oder ob sie meinte, was sie sagte. Das war manchmal gar nicht so leicht auszuloten. Der Aufzug quälte sich scheppernd in das Stockwerk des Generals hinauf. Die Türen öffneten sich. Eine Wolke von Uringestank kam ihnen entgegen. Maggie sollte nicht merken, daß der Lift ihm nicht geheuer war. Maggie stand schon drinnen und sah ihn fragend an. Tina schluckte schwer und betrat den Lift.

Die Aufzugtüren schlugen krachend zu.

Er quälte sich ein Lächeln ab. Das Einsteigen war am schwersten.

»Was hat er denn zu dir gesagt – kurz bevor wir gegangen sind?«

Maggie klopfte ihm beruhigend auf die Hand. »Daß du ein guter alter Soldat bist, daß ich mich um dich kümmern und nicht zu streng mit dir sein soll.« Ihre Augen funkelten. »Also habe ich ihn aufgeklärt und ihm gesagt, daß du ein Arschloch bist und ich nur mit dir gehe, weil mein Englisch sonst allmählich einrostet.«

Unten angekommen bestand Maggie darauf, mit der U-Bahn zu fahren und demonstrierte, daß einer ihrer alten Tricks noch immer funktionierte.

Sie erklommen die Treppe und gingen auf den Fahrkartenschalter zu. Bei dem schneidenden Wind nutzte Tina auch sein dicker Mantel nichts. Er preßte ihm die Kapuze an den Hinterkopf. Er drehte sich nach Maggie um. Sie war verschwunden. Ein schneidender Schmerz durchzuckte ihn. Er geriet in Panik.

Eine lärmende Horde von Jungen in schwarzen Jacken und Strickmützen hopste und hüpfte nach den Klängen der Musik über den Bahnsteig, die plärrend aus einem riesengroßen Radio drang. Die Jungen fuhren mit den Armen in die Luft und vollführten die reinsten Veitstänze. Farbige Frauen in dicken Wintermänteln lehnten am Geländer und nahmen keine Notiz von den Jugendlichen. Ganz weit vorn starrten ein paar Männer und Frauen mit leerem Blick auf die Gleise. Tina kam plötzlich schmerzlich zu Bewußtsein, daß er in der Luft hing. Er hätte sich liebend gern auch an einem Geländer festgehalten. Ihm war zumute, als könne ihn der Wind jederzeit vom Bahnsteig fegen und auf den Broadway schleudern.

Am U-Bahnschalter hatte er sich automatisch in die Schlange eingereiht. Die Jungen hatten sich am vorderen Ende des Bahnsteigs versammelt. Tina griff in die Tasche. Er war wütend auf Maggie, weil sie sich verkrümelt hatte und auf sich selbst, weil ihn das so traf.

Da hörte er sie kichern. Er fuhr wie vom Blitz getroffen herum. Sie hatte sich schon durch die Absperrung gezwängt und stand neben den gleichgültigen Farbigen auf dem Bahnsteig. Sie hatte die Hände tief in die Taschen ihres Daunenmantels vergraben und grinste frech.

Tina bekam seine Wertmarke und ging durch das Drehkreuz. Er kam sich idiotisch vor. »Wie hast du das denn geschafft?«

»Du brächtest das sowieso nicht fertig. Ich sehe daher keinen Grund, es dir zu verraten.«

Als die U-Bahn einfuhr, nahm sie ihn an der Hand und zog ihn in einen Wagen.

»Sind deine Kameraden schon in Singapur?« erkundigte sie sich.

»Ich glaube, sie sind vor drei oder vier Tagen angelangt.«

»Mein Bruder sagt, daß sie auch nach Taipeh wollen.«

»Kann schon sein. Sie lassen nichts unversucht, um Tim Underhill zu finden.«

Aus Maggies Blick sprach Mitleid, aber auch Sarkasmus. »Armer Tina.« Sie zog seine Hand auf ihren weichen, mit Daunen gepolsterten Schoß.

Er saß in der lauten U-Bahn neben ihr. Allmählich wich die Angst von ihm. Kein Mensch starrte ihn an. Seine Hand ruhte zwischen Maggies sonderbaren kleinen Händen auf ihrem weichen Schoß.

Sie rasten in dem schmuddeligen Zug in Richtung Süden. Über dem U-Bahntunnel lag Manhattan. Ich liebe Maggie und das macht mir Angst, ging es Tina durch den Kopf. Sie ist ein Original. Sie verläßt mich immer wieder, damit ich bei der Stange bleibe. Sie macht sich klugerweise aus dem Staub, bevor ich sie vor die Tür setzen kann und kommt zurück, wenn ich sie wirklich brauche. Vielleicht ist Underhill verrückt. Vielleicht habe ich auch schon den Verstand verloren. Aber ich hoffe, daß sie ihn finden und ihn mit in die Staaten bringen.

Da ist Tim Underhill, dachte Tina. Da ist er – in einem Abschnitt von Camp Crandall, der bei den Wahnsinnigen des guten alten Regiments des sich aufbäumenden Elefanten unter dem Namen Ozonpark bekannt war. Der Ozonpark ist ein kahles Stück Ödland, etwa so groß wie zwei Häuserblocks in einer Stadt. Er erstreckt sich von der Rückseite von Manlys Club bis zu der Stacheldrahteinzäunung. Auf diesem Stück Ödland gibt es nur eine Latrine und einen Riesenberg leerer Fässer. Die Fässer werfen Schatten und stinken durchdringend nach Öl. Offiziell gibt es Ozonpark überhaupt nicht. Dort ist man also sicher vor den Invasionen des Eisernen Holzfällers, für den – wie es beim Militär so Brauch ist – zwischen *sollte* und *ist* kein Unterschied besteht. Da ist Tim Underhill in Gesellschaft einer ganzen Reihe von Kameraden, die er mit einem weißen Pulver ködert, das er aus einer seiner Taschen hervorholt. Underhill erzählt all den anderen – außer mir noch M. O. Dengler, Spanky Burrage, Michael Poole, Norman Peters und Victor Spitalny, der irgendwo hinter den Fässern herumlungert und hin und wieder mit kleinen Steinen nach den anderen wirft – uns allen erzählt er die Geschichte von dem einfachen Soldaten. Ein junger Mann aus guter Familie, erzählt Underhill, der Sohn eines Bundesrichters, wird eingezogen und ins gute alte Fort Sill im wunderschönen Lawton in Oklahoma abkommandiert...

»Deine Stimme macht mich ganz krank«, lästert Spitalny von den Fässern her. Er schmeißt einen Stein nach Underhill und trifft ihn mitten auf die Brust.

»Du bist nichts als ein widerlicher Schwuler, und mit solchen Kerlen will ich sowieso nichts zu tun haben«, lästerte Spitalny.

»Und du bist ein blöder Scheißkerl«, warf Pumo daraufhin Spitalny an den Kopf. Der rächte sich, indem er einen Stein nach Pumo warf.

Es dauerte lange, bis sie sich an die Schwulen gewöhnt hatten, und sie begriffen erst nach einer ganzen Weile, daß Underhill niemals einen Menschen korrumpierte – daß er das gar nicht konnte, weil er selber nicht korrupt war. Die meisten Soldaten, die Pumo damals kannte, behaupteten, Asiatinnen zu verachten. Trotzdem ließen sich fast alle mit Bardamen und Huren ein. Mit zwei Ausnahmen: Dengler klammerte sich an seine Jungfräulichkeit, weil er davon überzeugt war, daß ihn das wie ein Talisman am Leben hielt. Underhill gab sich mit jungen Männern ab. Pumo fragte sich, ob die anderen wohl wußten, daß die Schwulen, mit denen Underhill sich einließ, Anfang zwanzig waren und daß es überhaupt nur zwei gegeben hatte. Pumo wußte das, weil er sie beide kennengelernt hatte. Der eine war ein ehemaliger Soldat, der einen Arm verloren hatte. Ein junger Mann mit einem Mädchengesicht, der bei seiner Mutter in Hue wohnte und sich seinen Lebensunterhalt damit verdiente, daß er Fleisch in einem Schnellimbiß grillte – bis Underhill ihn aushielt. Der andere Schwule arbeitete auf dem Blumenmarkt in Hue. Pumo hatte einmal mit dem jungen Mann, mit Underhill, der Mutter des jungen Mannes und seiner Schwester zu Abend gegessen. Underhill unterstützte auch diese Familie. Jetzt lebten sie von Pumo. Er hatte sie sozusagen übernommen. Als es Vinh, Underhills bevorzugtem Geliebten, 1975 endlich gelang, ihn in New York aufzuspüren, mußte Pumo daran denken, wie ausgezeichnet ihm das Essen in dem kleinen Haus gemundet hatte und wie sehr er von der Güte und Herzenswärme dieser Menschen beeindruckt gewesen war. Also hatte er Vinh eingestellt. Vinh hatte eine tiefgreifende Wandlung durchgemacht. Er war kaum mehr wiederzuerkennen. Er sah viel älter, härter und längst nicht mehr so fröhlich aus. Er war auch Vater geworden, hatte eine Ehefrau verloren und in der Küche eines vietnamesischen Restaurants in Paris lange als Hilfskraft gearbeitet. Keiner von den anderen kannte Vinhs Geschichte. Harry Beevers mußte ihn einmal zusammen mit Underhill gesehen haben. Daran wollte er sich wohl nicht mehr erinnern. Beevers hatte sich aus unerfindlichen Gründen eingeredet, daß Vinh aus An Lat stammte, einem Dorf in der Nähe von Ia Thuc. Wann immer Beevers Vinh oder seine Tochter zu Gesicht bekam, litt er an Verfolgungswahn.

»Jetzt siehst du beinahe glücklich aus«, bemerkte Maggie.

»Underhill kann gar nicht Koko sein«, behauptete Tina. »Dieser Hurensohn war zwar verrückt, aber verrückt auf die normalste Art und Weise, die man sich nur denken kann.«

Maggie äußerte sich nicht dazu. Sie rührte sich nicht, hielt einfach weiter seine Hand. Auch ihr Blick verriet nicht, was sie dachte. Tina wußte gar nicht, ob sie ihn verstanden hatte. Vielleicht war sie beleidigt. Die U-Bahn fuhr laut scheppernd ein und hielt ruckartig. Die Türen öffneten sich zischend. Sie waren angelangt. Pumo saß da wie erstarrt. Maggie zog ihn hoch. Als Pumo ausgestiegen war, beugte er sich über Maggie und zog sie ganz fest an sich.

»Ich liebe dich auch«, sagte sie. »Aber ich weiß nicht, ob ich auf normale Art verrückt bin oder umgekehrt.«

Als sie in die Grand Street einbogen, blieb sie wie angewurzelt stehen.

Pumo meinte entschuldigend: »Ich hätte dich wohl schonend darauf vorbereiten sollen.«

Berge von Ziegelsteinen, Bretterstapel, Säcke mit Mörtel und ausrangierte Rohre häuften sich auf dem Bürgersteig vor dem Restaurant Saigon. Arbeiter in grünen Parkas und mit dicken Handschuhen karrten in Schubkarren den Schutt heraus und entleerten sie in einen Kippwagen. Sie schoben die Schubkarren mit gesenkten Köpfen, um sich vor dem Wind zu schützen. Neben dem Kippwagen standen zwei Laster. Auf dem einen stand SCAPELLI CONSTRUCTION CO., der andere trug den Aufdruck Insektenvertilgung MCLENDON. Männer mit Schutzhelmen auf dem Kopf pilgerten ständig zwischen dem Restaurant und den Lastern hin und her. Maggie erspähte Vinh, der mit einer Frau sprach. Er zwinkerte ihr zu und winkte Pumo herbei. »Müssen sprechen«, rief er.

»Wie sieht's denn drinnen aus?«

»Nicht entfernt so schlimm, wie man zunächst einmal annimmt, wenn man das Restaurant von außen sieht. Die Küche ist natürlich auf den Kopf gestellt und völlig auseinandergenommen worden. Auch der größte Teil des Speisesaals. Vinh hat mich vertreten. Er schwingt hier die Peitsche, wenn ich mal nicht da bin. Wir mußten die ganze Rückwand niederreißen und einen Teil des Kellers umbauen...« Er sperrte die weiße Tür neben der Eingangstür zum Restaurant auf. Vinh schüttelte Molly Witt die Hand zum Abschied und kam herbeigestürzt, bevor sie das Haus betreten konnten.

»Schön, daß du wieder da bist, Maggie«, sagte Vinh. Anschließend wandte er sich an Pumo und sagte etwas auf Vietnamesisch. Tina antwortete Vinh in seiner Muttersprache, stöhnte und wandte sich wieder Maggie zu. Seine Miene ließ keinen Zweifel daran, daß er sich immer größere Sorgen machte.

»Na, ist der Boden durchgebrochen?«

»Heute morgen ist jemand eingebrochen. Ich habe das Haus so gegen acht verlassen. Da bin ich frühstücken gegangen und habe mit ein paar Lieferanten verhandelt. Denn wenn wir uns diese Arbeit nun schon machen müssen, können wir die Küche auch gleich vergrößern lassen. Wie gewöhnlich mußte ich mich um alles kümmern und rannte mir die Hakken ab – bis mich die letzte Seite der *Village Voice* gefangennahm.«

»Wie konnte hier bei all dem Trubel bloß jemand einbrechen?«

»Es ist ja nicht im Restaurant eingebrochen worden«, erklärte Tina seiner Freundin. »Sondern in meine Wohnung. Vinh hat gehört, wie oben jemand rumgelaufen ist. Natürlich dachte er, daß ich das war. Später ist er raufgegangen, um mich was zu fragen. Da ist ihm klar geworden, daß es sich um einen Einbrecher gehandelt haben muß.«

Tina blickte fast ängstlich die schmale Stiege hinauf, die zu seiner Wohnung führte.

»Ich kann mir nicht denken, daß Dracula zurückgekommen ist, um einen Anstandsbesuch zu machen«, meinte Maggie.

»Nein, wohl kaum.« Tinas Stimme klang etwas brüchig. »Aber dem Mistkerl ist wohl eingefallen, daß er noch mehr hätte stehlen können, daß er irgend etwas Wichtiges nicht hat mitgehen lassen.«

»Es war bestimmt nur ein ganz gewöhnlicher Einbrecher«, mutmaßte Maggie. »Nun komm doch endlich rein. Draußen ist es kalt.« Sie ging ein paar Stufen hinauf. Dann drehte sie sich um, packte Tina mit beiden Händen am Ellenbogen und zog ihn die Treppe hinauf. »Weißt du denn nicht, wann am häufigsten eingebrochen wird, weißer Mann? Gegen zehn Uhr früh. Die bösen Buben wissen nämlich, daß alle anständigen Menschen um diese Zeit ihrer Arbeit nachgehen.«

»Weiß ich doch«, meinte Tina lächelnd. »Ehrlich, das ist mir nicht neu.«

»Und wenn die kleine Dracula sich noch mal herbewegt, um deinen Leichnam fortzuschaffen, mache ich...« Maggie verdrehte die Augen und bohrte sich den Zeigefinger in die Backe. »Dann mache ich Bouillon mit Ei aus ihr.«

»Ente Saigon bitte. Vergiß nicht, wo du dich befindest.«

»Also, gehen wir schon rauf und bringen wir es hinter uns.«

»Sehr wohl.«

Tina ging hinter Maggie die Treppe hinauf zu seiner Wohnung. Im Gegensatz zu der kleinen weißen Tür unten war die Tür oben verschlossen.

»Eine Nummer zu groß für Dracula«, erklärte Maggie.

»Das Schloß schnappt ein, wenn man die Tür ins Schloß zieht. Ich bin mir immer noch nicht sicher, ob es nicht doch die verdammte Dracula war.« Pumo schloß die Tür auf und trat als erster ein. Maggie folgte ihm.

Seine Jacken und Mäntel hingen noch an den Haken, seine Stiefel standen noch darunter.

»Das ist noch alles da.«

»Sei doch nicht so feige«, ermahnte ihn Maggie und versetzte ihm einen Stoß. Tina beschloß, das Bad in Augenschein zu nehmen. Da war alles unverändert. Pumo konnte sich lebhaft vorstellen, wie Dracula vor dem Rasierspiegel stand, etwas in die Knie ging und sich ihre indianische Frisur auftuffte.

Dann untersuchten sie das Schlafzimmer. Pumo warf einen Blick auf das ungemachte Bett und den leeren Fernsehtisch. Er hatte das Bett einfach so gelassen und das Fernsehgerät von Sony mit dem 48-cm-Bildschirm noch nicht ersetzt, das Dracula hatte mitgehen lassen. Die Türen zur Kleiderkammer standen offen. Ein paar seiner Anzüge hingen ganz schlampig von den Bügeln. Darunter ein Haufen anderer Kleidungsstücke.

»Verdammt, es war *wirklich* Dracula.« Der Schweiß brach ihm aus allen Poren.

Maggie sah ihn fragend an.

»Beim ersten Mal hat sie meine Lieblingsjacke und meine liebsten Cowboystiefel mitgehen lassen. So ein Mist! Meine Kleidung hat's ihr wirklich angetan!« Pumo schlug sich mit den Fäusten an die Schläfen.

Er hastete durchs Zimmer in die Kleiderkammer, las Kleidungsstücke vom Boden auf, unterzog sie einer raschen Untersuchung und hängte sie wieder auf die Bügel.

»Hat Vinh die Polizei schon angerufen? Möchtest du sie anrufen?«

Pumo stand mit einer ganzen Ladung von Kleidungsstücken da. Er blickte auf. »Was soll das denn nutzen? Selbst wenn die Polizei sie wie durch ein Wunder findet und einlocht, ist sie doch in ein paar Tagen wieder draußen. So wird das bei uns gehandhabt. In Taipeh geht man gegen solche Leute wahrscheinlich anders vor.«

Maggie lehnte sich an den Türrahmen. Ihre Arme hingen schlaff herunter, parallel zueinander und absolut senkrecht – im Gegensatz zu ihrem abgewinkelten Körper. Pumo fiel zum tausendstenmal auf, was für ulkige knotige kleine Hände Maggie hatte. »In Taipeh klammern wir solchen Menschen die Zunge an der Oberlippe fest und hacken ihnen mit einem stumpfen Messer an jeder Hand drei Finger ab«, sagte sie.

»Siehst du – das nenne ich Gerechtigkeit«, meinte Pumo lakonisch.

»In Taipeh hält man das für Liberalismus«, meinte Maggie. »Fehlt was?«

»Immer mit der Ruhe! Das kann ich noch nicht sagen.« Pumo hängte den letzten Anzug auf den Bügel und den Bügel auf die Kleiderstange zurück. »Wir haben uns ja das Wohnzimmer noch gar nicht vorgenommen. Ich bin mir nicht mal sicher, ob ich das Wohnzimmer überhaupt betreten möchte.«

»Wenn du möchtest, werfe ich mal einen Blick rein. Hauptsache, wir kommen irgendwann ins Schlafzimmer zurück, ziehen uns aus und machen alles, was wir hier eigentlich machen wollten.«

Tina war völlig perplex und machte keinen Hehl daraus.

»Der Feind hat sich ganz bestimmt schon längst aus dem Wohnzimmer zurückgezogen«, sagte Maggie tonlos und sprach wie immer alles überdeutlich aus. Sie entschwand.

»VERDAMMT NOCH MAL! VERFLUCHTER MIST!« brüllte Pumo kurz darauf. »ICH HABE ES GEWUSST!«

Erschrocken und ein wenig außer Atem steckte Maggie gleich darauf den Kopf zur Schlafzimmertür herein. Ihr dichtes schwarzes Haar schwang hin und her, ihr Mund war leicht geöffnet. »Hast du mich gerufen?«

»Es ist nicht zu fassen!« Pumo starrte mit ausdrucksloser Miene auf das leere Nachttischchen neben seinem Bett und blickte dann verschreckt zu Maggie auf. »Wie sieht's denn im Wohnzimmer aus?«

»Na ja, in der Sekunde, die mir blieb, bevor mich das Geschrei eines Wahnsinnigen ablenkte, kam es mir zwar vor, als sei es etwas durcheinander, aber ansonsten ganz in Ordnung.«

»Das war Dracula, kein Zweifel.« Die Bezeichnung ›etwas durcheinander‹ ließ Pumo aufhorchen. »Verdammt, ich habe es gewußt. Sie ist zurückgekommen und hat die gleichen Sachen noch einmal gestohlen.« Er wies auf das Nachttischchen. »Ich mußte einen neuen Radiowecker kaufen. Der ist jetzt auch noch weg. Ich habe einen neuen Watchman gekauft, den hat das Luder auch gestohlen.«

Pumo sah die wunderschöne kleine Maggie in einem dieser fließenden chinesischen Gewänder ins Schlafzimmer schweben. Vor seinem inneren Auge die schreckliche Vision eines verwüsteten Wohnzimmers. Aufgeschlitzte Kissen, aus den Regalen gefegte Bücher, umgekippter Schreibtisch, der Fernseher verschwunden, der automatische Anrufbeantworter ebenfalls. Außerdem die Scheckbücher, der herrliche Wandschirm, den er aus Vietnam mitgebracht hatte, sein Videorecorder und die meisten guten Alkoholika. Pumo hing nicht gerade übermäßig an seinen Besitztümern, trotzdem wappnete er sich, weil ihn die Angst nicht mehr losließ, er könne all diese Dinge eingebüßt haben. Am meisten lag ihm an der Couch, die Vinh in Handarbeit hergestellt und gepolstert hatte.

Maggie hob die herunterhängende Bettdecke ein wenig mit der Fußspitze an. Dabei kamen der neue Radiowecker und der neue Watchman zum Vorschein. Anscheinend waren sie irgendwann am Morgen vom Nachttischchen gefallen.

Wortlos zog sie ihn ins Wohnzimmer. Pumo mußte sich eingestehen, daß es fast genauso aussah wie am Morgen, als er fortgegangen war.

Der glatte blaugetupfte Bezug der langen Couch war unbeschädigt, die Bücher standen so ungeordnet wie gewöhnlich im Regal. Auch auf dem Couchtisch stapelten sich Bücher. Das Fernsehgerät stand auf dem Bord unter dem Videorecorder und der luxuriösen Stereoanlage. Pumo warf einen Blick auf seine Platten und sah sofort, daß sie jemand durchgesehen hatte.

Am entgegengesetzten Ende des Raumes führten zwei Stufen zu einer ebenfalls von Vinh gezimmerten Galerie hinauf. Da standen Regale voller Flaschen. In ein paar weiteren Regalen stauten sich die Kochbücher. Außerdem befand sich auf der Galerie ein Spülbecken. Der eingebaute Kühlschrank fiel kaum auf. Dann gab es da noch einen Lehnsessel und eine Lampe. In einem Winkel der Galerie befand sich Pumos Schreibtisch. Dazu gehörte ein lederbezogener Drehstuhl. Dieser Drehstuhl war hervorgezogen worden – als habe der Eindringling am Schreibtisch sitzen wollen.

»Es hätte schlimmer kommen können«, wandte Pumo sich an Maggie. »Sie ist nur reingekommen und hat sich umgesehen, hat aber meines Wissens keinen Schaden angerichtet.«

Pumo ging nun viel zuversichtlicher durch das Wohnzimmer, um sich den Couchtisch, die Bücher, die Platten und die Zeitschriften genauer anzusehen. Dracula hatte hier offenbar herumgestöbert. Nichts lag mehr genau an seinem Platz.

»*Newsletter* ist nicht mehr da«, verkündete er schließlich.

»Was?«

»*Newsletter* vom Bataillon. Dracula hat es gemopst. Dieses Regimentsblatt kommt zweimal im Jahr heraus. Ich habe offen gesagt kaum je einen Blick hineingeworfen. Aber ich werfe das alte Exemplar immer erst weg, wenn ich das neue bekomme.«

»Dracula hat eben eine Schwäche für Soldaten.«

Pumo ging achselzuckend die zwei Stufen zur Galerie hinauf. Sein privates Scheckheft und das Scheckheft für das Restaurant Saigon lagen noch auf dem Schreibtisch, aber nicht mehr an der gleichen Stelle. Daneben lag das fehlende Exemplar von *Newsletter*, aufgeschlagen. Es zeigte ein halbseitiges Foto von Oberst Emil Ellenbogen, wie er seinen Abschied von einem zweitrangigen Posten in Arkansas nahm. Dorthin war der Tin Man nach seiner enttäuschenden Zeit in Vietnam abkommandiert worden.

»Nein, das Luder hat es nur verlegt«, rief er Maggie zu, die mitten im Zimmer stand, die Arme fest um ihren Leib geschlungen.

»Fehlt auf deinem Schreibtisch nichts?«

»Ich weiß es nicht. Ich glaube schon, daß etwas fehlt, aber ich kann noch nicht sagen, was es ist.«

Wieder ließ er den Blick über das Chaos auf dem Schreibtisch gleiten. Der Anrufbeantworter war noch da. Das Licht blinkte. Pumo drückte eine Taste, dann die Playbacktaste. Absolute Stille. Ob sie erst angerufen hatte, um sicherzugehen, daß er sich nicht in der Wohnung aufhielt? Pumo starrte wie gebannt auf die Schreibtischplatte und gelangte zu der festen Überzeugung, daß irgend etwas fehlte. Er ahnte das ganz instinktiv, hätte jedoch nicht sagen können, was ihm abging. Neben dem Anrufbeantworter lag ein Buch mit dem Titel *Nam*. Pumo war sich ganz sicher, daß dieses Buch monatelang auf dem Couchtisch gelegen hatte. Er hatte es nur halb gelesen und dann aufgehört. Doch er stellte es nicht ins Regal zurück, sondern ließ es weiter auf dem Couchtisch liegen, um sich nicht eingestehen zu müssen, daß er es nie zu Ende lesen würde. Denn das bedeutete in seinen Augen ein denkbar schlechtes Omen.

Dracula hatte *Newsletter* und das Buch *Nam* an sich genommen und auf dem Schreibtisch abgelegt, um in seinen Scheckheften herumblättern zu können. Vermutlich hatte sie alles auf dem Schreibtisch mit ihren langen, kräftigen Händen berührt. Pumo brach der Schweiß aus allen Poren. Er war ganz benommen.

Tina wachte mitten in der Nacht auf. Sein Herz klopfte heftig. Ein schrecklicher, völlig irrationaler Traum verschwand in der Versenkung. Er drehte sich auf die Seite und sah, daß Maggie tief und fest auf ihrem Kissen schlief. Ihr Gesicht hatte sich sozusagen in sich selbst zurückgezogen, ihre knopfartige runde kleine Hand hielt sie zur Faust geballt. Er konnte ihre Züge nur mit Mühe und Not ausmachen. Der Anblick der schlafenden Maggie Lah entzückte ihn immer wieder. Waren ihre Züge nicht durch ihr Wesen, ihr Innerstes belebt, kamen sie ihm anonym und ganz chinesisch vor.

Er legte sich wieder neben sie und berührte ihre Hand ganz sachte. Was seine Freunde jetzt wohl machten? Er sah sie im Geiste Arm in Arm auf einem breiten Bürgersteig flanieren. Tim Underhill konnte gar nicht Koko sein. Das würde seinen Freunden klar werden, sobald sie ihn aufgespürt hatten. Aber wenn Tim Underhill nicht Koko war, mußte es jemand anders sein. Jemand, der es auf sie abgesehen hatte, der seine Kreise um sie zog, die immer enger wurden – wie die Kugel mit seinem Namen immer noch die Welt umkreiste – rastlos nur auf dieses eine Ziel gerichtet.

Am nächsten Morgen erklärte er Maggie, er müsse seinen Freunden unbedingt helfen. Er wolle versuchen, mehr über die Opfer von Koko in Erfahrung zu bringen und damit über Koko selbst.

»Gar keine schlechte Idee«, versicherte ihm Maggie.

4

Was sollen die Fragen und Antworten?

Sie führen geradewegs zum Ziel. Sie sind immerhin ein Ausweg. Mit ihrer Hilfe kann ich nachdenken.

Worüber denn nachdenken?

Das übliche Schlamassel. Das rennende Mädchen.

Glaubst du, daß es sie wirklich gegeben hat?

Das ist es ja eben. Ich *bilde mir ein*, daß es sie gegeben hat.

Worüber sollte man sich sonst Gedanken machen?

Über das übliche Thema, mein Thema. Nämlich über Koko. Und zwar jetzt mehr denn je.

Warum denn das?

Weil er zurückgekehrt ist. Weil ich glaube, daß ich ihn gesehen habe. Ich weiß, daß er es war.

Du hast dir eingebildet, ihn zu sehen?

Das läuft doch auf das gleiche hinaus.

Wie hat er ausgesehen?

Wie ein tanzender Schatten, wie der Tod.

Ist er dir im Traum erschienen?

Er ist mir auf der Straße erschienen, wenn man es so nennen will. Der Tod ist mir auf der Straße erschienen – genau wie das Mädchen. Das Erscheinen des Mädchens war von einem ungeheuren Lärm begleitet. Straßenlärm, das ganz normale irdische Getöse umgab den Schatten. Er war mit dem Blut anderer besudelt, wenn auch nicht deutlich sichtbar. Das Mädchen, das nur ich sehen konnte, war ebenfalls blutüberströmt. Doch es war ihr eigenes Blut. Von beiden ging ein Gefühl der Panik aus.

Was ist das für ein Gefühl?

Die Angst läßt uns nicht los, daß wir unser Leben nicht fest im Griff haben. So ergeht es zum Beispiel Hal Esterhaz in *The Divided Man*. Das Mädchen kommt zu mir, um mit mir über ihr Entsetzen, ihre fürchterliche Angst zu sprechen. Aus dem Chaos und der Nacht kommt sie auf mich zugerannt. Mich hat sie auserwählt. Weil ich Hal Esterhaz und Nat Beasley geschaffen habe. Noch nicht, sagt sie, noch nicht. Die Geschichte ist noch nicht zu Ende.

Warum hat Hal Esterhaz sich umgebracht?

Weil er nicht ertragen konnte, was ihm allmählich aufging.

So wirkt sich die Fantasie bei dir aus?

Wenn die Einbildungs- bzw. Vorstellungskraft ausreicht.

Hat dich der Anblick des Mädchens entsetzt?

Ich habe das Mädchen begrüßt.

13. KAPITEL

Koko

Sobald das Flugzeug abhob, würde sich auch Koko in Bewegung setzen.

Koko wußte, daß alle Reisen Reisen in die Ewigkeit waren. In zehntausend Meter Höhe gehen die Uhren rückwärts, ständig wechseln Dunkelheit und Licht einander ab.

Wenn es dunkel wird, dachte Koko, kann man die Stirn an das kleine Fenster pressen. Wenn man bereit war – wenn die Seele schon halb in die Ewigkeit eingegangen war – so sah man, wie sich einem Gottes kantiges graues Gesicht aus der Dunkelheit entgegenhob.

Koko lächelte, und die hübsche Stewardeß in der ersten Klasse erwiderte sein Lächeln. Sie näherte sich ihm mit einem Tablett. »Sir, möchten Sie heute morgen lieber Orangensaft oder Champagner?«

Koko schüttelte den Kopf.

Die Erde griff nach dem Fahrgestell des Flugzeugs. Sie langte in das Flugzeug hinein und versuchte, sich Koko einzuverleiben, ihn einfach einzusaugen. Die arme Erde liebte alles Immerwährende. Die Ewigkeit liebte und bedauerte die Erde.

»Bekommt man auf dem Flug auch einen Film zu sehen?«

»Sag niemals nie«, sagte die Stewardeß über ihre Schulter hinweg. »Das ist der neueste James-Bond-Film.«

»Fantastisch!« rief Koko aus. Der Gedanke erheiterte ihn. »Ich sage auch niemals nie.«

Die Stewardeß lachte pflichtschuldigst und entfernte sich.

Flugpassagiere gingen mit Handkoffern, Einkaufstaschen, Weidenkörben oder Büchern durch die Gänge. Zwei chinesische Geschäftsleute nahmen die beiden Plätze unmittelbar vor Koko ein. Koko hörte, wie sie ihre Diplomatenkoffer aufschnappen ließen, kaum daß sie Platz genommen hatten.

Eine blonde Stewardeß in mittleren Jahren, die eine blaue Jacke trug, beugte sich zu ihm hinunter und lächelte ganz automatisch.

»Wie sollen wir Sie denn diesmal nennen, hm?« Sie hielt ihm den Sitzplan vors Gesicht. Koko ließ seine Zeitung langsam sinken. »Sie sind...?« Sie sah ihn fragend an und wartete auf eine Antwort. Na, wie dürfen wir Sie diesmal nennen, hm? *Dachau*, wir wollen Sie *Lady Dachau* nennen.

»Nennen Sie mich einfach Bobby.«

»Gut, nennen wir Sie also Bobby.« Die Frau trug bei 4 B Bobby ein.

Roberto Ortiz hatte seine Pässe, eine ganze Reihe von Kreditkarten, sechshundert US-Dollar und dreihundert Singapur-Dollar in der Tasche gehabt. Gar nicht übel! In einer Tasche seines Blazers hatte Koko einen Zimmerschlüssel vom Shangri-La gefunden. Wo sollte ein ehrgeiziger junger Amerikaner auch sonst schon absteigen?

In Miß Balandrans Tasche fand Koko einen Frisierstab, ein Pessar, einen kleinen Plastikbehälter mit einer Tube Zahnpasta und einer Zahnbürste, eine frische Unterhose, eine Ersatz-Strumpfhose, ein Fläschchen Lipgloss, Mascara, Rouge, einen Toupierkamm, ein Stück von einem Plastikstrohhalm, etwa sieben Zentimeter lang, ein kleines ledernes Etui mit dem Aufputschmittel Amylnitrat, ein vergammeltes Taschenbuch von Barbara Cartland, eine Puderdose, ein halbes Dutzend einzelner Valiumtabletten, Unmengen von verknautschten Tempo-Taschentüchern, mehrere Schlüsselbunde und ein dickes Bündel Banknoten – vierhundertdreiundfünfzig Singapur-Dollar.

Koko steckte nur das Geld ein. Alles andere kippte er im Badezimmer auf den Boden.

Er wusch sich Gesicht und Hände und fuhr dann mit einem Taxi zum Hotel Shangri-La.

In New York City wohnte Roberto Ortiz in der West End Avenue.

Spürte man in der West End Avenue nicht, wie heftig es die Herren der Erde, ja wie sehr es Gott höchstpersönlich nach der Menschheit verlangte? Engel flogen durch die West End Avenue, ihre Regenmäntel flatterten und blähten sich im Wind.

Als Koko aus dem Hotel Shangri-La wieder auf die Straße hinaustrat, trug er zwei lange Hosen übereinander, zwei Oberhemden, einen Baumwoll-Pullover und ein Tweedjackett. In der linken Hand trug er einen kleinen Koffer mit zwei zusammengerollten Anzügen, drei weiteren Oberhemden und einem Paar hervorragend gearbeiteter schwarzer Schuhe.

Koko nahm ein Taxi die Grove Road hinunter zur Orchard Road und weiter durch das saubere, ordentliche Singapur zu einem leerstehenden Gebäude an einer Ringstraße, die von der Bahru Road abging. Während der Fahrt stellte er sich vor, er führe stehend in einem offenen Wagen die Fifth Avenue hinunter. Luftschlangen und Konfetti regneten auf ihn und die anderen Herren der Welt hernieder. Auf den Gehsteigen stand dichtgedrängt eine große Menschenmenge und jubelte ihnen zu.

Beevers und Poole und Pumo und Underhill und Tattoo Tiano und Peters und der süße Spanky B und alle anderen, die Herren der Welt – wer kann den Tag des Jüngsten Gerichts voraussagen? Denn seht, Dunkelheit wird die Erde einhüllen. Und den jungen Anwalt Ted Bundy und Juan Corona, den Feldarbeiter und John Wayne Gacy, der in Chicago wie ein Clown herumlief, der Sohn von Sam, und William Williams aus Atlanta – und den Zebra-Killer und diejenigen, die ihre Opfer an den Berghängen liegen ließen – und den kleinen Burschen in dem Film *Ten Rillington Place* und Lucas, vermutlich der Größte von allen. Die Krieger des Himmels ließen sich feiern. Marschierten Seite an Seite mit all denjenigen, die man nie dingfest machen würde. Alle zeigten sie der Welt harmlose Gesichter. Sie lebten ganz bescheiden, zogen von Stadt zu Stadt, bezahlten ihre Rechnungen und trugen ganz tief drinnen entsetzliche Geheimnisse mit sich herum.

Das Fegefeuer.

Koko stieg durchs Kellerfenster ein und sah seinen Vater wütend und ungeduldig auf einer Umzugskiste sitzen. *Verdammter Idiot*, sagte sein Vater. *Was bildest du dir ein? Glaubst du im Ernst, daß jemandem wie dir zu Ehren eine Parade abgehalten wird? Das wäre reine Zeitverschwendung.*

Er breitete das Geld auf dem verdreckten Boden aus. Das war ein voller Erfolg. Der alte Herr bemerkte grinsend: *Gute Butter ist durch nichts anderes zu ersetzen.* Koko schloß die Augen und sah eine Reihe Elefanten vorbeitrotten. Sie nickten ernst zum Zeichen ihres Einverständnisses.

Er legte die Pässe von Roberto Ortiz auf seinen ausgerollten Schlafsack und breitete die fünf Spielkarten mit den sich aufbäumenden Elefanten so aus, daß er die Namen lesen konnte. Dann wühlte er in einem Papierkorb und zog die amerikanische Zeitschrift *New York* heraus, die er zwei Tage nach der Parade zu Ehren der Geiseln in einer Hotelhalle aufgelesen hatte. Unter der Überschrift in flammenden Lettern: *Zehn heiße brandneue Orte.*

Ia Thuc, Da Nang, Hue, das waren solche heißen Orte. Und Saigon. Saigon, das ist ein brandheißer Tip. Die Zeitschrift klappte ganz automatisch an der Stelle auf, wo sich die Fotos und Beschreibungen der brandheißen Tips bzw. Restaurants befanden.

Koko lag in seinem neuen Anzug auf dem Boden und sah sich das Foto des vielgepriesenen neuen Restaurants so genau wie möglich an. An den weißen Wänden flatterten tiefgrüne Palmwedel. Vietnamesische Kellner in blütenweißen Hemden zwängten sich zwischen den vollbesetzten Tischen durch. Sie gingen so schnell, daß man sie nur ganz verschwommen wahrnahm. Koko hörte laute Stimmen. Messer und Gabeln klapperten, wenn sie mit dem Porzellan in Berührung kamen. Korken knallten. Im Vordergrund des Fotos lehnte Tina Pumo an der Bar des Restaurants. Er verzog das Gesicht zu einem Grinsen. Pumo der Puma lehnte sich aus dem Foto und sprach mit seiner kräftigen Stimme auf Koko ein, die sich von dem Lärm im Restaurant abhob, wie ein Solosaxophon den Sound einer Bigband übertönt.

Pumo sagte: »Koko, verurteile mich nicht.« Er sah aus, als sei ihm das Herz in die Hose gerutscht.

So sprachen sie, als sie wußten, daß sie der Unsterblichkeit, der Ewigkeit, von Angesicht zu Angesicht gegenüberstanden.

»Ich verstehe dich ja, Tina«, sagte Koko zu dem verängstigten kleinen Mann auf dem Foto.

In dem Artikel hieß es, das Saigon biete nicht nur die größte Vielfalt an Gerichten, im Saigon sei die vietnamesische Küche in New York auch am authentischsten vertreten. Die Gäste seien jung und schick, laut und verrückt. Die Ente im Saigon sei ›ein Geschenk des Himmels‹, die Suppen schlechthin ›göttlich‹.

»Sag mal, Tina, was heißt denn da ›göttlich‹? Kann eine Suppe ›göttlich‹ sein?« wollte Koko wissen.

Bevor Tina sich wieder in die Gestalt auf dem Foto zurückverwandelte, tupfte er sich die Stirn ab – mit einem blütenweißen Taschentuch.

Da standen ja Adresse und Telefonnummer – kursiv gedruckt. Die sanften kühlen Lettern verrieten Koko das gewünschte.

Ein Mann setzte sich in Reihe vier der Kabine erster Klasse neben Koko, warf einen Blick zur Seite und vergrub sich regelrecht in seinem Sitz. Koko schloß die Augen. Vom hohen kalten Himmel schneite es auf eine ungeheuer dicke Eisschicht. In weiter Ferne, im Schneegestöber nur schwer auszumachen, erhoben sich schroffe Berge. Das ewige Eis der Gletscher schimmerte matt. Gott schwebte unsichtbar über der erstarrten Erde und keuchte vor Wut und Ungeduld.

Was man weiß, das weiß man. Daran ist nicht zu rütteln. Vierzig oder einundvierzig Jahre alt. Dichtes weiches Blondhaar, das Haar eines Sohnes aus reichem Hause. Eine Brille mit feiner brauner Fassung, ziemlich grobes Gesicht. In den breiten Händen die *New York Times* vom Vortag. Der Anzug gut und gerne sechshundert Dollar wert.

Das Flugzeug beschleunigte auf der Startbahn und hob ganz sanft vom Boden ab. Der Jet schwenkte auf den richtigen Kurs ein. Es ging nach Westen, in Richtung San Francisco. Der Mann neben Koko war ein reicher Geschäftsmann mit Pranken wie ein Metzger.

Ein Insekt mit schwarzem Nacken fliegt über den Singapur Dollar hinweg. Über seine Augen zieht sich eine schwarze Binde wie die Maske eines Einbrechers. Dahinter ein wirbelndes Chaos ineinander verschlungener Kreise, die sich drehen und winden wie die Strömungen eines Wirbelsturms. So bewegt ein Vogel seine Flügel, wenn er in Panik ist. Dunkelheit senkt sich über das Land.

Mr. Lucas? Mr. Bundy?

Ich bin im Bankgeschäft, sagt der Mann. Genauer gesagt in der Investmentbranche. In Singapur wickeln wir viele Geschäfte ab.

Ich auch.

Verdammt nette Stadt, dieses Singapur. Wenn man im Bankwesen tätig ist und mit Geld jongliert, ist Singapur ein brandheißer Tip.

Ja, einer der neuesten brandheißen Tips.

»Bobby, was möchten Sie gern trinken?« erkundigt sich die Stewardeß.

Wodka, aber eiskalt.

»Und Sie, Mr. Dickerson?«

Mr. Dickerson entscheidet sich für einen Tomatencocktail.

In Vietnam pflegten wir zu sagen: Wodka Martini on the rocks – ohne Wermut, ohne Olive, ohne Eis.

Wie, Sie sind nicht in Vietnam gewesen?

Hört sich vielleicht komisch an, aber da ist Ihnen wirklich was entgangen. Es ist nicht etwa so, daß ich mich nach Vietnam zurücksehne. Nein, wahrhaftig nicht! Sie waren wahrscheinlich auf der anderen Seite, stimmt's? Ich will Ihnen nicht zu nahe treten, aber Gottes Wege sind manchmal wirklich unerforschlich. Jetzt stehen wir alle auf der gleichen Seite. Ich habe immer mit einem M-16 demonstriert. Ha, ha.

Ich heiße Bobby Ortiz. Bin in der Touristikbranche tätig.

Bill? Freut mich, Sie kennenzulernen, Bill. Ja, das ist ein langer Flug, da freunden wir uns besser an.

Klar, ich trinke noch einen Wodka, und bringen Sie meinem alten Freund Bill noch ein Bier.

Also, ich war in Corps I, in der Nähe der entmilitarisierten Zone, in der Gegend von Hue.

Soll ich Ihnen einen Trick vorführen, den ich in Vietnam gelernt habe? Gut – aber ich glaube, ich hebe mir das besser für später auf. Wird Ihnen sicher gefallen. Später – ich verspreche es.

Bobby und Bill Dickerson verzehrten ihre Mahlzeit schweigend. Sie schienen sich gut zu verstehen. Die Zeit verging wie im Flug.

»Spielen Sie manchmal?« fragte Koko.

Dickerson wollte gerade die Gabel zum Mund führen. Er hielt mitten in der Bewegung inne und sah Koko von der Seite an. »Hin und wieder. Aber dabei geht es nie um viel.«

»Wären Sie an einer kleinen Wette interessiert?«

»Das kommt ganz auf die Wette an.« Dickerson führte die Gabel mit dem Bissen Huhn zum Mund.

»Ach, Sie wären doch nicht damit einverstanden. Es ist zu grotesk. Reden wir nicht mehr davon.«

»Kommt überhaupt nicht in Frage«, setzte sich Dickerson zur Wehr. »Sie haben das doch aufgebracht, da können Sie doch jetzt nicht kneifen.«

Koko mochte Billy Dickerson. Schöner blauer Leinenanzug, schöne Brille mit eleganter schmaler Fassung, schöne große Rolex. Dickerson spielte Rackett. Mit einem Schweißband um die Stirn. Er spielte eine verdammt gute Rückhand, war ein richtiger Draufgänger.

»Na ja, ich bin wahrscheinlich drauf gekommen, weil ich im Flugzeug sitze. Es geht um etwas, was wir in Vietnam getan haben.«

Das schien den guten alten Billy sehr zu interessieren.

»Wenn wir eine LZ anflogen.«

»Eine Landezone?«

»Genau. Wissen Sie, die Landezonen waren unterschiedlich. Manche waren sehr gefährlich, andere wiederum kamen mir vor, als seien wir mitten in ein Kirchenpicknick in Nebraska geraten. Also haben wir Wetten im Hinblick auf die Todesfälle abgeschlossen.«

»Sie haben Wetten darüber abgeschlossen, wie viele Menschen getötet werden würden? Alles dem Erdboden gleichmachen, wie ihr Jungs das genannt habt?«

Alles dem Erdboden gleichmachen. Ach, du armer Unschuldsengel.

»Nein, es ging darum, *ob* jemand getötet werden würde. Wieviel Geld haben Sie in Ihrer Brieftasche?«

»Mehr als üblich«, sagte Billy.

»Fünf- oder sechshundert?«

»Weniger.«

»Wetten wir um zweihundert. Wenn im oder am Flughafen von San Francisco jemand stirbt, während wir uns im Terminal befinden, zahlen Sie mir zweihundert. Wenn niemand ums Leben kommt, zahle ich Ihnen hundert Dollar.«

»Sie wetten also zwei zu eins, daß jemand im Terminal stirbt, während wir den Zoll passieren, unser Gepäck auslösen usw.?«

»Genau.«

»Ich habe noch nie erlebt, daß jemand im Flughafen sein Leben gelassen hat«, meinte Billy kopfschüttelnd. Er war drauf und dran, die Wette abzuschließen.

»Ich schon«, verkündete Koko. »Gelegentlich.«

»Also dann – die Wette gilt«, sagte Billy. Sie besiegelten den Entschluß mit Handschlag.

Nach einer Weile zog Lady Dachau die Filmleinwand herunter. Die meisten Lichter in der Kabine erloschen. Billy Dickerson schlug *Megatrends* zu, brachte seinen Sitz in Schlafposition und schloß die Augen.

Koko bat Lady Dachau um einen weiteren Wodka und lehnte sich zurück, um sich den Film anzusehen.

Der gute James Bond erspähte Koko sofort, kaum daß er auf der Filmleinwand erschien. Der schlechte James Bond war ein schläfriger Engländer, der ein wenig an Dr. Peters erinnerte, den Arzt, der beim Absturz des Hubschraubers ums Leben gekommen war. Der gute James Bond ähnelte dagegen etwas Tina Pumo. Er trat dicht vor die Kamera und sagte: »Alles in bester Ordnung, machen Sie sich keine Sorgen. Alle tun, was sie tun müssen. Das lehrt einen der Krieg.« Er sah Koko mit der Andeutung eines Lächelns an. »Junge, das mit deinem neuen Freund war ein guter Schachzug. Ist mir gleich aufgefallen. Also, jetzt mußt du dran denken...«

Ist rechts alles soweit? Und links auch? Dann Patrone rein und laden.

Guten Tag, meine Herren. Willkommen in der Republik Süd-Vietnam. Wir haben heute den dritten November 1967. Es ist jetzt fünfzehn Uhr zwanzig. Sie werden ins Auswechslungslager Long Binh gebracht. Dort werden Sie dann Ihren Einheiten zugeteilt.

Wie dunkel es in den Zelten war. Die metallenen Spinde. Moskitonetze über den Bettumrandungen. Schlamm und Morast auf dem Boden. Die Zelte erinnerten an Tropfsteinhöhlen.

Meine Herren, Sie sind jetzt Teil einer großen Tötungsmaschinerie.

Dies ist Ihre Waffe. Sie könnte Ihnen einmal das Leben retten.

Vornehmheit, Anmut und Gelassenheit.

Koko sah einen Elefanten eine gepflegte Allee in Europa entlangschreiten. Der Elefant trug einen eleganten grünen Anzug und zog den Hut vor allen schönen Frauen. Koko lächelte James Bond zu. Der sprang aus seinem irren Luxusschlitten, sah Koko eindringlich an und betonte – ganz deutlich in Kursivschrift: »*Koko, auf in den Kampf. Der Elefant trompetet wieder.*«

Einige Stunden später drängelten sie sich im Gang, preßten ihr Handgepäck an sich und warteten darauf, daß Lady Dachau sie hinausließ. Genau in Kokos Augenhöhe hing das Jackett von Billy Dickersons blauem Leinenanzug im modernen Knitterlook. Es wirkte so zeitgemäß und leger, daß man selbst am liebsten zerknittert ausgesehen hätte – ebenso leger und up-to-date wie das Jackett. Als Koko aufsah, fiel sein Blick auf das blonde Haar von Billy Dickerson, das sich über dem gutsitzenden Kragen des Leinenanzugs kringelte. Bill roch angenehm nach Seife und gutem After-Shave. Er hatte am Morgen fast eine halbe Stunde in der Toilette zugebracht, während die Zeitlosigkeit nahtlos in die Zeit von San Francisco überging.

»Hallo«, sagte Dickerson und sah Koko über seine Schulter hinweg an. »Wenn Sie die Wette wieder abblasen wollen, soll es mir recht sein, Bobby. Ist ja auch wirklich irre.«

»Wie Sie meinen«, sagte Koko.

Lady Dachau öffnete auf das erwartete Zeichen hin die Tür.

Sie betraten einen kühlen flammenden Korridor. Engel mit Flammenschwertern geleiteten sie hindurch. In der Ferne hörte Koko Granatwerferfeuer – ein Zeichen dafür, daß nichts Ernsthaftes im Gange war. Der Eiserne Holzfäller hatte bloß ein paar Jungs abkommandiert, damit sie einen Teil des Geldes der Steuerzahler verpulverten, das dem Militär Monat für Monat zugestanden wurde. Das zu steinernen Mustern gefrorene eisige Feuer loderte unter ihren Füßen. Wieder in Amerika. Die Engel mit dem Flammenschwertern entflammten die Passagiere durch ihr Lächeln.

»Erinnern Sie sich noch daran, daß ich von diesem Trick gesprochen habe?«

Dickerson nickte und zog eine Augenbraue hoch. Zusammen mit Koko schlenderte er zur Gepäckausgabe. Allmählich büßten die Engel mit den Flammenschwertern ihre Leuchtkraft ein und wurden zu uniformierten Stewardessen, die Karren hinter sich herzogen. Die Flammen auf dem Boden verhärteten sich zu starren kalten Mustern.

Der Gang führte etwa zwanzig Meter geradeaus und dann nach rechts.

Sie gingen um die Ecke.

»Gott sei Dank, da ist ja eine Herrentoilette«, sagte Dickerson erleichtert. Er eilte voraus und drückte die Tür mit der Schulter auf.

Koko schlenderte lächelnd hinterher. Er stellte sich einen leeren weißgekachelten Raum vor.

Eine Frau in einem grellgelben Kleid ging an ihm vorüber. Sie strömte den heißen, blutigen Geruch der Ewigkeit aus. Einen kurzen Augenblick sah er ein flammendes Schwert in ihrer Hand aufblitzen. Er stieß die Tür zur Herrentoilette auf und mußte seinen Handkoffer seitlich halten, um auch die zweite Tür noch aufzustoßen, die sich unmittelbar hinter der ersten befand.

An einem der Waschbecken stand ein kahlköpfiger Mann und wusch sich die Hände. Neben ihm beugte sich ein Mann mit bloßem Oberkörper über ein Becken und schabte sich mit einem kleinen blauen Plastikrasierer den Rasierschaum vom Gesicht. Kokos Magen verkrampfte sich. Billy stand ganz am Ende einer Reihe von Urinbecken. Vor etwa der Hälfte dieser Becken standen Männer.

Koko sah seinen angespannten gehetzten Gesichtsausdruck im Spiegel. Er sprang sein Spiegelbild regelrecht an.

Er trat vor das erste Urinbecken und tat, als wolle er pinkeln – bis alle den Raum verlassen hatten und er mit Dickerson allein war. Irgend etwas in ihm hatte sich gelöst. Es schwirrte ihm unter den Rippen herum. Ihm war so wirr im Kopf und er verspürte eine solche Leere, daß er schwankte und ihm die Knie schlotterten.

Einen Augenblick bildete er sich ein, er sei schon in Honduras – seine Arbeit sei entweder schon getan oder er müsse sie noch einmal tun. Kleine Menschen mit ziegelrot verbrannter Haut wimmelten unter den glühenden Strahlen der Sonne auf einem lächerlichen Provinzflughafen herum. Die Flughafengebäude vom Einsturz bedrohte Buden. Verschlafene Polizisten, in der Sonne dösende Hunde.

Dickerson zog den Reißverschluß seiner Hose wieder hoch, trat an eins der Waschbecken und hielt die Hände rasch unter den Wasserstrahl. Anschließend unter den heißen Luftstrom. Er war verschwunden, ehe Koko es sich versah.

Er eilte hinaus. Was sich in seinem Brustkorb eingenistet hatte, schlug ihm jetzt schmerzhaft gegen die Rippen.

Dickerson ging schnell auf einen großen Raum zu, in dem die Karussells der Förderbänder wie schwarze Vulkane Koffer ausspien. Fast alle Passagiere ihres Fluges standen schon um das zweite Förderband herum. Koko beobachtete, wie sich Dickerson unter die Leute mischte, die auf ihre Koffer warteten. Das unheimliche Ding in seinem Brustkorb versank in seinem Magen. Von da aus schwirrte es ihm wie ein böse summendes Insekt durch die Eingeweide.

Koko bahnte sich schwitzend einen Weg zwischen den Menschen hindurch, die ihn von Dickerson trennten. Er strich Dickerson ganz leicht, fast ein wenig ehrerbietig, über den linken Ärmel.

»Bobby, ganz im Ernst, das mit der Wette ist mir nicht geheuer«, sagte Dickerson und hob einen schweren Koffer von Louis Vuitton vom Fließband.

Diesen Koffer mußte eine Frau ausgesucht haben, da war sich Koko ganz sicher.

»Wenn es Ihnen nichts ausmacht, vergessen wir die Wette lieber.«

Koko nickte, obwohl ihm das durchaus nicht recht war. Sein schäbiger Koffer war nirgends zu sehen. Alles verschwamm ihm leicht vor Augen, als sei ein blasser Nebel aufgezogen. Eine große schwarzhaarige Frau, die Inkarnation eines lebendigen Schwertes, nahm einen winzigen Koffer vom Band und lächelte Dickerson zu, wie Koko durch den sich herabsenkenden Nebel bemerkte.

»Alles Gute«, sagte Dickerson.

Ein Mann in Uniform kam geradewegs auf ihn zu und lotste ihn mit ein paar Fragen durch den Zoll. Dickerson schlenderte zu einem Schalter, wo sein Paß abgestempelt wurde.

Wie im Traum registrierte Koko, daß sein Koffer auf dem Förderband erschien. Er schwankte, kippte um und glitt an Koko vorbei, ohne daß der daran dachte, ihn vom Band zu nehmen. Er sah, wie Dickerson durch eine Tür mit der Aufschrift AUSGANG entschwand und immer kleiner wurde.

Der Zollbeamte nannte ihn ›Mr. Ortiz‹ und suchte unter dem zerfetzten Futter seines Koffers nach Heroin und Diamanten.

Am Einwanderungsschalter sah er aus den Schultern des uniformierten Mannes flammende Flügel wachsen. Der Beamte drückte ihm einen Stempel in den Paß und hieß ihn in seinem Heimatland willkommen. Koko packte seinen alten Koffer und sein Handgepäck und eilte wie gejagt zur nächstgelegenen Herrentoilette. Dort ließ er sein Gepäck einfach fallen und stürzte in das erstbeste offene Klo. Kaum saß er auf dem Brillenrand, da entleerten sich seine Därme. Und gleich darauf ein zweitesmal. Feuer tropfte und schoß aus ihm heraus. Koko hatte das Gefühl, als durchbohrte eine lange Nadel seinen Magen. Er beugte sich rasch vor und übergab sich zwischen seine Füße. Er blieb lange in seinem eigenen Gestank sitzen, dachte gar nicht mehr an sein Gepäck, sondern nur an das, was vor ihm lag.

Schließlich putzte er sich ab. Er trat an eins der Waschbecken, wusch sich Gesicht und Hände und hielt den Kopf unter das kalte Wasser.

Koko nahm seinen Koffer wieder an sich und wartete auf den Bus zum Terminal, von dem aus seine Maschine nach New York abflog. Es roch nach Chemikalien und Technik. Alles sah zweidimensional und frischgewaschen aus – farblos, ausgeblutet.

In dem anderen Terminal nahm Koko auf einem Barhocker Platz und bestellte sich ein Bier. Er spürte, daß die Zeit stillstand und darauf wartete, daß er sie wieder zum Leben erweckte. Er atmete flach und hastig. Hinter seiner Stirn machte sich ein Gefühl der Leere breit, als habe ein leicher Schmerz gerade aufgehört. Er konnte sich kaum an die Vorgänge der letzten vierundzwanzig Stunden erinnern.

Lady Dachau kam ihm in den Sinn.

Meine Herren, Sie sind jetzt Teil einer großen Tötungsmaschinerie.

Zehn Minuten vor dem letzten Aufruf begab sich Koko zu seinem Flugsteig und starrte zum Fenster hinaus – ein unaufdringlicher Mann, der einen Elefanten in Hut und Anzug sah. Der Elefant bäumte sich inmitten einer riesigen dunklen Blutlache auf. Als die Fluggäste erster Klasse aufgerufen wurden, ging er an Bord und nahm seinen Platz ein. Er sagte der Stewardeß, sie könne ihn ruhig Bobby nennen.

Die Welt war wieder in Ordnung. Das wohlvertraute Ziehen und Summen in seinem Inneren lebte wieder auf.

Ein untersetzter Mann zwischen dreißig und vierzig ließ eine Aktenmappe auf den Sitz am Gang fallen, setzte seinen grünen Rucksack ab, stellte ihn zu der Aktentasche und zog sich seine Anzugjacke aus. Darunter trug er ein gestreiftes Hemd und dunkelblaue Hosenträger. Er schnalzte mit den Fingern, und die Stewardeß nahm ihm sein Jackett ab. Der Mann schob seinen Rucksack in das dafür vorgesehene Fach über den Sitzplätzen. Er hob seine Aktentasche hoch, nahm Platz und ging den Inhalt seiner Aktentasche durch, nachdem er Koko einen finsteren Blick zugeworfen hatte.

»Es ist wohl nicht anzunehmen, daß Sie viel für Wetten übrighaben«, meinte Koko.

14. KAPITEL

Erinnerung an Dragon Valley

1

Michael Poole stand in seinem Hotelzimmer am Fenster und blickte mit einem schon fast beängstigenden Gefühl der Freiheit auf die Stadt, die vor ihm lag. Alles wirkte erstaunlich ordentlich und sauber und über alle Maßen grün. Er nahm an, daß sein Zimmer nach Osten hinausging. Ein Stück weiter weg erhob sich strahlend hell eine Ansammlung von hohen Bürogebäuden – als sei ein Teil des Zentrums von New York hierher verlagert worden. Doch abgesehen davon erinnerte nichts auch nur entfernt an Manhattan. Zwischen ihm und den strahlend weißen Wolkenkratzern zumeist Bäume mit dichten Baumkronen. Die erinnerten ihn an Gemüse und sahen aus, als könne man sie essen. Weil sich Michael hoch über den Baumkronen befand, erschienen sie ihm wie ein Teppich. Zwischen den Bäumen und parkähnlichen Anlagen verliefen breite Straßen – ganz glatt asphaltiert bzw. gepflastert und ganz ohne schadhafte Stellen. Auf diesen tadellosen Straßen fuhren teure Wagen – ebenso viele Jaguars und Mercedes wie auf dem Rodeo Drive. In den Lücken zwischen den Bäumen erblickte Michael hier und da winzig kleine Menschen, die sich gemächlich durch breite Einkaufsstraßen bewegten. Näher am Hotel gelegen grüne Hügel, mit Villen übersät. Diese mit rosa oder cremefarbenem Stuck verzierten Villen zierten breite Veranden, Säulen, Ziegeldächer. Bei manchen Häusern konnte Michael auch in die Höfe blicken. In einem dieser Höfe hängte eine stämmige kleine Frau in einem grellgelben Kleid ihre Wäsche auf. Unmittelbar vor seinem Fenster und nicht durch die allgegenwärtigen Bäume verdeckt, glitzerten die Swimmingpools seines und anderer Hotels wie kleine Seen in dichtbewaldeten Gebieten, die man vom Flugzeug aus erblickte. An den am weitesten entfernt gelegenen Swimmingpool grenzte ein rot-blau gestreifter Baldachin. Eine Frau bewegte sich wie ein Hund durchs Wasser. An einem etwas näher gelegenen Swimmingpool machte ein Barkeeper in schwarzer Jacke seine Bar auf. Neben dem nächstgelegenen Swimmingpool schleppte ein Chinesenjunge einen ganzen Stapel dicker Polsterauflagen zu einer Reihe leerer Liegen.

Dieses vornehme, luxuriöse Singapur setzte ihn in Erstaunen, tröstete ihn und erregte ihn gleichzeitig weit mehr, als er sich eingestehen wollte. Michael lehnte sich ans Fenster, als wolle er durchs Fensterglas entfliehen. Sicher fühlte sich alles da unten ganz warm an. Er hatte sich Singapur ganz anders vorgestellt – als eine Mischung aus Hue und Chinatown, durchsetzt mit Rikschas und übersät mit Leuten, die auf den Bürgersteigen Eßbares verkauften. Unter Singapur hatte er sich ein etwas abgewandeltes Saigon vorgestellt – eine Stadt, die er nur sehr oberflächlich kannte und die ihm nicht gefiel. Die meisten Soldaten, die Michael kannte und die in Saigon gewesen waren, mochten diese Stadt nicht. Poole fühlte sich gleich besser, als er wieder durch die dichten Baumkronen auf die ordentlichen Ziegeldächer, die tropischen Bungalows und die glitzernden Swimmingpools hinunterblickte.

Er war an einem neuen Ort. Es bestand kein Zweifel daran, daß sich in seinem Leben etwas tat. Endlich war es ihm gelungen, seinem Alltagstrott einmal den Rücken zu kehren. Es war ihm gar nicht richtig klargewesen, wie sehr er sich danach gesehnt hatte, was für ein starkes inneres Bedürfnis ihm das gewesen war. Er wollte unter diesen üppig wuchernden Bäumen spazieren gehen. Durch die breiten Einkaufsstraßen promenieren und den Duft, der in der Luft lag, mit vollen Zügen inhalieren. Dieser blumige Duft war ihm gleich bei der Ankunft am Flughafen aufgefallen.

Plötzlich läutete sein Zimmertelefon. Michael nahm den Hörer ab. Er wußte, daß ihn Judy anrief. Das hatte er ganz deutlich im Gefühl.

»Guten Morgen, meine Herren, wir möchten Sie in der Republik Singapur willkommen heißen«, klang Harry Beevers Stimme an sein Ohr. »Nach der sehr zuverlässigen Rolex ist es genau neun Uhr dreizehn. Finden Sie sich bitte im Café ein zwecks Befehlsempfang. Na, rate mal, was ich herausbekommen habe?«

Michael schwieg.

»Ich habe das Telefonbuch von Singapur durchforstet. Da gibt es keinen T. Underhill.«

Eine knappe Stunde später gingen sie durch die Orchard Road. Poole hatte den Umschlag mit den Abzügen von Underhills Foto auf dem Buchumschlag bei sich. Beevers trug eine Kodak Instamatic in der Jakkentasche und nahm sich linkisch den Faltplan in *Papineau's Guide to Singapore* vor. Conor Linklater trottete mit den Händen in den Hosentaschen neben ihnen her. Beim Frühstück hatten sie sich darauf geeinigt, die Stadt am Vormittag wie Touristen zu erforschen und so viel wie möglich von Singapur kennenzulernen. »Damit wir ein Gefühl für diese Stadt bekommen«, wie Beevers das ausdrückte.

Dieser Teil von Singapore war so angenehm und ungefährlich wie ihr Frühstück im Hotel. Von seinem Hotelzimmer aus hatte Dr. Poole nicht sehen können, daß die Stadt sehr viel mit der zollfreien Zone eines großen Flughafens gemein hatte. Jedes Gebäude, das kein Hotel war, war entweder ein Bürohaus, eine Bank oder ein Einkaufszentrum. Vor allem letzteres. Die Geschäftshäuser waren zumeist drei oder vier Stockwerke hoch. Am obersten Stockwerk eines noch im Bau befindlichen hohen Gebäudes befand sich ein riesiges Poster, auf dem sich ein amerikanischer Geschäftsmann mit einem chinesischen Bankier aus Singapur unterhielt. In einer Sprechblase über dem Kopf des Amerikaners prangten die Worte: *Ich bin froh, daß ich inzwischen weiß, wie lukrativ es ist, in Singa-*

pur zu investieren! Worauf der chinesische Bankier erwidert: *Bei unserem einträglichen Investmentprogramm für unsere Freunde in Übersee ist es nie zu spät, am Wirtschaftswunder von Singapur teilzuhaben!*

Man konnte jederzeit ein Geschäft betreten und Fotoapparate oder Stereoanlagen kaufen. Sie standen vor dem Orchard Towers Shopping Center. Auf der anderen Straßenseite befand sich das Far East Shopping Center. Dort hing eine lange rote Fahne mit den Worten GONG HI FA CHOY, da das chinesische Neujahrsfest gerade stattgefunden hatte. Neben dem Orchard Towers Shopping Center befand sich das Hilton Hotel, wo Amerikaner mittleren Alters auf der Terrasse beim Frühstück saßen. Ein Stück hinter ihnen lag das Singapura Forum. Dort hatte ein gedrungener Malaie mit einem Gesicht wie William Bendix mit einem Schlauch das Pflaster abgespritzt. Ziemlich hoch oben am Hang eines Hügels plagte sich ein Gärtner damit ab, das Gelände um das Shangri-La so gepflegt erscheinen zu lassen, wie sich der Center Court in Wimbledon den Zuschauern für gewöhnlich darbot. Ein Stück die Orchard hinunter lagen das Lucky Plaza Shopping Center, das Hotel Irana und das Hotel Mandarin.

»Ich glaube, Walt Disney ist eines Tages übergeschnappt«, ließ Conor Linklater verlauten. »Da sagte er sich ›zum Teufel mit den Kindern, wir wollen Singapur erfinden und damit einfach nur Geld verdienen‹.«

Als sie den Schneiderladen Prosperity passierten, trat ein kleiner Mann aus dem Laden, folgte ihnen und versuchte, sie dazu zu überreden, sich Anzüge machen zu lassen.

Nachdem er einen halben Block weit erfolglos hinter ihnen hergelaufen war, bemerkte er: »Sie zähe Kunden. Ich Ihnen geben zehn Prozent Rabatt auf Verkaufspreis. Bestes Angebot in ganzer Stadt.« Nachdem sie beim Claymore Hill die große Kreuzung überquert hatten, wurde der kleine Mann noch zudringlicher. »Okay, Sie kriegen ein Viertel Rabatt auf Sonderpreis. Für weniger ich nicht kann arbeiten!«

»Wir wollen keine Anzüge«, versuchte Conor ihm begreiflich zu machen. »Wir lassen uns jetzt keine Anzüge schneidern. Geben Sie es endlich auf.«

»Möchten Sie denn nicht gut aussehen?« fragte sie der Schneider. »Was ist denn bloß mit Ihnen los? Sehen Sie *gern* wie Touristen aus? Kommen Sie mit in meinen Laden. Ich sorge dafür, daß Sie wie kultivierte Männer von Welt aussehen und gebe Ihnen ein Viertel Rabatt auf den Sonderpreis.«

»Ich sehe bereits wie ein kultivierter Mann von Welt aus.«

»Sie könnten aber noch viel besser aussehen«, behauptete der Schneider. »Was Sie da tragen, kostet Sie bei Barneys wahrscheinlich drei- bis vierhundert Dollar. Für den Preis mache ich Ihnen einen dreimal so guten Anzug. Ich verspreche Ihnen, daß Sie in einem Anzug von mir aussehen wie jemand, der sich in der Savile Row einkleiden läßt.« Der Schneider war ein Chinese mit rundem Gesicht. Er mochte etwas über Fünfzig sein. Er trug ein weißes Hemd und eine schwarze Hose. »Ich schneidere Ihnen einen 650 Dollar-Anzug für nur 375 Dollar. Discountpreis fünfhundert Dollar. Ich erlasse Ihnen ein Viertel des Preises. Dreihundertfünfundsiebzig Dollar. Was es Sie kosten würde, wenn Sie mit ein paar Freunden im Vier Jahreszeiten essen gingen. Sind Sie Anwalt? Wenn Sie in einem von mir geschneiderten Anzug vor dem Obersten Gerichtshof stehen, gewinnen Sie den Fall nicht nur, sondern alle werden Sie fragen: Woher haben Sie denn diesen schönen Anzug? Der kann nur aus dem Prosperity Tailor Shop stammen, das Wing Chong gehört!«

»Ich möchte aber keinen Anzug kaufen«, sagte Beevers entnervt.

»Sie brauchen aber einen Anzug.«

Beevers riß den Fotoapparat aus seiner Jackentasche und drückte auf den Auslöser. Als er den Mann fotografierte, sah es aus, als wolle er ihn erschießen. Der Schneider grinste und stellte sich in Positur. »Nehmen Sie sich doch mal einen von meinen Freunden vor. Oder noch besser: Gehen Sie zurück in Ihr Schneideratelier.« Das klang ironisch.

»Ich mache Ihnen jetzt das unwiderruflich letzte Angebot«, behauptete der Schneider. »Dreihundertfünfzig Dollar. Wenn ich noch weiter runtergehe, kann ich meine Miete nicht bezahlen. Noch weniger, und meine Kinder verhungern mir.«

Beevers schob den Fotoapparat wieder in die Jackentasche und wandte sich Michael zu mit dem Ausdruck eines Tiers, das in der Falle sitzt.

»Der Bursche scheint sich ja gut auszukennen. Vielleicht kennt er da auch Underhill«, meinte Michael.

»Zeig ihm doch das Foto.«

Michael zog den Umschlag mit den Fotos aus der Tasche.

»Wir sind Polizeibeamte aus der Stadt New York«, machte Beevers dem Schneidermeister weis.

»Nein, Sie sind Rechtsanwalt«, widersprach der Schneider.

»Wir möchten gern von Ihnen wissen, ob Sie einen ganz bestimmten Mann schon mal gesehen haben. Mike, zeig ihm das Foto!«

Michael nahm eins der Fotos von Tim Underhill aus dem Umschlag und hielt es dem Schneider vors Gesicht.

»Kennen Sie diesen Mann?« erkundigte sich Beevers. »Erinnern Sie sich, ihn schon einmal gesehen zu haben?«

»Nein, ich habe diesen Mann noch nie gesehen«, erwiderte der Schneider. »Es wäre mir eine Ehre, ihn kennenzulernen, aber er könnte nicht einmal den niedrigsten Schleuderpreis bezahlen.«

»Wie kommen Sie denn darauf?« fragte Michael.

»Zu sehr Künstler«, gab der Schneider an.

Michael machte sich lächelnd daran, das Foto wieder in den Umschlag zu stecken, doch der Schneider beugte sich vor und griff nach dem Abzug.

»Kann ich dieses Foto haben? Sie haben ja noch eine ganze Menge.«

»Er lügt«, konstatierte Beevers. »Sie sagen nicht die Wahrheit. Wo steckt dieser Mann? Können Sie uns zu ihm führen?«

»Prominentenfoto«, erklärte ihm der Schneider.

»Ihm geht es lediglich um das Foto«, wandte sich Michael an Beevers.

Conor platzte laut heraus und gab dem Schneider einen freundschaftlichen Klaps auf den Rücken.

»Glaubst du wirklich, daß er nur das Foto haben will?«

»Ich hänge das Foto an die Wand«, sagte der Schneider.

Michael überließ ihm den Abzug.

Der Schneider nahm es an sich und verneigte sich kichernd. »Vielen Dank.« Er machte kehrt und ging zurück zu seiner Werkstatt. Gutgekleidete Chinesen und Chinesinnen kamen unter dichtbelaubten Bäumen auf sie zugeschlendert. Die Männer trugen blaue Anzüge, geschmackvolle Krawatten und Sonnenbrillen und sahen aus wie der Bankier auf der Reklametafel. Die Frauen trugen hübsche Kleider. Sie waren schlank und sahen gut aus. Ein ganzes Stück weiter die breite Allee hinunter blickte Chuck Norris von Flammen umgeben auf einer Plakatwand finster drein. Rings um ihn herum eine Unmenge chinesischer Schriftzeichen. Eine blutjunge Chinesin im Teenageralter schlenderte gemächlich die Straße entlang. Hin und wieder ruhte ihr Blick geistesabwesend auf den Auslagen in den Schaufenstern. Sie trug eine Art Schuluniform: eine weiße Matrosenbluse mit schwarzer Krawatte und einen weiten schwarzen Rock. Dann schloß sich ihr eine ganze Gruppe gleich gekleideter Mädchen an – ordentlich in Reih und Glied. Auf der anderen Straßenseite befand sich neben einer Reklame für die Hamburger von McDonalds ein quadratisches weißes Schild mit der Aufschrift: UNTERSTÜTZEN SIE IHRE REGIERUNG – SPRECHEN SIE MANDARIN. Poole kam ganz plötzlich zu Bewußtsein, wie blumig es hier roch – als hüllten unsichtbare exotische Blumen ihn in ihren Duft ein. Ihn überkam ein Glücksgefühl, das er sich nicht erklären konnte.

»Falls wir uns hier die Hacken abrennen auf der Suche nach der Boogey Street, von der Underhill immer gesprochen hat, könnten wir doch auch ein Taxi nehmen, findet ihr nicht auch?« schlug Michael vor. »Wir befinden uns doch hier in einem zivilisierten Land.«

2

Ganz plötzlich kam Tina Pumo die Erleuchtung. Er war mit einem Schlag hellwach. Alles ringsum kam ihm stockfinster vor. Doch der erste Eindruck täuschte. Sein Herz schlug stürmisch. Er war davon überzeugt, daß er aufgeschrien oder zumindest einen Laut von sich gegeben hatte, bevor er zur sich kam, doch Maggie schlief seelenruhig neben ihm und rührte sich nicht. Er hob den Arm und sah auf das Leuchtzifferblatt seiner Uhr. Drei Uhr fünfundzwanzig.

Tina wurde schlagartig klar, was von seinem Schreibtisch entwendet worden war. Wenn Dracula nicht alles durcheinandergebracht hätte, wäre ihm gleich aufgegangen, was fehlte. Wären die beiden Tage, die seit dem Einbruch vergangen waren, normale Arbeitstage gewesen, so hätte er den Verlust bemerkt, sobald er an seinem Schreibtisch saß. Aber diese beiden Tage waren alles andere als normal verlaufen. Mindestens die halbe Zeit hatte er unten mit den Zimmerleuten und übrigen Handwerkern sowie mit den Kammerjägern verhandelt. Es sah ganz danach aus, als hätten sie mit vereinten Kräften die Küche des Saigon endlich von Insekten jeder Art befreit. Die Euphorie des Kammerjägers kannte keine Grenzen. Er war sprachlos angesichts der Anzahl, Vielfalt und Zähigkeit des Ungeziefers, dem er den Garaus machen mußte. Tina mußte jeden Tag ein paar Stunden dafür aufwenden, der Architektin Molly Witt klarzumachen, daß sie lediglich eine Küche und einen etwas größeren Speisesaal entwerfen sollte, keinesfalls aber einen hochtechnisierten Operationssaal. Die übrige Zeit hatte er mit Maggie verbracht. Er hatte so viel über sich gesprochen wie noch nie zuvor.

Tina hatte fast den Eindruck, als habe Maggie ihn dazu gebracht, daß er aus sich herausging. In diesen zwei Tagen war es ihr gelungen, ihn aus seinem Schneckenhaus zu locken. Ihm war bisher überhaupt nicht bewußt gewesen, daß er sich so eingeigelt hatte.

Ganz allmählich wurde ihm klar, daß er sich diesen seelischen Panzer in Vietnam zugelegt hatte. Pumo empfand diese neue Erkenntnis als demütigend. Dracula hatte ihn in Angst und Schrecken versetzt, indem sie Gefühle in ihm wachrief, die er zusammen mit der Uniform abgelegt zu haben glaubte. Zumindest hatte er sich dessen bislang gern gerühmt. Pumo hatte sich allen Ernstes eingebildet, nur andere Veteranen hätten Narben von den Erlebnissen in Vietnam zurückbehalten. Er hatte sich immer eingebildet, sich emotional von allem distanziert zu haben, was sich in Vietnam vor seinen Augen zugetragen hatte. Nach seinem Abschied vom Militär hatte er, wie fast alle Veteranen, eine Zeitlang ziellos vor sich hingelebt, sich mehr oder weniger treiben lassen. Aber seit sechs Jahren hatte er ein Ziel vor Augen. Seitdem widmete er sich seinem Restaurant. Er hatte allerdings die Mädchen auch weiterhin gewechselt wie die Hemden. Er selbst wurde allmählich älter, doch die Mädchen, mit denen er sich einließ, nicht. Die blieben immer gleich jung. Er verliebte sich in einen Mund, in einen Unterarm oder es faszinierte ihn der Übergang von einer Mädchenwade zum Knie und von da zum Oberschenkel. Er verliebte sich in den Schwung der Haare eines Mädchens oder ihre Augen nahmen ihn gefangen. Bis ihm Maggie Lah über den Weg gelaufen war und all dem ein Ende gemacht hatte, dachte er bei sich. Bis dahin hatte er sich in jede nur erdenkliche Äußerlichkeit verliebt – nur nicht in den Menschen selbst.

»Glaubst du wirklich, daß es eine Rolle spielt, wo das *damals* aufhört und das *jetzt* beginnt?« hatte Maggie ihn gefragt. »Weißt du denn nicht, daß die Dinge, die dir widerfahren sind, dir tief im Innern *bis an dein Lebensende* widerfahren?«

Ihm ging durch den Kopf, daß sie vielleicht auf diesem Standpunkt beharrte, weil sie Chinesin war, doch er behielt diese Theorie für sich.

»Niemand kann sich von den Dingen distanzieren – so wie du glaubst, dich von Vietnam distanziert zu haben«, versuchte sie ihm klarzumachen. »Du hast mitangesehen, wie deine Freunde ums Leben gekommen sind. Da warst du noch nicht einmal erwachsen. Jetzt, wo du zusammengeschlagen worden bist, möchtest du möglichst keinen Lift und keine U-Bahn mehr betreten und vermeidest dunkle Straßen. Glaubst du nicht, daß da ein Zusammenhang besteht?«

»Na ja, wahrscheinlich«, gab er zu. »Aber woher weißt du das, Maggie?«

»Das weiß doch *jeder*, Tina«, sagte sie. »Mit Ausnahme einer erstaunlich großen Anzahl von Amerikanern in mittleren Jahren. Die glauben offensichtlich allen Ernstes, man könnte wieder ganz von vorn anfangen und die Vergangenheit begraben. Sie sehen in der Zukunft einen Neuanfang und halten diese Ansicht auch noch für moralisch.«

Pumo war inzwischen behutsam aus dem Bett geglitten. Maggie rührte sich noch immer nicht. Sie atmete ruhig und gleichmäßig. Er wollte sich davon überzeugen, ob Dracula wirklich gestohlen hatte, was er annahm. Er mußte auf seinem Schreibtisch nachsehen. Pumos Herz klopfte immer noch stürmisch, und es kam ihm vor, als atme er sehr laut. Als er die Hand auf den Türknopf legte, hatte er plötzlich eine Schreckensvision. Im Geist sah er Dracula hinter der Tür stehen. Ihm wurde siedend heiß.

»Tina?« Er vernahm Maggies kristallklare Stimme.

Tina stand jetzt in dem dunklen Flur. Außer ihm hielt sich dort niemand auf. Fast schien es, als habe Maggie die Gefahr gebannt.

»Ich glaube, ich weiß jetzt, was noch fehlt«, rief er. »Ich will es überprüfen. Tut mir leid, daß ich dich aufgeweckt habe.«

»Ist nicht weiter schlimm.«

In seinem Kopf pochte es. Ihm zitterten die Knie, er fühlte sich ganz wacklig. Wenn er noch länger stehenblieb, würde Maggie bemerken, daß irgendwas nicht stimmte. Vielleicht würde sie dann sogar aus dem Bett klettern, um ihm zu helfen. Pumo ging durch den Gang zum Wohnzimmer und zog dort an der Schnur, durch die das Deckenlicht eingeschaltet wurde. Wie die meisten Zimmer, die man fast ausschließlich tagsüber benutzt, wirkte auch Pumos Wohnzimmer zu so später Stunde ausgesprochen geisterhaft, als sei alles in dem Zimmer ausgetauscht und durch täuschend echte Replikate ersetzt worden. Pumo ging langsam durch das Zimmer, die paar Stufen zur Galerie hinauf und nahm an seinem Schreibtisch Platz.

Er fand es nicht. Er sah unter dem Telefon und unter dem Anrufbeantworter nach. Er schob die Scheckhefte beiseite und hob die Stapel von Rechnungen und Quittungen hoch. Er suchte auch hinter einer Schachtel mit Radiergummis und unter einer Schachtel mit Papiertaschentüchern. Nicht zu finden. Es konnte nicht hinter den Röhrchen mit Vitamintabletten liegen, auch nicht neben dem elektrischen Bleistiftspitzer. Es konnte sich auch nicht hinter den beiden Schachteln mit

Bleistiften verbergen. Er hatte richtig getippt, es war nicht mehr da. Dracula hatte es mitgehen lassen.

Um ganz sicherzugehen, sah Pumo auch noch unter seinem Schreibtisch nach. Er legte sich bäuchlings auf die Schreibtischplatte und sah auch noch dahinter nach. Dann stocherte er im Papierkorb herum. Dort fand er eine Menge zerknüllte Papiertaschentücher, eine alte Ausgabe der *Village Voice,* das Papier von einer Müslistange, Lebensmittelrechnungen, mehrere ungeöffnete Briefe, bei denen es schon auf dem Umschlag hieß, er habe einen wertvollen Preis gewonnen, sowie der Deckel eines Röhrchens für Vitamintabletten.

Pumo hockte neben dem Papierkorb. Als er aufblickte, sah er Maggie an der Wohnzimmertür stehen. Ihre Arme baumelten hin und her. Sie blickte noch ganz schläfrig drein.

»Ich weiß ja, das ist ein komischer Anblick, aber ich hatte recht«, erklärte er.

»Was fehlt denn?«

»Ich sage es dir gleich. Laß mich kurz darüber nachdenken.«

»So schlimm ist es also?«

»Das weiß ich noch nicht.« Tina stand wieder auf. Physisch fühlte er sich maßlos erschöpft, doch sein Verstand arbeitete auf vollen Touren. Er schritt die Stufen von der Galerie hinab und ging auf Maggie zu.

»Nichts kann so schlimm sein.« Wollte sie ihn damit trösten?

»Ich habe gerade an einen Mann namens M. O. Dengler gedacht.«

»Der in Bangkok umgekommen ist.«

Bei ihr angekommen, ergriff er eine ihrer Hände, legte sie auf seine Hand und öffnete sie wie ein Blatt. So betrachtet wirkte ihre Hand ganz normal und überhaupt nicht rundlich. Auf der Handfläche ein Gewirr winzig kleiner Linien. Maggie hatte winzige, leicht eingerollte Finger, dünn wie Zigaretten.

»Ich fände es gräßlich, in Bangkok zu sterben«, sagte sie. »Ich hasse Bangkok.«

»Ich wußte gar nicht, daß du schon dort gewesen bist.« Er drehte ihre Hand nach außen. Ihre Handfläche konnte man fast rosa nennen, aber oben auf der Hand war die Haut so goldfarben wie überall an ihrem Körper. Die Handgelenke waren vielleicht eine Spur kräftiger, als man erwartet hätte. Sie standen ein bißchen vor.

»Du weißt kaum etwas über mich«, erklärte Maggie.

Sie wußten beide, daß er ihr sagen würde, was von seinem Schreibtisch verschwunden war, und daß Pumo durch die Unterhaltung Zeit gewann, um den Verlust besser zu verkraften.

»Warst du schon mal in Australien?«

»Ja, schon oft.« Sie tat, als sei sie angewidert und starrte ihn an. »Wahrscheinlich warst du da auf Fronturlaub und hast dir sieben Tage in der Woche in alkoholisiertem Zustand sexuelle Erleichterung verschafft.«

»Klar«, sagte Pumo. »Ich war ja Befehlsempfänger und führte nur Befehle aus.«

»Sollen wir das Licht ausschalten und wieder ins Bett gehen?«

Pumo gähnte und staunte selbst darüber. Er zog an der Schnur. Das Licht ging aus.

Sie gingen durch den engen Korridor ins Schlafzimmer zurück. Pumo tastete sich zu seiner Seite des Bettes vor und stieg wieder hinein. Maggie rollte sich auf ihre Seite des Bettes und stützte sich auf einen Ellenbogen. Das spürte er mehr, als daß er es sah. »Erzähl mir von M. O. Dengler«, bat sie.

Tina zögerte, doch dann entstand ein vollendeter Satz vor seinem inneren Auge. Er sprach ihn aus. Weitere Sätze folgten wie von selbst, ganz ohne sein Zutun. Sie traten wie aus eigenem Antrieb tief aus seinem Innersten zutage. »Wir waren in sumpfigem morastigem Gelände. Es muß wohl gegen sechs Uhr nachmittags gewesen sein, und wir waren schon seit fünf Uhr morgens draußen. Wir waren alle wütend und frustriert, weil wir den ganzen Tag vergeudet hatten. Wir kamen auch fast um vor Hunger. Wir hatten längst erkannt, daß der neue Lieutenant keine Ahnung hatte. Er war erst vor zwei Tagen zu uns gestoßen. Er wollte Eindruck bei uns schinden und beweisen, wieviel er auf dem Kasten hatte. Dieser neue Lieutenant war Beevers.«

»Darauf wäre ich nicht einmal im Traum gekommen«, sagte Maggie.

»Er schleppte uns den ganzen Tag ziellos durch die Wildnis. Ohne Sinn und Verstand. Der alte Lieutenant hätte uns wie vorgesehen in die Limited Zone abkommandiert, damit wir da eine Weile herumschnüffelten, um rauszukriegen, ob sich da jemand verkrochen hatte, auf den wir schießen könnten. Dann wären wir wieder aus der Limited Zone rausgeholt worden. Wenn sich etwas tut, greift man aus der Luft an oder bedient sich der Artillerie oder man schießt einfach um sich, bis es ausgestanden ist – je nachdem, was ratsam ist. Man erwidert den Angriff, reagiert darauf. Wir waren lediglich aus diesem Grunde dort. Wir sollten entsprechend reagieren. Wir sind rausgeschickt worden, damit auf uns geschossen wird. Wir sollten zurückschießen, damit auf der Gegenseite so viele Menschen wie nur irgend möglich auf der Strecke blieben.

Aber dieser neue Vorgesetzte, dieser Beans Beevers, stellte sich an... Na ja, es dauerte nicht lange, und wir erkannten, daß wir in der Klemme saßen. Denn um das Feuer zu erwidern und zurückschießen zu können, muß man erst einmal wissen, gegen wen man sich zur Wehr setzen muß. Aber dieser Neue, der gerade von einem Schulungskursus für Reserveoffiziere an irgendeinem noblen Institut oder einer Akademie gekommen war, führte sich auf, als spielte er eine Rolle in einem verstaubten alten Film. Er sah sich schon als Helden. Er wollte Ho Chi Minh gefangennehmen, eine ganze feindliche Division einfach ausradieren. Der Orden, den man ihm dafür verleihen würde, wurde schon geprägt. Sein Name stand schon auf der Urkunde. Diesen Eindruck machte er auf uns alle.«

»Und wann kommst du auf M. O. Dengler zu sprechen?« fragte Maggie liebenswürdig.

Pumo lachte. »Höchstwahrscheinlich jetzt sofort. Worauf ich hinauswollte: Unser neuer Lieutenant hatte uns weit weggeführt von dem Terrain, auf dem wir uns sonst bewegten. Dabei kannte er sich überhaupt nicht aus. Er war so aufgeregt, daß er die Karte falsch gelesen hat. Daraufhin hat Poole ständig im Basislager die falschen Koordinaten angegeben. Wir haben sogar unseren Oberleutnant verloren. Das ist noch *niemandem* passiert. Wir sollten zurück in die Limited Zone, doch ringsum kam uns nichts vertraut vor. Poole sagte: ›Lieutenant, ich habe auf meiner Karte nachgesehen. Ich glaube, wir befinden uns im Dragon Valley.‹ Beevers versicherte ihm, daß er sich da gewaltig irre. Er befahl ihm, hinfort den Mund zu halten, wenn er keinen Ärger kriegen wolle. ›Sieh dich vor, sonst wirst du nach Vietnam geschickt‹, bemerkte Underhill. Da wurde der Lieutenant erst so richtig sauer.

Er hätte ja einfach zugeben können, daß er sich verrannt hatte. Er hätte das mit einem kleinen Scherz bemänteln und zusehen können, daß wir schleunigst den Rückzug antraten. Dann wäre nichts passiert. Statt dessen hat er den Fehler begangen, sich den Kopf darüber zu zerbrechen. Leider konnte einem so etwas auch wirklich Kopfschmerzen bereiten. Erst in der Woche zuvor war eine ganze Kompanie im Dragon Valley zusammengeschossen worden. Jetzt erwartete man von dem Eisernen Holzfäller, dem Tin Man, daß er irgendeinen kombinierten Feldzug ausbaldowerte. Beevers sagte sich, daß wir den Feind provozieren und dann zusammenschießen sollten. Da die Vorsehung uns in seinen Augen in eine Gegend geführt hatte, die für ein solches Vorgehen möglicherweise sehr geeignet war, konnten wir uns seiner Meinung nach darauf verlegen, den Feind aus der Reserve zu locken. ›Wir gehen noch ein bißchen tiefer in das Tal hinein‹, befahl er. Poole fragte ihn, ob er unsere wirklichen Koordinaten herausfinden und per Funk durchgeben könne. ›Funkstille‹, befahl Beevers und verbot ihm schlicht den Mund. Er wollte Poole demütigen und als Feigling hinstellen, verstehst du?

Beevers dachte, wir könnten vielleicht auf ein paar Vietcong stoßen oder vielleicht auf eine kleine Abordnung von Nord-Vietnamesen. Die sollten sich angeblich hier aufhalten. Mit etwas Glück konnten wir sie in Grund und Boden schießen, wenn man dem Lieutenant Glauben schenken wollte. Wenn wir genug Feinde niedergemäht hatten, konnten wir ja mit unserem ruhmreichen Lieutenant an der Spitze den Rückzug antreten. So hatte er sich das gedacht. Na ja, bekleckert war er bei der Rückkehr, aber nicht mit Ruhm. Er gab uns also Zeichen, tiefer in das Tal vorzudringen. Wir wußten alle, daß das heller Wahnsinn war. Alle außer ihm. Ein Schleimscheißer namens Spitalny fragte den Lieutenant, wie lange das noch so weitergehen solle. Beevers brüllte ihn an: ›*So lange wie nötig! Wir sind hier nicht bei den Pfadfindern!‹* Dengler flüsterte mir zu: ›Dieser neue Lieutenant gefällt mir.‹ Er grinste dabei wie ein kleiner Junge, der gerade ein großes Stück Torte geschenkt bekommen hat. Ein Mensch wie der neue Lieutenant war Dengler noch nie im Leben begegnet. Er und Underhill bogen sich vor Lachen.

Schließlich kamen wir in dieses sumpfige morastige Gelände, auf eine Art Feld. Es wurde allmählich dunkel. Unmengen von Insekten schwirrten in der Luft herum. Allmählich hörte der Spaß auf – falls das überhaupt je Spaß gemacht hatte. Alle waren zu Tode erschöpft. Jenseits des Feldes befand sich ein Waldstück. Es sah aus, als finge da der Urwald an. Mitten auf dem Feld lagen ein paar morsche Holzklötze bzw. Blöcke und ein paar riesige Granattrichter, mit Wasser angefüllt.

Sobald ich dieses Feld gesehen hatte, machte sich in mir ein ungutes Gefühl breit. Es roch regelrecht nach Tod. Anders kann ich das beim besten Willen nicht ausdrücken. Der reinste Friedhof, die reinste Grabesstille. Das Feld erweckte den Eindruck, als sei man dem Tode geweiht, als gäbe es hier kein Entkommen. Vielleicht verstehst du, was ich meine. Ich wette, bei der Tierverwertungsstelle, wo die Hunde getötet werden, die niemand haben will, riecht es ganz genau so. Dann sah ich neben einem Bombentrichter einen Innenhelm aus Plastik liegen. Ein Stück davon entfernt den abgesprengten Kolben eines M-16.

›Vielleicht sollten wir dieses Stück Land mal überqueren, um festzustellen, wie es dahinter aussieht‹, meinte Beevers. ›Dann können wir zum Camp zurück. Sieht doch gut aus, oder etwa nicht?‹

›Lieutenant‹, wandte Poole ein, ›dieses Feld ist höchstwahrscheinlich vermint.‹ Er zog die gleichen Schlüsse wie auch ich, verstehst du?

›So, glauben Sie?‹ fragte Beevers höhnisch. ›Dann gehen Sie doch schon mal los, um die Lage zu erkunden. Sie haben sich doch gerade erst erboten, die Vorhut zu spielen.‹

Zum Glück waren Poole und ich nicht die einzigen, die den Innenhelm und den Kolben erspäht hatten. Sie ließen es nicht zu, daß Poole sich so sinnlos in Gefahr begab, und noch dazu allein. Sie hatten aber auch nicht vor, sich selbst diesem Todeskommando zu beugen.

›Glauben Sie, daß dieses Feld vermint ist?‹ fragte Beevers.

›Ich will von Ihnen wissen, ob Sie glauben, daß das Feld vermint ist!‹ schrie Lieutenant Beevers. ›Ich falle nicht auf einen solchen Trick herein. Das ist doch nur ein Machtkampf. In meinen Augen ist das Befehlsverweigerung. Ob es Ihnen nun paßt oder nicht – ich habe die Befehlsgewalt!‹

Da wandte sich Dengler grinsend an Puma und flüsterte ihm zu: ›Ich bin hell begeistert von seinen Geistesblitzen. Du nicht auch?‹

Dengler flüsterte mir etwas zu. Das brachte Beevers fast um den Verstand. ›Na schön‹, brüllte er Dengler an, ›wenn Sie glauben, daß das Terrain vermint ist, beweisen Sie es mir. Werfen Sie mit irgend etwas, bis Sie eine Mine treffen. Wenn nichts explodiert, betreten wir alle zusammen das Terrain.‹ ›Ganz wie Sie wünschen‹, sagte Dengler...

›Ganz wie Herr Lieutenant wünschen‹, sagte Dengler und sah sich in der Finsternis um. ›Schmeiß doch den Lieutenant‹, murmelte Victor Spitalny. Dengler entdeckte einen ziemlich großen Stein im Schlamm zu seinen Füßen. Er hob ihn mit der Stiefelspitze an, bückte sich, umfaßte diesen Brocken, hob ihn hoch.

——— er hob einen Gesteinsbrocken auf, der so groß war wie sein Kopf. Beevers Zorn kannte keine Grenzen mehr. Er befahl Dengler, das verdammte Ding aufs Feld zu befördern. Poole trat neben Dengler, um ihm dabei zu helfen. Sie zählten bis drei und warfen den Brocken etwa zwanzig Meter weit. Alle außer dem Lieutenant warfen sich zu Boden und verbargen das Gesicht. Ich hörte, wie der Brocken im Morast landete. Nichts tat sich. Wir hatten wohl alle mit einer Druckmine gerechnet, die Splitter in alle Richtungen katapultieren würde. Als nichts geschah, rafften wir uns wieder auf. Beevers grinste höhnisch. ›Na, Mädchen, seid ihr jetzt zufrieden?‹ fragte er. ›Oder braucht ihr noch mehr Beweise?‹ Dann tat er etwas Erstaunliches. Er nahm seinen Helm ab und küßte ihn. ›Folgt ihm, er hat mehr Mumm als ihr.‹ Er holte aus und warf den Helm so weit wie möglich in das Feld. Wir verfolgten seine Flugbahn. Als er dann fiel, konnten wir ihn schon kaum mehr sehen.

Sie sahen den Helm des Lieutenants in der Abenddämmerung und den Schwärmen von Insekten verschwinden. Als er Helm dann auf dem Boden aufschlug, sah man ihn schon kaum mehr. Sie staunten alle angesichts der Explosion – soweit sie überhaupt noch fähig waren, sich über irgend etwas zu wundern. Wieder warfen sich alle außer Beevers in den Dreck. Eine rote Feuersäule sprang empor. Die Mine schien unter ihren Füßen aufzuschlagen. Durch einen Funktionsfehler oder ausgelöst durch die Schwingungen, explodierte eine weitere Mine unmittelbar im Anschluß an die erste. Pfeifend schoß ein Stück Metall an Beevers Gesicht vorbei – so dicht, daß er die Hitze spürte. Entweder ließ er sich absichtlich zu Boden fallen oder aber der Schock war so entsetzlich, daß er ihn dicht neben Poole niedermähte. Beevers keuchte. Allen aus dem Zug stieß der beißende Geruch der beiden Explosionen in die Nase. Einen Augenblick blieb alles still. Tina Pumo hob den Kopf und rechnete schon fast damit, daß weitere Minen detonieren würden. Als er so die Ohren spitzte, hörte er, wie die Insektenschwärme ihr Konzert wieder anstimmten. Einen Augenblick lang bildete er sich ein, er sähe Lieutenant Beevers Helm wie durch ein Wunder völlig unbeschädigt am anderen Ende des Minenfeldes liegen – neben einem knorrigen Ast und mit Blättern gefüllt. Dann erkannte er, daß die Blätter ein sonderbares Muster bildeten. Er erkannte Augen und Augenbrauen unter diesem Helm. Schließlich begriff er, daß es sich tatsächlich um Augen und Augenbrauen handelte. Der Helm saß noch auf dem Kopf eines toten Soldaten. Was er für einen Ast gehalten hatte, war in Wahrheit ein ab-

getrennter Arm samt Ärmel. Durch die Detonation war ein unter der Erde liegender zerfetzter Leichnam wieder ans Tageslicht befördert worden.

Vom anderen Ende des Feldes her rief jemand laut etwas auf vietnamesisch. Es klang nach einer Frage. Jemand anders lachte schrill und beantwortete die Frage laut und übermütig.

›Lieutenant, da haben wir uns ganz schön reingeritten‹, flüsterte Dengler. Poole zog seine Karte aus der Plastikhülle und fuhr mit dem Finger alle möglichen Pfade entlang. Er versuchte herauszubekommen, wo sie sich befanden.

Poole blickte über das Feld mit dem Kopf des Amerikaners, auf dem noch der Helm saß, den das Feld nun wieder freigegeben hatte. Da sah er, wie sich die Erde – für ihn völlig unerklärlich – immer wieder ganz abrupt bewegte. Als wühlten unsichtbare Nagetiere die Erde auf, als verschöben sie den aufgeweichten Grund und wirbelten Grashalme herum. Der Holzklotz, das dicke Scheit am gegenüberliegenden Ende des Feldes, erbebte und verschob sich ein paar Zentimeter weiter nach hinten. Da erkannte er, daß der Zug von hinten beschossen wurde.

Es kam zu mehreren Detonationen. Ringsum riefen sich Vietnamesen etwas zu. Ich glaube, sie hatten uns einfach herumirren lassen, ohne ganz sicher zu sein, wo wir uns genau befanden. Das zumindest hatte Beevers Funkstille bewirkt. Diejenigen hinter uns fingen an zu schießen. Wahrscheinlich war es unsere Rettung, daß sie nicht genau wußten, wo wir lagen – irgendwo auf dem gleichen Feld, auf dem sie erst in der Vorwoche fast eine ganze Kompanie ausgelöscht hatten. Durch den Beschuß detonierten etwa achtzig Prozent der Minen auf dem Feld mit den Leichen der gefallenen Amerikaner.

Es sah aus, als durchpflüge ein unterirdisches Feuerwerk das ganze Feld. Eine unregelmäßige Folge von zweifachen Detonationen. Der dröhnende Einschlag der Granate, unmittelbar gefolgt von dem ohrenbetäubenden Knall, mit dem die Mine detonierte. Gelb-rote Blitze folgten auf orange-rote Flammen. Die einen schlossen die anderen ein, bis beide Feuersbrünste in Qualm und Rauch versanken. Ein Schwall von Erde wurde hochgewirbelt. Mittendrin ein Brustkorb, an dessen unterem Ende noch ein Munitionsgürtel festgeschnallt war. Hin und wieder kam auch ein Bein durch die Luft geflogen, samt Hosenbein und Stiefel.«

»Warum haben sie denn die Leichen zu Fallen umfunktioniert?« erkundigte sich Maggie flüsternd.

»Weil sie ganz genau wußten, daß jemand kommen und sie holen würde. Man holt die Toten immer raus. Das ist einer der wenigen menschlichen Züge am Krieg. Man nimmt die Toten mit.«

»Könnte man das mit der Suche nach Tim Underhill vergleichen?«

»Nein, keineswegs. Na ja, vielleicht. Wahrscheinlich.« Er streckte den Arm aus. Maggie bettete ihren Kopf darauf und schmiegte sich noch fester an ihn.

»Zwei unserer Leute wurden in Stücke gerissen, sobald wir uns auf das Feld begaben. Beevers befahl uns, unbedingt weiterzugehen. Damit hatte er ausnahmsweise einmal recht; denn sie schossen jetzt wie wild auf die Stelle, an der wir gehalten hatten. Dort hätten sie uns sicherlich zu Brei gemacht. Der erste, der sein Leben lassen mußte, war ein Junge namens Cal Hill, der gerade erst zu uns gestoßen war. Der andere war Tattoo Tiano. So haben wir ihn jedenfalls genannt. Ich kann mich nicht mal mehr daran erinnern, wie er richtig hieß. Tattoo war ein guter Soldat. Als er auf die Mine trat, löste die Explosion eine Druckwelle aus, die mir fast den Kopf abriß. Und ich schwöre dir: Die Luft verfärbte sich von einem Augenblick zum anderen feuerrot. Tattoo war ganz dicht bei mir gewesen. Ich dachte im ersten Augenblick, *ich* wäre tot. Ich sah und hörte nichts mehr. Ringsum wallte dieser rote Nebel. Dann hörte ich die andere Mine detonieren. Das war nun wirklich nicht zu überhören. Hill fing an zu schreien. ›Beweg deinen Hintern schleunigst weg, Pumo!‹ schrie Dengler gellend. ›Du hast doch deinen Hintern noch, also beweg ihn gefälligst!‹ Unserem Arzt Norm Peters gelang es irgendwie, sich zu Hill durchzuarbeiten. Er versuchte ihm zu helfen. Mir fiel plötzlich auf, daß ich ganz naß war, mit Tattoos Blut besudelt. Der Gegner beschoß uns jetzt von vorn, also brachten wir unsere Waffen in Anschlag und erwiderten das Feuer. Der Artilleriebeschuß richtete sich auf den Rand des Dschungels... Von daher kamen wir gerade. Ich sah Poole in sein Funkgerät brüllen. Wir wurden immer stärker beschossen. Wir verteilten uns über das Feld und gingen hinter allem in Deckung, was uns Schutz bot. Zusammen mit ein paar anderen streckte ich mich hinter dem umgestürzten Baum flach auf dem Boden aus. Ich sah mit an, wie Peters Cal Hill verband, damit der nicht so viel Blut verlor. Für mich sah es aus, als ob Cal Hills Innerstes nach außen gestülpt wäre. Man hätte meinen können, daß Peters Cal Hill marterte und das Blut aus ihm herauspreßte. Hill brüllte wie ein Stier. Wir waren Monster und Dämonen, die anderen ebenfalls. Es gab überhaupt nur noch Monster und Dämonen, nirgends auf der Welt mehr Menschen. Hills Körpermitte war einfach nicht mehr da. Wo sein Unterleib, die Eingeweide und sein Schwanz hingehört hätten, war alles nur noch eine blutige breiige Masse. Hill sah selbst, was aus ihm geworden war, aber er traute seinen Augen nicht. Er war noch nicht lange genug in Vietnam, um glauben zu können, was er sah! ›Sorgt dafür, daß der Mann endlich zu schreien aufhört!‹ brüllte Beevers. Von vorne wieder leichter Artilleriebeschuß. Dann hörten wir, wie uns jemand von dort etwas zurief. ›Feuert die MGs ab!‹ brüllte dieser Kerl. ›Feuert die MGs ab!‹ ›Das ist Elvis‹, sagte Dengler. Eine ganze Horde von Männern brüllte *ihn* an und feuerte ein paar Schüsse ab. Denn das war der Scharfschütze, unser selbsternannter offizieller Mörder. Ein erstaunlicher Schütze, das kann ich dir sagen. Ich hob die Waffe und feuerte einen Schuß ab, aber ich wußte, daß das gar nichts nutzte. Die Munition für die M-16er sind kleine 5,56-mm-Geschosse anstelle von 7,62-Patronen, damit man den Patronengurt leichter tragen kann, also 312 Gramm anstatt doppelt soviel oder mehr an Gewicht. Aber die Patronen drehen sich in der Luft, deshalb flatterten sie wie verrückt, wenn sie erst einmal eine bestimmte Strecke zurückgelegt hatten. Die alte M-14 war in mancher Hinsicht besser. Sie hatte nicht nur eine größere Reichweite, mit ihr konnte man auch besser zielen. Ich feuerte also ein paar Salven ab, aber ich war mir ziemlich sicher, daß ich den guten alten Elvis nicht einmal dann treffen würde, wenn ich ihn zu Gesicht bekäme. Aber ich konnte mir zumindest befriedigt sagen, daß ich wußte, wie er aussah. Jedenfalls saßen wir in einem Minenfeld fest, von ganzen Heerscharen von Nord-Vietnamesen umzingelt. Vielleicht arbeiteten sich ein paar Kompanien in Richtung Süden vor, um zu denjenigen zu stoßen, die sie im A Shau Valley stationiert hatten. Von Elvis ganz zu schweigen. Poole konnte uns auch nicht sagen, wo wir uns befanden. Erst hatte uns der Lieutenant in die Irre geführt, und nun hatte das Funkgerät auch noch etwas abbekommen. Das verdammte Mistding funktionierte nicht mehr. Wir saßen also in der Falle. Die nächsten fünfzehn Stunden verbrachten wir auf einem mit Leichen übersäten Feld – zu allem Unglück auch noch mit einem Lieutenant, der allmählich den Verstand verlor.«

»O Gott, o Gott«, hörte Pumo den Lieutenant immer wieder stöhnen. Calvin Hill starb langsam und qualvoll. Das war nicht zu überhören. Er schrie wie am Spieß – als bohrte Peters ihm glühend heiße Nadeln durch die Zunge. Auch andere Männer brüllten. Pumo konnte sie nicht erkennen. Er wollte auch gar nicht wissen, wer die Leute waren, die so schrien. Einerseits wäre Pumo am liebsten aufgestanden, um sich abknallen zu lassen und es hinter sich zu bringen. Andererseits machte ihm gerade das mehr Angst als irgend etwas, was sich zugetragen hatte. Er stellte fest, daß es unterschiedliche Schichten des blanken Entsetzens gibt, jede immer noch kälter und lähmender als die vorhergehende. Das Feld wurde in regelmäßigen Abständen mit Granatwerferfeuer belegt. Hin und wieder standen sie von den Seiten her unter Maschinengewehrbeschuß. Pumo und seine Kameraden wühlten sich in jede nur erdenkliche Vertiefung, sie igelten sich in Granattrichter oder gruben sich in irgendwelche Löcher ein. Pumo hatte inzwischen den zerfetzten Helm des Lieutenants entdeckt. Die Überreste des Helms lehnten an der Kniescheibe eines toten Soldaten, der durch die Explosion einer Mine emporgeschleudert worden war. Seine Kniescheibe hing nur noch mit seiner Wade zusammen, sonst mit nichts mehr. Unter der Schmutz- und Erdschicht leuchtete sie gespenstisch weiß. Wade und Kniescheibe lagen ein paar Zentimeter vom Kopf und den Schultern des Soldaten entfernt. Auch Kopf und Schultern waren nur noch Einzelteile und mit dem restlichen Körper nicht mehr verbunden. Der tote Soldat sah Pumo mit starrem Blick an. Sein Gesicht war furchtbar schmutzig. Er hatte die Augen weit aufgerissen und sah dumm und hungrig aus. Jedesmal, wenn die Erde erbebte und wieder eine Explosion den Himmel zerriß, schob sich der Kopf ein wenig näher an Pumo heran. Die Schultern des Toten rutschten über die Erde auf ihn zu.

Pumo preßte sich fest an den Boden. Er war von einem so eisigen Entsetzen erfüllt, glaubte, er würde nicht überleben, wenn der tote Soldat so weit auf ihn zuglitt, daß er mit ihm in Berührung kam. Dann sah er, wie Tim Underhill auf den

Lieutenant zukroch. Er verstand nicht recht, warum er sich die Mühe machte. Am Himmel glühte immer wieder Leuchtspurmunition auf. Eine Explosion und Detonation folgte auf die andere. Es war ganz urplötzlich Nacht geworden. Der Lieutenant würde sterben. Auch Underhill. Sie würden alle sterben. Das war das ganze große Geheimnis. Es kam ihm vor, als hätte M. O. Dengler etwas zu Poole gesagt und dabei auch noch gelacht. Gelächter? Während die Welt ringsum immer dunkler wurde und alles ringsum schwankte, kam es Pumo ganz stark zu Bewußtsein, daß man in einer solchen Lage ganz unmöglich lachen konnte. Und doch hörte er Dengler lachen. Und der süßliche Geruch von Tattoo Tianos Blut, der ihm in die Nase stieg, wurde immer strenger. »Der Lieutenant hat sich doch nicht etwa seine schöne neue Hose vollgeschissen?« meinte Underhill. »Mike, sieh doch zu, ob du das Funkgerät nicht wieder in Ordnung bringen kannst«, bat Dengler ganz gefaßt.

Eine ungeheure Explosion zerriß den Himmel. Durch die Druckwelle wurde Pumo gehörig durchgeschüttelt. Der Himmel und die Luft ringsum verfärbten sich erst weiß, dann rot und dann tiefschwarz. Ein Soldat fing an zu heulen wie ein Mädchen. Er stimmte ein weibisches Gejammer an. Pumo kannte diese Stimme. Sie gehörte zu Tony Ortega, von dem es hieß, er räume alle aus dem Wege. Ortega war ein guter, aber brutaler Soldat. Als Privatmann war er Anführer einer Motorradgang mit Namen Devilfuckers im Hinterland von New York gewesen. Ortega war Victor Spitalnys einziger Freund im Zug gewesen. Von jetzt an würde Spitalny keinen Freund mehr haben. Doch was spielte das jetzt noch für eine Rolle? Ortegas Schreie wurden nach und nach von der Dunkelheit verschluckt. »O Gott, o Gott, was sollen wir nur machen?« jaulte Beevers. »O Gott, o Gott, ich will nicht sterben. Ich will nicht. Es darf einfach nicht sein.«

Peters entfernte sich kriechend von dem toten Ortega. Im grellen Lichtschein, der auf die nächste Detonation folgte, sah Pumo, wie er auf einen zukkenden Soldaten zukroch, der zehn oder zwölf Meter von Ortega entfernt lag. Eine weitere Mine explodierte unhörbar. Die Erde erbebte. Der Tote wurde wieder ein paar Zentimeter näher an Pumo herangetragen.

Ein Soldat namens Teddy Wallace verkündete, er wolle diesen Scheißkerl Elvis kaltmachen. Sein Freund Tom Blevins sagte gleich, er sei dabei. Pumo sah, wie sich die zwei Soldaten aufrichteten und über das Feld davonkrochen. Wallace war noch keine acht Schritte vorwärtsgekommen, da trat er auf eine Druckmine und wurde von oben bis unten in zwei Stücke gerissen. Das linke Bein von Wallace flog nach der Seite weg. Es sah aus, als liefe es über das Feld davon. Nach einer Weile fiel es um. Tom Blevins kam noch ein paar Schritte weiter. Dann ereilte ihn das gleiche Schicksal wie seinen Kameraden. Er verhedderte sich. Es sah aus, als sei er nur gestolpert. »MG abfeuern!« rief Elvis oben aus den Bäumen.

Plötzlich merkte Pumo, daß Dengler an seiner Seite war. Dengler grinste. »Meinst du nicht, Gott tut alles gleichzeitig?« fragte ihn Dengler.

»Was?« Pumo begriff nicht, was er damit meinte. Das Leben ist doch völlig sinnlos, dachte er. Die ganze Welt ist unbegreiflich, der Krieg einfach unfaßbar. Eigentlich ist alles nur ein makabrer Scherz. Wahnwitz, dessen großes Ge-

heimnis der Tod war. Die Monster und Dämonen ließen die Welt nicht aus den Augen. Sie machten Luftsprünge vor Freude und lachten sich halbtot.

»Etwas an der Idee gefällt mir. Es bedeutet nämlich eigentümlicherweise, daß das Universum in Wahrheit aus sich selbst entstanden ist. Daraus folgt, daß es auch weiterhin aus sich selbst heraus wächst. Verstehst du, was ich meine? Die Zerstörung ist ein Teil der fortwährenden Entstehung, des Schöpfungsaktes. Und weißt du, was die Krönung des ganzen ist, der Gipfel? Wir finden die Vernichtung, die Zerstörung schön. Das imponiert uns am allermeisten an der Schöpfung.«

›Du kannst mich mal‹, warf ihm Pumo an den Kopf. Endlich war ihm aufgegangen, was Dengler damit bezweckte. Er wollte ihn mit dem Geschwafel zur Besinnung bringen und erreichen, daß er etwas unternahm. Dengler hatte nicht erfaßt, daß Dämonen die Welt erschaffen hatten und sie immer noch beherrschten – und daß ihr großes Geheimnis im Tod bestand.

Pumo merkte, daß er seit geraumer Zeit geschwiegen hatte. Mit Tränen in den Augen fragte er leise: »Maggie, bist du noch wach?«
Maggie atmete sachte und gleichmäßig. Ihr hübscher runder Kopf ruhte immer noch auf seiner Schulter.

»Dieses verdammte Luder hat mir mein Adreßbuch gestohlen«, flüsterte Pumo. »Was zum Teufel will sie bloß mit dem Adreßbuch? Vielleicht allen Leuten, die ich kenne, Radiowecker und tragbare Fernseher klauen.«

Underhill verkündete mit weithin zu hörender Stimme: ›Es wimmelt überall von bösen Geistern. Dengler will Pumo einreden, der Tod sei die Mutter der Schönheit…‹

›Stimmt ja gar nicht‹, flüsterte Dengler. ›Da hast du mich ganz falsch verstanden. Die Schönheit hat nämlich keine Mutter.‹

›Lieber Himmel‹, brummte Pumo. Er staunte, daß er aus dem Mund von Underhill etwas über böse Geister hörte. Sie mußten ihm also auch schon über den Weg gelaufen sein.

Wieder eine ohrenbetäubende Detonation und ein greller Schein am Himmel. Er sah die Überlebenden des Zuges starr wie auf ein Foto gebannt daliegen, die Gesichter Underhill zugewandt. Der wirkte ruhig, friedlich, massiv und unerschütterlich. Wie ein Berg. Die Gegend hier barg auch noch ein anderes Geheimnis – so tief wie das der bösen Geister. Aber worin bestand dieses Geheimnis? Die Toten ihrer Kompanie und die als Köder ausgelegten Toten der anderen Kompanie lagen über das ganze Feld verstreut. Die bösen Geister sind viel fürchterlicher. Das ist nicht nur die Hölle, das ist viel schlimmer als die Hölle. In der Hölle ist man tot, doch in dieser Hölle steht uns noch bevor, daß uns andere erschießen oder in die Luft gehen lassen.

Der Arzt Norm Peters kroch ständig hin und her, um blutende Wunden abzudichten und so gut wie möglich zu verbinden. Dann umfing die Dunkelheit sie wieder. Als ein paar Sekunden später ein greller Lichtschein alles ringsum beleuchtete, merkte Pumo, daß Dengler sich von ihm abgewandt hatte. Er kroch jetzt hinter Peters her, um ihm zu helfen. Dengler lächelte. Er sah, daß Pumo ihn anstarrte, grinste und wies nach oben. Nur weiter so, der Schein soll nicht verblassen, du darfst nichts von alledem jemals vergessen, sollte das besagen. Du wohnst gerade einem schöpferischen Akt des Universums bei.

Spät nachts eröffneten die Nord-Vietnamesen das Granatwerferfeuer mit den M-2-Granatwerfern, die sie von der amerikanischen Kompanie übernommen hatten. In den endlosen Stunden vor Tagesanbruch hatte Pumo immer öfter das Gefühl, völlig übergeschnappt zu sein und den Verstand verloren zu haben. Die bösen Geister, die sich vorübergehend verzogen zu haben schienen, waren wieder aufgetaucht und schweiften lachend auf dem Feld umher. Pumo erkannte, daß sie über ihn und Dengler lachten, denn selbst wenn sie diese Nacht überleben sollten, würde sie das nicht davor bewahren, einen sinnlosen Tod zu sterben. Und wenn alles gleichzeitig geschah, war der Tod allgegenwärtig, ihnen vorausbestimmt. Dann war das Gedächtnis, die Erinnerung, nichts als ein makabrer Scherz. Pumo sah, wie Victor Spitalny dem einst so brutalen Ortega und Boß der Devilfuckers die Ohren abschnitt. Die bösen Geister lachten schrill und vollführten einen wilden Tanz. ›Was zum Teufel machst du da?‹ zischte er und warf einen Lehmbrocken nach ihm. ›Ortega war dein bester Freund!‹

›Ich muß doch etwas vorweisen können‹, verteidigte sich Spitalny. Doch er hörte auf, schob den Schlagstock wieder unter seinen Gürtel und machte sich davon wie ein Schakal, den man bei einer Freßorgie aufgestört hat.

Als die Hubschrauber endlich kamen, hatte sich die nordvietnamesische Kompanie schon in den Dschungel zurückgezogen. Die Kobra-Hubschrauber begnügten sich damit, ein halbes Dutzend Raketen über dem dichten Laubgewölbe abzuwerfen. Sie grillten höchstens ein paar Affen und gaben angewidert auf. Die Hubschrauber zogen großspurig ihre Kreise und kehrten zum Camp Crandall zurück. Ein anderer Hubschrauber ging über der Lichtung nieder und ließ eine Strickleiter herab.

Erst wenn man in einem UH1-B saß, fiel einem wieder ein, daß die Dinger fast geräuschlos waren.

3

»Um ehrlich zu sein: Wir sind Polizisten aus New York«, machte Beevers dem Taxifahrer weis – einem hageren, zahnlosen Chinesen, der ein T-Shirt trug und wissen wollte, was sie in der Boogey Street suchten.

»Ah«, staunte der Fahrer. »Polizisten.«

»Uns hat ein Fall hierhergeführt, den wir bearbeiten.«

»Ein Fall? Sehr gut«, sagte der Taxifahrer. »Arbeiten Sie fürs Fernsehen?«

»Nein, wir suchen einen Amerikaner, der sich in der Boogey Street wie zu Hause fühlte«, erklärte Michael hastig. Beevers war ganz rot geworden. Sein Mund war nur noch eine schmale Linie. »Wir wissen, daß er nach Singapur gegangen ist. Deshalb möchten wir sein Foto in der Boogey Street herumzeigen, um festzustellen, ob ihn irgend jemand kennt.«

»Boogey Street nicht gut für Sie«, sagte der Taxifahrer.

»Ich steige aus, ich fahre nicht mehr weiter«, sagte Beevers. »Das hält ja kein Mensch aus. Halten Sie an. Wir steigen aus.«

Der Fahrer zuckte die Achseln. Er blinkte gehorsam und fuhr von der mittleren Fahrspur an den Straßenrand.

»Wieso glauben Sie, daß die Boogey Street uns nicht bekommt?« fragte Poole den Taxifahrer.

»Nichts mehr da. Mr. Lee, er alles gesäubert.«

»Was meinen Sie denn mit gesäubert?«

»Mr. Lee befehlen, daß alle Mädchen-Jungen Singapur verlassen«, erklärte der Fahrer geduldig. »Sie kommen vorbei an vielen Bars. Vor den Bars Sie sehen Fotos. Sie kaufen Fotos, nehmen mit nach Hause.«

»Irgend jemand in einer dieser Bars kennt Underhill bestimmt noch«, meinte Poole. »Daß die Transvestiten nicht mehr da sind, muß ja noch nicht unbedingt bedeuten, daß Tim auch nicht mehr hier lebt.«

»So?« brüllte Beevers. »Würdest du ein Puzzle kaufen, bei dem das wichtigste Teilchen fehlt?«

»Sehen Sie sich Sehenswürdigkeiten von Singapur an«, schlug der Taxifahrer vor. »Heute abend Boogey Street. Jetzt Tiger Balm Gardens.«

»Was ist denn daran so besonders?« wollte Beevers wissen.

»Das ist ein weltberühmter Park«, belehrte ihn Michael.

»Ich hasse Parks«, murrte Beevers.

»Sein nicht Park mit Blumen«, erklärte der Taxifahrer. »Sein Park mit Skulpturen. Chinesische Architektur, viele Stilrichtungen. Chinesische Folklore, schöne Darstellungen. Aufregende Szenen.«

»Aufregende Szenen, ich höre wohl nicht recht«, spottete Beevers.

»Pythonschlange verschlingen Ziege. Tiger sein auf dem Sprung. Himmelfahrt von Geist der Weißen Schlange. Wilder Mann von Borneo. So Ho Shang in Spinnennetz gefangen. Geist der Spinne in Gestalt von schöner Frau.«

»Ich finde, das klingt gut«, äußerte sich Conor.

»Am besten viele Folterszenen. Szenen im Inferno zeigen Strafe für Seelen nach dem Tode. Sehr schön, sehr lehrreich, sehr beängstigend.«

»Na, was meint ihr?« fragte Conor.

»Mir macht die Bestrafung der armen Seelen zu ihren Lebzeiten Sorgen«, meinte Poole. »Aber wir können uns das ja mal ansehen.«

Sofort steuerte der Fahrer wieder auf die linke Fahrspur zu, über drei Fahrspuren hinweg.

Der Fahrer hielt am unteren Ende eines breiten Weges, der zu einem Tor hinaufführte. Schwärme von Menschen strömten in beiden Richtungen durch dieses Tor. Oberhalb ein Abhang aus grau-purpurnem Gips, der Poole an einen Teil eines riesigen Gehirns erinnerte. Ein Stück entfernt stießen sie auf ein größeres, noch protzigeres Tor in Form einer Pagode.

Sie sahen Chinesen in kurzärmeligen Hemden, Chinesinnen in Sommerkleidern, bunt gekleidete Teenager, Schulmädchen, die Schuluniformen trugen wie Schuljungen in England. Alte Ehepaare gingen Hand in Hand. Jungen mit Bürstenhaarschnitt hüpften in kurzen Hosen durch die Gegend. Alle diese Menschen strömten in beiden Richtungen den breiten Weg entlang. Mindestens die Hälfte dieser Leute schien etwas zu essen. Die Sonne spiegelte sich im glänzend weißen Anstrich des Pagodentores und warf tiefschwarze Schatten auf die Platten, mit denen der Weg gepflastert war. Poole wischte sich den Schweiß von der Stirn. Es wurde immer heißer, sein Kragen war schon ganz durchgeschwitzt.

Sie durchschritten das zweite Tor. Im Anschluß an eine riesige allegorische Gestalt, die Thailand darstellen sollte, ein Gemälde einer Bauersfrau auf einem Feld. Sie hat ihren Korb fallenlassen und streckt die Arme hilfesuchend aus. Ein Kind stürzt auf sie zu, und ein Bauer in kurzen Hosen und mit Strohhut auf dem Kopf droht ihr oder streckt ihr hilfreich eine Hand entgegen. Das kann man nicht genau erkennen. In dem kleinen Führer hieß es, er reiche ihr eine Flasche Tiger Balm. Im Hintergrund kämpfen zwei Ochsen miteinander.

Poole lief der Schweiß übers Gesicht. Er mußte an ein morastiges Feld am Abhang eines Hügels in Vietnam denken. Spitalny hatte angelegt und mit dem Gewehr auf eine Frau gezielt, die wie ein gehetztes Tier auf eine Ansammlung von Hütten zulief, hinter denen magere Ochsen grasten. Lästige Stechmücken schwirrten durch die Luft. Durch die zwei schweren Wassereimer, die die Frau an einem hölzernen Joch auf den Schultern trug, kam sie natürlich nicht so schnell voran. Ihr hellblauer Anzug hob sich deutlich von dem braunen Feld im Hintergrund ab. Poole erinnerte sich noch gut daran, was es für ein Schock für ihn gewesen war, als ihn die Erkenntnis überfiel, daß die Wassereimer für die Frau lebenswichtig waren. Sie warf das Joch nicht ab. Das Wasser war ihr so wichtig wie ihr Leben. Spitalny schoß. Die Füße der Frau lösten sich vom Boden. Einen Augenblick eilte sie dicht über dem Boden weiter, ohne ihn zu berühren. Dann sank sie neben dem geschwungenen Joch zu Boden, ein hellblaues Häufchen Elend. Die Eimer rollten scheppernd den Hügel hinab. Wieder krachte ein Schuß. Spitalny schoß zur Sicherheit noch einmal. Die Ochsen liefen stampfend weg, so dicht aneinander, daß ihre Flanken sich berührten. Die Frau stürzte ruckartig nach vorn, als hätte eine unsichtbare Macht ihr einen Stoß versetzt. Sie rollte wie ein Kleiderbündel hügelabwärts. Ihre Unterarme schossen hoch und spreizten sich wie die Speichen an einem kaputten Schwungrad.

Poole wandte sich Harry Beevers zu, der sich die Statuen auf der Mauer angesehen hatte und jetzt zwei hübsche junge Chinesinnen anstarrte, die in der Nähe des Pagodentores kicherten. »Weißt du noch, wie Spitalny die Frau bei Ia Thuc erschossen hat? Die in dem blauen Anzug?«

Beevers sah ihn an und kniff die Augen zusammen. Dann sah er sich wieder den Bauern und seine Frau an. Auf dem reliefartigen Gemälde. Er nickte lächelnd. »Klar doch. Aber das war in einem anderen Land, und außerdem ist das Weibsbild tot.«

»Nein«, mischte sich Conor ein. »Das war ein anderes Weibsbild. Außerdem ist das *Land* tot.«

»Sie gehörte offensichtlich zu den Vietcong«, sagte Beevers. Er warf den beiden jungen Chinesinnen einen Blick zu, als gehörten sie ebenfalls zu den Vietcong und als müßten sie erschossen oder sonstwie hingerichtet werden. »Sie war eine Vietcong, sonst wäre sie nicht dort gewesen.«

Die beiden Mädchen gingen wie auf Zehenspitzen an Beevers vorbei. Schlanke Mädchen mit schulterlangem schwarzem Haar, sehr hübsch gekleidet. Poole blickte den Hügel hinauf und sah wieder Schulmädchen in Uniform – dunkle Blazer, flache Hüte.

»Hier herrschen anscheinend noch die fünfziger Jahre«, fand Beevers. »Nicht nur hier im Tigerbalsam-Garten, sondern in ganz Singapur. Die leben hier noch ungefähr im Jahr 1954. Wenn man als Fußgänger unachtsam ist, etwas auf die Erde wirft oder auf den Boden spuckt, wird man wahrscheinlich eingesperrt. Wart ihr schon mal in einer dieser Kleinstädte im Westen, wo Schießereien nachgespielt werden? Die Stürze sind nur gespielt. In den Waffen ist keine Munition und niemand kommt zu Schaden. Wißt ihr, was ich damit sagen will?«

»Na komm, jetzt mach aber mal einen Punkt«, rügte ihn Conor.

»Ich habe das Gefühl, das ist die Boogey Street«, erklärte Beevers.

»Wir wollen die Folterkammer suchen«, schlug Poole vor. Conor platzte laut heraus.

Von der Hügelkuppe aus hatte man einen Blick auf die terrassenförmige Anordnung und die Skulpturen dieses Parks. Ganz oben wiederum ein riesiges Gehirn aus wulstigem wirrem blauem Gips. Auf einem weißen Schild stand in roten Buchstaben: HIER FOLTERKAMMER. »Mensch, das sieht gar nicht mal so übel aus«, meinte Beevers tief beeindruckt. »Da muß ich mal ein Foto machen.« Er zog seine Instamatic aus der Tasche und sah auf der Rückseite nach, wieviel er schon verknipst hatte. Dann stieg er die flachen Zementstufen hinauf und durchschritt den Eingang. Conor folgte ihm und machte Poole ein Zeichen.

Im Innern der Gipsgrotte war es kühl und schattig. Ein Weg führte mitten hindurch. Zu beiden Seiten des Weges blickte man durch Drahtgitter auf eine Reihe lebhafter Szenen. Als Poole die Grotte betrat, waren seine Freunde schon ein ganzes Stück weiter. Beevers hatte die Kamera vor dem Gesicht und knipste ein Foto nach dem anderen. Die meisten Chinesen in der Folterkammer starrten mit ausdrucksloser Miene auf die Szenen und ließen sich nicht anmerken, was sie dabei empfanden. Ein paar Kinder schwatzten ungehemmt und zeigten mit den Fingern auf alles, was sie interessierte.

»Tolle Sachen. Das kann sich wirklich sehen lassen«, sagte Beevers.

FELSBLOCKRAUM besagte die Plakette angesichts der ersten Folterszene. ERSTER TEIL. Zwischen den beiden Hälften eines ungeheuren Felsblocks ragten die Köpfe, Beine, Leiber und Arme von Menschen hervor, die zermalmt worden waren. Klumpfüßige Dämonen in langen Gewändern zerrten sich heftig zur Wehr setzende Kinder auf den Felsblock zu.

Die zweite Szene bestand darin, daß gehörnte Teufel Sünder auf riesige gezackte Gabeln spießten und sie ins Feuer hielten. Ein Dämon riß einem gepeinigten Menschen die Eingeweide aus dem Leib. Andere Dämonen warfen Kinder in einen Pfuhl aus Blut.

Ein blauer Dämon schnitt einem Mann, der an einen Pflock gefesselt war, die Zunge ab.

Poole ging den Weg zwischen den Schaukästen entlang. Er hörte Harry Beevers Fotoapparat klicken. Beevers knipste unentwegt.

Teuflisch grinsende Dämonen schnitten Frauen in zwei Hälften, sie zerstückelten Männer. Sie warfen schreiende Sünder in Bottiche mit siedendem Öl oder grillten sie auf rotglühenden Eisengittern...

Poole erinnerte sich dabei an die Notaufnahme, wo er als Assistenzarzt entschieden zuviel Zeit damit zugebracht hatte, Blutgefäße abzubinden und Wunden zu reinigen. Er hatte das Schreien, Stöhnen und die Flüche noch im Ohr. Er hatte Leute verarztet, die mit Messern verunstaltet worden oder mit dem Gesicht in die Windschutzscheibe gefallen waren. Auch Menschen, so vollgepumpt mit Rauschgift, daß sie kaum noch eine Chance hatten...

Ein junger Puertoricaner in einem blutdurchtränkten T-Shirt hatte ihn gefragt: *Verkaufen Sie mir was von dem verdammten Morphium, Herr Doktor?* Und das, während er in Panik eine lange Wunde an dem Mann vernähte und schwitzte, weil das Blut des Süchtigen nur so hervorquoll. Er selbst stand schon fast in einer Blutlache...

...überall Blut. Blut auf dem Betonboden, Blut auf den Felsformationen, abgetrennte Arme und Beine auf dem Boden. Nackte Männer hingen aufgeschlitzt an Bäumen, aus denen scharfe Messer sprossen...

»Mensch, geh mir aus den Augen«, hörte Michael Conor sagen.

»Hallo, Mikey, diese Leute haben wirklich an das Überleben und die Stärke geglaubt, wie?« An das Überleben und die Stärke? Conor meinte höchstwahrscheinlich das Überleben der Stärksten und Geeignetsten, die natürliche Auslese.

Warum machte Beevers ausgerechnet hier so viele Fotos?

Er hörte die Schmerzensschreie des schon längst toten Soldaten Cal Hill und hörte Dengler im Tonfall des Mittleren Westens sagen: *Glaubst du nicht auch, daß Gott alles gleichzeitig geschehen läßt?*

Dengler hatte recht, Gott machte alles gleichzeitig.

In all diesen Monaten hatte Poole sich täglich zwingen müssen, ins Krankenhaus zu fahren. Nur unter Aufwendung seiner ganzen Willenskraft war er aus dem Bett gekommen, unter die Dusche gegangen und in seine Kleidung gefahren. Mit finsterer Miene hatte er seinen Wagen angelassen – dermaßen deprimiert, daß er sich kaum dazu bringen konnte, die Klinik zu betreten. Er hatte tagelang mit niemandem gesprochen. Judy hatte seine finstere Miene, seine Depressionen, sein Schweigen und die unterdrückte Wut auf den Streß und das Elend in der Notaufnahme zurückgeführt. Auf die Menschen, die ihm buchstäblich unter den Händen weggestorben waren, auf Mißstände, Schmähungen und Beschimpfungen...

Poole schwitzte auch in der kühlen schattigen Gipsgrotte. Er ging ein paar Schritte weiter. Eine Frau mit einem weißen Hasenfell auf dem Rücken und ein Mann, notdürftig mit Schweinsleder bekleidet, knieten vor einem gebieterischen Richter. Poole sah die sanften verängstigten wunderschönen Augen des Kaninchens Ernie vor sich. Viele andere Gestalten machten sich um sie herum zu schaffen. Ein Monster zielte mit einem Speer, ein Schreiber schrieb auf eine Schriftrolle, die kein Ende nahm. Nach genau einem Jahr, als Michael als Kinderarzt im Columbia Presbyterian Hospital in New York Dienst tat, war ihm dann endlich ein Licht aufgegangen.

Und hier sah er sich dem wieder gegenüber – in einem Gehirn aus Gips, in Singapur, auf einer Hügelkuppe.

> ZEHNTE GERICHTSVERSAMMLUNG
> Denn es ist den menschlichen Seelen bestimmt, als Tier oder in einer anderen niedrigeren Lebensform wiedergeboren zu werden. Ihren neuen Gestalten entsprechend werden sie mit Fell, Leder, Federn oder Schuppen ausgestattet, bevor sie sich dem Strudel des Schicksals überlassen, damit die unsterblichen Seelen eine endgültige Gestalt annehmen können.

Poole hörte Beevers vor der Grotte vor sich hinlachen.

Er wischte sich den Schweiß von der Stirn und trat in die glühende Hitze, das gleißende Sonnenlicht hinaus. Harry Beevers stand vor ihm und grinste ihn an. Seine schiefen Zähne fielen dabei ganz besonders auf.

Ein Stückchen hügelabwärts lag eine große Grotte mit Gipsnachbildungen riesengroßer blau-grüner Krebse. Große schwarze Kröten starrten blicklos durch das Gitter. In einer anderen Höhle, die an ein Gehirn erinnerte, zerrte ein Riesenweib mit Hühnerkopf und leichenblassen Armen an ihrem Mann, einer Gestalt mit flachem Entenkopf. Die Frau wirkte wild entschlossen. In ihren Augen glitzerte die Mordlust. Der Entenmann kam um vor Angst. Die Ehe war ein mörderisches Unterfangen.

Beevers schoß noch ein Foto. »Das ist ja sagenhaft«, jubilierte er und wandte sich wieder dem riesigen schrumpeligen Gehirn zu, dem sie gerade erst entronnen waren. HIER FOLTERKAMMER.

»Es gibt Mädchen in New York, die ausflippen, wenn sie diese Fotos sehen«, sagte Beevers. »Glaubt ihr nicht auch? In New York, da gibt es

Weiber, die tun alles, wenn ich ihnen diese Fotos zeige. Die würden sich mit jedem einlassen, der solche Fotos hat.«

Conor Linklater schlenderte lachend davon.

»Du glaubst wohl, ich weiß nicht, was ich sage?« rief Harry Beevers viel zu laut. »Frag doch Pumo. Der muß es ja wissen. Der verkehrt nämlich in den gleichen Pinten wie ich.«

4

Sie kehrten dem Tigerbalsam-Garten den Rücken und liefen lange einfach drauflos, ohne zu wissen, wo sie sich befanden oder wohin sie gingen. »Vielleicht sollten wir lieber wieder in den Park zurückgehen«, meinte Conor. »Es bringt doch nichts, hier sinnlos rumzulatschen.«

Sie befanden sich in einer nichtssagenden, friedvollen Gegend und gingen eine Weile bergauf. Auf der einen Seite der Berghang mit gepflegten Rasenflächen, auf der anderen Seite Bungalows, die weit verstreut unter Bäumen lagen. Hochherrschaftliche Villen. Seit dem Verlassen des Tigerbalsam-Gartens waren sie erst einem einzigen Menschen begegnet: einem Chauffeur in Uniform mit Sonnenbrille am Steuer eines schwarzen Mercedes Benz 500 SEL – ohne seine Herrschaft.

»Wir sind bestimmt schon mehr als zwei Kilometer gegangen«, sagte Beevers schlecht gelaunt. Er hatte den Stadtplan aus Papineau's Guide herausgerissen und drehte ihn jetzt hin und her. »Ihr könnt ja umkehren, wenn ihr wollt. Irgend etwas muß es oben auf dem Hügel geben. Ich würde mich nicht wundern, wenn Humphrey Bogart und Lauren Bacall plötzlich in einem schicken Flitzer vorbeikämen. Ach, zum Teufel, wer soll denn aus diesem idiotischen Stadtplan schlau werden?« Plötzlich blieb er wie angewurzelt stehen und starrte auf eine ganz bestimmte Stelle auf dem angeblich so irreführenden Stadtplan. »Dieser blöde Mistkerl Underhill!«

»Was ist denn jetzt in dich gefahren?« fragte Conor.

»Die Boogey Street heißt gar nicht Boogey Street. Ihm muß wohl Humphrey Bogart im Kopf herumgespukt haben. Die Straße schreibt sich BUGIS Street. B-U-G-I-S Street. Das muß sie sein. Sonst gibt es hier nämlich keine Straße, die man auch nur so ähnlich schreibt.«

»Aber hat der Taxifahrer nicht...?«

»Die Straße schreibt sich aber BUGIS Street. Hier steht es doch.« Er sah sie mit unruhigem Blick an. »Wenn Underhill sich nicht mal ausgekannt hat, wie sollen wir ihn denn dann finden?«

Sie trotteten weiter bergauf und kamen zu einer Kreuzung, die nicht beschildert war. Nirgendwo ein Straßenname. Beevers wandte sich zielstrebig nach rechts und marschierte einfach los. Conor protestierte. In die Stadt zurück und zu ihrem Hotel müßten sie genau in die entgegengesetzte Richtung gehen. Beevers scherte sich nicht einen Deut darum. Er ging einfach weiter. Die anderen gaben sich geschlagen und liefen hinterher.

Nach einer halben Stunde las sie der Taxifahrer wieder auf. Er staunte und erklärte, er käme geradewegs vom Mittagessen.

»Zum Hotel Marco Polo«, wies ihn Beevers an. Er atmete heftig. Sein Gesicht sah fleckig aus. Poole hätte kaum mehr sagen können, ob Beevers ein rosiges weißgesprenkeltes Gesicht oder ein bleiches rotgeflecktes Gesicht hatte. Hinten auf seinem Jackett zog sich ein dunkler Schweißflecken in Form eines Torpedos von Schulter zu Schulter. Ein schmaler Schweißstreifen zog sich bis zur Taille hinunter. »Ich muß unbedingt unter die Dusche und dann ein Schläfchen halten.«

»Warum in entgegengesetzte Richtung gehen?« fragte der Taxifahrer.

Beevers äußerte sich nicht dazu.

»Sagen Sie, wir haben eine Wette abgeschlossen. Heißt es Bugis oder Boogey Street?«

»Ist ganz gleich«, entgegnete der Taxifahrer.

15. KAPITEL

Treffen mit Lola im Park

1

Conor fand, daß diese ganze Affäre um die Bugis Street zum Himmel stank. Der Taxifahrer wies aus einer Entfernung von etwa fünfzehn Metern auf die Bugis Street. Die Straße schien wirklich zu einem Mann wie Underhill zu passen. Leuchtreklame, die grellen Aushängeschilder an den Bars, Neonbeleuchtung, Menschenmassen, die sich durch die Straße wälzten. Aber wenn man dann selber durch die Straße ging und die Leute aus der Nähe sah, wurde einem sofort klar, daß Tim Underhill mit solchen Menschen absolut nichts im Sinn hatte. Weißhaarige alte Damen mit faltiger Haut gingen Hand in Hand mit schildkrötengesichtigen alten Männern in ausgebeulten Shorts. Sie machten einen ebenso kindlichen und hilflosen Eindruck wie die Touristen in aller Welt. Man hätte glauben können, daß alles, was sie zu sehen bekamen, genauso fern aller Realität war wie ein Fernsehwerbespot. Mindestens die Hälfte all der Leute, die durch die Bugis Street schlenderten, waren ganz eindeutig mit den Bussen mit der Aufschrift JASMINE FAR EAST TOUR gekommen, die außerhalb der Straße parkten. Das erkannte Conor gleich. Hoch über den Köpfen der Leute wehte eine blaßblaue Flagge von einer hohen Fahnenstange, die eine hübsche blonde junge Frau in einem adretten Blazer in dem gleichen Blau in Händen hielt.

Conor sagte sich, daß er diese Horde von Durchschnittstypen nicht würde ignorieren können, wie es die anderen Leute in der Bugis Street so offensichtlich taten, sollten sich diese Touristenmeuten nach South Norwalk verirren. Durchtrieben aussehende kleine Burschen kamen aus Bars und Läden geschossen. Huren stolzierten paarweise in Perücken und knallengen Kleidern durch die Straße. Die Spielernaturen von Singapur trieben sich in dieser Straße herum. Conor vermutete, daß sie es sich angewöhnt hatten, nur zu sehen, was sie sehen wollten und die Touristen schon längst nicht mehr wahrnahmen.

Conor hörte, wie sich ›Jumping Jack Flash‹ von den Stones mit einem langsamen Cowboy-Song von Porter Waggoner vermischte, wie das eine das andere überdeckte. Beide kämpften gegen ein seltsames Gejaule an – wahrscheinlich eine Chinaoper. Kreischende Stimmen ließen eine Melodie erklingen, von der sogar ein Hund Kopfschmerzen bekommen würde. Dieser Höllenlärm dröhnte aus Lautsprechern über den Eingangstüren von verschiedenen Bars – meistens genau über dem Kopf des Schleppers. Conor schwirrte der Kopf. Natürlich konnte das auch an dem Brandy liegen, den sie nach dem Essen im Pine Court getrunken hatten. Ein erstklassiger Brandy, den Harry Beevers als flüssiges Gold bezeichnete. Conor ging hinter Beevers und Mike Poole her und fühlte sich, als würden dicht an seinen Ohren Becken zusammengeschlagen.

»Ist ja egal, wo wir anfangen. Nehmen wir uns doch gleich die hier vor«, schlug Michael vor und wandte sich der ersten Bar auf ihrer Straßenseite zu, die sich Orient Song nannte. Der Schlepper brachte sich in Erwartungshaltung. Er richtete sich kerzengerade auf, als sie sich näherten und winkte sie mit rudernden Armbewegungen herbei. »Orient Song genau richtige Bar für Sie«, schrie er. »Kommen in Orient Song! Beste Bar in Bugis Street! Alle Amerikaner kommen in Orient Song!«

Am Eingang zu der Bar sah ein altes kleines Männchen in einem schmuddeligen, einstmals weißen Kittel seine große Chance. Er grinste und entblößte dabei seine spärlichen gelben Zähne. Mit einer theatralischen Armbewegung wies er auf die gerahmten Fotos neben sich.

Es handelte sich um mittelgroße, Schwarzweiß-Glanzfotos. Auf dem weißen Rand dicht über der Unterseite der Bilderrahmen standen in Druckschrift die Namen. Dawn, Rose, Hotlips, Raven, Billie Blue... wollüstige Münder, aufregend geschwungene Nacken, orientalische Gesichter, aus denen nackte Begierde sprach, umrahmt von weichem schwarzem Haar, gezupfte Augenbrauen, lüsterne Blicke.

»Vier Dollars«, sagte der alte Mann.

Harry Beevers packte Conor am Arm und zog ihn durch die schwere Tür in die Bar. Die kühle Luft in dem klimatisierten Raum ließ den Schweiß auf seiner Stirn rasch trocknen. Conor entzog sich Beevers Zugriff. Die amerikanischen Paare wandten sich ihnen lächelnd zu. Sie schienen hier stets paarweise aufzutreten.

»Hier werden wir kein Glück haben«, meinte Beevers. »Das ist ein Touristen-Nepplokal. Diese Angsthasen fühlen sich nur in der ersten Bar in dieser Straße noch einigermaßen sicher.«

»Wir sollten uns aber trotzdem erkundigen«, schlug Michael Poole vor.

Amerikanische Ehepaare zwischen sechzig und achtzig hielten die gesamte vordere Hälfte dieser Bar besetzt. Conor vernahm Pianoklänge. Jemand schlug ganz leise in die Tasten. In dem allgemeinen Stimmengewirr hörte Conor eine weibliche Stimme, die irgend jemanden Sohn nannte und diesen Jemand fragte, wo er sein Namensschild gelassen habe. Er begriff nicht gleich, daß er gemeint war.

»Wir sind doch hier, um uns zu amüsieren, Junge. Das demonstrierst du durch dein Namensschild. Wir sind ein mopsfideler Verein!« Conor sah der braungebrannten, schon sehr runzligen Frau ins Gesicht. Sie schaute mit einem strahlenden Lächeln zu ihm auf. Ihr Namensschild verriet: ETHEL IST EINE LEBENSLUSTIGE TOURISTIN VON JASMINE TOUR!

Conor blickte über ihren Kopf hinweg. Hinter ihr saßen ein paar alte Männer mit randlosen Brillen auf der Nase. Die hatten große Ähnlichkeit mit den Ärzten auf dem Flug nach Asien und beäugten Conor alles andere als wohlwollend. Conor trug sein T-Shirt mit dem Aufdruck Agent Orange und wirkte ganz und gar nicht so, als gehöre er zu der Gruppe von Touristen.

Er sah, wie Harry Beevers und Michael Poole der Bar zustrebten. Dort bediente ein untersetzter Mann mit samtener Fliege. Er gab nicht nur die Drinks aus, sondern spülte auch die Gläser und redete, indem er die Worte aus dem Mundwinkel quetschte. Er erinnerte Conor sehr an Jimmy Lah. Hinter der Bar tat sich eine völlig andere Welt auf. Mit den Touristen von Jasmine Tour hatten die Gäste dort wirklich nichts gemein. An den runden Tischen saßen Gruppen von Chinesen. Sie tranken Brandy aus Magnum-Flaschen, erzählten sich lauthals Witze und sprachen flüchtig mit den Mädchen, die zwischen den Tischen hindurchgingen. Ganz hinten saß ein schwarzhaariger Mann im Smoking, der weder ein Chinese noch ein Weißer zu sein schien, an einem Stutzflügel und sang etwas, was Conor nicht verstand.

Er zwängte sich an der Frau vorbei, die unentwegt aufmunternde, völlig bedeutungslose Worte vor sich hinsagte. Er erreichte die Bar genau in dem Augenblick, in dem Mikey eines der Fotos von Tim Underhill aus dem Umschlag nahm. »Meint ihr nicht auch, daß wir was trinken sollten? Geben Sie mir einen Wodka on the rocks.«

Der Barkeeper kniff die Augen zusammen und schob Conor ein randvolles Glas hin. Conor sah, daß Beevers schon eines hatte.

»Kenne ich nicht«, behauptete der Barkeeper. »Fünf Dollars.«

»Vielleicht kennen Sie ihn von früher«, wandte Beevers ein. »Er müßte so um 1969 oder 1970 hergekommen sein.«

»Zu lange her. War ich noch kleiner Junge. Noch in Schule. Klosterschule.«

»Sehen Sie sich das Foto noch einmal genauer an«, schlug ihm Beevers vor.

Der Barkeeper nahm Poole das Foto ab und warf es über seine Schulter. »Er ist ein Priester namens Father Ballock. Ich kenne ihn nicht.«

Sobald sie aus der Bar wieder auf die feuchte Straße hinaustraten, ging Harry Beevers den beiden anderen voraus. Dann blieb er stehen und sah sie mit den Händen in den Taschen und hochgezogenen Schultern an. »Diese Pinte löst bei mir die falschen Vibrationen aus. Solche Schwingungen sind untrüglich. Es ist völlig ausgeschlossen, daß Underhill sich hier noch aufhält. Mein Instinkt sagt mir, daß wir nach Taipeh fliegen sollten. Da würde Underhill sich mehr zu Hause fühlen. Darauf gebe ich euch mein Wort.«

Michael lachte. »Nur nichts überstürzen. Wir haben doch gerade erst mit der Suche angefangen. Wir können allein in dieser Straße noch mindestens zwanzig Bars abklappern. Irgendwo wird ihn schon jemand kennen.«

»Klar doch, irgend jemand muß ihn kennen«, pflichtete ihm Conor bei. Nach seinem Wodka war er schon viel zuversichtlicher.

»Sieh mal an, unser junger Spund und Grünschnabel leistet sich eine eigene Meinung«, spottete Beevers.

»Du hast dich in Taipeh mal so richtig ausgetobt und die Puppen tanzen lassen, deshalb willst du jetzt dorthin zurück«, sagte ihm Conor auf den Kopf zu. »Verdammt durchsichtig, was du da vorschlägst.« Er ging Beevers aus dem Weg, um nicht mit ihm zusammenzustoßen. Die Rufe der Schlepper klangen ihnen in den Ohren. Alle schrien: »Beste Bar, beste Bar!« Conors T-Shirt war mittlerweile völlig durchgeschwitzt.

»Nehmen wir uns also Swingtime vor, ja?« Beevers trat auf der anderen Seite neben Michael Poole. Conor dachte befriedigt: Beevers geht auf Nummer sicher. Er hat einen höllischen Respekt vor mir.

»Ja, versuchen wir es mal in der guten alten Swingtime-Bar«, meinte auch Michael Poole.

Beevers verneigte sich ironisch, stieß die Tür auf und ließ die beiden anderen vorausgehen, bevor er selbst die Bar betrat.

Nach der Swingtime-Bar suchten sie die Windjammer-Bar auf. Im Anschluß daran dann die Ginza-Bar, den Fliegenden Drachen und den Eimer voll Blut, was im übertragenen Sinn soviel wie Räuberhöhle oder Müllkippe bedeutet. Die Bar war ein finsteres Loch mit wackeligen Barhockern und Stühlen, zerfetzter Tapete, zerschlissenen Decken auf den Tischen. Der Fußboden war unter all dem Dreck und Schmier kaum mehr auszumachen. An der Bar eine ganze Reihe von Betrunkenen, die kaum noch bei Bewußtsein waren. Beevers stöhnte, als einer der Betrunkenen, der kaum noch aufrecht gehen konnte, einem anderen in die Herrentoilette folgte. Nach den Lauten zu urteilen, die aus dem winzigen Kabuff zu ihnen drangen, riß er seinem Widersacher mindestens die Arme aus. Der Barkeeper mit dem verlebten Gesicht warf kaum einen Blick auf das Foto von Tim Underhill.

Conor begriff jetzt, warum es die Touristen der Jasmine Far East Tour vorzogen, nicht weiter in die verrufene Straße vorzudringen.

Harry Beevers sah ganz danach aus, als wolle er ihnen vorschlagen, die Suche aufzugeben und ins Hotel zurückzukehren, doch Michael Poole bestand darauf, daß sie die Bars der Reihe nach abklapperten. Conor fand es bewunderungswürdig, wie er bei der Stange blieb, ohne sich entmutigen zu lassen.

Im Ochsenfrosch wirkten die Betrunkenen an den Tischen wie versteinert. An den Wänden tosende Wasserfälle. Im Cockpit fiel Conor schließlich auf, daß mindestens die Hälfte der Nutten gar keine Frauen waren. Sie hatten verdächtig knochige Knie und breite Schultern. Es waren Männer. Conor fing an zu lachen... Männer mit beachtlichen Titten und aufreizenden Figuren... Conor lachte so, daß er sein Bier verschüttete. Harry Beevers bekam eine Menge ab und sah Conor angewidert an.

»Ich kenne diesen Mann«, behauptete der Barkeeper. Er sah sich das Foto noch einmal genauer an und lächelte.

»Na seht ihr«, meinte Conor. »Es hat sich doch gelohnt.« Dabei sah er Beevers aus dem Augenwinkel an. Der wandte sich abrupt von Conor ab und fing an, wie wild an seinem Ärmel rumzuwienern.

»Kommt er öfter her?« erkundigte sich Mike.

»Nein, andere Bar, in der ich arbeiten. Guter Kumpel, sehr spendabel. Spendierte immer allen einen Drink!«

»Sind Sie auch ganz sicher, daß wir von dem gleichen Menschen sprechen?«

»Ja, natürlich, das ist Underhill. Er hat ein paar Jahre hier gelebt. Das ist schon eine ganze Weile her. Hat mit dem Geld nur so rumgeschmissen. War Stammgast im Fliegenden Drachen. Dann übernahm ein anderer Besitzer diese Bar. Ich hatte immer Nachtschicht, habe ihn oft gesehen. Immer nur reden, reden, reden und trinken, trinken, trinken. Ein richtiger Schriftsteller! Hat mir ein Buch gezeigt, hat von einem Tier gehandelt...«

»A Beast In View.«

»Biest, genau.«

Als Poole ihn fragte, ob er wisse, wo Underhill geblieben sei, schüttelte der Barkeeper den Kopf und sagte, daß die guten alten Zeiten nicht mehr wiederkämen. Alles habe sich geändert. »Fragen im Mountjoy, andere Straßenseite, direkt gegenüber. Richtiger Pornoschuppen. Wahrscheinlich finden Sie dort jemanden, der sich so wie ich von früher her an Underhill erinnert.«

»Sie haben ihn gemocht, nicht wahr?«

»Ja, sogar ziemlich lange«, entgegnete der Barkeeper. »Sicher, Underhill war mir zuerst sympathisch.«

2

Conor fühlte sich sofort unbehaglich, als sie die Bar Lord und Lady Mountjoy betraten. Er konnte sich das nicht erklären. In dieser Bar ging es ganz friedlich und gesittet zu. Stocknüchterne Männer in dunklen Anzügen und weißen Oberhemden saßen in Nischen zu beiden Seiten des langgestreckten Raumes und auch an viereckigen kleinen Tischchen auf dem Tanzparkett, das ziemlich rutschig aussah.

Huren kreuzten hier nicht auf. Die Gäste kamen vornehmlich in Anzug und Krawatte – mit Ausnahme eines Mannes, der eine glitzernde schockfarbene Bluse trug. Sein Haar türmte sich hoch auf dem Kopf. Er hatte sich Dutzende von Halstüchern locker um den Hals geschlungen und saß an einem der Tische im hintersten Winkel der Bar.

»Meine Güte, nun entspann dich doch einmal«, forderte Harry Beevers Conor auf. »Hast du Durchmarsch, oder was ist los?«

»Kenn' ich nicht – nie gesehen«, behauptete der Barkeeper. Er hatte nur einen flüchtigen Blick auf das Foto geworfen. Er sah nicht sehr vertrauenerweckend aus.

»Der Barkeeper in der Bar gegenüber auf der anderen Straßenseite hat uns aber versichert, daß dieser Mann oft hierhergekommen ist.« Beevers ließ nicht locker. »Wir sind Detectives aus New York. Es ist für viele Leute ungeheuer wichtig, daß wir diesen Mann ausfindig machen.«

»Barkeeper wo?« Als Beevers das Wort ›Detective‹ fallenließ, fiel bei dem Barkeeper sofort die Klappe. Seine Miene wurde undurchdringlich.

»Der Barkeeper vom Cockpit«, sagte Michael. Er sah Beevers vorwurfsvoll von der Seite an. Doch der zuckte nur die Achseln und tat, als gäbe es nichts Interessanteres als den Aschenbecher auf der Theke.

Der junge Barkeeper behauptete weiterhin, er wisse von nichts.

»Ob sich wohl irgend jemand hier noch an diesen Mann erinnert? Jemand, der damals in der Bugis Street ein- und ausgegangen ist.«

»Billy«, sgte der Bartender. »Der war hier schon Stammgast, als die Straße gepflastert worden ist.«

Conor fand das alles andere als ermutigend. Er konnte sich schon denken, wer dieser Billy war, und er verspürte keine Lust, sich mit ihm zu unterhalten.

»Ganz da hinten.« Der Bartender wies auf den hintersten Tisch im Raum. »Laden Sie ihn auf ein Glas ein. Er ist ein gutmütiger Bursche.« Der Barkeeper bestärkte Conor in seinen Befürchtungen.

»Ja, er sieht wirklich freundlich aus«, bestätigte Beevers.

Billy hatte sich inzwischen aufgerichtet und sich übers Haar gestrichen. Als sie mit ihren eigenen Drinks und einem doppelten Chivas Regal an seinen Tisch traten, legte er die Hände in den Schoß und sah sie strahlend an.

»Ach, Sie spendieren mir ein Gläschen, das ist aber lieb von Ihnen«, sagte Billy.

Billy ist zwar kein Chinese, aber auch nichts anderes, dachte Conor. Er mochte mandelförmige Augen haben, aber unter all der Schminke waren sie kaum noch auszumachen. Billys Haut war leichenblaß und er sprach mit britischem Akzent. Seine Gesten und seine Mimik verrieten überdeutlich, daß sich in diesem Körper eine Frau verbarg, der Billys äußere Erscheinung aber offenbar gefiel. Er setzte sein Glas an den Mund, nippte von dem Whisky und stellte das Glas vorsichtig wieder ab.

»Ich hoffe, die Herren machen mir die Freude und setzen sich zu mir.«

Michael setzte sich Billy gegenüber. Beevers holte sich einen Stuhl und nahm neben Billy Platz. Conor sah sich gezwungen, sich auf die Bank neben Billy zu setzen. Dieser wandte sich ihm sofort zu und sah ihn schmachtend an.

»Sind die Herren neu hier in der Bugis Street? Ist das womöglich Ihre erste Nacht in Singapur? Wollen Sie sich so richtig exotisch amüsieren? Ich fürchte, das ist in der Stadt schon kaum mehr möglich. Die Zeiten haben sich geändert. Aber keine Sorge – jeder findet, was er sucht, wenn er nur weiß wo.«

Conor fühlte sich immer unwohler, als Billy wieder mit den Wimpern klapperte und ihn ein Blick aus diesen Schlafzimmeraugen traf.

»Wir suchen jemanden«, erklärte Michael.

»Wir sind...« setzte Harry Beevers an. Dann unterbrach er sich, sah Poole verwundert an. Der hatte ihn heftig auf den Fuß getreten.

Poole erklärte: »Der junge Mann an der Bar meinte, Sie könnten vielleicht unsere Rettung sein. Der Mann, den wir suchen, hat in Singapur gelebt. Er lebt vielleicht noch immer hier. Er hat sich vor zehn oder fünfzehn Jahren sehr oft in dieser Straße aufgehalten.«

»Das ist ja schon sehr lange her«, Billy schlug die Augen nieder und legte den Kopf schräg. »Hat dieser Herr auch einen Namen?«

»Er heißt Tim Underhill«, erklärte Poole. Er legte eines der Fotos neben Billys Glas. Billy kniff die Augen zusammen.

»Na, kommt er Ihnen irgendwie bekannt vor?«

»Kann schon sein.«

Poole schob ihm eine Singapur-Zehndollarnote hin. Billy ließ sie rasch verschwinden. »Ich glaube, ich habe diesen Herrn gekannt.« Billy gab sich den Anschein, als nehme er das Foto minuziös unter die Lupe. »Sieht aus wie einer von uns.«

»Wir sind alte Freunde dieses Mannes«, sagte Michael. »Wir glauben, daß er unsere Hilfe braucht. Deshalb sind wir hier. Wir wären Ihnen außerordentlich dankbar, wenn Sie uns weiterhelfen könnten.«

»Seit damals hat sich alles grundlegend geändert«, erklärte Billy bedauernd. »Alles hier in dieser Straße – sie ist kaum mehr wiederzuerkennen.« Er ließ den Blick melancholisch auf dem Foto ruhen. »Homosexuell. Er war doch sicher schwul, habe ich nicht recht? Ganz vernarrt in Schwule jeglicher Couleur. Er hat als Soldat am Krieg teilgenommen.«

Michael nickte. »Ja, wir haben uns in Vietnam kennengelernt.«

»War früher mal sehr schön«, sagte Billy traurig. »Wie geschaffen für jemanden, der die Spendierhosen anhatte.« Conor erschrak fürchterlich, als Billy ihn unversehens fragte: »Liebster, sind Sie schon mal in Saigon gewesen?«

Conor nickte wortlos und trank einen großen Schluck Wodka.

»Ein paar von unseren besten Mädchen haben da gearbeitet. Sind jetzt fast alle nicht mehr da. Jetzt weht ein anderer Wind. Sie haben kalte Füße bekommen. Ist ja auch kein Wunder, nicht?«

Niemand wollte dazu einen Kommentar abgeben.

»Man kann ihnen das wirklich nicht zum Vorwurf machen. Sie lebten schließlich für das Vergnügen, die Zerstreuung, riefen Illusionen wach. Da kann man es ihnen nicht verübeln, daß sie nicht plötzlich irgendeinen trübseligen, schlechtbezahlten Job annehmen wollen. Daher haben sie sich in alle Winde verstreut. Unsere besten alten Freunde sind nach Amsterdam gegangen. Sie waren in ihrem eigenen hocheleganten Club stets willkommen – dem Kit Kat Club. Sind die Herren je im Kit Kat Club gewesen?«

»Was ist jetzt mit Underhill?« fragte Harry Beevers.

»Alles verspiegelt, drei verschiedene Bühnen, Kristallüster, alles vom Feinsten. So hat man mir diesen Club immer wieder beschrieben. Nach allem, was man so hört, gibt es nichts Tolleres als den Kit Kat Club in Paris.«

Er nippte an seinem Scotch.

Conor machte dem ein Ende. »Hören Sie mal, wissen Sie nun, wo wir Underhill finden können, oder spielen wir hier nur Katz und Maus?«

Wieder gönnte ihm Billy einen gefühlvollen Blick. »Manche von den Entertainern, die hier gearbeitet haben, leben auch heute noch in Singapur. Vielleicht versuchen Sie einmal, sich Lolas Nummer anzusehen. Sie tritt in guten Clubs auf, nicht in solchen traurigen Spelunken, wie es sie jetzt hier noch gibt.« Billy überlegte kurz. »Sie ist *quicklebendig*. Ihre Nummer gefällt Ihnen ganz bestimmt.«

3

Vier Tage zuvor kicherte Maggie plötzlich bei ihrem gemeinsamen Frühstück im La Groceria, als sie die Titelseite der *New York Post* sah. Tina Pumo hing an dem kleinen Restaurant, wo er schon so oft gesessen und die letzte Seite der *Village Voice* durchforstet hatte. Beide hatten sich am Zeitungskiosk in der Sixth Avenue mehrere Zeitungen gekauft. Tina verschlang gerade die Restaurant-Beurteilungen in der *Times*, als ihn Maggie Lahs Gelächter hochschrecken ließ. »Was steht denn so Komisches in deinem Käseblatt?« »Die Überschriften sind wirklich große Klasse«, grinste Maggie. Sie hielt ihm das Revolverblättchen hin: FLUGHAFEN-YUPPIEMORD. »Die Reihenfoge der Wörter ist beliebig«, sagte Maggie. »könnte es nicht ebensogut heißen: FLUGHAFEN YUPPIE-MORD? Oder auch YUPPIE-MORD am FLUGHAFEN? Aber wie dem auch sei, es freut einen doch immer wieder, vom unseligen Ende eines Yuppies zu lesen.« Tina Pumo fand den entsprechenden Bericht schließlich im Lokalteil seiner *Times.* Clement W. Irwin, 29 Jahre alt, ein Bankier mit einem sechsstelligen Einkommen, den seine Anhänger und Bewunderer als ›Superstar‹ betrachtet hatten, war in einer Herrentoilette in der Nähe des Pan-American-Schalters am John-F.-Kennedy-Flughafen erstochen aufgefunden worden. In Maggies Zeitung war auch ein Foto des Ermordeten. Es zeigte einen Mann mit aufgedunsenem Gesicht und kleinen, weit auseinanderliegenden Augen. Der Mann trug eine Brille mit einem dicken schwarzen Brillengestell. Seine Züge wirkten zugleich begierig und dynamisch. Die Bildunterschrift lautete: *Clement W. Irwin, Finanzgenie der Yuppie-Generation.* Ein paar Seiten weiter Fotos von einem Stadthaus in der 63. Straße Ost, einem Landhaus in der Mount Avenue in Hampstead in Connecticut und einem planlos gebauten Strandhaus auf der Insel St. Maarten. In dem Bericht der *Post*, nicht aber in dem *Times*-Artikel, wurden Vermutungen darüber angestellt, daß Irwin entweder von einem Flughafenangestellten oder aber von einem anderen Flugpassagier des Fluges von San Francisco nach New York ermordet worden sein könne.

4

Am Morgen nachdem er die meisten Bars in der Bugis Street heimgesucht hatte, nahm Conor Linklater zwei Aspirin und ein Drittel des Inhalts einer Flasche Pepto-Bismol. Er ging unter die Dusche, zog Jeans und ein kurzärmeliges Hemd an und traf sich im Café Marco Polo mit den beiden anderen.

»Warum kommst du denn so spät?« fragte Beevers. Er und Michael aßen gerade das seltsamste Frühstück, das Conor je gesehen hatte. Es bestand nicht nur aus Toast und Eier, sondern es gab auch Schüsseln mit klebriger teigiger weißer Mehlsuppe. Darin schwamm undefinierbares gelbes und grünes Zeug. Auch etwas ekelhaft Fettiges, das man für Eier hätte halten können, wenn es nicht grün gewesen wäre. Poole und Beevers hatten davon offenbar schon eine ganze Menge verputzt.

»Ich bin heute morgen nicht so auf dem Posten. Ich glaube, das Frühstück schenke ich mir besser«, sagte Conor. »Was eßt ihr denn da überhaupt?«

»Frag mich lieber nicht«, meinte Beevers.

»Bist du ernsthaft krank, oder hast du nur einen Kater?« wollte Michael wissen.

»Wahrscheinlich beides.«

»Durchfall?«

»Ich habe schon eine Tonne Pepto-Bismol in mich reingefüllt.« Der Kellner erschien an ihrem Tisch. Conor bestellte Kaffee. »Aber *amerikanischen* Kaffee.«

Beevers lächelte aufmunternd und schob ihm die *Straits Times* über den Tisch hinweg zu. »Sieh dir das mal an und sag mir, was du davon hältst.«

Conor überflog die Schlagzeilen, bei denen es um neue Anlagen zur Reinigung des Abwassers ging oder auch um höhere Kredite und Bankdarlehen zugunsten von Leuten, die keine Bankkunden waren. Man rechnete damit, daß aufgrund des stärkeren Verkehrsaufkommens an den Neujahrsfeiertagen die Brücken völlig überlastet sein würden. Schließlich entdeckte er die Schlagzeile mitten auf der Seite: DOPPELMORD IN LEEREM BUNGALOW.

Conor las, daß ein amerikanischer Journalist namens Roberto Ortiz in einem Bungalow in der Plantation Road erschlagen aufgefunden worden war. Außerdem hatte man die Leiche einer jungen Frau gefunden, von der man bisher nur wußte, daß sie eine Prostituierte aus Malaysia war. Die Gerichtspathologen gaben an, daß die beiden Vorgenannten, die schon in Verwesung übergegangen waren, seit etwa zehn Tagen tot sein mußten. Der Bungalow gehörte Professor Li Lau Feng. Er stand seit etwa einem Jahr leer, da der Professor an der Universität von Djakarta lehrte. Mr. Ortiz war erschossen und hinterher verstümmelt worden. Die noch nicht identifizierte Frau war ebenfalls erschossen worden. Mr. Ortiz war Journalist. Er hatte auch zwei Bücher geschrieben: *Beggar Thy Neighbour – United States Policy in Honduras* und *Vietnam – A Personal Journey*. Es hieß, die Polizei verfüge über Beweise dafür, daß dieses Verbrechen mit mehreren anderen in Zusammenhang stehe, die im Laufe eines Jahres in Singapur begangen worden seien.

»Was denn für Beweise?« fragte Conor.

»Ich wette, sie haben Koko-Spielkarten vorgefunden«, vermutete Beevers. »Jetzt sind sie endlich auf der Hut. Glaubst du, sie würden so etwas bekanntgeben, wenn das in New York passiert wäre? Ist doch Schwachsinn, so was anzunehmen. *Verstümmelt*, heißt es hier. Ich wette, dem Ärmsten sind die Augen ausgestochen und die Ohren abgeschnitten worden. Freunde, das ist das Werk von Underhill. Hier sind wir genau richtig.«

»Lieber Himmel«, stöhnte Conor. »Was sollen wir nur tun? Ich dachte, wir wollten... ich meine, diese...«

»Genau das haben wir auch vor«, erklärte Michael. »Ich habe im Souvenirshop alles erstanden, was sie an Reiseführern und sonstigen Unterlagen so hatten. Wir müssen feststellen, wo diese Lola arbeitet oder auftritt – falls sie überhaupt noch auftritt. Die Verkäufer in dem Laden behaupten, sie hätten noch nie von einer Lola gehört, wir sind also ganz auf uns gestellt.«

»Aber wir finden, daß wir uns heute morgen erst einmal den Fundort der Leichen ansehen sollten. Ich meine alle Fundorte. Den Bungalow, in dem die Martinsons ermordet aufgefunden worden sind, den Bungalow, in dem Mr. Ortiz und seine kleine Freundin ihr Leben lassen mußten und auch das Goodwood Park Hotel.«

»Vielleicht sollten wir uns auch an die Polizei wenden, um zu fragen, ob diese anderen Leute auch Spielkarten mit dem Namen Koko im Mund hatten.«

»Ich bin dagegen, daß wir mit der Polizei über Underhill sprechen. Sollen wir ihn verpfeifen? Was meint ihr dazu? Sind wir deshalb hierhergekommen?«

»Wir wissen doch noch gar nicht, ob es Underhill gewesen ist«, gab Michael zu bedenken. »Wir wissen nicht einmal, ob er sich noch in Singapur aufhält.«

»Man beschmutzt sein eigenes Nest nicht. Oder bist du anderer Meinung, Michael?«

Poole blätterte die *Straits Times* Seite für Seite durch.

»Ich sage euch, wie Underhill jetzt lebt«, mischte sich Conor ein. »Er trägt noch immer so ein farbenfrohes Tuch. Und zwar um die Stirn. Er ist fett geworden wie ein Schwein. Er läßt sich allnächtlich vollaufen bis zum Gehtnichtmehr. Er unterhält ein Puff. Alle diese jungen Kerle arbeiten für ihn. Sie langweilen sich zu Tode, wenn er ihnen von seinen Heldentaten in Vietnam erzählt. Trotzdem sind alle ganz vernarrt in diesen alten Mistkerl.«

»Träum nur ruhig weiter«, sagte Beevers.

Michael hatte sich inzwischen einer anderen Zeitung zugewandt und blätterte sie durch.

»Hin und wieder zieht er sich in sein Arbeitszimmer zurück in Klausur und taucht nicht eher wieder auf, als bis ihm das nächste Kapitel erstklassig von der Hand gegangen ist«, fuhr Conor unbeirrbar fort.

»Hin und wieder begibt er sich in ein verlassenes Haus und bringt ein paar Menschen um.«

»Sind diese Eier wirklich hundert Jahre alt?« wollte Conor wissen. Er griff nach der Speisekarte, während Beevers sprach. »Was ist denn dieses grüne Scheißzeug?«

»Tee«, antwortete Poole.

Es dauerte noch etwa zehn Minuten, da stieß Michael unversehens auf eine kleine Anzeige, die für die ›legendäre Lola‹ warb, und zwar in einem der billigen kleinen Reiseführer *Singapur bei Nacht*, den Michael unter anderem in dem Souvenirshop des Hotels erstanden hatte. Lola trat in einem Nachtclub namens Peppermint City auf. Die Straße, an der sich der Club befand, lag so weit außerhalb, daß sie auf Beevers Stadtplan nicht verzeichnet war.

Dic drei Männer starrten auf das winzige Schwarzweiß-Foto eines mädchenhaft wirkenden Chinesen mit gezupften Augenbrauen und toupiertem Haar.

»Ich fühle mich schon jetzt nicht so besonders«, sagte Conor. Er sah so grün aus wie ein hundert Jahre altes Ei. Poole nahm ihm das Versprechen ab, daß er tagsüber in seinem Zimmer bleiben und den Hotelarzt konsultieren würde.

5

Michael hätte gar nicht einmal genau sagen können, was er sich von der Besichtigung der Mordschauplätze versprach. Ebensowenig wie er wissen konnte, ob ihnen diese Lola weiterhelfen würde. Doch wenn er mit eigenen Augen sah, wo sich die Morde abgespielt hatten, würde ihm die ganze Sache vielleicht klarer werden.

Die Villa am Nassim Hill, wo die Martinsons ermordet worden waren, konnten er und Beevers in knapp zehn Minuten zu Fuß erreichen.

»Jedenfalls hat sich der Mörder da ein hübsches Häuschen ausgesucht, um die Morde zu begehen«, meinte Beevers.

Die Villa stand inmitten von Bäumen auf einer kleinen Erhebung. Mit dem roten Ziegeldach, dem goldfarbenen Stuck und den großen Fenstern wirkte die Villa auf Michael wie eins der hübschen Häuser, die er am Morgen des Vortages von seinem Hotelzimmer aus gesehen hatte.

Nichts an diesem Haus wies darauf hin, daß hier zwei Menschen ermordet worden waren.

Poole und Beevers schritten unter den Bäumen her auf die Villa zu. Oben angekommen hielten sie sich schützend die Hand über die Augen und warfen einen Blick in einen Raum, der wie eine langgestreckte rechteckige Höhle aussah. Mitten auf dem Parkett – mit Staubwolken übersät – befand sich ein großer unregelmäßig geformter Fleck, von Punkten und Spritzern umgeben. Es sah aus, als hätte jemand braune Farbe auf dem Boden verschüttet.

Poole bemerkte zwischen Beevers und seinem eigenen Schatten noch einen dritten Schatten und fuhr hoch wie ein Kind, das man beim Stehlen ertappt hat. »Entschuldigen Sie vielmals«, sagte der Fremde. »Ich wollte Sie wirklich nicht erschrecken.«

Ein stämmiger Chinese in einem schwarzseidenen Anzug und glänzend schwarzen Slippern mit Bommeln war hinter sie getreten. »Sie interessieren sich für das Haus?«

»Sind Sie der Hausbesitzer?« fragte Poole. Der Chinese schien ganz plötzlich aus dem Nichts aufgetaucht zu sein – eine merkwürdige Erscheinung.

»Ich bin nicht nur der Hausbesitzer, sondern auch der Nachbar!« Mit einer weitausholenden Armbewegung wies er auf eine andere Villa ein Stück weiter hügelaufwärts, die jedoch inmitten der dichtbelaubten Bäume kaum auszumachen war. »Als ich Sie hier heraufkommen sah, wollte ich mein Haus vor Vandalen schützen. Manchmal schleichen sich hier junge Leute ein. Die sind wahrscheinlich überall auf der Welt gleich, habe ich nicht recht?« Er lachte. Es klang hohl wie Hundegebell. »Aber als ich Sie gesehen habe, wußte ich, daß Sie nichts Schlimmes im Schilde führen.«

»Nein, wir sind wahrhaftig alles andere als Vandalen«, sagte Beevers indigniert. Nach einem Seitenblick auf Poole verkniff er es sich, zu behaupten, sie seien Detectives aus New York. »Wir waren mit den Leuten befreundet, die hier umgekommen sind, und da wir auf einer Pauschalreise hier Station machen, wollten wir uns den Schauplatz des Geschehens einmal näher ansehen.«

»Ein schreckliches Unglück«, sagte der Chinese. »Ihr schmerzlicher Verlust geht mir sehr nahe.«

»Danke, Sie sind sehr freundlich«, sagte Poole.

»Oder anders ausgedrückt: Ihr Verlust ist mein Verlust. Seit Bekanntwerden der Morde kommt das Haus anscheinend für niemanden mehr in Betracht. Wenn doch einmal jemand daran interessiert war, sich das Haus anzusehen, so konnte ich die Leute nicht hereinbitten, um es ihnen zu zeigen, weil die Polizei alles versiegelt hat!« Er wies auf einen gelben, vom Regen ganz fleckigen Zettel und das Polizeisiegel an der Haustür. »Wir dürfen nicht einmal die Blutflecken entfernen! Oh, verzeihen Sie bitte, was bin ich doch gedankenlos! Ich bedaure zutiefst, was Ihren Freunden zugestoßen ist. Ich fühle mit Ihnen in Ihrem Schmerz.« Er richtete sich kerzengerade auf und trat verlegen ein paar Schritte zurück. »Ist es um diese Jahreszeit sehr kalt in St. Louis? Wie bekommt Ihnen das Wetter hier in Singapur?«

»Haben Sie denn nichts gehört?« erkundigte sich Beevers.

»Nicht in der betreffenden Nacht. Ansonsten habe ich oft etwas gehört.«

»Was haben Sie gehört?« fragte jetzt Michael Poole.

»Ich habe ihn wochenlang herumrumoren hören. Diesen Teenager. Viel Lärm hat er nicht gemacht. Es war einfach nur ein Junge, der nachts wie ein Schatten eingestiegen und wieder weggeschlichen ist. Ich habe ihn nie erwischt.«

»Aber Sie haben ihn gesehen.«

»Nur ein einziges Mal. Von hinten. Ich kam von meiner Villa her und sah ihn zwischen den Hibiscusbäumen laufen. Ich habe nach ihm gerufen, aber er ist nicht stehengeblieben. Wären Sie stehengeblieben? Er war klein – ein Junge. Ich habe die Polizei gerufen, aber die hat ihn nicht gefunden und hat auch nicht dafür gesorgt, daß er nicht mehr hereinkam. Ich habe die Villa natürlich abgeschlossen, aber er hat doch immer eine Möglichkeit gefunden, sich wieder einzuschleichen.«

»War es ein Chinese?«

»Ja, natürlich. Ich nehme es zumindest an. Ich habe ihn ja nur von hinten gesehen.«

»Glauben Sie, daß er der Mörder ist?« erkundigte sich Poole.

»Ich weiß nicht recht. Ich halte ihn eigentlich nicht für den Mörder, aber wissen kann ich das natürlich nicht. Er kam mir so harmlos vor.«

»Sie haben doch behauptet, Sie hätten ihn gehört. Was wollen Sie damit sagen?« fragte Beevers.

»Ich habe ihn singen gehört.«

»Was hat er denn gesungen?« fragte Poole.

»Es war ein fremdsprachiges Lied«, erklärte der Chinese. »Es war auf keinen Fall irgendein chinesischer Dialekt und auch nicht englisch oder französisch. Ich habe mich manchmal gefragt, ob es nicht polnisch war! Es ging etwa so...« Er bekam einen Lachanfall. »Rip-a-rip-a-rip-a-lo.« Er sang die Worte tonlos, jedenfalls ohne erkennbare Melodie. Dann mußte er wieder lachen. »Es klang sehr melancholisch. Ich habe das Lied zwei- oder dreimal von hier aus gehört, als ich abends im Garten meiner Villa saß. Dann bin ich so leise, wie ich nur konnte, hergekommen, aber er hat mich immer kommen hören und sich versteckt, bis ich wieder gegangen war.« Er unterbrach sich und konstatierte schließlich. »Zum Schluß habe ich mich einfach mit ihm abgefunden.«

»Wie, Sie haben sich mit einem Einbrecher abgefunden?« staunte Beevers.

»Der Junge war nach einer Weile in meinen Augen fast so etwas wie ein Haustier. Schließlich hat er hier ja wie ein kleines Tier gelebt. Er hat keinen Schaden angerichtet. Und er hat immer dieses traurige Liedchen gesungen. Rip-a-rip-a-rip-a-lo.«

Er kam sich offensichtlich etwas verloren vor. Poole versuchte, sich einen amerikanischen Industriemagnaten in einem Anzug aus schwarzer Seide und Schlupfschuhen mit Bommeln vorzustellen, der sich verloren vorkam. Der Gedanke überstieg seine Vorstellungskraft.

»Der Junge muß wohl fortgegangen sein, bevor es zu den schrecklichen Morden kam.« Der Chinese blickte auf die Uhr. »Kann ich Ihnen sonst mit irgend etwas helfen?«

Er winkte ihnen nach, als sie zur Nassim Hill Road hinuntergingen. Er winkte immer noch, als sie auf der Suche nach einem Taxi in die Orchard Road einbogen.

Sie konnten sich beide denken, wo der Leichnam von Clive McKenna gefunden worden war, als der Taxifahrer sie auf das Hotel hinwies. Das weiße Hotel erhob sich auf einem Vorsprung, einem Plateau oberhalb eines üppig begrünten Steilhanges. Von dem Hotel aus sah man auf das Geschäftsviertel von Singapur. Es grenzte fast an die Ausläufer des Geschäftsviertels. Sie bezahlten den Taxifahrer und gingen zwischen Strauchwerk hindurch auf das Hotel zu. Sie blickten den Abhang des Hügels hinunter. Er war mit einer dunkelgrünen Pflanze wie Immergrün bewachsen, durch niedrige Hecken unterteilt.

»Er hat ihn ganz bestimmt hierhergelockt«, nahm Beevers an. »Wahrscheinlich haben sie sich an der Bar kennengelernt. ›Gehen wir doch ein bißchen frische Luft schnappen.‹ Dann rennt er ihm das Messer in den Leib. Auf Wiedersehen, Clive. Ob wir wohl am Hotelempfang irgend etwas Interessantes in Erfahrung bringen?« Beevers Stimme klang ausgesprochen fröhlich – als sei der Mord für ihn ein Grund zum Feiern.

Am Empfang fragte Beevers dann: »Hatten Sie einen Hotelgast namens Underhill, als Mr. McKenna hier ermordet wurde?« Er hielt einen ganz klein zusammengefalteten Zehndollarschein in der Hand.

Der Mann am Empfang beugte sich vor und drückte Tasten auf dem Computer-Terminal unter dem Empfang. Michael Poole erschrak, als sie erfuhren, daß ein Mr. Timothy Underhill sechs Tage bevor man den Leichnam von Mr. McKenna fand, im Hotel erwartet worden war, daß er sich aber nicht gemeldet hatte, um sein Zimmer zu beziehen.

»Bingo!« platzte Beevers heraus. Der Hotelangestellte wollte die Zehndollarnote an sich bringen. Doch Beevers zog blitzschnell die Hand zurück. »Haben Sie Underhills Adresse?«

»Selbstverständlich. Grand Street sechsundfünfzig in New York.«

»Wie hat er die Reservierung vorgenommen?«

»Darüber gibt es keine Unterlagen. Wahrscheinlich telefonisch. Wir haben auch die Nummer seiner Kreditkarte nicht.«

»Und Sie wissen nicht, von wo aus er angerufen hat?«

Der Hotelangestellte schüttelte den Kopf.

»Die Auskunft hilft uns nicht weiter.« Beevers steckte den Geldschein wieder ein und grinste Michael hämisch an.

Sie traten wieder in den Sonnenschein hinaus.

»Warum hat er wohl seinen wahren Namen angegeben, wenn er bar bezahlen wollte?« wunderte sich Michael.

»Michael, er muß wohl so weggetreten gewesen sein, daß er fest davon überzeugt war, niemand könne ihm etwas anhaben. Er fühlte sich wohl allen überlegen. Michael, bei ihm muß der Wahnsinn ausgebrochen sein. Es ist doch nicht normal, wahllos Leute umzubringen. Der Kerl läuft mit Schaum vor dem Mund herum, und du fragst mich, warum er keinen falschen Namen angibt!« Beevers machte dem Portier ein Zeichen. Der pfiff ein Taxi herbei.

»Weißt du, ich habe das Gefühl, daß mir diese Adresse irgendwie bekannt vorkommt. Grand Street sechsundfünfzig. Klingt tatsächlich ganz vertraut.« Poole überlegte.

»Lieber Himmel, Michael!«

»Was ist denn in dich gefahren?«

»Das ist die Adresse von Pumos Restaurant, du Blödian! Das Saigon liegt in der Grand Street 56. In der Stadt New York im Staat New York in den Vereinigten Staaten von Amerika.«

Die Plantation Road begann bei einem hohen Hotelkomplex an der Ecke einer lebhaften Straße mit sechs Fahrbahnen und wurde wenig später zu einer schon fast gemütlichen Enklave der oberen Mittelschicht mit langgestreckten niedrigen Bungalows. Davor Rasenflächen, die Gartentore abgeschlossen. Vor der Nummer 52 angekommen, bat Beevers den Taxifahrer, auf sie zu warten. Die beiden Männer stiegen aus.

Das Haus, in dem Roberto Ortiz und die Frau ermordet worden waren, glänzte friedlich in der Sonne. Zu beiden Seiten blühender Hibiscus. Die Bäume warfen ihre Schatten auf den dunklen Rasen. Am Gartentor und an der Haustür die Nachricht, daß das Polizeipräsidium von Singapur das Haus zwecks Aufklärung eines Mordfalles versiegelt habe. Vor dem Haus standen zwei dunkelblaue Polizeiwagen. Poole sah durch die Fenster, daß sich im Haus Männer in Uniform bewegten.

»Ist dir schon aufgefallen, wie gut die Polizistinnen hier aussehen?« meinte Beevers. »Ob sie uns wohl reinlassen würden?«

»Du kannst ja versuchen, ihnen weiszumachen, daß du ein Detective aus New York bist«, schlug ihm Michael vor.

»Wozu denn das? Ich bin schließlich Anwalt und vor Gericht zugelassen«, setzte sich Beevers indigniert zur Wehr.

Poole wandte sich um und betrachtete das Haus auf der anderen Straßenseite. Eine Chinesin in mittleren Jahren stand an einem der Wohnzimmerfenster, den Arm um die Taille einer jüngeren, viel größeren Chinesin, die die rechte Hand auf ihre Hüfte stützte. Die beiden Frauen wirkten sehr angespannt. Poole fragte sich, ob sie je einen jungen Mann ein sonderbares Lied hatten singen hören, das klang wie *Rip-a-rip-a-rip-a-lo.*

Als Michael Poole und Harry Beevers in ihr Hotel zurückkehrten, fanden sie Conor Linklater immer noch völlig verkatert und mit roten Augen vor. Er erinnerte Michael an Dwight Frye in *Dracula*. Im Hotel hatte man ihm einen Arzt im Nebenhaus genannt. Poole und Beevers schleppten ihn zum Lift und in den Sonnenschein hinaus. Conor behauptete: »Das geht rasch vorbei. Heute abend kann ich mitkommen, Mike.«

»Du bleibst schön hier im Hotel«, ordnete Michael an.

»Ja, mit mir rechnest du besser auch nicht«, mischte sich Beevers ein. »Ich bin so erschlagen, daß ich es einfach nicht über mich bringe, auch noch die restlichen Schwulenbars durchzukämmen. Ich verkrafte heute keine einzige mehr. Ich bleibe hier und erzähle Conor, womit wir die Zeit totgeschlagen haben.«

Sie bewegten sich schwankend und kamen nicht so recht vom Fleck. Michael Poole und Harry Beevers hatten Conor in die Mitte genommen. Der machte nur kleine schlurfende Schrittchen und wagte nicht, schneller zu gehen.

Beevers sinnierte: »In ein paar Jahren sitzen wir vielleicht in einem Vorführraum und sehen uns bei allem, was wir jetzt gerade tun. Dann weiß die halbe Weltbevölkerung, daß Conor Linklater den Durchmarsch hatte. Ich wünschte, Sean Connery wäre zwanzig Jahre jünger. Was für ein Jammer, daß die Idealbesetzungen inzwischen schon zu alt sind.«

»Laurence Olivier ist wohl wirklich schon zu alt«, bemerkte Michael.

»Ich rede von Männern wie Gregory Peck und Richard Widmark. Paul Newman ist zu klein und Robert Redford viel zu nett. Vielleicht sollten die Produzenten was riskieren und James Woods engagieren. Damit wäre ich einverstanden.«

6

Das Taxi schlängelte sich durch die Nacht, bis sie auf eine Ringstraße gelangten. Auch auf dieser Straße fuhren sie noch so weit, daß sich Poole allmählich fragte, ob der Nachtclub sich womöglich in Malaysia befand. Bald sahen sie nur noch die Lichter der Bogenlampen über der Schnellstraße mit sechs Fahrbahnen. Zu beiden Seiten der Straße nichts als die dunkle kahle Landschaft, nur selten unterbrochen von kleinen abgelegenen und schwach beleuchteten Behausungen. Sie hatten die Straße fast für sich allein, und der Taxifahrer fuhr sehr schnell. Poole schien es fast, als berührten die Räder die Straße gar nicht mehr.

»Gehört das noch zu Singapur?« erkundigte sich Michael. Der Taxifahrer schwieg.

Schließlich bog der Wagen mit quietschenden Reifen in die Zufahrtsstraße zu einem Einkaufszentrum ein, das wie eine Raumstation im Dunkel der Nacht aufleuchtete. Es war ein langgestreckter, hoher Gebäudekomplex. Rings um das Shopping Center ein riesengroßer, fast völlig leerer Parkplatz. Riesige Spruchbänder mit chinesischen Schriftzeichen hingen an den Wänden des Einkaufszentrums. Da trat der Taxifahrer heftig auf die Bremse. Das Taxi kam dicht vor einigen riesigen Palmen zum Stehen. Der Fahrer saß wie eine Statue am Lenkrad und rührte sich nicht. Als Poole seine Frage zögernd wiederholte, schnauzte ihn der Taxifahrer auf chinesisch an.

»Was bin ich Ihnen schuldig?«

Der Chinese schrie den gleichen Satz wie schon einmal.

Poole reichte ihm einen Geldschein, dessen Wert er nicht erkennen konnte. Er bekam einen ganzen Berg Wechselgeld zurück und gab dem Fahrer ganz willkürlich irgendeinen Schein als Trinkgeld. Das Taxi schoß davon. Poole kam sich von aller Welt verlassen vor in dieser Einöde.

Das Einkaufszentrum war aus einem glanzlosen grauen Metall gebaut. Durch riesengroße Fenster im Erdgeschoß sah Poole winzige Gestalten weit weg am Ende der Ladenstraße vor den geschlossenen Geschäften vorbeipromenieren.

Glastüren glitten zischend auf. Kalte Luft umfing ihn. Hinter ihm glitten die Türen wieder zu. Er bekam eine Gänsehaut.

Ein langer leerer Gang führte zu einer gigantischen hohen Kuppel. Poole kam sich vor wie in einer leeren Kirche. Mannequins posierten und dehnten sich verführerisch in den Schaufenstern der geschlossenen Läden. So schien es auf den ersten Blick. Doch bei näherem Hinsehen erkannte er Schaufensterpuppen, die ausgesprochen gespenstisch wirkten. Irgendwo im Verborgenen ratterten Rolltreppen. Die Kathedrale wirkte leer und verödet. Als Poole den Kuppelbau betrat, sah er vereinzelte Leute, die sich wie in Trance durch die verschiedenen Etagen an dunklen Schaufenstern vorbeibewegten.

Poole tat sich im Erdgeschoß des Einkaufszentrums um, fest davon überzeugt, daß ihn der Taxifahrer falsch verstanden und ihn sonstwo hingekarrt hatte. Es dauerte geraume Zeit, bis er auch nur die Rolltreppe fand. Er befürchtete schon, die ganze Nacht damit zubringen zu müssen, an Spielwaren-, Möbel- und Modegeschäften vorbeizuflanieren. Schließlich bog er bei einem Restaurant mit Namen Captain Steak um die Ecke und sah einen älteren Chinesen mit Baseballmütze auf der Rolltreppe von einer höheren Etage abwärtsfahren.

Bereits in der dritten Etage schmerzten seine Füße. Der Boden war aus festem unnachgiebigem Stein. In einem dunklen Schaufenster hingen rote und orangefarbene Sweatshirts. Sie erinnerten Poole an Vögel im Käfig. Er seufzte und trottete entmutigt weiter. Ob er hier draußen überhaupt ein Taxi zurück in die Stadt bekam? Er hatte das unangenehme Gefühl, daß niemand mit ihm sprechen würde und daß er sich nicht verständlich machen konnte.

So perfekt und steril war Singapur nirgendwo sonst. Alles Zufällige, aller Schmutz, alle Lebenskraft und Lebensfreude waren skrupellos von hier verbannt. Michael sehnte sich zurück ins Hotel Marco Polo. Wie gern hätte er sich mit Beevers einen angetrunken und sich das Wirtschaftsprogramm und die Kitschsendungen im Fernsehen von Singapur angesehen.

Im fünften Stockwerk schlich er völlig entmutigt durch die Gänge, die noch dunkler und leerer waren als im Erdgeschoß. Hier oben war kein einziger Laden und kein Restaurant mehr offen. Er befand sich im fünften Stockwerk eines Großstadt-Einkaufszentrums. Aber es lag meilenweit außerhalb der Stadt. Michael kam sich vor wie ausgesetzt. Doch als er um eine Ecke bog, hörten die dunklen Schaufenster mit einem Mal auf. An den Wänden kleine weiße Kacheln, von geschickt angebrachten Scheinwerfen beleuchtet. Durch eine Öffnung in der Wand sah Michael Männer in eleganten Anzügen und Mädchen in figurbetonten Cocktailkleidern. Alle rauchten. Eine blaßblaue Dunstwolke lag über dem Raum. An einer Art Empfang stand eine gutaussehende Geschäftsführerin. Sie telefonierte und lächelte ihm zu. Am Eingang eine flammend rosa Neonreklame PEPPERMINT CITY. Daneben ein weiß gestrichener Baum ohne Blätter, gespickt mit winzigkleinen weißen Glühbirnen.

Poole betrat den Nachtclub und vergaß das Einkaufszentrum augenblicklich. Er glaubte zu träumen. Eine Fantasielandschaft breitete sich vor ihm aus. Teatime auf dem Grund und Boden einer Plantage am Mississippi. Jenseits des Empfangs wiesen Empfangsdamen Paaren Plätze an runden kunstvoll geschmiedeten weißen Gußeisentischen an. Die Leute nahmen auf gußeisernen weißen Stühlen Platz, die an Speiseeis erinnerten. Tische und Stühle waren in Reihen angeordnet. Der Boden und die Wände waren schwarz gestrichen. Zu beiden Seiten einer gut besuchten Bar weitere gußeiserne Stühle und Tische auf Galerien und in Zwischengeschossen. Inmitten des Raumes ein von Tischen und Stühlen umgebener angestrahlter Brunnen mit einer Brunnenfigur – einem wasserspeienden Jungen.

Die Dame am Empfang führte ihn an einen kleinen weißen Tisch auf einer Ebene hinter der Bar. Poole bestellte sich ein Bier. Vor der Bühne drängten sich auf der Tanzfläche junge homosexuelle Pärchen. Sie trugen Anzüge und wirkten wie Absolventen einer Universität. Fast alle Gäste dieses Clubs waren solche Paare. Jungen mit runden Brillengläsern zündeten sich Zigaretten an und bemühten sich, nicht befangen und verschüchtert zu erscheinen. Vereinzelt auch ein paar Engländer und Amerikaner, die sich ernsthaft mit ihren chinesischen und eurasischen Begleitern unterhielten. Die meisten dieser Paare sprachen dem Champagner zu, während die Jungen Bier tranken.

Nach ein paar Minuten endete die ruhige Musik ganz plötzlich. Die Jungen, die vor der Bühne tanzten, applaudierten begeistert und begaben sich auf ihre Plätze. Das Telefon läutete, die Kasse klingelte, ein paar Stimmen wurden laut, erstarben jedoch bald wieder.

Vier stämmige untersetzte Philippinos, ein Eurasier und ein schlanker junger Chinese kamen auf die Bühne gesprungen. Ein Bühnenarbeiter schob von der anderen Seite einen riesigen Synthesizer auf die

Bühne und an den Trommeln vorbei. Alle Musiker mit Ausnahme des Chinesen waren gleich gekleidet. Sie trugen weit geschnittene gelbe Hemden und enganliegende Westen und Hosen aus rotem Samt. Sie brachten ihre Instrumente selber auf die Bühne – zwei Gitarren, eine Conga-Trommel und einen Baß. Sobald der Drummer und der Mann am Keyboard bei ihren Instrumenten waren, spielten sie eine einschmeichelnde, verfremdete Version von ›Billie Jean‹. Der Eurasier und der Mann am Keyboard hatten kurzes lockiges Haar und trugen Sonnenbrillen wie Michael Jackson. Die anderen hatten glatte Haare wie John Lennon und trugen Brillen mit runden Brillengläsern. Poole konnte sich gut vorstellen, daß er die gleichen Musiker gealtert und viel dicker auch noch antreffen würde, wenn er in zwanzig Jahren nach Singapur zurückkehrte. Sie würden auch dann noch so mechanisch spielen und wahrscheinlich auch noch so gekleidet sein.

Michael Jackson hatte gerade Hochkonjunktur. Er war der absolute Star. Auch Lola trug das Haar gelockt, hatte eine Sonnenbrille und einen weißen Handschuh. Er war in eine glänzende enge Strumpfhose gezwängt. Dazu trug er hohe schwarze Lackstiefel und eine weit geschnittene Bluse, die einen Teil der Schultern freigab. Schwere glitzernde Ohrringe schauten durch die Locken, und an den Armen klapperten und klingelten mehrere Armreifen. Die Jungen an den Tischen vor der Bühne applaudierten wie wahnsinnig und pfiffen. Lola führte Tanzschritte wie Michael Jackson vor. Er wirkte energiegeladen und trotzdem seltsam leblos. Nach ›Billie Jean‹ brachten sie ›Maniac‹ und dann ›MacArthur Park‹. Wann immer sich Lola umzog, wurde gepfiffen und geklatscht.

Poole ergriff die Klappkarte auf seinem Tisch, auf der Gäste ihre Wünsche notieren sollten, strich sie glatt und schrieb: *Ihre Vorstellung gefällt mir. Ich würde mich gern mit Ihnen über einen alten Freund aus der Bugis Street unterhalten.* Er machte der Serviererin ein Zeichen. Sie nahm die Karte aus seiner Hand entgegen. Dann ging sie die Stufen hinunter, zwängte sich zwischen den Tischen hindurch und reichte Lola Michaels Karte.

Lola unterbrach sein Lied nicht. Er trug inzwischen eine rote langärmelige Bluse und eine gleichfarbige Glasperlenkette. Lola sang weiter ›Cross My Heart‹, nahm Michaels Karte und schwenkte sie kokett. Dann klappte er sie auf. Seine Miene erstarrte den Bruchteil einer Sekunde, dann fuhr er herum, stampfte mit dem Fuß auf, breitete die Arme aus, daß die Armreifen klirrten, und sang aus vollem Halse weiter ›Cross My Heart‹!

Lolas Auftritt dauerte noch etwa eine Stunde. Erst dann trat er unter Verbeugungen und in die Luft geblasenen Küssen von der Bühne ab. Die Jungen standen auf und applaudierten stürmisch. Die Mitglieder der Band verneigten sich fast bis auf den Boden.

Als das Licht wieder anging, wartete Poole auf seine Rechnung. Ein paar der jungen Chinesen drängten sich vor einer Tür neben der

Bühne. Hin und wieder wurde die Tür geöffnet. Ein paar junge Leute wurden hinaus-, ein paar andere hineingelassen.

Als die Jungen gegangen oder zur zweiten Vorstellung an ihre Tische zurückgekehrt waren, klopfte Poole an die zerbrechliche schwarze Tür. Jemand stieß sie auf. Die Musiker der Band saßen in einem kleinen verräucherten Raum auf dem Fußboden und auf einem altersschwachen Sofa und sahen zu ihm hoch. In dem Raum roch es nach Qualm, nach Schweiß und auch nach Schminke. Lola machte eine halbe Kehrtwendung, wandte sich vom Spiegel ab und starrte unter dem Handtuch hervor, das er sich um den Kopf geschlungen hatte. Er hatte eine flache Dose schwarzen Puder in der einen Hand, in der anderen hielt er eine Augenbrauenbürste.

Poole trat ein.

»Machen Sie bitte die Tür hinter sich zu«, bat einer der Musiker der Band.

»Sie wollten mich sprechen?« fragte Lola.

»Sie haben mir sehr gefallen«, sagte Poole. Er trat näher. Der dicke Conga-Spieler zog die Beine an, da Poole sonst über ihn gefallen wäre. Lola sah Poole lächelnd an und zog sich das Handtuch vom Kopf.

Michael sah jetzt, daß Lola viel kleiner und älter war, als er auf der Bühne schien. Unter dem Make-up hatte sich ein ganzes Netz von messerscharfen kleinen Fältchen in die mädchenhaften Züge eingegraben. Seine Augen wirkten müde, aber dennoch wachsam. In seinem lockigen Haar glitzerten Schweißtropfen. Er nickte angesichts des Kompliments und wandte sich wieder seinem Spiegel zu.

»Die Karte mit der Bugis Street, die habe ich geschrieben«, sagte Poole.

Lola nahm die Hand von den Augen und drehte den Kopf ein kleines Stückchen, um Poole in Augenschein nehmen zu können.

»Haben Sie kurz Zeit?«

»Ich glaube nicht, daß wir uns schon begegnet sind.« Lola sprach fast akzentfrei englisch.

»Ich war noch nie zuvor in Singapur.«

»Aber Sie haben ein dringendes Anliegen.«

Einer der Musiker brach in schallendes Gelächter aus.

»Ein Mann namens Billy hat mich zu Ihnen geschickt«, verriet ihm Poole. Ihm schien etwas zu fehlen. Er war nicht eingeweiht in ein Geheimnis, um das die anderen wußten.

»Und was wollten Sie bei Billy? Sich amüsieren? Ich hoffe, daß Ihnen Erfolg beschieden war.«

»Ich war auf der Suche nach dem Schriftsteller Tim Underhill«, sagte Poole.

Er erschrak, als Lola die kleine Mascaradose mit solcher Wucht auf den Schminktisch knallte, daß eine schmutzfarbene Staubwolke aufstob. »Wissen Sie, ich dachte eigentlich, ich wäre darauf gefaßt gewesen. Aber ich habe mich offenbar geirrt.«

Darauf gefaßt gewesen? überlegte Poole. Er sagte: »Billy meint, Sie könnten Underhill gekannt haben und vielleicht sogar wissen, wo er sich jetzt aufhält.«

»Also, hier ist er jedenfalls nicht.« Lola wirkte ungehalten. »Ich möchte nicht darüber sprechen. Ich habe gleich noch einen Auftritt. Gehen Sie jetzt bitte.«

Die Musiker lächelten zwar freundlich, doch die Szene ließ sie offensichtlich kalt.

»Bitte helfen Sie mir doch«, bat Poole.

»Sind Sie vielleicht ein Bulle? Oder schuldet er Ihnen Geld?«

»Nein, nein, nichts dergleichen. Ich bin Arzt und heiße Michael Poole. Wir waren einmal befreundet.«

Lola preßte die Handflächen auf die Stirn. Er sah aus, als hoffe er, das sei alles nur ein böser Traum, aus dem er gleich erwachen würde. Schließlich zog er die Hände wieder weg und verdrehte die Augen. »O Gott – da haben wir die Bescherung.« Er wandte sich an den Conga-Spieler. »Hast du Tim Underhill gekannt?«

Der Conga-Spieler schüttelte den Kopf.

»Habt ihr Anfang der siebziger Jahre nicht in der Bugis Street gespielt?«

»Da waren wir noch in Manila«, erwiderte der Conga-Spieler. »1970 haben wir uns die Cadillacs genannt. Haben Subic Bay unsicher gemacht.«

»Wir haben in all den Bars gespielt«, sagte der Keyboard-Spieler. »Mann, das waren noch Zeiten. Da konnte man alles haben, was man wollte.«

»Danny Boy«, fiel dem Keyboard-Spieler ein.

»Danny *Boy*. Für die Matrosen Danny *Boy*.«

»Können Sie mir sagen, wo ich Tim Underhill finde?« fragte Poole.

Lola merkte, daß seine Hände mit schwarzem Puder bestäubt waren. Er warf seinem Spiegelbild einen angewiderten Blick zu. Dann zog er ein Papiertaschentuch aus einer Schachtel, die auf dem Schminktisch stand. Er wischte sich die Hände betont langsam sauber und betrachtete sich dabei im Spiegel. »Ich habe nichts zu verbergen«, sagte er zu seinem Spiegelbild. »Ganz und gar nicht. Da ist noch eher das Gegenteil der Fall.«

Dann gönnte er Michael wieder einen Blick. »Was machen Sie denn, wenn Sie ihn gefunden haben?«

»Dann spreche ich mit ihm.«

»Ich hoffe, dabei bleibt es nicht.« Lola stieß einen tiefen Seufzer aus. Der Spiegel beschlug augenblicklich. »Darauf war ich *wirklich* nicht gefaßt. Dafür ist es noch zu früh.«

»Sagen Sie mir, wann und wo wir uns in Ruhe unterhalten können.«

»Kennen Sie den kleinen Park an der Bras Basah Road?« erkundigte sich Lola.

Michael versicherte ihm, daß er ihn finden würde.

»Dann treffen wir uns dort morgen um elf Uhr.« Lola sprach wieder zu seinem Spiegelbild. »Falls ich nicht kommen sollte, dringen Sie nicht weiter in mich. Und kommen Sie nicht mehr hierher. Ich hoffe, ich habe mich klar ausgedrückt.«

Poole hatte nicht die Absicht, diese Bitte zu beherzigen. Trotzdem nickte er und erklärte sich damit einverstanden, weil ihm das im Augenblick am vernünftigsten erschien.

Der Conga-Spieler sang: »Weißt du den Weg zum Bras Basah Park?« Poole ging.

7

Nach einem Fußmarsch von etwa einer halben Stunde erspähte Poole das kleine grüne Dreieck, den Park zwischen der Orchard und der Bras Basah Road. Er war allein gekommen. Conor fühlte sich noch viel zu schwach, um die fünf Kilometer bis zum Park zu laufen. Der Virus setzte ihm sehr zu. Beevers war mit dunklen Augenringen und einem blutigen Kratzer über der rechten Augenbraue zum Frühstück erschienen und hatte Michael dringend geraten, den Sänger allein ›auszuhorchen‹.

Poole begriff jetzt, warum Lola den Bras Basah Park zum Treffpunkt auserkoren hatte. Hier spielte sich alles vor aller Augen und in aller Öffentlichkeit ab. Was hier passierte, konnte von den Häusern an den beiden großen Straßen aus jederzeit beobachtet werden und konnte auch den Autofahrern nicht verborgen bleiben. Die Autos fuhren dicht an dicht. Der Bras Basah Park war ungefähr so abgeschieden wie eine Verkehrsinsel.

Drei breite gewundene Pfade, mit bernsteinfarbenen Steinen gepflastert, durchschnitten den Park. Am schmalen östlichen Ende des Parks liefen sie zusammen. Dort führte ein breiterer Spazierweg um eine abstrakte Bronzeskulptur herum. An einem Schild aus Holz vorbei kam man wieder aus dem Park heraus.

Poole ging die Orchard Road entlang, bis er zu der Ampel kam, an der er die Straße überqueren mußte, um zu dem verlassenen Park zu kommen. Es war fünf vor elf.

Michael setzte sich auf eine Bank an dem Weg, der am nächsten bei der Orchard Road verlief. Er sah sich um und fragte sich, wo Lola blieb. Vielleicht beobachtete er ihn aus einem der Fenster mit Aussicht auf den Park. Er wußte, daß ihn der Sänger warten lassen würde. Hätte er doch nur daran gedacht, ein Buch mitzunehmen.

Michael saß in der warmen Sonne auf der Holzbank. Ein alter Mann am Stock humpelte vorbei. Er brauchte sehr lange, bis er an Michaels Bank vorbei war. Michael sah ihm nach – sah, wie er mit winzigkleinen Schrittchen an den Bänken, an dem Denkmal und dem Schild vorbeiging, um die Orchard Road zu überqueren. Fünfundzwanzig Minuten waren verstrichen.

Da saß er nun mutterseelenallein auf einer Bank in Singapur und fühlte sich von aller Welt verlassen. Er hielt es für möglich, nein, sogar für wahrscheinlich, daß ihn ein kleines Mädchen, dem er nicht mehr helfen, dem er nur noch Bücher kaufen konnte, mehr als irgend jemand sonst vermissen würde, falls er nie wieder nach Westerholm zurückging.

Aber das war schon in Ordnung. Das war gut so. Auch er würde Stacy vermissen – genauso sehr wie sie ihn, falls sie sterben sollte, während er noch fort war. Eigentlich komisch, dachte Poole. Während des Medizinstudiums lernt man ungeheuer viel über das Leben und den Tod, doch über die Trauer lernt man nichts, aber auch gar nichts. Inzwischen hielt Dr. Michael Poole den Kummer und die Fähigkeit zu leiden für die wichtigsten menschlichen Emotionen. Der Kummer wog ebenso schwer wie die Liebe.

Poole dachte daran, wie er in seinem Hotelzimmer in Washington allein am Fenster gestanden und mitangesehen hatte, wie ein auffälliger protziger Lieferwagen mit einem verstaubten alten Wagen zusammengerumpelt war. Dem kleinen alten Wagen wurde der Kühler eingedrückt. Er mußte daran denken, wie er in der frischen kalten Luft inmitten anderer Veteranen zum Vietnam-Memorial gepilgert war, begleitet von Denglers Doppelgänger und dem Geist Tim Underhills. Ihm fiel auch Thomas Strack ein.

Er sah fette Frauen Flaggen schwenken. Eine schneidend kalte Brise wehte ihm ums Gesicht. Er erinnerte sich ganz genau daran, wie die Namen der Gefallenen aus dem schwarzen Stein herausgetreten waren und spürte den bitteren Geschmack der Sterblichkeit auf der Zunge. Er füllte seinen ganzen Mund aus. »Dwight T. Pouncefoot«, sagte er. Wie absurd der Name klang! Großartig und absurd. Ihm traten Tränen in die Augen. Er kicherte und lachte schließlich schallend.

Eine ganze Weile ging das so, daß er lachte und gleichzeitig weinte. Die widersprüchlichsten Gefühle stiegen in ihm auf, bis er ganz davon erfüllt war – bis in den letzten Winkel. Seine Nerven vibrierten. Er lachte und weinte zugleich, ganz erfüllt von dem Gedanken an die Vergänglichkeit, das Leid. Er empfand ihn gleichermaßen als bitter und beglückend. Als diese starken Emotionen nachzulassen begannen, zog er sein Taschentuch aus der Tasche und fuhr sich damit über die Augen. Da sah er neben sich auf der Bank einen mageren Mann in mittleren Jahren sitzen, der wie eine chinesische Version von Roddy McDowell aussah. Der Mann betrachtete ihn voller Ungeduld und Neugier. Er gehörte offensichtlich zu den Männern, die wie Teenager wirken, bis sie Mitte Vierzig sind und dann mit einemmal zu runzligen, aber jungenhaften alten Männern werden.

Michael sah, daß der Mann eine braune Hose und ein rosa Hemd trug. Der Hemdkragen war ordentlich über dem Kragen des braunkarierten Sportjacketts glattgestrichen, das Haar des Mannes glatt zurückgekämmt. Erst als Michael das alles in sich aufgenommen hatte, begriff er, daß das Lola war. In Zivil und völlig ungeschminkt.

»Wahrscheinlich sind Sie auch verrückt«, sagte Lola tonlos und völlig akzentfrei. Er lächelte. Sein Gesicht sah dabei aus, als splittere es sich in ein kompliziertes Netz von winzigkleinen Fältchen auf. »Kein Wunder, da Sie mit Underhill befreundet sind.«

»Ich mußte eben daran denken, daß nur ein wirklich schlimmer Krieg einen Burschen namens Dwight T. Pouncefoot das Leben kosten kann. Finden Sie nicht auch?« Allein der Gedanke an den Namen rief wieder die widersprüchlichsten Gefühle in ihm wach. Poole lachte und wand sich dabei wie in Krämpfen. Er hielt sich die Hand vor den Mund, konnte aber gegen das wahnsinnige Gelächter einfach nicht an.

»Selbstverständlich«, sagte Lola. Poole ließ die Hand in den Schoß sinken. Er konnte es nicht fassen, daß Lola seinen Ausbruch so gelassen hinnahm. Seine Verwunderung kannte keine Grenzen. Er war kolossal erleichtert. Lola hatte offenbar schon Schlimmeres erlebt. »Sind Sie mit Underhill zusammen in Vietnam gewesen?«

Michael nickte. Für Lola erklärte das anscheinend alles.

»Waren Sie eng befreundet?«

Poole erklärte: »Er hat im Dragon Valley vielen Leuten das Leben gerettet – allein dadurch, daß er dafür sorgte, daß alle die Ruhe bewahrten.« Poole zögerte. »Er war aber auch ganz abscheulich, benahm sich unerhört. Nun ja, er war vermutlich ein großartiger Soldat. Feuergefechte fand er erregend. Er ging gern auf Patrouille, wegen des erhöhten Adrenalinspiegels. Und er war weiß Gott nicht auf den Kopf gefallen.«

»Haben Sie ihn seit dem Krieg nicht mehr gesehen?«

Michael schüttelte den Kopf.

»Wollen Sie wissen, was ich von der Sache halte?« fragte Lola. Poole verhielt sich abwartend. Da beantwortete Lola seine Frage selbst. »Ich fürchte, Sie können Tim Underhill nicht helfen.« Er sah Poole kurz von der Seite an. Dann wandte er den Blick ab.

»Wo haben Sie Underhill kennengelernt?«

Lola sah Poole direkt in die Augen. Er bewegte den Mund, als wolle er einen lästigen Kern ausspucken. »Im Orient Song. Die Bar ist jetzt nicht mehr wiederzuerkennen. Touristengruppen gehen jetzt da ein und aus. Ein paar von den Oldtimern aus der Bugis Street bekommen einige Dollars dafür bezahlt, daß sie im hintersten Winkel herumsitzen und einen verwahrlosten und verruchten Eindruck machen.«

»Ich bin schon dort gewesen«, sagte Poole und mußte an die Leute von der Jasmine Far East Tour denken.

»Das weiß ich. Ich weiß ganz genau, wo Sie überall gewesen sind. Ich weiß alles über Ihre Aktivitäten hier in Singapur. Über die Ihrer Freunde selbstverständlich auch. Mich haben viele Leute aufgesucht. Oder angerufen. Ich habe mir sogar eingebildet, zu wissen, wer Sie sind.«

Poole verhielt sich abwartend und äußerte sich nicht dazu.

»Underhill hat oft vom Krieg erzählt. Er hat auch über Sie gesprochen.

Sie sind Michael Poole, nicht wahr?« Michael nickte. Lola sagte: »Es wird Sie sicher interessieren, was er über Sie zu sagen pflegte. Er sagte, es sei Ihnen vorherbestimmt, ein guter Arzt zu werden, ein zänkisches Weib zu heiraten und Ihr Leben in einem Vorort oder einer Kleinstadt zu fristen.«

Michael grinste jetzt ebenso wie Lola.

»Underhill hat auch gesagt, daß Ihre Arbeit Sie schließlich anöden und anwidern würde. Ebenso Ihre Frau und der Ort, in dem Sie leben. Er sagte, es würde ihn interessieren, wie lange Sie bräuchten, um zu dieser Erkenntnis zu gelangen und welche Schlüsse Sie daraus ziehen würden. Er hat auch gesagt, daß er Sie sehr bewundert.«

Poole mußte wohl erschrocken ausgesehen haben, denn Lola fügte noch hinzu: »Underhill hat mir versichert, daß Sie die Kraft besitzen, ein zweitklassiges Schicksal lange zu ertragen. Dafür hat er Sie bewundert, denn er selbst war dafür nicht geschaffen. Es mußte für ihn schon zehntklassig, zwölftklassig oder sogar noch schlimmer sein. Als es bei Ihrem Freund mit dem Schreiben nicht mehr so recht klappen wollte, hat er sich gleich richtig fallen lassen. Nichts war ihm zu erbärmlich und zu niedrig. Wer die Hölle sucht, der findet sie. Denn sie ist ja immer da und wartet auf ein neues Opfer.«

Michael wollte Lola fragen, was ihn nach Singapur verschlagen hatte, aber Lola sprach rasch weiter. »Ich will Ihnen von den Amerikanern erzählen, die während des Vietnam-Krieges hierher gekommen sind. Diese Leute konnten sich an das Leben in ihrer Heimat nicht mehr gewöhnen. Hier im Osten fühlten sie sich mehr zu Hause. Viele mochten die Asiatinnen. Oder auch die Asiaten, junge Asiaten. Ihr Freund ist ein gutes Beispiel dafür.« Er lächelte verbittert. »Viele wollten dorthin, wo sie Rauschgift in Hülle und Fülle vermuteten. Die meisten Amerikaner, die so empfanden, sind nach dem Krieg nach Bangkok gegangen. Manche haben Bars in Patpong oder Changmai gekauft oder sich als Rauschgifthändler betätigt.« Wieder sah er Michael an.

»Und wie war das bei Underhill?«

Die zahlreichen Runzeln in Lolas Gesicht gerieten in Bewegung. »Underhill ging ganz in seiner Arbeit auf. Er wohnte in einem winzigen Zimmer im alten Chinesenviertel. Er hatte seine Schreibmaschine auf einer Kiste stehen. Und besaß auch einen kleinen Plattenspieler. Er gab sein Geld für Platten und für Bücher aus. Natürlich auch für Rauschgift und in der Bugis Street. Er war krank. Ein durch und durch zerstörerischer Mensch. Sie behaupten, er sei ein guter Soldat gewesen. Was macht denn Ihrer Meinung nach einen guten Soldaten aus? Kreativität?«

»Aber er war ein kreativer, ein schöpferischer Mensch. Niemand könnte das bestreiten. Er hat sogar seine besten Bücher hier geschrieben.«

»Sein erstes Buch entstand in Vietnam schon in seinem Kopf«, berichtigte ihn Lola. »Er brauchte später nur noch aufzuschreiben, was ihm vor Augen stand. Er saß in seinem kleinen Zimmer, tippte, ging in die

Bugis Street, las dort irgendwelche Jungen auf, tat wonach ihm zumute war, nahm sich, was er wollte, und am nächsten Morgen tippte er dann wieder, saß stundenlang an seiner Schreibmaschine. Alles fiel ihm leicht. Glauben Sie, ich wüßte das nicht? Ich weiß genau Bescheid, ich war nämlich dabei. Als er sein Buch beendet hatte, gab er eine große Party im Fliegenden Drachen. Da lernte er einen Bekannten, einen Freund von mir kennen. Er hieß Ong Pin. Er wollte mit seinem nächsten Buch anfangen. Er sagte zu mir, er durchschaue diesen Irren, er kenne ihn in- und auswendig. Er wolle ein Buch über ihn schreiben. Nur hinter eine Sache müsse er noch kommen. Er tat sehr geheimnisvoll. Er war in so mancher Hinsicht ein geheimnisvoller Mensch. Er brauchte Geld, aber er sagte, er wisse schon, wie er an Geld käme, so daß er für den Rest seines Lebens ausgesorgt hätte. Aber bevor er an dieses große Geld käme, müsse er sich erst einmal Geld borgen, um sich über Wasser zu halten. Er hat alle angepumpt, mich eingeschlossen. Es ging um eine Menge Geld. Natürlich würde er es zurückzahlen. Schließlich war er ein berühmter Schriftsteller.«

»So kam es also zu dem Rechtsstreit?«

Lola sah Michael durchdringend an, dann lächelte er schief. »Underhill hielt das für eine großartige Idee. Er war sicher, daß es ihm Hunderttausende einbringen würde. Doch Underhill hatte mit einem ungeheuren Problem zu kämpfen: er war davon überzeugt, nichts Gutes mehr schreiben zu können. Nach *The Divided Man* schrieb er noch zwei oder drei Bücher. Er hat die Manuskripte zerrissen, sobald sie fertig waren. Um diese Zeit muß er den Verstand verloren haben. Er schnappte völlig über. Zusammen mit Ong Pin drohte er seinem Verleger, ihn auf Zahlung einer horrenden Summe zu verklagen. Er hoffte, dadurch mit einem Schlag ein reicher Mann zu werden und seine Schulden zurückzahlen zu können. Als aus dieser *großartigen* Idee nichts wurde, bekam Underhill Ong Pin rasch satt. Er warf ihn raus aus seinem Zimmer, wollte von niemandem mehr etwas wissen. Er hat einen Jungen zusammengeschlagen und lauter verrückte Sachen gemacht. Dann ist er verschwunden. Niemand wußte, wo er war. Die verrücktesten Geschichten waren über ihn im Umlauf. Es hieß, Underhill lebe in Hotels und mache sich mitten in der Nacht aus dem Staub, ohne die Zimmerrechnung zu bezahlen. Er muß so manchem Hotel Unsummen schuldig geblieben sein. Einmal kam mir zu Ohren, er schliefe unter einer ganz bestimmten Brücke. Ich ging mit ein paar anderen Leuten hin. Wir wollten versuchen, wenigstens ein paar Dollars aus ihm herauszuholen, ihm vielleicht auch eine kleine Lektion erteilen – aber er war gar nicht da. Ich erfuhr, daß er ganze Tage in Opiumhöhlen zubrachte. Dann kam mir zu Ohren, daß es mit ihm ständig schlimmer wurde. Er lief herum und machte allen Leuten weis, die Welt sei ein einziger Morast, ich sei ein böser Geist, Billy ein Dämon, Gott wolle uns vernichten. Herr Doktor, da habe ich es mit der Angst zu tun bekommen. Niemand konnte sagen, wozu dieser Wahnsinnige imstande war. Ich wußte, daß er sich selbst nicht leiden konnte, daß er sich haßte. Menschen, die sich selbst und alles, was sie tun, nicht akzeptieren können, sind zu allem fähig, wissen Sie? Er hatte in sämtlichen Bars Lokalverbot. Niemand bekam ihn zu Gesicht, aber es kursierten alle möglichen Gerüchte. Er war ganz unten in der Gosse angelangt.«

Poole stöhnte innerlich. Was war nur aus Underhill geworden? Wahrscheinlich hatte ihn das Rauschgift so kaputtgemacht, daß er als Schriftsteller nichts Vernünftiges mehr zustande brachte.

Während Lola noch erzählte, mußte Michael daran denken, wie er sich eines Abends in Washington in Begleitung einer Anwältin einen Jazzpianisten namens Hank Jones angehört hatte. Er war in Washington gewesen, um bei einem Hearing über Agent Orange auszusagen. Poole verstand kaum etwas von Jazz. Er erinnerte sich kaum noch an Hank Jones' Musik. Aber dessen ungeheure Freude an der Schönheit der Musik stand ihm noch deutlich vor Augen. Er erinnerte sich noch gut daran, wie Hank Jones, ein Farbiger in mittleren Jahren mit Kraushaar und einem sehr interessanten Gesicht, den Kopf über die Tasten gesenkt hielt und einfach nur auf die Einfälle reagierte, die ihm ständig kamen. Michael hatte die Musik förmlich in sich eingesogen. Seine Gefühle und Leidenschaften mit einer solchen *Leichtigkeit* ausdrücken zu können! So *schwebend*, so *rhythmisch* und so *melodiös*! Und als Jones nach seinem Auftritt neben dem Klavier stand und sich mit seinem begeisterten Publikum unterhielt, war Michael aufgefallen, daß der Jazzpianist noch ganz erfüllt war von dem Dargebotenen. Er hatte seinen Gefühlen auf vollkommene Weise Ausdruck verleihen können. Das zeigte sich auch hinterher noch in der Anmut seiner Bewegungen. Poole war zumute gewesen, als sähe er sich einem alten Löwen gegenüber, der all das verkörperte, was einen Löwen ausmacht.

Damals war ihm blitzartig klargeworden, daß höchstwahrscheinlich von allen Menschen, die er kannte, nur Tim Underhill diese innere Glut erleben konnte.

Doch Underhill war nur ein paar Jahre vergönnt gewesen, was Hank Jones über Jahrzehnte hinweg erhalten geblieben war. Tim Underhill hatte sich selbst darum gebracht.

Beide schwiegen lange. Schließlich fragte Lola: »Haben Sie seine Bücher gelesen?«

Michael nickte.

»Taugen sie etwas?«

»Die ersten beiden sind sehr gut.«

Lola schnaufte. »Ich hätte drauf geschworen, daß sie alle schrecklich sind.«

»Haben Sie eine Ahnung, wo sich Underhill jetzt aufhält?«

»Wollen Sie ihn vielleicht umbringen?« Lola sah Poole mit zusammengekniffenen Augen an. »Vielleicht sollte ihn wirklich jemand töten und seinem Elend ein Ende machen, bevor er jemanden umbringt.«

»Ist er in Bangkok? Oder in Taipeh? Oder wieder in den Staaten?«

»Ein Mensch wie Underhill kann nicht in die Staaten zurück. Ich bin sicher, daß er woanders hingegangen ist – wie ein wahnsinnig gewordenes Tier, das sich an einem sicheren Ort verkriecht. Ich habe immer geglaubt, er würde nach Bangkok gehen. Bangkok wäre die ideale Stadt für ihn. Aber er hat auch viel über Taipeh gesprochen. Vielleicht ist er ja dort gelandet. Jedenfalls hat er mir nie das Geld zurückgezahlt, das er mir noch schuldet. Das kann ich Ihnen sagen.« Seine zusammengekniffenen Augen blickten jetzt ausgesprochen boshaft.

»Der Verrückte, über den er schreiben wollte, war er selbst. Nicht einmal das hat er erkannt. Menschen, die sich selbst so wenig kennen, sind gefährlich. Ich habe mir immer eingebildet, ihn zu lieben. Ihn zu lieben! Herr Doktor, bitte seien Sie vorsichtig, wenn Sie Ihren Freund tatsächlich finden.«

16. KAPITEL

Die Bibliothek

1

Zwei Tage nach Michael Pooles und Conor Linklaters Eintreffen in Bangkok und Harry Beevers Ankunft in Taipeh machte Tina Pumo in New York eine wichtige Entdeckung. Und zwar ausgerechnet im Mikrofilm-Raum der Zentralbibliothek von New York. Er hatte einem untersetzten, bärtigen, etwa sechzig Jahre alten Mann in einem gutsitzenden Anzug weisgemacht, er schriebe ein Buch über Vietnam, insbesondere über den Kriegsgerichtsprozeß, in dem es um Ia Thuc ging.

Der Mann wollte wissen, welche Zeitungen er brauchte. Die Tageszeitungen aus New York, Washington, Los Angeles und St. Louis sowie die amerikanischen Nachrichtenmagazine aus der Zeit vom November 1968 bis März 1969. Da er auch an den Todesanzeigen und Nachrufen interessiert war, die die Presse im Hinblick auf die Opfer Kokos brachte, bat er auch noch um die Londoner *Times*, den *Guardian* und den *Telegraph* aus der Woche um den 28. Januar 1982 und die Tageszeitungen aus St. Louis aus der Woche um den 5. Februar 1982 und schließlich auch noch um die Pariser Tageszeitungen aus der Woche um den 7. Juli 1982.

Der Bärtige gab Pumo zu verstehen, daß es normalerweise sehr lange dauern würde, diese Unmenge von Material zu lokalisieren und herauszusuchen. Er habe jedoch eine gute und eine schlechte Nachricht für ihn. Die gute Nachricht sei, daß die verschiedenen Mikrofilme, in denen es um die Vorfälle von Ia Thuc ging, bereits zusammengestellt worden seien. Es gäbe da sogar noch ein paar zusätzliche Quellen – lange Artikel in *Harper's*, im *Atlantic* und im *American Scholar*, die er übersehen habe. Und dann die schlechte Nachricht: dieses umfangreiche Material könne noch nicht wieder ausgegeben werden, weil jemand anders offensichtlich auch an allen Unterlagen über Ia Thuc interessiert sei. Vor drei Tagen habe ein Journalist namens Roberto Ortiz jr. darum gebeten. Am nächsten Tag habe er nochmals vorgesprochen. Auch am Dienstag nachmittag hatte er sich die Dokumente wieder vorgenommen. Heute ist ja Mittwoch, dachte Pumo – der Tag, an dem die *Village Voice* erscheint.

Tina hatte noch nie von Roberto Ortiz jr. gehört. Sein erster Impuls war Dankbarkeit. Denn nun würde er nicht tagelang warten müssen, bis die Mikrofilme herausgesucht und zusammengestellt sein würden. Er wollte sich nur vergewissern, redete sich Tina ein und sich für das Gefühl entschädigen, er habe etwas Wichtiges versäumt, weil er nicht mit den anderen nach Singapur geflogen war. Wenn er etwas herausfand, was seine Freunde wissen mußten, konnte er sie im Hotel Marco Polo anrufen. Als Wiedergutmachung dafür, daß er sie im Stich gelassen hatte.

Weil diese bereits zusammengestellt worden waren, las er zuerst, was die Nachrichtenmagazine und die *New York Times* über Ia Thuc gebracht hatten. Er stieß auf einen Bericht in *Newsweek*, der betitelt war: ›Ia Thuc: Schande oder Sieg?‹. Nach zehn Minuten erging es ihm wie Conor Linklaters, als Charlie Daisy ein Album mit Fotos von SP4 Cotton vor ihn hingelegt hatte. Es gelang ihm, völlig zu vergessen, wie publik das nachträglich noch geworden, wie sehr das alles breitgetreten worden war.

Laut *Newsweek* sagte Lieutenant Harry Beevers: »In diesem Krieg geht es für uns darum, Charlies zu erlegen. Deshalb sind wir nämlich hier. Charlies gibt es in jeglicher Gestalt und in allen Größen. Ich habe selbst dreißig Vietcong erledigt.« Kindermörder? fragte *Time*. Das Nachrichtenmagazin beschrieb den Lieutenant als ›hager, hohläugig und hohlwangig, verwegen, alles auf eine Karte setzend‹. *Waren sie unschuldig?* hieß es in *Newsweek*. Weiter hieß es, der Lieutenant sei vielleicht ›ebenso ein Opfer des Vietnamkrieges wie die Kinder, die er getötet haben soll.‹

Tina wußte noch genau, was Harry Beevers in Ia Thuc hatte verlauten lassen. »Ich habe selbst dafür gesorgt, daß es dreißig Schlitzaugen weniger gibt! Wenn ihr auch nur ein bißchen Grips habt, heftet ihr mir sofort einen Orden an.« Der Lieutenant war in Hochstimmung und quasselte drauf los. Er konnte den Mund einfach nicht halten. Wenn man neben ihm stand, konnte man fast spüren, wie das Blut durch seine Adern pulsierte. Wenn man ihn berührte, könnte man sich fast die Finger verbrennen. »Im Krieg spielt das Alter eines Menschen keine Rolle. Da sind alle Menschen gleich«, hatte er in Gegenwart der Reporter räsonniert. »Glaubt ihr Schwachköpfe vielleicht, es gibt in diesem Krieg auch Kinder? Glaubt ihr, Kinder führen Krieg? Im Vietnam-Krieg gibt es keine Kinder. Das glaubt bloß ihr, weil ihr ahnungslose Zivilisten seid. Im Krieg gibt es keine Kinder!«

Wegen dieses Artikels wäre es Beevers beinahe schlecht ergangen und Dengler ebenfalls. Im *Time* hieß es: »Ich habe mir einen gottverdammten Orden verdient!« Komisch, dachte Pumo, Beevers hat das ganz anders in Erinnerung. Da hat er angeblich immer gesagt, sie hätten auch alle einen gottverdammten Orden verdient.

Die ungewohnte Stille machte ihn nervös. Er mußte daran denken, wie angespannt und dem Wahnsinn nahe sich alle gefühlt hatten. Sie waren alle nur noch Nervenbündel gewesen, den Finger am Abzug. Der Gestank der Fischsauce, der Qualm, der aus dem Kochtopf aufstieg. Oben am Abhang eines Hügels lag ein junges Mädchen wie ein blaues Häufchen Elend neben seinem Joch. Wenn sich niemand mehr im Dorf aufhielt, wer zum Teufel kochte dann? Und für wen auch? Alles war totenstill, wie ein Tiger, der sich lautlos anschleicht. Nur eine Sau grunzte und senkte den Kopf. Pumo sah vor seinem geistigen Auge, wie er mit der Waffe im Anschlag herumgefahren war und um ein Haar auf ein schmutzstarrendes kleines Kind losgeballert hätte. Denn man konnte ja nie wissen, ob der Tod nicht in Gestalt eines lächelnden kleinen Kindes mit ausgestreckter Hand an einen herantrat. Man litt an Gehirnerweichung, konnte gar nicht mehr klar denken. Entweder zielte man auf alles, was einem vor die Augen kam oder man machte sich unsichtbar und verschmolz mit der Landschaft. Dann blieb man am Leben wie der Tiger, der sich so gut tarnte.

Er betrachtete das Foto gründlich. Lieutenant Beevers, spindeldürr, mit einem ausgemergelten Gesicht und unstetem Blick. M. O. Dengler, nicht namentlich genannt. Seine müden Augen blickten unter dem Rand des Helms hervor. Ringsum war alles grün – dieses zitternde, bebende, summende Grün. Der Eingang zu einer Höhle – ›wie eine Faust‹, hatte Victor Spitalny vor dem Kriegsgericht ausgesagt.

Dann fiel ihm wieder ein, wie Lieutenant Harry Beevers ein sechs oder sieben Jahre altes Mädchen an den Fußknöcheln aus einem Graben gehoben hatte, ein verdrecktes nacktes Kind, zerbrechlich wie die meisten Vietnamesen, die reinsten Hühnerknöchelchen im Hals und an den Armen. Er hatte das Kind wie eine Indianer-Streitaxt hin- und hergeschwungen. Die Mundwinkel des Mädchens zogen sich nach unten und ihre Haut wurde runzlig und zog sich zusammen, wo die Flammen sie erreichten.

Pumo war schweißüberströmt. Trotzdem fror er ganz erbärmlich. Er mußte aufstehen, konnte den Anblick des Mikrofilmgeräts nicht mehr ertragen. Er versuchte, seinen Stuhl zurückzuschieben und verschob dabei den Tisch. Tina stellte die Beine schräg, stemmte sich hoch und schaute, daß er wegkam. Er stürzte in die Mitte des Mikrofilm-Raums.

Sie waren bis dicht an die Grenze gegangen. Koko war dagegen jenseits der Grenze geboren, er hatte sie gar nicht erst zu überschreiten brauchen. Auf der anderen Seite traf man auf den Elefanten.

Ein lächelndes kleines Kind trat aus der schwarzen Unendlichkeit und hielt den Tod in seinen kleinen Händen.

Ich überlasse Ia Thuc Roberto Ortiz, dachte Tina Pumo. Ist ja schließlich auch nur irgendein Buch. Ich kann es Maggie zu Weihnachten schenken. Dann kann sie mir sagen, was dort vorgefallen ist.

Er blickte hoch. Die Tür ging auf. Ein unrasierter junger Mann, an dessen Ohr ein Ohrring baumelte, trat mit ein paar Mikrofilmen ein. »Sind Sie Puma?«

»Pumo«, sagte Tina und nahm ihm die Mikrofilme ab.

Er kehrte an den kleinen Tisch zurück, holte den Mikrofilm vom *Time* Magazin heraus und legte anstatt dessen denjenigen des *St. Louis Post-Dispatch* vom Februar 1982 ein. Er drehte weiter, bis er unter der Überschrift GEBIETSLEITER UND EHEFRAU IM FERNEN OSTEN ERMORDET das Gesuchte fand.

Doch Pumo hatte darüber schon mehr von Beevers erfahren, als er jetzt in dem Artikel fand. Mr. und Mrs. William Martinson, wohnhaft Breckinridge Drive 3642, ein angesehenes Ehepaar der oberen Mittelschicht, war aus unerfindlichen Gründen in Singapur ermordet worden. Ein Immobilienhändler war auf die Leichen gestoßen, als er einen vermeintlich leeren Bungalow in einer Wohngegend von Singapur betrat. Man tippte auf einen Raubmord. Als Vizepräsident und leitender Angestellter sowie Vertriebsleiter der Martinson Tool & Equipment Ltd. war Mr. Martinson viel im Fernen Osten unterwegs. Seine Frau begleitete ihren Gatten oft auf diesen Geschäftsreisen.

Mr. Martinson, einundsechzig Jahre alt, war Absolvent der St. Louis Country Day School, des Kenyon College und der Columbia-Universität. Im Jahr 1890 hatte sein Urgroßvater Andrew Martinson die Firma Martinson Tool & Equiment in St. Louis gegründet. James Martinson, der Vater des Verstorbenen, war von 1935 bis 1952 Direktor dieser Firma, außerdem noch Vorsitzender des Founder's Club von St. Louis, des Union Club und des Sportvereins. Er hatte auch als führendes Mitglied so manchem Bürgerausschuß oder Bildungsgremium vorgestanden. Mr. Martinson war 1970 in die Firma eingetreten, die jetzt unter dem Vorsitz seines älteren Bruders, Kirkby Martinson, weitergeführt wird. Der verstorbene Mr. Martinson besaß exzellente Kenntnis des Fernen Ostens sowie ein außerordentliches Verhandlungsgeschick, wodurch er den Jahresertrag seiner Firma um mehrere hundert Millionen Dollar gesteigert haben sollte.

Mrs. Martinson hieß mit Mädchennamen Barbara Hartsdale. Sie war Absolventin der Académie Française und des Bryn Mawr College und hatte viele Jahre eine wichtige Rolle im kulturellen Leben von St. Louis gespielt. Ihr Großvater, Chester Hartsdale, ein Vetter zweiten Grades des Dichters T. S. Eliot, gründete die Kaufhauskette Hartsdale. Fünfzig Jahre später der führende Einzelhandelsabsatzmarkt im gesamten Mittleren Westen. Nach dem Ersten Weltkrieg war Chester Hartsdale Botschafter in Belgien. Die trauernden Verwandten sind der Bruder Mr. Martinsons, Kirkby Martinson und beider Schwester Emma Beech, wohnhaft in Los Angeles, außerdem Mrs. Martinsons Brüder Lester und Parker, Inhaber des Innenarchitekturstudios La Bonne Vie in New York und deren Kinder: Spenser, Angestellter der CIA in Arlington/Virginia und Parker, wohnhaft in San Francisco/Kalifornien sowie Arlette Monaghan, die als Malerin in Cadaques in Spanien lebt. Die Martinsons hatten keine Enkelkinder.

Tina betrachtete die Fotos dieser beiden ehrenwerten Bürger genauer. William Martinsons Augen lagen dicht beieinander. Weißes fransiges Haar umrahmte sein ebenmäßiges intelligentes Gesicht. Er sah wohlhabend und zurückhaltend aus und blickte gleichzeitig irgendwie gequält drein. Barbara Martinson lächelte auf dem Foto mit geschlossenem Mund scheu vor sich hin. Ihre Augen blickten zur Seite. Sie sah aus, als sei ihr gerade etwas Komisches oder auch ziemlich Obszönes eingefallen.

Auf der dritten Seite die Überschrift DIE MARTINSONS, WIE NACHBARN UND FREUNDE SIE IN ERINNERUNG HABEN. Pumo überflog die winzig kleinen Lettern auf dem Monitor nur; denn er nahm an, daß er alle wesentlichen Informationen über die Martinsons bereits besaß. Daß er mehr nicht in Erfahrung bringen konnte. Selbstverständlich hatten alle Leute die Martinsons bewundert und verehrt. Natürlich bedeutete ihr Tod einen tragischen Verlust für ihre Heimatstadt. Sie waren sympathisch, geistreich und großzügig gewesen. Die Journalisten hatten sogar den Spitznamen von Mr. Martinson herausgefunden, nämlich ›Fuffy‹.

Erfolg in zwei Berufen, lautete ein Untertitel. William Martinson hatte am Kenyon College als Hauptfach Journalismus studiert und das entsprechende Diplom an der Columbia-Universität errungen. Im Jahr 1948 hatte er beim *Post-Dispatch* von St. Louis angefangen. Er galt schon sehr bald als außergewöhnlich begabter Reporter. Nachdem er seinen Einfluß als Journalist noch bei mehreren anderen Zeitungen geltend machen konnte, schickte ihn das Nachrichtenmagazin *Newsweek* als Korrespondenten nach Vietnam. Mr. Martinson berichtete bis zum Untergang Saigons für *Newsweek* aus Vietnam. Da war er schon Ressortleiter. Er wohnte weiter in St. Louis und hielt auch seinen alten Freunden die Treue. Im Jahr 1970 fand ihm zu Ehren ein Galadiner im Clubhaus statt, weil er so viel dafür getan hatte, daß die Amerikaner den Krieg richtig beurteilten. Gewürdigt wurde vor allem seine Berichterstattung über die Vorfälle in dem Dorf Ia Thuc, bei denen zunächst alles auf ein Massaker hingedeutet hatte.

Pumo konnte nicht mehr weiterlesen. Er war nicht mehr imstande, irgend etwas bewußt wahrzunehmen. Er sah und hörte nicht mehr, was um ihn herum vorging. Mit Ia Thuc war sein wunder Punkt wieder getroffen worden. Ganz allmählich drang es zu ihm durch, daß er dabei war, den Mikrofilm mit den entsprechenden Artikeln der Presse von St. Louis aus dem Lesegerät zu nehmen. »Dieser gottverdammte Beevers«, schnaubte er vor sich hin. »Was für ein Idiot!«

Plötzlich hörte er eine Stimme hinter sich: »Wollen Sie die auch noch?« Der junge Mann hielt Pumo noch einen Stapel Behälter mit Mikrofilmen hin.

Pumo nahm sie entgegen, entließ den Jungen und ging zum Monitor zurück. Er nahm jedoch nicht mehr wahr, was er sah und hatte ganz vergessen, worum es ihm eigentlich ging. Er fühlte sich, als sei er vom Blitz getroffen worden. Dieser vermaledeite Harry Beevers, der sich soviel darauf zugute tat, alles eruiert zu haben, hatte noch nicht einmal an der Oberfläche gekratzt, von den Hintergründen ganz zu schweigen. Er durchschaute Koko keineswegs, wenn er sich das auch fälschlicherweise einbildete. Wieder überkam ihn ein unbezähmbarer Zorn.

Er knallte den Mikrofilm der Londoner *Times* so heftig auf den Tisch, daß dieser wackelte. Unmutsäußerungen drangen durch die Trennwände zu ihm. Die Leute an den Monitoren nebenan machten ihrer Verärgerung immer deutlicher Luft.

Pumo ging den Text durch, bis er die gesuchte Schlagzeile und den

Untertitel fand. JOURNALIST UND SCHRIFTSTELLER McKENNA IN SINGAPUR ERMORDET. Gelangte während der Vietnam-Ära zu Ruhm. Die *Times* vom 29. Januar 1982 berichtete auf der Titelseite über ihn. Sechs Tage zuvor war er ermordet, sein Leichnam einen Tag zuvor gefunden worden. Mr. McKenna war zehn Jahre für den Reuters News Service in Australien und Neuseeland tätig gewesen und war dann in die Reuters Agentur in Saigon versetzt worden. Dort erregte er bald Aufsehen als Reporter. Mr. McKenna hatte sich dadurch ausgezeichnet, daß er als erster englischsprachiger Reporter über die Belagerung von Khe Sanh, das Massaker von My Lai und die Kämpfe in Hue während der Tet-Offensive im Jahr 1968 berichtete. Er war als einziger englischsprachiger Journalist unmittelbar nach den umstrittenen Vorfällen in dem kleinen Dorf Ia Thuc an Ort und Stelle. Danach wurden zwei amerikanische Soldaten vor das Kriegsgericht gestellt und schließlich vom Dienst suspendiert. Mr. McKenna legte seine Arbeit auf dem Gebiet des Journalismus 1971 nieder. Er kehrte nach England zurück und schrieb eine ganze Reihe international anerkannter Thriller, die ihn rasch berühmt machten. Auf der Bestsellerliste rangierte er in England an einer der allerersten Stellen.

»Er ist in dem gottverdammten Hubschrauber gewesen!« entfuhr es Pumo wider Willen. Die Reporter waren per Hubschrauber nach Ia Thuc eingeflogen worden. Clive McKenna, William Martinson und zweifelsohne auch die französischen Reporter.

Pumo nahm die Kassette aus dem Mikrofilmgerät und legte statt dessen den Mikrofilm der französischen Zeitung ein. Er konnte zwar nicht Französisch, aber natürlich erkannte er die Worte *Vietnam* und *Ia Thuc* in dem sofort ins Auge fallenden schwarzumrandeten Artikel auf der ersten Seite des *Express*. Die schrieb man schließlich in beiden Sprachen gleich.

Ein ziemlich viereckiger Kopf mit braunen Augen hinter einer auffallend großen grauen Brille schaute hinter der Trennwand hervor. »Entschuldigen Sie«, wandte sich der Mann an Pumo. Er beugte sich noch ein wenig weiter vor. Eine gepunktete Fliege kam zum Vorschein. »Wenn Sie sich nicht beherrschen können und sich nicht mäßigen, muß ich Sie bitten, den Raum zu verlassen.«

Pumo hätte das dem aufgeblasenen Kerl am liebsten mit den Fäusten heimgezahlt. Die Fliege erinnerte ihn stark an Harry Beevers.

Erst jetzt wurde ihm bewußt, daß ihn die meisten Leute in dem Mikrofilm-Raum verärgert anstarrten. Da griff er nach seinem Mantel und gab die Filme am Schalter wieder ab. Er stürzte wütend die Treppe hinunter und durch das große Eingangstor hinaus. Im Schneegestöber eilte er davon.

Pumo ging die Fifth Avenue entlang stadteinwärts. Er vergrub die Hände in den Taschen und marschierte vor sich hin. Den Kopf schützte er mit einer braunen Tweedkappe vor der Kälte. Es war furchtbar kalt.

Pumo versuchte, sich die Reporter, die nach Ia Thuc entsandt worden waren, ins Gedächtnis zurückzurufen. Sie hatten zu einer größeren Gruppe gehört, die weiter aus dem Süden aus der Provinz Quang Tri zum Camp Crandall gekommen waren. Die hohen Offiziere wollten, daß sie dort alles hautnah mitbekamen. Nachdem sie ihre obligatorischen Berichte eingeschickt hatten, so glaubte zumindest die Armee, konnten sie sich für weitere Berichte Gebiete aussuchen, die mit mehr Erfolg verteidigt wurden. Etwa die Hälfte der Reporter flog jedoch nach Saigon zurück, wo sie sich vollaufen lassen, Opium rauchen und sich über die Politik der Regierung lustig machen konnten. Alle Fernsehreporter flogen dagegen zum Camp Evans, von wo aus Hue leicht zu erreichen war. Viele waren auch im Camp Evans geblieben. Nur wenige Reporter beschlossen, sich ins Kampfgebiet zu wagen und sich mit eigenen Augen davon zu überzeugen, was in dem Dorf Ia Thuc geschah.

Zu Pumos bleibenden Erinnerungen an die Kriegsberichterstatter zählte es, daß diese Männer fast so etwas wie Uniformen trugen und sich um den schwadronierenden prahlerischen Harry Beevers scharten. Im Geiste verglich er sie mit einer Hundemeute, die nach den Happen schnappten, die man ihnen zuwarf, wenn sie nicht gerade bellten.

Vier von den Kriegsberichterstattern, die sich an jenem Nachmittag um Harry Beevers geschart hatten, waren nicht mehr am Leben. Wie vielen war dieses Schicksal überhaupt erspart geblieben? Pumo eilte mit gesenktem Kopf unter dem bleigrauen Himmel im Schneegestöber die Fifth Avenue hinunter und versuchte, sich daran zu erinnern, wie viele Reporter es gewesen waren. Aber so gesehen waren sie für ihn nur ein namenloser Haufen. Er hielt sich also lieber vor Augen, wie sie aus dem Hubschrauber geklettert waren.

Damals hatten Spanky Burrage, Trotman, Dengler und er selbst Säcke mit Reis aus der Höhle geschleppt und unter den Bäumen gestapelt. Beevers war vor Freude völlig außer Rand und Band, weil sie unter dem Reis Kisten mit russischen Waffen gefunden hatten. Beevers wirbelte wie ein Tanzkreisel herum. »Schafft die Kinder raus!« brüllte er. »Verfrachtet sie neben den Reis und stellt die Waffen gleich daneben.« Er wies auf den Hubschrauber, der sich schwankend dem Boden näherte und das Gras ringsum durch den enormen Luftzug glattbügelte. »Raus mit ihnen! Raus!« Die Reporter stiegen schon aus dem Hubschrauber, Modell Iroquois.

Im Geiste sah er sie herausspringen und in geduckter Haltung auf das Dorf zulaufen. Wie alle Reporter versuchten sie natürlich, es John Wayne oder Erroll Flynn gleichzutun. Wie viele waren es gewesen? Fünf? Oder auch sechs?

Wenn Poole und Beevers Underhill noch rechtzeitig aufspürten, konnten sie vielleicht wenigstens noch *einen* der Kriegsberichterstatter retten.

Als Pumo aufsah, merkte er, daß er den ganzen Weg zur 30. Straße gegangen war. Er las das Straßenschild, um festzustellen, wo er sich genau befand und sah gleichzeitig ganz deutlich vor sich, wie die Reporter aus dem Hubschrauber gesprungen waren. Sie liefen dann über das plattgewalzte Gras davon. Das Gras sah aus wie das Fell einer Katze, die man gegen den Strich gestreichelt hatte. Ein Mann war vorausgelaufen, zwei andere waren ihm gefolgt. Diesem folgte wiederum ein einzelner mit Kameras behängter Reporter. Dann noch einer, der rannte, als hätte er ein verletztes Bein. Und schließlich noch ein Kahlkopf. Einer der Reporter hatte fließend in Spanisch auf einen Soldaten namens La Luz eingeredet. Der hatte etwas vor sich hingemurmelt, in dem auch das spanische Wort *maricón* für Schwuler vorkam und sich angewidert abgewandt. La Luz war kaum einen Monat später umgekommen.

Schon fielen lange kalte Schatten auf die Straßen. Altschnee wurde aufgewirbelt. Es war Koko offenbar gelungen, die Kriegsberichterstatter alle nach Bangkok und Singapur zu locken. Er wußte ganz genau, wo ihre Achillesferse lag und wie er sie zu nehmen hatte, um sie dazu zu bringen, daß sie zu ihm kamen. Er ist wie eine Spinne, die alle in ihr Netz lockt. Er ist ein lächelndes kleines Kind mit ausgestreckten Händen. Die Straßenlaternen gingen an. Die Fifth Avenue, auf der sich Taxis und Busse drängten, wirkte im ersten Augenblick ganz farblos, wie gebleicht. Pumo spürte den Geschmack von Wodka im Mund und bog in die 24. Straße ein.

2

Pumo kippte zwei Gläser in sich hinein. Bis dahin hatte er nichts als die hinter dem Barkeeper aufgereihten Flaschen wahrgenommen sowie die Hand, die ihm das Glas mit den Eiswürfeln und der wohltuenden durchsichtigen Flüssigkeit gereicht hatte. Er vermutete, daß er womöglich sogar die Augen geschlossen hatte, daß sie ihm einfach vorübergehend zugefallen waren. Der Barkeeper stellte gerade das dritte Glas vor ihn hin. Auch das hatte er noch bitter nötig.

»Ja, ich war bei den Anonymen Alkoholikern«, sagte der Mann neben ihm gerade und setzte damit offensichtlich eine Unterhaltung fort, die sie schon seit einer ganzen Weile führten. »Aber wollen Sie wissen, was ich gesagt habe? Zum Teufel damit, habe ich gesagt.«

Pumo hörte den Mann sagen, er habe sich für die Hölle entschieden. Wie alle diejenigen, die sich dafür entschieden hatten, legte er ihm das wärmstens ans Herz. Die Hölle sei nicht entfernt so schlimm wie der Ruf, der ihr vorausging. Der Mann neben Pumo sank förmlich in sich zusammen. Er hatte eine fürchterliche Fahne. Böse Geister stachen ihn mit Spießen in die eingefallenen Wangen und entfachten goldgelb glühende Flammen in seinen Augen. Er ließ seine schmutzige Hand schwer auf Pumos Schulter fallen und gab ihm zu verstehen, daß es ihm gefiel, wie er mit geschlossenen Augen trank. Der Barkeeper hustete und verzog sich in der verräucherten Bar weiter nach hinten.

»Haben Sie schon einmal jemanden getötet?« wollte Pumos Nachbar wissen. »Nehmen wir mal an, ich interviewe Sie im Fernsehen und Sie müssen auspacken und mir die Wahrheit sagen. Na, haben Sie schon mal jemanden um die Ecke gebracht? Mein Instinkt sagt mir, daß es so ist.«

Er drückte noch fester mit der Hand auf Pumos Schulter.

»Das will ich doch nicht hoffen«, sagte Pumo und nahm einen großen Schluck von seinem dritten Drink.

»So, so, sieh mal einer an«, keuchte der Betrunkene. In seinem Inneren tobten die Dämonen, stachen mit ihren kleinen Spießen auf ihn ein, tanzten wie wahnsinnig und ließen die verzehrenden Flammen hoch auflodern. »Mein Freund, ich sehe an deiner Antwort, daß du Soldat gewesen bist. Stimmt's oder habe ich recht?«

Pumo entzog sich dem Zugriff des Mannes und wandte sich ab.

»Sie glauben doch nicht etwa, daß das zählt!« redete der Fremde auf ihn ein. »Das tut es nämlich nicht. Außer vielleicht in einer Hinsicht. Wenn ich Sie frage, ob Sie schon einmal jemanden getötet haben – jemandem das Leben genommen haben so wie Sie einen Drink zu sich nehmen oder pinkeln gehen, so frage ich Sie damit, ob Sie ein Killer sind. Da zählt dann alles, auch wenn Sie jemanden erschossen haben, weil nun einmal Krieg war und Sie Ihr Vaterland verteidigten. Denn technisch gesehen sind Sie dann ein Killer.«

Pumo zwang sich, sich dem übelriechenden Mann mit den glühenden Augen wieder zuzuwenden. »Lassen Sie mich gefälligst in Frieden. Hören Sie schon auf damit. Ich bitte Sie, mich nicht mehr zu belästigen.«

»Und wenn ich das nicht tue? Bringen Sie mich dann um wie die Vietnamesen? Sehen Sie sich das mal an.« Der von bösen Geistern Besessene hielt die Faust hoch. Sie sah wie eine zerbeulte graue Mülltonne aus. »Mit dieser Faust habe ich ihn umgebracht.«

Pumo hatte das Gefühl, als schrumpfte der Raum ständig und als brächen alle Wände demnächst über ihm zusammen. Alle Wände waren auf ihn gerichtet wie die Linse einer Kamera. Qualm verdunkelte die Luft. Üble Gerüche trübten sie ein. Sie schlugen Pumo von dem von bösen Geistern Besessenen entgegen.

»Sie sind nirgendwo sicher«, sagte der Mann. »Ich muß es wissen. Ich bin nämlich auch ein Killer. Man glaubt, man trägt den Sieg davon. Aber wir haben keine Chance. Glauben Sie mir, ich kenne mich da aus.«

Pumo trat den Rückzug an.

»Roger«, sagte der Mann. »Roger, you are welcome – wo immer Sie auch sind. Verstehen Sie, was ich damit sagen will?«

Pumo nickte und zog einen Geldschein aus der Tasche.

Als er aus dem Taxi stieg, waren die Fenster im zweiten Stockwerk hell erleuchtet. Maggie war also zu Hause, was für ein Glück! Pumo sah auf seine Uhr. Erstaunlich, schon fast neun. Wie rasch die Zeit verging.

Wieviel Zeit hatte er denn in der Bar in der 24. Straße zugebracht? Wieviel hatte er dort getrunken? Pumo fiel der Mann neben ihm wieder ein. Er mußte weit mehr als drei Gläser intus haben.

Als er die schmale weiße Treppe hinaufstieg, stützte er sich an der Wand ab. Er schloß die Tür auf und betrat die warme wohltuend helle Wohnung.

»Maggie?«

Keine Antwort.

»Maggie!«

Pumo zog sich den schweren Mantel aus und warf ihn achtlos über einen der Garderobenhaken. Als er nach der Tweedkappe von Banana Republic griff, faßte er nur an seine Stirn und bemerkte, daß er die Kappe im Taxi vergessen hatte.

Er ging durch den Flur ins Wohnzimmer. Maggie saß oben auf der Galerie an seinem Schreibtisch, die Hände über dem Telefon gefaltet. Ihre Augenbrauen bildeten eine gerade Linie. Ihr schönes schwarzes Haar leuchtete. Maggie preßte die Lippen so fest aufeinander, daß es aussah, als hielte sie ein kleines Tier in ihrem Mund gefangen.

»Du bist ja betrunken«, konstatierte sie. »Ich habe in drei Krankenhäusern angerufen und mich erkundigt, ob du dort eingeliefert worden bist. Und dabei hast du dich in Bars herumgetrieben.«

»Ich weiß jetzt, warum er sie getötet hat«, erklärte Pumo. »Ich habe sie drüben in Vietnam sogar gesehen. Ich weiß noch ganz genau, wie sie aus dem Hubschrauber gesprungen sind. Ich erinnere mich ganz gut an sie. Hast du gewußt, ich meine, weißt du überhaupt, daß ich dich liebe?«

»Wer braucht schon deine Art von Liebe?« sagte Maggie. Pumo sah jedoch trotz seiner Trunkenheit, wie ihre Züge sich entspannten. Jetzt saß kein kleines Tier mehr in ihrem Mund gefangen. Er fing an, Erklärungen über Martinson und McKenna abzugeben und erzählte Maggie, daß er in der Hölle einem bösen Geist begegnet war, doch sie kam schon auf ihn zu. Sie begann ihn auszuziehen. Als er völlig nackt war, packte sie seinen Penis und schleppte ihn wie einen Schleppkahn ab. Durch den Flur ins Schlafzimmer.

»Ich muß in Singapur anrufen«, murmelte er. »Die ahnen ja noch nichts davon.«

Maggie schlüpfte neben ihm ins Bett. »Wir wollen uns lieber versöhnen, bevor mir alles wieder einfällt. Als ich auf dich gewartet habe, ist mir ständig irgend etwas Fürchterliches eingefallen, was dir zugestoßen sein könnte. Wenn ich nur daran denke, kriege ich gleich wieder einen Wutanfall. Riskier das lieber gar nicht erst.« Sie schmiegte sich so fest an ihn, daß sie buchstäblich mit ihm verschmolz. Dann riß sie entsetzt den Kopf zurück. »Iih! Du riechst ja wirklich komisch. Wo hast du bloß gesteckt? In einer brennenden Mülltonne?«

»Daran ist der von Dämonen Besessene schuld«, erklärte Pumo. »Er hat mir die Hand auf die Schulter gelegt. Sein Gestank ist mir durch und durch gegangen. Er hat gesagt, die Hölle wäre nicht so schlimm, wie man gemeinhin glaubt, weil man sich nach einer Weile dran gewöhnt.«

»Die Amerikaner haben keine Ahnung von bösen Geistern und Dämonen«, meinte Maggie.

Nach einer Weile gelangte Tina zu der Einsicht, daß Maggie auch ein Dämon sein mußte, weil sie ihn so verwöhnte und es ihm so verteufelt gut ging. Deshalb wußte sie auch so viel über alles nur Erdenkliche. Dracula war ein böser Geist gewesen. Auch der Mann in der Bar war ein Dämon. Wenn man wußte, woran man sie erkennen konnte, sah man wahrscheinlich Unmengen von Dämonen die Straßen von New York unsicher machen. Harry Beevers – wenn der selbst kein Dämon war! Doch dann konnte er sich wegen der dämonischen Sachen, die Maggie mit ihm anstellte, auf nichts mehr konzentrieren. Er konnte nur noch daran denken, welch faszinierendes Leben er führen würde, wenn er Maggie heiratete. Mit einem Dämon verheiratet zu sein, konnte unmöglich langweilig werden.

Zwei Stunden später wurde Pumo wieder wach. Er hatte gräßliche Kopfschmerzen und Maggies süßen faszinierenden Geschmack im Mund. Er wußte ganz genau, daß er etwas Wichtiges, das keinen Aufschub duldete, unterlassen hatte. Entsetzen überfiel ihm bei dem Gedanken an das Restaurant und verdrängte alles andere. Dann fiel ihm wieder ein, womit er den Nachmittag zugebracht hatte. Er mußte Poole in Singapur anrufen und ihm berichten, was er über die Mordopfer in Erfahrung gebracht hatte. Er sah auf seinen Radiowecker. Viertel vor elf. Dann war es in Singapur viertel vor elf Uhr vormittags. Vielleicht war ja Poole noch in seinem Hotelzimmer.

Pumo stieg aus dem Bett und zog sich seinen Morgenmantel über.

Maggie saß noch auf der Couch, einen Bleistift aufrecht in der Hand wie einen Malerpinsel. Sie hatte gezeichnet und sich etwas auf einem Block notiert. Das begutachtete sie jetzt. Sie sah lächelnd zu ihm auf. »Ich habe mir über deine Speisekarte Gedanken gemacht«, sagte sie. »Du modelst zur Zeit so vieles um, da könntest du auch etwas zur Verbesserung der Speisekarte tun.«

»Was gefällt dir denn an meiner Speisekarte nicht?«

»Na ja«, fing Maggie an. Pumo sah ihr an, daß sie nicht mit ihrer Meinung hinterm Berg halten würde. Er ging um sie herum die Stufen zur Galerie hinauf und trat an seinen Schreibtisch. »Zunächst einmal sieht dieser Computerausdruck aus lauter kleinen Punkten häßlich aus. Man könnte meinen, daß du in deiner Küche auch alles per Computer machen läßt. Das Papier ist zwar sehr schön, aber es wird viel zu schnell schmutzig. Außerdem brauchst du etwas, was mehr glänzt. Das macht sich besser. Das Layout läßt auch sehr zu wünschen übrig. Die einzelnen Gerichte sind viel zu ausführlich beschrieben.«

»Ich habe mich schon öfter gefragt, was mit der Speisekarte nicht stimmt.« Pumo setzte sich an seinen Schreibtisch, suchte die Telefonnummer des Hotels in Singapur heraus. »Wenn der Bürgermeister zu mir ins Restaurant kommt, macht es ihm einen diebischen Spaß, die Beschreibungen laut vorzulesen. Er genießt das richtig.«

»Die Karte erinnert mich an Rührei. Ich kann nur hoffen, daß der Designer dir dafür nicht viel abgeknöpft hat.«

Pumo hatte seine Speisekarte natürlich selbst entworfen. »Doch, es war entsetzlich teuer. Ach, da ist die Nummer.«

Pumo wählte die Nummer der Vermittlung und erklärte, er wolle in Singapur anrufen.

»Schau mal, wieviel besser deine Karte aussehen könnte.« Maggie hielt ihm ihren Block hin.

»Steht da was geschrieben?«

Schließlich kam die Verbindung mit dem Hotel Marco Polo zustande. Der Mann am Empfang versicherte ihm, ein Dr. Michael Poole wohne nicht im Hotel. Nein, ein Irrtum sei völlig ausgeschlossen. Er könne sich darauf verlassen. Sie hätten auch keine Gäste namens Harry Beevers oder Conor Linklater.

»Sie müssen aber da sein!« Pumo wurde von Verzweiflung übermannt.

»Ruf doch seine Frau an«, riet ihm Maggie.

»Ich kann seine Frau nicht anrufen.«

»Warum denn nicht?«

Bevor er Maggies Frage beantworten konnte, war der Hotelangestellte wieder am anderen Ende der Leitung. »Dr. Poole und die beiden anderen Herren haben hier gewohnt, doch sie sind vor zwei Tagen abgereist.«

»Wo wollten sie denn hin?«

Der Angestellte zögerte. »Ich glaube, Dr. Poole hat für sich und die beiden anderen Herren über den Reisedienst im Büro des Empfangschefs in der Hotelhalle Buchungen vornehmen lassen.«

Der Mann versprach, sich sofort zu erkundigen. Maggie fragte prompt noch einmal: »Warum kannst du seine Frau nicht anrufen?«

»Weil mein Adreßbuch nicht mehr da ist.«

»Nicht mehr da? Wo ist es denn?«

»Es ist gestohlen worden«, sagte Pumo.

»Erzähl doch keinen Blödsinn. Du bist bloß schlecht gelaunt, weil ich mir erlaubt habe, dich zu bekritteln.«

»Da irrst du dich gewaltig. Ich———«

Der Mann am anderen Ende der Leitung kam ans Telefon zurück und berichtete Pumo, Dr. Poole und Mr. Linklater hätten Flüge nach Bangkok gebucht, Mr. Beevers hingegen einen Flug nach Taipeh. Die Herren hätten sich jedoch über den Empfangschef keine Hotelzimmer reservieren lassen. Daher wisse dieser auch nicht, wo die Herren abgestiegen seien.

»Warum sollte irgend jemand dein Adreßbuch mitgehen lassen? Was kann einem Fremden am Adreßbuch irgendeines anderen Menschen liegen?« Maggie unterbrach sich. Sie riß entsetzt die Augen auf. »Ach, jetzt weiß ich, was du meinst. Du warst mitten in der Nacht aufgestanden. Und hattest mir diese grauenhafte Geschichte erzählt.«

»Eben. Jetzt weißt du, wer mir mein Adreßbuch gestohlen hat.«

»So was Hinterhältiges.«

»Finde ich auch. Jedenfalls kann ich die drei jetzt nicht erreichen, und Mikes private Telefonnummer habe ich auch nicht.«

»Entschuldige – aber ich kann dir da nur vorschlagen, was eigentlich selbstverständlich ist: Ruf doch die Auskunft an.«

Pumo schnippte mit den Fingern, griff zum Hörer und ließ sich von der Auskunft Michaels Telefonnummer in Westchester County geben. »Judy ist bestimmt zu Hause«, sagte er. »Sie muß ja morgen unterrichten.«

Maggie nickte mit finsterer Miene.

Pumo wählte Michaels Nummer. Nach zweimaligem Läuten schaltete sich der automatische Anrufbeantworter ein. Die Stimme seines Freundes klang an Pumos Ohr: ›Ich bin jetzt telefonisch nicht erreichbar. Hinterlassen Sie doch bitte eine Nachricht. Ich setze mich so bald wie möglich mit Ihnen in Verbindung. Wenn Sie hier unbedingt jemanden sprechen müssen, wählen Sie die Nummer 555 – 0032.‹

Pumo sagte sich, daß das die Nummer von einem der Ärzte auf Michaels Station sein müsse. Er sagte: »Hier ist Tina Pumo. Judy, hörst du mich?« Pause. »Ich habe versucht, Michael zu erreichen. Ich habe sehr wichtige Informationen für ihn. Diese Neuigkeiten können sehr nützlich für ihn sein. Er ist abgereist und wohnt nicht mehr in dem Hotel in Singapur. Kannst du mich bitte sofort anrufen, wenn du seine neue Nummer hast? Ich muß ihn unbedingt sprechen. Wiedersehen.«

Maggie legte den Block und den Bleistift auf den Couchtisch. »Du führst dich manchmal auf, als existierten die Frauen für dich überhaupt nicht.«

»Was?«

»Du willst Judy Poole sprechen, aber bei der Auskunft läßt du dir Michaels Nummer geben. Es ist dir überhaupt nicht in den Sinn gekommen, nach Judys Nummer zu fragen.«

»Jetzt mach aber mal einen Punkt. Zufällig handelt es sich um ein Ehepaar.«

»Tina, was weißt du schon über Ehepaare?«

»Eines weiß ich jedenfalls: Sie ist nicht zu Hause«, gab er Maggie zu verstehen.

Bald kam Tina zu der Einsicht, daß Maggie vielleicht doch recht gehabt hatte. Michael *und* Judy Poole hatten anstrengende Berufe mit zahlreichen Terminen und unvorgesehenen Verpflichtungen. Da war es sehr gut möglich, daß sie getrennte Telefonanschlüsse hatten. Am nächsten Morgen fragte ihn Maggie, ob er nicht noch einmal bei der Auskunft anrufen und fragen wolle, ob Judy eine eigene Nummer habe. Pumo hielt sie hin. »Ja, vielleicht. Aber heute habe ich sehr viel zu tun. Ich finde, das hat Zeit.«

Maggie grinste und sandte voller Ironie einen Blick gen Himmel. Sie wußte, daß die Schlacht damit für sie gewonnen war. Insgeheim gab er ihr recht. Doch sie wollte nicht weiter in ihn dringen.

Am Tag nach Pumos sensationeller Entdeckung, daß Kokos Opfer die Journalisten waren, die damals in Ia Thuc über die Vorfälle berichtet hatten, geschah nichts Außergewöhnliches. Wenigstens bis um sieben Uhr abends. Pumo und Maggie verbrachten diesen Tag in U-Bahnen und Taxen, in Restaurants und in einem Büro mit Lithographien von David Salle und Robert Rauschenberg. Dort flirtete Lowery Hapgood, der Partner von Molly Witt, mit Maggie, während er ihr die Funktion eines neuen Regalsystems erklärte. Erst kurz vor sieben kehrten sie in Tinas Wohnung zurück. Maggie fragte ihn, ob er hungrig sei und streckte sich genüßlich auf der langen Couch aus. Tina sank in einen Stuhl am Tisch und bejahte ihre Frage.

»Und was wollen wir dagegen tun?«

Tina griff nach der *Time* vom gleichen Tag, die er achtlos auf den Tisch geworfen hatte. »Soviel ich weiß, macht es vielen Frauen Spaß, köstliche Mahlzeiten zu kreieren.«

»Wir könnten ja ein bißchen haschen und dann nach Chinatown fahren und Ente essen. Hm, mir läuft schon das Wasser im Mund zusammen.«

»Das ist das erste Mal, daß du haschen willst, seit du hier bei mir wohnst.«

Maggie gähnte und breitete die Arme aus. »Ich weiß, ich weiß. Ich werde immer langweiliger. Ich habe das nur gesagt, weil ich mich nach der Zeit zurücksehne, als ich noch interessant war.«

»Sag mal eine Weile nichts«, bat Pumo ungeduldig und starrte wie gebannt auf einen kurzen Artikel auf der dritten Seite des ersten Teils der Zeitung.

Die Schlagzeile lautete: JOURNALIST ORTIZ IN SINGAPUR ERMORDET. Der Leichnam des 47jährigen Roberto Ortiz, eines bekannten Mitglieds des Pressekorps, war am Vortag von der Polizei in einem leerstehenden Haus in einem Wohnviertel von Singapur entdeckt worden. Mr. Ortiz und eine noch nicht identifizierte Frau waren erschossen worden. Ein Raubmord kam als Motiv offensichtlich nicht in Frage. Roberto Ortiz jr. war in Tegucigalpa in Honduras als Sohn einer einflußreichen mittelamerikanischen Zeitungsfamilie geboren. Er hatte Privatschulen besucht und an der University of California in Berkeley studiert. Er hatte freiberuflich als Journalist gearbeitet und für zahlreiche spanisch- und englischsprachige Zeitungen und Zeitschriften geschrieben. Die Jahre von 1964 bis 1971 hatte Mr. Ortiz in Vietnam, in Laos und in Kambodscha zugebracht. Er hatte für viele Zeitschriften und Zeitungen über den Vietnamkrieg berichtet und später aufgrund seiner eigenen Erfahrungen das Buch *Vietnam – eine ganz persönliche Reise* geschrieben. Mr.

Ortiz war für seine Intelligenz und seinen Witz, für seinen hervorragenden Stil und seinen Mut bekannt. Die Polizei in Singapur hat bekanntgegeben, daß sie den Tod von Mr. Ortiz mit mehreren anderen noch ungelösten Mordfällen in Singapur in Zusammenhang bringt.

»Irgend etwas hat dich von deiner drogensüchtigen Geliebten im Teenageralter abgelenkt«, sagte Maggie.

»Lies das mal.« Pumo ging zum Sofa und reichte ihr die Zeitung. Die erste Hälfte des Artikels las sie im Liegen, doch sie setzte sich auf, um den Artikel zu Ende zu lesen. »Glaubst du auch, daß da ein Zusammenhang besteht?«

Pumo zuckte die Achseln. »Ich weiß es nicht. Aber da ist irgend etwas dran. An *ihm*. Dem Mann, der ermordet worden ist.«

»Du meinst Roberto Ortiz.«

Pumo nickte.

»Kennst du ihn? Bist du ihm mal begegnet?«

»Von den Kriegsberichterstattern in Ia Thuc sprach auch einer Spanisch.« Pumo horchte grimmig in sich hinein. Alles erschien ihm plötzlich unerträglich – seine hübsche Wohnung, der Ärger mit dem Restaurant, selbst Maggie.

»Nun hat er auch den letzten noch erwischt«, knirschte er verbittert. Er ließ jetzt auch die letzten Vorbehalte fallen. »Fünf Reporter waren als Kriegsberichterstatter in Ia Thuc«, brach es aus ihm heraus. »Die sind jetzt alle tot.«

»Tina, du siehst ja schrecklich aus. Was hast du denn jetzt vor?«

»Ach, laß mich doch in Ruhe.« Pumo erhob sich, lehnte sich an die Wand. Seine Hand schloß sich wie von selbst, ballte sich ohne sein Zutun zur Faust. Er schlug mit der geballten Faust an die Wand, zuerst nur ganz sachte, dann immer fester.

»Tina!«

»Ich habe dir gesagt, daß du mich in Ruhe lassen sollst!«

»Warum schlägst du denn gegen die Wand?«

»Halt endlich den Mund!«

Maggie schwieg, gab keinen Mucks mehr von sich. Pumo schlug immer weiter mit der Faust an die Wand. Dann ballte er auch noch die andere Hand zur Faust und schlug mit dieser auf die Wand ein.

»Deine Freunde sind am Schauplatz des Geschehens, und du sitzt hier herum.«

»Großartig.«

»Glaubst du, sie wissen von dem Mord an Ortiz?«

»Natürlich wissen sie Bescheid!« schrie Pumo. Seine Hände fühlten sich ganz geschwollen an. »Sie sind ja schließlich in der Stadt, in der der Mord geschehen ist!« Pumo hatte das Gefühl, er könnte selber einen Mord begehen. Maggie saß noch immer auf der Couch und starrte ihn mit großen Unschuldsaugen an. »Was hast du schon für eine Ahnung? Du bist ja noch ein Kind! Glaubst du vielleicht, ich brauche dich? Ich brauche dich absolut nicht! Ich komme ganz gut ohne dich aus!«

»Gut«, sagte Maggie tonlos. »Dann brauche ich ja nicht mehr dein Kindermädchen und deine Krankenschwester zu spielen.«

Eine ungeheure schwarze Welle schlug über Tina Pumo zusammen. Er erinnerte sich wieder daran, wie der Dämonen-Mann, der wie brennender Müll roch, ihm seine graue Hand schwer auf die Schulter gelegt und ihm versichert hatte, daß er auch ein Killer sei. Die Hölle ist gar nicht mal so übel, dachte Pumo. Er ging fast ohne eigenes Zutun zu den Küchenschränken, die Vinh aufgehängt hatte. Was man in der Hölle so alles machen kann. Er zog eine Schranktür auf und staunte fast über das Geschirr in den einzelnen Fächern. Das saubere Geschirr kam ihm völlig fremd vor. Das Geschirr war ihm zuwider. Er nahm den obersten Teller von dem Stapel und wog ihn einen Augenblick in beiden Händen, bevor er ihn zu Boden fallen ließ. Der Teller zerbarst in ein halbes Dutzend Einzelteile. Da zeigte es sich einmal, was man in der Hölle alles machen konnte. Pumo griff nach dem nächsten Teller und warf ihn mit aller Kraft hinunter. Die Scherben flogen überall herum. Manche rutschten sogar bis unter seinen Eßtisch. Er vernichtete den ganzen Stapel. Manchmal ließ er nur einen einzelnen Teller fallen, dann wieder zwei oder drei zur gleichen Zeit. Den letzten Teller ließ er so gezielt fallen, als handelte es sich um ein wissenschaftliches Experiment.

»Du armer Hund«, bedauerte ihn Maggie.

»Ist ja schon gut.« Pumo preßte die Hände auf die Augen.

»Willst du nach Bangkok fliegen? Vielleicht findest du sie ja. Das dürfte doch nicht allzu schwer sein.«

»Ach, ich weiß nicht«, meinte Pumo.

»Wenn es dich so sehr belastet, daß du hiergeblieben bist, solltest du besser rüberfliegen. Ich buche gern den Flug für dich.«

»Mir ist schon wieder etwas besser zumute«, sagte Pumo. Er ging durchs Zimmer auf einen Lehnstuhl zu und setzte sich. »Aber vielleicht sollte ich tatsächlich rüberfliegen. Werde ich im Restaurant wirklich so dringend gebraucht?«

»Das ist eben die Frage.«

Pumo überlegte. »Doch. Deshalb bin ich ja auch nicht mitgeflogen.« Er warf einen Blick auf die Scherben, das Schlamassel, das er angerichtet hatte. »Wer schuld an dieser Sauerei ist, sollte gesteinigt werden.« Er grinste geisterhaft. »Nein, das nehme ich zurück.«

»Komm, fahren wir nach Chinatown. Essen wir etwas«, schlug ihm Maggie vor. »Du brauchst jetzt wirklich dringend etwas zu essen.«

»Kommst du mit, wenn ich nach Bangkok fliege?«

»Bangkok ist mir zuwider«, sagte Maggie. »Fahren wir lieber nach Chinatown.«

Am westlichen Broadway bekamen sie ein Taxi. Maggie wies dem Fahrer den Weg zur Bowery Arcade zwischen Canal Street und Bayard Street.

Eine Viertelstunde später unterhielt sich Maggie mit einem Kellner kantonesisch. Sie saßen in einem kleinen schäbigen Raum, der mit handgeschriebenen Speisekarten wie mit Spruchbändern tapeziert war. Der Kellner mochte so um die sechzig sein. Er trug eine schmutzig-gelbe Uniform, die einmal weiß gewesen war. Der Kellner sagte etwas, womit er Maggie zum Lachen brachte.

»Was hat er gesagt?«

»Er hat dich einen alten Ausländer genannt.«

Pumo betrachtete den gebeugten Rücken des davonschlurfenden Kellners und seine eisengrauen Stoppelhaare.

»Das ist so eine Redensart.«

»Vielleicht sollte ich wirklich nach Bangkok fliegen.«

»Du brauchst nur ein Wort zu sagen.«

»Wenn sie wissen, daß dieser Ortiz, dieser Journalist, in Singapur erschossen worden ist, warum reisen sie dann ab und fliegen nach Bangkok?«

Der Kellner stellte Schüsseln mit einer cremigen breiartigen Masse vor sie hin, die der verteufelt ähnlich sah, die Michael Poole vier Tage zuvor zum Frühstück gegessen hatte. »Außer sie haben erfahren, daß Tim Underhill nicht mehr in Singapur ist.«

»Harry Beevers ist also nach Taipeh geflogen?« Maggie lächelte bei dem Gedanken. Offensichtlich erschien ihr der Gedanke lächerlich.

Pumo nickte. »Sie haben anscheinend rausbekommen, daß sich Underhill in einer dieser beiden Städte aufhält und gehen jetzt getrennte Wege, um ihm schneller auf die Spur zu kommen. Aber warum haben sie mich nicht angerufen? Wenn sie erfahren haben, daß Underhill nicht mehr in Singapur ist, nachdem sie von dem Mord an Ortiz gelesen haben, müssen sie doch gewußt haben, daß Underhill nicht der Mörder sein konnte.«

»Also, von Singapur nach Bangkok fliegt man etwa eine Stunde«, sagte Maggie. »Iß jetzt deine Suppe und mach dir keine Sorgen mehr.«

Pumo kostete die Suppe. Sie schmeckte ganz anders, als sie aussah. So erging es ihm immer wieder mit den merkwürdigen Speisen, die Maggie ihm aufdrängte. Die Suppe schmeckte nach Weizen und Schweineextrakt sowie nach einem undefinierbaren Gewürz. Er überlegte, ob er nicht eine ähnliche Suppe auf seine Speisekarte setzen sollte. Mit einem interessanten Namen. Wie zum Beispiel: ›Suppe, die so stark macht, daß man zwei Ochsen tragen kann‹. Man müßte sie in kleinen Tassen mit Zitronenblättern servieren lassen. Der Bürgermeister würde begeistert sein.

»Im Herbst, so gegen Halloween, habe ich den großartigen Harry Beevers gesehen«, erzählte Maggie. »Ich habe eine Dummheit gemacht – nur um ihn zu ärgern. Er ist mir in einem Schnapsladen nachgegangen. Dieser arrogante Pinsel dachte doch wahrhaftig, ich hätte ihn nicht gesehen. Ich war mit Jules und Perry da, meinen Freunden aus der Stadt.«

»Roberto Ortiz«, stöhnte Pumo. Endlich war ihm das fehlende Puzzleteilchen eingefallen, mit dem er sich schon seit sieben Uhr abquälte. »Großer Gott!«

»Sie sind furchtbar nett, aber eben meistens ohne Arbeit, weswegen du sie auch nicht ausstehen kannst. Jedenfalls habe ich gemerkt, wie mir Harry nachspioniert hat. Als ich ganz sicher war, daß er es mitbekam, habe ich eine Flasche Champagner geklaut. Mir war so danach. Ich *konnte* nicht anders.«

»Roberto Ortiz«, wiederholte Pumo. »Ich bin ganz sicher, daß er so geheißen hat.«

»Ich wage kaum, dich zu fragen, wovon du eigentlich redest«, sagte Maggie.

»Als ich die Unterlagen in dem Mikrofilm-Raum durchgesehen habe, verriet mir der Bibliothekar, daß alle diese Unterlagen schon für jemand anders zusammengetragen worden waren, der Recherchen für ein Buch über Ia Thuc machte. Der Bibliothekar sprach von einem Roberto Ortiz.« Die Augen fielen ihm fast aus dem Kopf. »Verstehst du, worauf ich hinauswill? Zu diesem Zeitpunkt war Roberto Ortiz schon zwei Tage tot. Ich muß Judy Poole unbedingt anrufen. Mal sehen, ob sie weiß, wo Michael steckt.«

»Tina, ich blicke da noch immer nicht ganz durch.«

»Ich glaube, Koko hat den letzten Journalisten umgebracht. Dann ist er nach New York geflogen.«

»Vielleicht war es Roberto Gomez in der Bibliothek oder Umberto Ortiz oder ein ähnlicher Name. Vielleicht auch ein Reporter wie Ernie Anastos, J. J. Gonzales, David Diaz oder Fred Noriega.« Sie überlegte krampfhaft, ob ihr nicht noch andere spanisch klingende Namen aus dem New Yorker Fernsehen einfielen.

»Und du glaubst, daß die Recherchen wegen Ia Thuc betreiben?«

Pumo löffelte hastig seine Suppe. Er war nur noch ein Nervenbündel.

Sobald er seinen Mantel in der Wohnung an den Haken gehängt hatte, knipste er das Licht an und ging zu seinem Schreibtisch. Maggie folgte ihm ins Zimmer. Diesmal bat er die Auskunft um die Nummer von Judy Poole in Westerholm. Dort nannte man ihm eine Nummer, die ihn vage an diejenige erinnerte, die Michael für alle Fälle auf seinem Anrufbeantworter hinterlassen hatte. Pumo wählte diese Nummer. Es läutete ein paarmal, dann nahm Judy ab. »Mrs. Poole. Ja, bitte?«

»Judy, hier ist Tina Pumo.«

Schweigen am anderen Ende der Leitung. Schließlich sagte Judy: »Tag, Tina.« Wieder schwiegen beide. »Entschuldige, daß ich dich das frage, aber ich möchte doch gern wissen, warum du eigentlich angerufen hast. Es ist schon ziemlich spät, und du könntest doch auf Michaels Anrufbeantworter eine Nachricht hinterlassen, wenn es ihn betrifft.«

»Das habe ich schon gemacht. Tut mir leid, daß ich so spät noch anrufe, aber ich habe wichtige Neuigkeiten für Michael.«

»Aha.«

»Ich habe natürlich schon im Hotel in Singapur angerufen. Dort habe ich erfahren, daß sie schon abgereist sind.«

»Ja.«

Was zum Teufel geht hier eigentlich vor? fragte sich Pumo verwundert. »Ich hoffe, du hast seine jetzige Telefonnummer. Michael ist seit zwei oder drei Tagen in Bangkok.«

»Das weiß ich, Tina. Ich würde dir seine Telefonnummer in Bangkok gern geben, aber ich habe sie selbst nicht. Wir haben uns nur ganz kurz unterhalten. Seine Nummer kam dabei nicht zur Sprache.«

Tina seufzte innerlich. »Wie heißt denn das Hotel, in dem er wohnt.«

»Ich glaube, das hat er mir nicht verraten. Und ich habe ihn auch nicht danach gefragt.«

»Könnte ich dann vielleicht eine Nachricht für ihn hinterlassen? In den letzten Tagen habe ich Dinge herausbekommen, die er unbedingt wissen muß.« Als Judy nichts verlauten ließ, fuhr Pumo fort. »Richte ihm doch bitte aus, daß Kokos Opfer McKenna, Ortiz und die anderen die Kriegsberichterstatter von Ia Thuc sind. Es ist möglich, daß Koko sich in New York aufhält und sich hier Roberto Ortiz nennt.«

»Ich habe keinen blassen Schimmer, wovon die Rede ist. Was soll das mit den Opfern? Was heißt hier überhaupt Opfer? Und wer oder was ist *Koko*? Tina, was zum Teufel geht hier eigentlich vor?«

»Judy, ich flehe dich an: Sag Michael, er soll mich so schnell wie möglich anrufen. Oder ruf du mich an und sag mir, wo er ist.«

»Du kannst mir gegenüber nicht solche Andeutungen machen und mich dann im unklaren lassen. Tina, ich muß dir ein paar Fragen stellen. Vielleicht verrätst du mir mal, wer hier jede Stunde anruft und dann auflegt, ohne ein Wort zu sagen.«

»Judy, ich habe keinen blassen Schimmer, wer das sein kann.«

»Michael hat dich nicht zufällig gebeten, hin und wieder bei mir anzurufen, um mich zu kontrollieren?«

»Was für ein absurder Gedanke«, sagte Pumo. »Wenn dich jemand belästigt, ruf doch die Polizei an.«

»Da habe ich eine viel bessere Idee«, sagte sie und legte auf.

Pumo und Maggie gingen an diesem Abend früh zu Bett. Maggie schlang die Arme fest um ihn, schlang die Füße noch um seine Beine und drückte ihn fest an sich. »Was soll ich nur machen?« murmelte er. »Soll ich vielleicht alle Hotels in Bangkok der Reihe nach anrufen, um mich zu erkundigen, ob Michael Poole dort wohnt?«

»Zerbrich dir nicht den Kopf darüber«, tröstete ihn Maggie. »Niemand kann dir etwas tun, solange ich bei dir bin.«

»Ich bin beinahe geneigt, dir das zu glauben«, lachte Pumo. »Vielleicht habe ich den Namen wirklich falsch in Erinnerung. Womöglich war es wirklich Umberto Diaz oder einer der anderen Namen, die du mir genannt hast.«

»Umberto könnte keiner Fliege was zuleide tun.«

»Morgen unterhalte ich mich noch mal mit dem Bibliothekar«, nahm sich Pumo vor.

Maggie schlief gleich ein, während Pumo krampfhaft versuchte, sich an den Namen zu erinnern. Schließlich schlief auch er ein.

Stunden später wachte er so plötzlich auf, als habe ihn jemand mit einem spitzen Stock gestochen. Die Erkenntnis traf ihn wie ein Blitzschlag: Koko, nicht Dracula hatte hier eingebrochen, seine Wohnung durchsucht und mitgenommen, was ihm wichtig erschien. Koko hatte sein Adreßbuch gestohlen. Er brauchte ihre Adressen, um Jagd auf sie zu machen. Jetzt hatte er sie.

Die Puzzleteilchen fügten sich wie von selbst zusammen. Koko hatte bei Michael Poole angerufen. Über den Anrufbeantworter hatte er Judys Nummer erfahren und prompt dort angerufen. Er rief immer und immer wieder bei ihr an.

Pumo konnte lange nicht wieder einschlafen. Schließlich kam ihm noch ein weiterer, ziemlich verrückter Gedanke. Er redete sich ein, Koko habe auch den Bankier Clement W. Irwin am Flughafen ermordet. Bei dem Gedanken daran – so unvernünftig und widersinnig das auch klingen mochte – konnte er erst recht nicht einschlafen und lag noch länger wach.

3

Nach dem Frühstück ließ sich Maggie bei Jungle Red die Haare schneiden. Pumo ging hinunter, um sich mit Vinh zu unterhalten. Nein, Vinh hatte in den letzten Tagen niemanden vor dem Haus herumlungern gesehen. Natürlich konnte ihm das bei all den Handwerkern entgangen sein. Nein, auch an irgendwelche ungewöhnlichen Telefongespräche konnte er sich nicht erinnern.

»Sind Anrufe von Leuten gekommen, die sofort wieder aufgelegt haben, wenn du dich gemeldet hast?«

»Natürlich«, sagte Vinh. Er sah Pumo an, als habe der den Verstand verloren. »Mit solchen Anrufen schlagen wir uns ständig herum. Was glauben Sie, wo wir hier sind? Wir leben schließlich in New York!«

Nach dem Gespräch mit Vinh fuhr Pumo im Taxi zur Bibliothek in der 42. Straße. Er ging die breite Treppe hinauf an der Aufsicht vorbei zu dem Schalter, wo er auch vorgestern schon gewesen war. Der untersetzte bärtige Mann war nirgendwo zu sehen. Ein großer blonder Mann stand mit dem Telefonhörer am Ohr am Schalter. Nach einem Blick auf Pumo wandte er ihm den Rücken zu und telephonierte weiter. Schließlich legte er den Hörer auf und kam langsam an den Schalter. »Kann ich Ihnen helfen?«

»Ich habe hier vorgestern recherchiert und möchte gern etwas nachprüfen«, sagte Pumo. »Kennen Sie den Herrn, der vorgestern Dienst hatte?«

»Da hatte ich Dienst«, erklärte ihm der Blonde.

»Also, der Herr, mit dem ich vorgestern gesprochen habe, war viel älter – so etwa sechzig, ungefähr so groß wie ich, und er hatte einen Bart.«

»So sehen hier unendlich viele Leute aus.«

»Könnten Sie sich nicht bei irgend jemandem nach diesem Herrn erkundigen?«

Der Blonde zog die Augenbrauen hoch. »Sehen Sie hier vielleicht noch jemanden außer mir? Ich kann doch hier nicht weg, das müssen Sie verstehen.«

»Na schön«, gab sich Pumo geschlagen. »Vielleicht können Sie mir die Auskunft geben, an der mir so gelegen ist.«

»Wenn Sie einen ganz bestimmten Mikrofilm möchten und schon einmal hiergewesen sind, wissen Sie ja, wie Sie die entsprechenden Formulare auszufüllen haben.«

»Nein, darum geht es nicht«, erklärte Pumo. »Als ich gestern um Zeitungsartikel zu einem ganz bestimmten Thema bat, sagte mir der Herr, der gestern hier Dienst tat, ein anderer Besucher habe kürzlich das gleiche Material erbeten. Mir geht es um den Namen dieses Mannes, der an der gleichen Sache interessiert ist.«

»Es tut mir leid, aber darüber darf ich Ihnen keine Auskunft geben.« Der Blonde krümmte seinen Rücken und sah auf Pumo hinunter, als stände er hoch über ihm auf einer Klippe.

»Ihr Kollege hat mir diese Auskunft nicht verweigert. Es war ein spanischer Name.«

Der Blonde schüttelte den Kopf. »Ich bedaure, aber damit würde ich meine Kompetenzen überschreiten. Es ist ja nicht, als würden Sie ein Buch ausleihen und als würde ich unauffällig einen Zettel reinlegen. Was Sie da von mir verlangen, geht weit darüber hinaus.«

»Habe ich Ihren Kollegen denn nicht so beschrieben, daß Sie wissen, wen ich meine?«

Der Blonde wirkte zunehmend verärgert. »Also wenn Sie keine Mikrofilme möchten, stehlen Sie hier nur den anderen Leuten die Zeit, denen es um Mikrofilme geht.«

Er tat, als sei Pumo hinfort Luft für ihn und sah über ihn hinweg. Pumo hatte schon eine ganze Weile das Gefühl, angestarrt zu werden. Er drehte sich um. Vier Leute standen hinter ihm. Alle schauten stumpf vor sich hin.

»Bitte sehr, Sie wünschen?« sagte der Bibliothekar und wies mit der Spitze seines Kinns wie mit einem Zeigestab auf den Mann, der direkt hinter Pumo stand.

Pumo ging zu den einzelnen durch Trennwände abgeteilten Zellen, um dort nach dem Bärtigen zu suchen. Der blonde Bibliothekar bediente jetzt wieder die Kunden, die um Mikrofilme für Recherchen baten. Zwischendurch telefonierte er oder überprüfte, an seinem Schreibtisch sitzend, seine äußere Erscheinung. Er gönnte Pumo keinen weiteren Blick. Wenig später blickte er auf seine Armbanduhr, schloß seinen Schreibtisch ab und ging. Eine junge Frau in einem schwarzen Pullover nahm seinen Platz ein. Pumo trat wieder an den Schalter.

»Ach Gott, ich kenne ja hier noch niemanden«, erklärte sie. »Das ist mein erster Tag hier. Ich bin erst vor zwei Wochen fertig geworden. Seitdem habe ich die meiste Zeit in der Inkunabel-Abteilung zugebracht.« Leise fügte sie hinzu: »Dort hat es mir sehr gefallen.«

»Kennen Sie keinen gutgekleideten, etwa sechzig Jahre alten Mann mit Bart hier in der Bibliothek?«

»Na ja, da wäre zum Beispiel Mr. Vartanian«, erwiderte sie lächelnd. »Aber ich kann mir nicht denken, daß Sie *ihn* hier gesehen haben. Ihre Beschreibung paßt auch noch auf Mr. Narnoncourt und Mr. Mayer-Hall. Vielleicht auch noch auf Mr. Gardener. Aber ich weiß nicht, ob einer dieser Herren je in der Mikrofilm-Abteilung war.«

Pumo bedankte sich und ging. Er dachte sich, daß er den älteren Herrn mit Bart vielleicht doch noch finden würde, wenn er die ganze Bibliothek durchforstete und den Kopf in sämtliche Büros steckte.

Er ging den Korridor entlang und sah sich dann die Leute in den oberen Stockwerken der großen Bibliothek an. Männer in Strickjacken oder Sportjacketts traten aus dem Lift in irgendein Büro, Frauen in Jeans und Pullovern oder in Kleidern gingen einen breiten Gang entlang. Ein überaus eleganter Herr, ein richtiger Dandy in einem hervorragend geschnittenen Anzug mit einem stachligen Bart und einer glänzenden Brille eilte durch eine Tür und schien den Boden gar nicht zu berühren. Alle anderen Bibliothekare bzw. Bibliothekarinnen nickten ihm erfreut zu oder grüßten ihn ehrerbietig. Er war größer als der Mann, mit dem Pumo vor zwei Tagen gesprochen hatte, und sein Bart glänzte rotbraun, nicht schwarz, von weißen Strähnen durchzogen wie der des anderen Mannes.

Die Besucher trugen genau wie Pumo die Mäntel über dem Arm. Die meisten schienen nicht zu wissen, an wen sie sich wenden sollten. Der Dandy drängte sich zwischen ihnen hindurch, eilte durch den Flur davon und verschwand um eine Ecke.

Als Pumo an dieser Ecke anlangte, hatte er wieder das deutliche Gefühl, beobachtet zu werden – genau wie am Vortag im Mikrofilm-Raum. Er warf einen Blick über seine Schulter zurück und sah, wie sich die Besucherscharen überallhin verteilten. Manche verschwanden in dem Mikrofilm-Raum, viele in anderen Sälen. Ein Teil der Besucher strebte auch dem Lift zu. Die Bibliotheksangestellten waren alle in Büros verschwunden – mit Ausnahme von zwei Frauen auf dem Weg zur Toilette. Pumo bog um die Ecke und glaubte schon, der hochgewachsene Dandy sei ihm entwischt. Er nahm sich jetzt fest vor, dem Mann zu folgen. In diesem Augenblick sah er einen schwarzglänzenden Schuh um eine andere Ecke biegen.

Pumo setzte sich in Trab. Seine Schritte hallten auf dem braunen Marmorboden. Als er um die Ecke rannte, war der Dandy schon nicht mehr zu sehen, aber eine Tür mit der Aufschrift TREPPE fiel gerade zu, als er durch den langen Gang lief, in dem sich sonst niemand aufhielt. Dann kamen ihm vom anderen Ende des Flurs zwei junge Chinesinnen entgegen. Beide hatten ein paar Bücher mit vielen Lesezeichen bei sich. Sie kamen immer näher. Als sie an ihm vorbeigingen, sah eine der beiden Frauen Pumo lächelnd an.

Pumo zog die Tür zum Treppenhaus auf und betrat den Treppenabsatz. An der Wand in Rot die Nummer drei. Er hörte Schritte, sobald die Tür hinter ihm ins Schloß gefallen war. Leise Schritte, die sich ihm vom Flur her näherten. Sie kamen aus der gleichen Richtung, aus der auch er gekommen war. Er hörte die Schritte des Dandys auf den Zementstufen über sich. Pumo ging ebenfalls die Treppe hinauf. Er hatte das deutliche Gefühl, daß jemand im Flur vor der Tür zur Treppe stehengeblieben war. Jedenfalls hörte er die Schritte außerhalb der Tür nicht mehr. Die Schritte über ihm waren jedoch noch immer zu vernehmen. Jemand ging die Treppe zum fünften Stock hinauf.

Unten sprang die Tür auf. Pumo blickte erst von dem Treppenabsatz aus hinab, von dem an die Treppe in eine andere Richtung führte. Er beugte sich über das Geländer, um nachzusehen, wer dort gewesen war. Doch er sah nur das Geländer und ein Stück Wendeltreppe. Er hörte weiter unten keine Schritte mehr. Derjenige, der sich unterhalb im Treppenhaus aufhielt, mußte stehengeblieben sein. Die Schritte des hochgewachsenen Dandys weiter oben klangen ihm hohl in den Ohren.

Pumo trat vom Geländer zurück und blickte nach oben.

Da hörte er die Schritte weiter unten wieder. Jemand stieg die Treppe hinauf und kam immer näher.

Pumo trat wieder ans Geländer. Im gleichen Augenblick blieb sein Verfolger stehen.

In Pumo krampfte sich alles zusammen. Er hatte das Gefühl, als griffe eine eiskalte Hand nach ihm.

Mit einemmal ging die Tür im dritten Stockwerk wieder auf. Die beiden Chinesinnen betraten das Treppenhaus. Er konnte auf ihre Köpfe hinuntersehen und ihre hellen Stimmen hören. Sie sprachen kantonesisch. Die Tür im fünften Stock fiel zu.

Pumo erwachte aus seiner Erstarrung und ließ das Geländer wieder los. Er öffnete die Tür mit der Aufschrift PERSONALEINGANG im fünften Stock und gelangte in einen dunklen großen, mit Büchern angefüllten Raum. Der Dandy war bereits in einem der Gänge zwischen den Bücherregalen verschwunden. Seine leisen Schritte konnten in dem großen Raum von überallher kommen. Vom Treppenhaus her war nichts zu hören. Doch vor seinem inneren Auge sah er plötzlich einen Mann, der gerade die letzten Stufen erklomm und sich ganz leise anschlich.

Er trat rasch zwischen die Bücherstapel und kam in einen langen leeren, etwa einen Meter breiten Gang zwischen hochaufragenden stählernen Bücherregalen. Von hoch oben erleuchteten schwache, kegelförmige Lampenschirme den Raum. Nicht sehr helle, aber deutlich abgegrenzte Lichtkreise zeichneten sich auf dem Boden ab. Die Schritte des großen Mannes waren schon nicht mehr zu hören.

Pumo zwang sich, langsamer zu gehen. Als er in einen breiten Mittelgang gelangte, hörte er, wie die Tür zum Treppenhaus aufgestoßen wurde. Jemand kam herein und ließ die Tür ganz leise hinter sich ins Schloß fallen.

Pumo *hörte* förmlich, wie derjenige, der gerade eingetreten war, sich den Kopf darüber zerbrach, in welchem Gang er wohl verschwunden sein mochte. Bei dem Gedanken daran überlief es ihn eiskalt. Er konnte nicht dagegen an.

Dann hörte er von ganz weit links Schritte, die sich langsam näherten. Pumo ging dem Dandy entgegen und hörte, wie derjenige, der gerade eingetreten war, einen der schmalen Gänge zwischen den Bücherregalen entlangschritt. Er bewegte sich langsam und fast unhörbar.

Pumo versuchte klar zu denken. Es gibt nur zwei Möglichkeiten. Ich leide entweder an Verfolgungswahn oder aber Koko verfolgt mich tatsächlich zwischen den Bücherregalen hindurch. Koko hatte ihm sein Adreßbuch entwendet und festgestellt, daß die anderen Kriegskameraden verreist waren. Deshalb hatte er sich vorgenommen, seine Arbeit in Amerika mit Tina Pumo fortzusetzen. Er hatte sich mit Lektüre über Ia Thuc versorgt. Jetzt war Tina der nächste auf der Liste.

Aber vielleicht war der Mann, der gerade eben den Büchersaal im fünften Stock betreten hatte, auch nur ein Bibliothekar. Auf der Tür stand schließlich PERSONALEINGANG. Das hieß mit anderen Worten ›Nur für Personal‹. Wenn Pumo in irgendeinen Gang einbog und ihm plötzlich gegenüberstand, würde es sich womöglich zeigen, daß der Mann ein fetter kleiner Bursche mit billigen Schuhen und einem verschwitztem Hemd war. Pumo ging so leise wie nur irgend möglich durch den breiten Mittelgang. Drei Quergänge vom Ende des Mittelgangs entfernt blieb er dann stehen, um zu lauschen.

Von ziemlich weit links hörte er ganz schwach sehr rasche Schritte. Vermutlich der Dandy. Falls sonst noch irgend jemand zwischen den Bücherregalen hindurchging, so ging er so leise, daß man seine Schritte nicht mehr wahrnahm. Pumo lugte um eine Ecke einen langen Gang entlang. Zwischen den einzelnen Regalen immer wieder hellerleuchtete Stellen. Geduckt schlich er den Gang entlang.

Er kam ihm so lang wie ein Fußballplatz vor, der zum Ende hin immer schmäler wurde, ein nicht endenwollender Tunnel. Die Buchrücken und Buchtitel schienen an ihm vorbeizukriechen. Sie bewegten sich an ihm vorbei, während er selbst stillzustehen schien. *Pendennis* von William Makepeace Thackeray, 1. Band. *Pendennis* von William Makepeace Thackeray, 2. Band. *The Newcomes* von William Makepeace Thackeray. *The Virginians. The Yellowplush Papers, Etc.*, in rosa Leinen mit Golddruck.

Pumo schloß die Augen und hörte im Nebengang einen Mann hinter der vorgehaltenen Hand leise husten. Erschrocken riß er die Augen auf. Die Büchertitel verschmolzen zu fremdartigen arabischen Schriftzügen auf rosa Grund. Er war einer Ohnmacht nahe.

Der Mann, der gehustet hatte, ging fast unhörbar einen Schritt weiter. Pumo erstarrte zu einer Statue. Er wagte nicht einmal zu atmen, obwohl der Mann im Nebengang ja nur der Bibliothekar sein konnte. Aber wer der Mann auch sein mochte – er glitt mit drei raschen Schleichschritten den Gang entlang.

Als Pumo annahm, der Mann sei jetzt weit genug in Richtung Mittelgang enteilt, bewegte er sich leise auf die Tür zu.

Wie auf Tinas Stichwort hin begann genau in diesem Augenblick irgend jemand ganz links im Raum eine bekannte Melodie zu pfeifen. Pumo hörte, wie sich der Mann im Nebengang dem Pfeifenden näherte. Jemand zog mehrere Bücher aus einem Regal. Der Dandy hatte die gesuchten Bücher also gefunden. Der Mann im Nebengang bog in den Mittelgang ein. Pumo sagte sich, daß er ja die Thackeray-Bände hätte auseinanderschieben können. Dann hätte er dem Mann im Nebengang genau ins Gesicht geblickt. Pumos Herz klopfte wie wild.

Pumo trat genau in dem Augenblick zwischen den Bücherregalen hervor, in dem der andere Mann an dem Gang vorbeiging, in dem er sich verborgen hatte. Er war jetzt nur noch ein paar Schritte von der Tür zum Treppenhaus entfernt. Oberhalb der Tür verbreitete eine Lampe trübes Licht. Er machte noch einen Schritt auf die Tür zu.

Jemand drehte von der anderen Seite her am Türknopf. Pumos Herz setzte einen Schlag aus. Der Knopf drehte sich noch weiter, dann flog die Tür mit einem Ruck auf Gesprächsfetzen und eine Flut von Licht drangen in den Raum.

Dunkle Gestalten traten auf ihn zu. Pumo verharrte unbeweglich. Da blieben auch die Gestalten stehen. Das Gespräch verstummte. Diese hohen Stimmen hatte er doch schon einmal gehört. Pumo erkannte die Chinesinnen, die er im dritten Stock im Flur gesehen hatte.

»Oh!« riefen beide Frauen flüsternd aus.

»Verzeihen Sie«, erwiderte Pumo ebenfalls im Flüsterton. »Ich muß mich wohl verlaufen haben.«

Sie winkten ihn herbei und lächelten freundlich, nachdem sie sich von ihrem Schrecken erholt hatten. Pumo ging durch die Tür ins Treppenhaus. Dort fühlte er sich sicher.

Wieder zu Hause angekommen erzählte Pumo Maggie nur, es habe sich nicht bestätigt, daß der andere Mann, der Recherchen im Zusammenhang mit Ia Thuc betrieb, unter dem Namen des ermordeten Journalisten aufgetreten sei. Er wollte ihr nichts davon erzählen, was sich zwischen den Bücherregalen zugetragen hatte, weil ja eigentlich gar nichts geschehen war. Nach einem ausgedehnten Abendessen bei einer Flasche Bonne Mare in einem guten Restaurant gleich auf der anderen Straßenseite war es ihm zu peinlich, Maggie einzugestehen, daß er in Panik geraten war. Seine Fantasie hatte seinem Gedächtnis einen bösen Streich gespielt. Maggie hatte völlig recht. Er hatte seine schlimmen Erfahrungen in Vietnam noch immer nicht verkraftet. Der Mann mit Bart in der Bibliothek hatte ihm einen Namen, irgendeinen Namen wie zum Beispiel Roberto Diaz genannt, alles andere war pure Einbildung. Ein

Mitreisender oder ein angeknackster Flughafenangestellter hatte den Yuppie am J.-F.-Kennedy-Flughafen umgebracht. Maggie war so schön, daß selbst der gelangweilte Kellner sie unentwegt anstarrte. Der Wein war zudem ein Hochgenuß. Er betrachtete Maggies leuchtendes Gesicht und sagte sich, daß die Welt in Ordnung war, solange man gesund blieb und über genügend Geld verfügte.

Weder Pumo noch Maggie lasen am nächsten Tag die *New York Times*. Keiner von beiden blieb an den Zeitungskiosken stehen, um die Schlagzeilen zu lesen. BIBLIOTHEKSDIREKTOR ERMORDET, hieß es in der *Post*, nicht ganz korrekt. In den *News* hieß es im Stil von Agatha Christie MORD IN DER BIBLIOTHEK. Auf beiden Aushängen nahm ein Foto von Dr. Anton Mayer-Hall die halbe Titelseite ein. Das Foto zeigte einen hochgewachsenen Mann mit Bart in einem doppelreihigen Anzug. Dr. Mayer-Hall, Projektleiter der städtischen Bibliotheken in New York und seit vierundzwanzig Jahren im Dienst der Bibliothek, war in einem ausschließlich für die Bibliotheksangehörigen reservierten Büchersaal zwischen Bücherregalen ermordet aufgefunden worden. Es war anzunehmen, daß er auf diesem Weg in sein ebenfalls im fünften Stock gelegenes Büro gelangen wollte und sich diese Abkürzung zunutze machte. Er war auf dem Weg zu einer Unterredung mit der Werbeleiterin der Bibliothek gewesen, die in seinem Büro stattfinden sollte. Die Werbeleiterin Mei-lan Hudson und ihre Assistentin Adrien Lo nahmen die gleiche Abkürzung durch den Büchersaal, um so rasch wie möglich in das Büro des Direktors zu gelangen. Am Eingang zu dem Büchersaal waren sie ein paar Minuten vor dem Auffinden des Leichnams auf einen Eindringling gestoßen. Sie hatten der Polizei den Eindringling genau beschrieben. Der wurde nun gesucht, um von der Polizei verhört zu werden. Die *Times* brachte ein kleineres Foto und eine detaillierte Karte mit Pfeilen und einem X an der Stelle, an der der Leichnam gefunden worden war.

4

Wovor fürchtest du dich denn?

Ich fürchte, daß ich ihn nur erfunden habe. Daß ich ihm all seine besten Ideen eingegeben habe.

Hast du vielleicht Angst, er könnte eine lebendig gewordene Idee sein?

Er ist die aus ihm selbst erwachsene und zum Leben erwachte Idee.

Wie ist Victor Spitalny nach Bangkok gekommen?

Das war ganz einfach. Am Flughafen ist er auf einen Soldaten gestoßen, der sich bereit erklärt hat, sein Namensschild und seine Reiseunterlagen mit ihm zu tauschen, damit er nach Honolulu anstatt nach Bangkok fliegen konnte. Alles spricht also dafür, daß Private First Class Spitalny mit Air-Pacific-Flug Nr. 206 nach Honolulu geflogen ist, das besagen nicht nur die Tickets, sondern auch die Passagierlisten, die im Flugzeug ausgefüllten Sitzordnungen und die Bordkarten. Es läßt sich beweisen, daß ein gewisser Victor Spitalny ein Einzelzimmer im Hotel Lanai zum Preis von zwanzig US-Dollar bewohnt hat, und zwar sechs Tage und sechs Nächte, und daß er mit dem Flug der Air Pacific Nr. 207 nach Vietnam zurückgeflogen ist. Er kam dort am 7. Oktober 1969 um 21 Uhr an. Möglicherweise ist Spitalny, nachdem er aus Bangkok verschwunden ist, nach Honolulu geflogen und von dort zurückgekehrt ist.

Außerdem hat ein gewisser Michael Warland, der behauptet hatte, alle seine Papiere verloren zu haben, zugegeben, daß er am Vormittag des 2. Oktober 1969 Victor Spitalny kennengelernt und sich mit ihm unterhalten hat. Der hat ihm vorgeschlagen, den Fronturlaub zu tauschen. Als er Spitalny dann am 8. Oktober am Flughafen nicht antraf, verstaute er dessen Habseligkeiten in einem Schließfach und kehrte zu seiner Einheit zurück. Als das Täuschungsmanöver publik wurde, wurde Spitalny des unerlaubten Entfernens von der Truppe beschuldigt.

Was hat das alles Spitalny eingebracht?

Er hat dadurch Zeit gewonnen, und zwar Wochen.

Warum wollte Spitalny mit Dengler nach Bangkok fliegen?

Er hatte schon alles ganz genau geplant.

Was ist denn aus dem Mädchen geworden?

Das Mädchen ist verschwunden. Sie rannte in Patpong durch die aufgebrachte Menschenmenge und zeigte in ihren Händen das Blut vor, das in einer Höhle in Vietnam vergossen worden ist. Jahrelang ist sie durch die Welt gerannt und hat sich nicht blicken lassen. Da begann ich zu begreifen.

Was ist Ihnen aufgegangen?

Sie ist zurückgekommen, weil er zurückgekehrt war.

Warum haben Sie sie dann gepriesen und beglückwünscht?

Wenn ich sie sehen konnte, war auch ich zurückgekehrt und wieder da.

17. KAPITEL

Koko

1

In der West End Avenue nickte ihm eine alte Dame aus einem Fenster in einem Wohnhaus auf der anderen Straßenseite zu. Zum Dank dafür winkte er zu ihr hinauf. Auch der Portier, der eine prächtige blaugraue Uniform mit Epauletten trug, warf ihm einen Blick zu, allerdings keinen auch nur entfernt so freundlichen. Der Portier, der Roberto Ortiz gekannt hatte, wollte ihn nicht hereinlassen. Doch er mußte *unbedingt* hinein. Er sah immer noch die Fotos von Ia Thuc vor sich, die er in der Bibliothek betrachtet hatte und das Dunkel in der Mitte dieser Fotos. Er hatte zu zittern angefangen beim Anblick dieser Fotos und sich ganz *in sich selbst* zurückgezogen wie in einen sicheren Hafen.

Wohl verrückt geworden, was? fuhr ihn der Portier an. Sie müssen den Verstand verloren haben. Sie kommen hier nicht rein.

Ich muß aber unbedingt hinein.

Die Welt hatte ihm Pumo den Puma präsentiert. Er hatte im Mikrofilm-Saal gestanden wie die Antwort auf ein Gebet. Koko hatte sich unsichtbar gemacht und hatte Pumo den Puma durch den Gang verfolgt, durchs Treppenhaus nach oben in den großen Saal mit all den Bücherkisten und Regalen. Doch dann war alles schiefgelaufen. Die Welt hatte ihm einen üblen Streich gespielt. Der Joker war kichernd und tanzend aus dem Kartenspiel gehüpft. Vor seinen Augen war ein fremder Mann gestorben. Nicht etwa Pumo der Puma. Wieder einmal Bill Dickerson. Genau die gleiche Situation. Sich möglichst schnell absetzen. Fliehen. Koko mußte sich verstecken. Diese trügerische Welt erwies sich als barbarisch. Wandte sich von einem ab. Auf dem Broadway kamen verrückte formlose Gestalten, Alte in Lumpen mit geschwollenen bloßen Füßen auf einen zugestürzt. Sie sprachen in einer fremden Sprache. Ihre Lippen waren schwarz verkohlt, weil sie Feuer spuckten. Diese zerlumpten Wahnsinnigen wußten Bescheid über den Joker. Sie hatten ihn auch schon zu Gesicht bekommen. Sie wußten, daß Koko vom rechten Wege abgekommen war, daß er immer weiter davon abkam. Sie wußten auch, daß Koko in der Bibliothek ein Fehler unterlaufen war. Er hatte die Wette zwar wieder mal gewonnen, doch die Wette galt nicht, denn er hatte den Falschen erwischt. Der Puma hatte sich in Luft aufgelöst. Die lumpigen verrückten Penner sprachen in vielen Sprachen. *Du machst Fehler,* hielten sie ihm vor. *Schlimme Fehler! Du gehörst nicht hierher!*

Ich kann Sie nicht hereinlassen, verwehrte ihm der Portier den Zutritt. Soll ich vielleicht die Bullen rufen? Machen Sie, daß Sie fortkommen, verschwinden Sie doch endlich, sonst rufe ich die Polizei. Verziehen Sie sich, na los schon!

Koko stand an der Ecke der West End Avenue und der 78. Straße West, im Mittelpunkt der Erde und sah an dem Gebäude hoch, in dem Roberto Ortiz zu Hause gewesen war. In seinem Nacken zuckte eine Ader. Die Kälte schmerzte im Gesicht.

Die alte Dame kann doch runterkommen und mich reinholen, dachte Koko. Dann konnte er im Lift hinauf- und hinunterfahren und für alle Zeiten die Kleidung von Roberto Ortiz tragen. Dort oben hätte er es warm. Dort könnte er sich sicher fühlen. Im Augenblick befand er sich in der falschen Welt. In dieser falschen Welt war nichts in Ordnung.

Eines wußte Koko: Er durfte nicht in einem kleinen kahlen Zimmer neben dem Verrückten beim Christlichen Verein Junger Männer wohnen.

Er hatte das Adreßbuch auf dem kleinen Tisch aufgeschlagen und Kreise um die entsprechenden Namen und Adressen gezogen.

Aber Harry Beevers ging nicht ans Telefon.

Conor Linklater war auch nicht zu erreichen.

Michael Poole hatte auf seinem Anrufbeantworter selbst eine Nachricht hinterlassen und eine andere Telefonnummer genannt, unter der sich eine Frau meldete. Diese Frau hatte eine strenge, unerbittliche Stimme.

Der Blutgeruch hat mich schon immer fasziniert, erinnerte sich Koko. Er spürte kalte Tränen auf den Wangen, wandte sich von dem Fenster der alten Dame ab und ging die West End Avenue hinunter.

Das Haar des Verrückten schien aus Schnüren und Seilen zu bestehen. Seine Augen waren rot. Er wohnte in dem Zimmer neben Koko. Er kam herein und lachte. Er sagte: Was soll denn all die Scheiße an den Wänden, Junge? Der Verrückte war ein Farbiger. Er machte den Eindruck eines müden alten Mannes und war gekleidet wie ein Farbiger.

Alles ging sehr schnell. Koko ging schnell die West End Avenue entlang. Vom Frost ganz starre Büsche gingen in Flammen auf, und auf der anderen Straßenseite flüsterte eine rothaarige hochgewachsene Frau: *Wenn du sie tötest, trägst du bis in alle Ewigkeit die Verantwortung für sie.*

Die Frau mit der unerbittlichen Stimme wußte das genau.

An der breiten, überaus belebten 72. Straße ging er zum Broadway hinüber. Und sehet, Finsternis bedeckte die Erde. Doch bald werde ich Himmel und Erde in Aufruhr versetzen.

Denn er ist wie ein reinigendes Feuer.

Würde die Frau wohl verstehen, wie ihm in der Toilette zumute gewesen war, nachdem Bill Dickerson weggegangen war? In der Bücherei – als der Joker aus dem Kartenspiel sprang und zwischen den Büchern herumtollte und Luftsprünge vollführte?

Ich kann ihr ja sagen, daß ich mich mit Ersatzleuten und Stellvertretern nicht zufriedengeben kann, nahm er sich vor. Das kann ich mir nicht leisten bei dem, was ich tue.

Die Zeit war eine Nadel, und am Ende saß das Nadelöhr. Wenn man das Nadelöhr durchschritt und die Nadel durch ihr eigenes Öhr hinter sich herzog...

Ein Mann der Schmerzen und umgeben von Qual warst du.

Ein Mann in einem goldfarbenen Pelzmantel starrte Koko an. Koko hielt seinem Blick stand. Die feindseligen Blicke der Fremden tangieren mich nicht. Daran bin ich gewöhnt. »Ich ward verschmähet und verachtet«, sagte Koko zu dem Mann, der ihn so unverblümt anstarrte. Der wandte sich nun von ihm ab und ging.

Angespannt und wie gejagt eilte er die Eighth Avenue entlang. Zwischen der West End Avenue und der Eighth Avenue – dazwischen lagen zwanzig Blocks – war ihm die Zeit wie im Fluge vergangen. Alles verschwamm ihm vor Augen. Die Welt glitzerte eiskalt. Er befand sich *draußen* – außerhalb, nicht drinnen. In seinem gräßlichen Raum lauerte ihm der Farbige auf, um ihn über die Sünde zu belehren.

Die grinsenden Dämonen liebten die Männer und Frauen, die sie durch die Ewigkeit begleiteten. Die Dämonen bargen ein großes Geheimnis: Auch sie waren dazu geschaffen, zu lieben und geliebt zu werden.

»Sprechen Sie mit mir?« fragte ihn ein alter Mann mit einem glänzenden Gesicht und einer schmutzstarrenden schwarzen Baskenmütze auf dem Kopf. Der alte Mann gehörte nicht zu den zerlumpten traurigen Gestalten, die ihm zur Qual auftraten. Er sprach englisch – nicht in irgendeiner fremden Sprache. Ein Tropfen glitzerte wie ein Juwel unterhalb seiner Nase. »Ich heiße Hansen.«

»Ich bin Reisebürofachmann«, sagte Koko.

»Willkommen in New York«, begrüßte ihn Hansen. »Sie sind vermutlich zu Besuch hier.«

»Ich bin lange weggewesen, aber sie halten mich auf Trab. Schicken mich in der Weltgeschichte herum.«

»Wie schön!« wieherte der alte Mann. Er war völlig aus dem Häuschen vor Freude darüber, daß er jemanden zum Reden hatte.

Koko fragte ihn, ob er ihn zu einem Drink einladen dürfe. Der Alte nickte hocherfreut. Sie gingen in ein mexikanisches Restaurant in der Eighth Avenue in der Nähe der 55. Straße. Koko bestellte mexikanische Drinks. Der Barkeeper stellte sprudelnde, schäumende Drinks vor sie hin. Er hatte krauses schwarzes Haar, olivfarbene Haut und einen Schnurrbart, der traurig nach unten hing. Er war Koko sehr sympathisch. In der Bar war es dunkel und warm. Koko genoß die Stille. Ihm gefielen auch die Schälchen mit gesalzenen Chips neben der roten Sauce. Der alte Mann zwinkerte Koko immer wieder zu, als könne er sein Glück nicht fassen.

»Ich bin Kriegsveteran«, erklärte Koko.

»Aha«, erwiderte der Alte. »Ich war nicht im Krieg.«

Der alte Mann fragte den Mexikaner, was er von dem Mord in der

Bibliothek hielt. »Das war ein Fehlschlag«, sagte Koko. »Gott hat im falschen Augenblick gezwinkert.«

»Was denn für ein Mord?« fragte der Barkeeper. Der alte Mann gab ein pfeifendes Geräusch von sich und meinte: »Die Zeitungen sind auf solchen Mist regelrecht versessen.«

Koko wandte sich an den Barkeeper und den alten Mann und sagte: »Ich ward verschmähet und verachtet, ein Mann der Schmerzen und umgeben von Qual.«

»Ich auch«, gab der Barkeeper zu.

Der alte Hansen hob sein Glas und prostete ihm zu. Zwinkerte sogar mit den Augen.

»Möchten Sie vielleicht das Lied von den Mammuts hören?« fragte Koko.

»Ich habe Elefanten schon immer gern gehabt«, erklärte Hansen.

»Ich auch«, pflichtete ihm der Barkeeper bei.

Also sang Koko das Lied von den Mammuts – ein so altes Lied, daß selbst die Elefanten nicht mehr wissen, was es bedeuten soll. Der alte Hansen und der Barkeeper aus Mexiko lauschten in ehrfürchtigem Schweigen.

Teil IV

DIE UNTERIRDISCHE GARAGE

18. KAPITEL

Die Himmelsleiter

1

Zwei Tage zuvor stand Michael Poole am Fenster seines Hotelzimmers und sah auf die Surowong Road hinunter, die so vollgestopft war mit Lastwagen, Taxis, Autos und den kleinen überdachten motorisierten Wagen, daß das Chaos unüberwindlich schien. Der brausende Verkehr riß nicht ab. Auf der anderen Straßenseite lag das Patpong-Viertel. Die Bars, Sex-Clubs und Massagesalons erwachten dort gerade erst zum Leben. Die Klimaanlage im Hotelzimmer summte und rasselte. Die Luft war zwar ganz grau, doch hier war es noch viel heißer und die Luftfeuchtigkeit viel höher als am Morgen noch in Singapur. Hinter Pooles Rücken ging Conor Linklater – ebenso rastlos und aktiv wie die Klimaanlage und der Verkehr – im Hotelzimmer auf und ab. Er griff nach dem Gästebuch, betrachtete das Mobilar und nahm alle Ansichtskarten in der Schreibtischschublade unter die Lupe. Dabei führte er unentwegt Selbstgespräche. Was ihnen der Taxifahrer anvertraut hatte, erregte ihn noch immer und ließ ihm keine Ruhe.

»Sofort«, murmelte Conor. »Wirklich nicht zu fassen. Kriegt man es hier besorgt oder was?«

Der Fahrer hatte ihnen zugeraunt, daß ihr Hotel an Patpong grenzte und daher sehr günstig lag. Conor war tief beeindruckt von Bangkok und dem Taxifahrer, als dieser fragte, ob die Herren nicht in einem Massagesalon Zwischenstation zu machen wünschten, bevor er sie zum Hotel fuhr. Er schlüge ihnen beileibe keinen gewöhnlichen Massagesalon vor, kein Puff mit mageren Landpomeranzen, die sich benahmen wie die letzten Trampel. Er dächte vielmehr an ein luxuriöses Etablissement, ausgesprochen kultiviert, mit marmornen Badewannen, eleganten Zimmern, Ganzkörpermassage und so atemberaubend schönen Mädchen, daß man schon zwei- bis dreimal kam, bevor sie überhaupt Hand an einen legten. Er hatte ihnen Mädchen so hübsch wie Prinzessinnen vorgegaukelt. Mädchen, die wie Filmstars aussahen oder wie die Mädchen auf den Klappseiten des Playboy. Mädchen so wollüstig und willig wie im Traum. Mit Oberschenkeln wie Tambourmajorinnen, mit den Brüsten indischer Gottheiten. Gesichter wie die Mädchen auf den Titelseiten. Mädchen mit seidiger Haut wie Kurtisanen, subtil und geistreich, diplomatisch und voller Poesie. Mädchen so beweglich wie Turnerinnen, elastisch wie Schwimmerinnen, verspielt wie kleine Äffchen, zäh und ausdauernd wie Gemsen und vor allem...

»Vor allem was?« sinnierte Conor laut. »Was ist das Beste? Von der Befreiung der Frau ist hier noch nicht die Rede. Nicht die Spur von

Emanzipation. Na, wie klingt das? Im Grunde genommen habe ich natürlich nichts gegen die Frauenbewegung. Jeder sollte frei sein, auch die Frauen. Ich kenne viele Frauen, die besser sind als Männer. Aber es gibt auch Situationen, in denen man davon nichts wissen will. Im Schlafzimmer sollte damit Schluß sein. Die meisten Frauen verdienen sowieso doppelt soviel wie ich, sie können mit Computern umgehen, sind Bürovorsteherinnen, leiten Riesenfirmen. Bei Donovan wimmelt es nur so von denen. Die lassen sich nicht mal auf ein Glas einladen. Sie verziehen das Gesicht, wenn man ihnen mal die Tür aufhält. Ich meine, vielleicht hätten wir auf den Taxifahrer hören sollen...«

»Hm«, murmelte Poole. Conor hörte gar nicht hin. Ihm war jede Reaktion recht.

»...können wir ja später noch machen, spielt ja keine Rolle. Übrigens, es gibt hier im Hotel zwei Restaurants und eine hübsche Bar. Ich wette, wir haben es entschieden besser als der in die Irre gegangene Boß. Der läuft jetzt sicher wieder rum und bindet allen einen Bären auf. Macht allen weis, daß er ein Bulle oder ein Geheimagent ist, ein Bischof oder was weiß ich.«

Michael lachte schallend.

»Siehst du! Natürlich wäscht eine Hand die andere, aber bei diesem Kerl...«

Wenn ganz Bangkok gegen vier Uhr schon hoffnungslos verstopft war, so wirkten die paar Blocks, aus denen Patpong sich zusammensetzte, noch hoffnungsloser überfüllt. Auf der Straße der gleiche brausende Verkehr wie überall. Aber auf den Bürgersteigen drängten sich die Leute, daß man das Pflaster nicht mehr sah. Ganze Menschentrauben strömten an den Bars und Sexclubs vorbei, drängten sich auf den Treppen und den Feuerleitern. Überall flammten Leuchtreklamen auf. Jedes Etablissement tat alles, um die übrigen zu übertrumpfen. HOT SEX, MISSISSIPPI, DAISY CHAIN, WHISKEY, MONTMARTRE oder auch SEX SEX. Jedes Etablissement war darauf aus, die Aufmerksamkeit des Publikums auf sich zu lenken.

»Hier ist Dengler umgekommen«, sagte Conor und besah sich die Phat Pong Road.

»Ja«, sagte Michael.

»Hier fühlt man sich ja wie im Affenhaus.«

Michael lachte. Da hatte Conor wirklich recht.

»Mikey, wir finden ihn bestimmt.«

»Ja, ich glaube auch.«

2

Als Michael und Conor am Abend ins Hotel zurückkamen, wartete er darauf, daß er über die Telefonvermittlung mit Westerholm/New York verbunden wurde. Endlich gab es etwas Positives über ihre Mission zu berichten, wie Beevers ihre Reise nannte. In einer Buchhandlung war er fündig geworden, hatte etwas gesehen, was ihn in dem Glauben bestärkte, daß sie Underhill in Bangkok aufspüren würden. Wenn sie dafür zwei Tage brauchten, konnten sie noch zwei Tage später schon wieder in den Staaten sein – entweder mit Tim Underhill im Schlepptau oder auch nicht – wie es sich ergab. Michael wollte eine Entzugsklinik für Underhill ausfindig machen, wo er wieder auf die Beine kommen konnte. Für Michael stand ganz fest, daß sein Kriegskamerad Tim Underhill dringend Ruhe brauchte. Jeder, der länger in Bangkok gelebt hatte, mußte notgedrungen ruhebedürftig sein. Wenn Underhill tatsächlich zum Mörder geworden war, würde Poole ihm einen erstklassigen Anwalt besorgen. Der mußte dafür plädieren, daß Underhill unzurechnungsfähig war. Auf diese Weise würde er wenigstens nicht im Gefängnis landen. Das gab für eine Fernsehserie zwar nicht genügend Stoff her, aber für Underhill und alle, die ihn mochten, war das die beste Lösung. Völlig undramatisch.

In Ratpong hatte Poole ein ganz untypisches Geschäft entdeckt. Eine hellerleuchtete Buchhandlung mit Namen Patpong Books. Dort fand er indirekt den Beweis für Kokos Schuldlosigkeit und dafür, daß er sich noch in Bangkok aufhalten mußte. Poole und Conor hatten sich in die Buchhandlung geflüchtet, um wenigstens vorübergehend der Hitze und den Menschenmassen zu entkommen. In der Buchhandlung Patpong Books war es wohltuend kühl und menschenleer. Michael wollte sich etwas zu lesen kaufen und auch ein Buch für Stacy Talbo mitnehmen. Er war zwischen den Bücherregalen umhergegangen und erst, als er ein ganzes Regal mit Romanen von Underhill entdeckte, wurde ihm so richtig klar, daß er in Wahrheit nach Büchern von Tim Underhill Ausschau gehalten hatte. Von jedem von Underhills Romanen standen vier oder fünf Exemplare im Regal. In Leinen gebundene Bücher wechselten mit Taschenbüchern ab. Von *A Beast In View* bis *Blood Orchid* war alles vorrätig.

Das konnte doch nur bedeuten, daß Underhill in Bangkok lebte. Daß er in der Buchhandlung ein und aus ging. Das Regal in der Buchhandlung Patpong Books, das ausschließlich mit seinen Werken angefüllt war, erinnerte Michael an das Regal mit den Büchern der ortsansässigen Autoren bei All Booked, der besten Buchhandlung von Westerholm. Das konnte bedeuten, daß auch Underhill oft in dem Laden anzutreffen war. Bedeutete das aber auch, daß Underhill herumging und es sich immer wieder einfallen ließ, Menschen ins Jenseits zu befördern? In der Nähe des Regals, in dem Underhills Bücher dicht aneinander standen, spürte Poole die Nähe des einstigen Kameraden deutlich. Der Laden würde wohl kaum so viele Werke eines obskuren Schreiberlings führen, wenn dieser nicht regelmäßig vorbeikäme.

Für Michael lag alles ganz klar auf der Hand. Conor pflichtete ihm bei, als er ihm den Sachverhalt erklärte.

Schon bald nach dem Verlassen des Hotels konnte sich Michael des Eindrucks nicht erwehren, daß Bangkok das Kalkutta Thailands war. Ganze Familien schienen auf der Straße zu leben und zu arbeiten. Michael sah immer wieder Frauen auf dem Pflaster hocken und ihre Kinder füttern, die um sie herumlungerten, während die Mütter das Straßenpflaster mit Hämmern zerschlugen, die sie in der anderen Hand hielten. Auf den Bürgersteigen saßen die Frauen in langen Reihen und hackten mit Hämmern und Pickeln einen Graben. Aus den Rauchfängen halbverfallener Hütten quoll der Rauch von Herdfeuern. Überall Gips- bzw. Mörtelstaub und harte kleine Splitter, die auf der Haut schmerzten. Es roch ölig und nach allen möglichen Rauchschwaden. Die Luft schien grau und trübe. Michael spürte förmlich, daß sich die durchlässige Membrane der Luft wie ein Spinnennetz auf die Haut legte.

Auf einem großen roten Schild wurde der HEAVEN MASSAGE PARLOR, der himmlische Massagesalon, angepriesen. Auf eine nach oben führende Treppe waren blaue Sterne gemalt. Auf den Stufen saß eine barfüßige, spindeldürre Frau und verprügelte griesgrämig ein brüllendes Kind – inmitten eines Gewirrs von Tüten, Taschen, Flaschen und Paketen, die mit einem groben Seil zusammengebunden waren. Sie schlug das Kind mit der Hand ins Gesicht, trommelte ihm mit der Faust auf dem Brustkorb herum. Die Treppe führte zu einem breiten Vordach, einem Baldachin hinauf, auf dem für den HONEY POT NIGHTCLUB samt RESTAURANT geworben wurde. Die Frau sah durch Dr. Poole hindurch. Ihr Blick besagte: Das ist mein Kind, ich wohne hier, Sie existieren nicht für mich.

Einen Augenblick war ihm ganz schwindlig. Er war von einem grauen Schattenland umgeben, einer Welt, in der sich die Dimensionen unentwegt verschoben, in der sich Abgründe vor ihm auftaten. Selbst die Realität war hier nur eine Illusion. Dann fiel ihm wieder ein, daß er eine blau gekleidete Frau einen regennassen grünen Berghang hatte hinunterstürzen und sich überschlagen sehen. Da erkannte er mit einem Mal, daß er davor zurückschreckte, sein eigenes Leben zu führen.

Michael hatte diese Erfahrung schon öfter gemacht. Einmal hatte er Judy dazu überredet, mit ihm nach New York zu fahren, damit sie sich das Stück *Leuchtspurmunition* ansahen, das Vietnam-Veteranen spielten und das sie auch geschrieben hatten. Michael hielt es für ein sehr gutes Stück. *Leuchtspurmunition* brachte einem Vietnam sehr nahe, rief einem alles ins Gedächtnis zurück. Ständig beschwor das Stück Bilder und Laute von damals herauf. Michael hatte abwechselnd geweint und gelacht. Er verlor völlig die Beherrschung, geriet außer Rand und Band. Seine angeknacksten Nerven spielten ihm einen Streich – genau wie auf der Bank im Bras Besah Park. Mehrmals im Verlauf des Stückes richtete eine Gestalt namens Dinky Dau ein M-16 genau auf Michaels Kopf. Dinky Dau konnte Michael höchstwahrscheinlich gar nicht sehen. Der saß schließlich in der achten Reihe. Außerdem war die Waffe nicht geladen, doch als sich der Lauf der Waffe auf ihn richtete, bekam es Michael mit der Angst zu tun und fühlte sich ganz schwach. Er kam sich völlig hilflos vor und lehnte sich so weit wie möglich in seinem Sitz zurück. Mit den Händen umklammerte er die Armlehnen. Er hoffte inständig, daß man ihm nicht ansah, wie er litt.

Auf Bangkok reagierte er ähnlich wie auf die Waffe Dinky Daus. Diese Stadt löste etwa die gleichen Gefühle in ihm aus. Bei der Einweihung des Memorials waren vierzehn Jahre seines Lebens mit einem Mal wie weggeblasen gewesen. Er war nur noch ein Nervenbündel und fühlte sich wieder wie der zwanzigjährige Soldat, noch kaum erwachsen. Der steckte noch immer in dem netten, zuvorkommenden, humanen Dr. Poole. Dieser nette zuvorkommende Dr. Poole war anscheinend nur das Knochengerüst in diesem erbarmungswürdigen Nervenbündel.

Wie sonderbar, für andere so unsichtbar zu sein. Michael hätte viel darum gegeben, wenn Conor und Pumo sich das Stück mit ihm zusammen angesehen hätten.

Sie kamen an einem staubigen Schaufenster vorbei, das angefüllt war mit Bruchbändern und Beinprothesen. Die sahen aus wie amputierte Beine, an den Knien abgebogen. »Weißt du, ich habe richtig Heimweh«, sagte Conor. »Ich habe Lust auf einen Hamburger und auf ein Bier, das nicht schmeckt wie irgendwelche Brühe aus der Gosse. Ich möchte wieder auf den Lokus gehen können. Dieses Mistzeug, das mir der Arzt in Singapur verschrieben hat, bewirkt eine solche Verstopfung, daß mein Arsch wie zugenäht ist. Ich möchte abends von der Arbeit heimkommen, duschen, mich umziehen und in meine gute alte Stammkneipe gehen. Sag mal, Mikey, fehlt dir denn das alles nicht?«

»Nein, das kann ich eigentlich nicht behaupten«, sagte Poole.

»Fehlt dir deine Arbeit nicht?« Conor zog die Augenbrauen hoch. »Vermißt du denn dein Stethoskop nicht oder wie das Ding heißt? Und daß du den Kindern nicht versichern kannst, daß es nur ein kleines bißchen weh tut?«

»Nein, wirklich nicht«, erklärte Poole. »Ich war in letzter Zeit nicht sonderlich zufrieden, was meinen Beruf angeht.«

»Geht dir denn *überhaupt* nichts ab?«

Doch, ich vermisse ein ganz bestimmtes kleines Mädchen im Krankenhaus ganz schrecklich, hätte Michael am liebsten gesagt. »Na ja, ein paar von meinen Patienten fehlen mir schon«, gab er zu.

Conor sah ihn voller Mißtrauen an. Er schlug vor, umzukehren und sich Patpat anzusehen, bevor sie an der Staublunge eingingen.

Sie waren schon fast bis zur Charoen Krung Road, dem Hotel Oriental und zum Fluß gegangen.

»Du meinst Patpong«, verbesserte ihn Michael. »Wo es Dengler erwischt hat.«

»Ach ja, Patpong«, sagte Conor.

Wenn man in diesem Viertel überhaupt noch über etwas staunen konnte, so über die Tatsache, daß es tatsächlich nicht größer war, als es für Michael vom Hotelzimmer aus ausgesehen hatte. Das berüchtigte Viertel in Bangkok, das männliche Touristen aus Amerika, Europa und aus Asien anzog, war nur drei Straßen lang und eine Straße breit. Michael hatte sich Patpong wie St. Pauli in Hamburg vorgestellt, tatsächlich aber war es viel kleiner. Schon um fünf Uhr am Nachmittag schwirrte und glitzerte die Leuchtreklame über den Köpfen der Heerscharen von Männern, die in die Bars und Massagesalons strömten. 123 GIRLS WET. SMOKING. Ein Schlepper, der sich unten an der Treppe zu einer Bar aufgestellt hatte, pfiff Poole herbei und drückte ihm ein Faltblatt mit den Spezialitäten des Hauses in die Hand.

Während er das noch las, schob sich ein kleiner Thai zwischen ihn und Conor. »Sie kommen rechtzeitg«, sagte er. »Später kommen ist zu spät. Sie jetzt treffen Ihre Wahl, Sie bekommen Allerbeste.« Er zog ein dickes Faltalbum aus der Tasche und ließ es auseinanderfallen. Es enthielt Fotos von etwa sechzig nackten Mädchen. »Jetzt aussuchen – später ist zu spät.« Er grinste, offensichtlich sehr mit sich zufrieden. Er war anscheinend stolz auf das, was er zu bieten hatte. Seine Schneidezähne blitzten golden.

Er hielt Conor das Ziehharmonikaalbum vor die Nase. »Sind alle noch zu haben! Gehen aber schnell weg!«

Michael sah, wie Conor errötete. Er schob den Schlepper des Massagesalons beiseite, packte Conor am Arm und zog ihn hinter sich her.

Der Schlepper ließ die Fotos hüpfen, daß es aussah, als wollten die nackten Mädchen tanzen.

»Auch Jungen, schöne Jungen, jede Größe. Später zu spät, besonders bei Jungen.« Er zog noch ein Faltalbum mit Fotos aus einer anderen Tasche. Auch diese Fotos ließ er wie einen Wasserfall aus der Hand hinabrieseln. »Sein schön, sexy, wild, blasen, ficken, rauchen...«

»Telefonieren«, sagte Michael. Er bildete sich ein, das auf der Liste des Sexclubs gelesen zu haben.

Der Schlepper runzelte die Stirn und schüttelte den Kopf. »Nicht telefonieren. Was wollen Sie? Sie vielleicht auf Todestrip?« In Windeseile faltete er die Alben wieder zusammen und trat den Rückzug an. Dann warf er ihnen aus sicherer Entfernung einen mißtrauischen gerissenen Blick zu. »Sie beide wirklich auf Todestrip? Wirklich irre ausgefallen? Müssen sein sehr sehr vorsichtig.«

»Was ist denn bloß in diesen blöden Kerl gefahren?« meinte Conor. »Komm, zeig ihm schon das Foto.«

Der kleine Schlepper sah sich nervös nach allen Seiten um. Er packte die Faltalben wieder in die Jackentasche. Poole hielt ihm eins der Fotos aus dem Umschlag vors Gesicht. Der Schlepper fuhr sich mit seiner langen farblosen Zunge über die Lippen. Dann trat er einen Schritt zurück, grinste Michael und Conor nichtssagend an und wandte sich einem hochgewachsenen jungen Weißen zu, der ein T-Shirt mit einem Aufdruck der Twisted Sister trug.

»Ich weiß ja nicht, was du davon hältst«, meinte Conor. »Aber ich hätte jetzt große Lust auf ein Bier.«

Michael erklärte sich einverstanden und sie erklommen die Stufen zur Montparnasse Bar. Conor verschwand durch einen Vorhang aus blauen Plastikstreifen. Michael betrat nach ihm den kleinen, nur schwach erleuchteten Raum. Rings an den Wänden Stühle. Hinter der winzigen Bar stand ein riesengroßer Mann aus Samoa in einem engen Trägerhemd. Der vordere Teil des Raumes wurde von einer kleinen Bühne eingenommen. Conor reichte einer fetten Frau Geldscheine. Die Frau kassierte gleich an der Eingangstür. »Eintrittsgeld zwanzig Baht«, krächzte sie, sobald Poole hinter Conor auftauchte.

Poole warf einen Blick auf die Bühne. Ein fleischiges Thai-Mädchen, nur mit einem Büstenhalter bekleidet, beugte sich nach vorne über ihre gespreizten Knie. Etwa zwölf unbekleidete Mädchen nahmen Poole und Conor genau in Augenschein. Außer ihnen befand sich nur noch ein anderer Mann in der Bar. Ein betrunkener Australier in einem schweißdurchtränkten braunen Anzug, der bald aus allen Nähten platzte. Er hielt eine große Dose Bier umklammert. Ein Mädchen saß auf seinem Schoß, spielte mit seiner Krawatte und flüsterte ihm etwas ins Ohr.

»Weißt du, woran ich draußen gedacht habe?« meinte Michael. »Ans Rauchen.«

»Ich hoffe, das gibt es hier nicht«, erklärte Conor.

Das Mädchen auf der Bühne versuchte zu lächeln und hielt die Hände unter ihre Vagina. Ein Tischtennisball kam zum Vorschein und verschwand wieder in der Scheide dieses Mädchens. Schließlich fiel er heraus, fiel in ihre aufgehaltene Hand. Gleich darauf kam noch ein Tischtennisball zum Vorschein.

»Ich glaube, ich weiß jetzt, was rauchen bedeutet«, meinte Michael.

Inzwischen hatten sich vier Mädchen bei ihnen eingefunden und scharten sich um sie. Sie lächelten unentwegt und sagten schmeichelhafte Dinge. Zwei der Mädchen setzten sich auf die Stühle neben ihnen. Die anderen beiden knieten sich hin.

»Sie sehr gutaussehend«, sagte das Mädchen, das vor Michael kniete. Es begann Michaels Knie zu streicheln. »Sie wollen sein mein Mann?«

»Mensch«, sagte Conor, »wenn die so ein Zeug wie das mit den Tischtennisbällen fertigbringen...«

Sie bestellten für zwei der Mädchen etwas zu trinken. Die anderen beiden trollten sich. Auf der Bühne rotierten die Pingpongbälle mit der Geschwindigkeit einer Drehtür. Rein-raus-rein-raus.

Das Mädchen neben Poole flüsterte ihm ins Ohr: »Du schon Steifen? Ich machen steif.«

Ein anderes ausnehmend hübsches Mädchen trat durch den Streifenvorhang neben der Bühne. Sie war splitternackt. Michael hielt sie für höchstens fünfzehn. Das Mädchen lächelte den Männern und

Frauen zu. Sie nahm eine Zigarette wie einen Stab bzw. Tambourstock zwischen die Fingerspitzen und steckte sie an.

Das Mädchen bog den Oberkörper ganz zurück. Eine glänzende akrobatische Leistung. Sie bot dem Publikum ihre schlanken Beine und ihre Scham dar. Mit einer Hand stützte sie sich auf dem Boden ab. Mit der anderen Hand griff sie zwischen ihre Beine. Sie steckte sich die Zigarette in die Vagina.

»Die kann sich sehen lassen«, flüsterte Conor heiser.

Das Ende der Zigarette glühte. Es bildete sich etwa ein Zentimeter Asche. Das Mädchen griff mit einer Hand nach vorn und nahm die Zigarette aus der Vagina. Eine Rauchfahne quoll aus ihrer Vagina. Das wiederholte sie noch mehrmals. Michaels Mädchen streichelte die Innenseite seines Oberschenkels und erzählte ihm dabei, sie sei auf dem Land aufgewachsen.

»Meine Mama arm. Mein Dorf sehr, sehr arm. Viele, viele Tage nichts zu essen. Du mich nehmen mit nach Amerika? Ich deine Frau. Ich *gute* Frau.«

»Ich bin bereits verheiratet. Ich habe schon eine Ehefrau.«

»Gut, dann ich sein Frau Nr. zwei. Nummer zwei sein beste Frau.«

»Das ist gut möglich«, sagte Michael und sah dem Mädchen mit den Grübchen ins Gescht. Er trank sein Bier. Er war hundemüde und hegte eher kameradschaftliche Gefühle.

»In Thailand viele Männer haben Ehefrau Nummer zwei«, erklärte sie. Der Teenager auf der Bühne blies einen perfekten Rauchring aus der Vagina. »Die Muschi bläst Rauchringe!« schrie der Australier.

»Du haben viele Fernsehapparate?«

»Viele, ja.«

»Auch Waschmaschine und vielleicht auch Trockner?«

»Selbstverständlich.«

»Gas oder elektrisch?«

Michael überlegte. »Gas.«

Das Mädchen schürzte die Lippen. »Hast du zwei Autos?«

»Ja, natürlich.«

»Du kaufen Auto ganz allein für mich?«

»In Amerika hat jeder Mensch ein eigenes Auto. Selbst die Kinder kriegen schon ein eigenes Auto.«

»Du hast Kinder?«

»Nein.«

»*Ich* dir schenken Kinder«, versprach ihm die Hure. »Du sehr netter Mann. Zwei Kinder, drei Kinder oder auch mehr, wenn du wollen. Kinder mit amerikanische Namen. Tommy oder Sally.«

»Sicher nette Kinder«, sagte Poole. »Sie gehen mir jetzt schon ab.«

»Wir machen tollsten Sex, dein Leben lang. Auch Sex mit deiner Frau werden viel viel besser.«

»Da spielt sich nichts mehr ab«, bekannte Poole und staunte selbst darüber.

»Dann wir doppelt so viel Sex, ich machen wieder gut.«

»Wenn Muschi Zigaretten rauchen kann, dann kann sie auch telefonieren«, sagte der Australier. »Die Muschi soll die Universität von Queensland anrufen und sagen, daß ich mich verspäte.«

Das Nymphchen auf der Bühne richtete sich wieder auf und verneigte sich vor dem Publikum. Kaum hatte sie die Bühne verlassen, da trat eine große nackte junge Frau durch den Streifenvorhang. Sie hatte einen großen Malblock und eine Handvoll Filzstifte bei sich.

Michael trank sein Bier aus und sah zu, wie das Mädchen auf der Bühne zwei Filzstifte in ihre Vagina steckte und auf diese Weise ein ganz annehmbares Pferd auf den Block zeichnete.

»Wo gehen Schwule denn in Bangkok hin?« erkundigte sich Michael. »Wir suchen nämlich einen Freund.«

»Patpong drei. Zwei Straßen weiter. Viele Schwule. Aber du nicht schwul?«

Michael schüttelte den Kopf.

»Komm mit mir nach hinten. Ich dich rauchen.« Sie schlang ihm die Arme um den Hals. Ihre Haut duftete ganz herrlich nach Äpfeln, Leder und Gewürznelken.

Als die Thai-Frau auf der Bühne mit den Stiften in der Vagina eine ganze Landschaft mit Bergen, einem Strand mit Palmen, Segelbooten und der untergehenden Sonne malte, gingen Poole und Conor.

Ein Stück vom Montparnasse entfernt führten zwei graubraune Stufen zu einer offenen Tür hinauf. Das Schild an der Tür besagte PATPONG BOOKS. Poole entdeckte die Bücher Underhills. Conor ging weiter, um sich Zeitschriften anzusehen. Poole fragte den Verkäufer und auch den Geschäftsinhaber, ob sie Tim Underhill kannten, ob sie ihm je begegnet waren – doch er war ihnen beiden kein Begriff. Poole erstand die teure Ausgabe von *The Divided Man*, die er zur Kasse mitgenommen hatte. Dann tranken er und Conor in der Mississippi Queen ein Bier.

»Zum Teufel, ich habe selbst eine dieser Koko-Karten unterschrieben«, sagte Conor.

»Ich doch auch«, gab Michael zu. »Wann hast du es denn getan?« Er hatte nie daran geglaubt, daß nur ein Angehöriger der Einheit einem Feind die Ohren abgeschnitten und Koko auf eine regimentseigene Spielkarte geschrieben hatte, trotzdem staunte er über Conors Eingeständnis. Es amüsierte ihn.

»Am Tag nach Ho Chi Minhs Geburtstag. Wir mußten mit dem zweiten Zug als Spähtrupp ausschwärmen. Genau wie an Hos Geburtstag, nur daß die Nordvietnamesen diesmal den Verteidigungsgürtel vermint hatten. Einer der Panzer fuhr auf eine Splittermine. Dadurch ging natürlich alles viel, viel langsamer. Weißt du noch, wie wir die Straße entlangkriechen und nach dem Rest der Minen suchen mußten? Schulter an Schulter. Jedenfalls hat Underhill dann einen nordvietnamesischen Scharfschützen im Buschwerk ausgemacht. Die übrigen haben wir dann in die Falle gelockt.«

»Stimmt«, sagte Poole. Er erinnerte sich noch gut daran, daß sich die vietnamesischen Soldaten wie Gespenster, wie Wild, vorwärtsbewegt hatten. Es waren keine Jungen gewesen, sondern Männer über dreißig oder vierzig – Berufssoldaten in einem nicht endenwollenden Krieg. Er hatte sich danach gesehnt, ihnen den Garaus zu machen.

»Als alles vorüber war, bin ich zurückgegangen und habe mir den Scharfschützen vorgenommen.« Ein sehr junges Mädchen, das einen Büstenhalter aus schwarzem Leder und einen unglaublich kurzen Rock aus schwarzem Leder trug, hatte neben Conor Platz genommen. Sie beugte sich über die Bar und lächelte ihn an, um ihn auf sich aufmerksam zu machen. »Ich erinnere mich noch gut daran, wie ich dem Mistkerl die Ohren abgeschnitten habe«, sagte Conor. »Mensch, das war gar nicht so leicht. So ein Ohr besteht anscheinend nur aus Knorpel. Nach all der Säbelei hat man schließlich nur den oberen Teil in der Hand, und es sieht gar nicht nach einem Ohr aus. Ich bin wohl nicht ich selbst gewesen und habe ganz gedankenlos gehandelt. Ich mußte kräftig hin- und hersäbeln. Und als ich schließlich durch war, hatte ich das Stückchen Ohr in der Hand und der Kopf des Nordvietnamesen klatschte in den Schlamm. Da mußte ich ihn umdrehen und wieder ganz von vorn anfangen.«

Das Mädchen hatte aufmerksam zugehört. Es stieß sich von der Bar ab, ging durch den großen Raum und flüsterte einem anderen Barmädchen etwas zu.

»Was hast du denn mit dem Ohr angefangen?« erkundigte sich Michael.

»Ich habe es weggeworfen. Ich bin doch nicht pervers.«

»Da hast du völlig recht. Es wäre wirklich krankhaft, die Ohren aufzuheben.«

»Stimmt genau«, pflichtete ihm Conor bei.

3

Das Telefon hatte erst nur leise gesummt. Dann war es ganz verstummt. Nun pfiff es durchdringend. Conor blickte von der Zeitschrift mit nackten Mädchen auf, die er in der Buchhandlung Patpong Books erstanden hatte.

»Und wann war es bei dir?« erkundigte sich Conor.

»Wann war was bei mir?«

»Ich spreche von der Koko-Karte.«

»Etwa einen Monat, nachdem wir erfahren hatten, daß die Sache mit Ia Thuc vor das Kriegsgericht kommen würde. Nachdem wir als Spähtrupp ins A Shau Tal geschickt worden waren.«

»Also Ende September«, ergänzte Conor. »Ich erinnere mich noch. Ich habe die Leichen aufgelesen.«

»Ja, ich weiß.«

»Im Stollen mit dem anderen geräumigen Versteck. Wo der Reis gelagert wurde.«

»Ja, genau, das meine ich.«

»Sieh mal an, der gute alte Mikey«, meinte Conor. »Mann, das ist ja tierisch!«

»Ich begreife immer noch nicht, wie ich das fertiggebracht habe«, stöhnte Poole. »Ich habe deswegen noch nach Jahren Alpträume gehabt.«

Die Vermittlung unterbrach den Pfeifton. »Wir verbinden jetzt mit dem gewünschten Teilnehmer«, hörte Michael. Er wappnete sich. Gleich würde er mit seiner Frau sprechen. Doch was damals – vor vierzehn Jahren – geschehen war, stand ihm ganz deutlich vor Augen, obwohl er sich immer bemüht hatte, nicht mehr daran zu denken. Er mußte wieder daran denken, wie er mit seinem Messer einem Leichnam, der an einem Sack mit fünfzig Pfund Reis lehnte, die Ohren abgeschnitten hatte. Noch gräßlicher war ihm die Erinnerung daran, daß er dem Toten auch noch die Augen ausgestochen hatte.

Victor Spitalny hatte den Leichnam als erster erspäht. Er war aus dem Stollen gekommen und hatte geschrien: *Jetzt los!*

Die Stille lastete immer drückender auf ihm. Dann klickte es zweimal dumpf in der Leitung. Michael sah auf seine Armbanduhr. In Bangkok war es sieben Uhr abends. In Westerholm im Staat New York mußte es also sieben Uhr morgens sein.

Schließlich hörte er das amerikanische Wählgeräusch – vertraut wie ein Wiegenlied. Es hörte ganz abrupt wieder auf. Wieder tiefste Stille, die weither aus dem Weltraum zu kommen schien, dann hörte er ein Telefon ganz leise läuten.

Das Läuten endete mit einem Schlag. Das bedeutete, daß sich der Anrufbeantworter eingeschaltet hatte. Judy war also um sieben Uhr früh entweder noch im Schlafzimmer oder unten in der Küche.

Michael hörte sich an, was Judy auf den Anrufbeantworter gesprochen hatte. Als der Piepston kam, sagte er: »Judy? Bist du zu Hause? Hier ist Michael.«

Er wartete, zählte bis drei, bis vier, bis fünf. »Judy?« Als er gerade auflegen wollte, hörte er ein lautes Klicken und dann die Stimme seiner Frau. »Du bist es also«, sagte sie teilnahmslos.

»Guten Morgen, Judy. Schön, daß du rangegangen bist.«

»Ja, ich bin auch froh darüber. Genießen die Kinder denn den Sonnenschein?«

»Judy...«

»Beantworte meine Frage!«

Schuldbewußt dachte Michael an das Mädchen, das seine Genitalien gestreichelt hatte. »Ja, es ist ein Riesenspaß. Wir sind noch immer auf der Suche nach Tim Underhill.«

»Wie schön für euch.«

»Wir haben in Erfahrung gebracht, daß er nicht mehr in Singapur ist.

Deshalb ist Beevers nach Taipeh geflogen. Conor und ich sind in Bangkok. Ich bin davon überzeugt, daß wir Underhill in den nächsten Tagen aufspüren.«

»Blödsinn. Du spielst den Playboy und tobst dich in Bangkok aus wie ehedem, während ich hier in Westerholm meiner Arbeit nachgehe. Zufällig wohnst und arbeitest du auch in Westerholm. Wenn dich dein sehr mangelhaftes Kurzzeitgedächtnis nicht schon im Stich gelassen hat, weißt du vielleicht noch, daß ich nicht gerade überglücklich war, als du mir verkündet hast, daß du diese Reise machen willst.«

»Aber Judy, von einer Vergnügungsreise kann keine Rede sein.«

»Schlechtes Kurzzeitgedächtnis, habe ich ja gleich gesagt.«

»Ich dachte, du würdest dich freuen, von mir zu hören.«

»Ich verfluche dich nicht gerade, wenn du das vielleicht auch glaubst.«

»Natürlich nicht. So etwas wäre mir nie in den Sinn gekommen.«

»Irgendwie bin ich auch froh, daß du so weit weg bist. Da kann ich endlich mal in aller Ruhe über unsere Beziehung nachdenken. Das war nämlich schon lange fällig. Ich frage mich allen Ernstes, ob wir einander überhaupt noch nutzen können. Was bedeuten wir uns noch?«

»Möchtest du das jetzt am Telefon besprechen?«

»Sag mir nur noch eins: Hast du eine deiner Freundinnen oder einen Freund gebeten, mich regelmäßig anzurufen, um hinter mir herzuspionieren – um zu sehen, ob ich zu Hause bin?«

»Ich weiß wirklich nicht, wovon du redest.«

»Ich rede über irgendeinen Winzling – mir fällt gerade ein, daß es natürlich auch ein Kind sein kann – dem es meine Stimme auf dem Anrufbeantworter so angetan hat, daß er zwei- bis dreimal täglich anruft. Im übrigen ist es mir ganz egal, ob du mir traust oder nicht, denn ich halte sehr viel von Eigenverantwortung, Michael. Das ist schon immer so gewesen.«

»Du meinst, ein anonymer Anrufer belästigt dich?« fragte Michael ungläubig. Er war heilfroh, daß er endlich eine Erklärung dafür gefunden hatte, daß sich seine Frau ihm gegenüber so feindselig verhielt.

»Tu nicht, als ob du das nicht wüßtest.«

»Aber Judy«, sagte er. Man hörte ihm den Schmerz und das Bedauern deutlich an.

»Ist ja schon gut«, sagte sie.

»Ruf die Polizei an.«

»Aber das nutzt doch nichts.«

»Wenn er so häufig anruft, können sie eine Fangschaltung legen und ihn festnageln.«

Es entstand ein so langes Schweigen zwischen ihnen, daß Michael das schon fast als beruhigend und anheimelnd empfand.

»Das ist doch Geldverschwendung«, sagte Judy schließlich.

»Wahrscheinlich hat sich irgendein Student einen Witz gemacht. Judy, du mußt unbedingt einmal ausspannen.«

Judy zögerte. »Na ja, Bob Bunce hat mich für morgen abend zum Essen eingeladen. Es wird mir guttun, endlich wieder mal ein bißchen rauszukommen.«

»Der Wespenfachmann?« meinte Michael. »Gut.«

»Wespenfachmann? Ich weiß nicht, was du damit meinst.«

Vor zwei Jahren hatte Michael ein paar Leuten auf einer Party für Fachärzte erzählt, wie Victor Spitalny in Ia Thuc aus einer Höhle gerannt gekommen war und geschrien hatte, er sei von einer Million Wespen gestochen worden. Über diesen Aspekt von Ia Thuc konnte er sprechen. Das war völlig harmlos. Niemand kam dabei ums Leben. Es war ja auch weiter gar nichts vorgefallen, als daß Victor Spitalny aus der Höhle geschossen kam, sich mit den Fingernägeln das Gesicht zerkratzte und aus Leibeskräften schrie, bis Michael Poole ihn in seine Bodenmatte einrollte. Als er aufgehört hatte zu schreien, hatte Poole ihn wieder ausgewickelt. Spitalnys Gesicht und Hände waren von roten Quaddeln übersät. Doch die verschwanden bald. »Gibt keine Wespen in Vietnam, kleiner Bruder«, hatte SP4 Cotton gesagt und Spitalny geknipst, als er gerade wieder ausgewickelt wurde. »Alle Insekten, die man sich nur denken kann, aber keine Wespen.« Ein Englischlehrer mit Namen Bob Bunce mit dünnem unscheinbarem Blondhaar und einem schmalen Patriziergesicht, der wunderschöne Tweedanzüge trug, behauptete Michael gegenüber, es gebe auf der gesamten nördlichen Hemisphäre Wespen. Folglich müsse es auch in Vietnam welche gegeben haben. Michael hielt Bunce insgeheim für einen blasierten Wichtigtuer und unerträglich selbstzufriedenen Besserwisser. Er kam angeblich aus einer reichen alteingesessenen Familie und sollte Englisch lernen, weil er sich dazu berufen fühlte. Bunce hatte auch behauptet, die Wespen seien selten in Vietnam, weil Vietnam an die Tropen grenze. Im übrigen seien fast alle Wespen überall auf der Welt solitär. »Im Hinblick auf Ia Thuc gäbe es doch sicher interessantere Aspekte zu erörtern, Michael, habe ich nicht recht?« hatte er anzüglich gefragt.

»Spielt doch keine Rolle«, sagte Michael. »Wo wollt ihr denn essen?«

»Das hat er mir nicht verraten, Michael. Es ist doch gar nicht wichtig, *wohin* er mich ausführt. Weißt du, mir liegt nichts an einem Viersternerestaurant, ich möchte nur nicht immer so *allein* sein. Es geht mir lediglich um seine Gesellschaft.«

»Na schön.«

»Du bist natürlich nicht auf Geselligkeit aus, was? Im übrigen glaube ich, daß es in Westerholm auch Massagesalons gibt.«

Michael mußte lachen. »Das bezweifle ich.«

»Ich will nicht mehr weiterreden«, sagte Judy prompt.

»Wie du meinst.«

Wieder schwiegen sie sich lange an.

»Also, dann wünsche ich dir einen schönen Abend mit Bob Bunce. Laß dir das Essen schmecken.«

»Wer gibt dir das Recht, so mit mir zu reden?« ereiferte sich Judy. Sie legte auf, ohne ihm Aufwiedersehen zu sagen.

Michael legte den Hörer sachte auf die Gabel zurück.

Conor ging ruhelos im Zimmer auf und ab. Er blickte aus dem Fenster, wippte auf den Fußballen und vermied es tunlichst, Michael anzusehen. Schließlich räusperte er sich. »Ärger?«

»Mein Leben ist ein einziger Witz.«

»Das ist mein Leben schon immer gewesen«, lachte Conor. »Vielleicht ist das gar nicht mal das Schlechteste.«

»Da könntest du recht haben.« Sie wechselten einen verständnisvollen Blick. »Ich glaube, heute abend gehe ich ganz früh ins Bett. Es macht dir doch nichts aus, alleine loszuziehen? Morgen machen wir dann eine Liste, was wir alles abklappern wollen und machen uns ernsthaft an die Arbeit.«

Conor nahm ein paar der Fotos von Tim Underhill an sich, bevor er ging.

4

Michael freute sich, allein zu sein. Er ließ sich ein einfaches Essen aufs Zimmer bringen und streckte sich dann mit dem Buch *The Divided Man* von Underhill, das er am Nachmittag erst erstanden hatte, auf dem Bett aus. Er hatte das erfolgreichste Buch von Underhill seit Jahren nicht mehr gelesen. Er staunte, weil es auch beim zweiten Mal so fesselte. Es lenkte ihn voll und ganz von seinen Sorgen ab. Er konnte gar nicht mehr an Judy denken.

Hal Esterhaz, der Held des Buches, war im Morddezernat von Monroe, einer mittelgroßen Stadt im Staat Illinois tätig. Esterhaz hatte als Lieutenant in Vietnam gedient. Nach seiner Heimkehr hatte er eine Freundin aus der Highschoolzeit geheiratet, sich aber schon bald darauf wieder von ihr scheiden lassen. Er trank sehr viel, galt aber jahrelang als ehrenwerter Polizeibeamter. Ein unangenehmes Geheimnis quälte ihn. Er war bisexuell veranlagt. Er trank, um seine Schuldgefühle angesichts der sexuellen Begierde nach anderen Männern zu betäuben und ging zuweilen mit einsitzenden Verbrechern sehr brutal um. Dabei achtete Esterhaz jedoch darauf, daß er nur Verbrecher mißhandelte, die die anderen Polizisten zutiefst verachteten – Männer, die Frauen vergewaltigt oder sich an Kindern vergriffen hatten, also Sittlichkeitsverbrecher.

Michael fragte sich ganz plötzlich, ob Harry Beevers wohl das Vorbild für Esterhaz gewesen war. Als er das Buch zum ersten Mal gelesen hatte, war ihm der Gedanke nicht gekommen. Aber wenn der Polizeibeamte auch viel härter, zäher und geheimnisvoller war als Beevers, so sah Poole jetzt doch gewisse Parallelen und Überschneidungen. Michael glaubte zwar zu wissen, daß Beevers nicht bisexuell veranlagt war, doch es hätte ihn kaum überrascht, wenn ihm zu Ohren gekommen wäre, daß Beevers einen starken Hang zum Sadismus aufwies.

Auch eine andere Ähnlichkeit fiel ihm auf, die ihm entgangen war, als er das Buch damals gelesen hatte. Monroe in Illinois, die öde mittelgroße Stadt, in der Hal Esterhaz sein Unwesen trieb, hörte sich sehr nach Milwaukee in Wisconsin an, der Stadt, die M. O. Dengler so oft beschrieben hatte. Im Süden von Monroe lebten viele Polen, mehr nach Norden hin befand sich ein großes schwarzes Ghetto. Die Häuser der Wohlhabenden und Reichen nahmen drei oder vier Straßen nahe dem Seeufer ein. Durch das schäbige Zentrum floß träge ein dunkler, total verseuchter Fluß. Dort lagen Papierfabriken, Gerbereien. Dort war Dengler aufgewachsen.

Poole war so in seine Lektüre versunken, daß ihm erst nach über einer Stunde eine weitere Erkenntnis kam. Mit einem Schlag wurde ihm klar, daß *The Divided Man* in Wahrheit ein Buch über Koko war.

Ein arbeitsloser Pianist wird mit durchschnittener Kehle in seinem Hotelzimmer in einer schäbigen Absteige im Zentrum, dem St. Alwyn gefunden. Neben dem Leichnam liegt ein Zettel mit den handgeschriebenen Worten Blaue Rose. Hal Esterhaz bearbeitet den Fall. In dem Opfer erkennt er einen regelmäßigen Besucher der Homosexuellentreffs von Monroe. Er hatte selbst einmal Verkehr mit diesem Mann gehabt. Natürlich läßt er in seinem Bericht nichts über die flüchtige Beziehung zu dem Mordopfer verlauten.

Dann fällt eine Prostituierte einem Mord zum Opfer. Sie wird ebenfalls mit durchschnittener Kehle aufgefunden. Diesmal allerdings in einer kleinen Gasse hinter dem St. Alwyn. Auch neben diesem zweiten Opfer liegt ein Zettel mit den Worten Blaue Rose. Esterhaz stellt fest, daß auch sie in dem Hotel ein Zimmer hatte und mit dem stellungslosen Pianisten eng befreundet war. Esterhaz nimmt an, daß sie Zeugin des Mordes an dem Klavierspieler geworden war oder irgend etwas gewußt haben mußte, was den Mörder an den Galgen hätte liefern können.

Eine Woche später wird ein junger Arzt ermordet in seinem Jaguar aufgefunden, und zwar in der Garage seines im Osten der Stadt gelegenen Hauses, das er – abgesehen von der Haushälterin – ganz allein bewohnte. Esterhaz findet sich stark angetrunken am Schauplatz des Geschehens ein. In derselben Kleidung, die er auch am Vortag schon getragen hat. An den Vorabend dieses dritten Mordes kann er sich nicht mehr genau erinnern. Einen Teil des Abends hatte er in einer Bar zugebracht. Er weiß noch, daß er ganz schön gebechert und sehr viel geredet hatte und erinnert sich noch gut daran, daß er beim Anziehen seines Mantels Schwierigkeiten hatte, in die Ärmel zu finden. Danach ist alles schwarz. Hier endet sein Erinnerungsvermögen. Erst das Läuten des Telefons bringt ihn wieder zur Besinnung. Er nimmt den Anruf vom Revier zu Hause auf seiner Couch entgegen. Als er erfährt, was geschehen ist, fühlt er sich hundeelend. Der junge Arzt war vor ungefähr fünf Jahren länger als ein Jahr sein Liebhaber gewesen... Niemand hatte das gewußt, nicht einmal die Haushälterin des Arztes. Esterhaz führt die Untersuchung formvollendet durch. Er findet einen Zettel mit den Worten Blaue Rose, vernimmt die Haushälterin zu dem Geschehen und versieht alle Beweisstücke mit Etiketten. Als der Polizeiarzt fertig ist und die Leiche weggeschafft wird, kehrt Esterhaz in die Bar zurück. Wieder hat er einen völligen Blackout, wieder erwacht er am nächsten Morgen auf der Couch, neben sich eine halbgeleerte Flasche. Der Fernseher flimmert immer noch.

In der darauffolgenden Woche wird der nächste Leichnam gefunden. Diesesmal ist es ein kleiner Gauner und Rauschgiftsüchtiger. Er war einer der Informanten von Esterhaz gewesen.

Das nächste Opfer ist ein religiöser Fanatiker. Ein Metzger, der in der Innenstadt einer Gemeinde predigte. Diesesmal ist das Mordopfer Esterhaz nicht nur bekannt, sondern er hatte diesen Mann gehaßt. Der Metzger und seine Frau waren die brutalsten aus einer ganzen Reihe von Pflegeeltern gewesen, die Esterhaz als Kind vorübergehend betreut hatten. Sie hatten ihn fast jeden Tag geschlagen und mißhandelt, ihn zu Hause behalten und nicht in die Schule gehen lassen, damit er hinten in der Metzgerei für sie arbeiten konnte. Er hatte arbeiten müssen, bis seine Hände bluteten. Zur Rettung seiner Seele mußte er lange Passagen aus der Heiligen Schrift auswendig lernen. Seine Pflegeeltern verdammten ihn in Grund und Boden, ganz gleich was er auch tat und wieviel er aus der Bibel auswendig aufsagen konnte. Sie suchten förmlich einen Grund, um ihn zu schlagen. Er wurde dem Metzgerehepaar erst wieder weggenommen, als eine Fürsorgerin unangemeldet erschien und ihn mit blauen Flecken und Striemen übersät ›zur Buße‹ im Kühlschrank sitzend vorfand.

Er heißt in Wahrheit nicht einmal ›Hal Esterhaz‹. Diesen Namen hatte ihm die Fürsorge verpaßt. Über seine Identität und sein genaues Alter ist nichts bekannt. Auch über seine Eltern kann niemand etwas in Erfahrung bringen. Über seine Herkunft weiß er nur, daß er im Alter von drei oder vier Jahren schmutzstarrend und halb erfroren Mitte Dezember in der Nähe des Flusses im Zentrum aufgefunden worden war. Er fand keine Worte, konnte noch nicht sprechen und wäre fast verhungert.

Auch jetzt konnte sich Esterhaz an lange Abschnitte seiner jämmerlichen Kindheit nicht erinnern – und schon gar nicht an die Zeit, bevor man ihn halbnackt und halb verhungert in einer Straße am Monroe River aufgelesen hatte. Zu jener Zeit hatte er von einer goldenen Welt geträumt, in der ihn Riesen streichelten und fütterten und ihm einen Namen gaben, den er nie hörte und verstand.

›Hal Esterhaz‹ war zweimal aus der Schule geflogen, war mit dem Gesetz in Konflikt geraten und hatte während seiner Jugend alles und jeden mit glühendem Haß verfolgt. In einem Anfall trunkener Selbstzerstörung hatte er sich zum Militär gemeldet. Das war seine Rettung. Seine einzig schönen, zuverlässigen Erinnerungen begannen buchstäblich mit der Grundausbildung. Ihm kam es vor, als sei er dreimal auf die Welt gekommen – einmal hatte er die goldene Zeit erlebt, dann das kältestarrende Monroe. Dann war er mit einemmal ein Mensch in Uniform. Seine Vorgesetzten hatten seine angeborenen Fähigkeiten und Talente rasch erkannt und ihn als Offiziersanwärter vorgeschlagen. Anstelle von vier weiteren Dienstjahren, die er sowieso gern abgeleistet hätte, durchlief er die Grundausbildung und landete als Lieutenant in Vietnam.

Nach dem Mord an dem Metzger träumt Esterhaz, daß er versucht, sich das Blut von den Händen zu waschen, daß er schweißgebadet und total verängstigt am Waschbecken steht und die blutbesudelten Hände unter das kochendheiße Wasser hält. Er hat kein Hemd an. Seine Brust ist mit Blutspritzern übersät... Er träumt, daß er ein Gartentor aufstößt und angekränkelte Rosen erblickt, Rosen von einem unnatürlichen, chemischen Hellblau. Er träumt auch, daß er mit seinem Wagen in die schwärzeste Dunkelheit hineinfährt. Neben ihm auf dem Beifahrersitz ein ihm bekannter Toter.

Michael ging beim Lesen des Buches noch etwas auf. Er erinnerte sich mit Bestimmtheit daran, daß M. O. Dengler einmal in seine Erzählungen von dem sagenhaften Milwaukee eine Geschichte von einem kranken Engel eingeflochten hatte. Es ging um einen Engel in einer Lattenkiste, den er mit Keksen gefüttert haben wollte, bis er wieder fliegen konnte. Er hatte auch von einem Mann erzählt, der Eis zum Brennen bringen konnte, indem er es anhauchte und von einem berühmten oder vielmehr berüchtigten Schwerverbrecher in Milwaukee, der Ratten und Ungeziefer anstatt Wörter ausspie. Er hatte auch behauptet, seine Eltern seien nur halb seine Eltern gewesen, was immer er damit auch sagen wollte.

Mit dem Buch auf der Brust schlief Poole schließlich ein, kaum hundert Meter von der Stelle in der Phat Pong Road entfernt, an der M. O. Dengler verblutet war.

19. KAPITEL

Wie Dengler umkam

1

Der Army der Vereinigten Staaten von Amerika zufolge wurde M. O. Dengler von einem oder mehreren unbekannten Tätern ermordet. Und zwar während seines Fronturlaubs in Bangkok (Thailand). Der Gemeine M. O. Dengler erlitt dabei einen komplizierten Schädelbruch, mehrere Brüche des rechten Schienbeins und Wadenbeins, einen Bruch des Kreuzbeins, einen Milzriß. Ihm wurde die rechte Niere zerfetzt, und er wies Stichwunden in beiden Lungenflügeln auf. Dengler waren acht Finger abgeschnitten und beide Arme ausgekugelt worden. Nase und Kinn waren fürchterlich verunstaltet und mehrmals gebrochen. Die Haut des Ermordeten wies schwere Schürfwunden auf. Denglers Gesicht war nur noch zum Teil vorhanden. Der oder die Täter hatten es weitaus am übelsten zugerichtet. Eine Identifizierung des Opfers war nur noch anhand der ›Hundemarke‹ möglich.

Die Army hielt es für unklug oder auch für überflüssig, sich Spekulationen über die Gründe für den Mord an Dengler hinzugeben. Sie beschränkte sich darauf, auf die Spannungen hinzuweisen, die zwischen den amerikanischen Armeeangehörigen und der einheimischen Bevölkerung bestanden.

2

Im Hinblick auf die Vorfälle um Sergeant Khoffi (1967) und Springwater (1968) in Bangkok sollte ein Ausschuß eine Entscheidung darüber treffen, ob es nicht zu empfehlen sei, den Fronturlaub in Bangkok auf Offiziere zu beschränken. Es wurde auch auf nicht ganz so schwere Zwischenfälle in Hongkong und Honolulu hingewiesen sowie auf das Verständnis von Militär, Zivilbereich und Polizei in diesen Städten.

Die Army bat um Auskunft und um einen Untersuchungsausschuß. Auch ein Lokaltermin wurde vorgeschlagen. Es wurde sogar der Vorschlag gemacht, den Polizeidienststellen in Fronturlaubsstädten, in denen sich solche Zwischenfälle nachweislich wiederholen konnten, Offiziere mit Polizeischulung zur Verfügung zu stellen. Dieser Vorschlag wurde dem Polizeipräsidium von Bangkok unterbreitet, als eine Art Beruhigungspille, doch es wurde nichts daraus. Es wurde auch empfohlen, daß sich die Militärpolizei in Bangkok mit der Polizei zusammentat, um Zeugen ausfindig zu machen, die etwas über den Mord an Dengler wissen konnten. Sie sollten auch den Soldaten dingfest machen, der noch ganz kurz vor dem Mord in Begleitung von Dengler gesehen worden war. Dieser nicht namentlich bekannte Soldat wurde drei Wochen später ausfindig gemacht. Es handelte sich um den Victor Spitalny, der zum Fronturlaub nach Honolulu geschickt worden war.

3

In dem medizinischen Bericht wurde als Todesursache Blutverlust infolge eines schweren physischem Traumas angegeben. Den Eltern von M. O. Dengler wurde mitgeteilt, ihr Sohn sei tapfer und als Held gestorben. Seinen Kameraden würde er sehr fehlen. Beevers verfaßte diesen Brief nur widerstrebend.

Victor Spitalny wurde jedoch nicht im Himmlischen Massagesalon oder der Mississippi Bar aufgespürt. Die Polizei von Bangkok konnte ihn dort nirgends finden. Die amerikanische Militärpolizei in Bangkok las ihn in Patpong auch nicht aus der Gosse auf. Erstaunlicherweise stellte sich heraus, daß Victor Spitalny in Milwaukee im Staat Wisconsin geboren war. Der Polizei von Milwaukee gelang es ebensowenig, den desertierten Soldaten ausfindig zu machen, der inzwischen unter Anklage gestellt worden war. Man fand ihn weder im Haus seiner Eltern noch bei seiner früheren Freundin. Ebensowenig in der Sports Tavern, bei Sam 'n Aggie's oder auch in der Polka Dot Lounge, wo der Deserteur Unterhaltung und Zerstreuung gesucht hatte, bevor er Soldat geworden war.

Niemand in Bangkok, in Camp Crandall oder im Pentagon erwähnte das kleine Mädchen, das blutend durch die Phat Pong Road gelaufen war, niemand sprach über die Hilferufe und die Schreie, die die verseuchte Luft verschluckte. Von dem kleinen Mädchen gingen nur Gerüchte um, bis es ganz in der Versenkung verschwand – wie die dreißig Kinder in der Höhle von Ia Thuc. Schließlich ging das Militär zu anderen Fällen über, befaßte sich mit anderen Problemen.

4

Was löste der Fronturlaub für Gefühle aus?

Man fühlte sich wie auf einem anderen Planeten. Wie *von* einem anderen Planeten kommend.

Wie war es denn, wenn man von einem anderen Planeten kam?

Man sah sich gezwungen umzudenken, selbst was die Zeit anging. Alle bewegten sich ganz unbewußt im Schneckentempo, alle dachten, redeten und lächelten ganz langsam.

War das der einzige Unterschied?

Am erstaunlichsten waren die Menschen. Sie hielten ganz andere Dinge für wichtig, freuten sich über ganz andere Dinge.

War das der einzige Unterschied?

Alle außer dir verdienen Geld. Alle außer dir geben Geld aus. Alle haben ein Mädchen. Alle haben trockene Füße, alle nehmen regelmäßig vernünftige Nahrung zu sich.

Was hast du dort vermißt?

Die wahre Welt hat mir gefehlt. Ich habe Vietnam vermißt. Die Top Ten dort kann man nicht mit denen hier vergleichen.

Die Top Ten?

Ja, die Hitparade. Musik, die einen in Aufregung versetzt. Man vermißt die Songs von seinem eigenen Planeten.

Erzählst du mir von dem Mädchen?

Das Mädchen tauchte aus den Schreien auf wie die Vögel aus den Wolken. Sie war ein Urbild, eine Metapher... das war mein erster Gedanke.

Daß sie sichtbar werden, daß sie präsent sein *mußte*. Sie kam aus meiner Welt. Sie war *unberechenbar* – wie auch Koko später.

Warum hat sie wohl geschrien?

Sie muß wohl wegen der Unentrinnbarkeit des Schicksals so geschrien haben.

Wie alt war dieses Mädchen?

Etwa zehn oder elf Jahre alt.

Wie hat das Mädchen ausgesehen?

Die Kleine war halbnackt, ihr Oberkörper blutbesudelt. Sogar ihr Haar war blutverklebt. Auch ihre ausgestreckten Hände waren blutig. Sie kann ein Thai-Mädchen, aber auch eine Chinesin gewesen sein.

Was hast du getan?

Ich habe auf dem Bürgersteig gestanden. Sie ist an mir vorbeigerannt.

Haben außer dir auch noch andere Leute das Mädchen gesehen?

Nein.

Ein alter Mann kniff die Augen zusammen und sah ganz verwirrt aus. Das ist alles. Sonst geschah nichts.

Warum hast du sie nicht aufgehalten?

Sie war ja nur eine *Erscheinung*, eine Metapher. Sie war *unheimlich*. Sie wäre gestorben, wenn man sie aufgehalten hätte. Du wärst wahrscheinlich auch gestorben. Ich selbstverständlich auch. Ich stand einfach da inmitten dieser Menschenmenge und sah ihr nach, als sie an mir vorbeilief.

Was hast du bei ihrem Anblick empfunden?

Ich schloß sie in mein Herz. Ich hatte das deutliche Gefühl, daß aus ihrem Gesicht, aus ihren Augen, die reine Wahrheit sprach. Nichts ist normal, vernünftig oder sinnvoll, besagte ihr Gesichtsausdruck, nichts steht fest und nirgends ist man sicher – überall nur Schmerzen und Entsetzen unter einer dünnen, brüchigen, sehr trügerischen Decke. Ich glaube, so sieht Gott die Dinge, doch läßt er es nur selten zu, daß wir das ebenfalls erkennen.

Mich überkam ein panisches, allumfassendes Gefühl. Mir war zumute, als habe sie mir das Gehirn versengt, die Augen ausgedörrt. Zutiefst erschüttert und in hellem Aufruhr jagte sie die hellerleuchtete Straße entlang. Sie hielt der Welt ihre blutbesudelten Hände hin. Schon im nächsten Augenblick war sie verschwunden. Ich empfand die Nähe der endgültigen Dinge, der elementarsten Weisheiten.

Welchen Schluß hast du daraus gezogen?

Ich bin heimgegangen und habe zu schreiben angefangen. Ich bin heimgegangen und habe fürchterlich geweint.

Und weitergeschrieben.

Was hast du denn geschrieben?

Eine Geschichte, die sich um Lieutenant Harry Beevers rankt. Ich nannte sie *Blue Rose* – blaue Rose.

20. KAPITEL

Telefon

1

An ihrem zweiten Tag in Bangkok gingen Michael Poole und Conor Linklater getrennte Wege. Conor klapperte ein Dutzend Schwulentreffs in Patpong ab und fragte verdutzte, aber freundliche japanische Touristen nach Tim Underhill. Für gewöhnlich erboten sie sich, ihn auf ein Glas einzuladen. Er erkundigte sich auch bei nervösen Amerikanern nach Tim Underhill. Die stellten sich meistens blind und taub. Wenn er lächelnde Thais nach Underhill fragte, nahmen diese an, er sei auf der Suche nach seinem Liebhaber. Sei empfahlen ihm verschiedene junge Männer, die sein gebrochenes Herz bald heilen würden. Leider hatte Conor den Packen Fotos im Hotelzimmer vergessen. Conor bekam hübsche kleine Jungen in Kleidern zu sehen und dachte an Tim Underhill. Er wünschte, diese albernen Geschöpfe wären wirklich Mädchen. Man hätte sie tatsächlich dafür halten können. Der Barkeeper in der Transvestitenkneipe Mama versetzte Conor einen Schreck, als er bei Underhills Namen kurz zusammenzuckte. Er sah Conor an, lächelte und strich sich übers Kinn. Schließlich behauptete er kichernd: »Ich habe ihn hier nie gesehen.«

Conor lächelte dem Mann zu. Dem zerging anscheinend etwas Köstliches auf der Zunge. Vielleicht Schokolade oder Butter. »Sie haben aber den Eindruck erweckt, als hätten Sie ihn gekannt.«

»Weiß ich nicht genau«, sagte der Barkeeper.

Conor zog seufzend eine Zwanzig-Baht-Note aus der Tasche seiner Jeans und schob sie dem Barkeeper über die Theke hin.

Der Mann steckte den Geldschein ein und strich sich wieder übers Kinn. »Vielleicht, kann sein«, sagte er. »Undahill. Timofy Undahill.« Dann sah er Conor an und schüttelte den Kopf. »Tut mir leid, ich habe mich geirrt.«

»Du kleiner Mistkerl«, hörte sich Conor sagen. »Aber das Geld hast du genommen. Komm mir jetzt bloß nicht mit diesem Blödsinn an!« Conor hatte nicht vorgehabt, sich so zu ereifern und hatte nicht einmal gemerkt, daß er so wütend war. Er knirschte mit den Zähnen und griff über die Bar hinweg. Der Barkeeper kicherte und machte einen Schritt zurück, doch Conor warf sich mit einem Satz nach vorn und packte ihn an seinem weißen Hemd.

»Verdien dir jetzt dein Geld, verdammt noch mal! Na los schon, spuck aus, was du über Underhill weißt!«

»Ich habe mich geirrt. Ich kenne diesen Mann nicht!« erwiderte der Barkeeper. Ein paar Männer, die mit ihren Gläsern an der Bar gesessen hatten, rückten näher an Conor und den Barkeeper heran. Einer dieser Männer, ein Thai in einem Anzug aus hellblauer Seide, klopfte Conor zaghaft auf die Schulter.

»Beruhigen Sie sich doch«, bat er.

»Ich will mich aber nicht beruhigen«, fauchte Conor. »Mein Geld hat dieses Schwein genommen, aber reden will er nicht!«

»Hier ist Geld zurück«, sagte der Barkeeper kleinlaut. Conor hielt ihn immer noch mit eisernem Griff, so daß der Barkeeper halb über dem Tresen hing. »Ich spendiere Gratisdrink. Bitte! Und dann bitte gehen.« Er zog den Geldschein aus der Tasche und warf ihn auf die Bar.

Conor ließ ihn wieder los. »Ich will das Geld ja gar nicht wiederhaben«, schnaubte er. »Sie können es behalten. Ich will nur rausbekommen, wo Underhill sich aufhält.«

»Sie suchen also einen Mann namens Tim Underhill?« wollte sich der gutaussehende kleine Thai in dem blauen Seidenanzug vergewissern.

»Und ob ich ihn suche!« ereiferte sich Conor wieder. »Was glauben Sie, weshalb ich hier bin? Ich bin mit Underhill befreundet. Wir haben uns seit vierzehn Jahren nicht mehr gesehen. Ich bin mit einem anderen Freund hierhergekommen, um nach ihm zu suchen.« Conor schüttelte den Kopf so heftig, als wolle er den Schweiß abschütteln. »Ich wollte wirklich nicht grob werden. Tut mir leid, daß ich mich an Ihnen vergriffen habe.«

»Sie haben diesen Mann also seit vierzehn Jahren nicht gesehen, und jetzt haben Sie sich mit Ihrem Freund auf die Suche nach dem Mann gemacht?«

»Genau.«

»Trotzdem lassen Sie sich hinreißen, diesen Mann hier zu bedrohen und tätlich anzugreifen!«

»Na ja, es ist eben mit mir durchgegangen. Tut mir ehrlich leid – aber eigentlich habe ich hier niemanden bedroht – jedenfalls bisher noch nicht.« Conor schob die Hände in die Hosentaschen und trat den Rückzug an. »Es wird immer frustrierender, nach jemandem zu suchen, den kein Mensch zu kennen scheint. Also dann, ich schau mal wieder rein.«

»Sie haben mich falsch verstanden!« hielt ihn der kleine Thai auf. »Ihr Amerikaner habt es immer so eilig!«

Es paßte Conor gar nicht, daß alle schallend lachten.

»Ich will damit sagen, daß wir Ihnen vielleicht doch helfen können.«

»Ich habe ja *gewußt*, daß dieser Mistkerl schon von ihm gehört hat.« Er warf dem Barkeeper einen vernichtenden Blick zu. Der hob abwehrend die Hände.

»Er ist Ihnen wohlgesonnen, beschimpfen Sie ihn nicht«, entgegnete ihm der Thai.

Der Barkeeper redete in seiner Muttersprache. In Conors Ohren hörte sich das an wie: »Kumquat crap crop crap kumquat crap crap.«

»Crop kumquat telefon crap crop dee crap«, entgegnete der Mann im blauen Seidenanzug.

»He, Augenblick mal«, unterbrach Conor diesen Redestrom. »Ist Underhill vielleicht nicht mehr am Leben, oder was ist los?«

Der Barkeeper zuckte die Achseln und trat ein paar Schritte zurück. Er steckte sich eine Zigarette an und beobachtete den Mann im blauen Anzug.

»Es könnte sein, daß wir ihn kennen«, erklärte der Thai im blauen Seidenanzug. Er griff nach Conors Zwanzig-Baht-Schein und hielt ihn wie eine Kerze hoch.

»Crap crop crap crop«, sagte der Barkeeper und wandte sich ab.

»Unser Freund fühlt sich nicht wohl in seiner Haut. Er will kein Risiko eingehen. Aber ich glaube nicht, daß wir uns irren.« Er ließ den Geldschein in der Jackentasche verschwinden.

»Crap crop crop«, sagte der Barkeeper.

»Underhill lebt in Bangkok«, sagte der Thai im blauen Seidenanzug. »Ich bin ganz sicher, daß er noch hier lebt.«

Der Barkeeper zuckte nur die Achseln.

»Ist öfter hergekommen. Auch ins Pink Pussycat. Und auch ins Bronco.« Der Mann im blauen Seidenanzug lachte und entblößte alle Zähne. »Er kannte Cham, einen Freund von mir.« Der Thai grinste noch breiter. »Cham sehr schlimm. Sehr schlechter Mensch. Sie kennen Telefon? Cham mögen Telefon. *Er* kannte Underhill.« Er klopfte mit einem seiner mit farblosem Nagellack bestrichenen Fingernägel auf die Bar.

»Ich möchte diesen Cham begegnen.« Conor machte sich wieder Hoffnung.

»Leider nicht möglich.«

»Nichts ist unmöglich«, sagte Conor. »Ich lasse auch was springen, wenn Sie ein Treffen arrangieren. Wo treibt sich dieser Mann denn für gewöhnlich rum? Ich suche ihn dort auf. Kann man ihn irgendwie telefonisch erreichen?«

»Wir klappern ein paar Bars ab«, schlug ihm sein neuer Freund vor. »Ich kümmere mich um Sie, Sie werden sehen. Ich kenne alle Bars und Kneipen.«

»Er kennen alle Bars«, bestätigte der Barkeeper.

»Und Sie haben Underhill gekannt?«

Der Mann nickte. Sein Gesicht verzerrte sich zu einer grotesken Maske der Allwissenheit. »Sehr gut. Ich kennen ihn sehr gut. Wollen Sie Beweis?«

»Gut, beweisen Sie es mir«, sagte Conor. Er konnte sich nicht vorstellen, worauf der Mann hinauswollte.

Der kleine Thai rückte ganz dicht an Conor heran. Er roch stark nach Anis. Außen an den Augen hatte er winzig kleine weiße Narben – wie verkalkte kleine Schnitte, die er sich beim Rasieren zugezogen hatte. »Schwul«, sagte er und lachte.

»Genau«, pflichtete ihm Conor bei. »Sie haben den Nagel auf den Kopf getroffen.«

»Erst einen Drink«, schlug der Thai im blauen Anzug vor. »Zur Vorbereitung.«

2

Sie leerten zur Vorbereitung mehrere Gläser. Der adrette kleine Mann zog einen Umschlag und einen Füller aus der Innentasche seiner Jacke und erklärte, sie sollten eine Liste von Underhills Stammkneipen erstellen. Außerdem noch eine Liste der Barkeeper und anderer Stammgäste, die höchstwahrscheinlich wüßten, wo Underhill sich aufhielt. Manche von den Bars lagen in Patpong, andere wiederum in einer Gegend in der Nähe der Sukhumvit Road. Das Viertel nannte sich Soi Cowboy. Teilweise handelte es sich auch um Hotelbars, Bars im Hafenviertel Klang Toey. Dann kamen auch noch chinesische Teehäuser in der Nähe der Yaowaroj Road und zwei Cafés in Frage – das Thermae und das Café im Grace Hotel. Man habe Underhill in all diesen Etablissements gekannt. In manchen verkehre er vielleicht auch immer noch.

»Das kostet alles Geld«, erklärte Conors neuer Freund und steckte seinen Umschlag in eine Seitentasche seines Jacketts.

»Ich habe genug Geld bei mir, um ein paar Bars abklappern zu können«, versicherte ihm Conor. Der kleine Thai wirkte mit einem Mal nervös. Er schien Verdacht zu schöpfen. »Natürlich bleibt auch für Sie noch etwas übrig«, fügte Conor sicherheitshalber hinzu.

»Für mich, sehr gut«, strahlte der kleine Thai. »Ich nehme meinen Anteil jetzt. Sicher ist sicher!«

Conor zog einen Packen zerknitterter Banknoten aus der Tasche. Der kleine Thai nahm sich eine purpurfarbene Fünfhundert-Baht-Note.

»Jetzt gehen wir«, schlug er Conor vor.

Sie suchten alle noch verbleibenden Bars in Patpong auf, doch Conors neuer Freund erfuhr dort nichts, was ihnen weiterhelfen konnte.

»Wir nehmen ein Taxi«, ordnete der kleine Mann an. »Fahren durch die ganze Stadt, suchen die besten und aufregendsten Lokale. Da finden wir ihn sicher!«

Sie traten inmitten des brausenden Verkehrs auf die Straße und hielten ein Taxi an. Conor nahm im Fond des Wagens Platz. Der kleine Thai sprach lange auf den Taxifahrer ein. Er gestikulierte grinsend und ließ einen langen Sermon in seiner Muttersprache vom Stapel. »Crap crop katowy crap crop crap baht mai crap.« Mehrere Geldscheine wechselten den Besitzer.

»Jetzt alles in bester Ordnung«, versicherte der kleine Thai Conor, als er neben ihm im Fond Platz nahm.

»Ich weiß nicht mal, wie Sie heißen«, sagte Conor und streckte ihm die Hand hin.

Der Thai lächelte und drückte ihm die Hand. »Ich bin Cham. Danke vielmals.«

»Ich dachte, Cham wäre ein Freund von Ihnen. Der Mann, der Tim Underhill gekannt hat.«

»Mein Freund heißt Cham, ich heiße Cham. Unser netter Fahrer heißt wahrscheinlich auch Cham. Aber mein Freund ist *schlimm.* Er ganz *schlechter Mensch.*« Er kicherte.

»Was heißt denn ›katoey‹?« fragte Conor. Das war für sein Gefühl das einzige ernstzunehmende Wort, das er den Gesprächen in der Landessprache entnommen hatte, das seine Lachmuskeln nicht in Bewegung setzte.

Cham lächelte. »Ein *katoey* ist ein Junge, der sich wie ein Mädchen anzieht. Sie sehen, ich führe Sie nicht in die Irre.« Er legte Conor kurz die Hand aufs Knie.

Das hat gerade noch gefehlt, dachte Conor bei sich und rutschte ein Stückchen von dem Thai weg.

»Und was hat es mit diesem Telefon auf sich?« wollte Conor wissen.

»Was?« Mit Cham ging ganz unmerklich eine Wandlung vor. Er lächelte verkrampft und gab sich alle Mühe, seine Verlegenheit zu überspielen.

Sie rasten durch das Verkehrsgewühl, holperten über Straßenbahngleise und entfernten sich meilenweit von der Innenstadt. So kam es Conor jedenfalls vor. »Telefon. Ich will wissen, was das in den Zusammenhang bedeutet. Sie wissen doch, Sie haben in der Mama-Bar davon gesprochen.«

»Ach so.« Cham hatte sich inzwischen offenbar von seinem Schreck erholt. »Ja, Telefon. Ich dachte, Sie hätten etwas anderes gesagt. Das interessiert Sie ganz bestimmt nicht. Es betrifft Sie nicht. Das Wort Telefon benutzt man oft in Bangkok. Es hat sehr viele Bedeutungen.« Er sah Conor von der Seite an. »Kann zum Beispiel lecken bedeuten, verstehen Sie? Telefon.« Er klatschte in die Hände und schloß die Augen, als amüsiere ihn das alles maßlos.

Die nächsten zwei Stunden verbrachten Conor und Cham in Bars, in denen es von jungen Mädchen und geschmeidigen Jungen nur so wimmelte. Cham verwickelte ein Dutzend Barkeeper in Gespräche. Dabei wurde viel gelacht. Ausrufe wurden laut. Conor trank zunächst nur wenig, doch dann merkte er, daß der Alkohol kaum eine Wirkung auf ihn hatte. Das lag daran, daß er sich Underhill schon so nahe fühlte. Ein erregender Gedanke. Bald schaute er tiefer ins Glas – ähnlich wie sonst bei Donovan.

»Er ist lange nicht mehr hiergewesen«, erklärte Cham und sah Conor glücklich lächelnd an. Wieder fiel Conor das Narbengewebe um Mund und Augen auf. Es sah aus, als habe ein Schönheitschirurg Chams wahres Gesicht entfernt und durch diese glatte jungenhafte Maske ersetzt. Cham legte seine saubere sandfarbene Hand auf Conors Hand. Eine sehr gepflegte Hand. »Machen Sie sich keine Sorgen. Wir finden Ihren Freund bestimmt. Möchten Sie noch einen Wodka?«

»Und ob!« erklärte Conor. »Aber in der nächsten Pinte.«

Sie traten in die Dämmerung hinaus. Chams Hand ruhte zwischen Conors Schulterblättern. Conor überlegte, ob er Michael im Hotel anrufen sollte. Dann blieb er wie angewurzelt stehen. Er war sich ganz sicher, daß er Michael vor einem glitzernden Lokal namens Zanzibar auf der anderen Straßenseite in ein Taxi steigen sah. »Hallo, Mikey!« rief er. Der Mann nahm im Taxi Platz. »Mike, hier bin ich!«

Cham legte die Fingerspitzen auf die Lippen. »Sollen wir etwas essen?«

»Ich habe gerade meinen Freund gesehen. Auf der anderen Straßenseite.«

»Ist er auch auf der Suche nach Tim Underhill?«

Conor nickte.

»Dann hat es wenig Sinn, in Soi Cowboy zu bleiben.«

Gleich darauf fuhren sie durch hellerleuchtete Straßen inmitten all der Leuchtreklame. Das Verkehrsgewühl war unbeschreiblich. Ganze Gangs von Mopedfahrern brausten an ihnen vorbei. Die Menschen strömten in die Nachtclubs oder ergossen sich aus Bars.

Conor sagte etwas zu Cham und wandte sich dann wieder nach vorn.

»Darf ich Ihnen eine Frage stellen?« hörte Conor sich sagen. Seine Stimme war die eines Betrunkenen. Aber das störte ihn nicht weiter. Der kleine Thai war ja sein Freund.

Cham streichelte Conors Knie.

»Woher haben Sie bloß alle die verdammten kleinen Narben im Gesicht? Ist das in einer Angelhakenfabrik passiert?«

Chams Hand auf seinem Knie erstarrte.

»Das muß ja eine aufregende Geschichte sein«, meinte Conor lakonisch.

Cham beugte sich vor und sagte zu dem Taxifahrer »crap crop crap klang toey.«

»Crap crap crap«, antwortete der Taxifahrer.

»*Katoey?*« fragte Conor. »Mich kotzen diese Burschen an.«

»Klang Toey. Hafenviertel.«

»Wie lange fahren wir bis dahin noch?«

»Wir sind schon da«, erklärte Cham.

Conor stieg am Ende der Welt aus dem Taxi. Man roch die Nähe des Wassers. Fischgeruch hing in der Luft. Aus der Ferne reflektierte das schwärzliche Wasser Lichtpunkte der vor Anker liegenden Schiffe.

»Telefon!« brüllte er aus Leibeskräften. »I. Corps. Na, wie steht's damit?«

Cham zog ihn weiter, bis er den Fluß in der Ferne nicht mehr sehen konnte. Er schleppte ihn in die Venus-Bar.

Sie tranken etwas in der Venus-Bar, bei Jimmy's und im Club Hung, auch noch in diversen namenlosen Pinten. Conor fiel gegen Cham und

Cham gegen ihn, als das Taxi um die Ecke brauste. Er nahm Chams Hand von seinem Bein, sah aus dem Fenster und erblickte ein knochiges, eingefallenes Gesicht, das mit toten Augen durch das Fenster stierte. Ein eisiger Schauer überlief ihn. Ihm war, als stünde er tropfnaß und splitterfasernackt in einer kalten Brise. Er schrie entsetzt auf, da verschwamm ihm das Gesicht vor Augen und löste sich in Wohlgefallen auf.

»Ist ja schon gut«, sagte Cham.

Sie erklommen Treppen, die zu dunklen Räumen führten. Es roch nach Weihrauch. Alle Düfte des Orients schienen hier vereinigt. In den Räumen standen leere Diwans mit Keramikkissen. Die mahjongspielenden Chinesen unterbrachen ihr Spiel gerade nur so lange, wie sie brauchten, um das Foto von Underhill in Augenschein zu nehmen. In dem ersten dieser Etablissements runzelten sie die Stirn und schüttelten die Köpfe, in dem zweiten ebenfalls, doch in dem dritten nickten sie – wenn auch mit gerunzelter Stirn.

»Hat er hier verkehrt?« fragte Conor aufgeregt.

»Er ist hier rausgeflogen«, sagte Cham.

Conor fand sich an einem Tisch mit Leinentischtuch in einer Hotelhalle wieder. Ein ganzes Stück entfernt las ein junger Thai in einer blauen Jacke ein Buch. Vor Conor stand eine heiße Tasse Kaffee. Er hob die Tasse an den Mund und nippte. An allen Tischen saßen junge Männer und Frauen. Mädchen saßen mit übergeschlagenen Beinen auf den Sofas in der Halle. Conor verbrannte sich den Mund am kochend heißen Kaffee.

»Hier kommt er manchmal her«, erklärte Cham. »Jeder kommt hier manchmal her.«

Conor beugte sich hinunter, um noch einen Schluck Kaffee zu trinken. Als er wieder aufsah, war die Hotelhalle verschwunden, und er hielt sich im Fond des Taxis an dem Türgriff fest.

»Ihr Freund war schlimm, sehr schlimm«, gab Cham ihm zu verstehen. »Er war nirgends mehr willkommen. Ist er ein schlechter Mensch, oder ist er krank? Bitte verraten Sie es mir. Ich möchte gern mehr über diesen Mann erfahren.«

»Er war ein großartiger Bursche«, behauptete Conor. Es erschien ihm unmöglich, sich über Underhills Größe auszulassen. Es gab keine Worte, um seine Größe zu beschreiben.

»Aber er war dumm und hat sich schrecklich aufgeführt.«

»Sie sind selber dumm.«

»Ich übergebe mich aber nicht in aller Öffentlichkeit. Ich verbreite nicht überall Entsetzen und Verzweiflung. Ich bedrohe und mißhandle niemanden, der mir etwas zu sagen hat.«

»Das hört sich wirklich ganz nach Underhill an«, sagte Conor und schlief ein.

Sofort träumte er wieder, daß ein geisterhaft bleicher Mensch das Gesicht ans Fenster drückte. Mit einem Ruck kam er wieder zu sich. Es war Underhills Gesicht. Neben ihm saß niemand mehr im Fond.

»Was« fragte er.

»Crap crop crop crop«, sagte der Taxifahrer. Er beugte sich über die Lehne des Vordersitzes und hielt Conor einen zusammengefalteten Zettel hin.

»Wo ist denn Cham geblieben?« Conor griff nach dem Zettel und blickte aus dem Wagenfenster. Das Taxi hielt in einer breiten Straße zwischen einem hohen Betonbau, das wie eine Parkgarage aussah und einem fensterlosen einstöckigen Gebäude – auch aus Beton. Eine Natriumlampe tauchte den Beton und das Straßenpflaster in hartes gelbes Licht.

»Wo sind wir hier?«

Der Taxifahrer wies auf Conors Schoß. Irritiert verfolgte Conor mit den Blicken diese Geste. Da sah er seinen Penis – der in dem dunklen Taxi weiß wie eine Makrele wirkte – über seinen rechten Oberschenkel ausgebreitet liegen. Rasch beugte er sich vor, um dem Taxifahrer diesen Anblick zu ersparen und stopfte sein Glied wieder in die Jeans zurück. Sein Herz schlug stürmisch, sein Kopf schmerzte zum Zerspringen. Nun begriff er nichts mehr.

Er erinnerte sich an den Zettel, las ihn. Ein paar Zeilen in einer krakeligen Handschrift: *Sie haben viel zu viel getrunken. Sie könnten Ihren Freund hier finden. Passen Sie gut auf sich auf, wenn Sie reingehen. Sie müssen wachsam sein. Ich habe den Fahrer gut bezahlt.* Ganz unten auf dem Zettel stand eine Telefonnummer. Conor knüllte den Zettel klein zusammen und stieg aus.

Der Fahrer fuhr im Kreis um ihn herum und schaltete die Scheinwerfer ein. Conor ließ den Zettel fallen und stieß ihn mit dem Fuß weg. Inzwischen war etwa ein halbes Dutzend Männer in enganliegenden Thai-Anzügen aus dem kleineren Betonbau getreten. Sie schritten über die Straße ganz langsam auf ihn zu. Conor wäre am liebsten weggelaufen. Diese aalglatten Männer, die keine Miene verzogen, erinnerten ihn ganz an Haie. Er konnte sich kaum mehr auf den Beinen halten. Seine Augen schmerzten von dem grellen Scheinwerferlicht. Das Taxi fuhr noch immer im Kreis um ihn herum. Er sehnte sich nach einem Drink.

»Möchten Sie hereinkommen?« fragte ihn einer der Thais. Sein Lächeln wirkte, als sei er schon tot und als habe ihm der Leichenbestatter dieses Lächeln ins Gesicht gezaubert. »Cham hat uns von Ihnen erzählt. Wir haben schon auf Sie gewartet.«

»Cham ist nicht mein Freund«, erklärte Conor. Die Männer winkten ihn heran, forderten ihn mit diesen Gesten auf, den fensterlosen Betonbau zu betreten. »Ich will da gar nicht rein. Was gibt's da überhaupt zu sehen?«

»Eine Sex-Show«, sagte der Totenkopf.

»Na und?« sagte Conor und ließ es zu, daß sie ihn drängten einzutreten. »Das ist doch hier nun wirklich nichts Besonderes.«

Drinnen bezahlte er hundert Baht Eintritt. Eine Frau mit einer dunklen Brille und Ohrringen in der Form von Coca-Cola-Flaschen kassierte das Geld ein. »Tolle Ohrringe«, sagte er. »Gefallen mir wirklich gut. Kennen Sie Tim Underhill?«

»Noch nicht hier«, antwortete die Frau. Die Cola-Fläschchen schaukelten an ihren Ohren hin und her wie Gehenkte.

Conor folgte einem der Männer durch einen langen dunklen Korridor. Sie gelangten schließlich in einen großen, sehr niedrgen Raum, der schwarz gestrichen war. Über den Stuhlreihen brannte trübes rotes Licht. Zwei Scheinwerfer hüllten die beiden Bühnen in feuerrotes Licht. Eine der Bühnen befand sich unmittelbar vor den Stuhlreihen, die andere neben einer dicht umlagerten Bar. Auf beiden Bühnen tanzten nackte Mädchen. Ihr Haar schwang hin und her, sie schnippten mit den Fingern. Die Mädchen hatten ungleichmäßige Brüste, schmale Hüften und Schamhaar wie kleine schwarze Abzeichen. In dem roten Licht wirkten ihre Lippen schwarz. Die meisten der Gäste, die auf Stühlen saßen oder die Bar umringten, waren Einheimische, doch hier und da entdeckte er inmitten der Menge auch ein paar angetrunkene Weiße, sogar ein paar weiße Paare, typisch amerikanisch gekleidet. Conor ließ sich erschöpft auf einen leeren Stuhl ganz hinten in dem Raum fallen. Ein halbnacktes Mädchen tauchte auf. Er bestellte sich ein Bier, für das er hundert Baht bezahlen mußte.

Dieser Schweinehund hat meinen Schwanz einfach rausgeholt, dachte er verbiestert. Aber wahrscheinlich kann ich mich noch glücklich schätzen, daß er ihn nicht abgeschnitten und in einer Flasche mit heimgenommen hat. Er trank sein Bier und bestellte noch ein paarmal Bier. Die Mädchen auf der Bühne wechselten in steter Folge. Nach kurzem Haar kam langes Haar, Baseballbrüste wechselten sich mit Footballbrüsten ab, sanft geschwungene Hüften mit Greyhoundflanken. Sie bliesen Rauch aus ihrer Vagina und lächelten wie beim Rendezvous. Conor gefielen diese Mädchen. Eine konnte mit der Vagina Coca-Cola-Flaschen öffnen. Der Kronenkorken sprang mit einem lauten Knall ab. Das Gesicht des Mädchens erschien ihm auffallend herb und nachdenklich. Sie hatte hohe Wangenknochen, wie in Präzisionsarbeit gemeißelt. Ihre Augen funkelten wie Glanzpapier. Nachdem sie die Flaschen mit einem Knall geöffnet hatte, lehnte sie sich an die Bühnenwand, streckte die hübschen Beine in die Luft und saugte den Flascheninhalt ein. Dann stand sie auf und spritzte den Inhalt der Flasche mit einem zischenden Strahl wieder in die Flasche zurück. Conor bezweifelte , daß auch nur ein einziges Mädchen bei Donovan diesen Trick beherrschte.

Conor befand sich inzwischen in einem Stadium der Trunkenheit, das auch ein weiteres Dutzend Drinks kaum mehr verschlimmern konnte.

Als er einen Blick auf die Bühne an der Seite warf, wurde er flammend rot, und seine Ohren brannten. Ein schlankes junges Wesen wand sich aus seinem Kleid. Zum Vorschein kamen sowohl Brüste als auch ein erigierter Penis. Ein anderer schlanker *katoey* kniete sich vor das Zwitterwesen und nahm dessen erigierten Penis in den Mund. Conor wandte sich wieder der Bühne zu, die vor ihm lag. Dort machte sich ein junges

Mädchen mit der gefaßten Miene der Geliebten eines Diktators daran, mit einem großen rötlichen Hund zu kopulieren.

»Bring mir 'n Whisky«, bat Conor die Bedienung.

Als die Geliebte des Diktators und der Hund von der Bühne gingen, traten ein kleiner muskulöser Thai und ein Mädchen mit taillenlangem Haar auf. Sie hatten gleich darauf Verkehr, nahmen immer wieder neue Positionen ein. Sie zogen die Knie hoch und drehten sich, als hingen sie hoch in der Luft. Einer der *katoeys* neben ihm auf der Bühne seufzte und bog den Rücken seines Mädchens zurück. Conor bestellte noch einen Whisky. Neben ihm saß geisterhaft bleich Tim Underhill und applaudierte.

Bald konnte Conor nicht mehr unterscheiden, ob die Leutchen auf der Bühne Männchen oder Weibchen waren. Da gab es sowohl Männer mit wunderschönen Brüsten als auch Frauen mit beachtlichen Erektionen. Alle verschmolzen in seinen Augen miteinander. Er sah das Lächeln eines Mädchens aufblitzen, sah runde Pobacken und feste Oberschenkel. Dann standen alle vier Darsteller auf und verneigten sich wie Schauspieler. Die Brüste der jungen Frau waren zart gerötet. Conor kam es vor, als hingen die vier Menschen auf der Bühne noch dem Erlebten, dem Vergnügen nach, von dem applaudierenden Publikum so weit entfernt wie Marsmenschen, unberührbar wie die Engel.

Das ist es, dachte Conor. Ihm wurde blitzartig klar, daß der kurze Augenblick völliger Klarheit und Wahrheit schon vorüber war. Diese Erkenntnis kam ihm mit einem Schlag. Er sah sich vor einer riesigen, strahlend hellen Wand stehen angesichts eines ihm verschlossenen, unbegreiflichen Reiches, in dem die Geschlechter miteinander verschmolzen, wo die Sprache reine Musik war und wo sich alles so schnell und strahlend hell bewegte, daß die Augen schmerzten.

Doch dann kam er wieder zu Verstand. Die Darsteller hatten sich inzwischen Mäntel umgeworfen. Der Club leerte sich allmählich. Die Mädchen und Jungen schlurften von der Bühne. Es waren Rauschgiftsüchtige und Huren, die irgendwo am Fluß in jämmerlichen Hütten lebten. Und er war betrunken. Tim Underhill war ein versoffenes Schwein, genau wie er. Conor klammerte sich an diesen Augenblick der Klarheit, gab das jedoch sofort wieder auf. Er erinnerte sich nur noch daran, daß er in zahlreichen Bars und im Taxi rumgesessen hatte und daran, daß seine Suche so ergebnislos verlaufen war, daß er ebensogut ein Einhorn anstelle eines Mannes hätte suchen können.

Er sagte sich, daß man sein Leben lang niemals begriff, worum es eigentlich ging und was um einen herum vorging. Worum man sich auch bemühte – es blieb unerreichbar.

Conor wischte sich die Hände an den Jeans ab und ging halb betäubt hinter den letzten Gästen den dunklen Flur entlang. Dann trat er in die warme Nachtluft hinaus.

Ein paar Männer aus dem Club gingen auf die Parkanlage zu. Sie trugen alle diese enganliegenden Thai-Anzüge und wirkten wie Söldner auf Urlaub. Einer der Männer trug eine dunkle Brille. Conor torkelte vor der Tür zum Club herum. Er spürte instinktiv, daß sie es kaum erwarten konnten, daß er sich verdrückte.

Plötzlich ging ihm auf, daß das, was er im Club zu sehen bekommen hatte, nur das Vorspiel zu dem wirklichen Ereignis dieses Abends war. Alle Gäste waren mit der Show zufrieden. Diese Männer nicht. Das war sicher noch nicht alles, dachte Conor. Ihm fiel wieder ein, was ihm durch den Kopf gegangen war, als sich die Darsteller verneigten. Da kommt bestimmt noch etwas – und zwar das Allerbeste. Das Beste kann man wohl schlecht sagen, aber auf jeden Fall der Höhepunkt des Abends. Conor gesellte sich auch noch aus einem anderen Grund zu den wartenden Männern. Underhill würde noch nicht nach Hause gehen, um den Höhepunkt nicht zu versäumen. Genau deshalb hatte Cham ihn hergebracht. Worauf die Männer auch immer warten mochten, es war auf jeden Fall der wahre letzte Akt des Stückes, das Conor schon bis hierher geführt ahtte.

Als Conor auf die Männer zuging, flüsterte der Thai mit Brille seinen Freunden etwas zu. Dann ließ er sie stehen, um Conor entgegenzugehen. Er hielt die Hand hoch wie ein Polizist, der dem brausenden Verkehr Einhalt gebietet. Dann machte er eine Geste, als wolle er Conor verscheuchen. »Vorstellung zu Ende«, sagte er. »Sie jetzt gehen.«

»Ich will aber wissen, was ihr noch alles auf Lager habt«, beharrte Conor. Er ließ sich nicht vertreiben.

»Gib nichts mehr. Sie müssen gehen.« Wieder holte der Mann mit dem Arm weit aus, als wolle er Conor hinwegfegen.

Es hatte eigentlich den Anschein, als hätten sich die anderen Männer nicht vom Fleck gerührt. Trotzdem waren sie jetzt viel näher herangerückt. Conor spürte, wie Erregung in ihm aufstieg angesichts der drohenden Gefahr. Die Männer ließen keinen Zweifel daran aufkommen, daß sie notfalls gewalttätig werden würden. Brutalität lag in der Luft.

»Tim Underhill hat mir geraten herzukommen«, verkündete er laut. »Sie kennen ihn doch, oder nicht?«

Hinter dem Mann mit der dunklen Brille besprachen sich die Männer leise miteinander. Conor hörte den Namen Underhill, gefolgt von unterdrücktem Gelächter. Er atmete erleichtert auf. Der Mann mit Sonnenbrille sah ihn wortlos an. Sein Blick besagte, daß sich Conor ihrer Entscheidung beugen müsse. Wieder besprachen sich die Männer. Einer machte offensichtlich einen Witz. Sogar der Mann mit Sonnenbrille lachte.

»Laßt doch mal sehen, was ihr hier noch so alles laufen habt«, sagte Conor.

»Crap crop crap!« rief einer der Männer, die anderen grinsten breit.

Sonnenbrille marschierte zackig wie ein General auf Conor zu. »Wissen Sie, wo Sie hier sind?«

»In Bangkok. Lieber Himmel, so besoffen bin ich nun auch wieder nicht. In Bangkok, der Hauptstadt von Thailand. Im Königreich Siam.«

Breites Grinsen, Kopfschütteln. »Welche Straße ist das hier? Und welches Viertel?«

»Ist mir völlig schnuppe.«

Ein paar der Männer mußten ihn wohl verstanden haben, denn sie riefen Sonnenbrille spöttisch etwas zu. Ihre Stimmen klangen zynisch, unglaublich abgebrüht. So hatte er seit vierzehn Jahren niemanden mehr reden hören. Nirgends auf der Welt. Vielleicht hatten sie gesagt: Leg ihn um und dann nichts wie weg oder auch nehmen wir den beschissenen Amerikaner halt mit.

Sonnenbrille blickte mit zusammengekniffenen Augen zu Conors hoch – mit einer Mischung von Zweifel und Amüsement. Schließlich sagte er: »Sechshundert Baht.«

»Dann kann ich nur hoffen, daß diese Show mindestens doppelt so gut ist wie die andere«, murmelte Conor vor sich hin. Er zog den Packen zerknitterter Geldscheine aus der Tasche und suchte einen Fünfhundert-Baht-Schein und einen Hunderter heraus. Die Männer bewegten sich schon auf die mächtige Betongarage zu. Conor stolperte hinter ihnen her. Er gab sich große Mühe, geradeaus zu gehen.

Der Mann mit Sonnenbrille ging voraus und öffnete eine Tür neben der Garagenausfahrt. Das kleine Grüppchen zwängte sich durch die Tür in ein nur schwach beleuchtetes Treppenhaus. Sonnenbrille gestikulierte wild und zischte, Conor möge sich beeilen.

»Bin ja schon da«, sagte Conor und eilte hinter den anderen her.

3

Am nächsten Tag war sich Conor nicht mehr sicher, was sich tatsächlich abgespielt hatte, nachdem er den Männern bis tief hinunter in die Garage gefolgt war. Er hatte so tief ins Glas gesehen, daß er nicht mehr gerade gehen konnte. In einem Sexclub hatte er dann Visionen gehabt. Engel waren ihm erschienen. Alles war in strahlenden Glanz gehüllt gewesen. Er konnte nicht mehr klar denken, war ganz durcheinander. In der Garage hatte er nur ein einziges Wort verstanden, und selbst da war er sich nicht ganz sicher. Er fühlte sich so benommen, und ihm war so schwindlig, daß er vermutlich Dinge hörte, die niemand ausgesprochen hatte und sich Sachen einbildete, die nur seiner Fantasie entsprungen waren. Seit er, Michael und Beevers in Los Angeles an Bord der Maschine der Singapore Airlines gegangen waren, hatte er nicht mehr klar denken können. Seitdem sah er alles wie in einem Zerrspiegel, er sah die Welt mit anderen Augen. Die Menschen agierten wie in Szenen aus der Hölle. Kleine Mädchen bliesen Rauchringe aus der Vagina. Männer verwandelten sich in Frauen und Frauen in Männer. Michael behauptete, sie seien Tim Underhill schon ganz dicht auf der Spur. Immer wenn er sich fragte, was in der Garage vorgefallen war, spürte Conor diese Nähe. Sich Underhill zu nähern, mußte wohl bedeuten, daß man sich auf ein Gebiet begab, wo von Natur aus alles auf dem Kopf stand, wo man seinen eigenen fünf Sinnen besser nicht mehr traute. Underhill hatte sich da immer wohlgefühlt – sogar in *Vietnam*. Underhill glich einer Fledermaus. Er fühlte sich wohl in seiner Haut, wenn alles auf dem Kopf stand. Koko vermutlich auch.

Am nächsten Tag beschloß er, niemandem zu erzählen, was er gesehen oder nicht gesehen hatte – nicht einmal Michael Poole.

Als Conor im Dunkeln hinter den Männern her die Betontreppe hinuntergegangen war, hatte er sich gesagt, daß die Zivilisten immer auf dem Holzweg waren, was die Gewalt anging. Für die Zivilisten bedeutete Gewalt nur Action. Gewalttätigkeit bestand für sie in wüsten Prügeleien, Knochenbrüchen und Blutlachen. Die Durchschnittsbürger glaubten, man könne Gewalttätigkeit *sehen*. Wenn man nicht hinsah, brauche man sie nicht zu registrieren. Aber die Gewalt war nicht nur Action. Sie war vor allem ein Gefühl. Die eisige Hülle um all die Schläge, Messer und Pistolen. Dieses Gefühl stand nicht einmal unmittelbar mit den Menschen in Zusammenhang, die sich dieser Waffen bedienten. Sie schlüpften nur gedanklich in diese Hülle. Drinnen taten sie dann das Nötige.

Conor hatte diese Kälte, dieses Losgelöstsein ganz deutlich gespürt, als er die Treppe hinuntergegangen war.

Conor konnte schon bald nicht mehr zählen, wie viele Treppen er bis in die tiefsten Tiefen der Garage hinuntergestiegen war. Sechs, sieben oder acht Stockwerke tief... Die Treppen endeten zwei Stockwerke unterhalb des untersten Parkdecks, in dem sie zuletzt geparkte Wagen wahrgenommen hatten. Ein letzter breiter Treppenabsatz, und sie gelangten auf ein ungleichmäßiges graues Terrain. Es wirkte wie buckliger Zement, erwies sich aber dann als festgestampfte Erde. Die Beleuchtung unten im Treppenhaus reichte nicht sehr weit. Der trübe Lichtschein fiel höchstens zehn Meter weit in das schattige Grau und verschmolz dann mit der tiefen Schwärze, die sich endlos auszubreiten schien. Conor erschauerte in der Kälte so tief unten. Die schale Luft nahm ihm den Atem.

Einer der Männer fragte lauthals etwas.

Man hörte die unterschiedlichsten Geräusche. Ganz hinten in dem Tiefgeschoß ging mit einemmal ein Licht an. Ein Thai Ende Fünfzig oder Anfang Sechzig hatte das Licht angeknipst. Er lächelte probeweise. Vor dem Mann befand sich ein langer Tisch mit zwei Reihen Flaschen, großen und kleinen Gläsern und Eiskübeln. Eine provisorische Bar. Der Mann streckte ganz langsam beide Arme aus und stützte sich auf den Tisch. Sein kahler Schädel glänzte.

Die Thais bewegten sich auf die Bar zu. Sie unterhielten sich in gedämpftem Tonfall. Trotzdem hörte Conor immer noch das Schlachtengetümmel in ihren Stimmen. Sonnenbrille schob ihn gebieterisch zur Bar.

Er verlangte einen Whiskey, weil er sich einbildete, daß ein wärmendes Getränk wie Whiskey ihn wieder auf die Beine bringen und ihm nicht wie ein kaltes Getränk den Boden unter den Füßen wegziehen würde. »Tun Sie ein bißchen Eis rein«, bat er den Barkeeper, auf dessen kahlem Schädel winzige Schweißperlen glänzten – so regelmäßig verteilt wie Eier in einem Eierkarton. Der Whiskey war ein Gebräu mit einem unaussprechlichen schottischen Namen und schmeckte verblüffend nach Teer, vergammelten alten Seilen, Nebel, Rauch und angekohltem Holz. Das Zeug in sich hineinzuschütten war fast, als schlucke man eine kleine Insel vor der schottischen Küste.

Der Mann mit der Sonnenbrille nickte Conor kurz zu und genehmigte sich dann ein Glas aus der gleichen Flasche.

Wer waren diese Männer eigentlich? In ihren seidig glänzenden enganliegenden Anzügen wirkten sie wie Gangster. Sie traten selbstsicher auf wie Menschen, die keine finanziellen Sorgen kannten.

Harry Beevers fiel ihm ein. Sie machen es sich einfach bequem und sahen zu, wie das Geld zur Tür hereinkommt.

Sonnenbrille entfernte sich von den anderen Männern, hob die Hand und winkte nach der anderen Seite des Tiefgeschosses hin.

Leise Schritte aus der Dunkelheit. Conor trank von dem wundersamen Whiskey. Zwei Gestalten traten in Erscheinung. Ein kleiner Thai in einem Khakianzug, völlig kahl, mit tiefen Furchen und Narben auf den Wangen. Ohne den leisesten Anflug eines Lächelns bewegte er sich auf die Gruppe von Männern an der Bar zu. Er hatte eine Hand am Ellenbogen einer wunderschönen Asiatin, die nichts als ein loses schwarzes Gewand trug, das ihr ein paar Nummern zu groß war. Das Licht schien die Frau zu blenden. Sie ist bestimmt keine Einheimische, ging es Conor durch den Kopf. Ihr Gesicht hat eine andere Form. Vielleicht war sie eine Chinesin oder auch Vietnamesin. Der Mann mußte sanften Druck ausüben, damt sie nicht stehenblieb. Ihr Kopf rollte hin und her, auf ihren Lippen lag der Anflug eines Lächelns.

Der Mann schob sie noch ein paar Schritte näher heran. Jetzt erkannte Conor, daß er eine Brille mit Drahtgestell und leicht getönten Gläsern trug. Conor kannte diesen Typ. Militärisch durch und durch. Der Kahlkopf war kein reicher Mann, doch er strahlte die instinktive Autorität eines Generals aus.

Conor bildete sich ein, er hätte gehört, wie einer der Männer neben ihm ›Telefon‹ flüsterte.

Als sie sich innerhalb des Lichtkreises befanden, ließ der kleine Mann die Frau ganz los. Sie schwankte sachte, gewann jedoch an Standfestigkeit, als sie sich breitbeiniger hinstellte und die Schultern straffte. Sie lächelte geheimnisvoll mit halbgeschlossenen Augen.

Der General trat hinter sie und zog ihr das Gewand von den Schultern. Seltsamerweise wirkte die Frau dadurch viel größer, nicht mehr so ehrfurchtgebietend und nicht mehr ganz so sehr wie eine Gefangene. Sie hatte schmale Schultern. Mit ihren runden vorgestreckten Armen wirkte sie rührend hilflos. In ihrer Armbeuge sah Conor einen blauen

Fleck – als habe jemand mit einem in blaue Farbe getauchten Pinsel darüber hingestrichen. Ihre ganze wohlgerundete Gestalt war nahezu vollkommen. Ihr Leib glänzte. Die nackte Frau schien so solide gebaut und fest zusammengefügt wie ein Bronzeschild. Ihre Haut wies einen dunklen, verwischten Goldton auf, wie nasser Sand am Strand. Deshalb gelangte Conor endgültig zu der Überzeugung, daß sie nicht aus Thailand stammen konnte. Die Männer wirkten fahl und bläßlich neben ihr.

Angesichts der ganz unbewußten Herausforderung, die diese schöne Frau darstellte, war Conors erster Impuls, ihr das Gewand wieder überzustreifen und sie mit in sein Hotel zu nehmen. Doch dann zahlte sich die Schulung aus, die er als Amerikaner männlichen Geschlechts vier Jahrzehnte lang erfahren hatte. Die Frau war sicher gut bezahlt worden oder sie würde ihr Geld schon noch kriegen. Sie sah viel gesünder aus als die Mädchen in dem Sexclub auf der anderen Straßenseite. Das konnte nur bedeuten, daß sie ein Vielfaches verdiente, indem sie sich diesem halben Dutzend ehrenwerter Bürger Bangkoks auslieferte. Conor verspürte nicht die geringste Lust, da mitzumachen, doch er hatte auch nicht das Gefühl, die Frau beschützen zu müssen. Daß sie ungewöhnlich gut aussah, kam ihr in ihrem Beruf sehr zustatten, mehr nicht.

Er warf einen Blick in die Runde, sah sich die anderen Männer an. Sie waren ein Verein. Dies war für sie ein Ritual. Sie kamen sicher jede Woche an irgendeinem günstig gelegenen geheimen Ort zusammen, um Geschlechtsverkehr mit einer mit Rauschgift vollgepumpten schönen Frau zu haben. Wahrscheinlich unterhielten sie sich über Frauen wie versnobte Weinkenner über Wein. Einfach schauerlich. Conor bat den Barkeeper, ihm noch einen Whiskey einzuschenken und nahm sich vor, zu gehen, sobald die anderen sich ans Werk machen würden.

Wenn sich Underhill nicht zu mehr aufraffen konnte, wenn er einmal über die Stränge schlagen wollte, so gab er sich jetzt entschieden zahmer als früher einmal.

Aber warum sollte Underhill sich einer Gruppe anschließen wollen, die es mit einem *Mädchen* trieb?

Wenn es die Männer miteinander treiben, mache ich mich schleunigst aus dem Staub, nahm sich Conor vor.

Dann war er heilfroh, daß er es nicht bei dem ersten Whiskey hatte bewenden lassen, denn der General trat vor die Frau hin, holte weit mit dem rechten Arm aus und schlug sie so fest, daß sie zurückprallte. Er schrie sie an – »crap crap!« Da richtete sie sich wieder auf und trat ein paar Schritte vor. Sie hielt den Kopf zur Seite geneigt, doch sie lächelte noch immer. Über ihre ganze rechte Wange zog sich brennend rot der Handabdruck des Generals. Conor trank einen kräftigen Schluck, um sich zu betäuben. Wieder schlug der General die Frau. Sie taumelte, geriet ins Stolpern, fing sich aber noch im letzten Augenblick. Dann sank sie wie in Zeitlupe zu Boden. Tränen liefen ihr über die Wangen und zogen eine säuberliche Spur.

Diesmal versetzte ihr der General einen heftigen Kinnhaken, der sie augenblicklich niederstreckte. Die Frau murmelte etwas vor sich hin und rollte auf den Bauch, so daß ihre staubigen Pobacken zum Vorschein kamen und ein langer Kratzer auf dem goldüberhauchten, jetzt staubbedeckten Rücken. Ihre Haarspitzen hingen auf die Erde, als es ihr gelang, sich wieder aufzurichten und schwankend auf allen vieren wegzukriechen. Der General trat sie mit aller Kraft in die Seite. Die Frau stöhnte und ging wieder zu Boden. Der General stolzierte auf sie zu und trat sie nicht ganz so fest unterhalb des Brustkorbs in den Leib. Die Frau wandt sich vor Schmerzen und verkroch sich in den Schatten. Doch der General beugte sch ganz sachte hinunter, streckte die Hand nach ihr aus und zog sie voll ins Licht zurück. Dann trat er sie wild entschlossen in den Oberschenkel. Sofort entstand ein Bluterguß von der Größe eines Eßtellers. Der General ging um die Frau herum und traktierte sie dabei ständig mit Tritten.

Eigentlich auch eine Art Sexclub, dachte Conor. Der Sexclub auf der anderen Straßenseite war nur ein kleiner Vorgeschmack gewesen. Hier unten entfiel nun die Fassade. Ein gefühlloser kleiner Mann schlug eine Frau in Gegenwart von anderen Männern. So amüsierten sie sich, kamen voll auf ihre Kosten. Hier in der Garage fielen alle Schranken.

Das erklärte jedenfalls die Gewalttätigkeit, die er auf dem Weg nach unten rings um sich herum gespürt hatte.

Der General nahm die gebrochene am Boden liegende Gestalt noch kurz in Augenschein, bevor er sich von Sonnenbrille ein Glas spendieren ließ. Er trank einen kräftigen Schluck, wälzte ihn im Mund herum und schluckte. Den rechten Arm am Ellenbogen abgewinkelt stand er mit dem halbleeren Glas in der Hand da und begutachtete sein Werk. Er wirkte starr wie ein Denkmal. Doch sein Gesichtsausdruck bewies, daß er mit sich zufrieden war. Er gönnte sich eine kleine Ruhepause in der Überzeugung, daß er Wertarbeit geleistet hatte.

Conor hielt es nicht mehr aus. Nichts wie weg hier, dachte er.

Der General stellte sein Glas weg und beugte sich hinunter, um der Frau wieder auf die Beine zu helfen. Das erwies sich als ziemlich schwierig. Sie hatte solche Schmerzen, daß es ihr unendlich schwerfiel, aus der Hocke hochzukommen. Sie hockte schmerzverkrümmt am Boden. Sie griff jedoch bereitwillig nach der Hand des Generals und zog sich daran hoch. Ihre goldfarbene Haut hatte sich an vielen Stellen lila und schwärzlich verfärbt. Ihr Gesicht war ganz verzerrt und verschwollen. Sie kam auf die Knie hoch und blieb leise atmend hocken. Sie war ein Soldat, ein Infanterist. Der General versetzte ihr einen leichten Tritt in den Hintern, dann trat er fester zu. »Crap, crop, crap«, murmelte er dabei, als wolle er vermeiden, daß die anderen ihn verstanden. Die Frau hob ihr Gesicht dem Licht entgegen. Conor erkannte, wie weit sie zu gehen bereit war. Niemand hätte ihr jetzt mehr Einhalt gebieten können. Sie war nicht zu bremsen. Es gab kein Zurück mehr. Nichts berührte sie jetzt mehr. Jetzt konnte ihr niemand mehr etwas anhaben. Ihr Gesicht war jetzt wieder ein Schutzschild. Die Hälfte ihres Mundes, die nicht geschwollen war, verzerrte sich zu einem Lächeln. Dem schwachen Abglanz eines Lächelns.

Der General schlug sie mit dem Handrücken auf die Schläfe. Die Frau wäre beinahe umgekippt, doch sie fing sich gerade noch mit ausgestrecktem Arm und richtete sich wieder auf. Sie seufzte. Im Augenwinkel waren viele kleine Äderchen geplatzt. Der General bewegte die Lippen, sprach einen tonlosen Befehl aus. Die Frau riß sich sichtlich zusammen und stützte sich mit einem Knie ab. Schließlich gelang es ihr sogar, sich gänzlich aufzurichten. Conor hätte der Frau am liebsten applaudiert. Ihre Augen glänzten.

Als drängte sich ein wahnsinnig gewordener Vogel aus seinem Schlund ans Tageslicht, so entrang sich Conors Kehle laut und vernehmlich ein Rülpser. Er schmeckte nach Teer und Rauch. Die meisten Männer lachten. Auch die Frau, was Conor sehr in Staunen setzte.

Der General hob die Jacke seines Thai-Anzugs hoch und zog einen Revolver aus dem Hosenbund. Mit dem Mittelfinger am Auslöser präsentierte er die Waffe auf dem Handteller. Conor verstand nicht viel von Waffen, aber diese wies einen auffallenden Griff auf, aus irgendeinem milchigen Materal wie Elfenbein oder Perlmutt kunstvoll geschnitzt bzw. ziseliert. Mit filigranzarter eingeritzter Schrift seitlich unterhalb der Trommel. Der Lauf selbst war ebenfalls künstlerisch gestaltet. Alles in allem die Waffe eines Zuhälters.

Conor trat ganz instinktiv zurück. Zuerst nur einen Schritt, dann noch ein Stück. Schließlich holte der Verstand den Körper ein. Er konnte nicht einfach tatenlos zusehen, wie der General die Frau erschoß, aber helfen konnte er ihr auch nicht. Er hatte das schreckliche Gefühl, daß die Frau sich ganz entschieden dagegen zur Wehr setzen würde, wenn er das versuchen wollte. Daß ihr gar nichts daran lag, aus den Fängen des Generals befreit zu werden. Conor trat so unauffällig wie möglich den Rückzug an.

Der General fing an zu sprechen. Er hielt seinem Publikum die Zuhälterwaffe immer noch auf der Hand hin. Er sprach leise und eindringlich. Seine Stimme klang zugleich beruhigend und zwingend. Für Conor hörte er sich eben ganz nach einem General an. »Crap crop crap crap crop crop crop crap«, sagte der General. Kommt zu mir, die ihr armselig und beladen seid. Hier harrt eurer das Heil. »Crop crop crop crop crap.« Meine Herren, wir sind heute hier zusammengekommen... Conor zog sich auf leisen Sohlen weiter ins sichere Dunkel zurück. Der Barkeeper zwinkerte ihm zu, doch die anderen Männer rührten sich nicht. »Crop crop.« Gloria Gloria Himmel Himmel Liebe Liebe Himmel Himmel Gloria Gloria.

Als er glaubte, am Fuße der Treppe angelangt zu sein, drehte er sich um. Er war kaum noch zwei Meter von der Treppe entfernt.

»Crap crop crop.« Er hörte das unmißverständliche metallene Klikken, das ihm verriet, daß die Waffe entsichert worden war.

Das Echo des Schusses hallte durch das Tiefgeschoß. Mit einem Satz war Conor an der Treppe. Er rannte wie gejagt hinauf. Es scherte ihn jetzt nicht mehr, wieviel Lärm er dabei machte. Auf dem ersten Treppenabsatz angelangt, hörte er den zweiten Schuß. Er klang nur gedämpft durch die Decke des Tiefgeschosses zu ihm hinauf. Jetzt konnte er ganz sicher sein, daß der General nicht auf ihn schoß. Trotzdem hetzte Conor weiter die Treppe hinauf, bis er im Erdgeschoß angekommen war. Er stürzte nach draußen. Er war völlig außer Atem. Schwankend und auf zittrigen Beinen wankte er in der schwülen Nachtluft bis zur Hauptstraße.

Ein grinsender Einarmiger hupte und kam mit seinem baufälligen dreirädrigen Karren direkt auf ihn zugefahren. Er hielt an, streckte den Kopf heraus und fragte: »Patpong?«

Conor nickte und stieg ein. Von Patpong aus konnte er zu Fuß zum Hotel zurückgehen.

In der Phat Pong Road torkelte Conor durch die Menschenmenge zum Hotel, ging in sein Zimmer hinauf und ließ sich aufs Bett fallen. Er schleuderte die Schuhe im Liegen von den Füßen und sah dabei die geschundene nackte Frau und den kleinen General mit der Zuhälterwaffe vor sich. Gleich darauf versank Conor in einen bleiernen Schlaf. Kurz bevor er einschlief, sagte er sich noch, daß er jetzt immerhin wußte, was ›Telefon‹ bedeutete.

21. KAPITEL

Terrasse am Fluß

1

Der Elefant trat in Erscheinung kurz nachdem Conor Michael Poole vor einer Bar in Soi Cowboy in ein Taxi hatte steigen sehen. Michael hatte bis dahin kein Glück gehabt – ebensowenig wie Conor. Das Auftreten des Elefanten setzte ihn so in Erstaunen, daß er es als gutes Omem nahm. Er konnte ein wenig Aufmunterung gut brauchen. In Soi Cowboy hatte Michael Underhills Foto etwa zwanzig Barkeepern, fünfzig Stammgästen und einer Handvoll Rausschmeißern vorgelegt. Alle zuckten nur die Achseln und wandten sich gelangweilt ab. Keiner machte sich auch nur die Mühe, das Foto genauer in Augenschein zu nehmen. Dann hatte er eine Eingebung und sah sich auf dem Blumenmarkt von Bangkok um. »Bang Luk«, sagte einer der Barkeeper. Also fuhr er per Taxi nach Bang Luk, einer schmalen kleinen Straße mit Kopfsteinpflaster in der Nähe des Flusses.

Auf der linken Straßenseite hatten Blumengroßhändler ihre Ware in leeren Garagen aufgebaut. Zum Teil stellten sie ihre Blumen auch auf Karren und Tischen vor den Garagen zur Schau. Ständig fuhren Lieferwagen durch das kleine Sträßchen. Auf der rechten Straßenseite dreistöckige Wohnhäuser mit kleinen Läden im Erdgeschoß. Schmale Miniaturbalkons zierten diese Häuser. Vor den offenen Balkontüren hing Wäsche auf Wäscheleinen und verdeckte die Türen zur Hälfte. Auf dem dritten Miniaturbalkon über einem Geschäft namens Jimmy Siam grünten und blühten alle möglichen Pflanzen in irdenen Schalen.

Michael schritt gemächlich über das Kopfsteinpflaster hin und sog den betäubenden Duft der vielen Blumen in sich ein. Er fühlte sich von allen Seiten beobachtet. Männer mit Paradiesvögeln und Männer, die Karren vollgepackt mit Zwerghibiskus schoben, ließen ihn nicht aus den Augen. Hierher verirrte sich nur selten ein Tourist. Wer wie Michael Poole aussah, fiel hier natürlich sofort auf. Er gehörte hier nicht hin. Ein großer weißer Mann in Jeans und einer kurzärmeligen weißen Safarijacke blieb hier nicht unbemerkt. Michael fühlte sich keineswegs bedroht, hatte aber ganz deutlich das Gefühl, daß er hier nicht willkommen war. Ein paar Männer, die Blumenkisten in einen senffarbenen Lieferwagen luden, warfen ihm nur einen kurzen unbeteiligten Blick zu und gingen dann wieder an die Arbeit. Andere wiederum sahen ihn so eindringlich an, daß er ihre Blicke noch im Rücken spürte, wenn er schon längst vorbei war. Michael ging bis ans Ende der Straße. Dort blieb er dann stehen und blickte über eine niedrige Betonmauer auf den sandigen Chaophraya River, der durch die heranwogende Strömung schäumte. Ein langes weißes doppelstöckiges Schiff mit der Aufschrift ORIENTAL HOTEL fuhr langsam flußabwärts.

Er drehte wieder um. Ein paar Männer machten sich betont langsam wieder an die Arbeit.

Er ging auf der Straßenseite den Blumenständen gegenüber zur Charoen Krung Road zurück und blickte auf der Suche nach Tim Underhill in jeden Laden.

Michael gelangte schließlich wieder auf die Charoen Krung Road, ohne Underhill entdeckt oder seine Nähe auch nur gespürt zu haben. Er war ja schließlich auch Kinderarzt und kein Polizist.

Michael blickte auf die Straße. Der tosende Verkehr nahm ihn gefangen. Auf einmal fiel ihm eine schwerfällige unbeholfene Bewegung in einer Seitenstraße auf der anderen Straßenseite auf. Er konzentrierte sich darauf und sah den Elefanten, einen Arbeitselefanten.

Es war ein alter Elefant, ans Arbeiten gewöhnt. Er trug ein habes Dutzend Balken in den Rüssel eingerollt. Das schien ihm so leicht zu fallen, als handelte es sich dabei um Zigaretten. Der Elefant trottete mitten auf der Straße dahin und bahnte sich seinen Weg zwischen den Menschenmassen hindurch, die keine Notiz von ihm nahmen. Michael Poole war begeistert – so entzückt, wie ein Kind vermutlich wäre, wenn es das Glück hätte, einem Fabelwesen zu begegnen. Außerhalb der Zoos *waren* Elefanten Fabelwesen. Er sah in diesem Elefanten, was er zu sehen hoffte. Ein Elefant trottete mitten durch die Stadt. Dabei fiel ihm ein Bild aus *Barbar* wieder ein. Die *Barbar*-Bücher waren Robbie heilig gewesen. Tiefbekümmert dachte er an seinen toten kleinen Sohn.

Michael sah dem Elefanten nach, bis er hinter der wogenden Menschenmasse und einem Wald von Reklameschildern in geheimnisvollem Thai verschwand.

Michael wandte sich nach Süden und ließ sich noch einen oder zwei Blocks weitertreiben. Das Bangkok der Touristen, sein Hotel und Patpong hätten sich ebensogut in einem anderen Land befinden können. Vielleicht bekam man auf dem Blumenmarkt hin und wieder einen weißen Mann zu sehen, aber hier auf keinen Fall. Hier galt Michael als unerwünschter Eindringling. Fast alle Menschen auf seiner Straßenseite starrten ihn im Vorübergehen an. Auf der anderen Straßenseite Lagerhäuser mit niedrigen schrägen Blechdächern und kaputten Fensterscheiben. Auf seiner Straßenseite kleine dunkelhäutige Menschen, zumeist Frauen mit Babys und schweren Einkaufstaschen, die durch die Straße eilten und aus den staubigen Läden strömten. Die Frauen sahen ihn forschend und voller Neugier an. Die Babys rollten ihre großen Augen. Michael liebte Babys. Er hatte Babys schon immer sehr gemocht. Diese Babys hier waren mollig, hatten glänzende Augen und steckten voller Neugier. Als Kinderarzt sehnte er sich danach, sie auf den Arm zu nehmen.

Michael kam an Drugstores mit Schlangeneiern vorbei, an lächerlich kleinen Restaurants, in denen es eher von Fliegen als von Gästen wimmelte. Er kam an einer Schule vorbei, die nach einem von der Regierung aufgekauften alten Haus aussah, in dem Arme wohnen dürfen. Wieder dachte er verzagt an Judy. Er sagte sich: Ich bin gar nicht wirklich auf der Suche nach meinem verschollenen Kriegskameraden, ich wollte nur ein paar Wochen weg von meiner Frau. Seine Ehe erschien ihm als Gefängnis. Sie kam ihm vor wie eine tiefe Grube, in der Judy und er mit Messern bewaffnet endlos umeinander herumschlichen. Meistens ging es um den Tod von Robbie, über den sie nicht sprechen konnten. Aus dieser Grube gab es kein Entkommen.

Michael erreichte schließlich eine Brücke, die über den Fluß führte. Auf der anderen Seite des Stroms ein zusammengewürfeltes Dorf aus jämmerlichen Hütten, die aussahen wie Pappkartons. Nester aus Zeitungen und Müllhaufen. Dieser Ameisenhaufen stank noch übler als das Gemisch von Benzin, Exkrementen, Qualm und verbrauchter Luft, das über dem Rest der Stadt hing. Michael hatte das Gefühl, daß es hier nach Krankheit roch. Es roch wie eine nicht gesäuberte Wunde. Er stand auf der wackeligen kleinen Brücke und starrte in diesen Slum aus Pappe und Papier. Durch einen Spalt in einem großen Karton sah er einen Mann auf verkrumpelten Papier liegen und Löcher in die Luft starren. Irgendwo aus diesem Schachtelhaufen stieg eine schwärzliche Qualmwolke auf. Ein Baby schrie aus vollem Halse. In seiner Stimme lagen Wut und Entsetzen. Der Schrei erstarb abrupt. Michael sah förmlich vor sich, wie sich eine Hand auf den Mund des Babys legte. Er wäre am liebsten durch den Strom gewatet, um dem Baby zu helfen.

Bisher war er seinem Beruf in einer luxuriösen Umgebung nachgegangen. Da fehlte es an nichts. Er war verwöhnt. Doch er fühlte sich entsetzlich eingeengt. Eine Fallgrube, ein Zwinger waren nichts dagegen. Was tat er denn schon groß zum Wohl der Menschheit? Er strich über Kinderköpfe, gab Spritzen, machte Abstriche und tröstete Kinder, denen es niemals an irgend etwas fehlen würde. Und er tröstete die Mütter, die beim geringsten Anzeichen schon glaubten, ihr Kind sei schwer erkrankt oder läge fast im Sterben. Es war, als lebte er nur von Eis und Schokolade. Deshalb überließ er Stacy Talbot, die er wirklich sehr ins Herz geschlossen hatte, auch nicht ganz den anderen Ärzten. Nur bei ihr spürte er noch, was es hieß, ein richtiger Arzt zu sein. Wenn er ihre Hand hielt, sah er sich mit der Schmerzgrenze und der Leidensfähigkeit des Menschen konfrontiert, und es kamen Dinge zur Sprache, die noch über die Schmerzen hinausgingen. Sozusagen auf des Messers Schneide – weiter konnte man nicht gehen. Für einen Arzt bedeutete es ein lebenswichtiges Privileg, bis an diese Grenze vorzudringen.

Wieder stieg Michael die geheimnisvolle Ausdünstung aus dieser menschlichen Kloake in die Nase. Er wußte, daß dort ein Mensch im Sterben lag, den Qualm einatmete und dabei sein Leben aushauchte – inmitten des jämmerlichen Haufens von Kisten und Paketen, kränklichen kleinen Feuern und in Zeitungen eingewickelten Leibern. Irgendein kleiner Robbie. Das Baby rang nach Luft und schrie. Der schmierige

Qualm verlor sich in der Hitze. Michael umklammerte das hölzerne Geländer. Er hatte keine Medikamente bei sich, keinen Notvorrat, mit dem er hätte helfen können. Er kam aus einem anderen Land und einem anderen Kulturkreis. Er, der Ungläubige, sandte ein Stoßgebet zum Himmel, er flehte um das Seelenheil des Menschen, der da unter Qualen inmitten von Unrat und Gestank sein Leben ließ. Doch er wußte, daß das illusorisch war. Es gab kein Seelenheil für diese armen Menschen. Das würde an ein Wunder grenzen. Er konnte hier nicht helfen, auch in Westerholm nicht. Westerholm bedeutete die Flucht vor allem, was ihm am Herzen lag. Michael wandte sich wieder von der kleinen Welt auf der anderen Seite des Flusses ab. Er kehrte ihr bedrückt den Rücken.

Es ging über seine Kraft, sein Leben weiterhin in Westerholm zu fristen. Judy verstand nicht, daß ihm die Art mißfiel, in der er seinen Beruf ausübte. Wie hatte er sich nur bisher damit abfinden können.

Als Poole die Brücke hinter sich gelassen hatte, wußte er, daß sein Entschluß nun feststand. Er sah diese Dinge jetzt ganz anders, und zwar unwiderruflich. Sein innerer Kompaß hatte sich aus eigenem Antrieb eingependelt. Er wollte sich nicht mehr damit abfinden, daß ihm eine erbarmungslose Gottheit seine Ehe und seinen Beruf für alle Zeiten aufgezwungen hatte. Es mußte ein Entrinnen geben. Wenn er damit auch Verrat an dem beging, was für Judy den Erfolg ausmachte, so wog das doch längst nicht so schwer, wie wenn er Verrat an sich selbst begangen hätte.

Er hatte eine Entscheidung getroffen. Er beugte sich den starren Regeln nicht mehr. Er hatte es zugelassen, daß eine Wandlung mit ihm vorging, daß Judy tat, was sie für richtig hielt. Er hatte sich auf Harry Beevers absurden Vorschlag eingelassen, ein paar Wochen an unbekannten Orten zu verbringen, um einen Mann zu suchen, den er womöglich gar nicht finden wollte. Nun, er hatte mitten in der Stadt einen Elefanten gesehen und war zu einem unwiderruflichen Entschluß gelangt.

Er hatte beschlossen, ganz er selbst und nicht mehr kompromißbereit zu sein, was sein altes Leben, seine Frau und seine bequeme Stellung anging. Auch wenn er dafür seinen bisherigen Lebensstil riskieren mußte, so wollte er ganz er selbst sein. Darin sah er eine völlig neue Freiheit. Plötzlich fühlte er sich unbeschreiblich frei.

Ich fliege schon morgen zurück, nahm er sich vor. *Sollen die anderen weitersuchen, wenn sie wollen.* Koko gehörte der Vergangenheit an, da hatte Judy völlig recht. Das Leben, das er hinter sich gelassen hatte, rief ihn jetzt.

Michael hätte beinahe kehrtgemacht, um wieder über die wackelige Brücke zum Hotel zurückzukehren und für den nächsten Tag einen Flug nach New York zu buchen. Aber er entschloß sich, noch eine Weile auf der breiten Straße weiter nach Süden zu gehen, die parallel zum Fluß verlief.

Er wollte alles ganz in sich aufnehmen – das fremdartige Bangkok und auch die neugewonnene Freiheit, die ihm noch ganz fremd war.

Er kam zu einem lebhaften kleinen Jahrmarkt, der sich hinter einem Zaun auf einem unbebauten Grundstück zwischen zwei hochaufragenden Gebäuden abspielte. Von der Straße aus sah er zunächst nur den oberen Teil eines Riesenrades und hörte Musik und das Freudengeschrei von Kindern. Auch eine andere Musik, die sich anhörte wie der Soundtrack eines Horrorfilms, über eine miserable Anlage übertragen. Poole ging noch ein paar Schritte weiter und kam zu der Öffnung in dem Zaun, durch die man auf den Jahrmarkt gelangte. Er ging hinter einem kleinen Grüppchen von Thailändern hinein.

Der Platz, auf dem der Jahrmarkt stattfand, war nicht groß. Der Jahrmarkt war ein Gewirr von Lärm, Farben und Geschäftigkeit. Das bunte Treiben nahm Michael sofort gefangen. Männer grillten Fleisch an Fleischspießen und reichten sie Kindern. Papierbecher mit klebrigem Zuckerzeug wurden verteilt. Man konnte Comics, Spielzeug, Abzeichen oder Zauberkästen kaufen. Ganz hinten auf dem Grundstück standen Kinder und Erwachsene Schlange, um mit dem Riesenrad zu fahren. Ganz rechts auf diesem kleinen Platz schrien die Kinder vor Vergnügen oder saßen ängstlich auf den Holzpferden des Karussells. Ganz links die gigantische nachgebaute Fassade eines Schlosses aus Gipsplatten, schwarz gestrichen, damit es nach schwarzen Steinen aussah. Auch vergitterte kleine Fenster hatte man nicht vergessen. Die erinnerten Michael ganz fatal an die Fenster im St.-Bartolomäus-Krankenhaus. Die ganze Fassade dieser Geisterbahn hatte in seinen Augen eine gewisse Ähnlichkeit mit seinem Krankenhaus. Als er hochsah, entdeckte er sogar das Fenster, hinter dem Dr. Sam Stone Intrigen spann. Auch das Fenster des Zimmers, in dem Stacy Talbot lag und das Buch *Jane Eyre* las.

Auf die eine Seite der Gipsplattenfassade war riesengroß das graue hungrige Gesicht eines Vampirs gemalt – den Mund mit den blutroten Lippen weitaufgerissen, so daß man die scharfen Fangzähne ganz deutlich sah. Irres Gekicher und geisterhafte Musik drangen durch die Gipsplatten der Fassade einer Burg. So huldigte man dem Entsetzen überall auf der Welt, trieb mit dem Schrecken seinen Spaß. In der Geisterbahn sprangen Skelette aus finsteren Ecken, die Gesichter von Wahnsinnigen tauchten ganz plötzlich aus dem Nichts auf. So hatten die jungen Leute einen Grund, sich schutzsuchend zu umklammern. Hexen mit Warzen auf der Nase, sadistische Teufel, die Luftsprünge vollführten sowie böse Geister parodierten so die Krankheiten, den Tod, den Wahnsinn und die ganz normale, so gar nicht augenfällige Grausamkeit der Menschen. Man schrie und lachte und kam am anderen Ende wieder raus, um sich erneut in das wilde Treiben zu stürzen, wo die wirklichen Ängste und Schrecknisse lauerten.

Nach dem Krieg hatte sich Koko gesagt, daß das Leben da draußen zu beängstigend war und hatte sich zu den Geistern und Dämonen in die Geisterbahn zurückgezogen.

Ganz am anderen Ende des Jahrmarkts sah Poole noch einen hochgewachsenen weißen Mann aus dem Westen – oder vielmehr eine blonde Frau, die wohl sehr hohe Absätze trug und dadurch so groß wirkte. Sie hatte ihr schon ergrautes Haar zu einem Zopf geflochten. Dann fielen Michael die außerordentlich breiten Schultern auf. Er sagte sich, daß der Weiße auf dem Jahrmarkt gar keine Frau sein konnte. Michael sagte sich auch, daß es sich um einen Hippie handeln mußte, der die Reise in den Fernen Osten angetreten hatte und dort hängengeblieben war. Er hatte angegrautes Haar und trug ein besticktes Leinenhemd, das ihm um die hageren Hüften flatterte.

Als der Mann sich umdrehte, um sich etwas anzusehen, was auf einem Tisch lag, bemerkte Poole, daß er ein wenig älter war als er. Seine Haare lichteten sich schon. Seinen blonden Bart durchzogen grauen Strähnen. Michael beobachtete den Mann ohne sonderliches Interesse. Seine Stirn durchzogen tiefe Furchen und seine eingefallenen Wangen zeugten von Entbehrungen. Michael schien es, daß ihm der Mann seltsam vertraut vorkam. Er mußte ihm im Krieg wohl kurz begegnet sein. Sie waren sich in der Geisterbahn über den Weg gelaufen. Sein Instinkt verriet ihm, daß der Mann ein Vietnam-Veteran war. Die widersprüchlichsten Gefühle überfielen ihn. Er verspürte Schmerz und Freude. Jetzt hob der große Mann mit dem vom Leben gezeichneten Gesicht den Gegenstand seines Interesses hoch, um ihn aus der Nähe zu betrachten: die Gummimaske eines Dämonen mit Raubtiergesicht. Beim Anblick dieser teuflischen Fratze lächelte der Mann. Da begriff Michael endlich, daß dieser Mann Tim Underhill war.

2

Michael wollte winken und Underhills Namen rufen, doch er verhielt sich ganz ruhig. Er stand zwischen dem Grillstand und der Schlange von Teenagern vor der Geisterbahn. Erst jetzt spürte Michael, wie stürmisch sein Herz klopfte. Er holte mehrmals ganz tief Luft, um sich wieder zu beruhigen. Bis zu diesem Augenblick war er gar nicht so fest davon überzeugt gewesen, daß Underhill noch lebte. Underhill war leichenblaß. Das bewies, daß er kaum an die Luft ging – und schon gar nicht in die Sonne. Trotzdem sah er nicht etwa krank aus. Sein Hemd war pieksauber. Er war ordentlich gekämmt, sein Bart ordentlich gestutzt.

Er hatte stark abgenommen. Michael nahm an, daß ihm auch schon viele Zähne fehlten.

Underhill bezahlte die Gummimaske, rollte sie ein und steckte sie in die rückwärtige Hosentasche. Michael wollte sich noch nicht sehen lassen und trat in den Schatten der Geisterbahn zurück. Underhill ging gemächlich durch die Menschenmenge. Er blieb immer wieder stehen, um sich das Spielzeug und die Bücher auf den Tischen anzusehen. Ein kleiner metallener Roboter hatte es ihm offensichtlich ganz besonders angetan. Er kaufte ihn. Dann sah er sich noch einmal tiefbefriedigt und belustigt alles ringsum an und kehrte Michael Poole den Rücken. Er zwängte sich durch die Menschenmenge in Richtung Bürgersteig.

Sah es Koko ähnlich, auf einem kleinen Jahrmarkt Spielzeug zu kaufen? Michael konnte sich das nicht vorstellen.

Ohne auch nur einen Blick auf das andere Ufer zu werfen, ging Michael hinter Underhill über die baufällige Brücke auf die Stadtmitte von Bangkok zu. Abenddämmerung war hereingebrochen. In den kleinen Restaurants brannte trübes Licht. Underhill schritt leichtfüßig dahin und hatte schon bald einen großen Vorsprung. Durch seine Größe und sein blendend weißes Hemd war er jedoch in dem Gedränge auf dem Bürgersteig ganz leicht auszumachen.

Michael mußte daran denken, wie er Tim Underhill am Tage der Einweihung des Memorials vermißt hatte. *Jener* Underhill war jedoch nicht aufgetaucht. Jetzt hatte er *diesen* Underhill vor sich – einen Mann mit verwüsteten Zügen, mit angegrautem, zu einem Zopf geflochtenen Haar, der inmitten des Gewühls dahinschritt.

3

Underhill beschleunigte sein Tempo, als er sich der Ecke näherte, die nach Bang Luk führte. Poole setzte sich in Trab und rannte im Dunkeln inmitten der wogenden Menschenmassen, all der vielen Thais, den Bürgersteig entlang. Für Underhill waren diese Menschen kein Hindernis gewesen. Er hatte sich mit Leichtigkeit zwischen ihnen durchgeschlängelt. Aber Michael mußte immer wieder auf die Straße ausweichen. Die Autofahrer hupten wie wild. Scheinwerfer blitzten auf, um ihn zu warnen. Der Verkehr auf der Straße hatte zugenommen und hatte sich zu dem üblichen Verkehrschaos ausgewachsen, mit dem Bangkok allabendlich zu kämpfen hatte.

Michael kümmerte sich nicht um das Gehupe. Er rannte jetzt, so schnell ihn seine Füße trugen. Ein Taxi zischte dicht an ihm vorbei, dann streifte ihn ein mit Menschen vollgepackter Bus. Die Menschen grinsten und riefen ihm etwas zu. In ein paar Sekunden war er an der Ecke und ging über das Kopfsteinpflaster durch die Blumenstraße von Bang Luk.

Immer noch beluden Männer Laster und Lieferwagen mit Blumenkästen. Aus den Schaufenstern drang ebenfalls Licht. Michael erspähte ein sich im Abendwind blähendes geisterhaft weißes Hemd und verlangsamte seine Schritte. Underhill stieß eine Tür zwischen Jimmy Siam und der Bangkok Exchange Ltd. auf. Ein Blumengroßhändler mit einem leeren Karren rief ihm etwas zu. Underhill lachte, drehte sich halb um und rief dem Mann etwas in der Landessprache zu. Er winkte dem Blumenverkäufer, ging ins Haus und machte die Tür hinter sich zu.

Michael lehnte sich an die erste Garage. Nach einer Weile ging das Licht hinter den Fensterläden über Jimmy Siam an. Jetzt wußte Michael, wo Underhill wohnte. Noch vor einer Stunde hätte er nicht gedacht, daß er ihn je finden würde.

Ein Blumenverkäufer trat aus der Garage und sah Michael stirnrunzelnd an. Er hob eine große Topfpflanze hoch, um sie in die Garage zu tragen.

Die Fensterläden über Jimmy Siam wurden aufgestoßen. Durch die offene Balkontür sah Michael eine weiße Zimmerdecke, von der die Farbe abblätterte. Die Farbe hing in Tropfen wie Stalaktiten von der Decke. Gleich darauf erschien Underhill mit einer großen Topfpflanze auf dem Arm. Sie sah genau aus wie die Pflanze, die der mißtrauische Blumenverkäufer in die Garage gebracht hatte. Underhill setzte seine Topfpflanze auf dem Balkon ab und ging wieder hinein, ohne die Balkontür zu schließen.

Jetzt kam der Blumenhändler aus der Garage geschossen und stierte Michael wütend an. Nach kurzem Zögern ging er schnurstracks auf ihn zu und sprach vehement in seiner Muttersprache auf ihn ein.

»Es tut mir leid, aber ich spreche Ihre Sprache nicht«, erklärte Michael verwirrt.

»Verschwinden Sie, Sie Mistkerl!« schrie ihn der Mann an.

»Ist ja schon gut«, versuchte Michael den Thailänder zu beruhigen. »Warum regen Sie sich denn so auf?«

Der erboste Mann ließ eine endlose Tirade in Thai vom Stapel und spuckte verächtlich auf den Boden.

Bei Underhill oben ging das Licht aus. Michael blickte zu den Fenstern hoch. Der gedrungene kleine Blumenhändler stürzte ein paar Schritte auf ihn zu und fuchtelte wie wild mit den Händen in der Luft herum. Michael trat sicherheitshalber ein paar Schritte zurück. Underhill war durch die Balkontür undeutlich zu erkennen. Er machte die Balkontür zu.

»Nicht stören!« rief der Thai. »Nicht krank machen! Weggehen!«

»Lieber Himmel«, sagte Poole verdutzt. »Wofür halten Sie mich denn?«

Der Blumenhändler scheuchte ihn noch ein paar Schritte zurück, verzog sich aber schleunigst ins Innere der Garage, als Underhill aus der Haustür trat. Auch Michael trat rasch in den Schatten der Mauer, um nicht gesehen zu werden. Underhill hatte sich inzwischen umgezogen. Er trug jetzt ein konventionelles Frackhemd und darüber eine lockere Seersuckerjacke.

Underhill bog in die Charoen Krung Road ein und eilte inmitten der Menschentrauben auf dem Bürgersteig dahin. Michael wurde immer wieder durch Gruppen von Männern oder ganzen Familien aufgehalten, die einfach auf dem Bürgersteig herumstanden und anscheinend nicht die Absicht hatten, diesen so bald wieder freizugeben. Kinder sprangen mit lautem Geschrei überall herum. Hin und wieder stieß Michael auch auf Jungen, die mit ihren Radios einen Heidenlärm verbreiteten. Underhills Kopf schwebte über der Menge. Er bewegte sich leichtfüßig und ohne Aufenthalt in Richtung Surawong Road.

Er war unterwegs nach Patpong. Das war ein weiter Weg. Vermutlich wollte Underhill die paar Baht für eine dieser lärmenden Motorrikschas sparen.

Dann verlor ihn Michael aus den Augen. Es war, als habe er sich ganz plötzlich in Luft aufgelöst oder sich wie das Weiße Kaninchen in ein Erdloch verkrochen. Auf dem Bürgersteig war er jedenfalls nicht mehr zu sehen. Auch auf der völlig überfüllten Straße sah er seinen Kameraden nicht. Ein Mönch in safrangelber Robe schritt gleichmütig mitten durch den brausenden Verkehrsstrom, der niemals abzureißen schien.

Michael sprang hoch, erblickte aber keinen großen angegrauten Weißen, der sich seinen Weg durch die Menschenmenge bahnte. Er setzte sich in Trab.

Wenn sich die Erde nicht unter ihm aufgetan und ihn verschluckt hatte, so mußte Underhill entweder in ein Geschäft gegangen oder in eine Seitenstraße eingebogen sein. Michael rannte an all den kleinen Cafés und Läden vorbei, an denen er auf dem Weg zu der baufälligen Brücke und dem kleinen Jahrmarkt schon vorbeigekommen war. Er blickte auf der Suche nach Tim Underhill in jedes Fenster, doch die meisten Läden und Cafés hatten schon geschlossen.

Michael fluchte vor sich hin. Er hatte Underhill tatsächlich wieder aus den Augen verloren. Die Erde mußte ihn wohl doch verschluckt haben. Vielleicht hatte er gemerkt, daß ihm jemand folgte und hatte sich in einem geheimen Unterschlupf, irgendeinem Zufluchtsort versteckt. An diesem Zufluchtsort streifte er sich Pelz und Klauen über und verwandelte sich in Koko. Er wurde zu dem Raubtier, das die Martinsons und Clive McKenna in den letzten Minuten ihres Lebens kennengelernt hatten.

Inmitten armseliger kleiner Läden sah Michael eine dunkle, wie eine Faust geformte Höhle, die sich urplötzlich vor ihm auftat.

Er zwängte sich im Laufschritt zwischen den Menschenmassen auf dem Bürgersteig hindurch, rempelte die Leute an und schwitzte ganz entsetzlich. Unsinnerweise war er davon überzeugt, daß Beevers die ganze Zeit recht gehabt hatte: Underhill hatte sich an seinem Zufluchtsort verkrochen. Aus seinem dünngewordenen Haar sprossen Hörner – wie kleine Knospen.

Michael sah gleich darauf, daß sich die Häuser etwa einen Block entfernt teilten und eine kleine Straße nach links zum Fluß hinunterführte.

Michael sauste in einen engen Durchgang, in dem dicht an dicht die Stände von verschiedenen Händlern standen. Man konnte bei ihnen Seide oder Ledertaschen kaufen. Oder auch Gemälde von Elefanten, die über blausamtene Felder trotteten. Links von Michael hockten die unvermeidlichen Scharen von Frauen und Kindern und hackten immer noch den Graben, der offenbar nie fertig wurde. Jetzt erspähte Michael

Tim Underhill ein ganzes Stück voraus. Mit langen Schritten überquerte er gerade einen großen leeren Platz, wo die kleine Nebenstraße nach rechts hinüberführte, anstatt das kleine Stück zum Fluß weiterzugehen. Nach der Biegung der Straße lag hinter einer niedrigen Mauer ein weißes Gebäude. Underhill passierte es. Die Straße führte dann bergan.

Michael rannte eiligst an den Händlern vorbei. An einer Mauer stand ORIENTAL HOTEL. Doch das nahm er gar nicht mit Bewußtsein wahr. Als er an der Biegung der kleinen Straße angekommen war, blickte er nach rechts und sah, wie Underhill gerade durch eine große Glastür ein riesiges weißes Gebäude betrat, das sich bis zu Michael hin erstreckte, und jenseits des Eingangs auch noch ein ganzes Stück – bis zu der Garage, die nur zum Teil zu sehen war.

Michael sprang wieder auf den Bürgersteig und rannte an dem älteren Flügel des Hotels vorbei zum Eingang. Durch die Fenster aus dickem Glas konnte er die ganze Hotelhalle überblicken. Er sah, wie Underhill an der Buchhandlung und dem Blumenladen des Hotels vorbei offensichtlich der Cocktail Lounge zustrebte.

Er kam zu der Drehtür. In der Hotelhalle begrüßten ihn mit breitem Lächeln Thais in grauen Uniformen. Da erst wurde ihm so richtig klar, daß er Underhill in ein *Hotel* gefolgt war. Drei Morde hatte Koko im Hotel begangen. Michael hatte es mit einem Mal nicht mehr so eilig.

Underhill ging aber an der Cocktail Lounge vorbei und verschwand mit raschen Schritten durch eine Tür mit der Aufschrift AUSGANG. Bevor die Tür wieder zufiel, sah Michael, wie die Dunkelheit durch eine Laterne auf einem hohen Mast erhellt wurde. Underhill verließ das Hotel durch diesen Ausgang und begab sich auf die Terrassen hinter dem Hotel.

Der Leichnam Clive McKennas war im Park des Goodwood Park Hotels gefunden worden.

Michael folgte ihm durch die Tür und stieß sie ganz langsam auf. Zu seiner Verwunderung führte ein Kiesweg unter hohen Laternen hindurch an einem Swimmingpool vorbei zu einer Reihe von Terrassen, eine immer etwas tiefer als die vorhergehende gelegen. Auf den Terrassen standen Tische und Stühle. Auf den Tischen brannten Kerzen. Unterhalb der Terrassen schimmerte der Fluß. Die Lichter des Restaurants am anderen Ufer spiegelten sich im Wasser, auch die Lichter der kleinen Schiffe, die vorbeizogen. Kellner und Kellnerinnen in Uniform bedienten die Gäste auf den Terrassen. Hier bot sich Michael ein so ganz anderes Bild als erwartet, daß er Underhills hochgewachsene Gestalt auf dem Weg zur untersten Terrasse gar nicht gleich erfaßte.

Schließlich begriff Michael, daß sich hinter den beleuchteten Fenstern zu seiner Rechten ein Restaurant befand.

Tim Underhill ging auf einen der wenigen noch freien Tische auf der breiten Terrasse unmittelbar am Fluß zu. Er setzte sich und sah sich nach einem Kellner um. Ein junger Kellner trat an Underhills Tisch und nahm die Bestellung auf. Underhill unterhielt sich lächelnd mit dem Kellner und legte ihm die Hand auf den Arm. Der junge Kellner erwiderte das Lächeln und machte offensichtlich einen Scherz.

Das Monster löste sich in Luft auf. Wenn sich Underhill hier nicht mit jemandem verabredet hatte, so suchte er dieses Luxushotel nur auf, um sich hier in der gepflegten Atmosphäre ein Glas zu genehmigen und mit den blutjungen Kellnern zu flirten. Als der Kellner gegangen war, zog Underhill ein Taschenbuch aus einer der Taschen seiner Seersuckerjacke. Er drehte seinen Stuhl so, daß sein Blick auf den Fluß fiel, stützte den Ellenbogen auf den Tisch und vertiefte sich mit der Konzentration des geübten Lesers in sein Buch.

Michael erklärte einem jungen Hotelangestellten, er wolle nur ein Glas auf der Terrasse trinken. Der Hotelangestellte geleitete ihn die mit Fackeln erleuchtete Treppe hinunter. Michael betrat die unterste Terrasse und nahm am letzten Tisch der Reihe Platz.

Drei Tische weiter saß Tim Underhill mit gekreuzten Beinen. Gelegentlich sah er von seinem Buch auf und blickte auf den Fluß. Von hier aus roch der Fluß fast würzig. Das Wasser klatschte rhythmisch gegen die Landestege, die in regelmäßigen Abständen in den Fluß hinausführten. Underhill stieß einen zufriedenen Seufzer aus, trank einen Schluck und vertiefte sich wieder in sein Buch. Michael erkannte selbst aus der Entfernung, daß Underhill ein Buch von Raymond Chandler las.

Michael bestellte ein Glas Weißwein bei dem jungen Kellner, mit dem Underhill geflirtet hatte. Die Gäste auf der Terrasse unterhielten sich angeregt. Immer wieder beförderte ein kleines weißes Boot Gäste von einer Anlegestelle unterhalb der Terrasse aus zu einem Restaurant auf der Insel mitten im Fluß. Vorn und hinten beleuchtet fuhren immer wieder seltsam geformte Boote vorbei. Auf dem dunklen Wasser glitten Schiffe mit Drachenköpfen dahin, Boote mit dicken angeschwollenen Leibern und Vogelschnäbeln, auch lange flache Hausboote, auf denen Wäsche hing. Die Kinder auf den Decks der Hausboote starrten Michael mit ernster Miene an, ohne ihn richtig wahrzunehmen. Je mehr die Dunkelheit niedersank, desto lauter erschienen Michael die Stimmen an den anderen Tischen.

Underhill bestellte noch ein Glas bei dem jungen Kellner. Michael sah, daß er dem Jungen die Hand wieder auf den Ärmel legte. Der Kellner lächelte auf seine Worte hin. Michael zog einen Stift aus der Tasche und schrieb etwas auf seine Serviette. *Sind Sie nicht der berühmte Erzähler vom Ozonpark? Ich sitze am letzten Tisch rechts von Ihnen.* Als der Junge an der Tischreihe entlangging und auch an Michaels Tisch vorbeikam, hielt ihn Michael wie Underhill am Ärmel fest.

»Würden Sie so lieb sein und dem Mann, dessen Bestellung Sie zuletzt aufgenommen haben, diese Nachricht überbringen?«

Der Junge lächelte. Seine Grübchen zeigten sich. Er legte diese Bitte völlig falsch aus und machte sich sofort wieder auf den Weg zu Underhills Tisch. Er hatte die Serviette gefaltet und ließ sie neben Underhills Ellenbogen auf den Tisch fallen.

»Oh, was haben wir denn da?« meinte Underhill, als er erstaunt von seinem Buch aufsah.

Michael sah mit an, wie er sein Buch aufgeschlagen auf dem Tisch ablegte und nach der Serviette griff. Underhills Miene verriet zunächst noch nichts. Er wirkte nur ungeheuer konzentriert. Er war ganz angespannte Aufmerksamkeit. Auf die Nachricht konzentrierte er sich noch viel stärker als vorher auf sein Buch. Stirnrunzelnd las er die Notiz. Sie schien kein Unbehagen in ihm zu erzeugen. Das Stirnrunzeln zeugte nur von der ungeheuren geistigen Anstrengung. Underhill bezähmte sich und sah nicht nach rechts, bevor er die Notiz voll und ganz verkraftet hatte. Dann erst richtete er den Blick auf Michaels Tisch. Ihre Augen trafen sich.

Underhill drehte seinen Stuhl zur Seite. Ganz langsam breitete sich ein Lächeln auf seinem Gesicht aus, stieg sozusagen aus seinem Bart auf. »Lady Michael, du ahnst ja nicht, wie gut es tut, dich wiederzusehen. Im ersten Augenblick habe ich gedacht, es könnte Ärger geben.«

Im ersten Augenblick habe ich gedacht, es könnte Ärger geben.

Als Michael diese Worte hörte, löste sich das gehörnte Monster, das Underhill in seinem Inneren verbarg, endgültig in Luft auf. Underhill traf keine Schuld an Kokos Morden. Wer befürchtete, er könnte das nächste Opfer sein, mußte ja notgedrungen schuldlos sein. Michael sprang auf und eilte an den paar Tischen, die sie noch trennten, vorbei, um Underhill unter einer hell leuchtenden Fackel in die Arme zu schließen.

22. KAPITEL

Victor Spitalny

1

Etwa zehn Stunden, bevor Dr. Michael Poole seinen Kriegskameraden Tim Underhill auf der Terrasse am Fluß hinter dem Oriental Hotel in die Arme schloß, wurde Tina Pumo wach. Er fühlte sich verunsichert und machte sich Sorgen. Er hatte an diesem einen Tag weit mehr zu tun als ein normaler Mensch verkraften konnte. Er mußte sich nicht nur mit seinen Architekten Molly Witt und Lowery Hapgood und seinem Anwalt David Dixon zusammensetzen, sondern gleich nach dem Mittagessen auch noch mit Dixon zur Bank gehen, um ein Darlehen herauszuschinden, das die restlichen Umbaukosten deckte. Am Vormittag mußte er mit Dixon alle Möglichkeiten durchgehen, um Vinh hieb- und stichfeste Einbürgerungspapiere zu beschaffen. Der Inspektor vom Gesundheitsministerium hatte Pumo mitgeteilt, er werde sein Restaurant um Punkt sechzehn Uhr auskundschaften, um ganz sicherzugehen, daß das Ungezieferproblem nun endlich aus der Welt geschafft sei. Der Inspektor war ein Veteran von Vietnam aus dem Mittleren Westen und befleißigte sich gern einer Mischung aus Militärjargon und Yuppiesprache. Dieses sonderbare Kauderwelsch klang abwechselnd absurd oder bedrohlich. Nach all diesen Terminen mußte er sich auch noch auf den Weg zu seinem Lieferanten am äußersten Ende von Chinatown machen, um seine Vorräte wieder aufzustocken. Dutzende von Töpfen, Pfannen und anderen Küchenutensilien waren während des Umbaus abhanden gekommen. Manchmal kam es ihm vor, als seien nur die allergrößten Woks noch da, wo sie gewesen waren.

Wenn alles nach Plan verlief, sollte das Saigon in drei Wochen wieder eröffnet werden. Die Banken legten aus mehr als einem Grund den allergrößten Wert darauf, daß der Termin auch wirklich eingehalten wurde. Bevor das Restaurant wieder Geld abwarf, mußte es erst eine Weile auf vollen Touren laufen. Für Pumo war das Restaurant Zuhause und Familie, für die Banken dagegen nur ein fragwürdiges Unternehmen, das Essen in Geld umsetzte. All das lastete auf ihm. Er fühlte sich gehetzt, verängstigt und gestreßt. Aber daß er sich so verunsichert fühlte, lag vor allem an der Gegenwart von Maggie Lah, die auf der anderen Seite seines Bettes schlief.

Er konnte nicht dagegen an. Es tat ihm leid, und er wußte ganz genau, daß er sich deshalb schon bald hundeelend fühlen und verfluchen würde. Aber es irritierte ihn nun einmal, wie sie da in seinem Bett lag, auch noch halb auf seiner Seite, als gehöre ihr das Bett. Pumo konnte sich nicht zerreißen und sein halbes Leben einfach verschenken. Sich auch nur auf das zu konzentrieren, was tagtäglich anfiel, erforderte ein solches Übermaß an Energie, daß ihm die Augen schon vor elf Uhr abends zufielen. Wenn er morgens aufwachte, fiel sein erster Blick auf Maggie. Wenn er in aller Eile sein Mittagessen hinunterschlang, war sie stets dabei. Sie war da, wenn er sich Pläne und Entwürfe ansah, eine Gewinn- und Verlustliste durchging oder auch nur die Zeitung las. Er hatte Maggie in so viele Bereiche seines Lebens mit einbezogen, daß sie jetzt das Gefühl hatte, sie gehöre überall unbedingt dazu. Maggie fand, es stehe ihr zu, ihn zu seinem Anwalt zu begleiten, beim Architekten ein Wörtchen mitzureden und auch im Lagerhaus des Lieferanten die Preise und Lieferfristen auszuhandeln. Maggie hielt eine vorübergehende Phase für den Dauerzustand. Sie dachte gar nicht mehr daran, daß sie ein eigenständiger Mensch war.

Daher erschien es ihr ganz selbstverständlich, daß sie Nacht für Nacht auch noch die Hälfte seiner Schlafseite einnahm. Also sprach sie auch bei Molly Witt ein Wörtchen mit und schlug zum Beispiel andere Bodenfliesen und Veränderungen in den Nebenräumen vor. Die Innenarchitektin stimmte ihr in allen Punkten zu, doch darum ging es nicht. Sie wollte ihm wahrhaftig einreden, seine alte Speisekarte tauge nichts und hatte eine völlig idiotische neue Speisekarte entworfen. Sie erwartete von ihm, daß er sich auf der Stelle damit einverstanden erklärte. Die Leute *mochten* es, wenn die Gerichte auf der Speisekarte auch noch beschrieben wurden. Viele Gäste kannten sich nicht aus und brauchten die Beschreibung. Pumo vergaß zwar keinen Augenblick, daß er Maggie liebte, wußte aber, daß er keine Krankenschwester mehr brauchte. Sie hatte ihn so eingelullt und eingewickelt, daß er schon nicht mehr wußte, wie er früher gewesen war.

Er würde sie heute wohl oder übel mitnehmen müssen. Mollys Partner würde mit ihr flirten. David Dixon war zwar ein guter Anwalt, aber abgesehen davon ein herangewachsener Jugendlicher, der nichts im Kopf hatte als Geld, Sex, Sport und alte Nobelautos. Er würde sich belustigt zeigen und Maggie tolerieren, Tina jedoch mit anzüglichen Blicken bedenken. Wenn der Bankier Maggie zu sehen bekam, würde er Tina für unsolide halten und das Darlehen ablehnen. Arnold Leung, der alte Chinese, der ihn belieferte, würde Maggie mitleidige Blicke zuwerfen und ihr unter der Hand zu verstehen geben, daß sie ihr Leben wegwarf, wenn sie weiterhin mit diesem ›alten Ausländer‹ zusammenlebte.

Maggie schlug die Augen auf. Sie sah sein leeres Kissen und hob den Kopf. Mit einem abschätzenden Blick erfaßte sie, wie ihm zumute war. Maggie wachte niemals auf wie andere Menschen. Ihre Miene verfinsterte sich. Das Weiß ihrer Augen funkelte. Selbst ihre vollen runden Lippen schienen allwissend zu sein.

»Aha, so ist das also«, sagte sie mit einem Seufzer.

»Ich weiß nicht, wovon du redest«, meinte Pumo.

»Ich hoffe, du nimmst es mir nicht übel, wenn ich dich heute einmal nicht begleite. Ich muß in die 125. Straße und den General besuchen. Ich habe ihn in letzter Zeit sehr vernachlässigt. Er ist furchtbar einsam, wenn ich mich nicht blicken lasse.«

»Aha.«

»Außerdem siehst du heute ganz verdrießlich aus.«

»Ich – bin – aber – nicht – verdrießlich!« sagte Pumo gereizt.

Maggie warf ihm wieder einen abschätzenden Blick zu und setzte sich im Bett auf. In dem trüben Licht wirkte ihre Haut ganz dunkel. »Er hat sich in letzter Zeit nicht wohl gefühlt. Er hat Angst, daß ihm der Mietvertrag gekündigt wird.«

Sie sprang aus dem Bett und huschte ins Bad. Im ersten Augenblick kam ihm das Bett entsetzlich leer vor. Er hörte die Toilettenspülung, dann rauschte Wasser durch die Rohrleitungen. »Du bist mir doch nicht böse, oder?« rief sie mit heller Stimme. Wegen der Zahnpaste im Mund konnte sie nicht deutlich sprechen. »Tina?«

»Nein, ich bin dir *gar* nicht böse«, sagte er absichtlich so leise, daß sie ihm kaum verstehen konnte.

Maggie kam aus dem Badezimmer und sah ihn fragend an. »Ach, Tina«, sagte sie und ging an ihm vorbei zum Kleiderschrank, um sich anzuziehen.

»Ich muß eine Weile allein sein.«

»Das brauchst du mir gar nicht erst zu sagen. Soll ich heute abend wiederkommen?«

»Das kannst du halten, wie du willst.«

»Gut, ich mache also, was ich will.« Maggie schlüpfte in Windeseile in ein dunkles Wollkleid, das sie auch getragen hatte, als er sie aus der Wohnung des Generals geholt hatte.

Maggie und Pumo sagten kaum noch etwas, bis sie gemeinsam die Wohnung verließen und die Treppe hinuntergingen. Auf der Grand Street standen sie dann nebeneinander in ihren schweren Wintermänteln in der Kälte. Am Ende der Straße zermalmte die Müllabfuhr knirschend irgendeinen Gegenstand aus Holz. Das krachte und splitterte wie Menschenknochen.

Wie Maggie in ihrem wattierten Mantel neben ihm stand, sah sie so klein und hilfsbedürftig aus, daß man sie für ein Schulmädchen hätte halten können. Doch das täuschte. Pumo sagte sich, daß ihre Beziehung niemals problematisch werden könnte, wenn sie nicht gezwungen wären, das Bett hin und wieder zu verlassen. Judy Pooley ätzend scharfe Stimme am Telefon fiel ihm wieder ein. Er sagte: »Wenn Mike Poole und die anderen wieder zurück sind...«

Maggie sah ihn erwartungsvoll an. Tina fragte sich, ob das, was er sagen wollte, nicht vielleicht komplizierter klingen würde, als in seiner Absicht lag. Maggie ließ nicht locker. Sie wandte keinen Blick von ihm.

»Ich wollte nur sagen, daß wir uns öfter sehen sollten.«

Maggie sah ihn mit finsterer Miene an. Dann lächelte sie traurig. »Tina, ich werde immer nett zu deinen Freunden sein.«

Sie winkte ihm mit ihrer behandschuhten Hand. Diese Geste wirkte ebenfalls unendlich traurig. Maggie wandte sch ab und ging zur U-Bahn-Haltestelle. Die nächste Station lag ganz in der Nähe. Tina sah ihr nach, doch Maggie drehte sich nicht um.

2

Am Vormittag und auch noch am frühen Nachmittag verlief alles viel reibungsloser, als Pumo es sich vorgestellt hatte. Molly Witt und Lowery Hapgood setzten ihm zwei Tassen starken Kaffee vor und unterrichteten ihn über die neuesten Renovierungsvorschläge. Er erkannte gleich, daß sie sich sehr geschickt all das zu eigen gemacht hatten, was Maggie vor ein paar Tagen aufs Tapet gebracht hatte. Diese Änderungen würden das bißchen Arbeit nicht erschweren, das noch blieb. Der einzige Haken an der Sache sei, daß die Eisen- und Stahlwaren und Küchenutensilien nachbestellt werden müßten. Aber da noch nicht einmal die alten Utensilien eingetroffen seien... Ob er nicht selber finde, daß so alles bestens lief? Ja, das fand er auch. Und wenn es sie auch nicht betraf – wenn er sich die Sache mit der Speisekarte richtig überlegte, würde sich das sicher auszahlen.

Anschließend beklagte Pumos Anwalt David Dixon, den er in seiner Kanzlei aufsuchte, daß Tina sein ›süßes kleines Zuckerpüppchen‹ nicht mitgebracht hatte. Auch beim Mittagessen kam er auf Maggie zu sprechen.

»Freundchen, Sie wollen doch dieses Mädchen hoffentlich nicht auch noch ruinieren?« fragte ihn der Anwalt und zwinkerte ihm über die Speisekarte hinweg zu. Sie aßen bei Smith & Wollensky. »Es täte mir sehr leid, wenn Sie dieses hübsche Chinapüppchen vergraulen würden.«

»*Sie* können sie ja heiraten«, schlug ihm Pumo mürrisch vor.

»Meine Familie würde mich umbringen, wenn ich mit so einer Chinamaus ankäme. Wie sollte ich ihnen das denn auch plausibel machen? Soll ich vielleicht behaupten, unsere Kinder würden Mathematikgenies?« Wieder zwinkerte ihm Dixon zu. Er war sich ganz sicher, daß sein Charme ihn nie im Stich ließ.

»Sie wären ihr sowieso nicht klug genug.« Er konnte seinen Anwalt auch nicht ganz besänftigen, als er sagte: »Zumindest das haben wir gemeinsam.«

Bei dem Termin in der Bank ging alles kühl und formell vonstatten. Das enttäuschte den Bankier. Dixons sonstige Aufgeräumtheit ging ihm ab. Sie hatten gemeinsam in Princeton studiert. Beide waren ausgelassene jungenhafte Junggesellen von vierzig Jahren. Selbstverständlich waren weder Dixon noch der Bankier in Vietnam gewesen. Sie waren *richtige* Amerikaner. So sahen sie das wenigstens.

»Keine Sorge, es ist alles unter Dach und Fach«, versicherte ihm Dixon, kaum daß sie wieder draußen waren. »Aber ich will Ihnen mal einen Tip geben, alter Kumpel. Das Geld liegt auf der Straße. Man muß nur die Augen offen halten. Lassen Sie sich doch nicht von einer kleinen orientalischen Mieze unterkriegen, die Sie verlassen hat.« Er brach in schallendes Gelächter aus. Sein Atem wehte wie eine weiße Fahne vor dem Mund. »Kopf hoch, alter Junge! Eigentlich haben Sie das Mädchen ja vor die Tür gesetzt!«

»In ein, zwei Wochen sprechen wir uns wieder«, sagte Tina. Er rang sich ein Lächeln ab und gab Dixon die Hand zum Abschied. Am Händedruck des Anwalts merkte er, daß Dixon ebenso froh darüber war wie er, daß ihre Wege sich nun trennten.

Dixon schritt leichtfüßig davon. Seine Gangart verriet den ehemaligen Sportler. Dixon mit seinem roten Gesicht und dem liebenswerten schiefen Lächeln, das noch aus Princeton stammte – mit der schimmernden Hemdbrust, der gestreiften Krawatte, dem gepflegten dunklen Haar und dem eleganten Mantel. Pumo sah ihm eine ganze Weile nach – genau wie er am Morgen Maggie nachgesehen hatte. Was war nur mit ihm los, daß er alle Leute vor den Kopf stieß? Tina verband kaum etwas mit Dixon. Der Mann war ein Schelm und Witzbold. Mit denen kam man meistens blendend aus.

Genau wie Maggie, so ging auch Dixon weg, ohne sich noch einmal umzusehen. Er hob den Arm, ein Taxi hielt. Dixon stieg ein. Diese Witzbolde hatten ein ausgesprochenes Talent, Taxis anzuhalten. Tina blickte dem Taxi seines Anwalts nach, das in einem Strom besetzter gelber Taxen durch die Broad Street fuhr. Plötzlich hatte er das deutliche Gefühl, beobachtet zu werden. Seine Nackenhaare sträubten sich. Er fuhr herum, um zu sehen, wer es auf ihn abgesehen hatte. Natürlich niemand. Pumo nahm die Heerscharen von Börsenmaklern und Bankleuten genauer unter die Lupe, die in der Kälte durch die Broad Street eilten. Manche waren tatsächlich grauhaarige alte Füchse, wie er sie sich in diesen Berufen vorstellte, doch viele waren auch in seinem und Dixons Alter oder erst Ende Zwanzig bzw. Anfang Dreißig. Sie sahen untadelig aus, aber auch humorlos. Auf Pumo wirkten sie wie menschliche Rechenmaschinen. So jemand wie Dixon wußte sie natürlich aufzuheitern und aus der Reserve zu locken. Er würde sie zu einem opulenten Mahl einladen und zusehen, daß sie sich betranken. Pumo fiel auf, daß ihn dieser ganz bestimmte Menschenschlag überhaupt nicht beachtete. Dafür konnte es nur zwei Gründe geben. Entweder war das ganze Denken dieser Leute auf ein einziges Ziel gerichtet, oder aber er war einfach durchsichtig. Es schien immer kälter zu werden. Der Himmel über den Straßenlaternen verdunkelte sich. Pumo trat an die Bordsteinkante, um ein Taxi anzuhalten.

Er brauchte eine Viertelstunde, um ein Taxi zu bekommen und war erst um zehn nach vier wieder in der Grand Street. Er betrat das Restaurant. Der Inspektor Brian Mecklenburg ging schon ungeduldig in der Küche auf und ab, spielt nervös mit dem Kugelschreiber und machte sich Notizen. Er überprüfte alles und hakte die einzelnen Positionen ab.

»Seit dem letzten Mal haben Sie ein paar Meter gewonnen, Mr. Pumo«, sagte er.

»Vor mir lag ja auch ein langer Weg«, erklärte Pumo. Er warf seinen Mantel auf den nächstbesten Stuhl. Er mußte zusehen, daß er noch rechtzeitig zu Arnold Leung kam.

»So?« Mecklenburg sah ihn so interessiert an, wie bestimmt noch kein Inspektor sein Opfer angesehen hatte. »Würden Sie sagen, wir haben unser Ziel erreicht?«

»Sie meinen, ob wir das Ungeziefer losgeworden sind?«

»Selbstverständlich – es ging darum, der Plage Herr zu werden. Was sollte ich denn sonst schon meinen?«

»Na ja, Sie hätten auch etwas anderes meinen können«, sagte Pumo. »Ich muß die Küche fertigkriegen, das Restaurant ganz dringend wieder öffnen und dafür sorgen, daß ich nicht wieder schließen muß. Ich muß zusehen, daß die Gäste nicht ausbleiben und so weiter und so fort. Außerdem will man ja schließlich auch noch selbst ein friedvolles und befriedigendes Leben führen. An Abwechslung und Aufregungen darf es aber auch nicht fehlen. Man muß sein Leben irgendwie in Ordnung bringen.«

David Dixons gesundes rotbackiges Gesicht und sein schiefes Lächeln fielen ihm wieder ein. Da brannte eine Sicherung bei ihm durch. »Sie wollen also über Ziele sprechen, Mecklenburg? Wie wär's mit der Abschaffung der Kernwaffen und Frieden auf der ganzen Welt? Wir sollten allen Menschen klar machen, daß die vietnamesische Küche genauso gut ist wie die französische. Und in jeder Großstadt ein Memorial für den Vietnam-Krieg errichten. Und eine sichere Methode finden, um all den Giftmüll zu beseitigen.« Er schwieg kurz, um tief Luft zu holen. Mecklenburg starrte ihn mit offenem Mund an.

»Also, was die Kernkraft angeht, finde ich...«, setzte Mecklenburg zum Sprechen an.

»Man sollte all diesen lächerlichen Scheißkram, diesen Krieg der Sterne fallenlassen, ausrangieren, zum alten Eisen werfen. Und die öffentlichen staatlichen Schulen aufwerten. Die Religion in die Kirchen zurückbugsieren, wo sie hingehört.«

»In diesem Punkt stimme ich Ihnen zu«, warf Mecklenburg rasch ein.

Pumo geriet in Fahrt. »Man muß den Zivilisten ihre gottverdammten Waffen abnehmen.« Mecklenburg versuchte, ihn zu unterbrechen. Da fing Pumo an zu schreien. Er geriet so in Rage, daß er sich nicht mehr bremsen konnte. Das war noch nicht einmal die Hälfte aller Ziele, die Mecklenburg zu hören kriegen sollte. »Vielleicht sollten wir zur Abwechslung einmal versuchen, die Leute zu wählen, die wissen, was sie tun, anstatt Leuten, die nur einen guten Eindruck machen und so tun, als ob sie wüßten, was sie tun! Wir sollten den vermaledeiten Teenagern ihre Radios wegnehmen und wieder *gute* Musik hören! Wir sollten mindestens fünf Jahre lang das Fernsehen verbieten! Und jedem Staatsdiener, der das Volk belügt, einen Finger abschneiden. Und wieder einen

Finger, wenn er sich noch einmal erwischen läßt! Stellen Sie sich bloß mal vor, was für eine Hilfe das für uns in Vietnam gewesen wäre! Hallo, Mecklenburg, geben Sie mir da nicht recht?«

»Sind Sie irgendwie in Schwierigkeiten? Fehlt Ihnen etwas? Ich meine...«

Mecklenburg steckte seinen Kugelschreiber in die Tasche seines Oberhemds, die sich daraufhin an einer Stelle blau verfärbte. Er beugte sich hinunter, ließ das Schloß seines Aktenkoffers aufschnappen und versenkte sein Notizbuch. »Ich glaube –«

»Mecklenburg, Sie sollten Ihren Horizont erweitern! Was halten Sie von der Abschaffung der Bürokratie? Meinen Sie nicht auch, um die Verschwendung durch die Regierung drastisch zu reduzieren? Wir brauchen gerechtere Steuergesetze! Mit den Hinrichtungen sollten wir ein- für allemal Schluß machen! Wir müssen uns damit abfinden, daß es Abtreibungen von jetzt an immer geben wird und uns zu einer vernünftigeren Einstellung durchringen! Und wie steht es mit dem Rauschgift und dem Alkohol? Sollten wir da nicht zu einer vernünftigen Politik kommen, anstatt uns einzureden, daß die Prohibition funktioniert hat?« Pumo riß den Arm hoch und fuhr mit dem ausgestreckten Zeigefinger auf den armen Mecklenburg los, als wolle er ihn aufspießen. Ihm war gerade ein fantastisches neues Ziel eingefallen.

»Mecklenburg, ich habe eine großartige Idee! Wir sollten einen Burschen wie diesen Ted Bundy nicht hinrichten, sondern ihn in einem gläsernen Käfig mitten im Epcot Center ausstellen. Verstehen Sie, was ich damit bezwecken will? Die Durchschnittsamerikaner könnten mal hereinschauen und ein Schwätzchen mit ihm halten. Eine Viertelstunde pro Familie. Verstehen Sie? *Das ist einer von denen*, soll das besagen. *So sehen die aus, so hören die sich an, so putzen sie sich die Zähne und die Nase. Seht ihn euch genau an! Wollt ihr die Inkarnation des Bösen sehen? Hier ist der Schweinehund!*

Mecklenburg hatte sich inzwischen hastig seinen Mantel angezogen. Er wollte sich verabschieden und ging langsam auf die Flügeltür zum Speisesaal zu. Etwa ein Dutzend Arbeiter hatten ihr Werkzeug weggelegt, um sich Pumos vehementen Wortschwall anzuhören. Irgendeiner rief da draußen: »Ja, genau, du sagst es, Junge!« Irgendeiner lachte.

»Und Sie finden Ungeziefer schlimm? Mecklenburg, überlegen Sie doch mal!« brüllte Pumo aus Leibeskräften. »Um Himmels willen, es ist doch nicht zuviel verlangt...« Er preßte sich die Hände an die Schläfen und sah sich nach einem Stuhl um.

Mecklenburg ergriff die Flucht. Pumo hielt den Kopf gesenkt. So kam es, daß er ein enormes Insekt vorsichtig unter dem Herd hervorkrabbeln sah. So ein Riesenbiest war ihm noch nicht untergekommen, nicht einmal auf dem Höhepunkt der ›Ungezieferplage‹, als es ganz danach aussah, als wimmle es hinter seinen Wänden nur so von Ungeziefer jeder Art und Größe. Als das Biest ganz zum Vorschein kam, zeigte sich erst seine wahre Größe. Es war fast so groß wie Pumos Fuß.

Er hörte, wie Mecklenburg die Haustür zuschlug und wie die Arbeiter im Restaurant laut jubelten.

Pumo fühlte sich einer Ohnmacht nahe – oder so, als habe er das Bewußtsein schon verloren und als sei ihm das gräßliche Insekt nur in einem Fiebertraum erschienen. Es war langgestreckt und wohlgenährt. Seine Fühler schienen aus Kupferdraht zu sein. Der ganze braune Leib erinnerte an eine Granate. Glänzend, wie gelackt. Seine Schritte klapperten und klickten auf dem gefliesten Boden.

Das kann nicht sein. Ich träume, oder meine Fantasie gaukelt mir das vor, sagte sich Tina Pumo. Es gab doch keine Ungeheuer. Oder hatten die Küchenschaben ihren eigenen King Kong?

Plötzlich entdeckte ihn die Riesenküchenschabe. Sie erstarrte. Dann floh sie in Windeseile unter den großen Herd zurück. Vielleicht lag das Biest dort auf der Lauer, um ihn anzugreifen. Es war so groß, daß man es nicht zertreten konnte. Man würde es erschießen müssen – wie einen Vielfraß. Pumo dachte an die Unmengen von Insektenvertilgungsmittel, die der Kammerjäger hinter die Tapeten und Wandverkleidungen gesprüht hatte. Die Flüssigkeit war tief in das Gebälk und die Betonfundamente eingedrungen.

Pumo kniete sich vor den Herd und sah darunter nach. Da der Boden noch nicht fertig war, konnte er unter dem Herd nicht einmal Staub entdecken, nur ein Stück Elektrokabel, das einer der Elektriker weggeworfen hatte.

Wenn er den King Kong der Küchenschaben schon nicht fand, so hatte er doch zumindest mit einem Loch von der Größe eines Eßtellers in der Scheuerleiste gerechnet. Doch da war kein Loch, nicht einmal eine Scheuerleiste. Bei Herden dieser Größe war es Vorschrift, hinter dem Herd eine nahtlose Stahlplatte anzubringen, die der Verhütung von Bränden dienen sollte.

Eine Kluft nach der anderen tat sich vor ihm auf. Die Welt schien nur aus Abgründen zu bestehen. Pumo verließ die Küche. Die Arbeiter schrien ihm nach und applaudierten.

3

Arnold Leung betrieb schon seit Jahrzehnten ein riesiges Lagerhaus hinter dem äußersten östlichen Ende der Prince Street. Dort verschmolzen Little Italy, Chinatown und Soho, gingen ineinander über. Die nähere Umgebung war zwar noch nicht ganz von Chinatown vereinnahmt worden, doch in den letzten fünf Jahren waren mehrere italienische Bäckereien verschwunden. An die Stelle dieser Bäckereien waren Läden mit chinesischen Schriftzeichen auf den Ladenfenstern und chinesische Großhändler getreten. Restaurants mit Namen wie Golden Fortune und Soon Luck waren aus dem Erdboden geschossen. Am Spätnachmittag dieses kalten finsteren Februartages sah Pumo in der engen Straße nur zwei Chinesinnen mit dicken Steppjacken, die platten Pfannkuchengesichter halb von dicken dunklen Schals verdeckt. Pumo bog in die schmale Gasse ein, in der das Lagerhaus von Arnold Leung lag.

Pumo bildete sich etwas darauf ein, Arnold Leung entdeckt zu haben. Seine Preise lagen um zwanzig Prozent niedriger als die der Lieferanten in der Innenstadt, und er lieferte sofort. Sein Schwiegersohn brachte die bestellte Ware in dem Lieferwagen. Was bezahlt war, legte er vor der Haustür ab. Für ihn spielte es keine Rolle, ob der Kunde daheim war und die Sachen hineintragen konnte oder nicht. Bei den Preisen und der schnellen Zustellung nahm man den Schwiegersohn und die unfreundliche Behandlung gern in Kauf.

Am Ende dieser Gasse eine Unregelmäßigkeit, die man hier in der Stadt nicht oft fand: eine unbebaute Parzelle, etwa einen Block lang. Daran grenzten ringsum die Rückseiten anderer Gebäude. Im Sommer stank es hier nach Müll und Unrat. Im Winter wirbelte der Wind, der um die Rückseite der Häuser strich, prasselnd Schutt und Trümmer auf. Die regneten dann wie Geschosse auf Leungs Weißblech-Lagerhäuser nieder. Tina kannte nur das erste Lagerhaus, in dem sich das Büro befand. Drei der Lagerschuppen hatten keine Fenster. Das einzige Fenster befand sich über Leungs Schreibtisch.

Die Tür ging ratternd auf, als Pumo sich dagegenstemmte. Pumo zwängte sich in das Hauptlagerhaus. Der Wind riß ihm die dünne Leichtmetalltür aus der Hand, die scheppernd zuschlug. Pumo hörte Leung chinesisch sprechen. Er telefonierte wohl, da Pumo keine andere Stimme hörte. Das Gespräch verstummte, als die Tür zufiel. Der Inhaber des Lagerhauses streckte den Kopf zur Tür heraus. Am anderen Ende des Schuppens saßen vier Männer auf Kisten um ein Brett herum. Sie blickten nur kurz auf und wandten sich dann wieder ihrem Spiel zu. Von dem kleinen Kabuff abgesehen, in dem sich das Büro befand, war der ganze Rest der riesengroßen Halle ein Wirrwarr von Kisten und Kästen, die sich bis an die Decke stapelten. Leungs Angestellte fuhren mit kleinen Motorkarren durch die Gänge. Das ganze Lagerhaus wurde nur von ein paar schwachen nackten Birnen beleuchtet, die kahl an Kabeln von der Decke hingen.

Pumo winkte den Männern zu, die ihn jedoch völlig ignorierten. Er ging auf das Büro zu, klopfte an. Arnold Leung ließ ihn eintreten. Er sah ihn stirnrunzelnd an, sprach noch ein paar Worte in den Hörer und machte die Tür nur gerade so weit auf, daß Pumo sich hineinzwängen konnte.

Als Leung den Hörer endlich auflegte, fragte er: »Also, was wollen Sie denn heute?«

Pumo legte ihm seine Liste vor.

Leung warf einen kurzen Blick darauf und sagte: »Zuviel. Können Sie jetzt nicht alles kriegen. Sie wissen ja, was vorgeht. Imperium Szechuan, daran liegt es. Jede Woche neue Filialen, ist Ihnen sicher auch schon aufgefallen. Drei neue Filialen an der Upper West Side, eine im

Village. Ich habe Vorräte in Auftrag zwei bis drei Monate, nur um Vorräte zu haben. Ich sage, eröffnen eine Filiale auf der anderen Straßenseite, damit ich mir wenigstens gutes Essen bringen lassen kann.«

»Schicken Sie mir, was Sie können«, bat ihn Pumo. »Ich brauche alles in ungefähr zwei Wochen.«

»Sie träumen«, sagte Leung. »Wofür brauchen Sie denn all das Zeug? Das haben Sie doch schon.«

»Ja, das war einmal. Sagen Sie mir Ihre Preise.«

Plötzlich hatte Pumo wieder das Gefühl, beobachtet zu werden. Hier erschien ihm das noch unsinniger als in der Broad Street, denn hier kümmerte sich nur ein Mensch um ihn, und auch der nur widerwillig: Arnold Leung.

»Sie sehen so nervös aus«, bemerkte Leung. »Aber dazu haben Sie auch allen Grund. Alle diese Messer, die Sie hier aufgeschrieben haben, kosten Sie hundertfünfzig bis hundertsechzig Dollar. Vielleicht auch mehr. Kommt darauf an, was ich auf Lager habe.«

Na schön, sagte sich Pumo, jetzt zahlt er es mir heim. Leung würde ihn übers Ohr hauen. Vielleicht wollte er ihn dafür bestrafen, daß er Maggie einmal mitgebracht hatte. Bei der Gelegenheit hatte Tina mitbekommen, daß Leung von ihm als *lo fang* sprach. Er wußte nicht genau, was das bedeutete. Vermutlich so etwas wie ›alter Ausländer‹.

Pumo sah aus Leungs völlig verdrecktem Fenster. Er konnte die ganze kalte windige Gasse bis zur Straße überblicken. Von diesem Lager aus gesehen nur ein schmaler heller Streifen, über den ständig Autos und Motorrikschas huschten. Man sah sie nur ganz verschwommen. Leungs Fenster war nicht einmal aus Glas, sondern aus einem transparenten Plastikmaterial, das mit Zeit nachgedunkelt und fleckig geworden war. Tina nahm deshalb die eine Gassenseite nur als schmutzigbraune, ganz verwaschene Fläche wahr.

»Ich möchte mich mit Ihnen über gußeiserne Pfannen unterhalten«, sagte Pumo. Er wollte sich gerade umdrehen, damit ihm Leungs Gesichtsausdrduck nicht entging. Leung griff in solchen Fällen nämlich stets nach seinem altbewährten Abacus. Da bemerkte er, daß sich auf der Seite der kleinen Gasse, die durch das schmierige Fenster nicht deutlich zu erkennen war, jemand mit schwarzem Hut oder schwarzen Haaren dem Lagerhaus von Leung näherte. Zwei völlig gegensätzliche Empfindungen stiegen in ihm auf. Er war kolossal erleichtert, daß Maggie von Vinh erfahren hatte, wo er hingegangen war und daß sie zu ihm kam. Gleichzeitig ärgerte er sich maßlos, weil er sie einfach nicht loswerden konnte, egal was er sagte oder tat.

Wenn Leung sie sah, würde er wahrscheinlich noch 5 Prozent auf die Preise aufschlagen.

»Kein Problem«, sagte Leung. »Wenn Sie über Eisenpfannen reden wollen, dann reden wir eben über Eisenpfannen.« Als Pumo gar nicht reagierte, fragte er: »Wollen Sie mein Fenster auch noch kaufen?«

Das verwischte schemenhafte Etwas, das sich bisher auf das Warenlager zubewegt hatte, blieb jetzt stehen. Die ganze Körperhaltung und Art, sich zu bewegen, verrieten Pumo jetzt, daß das unmöglich Maggie Lah sein konnte. Das war ein Mann. Der Mann da draußen trat den Rückzug an. Die Art des Rückzugs erinnerte Tina irgendwie an die riesengroße Küchenschabe, die sich wieder unter den Herd zurückgeflüchtet hatte.

»Einen Augenblick noch, Arnold«, bat Tina den Chinesen. Er warf ihm einen versöhnlichen Blick zu, den der Chinese mit unversöhnlicher Gleichgültigkeit erwiderte. Was hieß da schon alter Kunde? Geschäft ist nun mal Geschäft.

»Kennen Sie sich mit gußeisernen Pfannen aus?« erkundigte sich Leung. »Die Produktion ist überall zurückgegangen, wohin Sie sich auch wenden.«

Tina sah wieder aus dem Fenster. Der Mann bewegte sich jetzt mehr in der Mitte der kleinen Straße. Er ging ganz langsam rückwärts.

»Haben Sie auch manchmal das Gefühl, daß Ihnen jemand folgt?« erkundigte sich Pumo.

»Andauernd«, sagte Leung. »Sie auch?«

Der Mann erreichte die hellerleuchtete Straße.

»Sie gewöhnen sich schon noch daran«, versprach ihm Leung. »Ist ja auch nichts weiter.«

Pumo ging ganz plötzlich auf, daß ihm die schlanke Gestalt mit den schemenhaften Zügen, dem dichten schwarzen Haar und der schwer zu beschreibenden Kleidung irgendwie bekannt vorkam. Blitzartig wurde ihm klar, wer da herumschlich. Ihm war ganz wirr im Kopf. Er fuhr herum.

»Liefern Sie mir die Sachen nur, und schicken Sie mir Ihre Rechnung«, bat er Leung.

Der zuckte nur die Achseln.

Der Mann da draußen war Victor Spitalny. Pumo wußte jetzt, daß ihn sein Gefühl nicht getrogen hatte. Spitalny hatte ihn tatsächlich beobachtet und verfolgt. Wahrscheinlich schon seit Tagen. Er war auch nicht davor zurückgeschreckt, vor dem Restaurant herumzulungern, wo er Vinh aufgefallen war.

»Vielleicht kann ich Ihnen bei den Pfannen ein bißchen entgegenkommen«, sagte Leung. Normalerweise hätte Tina jetzt um den Preis gefeilscht, wie es Leung von ihm erwartete, doch er knöpfte sich den Mantel zu, murmelte eine Entschuldigung und stürzte hinaus. Der Großhändler sah ihm erstaunt nach. Gleich darauf zog Tina die Tür der Lagerhalle zu. Eisige Kälte umfing ihn.

Er sah gerade noch, wie am Ende dieser Gasse ein kleiner dunkelhaariger Mann um die Ecke bog. Pumo zwang sich, in mäßigem Tempo auf die Straße zuzugehen. Spitalny konnte ja nicht wissen, daß Pumo ihn gesehen hatte. Er wollte ihn nicht warnen. Er mußte sich erst davon überzeugen, ob der Mann, der ihn verfolgte, wirklich Victor Spitalny war. Er hatte sein Gesicht ja nicht erkennen können. Pumo wurde ganz übel bei dem Gedanken, daß Victor Spitalny bei ihm eingebrochen hatte.

In der Bibliothek wäre es Spitalny um ein Haar gelungen, ihn in die Falle zu locken. Er würde weiterhin Jagd auf ihn machen, bis er ihn zur Strecke bringen konnte. Spitalny hatte Dengler umgebracht oder ihn jedenfalls verbluten lassen. Jetzt reiste er um die ganze Welt auf der Jagd nach weiteren Opfern.

Pumo war am Ende der kleinen Straße angelangt. Er stemmte sich gegen den eisigen Wind, als er in die Richtung ging, die Spitalny eingeschlagen hatte. Spitalny war natürlich schon längst nicht mehr zu sehen. Pumo hatte das Gefühl, als schlügen Kälte und Dunkelheit über ihm zusammen. Spitalny war also noch am Leben, war weder dem Rauschgift noch einer Krankheit erlegen. Doch er hatte sein Leben auch nicht in Ordnung gebracht, war kein ehrsamer Mensch geworden. Er hatte nur gewartet, bis seine Zet gekommen war und dann den Dingen ihren Lauf gelassen.

Die ganze lange Straße und auch der Bürgersteig waren jetzt nicht mehr bevölkert, sondern beinahe leer. Ein paar Chinesinnen in wattierter Kleidung trotteten nach Hause. Ein ganzes Stück entfernt ging ein Mann in einem langen schwarzen Mantel eine Treppe hinauf in ein Gebäude. Pumo ging in der beißenden Kälte verängstigt die Straße entlang. Hinter jeder Ladentür vermutete er seine wahnsinnig gewordene Nemesis.

Doch schon nach einer Weile kamen ihm wieder Zweifel. Jetzt verfolgte ihn kein Mensch mehr. Wenn ihn jemand anfallen wollte, hatte er dazu ja schon hinreichend Gelegenheit gehabt. Er hatte doch nur einen kurzen Blick auf die Gestalt geworfen. Noch dazu durch ein verschmiertes Fenster. Das bewies noch lange nicht, daß Victor Spitalny ihn verfolgte. Es fiel ihm sehr schwer, zu glauben, daß sich jemand wie Spitalny im Mikrofilmsaal als Journalist ausgegeben haben sollte. Vielleicht hatte Maggie recht, und der spanische Name war nur Zufall. Noch vor einer Stunde hätte er geschworen, daß ihm eine riesengroße Küchenschabe über den Weg gelaufen war. Sicherheitshalber suchte er die lange Straße noch einmal nach beiden Richtungen ab, war jedoch kolossal erleichtert, als er nichts Verdächtiges entdeckte.

Tina beschloß, gleich heimzugehen und Judy Poole noch einmal anzurufen. Wenn sie mit Michael gesprochen hatte, war er bestimmt schon auf dem Heimweg.

Kurz nach halb sechs war Pumo wieder in der Grand Street. Die Arbeiter waren gerade dabei, ihr Werkzeug einzupacken und ihre Laster zu beladen. Der Vorarbeiter richtete ihm aus, Vinh sei vor einer halben Stunde weggegangen. Vinhs Tochter wohnte während des Umbaus bei Verwandten, einem Vetter in der Canal Street. Vinh verbrachte selbst die halbe Nacht dort. Die Kleinlaster und Pritschenwagen der Handwerker setzten sich in Richtung West Broadway in Bewegung.

In der Grand Street war immer etwas los. Um diese Zeit bevölkerten die erfolgsgewohnten Leute in mittleren Jahren aus New Jersey oder Long Island die Straße. Sie gaben ihr Geld gern in Soho aus. Dazwischen all die Leute, die in der Grand Street, am West Broadway, in der Spring Street oder in der Broome Street wohnten. Viele kannten Pumo und winkten ihm zu. Er winkte zurück. Ein ihm gut bekannter Maler ging die Stufen zum La Gamal hinauf, um ein Glas zu trinken. Auch er winkte Pumo zu und fragte laut, wann sein Restaurant denn wieder geöffnet sei. »In ein paar Wochen!« rief Pumo ihm über die Straße zu und schickte ein Stoßgebet gen Himmel, daß alles ganz nach Plan verlaufen möge.

Der Maler ging ins La Gamal und Pumo ins Saigon. Die Bar, an der Harry Beevers so viele Stunden zugebracht hatte, war in der Zwischenzeit vergrößert worden. So eine schöne Deckplatte aus schwarzem Walnußholz hatte Pumo noch nie zu Gesicht bekommen. Dahinter lag der große, noch ziemlich kahle Speisesaal. Pumo ging im Dunkeln durch den Saal und betrat die Küche. Nun brauchte er sich nicht mehr weiter vorzutasten. In der Küche konnte er das Licht anknipsen. Auf allen vieren sah er unter den Herd und den Kühlschrank. Er suchte hinter den Gefriertruhen und den Vorratsregalen, suchte auch jeden Zentimeter der Scheuerleiste ab. Keine Spur von irgendwelchem Ungeziefer.

Pumo ging in Vinhs kleine Kammer. Das Bett war ordentlich gemacht. Vinhs Bücher – Gedichte, Romane, historische Werke und englische, französische und vietnamesische Kochbücher – standen ordentlich in Reih und Glied in den von ihm gezimmerten Regalen. Pumo sah unter das Bett und die kleine Kommode. Doch auch hier fand er keine Kakerlaken.

Er hörte keine Schritte auf seinen neuen Fliesen. Es tappten keine kleinen Beine durch den Raum.

Pumo schloß die Haustür und das Restaurant ab und ging in seine Wohnung. Dort zog er seinen Mantel aus, ging ins Schlafzimmer und sah auf die Grand Street hinunter, ohne das Licht anzuknipsen. Noch mehr Leute gingen die Treppe zum La Gamal hinauf. Pumo sagte sich, daß manche unter normalen Umständen mit leerem Magen und gezückter Brieftasche ins Saigon gekommen wären. Alle Leute hatten es sehr eilig, niemand schlenderte gemächlich dahin oder lungerte herum, kein Mensch sah zu seinem Fenster hoch. Maggie würde sich noch entscheiden, ob sie heute noch zu ihm kommen würde. Wahrscheinlich nicht. Wie er das alles kannte! Maggie würde sich wieder tagelang nicht melden, bis er fast den Verstand verloren hatte. Dann würden wieder die geheimnisvollen kleinen Anzeigen in der *Vilage Voice* stehen, und alles fing von vorn an. Dann hieß es wieder *Eßpapst sehnt sich nach Halbmond*. Vielleicht würde er sich diesesmal nicht fast unter die Erde bringen lassen müssen, um sie zurückzuholen. Vielleicht nähme er endlich einmal Vernunft an. Aber heute nacht blieb Maggie besser weg. Ihn überkam das altbekannte Bedürfnis, allein zu sein und niemanden zu sehen. In diesem Zustand konnte und wollte er keine Menschenseele mit seinem Problemen behelligen.

Er mixte sich einen Drink an der Hausbar hinter seinem Schreibtisch und ging damit zur Couch, um dort auf Vinhs Rückkehr zu warten.

Als er den Summer unten hörte, nahm Pumo automatisch an, sein Küchenchef habe seinen Schlüssel vergessen, als er zur Canal Street gegangen war. Fast hätte er auf den kleinen Knopf gedrückt und ihn hereingelassen, ohne durch die Sprechanlage nachzufragen, wer denn draußen sei. Doch er war auf der Hut und fragte: »Wer ist denn da?«

»Eine Lieferung für Sie.«

Der Schwiegersohn von Leung mit einer ganzen Wagenladung gußeiserner Küchenutensilien und zwei oder drei Kisten mit Messern. Wenn Leung ihm die Sachen schickte, ohne Tinas Anweisungen abzuwarten, lieferte er sicher noch zum alten Preis. »Ich komme runter«, sagte Tina und drückte auf den Knopf. So ließ er den Besucher ein.

4

»Du findest also, ich sollte heute abend noch zu ihm zurückgehen?« Maggie lief hinter dem General her, als fände sie Kraft und Wärme, wenn sie sich an seinen breiten Rücken klammerte. Sie fühlte sich sehr verunsichert.

»Das habe ich nicht gesagt.« Der General entwich in einen der Gänge seiner improvisierten Kirche, um einen Stuhl zurechtzurücken. Alles um sie herum funkelte und glitzerte in dem harten grellen Ton, den der General und seine Gemeinde jeder anderen Beleuchtung vorzogen – die roten Plastikstühle, die gelben Wände mit schreiend bunten Ölgemälden von Jesus mit Pferdeschwanz, der in einer nebelverhangenen chinesischen Landschaft Dämonen verscheuchte. Maggie und der General sprachen kantonesisch miteinander. Das klang bei ihm ähnlich hart und brillant wie seine Predigten.

Maggie stand am Fenster. Sie wirkte regelrecht verwaist. »Dann muß ich mich entschuldigen. Ich habe dich falsch verstanden.«

Der General richtete sich wieder auf und nickte beifällig. Er trat wieder in den Gang zurück, ging um sie herum nach vorn zum Altargitter und zum Altar. Von da aus sah er sie eindringlich an.

»Du bist schon immer ein sehr kluges Mädchen gewesen. Aber aus dir selbst bist du nie schlau geworden. Was du alles anstellst! Und was du für ein Leben führst!«

»Ich lebe doch nicht schlecht«, verteidigte sich Maggie. Schon wieder das immer gleiche Streitgespräch. Sie wäre am liebsten fortgelaufen, um bei Jules und Perry in der chaotischen Bleibe im East Village unterzukriechen. Die gingen aus und amüsierten sich, ohne darüber nachzudenken. Sie akzeptierten sie stillschweigend. Ihre unbekümmerte Lebensweise sagte Maggie zu.

»Ich verstehe gar nicht, wie du leben kannst, ohne irgend etwas über dich zu wissen«, sagte der General unendlich sanft.

»Und was schlägst du vor?« Maggies Stimme klang ironisch. Sie konnte nicht dagegen an.

»Du bist sehr fürsorglich«, gab ihr der General zu verstehen. »Du gehst dahin, wo man dich braucht. Dein Freund hat dich gerade sehr gebraucht. Du hast ihn so hervorragend gesundgepflegt, daß er jetzt wieder ohne deine Fürsorge und deine Hilfe leben kann. Doch alle seine Sorgen und Probleme überfallen ihn jetzt wieder. Ich kenne solche Männer. Es wird noch Jahre dauern, bis er den Krieg verwunden hat.«

»Glaubst du, die Amerikaner sind zu sentimental, um gute Soldaten abzugeben?« fragte Maggie. Sie war gespannt auf seine Antwort.

»Ich bin kein Philosoph«, tat der General ihre Frage ab. Er betrat einen kleinen Lagerraum hinter dem Altar und kam mit einem ganzen Stapel von Gesangbüchern auf dem Arm zurück. »Aber du würdest vielleicht einen besseren Soldaten abgeben als dein Freund. Ich habe fürsorgliche Menschen gekannt, die ausgezeichnete Offiziere wurden. Auch dein Vater war sehr fürsorglich veranlagt.«

»Ist er hingegangen, wo man ihn gebraucht hat?«

»Er ist oft da hingegangen, wo *ich* ihn am meisten brauchte.«

Sie verteilten die Gesangbücher, legten sie mit der Vorderseite nach oben auf die Stühle. Sie unterhielten sich dabei von Gang zu Gang.

»Ich nehme an, du willst, daß ich irgend etwas unternehme«, meinte Maggie.

»Maggie, du tust ja im Augenblick überhaupt nichts. Na ja, du hilfst mir hier in meiner Kirche. Und du lebst mit deinem alten Soldaten zusammen. Wahrscheinlich tust du eine ganze Menge für sein Restaurant.«

»Ich versuche es zumindest«, sagte Maggie.

»Wenn du mit einem Maler zusammenleben würdest, würdest du die besten Pinsel in der Stadt ausfindig machen, du würdest die Leinwand präparieren, wie es noch kein Mensch vor dir geschafft hat, und du würdest es höchstwahrscheinlich schaffen, daß seine Bilder in berühmten Galerien und Museen ausgestellt werden.«

»Stimmt«, sagte Maggie. Sie erschrak bei dieser Vorstellung.

»Also, entweder heiratest du hier irgendeinen Mann und führst ein Leben aus zweiter Hand, bist seine Partnerin, wenn er dir das gestattet – oder aber du führst dein eigenes Leben.«

»Selbstverständlich in Taiwan«, fügte sie hinzu, denn auf diesen Punkt würden sie auf jeden Fall zu sprechen kommen.

»Da lebt es sich auch nicht schlechter als anderswo. Du hättest es da auf jeden Fall leichter. Von deinem Bruder will ich gar nicht sprechen. Jimmy wäre überall der gleiche, also kann er genausogut hier leben. Aber du könntest jetzt in Taipeh aufs College gehen und dann einen Beruf erlernen.«

»Was denn für einen Beruf?«

»Du könntest Medizin studieren«, sagte er und sah sie ganz offen an. »Ich finanziere dir das Studium gern.«

Sie war so erstaunt, daß sie fast einen Lachanfall bekommen hätte. Sie versuchte, die Sache von der komischen Seite zu sehen. »Wenigstens hast du nicht gesagt, ich könnte Krankenschwester werden.«

»Das habe ich mir auch schon überlegt.« Er legte weitere Gesangbücher auf den Stühlen ab. »Das würde nicht so lange dauern und entschieden weniger kosten. Aber möchtest du nicht lieber Ärztin werden?«

Maggie dachte an Pumo und sagte: »Vielleicht sollte ich mich auf die Psychiatrie verlegen!«

»Das ist nicht von der Hand zu weisen«, sagte er. Maggie sah ihm an, daß er genau wußte, woran sie dabei dachte.

»Immer so fürsorglich«, sagte er. »Erinnerst du dich noch daran, wie dir deine Mutter aus *Barbar* vorgelesen hat? Dem Buch vom Elefanten?«

»Es gibt viele Bände«, verbesserte sie ihn. Sie erinnerte sich noch sehr gut an die französischen Kinderbücher, die ihr beide Eltern vorgelesen hatten, als sie noch ein kleines Kind war.

»Ich mußte an einen Satz aus einem dieser Bücher denken. Da sagt König Barbar: ›Es ist wirklich nicht so einfach, Kinder aufzuziehen!‹

»Also, da kannst du mit dir zufrieden sein«, warf Maggie ein.

»Ich wünschte, ich hätte mich besser bewährt.«

»Ich war ja nur *ein* Kind. Eine Miniaturfamilie.« Maggie lächelte ihm über die Stühle hinweg zu, die sie noch trennten und strich ihm zärtlich über die breite alte Hand. »Ich habe schon seit Jahren nicht mehr an diese Bücher gedacht. Wo sind sie eigentlich geblieben?«

»Ich habe sie.«

»Ich möchte sie eines Tages noch mal lesen.« Jetzt lächelten sie beide. »Die Alte Dame war mir immer sehr sympathisch.«

»Siehst du, was habe ich gesagt? Auch sie ist sehr fürsorglich.«

Maggie lachte schallend. Hätte Pumo sie so sehen können, so hätte er bestimmt behauptet, sie habe wieder abgehoben.

»Ich würde natürlich nie darauf bestehen, daß du tust, was mir so vorschwebt«, sagte der General. »Falls du dich entschließen solltest, deinen alten Soldaten zu heiraten, so würde mich das für dich freuen. Ich hoffe nur, du wüßtest dann, daß du nicht nur seine Frau wärst, sondern auch seine Mutter, seine Krankenschwester und so weiter.«

Das ging in Maggies Augen entschieden zu weit. Sie sorgte dafür, daß sie wieder festen Boden unter die Füße bekam. »Ich könnte ihm ja das Elefantenlied vorsingen. Weißt du noch, wie es ging?«

Er legte den Kopf auf die Seite. Maggie war froh, daß er Tina Pumo wenigstens einmal kennengelernt hatte. Sie nahm sich fest vor, dem General jeden Mann vorzuführen, der vielleicht einmal wichtig für sie werden könnte.

»Ich weiß nur noch, daß das Lied sehr alt sein sollte.« Er lächelte und sagte: »Aus der Zeit, als es noch Mammuts gab.« Das klang, als habe er die selber noch erlebt.

Maggie sang das Lied aus *König Barbar:*

»Patali di rapato
Cromda cromda ripalo
Pata pata
Ko ko ko.

»Das ist die erste Strophe. An die beiden anderen kann ich mich nicht mehr erinnern, aber der Refrain ist immer der gleiche:

»Pata pata
Ko ko ko.«

Kaum hatte sie das noch einmal gesungen, da wußte sie, daß sie unbedingt in die Grand Street zurück mußte. Die Worte des Refrains ließen ihr keine Ruhe.

5

Ungefähr zur gleichen Zeit, als Tina auf den Türknopf drückte und die Haustür aufsprang und Maggie die Treppe zur U-Bahnstation in der 125. Straße hinaufging und sich fragte, ob Tina wohl immer noch in dieser infantilen Stimmung war, rief Judy Poole Pat Caldwell an, um sich ernsthaft mit ihr zu unterhalten. Judy dachte sich, daß Pat Caldwell die geeignetste Gesprächspartnerin war, wenn einem daran lag, ein ernsthaftes Gespräch zu führen. Sie beurteilte die Menschen nicht, wie es die meisten Leute aus Judys Bekanntenkreis taten. Judy schrieb das der Tatsache zu, daß man sich viel freier fühlte, wenn man schon reich geboren wurde und wie eine vertriebene Prinzessin aufwuchs, die tat, als sei sie arm. Pat Caldwells Familie verfügte über noch mehr Geld als die von Bob Bunce. Judy konnte sich gut vorstellen, daß es auch ihr gelingen würde, den Reichtum, der den Rücken stärkte, nie hervorzukehren, sondern geschickt herunterzuspielen, wäre auch sie als Kind reicher Leute schon mit einem silbernen Löffel auf die Welt gekommen. Nur wirklich reiche Leute gaben überzeugende Liberale ab. Judy kannte Pat schon seit über zehn Jahren – seit der Rückkehr von Michael Poole und Harry Beevers aus Vietnam. Wir haben eigentlich gut zusammengepaßt, dachte Judy. Wir haben das ideale Vierergespann abgegeben. Das heißt, das hätten wir sein können, wenn Harry sich nicht so verunsichert gefühlt hätte. Harry hätte ihre Freundschaft fast kaputtgemacht. Selbst Michael hatte ihn nicht sonderlich gemocht.

»Das liegt nur an Ia Thuc«, sagte sie zu Pat, als sie sich dann unterhielten. »Weißt du, an wen sie mich erinnern? An die Männer, die die Bombe auf Hiroshima geworfen haben, die das nicht verkraftet haben, die sich dem Suff ergeben haben. Unsere Männer haben Ia Thuc auch nicht verkraftet – man könnte fast glauben, daß sie damit *gerechnet* haben, dafür bestraft zu werden.«

»Harry hätte nie im Traum daran gedacht, daß er dafür zur Rechenschaft gezogen werden könnte«, sagte Pat. »Harry könnte sich überhaupt nicht vorstellen, je für irgend etwas bestraft zu werden. Geh nicht zu streng mit Michael ins Gericht.«

»Darum habe ich mich bisher auch immer bemüht«, sagte Judy. »Aber jetzt bin ich nicht mehr davon überzeugt, daß es sich lohnt.«

»Lieber Himmel.«

»Na ja – du hast dich scheiden lassen.«

»Ich hatte meine Gründe«, sagte Pat. »Gründe über Gründe. Aber die dürften dich kaum interessieren.«

Und ob das Judy interessierte! Michael war davon überzeugt, daß Beevers seine Frau geschlagen hatte. Judy brachte den Mut nicht auf, Pat ganz einfach zu fragen, warum sie sich hatte scheiden lassen.

»Michael hat aus Bangkok angerufen«, sagte sie nach einer Weile. »Ich war einfach gräßlich zu ihm. Ich kann mich selbst nicht leiden, wenn ich so eklig bin. Ich habe ihm sogar erzählt, daß ich vorhabe, mit einem anderen Mann auszugehen. Ich habe es ihm regelrecht auf die Nase gebunden.«

»Aha, wenn die Katze weg ist…«, sagte Pat.

»Das ist ein sehr netter zuverlässiger Mann«, verteidigte sich Judy. »Seit Robbies Tod haben Michael und ich uns eigentlich nichts mehr zu sagen gehabt. Seitdem stehen wir uns nicht mehr sehr nahe.«

»Sieh mal einer an. Es ist also etwas Ernstes mit deinem neuen Freund?« erkundigte sich Pat.

»Das könnte es noch werden. Er ist durch und durch gesund. Er hat noch nie jemanden erschossen. Er *segelt*, spielt *Tennis* und hat niemals *Alpträume*. Er ist nicht angekränkelt, ausgehöhlt und innerlich *vergiftet*…« Judy brach in Tränen aus und staunte selbst darüber. »Ich bin entsetzlich einsam… an Michaels Seite fühle ich mich einsam. Ich möchte nur ein ganz normaler Mensch sein und das ganz normale Leben einer Frau des Mittelstandes führen dürfen.« Ihre Stimme zitterte so, daß sie kaum weitersprechen konnte. »Das ist doch wohl nicht zuviel verlangt.«

»Es kommt ganz darauf an, *wer* was verlangt.« Aus Pat sprach die Stimme der Vernunft. »Aber du bist offensichtlich nicht der Ansicht.«

»Nein«, lamentierte Judy. »Ich habe immer schwer gearbeitet. Weißt du, ich bin nicht in Westchester geboren. Ich bin stolz auf mein Zuhause und das, was ich erreicht habe – auf unseren Lebensstil. Das zählt! Ich habe noch nie jemanden um etwas bitten müssen, war noch nie auf andere Leute angewiesen. Ich habe mich in einer der vornehmsten teuersten Städte im ganzen Land hochgearbeitet, bis ich jemand war. Das bedeutet mir sehr viel.«

»Aber das ist doch selbstverständlich. Niemand kann dir das verdenken«, versuchte Pat sie zu beruhigen.

»Da kennst du aber Michael schlecht. Er möchte das alles bedenkenlos wegwerfen. Ich fürchte, er *haßt* Westchester. Er möchte ganz von vorn anfangen und in den Slums leben. Es kommt mir vor, als wollte er in Sack und Asche leben. Alles, was ein *schönes* Leben ausmacht, widerstrebt ihm...«

»Ist er vielleicht krank?« erkundigte sich Pat. »Du hast von Krankheit und Gift gesprochen...«

»Der Krieg hat sich tief in ihn eingegraben und läßt ihn nicht mehr los. Seit diesem Krieg trägt er den Tod in sich. In seinen Augen geht alles drunter und drüber, ist das Unterste zuoberst gekehrt. Ich glaube, ihm liegt hier nur noch an einem einzigen Menschen etwas – einem krebskranken Mädchen, das im Sterben liegt. Er verwöhnt die Kleine maßlos, schenkt ihr Bücher und findet immer einen Grund, sie zu besuchen. Es ist schrecklich. Dieses Mädchen liegt im Sterben. Sie ist wie Robbie, aber ein sehr kluger Robbie...« Judy war schon wieder in Tränen aufgelöst. »Ach, ich habe dieses arme Kind geliebt. Aber als er starb, habe ich alle seine Sachen weggetan. Ich war wild entschlossen, dieses Kapitel endgültig aus meinem Leben zu streichen und dafür zu sorgen, daß das Leben weitergeht... Ach, du verzeihst mir sicher nie, daß ich so sentimental geworden bin.«

»Natürlich entschuldige ich das. Da gibt es gar nichts zu verzeihen. Du bist erregt und völlig durcheinander. Aber willst du mit alledem vielleicht sagen, daß Michael an einer Krankheit leidet, die auf Agent Orange zurückzuführen ist?«

»Hast du schon mal mit einem Arzt zusammengelebt?« Judy lachte verbittert. »Hast du auch nur die leiseste Ahnung, wie schwierig es ist, einen Arzt dazu zu bringen, daß er selbst zum Arzt geht? Michael ist nicht gesund, da bin ich mir ganz sicher. Er will sich nicht untersuchen lassen. In dem Punkt ist er wie ein verbohrter alter Mann. Er rechnet damit, daß es von selbst wieder vergeht. Aber ich weiß, was er hat! Ihm steckt Vietnam noch in den Knochen, vor allem Ia Thuc! Er hat sich Ia Thuc einverleibt, hat es gegessen und getrunken, wie man einen Schierlingsbecher leert. Und das zehrt seitdem an *ihm*. Soviel ich weiß, trifft mich in seinen Augen die Schuld an all seinen Sorgen und Problemen.« Sie hielt inne, als wolle sie sich sammeln. »Und als ob das noch nicht genug wäre, bekomme ich ständig anonyme Anrufe. Passiert dir so etwas auch öfter?«

»Ich mußte früher einmal ein paar obszöne Anrufe entgegennehmen«, sagte Pat. »Und Harry hat mich mit Anrufen bombardiert, nachdem ich ihn gezwungen habe, aus meiner Wohnung auszuziehen. Er hat es zwar nie zugegeben, aber er hat einfach den Hörer an den Mund gehalten und hineingeatmet. Er hat wohl gehofft, daß ich es dann mit der Angst zu tun bekomme, daß er mir allmählich leid tun würde oder irgend etwas in der Art.«

»Vielleicht ruft *Harry* mich immer wieder an!« Judy stieß einen erstickten Laut aus, der fast wie ein Lachen klang.

6

Auf dem ganzen Weg zu Pumo schwante Maggie schon nichts Gutes. Jede Kleinigkeit bestärkte sie in ihren bösen Vorahnungen. Sie kam die Treppe von der U-Bahnstation hoch und sah sich von einer Horde Jungen umringt. Die tanzten um sie herum, rückten ihr immer dichter auf die Pelle und nannten sie ›kleines Schlitzauge‹. »Ich zeige dir, wie man sich richtig amüsiert, kleines Schlitzauge.« Jugendliche, die vor lauter Langeweile nichts mehr mit sich anzufangen wußten. Allein hätte sich keiner von ihnen an eine Frau herangetraut. Doch Maggie hatte plötzlich solche Angst vor ihnen, daß sie nichts riskieren wollte. Sie bohrte die Hände in die Manteltaschen, drehte den Kopf weg und ging stur weiter. Haschischdunst umgab die Jungen. Wo steckte Pumo nur? Warum ging er nicht ans Telefon? »Sieh mich an, sieh mich an«, rief einer der Jungen. Maggie hob den Kopf und warf ihm einen so vernichtenden Blick zu, daß er regelrecht zurückprallte. Von da an ließ er sie in Ruhe.

Die anderen Jungen folgten ihr aber noch ein ganzes Stück. Sie murmelten und brüllten Unverständliches. Es war am Abend schneidend kalt geworden. Maggies Gesicht brannte von dem eisigen Wind. Die Straßenlaternen verbreiteten ein kränkliches gelbes Licht.

Sie brauchte Zeit, um sich das Angebot des Generals durch den Kopf gehen zu lassen. Sie würde es nicht ablehnen, ohne das Für und Wider gründlich erwogen zu haben. Vielleicht würde sie es ja auch annehmen. Vielleicht würde sich der General ja irgendwann auch damit einverstanden erklären, sie in New York Medizin studieren zu lassen, wenn sie sich an irgendeiner Universität immatrikulieren durfte. Wenn sie Medizin studierte und in Jackson Heights oder in Brooklyn eine eigene Studentenbude hatte, wenn sie mehr zu tun hatte als vier Restaurantbesitzer zusammengenommen, würde Tina sehen, daß sie auch ein Eigenleben hatte. Dann könnte er ihr nicht mehr vorhalten, sie verschlänge ihn mit Haut und Haaren.

Gleich erschien ihr ihre Zukunft in einem viel rosigeren Licht. Doch dann wurde sie jäh aus ihren Träumen gerissen und war sich ganz sicher, daß etwas schiefgelaufen war. Maggie hatte schon von weitem neben dem Eingang zu dem Restaurant einen gelben Lichtstreifen gesehen. Für sie stand fest, daß sich das Licht in einer Scheibe spiegelte oder daß es sich um einen glänzenden Metallgegenstand handelte, der noch ins Haus gebracht werden mußte. Doch dann fiel Maggie ein, daß die Handwerker ja schon seit mindestens einer halben Stunde Feierabend haben mußten. In dieser Gegend würden sie niemals irgend etwas über Nacht vor dem Haus stehen lassen.

Als Maggie näher kam, sah sie, daß die Tür einen Spalt breit offenstand, daß der Lichtschein aus dem Treppenhaus auf die Straße fiel. Das machte Maggie nicht nur angst, es versetzte sie in Panik. Pumo hätte nie im Leben die Haustür aufgelassen. Maggie jagte wie gehetzt auf den Lichtschein zu, der aus dem Haus fiel.

Maggie streckte die Hand nach dem Türknopf aus und sagte sich, daß ein Fremder die Tür aufgelassen haben mußte, wenn Pumo es nicht selbst gewesen war. Sie drückte auf die Klingel, die man in der Wohnung oben hörte, doch dann riß sie die Hand weg, kaum daß sie den Klingelknopf berührt hatte. Außer einem kleinen *bip* wie bei einem Morsezeichen hatte man oben sicher nichts gehört.

Maggie blieb einen Augenblick im Eingang stehen und keuchte regelrecht vor Unentschlossenheit. Dann trat sie zur Seite und drückte auf den Klingelknopf für das Restaurant. Sie dachte, Vinh würde vielleicht im Restaurant sein. Als sich nichts rührte, klingelte sie noch einmal, drückte lange auf den Klingelknopf. Doch auch daraufhin tat sich nicht das geringste. Vinh war wohl nicht da.

Gleich um die Ecke am West Broadway war eine Telefonzelle. Maggie setzte sich in Trab, um die Polizei anzurufen. Aber vielleicht hatte Pumo die Haustür ja tatsächlich aufgelassen und saß jetzt ganz allein dort oben.

Vielleicht war auch Dracula zurückgekehrt, um alles noch einmal auseinanderzunehmen. Als sie daran dachte, wie Pumo über und über mit geronnenem Blut besudelt im Bett gelegen hatte, rannte sie zur Tür zurück und hob die Hand, um noch einmal zu klingeln. Sie drückte die Finger lange auf den Klingelknopf, noch länger als beim Restaurant. Sie hörte, wie der Klingelton durch das Treppenhaus hallte.

»Sieh mal einer an, wie Maggie hier herumschleicht und auf der Lauer liegt. Ich wette, sie spioniert jemandem nach.«

Maggie sah sich um und erblickte Perry aus dem Village mit einer schwarzen Aktenmappe unterm Arm. Daneben Jules, der das Gesicht verzog, was wohl besagen sollte: Ist es nicht schrecklich, ist das nicht fatal? Anscheinend kamen sie aus dem Bürogebäude auf der anderen Straßenseite, gegenüber dem Saigon. In dem Bürogebäude befanden sich mehrere Kunstgalerien. Sie hatten offenbar versucht, ihre Kunstwerke dort anzubringen. Daher auch Perrys große schwarze Mappe.

»Schließen wir uns ihr doch an«, schlug Jules vor. »Etwas auszuspionieren macht entschieden mehr Spaß, als sich von diesen Arschlöchern in den Galerien angiften zu lassen.« Perry war Engländer, und was Jules auch sagte, es klang ganz nach Perry.

»Ja, ein bißchen Spionieren käme mir jetzt gerade recht«, stimmte ihm Perry zu. »Wen sollen wir denn beschatten? Einen Staatsfeind? Oder Ernst Stavro Blofeld? Oder italienische Postexpressionisten?«

»Ich beschatte niemanden«, erklärte Maggie. »Ich warte nur auf meinen Freund.«

Sie überlegte, ob sie sie nicht bitten sollte, mit hinaufzukommen, konnte sich aber lebhaft vorstellen, wie sich Perry in Pumos Loft aufführen würde. Er würde alles mögliche umwerfen, die Alkoholika in sich hineinschütten, die Pumo stets auf Lager hatte und Pumos Geschmack und politische Einstellung in Grund und Boden verdammen.

»Komisch, was du so warten nennst«, meinte Perry. »Von was für einem Freund redest du denn überhaupt? Doch hoffentlich nicht von dem alten Mummelgreis, der letztes Jahr in dem Schnapsladen hinter uns hergeschlichen ist? Dem die blutunterlaufenen Augen fast aus dem Kopf gefallen sind?«

»Das war er nicht, das war nur ein Bekannter meines Freundes«, sagte Maggie ungeduldig.

»Komm doch mit«, schlug Jules vor. Diese Geste galt ihrer alten Freundschaft. »Wir bringen nur noch die Bilder heim, dann zeigen wir dir diesen tollen neuen Club.«

»Das geht nicht. Ich kann hier jetzt nicht weg.«

»Du *kannst* nicht?« Perry zog eine Augenbraue hoch. »Wir haben noch nie in irgendeinem Krieg oder so asiatische Babys getötet, das kannst du mir glauben. Los, Jules, machen wir, daß wir hier wegkommen.« Er wandte sich von Maggie ab. Jules ging, ohne Maggie auch nur einen Blick zu gönnen.

Maggie sah ihnen nach, wie sie im Schein der Straßenlaternen weggingen, sich immer weiter von ihr entfernten. In ihrem Lumpenlook wirkten sie wie verkrachte Majestäten. Maggie wußte, daß sie ihr nie verzeihen würden, daß sie nicht mitgegangen war. All das ging ihr in einer oder zwei Sekunden durch den Kopf. Maggie stieß Pumos Tür ganz auf und stand im Hausflur. Von oben war kein Laut zu hören.

Sie machte die Tür hinter sich zu, hielt sich am Geländer fest und ging ganz leise Stufe für Stufe die Treppe hinauf.

7

Koko schwebte im siebenten Himmel. Sein Joch wog nicht schwer. Seine Bürde verkraftete er mühelos.

Die Menschen waren sterblich. Doch ging nicht auch die Rede von der Auferstehung der Toten?

Dreißig Menschenleben mußten gerächt werden. Pumo war das elfte Opfer. Falls eine Frau zu ihm gehörte, so würde sie die Nummer zwölf sein.

Nein, er ließ nichts verkommen. Der Joker hatte die Augen aufgemacht und schlief den Schlaf des Gerechten in seinem Kartenspiel.

Als Pumo der Puma die Tür aufgemacht und Koko ins Gesicht gesehen hatte, da wußte er Bescheid. Er sah, was auf ihn zukam, begriff, was ihn erwartete. Engel führten ihn rückwärts die Treppe hinauf. Engel führten ihn in seine große leuchtende Höhle zurück. Koko quollen Tränen aus den Augen, denn es stimmte, daß Gott alles gleichzeitig tat. Kokos Herz verkrampfte sich aus Mitleid mit seinem Kameraden, Pumo, der alles *verstand*, der *floh*, als sich seine Seele in die Luft erhob, um heimzufliegen.

Die Augen, die Ohren, die Elefantenkarte im Mund.

Dann hörte Koko schrilles Klingeln, ein Geräusch aus der ungeduldigen Welt, die sich nach der Unsterblichkeit sehnte. Er eilte zum Lichtschalter und knipste schnell das Licht aus, die ganze Deckenbeleuchtung im Raum. Jetzt lag die Höhle ganz im Dunkeln. Auf leisen Sohlen ging Koko in den Flur und knipste auch das Flurlicht aus.

Dann ging er zurück ins Wohnzimmer und wartete.

Draußen tosendes Verkehrsgewühl. Es klang, als liefen große Tiere durch den Dschungel. Sein Vater neigte sich zu ihm und sagte: *Wenn du zu schnell arbeitest, wird niemals was aus dir.* Wieder läutete es eindringlich. Es schellte und rasselte, bis der Klingelton sich festigte. Er wurde zu einem riesigen Insekt, das zwischen den Wänden gefährlich summend große Kreise zog. Schließlich ließ es sich auf Pumos Leichnam nieder und legte die großen kräftigen Flügel wieder an.

Koko nahm das Messer von der Couch und glitt an seinen Platz innerhalb des Höhleneingangs. Der einzige Weg zur Höhle führte durch den Flur. Koko machte sich unsichtbar. Er verhielt sich völlig lautlos. Sein Vater und ein freundlicher Dämon leisteten ihm Gesellschaft. Beide hießen sein Vorgehen stillschweigend gut. Koko kehrte wieder in seine alptraumhafte Welt zurück, die ihm schon immer vertraut gewesen war. Unter seinen Schritten färbte sich die Erde schwarz. Dreißig Kinder verschwanden in der Höhle und kamen nie wieder zum Vorschein. Drei Soldaten gingen auch in eine Höhle, und zwei kamen wieder heraus. *Meine Herren, Sie sind Teil einer großen Tötungsmaschinerie.* Koko sah den Elefanten auf sich zuschreiten, gekleidet in mit Seide verbrämten Hermelin, und die Alte Dame sagte: *Meine Herren, es wird Zeit, sich dem Elefanten wieder zuzuwenden.*

Denn Koko hatte das gedämpfte, fast geräuschlose Klicken der Tür vernommen. Er nahm die kaum spürbar veränderte Luftbewegung mit seinem ganzen Körper auf. Er hörte, wie sich eine Hand um das Geländer schloß und wie sich die Füße einer Frau Stufe um Stufe emporarbeiteten. Die Schritte einer völlig verängstigten Frau. In den Augen eines Zivilisten schlich sie sich wohl ungeheuer wachsam an.

8

Als Maggie oben ankam, entdeckte sie sofort, daß die Tür zum Loft nicht abgeschlossen war. Es sah aus, als hätte jemand die Tür mit dem Ellenbogen zugestoßen, als er seine Beute rausschaffte. Natürlich konnte das auch jemand beim Hineingehen getan haben. Sie berührte den Türknopf und drückte mit den Fingerspitzen dagegen. Der Lichtschein der Treppenhausbeleuchtung fiel in Pumos Diele mit Unmengen von Jakken, Mänteln und Hüten an den Garderobenhaken.

Pumos Diele sah immer aus, als gäbe er gerade eine Party.

Schlimmstenfalls ist er wieder ausgeraubt worden, dachte Maggie. Dann würde sie ihm über seine Depressionen hinweghelfen müssen. Der Eindringling, wer auch immer es gewesen sein mochte, war längst über alle Berge. Maggie betrat die Wohnung, knipste das Flurlicht an und ging den kleinen Flur entlang. Vor dem Schlafzimmer angekommen langte sie hinein und knipste auch dort das Licht an. Alles sah noch ganz genauso aus wie an dem vermaledeiten Morgen. Das Bett war noch immer nicht gemacht – ein sicherer Beweis dafür, daß Tina auf dem Tiefpunkt angelangt war.

Ein sonderbarer durchdringender Geruch lag in der Luft, doch darüber wollte Maggie sich jetzt nicht den Kopf zerbrechen. Erst wollte sie sich davon überzeugen, daß entweder gar nicht eingebrochen worden war oder daß der Einbrecher, der die Haustür aufgelassen hatte, keinen allzugroßen Schaden angerichtet hatte. Maggie kehrte dem Schlafzimmer den Rücken, um einen Blick ins Bad zu werfen. Auch da fiel ihr nichts auf. Nun blieb nur noch das Wohnzimmer.

Als sie etwa zwei Meter in das Wohnzimmer vorgedrungen war, erstarrte sie. In dem schwachen Lichtschein, der aus dem Flur hereinfiel, sah sie schemenhaft die Umrisse eines Mannes auf einem der kleinen Stühle mit Holzlehne, die für gewöhnlich um Tinas Eßtisch herumstanden. Ihr erster Gedanke war, daß ein kaltblütiger Einbrecher sie in die Falle gelockt hatte. Das Herz klopfte ihr bis zum Halse. Doch als sich ihre Augen dann an die Dunkelheit gewöhnten, erkannte sie fast unterschwellig, daß der Mann dort auf dem Stuhl ihr Geliebter Tina Pumo war. Sie näherte sich ihm, um ihn erst zu schelten, ihm zu schmeicheln und ihn dann zu trösten. Als Maggie den Mund aufmachte, um ihn zu rufen, wurde ihr urplötzlich klar, wonach es in der Wohnung roch. Blutgeruch lag in der Luft. Sie ging unaufhaltsam weiter auf Tina zu. Sie schwankte, als sie so dicht vor ihm stand, daß sie sein blutdurchtränktes Hemd erkennen konnte. Selbst die Stuhlbeine standen in einer großen Blutlache. Aus Tinas Mund ragte etwas Weißes wie ein Anhänger oder Etikett.

Anstatt zu schreien oder herumzuwirbeln, was ihren sofortigen Tod bedeutet hätte, schlich sich Maggie nach rechts in den dunkelsten Teil des Lofts. Diese reine Reflexbewegung schien jemand anders ausgeführt zu haben. Sie geschah wie von selbst – als hätte eine höhere Gewalt sie beiseite gefegt, schnell weg aus dem Lichtkegel, der durch die Tür aus dem Korridor hereinfiel. Sie ließ sich auf die Knie sinken und kroch unter den Eßtisch ganz rechts. Durch den Anblick des Toten und erschrocken über ihre eigene Reaktion konnte sie nichts tun, als von diesem günstigen Versteck aus das restliche Zimmer nicht aus den Augen zu verlieren.

Das Entsetzen mußte sie besonders hellsichtig und hellhörig gemacht haben. In den ersten Sekunden, die sie unter diesem Tisch zubrachte, nahm sie jedes noch so kleine Geräusch wahr, das von der Straße heraufdrang. Glückliche Stimmen, die sich etwas zuriefen, das Quietschen einer Bremse, sogar das Klopfen eines Stockes auf dem Bürgersteig. Trotz dieses Lärms hörte sie auch noch, wie es in die Blutlache zu Pumos Füßen tropfte. Ein süßlicher, ekelerregender, fauliger Geruch trat noch hinzu: es roch nach tiefer Trauer.

»Dawn, nun komm schon, zeig dich«, flüsterte ein Mann. Der Blutgeruch war überwältigend, nichts sonst kam dagegen an. »Ich möchte mit dir sprechen.«

Eine dunkle Gestalt wie eine Säule entfernte sich von der Tür und kam ins Zimmer. Das Licht, das aus dem Flur hereinfiel, verlieh dem Fremden eine stämmige Gestalt, als trüge er einen dunklen Mantel, der ihm viel zu groß war. Das Gesicht des Mannes war schemenhaft verschwommen. Vermutlich war sein Haar so schwarz wie Maggies Haar, denn es hob sich in der Dunkelheit nicht ab.

Maggie erschrak maßlos, als der Fremde plötzlich kicherte. »Ich habe mich anscheinend geirrt. Sie können ja unmöglich immer noch Dawn sein. Seien Sie mir nicht böse.«

Auf leisen Sohlen, fast unmerklich näherte er sich Maggie noch etwa einen Meter. Er hielt ein gräßliches Messer mit schwarzem Knauf in der Hand. Mit ein paar Schritten trat er seitlich in den Schatten. Dort blieb er stehen und wartete.

Maggie kroch Zentimeter um Zentimeter auf Händen und Knien tiefer unter den Tisch. Ganz hinten angekommen, sammelte sie sich und saß wie auf dem Sprung, um mit einem Satz zur Tür zu stürzen.

»Kommen Sie doch raus und reden Sie mit mir«, bat er. »Nichts geschieht ohne Grund, auch das hier nicht. Ich bin kein Irrer, der seine Taten nicht begründen kann, wissen Sie. Ich bin Tausende von Kilometern gereist, um jetzt hier zu stehen – genau hier, im Mittelpunkt der Welt. Es ist sehr wichtig, daß Sie das begreifen.«

Er schien zu zögern, war aber nicht zu sehen.

»Ich gehöre zu den Menschen, die immer schon im voraus wissen, was geschieht, und was hier jetzt geschehen wird, ist unabänderlich. Sie werden aufstehen und versuchen, an mir vorbei hinauszulaufen. Sie haben Angst. Der Blutgeruch steigt Ihnen in die Nase. Der stammt von einer Sache her, die sich vor einer ganzen Weile zugetragen hat. Sie sind jetzt hier und müssen einsehen, daß das, was damals geschehen ist, Teil eines großen Planes war und daß auch Sie dazugehören. Auch ein Unschuldslamm muß oft dran glauben. Er war ein alter Kämpfer und ich auch. Ich bin zurückgerufen worden.« Der Mann näherte sich der Mitte des Raumes. »Es muß also sein. Stehen Sie auf und kommen Sie auf mich zu.«

Während er noch sprach, streifte Maggie ihren Mantel von den Schultern und ließ ihn auf den Boden fallen. Der Mantel glitt ihr völlig lautlos von den Schultern und bildete einen ordentlich aufgeschichteten kleinen Berg auf dem Teppich. Sie kroch wieder an dem ganzen Tisch entlang und um die Stühle am anderen Ende herum. So langsam wie in Zeitlupe und so leise wie nur irgend möglich erklomm sie die Galerie.

Maggie erschrak, als der Mann einen Schritt auf sie zukam.

»Ich weiß ganz genau, wo Sie sind. Sie haben sich unter dem Tisch verkrochen. Ich bräuchte nur auf Sie zuzugehen, um Sie unter dem Tisch hervorzuziehen. Aber das habe ich nicht vor. Ich nehme Ihnen nicht die Chance, sich aus freien Stücken zu zeigen. Kommen Sie also freiwillig heraus. Sie können gehen, sobald ich Sie gesehen habe. Sie sehen ja, wo ich jetzt bin. Ganz hinten in dem Zimmer. Ich verspreche Ihnen, daß ich mich nicht vom Fleck rühre. Ich möchte Ihr Gesicht sehen, ich möchte Sie gern kennenlernen.«

Maggie sah, wie er das Messer anders packte. Er nahm die Messerspitze zwischen Daumen und Zeigefinger, der Griff baumelte hin und her.

»Es geht um den Elefanten«, sagte er. »Auf der Welt geht es nicht gerecht zu. Fairneß ist eine menschliche Erfindung. Die Welt verabscheut nur Verschwendung. Sind die Abfälle beseitigt, steht der Liebe nichts im Wege. Ich verrate Ihnen ein Geheimnis: Ich bin ein Mann der Schmerzen, und ich habe Pumo den Puma geliebt.«

Maggie bewegte sich jetzt noch behutsamer nach hinten. Sie war schon ganz nah am Schreibtisch angelangt. Sie streckte eine Hand nach hinten aus. Als sie den Schreibtisch fühlte, bewegte sie sich noch langsamer – bis sie zu dem leeren Tontopf kam, der dort noch herumstand. In diesem Topf hatte einmal ein winziger Hibiskusbaum geblüht, ein Geschenk von Maggie. Doch der kleine Baum war eingegangen. Er bekam nicht genug Licht, und zur Zeit der Ungezieferplage in der Küche suchten ihn die Milben heim. Pumo hatte den Hibiskus weggeworfen und den Topf behalten. Er hatte Maggie auch versprochen, einen neuen Hibiskus zu kaufen. Der leere Topf hatte seitdem immer neben Pumos Schreibtisch gestanden.

»Wir werden uns noch in dieser Minute oder aber in der nächsten gegenüberstehen. In dieser Minute, in der nächsten, oder aber in der übernächsten...«

Da stand er nun etwa zwei Meter von ihr entfernt – nach wie vor fest entschlossen, ihr das Messer zwischen die Rippen zu stoßen. Maggie stand auf und hob den großen Topf hoch über ihren Kopf.

Der Mann sah über die Schulter nach hinten und wappnete sich schon. Maggie ließ den Topf herniedersausen, doch sie hatte schlecht gezielt. Sie schluchzte vor Grauen und Entsetzen. Seine Reaktion riß ihn ins Verderben. Er duckte sich und sprang zur Seite. Dadurch geriet er direkt in die ›Schußlinie‹. Der schwere Topf verfehlte ihn nicht mehr. Er traf ihn mit voller Wucht seitlich am Kopf. Auf den dumpfen Schlag folgte das Bersten und Zersplittern des Topfes auf dem Boden. Tinas Mörder fiel krachend auf den Couchtisch. Der zerbrach wie eine Eisscholle in zwei Stücke.

Maggie sprang von der Galerie herunter und sauste durch das Zimmer, bevor der Mörder Pumos sich aus dem Scherbenhaufen aufgerappelt hatte. Maggie riß die Tür auf und hastete die Treppe hinunter. Sie sah nicht nur den riesengroßen Schatten, den sie auf die Wand warf, sondern auch die dunkle Gestalt ganz oben an der Treppe – als könne sie alles ringsum gleichzeitig erkennen. Obwohl sie die Treppe förmlich hinunterflog, schien es ihr, als bewegte sie sich ganz entsetzlich langsam, als käme sie kaum vom Fleck. Sie fühlte sich wie gelähmt. Der Mann warf sein Messer nicht nach ihr. Er mußte es verloren haben. Es war ihm anscheinend aus der Hand gefallen. Maggie hörte noch, wie der Mann die Treppe runterpolterte, als sie zur Haustür hinaus auf die Straße preschte.

Sie floh vor dem Mörder und glaubte jetzt plötzlich zu fliegen – dem Lärm, der Helligkeit und den Menschen entgegen. Sie spürte die Kälte überhaupt nicht.

Maggie riskierte einen Blick über die Schulter zurück, kurz bevor sie an die Ecke zum West Broadway kam. Was sie zu sehen bekam, erschien ihr künstlich und belanglos wie ein Bühnenbild. Die Tür zum Loft stand offen. Das Licht, das aus der Haustür fiel, verschmolz mit dem Lichtkreis der Straßenlaterne. Ein paar Leute auf dem Bürgersteig hatten sich nach ihr umgedreht, als sie an ihnen vorbeirannte. Durch die hellerleuchtete geschäftige Grand Street glitt ein Schatten. Ein Mann verschmolz mit der Menschenmenge, benutzte einzelne als Schutzschild, um ihr nachzujagen, ohne daß sie ihn entdeckte. Maggie riß den Kopf nach vorn. Der Atem gefror ihr in der Kehle. Sie machte sich so dünn wie möglich, als sie weiterrannte – wollte nichts sein als ein dünner schwarzer Strich.

Maggie jagte wie gehetzt dahin und ruderte in ihrer dünnen Bluse mit den Armen. Ihre Knie hoben und senkten sich. »Schneller, Mädchen«, forderte sie ein Farbiger auf, als sie an ihm vorbeihuschte. Ihr breites glattes Gesicht verriet nichts von dem Entsetzen, das sie gefangenhielt. Ein glühendheißer Draht schien in ihrer Seite herumzustochern. Sie atmete keuchend, aber regelmäßig. Als sie dazu überging, im Gegenrhythmus zum Atmen weiterzuhasten, hörte sie die leisen Schritte des Verfolgers hinter sich, die das Pflaster ganz gleichmäßig berührten. Er holte langsam auf, kam immer näher.

Schließlich war die U-Bahnstation nur noch einen Block entfernt. Maggies Gesicht war schweißüberströmt, und der Draht, der sich in ihre Seite bohrte, schmerzte fürchterlich. Trotzdem ruderte sie weiter mit den Ellenbogen, ihre Knie hoben und senkten sich. Die Jungen, die sie zuvor schon aufgehalten hatten, lungerten noch immer mitten auf dem Bürgersteig herum. Sie sahen Maggie auf sich zurasen und flippten völlig aus.

»Da ist ja das kleine Schlitzauge wieder!«

»Hallo, Schätzchen, hast du dir's doch noch überlegt?«

Einer der Jungen grinste breit. Er tänzelte vor Maggie hin und her und breitete die Arme aus. Auf seiner Brust hüpfte eine Goldkette mit seinem Namenszug, die Buchstaben so groß wie seine Schneidezähne. Maggie schrie etwas. Die Jungen wollten sie umringen, doch als sie bis auf ein paar Meter herangekommen war, sah der Junge ihr Gesicht und sprang beiseite. »Mord!« brüllte Maggie. »Haltet ihn!«

Fast ohne Übergang hastete sie die Treppe hinunter, als existierte das Gesetz der Schwerkraft für sie nicht. Von oben hörte sie Geschrei. Sie hörte auch jemanden hinfallen. Als Maggie die letzten Stufen hinuntersprang, hörte sie, wie eine U-Bahn auf dem Bahnsteig einfuhr. Sie hetzte weiter. Auf dem Bahnsteig standen etwa fünfzehn Leute. Der Zug hielt rechts von ihr. Die Türen gingen quietschend auf.

Maggie zwängte sich zwischen den Leuten hindurch. Beim Drehkreuz tat sie, als stecke sie ihre Wertmarke ein. Natürlich rührte sich das Gitter nicht. Sie schlüpfte hastig drunter hindurch, ohne daß es jemand sah. Kaum hatte sie das hinter sich, da riskierte sie noch einen Blick über ihre Schulter zurück. Eine ganze Menschenmauer drängte sich auf die U-Bahn zu. Dann trat ein grauer Schatten hinter einen Mann, der einen schwarzen Mantel trug. Maggie erkannte die Andeutung eines Lächelns, als der Schatten auf sie zugeglitten kam. Der Fremde kam zuversichtlich auf sie zugesprintet. Maggie legte die letzten Meter zu dem wartenden Zug mit Höchstgeschwindigkeit zurück. Sie drängte sich in den Wagen und stürzte an das nächstgelegene Fenster, als die Türen wieder zuglitten. Der Mann im schwarzen Mantel war jetzt an dem Einlaßgitter angelangt. Hinter ihm schien jemand mit ihm zu verschmelzen, ein Mensch mit fließenden Bewegungen. Der eilte jetzt zwischen den Männern und Frauen hindurch, die darauf warteten, auf den Bahnsteig zu gelangen. Er grinste Maggie an und vollführte einen unsichtbaren Tanz. Er sah sie, als die U-Bahn abfuhr, ohne selbst gesehen zu werden.

Maggie ließ sich auf einen Sitz sinken. Erst nach einer Weile merkte sie, daß sie zitterte wie Espenlaub. »Er hat ihn umgebracht«, murmelte sie vor sich hin. Als sie das wiederholte, standen die paar Leute in ihrer Nähe auf und gingen zum anderen Ende des Wagens vor. Maggie kam es vor, als sei der Mörder ihres Geliebten, der sie bis zur U-Bahn-Station verfolgt hatte, gar kein Mensch, sondern ein grinsender Dämon, der in jede beliebige Gestalt schlüpfen und sich unsichtbar machen konnte. Es gab nur einen einzigen Beweis dafür, daß er doch ein Mensch sein mußte: Der große schwere Blumentopf war auf seinem Kopf gelandet. Der Täter war dann mitsamt Pumos Couchtisch zusammengebrochen. Eine Welle der Übelkeit überspülte Maggie. Sie konnte noch immer nicht ganz glauben, was sich alles zugetragen hatte. Maggie brach in Schluchzen aus und wischte sich die Augen. Dann beugte sie sich vor und besah sich ihre Schuhe. Sie wiesen keine Blutflecken auf, nicht einmal an den Sohlen klebte Blut. Wieder überlief sie ein eisiger Schauer des Entsetzens. Sie weinte die ganze lange Fahrt über vor sich hin. Auch als sie umstieg, liefen ihr die Tränen über das Gesicht. Sie fühlte sich wie ein zerschlagenes Tier, das in seinen Bau zurückkehrt. Immer wieder fuhr sie ganz plötzlich zusammen und stieß einen spitzen Schrei aus, wenn sie glaubte, Tinas verrückten Mörder, diese schattenhafte Gestalt, hinter irgendwelchen Leuten erspäht zu haben, die sich an den Haltegriffen in der U-Bahn festhielten. Doch wenn die Leute dann auseinandergingen, stellte sich heraus, daß sie sich das nur eingebildet hatte. Es gelang ihm offensichtlich immer wieder, sich einfach in Luft aufzulösen.

An der 125. Straße rannte sie die Treppe hinunter, die Arme vor der Brust verschränkt, damit sie nicht so fror. Sie sagte sich: Die Tränen auf den Wangen müssen ja gefrieren. Dann überzieht eine Eisschicht mein Gesicht wie eine Maske, hinter der ich gefangensitze.

Sie öffnete die Tür zur Kirche des Generals und glitt so leise wie nur irgend möglich in den Kirchenraum. Sofort umfing sie die Wärme und der Duft der brennenden Kerzen, der ihr fast die Besinnung raubte. Die Gemeinde des Generals saß schwerfällig auf den Stühlen. Maggie blieb zitternd ganz hinten in der Kirche stehen, die Arme noch immer vor der Brust verkrampft. Sie wußte nicht, was sie jetzt machen sollte. Jetzt, wo sie endlich hier war, hätte sie nicht einmal mehr sagen können, warum sie in die helle kleine Kirche zurückgekehrt war. Die Tränen strömten ihr nur so über das Gesicht. Endlich erblickte sie der General. Er zog eine Augenbraue hoch und sah sie fragend an. Er wirkte sehr besorgt. *Er weiß nicht, was passiert ist*, dachte Maggie. Sie weinte leise vor sich hin und preßte die Arme an die Brust. *Woher soll er das auch wissen?* Dann fiel Maggie ein, daß Tina Pumo noch immer tot in seiner Wohnung saß. Außer ihr und dem Mörder wußte das bisher noch niemand. Sie mußte die Polizei anrufen.

9

Auch Michael Poole ahnte noch nicht, was geschehen war. Noch wußte er nichts von den Vorgängen, die ihn schon bald veranlassen sollte, nach New York zurückzukehren. Er wandte sich gerade zum zweiten Mal an diesem Tage von Bang Luk ab, der kleinen Straße, in der sich der Blumenmarkt und die Behausung von Tim Underhill befanden. Er wandte sich nach Norden der Charoen Krung Road zu. Es war kurz nach Mitternacht. Inzwischen herrschte auf den Straßen ein noch viel schlimmeres Verkehrschaos. Das Menschengewühl war unvorstellbar. Unter normalen Umständen wäre selbst ein Mensch, der so gern zu Fuß ging wie Dr. Poole, an den Straßenrand getreten und hätte dort den Arm gehoben, um ein Taxi oder eine Motorrikscha anzuhalten. Um dann in das erstbeste Fahrzeug einzusteigen, das daraufhin halten würde. Es war noch immer drückend heiß. Michaels Hotel lag drei oder vier Kilometer entfernt, und Bangkok ist für längere Spaziergänge denkbar ungeeignet. Doch von normalen Umständen konnte ja hier wirklich keine Rede sein. Michael hatte gerade etwas über sieben Stunden mit Tim Underhill verbracht. Jetzt brauchte er Zeit zum Nachdenken – ebenso wie er das gedankenlose Laufen brauchte. An sich war in diesen sieben Stunden gar nicht viel geschehen. Die beiden Männer hatten sich auf der Terrasse bei ein paar Drinks und später im Golden Dragon in der Sukhumvit Road bei einem wunderbaren Essen einfach nur unterhalten. Auch auf dem Weg dorthin in einer Motorrikscha. Nach dem Essen waren sie – wieder mit einer Motorrikscha – zu Tims kleiner Wohnung über Jimmy Siam gefahren, wo sie redeten und redeten und gar kein Ende finden konnten. Tim Underhills Stimme klang Michael Poole noch immer in den Ohren – ihm kam es vor, als liefe er im Rhythmus all der Sätze, die diese Stimme sagte.

Tim Underhill war ein wunderbarer Mensch. Ein wunderbarer Mensch, der ein schreckliches Leben führte. Ein wunderbarer Mensch mit erschreckenden Angewohnheiten. Er war schrecklich und trotzdem wunderbar. Michael hatte während dieser sieben mit Tim Underhill verbrachten Stunden weit mehr getrunken als gewöhnlich. Der ganze Alkohol hatte ihn erhitzt und ganz konfus gemacht. Michael kam zu Bewußtsein, daß er tief bewegt, ja tief erschüttert war. Sein alter Kriegskamerad hatte ihn sehr beeindruckt. Was der alles riskiert und durchgestanden hatte, erfüllte ihn mit Ehrfurcht. Underhill hatte ihn überzeugt. Es war sonnenklar, daß Underhill nicht Koko sein konnte. Was Underhill ihm nach den ersten Worten erzählte, die er auf der Terrasse an Michael gerichtet hatte, ließen keinen Zweifel mehr daran aufkommen, daß Tim Underhill mit Koko nicht identisch sein konnte.

Trotz der Wirren seines turbulenten Lebens hatte Tim Underhill im wahrsten Sinn des Wortes niemals aufgehört, sich den Kopf über Koko zu zerbrechen, über diesen anarchistischen Rächer nachzugrübeln, der in seinen Augen ständig neue Fragen aufwarf. Damit war er Harry Beevers nicht nur weit voraus, er demonstrierte auch, wie durchsichtig und seicht Beevers Gedankengänge waren. Poole ging durch die stickige Nachtluft nach Norden und wurde ständig von gleichgültigen Menschen angerempelt, die es offenbar sehr eilig hatten. Er sagte sich, daß er voll und ganz auf der Seite Tim Underhills stand. Noch vor acht Stunden war Dr. Poole über eine wackelige Brücke gegangen und hatte mit einem Mal gespürt, daß er auf dem besten Wege war, seinen Beruf, seine Ehe und vor allem den Tod in einem völlig neuen Licht zu sehen. Fast schien es, als habe er den Tod endlich so respekteinflößend und ehrfurchtgebietend gesehen, daß er ihn als das erfaßte, was er war. Er hatte dem Tod ganz offen von Angesicht zu Angesicht gegenübergestanden, ihn mit allen Sinnen in sich eingesogen – auf eine Art und Weise, die einem Arzt nun einmal nicht entsprach. Die Ehrfurcht und das Grauen waren nötig. Diese Augenblicke begierigen Begreifens sind nur von kurzer Dauer. Sie lassen nur den Geschmack der Vergänglichkeit zurück. Aber Michael erinnerte sich noch an den bitteren Sinn für die Realität und die Demut, die er angesichts der ungeschminkten Wahrheit empfunden hatte. Es nahm ihn sehr für Tim Underhill ein, daß er Jahr um Jahr in allen seinen Büchern tatsächlich über das Geländer geklettert war und den Strom durchschwommen hatte. Alle seine Sinne waren stets aufnahmebereit gewesen. Er hatte nichts unversucht gelassen, um sich emporzuschwingen. Koko hatte ihm seine Schwingen verliehen.

Underhill war so weit wie nur möglich geflogen. Wäre er dabei abgestürzt, so wäre die unsanfte Landung eben eine Folge des Fluges gewesen. Seine Trunksucht und das Rauschgift, all diese Exzesse dienten nicht dem Fliegenkönnen, wie Beevers und andere Leute vermutlich sofort angenommen hätten. Damit wollte Underhill sich nur ablenken und betäuben, nachdem er so weit gegangen war wie möglich, ohne sein Ziel jedoch erreicht zu haben. Tim Underhill war weiter gegangen als Michael Poole. Ihn hielt Stacy Talbot aufrecht, um die all seine Gedanken kreisten. Die Zuneigung zu dem todkranken Mädchen wirkte wie Balsam auf seine alte, noch immer nicht verheilte Wunde: die Liebe zu Robbie, seinem toten Sohn. Underhill setzte seine ganze Fantasie ein. Die Fantasie war alles.

Diese und viele andere Fragen waren auf der Hotelterrasse, beim Essen in dem lauten riesengroßen Chinarestaurant und in dem unbeschreiblichen Wirrwarr von Tim Underhills kleiner Wohnung zur Sprache gekommen. Was Michael über das beklagenswerte Leben Underhills erfuhr, ging ihm so an die Nieren, daß er Koko immer wieder aus den Augen verlor. Genaugenommen glich das Leben Underhills einer ständigen raschen Folge von Lawinen. Inzwischen war er jedoch in ein ruhigeres Fahrwasser gelangt. Er führte neuerdings ein etwas gemäßigteres Leben und versuchte, wieder zu schreiben. »Das ist, als müsse man wieder laufen lernen«, erklärte er Michael. »Ich bin blindlings herumgetappt, ins Stolpern geraten und gestürzt. Es kam regelrecht zum Muskelschwund, nichts funktionierte mehr. Acht Monate lang hatte ich nach sechs Stunden harter Arbeit einen Absatz zu Papier gebracht. Wenn das geschafft war, konnte ich mich glücklich schätzen.«

Er hatte eine seltsame Novelle mit dem Titel ›Blaue Rose‹ geschrieben. Und eine noch merkwürdigere mit dem Titel ›Der Wacholderbaum‹. Jetzt schrieb er Selbstgespräche, die aus Fragen und Antworten bestanden. Der neueste Roman war schon zur Hälfte fertig. Zweimal hatte er erlebt, wie draußen auf der Straße ein blutbesudeltes Mädchen auf ihn zugerannt war und unmenschliche Laute ausgestoßen hatte. Er meinte, das Mädchen sei die Antwort auf so manche Frage, eben deshalb sei es ihm erschienen. Sie künde davon, daß die fundamentalen Dinge schon ganz nahe seien. Über Koko konnte Underhill sich wieder eingehend mit Ia Thuc befassen, auch mit der Vision des kleinen Mädchens, das in Panik durch eine Großstadtstraße lief. Bei allem, was er geschrieben hatte, ging es um Ia Thuc.

Was alles noch viel schlimmer mache, meinte Underhill, sei die Tatsache, daß Koko identisch sei mit Victor Spitalny, der lediglich den Durchschnittsmenschen und nicht einmal unbedingt den Abschaum der Menschheit verkörperte.

»Das habe ich am eigenen Leib erfahren«, hatte ihm Underhill im Golden Dragon erzählt. »Ich habe eine dieser Koko-Nummern abgezogen. Du auch, und Conor Linklater wahrscheinlich auch...«

»Stimmt«, pflichtete ihm Michael bei. »Und du hast auch recht, was mich angeht.«

»Mach keine Witze«, sagte Underhill. »Meinst du, ich hätte dir das nicht angemerkt? Und dabei neigst du ja wahrhaftig nicht zu Greueltaten, Michael. Ich bin dahintergekommen, daß es nur Spitalny gewesen sein kann. Außer du bist es gewesen – oder Dengler. Aber das ist beides gleichermaßen unwahrscheinlich.

Ich bin nach Bangkok geflogen, um so viel wie möglich über Denglers letzte Tage zu erfahren, weil ich mir sagte, daß mich das vielleicht wieder zum Schreiben animieren würde. Aber dann, mein lieber Freund, war mit einem Mal der Teufel los. Die Journalisten wurden umgebracht. Aber das ist dir und Beevers ja nicht entgangen.«

»Journalisten, was soll das denn heißen?« erkundigte sich Michael in aller Unschuld.

Underhill starrte ihn einen Augenblick mit offenem Munde an. Dann brach er in schallendes Gelächter aus.

Michael kam zu der großen chaotischen Kreuzung der Charoen Krung Road und der Surawong Road und verweilte einen Augenblick in der stickig heißen Nachtluft. Underhill hatte in ein paar provinziellen Bibliotheken und Buchhandlungen in Bangkok festgestellt, was Harry Beevers selbst mit Hilfe eines Assistenten in den größten Bibliotheken nicht herausgefunden hatte. Es verschlug Michael regelrecht den Atem, daß Beevers übersehen, ja sogar abgestritten hatte, daß zwischen den Mordopfern eine Verbindung bestand.

Eben diese Verbindung brachte sie alle in Gefahr. Underhill war fest davon überzeugt, daß Spitalny ihm gefolgt war, und zwar durch Singapur *und* Bangkok.

Er war das immer nur ganz kurz gewahr geworden, wenn er das Gefühl gehabt hatte, beobachtet und verfolgt zu werden. Im Golden Dragon hatte er berichtet: »Ein paar Wochen nachdem die Leichen in Singapur gefunden worden waren, ging ich aus dem Haus und hatte das deutliche Gefühl, daß sich etwas wirklich Schlimmes, das aber irgendwie *zu* mir gehörte, irgendwo versteckte und mich observierte. Als hätte ich einen gemeingefährlichen wahnsinnigen Bruder, der nach langer Abwesenheit zurückgekehrt war, um mir das Leben zur Hölle zu machen, bevor er sich wieder trollte. Ich habe mich gründlich umgesehen, aber ich konnte außer den vielen Blumenhändlern niemanden entdekken. Kaum war ich auf die Straße rausgetreten, da legte sich das ungute Gefühl.« Später in seiner unaufgeräumten Wohnung mit den Dämonenmasken an den Wänden und dem vor Schmutz ganz blinden Spiegel fuhr Underhill dann fort: »Erinnerst du dich noch daran, wie ich dir erzählt habe, wie ich das Haus verließ und das komische Gefühl hatte, daß jemand auf der Lauer lag, von dem mir Gefahr drohte? Ich dachte natürlich an Spitalny. Doch es tat sich nichts. Mein vermeintlicher Verfolger mußte sich in Luft aufgelöst haben. Am übernächsten Tag, ein paar Tage nach dem Mord an den Franzosen, überkam mich diese böse Vorahnung schon wieder – in der Phat Pong Road. Diesmal sogar noch viel stärker. Ich wußte, daß mir jemand auflauerte. Ich drehte mich um, weil ich dachte, er müsse direkt hinter mir gehen und ich könne ihn stellen. Ich fuhr also *blitzschnell* herum. Er war nicht hinter mir und auch nicht zwischen den Leuten hinter mir. Ich konnte ihn nirgendwo entdecken. Aber ich habe etwas Komisches gesehen, weißt du. Es fällt mir schwer, es in Worte zu fassen. Aber es kam mir vor, als ob ganz weit weg am anderen Ende der Straße etwas wie ein Schatten, der sich ständig in Bewegung befand, hinter diesen Leuten, die deutlich zu sehen waren, hin- und herglitt. Nein, gleiten kann man eigentlich nicht sagen. Die Bewegung war viel lebhafter. Dieser Schatten *tanzte* zwischen all den Leuten auf und ab und sah mich dabei grinsend an. Mir war nur ein kurzer Blick auf jemanden vergönnt, der sich unverschämt schnell bewegte – ein Wesen in einem Freudentaumel, das sich meinen Blicken schon bald wieder entzog. Ich hätte mich fast übergeben.«

»Und was hast du jetzt vor?« erkundigte sich Poole. »Möchtest du nach Amerika zurück? Ich fühle mich fast verpflichtet, Conor und Beevers mitzuteilen, daß ich dich gefunden habe, aber ich weiß nicht, was du davon hältst.«

»Das kannst du halten, wie du willst«, erklärte Underhill. »Aber ich habe das Gefühl, daß du mich an den Haaren aus meiner Höhle schleifen willst, und ich bin mir nicht sicher, ob ich sie verlassen möchte.«

»Dann laß es doch bleiben!« hatte Michael ausgerufen.

»Vielleicht können wir uns gegenseitig helfen«, hatte Underhill gemeint.

»Können wir uns morgen wiedersehen?«

»Aber selbstverständlich, wenn du möchtest«, sagte Underhill.

Als Michael Poole die letzten zweihundert Meter zu seinem Hotel zurücklegte, fragte er sich, was er wohl täte, wie er reagieren würde, wenn ein Wahnsinniger wie ein behender Schatten auf der heißen, total verstopften Straße hinter ihm einen Freudentanz vollführte. Würde er eine Vision haben – wie es Underhill offenbar ergangen war? Würde er herumfahren und versuchen, seiner habhaft zu werden? Victor Spitalny, die Stimme des Volkes oder der Abschaum der Menschheit, änderte alles. Im nächsten Augenblick erkannte Michael, daß Harry Beevers vielleicht doch noch zu seiner Miniserie kommen würde. Spitalny würde für ein paar zusätzliche Farbtupfer in Beevers Story sorgen. Aber hatte er deshalb die weite Reise von Westerholm nach hier zurückgelegt?

Als Poole die Hoteltreppe hinaufstieg, war er bereits fest entschlossen, vorerst noch keinem zu verraten, daß er Tim Underhill gefunden hatte. Er wollte einen Tag verstreichen lassen, bevor er Conor reinen Wein einschenkte und Beevers herbeizitierte. Als er am Empfang vorbeikam, konnte er feststellen, daß Conor noch unterwegs war. Michael hoffte, daß er sich gut amüsierte.

Teil V

DAS MEER DES VERGESSENS

23. KAPITEL

Robbie mit Laterne

1

Auch nach zwei Tagen kam es ihm noch vor, als stünde die ganze Welt auf dem Kopf, als habe sich das Innerste nach außen gekehrt. Michael war noch völlig außer Atem durch die unvorhergesehenen Ereignisse und die überstürzten Vorbereitungen. Er konnte sich noch immer keinen Reim auf alles machen, als er mit zwei Flaschen Singha-Bier an den Tisch im Flughafengebäude trat, an dem Conor auf ihn wartete.

Underhill sollte sie zurückbegleiten. Als Michael mit dem Bier von der überfüllten Bar für die Passagiere kam, verriet ihm Conors Blick, daß dieser so seine Zweifel hatte, ob der Schriftsteller auch rechtzeitig zum Abflug am Flughafen erscheinen würde. Conor sagte jedoch nichts, als Michael das Bier auf den Tisch stellte und sich neben ihn setzte. Er beugte sich vor, als wolle er den Boden untersuchen. Er war immer noch ganz blaß vor Entsetzen über die Geschehnisse in New York, während sie sich in Bangkok getrennt auf die Suche gemacht hatten. Conor sah noch immer aus, als habe ihn der Lärm gerade aus dem Schlaf gerissen.

Michael begnügte sich mit einem Schluck von dem starken, kalten bitteren Thai-Bier. Conor war vor zwei Nächten etwas *zugestoßen*. Er mußte ein einschneidendes Erlebnis gehabt haben, über das er jedoch nicht sprechen wollte. Er sah auch aus, als erinnerte er sich an die Sätze, die Underhill in seinen Selbstgesprächen zu Papier gebracht hatte. Michael nahm an, daß mit Hilfe dieses Frage- und Antwortspiels eine eingerostete Maschinerie wieder in Gang gebracht werden sollte. Underhill nahm sich an die Kandare, um wieder schreiben zu können. Irgendwann hatte er auch über das Gefühl der Panik, das Pan-Gefühl geschrieben, wie er das zu nennen pflegte. Für Underhill hing das damit zusammen, daß ›die fundamentalen Dinge schon ganz nahe waren‹.

»Mikey, worüber denkst du nach?« erkundigte sich Conor.

Michael schüttelte den Kopf.

»Ich vertrete mir mal die Beine«, sagte Conor. Er sprang auf und ging durch eine der Türen, durch die die Passagiere der internationalen Flüge kamen. Das war fünfzig Minuten vor dem planmäßigen Abflug. Aber eine Angestellte der Fluggesellschaft hatte den Passagieren bereits mitgeteilt, daß die Maschine erst eine Stunde später starten würde. Conor stellte sich auf die Zehenspitzen und nahm die Menschenmassen genauestens unter die Lupe, die hereingeströmt kamen. Daß Underhill nicht auftauchte, machte ihn so nervös, daß er sich ablenken und rasch einen Blick in die Schaufenster der Geschenkläden werfen mußte. Am Eingang des Ladens mit den zollfreien Alkoholika sah er auf die Uhr, warf noch rasch einen Blick auf die Neuankömmlinge und stürzte in den Laden.

Nach zehn Minuten tauchte er mit einer gelben Plastiktüte wieder auf. Die stellte er auf seinem alten Platz neben Michael Poole ab. »Ich dachte, er würde endlich kommen, wenn ich da reinginge.«

Hilflos und verzweifelt ließ Conor die Thais, Amerikaner, Japaner und Europäer Revue passieren, die in die Halle strömten. »Ich hoffe, Beevers hat seine Maschine nicht verpaßt.«

Harry Beevers sollte von Taipeh nach Tokio und von dort mit einer Maschine der Japan Airlines nach San Francisco fliegen. Sie selbst kämen etwa eine Stunde nach ihm an. Von San Francisco aus wollten sie dann zusammen nach New York fliegen. Auf die Nachricht von Pumos Tod hatte Beevers mit der Bemerkung reagiert, das Arschloch könnte noch am Leben sein, wenn er mitgekommen wäre, anstatt hinter seiner Freundin herzulaufen. Er stellte kurze ungeduldige Fragen, wollte wissen, warum sie nicht in Bangkok auf ihn warten konnten. Er war verärgert und sehr frustriert und fand es sehr ungerecht, daß Poole und Linklater Tim Underhill gefunden hatten. Das alles war *seine* Idee gewesen, also hätte *er* ihn finden müssen. »Sorgt dafür, daß er auch wirklich mitfliegt«, empfahl er ihnen noch. »Und laßt euch nicht belügen.«

Michael hatte darauf hingewiesen, daß Underhill Tina Pumo unmöglich getötet haben konnte.

»Tina hat in Soho gelebt«, ließ Beevers daraufhin verlauten. »Macht doch mal die Augen auf. Er hatte ein *Restaurant!* Was glaubt ihr wohl, wie viele Rauschgifthändler in Soho wohnen? Es ist nicht immer alles ganz so, wie es aussieht.«

Conor trank sein Bier aus. Dann sprang er wieder auf, um sich die Passagiere anzusehen, die in die Abflughalle strömten. Dann kam er wieder zurück. Inzwischen waren alle Plätze in der Abflughalle besetzt. Die Flugpassagiere, die noch kamen, mußten sich auf den Boden setzen, falls sie es nicht vorzogen, durch die breiten Gänge vor den zollfreien Läden zu flanieren. Je mehr sich die Abflughalle füllte, desto mehr ähnelte sie Bangkok selbst. Wer keinen Stuhl mehr abbekommen hatte, machte sich einfach auf dem Boden breit. Die Luft war stickig und verräuchert, das Stimmengewirr schier unerträglich.

Eine lange Tirade auf Thai prasselte aus Lautsprechern auf die Flugpassagiere nieder. Michael glaubte, San Francisco gehört zu haben. Conor sprang wieder auf, um auf der Abflugtafel nachzusehen. Ihre Maschine sollte in fünfundfünfzig Minuten starten. Wenn sich der Abflug nicht doch noch verzögerte, würden sie zur gleichen Zeit wie Harry Beevers in San Francisco landen. Der würde ihnen nie verzeihen, daß sie ihn hintergangen hatten. Beevers würde darauf bestehen, auf der Stelle nach Bangkok zurückzufliegen. Er würde eine wilde Treibjagd durch die Straßen inszenieren, mit heulenden Polizeisirenen und halsbrecherischen Kletterpartien über die Dächer. Schließlich würde der Schurke dann in Handschellen abgeführt werden und die erstaunliche Erklärung abgegeben, Underhill habe die Journalisten umgebracht und einen Killer für Pumo angeheuert. Beevers fand, daß sich die Sache so und nicht anders abzuspielen hatte – wilde Verfolgungsjagden im Auto inbegriffen.

Poole war schrecklich müde, da er in der Nacht kaum Schlaf gefunden hatte. Er hatte Judy angerufen, die ihm kurz und bündig von Tinas Tod berichtet hatte. »Der Mörder soll der gleiche sein, der auch den Mann in der Bibliothek umgebracht hat. Ach, davon weißt du noch nichts?« Ihre Stimme klang befriedigt, als sie ihm erzählte, wie es zu dem Tod von Dr. Mayer-Hall gekommen war.

»Warum nimmst du an, daß beide Morde von ein- und demselben Täter begangen worden sind?«

»Zwei Chinesinnen haben Tina zwischen den Bücherregalen gesehen, und zwar ein paar Minuten bevor der Tote gefunden worden ist. Tinas Foto war heute morgen in der Zeitung. Die Frauen haben ihn gleich wiedererkannt. In den Rundfunk- und Fernsehnachrichten wurde es auch gebracht. Tina wurde verdächtigt und polizeilich gesucht. Die Frauen haben ihn zwischen den Bücherregalen hervortreten sehen. Wie sich das alles abgespielt hat, ist ja sonnenklar.«

»So, wie denn?«

»Tina hatte sich zwischen den Bücherregalen verlaufen. Weiß der Himmel, was er in der Bibliothek gewollt hat. Jedenfalls muß ihm der Wahnsinnige begegnet sein, der den Bibliothekar ermordet hat. Er konnte fliehen, doch der Mörder hat ihn aufgespürt und auch ihn ermordet. Ist doch alles sonnenklar.« Sie unterbrach sich kurz. »Tut mir leid, daß ich damit der Vergnügungstour ein Ende mache.«

Michael fragte sie, ob der anonyme Anrufer sie immer noch belästige.

»In letzter Zeit sagt er immer, daß es keinen Ersatz für Butter gibt oder so was Ähnliches. Sobald er sein Sprüchlein aufgesagt hat, lösche ich es auf dem Band. Wahrscheinlich hat ihm jemand von morgens bis abends Unsinn eingebleut, als dieser Mann noch ein kleiner Junge war. Ich wette, daß er als Kind mißhandelt worden ist.«

Das Gespräch endete dann bald.

Michael Poole sah Victor Spitalny kurz vor sich – einen kleinen Mann mit hängenden Schultern und schwarzen Haaren. Seine dunklen Augen blickten unstet unterhalb der schmalen Stirn mit den Geheimratsekken. Er hatte einen feuchten kleinen Mund und ein spitzes Kinn. Mit achtzehn Jahren hatte Victor Spitalny eine psychische Mauer um sich errichtet. Wenn er sah, daß man sich ihm näherte, blieb er stehen und wartete, bis man sich wieder so weit entfernt hatte, daß er sich wieder sicher fühlen konnte. Ihm war die Geschichte Underhills von dem wildgewordenen einfachen Soldaten zu Ohren gekommen. Wahrscheinlich hatte er daraufhin beschlossen, jemanden umzubringen und zu desertieren.

Michael sagte sich zum ersten Mal, daß es vielleicht ganz interessant sein müßte, nach Milwaukee zu fliegen und sich anzusehen, wo Victor

Spitalny aufgewachsen war. Judy hatte ihn durch eine Bemerkung während ihres Telefongesprächs darauf gebracht.

Milwaukee war das Monroe Underhills in Illinois, wo Hal Esterhaz seinem Schicksal zum Opfer gefallen war. Wenn Underhill überhaupt noch am Flughafen auftauchte, würde er sie womöglich gern begleiten, wenn sie nach Milwaukee flogen, um Näheres über die Kindheit einer seiner Hauptgestalten zu erfahren.

Dann hörte er Conor erleichtert aufatmen. All das war schon im nächsten Augenblick vergessen. Tim Underhill kam nämlich im Galopp auf sie zugerannt. Unter dem einen Arm trug er eine mit Bindfaden verschnürte Schachtel, in einer Hand einen Lederranzen, in der anderen seine altmodische Reiseschreibmaschine samt Koffer, außerdem ein Boardcase aus Kunststoff. Die viel zu weite Seersucker-Jacke flatterte um ihn herum. Er sah irgendwie ganz fremd aus. Das mußte daran liegen, daß sich Underhill die Haare hatte schneiden lassen.

»Du hast es also doch noch geschafft«, bemerkte er.

»Ich werde etwas knapp bei Kasse sein, bis mein nächstes Buch erscheint«, erklärte Underhill. »Ob mir wohl einer der Herren ein Cola spendiert?«

Conor sprang sofort auf und eilte an die Bar.

2

Alles wirkte wie eine Parodie auf ihren Hinflug. Tim Underhill saß anstelle von Harry Beevers auf dem Fensterplatz, Conor in der Mitte und Michael auf dem Platz am Gang. Auf den anderen Plätzen Touristen. Michael dachte wehmütig an die Grübchen und das glänzende Haar Pun Yins zurück. Jetzt saßen sie in einer Maschine einer amerikanischen Fluggesellschaft. Die Stewardessen waren große schlanke Frauen mit professioneller Miene. Sie gaben sich sehr distanziert. Die anderen Passagiere waren keine Kinderärzte, sondern in der Hauptsache junge Leute, die man in zwei Kategorien einordnen konnte. Es handelte sich entweder um Angestellte multinationaler Gesellschaften, die *Megatrends* und *The One Minute Manager* lasen, oder um Ehepaare mit und ohne Kinder. Sie trugen Jeans und ganz saloppe Hemden. Als Michael in ihrem Alter war, las man Hermann Hesse und Carlos Castaneda, doch die unförmigen Taschenbücher, die sie ihren Rucksäcken entnahmen, stammten von Judith Krantz oder Sidney Sheldon. Oder die Autoren waren Damen mit drei Namen, und auf den Titelseiten prangten Gemälde nebelverhangener Schlösser und sehnsüchtiger Einhörner. Im Jahr 1983 schien die Bohème literarisch nicht sehr anspruchsvoll zu sein – falls diese jungen Leute als Bohémiens gelten konnten. Aber das ist schon in Ordnung, dachte Michael. Er las im Flugzeug auch nur ganz bestimmte Bücher. Conor las überhaupt nicht. Underhill hatte ein dikkes Taschenbuch von Stephen King auf dem Klapptisch vor sich abgelegt. Nach dem Zustand zu urteilen, in dem es sich befand, mußten es schon mindestens drei Leute vor ihm gelesen haben.

Michael holte *The Ambassadors* aus seinem Board-Case, einen Roman von Henry James, den ihm Judy förmlich aufgedrängt hatte. In Westerholm hatte ihm das Buch ganz gut gefallen, aber als er es jetzt wieder in der Hand hielt, mußte er sich sagen, daß ihm eigentlich gar nicht nach Lesen zumute war. Jetzt, wo sie sich tatsächlich in der Luft befanden, konnte er sich gar nicht vorstellen, auf was er sich einließ, indem er zurückkehrte.

Durch die kleinen Fenster sah man den schwarzen Himmel, den ganz unirdische, rot und purpurn gefärbte Streifen durchzogen. Das wirkte sehr dramatisch. Der Himmel paßte gut zu ihrer Stimmung. Er schien sie in Kokos Welt hineinziehen zu wollen, in der nicht eine Geste den Erwartungen entsprach, sondern Engel sangen und Dämonen durch lange Korridore flohen.

Conor erkundigte sich bei der Stewardeß, ob sie einen Film zu sehen bekommen würden.

»Ja, sobald wir die Tabletts vom Abendessen wieder abgeräumt haben. Wir zeigen dann *Sag niemals nie*, den neuesten James-Bond-Film.«

Die Stewardeß sah beleidigt aus, als Conor grinste.

»Ich lache wegen einem Mann, den wir gut kennen«, erklärte Conor. Als Freund wollte er Beevers wahrhaftig nicht bezeichnen, nicht einmal einer Stewardeß gegenüber, die ihm höchstwahrscheinlich nie begegnen würde.

»He«, sagte Conor prahlerisch, »ich bin vom Morddezernat in New York. Ich bin ein großes Tier, ein zweiter 007.«

»Ihr Freund ist also bei der Mordkommission in New York?« fragte die Stewardeß. »Da hat er jetzt sicher viel zu tun. Vor einer oder zwei Wochen ist sogar ein Mann im John.-F.-Kennedy-Flughafen erstochen worden.« Ihr fiel sofort auf, daß die drei Männer vor ihr plötzlich die Ohren spitzten und angespannt lauschten. Da fügte sie hinzu: »Irgendein gewiefter Geschäftsmann auf einem unserer Flüge. Eine meiner Freundinnen betreut oft die erste Klasse auf der Strecke New York–San Francisco. Sie hat mir erzählt, daß er einer ihrer Passagiere war – ein Stammkunde.« Sie unterbrach sich. »Muß wohl ein fürchterlicher Kerl gewesen sein.« Wieder schwieg sie. »In der Zeitung hat gestanden, daß er ein Yuppie war, aber die haben ihn bloß so genannt, weil er ein junger Mann mit einer Menge Geld war.«

»Was ist das denn – ein Yuppie?« erkundigte sich Underhill.

»Ein junger Mann mit sehr viel Geld«, erklärte Poole.

»Ein Mädchen, das einen grauen Flanellanzug und Reeboks trägt«, mischte sich Conor ein.

»Was sind denn Reeboks?« wollte Underhill jetzt wissen.

»Ist er im John-F.-Kennedy-Flughafen ermordet worden, als er aus San Francisco kam?« fragte Michael Polle die Stewardeß.

Die Stewardeß nickte. Sie war eine große Blonde, deren Namensschild besagte, daß sie Marnie hieß. Sie wirkte eifrig und fidel, wie der Ausdruck ihrer Augen verriet. »Meine Freundin Lisa hat erzählt, daß er ein paarmal im Monat mit ihr geflogen ist. Wir sind die ganze Zeit zusammen rumgestromert und haben viele verrückte Sachen gemacht, aber voriges Jahr ist sie nach New York gezogen. Jetzt telefonieren wir nur hin und wieder miteinander. Aber sie hat mir alles ganz genau erzählt.« Sie sah Conor neugierig von der Seite an. Ein sonderbarer Blick.

»Darf ich Ihnen etwas sagen? Ich möchte Ihnen etwas sagen.«

Conor nickte. Marnie beugte sich zu ihm hinunter und flüsterte ihm etwas ins Ohr.

Michael hörte, wie Conor vor Erstaunen hörbar schnaufte. Dann lachte er so laut, daß die Leute, die vor ihnen saßen, aufhörten zu sprechen.

»Also dann bis später«, verabschiedete sich Marnie und schob ihren Wagen weiter durch den Gang.

Michael fragte: »Was hat sie denn von dir gewollt?« Conors Gesicht glühte vor Verlegenheit. Über Tim Underhills Gesicht flackerte blitzschnell ein kleines Lächeln. Er sah aus wie William Burroughs, überaus weise und ausgedörrt wie eine Wüste.

»Nichts.«

»Hat sie dir etwa Avancen gemacht?«

»Das kann man eigentlich nicht sagen. Hör schon auf damit.«

»Die gute alte Marnie«, sagte Underhill.

»Wechselt endlich mal das Thema. Hört schon auf!«

»Also gut, nun hört mal zu. Jemand, der gerade erst mit einer Maschine aus San Francisco gekommen war, ist nach der Landung in New York am Flughafen umgebracht worden. Es kann doch sein, daß Victor Spitalny genau wie wir jetzt nach San Francisco geflogen ist und dann mit einem Anschlußflug weiter nach New York, genau wie wir.«

»Viel zu weit hergeholt«, meinte Tim Underhill, »aber eine interessante Theorie. Wie hieß doch gleich die Freundin unserer Stewardeß? Die den Toten kannte.«

»Lisa«, sagte Conor, noch immer feuerrot.

»Es könnte doch immerhin sein, daß Lisa jemand aufgefallen ist, der sich auf dem Flug nach San Francisco mit dem Fluggast unterhalten hat, der dann ermordet worden ist.«

Zu Beginn des Films *Sag niemals nie* wird James Bond in einen Kurort geschickt. Alle zehn Minuten versuchte irgend jemand, 007 umzubringen. Hübsche Pflegerinnen gingen mit James Bond ins Bett. Eine wunderschöne Frau warf eine Schlange durch ein Autofenster, die sie sich vorher um den Hals geschlungen hatte.

Als Marnie wiederkam, fragte Michael sie: »Wie heißt Ihre Freundin Lisa übrigens mit Nachnamen?«

»Mayo. Wie in Irland.«

Das war zwar weit hergeholt, aber das war Bangkok auch. Und Westerholm erst recht. Das Leben war überhaupt weit hergeholt.

»Habt ihr gewußt«, bemerkte Underhill, »daß man in Bangkok für etwa vierzig Dollar in ein Tiefgeschoß hinuntergehen und zusehen kann, wie ein Mann ein Mädchen tötet? Erst schlägt er sie zusammen, und dann bringt er sie um. Man kann mitansehen, wie sie stirbt und dann nach Hause gehen.«

Conor hatte seine Kopfhörer abgenommen. Er starrte Underhill an. »Klar, daß du da Bescheid weißt.«

»Wie, bist du vielleicht mit dabeigewesen?«

Conor verweigerte die Antwort. »Und wie steht's mit dir?« fragte er nach einer Weile.

Tim Underhill schüttelte den Kopf.

Conor meinte: »Gib es ruhig zu.

»Nein, ich bin nie dort gewesen. Ich habe nur davon gehört.«

»Erzähl mir doch keine Märchen!«

»Das ist die reine Wahrheit.«

Conor runzelte die Stirn.

»Du mußt ja interessante Leute kennengelernt haben«, sagte Underhill. »Ich will euch was erzählen.«

3

Man mußte Captain Batchittarayan gesehen haben, seinen Schreibtisch, sein Büro und sein Gesicht. Alles war verhärtet, pockennarbig, zeugte von Mißtrauen. Es roch nach Lysol und Tod. Zuerst fiel das Licht aus einer Lampe aus dunklem Metall nur auf seine gepflegten Hände und die zerkratzte metallene und völlig leere Schreibtischplatte. Später schwenkte es dann wie von selber um und brannte mir in den Augen.

Ja, seine Leute kamen bei dem ›Aufstand‹, der kein Aufstand war, an dem fraglichen Tag in Patpong zum Einsatz. Er, damals Sergeant Batchittarayan, hatte den Abtransport der verstümmelten Leiche in das städtische Leichenschauhaus höchstpersönlich überwacht. Er selbst hatte die Anhänger aus der zermalmten Brust des Mannes rausgezogen. Es war widerwärtig, ja, wirklich ekelhaft, und die Erinnerung an den Leichnam des weißen Amerikaners wollte nicht verblassen. Auch der Mann vor ihm war widerlich, weil er damit in Verbindung stand. Er war im Besitz eines Geheimnisses, das er für sich behielt.

Es war schon öfter vorgekommen, daß Amerikaner auf Fronturlaub den Verstand verloren hatten. Zwei Jahre vor der Ermordung von Dengler hatte ein Sergeant Walter Khoffi mehrere Stammgäste der Sex-Bar erschlagen, genauer gesagt zerhackt. Dann war er hinausgestürzt und hatte auf der Straße den Schlepper eines Massagesalons ermordet. Ein ansonsten ganz friedlicher junger Mann aus Oklahoma namens Marvin Springwater, der Bibelsprüche zu zitieren pflegte, erstach drei kleine Jungen, bevor er in der Sukhumvit Road überfahren wurde.

Daß der Polizeibeamte angewidert war, hatte also durchaus seine Gründe.

Es interessierte ihn, wieso man über das Kind Bescheid wußte. Das Kind existierte zwar, war aber nie gefunden oder identifiziert worden. Galten die Fragen nicht dem Kind? Diese Fragen hatten die Aufmerksamkeit des Captains erregt.

Es hatte zum Glück aufgeschrien, dieses unbekannte Kind. Die beiden Männer und das Mädchen waren in einer engen Gasse gewesen. Durch ihr Geschrei lenkte sie die Aufmerksamkeit auf das Geschehen. Sie hatte auch nicht aufgehört zu schreien, als sie wie gejagt aus der kleinen Gasse gerannt gekommen war.

Niemand kannte das Mädchen. Sie war eine Fremde. Aber das war nicht anders zu erwarten. Patpong war ja wahrhaftig kein geordnetes Wohngebiet. In zwei Punkten herrschte jedoch völlige Übereinstimmung: Es handelte sich nicht um ein Mädchen, das in einer Bar oder einem Massagesalon arbeitete. Das war allen klar, die sie aus der kleinen Gasse preschen sahen und miterlebten, wie sie schreiend durch die Straßen rannte. Thailand war nicht ihre Heimat, das stand fest. Vielleicht stammte sie aus Kambodscha oder China oder auch aus Vietnam.

Es war kaum anzunehmen, daß die jungen Soldaten das wußten. Es war vielmehr anzunehmen, daß die Asiatinnen in den Augen der Soldaten alle gleich aussahen.

Also machten sich die Heerscharen von Männern, die an jenem Nachmittag zufällig in diesem ganz bestimmten Block der Phat Pong Road waren, über den amerikanischen Soldaten her – oder vielmehr über beide. Der eine konnte entkommen, der andere wurde in Stücke zerrissen.

Wollen Sie wissen, wen keine Schuld traf? fragte der Captain. Das Mädchen traf nicht die geringste Schuld. Und die Menschenmenge auch nicht.

Ein Soldat fiel also der schuldlosen Menschenmenge zum Opfer, vielleicht aber auch beide. Die Zeugen wollten sich da lieber nicht festlegen. Die Zeugen hatten nur das rennende Mädchen gesehen. Sie hatten sich selbstverständlich nicht an diesem Überfall, der Vergewaltigung, beteiligt.

Vor tausend Jahren wäre aus dieser Geschichte ein großes Epos geworden (sagte der Captain). Auf der einen Seite das unschuldige Mädchen, auf der anderen Seite der Missetäter, der das Mädchen überfallen hatte und von der aufgebrachten Menge in Stücke gerissen worden war. Vor vierhundert Jahren hätte man die Geschichte vertont. Alle Kinder im Süden von Thailand hätten dieses Lied gekannt. So hätte dieses arme Mädchen nicht auf Nimmerwiedersehen verschwinden müssen. Zur Erinnerung an dieses Mädchen wäre ein Epos oder auch ein Lied entstanden. So hätte man ihr früher ein Denkmal setzen können. Doch nun ist sie nicht einmal zu einer Romangestalt geworden. Es gibt keinen Rock-and-Roll-Song über sie, nicht einmal einen Comic Strip.

Nach diesem Gespräch mit dem Captain hatte Timothy Underhill in der Phat Pong Road gestanden und gesehen, wie ein Mädchen in der Straßenmitte auf ihn zugestürzt kam. Er hatte schon seit ungefähr neun Wochen keinen Tropfen Alkohol mehr angerührt. Er hatte wieder zu schreiben versucht – einen neuen Roman. Ihm war da eine noch nicht ganz ausgegorene Geschichte im Kopf herumgegangen. Von einem Jungen, der wie ein Tier in einem Schuppen hinterm Haus aufgewachsen war. Seit drei Monaten war er schon trocken. Er hörte das Mädchen schreien. Das hörte sich an, als hätte sie im Hals ein Mikrophon eingebaut. Er sah die blutbesudelten Hände und das blutdurchtränkte Haar des Mädchens. Sie kam mit weit vorgestreckten Händen und weit aufgerissenem Mund auf ihn zugejagt. Nur er sah sie, sonst niemand.

Underhill weinte auf offener Straße. Die vielen Menschen, die sich an ihm vorbeidrängten, nahmen keinerlei Notiz davon. Er war wieder *da*, fühlte sich wieder lebendig.

Ich bin nach Hause gegangen, erzählte er Michael. Ich habe eine Geschichte geschrieben und sie ›*Blaue Rose*‹ genannt. Sechs Wochen habe ich daran geschrieben. Anschließend schrieb ich eine Geschichte, die genauso lang war. Unter dem Titel ›*Der Wacholderbaum*‹. Dafür brauchte ich einen Monat. Seitdem habe ich nicht mehr aufgehört zu schreiben.

Nachdem ich sie gesehen hatte, mußte ich alles wissen. Ich mußte der Geschichte nachgehen. Sie fiel mir nicht mehr ein. Ihr schon, er auch, aber die Geschichte nicht. Ich wußte da noch nicht, daß ich schrieb, weil ich euch oder auch Koko damit heraufbeschwören und zum Auftauchen zwingen wollte, und doch war es so.

4

Der nächste Film lief an, doch Michael waren die Augen schon vor dem Vorspann zugefallen.

Er fuhr in seinem Wagen eine endlose dunkle Straße lang durch eine Einöde wie durch eine Wüste. Er war schon seit vielen Tagen unterwegs. Er war Teil eines Romans von Tim Underhill mit dem Titel *In die Dunkelheit*, wenn er auch nicht hätte sagen können, woher er das wußte. Die lange Straße führte geradewegs in die Nacht hinein. Während er so durch das Dunkel fuhr, erkannte Michael, daß er Hal Esterhaz war, der Kommissar eines Morddezernats, und daß er von einem Mordschauplatz zum weit entfernt gelegenen Schauplatz eines anderen Verbrechens fuhr. Er war seit Wochen unterwegs, fuhr von einem Leichnam zum anderen – immer auf der Spur des Mörders, ohne ihn jemals zu erwischen oder ihm auch nur näher zu kommen. Der Mörder hatte schon viele Menschen auf dem Gewissen. Er hatte die Opfer alle vor langer Zeit gekannt – wie im Traum, bevor alles dunkel geworden war.

In weiter Ferne sah er im Dunkeln zwei gelbe Lichtpunkte am Straßenrand.

In einer Welt, die immer leerer wurde, würde er im Dunkeln *In die Dunkelheit* fahren. Er würde auf immer neue Leichen stoßen, den Mörder aber niemals dingfest machen, denn *In die Dunkelheit* glich einem Thema, das sich in tausend Variationen ständig wiederholte und immer um die gleichen Dinge kreiste, die immer gleiche Folge von Akkorden. Ein wahres Ende würde es nicht geben. In dem Buch *In die Dunkelheit* würde sich der Mörder eines Tages vom Mordgeschäft zurückziehen und Orchideen züchten oder sich in Rauch auflösen. Dann hätte alles keinen Sinn mehr. Die Melodie würde versickern, mit bedeutungslosen, rein zufälligen Tönen ersterben. Seine Aufgabe bestand darin, die Morde zu katalogisieren. Diese Aufgabe ließ nur einen einzigen befriedigenden Schluß zu: Er mußte in einem dieser tropfnassen Keller in den Slums auf den Mörder stoßen, der schon mit gezücktem Messer auf ihn wartete.

Jetzt erkannte er, daß die gelben Lichtpunkte am Straßenrand Laternen waren, kleine Laternen, von denen dieser Lichtschein ausging. Erst als er unmittelbar bei den Laternen ankam, konnte er erkennen, wer sie hochhielt. Sein Sohn Robbie, der Babar hieß, stand am Straßenrand und hielt eine der Laternen hoch. Genauso groß wie er, stand das Kaninchen Ernie neben ihm auf den Hinterpfoten und hielt die andere Laterne.

Der Junge und das Kaninchen sahen den vorbeifahrenden Mann mit ihren sanften Augen an. Ihre Laternen leuchteten.

Michael spürte, wie ihn ein ungeheurer Friede überkam.

Der Wagen fuhr an ihnen vorbei. Michael konnte den Lichtschein der Laternen noch lange im Rückspiegel sehen. Der Friede, den er empfand, verlor sich erst, als die Straße am Ufer eines breiten grauen wild dahinströmenden Flusses endete. Michael stieg aus und sah, wie sich der muskulöse Strom vorbeiwälzte. Hin und wieder kam eine sehnige Schulter zum Vorschein oder ein kräftiger Oberschenkel.

Ihm ging auf, daß er und auch der Mörder Teil des massigen, dahinströmenden Leibes dieses Flusses waren. Die widerstrebendsten Gefühle überfielen ihn. Er empfand einen tiefen Schmerz und eine überwältigende Freude. Beide Empfindungen erfüllten ihn so ganz und gar, daß er einen Schrei ausstieß und wach wurde. In seinen Augen standen Tränen.

Der Fluß verschwand. »He, Mikey«, sagte Conor und lächelte verlegen.

Da wußte er nur noch eines: Kokos Identität war ihm bekannt. Dann verlor sich das Gefühl. Er erinnerte sich nur noch daran, daß er geträumt hatte, er habe an einem breiten Strom gestanden und sei in einem Wagen an Robbie vorbeigefahren, der eine Laterne hochhielt.

In die Dunkelheit.

»Alles in Ordnung, Mikey?« fragte Conor besorgt.

Michael nickte.

»Du hast so komische Laute von dir gegeben.«

»Komische Laute ist gut«, mischte sich Underhill ein. »Du hast praktisch die Nationalhymne gesungen.«

Michael fuhr sich mit der Hand über die Bartstoppeln. Der Filmvorführapparat war wieder hochgezogen worden, der größte Teil der Passagierkabine lag im Dunkeln. »Ich dachte, ich hätte im Zusammenhang mit Koko etwas Wichtiges erkannt, doch das war weg, sobald ich wieder zu mir kam.«

Conor murmelte beifällig vor sich hin und nickte dazu bestätigend.

»Geht dir das auch manchmal so?« fragte ihn Underhill.

»Ich möchte eigentlich nicht darüber sprechen – ich weiß nicht, wie ich es sagen soll. Aber ich dachte, ich hätte auch etwas begriffen«, murmelte Conor vor sich hin. »Es war wirklich komisch.« Er legte den Kopf auf die Seite und sah Underhill an. »Du bist doch dagewesen, stimmts? Wo sie Mädchen erschießen.«

»Manchmal glaube ich fast, ich habe einen durch und durch schlechten Doppelgänger«, sagte Underhill. »Wie der Mann mit der eisernen Maske. So eine Art bösen Zwillingsbruder.«

Sie verstummten. Es wurmte Michael, daß die Erkenntnis, die er im Traum gewonnen hatte, nun wieder wie weggeblasen war. Es war, als werfe die Laterne seines Sohnes ihr Licht auf die Ereignisse, die sich vor fünfzehn Jahren in jenem Dorf abgespielt hatten. Er sah den langen Abhang des Hügels wieder vor sich. Ganz unten ein Kreis armseliger Hütten. Eine Frau trug Wassereimer hügelabwärts. Ochsen weideten an den Hängen und im Tal. Aus den Hütten stieg Rauch auf, erhob sich wie lauter dünne graue Säulen in die Luft. In die Dunkelheit, das ist es.

24. KAPITEL

In der Höhle

1

Denglers Arm war mit Gaze und Klebeband umwickelt. Der so Verarztete war kreidebleich und sah nur ganz verschwommen. Er behauptete, er spüre nichts. Er wollte sich nicht hinlegen und warten, bis sie ihn holten. Es hieß, der Scharfschütze Elvis, der ihnen so zu schaffen machte, käme aus Ia Thuc. Angeblich lebte er im Schutze dieses Dorfes, das ihn natürlich auch ernährte. Dengler wollte unbedingt bei seiner Kompanie sein, wenn sie sich in das Dorf begab. Lieutenant Beevers leitete die Suche. Seit Dragon Valley ging er taktischen Einsätzen tunlichst aus dem Weg. Jetzt gab er sich ganz cool, denn in Ia Thuc sah er seine Chance zu glänzen. Laut Geheimdienst waren dort Riesenvorräte an Waffen und Lebensmitteln eingelagert. Der Tin Man war sehr darauf aus, reiche Beute zu machen und so viele Feinde wie nur möglich zu erlegen. Bis zum Range eines Obersten war es noch ein weiter Weg. Vielleicht rückte er dem Ziel durch eine solche Leistung ein kleines Stückchen näher. Der Tin Man war immer darauf aus, möglichst viele Feinde zur Strecke zu bringen, denn höchstens die Hälfte aller Oberstleutnants in Vietnam wurde überhaupt befördert. Nachdem er auf seinem bisherigen Weg schon jede Chance wahrgenommen hatte, wollte er auch hier keinesfalls versagen. Der Tin Man sah sich schon als künftiger Divisionskommandeur mit zwei Sternen an der Brust. Er sehnte sich danach, befördert zu werden, bevor er in diesem Krieg völlig in Vergessenheit geriet.

Ob sich Lieutenant Beevers darüber wohl im klaren war? Und ob!

Als sie zwischen den Bäumen hervortraten, rannte die Frau den Hügel hinab. Immer, wenn ihre Füße den Boden berührten, schwappte Wasser aus den Eimern, die sie an einem Joch trug. Doch sie wußte aus Erfahrung, daß die Eimer immer noch halbvoll sein würden, wenn sie das Dorf erreichte. Michael konnte sich nicht erklären, warum die Frau so rannte. Das war ein gravierender Fehler.

»Knallt sie ab, bevor sie in das Dorf kommt«, befahl Beevers.

»Aber Lieutenant...«, wagte Michael einzuwenden.

»Erschießen!« wiederholte Beevers barsch.

Spitalny hatte das Gewehr schon angelegt. Michael sah ihn lächeln, das Gesicht dicht am Gewehrkolben. Ein paar Männer sahen es mit an. Sie traten gerade aus dem Wald. Sie sahen, wie die Frau den Hang hinunterrannte und wie Spitalny auf sie zielte.

»Spit, führ sie nicht an der Nase rum«, sagte irgend jemand. Das sollte ein Witz sein. Spitalny war selber ein Witz.

Er drückte ab. Die Frau flog in die Luft und lief dort noch ein paar Meter weiter, bevor sie in sich zusammenfiel und den Abhang runterrollte.

Als Michael an der toten Frau vorbeikam, fiel ihm die Karte ›Neun Verhaltensregeln‹ ein, die er zusammen mit der Karte ›Der Feind in deiner Gewalt‹ bekommen hatte, als er zu dieser Einheit kam. In den ›Neun Verhaltensregeln‹ hieß es über die Vietcong: *Man kann sie stets durch die Stärke, das Verständnis besiegen, das man dem Volk gegenüber an den Tag legt.*

Die dritte der neun Verhaltensregeln lautete: *Frauen sind immer höflich und mit Respekt zu behandeln.*

Die vierte Verhaltensregel besagte: *Schließt Freundschaft mit den Soldaten und den einfachen Leuten aus dem Volk.*

Aber es wurde noch grotesker. Regel Nr. 5: *Laßt den Vietnamesen immer den Vortritt.*

Im Dorf unten schließen wir dann Freundschaft mit den Leuten, dachte er. Dengler stolperte mühselig vor sich hin. Es fiel ihm sichtlich schwer, nicht zu zeigen, daß er erschöpft sei und Schmerzen habe. Peters hatte ihm eine Spritze gegeben – eine ›harmlose‹, wie er behauptete –, die es ihm wenigstens ermöglichte, hinter ihnen herzutrotten. Der Scharfschütze hielt sich noch immer im Dschungel hinter ihnen versteckt. Der Zug bildete eine lange Reihe, die der Absicherung in beiden Richtungen dienen sollte. Die Soldaten waren darauf vorbereitet, in die Luft zu jagen, was sich im Dschungel hinter ihnen bewegte.

»Peters, sind Sie sicher, daß es Dengler schafft?« erkundigte sich Poole.

»M. O. Dengler könnte sogar von hier bis Hanoi laufen«, erklärte Peters.

»Aber auch wieder *zurück*?«

»Alles in Ordnung«, behauptete Dengler. »Sehen wir uns das Dorf mal an. Machen wir uns über die Karten her. Reißen wir uns den Reis unter den Nagel. Richten wir die Waffen aus. Machen wir aus dem ganzen gottverdammten Nest eine Mördergrube. Lassen wir nichts unversucht, damit das ganze Dorf uns in die Falle geht.«

Beevers Zug hatte sich erst in der Vorwoche erfolgreich an einem solchen Unternehmen beteiligt. Da hatte es sich erwiesen, daß einer der Berichte des Tin Man über Truppenbewegungen der Nordvietnamesen zufällig einmal stimmte. Da hieß es, ein Trupp von der Größe einer Kompanie bewege sich einen Dschungelpfad mit Namen Striker Tiger entlang. Der Captain schickte Zug Alpha und Bravo los, damit sie sich vor dem Trupp auf Striker Tiger postierten und den feindlichen Trupp zerrieben. Seine Leute postierten sich oberhalb des Pfades Striker Tiger. Der war etwa einen Meter breit und führte durch den dichtbewachsenen Dschungel. Alles in allem bot sich ihnen ein freier Blick auf etwa zehn Meter dieses Pfades. Sie richteten die Waffen auf dieses kleine Stück des Pfades Striker Tiger und lagen auf der Lauer.

Ausnahmsweise verlief einmal alles ganz nach Plan. Ein einzelner nordvietnamesischer Soldat, ein hagerer, verhärmt aussehender Mann, schätzungsweise Anfang Dreißig, kam in Sicht. Michael wäre fast vom Baum gefallen. Der nordvietnamesische Soldat schöpfte keinen Verdacht. Er trottete einfach weiter. Ihm folgten in lockerer Reihenfolge etwa fünfzig oder sechzig Männer. Und zwar keine halben Kinder, sondern richtige Soldaten. Sie machten etwa soviel Lärm wie ein äsendes Rudel Hirsche. Poole hätte sie am liebsten alle abgeknallt. Einen kurzen Augenblick war ihm die Sicht auf den gesamten Trupp vergönnt. Ein Vogel mit einer schrillen Stimme kreischte über ihnen im Geäst. Die Vorhut des feindlichen Trupps blickte fast sehnsüchtig auf. Dann fingen alle in den Bäumen und am Hang oberhalb von Striker Tiger gleichzeitig an zu schießen. Alles wurde ausgelöscht, zerfetzt, vernichtet. Die Männer auf Striker Tiger sackten in sich zusammen, drehten sich um ihre eigene Achse, erzitterten noch einmal kurz, bis die Zuckungen verebbten und sie sich nicht mehr rührten. Dann herrschte Todesstille. Der Pfad leuchtete blutrot.

Als sie die Leichen zählten, stellten sie fest, daß sie zweiunddreißig Mann zur Strecke gebracht hatten. Sie zählten dann auch noch die überall verstreuten Arme, Beine, Köpfe und Waffen. Da konnten sie berichten, daß sie einhundertundfünf erlegt hatten.

Lieutenant Beevers liebte solche Aktionen aus dem Hinterhalt.

»Was hat der Junge gesagt?« wollte Spanky Burrage wissen. Beevers sah Dengler an, als rechne er damit, verarscht zu werden. Er sagte sich, daß dieser dämliche einfache Soldat ein Vokabular auf Lager hatte, das ihm selbst wohl eher läge. Begriffe wie *Beweiskraft* tauchten bei Dengler öfter auf. Beevers war äußerst angespannt. Poole erkannte, daß er jederzeit überschnappen konnte. Der neue Beevers machte ihnen nichts als Ärger. Sein Triumph hatte ihn größenwahnsinnig gemacht. Vor ein paar Tagen hatte er sich mit seiner Studienzeit in Harvard gebrüstet. Poole war sich ganz sicher, daß Beevers diese Universität niemals auch nur aus der Nähe gesehen, geschweige denn dort studiert hatte.

Poole gestattete sich einen kurzen Blick auf die hinter dem Dorf gelegene Ebene. Die Ochsen, die verschreckt davongetrampelt waren, als Spitalny die Wasserträgerin erschossen hatte, grasten jetzt ganz friedlich, die Mäuler tief in dem feuchten Gras. Ansonsten rührte sich nichts. Das Dorf vor ihnen lag so still da, daß es fast wie ein Foto wirkte. Poole hoffte inständig, daß die Leute, die dort lebten, mitbekommen hatten, daß die Rundaugen im Anmarsch waren. Dann wären sie geflohen, und sie würden Trophäen vorfinden: prall gefüllte Reissäcke, vielleicht auch Granaten und Munitionsgürtel, in einem Loch unter der Erde.

Michael dachte: Elvis hat kein Heimatdorf. Er lebt im Urwald wie ein Affe. Er ernährt sich von Ratten und anderem Ungeziefer. Elvis war eigentlich schon gar kein Mensch mehr. Er konnte im Dunkeln sehen und hob im Schlaf ab.

Underhill verzog sich mit der Hälfte der Männer auf die Seite rechts vom Dorf. Poole übernahm die linke Seite mit dem Rest der Männer.

Man hörte nichts als das Geräusch ihrer Schritte beim Laufen durch das zitternde Gras. Ein Riemen knirschte. Irgend etwas rasselte in einem Topf. Das war auch schon alles. Manly keuchte. Poole hatte das deutliche Gefühl, er könne Manly schwitzen hören. Die Männer begannen auszuschwärmen. Spitalny schlich wie ein Schatten hinter Dengler und Conor her, als diese auf die Hütten zukrochen, in denen sich nichts zu rühren schien.

Ein Huhn gackerte leise, eine Sau grunzte in ihrem Schweinestall.

Ein Holzscheit knisterte im Feuer. Michael hörte Funken stieben, die Asche leise niederrieseln. Bitte mach, daß sie schon ausgeflogen sind, sandte er ein Stoßgebet gen Himmel. Gib, daß sie alle in An Lat sind, zwei oder drei Kilometer durch den Wald.

Rechts von ihm schlug jemand auf den Plastikkolben seines M-16-Gewehrs. Die Sau grunzte fragend, geriet jedoch noch nicht in Panik.

Poole tauchte neben einer Hütte wieder auf. Über den Dorfplatz hinweg sah er Tim Underhill, der sich auf leisen Sohlen auf eine andere Hütte zubewegte. Links von Poole, zwanzig oder dreißig Meter vom Dorfrand entfernt, fing der Wald an. Es war nur ein spärlich bewachsener Hang. Doch den Bruchteil einer Sekunde bildete sich Poole ein, daß sich dort hundert nordvietnamesische Soldaten zwischen den Bäumen versteckt hielten und auf sie zielten. Ein entsetzlicher Gedanke. Er geriet in Panik und suchte rasch die Bäume ab. Doch er entdeckte keinen einzigen Soldaten, nur einen hohen, halb verdeckten Hügel. Dieser Hügel stach ihm irgendwie ins Auge. Er schien da gar nicht hinzupassen und sah aus wie aus Gips und buntbemalten Beton von Menschenhand gemacht. Er hätte gut nach Disneyland gepaßt.

Andererseits war der Hügel für Disneyland zu häßlich – aber nicht etwa malerisch häßlich wie ein verwunschenes Schloß oder ein romantischer wildgezackter Felsvorsprung, sondern ganz einfach nur häßlich wie eine Warze oder wie ein Hautausschlag.

Jenseits des Dorfplatzes richtete Tim Underhill die Waffe auf die Hütte und sah ihn dabei an. Zwischen ihnen stand ein großer schwarzer Topf auf einer gemeinschaftlichen Feuerstelle. Rauch stieg daraus auf und kräuselte sich in der Luft. Zwei Hütten von Tim Underhill entfernt spitzte Lieutenant Beevers den Mund lautlos, um eine Frage zu stellen oder einen Befehl zu erteilen. Poole nickte Underhill zu. Der rief daraufhin sofort auf vietnamesisch: *Kommt heraus!*

Raus!

Niemand rührte sich, aber Michael hörte in der Hütte neben sich Geflüster. Er hörte auch das Schlurfen nackter Füße über den Holzboden der Hütte.

Underhill schoß eine Salve in die Luft.

Raus, und zwar sofort!

Poole ging um die Hütte herum nach vorn und hätte fast eine alte Frau mit spärlichem weißen Haar übersehen, die gerade aus der Hütte kam, den zahnlosen Mund zu einem Lächeln verzogen. Ein alter Mann mit einem eingefallenen sonnenverbrannten Gesicht kam hinter der Frau hergehoppelt. Poole stieß mit dem Gewehr in das schon fast niedergebrannte Feuer mitten auf den Dorfplatz. Auch aus anderen Hütten kamen jetzt Leute mit hocherhobenen Händen, meistens Frauen über fünfzig oder auch schon über sechzig. »Hallo, GI«, sagte ein alter Mann, der neben seiner Frau herschlurfte, und verneigte sich, die Hände immer noch erhoben.

Spitalny schrie den Mann an und schlug ihn mit dem Gewehrkolben auf die Hüfte.

»*Aufhören!*« brüllte Underhill. Dann sagte er auf vietnamesisch: *Auf die Knie!* Die alten Leute knieten in dem niedergetretenen Gras um die Feuerstelle herum nieder.

Beevers trat zu dem Topf, warf einen Blick hinein und versetzte ihm mit seinem Stiefel einen Tritt, daß er vom Feuer fiel.

Die Sau fing an zu quieken. Beevers fuhr herum und erschoß sie in ihrem Schweinestall. Eine alte Frau schrie ganz entsetzt auf. »Poole, lassen Sie Ihre Leute die Hütten durchsuchen! Ich will, daß alle rauskommen!«

»Lieutenant, sie sagen, daß auch Kinder hier sind«, wandte sich Underhill an Beevers.

Beevers erspähte etwas in der Asche, wo der große Topf gestanden hatte. Er schoß mit einem Sprung auf diese Stelle zu. Um ein Haar steckte er die Hand ins Feuer, um nach dem zu grapschen, was er gesehen hatte. Er zog ein verkohltes Stück Papier aus dem Feuer. Es sah aus, als sei es aus einem Notizbuch gerissen worden. »Fragen Sie die Leute, was das ist!« Doch anstatt die Antwort abzuwarten, stellte er sich drohend vor einem der alten Männer auf, die ihm zugesehen hatten. Er fuhr den alten Mann an: »Was ist das! Was steht hier?«

No bik, sagte der alte Mann.

»Ist das eine Liste?« fragte Beevers. »Das sieht wie eine Liste aus!«

No bik.

Poole hielt den Zettel auch für eine Liste. Er machte Dengler, Blevins, Burrage und Pumo ein Zeichen, sich die nächstgelegenen Hütten vorzunehmen.

Die alten Leute, die um das verlöschende Feuer und den umgeworfenen Topf herumknieten, protestierten lautstark.

Poole hörte in einer der anderen Hütten ein Kind schreien und stürzte in die Hütte, aus der das alte Paar herausgekommen war. Drinnen war es ziemlich finster. Vor Anspannung biß er die Zähne zusammen.

Er hörte, wie Underhill draußen dem Lieutenant erklärte: »Er sagt, das sei eine Namensliste.«

Poole stand jetzt mitten in der Hütte. Er suchte den Boden nach einer Falltür ab, schob die Matten mit dem Kolben des Gewehrs beiseite und machte kehrt, um sich die nächste Hütte vorzunehmen.

Draußen hörte er Beevers brüllen: »Fragen Sie die Leute nach dem Heckenschützen! Wir kriegen schon noch raus, wo sich der Kerl versteckt hält!« Er entdeckte Poole. »Ich will alle hier draußen sehen!« rief er.

»Zu Befehl, Sir.«

Pumo zerrte ein schreiendes Kind von fünf oder sechs Jahren auf den Dorfplatz. Eine alte Frau sprang auf und entriß ihm den kleinen Jungen. Dengler stand zusammengesunken da und beobachtete die ganze Szene mit teilnahmsloser Miene.

Michael kam sich entsetzlich leer und unnütz vor. Er wandte sich nach links, um die nächste Hütte zu betreten. Von der Dorfseite her, wo die Wiese lag, hörte er Geschrei und Weinen. Er sah, wie Beevers Spanky Burrage und Spitalny mit einer Geste der Ungeduld dorthin verwies. Er betrat die Hütte. In der Düsternis bewegte sich ganz hinten etwas. Jemand schlich vorsichtig in seine Richtung.

Poole hörte eine Maschinengewehrsalve außerhalb des Dorfes und schoß ganz instinktiv auf die Gestalt, die sich ihm näherte, obwohl er wußte, daß es schon zu spät war.

2

Direkt vor der Hütte stöhnte jemand fürchterlich. Wie durch ein Wunder noch am Leben geblieben, wußte er, daß die Hütte durch die feindlichen Granaten jederzeit in die Luft fliegen konnte. Poole stürzte hinaus. Er sah Thomas Rowley auf dem Boden liegen. Sein Leib war aufgerissen, weggesprengt, seine Eingeweide lagen überall im Gras herum. Rowley war kreidebleich, sein Mund ging auf und zu. Er gab keinen Laut von sich. Poole kroch über den Boden. Überall wurde geschossen. Erst dachte Poole, alle die alten Leute seien erschossen worden, doch als er so schnell wie möglich von der Hütte wegkroch, sah er, daß sie sich dicht aneinanderdrängten und sich duckten, damit sie nicht getroffen wurden.

Die Hütte, aus der er gerade kam, flog jedoch nicht in die Luft.

Beevers befahl Dengler, die Wälder links vom Dorf zu untersuchen. Dengler trottete auf die spindeldürren Bäume zu. Da kam wieder eine Feuergarbe aus dem Wald. Dengler ließ sich ins Gras fallen und signalisierte, daß er nicht verletzt war. Er schoß in den Wald.

»Elvis!« brüllte Beevers, aber Michael wußte, daß das Unsinn war, weil Elvis nicht mit einem Maschinengewehr schoß. Dann sah Beevers Poole und schrie: »Unterstützung aus der Luft! Starke Feindberührung!« Er wandte sich an die anderen Soldaten, brüllte: »Holt sie alle aus den Hütten! Jetzt haben wir's! Das ist es!«

Die Schießerei hörte nach einer Weile auf. Rowley lag tot vor der Hütte, in der Poole den Vietcong erschossen hatte. Poole fragte sich, was Beevers wohl damit meinte, daß er schrie: »Jetzt haben wir's.« Er stand auf, um nachzusehen, was da vorging. Sein Blick traf sich mit dem Pumos, der aus einer Hütte kam. Pumo sah aus, als wisse er nicht mehr weiter. Poole konnte ihm jetzt auch nicht helfen, weil er sich selbst keinen Rat mehr wußte.

Die Vietnamesen weinten, schrien, brüllten.

»Starke Feindberührung!« kreischte Beevers immer noch. Michael gab das weiter. »Brennen Sie das Dorf nieder!« rief Beevers Underhill zu, doch der zuckte nur die Achseln. Spitalny schoß mit einem Flammenwerfer in einen Graben und lachte sich halbtot, als es aus dem Graben schrie und quiekte.

Beevers brüllte irgend etwas und rannte hin, um zu sehen, was da in dem Graben vorging. Rings um Poole liefen Männer zwischen den Hütten hin und her und steckten sie in Brand. Das ist die Hölle, dachte Poole. Beevers langte in den Graben und zog ein rosiges nacktes Mädchen heraus. Sie haben die Kinder versteckt, dachte Poole. Deshalb war es so leise. Sie haben uns kommen gehört und die Kinder in einem Versteck untergebracht. Die alten Leute schrien auf und jammerten laut. Von der Feuerstelle her roch es nach verbranntem Holz. Der Flammenwerfer hatte das Gras versengt. Die Luft war zum Ersticken. Hinzu kam der tote Geruch nach verbrannter Erde. Poole hörte, wie die Flammen auf die trockenen Hütten übergriffen. Beevers hielt das zappelnde Mädchen hoch wie ein Angler einen besonders guten Fang. Er schrie irgend etwas, doch Poole verstand ihn nicht. Beevers ging auf das Dorf zu. Er trug das Mädchen mit ausgestreckten Händen vor sich her. Als Beevers zu einem Baum mit einer dichten Krone und einem wirr gewundenen aus vielen Verzweigungen bestehenden Stamm kam, holte er aus und schlug den Kopf des Mädchens, das er an den Füßen hielt, gegen den Baum.

»Mir reicht's!« schrie er. »So kommt man denen bei!«

Spitalny schoß mit dem Flammenwerfer in einen Hühnerstall. Zwei Hühner und ein Hahn gingen in Flammen auf.

Beevers schwang das kleine Mädchen noch einmal im Kreis herum. Als ihr Kopf diesmal mit aller Wucht gegen den Baumstamm krachte, platzte er. Beevers warf das tote Mädchen einfach auf die Erde und raste außer sich vor Wut auf den Dorfplatz zu. »Fragen Sie die Leute jetzt nach Elvis!« zeterte er. »Diese Schweinehunde werden uns schon noch die Wahrheit sagen.«

Underhill sprach mit dem alten Mann, der vor Angst und Grauen zitterte. Der Alte redete rasend schnell auf Underhill ein. Der schüttelte den Kopf.

»Soll ich Ihnen zeigen, wie man so was macht? Dann passen Sie mal auf.« Beevers stürmte in den Kreis der knieenden Vietnamesen und riß den kleinen Jungen hoch, den Pumo aus einer der Hütten gezerrt hatte. Der Junge war so verängstigt, daß er kein Wort herausbrachte. Aber die alte Frau, die ihn schützend umklammert hatte, fing jetzt an zu jammern und zu klagen. Beevers schlug mit dem Gewehrkolben auf sie ein, bis sie umfiel. Dann würgte er das Kind, richtete die Waffe auf den Kopf des Kindes und fragte eindringlich: »Elvis? Elvis?«

Der kleine Junge sagte gurgelnd etwas Unverständliches.

»Du kennst ihn doch. Wo steckt er?«

Rauchschwaden hüllten sie ein. Der Geruch von brennendem Stroh und verkohltem Fleisch stieg ihnen in die Nase. Spitalny zielte mit dem Flammenwerfer auf alles in dem Graben. Rings um den Lieutenant, den kleinen Jungen und die alten Leute knisterte und prasselte es. Die Hütten brannten lichterloh. Underhill kniete neben dem Jungen und sprach leise in seiner Muttersprache auf ihn ein. Das Kind schien jedoch nicht zu verstehen, was Underhill auf vietnamesisch sagte. Poole sah, wie Trotman auf die Hütte zuging, in der er den Vietcong erschossen hatte. Poole winkte ihn weiter. Trotman ging daraufhin zur nächsten Hütte in dem Kreis. Kaum eine Sekunde später züngelten schon Flammen aus dem Dach. »Ich will seinen Kopf!« schrie Beevers völlig außer sich.

Michael tappte durch den Qualm auf die Hütte zu, in der er den Vietcong erschossen hatte. Er wollte ihn herausziehen, bevor die Hütte den Flammen zum Opfer fiel. Es war ohnehin alles schiefgelaufen. Sie hatten keine einzige Hütte ordnungsgemäß durchsucht. Beevers hatte durchgedreht, als auf sie geschossen worden war. Wo war diese Liste eigentlich geblieben? Wenn die Hütten niedergebrannt waren, konnten sie ja darunter immer noch nach Geheimgängen und Verstecken suchen, dachte Poole. Vielleicht wäre dann doch nicht alles ganz umsonst gewesen. Er sah, wie Dengler staubbedeckt und wie betäubt zurück zu dem Graben ging, um nachzusehen, was Spitalny da eigentlich machte.

Es würde problematisch sein, Beevers davon abzuhalten, all die alten Leute umzubringen. Wenn er Elvis in der Hütte fand – was er inzwischen für sehr wahrscheinlich hielt –, würde Beevers das ganze Dorf dafür büßen lassen wollen – als Vietcong. Dann könnten sie sich der doppelten oder dreifachen Zahl von Toten rühmen, und der Tin Man wäre wieder ein kleines Schrittchen weiter auf dem Weg zu seinem Traumziel.

Michael Poole fragte sich zum ersten und einzigen Mal in seiner militärischen Laufbahn, was die Army, was Amerika von ihm erwartete. Sein Funkgerät blubberte und rauschte, doch er kümmerte sich nicht darum. Er stieg über Rowleys Leichnam hinweg und betrat die Hütte.

Die Hütte war voller Qualm, und es roch nach Schießpulver. Poole bahnte sich seinen Weg durch den Qualm und sah den Leichnam, der an der rückwärtigen Wand der Hütte lehnte. Ein kleiner Kopf mit schwarzem Haar, ein braunes Hemd, inzwischen blutdurchtränkt. Der Körper schien nur aus dem Rumpf zu bestehen. *»Der Hauptteil, in dem sich das Wichtigste befindet«*, so hätte sich Beevers ausgedrückt. Poole sah keine Granate. Schließlich sah er, wie groß der an der Rückwand zusammengesunkene Leichnam war. Er hatte nicht Elvis erschossen, sondern einen Zwerg. Schweratmend sah er sich noch einmal nach einem Blindgänger um. Er hätte gar nicht sagen können, warum er so keuchte. Er sah sich die Hände dieses Zwerges an. Sie waren klein und schmutzig. Es waren keine Zwergenhände. Kein Erwachsener hatte solche Hände.

Sie waren zwar schmutzverkrustet, aber noch ganz weich und zart. Poole schüttelte den Kopf. Er war schweißgebadet. Schließlich rang er sich dazu durch, den toten Vietcong an der Schulter aufzurichten, um ihm ins Gesicht sehen zu können. Die Schulter gab sofort nach. Der kleine Leichnam fiel nach hinten. Poole blickte einem kleinen Jungen von neun oder zehn Jahren ins Gesicht. Er ließ ihn langsam auf den Boden nieder. »Wo steckt diese Handgranate bloß?« fragte er sich laut. Seine Stimme klang ganz normal. Er stieß einen kleinen Tisch um, schob Haarnadeln, Kämme und eine Sonnenbrille mit runden Gläsern beiseite. Er kehrte das Unterste zuoberst, warf alles in der Hütte durcheinander – die Strohsäcke, Blechtassen, Körbe, ein paar alte Fotos. Er wußte selbstverständlich, daß er das alles machte, um sich zu betäuben, um sich noch nicht eingestehen zu müssen, was er angerichtet hatte. Er fand keine Handgranate, konnte auch keine finden. Er stand wie erstarrt da. Sein Funkgerät rauschte und zischte wieder. Beevers rief nach ihm.

Poole beugte sich hinunter und hob das tote Kind auf. Es wog kaum schwerer als ein ausgewachsenes Kaninchen. Er drehte sich um und verließ mit dem Kind auf den Armen die völlig verräucherte Hütte. Das Kreischen wurde lauter, als er aus der Hütte trat.

Underhill kniff die Augen zusammen, als Poole mit dem toten Kind auf ihn zukam, doch er sagte nichts. Eine Frau sprang auf, streckte die Arme aus. Der Kummer raubte ihr fast den Verstand. Poole ging auf sie zu und übergab ihr den toten Jungen. Die Frau brach in dem Kreis alter Leute zusammen und überschüttete das Kind mit Koseworten.

Da kamen endlich heulend die Phantom-Jets angebraust. Ihr Lärm übertönte alles – das Knistern der Flammen und das Geschrei der Menschen. Die alten Leute preßten sich an die Erde. Die riesengroßen Jets zogen heulend ihre Kreise über diesem kleinen Dorf. Der Wald links, um die Höhle herum, war bald nur noch ein Flammenmeer. Es hörte sich an wie tausend Windmaschinen, die alle gleichzeitig angeworfen wurden.

Ich habe einen kleinen Jungen erschossen, sagte sich Poole.

Doch er wußte, daß er dafür nicht zur Rechenschaft gezogen werden würde. Lieutenant Beevers hatte ein kleines Mädchen so lange gegen einen Baum geschleudert, bis dem armen kleinen Wesen der Kopf zersprungen war. Spitalny hatte Kinder in einem Graben bis zur Unkenntlichkeit verbrannt. Wollte man sie dafür bestrafen, so mußte man schon den ganzen Zug vor das Kriegsgericht stellen. Auch das war ganz entsetzlich. Diese Untaten würden keine Folgen haben. Was sich sozusagen in einem luftleeren Raum abspielte, zählte nicht. Das war das Schlimme. Alles ringsum erschien Poole vorübergehend ganz unwirklich – die brennenden Hütten, die Qualmwolken, die Erde unter seinen Stiefeln, die alten Männer und Frauen, die zusammengekauert auf der Erde hockten. Er fühlte sich, als könnte er sich in die Lüfte schwingen, wenn er wollte.

Er blickte nach links und staunte, weil die meisten Männer seines Zuges am Dorfrand standen und zusahen, wie der Wald abbrannte. Wann waren sie denn aus den Hütten gekommen? Es kam ihm vor, als fehle ihm ein ganz bestimmter Zeitabschnitt. Wider alle Vernunft hatte er eine Weile gar nichts mitbekommen, war völlig weggetreten. Dadurch war ihm entgangen, daß sich inzwischen allerhand getan hatte, wofür er blind und taub gewesen war. Kein Wunder, daß ihm alles so unwirklich erschienen war. Der brennende Wald war Teil einer Filmszene, und die brennenden Hütten waren Behausungen, in denen in einer Geschichte Menschen lebten. Es war eine abscheuliche Geschichte, und wenn man sie rückwärts erzählte, indem man die kleinen Hütten niederbrannte, wäre alles ausgelöscht. Vollkommen ausgelöscht. Alles hätte niemals stattgefunden. So war es entschieden besser – auf diese Art und Weise wurde die Geschichte rückwärts durch ihr eigenes Arschloch wieder aus der Welt hinausgezogen und verschwand auf Nimmerwiedersehen. Er hätte frei schweben sollen, solange sich ihm diese Chance bot, denn es spielte keine Rolle mehr, ob er wieder festen Boden unter die Füße bekam oder nicht. Denn es handelte sich ja nicht mehr um die echte Welt. Alles war nur ein Film. Sie sahen jetzt gerade das Nichtgeschehen der Geschichte.

Das ganze Dorf würde bald von der Bildfläche verschwunden sein. Es hatte niemals existiert.

Michael sah den häßlichen purpurfarbenen Hügel jetzt ganz deutlich. Am Fuße dieses Hügels befand sich wie eine Falte in dem Fels der Eingang zu einer Höhle.

»Dort werden wir fündig werden«, hörte er Lieutenant Beevers sagen.

3

Poole hätte beinahe laut aufgeschrien, als M. O. Dengler sich in Trab setzte und hinter dem Lieutenant her auf die Höhle zulief. Lieutenant Beevers existierte als Mensch gar nicht mehr, wenn man die Schraube zurückdrehte. Niemand sollte ihm in eine Höhle folgen, und schon gar nicht M. O. Dengler.

Poole wollte laut schreien, um Dengler davon abzuhalten, daß er als Harry Beevers' Schutzschild in die Höhle ging. Da bemerkte er, daß Victor Spitalny hinter Dengler und dem Lieutenant herrannte. Der Blutrausch ließ ihn nicht mehr los. Er wollte mit hinein und war nicht mehr zu bremsen. Pumo rief Spitalny, um ihn zurückzuhalten, doch Spitalny blickte sich nur um, rannte aber weiter.

Drei Männer verschwanden in der Höhle.

Poole machte kehrt und wandte sich wieder dem Dorf zu. Da sah er Tim Underhill durch den Qualm auf sich zukommen.

Die beiden Männer hörten gedämpfte Schüsse aus der Höhle. Die

Schießerei endete so schnell, als habe sie nie stattgefunden. Hinter ihnen knisterte und krachte es. Eine Hütte fiel in sich zusammen. Das Gejammere der Dorfbewohner wollte nicht verstummen. Aus der Höhle hörte man jetzt wieder gedämpfte Salven aus einem M-16-Gewehr. Da erwachte Poole endlich aus seiner Erstarrung und rannte durch den Qualm auf den Höhleneingang zu. Er erkannte vage, wie sich der alte Mann, wohl der Dorfälteste, auf dem Dorfplatz erhob. Er hielt das verkohlte Stück Papier in den Händen und kreischte etwas – mit einer ganz hohen Piepsstimme.

Das Unterholz brannte noch immer. Funken stoben auf schwarzverbrannte Strünke nieder. An manchen Stellen brannte sogar die Erde. Bäume waren umgekippt und in sich zusammengefallen wie Zigarettenasche. Eine Rauchwolke blockierte den engen Höhleneingang. Poole rannte darauf zu. Durch die bewegungslose Rauchwand drangen Schmerzensschreie, Wutgebrüll.

Schon im nächsten Augenblick kam Victor Spitalny wild mit den Armen rudernd durch den Qualm gestürzt. Sein Gesicht war feuerrot, und er brüllte, als sei er gefoltert worden. Spitalny schlug wie ein Wahnsinniger um sich. Er sprang und hüpfte ziellos durch die Gegend – als habe man ihm ein paar kräftige Elektroschocks versetzt. Er mußte wohl getroffen worden sein, doch er blutete überhaupt nicht. Er zeterte in den höchsten Tönen, schrie immer wieder die gleichen Worte, bis sich endlich herauskristallisierte, was er sagen wollte: »Bringt sie um! Rottet sie aus!« Er verlor das Gleichgewicht und fiel am Höhleneingang in die Asche. Er trat um sich, wälzte sich herum und konnte sich nicht so weit beherrschen, daß er wieder auf die Beine kam. Poole zog seine Bodenmatte aus dem Tornister, breitete sie aus und beugte sich über Spitalny, um ihn darin einzuwickeln. Spitalnys Gesicht und Hals waren mit dicken roten Quaddeln übersät. Seine Augen waren völlig zugeschwollen.

»Wespen!« schrie Spitalny gellend. »Ganze Wespenschwärme! Ich bin ganz zerstochen!«

Wo die Hütten einmal gestanden hatten, qualmte es jetzt nur noch. Poole sah durch den Qualm hindurch, wie die Dorfbewohner aufstanden und sich die Hälse ausrenkten, um zu sehen, wer da so schrie.

Er fragte Spitalny laut nach Dengler und dem Lieutenant, doch Spitalny wand sich noch immer wie in Zuckungen. Spanky Burrage kniete sich vor Spitalny und schlug Spitalny durch die Bodenmatte auf den Brustkorb. Dann drehte er ihn um und schlug ihn auf den Rücken. Er fing an zu lachen. »Du Trottel, von wegen Wespenschwärme! Da ist außer dir nichts drin.«

»Wickle mich doch aus und zähle all die toten Wespen«, schlug ihm Spitalny vor.

Poole erhob sich in dem Augenblick, als Dengler aus dem schmalen Höhleneingang kam. Er sah noch bleicher aus als vorher – fast grau unter all dem Schmutz. Das Gewehr baumelte an seiner rechten Hand.

Seine Augen blickten trübe, als sei er zu Tode erschöpft oder als habe er einen schweren Schock erlitten.

»Koko«, sagte Dengler, und ein halbes Dutzend Männer sahen sich an.

»Wie? Was ist denn passiert?« erkundigte sich Poole.

»Gar nichts.«

»Hast du Elvis vielleicht zur Strecke gebracht?« fragte Spanky Burrage.

»Nichts ist passiert! Wenn ich es euch doch sage«, behauptete Dengler steif und fest. Er ging ein paar Schritte, wirbelte mit seinen Stiefeln einen Funkenregen auf und sah über die verwüstete Landschaft und das zerstörte Dorf hinweg die alten Leute an. Die standen jetzt ganz einsam dort, wo sich ihr Dorf einmal befunden hatte und starrten in ihre Richtung.

Poole hörte die Dorfbewohner etwas rufen, doch er brauchte eine ganze Weile, bis er die Stimmen auseinanderhalten konnte. Nun verstand er, was sie riefen: »Numma zehn!«

»Wer hat denn da geschossen?«

»Die Guten«, sagte Dengler. Sein Gesicht verzog sich zu einem schwachen Lächeln, als er inmitten des Qualms, der noch immer in der Luft hing, auf die Stelle starrte, an der sich das Dorf befunden hatte.

»Was ist mit dem Lieutenant? Alles in Ordnung?« Poole hätte nicht sagen können, welche Antwort er sich da erhoffte.

Dengler zuckte die Achseln.

»Du Numma zehn!« schrien die Dorfbewohner wieder. Sie wiederholten diesen Aufschrei mit abgerissenen schrillen Stimmen. Die Lage wurde immer chaotischer.

Poole wußte, er würde irgendwann an einem Punkt angelangt sein, wo er es nicht mehr länger hinausschieben konnte, durch die Öffnung in der Felswand einzudringen. Er würde die Höhle betreten. Ein Kind würde vor ihm stehen und ihm in der Dunkelheit die Hand hinstrekken.

»Soll ich euch mal was verraten?« Denglers Stimme klang ganz teilnahmslos. »Ich hatte recht.«

»Womit hattest du recht?«

»Was Gott betrifft.«

Spitalny stand inzwischen schweratmend ohne Hemd im Sonnenschein. Auch seine Schultern, die Arme und sein Rücken waren ganz verquollen und mit Quaddeln übersät. In seinem Gesicht reihte sich eine Beule an die andere. Norm Peters rieb Spitalnys Schultern mit einer fettigen weißen Salbe ein.

Poole wandte sich von Burrage ab und ging über den qualmenden Boden auf Spitalny und den Arzt zu. Nach einer Weile schloß sich ihm Burrage an. Er hatte ebenso wenig Lust wie Poole, in die Höhle zu gehen.

Poole war kaum ein paar Schritte gegangen, da hörte er, wie sich ein

Hubschrauber näherte. Er blickte auf und entdeckte einen kleinen schwarzen Punkt am Himmel, kaum größer als eine Stechmücke. Falsch, dachte er. Weg, zurück!

4

»Ich verstehe das einfach nicht«, erklärte Peters. »Sehen Sie sich das mal an. Das ist doch wirklich nicht zu fassen. Ich werde nicht draus schlau.«

»Ist Dengler wieder draußen?« wollte Spitalny wissen.

Michael nickte. »Woraus werden Sie nicht schlau?« Doch kaum hatte er die Frage gestellt, da wußte er bereits, was Peters meinte. Spitalnys schmales Gesicht mit den scharfen Zügen kam wieder zum Vorschein. Die Quaddeln gingen zurück. Seine Augen waren plötzlich nicht mehr zugeschwollen und seine Stirn nicht mehr mit Beulen übersät. Von ein paar undefinierbaren Pickeln abgesehen war sie jetzt wieder glatt und wölbte sich schon fast wieder makellos bis zu seinen Geheimratsecken hoch.

»Das sind keine Wespenstiche«, konstatierte Peters. »Das ist Nesselfieber.«

»Von wegen keine Wespenstiche«, entrüstete sich Spitalny. »Der Lieutenant ist noch drinnen. Vielleicht hängen Sie sich besser etwas über und ziehen ihn da raus.«

»Selbst wenn das Wespenstiche wären, würde diese Salbe die Schwellung ja nicht so schnell abklingen lassen, sondern nur die Schmerzen lindern. Sehen Sie doch nur, wie die Quaddeln sich verflüchtigen.«

»Du kannst mich mal«, sagte Spitalny. Er streckte seine knochigen Arme aus und überprüfte sie. Die Schwellungen waren ganz enorm zurückgegangen. In Form und Größe erinnerten sie jetzt an Blutegel.

Der Hubschrauber kam allmählich näher. Inzwischen hatte er die Größe einer Fliege.

»Das sind Wespen!« beharrte Spitalny auf seiner Meinung. »Mann, unser Boß da drinnen ist bestimmt schon längst hinüber. Wir müssen uns nach einem anderen Lieutenant umsehen.«

Er schaute Michael mit dem Ausdruck eines Hundes an, der seinem Herrchen klarmachen will, daß er auch imstande ist zu denken. »Daß das auch sein Gutes hat, ist doch wohl sonnenklar. Einen Toten kann man schlecht vor das Kriegsgericht stellen.«

Poole sah zu, wie die blutroten Giftquaddeln mit Spitalnys schmutziger fahler Haut verschmolzen. Die Haut schien sie richtig aufzusaugen.

»Es gibt nur einen Ausweg, und den kennt ihr genauso gut wie ich. Wir schieben alles auf den Lieutenant. Der hat uns das ja schließlich eingebrockt.«

Der Hubschrauber stand jetzt riesengroß am Himmel. In dem grellen Sonnenlicht setzte er zur Landung an. Das Gras ringsum sah aus wie plattgewalzt, oder es kräuselte sich wie Meereswogen. Hinter den Ruinen, die einmal ein Dorf gewesen waren, und jenseits des Grabens lag die Wiese, auf der die Ochsen grasten. Auch am Hang des bewaldeten Hügels, den sie herabgekommen waren, kräuselte sich das Gras durch den Hubschrauber wie Wellen.

Dann hörte er Harry Beevers' Stimme – laut und triumphierend. »Poole! Underhill! Ich brauche sofort zwei Männer!« Als er sah, daß sie ihn verständnislos anstarrten, grinste er. »Volltreffer!«

Beevers kam auf sie zugeschlendert. Der Mann ist ja in Hochstimmung, dachte Poole, wie umgewandelt, gar nicht mehr nervös und zittrig. Der Schweiß lief ihm über das Gesicht, und seine Augen glänzten. »Wo bleiben die zwei Männer, die ich brauche?«

Poole machte Burrage und Pumo ein Zeichen. Sie gingen auf die Höhle zu.

»Schleppt alles aus der Höhle raus und stapelt es hier auf. Leute, in den Sechs-Uhr-Nachrichten sind wir *die* Sensation.«

Beevers kam Michael vor wie ein Wesen von einem anderen Stern, das aus dem Fernsehen wußte, wie sich die Erdbewohner verhielten.

»Ihr Numma zehn!« rief ihnen eine alte Frau zu.

»Nummer zehn in deinem Programm, aber Nummer eins in deinem Herzen«, sagte Lieutenant Beevers zu Poole. Dann wandte er sich ab, um die Reporter zu begrüßen, die geduckt über das Gras auf sie zugelaufen kamen.

5

Alles, was im Zusammenhang damit gedruckt wurde und über den Bildschirm flimmerte, war auf Harry Beevers' Mist gewachsen. *Newsweek* und *Time* schrieben darüber, ebenso wie Hunderte von Tageszeitungen. Auch auf dem Bildschirm kam es in den Nachrichten zur Sprache. Nur eine vage Erinnerung anhand von alten Fotos. Ein Berg von Reis und ein hoher Stapel russischer Waffen, die Spanky Burrage, Tina Pumo und die anderen Männer des Zuges aus der Höhle getragen hatten. Ia Thuc war ein Dorf der Vietcong gewesen. Alle Dorfbewohner wollten amerikanische Soldaten töten. Keine Fotos von den Leichen von dreißig Kindern, denn in Ia Thuc fand man nur die Leichen der drei Kinder, die in einem Graben verbrannt waren – zwei Jungen und ein Mädchen, alle etwa dreizehn Jahre alt. Außerdem den Leichnam eines kleinen Jungen von etwa sieben Jahren, ebenfalls verbrannt. Später fand man dann am Abhang eines Hügels noch den Leichnam einer jungen Frau.

Nachdem die Reporter wieder abgeflogen waren, kamen die alten Leute in ein Flüchtlingslager in An Lo. Der Tin Man und seine Vorgesetzten nannten die Aktion ›Bestrafung der Aufrührer und Rebellen und Beschlagnahmung eines Rekrutierungslagers der Vietcong‹. Die

Ernten wurden vergiftet und die Leute, sie waren Buddhisten, von ihren Familiengräbern weggeholt. Sie hatten das von dem Augenblick an kommen sehen, in dem ihre Häuser niederbrannten. Vielleicht auch schon, als Beevers ihre Sau erschoß. Sie kamen nach Cam Lo – fünfzehn alte Leute unter Tausenden von Flüchtlingen.

Als Poole und Underhill tief in die Höhle eingedrungen waren, hatte eine ganze Wolke durchsichtiger Motten die Luft ringsum erfüllt. Die hatten sie umschwirrt, waren ihnen in den Mund und die Augen geflogen und hatten sich dann wieder verflüchtigt. Poole wedelte heftig mit den Händen vor dem Gesicht herum. Underhill hielt sich ganz dicht hinter ihm. Sie hasteten in einen anderen Teil der Höhle, wo sie die Motten nicht erreichten, bis sie in den Raum gelangten, in dem es zu der Schießerei gekommen war. Das Blut versickerte schon in der mit Geschossen förmlich durchsiebten Wand. Die Höhle verengte und verbreiterte sich wieder, verzweigte sich wie ein Labyrinth. Tief im Innern fanden sie noch einen großen Reisvorrat und noch tiefer drinnen einen kleinen hölzernen Schreibtisch mitsamt Stuhl. Das Pult hätte aus einem Klassenzimmer in Pooles Grundschule in Greenwich stammen können. Die Sache sah ziemlich hoffnungslos aus. Die Höhle nahm und nahm kein Ende, und die Gänge verliefen so ineinanderverschachtelt, daß kein System mehr zu erkennen war. Alles wirkte so hermetisch abgeschlossen wie eine Bienenwabe.

Sie kamen wieder durch den Raum, in dem die leeren Patronenhülsen wie Münzen herumlagen. Underhill atmete tief ein und schüttelte den Kopf. Poole roch es ebenfalls. In dem Raum hing ein ganz seltsamer Geruch, der Geruch des Grauens, des Entsetzens und der nackten Angst. Es roch auch nach Schießpulver und Blutvergießen. Es stand wie an der Stelle, an der Injun Joe Tom Sawyer gezwungen hatte, zuzusehen, wie er Becky Thatcher vergewaltigte, bevor er sie beide ins Jenseits beförderte.

Schließlich gelangten er und Underhill wieder in die Hauptgänge der Höhle. M. O. Dengler richtete das Wort gerade an Spitalny, als er russische Gewehre aus der Höhle trug.

»Ein Mann der Schmerzen und umgeben von Qual«, erwiderte Spitalny darauf. Vielmehr wiederholte er den Satz vermutlich. »Ein Mann der Schmerzen und umgeben von Qual, der sich mit Schwänzen auskennt. Lieber Himmel!«

»Vic, beruhige dich doch«, bat Dengler. »Was es auch sein mag, es ist doch schon so lange her.« Dann schwankte er und ging wie von einer starken Hand niedergedrückt zu Boden. Die Beine rutschten ihm nach der Seite weg. Die Kiste mit den Gewehren landete krachend auf der Erde. Dengler selbst dagegen sank völlig lautlos zu Boden. Spitalny hörte den Krach, als die Kiste mit den Gewehren hinunterfiel. Er drehte sich gemächlich um, sah Dengler zusammengesunken auf dem Boden liegen und trug seine Kiste mit Gewehren seelenruhig weiter zu dem Stapel.

»Es sind keine Kinder da!« schrie Beevers. Das ließ sich nicht bestreiten. Es waren tatsächlich keine Kinder da. Poole fragte sich zum ersten, aber nicht zum letzten Mal, ob die Leute aus dem Dorf An Lac vielleicht mehr Kinder durch einen Hintereingang aus der Höhle geholt hatten.

Peters legte Denglers Wunde frei, nahm ihm den Gazeverband vom Arm. Dengler stöhnte. Aus der braun verfärbten Wunde stieg wie Zigarettenrauch ein widerlicher Fäulnisgestank auf. Alle prallten instinktiv zurück.

»Sie werden erst einmal für ein paar Tage aus dem Verkehr gezogen«, sagte Peters.

»Wo ist denn der Lieutenant geblieben?« Dengler sah sich furchtsam um. Peters verband die Armwunde wieder neu.

»Habt ihr gesehen, daß Fledermäuse aus seinem Mund geflogen kamen?« fragte Dengler ganz verstört.

»Ich habe ihm noch etwas gegeben«, sagte Peters. »Damit er auch ganz sicher durchkommt.«

In die Dunkelheit, in der wir durchkommen.

25. KAPITEL

Heimkehr

1

Groggy von dem Cognac und völlig übernächtigt landeten sie gegen Mittag in San Francisco. In einer riesengroßen Halle drängten sich Hunderte von Fluggästen um das Förderband der Gepäckausgabe. Sie warteten, bis ihre Koffer auf das kreisförmige Band polterten und auf sie zugeglitten kamen. Mit dem gestutzten Bart und dem kurzgeschnittenen, schon etwas gelichteten Haar sah Tim Underhill eingefallen und völlig übermüdet aus. Er stand mit hängenden Schultern da wie ein alter Gelehrter. Auch wegen seines fragenden Gesichtsausdrucks und seines suchenden Blicks hätte man ihn für einen Gelehrten halten können. Poole überlegte, ob es nicht ein Fehler war, ihn mitzunehmen.

Als sie mit ihren Koffern auf die Zollabfertigung zugingen, erschien ein junger Mann in Uniform und schleuste ein paar Passagiere sofort durch den Zoll. Die Leute, denen diese Ehre und bevorzugte Behandlung zuteil wurde, waren ausnahmslos Männer in mittleren Jahren. Sie sahen aus wie Manager oder Direktoren großer Firmen. Auch Koko ist hier durchgegangen, dachte Michael, während die Augen des Beamten auf ihm ruhten und er weiterging. Koko muß auch hier gestanden und mitangesehen haben, was ich sehe. Er ist mit einer Maschine aus Bangkok oder Singapur gekommen und von hier aus nach New York weitergeflogen. Auf dem Flug nach New York hat er eine Stewardeß namens Lisa Mayo und einen unangenehmen jungen Millionär kennengelernt. Auf dem Flug hat er sich mit dem unsympathischen jungen Mann unterhalten, und kurz nach der Landung auf dem John-F.-Kennedy-Flughafen hat er ihn dann ermordet. Ich wette, er war es. Ich wette, er war es. Ich wette, ich wette –

Er hat genau da gestanden, wo auch ich jetzt stehe, dachte Poole. Er bekam eine Gänsehaut.

Harry Beevers sprang von seinem Sitz auf, sobald sie im United Terminal durch die Schleuse getreten waren. Er stieg über den Berg von Koffern und kleineren Gepäckstücken, der vor ihm aufgebaut war, zwängte sich zwischen den Sitzreihen hindurch und eilte auf sie zu.

Als sie dann voreinander standen, hielt Beevers Poole erst einmal auf Armeslänge von sich ab. Dann schloß er ihn in die Arme. Beevers roch nach Kölnisch Wasser, Alkohol und der Seife seiner Fluggesellschaft.

Melodramatisch ließ Beevers dann die Arme wieder sinken, um sich Conor zuzuwenden. Doch Conor streckte ihm die Hand hin, bevor ihm Beevers die Ehrenbezeugung der französischen Fremdenlegion angedeihen lassen konnte. Beevers gab sich geschlagen und reichte ihm die Hand. Dann wandte er sich endlich Tim Underhill zu. »Das bist du also«, konstatierte er.

Underhill wäre beinahe laut herausgeplatzt. »Enttäuscht?«

Poole hatte schon während des Fluges ständig überlegt, wie Beevers wohl damit fertigwerden würde, daß Underhill nun mit ihnen zusammen als Unschuldiger eintraf. Denn es fiel Harry Beevers schwer, sich von seinen vorgefaßten Meinungen zu trennen. Poole rechnete nicht damit, daß er in diesem Fall von seiner Überzeugung abzubringen war, in die er sich verbissen hatte und die für ihn noch vieles nach sich zog. Allenfalls, wenn er dafür reich entschädigt würde.

Doch dann staunte Michael, wie gelassen und vernünftig Beevers reagierte. »Wenn du bereit bist, uns zu helfen, bin ich nicht enttäuscht.«

»Harry, ich will doch auch, daß dieses Morden aufhört. Natürlich helfe ich euch, soweit das in meinen Kräften steht.«

»Bist du sauber?« fragte Beevers.

»Mach dir keine Sorgen.«

»Na schön. Aber da ist noch etwas. Du mußt mir versprechen, daß du von diesem Material über Koko nichts in einem Sachbuch verwendest. In Romanen kannst du drüber schreiben, was du willst. Das ist mir egal. Aber ich habe die alleinigen Sachbuchrechte.«

»Klar«, sagte Underhill. »Ich könnte gar kein Sachbuch schreiben, selbst wenn ich das wollte. Wenn du mich nicht vor den Kadi bringst, verklage ich dich auch nicht.«

»Gut. Wir können zusammenarbeiten«, erklärte Beevers. Dann schloß er auch Underhill in die Arme und sagte, er gehöre jetzt mit zu ihrem Team. »Dann wollen wir uns mal ans Geldverdienen machen. Da springt eine Menge für uns raus.«

Auf dem Flug nach New York saß Michael neben Beevers. Conor saß auf dem Platz am Fenster und Tim Underhill vor Michael. Beevers erzählte ständig unwahrscheinliche Geschichten über seine Abenteuer in Taipeh. Er brüstete sich damit, daß er Schlangenblut getrunken und es mit wunderschönen Huren, Schauspielerinnen und Fotomodellen getrieben habe. Er beugte sich zu Michael und flüsterte ihm zu: »Wir müssen diesem Burschen gegenüber auf der Hut sein, Michael. Im Grunde genommen können wir ihm nicht trauen. Was glaubst du wohl, warum ich ihm anbiete, bei mir zu wohnen? Damit ich ihn nicht aus den Augen verliere.«

Michael nickte entnervt.

Beevers sagte so laut, daß es alle hören konnten: »Jungs, überlegt doch mal. Nach unserer Rückkehr wird uns irgendwann die Polizei behelligen. Das ist gar nicht so unproblematisch. Wieviel sollen wir denn ausplaudern?«

Underhill drehte sich um, sah Beevers neugierig und fragend an.

»Ich finde, wir sollten die Angelegenheit bis zu einem gewissen Grad für uns behalten«, sagte Beevers. »Wir haben uns doch vorgenommen,

Koko selbst zu finden. Das wollen wir schließlich immer noch. Also dürfen wir der Polizei auch keinen reinen Wein einschenken. Wir müssen ihr vielmehr immer einen Schritt voraus sein.«

»Ja, vermutlich«, äußerte sich Conor.

»Ich hoffe, daß ihr mir in dieser Frage alle recht gebt.«

»Das wird sich finden«, sagte Poole.

»Ich glaube nicht, daß man das schon eine Irreführung der Behörden nennen kann«, meldete sich Underhill zu Wort.

»Ist mir ganz egal, wie du das nennen würdest«, sagte Beevers. »Ich sage ja auch nur, daß wir ein paar Fakten für uns behalten müssen. Das tut die Polizei doch ständig. Wir rücken eben auch nicht gleich mit der vollen Wahrheit raus. Und wenn wir wissen, wie wir vorgehen wollen, behalten wir das erst einmal für uns.«

»Wie wollen wir denn vorgehen?« erkundigte sich Conor.

Beevers bat sie, ein paar Möglichkeiten in Betracht zu ziehen. »Wir wissen zum Beispiel zwei Dinge, über die die Polizei noch nicht informiert ist. Wir wissen, daß Victor Spitalny Koko ist. Und wir wissen, daß ein Mann namens Tim Underhill in New York ist und nicht in Bangkok – bzw. bald in New York landen wird.«

»Du willst den Bullen nicht verraten, daß wir Spitalny suchen?« fragte Conor.

»Wir stellen uns einfach dumm. Sie sollen selbst dahinter kommen, wer da ist und wer nicht.« Er bedachte Michael mit dem Anflug eines überlegenen Lächelns. »In meinen Augen nutzt es uns am meisten, daß wir wissen, daß Spitalny unter dem Namen dieses Mannes auftritt.« Er wies auf Underhill.

»Um die Reporter anzulocken. Was wir im Goodwood Park herausgefunden haben, bestätigt diese These meiner Meinung nach. Laßt uns jetzt dafür sorgen, daß das Blatt sich wendet.«

»Harry, wie stellst du dir das vor?« erkundigte sich Underhill.

»Pumo hat mich genaugenommen auf die Idee gebracht, als wir uns im November alle in Washington getroffen haben. Ihr erinnert euch doch noch daran, daß er von seiner Freundin gesprochen hat, oder nicht?«

»Ich erinnere mich noch gut daran«, gab Conor zu. »Er hat sich mit mir unterhalten. Diese kleine Chinesin hat ihn fast um den Verstand gebracht. Sie hat immer Anzeigen in die Zeitung gesetzt, wenn sie ihm eine Nachricht zukommen lassen wollte. Unter dem Namen Halbmond.«

»*Très bon, très très bon*«, sagte Beevers.

»Willst du etwa auch Anzeigen in der *Village Voice* aufgeben?« fragte Michael.

»Schließlich sind wir hier in Amerika«, erklärte Beevers. »Da darf man sich die Werbewirksamkeit solcher Anzeigen nicht entgehen lassen. Wir wollen diesen Namen in der ganzen Stadt verbreiten. Wenn sich jemand drüber wundert, brauchen wir ja nur zu sagen, daß wir jemanden suchen, der in unserer alten Truppe war. Seinen wirklichen Namen nennen wir auf keinen Fall. Mal sehen, ob sich daraufhin was tut. Ich glaube schon.«

2

Die Star Limousine war eigentlich ein Lieferwagen mit drei Sitzreihen und einem Gepäckständer auf dem Wagendach. In dem Lieferwagen war es furchtbar kalt. Poole zog seinen Mantel fester um sich, wickelte sich darin ein und bedauerte, keinen Pullover mitgenommen zu haben. Er fühlte sich ganz fremd und jämmerlich allein. Die Landschaft draußen kam ihm fremd und doch auch sonderbar vertraut vor. Es schien ihm, als sei er schon ewig lange unterwegs.

Die langweiligen Reihenhäuser am Straßenrand wirkten in der Kälte zugeknöpft. Es wurde schon langsam dunkel. Niemand in dem Lieferwagen sprach, nicht einmal die Ehepaare.

Michael fiel wieder ein, daß ihm Robbie im Traum erschienen war und daß sein toter Sohn eine Laterne hochgehalten hatte.

26. KAPITEL

Koko

Es war immer gleich, wenn man nach Hause zurückkehrte. Heimzukehren war immer eine beängstigende Sache, kein Zuckerlecken. Man konnte Himmel und Erde in Bewegung setzen, wenn man sich nur nicht beirren ließ. Dann waren einem das Land und das Meer zu Willen. Man durfte sich nur nicht beirren lassen. Wer würde schon darauf warten, daß der Messias kommt?

Man kehrte heim und sah die Unterlassungssünden. Vieles stieß einen ab. Man sah, was schlecht gemacht worden war und was einen ausspie. Man kehrte auch zu dem zurück, was geschehen war, was aber besser ungeschehen geblieben wäre, zu denjenigen, die mit einem Brett oder einem Ziegelstein auf einen losgingen oder die ihm einen Strick um den Hals legen wollten.

All das stand in einem Buch.

In diesem Buch war die Höhle ein Fluß, durch den ein mit festgefrorenem Schlamm bedeckter nackter kleiner Junge watete. Er hatte dieses Buch vorwärts und rückwärts gelesen. Das sagten sie zu Hause immer – *vorwärts und rückwärts*. Koko erinnerte sich noch, daß er das Buch gekauft hatte, weil er in einem früheren Leben mit dem Autor bekannt gewesen war. Das Buch verwandelte sich, wuchs unter seinen Händen und wurde zu einem Buch über ihn selbst. Koko glaubte, ins Leere zu fallen – als habe ihn jemand aus einem Hubschrauber gestoßen. Er war aus sich selbst herausgetreten. Ihn nahm die wohlbekannte Angst gefangen. Er erhob sich und verschwand in dem Buch, das er in der Hand hielt.

Die altvertraute Todesangst nahm ihn wieder in ihre Klauen.

Er hatte an das Fürchterlichste auf der Welt gedacht. Ja, das Fürchterlichste, was es für ihn gab. Das Allerschlimmste war, wie es sein Körper gelernt hatte, aus sich selbst herauszutreten. Nachts kam Blut zur Schlafzimmertür hereingeschossen. Es machte sich an ihn heran. Er spürte den heißen klebrigen Geschmack der Ewigkeit auf seinem Leib. Sein blondes Haar sah in der Dunkelheit fast silbrig aus.

Bist du wach?

Jeder konnte die Streifenwagen sehen, alle konnten sehen, was da vorging. Koko stand an der Ecke und sah, wie die beiden Polizeiwagen vor dem Heim vorfuhren. Sie rechneten offenbar damit, daß er ihnen direkt in die Arme lief.

Der Farbige war das gewesen. Er war hingegangen und hatte Mr. Partridge unten am Eingang von dem Zimmer erzählt. Mr. Partridge war daraufhin in Kokos Zimmer hinaufgegangen. Da hatte Kokos Leib seinen Leib verlassen.

Was soll denn das bedeuten? hatte Mr. Partridge gefragt. Daß ihr Verrückten immer hier enden müßt. Warum suchen Sie sich nicht was anderes?

Das ist mein Zimmer und nicht Ihres, verteidigte sich Koko. Na, das werden wir ja sehen, sagte Mr. Partridge. Er sah sich die Wände noch einmal gründlich an, dann ging er.

Die Kinder wandten sich um und riefen ihm etwas nach.

Sie sind kein Reisebürofachmann, sagte der Farbige. Sie haben selber keine Rückfahrkarte.

Koko wandte sich ab und ging auf die U-Bahn in Richtung Zentrum zu. Er trug jetzt alles Wichtige im Rucksack bei sich. Leere Zimmer gab es überall.

Da fiel ihm ein, daß er die Spielkarten mit dem sich aufbäumenden Elefanten irgendwo verloren hatte. Er blieb augenblicklich stehen und preßte die Hand auf den Magen. Eine hohe Wand aus Blut erhob sich vor ihm. Sein Haar war silbergrau, seine Stimme tonlos, eiskalt und halb verrückt vor Wut.

Du hast sie verloren?

Sein Leben kam ihm schwer vor wie ein Amboß, den er mit sich herumschleppte. Er hätte diesen Amboß liebend gerne weggeworfen. Sollte doch jemand anders weitermachen. Nach allem, was er schon getan hatte, dürfte es doch einem anderen nicht mehr schwerfallen, die Sache zum Abschluß zu bringen. Er konnte jederzeit aufhören. Er konnte sich stellen, er konnte aber auch fliehen.

Eines wußte Koko – er konnte auf der Stelle irgendein Flugzeug besteigen und fliegen, wohin es ihm beliebte. Nach Honduras flog man von New Orleans aus. Er hatte bereits nachgesehen. Man begab sich nach New Orleans, und von da aus flog man nach Honduras weiter. Der Vogel bedeutete die Freiheit.

Eine Szene aus dem Buch, das ihn so in Erstaunen versetzt hatte, tauchte vor seinem geistigen Auge auf. Er sah sich als kleinen Jungen, der sich verlaufen hatte, schmutzverkrustet und halb erfroren, mitten in einer Großstadt am Ufer eines eisigen schmutzstarrenden Flusses entlanggehen. Hunde und Wölfe stierten ihn zähnefleischend an. Die Tür öffnete sich knarrend einen Spalt breit. Durch den hartgefrorenen Schlamm tauchten grüne Fingerspitzen auf, schon halb in Verwesung übergegangen. Koko kam sich ganz verloren vor. Das nackte Grauen überfiel ihn. Schutzsuchend schwankte er auf eine Tür zu.

Die toten Kinder schlugen die spindeldürren Hände vors Gesicht.

Er hatte kein Zuhause, er konnte jederzeit weg.

Er setzte sich vor eine große Eingangstür und gab sich alle Mühe, nicht zu weinen. Zumindest sollte niemand merken, wie er schluchzte. Hinter der breiten Glastür ging es durch die leere, mit Marmorplatten geflieste Eingangshalle zu einer Reihe von Aufzügen. Er sah den Polizisten wie in einem Comic Strip durch sein Zimmer stolzieren. Er sah die Jacken auf den Kleiderbügeln, die Hemden in den Kommodenschubladen. Und die Spielkarten auf dem Frisiertisch. Die Tränen strömten ihm über die Wangen. Man hatte ihn um seinen Rasierapparat und seine Zahnbürste gebracht. Alle die Dinge, die man ihm weggenommen oder die er verloren hatte. Vergewaltigte, vor den Kopf gestoßene, sterbende und tote Dinge...

Ganz hinten in der Höhle sah Koko Harry Beevers in der Dunkelheit, die über sie hereinbrach. Sein Vater stellte ihm im Flüsterton eine Frage. Harry Beevers beugte sich zu ihm. Seine Augen glänzten. Seine Zähne, ja sein ganzes Gesicht strahlte, leuchtete und glänzte vor Schweiß. *Zum Teufel nochmal, schert euch raus hier, ihr Gangster*, sagte er. Da kam eine Fledermaus aus seinem Mund geflogen. *Oder teilt den Ruhm mit mir*. In dem Schlamassel auf der Erde vor dem Lieutenant sah er in dem dünnen Lichtstrahl eine kleine ausgestreckte Hand, die Finger eingerollt. Da war Koko aus sich selbst herausgetreten und hatte seine leibliche Hülle verlassen. Den Geruch der Ewigkeit überdeckte der Gestank nach Pisse, Schießpulver und Scheiße. Beevers drehte sich um, und Koko sah, daß eine gewaltige Erektion Beevers' Hose fast zum Platzen brachte. Er begegnete sich selbst, blickte gleichzeitig in die Vergangenheit und Zukunft. *Hin und her* ging die Reise.

Er blickte von seinem Platz im Schutz der Tür auf und sah einen blau-weißen Polizeiwagen vorbeifahren, dicht gefolgt von einem zweiten. Sie waren also nicht mehr in seinem Zimmer. Vielleicht war ja noch einer da. Er könnte ja zurückgehen und über den Lieutenant sprechen.

Koko erhob sich und verschränkte die Arme fest über den Schultern. In seinem Zimmer war bestimmt ein Mann, mit dem er sprechen konnte. Dieser Gedanke raste wie wahnsinnig durch sein Blut. Wenn er sich erst einmal von der Seele gesprochen hatte, was ihn belastete, sah alles gleich ganz anders aus. Dann war er frei. Wenn er geredet hatte, würde der Mann in seinem Zimmer verstehen, daß er gleichzeitig *in der Zukunft und in der Vergangenheit* lebte.

Ein paar Sekunden lang sah sich Koko wie aus weiter Ferne – als einen Mann, der in einem Hauseingang die Arme um sich schlang, weil ein großer Kummer auf ihm lastete. Das ganz normale Tageslicht, das Licht der Wirklichkeit, lag über allem. In diesen wenigen Sekunden erkannte Koko das ganze Ausmaß des Entsetzens. Er staunte und erschrak zutiefst. Er konnte zurückgehen und sagen: Ich habe einen Fehler gemacht. Er war nicht von Dämonen und Engeln umringt. Das Drama der übernatürlichen Sühne und Wiedergutmachung, vor der es bisher kein Entkommen gab, war durch die lange Straße entfleucht, auf der es von Taxis nur so wimmelte. Er war ein Mensch wie jeder andere und stand ganz allein draußen in der Kälte.

Das Gesicht des Mädchens im Wohnzimmer von Tina Pumo fiel ihm wieder ein. Er sagte sich bei dem Gedanken an das Mädchen, daß er sich in einer ganz bestimmten Gegend dieser Stadt wahrscheinlich am wohlsten fühlen würde.

Er würde den Amboß also noch ein Stückchen weiter schleppen. Es würde sich ja zeigen, was daraufhin geschah.

Als er an der Canal Street wieder aus dem U-Bahn-Schacht auftauchte, spürte er mit jeder Faser seines Wesens, wie richtig es gewesen war, hierherzukommen. Die U-Bahn hatte ihn in eine Gegend transportiert, die nicht in Amerika zu liegen schien. Fast glaubte er, sich wieder in Asien zu befinden. Selbst die Gerüche waren subtiler und trotzdem intensiver.

Koko mußte sich richtig dazu zwingen, langsam zu gehen und normal zu atmen. Sein Herz klopfte stürmisch, als er unter einem Schild mit chinesischen Schriftzeichen vorbeikam. Er bog in die Mulberry Street ein. Es kam ihm vor, als sei er seit einer Woche nicht mehr so hungrig gewesen. Die letzte Mahlzeit, an die er sich erinnern konnte, hatte ihm eine Stewardeß serviert.

Urplötzlich verspürte Koko einen solchen Hunger, daß er am liebsten alles ringsum in sich hineingeschlungen hätte – alle Geschäfte, jeden einzelnen Ziegelstein, die grellgelben Schilder und Leuchtreklamen, alle Teekannen und Eßstäbchen, alle Enten, alle Aale, alle Männer und Frauen auf der Straße, aber auch die Stoppschilder, Verkehrsampeln, Briefkästen und Telefonzellen.

In aller Eile erstand er an einem Zeitungskiosk die *Times*, die *Post* und auch die *Village Voice*. Dann betrat er das erste Restaurant, in dem eine Reihe Enten in der Farbe von Buchweizenhonig über den Töpfen mit brauner Suppe und klebrigem weißen Haferbrei hingen.

Als sein Essen kam, schmolz und zerlief die Welt und auch die Zeit. Er fühlte sich in die Zeit zurückversetzt, als er noch in dem Elefanten lebte. Bei jedem Atemzug sog er den Elefanten ein.

In der Tageszeitung stand, daß ein Busfahrer fast zwei Millionen Dollar gewonnen hatte. Im Lotto oder wie das hieß. Ein zehnjähriger Junge namens Alton Cedarquist war in einem Stadtteil namens Inwood von einem Dach gefallen. In der Bronx war ein ganzer Häuserblock niedergebrannt. In Angola posierte ein Mann namens Jonas Savimbi mit einem häßlichen Gewehr schwedischer Provenienz. Er versprach, bis in alle Ewigkeit zu kämpfen. In Nicaragua waren in einem winzig kleinen Dorf ein Priester und zwei Nonnen ermordet und enthauptet worden. Hin und her, ja, in der Tat. In Honduras hatte die Regierung der Vereinigten Staaten zweihundert Morgen Land als Übungsgelände requiriert. Das Land gehörte einmal den Bewohnern von Honduras. Nun gehörte es Amerika. Natürlich erklärten die Vereinigten Staaten im Brustton der Überzeugung, Honduras bekäme die zweihundert Morgen bald zurück. Doch die Amerikaner waren mit offenem Munde dagestanden, bis zweihundert Morgen in ihrem Schlund verschwunden waren. Koko roch das Schmierfett, mit dem die Waffen eingerieben wurden. Er hörte die Erde unter den Stiefeln knirschen und Hände an die Schäfte von Gewehren schlagen.

Den Herren der Erde stand eine Frage ins Gesicht geschrieben. Sie wandten sich an ihn.

Aber die Immobilienseiten waren verklausuliert. Er hatte gehofft, ein schönes billiges Zimmer aufzutun. Doch er verstand den Fachjargon nicht. In Chinatown war fast nichts zu vermieten. Offensichtlich nur ein Apartment mit zwei Schlafzimmern, und zwar Confuzius Plaza – und zu einem so horrenden Preis, daß er ihn zuerst für einen Druckfehler hielt.

Noch etwas? fragte der Ober auf kantonesisch, der Sprache, in der Koko das Essen bestellt hatte.

Nein danke, ich bin fertig, erwiderte Koko. Der Kellner kritzelte etwas auf einen Zettel, riß ihn von dem Block ab und legte ihn neben Kokos Teller auf den Tisch. Sofort breitete sich ein Fettfleck mitten auf dem grünen Zettel aus.

Koko sah zu, wie der Fettfleck noch etwa zwei Zentimeter größer wurde. Er zählte das Geld ab und legte es auf den Tisch. Dann schaute er dem Kellner nach, der langsam in den Hintergrund des Raumes ging.

Sie haben mir mein Zuhause weggenommen, sagte er.

Der Kellner machte kehrt und sah ihn fragend an.

Ich habe kein Zuhause mehr.

Der Kellner nickte.

Wo sind Sie denn zu Hause?

In Hongkong, erwiderte der Kellner.

Wissen Sie vielleicht, wo ich unterkommen könnte?

Der Kellner schüttelte den Kopf. Dann sagte er: *Sie sollten unter Ihresgleichen leben.* Er wandte sich von Koko ab und ging ganz vorn ins Restaurant. Dort stützte er sich auf die Kasse und sprach laut auf einen anderen Mann ein. Das klang wie ein Klagelied.

Koko nahm sich die Rückseite der *Village Voice* vor. Er las die Worte, die ihm zuerst genauso sinnlos vorkamen wie der Fachjargon der Immobilienseiten und Vermietungen, den er nicht verstand. DÄUMCHEN DREHEN: DU BIEST ICH JE GESEHEN HABE. SCHMERZ IST ILLUSION. ÜBERLEBEN. LEUCHTZIFFERBLATT. Darunter eine Anzeige, die sich wohl an das ganze Universum richtete und vielleicht auch noch an einen Menschen, der ähnlich wie er selbst darin herumwirbelte. *EIN UNTERDRÜCKTER, TRÄGER, LEIDENSCHAFTSLOSER KUMMER. WIRDUICH MÜSSEN DAS VERLORENE WIEDERFINDEN.* Koko fühlte, wie die Anspannung in seinem Innern nachließ, als sei diese Anzeige wirklich von einem Menschen aufgegeben worden, der ihn kannte und verstand.

Der Mann, an den sich der Kellner gewandt hatte, sah wohlhabender und eher nach dem Besitzer dieses Restaurants aus. Er sah Koko mit schiefgelegtem Kopf und leuchtenden Augen an. Das konnte nur daran liegen, daß ihm die Sache einträglich erschien. Koko stand auf, um zu ihm zu gehen. Er wußte schon, daß ihm ein Zimmer sicher war.

Sie brachten die üblichen Formalitäten hinter sich. Wie üblich brachte der Besitzer sein Erstaunen darüber zum Ausdruck, daß Koko so gut kantonesisch sprach.

Ich liebe alles, was mit China zu tun hat, erklärte Koko. *Es ist jammerschade, daß meine Geldbörse nicht so voll ist wie mein Herz.*

Der Glanz in den Augen des geldgierigen Restaurantbesitzers ließ daraufhin gleich merklich nach.

Trotzdem will ich Ihnen liebend gern für die Räumlichkeiten, die Sie mir freundlicherweise zur Verfügung stellen wollen, einen fairen Preis bezahlen. Zudem wäre ich Ihnen ewig dankbar.

Wie ist es denn dazu gekommen, daß Sie kein Dach mehr über dem Kopf haben?

Mein Vermieter hat jetzt anderweitig Verwendung für mein Zimmer.

Und Ihr Eigentum?

Ich habe alles bei mir, was ich besitze.

Haben Sie Ihre Stellung auch verloren?

Ich bin Schriftsteller und habe mir schon einen Namen gemacht.

Der Restaurantbesitzer reichte Koko seine fette Hand. *Ich bin Chin Wu-Fu.*

»Timothy Underhill«, stellte sich Koko vor und gab dem Chinesen die Hand.

Chin machte ihm ein Zeichen, ihm zu folgen. Sie traten vor die Tür des Restaurants. Koko streifte sich den Rucksack über. Sie eilten in der Kälte bis zur nächsten Straßenecke und bogen in die Bayard Street ein. Chin Wu-Fu hastete vor Koko her – mit eingezogenem Kopf und vorgeschobenen Schultern. So schützte er sich vor der Kälte. Koko eilte mit langen Schritten hinter dem Chinesen her und bog hinter Chin Wu-Fu nach Norden in die schmale, ganz verlassene Elizabeth Street ein. Nach etwa einem halben Block zog Chin den Kopf noch weiter ein. Er lief geduckt durch einen gewölbten Eingang und verschwand. Gleich darauf kam er geduckt wieder zum Vorschein und winkte Koko durch das Gewölbctor hinein. Er schob ihn in einen kleinen geschlossenen, von Ziegelbauten umgebenen Hof, in dem es schwach nach Speiseöl roch. Koko sah gleich, daß sich in diesen Hof niemals ein Sonnenstrahl verirren würde. Rings um den Hof Mietshäuser mit Feuerleitern, die sich wie riesengroße Gottesanbeterinnen an die schmutzigbraunen Ziegelwände klammerten. Der Hof diente lediglich als Isolierschicht zwischen den überbelegten Mietswohnungen und Elizabeth Street. Das schien seine einzige Daseinsberechtigung zu sein. Besser hätte Koko es gar nicht treffen können. Der Chinese in dem schäbigen dunklen Anzug, der ihm Zugang zu diesem Hof verschafft hatte, wo Grabesstille herrschte, zog jetzt an einer der grobgezimmerten Brettertüren im Erdgeschoß des Mietshauses.

Wir gehen hinunter, sagte der Besitzer und tauchte in das eiskalte Dunkel des Treppenhauses ein.

Koko folgte ihm.

Unten angekommen knipste Chin das Licht an. Von der Decke hing eine nackte Birne ohne Lampenschirm. An seinem großen Schlüsselring hingen etwa hundert Schlüssel. Als er den richtigen gefunden hatte, schloß er eine Tür auf. Wortlos stieß er sie auf und forderte Koko zum Eintreten auf.

Koko betrat ein naßkaltes stockfinsteres Gelaß. Er erkannte auf der Stelle, daß es genau das war, was er brauchte. Bevor Chin Wu-Fu noch an der Schnur ziehen und das Licht in diesem Raum anknipsen konnte, sah er dieses rechteckige fensterlose Loch schon vor sich. Von den grüngestrichenen Wänden blätterte die Farbe ab. Auf dem Boden lag eine fleckige Matratze. Im Geiste sah er auch die Küchenschaben vor sich, die den Raum bevölkerten, den wackeligen Stuhl sowie das rostige Waschbecken und die primitive Toilette hinter einem Wandschirm. Mit der Polizei konnte er nicht sprechen, aber er konnte versuchen, Michael Poole zu finden. Michael Poole würde verstehen, daß Vergangenheit und Zukunft ineinander übergingen.

Vorwärts und rückwärts. Harry Beevers verkörperte den Weg zurück, Michael Poole dagegen den schmalen, einsamen Weg nach vorn, heraus aus seiner Zelle. Eine weitere nackte Birne verbreitete trübes Licht. Unterhalb der Höhe, auf der Elizabeth Street verlief, spürte er auf der Haut den Wind, der über einen zugefrorenen Fluß hinwegfegte. Der Schmerz war eine Illusion.

Teil VI

BIS AN DIE WURZELN DES SEINS

27. KAPITEL

Pat und Judy

»Ist es so schlimm?« erkundigte sich Pat.

»Du weißt noch nicht einmal die Hälfte.« Judy Poole stieß einen Seufzer der Erleichterung aus. Merkwürdigerweise verschaffte es ihr eine gewisse Befriedigung, daß sie endlich in dieser Phase des Gesprächs angelangt waren. Das Gespräch fand drei Tage nach Michaels Heimkehr um sieben Uhr dreißig abends statt. Die beiden Frauen unterhielten sich seit fünfundzwanzig Minuten am Telefon.

Judy hörte Pat am anderen Ende der Leitung seufzen und fragte rasch: »Halte ich dich von irgendeiner Arbeit ab?«

»Nein, nein, das nicht.« Sie schwieg und fuhr dann fort: »Harry hat mich erst einmal angerufen, deshalb weiß ich auch nichts Neues. Ich wußte nicht einmal, daß sie ihren Freund mitgebracht haben. Sie haben doch noch immer vor, die Polizei zu informieren, oder?«

Über dieses Thema hatten sie sich zu Beginn der Unterhaltung schon zehn Minuten ausgelassen. Judy griff das Thema ungeduldig wieder auf. »Das habe ich dir doch schon gesagt – sie glauben zu wissen, warum Tina ermordet worden ist. Glaubst du, sie träumen mit offenen Augen? Das möchte ich *gern* glauben.«

»Ach, das kommt mir alles so bekannt vor«, sagte Pat. »Harry hat sich immer eingebildet, über alles ganz genau Bescheid zu wissen. Er glaubt immer alles zu durchschauen.«

Judy kam wieder auf das Thema zurück, das sie zuvor schon angeschnitten hatte. »Das Schlimmste weißt du ja noch gar nicht. Ich weiß nicht mehr, wie ich mich verhalten soll. Ich weiß einfach nicht mehr weiter. Ich bin ganz verängstigt und mache mir fürchterliche Sorgen. Morgens komme ich kaum aus dem Bett, und wenn die Schule aus ist und ich nach Hause fahren sollte, trödle ich noch ewig lang herum, ohne daß ich mir dessen bewußt bin. Ich laufe durch die ganze Schule und sehe nach, ob irgendwo noch Abfall rumliegt. Ich überprüfe, ob die Klassen auch wirklich abgeschlossen sind. Wenn ich dann nach Hause komme, ist es – ich weiß nicht, wie ich mich ausdrücken soll – als seien Bomben gefallen und als hätten sie alles dem Erdboden gleichgemacht. Überall nur Stille, nichts als *Stille*.«

Judy schwieg – nicht so sehr aus Effekthascherei als aus einem anderen Grund: Sie mußte sich erst an den Gedanken gewöhnen, der gerade in ihr aufgestiegen war. »Weißt du, wie das ist? Genau das hat sich auch nach Robbies Tod abgespielt. Aber da ist Michael zumindest zur Arbeit gegangen und zu Hause geblieben und hat überhaupt alles getan, was sich gehört. Nachts war er *da*. Und ich wußte, wie ihm zumute war. Deshalb wußte ich auch, wie ich mich verhalten mußte.«

»Und jetzt weißt du das nicht mehr?«

»Nein – das ist es ja eben. Deshalb kostet es mich solche Überwindung, abends heimzufahren. Michael und ich haben uns schon seit einer Ewigkeit nicht mehr richtig unterhalten. Zur Arbeit ist er nicht gegangen, das steht fest. Weder in die Praxis noch ins Krankenhaus. Glaubst du, daß Harry arbeitet? Ich bezweifle es.«

»Das ist nicht mehr mein Problem, wie du ja weißt«, erklärte Pat ihr prompt. »Ich wünsche ihm natürlich alles Gute. Ich hoffe, daß er sich wirklich dahinterklemmt und eine Stellung annimmt. Du weißt doch, daß er seine Arbeit eingebüßt hat, oder? Mein Bruder konnte ihn nicht mehr ertragen und hat ihn vor die Tür gesetzt.«

»Dein Bruder muß ein fantastischer Mann sein. Der Meinung war ich übrigens schon immer«, sagte Judy. Es hatte sie schon immer sehr bekümmert, daß ihr Pat Caldwells illustrer und distinguierter älterer Bruder nie begegnet war.

»Ich glaube, Charles hat ihm etwas Geld gegeben«, sagte Pat. »Im Grunde genommen hat Charles nämlich ein gutes Herz. Er möchte um keinen Preis, daß Harry leidet. Man kann meinen Bruder wohl mit gutem Gewissen einen Christen und Gentleman nennen.«

»Ein guter Christ und Gentleman«, wiederholte Judy. Neid schwang in ihrer Stimme mit. »Gibt es solche Menschen überhaupt noch?«

»Na ja, hin und wieder, nehme ich an.«

»Darf ich dir eine ganz persönliche Frage stellen? Nicht aus Neugier, das kannst du mir glauben.« Judy hörte für einen Augenblick auf zu sprechen. »Ich möchte gerne wissen, wie das mit deiner Scheidung war.«

»Was willst du denn da wissen?«

»Eigentlich alles.«

»Ach, du Ärmste«, sagte Pat. »Jetzt begreife ich, warum du das alles wissen willst. Leicht ist das auf keinen Fall. Es ist mir nicht einmal leichtgefallen, mich von Harry Beevers scheiden zu lassen.«

»Aber er hat dich doch betrogen.«

»Natürlich hat er mich betrogen«, pflichtete ihr Pat bei. »Das tun doch alle Ehemänner.« Das klang bei Pat nicht einmal zynisch.

»Michael hat mich nicht betrogen.«

»Aber du hast ihn betrogen. Ich nehme an, daß es dir bei unserem Gespräch vor allem darum geht. Es macht mir übrigens nichts aus, darüber zu sprechen, wenn du wirklich wissen willst, warum ich mich von Harry habe scheiden lassen. Der wahre Grund war wohl Ia Thuc.«

»Also weißt du, jetzt übertreibst du aber«, meinte Judy.

»Ich meine das, was er in Ia Thuc getan hat. Ich weiß nicht einmal genau, was er da getan hat. Auch sonst weiß das vermutlich niemand.«

»Willst du etwa behaupten, daß er diese Kinder tatsächlich erschossen oder sonstwie umgebracht hat?«

»Ich bin davon überzeugt, daß er die Kinder umgebracht hat, Judy, aber davon rede ich nicht einmal. Ich weiß nicht, woran es liegt, und ich will es auch gar nicht wissen. Als wir zehn Jahre verheiratet waren, habe ich ihm eines Morgens zugesehen, wie er sich vor dem Spiegel die Krawatte band. Da wußte ich mit einem Mal, daß ich nicht mehr mit ihm leben konnte.«

»Aber woran lag das denn?«

»Wenn ich das nur selber wüßte. Ich habe keine Ahnung. Charles hat mir gegenüber behauptet, er glaube, Harry sei von Dämonen besessen.«

»Du hast dich also scheiden lassen, weil dir etwas rätselhaft erschien, was schon zehn Jahre zurücklag. Wofür Harry bereits vor das Kriegsgericht gestellt und freigesprochen worden war?«

»Ich habe mich von Harry scheiden lassen, weil mir der Gedanke unerträglich war, daß er mich je wieder berühren könnte.« Pat verstummte kurz und fuhr dann fort: »Mit Michael kannst du Harry freilich nicht vergleichen. Michael hatte das Gefühl, wiedergutmachen zu müssen, was in Vietnam geschehen ist. Harry glaubt dagegen nicht, daß er etwas zu bereuen hat.«

Judy wußte nicht, was sie dazu sagen sollte.

»Als ich ihm so zusah, wie er die Krawatte band, wußte ich mit untrüglicher Gewißheit, daß es aus war. Ohne daß ich mir das vorgenommen hatte, sagte ich ihm auf der Stelle, daß er ausziehen müsse, ich wolle mich von ihm scheiden lassen.«

»Wie hat er darauf reagiert?«

»Er hat schließlich eingesehen, daß es mir damit ernst war. Er ist ausgezogen und hat mir keine Schwierigkeiten gemacht. Er wollte seine Stellung bei Charles ja schließlich nicht verlieren.« Sie legte eine Pause ein und fügte dann hinzu: »Ich hatte das Gefühl, daß ich ihm Unterhalt zahlen müßte. Das habe ich auch getan und tue es noch. Auf diese Weise kann Harry auch ohne Arbeit ganz gut leben. Bis an sein Lebensende.«

Judy fragte sich, was Pat wohl unter ›ganz gut‹ verstand. Zwanzigtausend Dollar? Fünfzigtausend? Oder hunderttausend?

»Ich nehme an, daß du an den Scheidungsformalitäten interessiert bist, also an der praktischen Seite«, sagte Pat.

»Ich kann dich wohl nicht hinters Licht führen, wie?«

»Ach, warum sollte dir nicht auch gelingen, was allen anderen gelungen ist?« meinte Pat und lachte ein wenig theatralisch. »Hat Michael irgendwas verlauten lassen?«

»Genug.«

Schweigen.

»Nein.«

Erneutes Schweigen. »Ach, ich weiß es nicht. Er ist wegen Tina noch immer wie betäubt.«

»Du hast also noch gar nicht mit ihm darüber gesprochen.«

»Es ist, als ob er vor meinen Augen versinkt und nicht zuläßt, daß ich ihn wieder an Land ziehe. Zu *mir* an *mein* Land.«

Pat wartete, bis Judy aufhörte, am Telefon zu weinen. Dann fragte sie: »Hast du ihm von dem Mann erzählt, mit dem du ausgegangen und zusammen gewesen bist, während er auf Reisen war?«

»Er hat mich danach *gefragt*«, jammerte Judy. Sie verlor schon wieder die Beherrschung.

»Ich wollte es ja nicht vor ihm verbergen, ganz *gewiß* nicht. Aber es ist die Art und Weise, wie er mich danach gefragt hat. Es war, als hätte er gefragt: Wie ist es, hast du die Autoschlüssel eigentlich wiedergefunden? Er hat sich viel mehr für dieses Mädchen, diese Stacy Talbot, interessiert als für seine Frau. Ich weiß, daß ihm Bob *zuwider* ist.«

»Sprichst du von diesem netten Mann, der gern Tennis spielt und segelt?«

»Ja.«

»Es ist ja nicht weiter wichtig, aber ich hatte keine Ahnung, daß sich die beiden kannten.«

»Sie sind sich einmal auf einer Weihnachtsfeier der Fakultät begegnet. Michael fand ihn eingebildet. Vielleicht ist Bob ja *wirklich* ein bißchen eingebildet. Aber er setzt sich wenigstens für seine Arbeit ein und ist mit ganzem Herzen bei der Sache. Er unterrichtet Englisch an der High School, weil er das für wichtig hält. Er muß das ja nicht tun, das hat er gar nicht nötig.«

»Das hört sich an, als müsse Michael seine Praxis nicht unbedingt behalten.« Und als müsse er seine Ehe nicht unbedingt fortführen, dachte Pat bei sich.

»Wieso muß er das nicht?« fragte Judy mit weinerlicher Stimme. »Warum hat er sich so furchtbar abgeplagt, wenn er jetzt nicht weitermachen will?«

Dahinter steckte in Wahrheit eine andere Frage, doch Pat beantwortete sie nicht.

»Ich habe solche Angst«, erklärte Judy. »Es ist so entsetzlich demütigend. Ich hasse das.«

»Glaubst du, die Sache mit deinem neuen Freund hat Zukunft?«

»In seinem Leben ist eigentlich kaum Platz für mich.« Judy sah die Sache realistisch.

»Obwohl es eher danach aussieht, als gäbe es in seinem Leben jede Menge Platz für eine Frau. Aber er hat seinen Sportwagen, sein Segelboot und sein Tennisspielen. Dann natürlich seine Arbeit und dadurch seine Schüler. Er hat seinen Henry James und seine Mutter. Ich fürchte, da bleibt ihm kaum noch Zeit und Raum für eine Ehefrau. Vermutlich würde er das gar nicht wollen.«

»Aber du hast dich doch sicher nicht mit ihm eingelassen, um gleich eine neue Ehe einzugehen.«

»Na, wenn das kein Trost ist. Einen Augenblick mal.« Judy legte offenbar den Hörer hin und verschwand ein paar Minuten. In Pat Caldwells Ohren hörte es sich an, als drücke Judy Eiswürfel aus dem Metallbehälter.

Dann hörte sie Glas gegen Glas klirren. »Mr. Bunce bevorzugt den Whiskey in dem kleinen blauen Sack mit Schnur. Also habe ich mir den gekauft. Vielleicht hätte ich mir *ihn* auch in einem kleinen blauen Sack mit Zugschnur anbändigen sollen.«

Pat hörte die Eiswürfel in dem Glas aneinanderklirren, als Judy das Glas absetzte oder an die Lippen hob.

»Fühlst du dich eigentlich niemals einsam?« fragte Judy.

»Ruf mich wieder an, wenn du mich brauchst«, lautete Pats Antwort. »Dann komme ich zu dir und leiste dir Gesellschaft, wenn du willst.«

28. KAPITEL

Eine Beerdigung

1

»Was soll das heißen, die Polizei kommt auch zu der Beerdigung?« entrüstete sich Judy. »Das ist doch lächerlich.«

Am nächsten Morgen um zehn Uhr fuhren die Pooles zusammen mit Harry Beevers und Conor Linklater zu Tina Pumos Beerdigung. Tina wurde in der Kleinstadt Milburn im Staat New York begraben. Sie waren schon zwei Stunden unterwegs. Harry wies ihnen den Weg. Deshalb hatten sie sich auf der Suche nach einer Abkürzung hoffnungslos verfahren. Jetzt saß Harry mit leeren Händen auf dem Beifahrersitz von Michaels Audi und drehte an dem Senderwahlknopf des Autoradios. Judy saß hinten neben Conor, der die Straßenkarte ausgebreitet auf den Knien liegen hatte.

»Von der Arbeit der Polizei hast du doch keine Ahnung«, sagte Harry. »Bist du immer so aggressiv, wenn du deine Ignoranz unter Beweis stellst?«

Judy riß die Augen und den Mund auf. Harry sagte hastig: »Verzeihung! Entschuldige bitte, Judy, das hätte ich nicht sagen dürfen. Pardon, pardon. Tinas Tod geht mir schrecklich an die Nieren. Ich bin heute sehr nervös und überempfindlich. Ehrlich, Judy, es tut mir wirklich leid.«

»Fahr in Richtung Binghamton. Richte dich nach den Schildern«, sagte Conor. »Wenn ich mich nicht irre, sind es jetzt noch etwa fünfundsechzig oder siebzig Kilometer. Findest du denn gar nichts Besseres als diesen Höllenlärm?«

»Schließlich handelt es sich ja um Mord«, erklärte Harry. Er ignorierte Conor, stellte aber trotzdem einen anderen Sender ein. »Das ist ein wichtiger Fall – big business. Wer den Mordfall übernommen hat, kommt natürlich auch zu der Beerdigung, um die Trauergäste in Augenschein zu nehmen. Uns und alle anderen. Das ist doch eine einmalige Gelegenheit, alle Akteure auf einmal zu sehen. Wahrscheinlich denkt der Kriminalkommissar, daß Tinas Mörder bei der Beerdigung seines Opfers aufkreuzt. Deswegen gehen die Bullen immer auf Beerdigungen.«

»Ich wünschte, Pat wäre mitgekommen«, sagte Judy. »Im übrigen hasse ich Big Bands und die verlogene Nostalgie.«

Da stellte Harry endlich das Radio wieder ab.

Sie fuhren eine ganze Weile schweigend durch die öde Winterlandschaft, vorbei an schneebedeckten Feldern und dunklen Bäumen, die in Reih und Glied standen wie Soldaten. Tiefschwarze Wälder stachen kraß gegen den Schnee ab. Hin und wieder stand zwischen den Feldern und den Wäldern ein Bauernhaus, unwirklich wie ein Trugbild. Die Landkarte, die Conor in den Händen hielt, raschelte. Judy schnüffelte ein paarmal leise vor sich hin. Michael dachte: Die Vergangenheit ist tot, als Teil der Gegenwart gestorben, so daß sie jetzt wirklich nur Vergangenheit war.

Als er wieder in Westerholm eingetroffen war, hatte ihn Judy ganz nervös mit einem Kuß begrüßt. Er spürte deutlich, wie verstimmt sie war. Wieder zu Hause. Sie hatte sich nach Bangkok und Singapur erkundigt. Sie hatte wissen wollen, wie es war, mit Harry Beevers zu verreisen. Sie goß reichliche Mengen von einem teuren Whiskey ein. Den hatte sie anscheinend extra für diesen Augenblick erstanden. Doch es entging ihm nicht, daß sie dem Whiskey während seiner Abwesenheit schon reichlich zugesprochen haben mußte. Judy war ihm dann nach oben nachgegangen und hatte ihm beim Auspacken zugesehen. Sie folgte ihm auch ins Bad, als er die Wasserhähne aufdrehte, um ein Bad zu nehmen. Sie blieb dann auch weiterhin im Bad und ließ sich von der Reise erzählen. Schließlich erkundigte er sich nach dem Abend mit Bob Bunce, wollte wissen, ob es ein schöner Abend war.

Judy nickte heftig. Sie wirkte zittrig und nervös.

Die Frage war in seinen Augen ein Gebot der Höflichkeit. Die Antwort interessierte ihn nicht sonderlich. Doch es schien ihm, als habe sie ihn angeschrien oder etwas nach ihm geworfen. Sie hob ihr Glas an die Lippen und trank einen großen Schluck Whiskey.

Da hatte er sie das gefragt, was er ohnehin schon wußte. Doch Judy hatte es einfach abgestritten, ohne auch nur einen Augenblick zu zögern.

»Na schön«, hatte er gesagt. Doch er wußte Bescheid. Judy wußte ebenfalls, daß sie ihm nichts vormachen konnte. Sie leerte ihr Glas auf einen Zug und ging aus dem Badezimmer.

»Man kann sich kaum vorstellen, daß Tina Pumo aus so einem kleinen Nest kommt«, meinte Judy. »Er hat immer so weltmännisch gewirkt, nicht wahr?«

Michael wurde plötzlich bewußt, welchen Eindruck Tina bei Judy hinterlassen haben mußte.

»Ich weiß, was sich auf seinem Grabstein sehr gut machen würde«, meinte Conor. »Hier ruht ein weltmännischer Hurensohn. Oder: Hier ruht ein Mann von Welt und Hurensohn.«

2

St. Michael's Cathedral, für eine Kleinstadt eine erstaunlich imposante Kirche, ließ die Trauergemeinde, die zu Anthony Francis Pumos Beerdigung erschienen war, wie Zwerge erscheinen. Michael stand bei den Leichenträgern. Er sah nur ein paar alte Frauen und ein halbes Dutzend

Männer mit wettergegerbten Gesichtern. Das mußten Schulfreunde von Tina sein. Außerdem ein paar jüngere Paare und einzelne würdevolle alte Männer und Frauen. Er entdeckte auch einen hageren Asiaten, der ein wunderhübsches kleines Mädchen an der Hand hielt. Das war Vinh mit seiner Tochter. Ganz hinten in der Kirche stand ein hochgewachsener Mann mit Schnurrbart in einem eleganten Anzug. Neben ihm ein anderer jüngerer Mann in einem noch eleganteren Anzug, der Michael irgendwie bekannt vorkam. Zu den Sargträgern gehörten ein untersetzter barscher Mann mit Tinas Zügen und ein kleinerer, alter Mann mit breiten Schultern und Händen wie Grabschaufeln. Tinas Bruder, der einen Auspuff-Service hatte, und Tinas Vater, früher einmal Bauer.

Ein kantiger alter Priester mit schlohweißem Haar beschrieb Tina als schüchternen fleißigen Schüler, der sich später dann ›in Vietnam ehrenhaft verhalten und ausgezeichnet hat‹ und der ›seine innere Kraft unter Beweis gestellt hat, indem er sich in der turbulenten Restaurantbranche in der Großstadt durchgesetzt hat, was ihn dann allerdings das Leben kostete‹. So sah man das hier also: Eins der Kinder dieses Städtchens hatte sich in den Großstadtdschungel gewagt und war dort den wilden Tieren zum Opfer gefallen.

Draußen auf dem Friedhof Pleasant Hill stand Michael dann neben Judy, Conor und Harry Beevers. Der Priester verlas die Grabrede für Tina. Hin und wieder sah er auf und betrachtete die bleigrauen Wolken. Ihm fiel auf, daß Tommy Pumo, Tinas Bruder, Vinh mit feindseligen Blicken bedachte. Er machte keinen Hehl daraus, was er von dem Asiaten hielt. Tommy schien ein schwieriger Mensch zu sein.

Der Sarg wurde in das Grab hinabgelassen. Tinas Vater und sein Bruder warfen als erste harte kalte Erdklumpen auf den Sarg. Die anderen Trauergäste folgten ihrem Beispiel.

Als Poole vom Rand der Grube zurücktrat, hörte er von weiter unten eine laute Stimme. Wo die Wagen der Trauergäste standen, fuchtelte Tommy Pumo einem gutgekleideten Mann mit den Armen vor dem Gesicht herum. Dieser Mann war Michael in der Kirche irgendwie bekannt vorgekommen. Pumos Bruder machte wütend einen Schritt auf ihn zu und wäre fast gestolpert. Der andere Mann sprach lächelnd auf ihn ein, doch Tommy Pumo schien sich nicht zu beruhigen.

»Wir wollen mal sehen, was da los ist«, sagte Harry Beevers. Er ging den Hügel hinunter auf die kleine Gruppe von Trauergästen zu, die wie erstarrt neben ihren Wagen standen.

»Verzeihung, Sir«, hörte er eine Stimme hinter sich. Michael drehte sich um und sah den großen Mann mit Schnurrbart, der ihm bei der Trauerfeier schon aufgefallen war. Aus der Nähe betrachtet wirkte sein Schnurrbart dicht und glänzend, doch der Mann machte keinen eitlen Eindruck. Er wirkte vielmehr freundlich und gebieterisch, gelassen und befehlsgewohnt. Er war ein paar Zentimeter größer als Michael und viel stämmiger. »Sind Sie Herr Dr. Poole? Und Mrs. Poole?«

Harry war stehengeblieben und sah sich nach dem Mann um.

»Sind Sie Mr. Beevers?«

Harrys Gesicht entspannte sich. Er sah aus, als habe ihm soeben jemand ein großes Kompliment gemacht.

»Ich bin Lieutenant Murphy. Ich leite die Untersuchung, was den Tod Ihres Freundes angeht.«

»Aha«, sagte Beevers zu Judy.

Murphy zog die dichten Augenbrauen in die Höhe.

»Wir haben uns schon gefragt, wann wir Sie kennenlernen würden.«

Das zu verdauen machte Murphy anscheinend keine große Mühe. »Ich möchte mich im Haus des Vaters gerne kurz mit Ihnen allen unterhalten. Sie wollten doch sicher dort noch hin, bevor Sie in die Stadt zurückfahren.«

»Lieutenant, wir stehen Ihnen selbstverständlich zur Verfügung«, sagte Harry.

Murphy wandte sich lächelnd ab und ging weiter hügelabwärts.

Beevers zog die Augenbrauen hoch und legte den Kopf schief, so daß er in Judys Richtung wies und wortlos fragte, ob Michael ihr von Underhill erzählt hatte. Michael schüttelte den Kopf. Sie sahen, daß der Detective unten ankam und ein paar Worte mit Pumos Vater wechselte.

»Murphy«, sagte Beevers. »Ist das nicht fantastisch? Wieder mal ein Ire in der Rolle eines Bullen.«

»Warum will er euch denn sprechen?« fragte Judy.

»Um herauszufinden, was wir über Tina wissen, damit er sich ein besseres Bild von Tina machen kann.« Beevers schob die Hände in die Manteltaschen und drehte sich nach Tinas Grab um, wo sich nur noch ein paar der älteren Leute aufhielten. »Daß die kleine Maggie nicht aufgetaucht ist, will mir nicht in den Kopf. Ich möchte bloß wissen, was *sie* Murphy über unser kleines Komplott erzählt hat.«

Beevers wollte noch mehr sagen, verkniff es sich aber, als sich ihnen ein anderer Trauergast näherte. Der Mann, den Tommy Pumo angeschrien hatte.

»Guter Bulle, böser Bulle«, flüsterte Harry Beevers und wandte sich ab. Fast hätte er gepfiffen.

Der Mann sah Poole und Judy mit einem etwas schiefen Grinsen an und stellte sich ihnen als Tinas Anwalt David Dixon vor. »Sie müssen seine alten Kriegskameraden sein. Freut mich, Sie kennenzulernen. Aber sind wir uns nicht schon einmal begegnet?« Sie überlegten gemeinsam, bis sie darauf kamen, daß sie sich vor Jahren schon einmal in Tinas Restaurant begegnet waren.

Beevers wandte sich der Gruppe wieder zu. Michael übernahm die Vorstellung. »Wie schön, daß Sie gekommen sind«, sagte Harry Beevers.

»Tina und ich haben viel Zeit miteinander verbracht und alles mögliche besprochen. Ich möchte mir gern sagen können, daß wir Freunde waren und nicht nur Anwalt und Mandant.«

»Die besten Klienten werden ganz automatisch unsere Freunde«, sagte Harry Beevers und gefiel sich sofort wieder in der Anwaltspose, die Michael schon in Washington an ihm aufgefallen war. »Ich bin übrigens auch Anwalt.«

Dixon ignorierte das. »Ich habe versucht, Maggie Lah zu überreden, mit mir hierherzufahren, aber sie glaubte, das ginge über ihre Kraft. Und sie wußte auch nicht, wie Tinas Eltern und Geschwister auf sie reagieren würden.«

»Haben Sie Maggies Nummer?« fragte Harry. »Ich möchte mich nämlich gern mit ihr in Verbindung setzen. Wenn Sie also ihre Nummer haben...«

»Im Augenblick leider nicht«, behauptete Dixon.

Michael brach das Schweigen, indem er sich nach dem vietnamesischen Küchenchef erkundigte. Er hätte gern gewußt, ob Vinh mit den anderen Trauergästen in Tinas Elternhaus gegangen war.

Dixon brach in wieherndes Gelächter aus. »Er wäre dort nicht sonderlich willkommen. Haben Sie nicht mitangesehen, wie Tommy Pumo da unten fast den Verstand verloren hat?«

»Der Tod seines Bruders muß ihm sehr nahegehen«, vermutete Judy.

»Es handelt sich wohl eher um Geldgier als um Kummer«, versicherte ihr Dixon. »Tina hat alles – einschließlich des Restaurants und seiner Wohnung – dem Mann hinterlassen, dem er am meisten zu Dank verpflichtet war. Denn der hatte ihm wie kein anderer geholfen, das Restaurant so groß aufzuziehen.«

Alle spitzten jetzt die Ohren.

»Ich meine selbstverständlich Vinh. Er wird das Restaurant von jetzt an weiterführen. Wenn weiterhin alles gutgeht, findet die Wiedereröffnung wie geplant statt.«

»Tinas Bruder sah sich wohl schon als Restaurantbesitzer?«

»Tommy war nur an dem Geld interessiert. Tina hat sich vor Jahren einmal Geld von seinem Vater geliehen, damit er die ersten beiden Stockwerke seines Hauses kaufen konnte. Sie wissen ja, was für horrende Preise man heute mit Immobilien erzielt. Sie sind inzwischen ungeheuer im Wert gestiegen. Tommy hat damit gerechnet, daß er mit einem Schlag ein reicher Mann sein würde. Nun hat er eine Stinkwut, weil er leer ausgegangen ist.«

Als sie unten angekommen waren, näherte sich ihnen scheu eines der beiden alten Ehepaare, die sich besonders lange am Grab aufgehalten hatten. Die alten Leute sprachen die Freunde an und schlugen vor, sie zum Haus der Pumos mitzunehmen.

Sie fuhren die lange ungepflasterte Auffahrt an dicken uralten Eichen vorbei, bis sie zu einem gepflegten zweistöckigen Bauernhaus mit einer Veranda ringsherum kamen. Die alte Frau, eine Tante Tinas, sagte: »Halten Sie einfach neben der Auffahrt vor dem Haus. Das machen alle immer so. Ed und ich auf jeden Fall.« Sie wandte sich an Conor. Judy saß auf seinem Schoß. »Sie sind doch noch nicht verheiratet, junger Mann – oder etwa doch?«

»Nee.«

»Ich möchte, daß Sie meine Tochter kennenlernen. Sie ist im Haus und hilft, das Essen und den Kaffee aufzutragen. Meine Tochter sieht sehr gut aus, und sie heißt genau wie ich Grace Hallet. Unterhalten Sie sich mal mit ihr. Sie wird Ihnen ganz bestimmt gefallen.«

»Grace.«

»Ich würde Ihrer Tochter liebend gern behilflich sein«, mischte sich Harry Beevers sofort ein. »Wie wäre es denn mit mir?«

»Ach, Sie sind mir zu hochgestochen, aber dieser junge Mann hier ist ein einfacher Mann aus dem Volk. Sie verdienen sich Ihr Geld mit Ihrer Hände Arbeit, stimmts?«

»Ich bin Zimmermann und Tischler«, erklärte Conor.

»Habe ich's mir doch gedacht«, meinte Grace befriedigt.

3

Kaum hatten sie das Haus betreten, als Tinas Vater sie schon beiseite nahm. Walter Pumo gab Michael und Harry Beevers zu verstehen, er wolle sich ungestört mit ihnen unterhalten. Im Eßzimmer bog sich der Tisch förmlich unter der Last der Speisen. Aufgeschnittener Schinken, ein Truthahn, riesige Schüsseln mit Kartoffelsalat, Platten mit kaltem Braten, Senftöpfe, belegte Brötchen und ganze Batzen Butter. An allen diesen Köstlichkeiten konnten sich die Trauergäste laben. Sie drängten sich schon um den Tisch, mit Tellern in der Hand und lebhaft ins Gespräch vertieft. Im übrigen schien es in diesem Raum von Frauen nur so zu wimmeln. Grace hatte Conor einfach an der Hand genommen und zu einer ausnehmend hübschen blonden jungen Frau geschleppt. Die machte einen klugen, freundlichen, aber sehr geistesabwesenden Eindruck. Man lief dagegen an wie gegen einen festgeschweißten Rückenschild.

»Ich weiß, wo wir ein ruhiges Plätzchen finden«, versprach Walter Pumo ihnen. »Ich hoffe es zumindest. Ihr Freund scheint ja Gefallen an der jungen Grace zu finden.«

Er ging ihnen durch den Gang voraus, der zur Rückseite des Bauernhauses führte. »Wenn sie auch noch in dieses Zimmer kommen, verscheuchen wir sie wieder.« Walter Pumo war einen Kopf kleiner als Michael und Harry Beevers, doch so breit wie beide zusammen. Angesichts seiner breiten Schultern wirkte der Gang sehr eng.

Der alte Mann machte eine Tür auf, steckte den Kopf ins Zimmer und forderte sie auf: »Kommt rein, Jungs.«

Michael und Beevers betraten ein vollgestopftes kleines Zimmer mit einem alten Ledersofa, einem runden Tisch, auf dem sich Fachzeitschriften stapelten, einem metallenen Aktenschrank und einem unaufgeräumten Schreibtisch. Davor stand ein Küchenstuhl. An den Wänden zahlreiche Zeitungsausschnitte, gerahmte Fotos und Diplome. »Meine verstorbene Frau hat dieses Zimmer immer meine Höhle genannt. Das Wort Höhle ist mir immer ein Graus gewesen. Bären haben Höhlen und auch Dachse, warum sagst du nicht Büro, habe ich ihr immer wieder klargemacht. Aber immer, wenn ich mich in dieses Zimmer zurückgezogen habe, um zu arbeiten, hieß es wieder: Aha, du verkriechst dich wieder mal in deine Höhle.« Er redete drauflos, um seine Nervosität irgendwie zu kaschieren.

Tinas Vater setzte sich verkehrt herum auf den Küchenstuhl und bat die beiden jüngeren Männer, sich auf die Couch zu setzen. Er sah sie lächelnd an. Michael war der alte Mann sofort sehr sympathisch.

»Wie man sich doch ändert mit der Zeit, finden Sie nicht auch?« begann er. »Es hat einmal eine Zeit gegeben, da war ich mir ganz sicher, daß ich mehr über meinen Jungen wußte als irgend jemand sonst. Über meine beiden Söhne. Jetzt weiß ich nicht einmal, wo ich anfangen soll. Haben Sie Tommy schon kennengelernt?«

Michael nickte. Harrys Ungeduld entging ihm nicht.

»Tom ist mein Sohn. Ich liebe ihn natürlich, aber ich kann nicht behaupten, daß ich ihn sehr mag. Tommy ist es gleichgültig, ob ihn jemand sympathisch findet oder nicht. Er gehört zu den Menschen, die unbedingt das haben wollen, wovon sie glauben, daß es ihnen zusteht. Ansonsten hat er keinen großen Ehrgeiz. Tina war ganz anders. Tina ist aus dem Haus gegangen, weggegangen – was man ja wohl normalerweise von einem Sohn erwartet. Sie beide sind noch jung, Sie waren seine Freunde, und Sie haben ihn besser gekannt als ich. Deshalb wollte ich ein Weilchen allein mit Ihnen sein.«

Michael fühlte sich inzwischen ziemlich unbehaglich. Harry Beevers schlug die Beine übereinander und rutschte nervös hin und her.

»Ich möchte meinen Sohn so sehen, wie er *wirklich* war. Dabei könnten Sie mir helfen«, sagte der alte Mann. »Ich bin auf alles gefaßt. Ich versichere Ihnen, daß mich nichts aus der Fassung bringen kann.«

»Er war ein guter Soldat«, erklärte Harry Beevers.

Der alte Mann senkte den Kopf, von seinen Gefühlen übermannt. »Wissen Sie, im Endeffekt ist alles in Dunkel gehüllt, ein Mysterium. Hören Sie, Lieutenant. Mein Großvater hat dieses Land hier umgepflügt und gedüngt. Sein Leben lang ist er vom Wetter abhängig gewesen. Mein Vater war auch ein Bauer. Ich selber auch, fast fünfzig Jahre lang. Tommy liebt das Land nicht so, wie man es als Bauer lieben sollte, und Tina hat gar keine Notiz von dem Bauernhof genommen. Er wollte schon immer in die weite Welt hinaus. Als ich zum letztenmal in der Zeitung von Milburn stand, nannten sie mich einen Immobilienmenschen. Ich bin kein Immobilienmensch, aber auch kein Bauer mehr. Ich bin der Sohn eines Bauern, weiter nichts. Darauf bin ich stolz.« Er sah Michael an. Michael fühlte sich sehr zu Tinas Vater hingezogen. »Dann ist Tina eingezogen worden. Tommy war noch zu jung, um schon Soldat werden zu können, aber Tina ist in den Krieg gezogen. Da war er noch ein Junge, ein wunderbarer Junge. Ich kann mir nicht vorstellen, daß er ein guter Soldat war. Er wollte leben. Er hatte noch das ganze Leben vor sich. Als er dann zurückkam, wußte er nicht mehr, wer er war.«

»Ich behaupte trotzdem, daß er ein guter Soldat war«, sagte Beevers. »Er war ein richtiger Mann. Sie können stolz auf ihn sein.«

»Wissen Sie, woran ich erkenne, daß Tina ein richtiger Mann und ein guter Mensch war? Er hat seinen gesamten Besitz jemandem hinterlassen, der das weiß Gott verdient hat. Tommy hat sich schrecklich aufgeführt und damit gedroht, vor Gericht zu gehen, aber das habe ich ihm ausgeredet. Ich habe auch mit diesem Mädchen telefoniert, mit Maggie. Sie hat mir sehr gefallen. Sie wußte schon immer vorher, was ich sagen wollte. Ein Mann kann sich glücklich schätzen, wenn er auch nur einmal im Leben eine solche Frau kennenlernt. Wissen Sie eigentlich, daß sie um ein Haar auch noch umgebracht worden wäre?« Er schüttelte den Kopf. »Aber da rede ich die ganze Zeit und lasse Sie gar nicht zu Wort kommen.«

»Tina war ein guter Mensch«, erklärte Michael. »Er hat sich nie vor seiner Verantwortung gedrückt und ist immer sehr großzügig gewesen. Er hing an seiner Arbeit und hatte nichts für Blödsinn übrig. Der Krieg hat alle mitgenommen oder sogar völlig umgekrempelt. Tina ist eigentlich ganz gut davongekommen.«

»Wollte er diese Maggie eigentlich heiraten?«

»Vielleicht – das ist schon möglich«, sagte Michael.

»Ich hoffe, sie hätte ihn genommen.«

Michael äußerte sich nicht dazu. Er sah, daß dem alten Mann eine Frage auf der Zunge brannte.

»Was ist ihm denn da drüben zugestoßen? Warum mußte er sich fürchten?«

»Er ist nur dabeigewesen«, sagte Michael.

»Es war, als wüßte er, was da auf ihn zukam, was ihn erwartete. Tina war gewappnet.« Er sah Michael direkt in die Augen. »Mein Großvater hätte den Bullen da drin bestochen. Dann hätte er sich den Killer geschnappt, wäre mit ihm aufs Feld hinausgegangen und hätte ihn erschlagen. Das hätte er jedenfalls ganz ernsthaft erwogen. Ich habe nicht mal mehr ein Feld.«

»Es wäre noch verfrüht, wenn man jetzt schon versuchen wollte, Lieutenant Murphy zu bestechen«, ließ Harry Beevers verlauten.

Der alte Mann legte die Hände auf die Knie. »Ich dachte, Murphy hätte draußen in Pleasant Hill mit Ihnen gesprochen.«

»Entschuldigen Sie mich einen Augenblick«, sagte Harry Beevers. »Ich muß mal auftanken.«

Pumos Vater stützte sich wieder auf die Stuhllehne und blickte Beevers nach. Sie hörten, daß er nach links zum Eßzimmer ging. »Tina mochte diesen Burschen nicht so sonderlich.«

Michael lächelte.

»Aber Sie hat er sehr gemocht, Herr Doktor. Darf ich Sie Michael nennen?«

»Das würde mich sehr freuen.«

»Die Polizei hat heute morgen einen Mann aufgegriffen. Murphy hat mir das sofort erzählt, als er hier ankam. Der Mann konnte noch nicht identifiziert werden. Die Polizei nimmt jedoch an, daß er der Mörder meines Sohnes ist.«

Bald darauf gingen sie wieder ins Eßzimmer zurück, wo sich bald eine ganze Meute von Verwandten um Walter Pumo scharte. Sie sprachen alle durcheinander und redeten auf Tinas Vater ein. Judy sah Michael von weitem stirnrunzelnd an, während sie sich mit einem Mann unterhielt, der etwas älter als sie war.

Harry Beevers packte ihn am Ellenbogen und zog ihn zur Seite auf die Tür zu. Er bemühte sich so sehr, seine Verzweiflung zu verbergen, daß er stocksteif wirkte. Er zischte Michael ins Ohr: »Michael, es ist schrecklich. Die Polizei hat ihn schon festgenommen, und er hat gestanden!«

Harry trug einen blauen Nadelstreifenanzug. Über seine Schulter hinweg sah Michael, daß Lieutenant Murphy auf sie zukam. »Spitalny?«

»Wer denn sonst, zum Teufel?«

Lieutenant Murphy war inzwischen so nah herangekommen, daß er sie mit einem vertraulichen, schon fast verschwörerischen Blick bedenken konnte, der beinahe einem Befehl gleichkam.

»Beruhige dich doch«, sagte Michael.

Der große Kommissar tauchte neben ihnen auf. »Ich wollte Ihnen die gute Nachricht überbringen. Falls mir Mr. Beevers nicht schon zuvorgekommen ist.«

»Ich habe nichts gesagt«, behauptete Harry Beevers.

Murphy schaute ihn nachsichtig an. »Der Festgenommene hat heute morgen ein sauberes Geständnis abgelegt. Ich habe ihn noch nicht zu Gesicht bekommen, weil ich schon hierher unterwegs war, als er wegen einer anderen Sache festgenommen wurde. Beim Verhör hat er gestanden.«

»Welche andere Sache? Wie heißt der Festgenommene?«

»Der Mann soll ziemlich wirres Zeug geredet haben, und einen Namen will er auch nicht nennen. Ich hoffe, daß Sie beide nichts dagegen haben, ihn sich einmal anzusehen.«

»Wozu soll das denn gut sein?« wollte Harry Beevers wissen. »Er hat doch schon ein Geständnis abgelegt.«

»Na ja, wir glauben, daß Sie ihn vielleicht von Vietnam her kennen. Es ist doch möglich, daß er sich an seinen Namen nicht erinnert. Ich möchte wissen, wer dieser Festgenommene ist, und ich hoffe, daß Sie mir dabei helfen.«

Poole und Beevers erklärten sich bereit, am Montag zu einer Gegenüberstellung ins Kommissariat in Greenwich Village zu kommen.

»Wir haben diesen Burschen festgenommen, weil er eine ganze Menge auf dem Kerbholz hat. Mordversuch, Überfall mit einer tödlichen Waffe und Überfall mit der Absicht, sein Opfer zu töten«, sagte Murphy. »Eine seltsame Geschichte. Dieser Typ ist in einem Kino am Times Square ausgeflippt. Da lief der Film *Blutsauger* oder so ein Meisterwerk. Da hat er ein Klappmesser gezogen und einen Mann enthauptet, der ihn befummeln wollte. Als er dem den Kopf regelrecht abgesäbelt hatte, fing er an, über die Leute herzufallen, die vor ihm saßen. Denen war anscheinend gar nicht aufgefallen, daß direkt hinter ihnen ein Mensch enthauptet worden war. Jedenfalls machten die Leute vor ihm so einen Höllenlärm, daß der Hinauswerfer den Kerl am Kragen packte. Der stieß ihm zum Dank sein Messer in die Lunge. Inzwischen hat sich unser Held zu einer Reise aufgerafft. Er sagte, die Sünder auf der Welt hätten ihm jetzt lange genug übel mitgespielt. Er wolle sich jetzt dafür rächen. Mit der 42. Straße wolle er den Anfang machen.«

Conor Linklater und das junge Mädchen – Grace – waren hinzugetreten, um dem Detective zuzuhören. Die junge Grace hielt Conors Hand umklammert.

»Da hatten wir also einen mit Stichwunden übersäten Rausschmeißer, einen Mann, der am Verbluten war, mehrere Leute mit harmloseren Stichwunden. Im Kino brach natürlich ein Tumult aus.«

Murphy war ein Showman, jemand, der sich gern im Scheinwerferlicht produzierte. Er sprach mit leuchtenden Augen und hochgezogenen Augenbrauen.

»Jedenfalls hat dieser Kerl für einen solchen Aufruhr gesorgt, daß er sich schließlich in die Vorhalle retten mußte. Da hatte uns schon jemand angerufen. Vier Polizisten überwältigen ihn am Popcornstand, und die Streifenpolizisten brachten ihn dann ins Revier. Ein Dutzend Zeugenaussagen liegen vor. Das Komische ist, daß unser Held ganz friedlich wurde, als wir ihn aufs Revier brachten. Er behauptete, er habe gar nicht einen solchen Tumult machen wollen. Er habe sich in letzter Zeit über vieles ärgern müssen. Das habe so überhandgenommen, daß er die Beherrschung verloren habe. Er sagte, er hoffe, man werde ihn nicht allzulange festhalten – er habe nämlich wichtige Dinge für den Herrn zu erledigen. Wir haben ihn dann eingebuchtet und ihm klargemacht, daß er ein Weilchen bei uns bleiben muß. Da sagt der Mann doch glatt: Ach ja, vielleicht sollte ich Ihnen auch noch sagen, daß ich vorige Woche diesen Pumo in seiner Wohnung über einem Restaurant in der Grand Street umgebracht habe.«

Conor schlug die Augen nieder und schüttelte den Kopf. Harry Beevers kräuselte die Lippen und kniff die Augen zu.

»Der Mann kann Pumos Wohnung bis ins letzte Detail beschreiben, aber ein paar Dinge geben uns doch noch sehr zu denken. Die möchte ich nach der Gegenüberstellung gern noch mit Ihnen besprechen«, wandte er sich an Michael, Conor und an Harry Beevers.

Nachdem Murphy sich verabschiedet hatte, trat Judy zu der Gruppe. »Habt ihr euch mit dem Detective unterhalten? Alle behaupten, daß Tinas Mörder festgenommen worden ist.«

»Ja, es sieht ganz danach aus«, sagte Michael. Er erzählte Judy, daß sie den Festgenommenen am Montag bei einer Gegenüberstellung identifizieren sollten.

5

Den ganzen Sonntag über behandelten sich die Pooles mit ausgesuchter Höflichkeit. Ein unbeteiligter Zuschauer hätte daraus geschlossen, daß es sich um etwas unfreundliche Fremde in einer neutralen Kulisse handelte. Dies war der erste Tag, den sie seit Michaels Rückkehr aus Bangkok ganz miteinander verbrachten. Genaugenommen war ihr Zusammengehörigkeitsgefühl dünn wie eine Eierschale. Sie hatten nicht mehr viel gemeinsam. Doch Michael sah, daß Judy ›die Vergangenheit begraben‹ wollte. Das hieß, daß sie so weiterleben müßten wie in den vier Jahren seit dem Tode ihres Sohnes. Wenn er ihr verzeihen konnte, daß sie fremdgegangen war – indem er diesen Fehltritt totschwieg, würde sie das ungeschehen machen.

Judy brachte ihm eine Tasse Kaffee und die Sunday *Times*, die Sonntagsausgabe der Times, ans Bett. Michael fühlte sich komischerweise noch pflichtbewußter als sie. Also trank er den Kaffee und blätterte in dem Beilageheft herum, während Judy auf der Bettkante saß und fröhlich plauderte. Sie erzählte ihm, was in den letzten Wochen in der Schule vorgefallen war. Das ist das ganz normale Alltagsleben, wollte sie ihm damit zu verstehen geben. Dieses Leben haben wir geführt. Erinnerst du dich nicht daran? Ist das nicht schön?

Sie verbrachten den ganzen Tag gemeinsam. Den ganzen langen Tag. Zum Brunch kehrten sie im General Washington Inn ein. Sie tranken Bloody Marys und aßen eingelegtes Okra und Fisch. Danach machten sie einen langen Spaziergang durch die Nachbarschaft. Die Wiesen waren jetzt im Winter braun. In vielen Vorgärten standen Schilder, auf denen die Häuser zum Verkauf angeboten wurden. Überall schossen neue Glas- und Chrompaläste aus dem Boden. Auf den Baustellen Reifenspuren. Der Spaziergang endete an dem langgestreckten Ententeich mitten in dem kleinen Thurlow Park. Stockenten schwammen friedlich vor sich hin, immer paarweise. Die Erpel mit den grünen Köpfen vertrieben alle anderen Erpel, die sich ihrem Entenweibchen näherten. Michael setzte sich auf eine Bank am Teich und sehnte sich nach Singapur zurück.

»Wie war es denn, nach all den Jahren wieder mit einem Mann zu schlafen?« fragte er.

»Gefährlich«, antwortete Judy.

Die Antwort war ja besser als erwartet ausgefallen.

Nach einer Weile sagte Judy: »Michael, hier gehören wir hin.«

»Ich weiß nicht, wo ich hingehöre«, konstatierte er.

Sie warf ihm vor, er verginge fast vor Selbstmitleid. Dahinter stand die These, daß ihr Leben ihnen vorgezeichnet war – unausweichlich. Ihr Leben war das *einzig richtige.*

Michael kam es vor, als habe ein anderer an seiner Stelle diesen Tag erlebt. So müssen sich Schauspieler vorkommen, dachte er. Doch dann fiel ihm ein, daß er den ganzen Tag die Rolle des Ehemannes gespielt hatte.

Er ging früh zu Bett. Judy sah sich noch ›Meisterwerke des Theaters‹ an und wirkte ganz zufrieden. Michael zog sich aus, schlüpfte in seinen Schlafanzug und putzte sich die Zähne. Dabei las er die Buchbesprechungen von Newgate Callendar in der *Time.*

Er staunte, als Judy den Kopf zur Badezimmertür hereinsteckte und seinem Spiegelbild zuzwinkerte. Er wunderte sich erst recht darüber, daß Judy ein aufreizendes rosa Satinnachthemd trug und damit deutlich bekundete, daß sie sich die Fernsehsendung nicht zu Ende ansehen, sondern gleich ins Bett gehen wollte. »Da staunst du, was?« kokettierte sie mit ihm.

Der Mensch, in dessen Haut er als Schauspieler geschlüpft war, sagte: »Hallo.«

»Darf ich mich dir anschließen?« Judy nahm ihre Zahnbürste aus der Halterung und schob ihn ein Stückchen beiseite. Sie hielt die Zahnbürste unters Wasser, quetschte eine dicke Wurst Zahnpasta aus der Tube auf die Bürste und hob die Zahnbürste an den Mund. Bevor sie sie in den Mund schob, fragte sie sein Spiegelbild: »Da staunst du, was?« Er spülte sich nach dem Zähneputzen den Mund noch mit Wasser aus.

Da begriff er, daß auch sie nur eine Rolle spielte. Das war ungeheuer tröstlich. Wenn diese ganze Szene wirklichkeitsbezogener gewesen wäre, so hätte er wahrscheinlich den Verstand verloren. Die Qual und Seelenpein hätten ihn überwältigt.

Als er um sie herumging, um ins Schlafzimmer zu gelangen, winkte sie ihm mit der freien Hand nach. »Tschüs, bis gleich.«

Fremde Füße trugen ihn zum Bett. Fremde Hände knipsten die Nachttischlampe an. Mit den Beinen eines Fremden stieg er in sein Bett. Er griff nach seinem Buch. *The Ambassadors* von Henry James. Kolossal erleichtert konnte er sich sagen, daß er das wieder selbst war. Er selbst las dieses Buch und nicht die Person, die sich für ihn ausgab.

In *The Ambassadors* ging es um einen Mann namens Strether, der nach Paris geschickt worden war, um einen jungen Mann zurückzuholen, der verdächtigt wurde, einen lockeren Lebenswandel zu führen. Strether machte diesen jungen Mann, diesen Chad Newsome ausfindig. Paris hatte ihn jedoch nicht korrumpiert, sondern besser gemacht. Er wollte die in Paris gemachten Erfahrungen nicht missen und hatte keine Lust zurückzukehren. Strether selbst verschob seine Abreise um Wochen. Er entdeckte neue Lebensformen, subtilere verfeinerte Gefühle und Verhaltensweisen. Er erwachte zu neuem Leben und ruhte in sich selbst. Auch ihm widerstrebte es, nach Hause zurückzukehren.

Kaum fing Michael an zu lesen, da wurde ihm bewußt, daß ihn sehr viel mit Strether verband. Sie hatten sich auch auf den Weg gemacht, um einen bösen verkommenen Menschen aufzuspüren, und mußte feststellen, daß er ein ganz anderer, viel besserer Mensch war, als sie erwartet hatten. Michael fragte sich natürlich, ob sich Strether je wieder zur Heimreise aufraffen würde. Das war eine hochinteressante Frage.

Judy glitt neben ihm ins Bett und rutschte näher als sonst an ihn heran.

»Das ist ein großartiges Buch«, sagte Michael. Diese Feststellung entsprach zwar seiner Überzeugung, trotzdem spielte er schon wieder eine Rolle.

»Du hast dich ja richtig in dieses Buch vertieft.«

Michael legte das Buch nur kurz beiseite, um sich davon zu überzeugen, daß Judy noch immer ihre Rolle spielte. Er sah sofort, daß das der Fall war.

»Ich fürchte, du verwechselst mich mit Tom Brokaw«, sagte er.

»Michael, ich will dich nicht verlieren.« Sie schreckte vor nichts zurück, um ihrer Rolle gerecht zu werden, aber sie meinte es ganz ernst. »Leg dein Buch weg.«

Michael legte das Buch auf den Nachttisch und ließ es zu, daß Judy sich in seine Arme schmiegte. Sie küßte ihn. Er erwiderte den Kuß wie ein Schauspieler, der eine Rolle spielt. Judy steckte eine Hand in seine Pyjamahose und liebkoste ihn.

»Bist du dir bewußt, was du da machst?«

»Michael!« Schon im nächsten Augenblick warf sie das rosa Nichts von einem Nachthemd auf den Boden.

Er küßte ihren Rücken mit der ganzen Wollust, die einem Schauspieler zu Gebote steht. Sie drückte und massierte seinen Penis. Der rührte sich auch wirklich kurz. Doch sein Penis konnte sich nicht verstellen und gab es wieder auf.

Judy schlang die Arme fest um Michael und legte sich auf ihn. Da konnte er in der Komödie nichts Komisches mehr sehen. Er war nur noch tiefbekümmert. Judy wand sich ekstatisch auf ihm und übersäte sein Gesicht und seinen Hals verzweifelt mit unzähligen Küssen.

Judy bearbeitete ihn heftig mit der Zunge und stieß ihm ihre Brüste ins Gesicht. Michael hatte schon längst vergessen, wie sich ihre Brustwarzen im Mund anfühlten – rund und trügerisch. In einem gefährlichen Augenblick der Wollust erinnerte er sich daran, wie ihre Brüste zu Beginn der Schwangerschaft angeschwollen waren. Sein Schwanz, den sie noch immer in der Hand hielt, wurde wieder steif. Doch dann verlagerte sie ihr Gewicht, und er spürte, daß ihre wahren Emotionen ihren Körper erstarren ließen. Er fühlte sich hölzern oder metallen an. Sein Schwanz schrumpfte wieder und war zu nichts mehr zu bewegen. Judy bearbeitete ihn noch eine ganze Weile. Schließlich gab sie es auf und hielt ihn nur noch in den Armen. Ihre Arme zitterten.

»Es war dir zuwider«, sagte sie. »Gib es ruhig zu. Du hast dich geekelt.«

Judy stieß einen wilden ungezähmten Laut aus. Es hörte sich an, als würde ein Stück Seide mittendurch gerissen. Sie richtete sich auf und schlug ihn mitten auf die Brust, so fest sie konnte. Ihr Gesicht war wutverzerrt, ihre Augen glühten regelrecht vor Haß und Widerwillen. Dann kletterte sie aus dem Bett, und ihr fester, kleiner Körper sauste blitzschnell durch das Zimmer. Michael konnte schon nicht mehr zählen, wie oft er sich in den vergangenen Jahren bemüht hatte, mit diesem Körper Geschlechtsverkehr zu pflegen. Dabei war ihm von vornherein immer klarer geworden, daß dieser Versuch zum Scheitern verurteilt war. Er hatte es sicher hundertmal versucht – bis vor einem Jahr, dann nicht mehr. Judy schnappte sich ihr Nachthemd und zog es sich ohne viel Federlesens wieder über den Kopf. Sie rannte hinaus und knallte die Schlafzimmertür hinter sich zu.

Michael hörte, wie sie wütend durch ihr Ankleidezimmer stampfte. Als sie sich setzte, knarrte der Stuhl unter ihr. Sie wählte eine Nummer, benutzte ihren Apparat. Ein Ortsgespräch. Dann knallte sie den Hörer so heftig auf die Gabel, daß das Telefon wie eine Glocke schepperte und rasselte. Michaels Körper begann sich zu entspannen und wurde wieder zu seinem eigenen Körper. Judy wählte noch einmal eine Nummer, wahrscheinlich die gleiche wie vorhin. Er hörte sie tief Luft holen und wußte, daß ihr Gesicht starr wie eine Maske war. Wieder knallte sie den Hörer auf die Gabel. Er hörte, wie sie ›Scheiße‹ sagte. Dann wählte sie eine neunstellige Nummer. Wahrscheinlich rief sie Pat Caldwell an. Nach ein paar Sekunden sprach sie in einem leisen, erstickten, kaum hörbaren Flüsterton.

Michael griff wieder nach dem Buch von Henry James, doch er merkte bald, daß er nicht lesen konnte. Die Worte schienen zum Leben erwacht zu sein und auf der Seite herumzuhüpfen. Michael rieb sich die Augen, da sah er wieder klar.

Strether besuchte eine Gesellschaft im Stadtpark eines Bildhauers namens Gloriani. Geistreiche gutaussehende Leute wandelten durch den Park. Überall leuchteten Laternen. Strether unterhielt sich mit einem jungen Amerikaner namens Little Billham, an dem er ziemlich hing. Michael wünschte, er könnte auch in diesem Park sein und mit einem Glas Champagner in der Hand neben Little Billham stehen, um Strether zuzuhören. Ob andere Leute das Buch wohl auch schon so empfunden hatten, oder stand er damit allein auf weiter Flur? »Was man verliert, das büßt man eben ein, darüber muß man sich im klaren sein«, ließ Strether verlauten. Er hörte Judy stammeln und murmeln. Ihre Stimme klang wie die eines zerstörerischen Geistes.

Während ihm das noch durch den Kopf ging, legte Judy den Hörer wieder auf und ging auf nackten Füßen durch das Ankleidezimmer. Sie riß die Tür auf und sauste wieder blitzschnell mit abgewandtem Kopf durchs Schlafzimmer. Sie ging in den oberen Flur hinaus, und er hörte sie die Treppe hinuntergehen. Dann hörte er es in der Küche poltern und rasseln. Was auch geschehen sein mochte, Michael war jetzt wieder ganz er selbst. Sein Körper fühlte sich wieder ganz wie sein Körper an. Nicht mehr wie der eines Fremden. Er klappte sein Buch zu und stieg aus dem Bett.

In Judys kleinem Ankleidezimmer läutete das Telefon. Michael dachte daran, den Hörer abzunehmen. Doch dann fiel ihm der Anrufbeantworter ein. Er ging zur Tür des Ankleidezimmers. Da hörte er eine Männerstimme sprechen.

»Die Welt bewegt sich gleichzeitig vorwärts und rückwärts, hin und her. Gibt es einen Kummer, der meinem Kummer gleichkommt? Ich habe Geduld. Ich warte. Ich brauche deine Hilfe. Der schmale Pfad verschwindet unter meinen Füßen.«

Michael erschrak, als er erkannte, daß auch diese Stimme wie eine Geisterstimme klang.

Als er die Küche betrat, zog sich Judy sofort vom Herd zurück. Sie hatte den Wasserkessel aufgesetzt. Sie lehnte sich ans Fenster. Ihre Arme baumelten hinab. Sie starrte ihn an, als sei er ein wildes Tier, das sie jeden Augenblick anfallen konnte.

Hätte sie gelächelt oder irgend etwas Banales gesagt, wäre sich Michael sofort wieder wie ein Schauspieler vorgekommen, der eine Rolle spielte. Doch Judy blieb ganz ernst und würdigte ihn keines Wortes.

Michael ging um den Metzgerblock herum. Er stützte sich von der anderen Seite darauf. Judy kam ihm jetzt kleiner und viel älter vor als die Frau mit den Raubtieraugen, die ihn geschlagen hatte.

»Dein Verrückter hat wieder angerufen.«

Judy schüttelte den Kopf und ging zum Herd zurück.

»Findet sich anscheinend nicht zurecht. Kann ich ihm gut nachfühlen.«

»Hör schon auf!« Sie ballte die Fäuste.

Der Flötenkessel pfiff. Judy ließ die Fäuste sinken und goß das kochend heiße Wasser über ihren Nescafé. Mit knappen abgehackten Bewegungen rührte sie den Kaffee um.

Schließlich sagte sie: »Ich will nicht alles verlieren, was ich besitze. Du magst den Verstand verloren haben, aber ich brauche nicht alles aufzugeben, woran mein Herz nun einmal hängt. Pat meint, ich sollte mich einfach wieder beruhigen, aber Pat brauchte sich ja nie um irgend etwas Sorgen zu machen. Habe ich nicht recht?«

»So, findest du?«

»Als ob du das nicht selber wüßtest.« Judy nippte an ihrem Kaffee und verzog das Gesicht. »Es wundert mich, daß du es fertiggebracht hast, dein albernes Buch wegzulegen.«

»Warum hast du es mir gegeben, wenn du es so albern findest?«

Sie wich seinem Blick aus wie ein Kind, das bei einer Lüge ertappt worden ist. »Deiner kleinen Freundin schenkst du ständig Bücher. Dieses habe ich geschenkt bekommen. Ich dachte, es könnte dir vielleicht helfen, dich wieder zurechtzufinden.«

Er stützte sich auf den Metzgerblock und sah sie an.

»Ich gehe nicht. Ich bleibe hier im Haus«, erklärte sie.

»Das erwarte ich ja gar nicht.«

»Ich habe nicht im Traum vor, auf irgend etwas zu verzichten, bloß weil du verrückt geworden bist.« Sie bedachte ihn mit einem flammenden Blick, dann glättete sich ihre Miene wieder. Sie verschloß sich ihm. »Pat hat neulich erst über Harry gesprochen. Sie hat erzählt, daß er sie abgestoßen hat, daß sie den Gedanken nicht ertragen konnte, sich je wieder von ihm berühren zu lassen. Genauso ergeht es dir mit mir.«

»Es ist genau umgekehrt. Du hast dich in den letzten Jahren von mir zurückgezogen.«

»Wir sind seit vierzehn Jahren verheiratet. Da werde ich doch wohl wissen, was in mir vorgeht.«

»Ich auch«, erklärte Michael. »Ich würde dir gern sagen, was ich für dich empfinde, welche Gefühle du in mir erweckst, aber du würdest mir nicht glauben.«

»Du hättest diese idiotische Reise niemals machen sollen«, sagte Judy. »Und wir hätten zu Hause bleiben sollen, anstatt mit Harry nach Milburn zu fahren. Das hat alles nur noch schlimmer gemacht.«

»Du willst nie, daß ich irgendwo hinfahre oder verreise«, gab er ihr zu bedenken.

»Du bist der Meinung, ich sei schuld an Robbies Tod. Du verlangst von mir, daß ich hierbleibe und dafür büße.«

»Laß Robbie aus dem Spiel!« kreischte sie in den höchsten Tönen. *»Sprich bloß nicht von Robbie! Unser Sohn ist tot!«*

»Ich begebe mich mit dir zusammen in Behandlung«, sagte Michael. »Hörst du? Wir unterziehen uns alle beide der Behandlung. Wir machen zusammen eine Therapie.«

»Du weißt genau, wer diese Therapie braucht! *Du! Du* bist krank! *Ich nicht!* Unsere Ehe lief doch bestens, bevor du weggegangen bist!«

»Weggegangen? Wohin denn?« Michael wandte sich ab und ging schweigend wieder hinauf.

Er lag noch lange im Bett und lauschte im Dunkeln auf die Geräusche im Haus. Es klirrte und klapperte. Die Türen der Küchenschränke wurden auf- und wieder zugemacht. Schließlich kam Judy die Treppe herauf. Zu Michaels Verwunderung näherten sich die Schritte der Schlafzimmertür.

Judy steckte den Kopf zur Tür herein. »Ich wollte dir nur noch etwas sagen, wenn du es mir vielleicht auch nicht glaubst. Ich wollte, daß das ein ganz besonders schöner Tag für dich wird. Dafür wollte ich alles tun.«

»Ich weiß.«

Er ahnte selbst im Dunkeln, daß sie wütend und angewidert reagierte. Wahrscheinlich starrte sie ungläubig in seine Richtung, und ihr ganzer Körper hatte sich vor Widerwillen versteift.

»Ich schlafe im Gästezimmer. Michael, ich bin mir nicht sicher, ob wir überhaupt noch verheiratet sind.«

Michael lag noch etwa eine halbe Stunde mit geschlossenen Augen wach, dann gab er es auf. Er knipste das Licht wieder an und griff nach seinem Buch. Dieses Buch stellte eine vollkommene kleine Welt tief auf dem Grunde einer Müllkippe dar.

Möwen zogen kreischend ihre Bahn über den riesigen Müllbergen. Ganz tief unten bewegten sich wunderbare, hochintelligente Männer und Frauen. Von ihnen ging ein Glanz aus, und sie tanzten unerbittlich. Auf ihrer Seite waren sie ganz sicher und ihnen konnte nichts passieren.

Michael schritt ganz vorsichtig durch die Müllberge auf den vollkommenen Garten und diese Menschen zu, doch diese in sich geschlossene kleine Welt zog sich mit jedem Schritt vor ihm zurück. Diese Welt blieb ihm verschlossen.

5

Er wurde wach, als Judy duschte. Kurz darauf kam sie ins Schlafzimmer, in ein großes rosa Handtuch gehüllt. »So, ich muß zur Arbeit«, sagte sie.

»Bestehst du immer noch darauf, heute morgen nach New York zu fahren?«

»Ich muß doch hin«, versuchte er ihr begreiflich zu machen.

Sie nahm ein Kleid aus dem Schrank und schüttelte den Kopf, als sei er ein hoffnungsloser Fall.

»Da hast du heute morgen wahrscheinlich keine Zeit, in deine Praxis oder ins Krankenhaus zu gehen.«

»Vielleicht gehe ich kurz ins Krankenhaus.«

»Vielleicht gehst du kurz ins Krankenhaus und fährst dann nach New York.«

»Stimmt.«

»Ich hoffe, du weißt noch, was ich gestern abend gesagt habe.« Sie riß das Kleid vom Bügel und eilte wütend ins Ankleidezimmer.

Michael stieg aus dem Bett. Er fühlte sich ganz zerschlagen und schrecklich deprimiert, doch wenigstens kam er sich nicht mehr wie ein Schauspieler vor und hatte nicht mehr das Gefühl, in einem fremden Körper zu stecken. Er steckte in seinem eigenem Körper, und die Depressionen waren *seine* Depressionen.

Er beschloß, Stacy Talbot noch ein Buch zu bringen.

Er ging die Bücherregale durch, bis er ein altes Exemplar von ›*Die Sturmhöhe*‹ von Emily Brontë fand, in dem bestimmte Stellen unterstrichen waren.

Bevor er das Haus verließ, ging er noch in den Keller, um einen Koffer zu durchsuchen, in dem er nach Robbies Tod ein paar Sachen aufbewahrt hatte.

Er hatte Judy nichts davon erzählt.

Sie hatte darauf bestanden, daß alles, was Robbie gehört hatte, vernichtet oder weggegeben wurde. Der große Koffer war noch ein Relikt aus der Zeit, als Michaels Eltern Kreuzfahrten unternommen hatten. Michael und Judy hatten Bücher und Kleidungsstücke eingepackt, als sie nach Westerholm gezogen waren. Michael kniete vor dem offenen Koffer.

Er stieß auf einen Baseball, ein kurzärmeliges Hemd mit Pferdemuster, einen abgewetzten grünen Dimetrodon und eine ganze Menge kleinerer Dinosaurier aus Plastik. Ganz unten in dem Koffer fand er zwei Bücher, *Babar* und *König Babar*. Michael nahm die Bücher aus dem Koffer und machte ihn wieder zu.

29. KAPITEL

Die Gegenüberstellung

1

Michael war nach Manhattan gefahren wie in Trance – als sei sein Wagen ganz auf Automatik eingestellt. Erst nach anderthalb Stunden fiel ihm die abgegriffene alte Ausgabe der *Sturmhöhe* auf dem Beifahrersitz auf. Während des Besuchs im Krankenhaus hatte er das Buch die ganze Zeit in der Hand gehabt. Das Buch war sozusagen durchsichtig und völlig gewichtslos geworden – wie eine Brille, die der Besitzer vergeblich sucht, weil er sie auf der Nase trägt. Jetzt schien sich das Buch aber aufgrund des zuvor bewiesenen Takts austoben zu wollen. Der Roman wirkte massiver als ein Ziegelstein und fast zu schwer für die Sprungfedern des Autos. Michaels erster Impuls war, das Buch aus dem Fenster zu werfen. Dann überlegte er, ob er nicht an einer Tankstelle halten und Murphy anrufen sollte, um ihm zu sagen, daß er nicht zu der Gegenüberstellung kommen könne. Beevers und Linklater konnten Spitalny auch allein identifizieren, und Maggie würde sagen, daß er der Mann war, der versucht hatte, sie umzubringen. Damit hatte sich die Sache.

Doch dann sagte sich Michael, daß er unbedingt irgend etwas brauchte, was ihn der Realität wieder näherbrachte. So wäre diese Gegenüberstellung doch zu etwas nutze.

Er fuhr den Wagen in eine Parkgarage am University Place und ging zu Fuß zum Polizeigebäude. Das Wetter hatte sich in den letzten Tagen aufgehellt, und obwohl die Temperaturen noch immer um den Gefrierpunkt lagen, erwärmte sich die Luft allmählich. In Greenwich Village liefen die jungen Leute schon ohne Mäntel herum.

Polizeireviere hatte er sich vorgestellt, wie man sie in Filmen immer sah. Deshalb staunte er über die glatte moderne Fassade dieses Reviers. Lieutenant Murphys Polizeirevier sah aus wie eine Volksschule. Nur der stählerne Schriftzug auf der blassen Fassade und die Streifenwagen, die vor dem Gebäude standen, verrieten, was sich dahinter verbarg.

Als er das Polizeirevier betrat, war er wieder fassungslos. Anstatt eines hohen Empfangspultes oder eines großen Schreibtisch und eines stirnrunzelnden kahlen Veterans fiel Michael sofort die amerikanische Flagge neben einem Schaukasten mit Auszeichnungen auf. Ein junger Mann in Uniform beugte sich durch ein offenes Fenster zu ihm hinaus.

»Ich soll mich um elf Uhr wegen einer Gegenüberstellung bei Lieutenant Murphy einfinden.«

Der junge Mann zog seinen Kopf zurück. Ein Summton ertönte. Michael stieß die Tür neben dem Fenster auf. Der junge Mann sah von einer Liste auf. »Die anderen sind im zweiten Stock. Ich hole jemanden, der Sie hinaufbringt.« Die Beamten in Zivil hinter dem uniformierten jungen Mann sahen Michael an. Dann senkten sie die Köpfe wieder. Sie wirkten geschäftig, locker, schienen sich in der ausschließlich männlichen Gesellschaft wohl zu fühlen. Michael erinnerte das alles an die Ärztekantine in seinem Krankenhaus.

Ein noch jüngerer Polizist in Uniform erschien und ging Michael durch einen Korridor voraus, in dem lauter Anschlagtafeln hingen. Dieser junge Polizist atmete keuchend durch den Mund. Er wirkte stupide, hatte ein fleischiges, stumpfsinniges Gesicht, olivfarbene Haut und einen richtigen Speckhals. Er vermied es, Michael ins Gesicht zu sehen. »Die Treppe rauf«, nuschelte er im Treppenhaus. Dann trottete er neben Michael schweratmend die Treppe hinauf und schlurfte oben durch den nächsten Korridor. Vor einer Tür mit dem Buchstaben B blieb er stehen.

Poole trat ein, und Beevers sagte: »Da bist du ja endlich.« Er lehnte mit vor der Brust verschränkten Armen an der Wand und unterhielt sich mit einer kleinen rundgesichtigen Chinesin. Poole begrüßte Beevers und sagte Maggie guten Tag. Er war ihr schon ein paarmal in Tina Pumos Restaurant begegnet. Eine Aura von Ironie umgab sie und zog einen unsichtbaren Trennungsstrich zwischen ihr und Harry Beevers. Als sie Michael die Hand gab, staunte er über ihren festen, selbstbewußten Händedruck. Ein etwas merkwürdiges Lächeln lag auf ihrem Gesicht. Ein Grübchen zeigte sich auf einer Wange. Sie war ungewöhnlich hübsch, doch es kam vor, daß im Gespräch ihre Intelligenz die Oberhand gewann, so daß man vorübergehend ganz vergaß, wie schön sie war.

»Es ist lieb von Ihnen, daß Sie den ganzen weiten Weg von Westchester County hergekommen sind«, sagte sie tonlos. Sie sprach völlig akzentfrei. Die Konsonanten sprach sie so deutlich aus, daß es schon fast englisch klang.

»Er war gezwungen, sich in die dreckige Großstadt zu begeben, und hat nun auch noch mit uns Plebejern zu tun«, spottete Beevers.

Michael dankte Maggie. Beevers' hämische Bemerkung ignorierte er. Er nahm an einem der Tische neben Conor Platz. »Hallo«, begrüßte ihn Conor. Auch dieser Raum erinnerte Michael an ein Klassenzimmer in einer Volksschule. Nur das Pult des Lehrers fehlte in Raum B. An einer Wand hing sogar eine lange grüne Tafel. Beevers faselte irgend etwas von Filmrechten.

»Stimmt irgendwas nicht, Mikey?« erkundigte sich Conor besorgt. »Du siehst ziemlich mitgenommen aus.«

Michael sah das Buch ›Sturmhöhe‹ auf dem Beifahrersitz seines Wagens wieder vor sich.

Beevers starrte auf sie hinunter. »Mann, benutz doch mal das Hirn, das Gott dir mitgegeben hat! Natürlich ist er deprimiert. Er war gezwungen, eine wunderschöne Stadt hinter sich zu lassen, wo die Luft noch sauber ist und wo sie nicht mal Bürgersteige haben, aber Hecken. Er hat Stunden auf der stinkenden Autobahn zugebracht. Wo er herkommt, Conor, da gibt es Rebhühner und Fasane anstatt Tauben. Die haben dort

Wild und Airdales anstatt Ratten. Wärst du da nicht auch geknickt? Du solltest dich bemühen, Verständnis für ihn aufzubringen.«

»He, ich komme aus South Norwalk«, sagte Conor. »Bei uns gibt es auch keine Tauben. Aber eine Unmenge von Möwen.«

»Vögel, die von Abfällen leben«, sagte Beevers verächtlich.

»Harry, nun reg dich endlich ab«, empfahl ihm Michael.

»Vielleicht geht der Kelch an uns vorüber«, sagte Beevers. »Wir sagen eben nicht mehr als wir unbedingt müssen.«

»Was ist denn nun wirklich passiert?« fragte Conor flüsternd.

»Eine Patientin ist heute morgen gestorben.«

»Ein Kind?«

Michael nickte. »Ja, ein kleines Mädchen.« Er mußte ihren Namen aussprechen, konnte nicht dagegen an. »Sie hieß Stacy Talbot.« Daß er seinen tragischen Verlust in diese Worte kleidete, hatte eine unerwartete, fast physische Wirkung auf ihn. Sein Kummer nahm dadurch nicht ab. Er wurde konkreter, festigte sich. Stacys Tod nahm eine feste Form an. Wie ein bleierner Sarg, der sich tief in ihn eingegraben hatte. Er selber, Michael Poole, war trotz dieses bleiernen Gewichts in ihm völlig intakt. Conor war der erste Mensch, dem er von Stacys Tod erzählt hatte.

Als er Stacy das letztemal gesehen hatte, war sie fiebrig und erschöpft gewesen. Bei Licht schmerzten ihre Augen. Ihre sonstige Tapferkeit war wie weggeblasen. Doch für seine Erzählungen schien sie sich zu interessieren. Sie hatte seine Hand umklammert und gesagt, der Anfang von *Jane Eyre*, besonders der erste Satz, habe ihr sehr gefallen.

Poole schlug das Buch auf, um den Satz zu lesen. *Es bestand keine Möglichkeit, an diesem Tag einen Spaziergang zu machen.*

Stacy hatte ihn angelächelt.

Heute morgen hatte eine der Krankenschwestern versucht, ihn abzupassen, als er an ihrer Station vorbeikam, doch er hatte kaum Notiz von ihr genommen. Er dachte über etwas nach, was Sam Stone im Flur im ersten Stock zu ihm gesagt hatte. Stone hatte sich geweigert zuzugeben, daß er bei einem chirurgischen Eingriff versagt hatte. Er verhielt sich feige und tat, als sei er allen anderen überlegen. Michael fand ihn widerwärtig. Stone hatte gesagt, es täte ihm leid, daß seine Gruppe von Medizinern mit Michaels ›Jungen‹ keinen größeren Fortschritt erzielt habe. Damit meinte er die anderen Ärzte seiner eigenen Gemeinschaftspraxis. Stone nahm an, daß Michael wußte, worauf er mit dieser Bemerkung anspielte, doch Michael konnte nur raten. Stones eigene ›Jungen‹ errichteten in Westerholm ein neues medizinisches Center. Stone wollte daraus das wichtigste medizinische Behandlungszentrum des ganzen Bezirks machen. Um das zu erreichen, brauchten sie auch gute Kinderärzte. Michael war der Stolperstein, der ihnen noch im Weg lag und verhinderte, daß die große Gemeinschaftspraxis, der ganze medizinische Versorgungsapparat, optimal funktionierte. Stone hatte ihn auf seine mürrische selbstgefällige Art gebeten, ihm die Mühe und die Schande zu ersparen, sich mit zweitklassigen Kinderärzten zufriedengeben zu müssen. Eine nagelneue Einrichtung wie die von Stone geplante würde die Hälfte aller neu nach Westerholm gezogenen Leute für sich einnehmen. Etwa ein Viertel der Häuser Westerholms wechselten jedes Jahr den Besitzer. Michaels Partner hatten das schon mit Stone besprochen, als Michael noch unterwegs gewesen war.

Michael war an der gestikulierenden Krankenschwester vorbeigeeilt. Er hatte gerade eine glänzende Idee, als er die Tür zu Stacys Zimmer aufstieß.

Er betrat ein Zimmer, in dem ein kahlköpfiger Mann in mittleren Jahren mit einem grauen Schnurrbart und einem Doppelkinn mit einer Kanüle im Arm und dem aufgeschlagenen *Wall Street Journal* auf der Brust sanft und selig schlief. Der Mann wachte nicht auf, sondern schlief ganz friedlich weiter. Michael spürte in sich die heiße stickige Luft, die einem den Atem nimmt und die einem Tornado vorausgeht. Er ging wieder hinaus und sah auf die Zimmernummer. Es war natürlich das richtige Zimmer. Er trat wieder ein und betrachtete den mit Medikamenten vollgepumpten Mann. Jetzt erkannte er ihn sogar. Es handelte sich um einen Bauunternehmer namens Pohlmann. Seine Kinder im Teenageralter gingen in Judys Schule. Er residierte in einem nachgebauten Schloß mit roten Dachpfannen und hatte fünf Wagen in der Garage stehen. Er wohnte etwa vier Kilometer von Michaels Haus entfernt. Michael verließ Pohlmanns Zimmer.

Ihm war nur ganz kurz bewußt geworden, daß er das weiche grüne alte Buch noch immer in der Hand hielt. Es schien in diesem Augenblick zwanzig oder dreißig Pfund zu wiegen. Die Krankenschwester beobachtete ihn, während sie noch telefonierte. Ein Blick in ihre Augen verriet ihm, was geschehen war. Er sah es auch an der Art, wie sie den Hörer auflegte. Trotzdem war er zur Station gegangen und hatte sie gefragt: »Wo ist sie denn geblieben?«

»Ich habe schon befürchtet, daß Sie es noch nicht wissen, Herr Doktor«, hatte die Schwester gesagt. Da war sich Michael vorgekommen wie in einem Aufzug, der rasend schnell ins Bodenlose fiel.

»Mikey, das tut mir schrecklich leid«, bekundete Conor sein Mitgefühl. »Das erinnert dich bestimmt an deinen eigenen Sohn.«

»Conor, der Mann ist schließlich Arzt«, ereiferte sich Beevers. »So was erlebt er jeden Tag. Er weiß schon, daß man sich da nicht engagiert.«

Michael fühlte sich völlig losgelöst von allem, wenn auch ganz bestimmt nicht so, wie Beevers das gemeint hatte.

»Da ist er ja«, erklärte Beevers.

Lieutenant Murphys großer eindrucksvoller Kopf erschien hinter dem in die Tür eingelassenen Maschendrahtgitter. Er grinste sie durch das Fenster an und öffnete die Tür.

»Schön, daß Sie alle da sind«, begrüßte er sie. »Entschuldigen Sie, daß ich mich verspätet habe.« In seiner Tweedjacke und rehbraunen Hose sah er wie ein sportlicher College-Professor aus. »Es ist soweit.

Wir gehen gleich hinunter. Aber zuvor wollte ich noch ein paar Punkte mit Ihnen besprechen.«

Beevers sah Michael an und hüstelte hinter vorgehaltener Hand.

Murphy saß ihnen gegenüber. Er nahm seine Pfeife aus dem Mund und balancierte sie auf den Fingerspitzen, als wolle er sie inspizieren lassen. Es war eine große gebogene schwarze Peterson mit einem matten Silberreif unterhalb des Mundstücks. Die Pfeife schien frisch gestopft zu sein. »In Milburn hatten wir ja kaum Gelegenheit, uns zu unterhalten, obwohl ich so manches gern von Ihnen erfahren hätte. Aber da hat es auch noch ausgesehen, als hätten wir alles unter Dach und Fach.« Er sah sie der Reihe nach an. »Darüber war ich sehr froh, und das hat man mir wohl auch angesehen. Aber das ist kein gewöhnlicher Fall, weit davon entfernt. Er ist nicht einmal ein gewöhnlicher Mordfall, falls es so etwas überhaupt gibt. Seitdem hat sich einiges geändert.«

Murphy betrachtete die schwere Pfeife, die er noch immer auf den Fingerspitzen balancierte. Beevers brach das Schweigen. »Wollen Sie etwa behaupten, daß der Mann, den Sie festgenommen haben, sein Geständnis widerrufen hat?«

»Das klingt ja richtig hoffnungsvoll«, hielt ihm Murphy vor. »Wollen Sie denn nicht, daß wir diesen Burschen dingfest machen?«

»Das sollte nicht hoffnungsvoll klingen. Das lag nicht in meiner Absicht. Natürlich will ich, daß der Mann festgenommen wird.«

Murphy sah ihn eine Weile eindringlich an. »Es gibt eine Menge sachdienlicher Informationen zu diesen Fällen, die noch nicht an die Öffentlichkeit gelangt sind. Und die auch vorerst noch nicht an die Öffentlichkeit gelangen sollen, weil das unsere Untersuchungen behindern würde. Schimmstenfalls würden wir dann gar nicht weiterkommen. Ich möchte einige dieser Punkte mit Ihnen besprechen, bevor wir uns den Verdächtigen ansehen. Miß Lah, wenn Sie auch etwas wissen, sagen Sie es mir bitte.«

Maggie nickte.

»Miß Lah ist uns schon eine große Hilfe gewesen.«

»Danke«, sagte Maggie leise.

»Die Herren haben Mr. Pumo alle in Vietnam kennengelernt, wo er im gleichen Zug mit Ihnen war, stimmt das? Und Mr. Beevers, Sie waren der Lieutenant dieses Truppenverbandes?«

»Richtig«, sagte Beevers. Er verzog den Mund zu einem Lächeln, stierte Maggie aber wütend an.

»Wissen Sie vielleicht, wie viele Kriegsteilnehmer von diesem Truppenverband noch am Leben sind?«

Beevers kräuselte die Lippen und senkte den Kopf.

»Herr Dr. Poole, wissen Sie das vielleicht zufällig?«

»Nein, ich weiß es nicht genau«, erwiderte Michael. »Es ist wohl kaum noch jemand von uns am Leben.«

»Wissen Sie es wirklich nicht genau?« fragte Murphy ganz gelassen. »Kann denn keiner von Ihnen diese Frage beantworten?«

»Wir wären Ihnen dankbar, wenn Sie es uns verraten würden«, sagte Beevers. »Aber ich fürchte fast, ich kann Ihrem Gedankengang nicht folgen.«

Murphy zog die ausdrucksvollen Augenbrauen hoch. Er steckte sich die Pfeife wieder in den Mund und paffte. Der Tabak glühte rot. Der Detective stieß den Rauch aus.

»Der Spitzname Koko ist Ihnen doch wohl bekannt«, sagte Murphy.

Beevers sah Maggie stirnrunzelnd an.

»Miß Lah hat uns ein paar Auskünfte gegeben, damit wir klarer sehen. Finden Sie, daß sie das nicht hätte tun sollen?«

Harry Beevers hustete. »Doch, natürlich.«

»Freut mich, daß wir in diesem Punkte einer Meinung sind.« Murphys Mund verzog sich zu einem Lächeln. »Außer Ihnen hier scheinen von dem Zug, der an den Vorfällen in Ia Thuc beteiligt war, nur noch vier Kriegsteilnehmer am Leben zu sein. Ein gewisser Wilson Manly lebt in Arizona –«

»Manly ist noch am Leben?« fragte Conor. »Verdammt, das hätte ich nicht gedacht.«

Auch Michael konnte es nicht fassen. Genau wie Conor hatte er zuletzt gesehen, wie Manly auf eine Bahre gehoben wurde. Er hatte ein Bein und eine Menge Blut verloren. Poole hielt es damals für völlig ausgeschlossen, daß Manly das überleben würde.

»Wilson Manly ist zwar ein Invalide, aber er handelt in Tucson mit Wertpapieren und Effekten.«

»Und wer von unserem Zug ist sonst noch am Leben?« erkundigte sich Poole.

»George Burrage arbeitet in Los Angeles als Drogenanwalt.«

»Spanky!« riefen Conor und Michael einstimmig. Auch Burrage war nach einem Feuergefecht weggetragen worden. Da sie nie wieder von ihm gehört hatten, hatten sie auch bei ihm angenommen, daß er nicht mehr am Leben war.

»Sie lassen Sie beide grüßen. Sie erinnern sich noch gut an Mr. Pumo. Es tut ihnen sehr leid, daß er auf so tragische Weise umgekommen ist.«

»Natürlich«, sagte Beevers. »Lieutenant, Sie haben doch sicher auch gedient. Waren Sie nicht in Vietnam?«

»Für Vietnam war ich noch zu jung«, erklärte Murphy. »Sowohl Mr. Manly als auch Mr. Burrage erinnern sich noch ganz genau an verschiedene Vorfälle, bei denen der Name Koko eine Rolle spielte.«

»Das kann ich mir gut denken«, meinte Beevers.

»Ein gewisser Victor Spitalny ist möglicherweise auch noch am Leben«, fuhr Murphy unbeirrbar fort. »Es gibt keine Unterlagen über ihn seit seiner unerlaubten Entfernung von der Truppe in Bangkok im Jahre 1969. Aber angesichts der Umstände, unter denen er verschwunden ist, halte ich es nicht für sehr wahrscheinlich, daß er es sich plötzlich in den Kopf setzt, Journalisten und Kriegskameraden seiner alten Einheit umzubringen. Was meinen Sie dazu?«

»Ich weiß nicht recht«, erklärte Beevers. »Was meinen Sie übrigens mit Journalisten?«

»Wer auch immer sich den Spitznamen zugelegt hat, der hat die ausländischen und amerikanischen Journalisten auf dem Gewissen, die damals über die Greueltaten in Ia Thuc berichtet haben. Er hat gründliche Arbeit geleistet, das muß ich schon sagen.« Murphy bedachte Harry Beevers mit einem eindringlichen und doch geistesabwesenden Blick. Dann kam Michael Poole an die Reihe. »Dieser Mann hat mindestens acht Leute umgebracht. Es besteht die Möglichkeit, daß er noch einen Mann getötet hat.«

»Wen denn?« fragte Beevers.

»Einen Geschäftsmann namens Irwin – vor ein paar Wochen auf dem John-F.-Kennedy-Flughafen. All das haben wir aus den verschiedensten Quellen in aller Welt in Erfahrung gebracht. Polizeireviere und Zuständigkeitsbereiche, die ganz dicht beieinander liegen, bringt man nur schwer dazu, daß sie zusammenarbeiten, aber in diesem Fall können wir wirklich stolz auf uns sein. Wir wissen bald genug, um den Täter festnageln zu können. Doch dabei müssen Sie uns helfen, soweit es Ihnen möglich ist. Ich habe allerdings den Eindruck, daß Sie mir Informationen vorenthalten und mir nicht alles sagen, was Sie wissen.«

Bevor noch jemand protestieren konnte, zog er einen Umschlag aus der Jackentasche, riß ihn auf und nahm drei Spielkarten heraus, die einzeln in durchsichtigen Plastikhüllen steckten. »Sehen Sie sich die bitte einmal an.«

Mit einem Bleistift schob er die Karten auf dem Tisch auseinander. Poole sah sich die drei Karten an. Jedes Blutgefaß in seinem Leib schien sich zusammenzuschnüren, zu verengen. Drei Exemplare der Spielkarten mit dem sich aufbäumenden Elefanten. »Ein Vermächtnis der Ehrenhaftigkeit«, lautete der Wahlspruch unter dem Emblem. Oder anders ausgedrückt: »Eine Ehrenschuld«. Poole hatte solche Regimentsspielkarten seit Vietnam nicht mehr gesehen. Der Elefant sah aufgebrachter aus, als er ihn in Erinnerung hatte.

»Mensch, wo haben Sie die denn her?« fragte Conor fassungslos.

Murphy drehte die Karten der Reihe nach um. Da stand es hingekritzelt. Auf jeder einzelnen Karte. KOKO. Vor Beevers lag eine Treff-Acht, vor Conor eine Herz-Zwei und vor Michael eine Pik-Sechs. Sein Herz schlug dumpf und schwer, als er seinen Namen ganz oben auf der Karte vor sich las, nur schwach mit Bleistift hingekritzelt.

»Mr. Pumo hatte eine solche Karte mit seinem Namenszug darauf im Mund«, erklärte Murphy.

Michael sah, daß auf den anderen Karten ganz dünn mit Bleistift geschrieben LINKLATER und BEEVERS stand.

Die Gegenüberstellung war sicher nur ein Vorwand, um sie vier ins Kreuzverhör zu nehmen. Sie waren nicht hierherbestellt worden, um einen Mörder zu identifizieren. Man wollte ihnen hier nur solche Angst einjagen, daß sie weit mehr sagten, als sie eigentlich wollten.

Beevers und Conor fragten gleichzeitig:

»Wo haben Sie die her?« und »Sie müssen ihm ziemlich nahegekommen sein.«

Murphy nickte. »Wir haben einen Tip bekommen, wo er sich angeblich aufhält. Doch leider haben wir ihn nicht gefunden. Er muß irgendwie Lunte gerochen haben. Wahrscheinlich haben wir ihn bloß um ein paar Minuten verfehlt. Aber wir kommen einem Täter *nie* so nahe, ohne daß wir ihn dann auch erwischen.«

Murphy schob die Spielkarten mit dem Bleistift wieder in den Umschlag. »Es hat übrigens noch jemand von Ihrer Einheit überlebt.«

Poole fiel im Augenblick nicht ein, wen er damit wohl meinen konnte.

»Sie erinnern sich doch alle noch an Timothy Underhill.«

»Klar doch«, sagte Conor, und die anderen beiden nickten.

»Was können Sie mir über ihn erzählen?«

Alle hüllten sich erst einmal in Schweigen.

»Ich werde aus Ihnen einfach nicht schlau«, sagte Murphy.

Michael fiel ein, wie Judy über Bob Bunce gesprochen hatte: Lügen, mit deren Hilfe man etwas abstreiten will, sind immer sehr durchsichtig. »Wir haben Underhill in Singapur gesucht«, erklärte er. Dann verstummte er, denn Harry Beevers trat ihm mit seinem Nobelschuh kräftig auf den Fuß.

»Es war mehr ein Spaß, den wir uns auf der Vergnügungsreise gönnen wollten«, sagte Beevers. »Wir machten Urlaub in diesem schönen und hochinteressanten Teil der Welt, und da haben wir uns gedacht, daß wir ihn vielleicht aufspüren könnten. Wir stießen zwar immer wieder auf Spuren, auf Leute, die ihn früher einmal gekannt hatten und dergleichen. Wir haben drei Länder bereist und uns immer nach ihm umgehört. Es war eine Mordsgaudi.«

»Sie haben sich aber ziemlich viel Mühe gemacht, um einen alten Kriegskameraden wieder ausfindig zu machen«, gab Murphy zu bedenken.

»Ja, das stimmt allerdings«, gab Beevers zu. Er sah Maggie wachsam an. Dann wandte er sich Murphy wieder ganz treuherzig zu. »Es war eine höllische Unternehmung.«

»Sie haben kein Glück gehabt?«

»Der Mann war einfach nicht zu finden. Ist verschwunden, ohne eine Spur zu hinterlassen.« Er riß die Augen auf. »Sie glauben doch nicht etwa, daß Tim Underhill dieser Koko ist?«

»Das ist eine der Möglichkeiten, die wir in Betracht ziehen.« Er lächelte Beevers ebenso unaufrichtig an wie der es kurz zuvor getan hatte. »Es ist ganz bestimt nicht Wilson Manly oder Spanky Burrage. Oder einer von Ihnen.«

Beevers stellten sich noch viele andere Fragen, doch er sprach nur die naheliegendste aus: »Aber wer ist denn dann der Mann, der am Times Square ausgeflippt ist?«

Murphy stieß sich vom Tisch ab. »Das werden wir gleich sehen.«

2

Murphy ging dicht neben Michael Poole die Treppe hinunter. »Unser Freund will seinen Namen immer noch nicht nennen. Er behauptet, er könnte sich nicht mehr daran erinnern, wie er heißt. Er behauptet allen Ernstes, er wäre mit achtzehn Jahren in New York zur Welt gekommen.« Er hustete. »Im Hinterzimmer einer Bar mit dem Namen ›Der Amboß‹.« Er sah Michael fast mitleidig an. »Er hat in unserer Gegenwart einen minuziösen Plan von Ihrem Haus gezeichnet. Dann fiel die Klappe wieder und er wollte nichts mehr sagen. Nur noch eines: er hätte den Auftrag, die Welt von Schmutz und Unrat zu befreien.«

Murphy führte sie an den vielen Büros im Erdgeschoß vorbei, dann durch eine Tür am Ende eines Ganges und eine breite Treppe hinunter. Obwohl in den nahegelegenen Büros Schreibmaschinen klapperten, hörte Michael, daß Harry Beevers leise und eindringlich auf Maggie Lah einredete.

»So, da wären wir«, verkündete Murphy und stieß eine Tür auf. Der dahinterliegende Raum erinnerte mit seinen Sitzreihen, der erhöhten Bühne und den Scheinwerfern hoch oben irgendwie an ein Theater.

Murphy brachte sie zur zweiten Reihe. Maggie ging hinter Poole hinein, gefolgt von Harry Beevers und Conor Linklater. Dann trat Murphy an ein Podium im Mittelgang eine Reihe hinter ihnen und schaltete die Bühnenbeleuchtung ein. Er griff nach einem Mikrophon, das an einer Schnur hing, suchte nach dem Schalter und schaltete es ein. »Wir sind jetzt alle da«, sagte er in das Mikrophon. »Schaffen wir die Tafel rein, dann können Sie die Männer rausschicken.« Er blickte stirnrunzelnd auf das Podium und betätigte einen anderen Kippschalter. Eine lange Tafel mit Größenangaben rollte auf einer Schiene auf die Bühne hinaus. »Fertig«, sagte Murphy. »Jeder Mann an seinen Platz. Wenn alle auf der Bühne sind, werde ich jedem einzelnen Mann befehlen, ein paar Schritte vorzutreten, uns in ein paar Worten über sich zu berichten und dann wieder zurückzutreten.«

Fünf Männer betraten die Bühne von der linken Seite her. Sie gingen mit unsicheren Schritten auf die Zahlen zu, die vermutlich in den Bühnenboden eingelassen waren. Auf den ersten Blick hätte man die drei ersten, kleinen und dunkelhaarigen Männer in der Reihe für Victor Spitalny halten können. Einer trug einen grauen Anzug, einer ein kariertes Sportjackett und der dritte Jeans und eine sportliche Jacke. Der Mann in dem karierten Jackett sah Spitalny am ähnlichsten, doch seine Augen standen weiter auseinander, und sein Kinn war breiter. Er wirkte ungeduldig und gelangweilt. Der vierte war ein stämmiger blonder Mann mit einem lebhaften zynischen irischen Gesicht. Der fünfte trug ein khakifarbenes Hemd über seiner Drillichhose. Dazu Cowboystiefel. Er hatte sich den Schädel vor einer Weile kahlrasiert. Inzwischen waren die Haare wieder etwas nachgewachsen. Sie sahen jetzt wie eine gleichförmige dunkle Kappe aus und waren immer noch so kurz, daß die Kopfhaut hindurchschimmerte. Er lächelte als einziger seinem Publikum zu.

Mit tonloser Stimme nannte Murphy ihre Nummern.

»Ich heiße Bill und arbeite als Barkeeper in der Upper East Side.«

»Ich heiße George. Ich bin der Anführer der Pfadfinder von Washington Heights.«

»Mein Name ist Franco. Ich komme aus der Ocean Avenue in Brooklyn.«

»Ich heiße Liam. Effekten und Wertpapiere.«

Als Nummer fünf aufgerufen wurde, trat der letzte Mann vor. »Ich habe keinen Namen, weil ich keine Vergangenheit habe.«

»Mein Gott«, stöhnte Maggie. »Es ist nicht zu glauben.«

Murphy befahl dem fünften Mann, wieder in die Reihe zurückzutreten und sagte allen fünfen, daß sie jetzt gehen könnten. Kaum hatte die Bühne sich geleert, da stützte er sich auf das Podium und fragte Maggie barsch: »Na?«

»Der letzte Mann, der sich mitten in einer Geschlechtsumwandlung befindet, hatte Tinas Stiefel an. Da bin ich mir ganz sicher. Ich weiß, wer das ist.«

»Nämlich?«

»Ich will damit nicht sagen, daß ich seinen richtigen Namen weiß, aber er hat sich Dracula genannt und hatte eine wilde Mähne, bevor er sich den Schädel kahlgeschoren hat. Tina hat ihn letztes Jahr in einem Nachtclub angemacht oder ist von Dracula angemacht worden. Da hat er sich als Mädchen ausgegeben. In Tinas Wohnung hat Dracula Tina dann bewußtlos geschlagen und alles mögliche gestohlen. Unter anderem auch die Stiefel, die er eben anhatte. Das waren Tinas Lieblingsstiefel. Ich glaube, sie haben eine Menge Geld gekostet.«

»Also Dracula«, murmelte Murphy.

»Aber Dracula ist nicht der Mann, den ich in Tinas Wohnung angetroffen habe.«

»Nein«, sagte Murphy, »das kann er wohl auch nicht gewesen sein. So, meine Herren, Sie können jetzt gehen. Ich möchte Ihnen für Ihre Hilfe danken. Wir sprechen uns wieder. Rufen Sie mich bitte an, wenn Ihnen noch etwas einfällt, was der Polizei bei den Ermittlungen weiterhelfen könnte. Miß Lah, würden Sie bitte wieder mit mir hinaufkommen?«

Maggie stand vor den drei Männern auf und trat in den Mittelgang hinaus, wo Murphy auf sie wartete. Michaels und ihre Blicke kreuzten sich. Maggie zog die Augenbrauen hoch. Da nickte Michael und erhob sich zusammen mit den beiden anderen.

3

Michael brachte Conor und Beevers noch zu einem Taxi und versprach, in einer halben Stunde in Harrys Wohnung zu ihnen zu stoßen, dann ging er zurück zur 10. Straße, um vor dem Polizeirevier auf Maggie zu warten. Es war noch immer sehr kalt, doch Michael genoß es, in der prickelnd kalten Luft herumzulaufen. Die Sonne vergoldete die hübschen Ziegelbauten auf der anderen Straßenseite. Er hatte das Gefühl, sich in der Schwebe zu befinden zwischen einem Abschnitt seines Lebens, der zu Ende ging und einem Neubeginn. Stacy Talbot war das letzte Bindeglied zu Westerholm gewesen – was ihn sonst noch dort gehalten hatte, paßte in einen Koffer. Und den konnte er mitnehmen.

Sein Leben war zu einem Fernsehprogramm geworden. Es wäre nicht weiter schwierig, sich dieses Programm auch weiterhin anzusehen. Sein täglicher Dienst, der natürlich nicht nur Schattenseiten hatte, die Heerscharen schnüffelnder Kinder, die besorgten Mütter, Judy mit ihren Ängsten und Beklemmungen, die trübe Partnerschaft an langen Wochenenden, das hübsche weiße Haus, die Spaziergänge zum Ententeich, die Bloody Marys zum Brunch am Sonntag, all die betäubenden Kleinigkeiten – Nichtigkeiten, mit denen man die Zeit vertat.

Die Tür des Polizeireviers ging mit einem so entschiedenen Knacksen auf, daß es sich anhörte, als sei ein Knochen gebrochen. Michael drehte sich um und streifte die Schultern, als er Maggie Lah herauskommen sah. Die Sonnenstrahlen verfingen sich in ihrem schönen Haar. Es leuchtete tiefschwarz.

»Ach, wie schön, daß Sie noch da sind«, sagte Maggie. »Ich wußte nicht, wie ich Sie drinnen anders darum bitten sollte, daß Sie auf mich warten.«

»Ist doch klar.«

»Eigentlich wollte ich nur *Sie* sehen. Conor ist ein netter Kerl, aber er traut mir wohl nicht so ganz. Und Harry Beevers ist eine fürchterliche Plage.«

»Ja, das kann man wohl sagen. Er muß sich selber eine Last sein.«

»Glauben Sie, daß die anderen eine Weile ohne Sie auskommen?«

»Aber natürlich. Solange Sie wollen.«

»Dann kriegen sie Sie vielleicht überhaupt nicht mehr zu sehen«, sagte Maggie und nahm seinen Arm. »Ich wollte Sie bitten, mit mir an einen Ort zu gehen, wo ich allein nicht hingehen kann. Wollen Sie mich dorthin begleiten?«

»Ich stehe Ihnen zur Verfügung.« Michael hatte plötzlich das untrügliche Gefühl, daß er und dieses Mädchen die Überlebenden von Tina Pumo waren. Sie waren genau wie Walter und Tommy Pumo die Hinterbliebenen Tinas, seine Familie.

»Es ist nicht weit. Es ist auch nichts Besonderes, nur ein kleines unbedeutendes Restaurant. Tina und ich sind oft dort hingegangen. Vor allem Tina. Es war eigentlich *sein* Restaurant. Er hat mich dorthin mitgenommen, hat es mit mir geteilt. Ich möchte nicht das Gefühl haben, daß ich jedesmal im Bürgersteig versinke, wenn ich dran vorbeigehe. Sie sind doch einverstanden?«

»Sogar hocherfreut«, erklärte Michael. Maggie hatte ihren Arm unter den seinen geschoben, und sie gingen im Gleichschritt nebeneinander her. »Darf ich Sie dann auch noch woanders hinbegleiten?«

Sie blickte zu ihm auf. »Schon möglich.«

Er ließ ihr genügend Zeit, um das auszusprechen, was sie auf dem Herzen hatte.

»Ich möchte Sie gern besser kennenlernen«, sagte Maggie schließlich.

»Das freut mich.«

»Von allen Männern, mit denen er in Vietnam war, hatte Tina *Sie* am liebsten.«

»Wie schön, das zu hören.«

»Er hat sich immer sehr gefreut, wenn Sie in sein Restaurant gekommen sind. Tina war im Grunde kein besonders selbstsicherer Mensch. Er hat sich sehr geehrt gefühlt, wenn Sie ausgerechnet in sein Restaurant gekommen sind, nachdem Sie den ganzen weiten Weg von Westerholm nach New York gefahren waren. Daran sah er, daß Sie ihn nicht vergessen hatten.«

»Nein, Maggie, ich habe Tina nicht vergessen«, sagte Michael. Sie drückte seinen Arm noch fester an sich.

Sie schlenderten durch die Sixth Avenue. Man hätte glauben können, die Sonne schiene hier viel wärmer als in den Seitenstraßen. Buntes Treiben auf der Straße. Studenten, Hausfrauen, Geschäftsleute und ein paar geschminkte Jungen flanierten oder eilten hin und her. An der Straßenecke kamen sie an einem tiefgebeugten bärtigen zerlumpten Mann vorbei, dessen Füße schon ganz schwarz geworden und dick angeschwollen waren. Ein paar Meter weiter hielt ihnen ein heruntergekommener Mann in Michaels Alter einen Pappbecher mit ein paar Münzen unter die Nase. An seinem Kinn hatte er eine blutverkrustete verschorfte Wunde, und seine Augen waren nur noch schmale Schlitze, doch die Pupillen glühten wie im Fieber. Er hatte einen wilden, ungezähmten Raubtierblick. Vietnam. Michael warf eine Handvoll Münzen in den Becher.

»Jetzt ist es nicht mehr weit«, sagte Maggie mit zitternder Stimme.

Michael nickte.

»Alles ist so leer. Als lebte man in einem ungeheuren luftleeren Raum.« Sie streckte die freie Hand mit einem Ruck vor. »Es ist so furchtbar schwer. Und daß ich solche Angst habe, macht natürlich alles noch viel schlimmer. Aber ich erkläre Ihnen das genauer, wenn wir da sind.«

Nach ein paar Minuten führte Maggie ihn die Treppe zum La Groceria rauf. Eine große dunkelhaarige Frau in einer schwarzen, enganliegenden Hose führte sie zu einem Tisch am Fenster. Die Sonne drang durch die großen Fenster und überflutete die blankgewienerten karamelfarbenen Tischplatten aus Holz. Sie bestellten sich Salat und Kaffee. »Ich finde es schrecklich, Angst zu haben«, sagte Maggie. »Schon der Kummer überwältigt einen einfach. Er überfällt einen mit aller Macht, wenn man sich nicht vorsieht. Er macht sich über einen her und trifft genau den wunden Punkt, die schwächste Stelle.« Sie sah zu ihm auf. In ihrer Miene spiegelten sich Intelligenz und Mitleid. »Sie haben sich mit Conor über eine Patientin unterhalten.«

Michael nickte. »Kurz bevor ich heute nach New York fuhr, habe ich erfahren, daß sie gestorben ist.« Er versuchte sich ein Lächeln abzuquälen und war froh, daß er das Ergebnis nicht zu sehen brauchte.

Ihr Gesicht veränderte sich, glättete sich. Sie wirkte jetzt noch ernster. »In Taipeh hat meine Mutter in unserem Garten Fallen für die Ratten aufgestellt. Die Ratten sind in den Fallen nicht umgekommen, sie saßen nur darin gefangen. Meine Mutter hat sie mit kochend heißem Wasser übergossen. Die Ratten wußten ganz genau, was ihnen blühte. Zuerst haben sie dagegen angekämpft und meine Mutter angesprungen. Dann ist alles von ihnen abgefallen, und sie hatten nur noch Angst. Die Ratten bestanden nur noch aus Angst.« Irgendwo östlich der Sixth Avenue drifteten Wolken auseinander. Der Glanz, die Kraft und die Intensität der Sonne wurden dadurch noch viel stärker. Maggie sah ihn besorgt und doch trotzig und herausfordernd an. Michael empfand ihre ungeteilte Aufmerksamkeit als ausgesprochenen Segen. Gerade jetzt, wo das Sonnenlicht so stark durchs Fenster drang und alles mit seinem Glanz durchtränkte, fiel ihm ganz besonders auf, wie glatt und rund ihre Arme waren. Er bewunderte den herrlichen Goldton ihrer Haut und ihren kleinen Mund, der für Sinnlichkeit, Humor und Intelligenz sprach. Er begriff, daß ihre Jugend trog, als er sie so im hellen Sonnenschein betrachtete. Wenn man in ihrer Jugend den Angelpunkt ihres Lebens sah, so machte man damit einen großen Fehler. Noch vor kurzem hatte ihn ihre Schönheit tief beeindruckt und gerührt, doch jetzt sah er soviel mehr in ihrem breiten ebenmäßigen Gesicht, so daß ihre Schönheit mit einem Mal unerheblich wurde.

»Das war damals das Schlimmste auf der Welt für mich«, erklärte sie. »Das Erschütterndste. Genauso habe ich mich auch gefühlt, als es passierte. Als er mich um ein Haar erwischt hätte.« Sie unterbrach sich einen Augenblick. Trotz der Last der Erinnerung glättete sich ihr Gesicht. »Ich habe ihn gesehen, aber sein Gesicht konnte ich nicht erkennen. Ich war vermutlich wie von Sinnen. Ich kam mir vor, als wäre ich über und über mit Blut besudelt, und ich habe immer wieder nachgesehen, fand aber keinen einzigen Blutfleck.« Als sich ihre Blicke trafen, war das wie ein elektrischer Schlag.

»Sie möchten ihn am liebsten mit kochendem Wasser übergießen«, konstatierte Michael.

»Kann schon sein«, bekannte Maggie. Ihr Mund verzog sich zu einem sonderbaren Lächeln, vielmehr der Andeutung eines Lächelns. »Kann so ein Mensch denn überhaupt jemals Angst haben?«

Als er sich dazu nicht äußerte, redete Maggie wie ein Wasserfall. »Als ich in Tinas Wohnung war... kurz nachdem der Mord geschehen war... würden Sie das niemals annehmen... wenn Sie ihn auch gesehen hätten. Er hat ganz sanft gesprochen, fast verführerisch. Ich will damit nicht etwa sagen, daß er nicht verrückt war. Das war er ganz bestimmt. Aber er war die personifizierte Selbstbeherrschung. Er schien ganz zuversichtlich. Er hat versucht, mich mit seinem Charme aus dem Versteck zu locken, und hätte ich den toten Tina nicht die ganze Zeit vor mir gehabt, dann wäre ihm das vielleicht sogar gelungen.« Ihre Hände zitterten. Sie hatten den gleichen warmen Goldton wie ihr ganzer Körper. Die sonderbar eckigen breiten Handgelenke paßten gar nicht zu den langen schlanken Fingern. »Er hat wie ein Dämon, ein böser Geist auf mich gewirkt. Ich dachte schon, ich würde ihm nie entkommen.«

Sie wirkte wie gelähmt vor Schreck. Michael griff nach ihren Händen. »Es hört sich vielleicht komisch an, aber ich glaube, er hat immer Angst gehabt, sein Leben lang.«

»Das klingt ja fast, als täte er Ihnen leid.«

Michael mußte an Underhills langwierige Mühsal und Arbeit denken. »Das ist es nicht einmal so sehr. Ich glaube vielmehr, wir müssen ihn erfinden, um ihn zu begreifen.«

Maggie entzog ihm langsam ihre Hände. »Das stammt wohl von Ihrem Freund Timothy Underhill.«

»Wie bitte?«

Maggie stützte das Kinn in die Hand. Den Bruchteil einer Sekunde blitzte sie ihn arglistig an, ein durchtriebenes kleines Luder mit Unschuldsmiene und weitaufgerissenen Augen, mit denen sie ihn ungläubig ansah. »Ihr Freund Harry Beevers ist ein miserabler Schauspieler. Er kann sich nicht verstellen.«

Sie wußte also Bescheid. »Da könnten Sie allerdings recht haben«, sagte er.

»Dieser Underhill ist zusammen mit Ihnen in die Staaten zurückgekehrt.«

Michael nickte. »Sie sind ja phantastisch.«

»Ich würde sagen, Harry Beevers ist phantastisch. Er will die Polizei anscheinend an der Nase herumführen. Sie soll ihre Zeit mit der Suche nach Tim Underhill verschwenden, damit er selber Koko finden kann.«

»Ja, so ungefähr.«

»Sie sehen sich besser vor, Herr Doktor.« Dahinter steckte eine ganze Reihe unausgesprochener Warnungen. Michael wußte nicht so recht, ob sie ihm riet, vor Koko oder vor Harry Beevers auf der Hut zu sein. »Haben Sie auch Zeit, mich noch woanders hinzubegleiten? Ich möchte nicht allein dorthin.«

»Ich brauche wohl gar nicht erst zu fragen, wohin Sie gerne möchten.«

»Ich hoffe nicht.« Maggie stand auf.

Sie traten auf die Sixth Avenue hinaus. Poole sagte sich, daß Koko oder Victor Spitalny sie vielleicht von der anderen Straßenseite aus beobachtete. Entweder durch eines der großen Fenster oder von einem höhergelegenen Aussichtspunkt aus durch ein Fernglas.

»Nehmen wir ein Taxi«, schlug sie vor. »Ich möchte gern noch etwas tun.«

Sie kaufte etwas an einem Zeitungskiosk und trat wieder zu Michael, als ein Taxi neben ihnen hielt. Sie nahmen im Fond des Wagens Platz. Michael sah, daß Maggie die *Village Voice* erstanden hatte.

Michael bat den Taxifahrer, zuerst in der Grand Street in der Nähe vom West Broadway anzuhalten und ihn dann zur Ecke der 24. und 10. Straße zu fahren.

»Das schenke ich Ihnen, weil Sie mich zum Essen eingeladen haben.« Sie legte Michael die dicke Zeitung auf den Schoß. Dann nahm sie eine große Sonnenbrille mit Drahtgestell und runden Gläsern und setzte sie auf. Es sah aus, als läse sie die gelben Schilder NICHT RAUCHEN – FAHRER ALLERGISCH und FAHRER IST NICHT VERPFLICHTET, ZWANZIGDOLLARNOTEN ZU WECHSELN, die am Armaturenbrett bzw. als Aufkleber an der Windschutzscheibe angebracht waren.

»Sind Sie sicher, daß Sie ins Saigon wollen?«

»Ich möchte zu Vinh«, erklärte Maggie. »Vinh ist mir sehr sympathisch. Wir führen oft lange, vertrauliche Gespräche miteinander. Wir sind uns zum Beispiel darüber einig, daß die weißen Amerikaner unbegreifliche exotische Leute sind.«

»Sind Sie seit dem denkwürdigen Abend noch einmal hiergewesen?«

»Können Sie sich diese Frage nicht selbst beantworten?« Sie nahm die Sonnenbrille wieder ab und sah ihn verdrießlich an.

»Ich bin froh, daß wir uns einmal unterhalten konnten«, sagte Michael.

Daraufhin griff sie ganz unbewußt nach seiner Hand. Michael spürte ihren Pulsschlag.

Ihre Hand war warm und trocken.

Michael staunte, als er in der Grand Street im Fenster des Restaurants ein kleines Schild und einen Messingkasten mit der Speisekarte sah.

»Sieht das nicht phantastisch aus?« fragte Maggie mit einer Stimme, die vor Erregung knisterte. »Wir eröffnen das Restaurant wieder, sobald das Gericht es uns erlaubt. Vinh hat mich gebeten, ihm zu helfen. Natürlich bin ich ihm sehr dankbar dafür, daß er mir Arbeit gibt. Da brauche ich wenigstens nicht das Gefühl zu haben, daß ich ihn ganz verloren habe.«

Als das Taxi hielt, stieß sie die Tür auf. Bevor sie ausstieg, sagte sie noch:

»Vielleicht sollte ich gar nicht daran rühren, aber Sie sind ja ganz durcheinander und machen gar keinen gefestigten Eindruck auf mich. Hier ist genug Platz – auch für Sie – für den Fall, daß Sie nicht wissen, wo Sie hinsollen.«

Mit einer Kopfbewegung wies sie auf das Haus. Sie wartete, ob er sich dazu äußern würde.

»Ich komme Sie bald besuchen«, versprach er ihr. »Haben Sie vor, jetzt hierzubleiben und auch hier zu wohnen?«

Maggie schüttelte den Kopf. »Sie können mich bei dem General erreichen.« Er wurde stutzig, wußte nicht, wovon sie sprach. Maggie stieg lächelnd aus.

»Was denn für ein General?«

Maggie blickte auf die Zeitung, die auf seinem Schoß lag.

Michael warf einen Blick auf die Titelseite. Irgendwann war es ihr zwischendurch gelungen, eine Telefonnummer draufzuschreiben.

Als Michael wieder aufsah, machte Maggie schon die Tür des Restaurants auf.

30. KAPITEL

Ein zweites Wiedersehen

1

»Nennst du das vielleicht eine halbe Stunde?« fuhr ihn Beevers an, als er ihn in die dunkle, unaufgeräumte Atelierwohnung einließ. Conor lächelte geheimnisvoll. Tim Underhill, der abgewetzte Jeans und ein altes Sweatshirt mit Kapuze trug, winkte ihm zu, als er eintrat. Selbst in dem gedämpften Licht, das Beevers so gern mochte, sah Tim entschieden besser aus als in Bangkok – breiter, gesünder, nicht so ausgezehrt und mitgenommen. Tim gab ihm die Hand und lächelte. Er hatte nichts von einem Verbrecher oder einem Verrückten an sich. Er war überhaupt nicht der Mensch, von dem Michael angenommen hatte, daß er auf der Suche nach ihm sei.

»Wir haben eine Pizza bestellt«, sagte Harry Beevers. »Ein Stückchen ist noch übrig.« Auf dem Tisch lag in einem Pappkarton ein fettiges verschrumpeltes Stück Pizza.

Michael lehnte dankend ab, da klappte Beevers den Deckel wieder auf die Schachtel und trug sie in die Küche.

Conor zwinkerte Michael zu.

»Will jemand was zu trinken, jetzt wo er endlich hier ist?« fragte Beevers aus der Küche.

»Klar«, rief Conor zurück.

»Kaffee«, sagte Unterhill. Michael rief: »Für mich auch.«

Man hörte Schranktüren aufspringen, Gläser wurden auf einer Anrichte abgestellt, die Kühlschranktür geöffnet und Eiswürfel aus dem Behälter gedrückt. »Wo zum Teufel hast du so lang gesteckt?« rief Beevers aus der Küche. »Glaubst du vielleicht, daß wir hier Spielchen spielen? Da muß ich dich eines Besseren belehren. Fang endlich an, die Sache ernst zu nehmen.«

Underhill sah Michael grinsend an. Neben ihm auf dem kleinen Tischchen, auf dem das Telefon stand, lag ein hoher Stapel Papier.

»Schreibst du etwas?« erkundigte sich Michael.

Underhill nickte. Beevers verkündete mit Donnerstimme aus der Küche: »Manchmal glaube ich fast, ich bin der einzige, der diese ganze Angelegenheit ernst nimmt.«

Er erschien mit zwei niedrigen breiten Gläsern mit Eiswürfeln und einer durchsichtigen Flüssigkeit. Eins der Gläser stellte er vor Conor hin. Dann ging er brüsk um Poole herum auf die andere Seite des Tisches, wo er offenbar gesessen hatte, bevor Michael eintraf. »Du kannst dir selber Kaffee machen. Du wohnst schließlich hier bei mir«, wandte er sich barsch an Underhill.

Tim Underhill stand sofort auf und begab sich in die Küche.

»Jetzt muß ich Dr. Poole wohl mitteilen, was wir in seiner Abwesenheit besprochen haben«, sagte Harry. Das klang ziemlich mürrisch, aber gleichzeitig selbstzufrieden. »Aber zuerst möchte ich etwas klarstellen.« Beevers hob sein Glas und blickte mit zusammengekniffenen Augen unheilverkündend über den Rand hinweg. »Ich will nicht hoffen, daß du zurückgeblieben bist, nachdem wir anderen gegangen waren, um schnurstracks zu Murphy zurückzugehen und ihm alles zu erzählen, was du weißt. Das will ich wirklich nicht hoffen, Michael. Oder hast du das etwa doch getan?«

»Wie kommst du bloß darauf?« Michael fiel es wirklich schwer, seiner Verwunderung Herr zu werden und den unwiderstehlichen Lachreiz zu unterdrücken, der ihn überkam. Beevers wirkte furchtbar angespannt.

»Es könnte doch immerhin sein, daß du meine Arbeit zunichte machen willst. Um bei Murphy einen Stein im Brett zu haben. Vielleicht willst du dich als eine Art Doppelagent betätigen, um deinen Arsch auf jeden Fall zu retten und aus dem Schneider zu sein.«

»Doppelagent«, wiederholte Conor.

»Halt die Klappe!« fauchte Harry. »Michael, ich will die Wahrheit wissen.«

Aus der Art, wie Conor und Underhill ihn ansahen, schloß Michael mit untrüglicher Gewißheit, daß die beiden Freunde wußten, daß er inzwischen eine Stunde mit Maggie Lah zusammengewesen war. »Ich bin natürlich nicht zu Murphy zurückgegangen. Er war sowieso mit Maggie beschäftigt.«

»Was hast du also in der Zwischenzeit gemacht?«

»Ich mußte allerhand für Judy besorgen.«

Underhill lächelte.

»Ich kann mir wirklich nicht erklären, warum ihr alle gegen mich seid«, sagte Harry Beevers. »Ich verwende meine ganze Zeit auf eine Sache, an der ihr euch alle einmal dumm und dämlich verdienen könnt. Ich arbeite praktisch Tag und Nacht daran.« Wieder traf Michael ein mißtrauischer Blick. »Und wenn Judy etwas brauchte, hätte sie Pat doch bitten können, es ihr zu bringen oder zu besorgen.«

»Fährt Pat denn nach Westerholm?«

»Ja, heute nachmittag. Sie hat es mir heute morgen erst gesagt. Du hast das also nicht gewußt?«

»Ich hatte es heute morgen furchtbar eilig und bin ganz überstürzt aufgebrochen.« Michael faltete die Zeitung zusammen, die auf seinem Schoß lag.

Tim Underhill brachte ihm eine Tasse Kaffee. Michael nippte daran, dankbar für die Unterbrechung. Er war zum erstenmal in Beevers Wohnung. Seine Neugier ließ ihm keine Ruhe mehr. Endlich hatte er Gelegenheit, sich einmal gründlich umzusehen.

Sein zweiter Eindruck bestätigte den ersten: Bei Harry herrschte ein solches Durcheinander, ein so fürchterliches Chaos, daß man seine Wohnung nur einen Saustall nennen konnte. Auf dem Tisch zwischen Conor und Beevers stand ein Stapel Teller mit schmutzigem Besteck. Underhills Koffer und Taschen lagen oder standen hinter seinem Stuhl neben einem riesigen Berg von Zeitungen und Zeitschriften. Michael sah, daß Harry noch immer den *Playboy* und auch *Penthouse* las. Die größte Unordnung wurde jedoch durch die Videokassetten verursacht, die überall auf dem Boden herumlagen. Es mußten Hunderte von Bändern sein. Manche steckten in den dafür vorgesehenen Boxen, viele lagen einfach so herum. Auf dem Teppich, der so aussah, als hätte ein kleines Kind mit den Videos spielen wollen. Auf der grauen ausziehbaren Couch, auf der Tim wahrscheinlich schlief, lagen schmutzige Hemden, Unterwäsche und khakifarbene Hosen. An der einzigen freien Stelle an der Wand klebte jetzt ein großes Foto von Nastassja Kinski mit einer Schlange um den Leib. Daneben zwei gerahmte Titelseiten amerikanischer Nachrichtenmagazine. Auf beiden war Harry Beevers hageres Gesicht zu sehen. In einem kleinen L-förmigen Alkoven stand ein Bett – so klein wie ein Kinderbett, mit schwarzer Bettwäsche bezogen, die man unter der zerknitterten Tagesdecke sah. Die ganze Wohnung roch nach Pizza und ungewaschener Wäsche.

Harry kam also allabendlich in seinem eleganten Anzug, mit den Hosenträgern und der Fliege in dieses deprimierende Loch zurück, in diesen Schweinestall. Michael sah, daß in dieser Wohnung nur eine Ecke menschenwürdig aussah, weil sie aufgeräumt war – die kleine Insel, die sich Underhill aus seinem Stuhl und dem Tisch mit dem getippten Manuskript geschaffen hatte.

»Ich weiß, daß es hier nicht besonders ordentlich ist«, sagte Harry. »Aber so sieht es nun mal aus, wenn man mehrere Junggesellen zusammenstopft. Bald mache ich hier mal gründlich Ordnung.« Er sah sich energisch um, als wolle er sofort damit anfangen – bis sein Blick auf Conor fiel. Der rutschte unbehaglich hin und her.

»Glaubst du etwa, ich räume deine Wohnung auf?« entrüstete sich Conor. »Da bist du aber auf dem Holzweg.«

»Sag ihm, worum es geht«, verlangte Beevers. »Was wir besprochen haben.«

2

»Harry möchte, daß wir etwas für ihn tun«, erklärte Conor. Es paßte ihm nicht, daß es Beevers solche Befriedigung verschaffte, alle herumzukommandieren.

»Für *mich*? Doch nicht für *mich!*«

»Na schön, erklär's doch selbst, wenn es dir nicht paßt, wie ich das mache, Harry.«

»Ich habe meine Gründe.«

Bei Beevers hörten diese lächerlichen kleinen Spielchen niemals auf.

»Also, das war so«, fing Conor an. »Als wir hier die Zeit bis zu deinem Eintreffen mehr oder weniger totgeschlagen haben, sind wir einer Sache auf die Spur gekommen.«

Michael war sofort ganz bei der Sache. Er ahnte, was jetzt kommen würde.

»Es geht um etwas, wovon ich dir damals in Bangkok nichts erzählt habe. Ich wollte mir selbst erst mal darüber klarwerden. Aber du weißt ja, dann ist Tina ermordet worden und wir sind zurückgeflogen. Und überhaupt.«

Michael nickte.

»Du erinnerst dich doch noch, daß wir über diesen Ort gesprochen haben, wo man hingehen kann... wo reiche Männer zusehen, wie jemand ein Mädchen tötet?«

»Ja, daran erinnere ich mich gut.«

»Na ja, ich dachte, Tim hätte gelogen, als er behauptete, er wäre niemals dagewesen. Denn ich bin da nur reingekommen, indem ich seinen Namen angab. Sein Name hat mir Tür und Tor geöffnet. Tims Name war fast wie ein Codewort, ein Passierschein oder so was.«

»Ja, genau«, bestätigte Underhill.

»Als er das dann im Flugzeug überspielt hat, dachte ich, er wollte nur nicht zugeben, daß er Spaß an diesem perversen Todesspielchen hatte.«

»Aber ich bin wirklich niemals dort gewesen«, sagte Underhill.

»Und das ist noch nicht alles. Er kennt auch keinen Menschen mit Namen Cham. Trotzdem wußte der Cham, den ich kennengelernt habe, alles über ihn. Und er ist auch nicht aus allen Bars und Nachtlokalen rausgeflogen, die ich aufgesucht habe, um ihn zu finden. Aber dem Mann, der mich überall hingebracht hat, war zu Ohren gekommen, daß Tim Underhill aus mindestens der Hälfte dieser Bars rausgeflogen ist.«

»Aber du hast doch die Fotos mitgehabt«, gab ihm Michael zu bedenken.

»Die hatte ich an diesem Tag vergessen. Aber alle kannten seinen Namen. Deshalb dachte ich, es muß ja Tim sein. Aber –«

Michael begriff sofort.

»Es war ein anderer Mann«, sagte er Conor auf den Kopf zu.

»Erraten.«

»Die Wahrheit ist, daß ich mich in Bangkok ziemlich zurückgehalten habe«, sagte Underhill. »Ich hatte vollauf damit zu tun, wieder auf die Beine zu kommen. Vor allem habe ich mich bemüht, wieder was zu schreiben. Ich glaube, in den zwei Jahren, die ich in Bangkok gelebt habe, war ich höchstens zweimal in Patpong.«

Da konnte Beevers sich nicht mehr zurückhalten. »Weißt du noch, wie wir im Goodwood Park waren?«

»Er ist unter Tims Namen aufgetreten.«

»Er hat ständig Tims Namen benutzt. Wo er auch aufgetaucht ist. Selbst als sie in der gleichen Stadt lebten.«

»Das erklärt auch, warum mein Ruf noch schlechter war, als ich es jemals aus eigener Kraft geschafft hätte«, sagte Tim. »Der erstaunliche Victor Spitalny hat überall herumerzählt, er wäre ich.«

»Also ist Murphy logischerweise auf der Suche nach Tim Underhill«, sagte Harry Beevers. »Ich habe unseren Freunden vorgeschlagen, auch den nächsten logischen Schritt zu tun, als wir hier auf dich gewartet haben. Das ergibt sich ganz von selbst. Wir machen uns auch auf die Suche nach Tim Underhill.«

»Genau wie in Singapur und auch sonst überall.«

Beevers war sehr mit sich zufrieden. Er trank einen großen Schluck. »Wir machen also weiter wie bisher. Mit einem Unterschied: Wir wissen jetzt, nach wem wir wirklich suchen müssen. Ich glaube, wir haben eine bessere Chance, ihn zu finden als die Polizei. Was meint ihr, wo er sich am wohlsten fühlen würde?«

Alle schwiegen.

»Wo in New York fühlt er sich am ehesten zu Hause?«

Conor hielt es nicht mehr aus und sagte: »Na los schon, verrat es uns!«

Harry Beevers grinste hämisch. »In Chinatown. Ich glaube, er würde zur Mott Street runterrollen, wie ein Stein den Hügel runterrollt. Der Mann ist doch seit fünfzehn Jahren nicht mehr in seinem Heimatland gewesen! Wie kommt es ihm da wohl vor? Wie ein völlig fremdes Land! Amerika ist ihm inzwischen fremd geworden.«

»Du erwartest also von uns, daß wir uns sofort auf die Socken machen und in Chinatown nach ihm suchen?« fragte Conor. »Ich weiß nicht recht.«

»Conor, wir sind doch nur noch fünf Meter vom Ziel entfernt. Und da willst du aufgeben?«

Michael fragte Beevers, ob er wirklich von Tim Underhill erwartete, daß er in Chinatown herumlief und nach sich selber suchte.

»Mit dir und Tim habe ich etwas anderes vor. Ich rede ja nicht davon, daß ihr Chinatown durchkämmen und Kellner und Barkeeper aushorchen sollt. Das übernehme ich auch notfalls selbst. Aber erinnert ihr euch noch daran, daß ich von Werbewirksamkeit gesprochen habe? Koko soll Tims Namen sehen, wann immer er das Haus verläßt. So daß er ihm nicht entgehen kann. Und wenn er sich ganz eingezwängt und eingesperrt vorkommt, lassen wir ihm ein Schlupfloch offen. Dann geht er direkt in die Falle.«

»Eine Falle wie in Vietnam«, betonte Michael.

»Ja. Wie schnappen uns diesen Kerl. Wir hören uns an, was er zu sagen hat. Dann übergeben wir ihn der Polizei.«

Er blickte in die Runde, als habe er Widerspruch erwartet, den er nicht gelten lassen wollte. »Wir haben schon zuviel Zeit und Geld verschwendet, als daß wir uns mit weniger zufriedengeben könnten. Spitalny hat Tina Pumo umgebracht. Jetzt lungert er irgendwo herum, lauert uns auf und überlegt, wie er *uns* zur Strecke bringen kann. Jedenfalls drei von uns. Er weiß genauso wenig wie die Polizei, daß Tim auch wieder hier ist.« Er trank einen Schluck. »Michael, ich stehe im Telefonbuch. Inzwischen weiß er ganz bestimmt schon, wo ich wohne. Ich habe also allen Grund, mir nichts sehnlicher zu wünschen, als daß dieser Irre aus dem Weg geräumt wird. Ich will mir nicht bis in alle Ewigkeit Sorgen darum machen müssen, ob mich nicht ein Wahnsinniger von hinten anspringt und mir die Kehle durchschneidet.«

Manchmal hegte Conor fast so etwas wie Bewunderung für Harry Beevers.

»Deshalb bin ich dafür, daß wir überall Handzettel und Flugblätter anbringen. An Schaufenstern, an Laternenpfählen, in Bushaltestellen – überall da, wo er sie sehen könnte. Ich habe auch schon ein paar Anzeigen für die *Village Voice* aufgesetzt. Das ist zwar ein bißchen abwegig, aber wir dürfen nichts unversucht lassen. Es gibt auch noch eine andere Möglichkeit, an der sich Tim sehr interessiert gezeigt hat. Michael, du solltest dir das auch einmal ernsthaft überlegen. Ihr beide könntet nach Milwaukee fliegen, um Spitalnys Eltern aufzusuchen, um mit seinen alten Freundinnen zu sprechen oder mit wem auch immer. Wer weiß, vielleicht erfahrt ihr dabei etwas Wichtiges. Denn es ist nicht ausgeschlossen, daß er ihnen geschrieben oder sie angerufen hat, irgendwie Verbindung mit seinen Eltern oder Freunden aufgenommen hat.«

Beevers Augen leuchteten. Auf die Idee war er sehr stolz. Außerdem wäre er dann Tim Underhill für ein paar Tage los. Beevers hatte auch Conor schon gefragt, ob er mit nach Milwaukee kommen wolle, doch Conor hatte abgelehnt. Ben Roehm brauchte für kleinere Renovierungsarbeiten einen zweiten Zimmermann und hatte Conor versichert, daß Tom Woyzack ihnen keinen Ärger machen würde.

Conor staunte, als er Mikey sagen hörte: »Daran habe ich selber schon gedacht. Sollen wir's versuchen, Tim?«

»Es könnte ganz interessant werden«, sagte Underhill.

»Sag mir erst mal, was du von den Anzeigen für die Zeitung hältst.« Beevers reichte Michael das Blatt Papier, auf dem er in Druckbuchstaben die Anzeigen für die letzte Seite der *Village Voice* aufgesetzt hatte.

TIM UNDERHILL – BEENDE KRIEG UND KEHRE HEIM. RUF HARRY BEEVERS AN. 5550033.

UNDERHILL – DU BRAUCHST NICHT MEHR ZU KÄMPFEN. 5550033.

»Und hier ist einer der Anschläge.« Beevers erhob sich und nahm das oberste Blatt von einem Stapel, der auf dem Bücherregal lag. »Ich habe in einer kleinen Druckerei gleich um die Ecke dreihundert Stück davon drucken lassen. Die können wir an alle Laternenpfähle kleben. Keine Sorge, die wird er dann schon sehen.«

Auf gelbem Papier stand in schwarzen Großbuchstaben:

TIM UNDERHILL
DER DU IN IA THUC WARST
UND ZULETZT IN BANGKOK GESEHEN WORDEN BIST
KOMM NACH HAUSE

WIR DIE WIR DEINEN WAHREN NAMEN WISSEN
BRAUCHEN JETZT DEINE GEDULD
UND DEINEN EDELMUT
RUF DEN LIEUTENANT AN UNTER
5550033

3

Michael nickte angesichts des Textes, sagte etwas Beiläufiges und legte das Blatt beiseite.

»Glaubst du, daß es hilft?« fragte ihn Conor.

»Schon möglich«, erwiderte Michael wie im Halbschlaf. Conor fragte sich besorgt, was seit Tinas Beerdigung zwischen Mike und Judy vorgefallen sein mochte. Aber auch ohne daß er die näheren Umstände kannte, wußte er, daß die Ehe gescheitert war. Noch vor ein paar Monaten in Washington wären ihm diese Anzeichen gar nicht aufgefallen – oder er hätte sie nicht richtig zu deuten gewußt. In Washington war er der einzige Versager unter lauter erfolgreichen Männern gewesen. Aus Selbstmitleid hatte er sich bis zur Besinnungslosigkeit betrunken. Er betrachtete das Glas, das er in der Hand hielt und stellte es behutsam auf den Tisch zurück. Das brauchte er jetzt nicht mehr. Er hoffte, daß Mike sich zurechtfinden würde, indem er etwas *unternahm*. In einer Lage wie der, in der sich Michael befand, gab es nur eine Möglichkeit, sich über Wasser zu halten: Man mußte etwas *tun*. Was man tat, war nicht einmal so wichtig.

Conor überlegte, ob er Michael nicht anbieten sollte, bei ihm in South Norwalk zu wohnen. Dort könnte er dann versuchen, als unbezahlte Hilfskraft für Ben Roehm zu arbeiten. Es wäre eine gute Therapie, Nägel einzuschlagen und Sachen rumzuschleppen. Doch vermutlich ging das nicht. Ebensowenig wie er Michael im Krankenhaus bei der Visite begleiten konnte. Conor hoffte jedenfalls, daß Michael sich mit Beevers Plan einverstanden erklären würde. Es würde ihm ausgesprochen guttun, ein paar Tage im Mittleren Westen zu verbringen, um Victor Spitalny aufzuspüren. Alles, was er unternahm, konnte ihm nur helfen.

»Ich werde vollauf beschäftigt sein«, erklärte Beevers. »Wenn die Anzeigen erst mal in der Zeitung stehen und die Anschläge hängen, sitze ich hier am Telefon. Tim kann nach Milwaukee fliegen. Ich glaube, das ist ein wichtiger Schritt in unserer Strategie. Ihr solltet euch so bald wie möglich auf die Reise machen. Daß ich hierbleiben muß, ist ja wohl klar.«

»Wenn sich irgend etwas tut, sagst du es uns doch, oder?« fragte Conor.

»Selbstverständlich.« Harry Beevers schlug eine Hand vors Gesicht und schüttelte den Kopf. Dann wies er mit seinem Glas auf Michael. »Und was hat *er* getan? Habt ihr euch diese Frage mal gestellt? Hat er mich etwa sofort angerufen, nachdem er Tim gefunden hatte?« Er wandte sich an Underhill. »Hat er mir auch nur Gelegenheit gegeben, mich mit dir zu unterhalten? Wenn ihr schon Fragen stellt, dann müßt ihr auch den Richtigen fragen.«

»Ich habe dafür gesorgt, daß wir alle so schnell wie möglich in die Staaten zurückfliegen konnten«, sagte Michael. »Wenn du den Eindruck hast, ich hätte dich um irgendwas betrogen, so tut mir das aufrichtig leid.«

»Manchmal frage ich mich, was wohl geschehen wäre, wenn du mich zuerst gesehen hättest und nicht Michael«, sagte Tim.

»Das hätte nichts geändert«, beteuerte Harry. Sein Gesicht war feuerrot geworden und sah plötzlich ganz erhitzt aus. »Ich wollte lediglich etwas klarstellen. Das ist alles. Das ist absolut kein Grund, gleich wie ein Paranoiker zu reagieren.«

»Heute nachmittag bringen wir einen Teil der Anschläge an«, kündigte Beevers an. Seine Stimme klang sehr angespannt, und er wirkte alles andere als glücklich. »Seht, daß ihr an die frische Luft kommt – dort, wo die Straßen sauber sind. Ich muß an die Arbeit, und zwar hier. Wenn sich irgend etwas tut, sage ich euch gleich Bescheid, aber ich glaube, er wird erst einmal für ein paar Wochen an unserer Aktion zu kauen haben, bevor er etwas unternimmt.«

»Und ich kümmere mich um die Tickets nach Milwaukee«, versprach Michael. »Wir fliegen hin, sobald ich mich freimachen kann.«

Conor ließ Tim Underhill nur sehr ungern in diesem Schweinestall zurück, noch dazu bei Harry Beevers.

Da machte es Conor nichts mehr aus, sich eventuell zum Narren zu machen. »Hör mal, Mikey, ich weiß gar nicht so richtig, warum ich das sage – aber wenn du nicht mehr weißt wohin oder wenn ich dir sonst irgendwie helfen kann, ruf mich bitte an, ja? Du kannst bei mir wohnen, wenn du mal nicht weißt, wo du unterkommen kannst.«

Doch Michael lachte ihn keineswegs aus. Er reagierte ganz anders als erwartet – mit einem festen Händedruck. »Komm doch mit nach Milwaukee.«

»Geht nicht – wegen der verdammten Knete«, sagte Conor. »Weißt du, ich brauche das Geld. Ich wünschte, ich könnte mitkommen. Aber eigentlich... diese ganze leidige Sache... findest du nicht, daß es langsam Zeit wird, die Sache an den Nagel zu hängen und diesem Bullen reinen Wein einzuschenken? Wir führen Beevers Befehl aus. Mensch, das nimmt kein gutes Ende.«

»Nur noch ein paar Tage, Conor. Ich befinde mich sowieso in einer merkwürdigen Phase meines Lebens. So habe ich wenigstens etwas zu tun.«

Conor nickte. Er hätte gern ein paar tröstliche Worte gesagt, doch er wußte nicht, wie er das anstellen sollte. Sie verabschiedeten sich. Nachdem Conor ein paar Schritte auf die U-Bahn zugegangen war, drehte er sich nach Michael um, der auf die Ninth Avenue zuging. Conor fragte sich bedrückt, ob Michael überhaupt wußte, wo er hinging oder ob er einfach ziellos durch die Gegend lief. Er wäre ihm am liebsten nachgerannt.

4

Michael sagte sich, daß er zu Fuß zu der Garage am Universitätsplatz gehen konnte. Da konnte er die Rückfahrt nach Westerholm auf angenehme Weise ein wenig hinauszögern. Das für die Jahreszeit erstaunlich warme Wetter verschaffte ihm diesen Aufschub. Eine Art Freizone, die er jetzt gut brauchen konnte.

Er überquerte die Ninth Avenue und bog nach rechts in die 23. Straße ein. Ihm fiel ein, daß er ja auch durchs Village laufen, die Houston Street überqueren und nach Soho gehen konnte. Maggie Lah war wahrscheinlich noch im Saigon. WEr wollte gern wissen, was Maggie und Vinh aus dem Restaurant gemacht hatten. Michael beschloß dann aber doch, lieber nicht ins Restaurant zu gehen. Ob Maggie wohl gern mit Underhill und ihm nach Milwaukee fliegen würde? Falls sich in Spitalnys Elternhaus Fotos von Victor Spitalny fanden, konnte Maggie ihn vielleicht identifizieren. Wenn sie ihn erkannte, wäre das eine große Hilfe, falls sie den Fall endgültig der Polizei überlassen wollten. Eine Vielzahl von Gedanken ging ihm durch den Kopf, als er so auf Greenwich Village zuschritt.

5

Maggie hatte inzwischen im Gespräch mit Vinh beschlossen, ihm zu sagen, daß der Schriftsteller Tim Underhill, Tinas Freund aus Vietnam, heimlich nach Amerika zurückgekehrt war und jetzt bei Harry Beevers wohnte. In Maggies Augen war diese Nachricht ein weiterer Beweis für Beevers Labilität. Maggie wußte, daß Vinh Harry Beevers haßte und nahm an, daß er über die ganze Sache genauso dachte wie sie. Es ging um die Fortsetzung der privaten Suche nach dem Mann, der Tina ermordet hatte. Maggie war sich sicher, daß man Vinh jedes Geheimnis anvertrauen konnte und er nichts verlauten ließ. Doch seine Reaktion erschreckte sie. Er starrte sie lange wortlos an, dann bat er sie, zu wiederholen, was sie gerade gesagt hatte. Den ganzen restlichen Nachmittag arbeitete er schweigend vor sich hin. Kurz bevor Maggie ging – so gegen fünf Uhr – sagte er: »Ich muß ihn anrufen.« Er legte die Entwürfe weg und ging zum Telefon in der Küche.

6

Michael drehte die Wagenfenster hoch, legte eine Kassette ein, auf der Murray Perahia ein Klavierkonzert von Mozart spielte, und fuhr auf den Universitätsplatz hinaus. Aus den Lautsprechern drang eine fast überirdisch schöne und melancholische Musik, doch er ertrug sie jetzt nicht. Er legte eine andere Kassette ein. Die ersten Takte von *Don Giovanni* erfüllten das Wageninnere. Zu den Klängen dieser Oper würde er nach Hause fahren.

Auf der Schnellstraße nach Westchester County fielen ihm die *Babar*-Bücher im Kofferraum wieder ein. Warum hatte er sie da hineingelegt?

Weil er sie bei sich haben wollte, falls er nicht nach Westerholm zurückkehrte. Er wollte sie nicht verlieren. Wenn Judy diese Bücher fand, würde sie sie wegwerfen.

Doch nach einer Stunde war er wieder daheim, der gute Dr. Poole. An der Ausfahrt nach Westerholm bog er von der Schnellstraße ab. In seinem kleinen Wagen fuhr er durch von Hecken gesäumten Straßen ohne Verkehrsschilder oder Ampeln, unter Zweigen hindurch, die schon bald knospen würden. Er überquerte die Hauptstraße von Westerholm mit den Filialen von Laura Ashley und Baskin-Robbins und der Tankstelle, an der der Pächter sich mit seinen Kunden über Scientology ›unterhielt‹, während er den Tank füllte. Dann am General Washington Inn und dem Ententeich vorbei. *»Lasciar le donne? Pazzo!«* schmetterte Don Giovanni. »Die Frauen aufgeben? Verrückt! Ich brauche sie mehr als das Brot, das ich esse und mehr als die Luft, die ich atme.« Michael bog nicht in seine Straße ein, sondern fuhr ganz spontan weiter geradeaus, bis er zu Sam Stones neuem Medical Center kam.

Ein großes Schild mit der Aufschrift MEDICAL CENTER WESTERHOLM stand vor einem großen Baugrundstück, in fast unleserlichem Grün auf braunem Untergrund. Dahinter lag ein Naturschutzgebiet. Im Frühling würden hier Bagger und Planierraupen alles verwüsten. Das war also das künftige Reich von Dr. Sam Stone.

Michael stieg wieder in seinen Wagen und fuhr heim. Was in *Don Giovanni* vorging, bekam er nicht mehr mit. Mächtige Stimmen sangen gegeneinander an, verflochten sich und schienen nach Freiraum und Luft zu ringen. Michael bog in die Zufahrt zu seinem Haus ein. Der Kies knirschte unter den Autorädern. Hier war er zu Hause, hier war er sicher. »Wir wollen die Tage und Nächte glücklich und in Freuden verbringen«, sang Zerlina. Wie ein Zauberlicht, das Steine, Holz, Blei und die Haut durchdringen konnte, so strömte die Musik dahin – in die Welt hinaus. Sie war nicht aufzuhalten. Michael hielt vor der Garage und stellte den Motor ab. Das Band lief aus. Michael griff nach dem Buch auf dem Beifahrersitz und stieg aus. Er sah, daß seine Frau und Pat Caldwell ihn vom Wohnzimmerfenster aus beobachteten. Doch in dem Moment, als er auf die Haustür zuging, fuhren sie auseinander.

31. KAPITEL

Begegnungen

1

»Weißt du, sie gefällt mir«, sagte Conor. »Ich kann es selbst kaum glauben, aber ich mag sie nicht nur, ich denke auch ständig an sie. Weißt du, was sie zu mir gesagt hat? Sie mag meine Art zu reden.«

»Keine Kinder?« fragte Michael.

»Nein, zum Glück nicht. Dieser Woyzack wollte keine. Kinder haben ihn gestört, haben ihn verrückt gemacht. Diesem Kerl ging einfach alles auf die Nerven. Habe ich dir noch nicht von ihm erzählt?«

Michael schüttelte den Kopf. Conor bestellte noch etwas zu trinken für sie beide und berichtete, daß ihn Tom Woyzack sofort an Victor Spitalny erinnert hatte, als er ihn das erste Mal zu Gesicht bekam. Es war Freitag abend. Am Montag war Michael aus New York zurückgekehrt. Jetzt saßen sie bei Donovan's. Dienstag abend war Michael mit einem Koffer voller Kleidungsstücke bei Conor erschienen. Er fuhr jeden Tag in seine Praxis, wo er Patienten verarztete und versuchte, seine Angelegenheiten zu ordnen. Dann kehrte er wieder nach South Norwalk zurück.

»Ich wollte damit sagen, daß nichts jemals wirklich untergeht. Wir hätten wissen müssen, daß es sich herausstellen würde, daß es Spitalny ist. Er war *da*. In allem. Er hat überall seine Spuren hinterlassen.« Conors Augen leuchteten durchgeistigt, was ihm sonst gar nicht ähnlich sah. »Weißt du noch, daß wir sogar in Washington über ihn gesprochen haben?«

»Ja, natürlich. Aber Beevers war sich seiner Sache so sicher. Ich muß wohl angenommen haben, daß Spitalny tot ist. Jedenfalls konnte ich mir beim besten Willen nicht vorstellen, daß er unter dem Namen Koko reihenweise Leute umbringt.«

Conor nickte. »Na ja, inzwischen wissen wir es besser. Beevers sagt, daß auf seine Zeitungsanzeigen noch keine Reaktion erfolgt ist. Noch hat sich nichts getan.«

Michael hatte inzwischen auch mit Harry Beevers gesprochen. Der hatte sich aber nur zehn Minuten lang darüber beklagt, daß Tim Underhill so Knall und Fall aus seiner Wohnung ausgezogen war.

»Mann, der ist vielleicht sauer auf uns.«

»Der ist auf jeden sauer.«

»Das mit Vinh habe ich nicht gewußt.«

»Ich glaube, *wir* haben *Vinh* bisher nicht richtig eingeschätzt.«

Beevers schäumte immer noch vor Wut, weil Michael Maggie Lah verraten hatte, daß sich Underhill inzwischen wieder in den Staaten aufhielt. Maggie hatte es dann Vinh erzählt.

»Was machen sie denn jetzt?« wollte Conor wissen. »Wohnen Underhill und Vinh und Vinhs kleines Mädchen alle in dem Restaurant?«

»Das glaube ich nicht. Vinh und seine Tochter wohnen wahrscheinlich bei Verwandten. Drüben in Ostasien hat Underhill Vinhs Familie sehr geholfen. Dafür kann Vinh ihm jetzt helfen.«

»Mensch, ich hoffe nur, daß bei dir alles gutgeht«, sagte Conor.

Als Michael Pat Caldwell neben Judy am Wohnzimmerfenster seines Hauses stehen sah, da wußte er, daß seine Ehe im Endstadium angelangt war. Judy war kaum imstande gewesen, mit ihm zu sprechen und hatte sich bald in ihr Schlafzimmer zurückgezogen. Pat litt offensichtlich unter der schwierigen Lage, in der sie sich befand. Michael tat ihr leid. Sie schlug ihm vor, sich später allein mit ihm zu unterhalten. Dann hatte sie ihm zu verstehen gegeben, Judy sei verletzt und fühle sich verraten aufgrund irgendeiner Sache, die zwischen ihnen vorgefallen sei. Sie wolle nicht mehr mit ihm allein im Haus bleiben. Pat war gekommen, um Judy zu unterstützen und moralisch aufzurichten – und um Zeugin dessen zu sein, was Judy als Demütigung empfand.

»Wenn es dir nicht recht ist, daß ich hier bin, gehe ich natürlich«, sagte Pat. »Ich ahne ja nur vage, worum es hier überhaupt geht. Ich mag euch beide, Michael. Ich bin gekommen, weil mich Judy hergebeten hat.«

Michael hatte die Nacht auf der Couch in seinem kleinen Arbeitszimmer im Parterre verbracht. Pat schlief im Gästezimmer. Als ihm Judy zu verstehen gab, daß sie ihm nie verzeihen würde, wie er sie behandelt hatte – was sie tatsächlich zu glauben schien –, zog Michael ins George Washington. Die vermieteten ein paar Zimmer an Freunde oder Großeltern. Am nächsten Abend war er dann zu Conor gefahren. Jetzt sprach er jeden Tag stundenlang mit seinem Anwalt Max Atlas. Dem machte es sichtlich große Mühe, seinen Mandanten nicht merken zu lassen, daß er glaubte, der habe den Verstand verloren. Max Atlas lächelte sowieso niemals. Sein breites fleischiges Gesicht wirkte stets düster, drückte immer Zweifel aus, doch in den Stunden, die Michael mit ihm zubrachte, bekam er auch noch Hängebacken. Was ihn deprimierte, war nicht etwa Michaels Ehekrise, sondern die Tatsache, daß einer seiner Mandanten freiwillig seine Praxis aufgab, obwohl sie gerade erst anfing, Geld abzuwerfen.

»Eines Tages ist sie da hingekommen, wo wir gearbeitet haben«, erzählte ihm Conor. ›In einem Blazer, einem wunderschönen Blazer. Ich brachte sie dann raus. Sie sah wirklich gut aus. Eine attraktive Frau, das muß man sagen. Obwohl man natürlich sah, daß sie ziemlich down war, weil man ihrem Alten den Entzug aufgebrummt hatte. Ben Roehm hat mich von meiner Arbeit weggerufen und gesagt: »Also, Conor, ich finde, du solltest meine Nichte Ellen kennenlernen.« Ich habe gleich gedacht, bei der Frau hast du keine Chance. Aber dann stellte sich heraus, daß ihr Vater Tischler war und ihr Großvater Zimmermann. Ben Roehm ist ihr Onkel, und selbst ihr Mann, der seit seiner Heimkehr aus dem

Krieg völlig übergeschnappt ist, war so was wie ein halbherziger Zimmermann. Rate mal, was sie gern hat.«

»Ich glaube, ich habe schon verstanden«, sagte Michael.

»Nein, rate doch mal, was sie gerne macht.«

»Genau das gleiche wie du«, sagte Michael.

Conor staunte. Er war selig. »Sie sitzt gern zu Hause und unterhält sich. Sie geht gern hier zu Donovan's, um ein Glas zu trinken. Wir verstehen uns blendend. Sie behauptet, daß sie sich mit mir nie langweilt. Sie hätte gern ein Häuschen in Vermont. Sie möchte Kinder haben. Dieses Arschloch wollte keine Kinder. Ist auch besser so, wenn man bedenkt, was der Kerl für eine miese Ratte ist. Ich hätte gerne Kinder, Mikey. Wirklich! Ich habe das Alleinsein gründlich satt.«

»Wie oft bist du denn schon mit Ellen ausgegangen?«

»Vierzehn und ein halbes Mal. Einmal blieb uns nur Zeit für ein paar Gläser Bier, dann haben ihre Eltern sie geholt. Sie machen sich Sorgen um sie.« Er drehte sein Bierglas auf der Theke. »Ben Roehm gibt Ellen etwas Geld, aber meistens hat sie keinen Pfennig – ganz genau wie ich.«

»Ich bin euch doch nur im Weg«, sagte Michael. »Es kann dir doch unmöglich recht sein, daß ich in deiner Wohnung schlafe, Conor. Das hättest du mir sagen sollen, als ich dich angerufen habe. Ich kann schließlich auch woanders unterkommen.«

»Nein, Ellens Mutter ist erkrankt und Ellen pflegt sie. Ein paar Tage könnten wie also sowieso nicht zusammensein. Außerdem wollte ich dir unbedingt von ihr erzählen.« Conor senkte den Blick. »Aber ich wollte dich fragen, wann ihr nach Milwaukee fliegt. Ellens Mutter fühlt sich schon ein bißchen besser und steht schon hin und wieder auf.«

»Ich könnte übermorgen fliegen«, sagte Michael lachend. »Vorher muß ich aber noch auf eine Beerdigung. Diese Patientin, von der ich dir erzählt habe, weißt du?«

»Mikey, würde es dir etwas ausmachen, wenn ich – ach, du weißt schon...«

»Aber Conor, es würde mich freuen.«

»Sie gefällt dir ganz bestimmt«, sagte Conor eifrig und glitt von seinem Barhocker, um zum Münztelefon zu eilen.

Nach etwa zehn Minuten kam er wieder. Er strahlte von einem Ohr bis zum anderen. »Sie kommt in einer Viertelstunde.« Er hörte gar nicht auf zu lächeln. »Komisch – endlich habe ich wieder festen Boden unter den Füßen. Bisher bin ich einfach so im Weltraum rumgedriftet. Jetzt hat mich die Erde wieder. Mann, hat das gedauert!«

Michael nickte.

»Wenn ich so zurückdenke, kam es mir, als wir zusammen in Ostasien waren, die ganze Zeit über vor, als wäre ich gar nicht richtig *da*. Es war, als ob ich mit offenen Augen unter Wasser geschwommen wäre. Als hätte ich das alles nur geträumt, als wäre nichts von allem wirklich passiert. Ich war nur ein verschwommener Schatten eines Menschen. Das ist jetzt endlich nicht mehr so.«

Conor goß sein Bier hinunter und stellte das Glas auf die Theke. »Habe ich mich richtig ausgedrückt?«

»Da bin ich genau wie Ellen«, sagte Michael. »Ich hör dir gern beim Reden zu.«

2

Nach einer Weile ging Michael auch ans Telefon. Er sagte sich, daß es ihm ähnlich ergangen war. In Singapur und Bangkok erschien ihm alles klar und scharf umrissen. Das erinnerte ihn an die Zeit in Vietnam. Doch das hatte sich dann schnellstens ins Gegenteil verkehrt. Singapur und Bangkok versinnbildlichten für ihn Friedenszeiten, und was ihn jetzt hier alles überfiel, erinnerte ihn an Vietnam. Ein anderer Elvis machte Jagd auf ihn. Wie Conor hatte Michael nicht geglaubt, daß er schlief und träumte, als er durch die Tiger Balm Gardens und Bugis Street gegangen war, aber richtig wach geworden war er erstmalig auf der wackligen Brücke neben den Pappkartonbehausungen. Da hatte er gewußt, daß er nicht mehr weiterleben konnte wie bisher. Dieser Augenblick hatte eine Wende in seinem Leben eingeleitet.

Michael warf die Münzen ein und wählte die Nummer seiner Frau. Er rechnete damit, daß der Anrufbeantworter laufen würde, doch jemand nahm den Hörer schon nach dem ersten Läuten ab.

Stille.

»Hallo, wer ist denn da?« fragte er.

»Vielleicht sagen Sie mir erst einmal, wer *Sie* sind«, verlangte eine fremde Frauenstimme.

Dann erkannte er die Stimme. »Hallo, Pat. Ich bin es, Michael. Ich möchte Judy sprechen.«

»Ich tue, was ich kann.«

»Danke.« Michael wartete minutenlang. Conor ließ die Tür nicht aus den Augen. Wann immer jemand reinkam, wurde er ganz aufgeregt. Er mußte aus Conors Wohnung ausziehen und die Nacht in einem Hotelzimmer verbringen. Es war nicht fair, ihn von seiner Freundin fernzuhalten.

Pats sanfte Stimme drang wieder an sein Ohr. »Sie kommt nicht an den Apparat. Tut mir leid. Sie will nicht mit dir sprechen, Michael.«

»Versuch's doch bitte noch einmal.«

»Meinetwegen.«

Diesesmal kam Judy sofort ans Telefon.

»Meinst du nicht auch, wir sollten uns mal zusammensetzen, um alles zu besprechen?«

»Ich wüßte nicht, was es zwischen uns noch zu besprechen gäbe«, sagte Judy.

»Wir müssen uns über vieles unterhalten. Willst du wirklich, daß die Anwälte den Fall übernehmen?«

»Laß dich bloß hier nicht mehr blicken. Ich will nicht, daß du auf der Couch schläfst, ich will dich nicht mehr sehen, und ich will jetzt nicht mehr mit dir sprechen«, sagte Judy.

Das war alles nur ein Spiel – früher oder später würde Judy alles wieder ganz genauso haben wollen, wie es bisher gewesen war. Aber jetzt sollte er erst einmal leiden. Er hatte sie daran gehindert, etwas zu tun, von dem sie vorgegeben hatte, daß ihr ungeheuer viel dran lag.

»Wie du willst«, sagte er noch, doch da hatte sie schon aufgelegt.

Michael ging zur Bar zurück. Conor sagte nach einem forschenden Blick: »Mensch, Michael, schließlich kann ich ja mit Ellen auch in ihre Wohnung gehen. Wir benutzen meine nur aus einem Grund. Sie wohnt in Bethel drüben. Da brauche ich zur Arbeit etwas länger. Aber der eigentliche Grund ist, daß Woyzack all seinen Mist noch an den Wänden hängen hat – Photos von sich in Uniform und einen Haufen Orden und Medaillen, alle gerahmt. Wo man hinguckt, stößt man auf Tom Woyzack. Das geht einem allmählich auf die Nerven.«

Michael entschuldigte sich und ging noch einmal zum Telefon. Die Bar war jetzt ziemlich voll. Er hörte die Stimme kaum, die ihm Anweisungen gab, wie er seine Telefonkarte benutzen sollte.

Ein Mann meldete sich, fragte nach Michaels Namen und versprach, Maggie ans Telefon zu holen. Seine Stimme klang sehr väterlich.

Maggie kam sofort. »Sieh mal einer an, Herr Dr. Poole. Was für eine Ehre!«

»Ich habe eine Idee, die Sie vielleicht interessiert.«

»Selbst das klingt schon interessant«, sagte Maggie.

»Hat Tim Underhill mit Ihnen über unsere Reise nach Milwaukee gesprochen?«

Hatte er nicht.

»Genaueres steht noch nicht fest. Wir wollen die Eltern von Victor Spitalny besuchen und auch zusehen, ob wir sonst noch irgend etwas über ihn herausbekommen. Vielleicht hat er seinen Eltern mal eine Ansichtskarte geschickt. Vielleicht hat irgend jemand was von ihm gehört – das ist zwar ziemlich umständlich und weit hergeholt, aber wir wollen es versuchen. Vielleicht lohnt es sich.«

»Und? Was habe ich damit zu tun?«

»Ich dachte, es wäre gar nicht schlecht, wenn Sie uns begleiten könnten. Vielleicht erkennen Sie Spitalny auf irgendeinem Foto. Und Sie stecken schließlich auch mit drin. Sie sind nicht unbeteiligt.«

»Wann soll's denn losgehen?«

Michael erklärte, er wolle Flüge für Sonntag buchen, und zwar noch heute. Sie würden sicher nur ein paar Tage weg sein.

»Aber in einer Woche eröffnen wir das Restaurant.«

»Vielleicht brauchen wir ja nur einen oder zwei Tage. Falls wir feststellen, daß wir auf der falschen Spur sind.«

»Warum soll ich denn dann mitkommen?«

»Weil ich es gern möchte«, sagte Michael.

»Gut, dann komme ich mit. Rufen Sie mich an und sagen Sie mir, wann die Maschine abgeht, dann können wir uns am Flughafen treffen. Ich gebe Ihnen einen Scheck für mein Ticket.«

Michael legte lächelnd auf.

Als er sich der Bar wieder zuwandte, sah er Conor mit einer Frau zusammenstehen, die etwa drei Zentimeter größer war als er. Sie hatte langes, schwer zu bändigendes braunes Haar und trug ein kariertes Hemd, eine braune ärmellose Daunenjacke und enge verblichene Jeans. Conor wies die Frau mit einer Kopfbewegung auf ihn hin, da drehte sie sich um und sah ihn an. Sie hatte eine hohe, von tiefen Furchen durchzogene Stirn, breite Augenbrauen und ein starkes, intelligentes Gesicht. Michael hatte sie sich ganz anders vorgestellt.

»Das ist der Mann, von dem ich dir erzählt habe«, sagte Conor. »Dr. Michael Poole, genannt Mike. Und das ist Ellen.«

»Hallo, Dr. Poole.« Sie griff nach seiner Hand.

»Nennen Sie mich doch bitte Michael«, sagte er. »Ich habe auch schon viel von Ihnen gehört, und es freut mich, daß wir uns jetzt kennenlernen.«

»Ich mußte endlich mal wieder raus, um nach meinem Schatz zu sehen«, sagte Ellen.

»Wenn ihr jemals Kinder kriegt, möchte ich bitte ihr Kinderarzt sein dürfen«, sagte Michael. Eine ganze Weile standen die beiden dann nur inmitten all des Lärms da und lächelten sich an.

3

Als Michael in die hinterste Kirchenbank der Kirche auf dem Dorfplatz glitt, hatte der Gottesdienst schon angefangen. In den ersten beiden Reihen saßen lauter Kinder. Sicher Stacys Klassenkameraden. Sie wirkten alle größer und erwachsener, weltzugewandter, aber gleichzeitig naiver. Stacys Eltern William und Mary saßen mit einer kleinen Gruppe von Verwandten jenseits des Mittelganges. William drehte sich um und bedachte Michael mit einem Blick voller Dankbarkeit. Durch das Kirchenfensterglas zu beiden Seiten strömte Licht herein. Michael kam sich vor wie ein Gespenst – als würde er Stück für Stück unsichtbar, als er da in der lichtdurchfluteten Kirche saß, während der Priester der Episkopalkirche tiefempfundene Gemeinplätze über den Tod äußerte.

Nach dem Trauergottesdienst traf er sich mit den Eltern vor der Kirche. William Talbot war ein kräftiger, gutherziger Mann, dem verschiedene Investmentbanken ein Vermögen eingebracht hatten. »Michael, ich freue mich, daß Sie gekommen sind.«

»Wir haben gehört, daß Sie Ihre Praxis aufgeben wollen.« Diese Aussage von Mary Talbot beinhaltete eine Frage. Michael bildete sich ein, daß darin auch eine leise Kritik mitschwamm. In der Welt, die Westerholm verkörperte, durften Ärzte ihren Posten erst verlassen, wenn sie in Pension gingen oder tot umfielen.

»Ich überlege noch.«

»Kommen Sie mit zum Memorial Park hinaus?«

Mary Talbot sah plötzlich ganz besorgt aus. Sie schien Zweifel daran zu hegen.

»Ja, natürlich«, beruhigte Michael Stacys Mutter.

In Westerholm gab es zwei Friedhöfe, die jeweils an entgegengesetzten Stadträndern gelegen waren. Der ältere der beiden Friedhöfe, Burr Grove, war kurz vor dem Zweiten Weltkrieg angelegt worden. Er lag an einem Hügel unter schattenspendenden Bäumen. In den Gräberreihen gab es zahlreiche verwitterte Grabsteine aus dem achtzehnten Jahrhundert, weshalb Burr Grove bei den Einheimischen als ›der Friedhof‹ galt. Memorial Park dagegen war ein geometrisch angelegter, ganz moderner Friedhof. Er erstreckte sich auf ebenem Gelände, das an Wälder grenzte, und lag in der Nähe der Schnellstraße am nördlichen Ende der Stadt. Dieser Friedhof wirkte fast aseptisch, da er überaus gepflegt war. Dafür ging ihm jeglicher Charme und jede Eigenart ab. Im Memorial Park standen die Grabsteine nicht schief, sondern kerzengerade. Hier gab es keine Engelsstatuen und keine Hunde, keine klagenden Frauen, keine steinernen Grüfte im Riesenformat, durch die Kaufmannsfamilien ihren Reichtum zur Schau hätten stellen können. Nur kerzengerade Gräberreihen mit gleichförmigen, kleinen weißen Grabsteinen und langen Strecken noch nicht umgegrabenen Bodens.

Stacy Talbots Grab befand sich am hintersten Ende des schon belegten Teiles. Über das angehäufte ausgegrabene Erdreich waren Streifen von Kunstgras von einem ganz unnatürlichen chemischen Grün gelegt worden. Der junge Priester von der St.-Robert-Kirche stand unter einem Baldachin und hielt eine unpersönliche Grabrede. Michael schien es, als befriedigte er damit nur seine Eitelkeit. Die Schulkinder waren nicht mehr da. Vermutlich hielt man sie noch für zu jung, um an der eigentlichen Beerdigung teilzunehmen. William und Mary Talbot standen mit gesenkten Köpfen zwischen Nachbarn und Verwandten. Michael kannte mehr als die Hälfte dieser Nachbarn. Es kam ihm vor, als seien auf dem Friedhof weit mehr Nachbarn zugegen als bei dem Trauergottesdienst in der St.-Robert-Kirche. Manche dieser Leute waren die Eltern von Patienten, andere wohnten ganz in seiner Nähe. Michael stand ein Stück entfernt. Er war nur der Arzt der Leute und mit niemandem hier befreundet. Während der Grabrede wurden ein paar Leute auf ihn aufmerksam. Sie tuschelten miteinander oder sahen ihn an und rangen sich ein Lächeln ab.

Michael mußte daran denken, wie Robbie zu Grabe getragen worden war. Er fühlte sich wie ausgedörrt und ausgesogen von dem Kummer, der in letzter Zeit über ihn hereingebrochen war. Ein Zeitabschnitt, der in so mancher Hinsicht der ruhigste und produktivste seines Lebens gewesen war, schien mit Stacy Talbots Sarg in die Erde zu versinken. All seine Gedanken galten William und Mary Talbot, die ihr einziges Kind begruben. Ihre Tochter war so tapfer und so klug gewesen. Der Schmerz durchbohrte ihn wie ein Pfeil. Seit Stacy Talbots Tod stand er an einem Abgrund. Ein böser Geist hatte sich dieses Mädchens bemächtigt, sein Unwesen in ihrem Körper getrieben und sie Stück für Stück getötet.

Es war bald vorüber. Die Leute, die Stacy gekannt hatten, gingen zurück in ihren Wagen. William Talbot kam auf Michael zu und schloß ihn in die Arme. Dann ließ er ihn wieder los. Er war so bewegt und mitgenommen, daß er nicht sprechen konnte. Mary Talbot legte ihr Patriziergesicht an seine Wange und umarmte ihn. Michael sagte: »Ach, sie fehlt mir ganz entsetzlich!« »Danke«, flüsterte Mary Talbot.

In die Dunkelheit, dachte Michael und konnte sich im Augenblick nicht daran erinnern, wo er diesen Satz schon einmal gehört oder gelesen hatte.

Michael verabschiedete sich von den Talbots und wandte sich ab, um auf einem der schmalen Wege, die zwischen den Grabreihen verliefen, noch tiefer in den Friedhof hineinzugehen.

Früher war er mindestens einmal pro Woche hier hergekommen. Judy hatte ihn nur zweimal begleitet, dann war sie nicht mehr hergekommen. Sie fand es gräßlich, ja schon fast krankhaft, auf den Friedhof zu gehen, um ein Grab zu besuchen. Das mochte ja sein, aber Michael hatte sich nicht darum geschert. Er war hier hergekommen, weil er kommen mußte. Schließlich war es dann nicht mehr eine solche Notwendigkeit für ihn gewesen. Zum letzten Mal hatte er am Grab seines Sohnes gestanden an dem Tag, bevor er sich in Washington mit Beevers, Conor und Tina getroffen hatte.

Er hörte, wie Wagentüren zugeschlagen wurden. Die Trauergäste fuhren ab.

Michael hätte viel darum gegeben, wenn Tim Underhill jetzt bei ihm gewesen wäre. An seiner Gesellschaft lag ihm im Augenblick am meisten. Underhill würde begreifen, was in ihm vorging. Er könnte sich in diese Qual hineinversetzen. Michael spürte, daß er die Beerdigung irgendwie gefühllos und ganz benommen überstanden hatte. Er war erst im letztmöglichen Augenblick wieder zu sich gekommen. Michael verließ den Weg und ging zwischen den einzelnen Gräbern hindurch auf den Wald zu, der an den Friedhof grenzte.

In die Dunkelheit, dachte Michael wieder. Er erinnerte sich wieder an den Traum von seinem Jungen, dem Kaninchen und dem kalten grauen, rasch dahinströmenden Fluß.

Eine Welle der Übelkeit schlug über ihm zusammen. Er fühlte sich unendlich schwach. Die Luft verdunkelte sich mit einem Schlag.

Dann erwärmte die Sonne allmählich die Luft, die sich stark abgekühlt zu haben schien, und es duftete nach Blumen. Dieser Duft war so übermächtig und so schön, daß Michael zu schweben glaubte. Ein grellweißer Lichtstrahl blitzte auf. In diesem Lichtstrahl sah Michael einen sehr großen Mann zwischen sich und Robbies Grab stehen. Der Mann lächelte ihn an. Er hatte hellbraunes lockiges Haar und war schlank und muskulös. Michael fühlte sich sofort sehr zu diesem Manne hingezogen. Dann erkannte er, daß das gar kein Mann war. Die Zeit war stehengeblieben. Michael und dieses Wesen, diese Gestalt, befanden sich in einer Blase der Stille. Die Gestalt trat anmutig beiseite, damit Michael einen Blick auf Robbies Grabstein werfen konnte...

...eine Autotür fiel ins Schloß. Leises Stimmengemurmel an Stacys Grab. Spatzen flogen über seinen Kopf hinweg. Sie ließen sich einen Augenblick auf dem Boden nieder, bevor sie wieder davonstoben und auf den Wald zuflogen. Michael fühlte sich noch immer ganz benommen. Seine Augen schmerzten. Er tat einen Schritt nach vorn. Wieder duftete es eindeutig nach Sonnenschein und Blumen. Die letzten Spuren dieses Dufts umwehten ihn. Die männliche Gestalt war nicht mehr da.

Er stand vor Robbies weißem Grabstein. Darauf stand Robbies voller Name, der jetzt ganz steif und förmlich wirkte. Darunter Robbies Lebensdaten.

Der unnatürliche Geruch war jetzt verflogen. Dafür kam es Michael vor, als entströmte der Erde ihr natürlicher Geruch ganz besonders intensiv. Der Duft des Grases stieg ihm in die Nase, die lebendige Frische der Erde. In einer Vase auf dem nächsten Grabstein standen Rosen, die betäubend dufteten. In dem Grab lag ALICE ALISON LEAF, 1952–1978. Selbst der klare kräftige, etwas staubige Geruch des Kieses auf den Friedhofswegen erfreute und belebte ihn. Alles ringsum leuchtete. Die Farben schienen zu dröhnen und zu knistern. Die Welt schien wie ein Pfirsich aufgeplatzt zu sein, um ihre überwältigende Süße und Güte zu enthüllen, wenn auch nur für einen kurzen Augenblick.

Wer war ihm da erschienen? Was konnte das gewesen sein?

Der strahlende Glanz, der wie elektrisch aufgeladen wirkte, verblaßte wieder. Michael drehte sich um und sah sich einer gleichgültigen Landschaft gegenüber. Die letzten Wagen waren schon fast an den Friedhofstoren angekommen. Nur sein Audi und der Leichenwagen standen noch in der engen Auffahrt. Der Leiter des Beerdigungsinstituts und einer seiner Helfer zerlegten geschäftig das elektrische Gerüst, mit dessen Hilfe Stacys Sarg in das Grab hinabgelassen worden war. Zwei Friedhofsangestellte zogen den künstlichen Grasteppich von dem frisch aufgeworfenen Erdhügel und machten sich daran, das Grab zuzuschaufeln. Ein gelber Bagger kam hinter dem Buschwerk hervorgefahren. Michael hatte das Gefühl, als habe er gerade ein außergewöhnliches seelisches Erlebnis hinter sich gebracht, das selbst im Schwinden begriffen noch die Macht besaß, diese prosaischen alltäglichen Verrichtungen emporzuheben und zu veredeln. So als sei das, was Michael da mitansah, nur die sichtbare Spur eines großen Glücks und strahlenden Glanzes.

Michael fühlte sich immer noch beobachtet und drehte sich wieder um. Da spürte er mehr, als daß er wirklich etwas sah, eine rasche unerwartete Bewegung am Waldrand. Er blickte auf und sah gerade noch, wie eine Schattengestalt zwischen den Bäumen verschwand. Es durchzuckte Michael wie ein Blitz. Er war etwa dreißig Meter vom Waldrand entfernt. Das außerordentliche Wohlgefühl, das ihn bis vor kurzem noch durchdrungen hatte, verebbte und hinterließ nur einen schwachen Glanz. Was immer sich da auch zwischen die Bäume zurückgezogen hatte, schien jetzt noch tiefer in den Wald einzudringen. Immer wieder tauchte dieses Wesen für den Bruchteil einer Sekunde zwischen den Baumstämmen auf. Michael Poole trat zwischen das Grab seines Sohnes und das Grab von Alice Alison Leaf.

In diesem Augenblick wußte Michael, daß Koko ihn verfolgte. Er war ihm auf den Friedhof nachgefahren. Er mußte ihm also auch zu Conors Wohnung gefolgt sein.

Michael ging zwischen den Gräbern hindurch bis in den noch unbelegten Teil des Friedhofs. Dann schritt er über das verdorrte Gras auf den Waldrand zu. Er bildete sich ein, noch immer ganz tief im Dunkel des Waldes eine bleiche Gestalt zu erkennen, die hinter einem Baum stand und ihn beobachtete. »Komm raus!« schrie Poole. Die Gestalt in der Ferne rührte sich nicht.

»Komm raus und sprich mit mir!« rief Michael.

Der Leiter des Beerdigungsinstituts und die Friedhofsarbeiter hörten auf zu arbeiten und starrten ihn an. Die Gestalt zwischen den Bäumen züngelte wie die Flamme eines Streichholzes. Michael ging auf die ersten kahlen Bäume zu. Da verzog sich die Gestalt immer tiefer in den Wald hinein und verschwand hinter einem massiven Baumstamm tief im Wald. »Komm endlich raus!« schrie Poole aus Leibeskräften.

»Fühlen Sie sich nicht wohl?« hörte Michael eine Stimme. Er drehte sich um und sah einen Mann von der Statur eines Ringers. Der stand auf einer Planierraupe, die Hände um den Mund gelegt.

Michael winkte ab und ging weiter auf den Wald zu. Die Gestalt schien sich in Luft aufgelöst zu haben. Der Wald bestand aus wildwuchernden Birken, Eichen und Ahornbäumen und beherbergte Füchse und Waschbären. Er erstreckte sich etwa fünfzig Meter bis in eine Schlucht hinunter, zog sich dann zu einem kleinen Bergrücken hoch und bis zur Schnellstraße hinunter.

Eine verschwommene Gestalt, die jetzt dunkel und nicht mehr bleich wirkte, glitt wie ein Hirsch zwischen zwei Eichen hindurch.

Michael schrie ihn an, er solle stehenbleiben, und betrat den Wald. Vor ihm lag stacheliges Unterholz, ein endloses Gewirr, dazwischen eine umgestürzte Esche. Ein schmaler Pfad schlängelte sich kaum erkennbar um das verfilzte Unterholz herum, unter der umgestürzten Esche hindurch verlief er zwischen den Bäumen, bis er sich in hundert winzige Nebenwege teilte, die unter Laub und Lichtstrahlen versanken. Der kleine Schatten provozierte ihn, zog sich immer weiter zu der Schlucht zurück und zwang Michael, ihm zu folgen.

Michael sah wieder über die Schulter zurück. Die vier Männer an Staceys Grab wandten den Blick nicht von ihm ab. Auch die Ringergestalt auf der Planierraupe ließ ihn nicht aus den Augen.

Michael machte einen Bogen um das verdorrte Unterholz und duckte sich, um unter der umgestürzten Esche durchzukommen. Da sah er plötzlich einen feinen Silberdraht, dünn wie ein Spinnwebfaden. Er leuchtete über dem Laub und den Zweigen auf dem Waldboden. Wäre er ganz normal gerannt, hätte er den straff gespannten Draht ganz sicher nicht gesehen. Sein Instinkt bewahrte ihn vor einem folgenschweren Fehler. Er hätte nicht gedacht, daß ihm dieser Instinkt noch nicht abhanden gekommen war. Als er den rechten Fuß vorsetzte und sein Knöchel beinahe an dem Draht hängengeblieben wäre, sprang Michael mit einem Satz hoch, hob beide Füße vom Boden und landete auf der anderen Seite, ohne den Draht zu berühren. Er war stolz auf sich, als sein ganzer Körper einen Augenblick parallel zum Boden gestreckt durch die Luft flog. Dann fiel er mit großer Wucht zu Boden. Er massierte seine Knie und seine Schulter, war ganz verschmiert vom moderigen Laub.

Michael stand wieder auf, rieb sich immer noch die Schulter und ging ein paar Schritte tiefer in den Wald hinein. Spitalny tauchte kurz hinter einem vertikalen Gitter aus Birkenstämmen auf, dann verschwand er wieder. Michael wußte, daß er ihn nicht einholen würde. Bis er auch nur halbwegs in der Schlucht war, konnte Spitalny schon im Wagen sitzen und ein paar Kilometer in Richtung Süden gefahren sein.

Michael machte noch einen Schritt nach vorn und suchte den Boden gründlich ab. Stolperdraht zog für gewöhnlich Minen oder selbstgebastelten Sprengstoff nach sich. Ein Wahnsinniger wie Victor Spitalny konnte Sprengstoff wahrscheinlich sogar in New York bekommen, wenn er wußte, wo. Raketen oder Bomben würde er wohl nicht bekommen, aber höchstwahrscheinlich jede Art von automatischen oder halbautomatischen Waffen, Plastiksprengstoff und Granaten. All das konnte man im Untergrund an Waffen kaufen. Vielleicht wurden ganze Kisten von alten M-14-Plastikminen en gros angeboten, die dann auch en gros in die Luft flogen.

Michael bewegte sich äußerst vorsichtig durch das modrige Laub. Bevor er seinen Fuß aufsetzte, untersuchte er jeden Zentimeter Boden und arbeitete sich so Schritt für Schritt weiter vor. Er spürte, wie die Erde unter seinen Sohlen nachgab.

Plötzlich hörte er das schauerliche, zynische Gekrächze eines Raben über sich. Er sah in das dichte Blättergewirr hinauf. Die Sonnenstrahlen drangen etwa bis zur Hälfte hinunter, dann teilten sie sich. Strahlensplitter fielen auf einen Eichhörnchenbau und einen riesigen schwarzbehaarten Auswuchs an einem Baumstamm, der aussah wie ein Tumor. Michael ging langsam immer weiter auf die Schlucht zu. Wo Koko seine Fallstricke auch angebracht haben mochte, er hatte sie sicher gut montiert. Sie würden intakt sein, bis sich jemand drin verfing. Spitalny war lange genug Soldat gewesen, um sein Handwerk zu verstehen. Michael wollte jedoch unbedingt ausfindig machen, was Spitalny hier installiert haben mochte. Er wollte es entschärfen und unschädlich machen. Denn er durfte gar nicht daran denken, was passieren konnte, wenn hier Kinder durch die Wälder liefen.

Irgendein kleiner Junge.

Michael schüttelte den Kopf und zwang sich, Schritt für Schritt weiterzugehen. Im Kopf registrierte er jeden Zentimeter des Gebietes. Vor ihm glänzte und glitzerte etwas am Stamm eines schlanken Ahornbaumes. Das stach ihm sofort ins Auge. Er hörte, daß nach ihm gerufen wurde. Er drehte sich um und sah fünf Männer: die Totengräber, den Leiter des Beerdigungsinstituts, seinen Assistenten und einen Mann im grauen Anzug und dunkler Krawatte. Sie standen in der Sonne am Waldrand auf dem verdorrten Gras des noch ungenutzten Teils des Friedhofs.

»Bleiben Sie zurück!« rief er und gab ihnen ein Zeichen, den Wald nicht zu betreten.

Der Mann im grauen Anzug nahm die Hände vor den Mund. Michael hörte, daß er ihm etwas zurief, verstand aber nur die Worte ›Widerrechtliches Betreten‹.

Der Mann rief auch ›...Polizei!‹

Michael winkte ab und drehte sich wieder um. Er war jetzt fast in der Schlucht angelangt. Hätte Spitalny noch mehr Fallstricke gespannt, Stolperdrähte ausgelegt oder Fallen installiert, so hätte er sie sicherlich gesehen.

»Ich komme!« rief er den Männern zu. Die standen ganz dicht beieinander und verstanden ihn wahrscheinlich auch nicht besser als er sie. Der Mann im grauen Mantel wies auf Michael und brüllte wieder.

»...sofort raus... Polizei...«

»Rühren Sie sich nicht vom Fleck!« rief Michael. »Ich komme gleich. Bleiben Sie bitte, wo Sie sind!« Er winkte den Leuten zu, machte ihnen Zeichen und bemühte sich dann rasch, das wiederzufinden, was er gerade entdeckt hatte. Es war etwas Rätselhaftes, Unerklärliches gewesen. Hatte da nicht etwas Farbiges kurz aufgeblitzt? Er nahm eine ganze Reihe von Bäumen unter die Lupe, sah aber nichts als ein Eichhörnchen, das um den Stamm einer Eiche herumhuschte. Hinter dem Eichhörnchen graues Buschwerk in der Schlucht. Spitalny hatte sich in etwa vierzig Sekunden durch dieses Gestrüpp gearbeitet, das vorher undurchdringlich ausgesehen hatte. Er war jetzt ein besserer Dschungelkämpfer als damals in Vietnam. Michael sah sich weiter suchend um. Endlich fiel sein Blick auf das Gesuchte: ein weißes Rechteck auf dem dünnen dunklen Stamm eines Ahornbaumes.

Auf den ersten Blick sah es aus wie ein Stück weißer Pelz, der an der Rinde festgesteckt war. Beim Näherkommen erkannte Michael, daß es eine Spielkarte war.

Er wies die Männer am Waldrand mit einer Handbewegung zurück und schrie aus Leibeskräften: »Betreten Sie den Wald nicht! Lebensgefahr!«

Er hoffte inständig, daß sie das verstanden hatten. Sicherheitshalber rief er noch einmal: »Gefahr!« Er kreuzte die Arme über dem Kopf und nahm sie wieder auseinander. Er ging jetzt rückwärts und signalisierte den Männern weiter, daß sie nicht näherkommen sollten. Schließlich spürte er, daß er schon ganz nah an dem Ahornbaum war, an dessen Stamm Koko die Spielkarte befestigt hatte.

Der Baum stand etwa einen Meter hinter ihm und etwas rechts von ihm.

Er spürte die Warnsignale durch und durch. Wenn Koko noch eine Falle irgendwo verankert hatte, dann ganz sicher hier. Er machte den Männern noch einmal ein Zeichen, indem er die Hände wieder über dem Kopf zu einem X kreuzte und wieder auseinandernahm. Dann untersuchte er sorgfältig den Boden um seine Füße herum. So nah an der Schlucht war die Erde weicher und feuchter.

»Kommen Sie heraus... heraus...«, drangen die Rufe der Männer an sein Ohr.

»Warten Sie!« brüllte Michael und inspizierte die Erde zwischen seinen Füßen und dem Ahornbaum. In der grau-grünen Laubecke glitzerten keine Silberdrähte. Der Boden sah aus wie ein Flickenteppich. Keine Fußabdrücke oder Einkerbungen waren zu erkennen. Auf silbrigen Blättern lagen rote Blätter, darauf grüne Blätter und ganz oben graues Laub. Jedes Blatt paßte wie bei einem Puzzle genau zwischen die anderen. Die Farben, die Sonne und Regen ausgesetzt waren, wirkten gleichmäßig verwittert. Es zeigten sich keine deutlichen Trennungs- oder Grenzlinien, wo eine eifrige Hand möglicherweise Ahornblätter von ganz unten obendrauf gelegt hatte, um etwas zu kaschieren. So wie man mit einem Besen Fußabdrücke im Sand wegkehrte. Und so wie eine unsichtbare Hand verhüllt hatte, was Harry Beevers in der Felsenhöhle unter der Erde angerichtet hatte.

Irgendein kleiner Junge.

Michael trat auf den vielfarbigen Flickenteppich aus modrigem Laub. Sein Fuß landete auf der weichen Blätterdecke, die er so sorgsam unter die Lupe genommen hatte und...

...ging weiter. Er brach ein durch die sorgfältig präparierte Oberfläche, sank immer tiefer, blitzschnell bis an den Knöchel und dann bis ans Knie. Schließlich verlor er ganz das Gleichgewicht und fiel hilflos in das tiefe Loch, das jetzt keine Blätter mehr bedeckten. Er streckte die Arme erst viel zu spät aus, um sich noch abstützen zu können. Er sah die langen Spieße, die auf seine Brust, auf seinen Hals und auf seine Leistengegend gerichtet waren...

...doch der Boden gab nicht unter ihm nach – nur diesen federnden Zentimeter.

»...EIN BEFEHL!« schrie jemand.

Michael fiel an der Karte zunächst noch gar nichts auf. Es war ein

Herz-As. Dann sah er zwischen dem Herzen in der Mitte und der linken oberen Ecke der Spielkarte einen schrägen Bleistiftschriftzug.

Er bewegte sich noch einen Schritt nach vorn und brachte sein Gesicht ganz dicht an die Karte heran. Einzelne Worte kristallisierten sich heraus. Michael las die Worte, atmete tief ein und las sie noch einmal. Dann atmete er aus. Er hob vorsichtig die Hand und fuhr über die glatte Karte. Sie war mit einer winzigen Nadel, wie man sie in neuen Hemden findet, an dem Baum festgesteckt. Michael hielt die Spielkarte an den Ecken fest und zog die Nadel aus dem Baumstamm. Wieder las er die Worte auf der Karte, dann versenkte er die Nadel in die Manteltasche. Drehte die Karte um. Auf der Rückseite befand sich die Schwarzweißabbildung eines molligen kleinen Jungen mit nacktem Oberkörper, runden Augen und lockigem Haar, der dem Betrachter einen Korb hinhielt, aus dem üppige Orchideen quollen.

4

Auf der Spielkarte mit dem Orchideenjungen stand die folgende Botschaft an ihn:

ICH HABE KEINEN NAMEN ICH BIN ESTERHAZ
DAS STERBEN KOMMT VOR DER UNSTERBLICHKEIT
VORWÄRTS UND RÜCKWÄRTS

5

Michael hielt die Karte an den Ecken, ließ sie in seine Manteltasche gleiten und machte sich auf den Rückweg aus dem Wald hinaus. Er rief den Männern zu, daß er jetzt käme, doch der Mann im grauen Mantel war schon ganz aufgeregt. Als Michael auf ihn zuging, den Boden noch immer nach Stolperdrähten und sonstigen Hindernissen absuchend, griff der Friedhofsangestellte nach dem Ärmel des größeren seiner beiden Assistenten und ruderte mit dem anderen Arm in der Luft herum. Michael hörte nur erstickte Schallwellen. Er winkte den Männern zu, um ihnen zu zeigen, daß er auf dem Rückweg war, daß sie sich keine Sorgen mehr zu machen brauchten. Er wollte ihnen zu verstehen geben, daß er unbewaffnet und ein guter Bürger war, daß sie von ihm nichts zu befürchten hatten. Doch der Mann im grauen Anzug achtete nicht mehr auf ihn. Ein junger Mann in einem dunklen Anzug mit quadratischen wattierten Schultern, in dem Michael den Assistenten des Beerdigungsunternehmers erkannte, trat jetzt neben seinen Chef. Der fühlte sich offenbar ein wenig unbehaglich. Die Erregung des anderen Mannes machte ihn wohl verlegen. Michael ging noch einen Schritt weiter. Er begriff jetzt, daß er die Spielkarte in seiner

Manteltasche der Polizei übergeben mußte. Plötzlich blieb er wie gebannt stehen.

Der Geruch des Gottes stieg ihm wieder in die Nase, der herrlich reine Duft nach Sonne und Unmengen von Blumen. Hier war der Duft sogar noch stärker als neben Robbies Grab. Aber die Luft verdunkelte sich nicht, und es blitzte auch kein Licht auf. Der Geruch nach diesem Gott war ganz natürlich, hatte nichts Übernatürliches an sich. Eine leichte Brise verwehte diesen Duft und wehte ihn gleich wieder her. Da sah Michael links von sich dicht aneinander blaue und weiße Wildblumen. Ihm wurde klar, daß sie diesen magischen Duft ausgeströmt hatten, da bei dem plötzlichen Wärmeeinbruch waren und den Temperatursturz überstanden hatten. Er kannte diese Blumen nicht. Sie waren so groß wie Tulpen, mit blauen Blüten, nach der Mitte zu weiß gestreift. Sie wuchsen vor einer Gruppe von Eichen. Die kräftigen grünen Blütenstengel ragten wie Speere aus dem modrigen Laub. Wieder stieg ihm der betäubende Duft in die Nase.

Als er wieder aufblickte, zeigte der Mann mit dem grauen Mantel mit ausgestrecktem Zeigefinger auf ihn.

»... Watkins, ich will, daß dieser Mann sofort da rauskommt«, hörte ihn Michael sagen.

Watkins machte sich langsam auf den Weg, doch der Friedhofsangestellte gab ihm einen Stoß.

»Nun bewegen Sie sich doch ein bißchen schneller!«

Watkins stolperte und trottete auf Michael zu. Er hielt sich die Hand über die Augen, um besser in den Wald sehen zu können. Michael sagte sich, daß auch er für die da draußen immer wieder auftauchte und verschwand – genau wie Koko noch vor ein paar Minuten. Watkins warf die Arme hoch, sein dicker Bauch hob und senkte sich. Sein wabbeliges bleiches Gesicht sah verbissen und alles andere als glücklich aus.

»Alles in bester Ordnung!« brüllte Michael und versuchte, ihn aufzuhalten.

Watkins begann, den gleichen kaum erkennbaren verschlungenen Pfad entlangzurennen, den auch Michael auf dem Weg in den Wald eingeschlagen hatte. Er duckte sich, um unter der umgestürzten Esche durchzukommen.

»Halt!« schrie Michael.

Der Mann im grauen Mantel machte einen Schritt nach vorn, als wollte er selbst Jagd auf Michael machen. Watkins ging schwerfällig und schleppend noch einen Schritt tiefer in den Wald. Dann stürzte er und war nicht mehr zu sehen.

Michael hörte ihn auf den Boden plumpsen. Er rannte auf ihn zu. Er sah Watkins dicken Schädel mit dem roten Haarschopf über einem Gewirr von Reben. Sein Gesicht war Michael zugewandt, sein Mund weit aufgerissen. Er stieß abgerissene Schreie aus.

»Halten Sie den Mund!« befahl ihm sein Chef.

»Er hat mich geschnitten!«

»Wovon zum Teufel reden Sie denn überhaupt?«

Watkins hob seine blutüberströmte Hand hoch. »Sehen Sie denn nicht, Mr. Del Barca?«

Del Barca blieb stehen und wies wieder mit ausgestrecktem Zeigefinger auf Michael. »Bleiben Sie sofort stehen«, sagte er. »Ich lasse Sie festnehmen. Sie haben widerrechtlich Privatgelände des Friedhofs betreten, und Sie haben meinen Angestellten verletzt.«

»Nun beruhigen Sie sich doch«, bat Michael.

»Ich verlange, daß Sie mir sagen, was Sie da drinnen gemacht haben.«

»Ich habe den Mann verfolgt, der diesen Stolperdraht gespannt hat.« Michael legte das letzte Stückchen Weges zwischen sich und dem gestürzten Mann zurück. Watkins lag auf der Seite, das linke Bein von sich gestreckt. Er war krebsrot im Gesicht, seine Haare schweißverklebt. Das Blut aus seiner Wunde durchtränkte sein linkes Hosenbein schon in einem breiten Streifen.

»Was denn für ein Stolperdraht?« wollte Del Barca wissen.

»Regen Sie sich nur nicht auf«, bat Michael. »Ich bin Arzt, und dieser Mann braucht meine Hilfe. Er ist über einen straff gespannten Draht gestolpert und hat sich das Bein verletzt.«

»Immer dieser gottverdammte *Draht!* Wovon reden Sie denn überhaupt?« brüllte Del Barca völlig außer sich.

Michael beugte sich hinunter und tastete den Boden etwa zehn Zentimeter hinter Watkins ab. Da stieß er auf den straff gespannten Silberdraht. Er fuhr ganz leicht darüber. »Sie haben Glück gehabt, daß er sich nicht das Bein damit abgesäbelt hat. Haben Sie denn nicht gehört, wie ich gerufen habe, daß er stehenbleiben soll?«

»Sie und ihm etwas zurufen!« ereiferte sich Del Barca. »Wer ist denn schuld daran?«

»Na, Sie zum Beispiel. Vielleicht sehen Sie mal nach, was sich an beiden Enden des Drahtes befindet. Wenn der Draht nicht an einem Baumstamm oder einem Felsblock festgemacht ist, rühren Sie ihn bloß nicht an!«

»Sehen Sie mal nach«, befahl Del Barca seinem anderen Angestellten, einem jüngeren Mann mit Schnurrbart.

»Aber rühren Sie nichts an.«

Michael kniete sich neben Watkins und forderte ihn auf, sich flach auf den Boden zu legen. »Das Bein muß genäht werden«, sagte er. »Aber jetzt wollen wir erst mal sehen, wie schlimm es ist.«

»Freundchen, ich kann nur hoffen, daß Sie wirklich Arzt sind«, geiferte Del Barca.

»Aber John«, sagte der Leichenbestatter leise und eindringlich. »Ich kenne ihn doch.«

Michael steckte die gekrümmten Zeigefinger in den Schnitt im Hosenbein und vergrößerte den Riß. Er behielt ein großes blutiges Stück Stoff in der Hand. »Der Draht könnte aber trotzdem noch an irgendwelchem Sprengstoff befestigt sein«, teilte er dem jungen Mann mit, der das untersuchen sollte. Der junge Mann riß daraufhin verschreckt die Hand vom Draht hoch, als habe er sich daran versengt. Watkins hatte eine tiefe klaffende Wunde. »Sie müssen in die Notaufnahme des St.-Bartholomäus-Krankenhauses«, sagte er und blickte zu Del Barca hoch. »Geben Sie mir Ihre Krawatte.«

»Wie bitte?«

»Ihre Krawatte bitte. Oder wollen Sie, daß dieser Mann verblutet?«

Del Barca nahm widerstrebend seine Krawatte ab und gab sie Michael. Dann wandte er sich an den Leichenbestatter. »Also, wie heißt er?«

»An seinen Namen erinnere ich mich nicht, aber ich weiß genau, daß er Arzt ist.«

»Ich bin Dr. Michael Poole.« Er zog Del Barcas Count-Mara-Krawatte dreimal fest um Watkins Bein und verknotete sie, damit die Wunde nicht mehr blutete. »Sobald Sie im St.-Bartholomäus-Krankenhaus sind, haben Sie nichts mehr zu befürchten«, versicherte er Watkins. Er stand auf. »Ich würde ihn an Ihrer Stelle so schnell wie möglich dort hinschaffen. Sie könnten doch hierherfahren und ihn in Ihren Wagen legen.«

Del Barca verzog angewidert das Gesicht. »Moment mal. Haben Sie diesen... Stolperdraht denn nicht gespannt?«

»Nein, ich habe ihn nur erkannt. Ich kenne so was aus Vietnam«, erklärte Michael.

Del Barca kniff die Augen zusammen.

»Dieser Draht ist an beiden Enden bloß an Bäumen festgebunden«, rief der Junge mit dem Kaninchengesicht. »Er hat sich richtig in die Rinde eingegraben.«

Watkins wimmerte.

»Na los schon, Traddles«, sagte Del Barca. »Holen Sie Ihren Leichenwagen. Der steht näher.«

Traddles nickte mit finsterer Miene und trottete den Hügel hinunter zu seinem Leichenwagen. Sein Assistent ging hinter ihm her. »Ich war auf der Beerdigung von Stacy Talbot«, sagte Michael zu Del Barca. »Dann habe ich das Grab meines Sohnes besucht. Da habe ich einen Mann im Wald verschwinden sehen. Er hat so einen merkwürdigen Eindruck gemacht, daß ich ihm gefolgt bin. Als ich dann den Stolperdraht gesehen habe, bin ich neugierig geworden und habe ihn bis tief in den Wald hinein verfolgt. Dann haben Sie nach mir gerufen. So ist der Mann entkommen.«

»Hat seinen Wagen sicher an der Schnellstraße geparkt«, bemerkte der junge Mann.

Sie sahen, wie Traddles auf dem schmalen Weg auf sie zugefahren kam. Als er so nah herangekommen war wie möglich, stieg er aus und wartete. Sein Helfer lief nach hinten und öffnete die rückwärtigen Türen.

»Na los schon, helfen Sie ihm auf«, wandte sich Del Barca an den grüngekleideten jungen Mann mit dem Kaninchengesicht. »Sie können sicher stehen, Watkins. Ihr Bein ist ja schließlich noch dran. Von einer Amputation kann keine Rede sein.« Er sah Michael finster und mißtrauisch an. »Ich werde das auf jeden Fall der Polizei berichten.«

»Das ist eine glänzende Idee«, pflichtete ihm Michael bei. »Sagen Sie doch gleich Bescheid, daß die ganze Gegend da hinten abgesucht wird. Aber richten Sie der Polizei aus, daß sie vorsichtig sein soll.«

Die beiden Männer sahen zu, wie Watkins zu Traddles Leichenwagen humpelte. Er stützte sich auf seinen kleinen Kollegen und stöhnte bei jedem Schritt vor Schmerzen. »Wissen Sie, wie diese Blumen heißen, die da gleich am Waldrand wachsen?« erkundigte sich Michael bei Del Barca.

»Wir pflanzen keine Blumen an.« Del Barca verzog das Gesicht zu einem finsteren kleinen Lächeln. »Wir *verkaufen* Blumen.«

»Es sind große blau-weiße Blumen.« Michael ließ nicht locker. »Sie duften ziemlich stark und langanhaltend.«

»Irgendwelches Unkraut«, sagte Del Barca geringschätzig. »Wenn es da drinnen wächst, jäten wir es gar nicht erst. Wir kümmern uns nicht groß darum. Da drinnen kann es ruhig verrecken.«

6

Als Michael in Conors Wohnung zurückkam, war niemand zu Hause. Er blickte aus dem Fenster auf die Water Street hinunter. Er rechnete natürlich nicht damit, daß Victor Spitalny im gleichen Augenblick zu ihm heraufschaute – obwohl es Spitalny nicht schwerfallen würde, sich unsichtbar zu machen und mit den Massen von Touristen zu verschmelzen, die die Water Street am Wochenende immer überfluteten. Trotzdem sah er sich die Menschen gründlich an. Er mußte ja schließlich annehmen, daß Spitalny von der Wohnung wußte, und auch, daß er zur Zeit da wohnte.

Der Nachmittag hatte Michael in mehr als einer Hinsicht schrecklich mitgenommen. Durch das Auftauchen von Victor Spitalny hatte er nicht gleich darüber nachdenken können – aber an Robbies Grab hatte er eine wichtige Erkenntnis gewonnen. Etwas hatte sich ihm dort enthüllt. Natürlich war es eine Halluzination gewesen. Schuldgefühle, Streß und Kummer hatten ihn jeglichen Denkvermögens und jeglicher Vernunft beraubt. Der herrliche Duft, der mit dem Erscheinen des übernatürlichen Wesens einherzugehen schien, hatte sich als der Duft früh aufgeblühter Wildblumen entpuppt. Dennoch war es ein schönes Erlebnis gewesen. Trotz all des Kummers und der Sorgen, die ihn bedrückten, war es ihm kurze Zeit vergönnt gewesen, alles so zu sehen, als sähe er es zum ersten Mal. Das innere Gewicht jedes einzelnen Partikelchens des Seins hatte ihn mit Macht gepackt. Wie gern hätte er dieses Erlebnis jemandem beschrieben, der es verstand oder selbst schon eine ähnliche Erfahrung gemacht hatte.

Er wollte sich mit Tim Underhill darüber unterhalten.

Michael warf noch einen letzten Blick auf die geschäftige Water Street hinunter und wandte sich dann wieder dem leeren Raum zu. Conors Jacke hing nicht an dem Haken an der Wohnungstür. Michael trat an den Eßtisch. Da sah er endlich, was er beim Eintreten übersehen hatte. Auf einem kleinen Zettel aus dem Block, der immer am Telefon in der Kochnische lag, stand in Druckbuchstaben MIKEY.

Michael lächelte und drehte den Zettel um. Er las, was Conor ihm geschrieben hatte.

Fahre zu Ellen, um ein paar Tage mit ihr zu verbringen. Du verstehst schon. Ich drücke dir die Daumen für Milwaukee. Alles Liebe, Conor. PPS. Du gefällst ihr. Hier ist unsere Nummer, falls du anrufst. Ganz unten auf dem Zettel hatte er eine Nummer mit der Vorwahl 203 gekritzelt.

Michael zog die Spielkarte aus der Tasche und legte sie neben Conors Zettel auf den Eßtisch. *Ich habe keinen Namen.* Koko mußte Beevers Anschläge gelesen haben. *Ich bin Esterhaz.* Daran erkannte er, daß Spitalny Tim Underhills bestes Buch gelesen hatte. Damit beantwortete er auch den Satz ›Wir, die wir deinen wirklichen Namen kennen.‹ Vielleicht wollte Spitalny ihnen damit zu verstehen geben, daß er Selbstmord begehen wollte. Genau wie Esterhaz. Wenn Spitalny sich wie Esterhaz fühlte, war sein Leben eine einzige Qual. Er hatte zu oft gemordet, und allmählich kam ihm zu Bewußtsein, was er angerichtet hatte. Michael wollte gerne glauben, daß das Auftauchen von Koko auf dem Friedhof eine Abschiedsgeste war, daß Koko zum letzten Mal jemanden aus seinem alten Leben hatte sehen wollen, bevor er sich die Pulsadern aufschnitt oder sich eine Kugel durch den Kopf schoß, um in das *ewige Leben* einzugehen.

Rückwärts und vorwärts oder vielmehr *hin und her* mußte der Geheimcode eines Verrückten sein. Da stand man vor verschlossenen Türen.

Michael riß noch einen Zettel von Conors Telefonblock ab und notierte sich darauf die drei Zeilen, Kokos Botschaft. Dann entnahm er einer Schublade einen kleinen Plastikbeutel, legte Kokos Spielkarte mit einer Pinzette hinein und verschloß den Beutel. Die Karte paßte ganz genau in den kleinen Beutel. Er ließ auch die Stecknadel noch hineinfallen.

Michael schrieb auf einem Bogen Papier an Lieutenant Murphy. *Ich wollte Ihnen das so schnell wie möglich zukommen lassen. Es war in dem Wald hinter dem Friedhof Memorial Park in Westerholm mit einer Stecknadel an einem Baumstamm angeheftet. Koko muß mir dorthin gefolgt sein, als ich zur Beerdigung einer Patientin fuhr. Ich verreise morgen und melde mich nach meiner Rückkehr wieder. Ich habe die Karte nur an den Ecken angefaßt. Dr. Michael Poole.* Auf dem Weg zum Flughafen wollte er einen Umschlag kaufen und alles an Murphy schicken.

Er wählte die Nummer des Restaurants Saigon, um Tim Underhill zu sprechen.

7

»Du bist also Harrys Fuchtel entronnen.«

»Es erschien mir einfach vernünftiger, hierher zu ziehen«, sage Underhill. »Viel Platz ist hier zwar nicht, aber so treten Harry und ich uns nicht ständig auf die Füße, und ich kann weiterschreiben...« Er unterbrach sich. »Und ich bin in der Nähe meines alten Freundes Vinh. Das hätte ich gar nicht zu hoffen gewagt. Ich war mir nicht mal sicher, ob er noch am Leben ist. Aber er ist aus Vietnam rausgekommen, hat sich nach Paris durchgeschlagen, geheiratet und ist dann hier gelandet. Das haben ihm Verwandte ermöglicht, die schon vorher in den Staaten lebten. Vinhs Frau ist bei der Geburt seiner Tochter Helen gestorben. Er hat die Kleine allein aufziehen müssen. Sie ist ein ganz allerliebstes kleines Mädchen, und sie hat mich auch sofort gemocht. Das Kind sieht in mir wohl so etwas wie einen Onkel, oder vielleicht sollte ich besser sagen eine Tante. Helen ist wirklich ein liebes kleines Ding. Vinh bringt sie fast täglich mit ins Restaurant.«

»Wohnt Vinh denn nicht auch dort?«

»Tinas Wohnung ist immer noch versiegelt. Die Polizei hat sie noch nicht wieder freigegeben. Vinh ist in die Wohnung gezogen, in der er Helen bisher untergebracht hatte. Er hatte dort auch bisher schon meistens übernachtet, deshalb war er auch in der Nacht nicht da, als Tina ermordet worden ist. Einer der Söhne seiner Schwester hat geheiratet und ist weggezogen, daher hat sie jetzt ein Schlafzimmer frei. Ich dagegen hause in einem kleinen Raum neben der Küche. Außerdem habe ich wieder mit Schreiben angefangen. Die ersten hundert Seiten meines neuen Buches sind schon fertig.«

»Aber nach Milwaukee kommst du trotzdem mit?«

»Natürlich, jetzt erst recht«, versicherte ihm Underhill. »Wie ich höre, wird Maggie uns begleiten.«

»Ich will es hoffen«, sagte Michael. »Aber jetzt sage ich dir endlich, weshalb ich angerufen habe.« Er erzählte Underhill, daß er Koko gesehen und die Spielkarte gefunden hatte. Er las ihm auch den Text vor.

»Er ist ja völlig durcheinander. Irgend etwas nagt an ihm. Vielleicht ist er wieder so weit bei Verstand, daß er nicht mehr weitermachen und endlich keine Morde mehr begehen möchte. Was er in Amerika erlebt, versetzt ihm sicher immer wieder einen Schock. Mir geht es ja genauso. Daß er Hal Esterhaz erwähnt hat, macht mich noch viel neugieriger auf Milwaukee.«

Michael schlug Tim vor, sich am nächsten Vormittag um zehn Uhr dreißig am Flughafen zu treffen.

Dann rief er Conor an und berichtete auch ihm, daß er Koko gesehen hatte. Er legte ihm ans Herz, bis zu seiner und Tims Rückkehr aus Milwaukee bei Ellen Woyzack zu bleiben. Bevor er auflegte, nannte er Conor noch die Telefonnummer des Hotels, in dem er Zimmer für drei Nächte bestellt hatte.

»Das Pforzheimer?« wiederholte Conor. »Hört sich nach einer Biersorte an.«

Michael rief auch in Westerholm an, aber Judy weigerte sich immer noch, mit ihm zu sprechen. Michael bat Pat Caldwell, das Flutlicht im Garten einzuschalten, das er in dem Jahr nach Robbies Tod hatte anbringen lassen. Er riet ihr dringendst, die Polizei anzurufen, wenn sie jemanden in der Nähe des Hauses herumschleichen sah oder verdächtige Geräusche hörte. Er konnte sich zwar nicht vorstellen, daß es Koko auf die Frauen abgesehen hatte, aber er wollte lieber auf Nummer sicher gehen. Er erzählte Pat auch von seinem Schießgewehr, das er im Keller aufbewahrte und bat sie, sich die Nummer des Hotels Pforzheimer zu notieren. Pat war beunruhigt und fragte ihn, ob das mit dem Mann zusammenhing, wegen dem sie nach Singapur geflogen waren. Michael sagte, ganz so einfach sei das nicht, trotzdem habe sie ein wenig recht. Ja, er wolle nach Milwaukee fliegen, um diesen Mann zu suchen. Ja, er glaube fest daran, daß das alles schon bald ausgestanden sei.

Er legte auf und ging zum Fenster. Wieder betrachtete er die Leute, die zwischen den Eissalons und Restaurants auf und ab promenierten. Dann wandte er sich ab und packte seinen Koffer. Nur für ein paar Tage. Anschließend wählte er noch einmal die Nummer seines Hauses in Westerholm. Pat meldete sich sofort.

»Sitzt du neben dem Telefon?«

»Na ja, was du bei deinem vorigen Anruf gesagt hast, klang nicht gerade aufmunternd.«

»Vermutlich habe ich ein wenig übertrieben«, sagte Michael. »Der Kerl fährt sicher nicht zu meinem Haus raus. Frauen allein hat er noch nie etwas getan. Er ist hinter Leuten wie Harry und mir her. Hast du das Flutlicht eingeschaltet?«

»Es sieht aus, als wollten wir eine Tankstelle eröffnen.«

»Als ich das Fluchtlicht installieren ließ, wollte ich, daß es überall so hell wie möglich ist. Damit man sich nirgendwo verstecken kann.«

»Ich verstehe. Haben sich die Nachbarn nicht beschwert?«

»Meine Nachbarn haben nie ein Wort darüber verloren. Wahrscheinlich schirmen die Bäume alles ganz gut ab. Wie geht es Judy?«

»Ach, ganz leidlich. Ich habe ihr gesagt, daß ich dich bei Laune halte.«

Judy ließ sich immer noch nicht sprechen, also verabschiedete er sich von Pat.

Schließlich rief er noch Harry Beevers an.

»Ich bin hier«, meldete sich Beevers.

»Harry, ich bin's – Michael.«

»Ach, du bist es. Warum rufst du an? Du fliegst doch nach Milwaukee, oder?«

»Ja, schon morgen vormittag.«

»Gut. Das wollte ich nur wissen. Hast du von Underhill gehört? Weißt du, was er fertiggebracht hat? Der Kerl ist einfach ausgezogen. Es hat ihm nicht genügt, daß ich ihn hier aufgenommen und durchgefüttert habe. Dabei konnte dieser verrückte Penner hier schreiben, wann immer ihm danach zumute war. Ich kann dir nur sagen, bei diesem Burschen mußt du auf der Hut sein. Man kann ihm einfach nicht trauen. Weißt du, was ich glaube?«

»Moment mal, Harry, weiß ich schon. Aber...«

»So, du weißt also Bescheid, wie?« Beevers Stimme klang eiskalt und zynisch.

»Sicher, Harry.«

»Wundert mich überhaupt nicht, Michael. Wer hat einem kleinen Mädchen gegenüber nicht die Klappe halten können? Wer hat ihr wohl verraten, daß eine gewisse Person inzwischen wieder nach New York zurückgekehrt ist? Ich glaube kaum, daß ich das war, mein Lieber. Und ich bin mir ziemlich sicher, daß es Conor auch nicht war. Jemand hat unsere Mission gefährdet, Michael, und ich fürchte, das kannst nur du gewesen sein.«

»Tut mir leid, daß du mir das ankreidest.«

»Und ich bedaure, was du damit angerichtet hast.« Beevers holte noch einmal tief Luft. »Du hast wahrscheinlich längst vergessen, was ich alles für dich und diese Mission getan habe. Ich habe in dieser Angelegenheit immer nur gegegen und gegeben, Michael. Ich bin an deiner Stelle vors Kriegsgericht gestellt worden, Michael. Ich habe in einer Nissenhütte gesessen und auf das Urteil gewartet. Ich hoffe, daß du so etwas nie durchzumachen brauchst –«

»Ich muß dir etwas sagen«, unterbrach ihn Michael.

Michael berichtete, was auf dem Friedhof vorgefallen war.

»Du hattest also eine Vision? Das erzählst du mir wohl am besten alles ganz genau.«

»Das habe ich ja gerade getan.«

»Dann sind wir also jetzt bei der Endphase angelangt. Darauf läuft es doch hinaus. Ich hoffe, du hast Murphy nicht auch angerufen und ihm das erzählt.«

»Habe ich nicht«, beruhigte ihn Poole. Er verschwieg Beevers jedoch, daß er vorhatte, Murphy die Karte zu schicken.

»Wahrscheinlich muß ich auch für Kleinigkeiten dankbar sein«, erklärte Beevers. »Sag mir den Namen und die Telefonnummer deines Hotels. Wenn er sich schon in dem Stadium befindet, wo er uns verfolgt und Nachrichten hinterläßt, wird sicher alles bald zum Platzen kommen. Dann muß ich mich vielleicht mit dir in Verbindung setzen.«

Michael las noch eine oder zwei Stunden in Conors kleiner Wohnung, doch er war so geistesabwesend, daß er sich nicht auf die Bandwurmsätze konzentrieren konnte. Gegen sieben machte sein Magen sich bemerkbar, also ging er essen. Sein Auto stand vor dem Eissalon. Ihm fiel ein, daß sich Robbies *Babar*-Bücher noch im Kofferraum befanden. Er nahm sich fest vor, daran zu denken, sie später mit hinaufzunehmen.

8

Er aß in einem kleinen italienischen Restaurant zu Abend und vertiefte sich wieder in *The Ambassadors*. Er sagte sich, daß er am nächsten Tag eine Reise in Kokos Kindheit antreten würde. Er fühlte sich irgendwie in der Schwebe, als stünde ihm eine große Veränderung unmittelbar bevor, doch er war darauf gefaßt. Die Health and Hospitals Corporation in New York gab Ärzten ein Darlehen von fünfzigtausend Dollar, damit sie dort Praxen eröffneten, wo die medizinischen Versorgungen noch am unzureichendsten waren. Dann bekam man Geld zu einem sehr niedrigen Zinssatz geliehen, das man erst nach zwei Jahren in Raten zurückzuzahlen brauchte. Ich werde höchstens drei oder vier Tage weg sein, dachte Michael. Dann breche ich alle Brücken hinter mir ab und praktiziere dort, wo man mich wirklich braucht. Ein ganz neuartiges Glücksgefühl durchströmte ihn.

9

Als er Conors Wohnung wieder betrat, knipste er überall das Licht an. Er setzte sich auf einen Küchenstuhl und las. Er wollte lesen, bis er die nötige Bettschwere hatte. Aber irgend etwas Unerledigtes nagte noch an ihm. Schließlich fielen ihm die *Babar*-Bücher wieder ein. Er war schon beinahe entschlossen, sich den Mantel anzuziehen und sie heraufzuholen. Doch als er aufstand und am Telefon vorbeikam, fiel ihm etwas anderes ein.

Er hatte es versäumt, die Stewardeß anzurufen, die Clement W. Irwin gekannt hatte, Kokos erstes Opfer in Amerika. Michael staunte, daß er sich an den Namen dieses Mannes noch so gut erinnern konnte.

Aber wie hieß doch die Stewardeß gleich wieder? Er versuchte, sich wenigstens an den Namen der Stewardeß zu erinnern, mit der sie geflogen waren. Sie hieß so ähnlich wie er selbst. Mikey. Marsha. Michaela, Minnie, Mona. Nein – ihr Name erinnerte ihn an einen Film von Alfred Hitchcock. Grace Kelly. Eine Blondine. Tippi Hedren, die Hauptdarstellerin des Films *Die Vögel*. Dann sah er ihren Namen mit einem Mal so deutlich vor sich, als läse er ihn von dem Namensschild der Stewardeß ab. Sie hieß Marnie. Und Marnies Freundin hieß – Lisa. Er zermarterte sich das Hirn nach ihrem Familiennamen. Wie dumm von ihm, sich ihren Namen nicht aufzuschreiben. Wie heißt Ihre Freundin mit Nachnamen, hatte er sie gefragt. »–––«, hatte sie geantwortet. Irgendwas mit Irland. Lisa Dublin. Lisa Galway. Ja, schon besser. Lisa Ulster. Lisa *Mayo*, ja, so hieß sie.

Michael stürzte sich aufs Telefon und rief die Auskunft in New York an. Natürlich stand ihre Nummer nicht im Telefonbuch, das wäre viel zu einfach. Er würde sich überlegen müssen, wie er die Telefonnummer einer Stewardeß von der Fluglinie erfahren konnte, für die sie arbeitete.

Er fragte nach Lisa Mayos Nummer. Es klickte nur. Da haben wir's, dachte Michael entmutigt. Sie steht nicht im Telefonbuch. Doch dann sagte eine Roboterstimme: »*Die Nummer, um die Sie gebeten haben, lautet.*« Der Roboter nannte ihm eine siebenstellige Nummer und wiederholte sie noch einmal.

Michael wählte die Nummer sofort und hoffte inständig, daß er an die richtige Lisa Mayo geraten würde. Doch selbst wenn das ihre Nummer war, schwebte sie wahrscheinlich gerade 10000 Meter hoch über den Wolken auf dem Weg nach San Francisco.

Das Telefon läutete vier- oder fünfmal. Als Michael gerade auflegen wollte, wurde der Hörer abgenommen.

Eine junge Frau meldete sich. »Ja, bitte?«

»Ich bin Dr. Michael Poole, und ich möchte mit der Lisa Mayo sprechen, die eine Freundin Marnie hat.«

»Marnie *Richardson?* Wo haben Sie meine Freundin denn kennengelernt?«

»Auf dem Rückflug von Bangkok.«

»Marnie ist eine wilde Hummel. Seit ich aus San Francisco weggezogen bin, mache ich nicht mehr halb so viel Blödsinn. Freut mich, daß Sie angerufen haben, aber –«

»Entschuldigen Sie«, sagte Michael rasch. »Ich muß einen falschen Eindruck erweckt haben. Ich rufe wegen des Mannes an, der vor ungefähr drei Wochen im John-F.-Kennedy-Flughafen ermordet worden ist. Miß Richardson hat mir erzählt, daß Sie ihn gekannt haben.«

»Sie rufen wegen Mr. Irwin an?«

»Ja, auch seinetwegen«, sagte Michael. »Haben Sie ihn während seines letzten Fluges betreut, kurz bevor er ermordet worden ist?«

»Und ob! Ich habe ihn mindestens ein dutzendmal im Jahr gesehen. Er ist die San Francisco Route fast so oft geflogen wie ich.« Sie zögerte. »Ich war schockiert, als ich gelesen habe, was ihm zugestoßen ist. Aber ich kann nicht behaupten, daß es mir sehr leidgetan hat. Er war kein besonders sympathischer Mensch. Ach, das hätte ich wohl nicht sagen dürfen. Mr. Irwin war bei keiner Crew beliebt, das wollte ich damit sagen. Er war furchtbar anspruchsvoll. Aber wieso interessiert Sie das? Haben Sie Mr. Irwin gekannt?«

»Mich interessiert vor allem der Mann, der auf Mr. Irwins Flug nach New York neben ihm gesessen hat. Ich möchte wissen, ob Sie sich noch an ihn erinnern.«

»An den? Das ist ja wirklich komisch. Es ist schon furchtbar spät, und ich fliege morgen in aller Herrgottsfrühe ab. Sind Sie vielleicht ein Bulle?«

Bei den Worten »an den?« bekam Michael eine Gänsehaut. »Nein, ich bin Arzt, aber ich habe im Zusammenhang mit der polizeilichen Untersuchung des Mordfalles Irwin mit der Sache zu tun.«

»Sie haben mit der Sache zu tun, aha.«

»Tut mir leid, daß ich Sie so im unklaren lassen muß.«

»Also, wenn Sie glauben, daß der Mann, der neben Mr. Irwin saß, irgend etwas mit dem Mord zu tun hat, sind Sie auf dem falschen Dampfer.«

»Wieso?«

»Weil er gar nichts damit zu tun haben konnte. Völlig ausgeschlossen. Wissen Sie, in meinem Beruf lerne ich viele Leute kennen, und dieser Mann war einer der nettesten, zurückhaltendsten... Er hat mir richtig leidgetan, weil er neben dem Untier sitzen mußte. Ja, so haben wir Mr. Irwin immer genannt. Wenn ich es mir recht überlege, hat er Mr. Irwin sogar eingewickelt. Er hat das Untier tatsächlich dazu gebracht, sich mit ihm zu unterhalten, und sie haben sogar eine Wette abgeschlossen oder so was.«

»Erinnern Sie sich etwa noch an seinen Namen?«

»Warten Sie mal, es war irgendein spanischer Name, vielleicht Gomez oder Cortez.«

Da haben wir's, dachte Michael, das ist des Rätsels Lösung. Er sog zischend die Luft ein.

»Was ist los?«

»Was ist mit Ortiz? Roberto Ortiz?«

Lisa Mayo lachte. »Woher wissen Sie denn das? Ja, so hieß er. Er wollte, daß wir ihn Bobby nennen. Bobby hat auch gut zu ihm gepaßt.«

»Ist Ihnen irgend etwas an ihm aufgefallen? Irgend etwas, was er gesagt, worüber er gesprochen hat?«

»Komisch, wenn ich so an ihn zurückdenke, sehe ich ihn nur noch ganz verschwommen. Aber sein Lächeln werde ich nie vergessen. Er war bei der ganzen Crew beliebt, das weiß ich noch genau. Aber was er gesagt hat... warten Sie mal, da fällt mir sicher noch was ein.«

»Ja?«

»Er hat was Komisches getan. Er hat gesummt und gesungen. Allerdings kein richtiges Lied, kein Lied mit einem Text, es war etwas ganz Sonderbares.«

»Wie hat es sich denn angehört?«

»Also, es war wirklich komisch. Es war entweder eine Fremdsprache, die ich noch nie gehört habe oder einfach Unsinn. Es ging so: ›pompo-po, pompo-po, polo, polo, pompo-po‹ oder so ähnlich.«

Michael bekam wieder eine Gänsehaut: »Ja«, sagte er. »Ich danke Ihnen, Lisa. Vielen Dank!«

»Ist das alles, was Sie wissen wollten?«

»Pompo-po, pompo-po... oder vielleicht auch ›rip-a-rip-a-rip-a-lo?«

»Ja, so hat sich's angehört«, bestätigte die Stewardeß.

Teil VII

DIE FALLE

32. KAPITEL

Die erste Nacht im Hotel Pforzheimer

1

»Ich weiß nicht, ob es für solche Erlebnisse einen bestimmten Namen gibt«, erklärte Underhill. Er saß auf dem Platz am Fenster, Michael am Mittelgang und Maggie zwischen ihnen. Sie überflogen gerade Pennsylvania oder Ohio oder vielleicht auch schon Michigan. »Man könnte es ein Schlüsselerlebnis nennen, vielleicht bist du aber auch in Ekstase oder Verzückung geraten, denn danach hört es sich an. Oder es handelt sich um einen Augenblick im Sinne Emersons. Du kennst doch sicher Emersons Essay ›Natur‹. Er spricht davon, zu einem durchsichtigen Augapfel zu werden. ›Ich bin nichts, ich sehe alles, die Strömungen des Universums durchpulsen mich‹.«

»Hört sich eigentlich nur nach einer anderen Möglichkeit an, sich zu stellen, sich in den Kampf zu stürzen, dem Elefanten gegenüberzutreten«, konstatierte Maggie unumwunden in ihrer unsentimentalen Art. Underhill und Michael lachten. »Sie sollten da nicht so viel hinein interpretieren. Als Sie Ihren Sohn besuchten, hätten Sie damit rechnen müssen, daß Sie im Anschluß daran und im Zusammenhang damit so etwas *erleben* würden.«

»Ich habe meinen Sohn ja schließlich nicht gesehen«, setzte Michael an, doch dann fielen seine Einwände in sich zusammen, vertrockneten zu Asche. Er war sich nicht sicher gewesen, ob er Underhill und Maggie von dem ›Gott‹ erzählen sollte. Auch während er beschrieb, was ihm widerfahren war, gewann er darüber keine Klarheit, aber Maggies Bemerkung löste etwas in ihm aus und gab ihm zu denken.

»Und ob Sie ihn gesehen haben«, sagte Maggie. »Sie haben ihn als Mann gesehen. Das war der echte Robbie.« Sie sah ihn fragend an. »Deshalb haben Sie die Gestalt, die Sie an seinem Grab gesehen haben, auch sofort ins Herz geschlossen.«

»Sind Sie frei? Würden Sie für mich arbeiten?« fragte Underhill.

»Wie steht's denn mit Ihren Finanzen?« erkundigte sich Maggie. Ihre Stimme klang völlig desinteressiert. »Es kostet Sie nämlich eine Menge, wenn Sie wollen, daß ich immer sage, was ganz klar auf der Hand liegt.«

»Mir hat die Theorie gefallen, daß es ein Engel war.«

»Mir auch«, bestätigte Maggie. »Ist ja auch nicht ausgeschlossen.«

Sie hüllten sich vorübergehend in Schweigen. Michael wußte, daß aus Robbie nicht der Mann hätte werden können, den er gesehen hatte. Doch ihm war die Vision eines vollkommenen Robbie vergönnt gewesen. In dieser Gestalt waren alle Möglichkeiten ausgeschöpft, sie war zur Perfektion gediehen. Der Vater des Mannes sein zu können, den er am Grabe seines Sohnes gesehen hatte, hätte seine kühnsten Erwartungen überstiegen und ihn unendlich glücklich gemacht. Genaugenommen fühlte er sich irgendwie als Vater dieses Mannes. Denn der hatte ja keinen anderen Vater. Er hatte ihn ins Leben gerufen wie ein Autor sein Geschöpf. Das konnte man nicht nur reine Einbildung oder Halluzinationen nennen.

Michael war zumute, als hätte ihm Maggie Lah mit ein paar einfachen Worten seinen Sohn wiedergeschenkt. Dieser Junge würde seiner sein bis an sein Lebensende, dieser Mann war sein Sohn. Damit war die Trauerzeit mit einem Mal zu Ende.

Als Michael wieder imstande war zu sprechen, fragte er Tim Underhill, ob er für sein Buch *The Divided Man* Recherchen betrieben habe. »Ich meine, ob du Reiseführer konsultiert hast oder irgend etwas in der Art.«

»Ich glaube kaum, daß es Reiseführer über Milwaukee gibt«, meinte Tim Underhill.

Maggie lachte amüsiert.

»Es gibt nur über die wenigsten amerikanischen Städte Reiseführer«, sagte Underhill. »Ich habe mich in der Hauptsache an die Erzählungen von M. O. Dengler über Milwaukee gehalten. Danach habe ich dann meiner Phantasie einfach freien Lauf gelassen. Ich hoffe, das Ergebnis kann sich sehen lassen.«

»Mit anderen Worten: Du hast die Stadt als Autor neu erschaffen«, sagte Michael.

»Na ja, so könnte man es vielleicht nennen«, pflichtete ihm Underhill etwas verblüfft bei.

Maggie Lah sah Michael mit leuchtenden Augen an. Er staunte, als sie ihm leicht aufs Knie klopfte, als wolle sie ihm gratulieren oder ihn belobigen.

»Vielleicht komme ich da nicht mit. Ist mir irgendwas entgangen?« fragte Underhill.

»Bisher sind Sie noch auf dem laufenden«, beruhigte ihn Maggie.

»Also, ich habe über Victor Spitalny und seine Eltern nachgedacht«, sagte Underhill. Er versuchte, die Beine übereinanderzuschlagen, merkte aber bald, daß dafür nicht genug Platz war. »Überlegt mal, wie den meisten Eltern zumute wäre, wenn ihr Kind verschwände. Glaubt ihr nicht auch, daß sie sich immer wieder sagen würden, daß ihr Kind sicher noch am Leben ist – ganz gleich, wie lange sie schon nichts mehr von ihm gehört haben? Ich glaube aber, daß Spitalnys Eltern da ein bißchen anders reagieren. Ihr müßt bedenken, daß sie ihr Kind immer behandelt haben wie eine adoptierte Waise. Wenn ich mir das nicht nur einbilde. Sie haben ihr Kind zu dem Victor Spitalny gemacht, den wir kannten. Er hat sich erst später dann in Koko verwandelt. Deshalb möchte ich fast wetten, daß seine Mutter behaupten wird, er sei längst tot. Sie weiß ja, daß er Dengler umgebracht hat. Wahrscheinlich weiß sie auch, daß er noch andere Morde begangen hat.«

»Dann frage ich mich wirklich, was sie von uns halten wird und von dem, was wir tun.«

»Vielleicht denkt sie einfach, wir sind verrückt und bewirtet uns mit Tee. Oder sie wird wütend und wirft uns sofort raus.«

»Warum sitzen wir dann überhaupt in diesem Flugzeug?«

»Weil es doch immerhin auch sein kann, daß sie eine ehrliche Frau ist mit einem Kuckucksei von einem Sohn. Vielleicht war ihr Sohn einer der schlimmsten, die man sich nur vorstellen kann. In diesem Fall würde sie uns sicher alles sagen, was sie weiß.«

Als Underhill Michaels Gesichtsausdruck sah, fügte er noch hinzu, daß er von Milwaukee nur eins mit Sicherheit behaupten könne: Es würde dort bedeutend kälter sein als in New York.

»Allmählich wird mir klar, warum es kaum Touristen dort hinzieht«, meinte Maggie Lah.

2

Michael stand um ein Uhr mittags am Fenster seines Zimmers im Hotel Pforzheimer und sah auf die Straße hinunter. Sie hatte eigentlich vier Fahrspuren. Doch die beiden äußeren Fahrspuren waren durch hohe Schneeverwehungen praktisch unbenutzbar. Überall am Straßenrand standen völlig zugeschneite Wagen. Dazwischen waren wie Pässe zwischen hohen Berge kleine Pfade getrampelt worden. So kämpften sich die Leute zu den Bürgersteigen durch. Auf den verbliebenen Fahrspuren kam eine Schlange von Wagen angekrochen, die meisten mit festgefrorenem Schneematsch besudelt. Die grüne Ampel an der Wisconsin Avenue vor dem Hotel leuchtete geisterhaft in der seltsam düsteren Luft. Man hätte meinen können, es herrsche bereits Zwielicht und die Abenddämmerung bräche bald herein. Es war dreißig Grad unter null. Temperaturen wie in Moskau. Ein paar in unförmige Mäntel gehüllte Männer und Frauen eilten auf den Bürgersteigen auf die Ampel zu. Die Ampel schaltete auf Rot, aus dem grünen Strahlenkranz wurde ein blaßroter. Obwohl sich kein einziges Auto auch nur in der Nähe der Kreuzung befand, blieben die Fußgänger gehorsam stehen und gingen nicht über die Straße.

Typisch Milwaukee – genau wie Dengler ihnen die Stadt beschrieben hatte. Michael kam sich wie ein Moskowiter vor, der Moskau mit offenen Augen, ja mit frischgewaschenen Augen sah. Die langen Jahre der Trauer um seinen Sohn waren jetzt vorüber. Was noch von Robbie blieb, war in ihm. Er hatte nicht einmal mehr das Gefühl, daß er die *Babar*-Bücher brauchte, die immer noch im Kofferraum seines Audi lagen. Die Welt würde nie wieder eine heile Welt sein, das stand fest. Aber wann wäre sie das je gewesen? Sein Kummer war noch einmal aufgeflackert und dann verebbt. Er sah die Welt mit neuen Augen.

Hinter ihm lachten Tim Underhill und Maggie Lah über irgendeinen Ausspruch Tims.

Die Ampel schaltete wieder auf Grün. Es hieß also GEHEN. Die Fußgänger setzten sich in Bewegung und überquerten die Straße.

Maggie bewohnte ein Einzelzimmer neben seinem und Tims Zimmer. Er und Underhill hatten ihre Koffer auf die Betten gelegt. Sie bewohnten ein Zweibettzimmer, das besonders hoch zu sein schien. Die Tapete war rissig und verblichen, der Teppich mit dem Blumenmuster schon ganz abgetreten. An der Wand ein Rokokospiegel im Goldrahmen und zahlreiche Gemäldereproduktionen von Bildern aus dem neunzehnten Jahrhundert. Das Mobilar wirkte plump und schäbig. Die Wasserhähne und Armaturen im Bad waren aus Messing und die Badewanne stand auf vier schweren Löwentatzen. Das Fenster, aus dem sie jetzt alle drei auf die Straße hinunterblickten, reichte fast vom Boden bis zur Decke. Vor dem Fenster hingen dunkelbraune Vorhänge, die von schweren verblichenen Samtkordeln zusammengehalten wurden. In so einem Hotelzimmer hatte Michael noch nie übernachtet. Er kam sich vor, als wohne er in einem prachtvollen alten Hotel in Prag oder Budapest. Angesichts der hohen Fenster und des riesengroßen Zimmers mit seiner verblichenen Eleganz hätte man sich auch über Pferdegetrappel oder Schlittengeläut von der Straße nicht gewundert.

Vor dem Empfang in der Eingangshalle des Hotels standen diensteifrige Zwerge in Uniform herum. Der Empfangschef am Empfang trug eine Halbbrille auf der Nase und eine elegante Fliege. Wohin er auch blicken mochte, sein Blick fiel überall auf blankpoliertes Messing, Meter um Meter dezent karierten Teppichbodens, noble Lampen mit gedämpftem Licht und riesige Gemälde, die stark nachgedunkelt waren und verschwommen wirkten. Eine breite, geschwungene Treppe führte, wie eine Tafel besagte, zum Balmoral-Raum hinauf, und ganz hinten in der Eingangshalle erreichte man durch einen Gang, vorbei an großen exotischen Topfpflanzen und Glaskästen mit den Köpfen ausgestopfter Tiere, die schummrige Bar.

»Ich habe das Gefühl, als wären es zur Newa nur noch ein paar Schritte«, sagte Michael.

»Und Polizisten in Bärenfellmützen und hohen Lederstiefeln marschieren im Stechschritt den Newski-Prospekt hinauf und hinunter«, sagte Underhill.

»Um die nackten Männer festzunehmen, die die barbarische Kälte aus den Wäldern vertrieben hat«, fügte Maggie hinzu.

Ja, genau. Ganz in der Nähe lag ein großer Wald, und wenn man nachts die Fenster des Ballsaals öffnete, konnte man die Wölfe heulen hören.

»Sehen wir doch mal im Telefonbuch nach«, schlug Michael vor und wandte sich vom Fenster ab.

Das Telefon stand auf dem kleinen Tischchen neben Michaels Bett. Es war ein altmodischer Apparat aus schwarzem Bakelit mit Wählscheibe. Die beiden Männer zogen Schubladen in den verschiedenen Schränken und Kommoden auf. Dabei entdeckte Underhill ein Fernsehgerät, das man aus einem Regal herausschwenken konnte. Michael stieß in einer tiefen Schublade, ausgelegt mit zerknittertem Papier mit Weihnachtsbäumen drauf, auf eine Gideon-Bibel und eine Broschüre mit dem Titel ›Die Pforzheimer-Story‹. Underhill machte einen Schrank zwischen den hohen Fenstern auf und entdeckte ganze Bücherreihen. »Mein Gott, eine richtige Bibliothek!« Er konnte es nicht fassen. »Und was für Bücher! *Kätzchens hübscher Muff, Mr. Tickers Zehennagel, Schmachtende Küsse, Historische Residenzen auf dem Malaienarchipel*... sieh mal einer an, was haben wir denn da?« Er zog ein ziemlich angeschlagenes Exemplar von *The Divided Man* heraus. »Heißt das nun, daß ich unsterblich bin oder ein obskurer Literat und lächerlicher Schreiberling?«

»Kommt ganz drauf an, wie Sie zu *Kätzchens hübscher Muff* stehen«, sagte Maggie und nahm das Buch aus dem Regal. »Das Telefonbuch muß doch irgendwo hier drin sein.« Sie fing an, die untere Hälfte des Schrankes zu durchwühlen.

»Märchen, Erzählungen und Verwirrung bei der Geburt«, zitierte Underhill, nachdem er noch ein Buch aus dem Regal gezogen hatte.

Maggie zog an einem versteckten Hebel, da kam ganz hinten aus dem Schrank noch ein Fach zum Vorschein. Es enthielt einen silbernen Cocktailshaker mit einem in sich zusammengefallenen modrigen Spinnennetz und einer schon ganz schrumpeligen Spinne, einen blanken Eiskübel, eine schon fast leere Flasche Gin, eine fast noch volle Flasche Wermut und ein Glas vergammelter Oliven. »Das Zeug muß hier schon seit der Prohibition herumstehen«, meinte Maggie. »Leider nirgendwo ein Telefonbuch.« Sie erhob sich achselzuckend und ging mit ihrem Buch zum Sofa.

»Das ist so ganz anders, als wenn man mit Harry Beevers und Conor unterwegs ist«, meinte Michael. »Als ich Conor fragte, ob er nicht doch noch mitkommen wolle, da sagte er: Ich weiß mit meiner Zeit was Besseres anzufangen, als irgendwelchen Götzenbildern nachzurennen.« Er sah aus dem Fenster. Große Schneeflocken wirbelten durch die Dunkelheit.

»Wovon handelt denn dein Buch?« fragte Underhill.

»Folter.«

Michael hörte Autos hupen und trat näher ans Fenster. Ganz rechts in seinem Blickfeld tauchten Pferdeköpfe auf. Die Pferde zogen einen leeren Wagen. Auf dem Kutschbock saß ein dicker Mann mit krebsrotem Gesicht. Der lenkte sein Gespann gebieterisch mitten auf die Straße und drängte die Autos ab.

»In meinem Buch geht's auch um die Folter. Nein, Maggie, ich mache nur Spaß. Aber laß die Hände davon.«

»In Ihrem Buch sind keine Bilder. Meins besteht fast nur aus Bildern.«

»Dann haben wir ja die richtigen Bücher erwischt.«

Michael wandte sich vom Fenster ab, als Maggie mit gespielter wilder Entschlossenheit vom Sofa aufstand, hinter dem Tim Underhill stand und grinste. Sie ging auf eine niedrige Kommode unterhalb des Spiegels zu. Michael näherte sich dem Sofa und griff nach Maggies Buch. Auf allen Seiten waren Fotos von Kätzchen, die Jacken und Hüte der zwanziger Jahre trugen. Sie nahmen verschiedene Posen ein, lasen Romane, spielten Karten, spielten Tennis, rauchten Pfeife, traten in den heiligen Stand der Ehe ein... Die Augen der Kätzchen waren ganz glasig vor Entsetzen. Sie wirkten alle tot.

»Aha!« rief Maggie aus. »Das Geheimnis des Hotels Pforzheimer!« Sie schwenkte ein so dickes grünes Telefonbuch, daß sie es mit beiden Händen halten mußte.

»Nun sieh dir das mal an! Sie hat es doch tatsächlich ausgegraben«, sagte Underhill.

Michael setzte sich neben Maggie auf das Sofa. Maggie schlug das Telefonbuch auf. »Ich hätte nie gedacht, daß im Telefonbuch von Milwaukee so viele Namen stehen. Was suchen wir denn überhaupt? Ach ja, unter S... Sandberg, Samuels, Sbarro...« Sie schlug einen ganzen Pakken Seiten um. Noch immer nicht weit genug. Noch einen Packen. »Jetzt kommen wir der Sache schon näher. Sperber. Und Spitalny. Dann noch einmal Spitalny, und noch einmal und noch einmal. Wer hätte gedacht, daß so viele Spitalnys in Milwaukee leben?«

Michael betrachtete die Stelle, an der Maggies schlanker Finger ruhte. Maggie fuhr mit dem Finger die ganze Spalte hinunter. Die fing mit Spitalnik an. Unter dem Namen Spitalny standen etwa zwanzig Nummern. Dann folgte Spitalsky.

Michael ging mit dem Telefonbuch durch das große Zimmer zum Bett. Er setzte sich, das Telefonbuch aufgeschlagen auf dem Schoß. Er stützte sich auf die Kissen und zog das Telefon näher heran. Maggie und Tim Underhill sahen ihm von der Couch aus zu. Sie wirkten beinahe wie die Kätzchen in Maggies Buch. »Unterhaltet euch«, schlug ihnen Michael vor. »Nutzt die wertvolle Zeit.«

»Haben Sie sich schon einmal gesagt, daß Conor Linklater ein Genie ist?« wandte sich Underhill an Maggie.

»Mr. Spitalny?« sagte Michael. »Mein Name ist Michael Poole. Ich suche die Eltern eines Mannes namens Victor Spitalny, der mit mir zusammen in Vietnam war. Sind Sie vielleicht mit ihm verwandt, oder wissen Sie, wie ich seine Eltern erreichen kann? Ja, richtig, er heißt Victor. In Ihrer Familie heißt also niemand Victor. Ja, er stammte aus Milwaukee... Trotzdem vielen Dank.«

Er drückte auf die Gabel und wählte die nächste Nummer. Als sich da niemand meldete, versuchte er es mit der Nummer, die im Telefonbuch darunterstand. Ein Mann meldete sich, der offenbar das Schneegestöber feierte. Mit lallender Stimme verkündete er Michael, einen Victor Spitalny hätte es nie gegeben. Sang- und klanglos legte er den Hörer auf.

Bei der siebenten Nummer, die er wählte – E. Spitalny in der South Mogrom Street – hatte Michael mehr Glück. »Sie sind mit Victor in Vietnam gewesen?« fragte eine junge Frau. »Meine Güte, das ist schon so lange her.«

Michael machte den beiden auf der Couch ein Zeichen, ihm Papier und einen Stift zu bringen. Underhill fand einen Schreibblock Hotelbriefpapier, den warf er Michael zu.

»Gehören Sie zu seiner Familie? Ich meine, sind Sie mit ihm verwandt?«

»Meine Güte, Victor war mein Vetter«, sagte das Mädchen. »Soll das heißen, daß er noch am Leben ist? Sie können sich nicht denken, was das für mich bedeutet.«

»Die Möglichkeit besteht, daß er noch am Leben ist. Können Sie mir die Telefonnummer seiner Eltern geben? Sind sie beide noch am Leben?«

»Na ja, wenn man das Leben nennen kann. Ich habe die Nummer nicht parat, aber sie steht im Telefonbuch. George und Margaret Spitalny. Onkel George und Tante Margaret. Hören Sie, ist Vic nicht etwas Merkwürdiges zugestoßen? Ich dachte, er war in Übersee im Krankenhaus und ist dort gestorben.«

Michael ging die Eintragungen durch, bis er auf *Spitalny George, 6835 S. Winnebago St.* stieß. Er zog mit dem Stift einen Kreis um diesen Namen.

»Wie kommen Sie darauf, daß er im Krankenhaus gelegen haben soll?«

»Ich dachte, Onkel George... aber das ist ja schon so lange her.«

»Haben Sie seit dem Krieg nichts mehr von Ihrem Vetter gehört?«

»Aber *nein*. Selbst wenn er noch am Leben wäre, hätte er mir kaum geschrieben. Wir haben uns nicht besonders gut verstanden. Wer sind Sie doch gleich wieder?«

Michael nannte ihr seinen Namen noch einmal und erklärte ihr, Victor und er seien Kriegskameraden im Vietnamkrieg gewesen. Das Mädchen stellte sich als Evvie vor. »Ich bin mit Freunden aus New York hier. Wir wollten wissen, ob Victors Eltern oder Verwandte in letzter Zeit von ihm gehört haben.«

»Nicht daß ich wüßte.«

»Können Sie mir die Namen der Freunde Ihres Vetters nennen? Zum Beispiel die Namen von Mädchen, mit denen er gegangen ist. Oder auch irgendwelche Lokale, die er gern besucht hat.«

»Na, ich weiß nicht recht«, meinte Evvie. »Vic war eigentlich mehr ein Einzelgänger. Er ging öfter ins *Rufus King*, das weiß ich noch. Und er ist eine Weile mit einem Mädchen namens Debbie gegangen. Ich habe sie mal kennengelernt, als ich noch ein Kind war. Debbie Maczik. Ich fand sie ganz süß. Und ich glaube, er ist auch öfter in ein Lokal gegangen, das *The Polka Dot* heißt. Aber meistens hat er an seinem Wagen rumgebastelt und so Sachen, wissen Sie.«

»Können Sie sich noch an die Namen seiner Freunde erinnern?«

»Einer dieser Burschen hieß Bill und einer Mack, mehr weiß ich leider nicht. Als Vic eingezogen wurde, war ich ja erst zehn. Meine Tante und mein Onkel wissen sicher mehr.«

»Ob Ihr Onkel jetzt wohl zu Hause ist?«

»Wollen Sie ihn gleich anrufen? Ich glaube kaum, daß er zu Hause ist. Wahrscheinlich ist er in der Arbeit. Ich müßte eigentlich auch schon weg sein. Ich bin Sekretärin beim Gaswerk. Aber heute habe ich es einfach nicht über mich gebracht, zur Arbeit zu gehen. Deshalb bin ich daheimgeblieben und sehe mir die Schnulzen im Fernsehen an. Aber Tante Margaret ist bestimmt zu Hause. Sie geht kaum je aus dem Haus.« Evvie Spitalny unterbrach sich. »Ich brauche Ihnen sicher nicht zu sagen, was das für ein komisches Gefühl ist. Über meinen Vetter Vic zu sprechen. Wirklich ulkig. Man glaubt, man hätte einen Menschen längst vergessen, und peng, da wird man plötzlich wieder an ihn erinnert. Wissen Sie, mein Vetter war kein besonders netter Mensch.«

»Nein«, bestätigte Michael.

Nachdem Evvie aufgelegt hatte, wählte er die Nummer in der Winnebago Street. Eine ältere Frau meldete sich mit nasaler Stimme.

»Sind Sie Mrs. Spitalny? Mrs. Margaret Spitalny?«

»Ja.«

»Mrs. Spitalny, Sie können mich nicht kennen, aber ich war mit Ihrem Sohn in Vietnam. Wir haben ein Jahr lang zur gleichen Kompanie gehört. Ich heiße Michael Poole, inzwischen Dr. Poole.«

»Meine Güte, das darf doch nicht wahr sein. Wie war das gleich wieder?«

Michael wiederholte alles noch einmal.

»Und wie heißen Sie gleich wieder?«

Michael nannte ihr seinen Namen noch einmal. »Ich bin zusammen mit Tim Underhill in Milwaukee. Er ist auch ein Kriegskamerad von Ihrem Sohn und mir. Wir möchten Sie und Ihren Gatten gern besuchen, wenn das möglich ist.«

»Uns besuchen?« Mrs. Spitalny konnte offenbar nur Fragen stellen.

»Wir möchten gern zu Ihnen kommen, um Sie kennenzulernen, wenn Sie nichts dagegen haben. Wir sind heute morgen aus New York gekommen, und wir haben Ihre Nummer aus dem Telefonbuch.«

»Sie sind den ganzen weiten Weg aus New York nur hergekommen, um mich und George zu sehen?«

»Wir wollten uns schrecklich gern mit Ihnen über Victor unterhalten. Ich hoffe, daß wir Ihnen damit keine allzu großen Unannehmlichkeiten machen, und ich möchte mich dafür entschuldigen, daß das so plötzlich kommt – aber hätten Sie etwas dagegen, wenn wir heute nachmittag oder heute abend zu Ihnen kommen? Uns interessiert einfach alles, was mit Victor zu tun hat. Wir würden uns gern Fotos ansehen usw.«

»Sie wollen zu uns *nach Hause* kommen? Heute abend?«

»Wenn das ginge. Selbstverständlich nicht zum Essen. Sie brauchen uns nichts anzubieten. Wir möchten nur soviel wie möglich über Victor in Erfahrung bringen.«

»Also, da gibt's nicht viel zu sagen. Das können wir auch gleich am Telefon erledigen... Sie sind doch nicht von der Polizei, oder?«

Michaels Herz schlug ein wenig schneller. »Nein, ich bin Arzt, und Mr. Underhill ist Schriftsteller.«

»Der andere ist Schriftsteller? Und Sie haben bestimmt nichts mit der Polizei zu tun? Schwören Sie mir das?«

»Ich schwöre es.«

»Denn das wäre zuviel für meinen Mann. Das würde er nicht mehr verkraften.«

»Wir sind nur alte Freunde Ihres Sohnes. Machen Sie sich keine Sorgen.«

»Vielleicht rufe ich George besser erst bei Glax an, da arbeitet er nämlich. Ich muß das erst mit ihm besprechen. Er muß Bescheid wissen, sonst sitze ich in der Patsche. Das alles kommt so völlig unerwartet. Verraten Sie mir, wo Sie zu erreichen sind, dann rufe ich Sie wieder an, wenn ich mit George gesprochen habe.«

Michael nannte ihr die Telefonnummer des Hotels, dann fragte er sie ganz spontan: »Haben Sie in letzter Zeit etwas von Victor gehört? Wir wüßten nämlich gern, wo wir ihn finden können.«

»In letzter Zeit von ihm *gehört?* Herr Dr. Poole, seit über zehn Jahren hat kein Mensch mehr was von Vic gehört. Also, ich rufe Sie dann gleich zurück.«

Michael legte auf. »Sieht aus, als hättest du recht, was Spitalnys Eltern angeht«, sagte er zu Underhill.

»Ruft sie zurück?« wollte Maggie wissen.

»Ja, nachdem sie mit ihrem Mann gesprochen hat.«

»Und wenn der ablehnt?«

»Dann haben sie wahrscheinlich etwas zu verbergen. Dann bearbeiten wir sie so lange, bis sie uns reinlassen.«

»Dann schütten sie uns eine Stunde lang ihr Herz aus, und wir wissen alles«, sagte Unterhill. »Wenn sie so eine Last mit sich rumschleppen, können sie es sicher kaum erwarten, sich alles von der Seele zu reden.«

»Du hoffst also, daß sie anruft und uns zu verstehen gibt, daß wir nicht kommen dürfen?«

Underhill lächelte und wandte sich wieder seinem Buch zu.

Michael versuchte zu lesen, ging dann nervös im Zimmer auf und ab, bis er wieder aus dem Fenster blickte. Draußen in Moskau oder Leningrad hatte sich ein kleiner schwarzer Wagen, der völlig schmutzverkrustet war, mit der Motorhaube in einen der Schneeberge gebohrt. Dadurch blockierte er eine weitere Fahrspur, und der Verkehr kroch auf der letzten noch befahrbaren Spur an ihm vorbei.

»Für solche Gelegenheiten sind die Kartenspiele erfunden worden«, sagte er.

»Und auch Mah-Jongg«, gab Maggie ihren Senf dazu. »Ganz zu schweigen von dem Fernsehen und dem Rauschgift.«

Da läutete das Telefon. Michael griff blitzschnell nach dem Hörer. »Hallo?«

»Hier ist George Spitalny«, meldete sich eine aggressive Männerstimme. »Meine Frau sagt, Sie htäten sie angerufen und ihr irgendeine haarsträubende Geschichte aufgetischt.«

»Mr. Spitalny, ich bin froh, daß Sie angerufen haben. Ich bin Dr. Michael Poole, und ich war mit Ihrem Sohn zusammen in Vietnam...«

»Hören Sie, ich habe nur eine Viertelstunde Pause. Was wollen Sie eigentlich? Sagen Sie es mir besser gleich.«

»Ich hatte gehofft, daß ich mit einem anderen alten Freund von Victor heute abend zu Ihnen kommen kann, damit wir uns über Victor unterhalten.«

»Das paßt mir ganz und gar nicht. Ich brauche Sie und Ihren Freund nicht in mein Haus zu lassen.«

»Nein, natürlich nicht, Mr. Spitalny. Ich möchte mich dafür entschuldigen, daß das alles für Sie so plötzlich kommt, aber meine Freunde und ich sind heute morgen erst aus New York gekommen, und wir kennen keinen Menschen in Milwaukee. Wir wollten nur soviel wie möglich über Victor in Erfahrung bringen.«

»Verdammt nochmal, wer sind denn diese Freunde?«

»Tim Underhill, der Mann, von dem ich schon gesprochen habe und eine Freundin namens Maggie Lah.«

»War die etwa auch in Vietnam?«

»Nein. Sie ist nur mitgekommen, um uns zu unterstützen.«

»Und Sie behaupten allen Ernstes, Victor wäre ein wichtiger Mann in Ihrer Einheit gewesen? Wie denn das?«

»Er war ein guter Frontsoldat. Victor war unter Beschuß sehr zuverlässig.«

»Himmel, was für ein Bockmist«, fauchte Mr. Spitalny. »Ich habe Victor entschieden besser gekannt als Sie, Mister.«

»Eben deshalb möchten wir uns gern mit Ihnen unterhalten. Wir möchten gern mehr über Ihren Sohn erfahren.«

Spitalny summte vor sich und sagte dann: »Sie haben meiner Frau versichert, daß Sie keine Bullen sind.«

»Stimmt.«

»Und Sie sind nur hier hergekommen, um uns zu besuchen? Noch dazu mitten im Winter?«

»Voriges Jahr hatten wir in Washington so eine Art von Veteranentreffen. Von unserer Einheit sind nicht mehr viele am Leben. Wir möchten soviel wie möglich über Victor und einen anderen Mann aus unserer Einheit in Erfahrung bringen, der ebenfalls aus Milwaukee stammt. Und wir hatten bisher noch keine Zeit, uns auf die Reise zu machen.«

»Na schön, wenn Sie sich wirklich nur mit uns über Victor unterhalten wollen, kommen Sie ruhig her. So gegen fünf. So, jetzt muß ich wieder an die Arbeit.«

Er erklärte Michael noch, wie sie am besten zu seinem Haus kommen würden und legte auf.

Michael sagte: »Er ist nicht gerade erpicht darauf, uns zu sich einzuladen, aber er hat sich trotzdem dazu durchgerungen. Er war sehr nervös, obwohl er eigentlich nicht den Eindruck macht, als ließe er sich so leicht aus der Fassung bringen.«

»Ich glaube, *ich* werde auch langsam nervös«, erklärte Maggie.

Michael ging wieder zum Fenster zurück. Der schwarze Wagen saß immer noch in der Schneewehe fest. Die Hinterräder drehten so stark durch, daß eine Rauchsäule aufstieg.

»Ich suche mal die Nummer von Denglers Eltern raus«, sagte Underhill.

Er hörte Underhill aufstehen und durch das große Zimmer zum Telefon gehen. Ein gelber Bus der städtischen Verkehrsbetriebe bahnte sich seinen Weg durch die Straße. Müde aussehende Leute, in dicke Mäntel und Schals eingewickelt, saßen in dem beleuchteten Bus und wirkten wie Schaustücke in Museumsvitrinen. Der Busfahrer wartete darauf, daß sich der schwarze Wagen aus eigener Kraft aus der Schneewehe herausarbeitete. Schließlich drehte er sein Fenster hinunter und rief dem Autofahrer etwas zu. Der Fahrer des schwarzen Wagens stieß die Tür auf, stellte sich auf das Trittbrett und rief dem Busfahrer ebenfalls etwas zu. Auf seinem Kopf saß eine kleine Tweedkappe. Er machte dem Busfahrer ein Zeichen, um ihn herumzufahren. Der Busfahrer schrie wieder etwas und zog den Kopf zurück. Er fuhr an, bis der Bus mit dem rechten Ende der hinteren Stoßstange in Berührung kam. Das Auto erbebte.

»Den Namen Dengler gibt es hier nur einmal. In der Muffin Street«, verkündete Underhill.

Der Fahrer des schwarzen Wagens sprang entrüstet aus seinem Gefährt. Der Bus schob sich weiter vorwärts und drückte den schwarzen Wagen noch einen Meter tiefer in die Schneewehe hinein. Der Mann mit der Tweedkappe brüllte außer sich vor Zorn, stürzte auf den Bus und schlug mit den Fäusten auf ihn ein. Sein Auto glitt noch ein paar Zentimeter tiefer in den angehäuften Schnee. Dadurch wurde eine der Parkuhren umgeknickt. Er rannte zurück zu seinem Wagen, öffnete den Kofferraum und zog einen Wagenheber heraus. Damit schlug er auf die Kühlerhaube des Busses ein. Gleichzeitig warf er den Kofferraum seines Wagens wieder zu. Dann ging er um den Bus herum und ließ den Wagenheber rhythmisch gegen die gelbe Karosserie des Busses krachen, während der Bus seinen Wagen immer tiefer in die Schneeverwehung schob. Der obere Teil der Parkuhr war schon so tief im Schnee versunken, daß man ihn nicht mehr sah. Der Bus geriet ins Schleudern und landete mitten auf der Straße. Autohupen gellten. Der Mann mit der Tweedmütze rannte wie von der Tarantel gestochen hinter dem Bus her, der sich durch die vereiste Straße quälte, und schlug von hinten mit dem Wagenheber auf das Fahrzeug ein. Er holte vor jedem Schlag mit aller Kraft aus. Wie er so hinter dem Bus herjagte, sah er aus wie ein außer Kontrolle geratenes kleines Aufziehspielzeug. Die Fahrgäste auf der rückwärtigen Bank hatten sich umgedreht und starrten den kleinen Mann mit weitaufgerissenen Mündern an. Ihr Gesichtsausdruck erinnerte Michael an den von neugeborenen Babys.

3

Michael sah aus dem Fenster des Taxis, als sie über eine lange breite Brücke fuhren. Er nahm natürlich an, daß unter dieser Brücke ein Fluß hindurchfloß. Doch ganz tief unten stießen in einem breiten Tal Fabrikschornsteine graue Qualmwolken aus. Die schienen sofort zu gefrieren und wie Schwingen in der schwarzen Luft zu hängen. Kleine rote Flämmchen tänzelten und brannten auf hohen Säulen. Aus der Tiefe leuchteten die roten Scheinwerfer von Lokomotiven herauf. Züge bewegten sich ratternd im Zeitlupentempo und sprühten Funken.

»Wie heißt das denn da unten?« fragte Michael den Taxifahrer.

»Überhaupt nicht.« Schwer zu sagen, wie alt der Taxifahrer war. Jedenfalls roch er nach sauer gewordener Milch, wog ungefähr drei Zentner und hatte Tätowierungen auf beiden Händen.

»Wie, das hat keinen Namen?«

»Wir nennen es einfach ›Das Tal‹.«

»Was ist denn das da unten?«

»Verschiedene Firmen und Fabriken. Glax, Dux, Muffinberg, Fluegelhorn Brothers.«

»Stellen die Instrumente her?« erkundigte sich Underhill.

»Nein, Grabewerkzeuge, Müllsäcke usw.«

Je länger sie über die Brücke fuhren, desto mehr erinnerte sie ›Das Tal‹ an eine surrealistische Darstellung der Hölle. Die gefrorenen grauen Schwingen verwandelten sich in Steinbrocken, die Flammen nahmen zu. Immer wieder flackerte plötzlich und unerwartet ein Licht auf. Dann war einem kurz ein Blick auf winkelige Straßen, stillgelegte Züge und langgestreckte Fabriken mit kaputten oder mit Brettern vernagelten Fenstern vergönnt – als ob es blitzte. Aus einer Tiefe von mehreren hundert Metern blinkte eine kleine Lichtreklame zu ihnen herauf MARGE 'N AL'S, MARGE 'N AL'S.

»Sind da unten auch Kneipen?«

»Ja, da unten gibt's alles.«

»Leben im Valley auch Leute? Sind da Wohnhäuser?«

»Hören Sie mal«, sagte der Taxifahrer, »was sind Sie bloß für ein Arschloch. Wenn Ihnen irgendwas nicht paßt, können Sie ja aussteigen. Verstanden? Ich habe Ihr Gequatsche langsam satt.«

»Ich wollte Sie doch nicht –«

»Halten Sie endlich die Klappe, dann bringe ich Sie, wohin Sie wollen. Kapiert?«

»Kapiert«, sagte Michael. »Klar doch. Sie können sich darauf verlassen.«

Maggie schlug die Hand vor den Mund. Ihre Schultern zitterten.

»Fahrer, gibt's hier in der Stadt eine Bar, die *Besserungsanstalt* heißt?« erkundigte sich Underhill.

»Ja, davon habe ich schon gehört«, antwortete der Taxifahrer.

Am Ende der Brücke geriet das Taxi unversehens auf eine Eisplatte, der Wagen schleuderte, drehte sich ein Stück um die eigene Achse, fing sich dann aber wieder. Es roch ganz plötzlich stark nach Schokolade.

»Woher kommt denn der Geruch auf einmal?« fragte Underhill.

»Von der Schokoladenfabrik.«

Von jetzt an fuhren sie sehr lange durch breite und schmälere Straßen mit zweistöckigen Häusern, vor denen kleine Veranden lagen. Zu jeder Häuserzeile gehörte anscheinend eine Kneipe, von der genau wie von den Häusern die Farbe abblätterte. In manchen Straßen lagen auch zwei Kneipen, an jeder Ecke eine. Hohe Zäune versperrten den Zugang zu den unbebauten Grundstücken, wo der Schnee zu Bergen angehäuft lag. Im Licht der Straßenlaternen wirkte er bläulich und giftig. Hin und wieder sahen sie eine Bierreklame im Fenster eines Hauses, das eigentlich wie ein Wohnhaus wirkte. An der hellerleuchteten Straßenecke vor der Kneipe SAM 'N ANNIE'S GOOD TIMES LOUNGE stand ein dicker Mann in einem Wolfspelzparka mit einem großen schwarzen Hund. Das Taxi hielt, weil die Ampel rot war. Der Mann schlug seinen Hund mit der linken Hand, so fest, daß der zur Seite taumelte. Dann schlug er ihn mit der rechten Hand. Michael sah, wie der Mann grinste und erneut zuschlug. Der Hund richtete sich zähnefletschend auf. Da versetzte ihm der Mann mit der Faust einen Schlag auf den Kopf. Der Hund glitt aus, schlitterte über den vereisten Bürgersteig, bis er wieder auf die Beine kam. Er ließ die Schultern hängen und trat den Rückzug an. Michael starrte den Mann und den Hund entsetzt an. Was für ein makabres Schauspiel. Der Hund gehörte diesem Mann, und das war seine Art, mit dem Tier umzugehen. Die Ampel schaltete auf grün. Das Taxi fuhr an, kroch über die ansonsten leere Kreuzung. Genau in diesem Augenblick setzte der Hund zum Sprung an. Michael und Underhill sahen aber nur noch den Rücken des Hundebesitzers in dem hellen Wolfspelz, der breit wie ein Schrank war. Er schwankte hin und her. Der Mann und sein Hund rangen miteinander.

Etwa zehn Minuten später hielt das Taxi vor einem der zweistöckigen Holzhäuser. Die Zahlen der Hausnummer 6835 waren über der Veranda festgenagelt. Michael bezahlte den Taxifahrer und stieß den Wagenschlag auf. Sein Gesicht brannte sofort in der eisigen Kälte. Wangen, Stirn und Nase glühten. Seine Finger waren in der Kälte steifgefroren. »Sind Sie in Vietnam gewesen?« fragte er den Taxifahrer. »Mir sind die Airborne-Insignien auf Ihren Händen aufgefallen.«

Der Taxifahrer schüttelte den Kopf. »Nee, Opa, ich bin erst zwanzig.«

Sie eilten den vereisten betonierten Weg entlang auf das Haus zu. Die Stufen zur Veranda waren sehr abgenutzt, und die ganze Veranda hing irgendwie schief in den Angeln. Über den ursprünglichen Verputz des Hauses war grüne genarbte Asphaltpappe geleimt worden. An der Tür und an den Fenstern blätterten ganze Lappen ab und hingen runter. Michael drückte auf den Klingelknopf. Wieder stieg ihm der Duft nach Schokolade in die Nase.

»Das ist wohl eine süße und saure Stadt«, murmelte Underhill.

»Sweet *'n* sour«, verbesserte ihn Maggie.

Die Tür öffnete sich, und ein kleiner stämmiger Mann mit straff zurückgekämmtem, schon stark gelichtetem schwarzem Haar sah sie durch den Windschutz hindurch mit gerunzelter Stirn an. Er trug eine khakifarbene Hose und ein sauber gestärktes, khakifarbenes Arbeitshemd mit zwei Taschen auf der Brust. Er nahm die beiden Männer mit seinen kalten kleinen Augen unter die Lupe. Dann blieb sein Blick auf Maggie haften. Mit einer Frau wie Maggie hatte er offenbar nicht gerechnet, und er erholte sich erst von seiner Überraschung, als sie ihn anlächelte. Er warf Michael noch einen finsteren Blick zu, dann gab er sich geschlagen und drückte die Windfangtür knarrend ein paar Zentimeter auf.

»Haben Sie mich angerufen?«

»Ja, Mr. Spitalny«, bestätigte Poole. »Dürfen wir hereinkommen?«

George Spitalny stieß die Tür ganz auf. Er blieb unbeweglich stehen und hielt die Tür auf, bis sich die drei Besucher an ihm vorbeigedrängt hatten. Der Geruch von Kohl und Würstchen stieg Michael in die Nase. »Nun machen Sie schon«, ermahnte sie Spitalnys Vater. »Ich muß die Tür wieder zumachen. Alle drängten sich ganz eng zusammen, damit die Tür wieder zuschwingen konnte. »Da hinein.«

Michael ging hinter Underhill und Maggie her durch einen Flur ins Wohnzimmer. Eine verängstigt wirkende Frau in einem geblümten Hauskleid stand händeringend vor einem Sofa mit Plastikbezug. Als sie Maggie sah, erstarrte sie. Blitzschnell warf sie einen Blick auf ihren Mann. George Spitalny blieb an der Tür stehen. Er dachte nicht daran, sie einander vorzustellen. Sie hatten wohl beide auf dem Sofa gesessen und aus dem Fenster gestarrt – darauf gewartet, daß ein Taxi vorfuhr. Jetzt wo die Gäste endlich eingetroffen waren, wußten sie beide nicht, wie sie sich verhalten sollten.

Maggie trat einen Schritt vor und reichte Mrs. Spitalny die Hand. Sie stellte ihr die beiden Männer vor. Die gaben ihr dann ebenfalls die Hand.

Mrs. Spitalny schüttelte ihnen rasch die Hände und forderte sie auf Platz zu nehmen. Er selbst ging zu einem großen, grünen Lehnstuhl und zog sich die Hosenbeine etwas hoch, bevor er sich setzte. Maggie lächelte noch immer und setzte sich neben Mrs. Spitalny auf das Sofa.

»Also dann«, sagte Mr. Spitalny.

»Sie haben es sehr schön hier, Mrs. Spitalny«, meinte Maggie.

»Uns genügt es jedenfalls. Wie war doch gleich wieder Ihr Name?«

»Maggie Lah.«

Margaret Spitalny streckte Maggie die Hand hin, doch dann fiel ihr wieder ein, daß sie ihr ja schon die Hand geschüttelt hatte. Rasch zog sie die Hand zurück.

»Es schneit noch immer, was?« murmelte sie.
Ihr Mann sah aus dem Fenster. »Hat aufgehört.«
»Ach Gott.«
»Schon vor ein paar Stunden.«
Michael betrachtete ein Foto des Gouverneurs George Wallace, der inmitten einer Menschenmenge strahlend in seinem Rollstuhl saß. Auf einem kleinen runden Tischchen neben ihm standen Hirsche aus Porzellan, Zwerge und Milchmädchen. Der Boden war mit grünem Linoleum ausgelegt. Alles war blitzsauber.

George Spitalny riskierte noch einen verstohlenen Blick auf Maggie, dann betrachtete er stirnrunzelnd seine Schuhe auf dem grellgrünen Linoleum.

Es war überdeutlich, daß diese Leute nicht daran gewöhnt waren, Besuch zu haben. Wenn Maggie nicht die Initiative ergriffen hätte, würden sie wahrscheinlich noch immer an der Tür stehen.

»Sie haben Victor also gekannt«, bemerkte George Spitalny. Er sah Michael an und warf einen zweifelnden Blick auf Maggie.

»Dr. Poole und ich waren mit ihm in der gleichen Einheit«, sagte Underhill.

»Sind Sie Arzt?«

»Ja, Kinderarzt.«

»Aha.« George kräuselte die Lippen. »Also, genaugenommen weiß ich noch immer nicht, was Sie von uns erwarten. In meinen Augen ist das alles eine mordsmäßige Zeitverschwendung. Wir können Ihnen gar nichts über Victor sagen.«

»Aber George.«

»Vielleicht kannst du etwas über Victor sagen. Ich nicht, das weißt du doch.«

»Vielleicht hätten die Herren gern ein Bier, George.«

»Ich habe Hamm-Bier«, sagte George.

»Wir trinken gern ein Bier, wenn es Ihnen nichts ausmacht.«

George ging hinaus. Er war heilfroh, etwas zu tun zu haben.

»Ich hoffe, Sie halten unseren Besuch nicht auch für Zeitverschwendung, Mrs. Spitalny«, sagte Underhill. Er beugte sich vor und lächelte sie an. Er schien sich in seinem ausgeleierten Pullover und seinen Jeans ungeheuer wohl zu fühlen. Mrs. Spitalny entspannte sich allmählich.

»Ich weiß wirklich nicht, was in George gefahren ist. Warum er so was sagt. Er regt sich wahrscheinlich immer noch auf über Vic. Er ist sehr stolz, wissen Sie – furchtbar stolz.«

Sie schwieg sofort und verdrehte die Augen, als ihr Mann mit drei Bierflaschen und Wassergläsern auf den Flaschenhälsen wiederkam. Er hielt sie Michael hin. Der nahm sich eine. Underhill bekam die zweite Flasche, die dritte behielt George selber. Maggie lächelte Mrs. Spitalny wieder strahlend an.

George Spitalny setzte sich und goß sich Bier ins Glas. »Wo Sie herkommen, kriegen Sie das bestimmt nicht, was? Die meisten Leute hier trinken nur das Bier, das hier gebraut wird. Pforzheimer. Wer das nicht kennt, weiß nicht, was ihm entgeht. Ich habe Ihr New Yorker Bier probiert. Ein gräßliches Gesöff. Das reinste Spülwasser.«

»Aber George!«

»Sollen sie unser Bier erst mal probieren. Es kommt vor allem auf das Wasser an. Das sage ich immer, auf das Wasser kommt es an.«

»Natürlich liegt's am Wasser«, sagte Underhill. »Und ob es daran liegt.«

»Woran sollte es auch sonst schon liegen?«

»Hat unser Victor Freunde gehabt?« wechselte Margaret Spitalny das Thema. Sie wandte sich direkt an Underhill. »Haben Sie ihn gemocht? War er Ihnen sympathisch?«

»Aber natürlich hatte er Freunde«, behauptete Tim Underhill. »Mit Tony Ortega hat er sich besonders gut verstanden. Auch mit vielen anderen Leuten. Stimmt's nicht, Mike?«

»Klar«, bestätigte Michael. Er versuchte, nicht daran zu denken, wie Victor Spitalny dem toten Anthony Ortega die Ohren mit seinem Messer abgeschnitten hatte. »Wir waren auch mit ihm befreundet. Wir sind oft zusammen im Einsatz gewesen.«

»Victor hat ihnen sogar das Leben gerettet«, sagte Maggie mit einem so gezwungenen Lächeln, daß Michael das Verkrampfte und die ungeheure Anspannung fast physisch spürte. »Warum erzählt ihr den Spitalnys das denn nicht?« Underhill und Michael sahen sich sprachlos an, da fiel Maggie ein: »Das war im Dragon Valley. Na ja, vielleicht hat er euch nicht direkt das Leben gerettet, aber er hat für Ruhe gesorgt und dem Arzt geholfen, wo er konnte...«

»Ja, richtig«, sagte Michael. George und Margaret Spitalny starrten Michael an. Der entschuldigte sich stillschweigend bei dem toten Dengler und berichtete: »Also, als Lieutenant Beevers zum erstenmal ins Feld zog, hat er sich verirrt und uns in einen Hinterhalt geführt...«

Als er geendet hatte, sagte Margaret Spitalny. »Vic hat uns nie etwas davon erzählt.«

»Na ja, Vic war eben kein Angeber. Er hat sich nichts drauf eingebildet«, sagte Underhill.

»Sind noch mehr solche Sachen passiert?« erkundigte sich George.

»Hat er Ihnen erzählt, wie er einen verwundeten Soldaten namens Hannapin fünf oder sechs Kilometer auf dem Rücken mit sich rumgeschleppt hat?«

Victor Spitalnys Eltern konnten es nicht fassen. Sie starrten Michael wie gebannt an. Da erzählte er noch so eine Dengler-Geschichte.

»Na ja, vielleicht hat das Militär ja doch noch einen Mann aus ihm gemacht«, sagte sein Vater und blickte George Wallace in seinem Rollstuhl von der Seite an. »Ich hol' mir noch ein Bier.« Er stand auf und ging wieder aus dem Zimmer.

»Jungs, möge Gott euch segnen«, sagte Margaret Spitalny. »Und Sie natürlich auch, Miß. Arbeiten Sie alle bei der Army?«

»Nein«, sagte Michael. »Mrs. Spitalny, haben Sie vielleicht irgendwelche Briefe oder Ansichtskarten oder sonst irgendwas von Victor? Sie haben doch sicher Fotos von ihm.«

»Nachdem – wissen Sie, nachdem wir es *erfahren* hatten, hat George alles, was mit Vic und der Army zu tun hatte, verbrannt. Alles bis zum kleinsten Fetzen.« Sie schloß kurz die Augen. »Natürlich habe ich noch Fotos von ihm, als er ein kleiner Junge war und die Fotos aus der High-School-Zeit.«

»Hat er sich überhaupt noch einmal mit Ihnen in Verbindung gesetzt, seit er nicht mehr bei der Army ist?«

»Konnte er ja nicht«, erklärte sie. »Vic ist doch nicht mehr am Leben.«

Mr. Spitalny zwängte sich mit mehreren Bierflaschen durch die Tür. Diesmal brachte er auch Maggie eine. »Ich habe das Glas vergessen«, sagte er. »Können Sie das Bier aus der Flasche trinken?«

»Nein, George, sie ist eine Lady, und sie braucht ein Glas«, wies ihn seine Frau zurecht. Er verteilte die anderen Bierflaschen und ging wieder in die Küche. »George will es sich zwar nicht eingestehen, aber ich weiß Bescheid. Victor ist schon lange tot.«

»Wir halten es für möglich, daß er noch am Leben ist«, sagte Michael. »Wir...«

George Spitalny kam mit dem Glas zurück und gab es Maggie mit einem bedeutungsvollen Blick. »Wo hat denn ein Mädchen wie Sie so gut englisch gelernt?«

»In New York.«

George kniff die Augen zusammen.

»Ich bin schon mit sechs Jahren in die Staaten gekommen.«

»Aber geboren sind Sie drüben in Vietnam, stimmt's?«

»Nein, in Formosa.«

Wieder dieses Blinzeln.

»Ich bin Chinesin.« Maggie lächelte so breit, daß Michael schon befürchtete, sie könnte einen Muskelkrampf bekommen.

»Aber Sie haben Victor doch gekannt.«

»Nein, ich habe nur von ihm gehört.«

»Ach so.« Mr. Spitalny faßte sich erstaunlich schnell. »Was halten Sie von einem dieser guten alten Abendessen, wie sie in Milwaukee üblich sind?«

»George, noch nicht«, mahnte ihn seine Frau.

»Schätzchen, haben Sie schon mal von der Glax Corporation gehört? Eine der größten Gesellschaften dieser Branche in den Staaten. Haben Sie drüben in China schon davon gehört?«

Maggie verzog keine Miene. Sie tat weiterhin, als interessierte sie das alles brennend.

»Lichtschalter. Riesige Fabrik im Tal. Haben Sie auf dem Weg hierher bestimmt gesehen. Wenn Sie noch eine Weile hier sind, sollten Sie sich das Werk unbedingt einmal ansehen. Ich kann Sie rumführen und Sie allen vorstellen. Na, was halten Sie davon?«

»Das hört sich furchtbar aufregend an«, sagte Maggie.

»Hier ist überhaupt allerhand los... Sie würden staunen, was man in dieser kleinen alten Stadt alles unternehmen kann.«

Michael sah mit an, wie sich George Spitalny vorbeugte und Maggie Lah mit den Augen verschlang. Er hatte nur noch Augen für Maggie. Von seiner Frau und den beiden Männern nahm er keinerlei Notiz mehr. Er fühlte sich so wohl wie schon lange nicht mehr. Er hatte völlig unerwartet etwas Positives über seinen Sohn erfahren, er hielt ein Bier in der Hand, und auf seinem Sofa saß ein Mädchen, das für ihn die Verkörperung der Erotik darstellen mußte. Ein fürchterlicher Mensch! Er hatte Victors Habseligkeiten verbrannt und alles vernichtet, was an seinen Sohn erinnerte, weil Victor dem Narzißmus, der Eigenliebe seines Vaters einen kräftigen Stoß versetzt hatte. Michael empfand wider Erwarten Mitleid mit Victor Spitalny, weil er unter der Fuchtel dieses eitlen, überheblichen, unzulänglichen Menschen aufgewachsen war.

»Wie war Victor denn als Kind?« erkundigte er sich.

George Spitalny wandte sich Michael nur widerstrebend zu. Seine Miene wirkte fast bedrohlich. *Junge, komm mir nur nicht in die Quere,* schien dieser Blick zu besagen. Doch bevor er sich zu der Frage äußerte, kippte er sein Bier in sich hinein. Um ein Haar hätte er Maggie zugezwinkert. »Mit ihm war nicht viel los, das ist die traurige Wahrheit. Vic war kein glückliches, unbeschwertes Kind. Er hat viel geweint, stimmt's?«

Ein eiskalter, völlig gleichgültiger Blick traf seine Frau.

»Natürlich hat Vic manchmal geweint. Alle Babys schreien mal.«

»Er war eine einzige Enttäuschung. Hat nicht einen Freund gehabt, bis er auf die High School kam. Hatte immer schlechte Noten. Selbst beim Sport war er nicht zu gebrauchen. Auch da durfte man sich keine Hoffnung machen. Warten Sie, ich zeige Ihnen etwas.« Er lächelte Maggie schüchtern, aber mit Verschwörermiene zu, stand wieder auf und ging hinaus. Sie hörten ihn die Treppe hinaufeilen.

»Sie glauben also, daß Victor vielleicht noch am Leben ist?« fragte Margaret Spitalny.

»Das ist durchaus möglich.«

»Es gibt keine Unterlagen, die besagen, daß er tot ist«, sagte Underhill behutsam. »Er ist einfach verschwunden. Und er war zuletzt in Thailand. Vielleicht ist er einfach dortgeblieben. Er könnte von da aus auch woanders hingegangen sein. Es kann auch sein, daß er jetzt unter anderem Namen lebt. Haben Sie wirklich nicht einmal eine Ansichtskarte, die er Ihnen seit seinem Verschwinden noch geschrieben hat?«

George Spitalny kam mit schweren Schritten die Treppe hinunter. Margaret Spitalny schüttelte den Kopf und wandte keinen Blick von der Tür. Ihre Hände zitterten. »Ich glaube nicht...« Sie sprach nicht weiter, als ihr Mann hereingepoltert kam. Er hatte ein Foto in einem alten Silberrahmen in der Hand.

»Maggie, sehen Sie sich das mal an.« Er hielt ihr das Foto vor die Nase. Margaret sah Michael von der Seite an, dann senkte sie den Blick.

»Vielleicht kümmerst du dich jetzt mal um das Abendessen.« Mrs. Spitalny sand auf und ging um ihren Mann herum, ohne ihn anzusehen. Der sah noch immer lächelnd auf Maggie hinunter und keuchte von der Anstrengung des Treppensteigens.

Michael rutschte näher an Maggie heran, um sich das Foto anzusehen. Es war ein altes Foto, in einem Fotoatelier gemacht, und zeigte einen jungen Mann in Baseballkluft. Er posierte mit dem Schläger in der Hand. Mit achtzehn oder neunzehn Jahren hatte George Spitalny ausgesehen wie der Sohn, den er einmal bekommen sollte. Der gleiche schmale Kopf und die Geheimratsecken. Doch der Vater war muskulöser als der Sohn. Derber, handfester und kräftiger. Er hatte als junger Mann genauso unsympathisch ausgesehen wie sein Sohn, wenn auch auf ganz andere Weise.

»Gar nicht übel, was? Das war ich im Jahre 1938. Na, was halten Sie davon?«

Maggie zog es vor, sich nicht dazu zu äußern. Spitalny schloß aus ihrem Schweigen, daß sie nicht die richtigen Worte fand. »Ich glaube gar nicht, daß ich jetzt viel anders aussehe, obwohl das Foto etwa fünfzig Jahre alt ist. Nächstes Jahr gehe ich in Rente, aber ich bin immer noch verdammt gut in Form.« Er hielt Michael das Foto einen Augenblick hin und dann auch Underhill, bevor er es Maggie zurückgab. »So muß ein junger Mann aussehen, stimmt's? Also, als ich mir meinen Sohn so angesehen habe – ich meine kurz nach der Geburt, als er mir gebracht wurde, damit ich ihn mir ansehen konnte –, habe ich mir also dieses kleine Baby angeschaut, und das war ein fürchterlicher Schock für mich. Ich war mir so sicher gewesen, daß ich dieses Kind vom ersten Augenblick an lieben würde, so sehr lieben, wie man ein Kind nur lieben kann. Kommt die Liebe denn nicht ganz automatisch? Jedenfalls habe ich mir das eingebildet. Aber ich habe nichts empfunden, nicht das geringste. Ich konnte es einfach nicht fassen, wie furchtbar häßlich dieses Kind war. Ich habe gleich erkannt, daß es ihm nie gelingen würde, es mit mir aufzunehmen. Vielleicht war das eine Vorahnung, sie sollte sich jedenfalls bestätigen. Er hat nie an mich herangereicht. Nie. In keiner Beziehung. Als er in der High School eine Freundin hatte, diese Debbie Maczik, konnte ich mir überhaupt nicht vorstellen, wie er so ein süßes Mädchen bei der Stange halten konnte. Aber um Ihnen die Wahrheit zu sagen, ich habe da einen Verdacht: Wahrscheinlich ist sie überhaupt nur hergekommen, um mich zu sehen und nicht ihn.«

»Fertig«, rief Margaret irgendwo im Haus.

George Spitalny nahm Maggie das Foto aus der Hand und stellte es auf den Fernseher. »Gehen Sie nur schon in die Küche und setzen Sie sich an den Tisch. Ich muß schnell mal für kleine Jungs.«

4

»Und was ist passiert, als wir endlich die Fotos zu sehen bekommen haben?« fragte Tim und lächelte Maggie auf der Rückfahrt zum Hotel auf dem Rücksitz des Taxis zu.

Michael hatte diese Frage auch schon stellen wollen.

Nach dem Abendessen... »Maggie, schütten Sie doch Ketchup drüber. Das haben wir hier anstatt Sojasauce«... war Mrs. Spitalny endlich raufgegangen und hatte die Fotos ihres Sohnes hervorgeholt, die sie irgendwo versteckt und vor ihrem Mann gerettet hatte. Zuerst hatten beide Spitalnys ihnen diese Fotos gar nicht gerne zeigen wollen. Doch als sie dann erst einmal da waren, hatte George das Kommando gleich wieder übernommen. Er nannte manche überflüssig, andere lächerlich. Bei einigen entschied er, sie seien zu häßlich, um sie herzuzeigen. Schließlich hatten sie nur drei Fotos zu sehen bekommen. Eins von dem acht- oder neunjährigen Victor auf seinem Fahrrad. Auf dem zweiten Foto lehnte Victor als Teenager an der Motorhaube eines alten schwarzen Dodge, und das dritte war das Standardfoto für das Jahrbuch, am Ende der Grundausbildung aufgenommen.

Auf keinem der Fotos sah Victor Spitalny so aus, wie ihn Underhill und Michael in Erinnerung hatten. Sie erschraken fast darüber, daß Victor Spitalny einmal so harmlos und unschuldig ausgesehen hatte wie der Junge auf dem Kriegsfoto. Auf dem Foto, auf dem er mit vor dem T-Shirt verschränkten Armen an dem Wagen lehnte, blickte er zwar mürrisch, aber stolz drein und wirkte einmal sehr beherrscht. An seiner Pose sah man, daß er lange ein Elvis-Fan gewesen war. Komischerweise erinnerte er auf dem Foto, das ihn als kleinen Jungen zeigte, noch am ehesten an den Victor Spitalny, wie sie ihn aus Vietnam kannten.

»Hättest du ihn wiedererkannt?« erkundigte sich Michael, nachdem sie ihren Besuch bei den Spitalnys beendet hatten. Underhill zuckte die Achseln. Maggie nickte, wenn auch zögernd. »Er muß es gewesen sein. Es war zwar sehr dunkel in der Wohnung, und ich kann mich nur noch vage an das Gesicht erinnern, das ich gesehen habe... trotzdem bin ich ziemlich sicher, daß er es gewesen ist. Der Mann, den ich gesehen habe, war verrückt. Der Junge auf dem Foto macht eigentlich keinen verrückten Eindruck. Aber wenn ich ein Junge wäre und diesen Mann zum Vater hätte, würde ich wahrscheinlich den Verstand verlieren. Daß sein Sohn ein Deserteur war, hat ihn vor allem deshalb so sehr mitgenommen, weil das ein schwerer Schlag für sein Ego war.«

»Haben Sie die Telefonnummern?« erkundigte sich Underhill.

Maggie nickte wieder. George und Margaret Spitalny hatten die Telefonnummern von Bill Hopper und Mack Simroe nachgeschlagen, die inzwischen beide verheiratet waren, aber noch in der gleichen Gegend wohnten und im Valley arbeiteten. Auch die Telefonnummer von Deborah Maczik Tusa hatten sie ihnen rausgesucht. Sie nahmen sich vor, am nächsten Tag mit einem Leihwagen noch einmal zur South Side zurückzufahren. Michael ging der leere, nach innen gerichtete Blick des kleinen Jungen auf dem Fahrrad nicht mehr aus dem Kopf. *Hoffnungslos* hatte jemand seinen Gesichtsausdruck genannt, wahrscheinlich Maggie. Deshalb erinnerte Victor Spitalny auf dem Foto, das ihn als Achtjährigen zeigte, mehr an den Mann, den sie kannten, als auf den Fotos, auf denen er schon älter war. Nur die Miene des kleinen Jungen auf dem Fahrrad, des Jungen mit den abstehenden Ohren und den riesigen Schneidezähnen in dem schmalen Kindergesicht drückte die ganze Hoffnungslosigkeit des Erwachsenen aus.

5

Wieder in dem Zweibettzimmer angekommen nahm Underhill den schwarzen Hut mit breiter Krempe ab und zog sich den langen schwarzen Mantel aus. Beides stammte wahrscheinlich aus der Canal Street. Michael bestellte telefonisch den besten Rotwein, den das Pforzheimer zu bieten hatte, einen Château Talbot Jahrgang 1974. Sie brauchten alle etwas, womit sie sich den Mund ausspülen konnten. Der Geschmack des Abendessens hing ihnen noch nach.

»Sie haben sogar Ketchup auf Ihren Kohl geschüttet«, sagte Maggie.

»Ich habe mich einfach gefragt, was Conor Linklater in so einem Fall getan hätte.«

»Wen wollen wir zuerst anrufen?« fragte Michael. »Debbie oder einen von den Jungs?«

»Ob er ihr wohl geschrieben hat?«

»Kann schon sein«, meinte Michael und rief bei Debbie Tusa an.

Ein Junge im Teenageralter meldete sich und sagte: »Meine Mutter wollen Sie sprechen? Hallo, Mama! Mama, komm schon endlich! Da ist jemand für dich am Telefon!«

»Ja, wer ist da bitte?« hörte Michael gleich darauf eine müde Stimme fragen. Michael vernahm auch noch das Donnergetöse aus dem Fernseher im Hintergrund.

Er stellte sich vor und erklärte Debbie kurz, worum es ihnen ging.

»Wen meinen Sie?«

»Victor Spitalny. Ich glaube, Sie sind miteinander gegangen, als Sie beide die Rufus King High School besuchten.«

Sie mußte sich erst fassen. »Meine Güte, das darf doch wohl nicht wahr sein. Wer sind Sie gleich wieder?«

Michael nannte ihr seinen Namen noch einmal und erklärte ihr auch wieder, warum er angerufen hatte.

»Woher wissen Sie denn meinen Namen?«

»Wir waren gerade bei Victors Eltern.«

»Bei Vics Eltern, bei George und Margaret«, sagte sie. »So was. Ich glaube, ich habe seit über zehn Jahren nicht mehr an den armen Kerl gedacht.«

»Sie haben also nichts mehr von ihm gehört, seit er eingezogen worden ist?«

»Auch schon lange vorher nicht, Herr Doktor. Er ist mitten im letzten Schuljahr von der Schule abgegangen. Damals ging ich schon ein ganzes Jahr mit Nick. Nick und ich haben später geheiratet. Vor drei Jahren haben wir uns dann wieder getrennt. Aber wieso interessieren Sie sich so für Vic Spitalny?«

»Wir haben ihn irgendwie aus den Augen verloren und möchten wissen, was aus ihm geworden ist. Warum haben Sie übrigens eben gesagt ›dieser arme Kerl‹?«

»Weil er wirklich zu bedauern war. Aber ich bin schließlich mit ihm gegangen, ich fand ihn also nicht so übel, wie ihn die anderen Jungen und Mädchen fanden. Ich fand ihn eigentlich sehr nett, aber... Vic war nicht direkt ein Sonderling. Es war nur eben so, daß ihm niemand eine Chance geben wollte. Er war ziemlich schüchtern... er hat furchtbar gern an seinem Wagen rumgebastelt. Ich wollte nie mit ihm nach Hause gehen.«

»Warum denn nicht?«

»Sobald ich auch nur in der Nähe des Hauses aufgetaucht bin, hing dem alten George die Zunge aus dem Maul. Anders kann man das nicht nennen. Er hat mich ständig *angefaßt*. Wirklich ekelhaft! Und ich konnte nicht mit ansehen, wie er den armen Vic behandelte. Er hat ständig an ihm rumgemeckert, nie was gelten lassen, immer auf ihm rumgetrampelt. Vic ist vorzeitig von der Schule abgegangen. Er hat sowieso sehr oft geschwänzt. Dann ist er eingezogen worden.«

»Und seitdem haben Sie gar nichts mehr von ihm gehört?«

»Ich habe nur alles mögliche *über* ihn gehört«, erzählte Debbie. »Als er desertiert ist, hat das in allen Zeitungen gestanden. Mit Fotos und allem drum und dran. Das war kurz bevor Nick und ich geheiratet haben. Da war Vic auf einmal auf der Titelseite vom *Sentinel*. Er soll ja geflohen sein, nachdem dieser Dengler ermordet worden war. Eine gräßliche Geschichte, war mir nicht geheuer. Am Abend wurde das sogar in den Fernsehnachrichten gebracht, aber ich konnte es immer noch nicht glauben. Vic hätte so was nie getan. Das traute ich ihm nicht zu. Ich war ganz durcheinander. Was für ein Theater. Als die Army dann Nachforschungen anstellte, habe ich gesagt, nein, ihr irrt euch, das ist völlig ausgeschlossen.«

»Was glauben Sie denn, was aus Vic geworden ist?«

»Ach, ich weiß nicht. Ich glaube, er ist tot.«

In diesem Moment brachte der Kellner den Wein. Underhill ließ ihn Maggie kosten. Er schmeckte ihr. Er gab dem Kellner ein Trinkgeld und brachte auch Michael ein Glas Wein. Der hatte gerade das Gespräch mit Debbie Tusa beendet. Der Wein vertrieb den Geschmack des fettigen Würstchens sofort.

»Prost«, sagte Maggie.

»Sie glaubt nicht mal, daß er desertiert ist.«

»Das glaubt seine Mutter auch nicht«, sagte Maggie. Michael sah sie verwundert an. Das mußte ihr ein sechster Sinn eingegeben haben.

Michael unterhielt sich dann noch kurz mit Bill Hopper, einem Freund Spitalnys aus der High-School-Zeit. Bill Hopper sagte aus, er wisse nichts über Victor, er habe ihn nie gemocht und wolle nichts mit ihm zu schaffen haben. Seine Eltern und Milwaukee müßten sich seiner schämen. Er sei eine Schande für die alten Leute und die Stadt. Bill Hopper hielt sehr viel von George Spitalny, der sein Arbeitskollege bei der Glax Corporation war. Er fand, George habe einen besseren Sohn verdient. Er redete in diesem Sinne noch eine Weile weiter. Dann bat er Michael, ihn mit Victor Spitalny zu verschonen und legte auf.

»Bill Hopper behauptet, unser Victor sei ein Widerling gewesen, kein normaler Mensch habe ihn gemocht.«

»Man brauchte nicht normal zu sein, um Spitalny nicht zu mögen«, sagte Underhill.

Michael trank den Wein. Er war zu Tode erschöpft und fühlte sich wie ausgelaugt. »Was hat es eigentlich für einen Sinn, diesen anderen Burschen auch noch anzurufen? Ich weiß schon, was der sagen würde.«

»Glauben Sie denn nicht, daß sich Spitalny eines Tages hilfesuchend an jemanden wenden wird?« fragte Maggie mit Unschuldsmiene. »Weshalb sind wir denn sonst in Milwaukee?«

Da griff Michael nach dem Hörer und wählte die letzte Nummer.

»Simroe.«

Michael sprach, als läse er den Text irgendwo ab.

»Ach so, es geht um Vic Spitalny«, sagte Mack Simroe. »Nein, ich kann Ihnen nicht helfen, ihn zu finden. Ich weiß nicht, was aus ihm geworden ist. Er ist einfach weggegangen, oder etwa nicht? Eingezogen worden. Aber das wissen Sie ja wohl. Schließlich waren Sie ja mit ihm zusammen. Wie sind Sie eigentlich auf mich gekommen?«

»Durch Vics Eltern. Ich habe übrigens den Eindruck, sie halten Vic für tot.«

»Kein Wunder«, sagte Simroe. Michael hörte am Klang seiner Stimme, daß er lächelte. »Hören Sie, ich finde es sehr nett von Ihnen, daß Sie Vic Spitalny suchen. Es ist schön zu wissen, daß sich *irgend jemand* Gedanken um ihn macht. Aber er hat mir nie geschrieben, nicht mal eine Ansichtskarte. Haben Sie schon mit Debbie Maczik gesprochen? Das heißt, inzwischen heißt sie Debbie Tusa.«

Michael sagte ihm, daß Debbie Tusa auch nichts von Vic gehört hatte.

»Na ja, das ist ja auch kein Wunder.« Simroe lachte verlegen. »Wenn man bedenkt...«

»Sie glauben, daß er noch immer Schuldgefühle hat, weil er desertiert ist?«

»Nicht nur das. Ich will damit sagen, daß ich bezweifle, daß die ganze Geschichte je rausgekommen ist. Meinen Sie nicht auch?«

Michael mußte ihm beipflichten und fragte sich, wohin das alles wohl führen würde.

»Wer will das schon nachprüfen und untersuchen? Da müßte man ja wohl nach Bangkok, oder nicht?«

Ja, das müßte man. Er sei dort gewesen, sagte Michael.

»War es nur ein zufälliges Zusammentreffen oder was? Das kam mir damals jedenfalls sehr komisch vor. Der einzige Bursche, der noch schlimmer dran war als er selbst, der einzige, der auch so ein Versager und Verlierer war. Ein noch viel ärmeres Schwein.«

»Ich fürchte, ich kann Ihnen nicht mehr folgen«, sagte Michael.

»Ich rede von Dengler«, sagte Simroe. »Wirklich eine komische Geschichte. Ich habe angenommen, daß er ihn drüben getötet haben muß.«

»Hat Spitalny Dengler denn gekannt, bevor sie beide nach Vietnam gekommen sind?«

»Na klar! Wer hat Dengler nicht gekannt? Zumindest alle Jugendlichen kannten ihn. Er gehörte nicht dazu, kam einfach nicht zu Rande. Er machte einen verkommenen Eindruck, lief in Lumpen rum. Er war sozusagen ein Arm- und Beinamputierter.«

»Aber nicht in Vietnam«, klärte ihn Michael auf.

»Spitalny hat Dengler gehaßt. Wenn man selber schon weit unten ist, haßt man denjenigen, der ganz am Boden liegt.«

Michael kam sich vor, als hätte er mit seinem Finger versehentlich in eine Steckdose gefaßt.

»Als ich in der Zeitung gelesen habe, daß Manny Dengler da drüben umgekommen und daß Victor weggelaufen ist, habe ich mir meinen Reim darauf gemacht. Ich habe mir gesagt: das kann kein Zufall sein. Die meisten Leute waren dieser Ansicht – jedenfalls die meisten, die Manny Dengler kannten. Aber niemand hat erwartet, daß er Ansichtskarten schreiben würde. Ich meine...«

Als Michael auflegte, starrte ihn Underhill mit weit aufgerissenen Augen an.

»Sie kannten sich schon von früher«, sagte Michael. »Sie sind zusammen zur Schule gegangen. Mack Simroe hat behauptet, Dengler sei noch schlimmer dran gewesen als Spitalny.«

Underhill schüttelte erstaunt den Kopf. »Ich habe nie erlebt, daß sie sich mal unterhalten haben. Außer dieses eine Mal.«

»Spitalny hat es darauf angelegt, in Bangkok mit Dengler zusammenzutreffen. Er hatte sich fest vorgenommen, ihn zu töten. Sie haben einen Treffpunkt ausgemacht – genauso hat er es vierzehn Jahre später mit den Journalisten gehalten.«

»Das war der erste Koko-Mord.«

»Aber ohne Spielkarte im Mund.«

»Weil es aussehen sollte, als hätte ihn der Mob gelyncht«, bemerkte Underhill.

»Verdammt!« sagte Michael. Er rief Debbie Tusa wieder an. Wieder antwortete der Sohn. »HE, MAMI! WER IST DENN DIESER MANN?«

»Ich gebe es auf, wer sind Sie?« fragte sie, als sie ihrem Sohn den Hörer abgenommen hatte.

Michael nannte seinen Namen und den Grund seines Anrufs.

»Ja, natürlich. Vic und Manny Dengler haben sich gekannt. Alle kannten Manny. Jedenfalls vom Sehen. Vic hat ihn manchmal durch den Kakao gezogen. Ich fand das irgendwie grausam, ich habe das nicht gern gesehen. Ich dachte natürlich, daß Sie das alles wissen. Deshalb ist mir das alles ja so komisch vorgekommen. Ich konnte mir nicht vorstellen, was sie vorhatten, daß sie sich überhaupt etwas zu sagen hatten. Nicky, mein geschiedener Mann, war davon überzeugt, daß Vic Manny erstochen hat oder so was, aber das halte ich für ausgeschlossen. So was hätte Victor nie getan.«

Michael verabredete sich mit ihr für den nächsten Tag zum Mittagessen.

»Spitalny kam zu unserer Einheit und hat dort Dengler vorgefunden«, sagte Underhill zu Maggie. »Aber Dengler ist heute nicht mehr wiederzuerkennen. Er ist ein völlig anderer Mensch geworden. Alle mögen ihn. Hat er sich mit ihm unterhalten? Oder sich über ihn lustig gemacht? Wie hat er sich verhalten?«

»Dengler hat *ihn* angesprochen«, sagte Michael. »Er gab ihm zu verstehen, daß sich seit ihrer Zeit in der High School vieles geändert hat. Er schlug ihm vor, so zu tun, als würden sie sich nicht von früher kennen. Genaugenommen kannten sie sich auch noch nicht. Jedenfalls kannte Spitalny *unseren* Dengler nicht.«

»Hat Dengler nicht zu Spitalny gesagt: ›Laß dir deswegen keine grauen Haare wachsen‹ oder so etwas, als sie aus der Höhle kamen?« meinte Underhill. »Dann ging es weiter: ›Was auch war – es ist schon lange her!‹ Ich dachte, daß er damit meinte...«

»Ja, ich auch. Was Beevers in der Höhle gemacht hat. Ich dachte, daß er Spitalny geraten hat, sich davon zu distanzieren.«

»Aber er hat doch gesagt, Milwaukee läge schon so lange hinter ihnen«, wandte Underhill ein.

»Er hat beides gemeint«, erklärte Maggie. »Vorwärts und rückwärts, hin und her. Hieß es nicht so? Und er wußte, daß Spitalny nicht mit dem fertig werden würde, was da drinnen mit ihnen allen geschehen war. Er wußte von Anfang an, wer Koko war.« Maggie gähnte. Die Augen fielen ihr zu wie einem kleinen Kätzchen. »Entschuldigung. Das macht all die Aufregung. Ich gehe jetzt schön brav nach nebenan ins Bett.«

»Also, dann bis morgen früh. Schlafen Sie gut, Maggie«, sagte Underhill.

Michael stand auf. Er war auch hundemüde. Er brachte Maggie noch zur Tür, hielt ihr die Tür auf und sagte ihr gute Nacht. Dann gab er einem plötzlichen Impuls nach und folgte ihr auf den Gang hinaus.

Maggie legte die Stirn in Falten. »Sie bringen mich wohl nach Hause.«

»Ja.«

Maggie ging den Gang entlang zu ihrem Zimmer. Dort war es merklich kühler als in den Zimmern des Hotels.

»Dann nehmen wir uns morgen Denglers Eltern vor«, bemerkte Maggie und steckte den Schlüssel in das Schlüsselloch. Wie sie so in dem riesigen, nur schwach erleuchteten Korridor stand, wirkte sie ganz winzig und verloren. Michael nickte. Sie sah ihn eindringlich mit ganz eigentümlichen Augen an. Michael stellte sich plötzlich vor, was für ein Gefühl es wäre, Maggie Lah in den Armen zu halten, wie sie sich an ihn schmiegen würde. Doch dann kam er sich wie George Spitalny vor – als liefe ihm bei Maggies Anblick das Wasser im Mund zusammen.

»Morgen knöpfen wir uns die Denglers vor«, sagte er.

Sie sah mit einem merkwürdigen Blick zu ihm auf. Er war sich nicht sicher, ob das wirklich zutraf, was er gerade erkannt zu haben glaubte. Maggies bedeutungsvoller Blick kam ihm wie eine Berührung vor. Doch dann sagte er sich, daß er sich so sehr danach sehnte, von Maggie berührt und liebkost zu werden, daß er sich wahrscheinlich alles nur eingebildet hatte.

»Möchten Sie mit reinkommen?« fragte sie.

»Ich möchte nicht, daß Sie meinetwegen länger aufbleiben«, erwiderte Michael.

Da verschwand Maggie lächelnd in ihrem Zimmer.

6

Harry Beevers stand in der Mott Street. Er sah sich um und sagte sich, daß er eine Falle brauchte, aus der es kein Entkommen gab. Das mußte eine Stelle sein, wo er Koko im Auge behalten konnte, bis es an der Zeit war, ihn entweder einzufangen oder gleich zu töten. Er mußte Spitalny in eine Falle locken, bei der er, Harry Beevers, den einzigen Zugang bzw. Fluchtweg unter Kontrolle hatte. Harry wußte, daß er sich darauf verstand, solche Fallen anzulegen oder ausfindig zu machen. Das war sein ausgesprochenes Talent. Er mußte sich wie Koko sein Schlachtfeld selbst aussuchen. Sein Opfer dorthin locken, wo es ihm hilflos ausgeliefert war.

Ein paar von Harrys Anschlägen waren abgerissen und weggeworfen worden, doch die meisten klebten immer noch an Laternenpfählen und auf den Schaufenstern verschiedener Geschäfte. Er ging in südlicher Richtung durch die Mott Street. Die Straße wirkte wie ausgestorben. Nur ein paar dick verpackte Chinesen eilten an ihm vorbei. In der Kälte sahen sie kreidebleich aus. Er brauchte nur noch ein Restaurant zu finden, das ruhig gelegen war und in dem er sich zum ersten Mal mit Spitalny treffen konnte. Er würde sein eventuelles Mißtrauen durch ein gutes Essen zu zerstreuen wissen. Dann mußte er sich überlegen, wo er hinterher mit ihm hingehen konnte. Seine Wohnung kam dafür nicht in

Frage. Es sollte ein Ort sein, der nicht so persönlich und privat war wie seine kleine Wohnung, aber dennoch abgeschieden. Es mußte draußen sein. Das wäre auch günstig für sein Alibi. Eine dunkle Gasse hinter einem Polizeirevier wäre ideal.

Beevers sah sich schon wie ein heroischer Rambo aus der Gasse stürzen – ein Mann mit breiten Schultern, keuchend, besudelt mit dem Blut des Feindes. Wie er Heerscharen verdatterter Polizisten auf Spitalnys Leichnam hinwies... Das ist der Mann, den Sie suchen. Hat mich angefallen, als ich ihn bei der Polizei abliefern wollte.

Er mußte sich ein gutes Messer kaufen, das durfte er keinesfalls vergessen. Und auch Handschellen. Man konnte einem Menschen blitzschnell Handschellen verpassen, ohne daß dieser im ersten Augenblick wußte, wie das zugegangen war. Dann war er einem hilflos ausgeliefert. Man konnte mit ihm machen, was man wollte. Und ihm die Handschellen wieder abnehmen, bevor er auf dem Boden aufschlug.

An der Bayard Street blieb er eine Weile zögernd stehen, dann ging er nach Osten auf Confucius Plaza zu. Er kam zur Elizabeth Street, bog in diese Straße ein und ging ein paar Schritte zurück nach Norden. Doch dann sagte er sich, daß ihm das nichts brachte. Nichts als Mietshäuser und muffige kleine chinesische Geschäfte und Handwerksbetriebe. Das würde Koko sofort als Falle erkennen. Mit Fallen kannte er sich aus. Harry ging zur Bayard Street zurück und dann zur Bowery.

Entschieden vielversprechender.

Jenseits der Bowery erhob sich Confucius Plaza, ein riesiger Komplex mit Apartments und Büros. An einer Ecke stand eine Bank, die aussah wie eine supermoderne rotgelackte Pagode. Auf der anderen Straßenseite ein chinesisches Kino. Ohne Unterlaß brausten Wagen um eine langgestreckte Verkehrsinsel herum, die sich von der Bowery um die Ecke herum bis in die Division hinein erstreckte. An der Spitze der Verkehrsinsel erhob sich ein großes Denkmal, eine Konfuzius-Statue.

Hier ging es zu betriebsam zu. Hier konnte er sich nicht mit Koko treffen. Er betrachtete das Plaza auf der anderen Straßenseite. An der Bowery lag ein niedrigeres Gebäude, etwa fünfzehn Etagen hoch. Es nahm die Sicht auf die untere Hälfte des höheren Wohnsilos. Die Gebäude sahen wie in Form gegossen aus. Harry ließ den Blick darauf verweilen. Er sagte sich, daß dahinter sicher eine Terrasse oder eine Plaza lag, Bäume und Bänke.

Da kam ihm eine Idee. Das war immerhin ein Anfang. Ihm fiel der Columbus Park am westlichen Rand von Chinatown ein, der zwischen Mulberry und Baxter Street gelegen war. Jetzt war dieser Park bestimmt verlassen, aber im Frühling und im Sommer wimmelte es in dem kleinen Park nur so von Anwälten, Gerichtsvollziehern, Richtern und Polizisten, die hier kurz verschnauften, bevor sie sich wieder an die Arbeit machten. Harry kannte diesen Park sehr gut aus seiner Anfangszeit als Prozessierer. Er hatte diesen kleinen Park nur nie mit

Chinatown in Verbindung gebracht. Columbus Park gehörte zu den Regierungsbauten in der Centre Street.

Die Strafkammer lag am oberen Ende des Columbus Parks zwischen Centre- und Baxter Street. Am unteren Ende war das kleinere Bundesgericht, das allerdings mehr an ein Gefängnis erinnerte. Noch weiter südlich lag zwischen Worth- und Pearl Street ein Stück vom Park entfernt ein finsteres schmutziges Gebäude, das wie ein Zuchthaus wirkte. Das New Yorker Bezirksgericht.

Harry verwarf jetzt den Plan, sich mit Koko in einem Restaurant zu treffen. Er würde ihn statt dessen bitten, in den Columbus Park zu kommen. Wenn Koko nach Chinatown gezogen war, kannte er den Park bestimmt. Lebte er aber nicht in Chinatown, würde er sich besonders sicher fühlen, wenn Harry ihm ein Treffen in einem Park vorschlug. Ein perfekter Plan. Denn Harry wollte Koko ja nur glauben machen, daß er sich mit ihm im Park treffen wollte. Davor würde ihn Harry nämlich noch woanders hinbestellen, wo er dann in der Falle säße.

Harry stand frierend an der Ecke Bayard Street und Bowery. Eine schwarze Luxuslimousine hielt neben ihm am Straßenrand. Zwei kleine teigige Chinesen mit Lackschuhen an den winzigen Füßen stiegen aus dem Fond. Sie trugen dunkle Anzüge und Sonnenbrillen. Ihr Haar war straff zurückgekämmt. Sie wirkten wie Zwerge. Zwillingsbrüder. Einer der Chinesen schlug die Tür der Limousine zu. Großspurig schritten sie über den Bürgersteig. Sie drängten sich rücksichtslos an anderen Leuten vorbei und betraten eins der Restaurants gegenüber vom Confucius Plaza. Einer der Chinesen ging ganz dicht an Harry vorbei, ohne auch nur im geringsten Notiz von ihm zu nehmen. Harry sagte sich, wenn er ihm im Weg gestanden hätte, so hätte ihn der kleine Gangster wahrscheinlich einfach umgerannt und wäre dann über ihn hinweggestiegen wie Königin Elizabeth über Sir Walter Raleighs weiten Umhang. Einfach drübergelaufen.

Er ging über den Bürgersteig auf den Wagen zu. Harry fror inzwischen jämmerlich. In jedem Wagen, der durch die Bowery sauste, in jedem Apartment im Confucius Plaza saß irgendein plattgesichtiges Schlitzauge und scherte sich einen Dreck darum, ob Harry Beevers noch am Leben oder schon längst tot war. Wie hatten es diese kleinen Gauner bloß geschafft, sich aus ihren Wäschereien hochzuarbeiten? Er beugte sich über den Kofferraum des Wagens und spuckte voller Verachtung auf den Kofferraum der Luxuslimousine. Der ganze Schleim glitt am Kofferraum hinunter auf die rückwärtige Stoßstange zu.

Harry trat von dem Wagen zurück und ging wieder weiter. Hier verschwendete er nur seine Zeit, es wäre viel gescheiter, das westliche Ende der Bayard Street zu sondieren. Da hörte die glatte ununterbrochene Reihe chinesischer Restaurants ganz plötzlich auf, und er tat einen Blick in einen unerwarteten Durchgang. Er blieb wie angewurzelt stehen. Auf beiden Seiten senkten sich die Ziegel und Kacheln der Gebäude, so daß sich eine breite Passage, ein Durchgang bildete. Von einer

Höhle konnte natürlich keine Rede sein. Er stand vor einer Passage, einem Bogengang.

Ganz tief drinnen sah er Damenunterwäsche, blaßblau und in morbiden Rosatönen in einem hellerleuchteten Schaufenster über Nachbildungen weiblicher Torsos drapiert. Daneben im Schaufenster eines Optikers eine riesengroße Brille. Noch tiefer in der Passage schien ein Restaurantschild in der grauen Luft zu schweben. Harry trat in die Passage ein. Da kam eine uralte Chinesin auf ihn zugeschlurft. In der schlecht beleuchteten Passage sah er nur, daß sie die Stirn runzelte und sich von ihm abwandte.

Vor dem Optikerladen Chinatown Opticians blieb Harry Beevers stehen. Er starrte durch die leere linke Höhlung der Brille eines Riesen in den Laden. Da saß ganz allein ein junger Angestellter mit Punkfrisur und Akne im Gesicht hinter dem Ladentisch, ganz vertieft in eine chinesische Ausgabe des *Playboy*.

An den Wänden der Passage hingen eingerissene Plakate, auf denen für die chinesische Oper geworben wurde. Aber auch Plakate von Rock Clubs. Ein paar Geschäfte weiter wurde die Düsternis immer undurchdringlicher. Die Passage machte eine Biegung, vermutlich auf die Elizabeth Street zu. Die zerfetzten Plakate führten zu einem kleinen Restaurant, das sich Malay Coffee Shop nannte. An der Tür hing ein großes weißes Schild GESCHLOSSEN. Ein paar Schritte weiter, kurz bevor die Passage um die Ecke ging, führte eine schmale geflieste Treppe hinunter zu einer anderen Etage. Seitlich von der Treppe fiel ihm ein dicker Pfeil mit der Aufschrift FORTUNE BARBER SHOP auf.

Harry ging langsam die Treppe hinunter. Er streckte den Kopf vor, um zu sehen, wie weit die untere Etage ging. Zwei grauhaarige Friseure saßen selbst auf ihren Stühlen im Fortune Barbershop. Ein dritter Friseur schnipselte am Haar einer alten Frau herum. Unten lagen noch zwei weitere Geschäfte. In dem einen hing ein Plakat von einem Ninja. Danach ging es nicht mehr weiter. Harry blieb mitten auf der Treppe stehen. Seine Augen waren auf gleicher Höhe mit dem gefliesten Boden der Passage. Niemand, der hereinkam, konnte ihn sehen, doch er sah alle bestens.

Er ging eine Stufe weiter hinauf. Draußen war es etwas heller. Gerade gingen zwei kleine Männer vor dem Eingang zu der Passage vorbei. Die Chinesen. Kaum waren sie am Eingang vorbeigegangen, da machten sie wieder kehrt und warfen einen Blick in die Passage. Die Sonnenbrillen wirkten wie große schwarze Löcher im Gesicht. Harry ging leise eine Stufe weiter hinunter. Er schaute zu, wie sich die beiden Zombies einen Blick zuwarfen und in die Passage hineingingen. Als sie sich Harry näherten, sah er, daß sie die Hände zu Fäusten ballten. Erst als sie bis auf einen Meter herangekommen waren, blieben sie stehen. Ihre dicken kurzen Ärmchen baumelten hin und her. Einer der beiden Männer sagte leise etwas auf chinesisch. Harry verstand jedes Wort, so als hätte der Mann englisch gesprochen. *Der Mistkerl ist nicht hier.* Der zweite Mann grunzte nur dazu.

Sein Leben war nicht wie das Leben anderer Menschen. Andere Menschen hielten die Welt für unumstößlich fest und zuverlässig. Den Tränen und Rissen in der Oberfläche des Lebens gegenüber waren sie völlig blind. Harry konnte an nichts anderes denken als an die herumschwirrenden Insekten, an ihre Flügelschläge und an das Gejammer und Geschrei der Kinder.

Die Erdoberfläche zerriß immer weiter und war schon ganz zerfetzt. Jetzt konnte er sein wahres Leben leben.

Wie Tanzpartner drehten sich die beiden Männer im perfekten Gleichklang um und verließen die Passage. Harry wartete noch ein paar Minuten auf der Treppe. Er hatte jedes Zeitgefühl verloren. Die alte Frau, die beim Friseur gewesen war, kam langsam die Treppe herauf. Bei jedem Schritt klopfte sie mit ihrem Holzstock auf die Fliesen. Er trat beiseite, damit sie sich auch noch am Geländer festhalten konnte. Schweigend zog sie sich am Geländer hoch. Er war unsichtbar. Niemand hatte ihn gesehen. Er wischte sich die feuchten Hände rasch am Mantel ab und stieg wieder in den Hauptgang der Passage hinauf.

Leer: Die Welt hatte sich wieder vor ihm verschlossen.

Harry schlenderte die Treppe hinunter zu dem Ninja-Laden und erstand Handschellen und ein Klappmesser für sechsundfünfzig Dollar. Dann ging er wieder nach oben.

Am Ausgang der Passage beugte er sich vor und blickte die Bowery entlang nach Süden. Die Luxuslimousine stand nicht mehr vor dem Restaurant.

Jemand starrte aus einem Fenster ganz hoch oben im Confucius Plaza. Jemand in einem vorbeifahrenden Wagen drehte sich nach ihm um und schaute ihn an. Irgend jemand beobachtete ihn, denn sein Leben war wie ein Film, und er war der Held des Films. »Ich habe sie gefunden«, sagte er. Damit meinte er die ›Höhle‹. Er wußte, daß das jemand mitangehört hatte. Vielleicht hatte es ihm jemand, der ihn beobachtete, von den Lippen abgelesen.

Jetzt brauchte er nur noch auf den Anruf zu warten. Harry marschierte auf die Canal Street zu, wo er nach einem Taxi Ausschau halten wollte. Ununterbrochen bewegte sich eine Flut von Fahrzeugen an ihm vorbei. Jetzt war ihm plötzlich nicht mehr kalt. Er stand in der Canal Street und besah sich den vorbeibrausenden Verkehr, auf der Zunge schon den Vorgeschmack des eiskalten Wodkas, den er sich gerade verdient hatte. Als die Ampel auf grün sprang, überquerte er die Canal Street und ging fröhlich durch die Bowery nach Norden.

33. KAPITEL

Die zweite Nacht im Hotel Pforzheimer

1

Es war noch dunkel, als Michael Poole erwachte. Er war noch ganz in seinem Traum gefangen und konnte sich erst allmählich von dem chinesischen Schulmädchen freimachen, das ihm dort erschienen war. Unter der Krempe eines weißen Strohhutes hervor hatte ihn das Mädchen angelächelt. Einer der großen Heizkörper rasselte und klirrte. In dem anderen Bett schnarchte Tim Underhill ganz leise vor sich hin. Michael griff nach seiner Armbanduhr und hielt sie sich so dicht vors Gesicht, daß er die Uhrzeit erkennen konnte. Der Minutenzeiger rückte gerade auf Punkt acht Uhr vor. Allmählich streckte die Wärme ihre Fühler nach ihm aus.

Underhill stöhnte, streckte sich und fuhr sich mit den Händen über das Gesicht. Er sah Michael an und sagte: »Guten Morgen.« Er setzte sich im Bett auf. Seine Haare standen ihm nach beiden Seiten vom Kopf weg und sein weißblonder Bart war auf einer Seite völlig plattgedrückt. Underhill sah aus wie der typische verrückte Professor aus einem alten Film. »Hör dir mal meine Theorie an«, bat Underhill. Da setzte sich auch Michael auf.

»Ich habe die ganze Nacht darüber nachgedacht«, behauptete Underhill. »Wir wollen zunächst mal klarstellen, wie weit wir inzwischen gekommen sind. Dengler liest Spitalny die Leviten, stimmt's? Er tritt an ihn heran und weist ihn darauf hin, daß in einer Kampfeinheit jeder alle anderen zu schützen hat. Nehmen wir mal an, er geht mit ihm in den Ozon Park und gibt ihm dort zu verstehen, daß es sich nachteilig auf das Leben aller Kameraden in der Einheit auswirkt, wenn er sich ihm gegenüber weiter so benimmt wie früher. Vielleicht droht er sogar, dafür zu sorgen, daß Spitalny von seinem ersten Einsatz nicht zurückkommt. Aber was er auch immer gesagt haben mag – Spitalny erklärt sich damit einverstanden, über ihr früheres Verhältnis zueinander Stillschweigen zu bewahren. Aber Spitalny verkraftet das nicht, so ist er nun mal. Er bricht immer häufiger einen kleinen Streit von Zaun und drangsaliert Dengler ständig. Schließlich folgt Spitalny Dengler nach Bangkok und tötet ihn dort. Trotzdem glaube ich nicht, daß Spitalny als erster in Kokos Rolle geschlüpft ist. Er hat sich diesen Namen erst anderthalb Jahrzehnte später zugelegt. Da hatte er Pech und machte einen schwerwiegenden Fehler.«

»Wer war denn dann der ursprüngliche Koko?«

»Den hat es nie gegeben«, sagte Underhill. »Jedenfalls nicht so, wie wir uns das vorgestellt haben.« Der Gedanke regte Underhill so auf, daß er die Beine aus dem Bett hängen ließ und aufstand. Er trug ein langes Nachthemd, und seine dünnen Beine sahen aus wie Pfeifenrohre mit Knien oben dran. »Verstehst du, was ich meine? Das ist wie bei Agatha Christie. Wahrscheinlich haben alle, die Dengler unterstützen wollten, zumindest einmal Koko auf eine Spielkarte geschrieben. Damit war jeder einmal Koko. Du warst Koko, ich war Koko, und auch Conor war mal Koko. Alle haben einfach nur dem ersten nachgeeifert.«

»Aber wer hat denn damit angefangen?« fragte Michael. »Vielleicht Spitalny? Das halte ich für ziemlich unwahrscheinlich.«

»Ich glaube, es war Beevers«, sagte Underhill. Seine Augen leuchteten. »Und zwar unmittelbar nachdem das öffentliche Interesse erwacht war, erinnerst du dich noch? Das Kriegsgericht schien unvermeidlich. Beevers stand unter Hochspannung. Er wußte, daß niemand zu ihm halten würde. Er war sich aber auch darüber im klaren, daß er einen Anspruch auf die Unterstützung hatte, die Dengler zuteil geworden war. So sah er das jedenfalls. Also verstümmelte er einen toten Vietcong und schrieb ein Wort auf eine Spielkarte des Regiments, das alle mit Dengler in Verbindung brachten. Es klappte.«

Es klopfte. »Ich bin es«, rief Maggie von draußen. »Seid ihr noch nicht auf?«

Underhill stakste zur Tür. Michael zog sich einen Bademantel über.

Maggie trat lächelnd ein. Sie trug ein schwarzes Hemd und einen so weiten schwarzen Pullover, daß sie fast darin ertrank. »Habt ihr schon mal einen Blick aus dem Fenster geworfen? Über Nacht hat es wieder geschneit. Es sieht märchenhaft aus.«

Michael stieg aus dem Bett und ging an der lächelnden Maggie vorbei zum Fenster. Maggie sah ihn mit einem abschätzenden Blick an. Michael fühlte sich nicht wohl in seiner Haut, er hatte das deutliche Gefühl, daß sie ihn verwirrte und er auf sie nicht so reagierte, wie er es sollte. Underhill teilte ihr kurz mit, was sie bisher besprochen hatten. Michael zog die Vorhänge auf.

Kaltes bläuliches Licht drang zum Fenster herein. Die Straße vor dem Hotel lag tief verschneit da. In dem frischgefallenen Schnee waren noch kaum Spuren. Die paar tiefen Fußspuren auf dem Bürgersteig ließen ahnen, daß sich dort ein einzelner Mensch auf dem Weg zur Arbeit mühsam durchgekämpft hatte.

»Harry Beevers ist also in Wahrheit Koko«, konstatierte Maggie. »Komisch, daß es mir gar nicht schwerfällt, das zu glauben.«

Michael wandte sich vom Fenster ab. »Was sagt Ihnen das Wort Koko? Bedeutet es in Ihren Augen irgendwas?«

»Ja, es bedeutet soviel wie *plem-plem*, verrückt. Es erinnert mich auch an Kakao, den man vor dem Schlafengehen trinkt. Wenn Victor Spitalny aber wußte, daß Harry Beevers das Wort zum erstenmal *benutzt* hat, wäre er doch wohl vor allem an Harry interessiert.«

Michael sah sie verwundert an.

»Könnte es nicht sein, daß er Harry als nächsten um die Ecke bringen möchte – bevor er sich aus dem Mordgeschäft zurückzieht oder Hand an sich selbst legt oder was immer er auch vorhat?«

Maggie behauptete, daß Tina wahrscheinlich nur ermordet worden sei, weil er zu Hause geblieben war. Tina war ermordet worden, weil er da war. Sie ging zum Fenster und blieb neben Michael stehen. »Koko ist sogar wie ein richtiger Einbrecher in die Grand Street 56 eingestiegen. An dem Tag, an dem mich Tina dort abgeholt hat, wo ich wohnte, wenn ich nicht bei ihm war.« Sie sah Michael kurz von der Seite an. Der blickte stirnrunzelnd auf die verschneite Landschaft vor dem Fenster, die Maggie wie das Paradies erschien. »Und so hat Spitalny alles rausbekommen, was er wissen wollte«, sagte Maggie.

»Was wollte er denn wissen?« fragte Michael.

»Wo ihr alle wohnt.«

Michael begriff noch immer nicht, was sie damit sagen wollte. Koko sollte herausbekommen haben, wo sie alle wohnten, weil Tina zu Hause geblieben war?

»Das war an einem Abend, an dem er mich noch mochte«, sagte Maggie. Dann berichtete sie, wie Tina aufgestanden war und festgestellt hatte, daß sein Adreßbuch gestohlen worden war.

An einem Abend, an dem er sie noch mochte?

»Ein paar Tage später ging es schon wieder los«, erzählte Maggie. »Sie kennen Tina ja. Der hätte sich nie geändert. Es war schrecklich deprimierend. Ich bin zu ihm zurückgekehrt, nur um zu sehen, ob er wieder mit mir sprechen würde. Das hätte mich fast das Leben gekostet.«

»Wie ist es Ihnen denn gelungen, Koko zu entkommen?« erkundigte sich Michael.

»Durch einen ganz blöden uralten Trick.« Man merkte, daß sie sich nicht näher darüber auslassen wollte. Ein alter Trick hatte ihr also das Leben gerettet. Das hörte sich nach der Heldin eines Romans an.

»Dann weiß Koko also auch, wo er Conor finden kann«, konstatierte Underhill.

»Conor wohnt zur Zeit bei seiner Liebsten«, sagte Michael. »Da ist er zunächst mal sicher. Aber Beevers müßte auf der Hut sein.«

»Zieht ihr euch auch irgendwann mal an?« wollte Maggie wissen. »Mir knurrt der Magen angesichts der Schönheit von euch völlig aufgelösten Männern in mittleren Jahren. Ich glaube jedenfalls, daß es mein Magen ist. Was unternehmen wir denn heute?«

2

Sie frühstückten im Grill Room. Dann nahmen sie sich ein paar von Victor Spitalnys alten Stammkneipen vor, bevor sie sich dem Ort der Kindheit von M. O. Dengler zuwandten. Dort konnten sie die Geschichten über Vietnam noch einmal auftischen, aber diesmal so, wie sie sich wirklich abgespielt hatten und nicht völlig entstellt. Auch die Geschichten und das Geschichtenerzählen hatten ihre Götter, und man konnte diesen Göttern Ehre erweisen, indem man die Erzählungen bei Denglers Eltern wieder zurechtrückte.

Sie machten also die Runde durch die Bars und Kneipen, in denen Spitalny darauf gewartet hatte, daß er eingezogen wurde – die Sports Lounge, Polka Dot und Sam 'N Aggie's. Sie alle lagen nur ein paar hundert Meter auseinander, zwei in der Mitchell Street und die Polka Dot Bar ein Stück weiter nördlich am Rande vom Valley. Michael hatte sich dort mit Mack Simroe verabredet. Um fünf Uhr dreißig nach der Arbeit. Debbie Tusa wollte sich mit ihnen zum Mittagessen im Restaurant Tick Tock treffen. Das lag in der Psalm Street, nur ein kleines Stückchen von der Mitchell Street entfernt. In Milwaukee öffneten die Bars und Kneipen früh. Über einen Mangel an Gästen konnten sie sich nicht beklagen. Doch es enttäuschte Michael, wie sie dort aufgenommen wurden. Die Sache sah schon mittags ziemlich hoffnungslos aus, bereits in den ersten beiden Kneipen war niemand daran interessiert, sich über einen Deserteur auszulassen.

Im Jahr 1969 war ein Untersuchungsausschuß der Army durch diese Kneipen gezogen auf der Suche nach Hinweisen, wo sich Victor Spitalny versteckt halten könnte. Michael nahm an, daß sich die Ermittlungsleute der Army mit den gleichen Saufkumpanen und Barkeepern unterhalten hatten, die auch er, Maggie und Tim inzwischen kennengelernt hatten. An den Bars und Kneipen hatte sich seit 1969 wahrscheinlich nichts geändert. Allenfalls war das Plattensortiment in den Jukeboxes erneuert worden. Zwischen Hunderten von Elvis-Presley-Songs und Hunderten von Polkas – Joe Schott and the Hot Schotts? – stießen sie auf eine legendäre Platte aus der Zeit, auf Barry Sadlers ›The Ballad of the Green Berets‹. Die Barkeeper dieser Kneipen waren teigige Schwergewichte mit einem vorsintflutlichen Bürstenhaarschnitt und Tätowierungen. Feige Deserteure konnten sich ihrer Meinung nach gleich an der Eiche im Hinterhof aufhängen, damit sie erst gar keinen Ärger machten. Den Armed Forces hatte man eben treu zu dienen. Man trank hier ausschließlich Pforzheimer Bier und gab sich gar nicht erst mit anderen Sorten, die nur Dünnbier waren, ab. An der Wand hingen gedruckte Schilder mit der Aufschrift PFORZHEIMER – FRÜHSTÜCK FÜR CHAMPIONS und PFORZHEIMER – DAS LEIB- UND MAGENGETRÄNK IM VALLEY.

»Wir exportieren nicht so viel davon«, behauptete der Tätowierte mit dem Bürstenhaarschnitt. Die Stammgäste applaudierten. »Wir behalten es lieber selbst.«

»Das verstehe ich gut«, sagte Michael und probierte von dem dünnflüssigen, geschmacklosen, gelblichen Gesöff. Hinter ihm sang Elvis Presley stöhnend von den Problemen, die die Liebe mit sich brachte.

»Dieser Spitalny-Bursche war überhaupt kein richtiger Mann«, erklärte der Barkeeper, »aber für so einen Mistkerl hätte ich ihn nie gehalten.«

In der Kneipe Sam 'N Aggie's hatte der Barkeeper namens Aggie weder Tätowierungen noch einen Bürstenhaarschnitt aufzuweisen, und anstatt Elvis Presley sang Jim Reeves von der Liebe über das Grab hinaus. Ansonsten spielte sich alles ganz genauso ab. Pforzheimer. Verstohlene lüsterne Blicke, sobald Maggie in Erscheinung trat. Über wen wollen Sie was wissen? Ach, über den. Wieder finstere verstohlene Blicke. Sein Vater ist ein prima Kumpel, aber mit dem Sohn ist etwas gründlich schiefgelaufen. Schlimmer hätte es kaum kommen können. Erneut trafen Maggie glühende Blicke. Wissen Sie, wir hier sind *richtige* Amerikaner.

Anschließend gingen sie schweigend zum Restaurant Tick Tock, ganz in Gedanken vertieft.

Als Michael die Tür aufstieß und hinter Maggie und Underhill das kleine überfüllte Restaurant betrat, drehte sich ein halbes Dutzend Männer auf den Barhockern um. Mit offenen Mündern starrten sie Maggie ungeniert an. »Die gelbe Gefahr schlägt wieder zu«, flüsterte Maggie amüsiert.

Eine magere Frau mit weißem Haar und tiefen Furchen im Gesicht winkte den drei Neuankömmlingen von einem Tisch aus zu.

Debbie Tusa empfahl ihnen das Salisbury Steak. Sie schwatzte drauflos – über das Wetter und wie gut es ihr in New York gefallen hätte. Sie habe sich einen kleinen Seabreeze genehmigt – Wodka mit Preiselbeersaft. Ob sie das auch trinken wollten. Eigentlich sei das wohl mehr ein Sommerdrink, doch man könne ihn das ganze Jahr hindurch trinken. Es sei allgemein bekannt, daß man im Tick Tock gute Drinks bekäme. Sie wollte wissen, ob sie wirklich alle aus New York kämen oder einer von ihnen vielleicht aus Washington.

»Debbie, Sie sind ja ganz nervös. Was ist denn los?« meinte Underhill und unterbrach damit die endlose Tirade.

»Na ja, die letzten sind aus Washington gewesen.«

Die Bedienung in ihrer engen weißen Tracht mit karierter Schürze trat an ihren Tisch. Alle außer Maggie bestellten Salisbury Steak. Maggie bat um ein Club Sandwich. Debbie trank einen Schluck von ihrem Seabreeze und schlug Maggie vor: »Nehmen Sie doch einen Cape Codder, das ist Wodka mit Muschelsaft.«

»Tonic Water«, bestellte Maggie. Die Kellnerin fragte: »Tonic *Water?* Wie Tonic?«

»Wie Gin und Tonic ohne Gin«, erklärte Maggie.

»Sie sind in aller Munde, wissen Sie.« Debbie nahm den winzigen Strohhalm in den Mund und schlürfte ihren Drink. Dabei sah sie sie der Reihe nach an. »Viele Leute glauben, daß die Regierung Sie geschickt hat. Und manche sind sich nicht einmal sicher, welche Regierung.«

»Wir sind Privatleute und auf eigene Faust hier«, versicherte ihr Michael.

»Vielleicht macht Vic ja irgend etwas Schlimmes, und Sie versuchen, ihn zu erwischen – als ob er ein Spion oder so was wäre. Ich glaube,

George und Margaret haben Angst, Vic könnte wiederkommen. Das wäre *schrecklich* für sie. Dann verliert George seine Arbeit, bevor er in Rente gehen kann. Ich meine, wenn Vic was Schlimmes angestellt hat. Wenn er ein Spion ist oder so was.«

»Er ist aber kein Spion«, versicherte ihr Michael. »Und der Job von George wäre sowieso nicht in Gefahr.«

»Haben Sie eine Ahnung! Mein Mann Nick, er... na, ist ja nicht so wichtig. Aber Sie können sich nicht vorstellen, wozu die fähig sind.«

Schließlich brachte ihnen die Kellnerin ihr Essen. Michael bedauerte beim Anblick seines Steaks sofort, daß er nicht auch ein Sandwich bestellt hatte.

»Ich weiß, das Salisbury Steak ist nichts Besonderes«, erklärte Debbie. »Aber es schmeckt besser als es aussieht. Und überhaupt können Sie sich gar nicht vorstellen, was es für ein Vergnügen ist, zu essen, was man nicht selbst gekocht hat. Also, selbst wenn Sie alle Geheimagenten oder sonstwas sind – guten Appetit!«

Das Steak schmeckte tatsächlich etwas besser als es aussah.

»Haben Sie nicht gewußt, daß Vic und Manny Dengler in der Rufus King School in der gleichen Klasse waren?«

»Nein, das war eine Überraschung«, sagte Michael. »Im Telefonbuch steht ein Dengler in der Muffin Street. Sind das seine Eltern?«

»Ja, ich glaube, seine Mutter wohnt noch dort. Sie lebt sehr zurückgezogen und verläßt das Haus fast nie.« Sie aß einen Bissen von ihrem Steak und trank einen Schluck Seabreeze dazu. »So war sie schon immer. Ist nicht mal aus dem Haus gegangen, als der alte Herr noch predigte.«

»Denglers Vater war ein Prediger?« fragte Tim Underhill. »Mit einer eigenen Kirche und einer Gemeinde?«

»Nein, das natürlich nicht«, sagte sie und sah Maggie dabei an, als wisse die schon alles. »Denglers Vater war Metzger.« Wieder sah sie Maggie an. »Wie war denn Ihr Sandwich?«

»Lecker«, sagte Maggie. »Denglers Vater war also ein predigender Metzger oder ein schlachtender Prediger.«

»Er gehörte zu diesen völlig *verrückten* Predigern. Manchmal hielt er in dem Metzgerladen neben seinem Haus Predigten ab, aber meistens ging er einfach auf die Straße und fing an herumzubrüllen. Manny mußte immer mit. Auch wenn es so kalt war wie jetzt. Da standen sie dann an irgendeiner Straßenecke. Der Alte brüllte, was das Zeug hielt und ereiferte sich über die Sünde und den Teufel. Manny mußte singen und den Hut herumgehen lassen.«

»Wie hieß denn seine Kirche?« fragte Maggie.

»Die Kirche des *Messias*.« Debbie lächelte. »Haben Sie Manny denn nie singen hören? Er hat doch immer den *Messias* gesungen. Natürlich nicht das ganze Oratorium, aber sein Dad hat immer von ihm verlangt, daß er Stücke daraus singen soll.«

»Der Herde gleich...«, deklamierte Maggie.

»Ja, genau. Alle hielten ihn für einen völlig übergeschnappten Scheißkerl.« Sie riß entsetzt die Augen auf. »Oh, entschuldigen Sie bitte.«

»Ich habe einmal miterlebt, wie er etwas aus dem *Messias* zitiert hat«, sagte Michael. »Victor war auch dabei. Dengler hatte kaum angefangen, als sich Victor schon über ihn lustig machte.«

»Das sieht Victor wieder ähnlich.«

»Ein Mann der Schmerzen und umgeben von Qual«, zitierte Underhill. »Spitalny wiederholte das und sagte: *Ein Mann der Schmerzen, der sich mit Schwänzen auskennt.*«

Debbie Tusa hob stillschweigend ihr Glas.

»Darauf sagte Dengler: *Was es auch war, es ist schon lange her.*«

»Aber was bedeutet dieses *es?*« fragte Michael ungeduldig. *»Ein Mann der Schmerzen und umgeben von Qual?«*

»Es hat viel Ärger gegeben«, sagte Debbie. »Die Denglers hatten große Sorgen und bekamen Ärger.« Sie starrte auf ihren Teller. »Mein Gott, ich kann nicht mehr. Ist Ihnen schon mal aufgefallen, daß man keine Lust hat, fürs Abendessen einzukaufen, wenn man ein üppiges Mittagessen intus hat?«

»Ich habe überhaupt nie Lust, fürs Abendessen einzukaufen«, sagte Maggie.

»Was glauben Sie, wo Vic jetzt ist? Sie glauben doch nicht, daß er tot ist, oder?«

»Wir hatten eigentlich gehofft, daß Sie uns sagen können, wo er ist«, erklärte Michael.

Debbie lachte. »Ich wünschte, mein geschiedener Mann könnte mich jetzt sehen. Zum Teufel mit dir, Nicky, wo du auch sein magst. Du hast verdient, was geschehen ist, als sie den schrecklichen Alten in Waupun eingeliefert haben. Na, wie wär's denn jetzt mit einem Drink?«

Alle lehnten ab.

»Soll ich Ihnen mal das Schlimmste verraten? Das Allerschlimmste? Ich habe Ihnen doch erzählt, daß die Metzgerei direkt neben dem Wohnhaus in der Muffin Street lag. Raten Sie mal, wie die Metzgerei hieß?«

»Metzgerei zum blutenden Lamm Gottes«, kombinierte Maggie.

»Donnerwetter!« sagte Debbie. »Das ist gar nicht schlecht. »Na, hat sonst noch jemand was auf Lager?«

»Lamm Gottes. Metzgerei zum Lamm Gottes«, versuchte Michael den Namen zu erraten.

»Metzgerei Dengler zum Lamm Gottes«, sagte Debbie. »Woher haben Sie das gewußt?«

»Im *Messias* heißt es: Seht an das Lamm Gottes, es trägt in Geduld die Sünde der Welt.«

»Der Herde gleich, vom Hirten fern, so irrten wir zerstreut«, zitierte Maggie.

»Mein Geschiedener ganz bestimmt.« Debbie lächelte Michael grimmig an. »Der gute alte Vic wahrscheinlich auch, oder irre ich mich da?«

Michael ließ sich die Rechnung bringen. Debbie Tusa nahm eine Puderdose aus der Handtasche und betrachtete sich in dem kleinen Spiegel. »Haben Sie Vic oder sonst irgend jemanden einmal etwas singen hören, was sich so ähnlich angehört hat wie *rip-a-rip-a-rip-a-lo* oder pompo, pompo, polo, polo...«

Debbie starrte Michael über den Deckel ihrer Puderdose hinweg an. »Ist das nicht das Lied vom Pink Elephant? Ehrlich, ich muß jetzt unbedingt nach Hause. Kommen Sie doch mit.«

Michael erklärte ihr, daß sie noch eine Verabredung hatten. Da zog sich Debbie ihren Mantel an, schloß sie alle nacheinander in die Arme und gestand Maggie, sie fände sie ganz süß. An der Tür des Restaurants winkte sie ihnen noch einmal zu.

»Wenn es im Augenblick nichts anderes zu tun gibt, gehe ich vielleicht besser ins Hotel zurück und mache mir ein paar Notizen«, sagte Underhill.

Maggie schlug ihnen vor, Denglers Mutter anzurufen.

3

»Ich habe ihr gesagt, daß wir uns nur mit ihr unterhalten möchten«, sagte Michael, als sie in die Muffin Street einbogen. Die Muffin Street machte einen schäbigen, heruntergekommenen Eindruck. Am einen Ende der Straße lag die Old Log Cabin Tavern, am anderen Ende die Kneipe Up 'N Under.

In etwa der Hälfte der Häuser befanden sich kleine Geschäfte. Die waren zum Teil mit Brettern vernagelt, die Ladenschilder völlig ausgewaschen. Das Haus in der Muffin Street Nr. 53 war ein Holzhaus wie das der Spitalnys mit einer kleinen Veranda davor. Die Farbe blätterte schon ab. Das Haus neigte sich zur Seite und lehnte regelrecht an einem viereckigen kleineren Haus mit einer Sperrholzplatte anstelle eines Fensters. Das Haus der Denglers wirkte so schmuddelig und verkommen, daß man fast den Eindruck hatte, es sei von Spinnweben überwuchert. Der Reverend Dengler hatte seine Metzgerei ›Lamm Gottes‹ zwei Blocks von der nächsten Einkaufsstraße angesiedelt. Genau wie der Fernsehladen und Irma's Dress Shop, ein winziges Textil- und Bekleidungsgeschäft zwei Blocks weiter, so war auch die Metzgerei ganz langsam pleite gegangen.

»Hübsch«, sagte Maggie, als sie ausstieg. »So romantisch.«

Sie mußten sich ihren Weg durch den Schnee bahnen. Der Schneepflug hatte die Straße zwar geräumt, doch der Schnee häufte sich auf dem Bürgersteig zu Bergen, wo ihn niemand wegschaufelte. Die Stufen zur Veranda hingen durch und knarrten fürchterlich. Die Haustür ging schon auf, bevor Michael auf die Klingel drücken konnte.

»Guten Tag, Mrs. Dengler«, sagte Tim Underhill.

Eine blasse weißhaarige Frau in einem blauen Strickkleid starrte sie an. Wegen der Kälte und dem grellweißen frischgefallenen Schnee hatte sie die Tür nur einen Spalt breit geöffnet. Ihr Haar war in feste kleine Löckchen gelegt und mit Puder überstäubt.

»Sind Sie Mrs. Dengler?« fragte Michael.

Die Frau nickte. Sie hatte ein nichtssagendes, verschlossenes Gesicht. Wieder fiel den Besuchern ihre leichenhafte Blässe auf. Der einzige Farbfleck in diesem Gesicht waren die fast durchsichtigen blaßblauen Augen, die auffallend weit auseinanderstanden. Hinter der altmodischen runden Brille wirkten sie leicht vergrößert. »Ich bin Helga Dengler«, stellte sie sich vor. Es kostete sie offensichtlich große Mühe, die beiden Männer und die Frau freundlich zu begrüßen. Michael dachte im ersten Augenblick: Ihre Stimme klingt wie Judys Stimme. »Kommen Sie herein. Draußen ist es kalt.« Sie trat beiseite, aber nur ein kleines Stück. Michael versuchte an ihr vorbeizugehen. Dabei mußte er sie wohl gestreift haben. Der weiße Puder auf ihrem Haar rieselte auf ihre Schultern.

»Haben Sie mich angerufen? Sind Sie Herr Dr. Poole?«

»Ja, und...«

»Wer ist das denn? Davon haben Sie aber nichts gesagt.«

»Das ist Maggie Lah, eine gute Freundin.«

Sie inspizierte ihn mit ihren sonderbaren blassen Augen. Mrs. Dengler hatte eine breite Himmelfahrtsnase, und an der Nasenwurzel hatten sich drei tiefe Falten eingegraben. Sie hatte buchstäblich keine Lippen. Ihr dicker kurzer Hals wirkte ziemlich unästhetisch. Auch ihre Schultern waren breit und stämmig. Mrs. Dengler stand mit hängenden Schultern da. Wahrscheinlich ging sie immer gebeugt.

»Ich bin nur eine alte Frau, die ganz alleine lebt, sonst nichts. Nun ja. Also, kommen Sie mal mit.« Sobald sich die Haustür hinter ihnen geschlossen hatte, fiel Michael der muffige, naßkalte modrige Geruch im Haus auf. Mit sinnlosen kleinen Phrasen und hingeworfenen Brocken dirigierte sie sie zu einer kleinen Garderobe, eigentlich nur ein par Kleiderhaken. Dort stand sie dann und rieb sich die dicken Oberarme mit den Händen. Mrs. Denglers breites, nichtssagendes Gesicht schien in dem dunklen Flur zu leuchten, als habe es alles Licht im Haus in sich eingesogen.

Ihre blassen Augen wanderten von Michael Poole zu Maggie Lah, von ihr zu Tim Underhill und dann zurück zu Maggie Lah. Sie wirkte furchtbar formlos – als sei sie viel schwerer als sie schien. »So«, sagte sie. In der Düsternis hinter ihr befand sich offensichtlich eine Treppe. Die Gäste nahmen nur das Holzgeländer und die Geländerpfosten wahr. Der Fußboden wirkte etwas sandig unter den Schuhen. Aus einer halb geöffneten Tür drang trübes Licht in den Flur.

»Es ist sehr nett von Ihnen, daß Sie uns eingeladen haben, Mrs. Dengler«, sagte Michael. Maggie und Tim Underhill stimmten ihm zu. Die Worte hingen in der Luft und verflüchtigten sich wieder.

Es war, als erreichten ihre Worte Mrs. Dengler erst nach einer Weile.

Ihre Augen leuchteten kurz auf. Dann sagte sie: »In der Bibel heißt es doch, wir sollen freundlich sein. Sie haben meinen Sohn gekannt?«

»Er war ein wunderbarer Mensch«, betonte Michael.

»Wir haben ihn sehr gern gehabt«, sagte Tim Underhill im gleichen Augenblick. Dadurch wurden ihre Worte unentwirrbar.

»So«, konstatierte sie. Michael bildete sich ein, ganz durch ihre Augen hindurchsehen zu können und trotzdem nichts zu sehen als das blasse Blau von Jeans, die schon tausendmal gewaschen worden waren. Dann überlegte er, ob sie ihnen ihre sonderbare Unbeholfenheit nicht aufgezwungen hatte. Sie mußte das so gewollt haben. Das roch nach Hexerei.

»Manny hat sich bemüht, ein guter Junge zu sein«, sagte sie. »Wie alle Jungen, so mußte man auch ihn entsprechend drillen.«

Wieder hatte Michael das merkwürdige Gefühl, als habe sein Herz einen Schlag lang ausgesetzt, als sei diese Sekunde entweder wie weggeblasen oder in Helga Dengler eingesunken.

»Sie werden sich setzen wollen«, sagte sie. »Wahrscheinlich möchten Sie gern ins Wohnzimmer gehen. Hier geht es lang. Ich bin beschäftigt, wissen Sie? Eine alte Frau, die ganz allein lebt, muß sich ständig beschäftigen.«

»Halten wir Sie auf? Haben wir Sie bei irgend etwas gestört?« erkundigte sich Michael. Ihre Mundwinkel zuckten heftig. Das war wohl ihre Art zu lächeln. Sie bedeutete ihnen, ihr in das Zimmer am Ende des Ganges zu folgen.

Unter einem reichverzierten Lampenschirm brannte eine schwache Birne. In einem Winkel des vollgestopften Zimmers glühte die einzige Röhre eines kleinen Heizöfchens. Der Modergeruch fiel hier nicht so sehr auf. Die Möbel schienen zu vibrieren und zu leuchten. Aus Regalen und von einem Tisch neben einer mit abgewetztem Plüsch bezogenen Couch leuchteten purpurrote Tigeraugen. »Sie können sich alle auf das Sofa setzen. Es hat einmal meiner Mutter gehört.« Der vibrierende, Wellen werfende Glanz war das Licht, das der starre durchsichtige Plastiküberzug reflektierte. Er knarrte, als sie sich setzten.

Michael betrachtete die Tigeraugen auf dem runden Tisch und sah, daß es sich um Murmeln handelte. Sie waren innen so gebrochen und gespalten, daß sich das Licht in ihnen brach. Dutzende von diesen Murmeln waren auf eine ganz bestimmte Weise angeordnet und auf einem Stück schwarzen Stoff befestigt.

»Daran arbeite ich«, sagte die Frau. Sie stand mitten im Zimmer. An der Wand hinter ihr hing ein gerahmtes Foto, das einen Mann in Uniform zeigte. In dem halbdunklen Licht sah er aus wie der Leiter einer Pfadfindergruppe. An den Wänden hingen auch noch andere Bilder – von kleinen Hunden, die sich balgten, und Kätzchen, die sich in Wollknäueln verheddert hatten. Die Bilder hingen kreuz und quer durcheinander an den sonderbarsten Stellen. Ein System war nicht erkennbar.

»Sie können bei Ihrer Meinung bleiben und ich bei meiner«, sagte Mrs. Dengler. Sie trat einen kleinen Schritt vor. Ihre Augen schienen hinter den runden Gläsern anzuschwellen. »Jeder hat ein Recht auf seine eigene Meinung. Das haben wir ihnen immer wieder zu verstehen gegeben.«

»Wie bitte?« sagte Michael. Underhill lächelte entweder Mrs. Dengler zu oder aber den Bildern, die hinter ihr nur halb zu sehen waren. »Sie haben gesagt, daß Sie arbeiten?«

Da entspannte sie sich sichtlich und trat wieder einen Schritt zurück. »Meine Trauben. Sie haben sie sich angesehen.«

»Ach so«, sagte Michael. Das sollten also Trauben sein. Jetzt sah er, daß die purpurfarbenen Murmeln in Form von ganzen Traubenbüscheln auf den schwarzen Stoff geklebt waren. »Wirklich hübsch.«

»Ja, das gefällt allen Leuten. Als mein Mann noch seine Kirche hatte, haben manche Gemeindemitglieder meine Trauben gekauft. Alle haben immer gesagt, daß sie sie wunderschön finden. Wie sie das Licht einfangen.«

»Herrlich«, sagte Michael.

»Wie machen Sie das denn?« erkundigte sich Maggie.

Diesmal wirkte ihr Lächeln ganz aufrichtig, beinahe zart – als wüßte sie, daß sie unbescheiden und viel zu stolz auf ihre Trauben war. »Das könnten Sie auch«, sagte sie und setzte sich endlich auf einen Fußschemel. »Ich mache das in einer Pfanne. Ich benutze dazu immer Wesson-Öl. Wenn man Butter dazu nimmt, dann spritzt es. Und es brennt an. Mein Mann hat immer nur Butter für alles genommen, aber er kannte sich mit Fleisch und Wurst aus, wissen Sie. Wenn Sie mit Wesson-Öl arbeiten, kleines Mädchen, dann platzen und zerspringen die Murmeln immer so, wie Sie es wollen. Das sieht eben niemand ein, vor allem heutzutage nicht. Man muß eben alles richtig machen.«

»Sie braten also Ihre Murmeln«, konstatierte Maggie.

»Nun ja. In der Pfanne und mit Wesson-Öl. Und bei niedriger Hitze bzw. kleiner Flamme. So zerspringen sie alle auf die gleiche Art. Das ist das Gute daran. Sie werden genau richtig. Dann nimmt man sie aus der Pfanne und läßt eine oder zwei Sekunden kaltes Wasser drüberlaufen. Dadurch *festigen* sie sich irgendwie. Wenn sie abgekühlt sind, klebt man sie auf die Unterlage. Mit einem winzigkleinen Tropfen Klebstoff – bloß nicht zuviel. Dann ist die Traube fertig. Etwas Wunderschönes von bleibendem Wert.« Sie strahlte Maggie an. Alles Licht schien sich in der Mitte ihres schwerfälligen dicken Gesichts zu konzentrieren. »Von bleibendem Wert. Etwas für die Ewigkeit. Genau wie das Wort Gottes. Für jede Traube braucht man vierundzwanzig Murmeln. Die werden alle wunderbar und sehen richtig lebensecht aus. Ganz natürlich. Irgendwie sogar noch schöner als in Wirklichkeit.«

»Weil sie alle gleich ausfallen«, meinte Maggie.

»Ja, alle ganz gleich. Das ist ja das Schöne daran. Wissen Sie, bei Jungen müht man sich oft vergebens ab. Man kann machen, was man will, sie widersetzen sich.« Ihr Gesicht verschloß sich, selbst die Mitte ihres Gesichts schien sich einzutrüben. »Nichts entwickelt sich im Leben so, wie man gern möchte, nicht einmal bei Christen. Sie sind doch Christin, kleines Mädchen?«

Maggie blinzelte und sagte, aber ja, natürlich sei sie Christin.

»Diese Männer lügen, aber mich konnten sie nicht zum Narren halten. Ich rieche doch die Fahne. Ein Christ trinkt kein Bier. Mein Karl hat niemals auch nur einen Tropfen Alkohol angerührt, und mein Manny auch nicht. Jedenfalls nicht, bevor er Soldat geworden ist.« Sie stierte Michael an, als wollte sie ihm persönlich die Schuld für die Fehltritte und Entgleisungen ihres Sohnes in die Schuhe schieben. »Und er hat sich auch nie mit schlechten Frauen eingelassen. Das haben wir ihm eingetrichtert. Er war ein guter Junge, so gut wie es in unserer Macht stand. Wenn man bedenkt, wo er hergekommen ist.« Wieder sah sie Michael finster an, als wisse er genauestens Bescheid darüber. »Wir haben diesen Jungen zum Arbeiten gebracht, das können Sie mir glauben, und er hat gearbeitet, bis er eingezogen worden ist. Schule ist Schule, haben wir immer gesagt, aber deine Arbeit ist dein Leben. Das Metzgerhandwerk kommt von Gott, aber die Schularbeiten und das Lesen von mehr als einem einzigen Buch hat der Mensch erfunden.«

»War Ihr Sohn ein glückliches Kind?« erkundigte sich Michael.

»Nur der Teufel macht sich Gedanken über das Glück«, behauptete sie. Ihre Augen und ihr Gesicht strahlten wieder dieses sonderbare bleiche Licht aus. »Glauben Sie vielleicht, Karl hätte über so etwas nachgedacht? Oder ich womöglich? Das sind die Fragen, die die anderen gestellt haben. Nun verraten Sie mir mal etwas, Herr Dr. Poole. Ich hoffe sehr, daß Sie mir die Wahrheit sagen. Hat dieser Junge drüben bei der Army Alkohol getrunken? Und hat er sich mit Frauen abgegeben? Denn aus Ihrer Antwort kann ich schließen, was für ein Mann er war. Und auch, was Sie für ein Mensch sind. Die schlechten Murmeln zerspringen nicht richtig, das können Sie mir glauben. Die schlechten Murmeln platzen nicht nur auf, sie zerspringen auf dem Ofen. Die Mutter des Jungen war so eine. Sagen Sie es mir. Beantworten Sie meine Frage – oder verlassen Sie mein Haus. Ich habe Sie hereingelassen. Sie sind kein Polizist und auch kein Richter. Meine Meinung ist ebenso viel wert wie Ihre, wenn nicht sogar noch mehr.«

»Selbstverständlich«, sagte Michael. »Nein, meines Wissens hat Ihr Sohn niemals Alkohol getrunken. Und er ist ganz rein geblieben, wie Sie es wohl nennen würden.«

»Nun ja. Sicher. Ja, das ist er wohl. Das weiß ich ganz genau. Manny ist rein geblieben. *So wie ich das verstehe«*, fügte sie hinzu und schoß einen eisigen Strahl aus ihren Augen direkt in Michaels Herz.

Michael fragte sich, wie sie das wissen konnte, bevor er es ihr sagte. Ob ihr wohl selber klar war, warum sie ihm diese Frage überhaupt gestellt hatte? »Wir möchten Ihnen gern etwas über Ihren Sohn erzählen«, sagte er und hatte selbst das deutliche Gefühl, daß das schrecklich plump klang und seine Wortwahl sehr zu wünschen übrig ließ.

»Nur zu«, sagte Mrs. Dengler. Wieder gelang es ihr, dank ihrer sonderbaren psychischen Stärke nicht nur sich selbst, sondern auch die Stimmung, die in dem Zimmer herrschte, völlig zu verwandeln. Ihr unförmiger Leib und die Luft im Zimmer schienen sich zu verdichten und schwerer zu werden, als konzentriere sich alles auf das Warten. Ein stumpfsinniges Warten ohne eine Spur von Neugier oder Hoffnung. »Sie wollten mir doch etwas über meinen Sohn erzählen. Worauf warten Sie denn noch?«

»Halten wir Sie auch nicht von der Arbeit ab?« erkundigte sich Maggie.

Ihre Augen leuchteten tiefbefriedigt. »Ich habe den Ofen abgestellt. Das hat schließlich Zeit. Jetzt sind Sie ja hier. Soll ich Ihnen mal was sagen? Wir haben Manny mehr gedrillt, als es die meisten anderen täten. Viele fanden das nicht richtig. Man kann kein Vertrauen auf das setzen, was andere Leute sagen. Die Muffin Street ist eine kleine Welt für sich – wie viele andere. Eine ganz reale Welt. Aber nun fangen Sie schon an.«

»Mrs. Dengler«, sagte Underhill. »Ihr Sohn war ein ganz wunderbarer Mensch. Er war nicht nur unter Beschuß ein Held, er war auch ein mitfühlender und erfinderischer Mensch...«

»Sie denken nach rückwärts gerichtet«, unterbrach sie ihn. »Meine Güte, nach *rückwärts* gerichtet. Erfinderisch? Sie wollen sagen, daß er sich bestimmte Dinge ausgedacht, sie einfach nur erfunden hat. Hat das ganze Elend nicht auch damit angefangen? Wäre es zum Prozeß gekommen, wenn er nicht alles mögliche erfunden hätte?«

»Ich würde die Sache mit dem Kriegsgericht niemals verteidigen«, sagte Underhill, »aber ich bin nicht der Meinung, daß man ihn dafür verantwortlich machen kann.«

»Der Fantasie muß ein Riegel vorgeschoben werden. Sie reden von Einbildungskraft. Damit muß Schluß sein. Das weiß ich ganz genau. Karl hat das auch gewußt – bis zu dem Tag, an dem er gestorben ist.« Beinahe bewegt wandte sie sich ab und betrachtete die Reihen von ihr verfertigter völlig identischer Trauben. In jeder einzelnen Traube brach sich das Licht auf die gleiche Art und Weise. »Nun denn. Fahren Sie fort. Das möchten Sie doch. Dafür haben Sie doch diesen weiten Weg zurückgelegt.«

Underhill erzählte vom Dragon Valley. Die Geschichten, die George Spitalny beruhigt und besänftigt hatten, rührten sie nicht im geringsten. Zunächst ließen sie Mrs. Dengler nur kalt, doch dann schienen sie sie zu betrüben und unglücklich zu machen. Ihr bleiches Gesicht verfärbte sich, nahm einen rosa Schimmer an. Ihr Blick grub sich in Michael ein. Da wurde ihm bewußt, daß ihr nicht die Verzweiflung die Röte in die Wagen trieb, sondern ein unbändiger Zorn.

Da sieht man mal, daß es mit den Göttern des Geschichtenerzählens nicht weit her ist, dachte Michael.

»Manny hat sich grotesk verhalten. Er hat sich über seinen Vorgesetzten mokiert. Man sollte sich niemals so verhalten, und Manny hätte seinen Vorgesetzten respektieren müssen.«

»Unsere ganze Lage war damals irgendwie grotesk«, erklärte Underhill.

»Ja, das behaupten die Leute immer, wenn sie eine Entschuldigung suchen und etwas vertuschen wollen. Der Junge hätte sich immer und überall so benehmen sollen, als befände er sich noch in der Muffin Street. Stolz ist eine Sünde. Wir hätten ihn dafür bestraft.«

Obwohl Maggie Lah zwischen ihnen saß, spürte Michael deutlich, was für ein Zorn und Kummer in Tim aufgestiegen war.

»Mrs. Dengler«, wandte sich jetzt Maggie an die Frau, »vor einer Weile haben Sie gesagt: Manny war ein guter Junge, wenn man bedenkt, wo er herkommt.«

Da hob die alte Frau den Kopf wie ein Tier, das Witterung aufnimmt. Unverkennbares Vergnügen spiegelte sich in den Augen hinter den runden Brillengläsern. »Kleine Mädchen sind gute Zuhörerinnen, habe ich nicht recht?«

»Damit haben Sie doch nicht die Muffin Street gemeint?«

»Manny stammt nicht aus der Muffin Street. So, nun wissen Sie es.«

Maggie wartete darauf, daß sie weitersprechen würde, und Michael fragte sich, was wohl jetzt aufs Tapet kommen würde. Der Mars, Rußland oder der Himmel?

»Manny kam aus der Gosse«, sagte Mrs. Dengler. »Wir haben den Jungen in der Gosse aufgelesen und zu uns genommen. Wir haben ihm ein Zuhause gegeben, und er hat unseren Namen getragen. Er hat auch unseren Glauben angenommen. Wir haben ihn ernährt und bekleidet. Hört sich das nach schlechten Leuten an? Glauben Sie, schlechte Menschen hätten alles das für einen verstoßenen kleinen Jungen getan?«

»Haben Sie ihn adoptiert?«

Underhill lehnte sich zurück. Der starre Sofaüberzug aus Plastik knisterte und quietschte. Er starrte Helga Dengler eindringlich an.

»Ja, wir haben dieses arme verstoßene Kind bei uns aufgenommen. Damit fing ein neues Leben für den Jungen an. Sie nehmen doch wohl nicht an, seine Mutter hätte einen Teint wie ich gehabt. Von meiner Haarfarbe ganz zu schweigen. So blind können Sie doch gar nicht sein. Karl war übrigens auch blond, bevor er graue Haare kriegte. Karl war ein Engel Gottes mit seinem goldblonden Haar und seinem wallenden Bart! Ja! Ich beweise es Ihnen.«

Sie sprang regelrecht auf, stierte sie mit ihren Röntgenaugen an und ging aus dem Zimmer. Das alles mutete wie eine groteske Parodie auf den Abend bei den Spitalnys an. »Hat er dir je erzählt, daß er adoptiert ist?« fragte Michael.

Tim Underhill schüttelte den Kopf.

»Manuel Orosco Dengler«, sagte Maggie. »Das muß euch doch irgendwie spanisch vorgekommen sein. In mehr als einer Hinsicht.«

»Wir haben ihn doch niemals so genannt«, erklärte Michael.

Mrs. Dengler kam zurück. Der Geruch nach feuchtem Holz drang zur Tür herein. Eine Wolke dieses merkwürdigen Geruchs umwehte sie. Sie drückte ein altes Fotoalbum aus Preßpappe an sich, die wie Leder wirken sollte. Die Ecken waren schon ganz abgestoßen, so daß die graue Pappe darunter zum Vorschein kam. Eifrig und mit offenem Mund trat sie auf die Besucher zu – als träte ein Angeklagter, der sich ins Unrecht gesetzt fühlte, vor seinen Richter hin. »Jetzt zeige ich Ihnen meinen Karl«, versprach sie. Sie schlug das Album ziemlich weit vorn auf und drehte es dann um, damit sie den Betrachtern das Foto präsentieren konnte.

Das Foto nahm fast die ganze Seite ein. Es hätte vor hundert Jahren aufgenommen sein können. Ein hochgewachsener Mann mit dünnem farblosem Haar, das ihm bis über die Ohren hing und mit einem wirren, ebenso farblosen Bart stierte in die Kamera. Er war mager, aber breitschultrig und steckte in einem dunklen Anzug, der wie ein Sack an ihm herumhing. Er wirkte fanatisch, gequält und hochgradig angespannt. Die Augen seiner Frau blickten durch die Menschen hindurch in eine andere Welt. Er dagegen schien direkt in die Hölle zu blicken. Er verdammte alles und jeden in Grund und Boden, verbannte die Menschen in die Hölle.

»Karl war ein Mann Gottes«, sagte Helga Dengler. »Das sieht man ja ganz deutlich. Er war ein Auserwählter. Mein Karl war weiß Gott kein Faulpelz. Auch das sieht man auf dem Foto. Und er war nicht *verweichlicht*. Er hat sich nie vor seiner Pflicht gedrückt – auch nicht, wenn es seine Pflicht war, bei eisiger Kälte an einer Straßenecke zu stehen. Wenn es um das Wort Gottes geht, kann man nicht auf schönes Wetter warten. Ein harter pflichtbewußter Mann wurde gebraucht, um es zu verbreiten. Und genau das war mein Karl. Wir brauchten also Hilfe. Eines Tages würden wir alt sein. *Aber wir konnten ja nicht ahnen, was geschehen würde!«* Mrs. Dengler keuchte, und ihre Augen schienen hinter den runden Gläsern hervorquellen zu wollen. Wieder hatte Michael das deutliche Gefühl, daß ihr Körper sich verdichtete und die ganze Luft im Raum in sich einsog – zusammen mit allem, was je rechtens oder moralisch war oder sein würde. Damit setzte sie sie für alle Zeiten ins Unrecht.

»Wer waren denn seine Eltern?« hörte Michael Tim Underhill fragen. Er ahnte gleich, daß sie das falsch verstehen würde.

»Feine Leute, sonst hätten sie wohl kaum einen solchen Sohn gehabt. Starke Leute. Karls Vater war auch schon Metzger. Er hat Karl angelernt, und Karl hat Manny eingearbeitet. Damit Manny für uns arbeiten konnte, während wir für den Herrn tätig waren. Wir haben ihn aus der Gosse aufgelesen und ihn dem ewigen Leben zugeführt. Also. Er sollte für uns arbeiten und für uns sorgen, wenn wir alt sind.«

»Ach so«, sagte Tim Underhill und beugte sich etwas vor, um Michael anzusehen. »Würden Sie uns bitte auch etwas über die Eltern Ihres Sohnes erzählen?«

Mrs. Dengler klappte das Fotoalbum wieder zu und plazierte es auf ihrem Schoß. Der muffige Geruch war auch in die Preßpappe eingedrungen und hing nun eine ganze Weile in der Luft.

»Er hatte keine Eltern.« Sie sah sie mit funkelnden Augen an. Triumph sprach aus diesem Blick, Genugtuung. Sie wirkte wie die personifizierte Zufriedenheit. »Nicht so wie andere Leute, nicht so wie Karl und ich. Manny war ein uneheliches Kind. Seine Mutter Rosita hat ihren Körper verkauft. Sie war eine von *diesen* Frauen. Sie hat das Baby im Mount-Sinai-Krankenhaus zur Welt gebracht und dort zurückgelassen. Ist einfach rausstolziert und hat ihr Kind im Stich gelassen. Der Kleine hatte eine Virusinfektion und wäre fast gestorben. Viele sind daran gestorben, aber Manny nicht. Mein Mann und ich haben für ihn gebetet, und er ist *nicht* gestorben. Rosita Orosco ist dann nach ein paar Wochen umgekommen. *Totgeschlagen* worden. Vielleicht hat sie der Vater des Jungen getötet. Karl und ich waren immer der Meinung, daß nur von seiten seiner Mutter spanisches Blut in Mannys Adern floß. Verstehen Sie jetzt, wie ich das meine. Er hatte keine Eltern. Weder Vater noch Mutter.«

»War Mannys Vater einer der Kunden seiner Mutter?« fragte Underhill.

»Darüber haben wir uns nicht den Kopf zerbrochen.«

»Aber Sie haben doch gesagt, daß Sie nicht glauben, daß der Vater Spanier war. Oder Lateinamerikaner.«

»Nun ja.« Helga Dengler rutschte auf dem Schemel hin und her. In ihren Blicken spielte sich ein Klimawechsel ab. »Er hatte ja auch gute Seiten, die die schlechten wieder wettmachten.«

»Wie sind Sie denn darauf gekommen, ihn zu adoptieren? Woher wußten Sie von ihm?«

»Karl hatte von dem armen Baby gehört.«

»Aber wie denn? Wollten Sie sowieso ein Kind adoptieren?«

»Aber nein, natürlich nicht. Ich glaube, die Frau ist zu meinem Karl gekommen. Diese Rosita Orosco. Durch die Kirchenarbeit meines Mannes sind viele arme unglückliche Menschen zu uns gekommen und haben ihn angefleht, ihre Seele zu retten.«

»Haben Sie Rosita Orosco bei den Predigten gesehen?«

Mrs. Dengler stellte beide Füße ganz fest auf den Boden und starrte ihn an. Sie schien durch die Haut zu atmen. Alle schwiegen. Es war ein qualvolles bedrückendes Schweigen.

»Ich wollte Ihnen nicht zu nahetreten, Mrs. Dengler«, sagte Tim Underhill schließlich.

»Zu unseren Gottesdiensten kamen Weiße«, sagte sie ganz langsam und gedehnt mit monotoner Stimme. »Manchmal kamen auch Katholiken. Aber es waren immer gute Menschen. Polierer. Die sind auch nicht schlechter als andere Leute.«

»Ach so«, sagte Tim Underhill. »Sie haben Mannys Mutter also nie bei Ihren Predigten gesehen.«

»Manny hatte keine Mutter«, sagte Mrs. Dengler wieder so gedehnt und monoton. »Er hatte keine Mutter und auch keinen Vater.«

Underhill erkundigte sich, ob derjenige, der Rosita Orosco totgeschlagen hatte, festgenommen worden sei.

Mrs. Dengler schüttelte den Kopf ganz langsam – wie ein Kind, das geschworen hat, niemals ein Geheimnis zu verraten. »Es hat niemanden gekümmert, wer der Täter war. Schließlich war diese Frau ja nur eine käufliche Dirne. Wer es auch immer getan haben mag, konnte sich ja Gott anvertrauen. Er ist der oberste Richter.«

So deutlich, als habe er eine Halluzination, sah Michael die Folterkammer in den Tiger Balm Gardens in Singapur wieder vor sich, die halb menschlichen Gestalten, die mit verzerrter Miene vor einem gebieterischen Richter knieten.

»Die Polizei hat den Täter also nie erwischt.«

»Nicht daß ich wüßte.«

»War Ihr Mann denn nicht an der Sache interessiert?«

»Nein, natürlich nicht«, sagte Mrs. Dengler. »Was wir tun konnten, das hatten wir ja schon getan.«

Sie hatte die Augen geschlossen. Michael verlegte sich auf andere Fragen. »Wann ist Ihr Mann denn gestorben, Mrs. Dengler?«

Da riß sie die Augen wieder auf und blitzte ihn an. »Mein Mann ist 1960 gestorben.«

»Und im gleichen Jahr haben Sie die Metzgerei und die Kirche geschlossen?«

Jetzt lag wieder dieser unheimliche einschüchternde Glanz auf ihrem Gesicht. »Schon vorher. Manny war noch zu klein, um schon als Metzger zu arbeiten.«

Haben Sie denn nicht erkannt, was für ein Geschenk er für Sie war, ganz gleich, wo er auch herkam? hätte Michael sie am liebsten gefragt.

»Manny hatte keine Freunde«, sagte sie, als hätte sie Michaels Gedanken erraten. In ihrer Stimme schwangen starke Gefühle mit, die Michael erst bei ihrem nächsten Satz als Stolz erkannte. »Dafür blieb ihm keine Zeit. Er hatte immer viel zu tun, ganz genau wie Karl. Wir haben immer dafür gesorgt, daß der Junge beschäftigt war, daß er immer Arbeit hatte. Man muß Kinder dazu zwingen, ihre Aufgaben zu erfüllen. Jawohl. Sie müssen ihre Aufgaben erfüllen. Nur so können sie etwas lernen. Manny hatte als Junge keine Freunde. Ich habe ihn von anderen Jungen ferngehalten und ihn so erzogen, wie es richtig war. Hat er einmal versagt oder gefehlt, so haben wir getan, was die Heilige Schrift in solchen Fällen vorschreibt.« Sie hob den Kopf und sah Maggie direkt in die Augen. »Wir mußten seine Mutter aus ihm herausprügeln. Ja. Das mußten wir. Wissen Sie, wir hätten ja auch seinen Namen ändern können. Wir hätten ihm einen guten deutschen Namen geben können. Aber ihm sollte stets vor Augen stehen, daß er zur Hälfte *Manuel Orosco* war, wenn auch die andere Hälfte *Dengler* werden konnte. Manuel Orosco mußte man erst zähmen und in Ketten legen. Ganz gleich, was die Leute dazu sagten. So etwas tut man aus Liebe und weil man es machen muß. Warten Sie, ich will Ihnen zeigen, was ich damit meine. Wie das funktioniert hat. Sehen Sie sich das mal an.«

Sie blätterte das Fotoalbum durch und betrachtete die Fotos mit versunkener, geistesabwesender Miene. Michael hätte sich am liebsten alle Fotos in dem Album angesehen. Er glaubte, von seinem Platz aus Freudenfeuer und große Flaggen zu erspähen, doch er sah nur verschwommene Fragmente einzelner Fotos.

»Ja, da ist es«, sagte Mrs. Dengler. »Wenn Sie sich das ansehen, wissen Sie Bescheid. Ein Junge verrichtet die Arbeit eines Mannes.«

Sie hielt einen Zeitungsausschnitt hoch, der in einer durchsichtigen Plastikhülle steckte, so wie sie auch ihre Möbel durch Plastiküberzüge schützte.

Oben auf der Seite hatte jemand mit Tinte geschrieben: *Milwaukee Journal vom 20. September 1958.* Unter dem Foto die Bildunterschrift: *METZGERJUNGE. Der kleine achtjährige Manny Dengler vertritt seinen Daddy in dessen Laden in der Muffin Street. Nimmt Wild schon ganz allein aus. Das muß ein Rekord sein.*

Das Foto nahm in dem alten Album eine halbe Seite ein. Es zeigte einen kleinen schwarzhaarigen Jungen, der mit blutverschmierter Schürze in die Kamera starrte. Die Schürze ist ihm viel zu groß. Sie reicht zweimal um ihn herum, so daß er drinsteckt wie ein Würstchen in der Pelle. In der hocherhobenen rechten Hand, die auf dem dürren Ärmchen des Achtjährigen sitzt, hält er ein schweres Hackmesser. Der Fotograf hat ihm bestimmt befohlen, das Hackmesser hochzuhalten, doch das Mordinstrument ist selbst für beide Hände des kleinen Jungen noch zu groß. Das Hackmesser war auch viel zu schwer und groß für die angeblich damit verrichtete Arbeit, die sorgsam vor ihm ausgebreitet lag. Der Körper eines Hirsches ohne Kopf, gehäutet und sorgfältig zerlegt. Das Blatt, der langgestreckte anmutige Brustkorb, die geschwungenen Flanken, die breiten feuchten Lenden wie die einer Frau. Das Gesicht des kleinen Jungen weist ihn eindeutig als Dengler aus. Sein liebenswürdiger und zugleich zweifelnder Gesichtsausdruck ruft bei den Betrachtern Ergriffenheit hervor.

»Er konnte auch ein guter Junge sein«, erklärte seine Mutter. »Ein tüchtiger Junge. Das ist der Beweis. Der kleinste Junge im ganzen Staat Wisconsin, der einen Hirsch ganz allein ausnehmen und zerlegen konnte.« Ein Zucken überlief ihr Gesicht. Michael hätte liebend gern gewußt, ob sie Kummer empfand oder wenigstens daran zurückdachte, wie sie ihres Sohnes wegen bekümmert gewesen war. Michaels Kehle war wie ausgedörrt. Ihm war zumute, als habe er Feuer geschluckt.

»Sie hätten ihn hierlassen sollen, anstatt ihn einzuziehen und zusammen mit Ihnen in den Krieg zu schicken.« Ein eisiger Luftzug traf Maggie. »Dann könnte er jetzt noch im Laden stehen und arbeiten. Dann hätte ich im Alter so leben können, wie ich es verdient habe. Nicht dieses jämmerliche Dasein einer auf die Wohlfahrt angewiesenen Almosenempfängerin. Die Regierung hat ihn mir gestohlen. Wissen die denn nicht, warum wir ihn vor allem zu uns genommen haben?«

Ihr Zorn ergoß sich jetzt über alle. Ihre Augen schienen zu zerspringen. Die Zornesröte stieg ihr ins Gesicht und verblaßte wieder. Man hätte glauben können, einer optischen Täuschung zu erliegen. »Nach dem zu urteilen, was sie gesagt haben«, murmelte sie vor sich hin. »Das ist ja noch das Schönste. Nach dem zu urteilen, was sie gesagt haben, waren sie diejenigen, die ihn auf dem Gewissen haben.«

»Was haben sie denn gesagt?« wollte Michael wissen.

Ein Blick von ihr, und ihm gefror fast das Blut in den Adern.

Michael stand auf und merkte, daß ihm die Knie zitterten. Das Feuer, das er geschluckt hatte, brannte ihm noch immer in der Kehle.

Bevor er noch etwas sagen konnte, fragte Underhill, ob sie das Zimmer ihres Sohnes sehen könnten.

Die alte Frau erhob sich. »Sie haben ihn mir gestohlen«, sagte sie und sah Maggie dabei durchdringend an. »Alle haben Lügen über uns verbreitet.«

»Die Army hat gelogen, als Manny eingezogen wurde?« fragte Michael.

Da fiel ihr Blick auf ihn. Sie sah ihn zornig und mit seltsam glänzenden Augen an. »Nicht nur die Army«, sagte sie.

»Mannys Zimmer«, wiederholte Underhill in der frostigen Atmosphäre, die die Frau um sich verbreitete.

»Ach ja, natürlich«, sagte sie und lächelte tatsächlich. »Sie sollen es sehen. Bisher habe ich es sonst noch niemandem gezeigt. Kommen Sie nur mit.«

Sie machte kehrt und stampfte aus dem Zimmer. Michael konnte sich gut vorstellen, daß sich Spinnen beim Klang ihrer Schritte bis in die äußersten Ecken ihrer Netze verzogen, daß Ratten in ihre Löcher flohen, wenn sie Mrs. Denglers Schritte hörten.

»Wir gehen hinauf. So«, sagte sie. Sie ging durch den Gang voraus und auf die Treppe zu. Im Flur fiel der modrige Geruch nach fauligem Holz besonders auf. Jede Stufe knarrte unter ihren Schritten. Von den Köpfen der Nägel, mit denen das Linoleum auf den Stufen festgenagelt war, gingen unregelmäßige braune Rostflecken aus.

»Er hatte ein eigenes Zimmer. Sie werden sehen – alles bestens«, sagte sie. »Den Gang entlang, ein Stück entfernt von uns. Wir hätten ihn ja auch im Keller unterbringen können oder auch hinter der Metzgerei. Aber der Platz eines Kindes ist in der Nähe seiner Eltern. Das weiß ich ganz genau: Der Platz des Kindes ist in der Nähe seiner Eltern. Sehen Sie, so war der Apfel immer in der Nähe des Stammes. So hatte Karl den Jungen immer unter Kontrolle. Er konnte jederzeit nach ihm sehen. Jedes gesunde Kind muß nicht nur gelobt, sondern auch bestraft werden.«

Im Dachgeschoß war der Flur so niedrig, daß Michael und Underhill die Köpfe einziehen mußten. Am Ende des schmalen Ganges ein einziges schmutziges und mit Wasserstreifen überzogenes Fenster, aus dem man auf Telefonleitungen mit Schneehäubchen blickte. Mrs. Dengler öffnete die zweite der beiden Holztüren in dem Gang. »Das war Mannys Zimmer«, sagte sie und blieb wie ein Museumswärter an der Tür stehen, als sie das Zimmer betraten.

Sie glaubten fast, in einem Wandschrank gelandet zu sein. Das sogenannte Zimmer war vielleicht zweieinhalb Meter auf dreieinhalb Meter groß und noch viel dunkler als das übrige Haus. Michael tastete nach dem Lichtschalter und schob ihn nach oben, aber es wurde nicht hell. Dann sah er die Lampenschnur und die leere Fassung von der Decke baumeln. Das Fenster war mit Brettern vernagelt worden und wirkte wie eine rechteckige Holzkiste. Eine Schrecksekunde lang dachte Michael, Denglers Mutter werde die Tür zuschlagen und sie alle drei in diesem fensterlosen kleinen Loch einsperren. Tiefer konnte man wohl kaum in Denglers Kindheit eindringen. Doch Helga Dengler stand bewegungslos an der offenen Tür. Sie blickte mit gekräuselten Lippen zu Boden. Was sie sahen oder davon hielten, interessierte sie nicht im geringsten.

In dem Zimmer hatte sich wahrscheinlich kaum etwas verändert, seit Dengler nicht mehr darin wohnte. Auf dem schmalen Bett, eigentlich kaum mehr als eine Pritsche, lag eine überschüssige Army-Decke. An der Wand stand ein Kinderschreibtisch. Daneben ein kleines Bücherregal mit ein paar Büchern in den Fächern. Michael nahm die Bücher näher in Augenschein und stieß einen leisen Überraschungsruf aus. Im obersten Regalfach standen rot gebundene Exemplare von *Babar* und *König Babar*. Genau die gleiche Ausgabe der Bücher wie die im Kofferraum seines Wagens. Maggie trat neben ihn und sagte »Oh!«, als sie die Bücher sah.

»Wir haben den Jungen nicht vom Lesen abgehalten, glauben Sie das bloß nicht«, erklärte Mrs. Dengler.

Das Regal bot einen guten Überblick über seine Lektüre. Da standen *Grimms Märchen* und *Babar* neben Robert Heinlein und Isaac Asimov, aber auch *Tom Sawyer* und *Huckleberry Finn*. Daneben stand ein Spielzeugauto, das nur noch zwei Räder hatte. Auch die Farbe war schon abgeblättert, so abgegriffen war das kleine Auto, daß es schon fast auseinanderfiel. Michael entdeckte auch noch Bücher über Fossilien, Vögel und Bücher über Schlangen. Auch religiöse Traktate und eine Bibel in Taschenbuchformat.

»Er hätte am liebsten den ganzen Tag hier oben verbracht, wenn wir es ihm erlaubt hätten«, sagte die alte Frau. »Er war richtig faul. Besser gesagt, er wäre faul gewesen, wenn wir ihm das hätten durchgehen lassen.«

Michael kam sich in dem kleinen Zimmer entsetzlich eingesperrt vor. Hier mußte man ja notgedrungen unter Klaustrophobie leiden. Er hätte sich gewünscht, den kleinen Jungen in die Arme nehmen zu können, der in dieses fensterlose Loch geflohen war, um ihm zu versichern, daß er weder ein schlechter noch ein fauler Junge war. Und erst recht kein Verdammter.

»Mein Sohn hat die Babar-Bücher auch sehr geliebt«, sagte er.

»Diese Bücher sind kein Ersatz für die Heilige Schrift«, ereiferte sie sich. »Das sieht man schon ganz deutlich daran, daß sie von seiner Mutter stammen. Sie hat diese Elefantenbücher gekauft. Wahrscheinlich sogar irgendwo gestohlen. Als ob ein Baby so ein großes Buch schon lesen könnte. Sie hatte sie im Krankenhaus schon bei sich und hat sie dem Baby dagelassen, als sie sich aus dem Staub gemacht hat. Wirf sie doch weg, habe ich meinen Mann beschworen, das ist Dreck, Dreck und nichts als Dreck, genau wie die Frau, von der sie stammen. Aber Karl wollte sie nicht wegwerfen. Er war dafür, daß der Junge etwas von seiner natürlichen Mutter behielt. Von seiner *unnatürlichen* Mutter, habe ich gesagt. Das Schlechte wird bald alles Gute überschwemmen, das vielleicht in dem Jungen steckt. Aber Karl hat es so gewollt, und so sind die Bücher meinem Sohn geblieben. Solche Bücher sind ständig aus der Kramkiste der Kirche verschwunden – aber das waren andere Bücher. Karl hat das gewußt.«

Michael fragte sich, ob sie ihn überhaupt bemerkte oder ob sie lediglich purpurrote Murmeln vor sich sah, die sie in der Pfanne zerplatzen lassen und immer wieder in dem gleichen Muster auf die immer gleiche Unterlage leimen konnte. Dann bemerkte er plötzlich, daß sie das Zimmer offenbar nicht betreten konnte. Sie wollte hereinkommen und sie wieder hinausdrängen, doch ihre Beine gehorchten ihr nicht. Ihre Füße trugen sie nicht über die Schwelle.

»Hat sich diese Bücher immer und immer wieder angesehen. Darin findest du bestimmt nichts, habe ich ihm gesagt. Das ist doch Narretei. Elefanten können dir nicht helfen, habe ich gesagt, das ist Dreck, und Dreck endet im Müll oder in der Gosse. Er hat ganz genau gewußt, wovon ich rede. O ja, das hat er ganz genau gewußt!«

»Ich glaube, wir gehen jetzt wieder«, sagte Underhill. Maggie murmelte etwas, was Michael aber nicht verstand, weil er Helga Dengler so intensiv angestarrt hatte. Die sah ihn zwar an, hatte aber in Wahrheit eine Szene vor Augen, die niemand außer ihr kannte.

»Er war ein kleiner aus dem Nest gefallener Kuckuck, den wir aufgenommen haben«, sagte Mrs. Dengler. »Wir haben ihn in unser Nest geholt. Wir waren schließlich fromme Leute. Wir haben dem Jungen gegeben, was wir ihm geben konnten, ein eigenes Zimmer, viel zu essen, alles, was man sich nur denken kann, aber er hat alles zerstört.« Sie trat beiseite, damit die drei Besucher das Zimmer ihres Sohnes wieder verlassen konnten. Dann stand sie einfach da und starrte sie stieren Blickes an. »Was Manny passiert ist, hat mich nicht gewundert«, sagte sie im letztmöglichen Moment. »Er ist auch in der Gosse gestorben, nicht wahr? Genau wie seine Mutter. Karl war immer viel zu gut.«

Sie gingen wieder die Treppe hinunter.

»Sie werden jetzt gehen wollen«, sagte Mrs. Dengler und schlurfte an ihnen vorbei auf die Haustür zu.

Eisige Luft kam in den Gang geströmt. Sie knöpften ihre Mäntel zu. Als Mrs. Dengler lächelte, wirkten ihre leichenblassen Wangen wie mehlbestäubte Fladen. »Ich wünschte, wir könnten uns noch weiter unterhalten, aber ich muß wieder an die Arbeit gehen. Ich hoffe, Sie haben Ihre Mäntel bis obenhin zugeknöpft. Also, alles Gute und viel Glück.«

Sie traten in die reine, kalte Luft hinaus.

»Bye-bye!« rief sie ihnen leise von der Tür aus nach.

Sie schritten die Verandastufen hinunter zurück zu ihrem Wagen. »Also dann bye-bye. Ja. Bye-bye.«

Als sie wieder im Wagen saßen, sagte Maggie, ihr sei schlecht. Sie wolle ins Hotel zurück, um sich ein wenig hinzulegen, während sich die beiden Männer in der Polka Dot Lounge mit dem Freund Victor Spitalnys unterhielten. »Ich muß mich erst einmal erholen.« Michael verstand das gut.

»So ist Dengler also aufgewachsen«, meinte Underhill, als sie durch vereiste Straßen in Richtung Norden fuhren.

»Seine Eltern haben ihn gekauft«, sagte Maggie. »Sie haben ihn als ihren Sklaven betrachtet. Der arme kleine Junge mit seinen Babar-Büchern.«

»Was sollte bloß all das Gerede von ›ihnen‹? Was für Lügen? Darüber hat sie sich gar nicht näher ausgelassen.«

»Ich habe zwar das deutliche Gefühl, daß ich es bereuen werde«, sagte Underhill, »aber ich möchte dich doch bitten, mich zur Stadtbibliothek von Milwaukee zu fahren, nachdem wir Maggie am Hotel abgesetzt haben. Die liegt sicher irgendwo im Zentrum, wahrscheinlich ganz in der Nähe des Hotels. Ich möchte in den Zeitungen von Milwaukee ein paar Sachen nachschlagen. Es gibt da noch eine Menge Ungereimtheiten, die Mrs. Dengler nicht aufgeklärt hat.«

Michael hatte bis zu seiner Verabredung noch eine Viertelstunde Zeit. Er fuhr auf den überfüllten Parkplatz neben der Polka Dot Lounge. Die Kneipe befand sich in einem langgestreckten niedrigen Haus mit Giebeldach, das man sich gut von Efeu überwuchert in einem Wald in Deutschland vorstellen konnte. Es paßte überhaupt nicht in diese steile schmutzstarrende Straße, die in das dunkle Tal hinunterführte. Hoch oben brauste der Verkehr über die lange Brücke, über die sie auf dem Weg zum Haus der Eltern Spitalnys gefahren waren. Tiefer unten hingen ovale bleifarbene Wolken in der Luft. Sie wirkten massiv wie Schlachtschiffe. Grellrote Flammen züngelten aus dünnen Rohren. In den kleinen Fenstern des Lokals leuchtete die Neon-Bierreklame.

Michael stieß die Tür auf und betrat einen langgestreckten, dunstverhangenen Raum. Er stand in einer Wolke von Zigarettenqualm. Die laute Musik, üble Unterhaltungsmusik, dröhnte ihm in den Ohren. An der Bar standen Männer in Arbeitskleidung, die offensichtlich schon ein paar Gläser getrunken hatten. Eine blonde Bedienung in knallengen Jeans trug ein volles Tablett mit Bierkrügen und Schalen mit Popcorn zu den Tischen. An den meisten Tischen saß noch niemand. Sie waren an den Wänden entlang aufgereiht. Der Fußboden war mit Sägemehl, Erdnußschalen und Popcorn übersät. Die Polka Dot Lounge war eine Arbeiter-Kneipe, keine brave puritanische Destille, viel zu grell beleuchtet und von ständiger Musik überrieselt. Die meisten Männer an der Theke, die in seinem Alter waren, hatten den Vietnamkrieg wahrscheinlich mitgemacht. Niemand, der vom Wehrdienst zurückgestellt worden war, weil er das College besuchte. Während der ersten paar Minuten in der Polka Dot Lounge fühlte sich Michael mehr zu Hause als bisher irgendwo im Mittleren Westen.

Er setzte sich am hintersten Ende der Bar auf einen freien Platz. »Ein Pforzheimer«, bestellte er. »Ich bin hier mit Mack Simroe verabredet. Ist der schon da?« erkundigte er sich.

»Nein, dafür ist es noch zu früh«, sagte der Barkeeper. »Setzen Sie sich ruhig an einen Tisch. Ich sage ihm dann, daß Sie da sind.«

Nach einer Viertelstunde kam ein riesengroßer bärtiger Mann zur Tür herein. Er trug eine gerippte Daunenjacke und eine merkwürdige Kopfbedeckung. Der Mann begann die Tische abzusuchen. Michael wußte gleich, daß das Mack Simroe war. Der Blick des Riesen fiel auf Michael. Michael stand auf, und der Hüne kam mit Riesenschritten auf ihn zu. Er wirkte sympathisch, ein wenig durcheinander und für alles offen. All das drückte sein Gesicht aus. Simroe umschloß Michaels Hand mit seiner riesigen Pranke und sagte: »Bestellen wir uns einen Krug und machen wir Jenny das Leben ein bißchen leichter. Na, was sagen Sie dazu? Ich nehme an, daß Sie Herr Dr. Poole sind. Das Bier vom Faß schmeckt sowieso viel besser...«

Und dann saßen sie sich mit einem Krug Bier und einer Schale Popcorn zwischen sich an einem Tisch gegenüber. Nach dem Besuch bei Mrs. Dengler war Michael Gerüchen gegenüber sonderbar empfindlich. Mack Simroe strömte offensichtlich den unverdünnen Hauch des Valley aus. Er roch nach Maschinenöl und Metallspänen. So rochen sicher auch diese bleiernen Wolken eisigen Rauchs. Simroe arbeitete als Schlosser bei der Firma Dux, die Kugellager und Maschinenteile herstellte. Simroe machte nach der Arbeit meistens noch einen kleinen Abstecher in die Polka Dot Lounge.

»Sie haben mich fast umgeworfen, als Sie sich nach Victor Spitalny und allem, was mit ihm zusammenhängt, erkundigt haben. Da ist vieles wieder in mir hochgekommen, was ich schon längst vergessen hatte.«

»Hoffentlich macht es Ihnen nichts aus, noch ein bißchen darüber zu sprechen.«

»Ich wäre ja sowieso hierher gekommen. Mit wem haben Sie denn schon gesprochen?«

»Mit Victor Spitalnys Eltern.«

»Haben die mal was von ihm gehört?«

Michael schüttelte den Kopf.

»George war völlig aus dem Häuschen, als Vic solche Schwierigkeiten bekam. Er hat daraufhin das Saufen angefangen, auch im Dienst. Das habe ich jedenfalls gehört. Er hat auch ständig Schlägereien vom Zaun gebrochen. Die Firma Glax hat ihn einen Monat heimgeschickt. Um diese Zeit hat er vermutlich George Wallace in all seiner Herrlichkeit entdeckt. Er hat sich für Wallace eingesetzt. Dadurch hat er sich wohl wieder gefangen. George läßt auch jetzt noch nichts auf Wallace kommen. Mit wem haben Sie denn noch gesprochen? Mit Debbie Maczik? Wie heißt sie denn jetzt gleich? Ich glaube, Debbie Tusa.«

»Ja.«

»Nettes Mädchen. Ich habe sie schon immer gern gehabt.«

»Haben Sie Victor auch gemocht?« wollte Michael wissen.

Simroe beugte sich vor. Da kam Michael erst so richtig zu Bewußtsein, was für muskulöse Unterarme und was für einen mächtigen Schädel Simroe hatte. »Wissen Sie, ich frage mich natürlich, was das alles soll. Freundchen, ich habe nichts dagegen, mich mit Ihnen zu unterhalten. Wirklich nicht. Aber erst möchte ich wissen, wieso Sie das alles interessiert. Sie waren also in der gleichen Einheit wie Vic.«

»Ja, die ganze Zeit.«

»In Dragon Valley? Und la Thuc?«

»Ja, auch da waren wir zusammen.«

»Und jetzt sind Sie wieder Zivilist?«

»Ich bin Arzt. Genauer gesagt Kinderarzt, in einer Kleinstadt in der Nähe von New York.«

»Kinderarzt.« Simroe grinste. Das gefiel ihm. »Kein Bulle, nicht vom FBI, nicht vom Geheimdienst, nicht von der Militärpolizei, kein verdammter Schnüffler – nichts dergleichen.«

»Nein, nichts dergleichen.«

Simroe grinste immer noch. »Aber irgendwas ist doch an der Sache faul. Sie glauben, daß Victor noch am Leben ist. Sie suchen ihn.«

»Ja, mir liegt viel daran, Victor zu finden.«

»Er schuldet Ihnen höchstwahrscheinlich einen ganzen Batzen Geld. Oder Sie haben etwas über ihn gehört – etwas Schlimmes. Er hat sich auf eine üble Sache eingelassen, und Sie wollen ihn daran hindern, daß er weitermacht.«

»Ja, so ungefähr«, gab Michael zu.

»Vic lebt also noch. Wer hätte das gedacht?«

»Die meisten Deserteure leben noch. Sie sind ja schließlich desertiert, um zu überleben.«

»Stimmt«, sagte Simroe. »Niemand, der an diesem Krieg teilgenommen hat, ist als der gleiche Mensch zurückgekehrt. Man glaubt zu wissen, wie weit bestimmte Leute gehen würden, aber vielleicht weiß man es doch nicht. Man kann sich da ganz gewaltig irren.« Er trank einen Riesenschluck von seinem Bier. »Ich will Ihnen mal erzählen, wie ich Vic kennengelernt habe. Damals auf der Rufus King School war ich ein schwachsinniger Tagedieb. Ich besaß eine Harley, klobige Stiefel und war gräßlich tätowiert. Das bin ich heute noch, aber das lasse ich möglichst niemanden sehen. Es ist wirklich eine Schande. Ich wollte ein richtiger Rabauke und Tunichtgut sein. Mir ist eben nichts Besseres eingefallen. Ich bin nie ein richtiger Gauner oder Dieb gewesen, ich fand es nur irre, auf diesem großen alten Motorrad in der Gegend rumzubrausen. Jedenfalls hat Vic sich eines Tages an mich rangemacht. Er fand diese Motorradshow, die ich da abzog, unheimlich cool. Ich konnte ihn einfach nicht mehr abschütteln, und nach einer Weile habe ich es nicht mal mehr versucht.«

Michael mußte an Spacemaker Ortega denken, Spitalnys einzigen Freund bei der Army, den Anführer der Devilfuckers. Spitalny hatte seine Zuneigung zu Simroe einfach auf Ortega übertragen.

»Allmählich habe ich mich an ihn gewöhnt. Ich mochte ihn sogar. Dieser arme Junge – nicht gerade ein großes Licht – ist von seinem Alten immer bevormundet worden. Ich habe versucht, ihm so manchen guten Rat zu geben. Du mußt doch selber wissen, was du tust, du kleines Arschloch, habe ich ihm immer wieder gesagt. Ich habe sogar versucht, ihn von Manny Dengler abzubringen, denn der Junge hatte wirklich nichts zu lachen. Der steckte jeden Tag, von Anfang an, bis an den Hals in Scheiße. Ich meine, ich habe mir um den Kleinen richtig *Sorgen* gemacht!«

»Ich habe seine Mutter heute nachmittag besucht.«

Simroe schüttelte den Kopf mit dem zerzausten Haar. »Ich hatte nie das Vergnügen, die Dame kennenzulernen. Aber Mannys alten Herrn – ich meine Karl – Mensch, das war vielleicht 'ne Type. Jeden Morgen und jeden Abend stand er an irgendeiner Straßenecke und brüllte in sein kleines Mikrophon. Der kleine Manny hat irgendwas dazu gesungen. Kirchenlieder oder so 'nen Mist. Er mußte aus vollem Halse singen und dann den Hut rumgehen lassen. Sein alter Herr hat ihn da vor aller Augen abgekanzelt. Mann, das war vielleicht ein Schauspiel. Jedenfalls ist Vic gleich nach mir von der Schule abgegangen. Ich habe noch versucht, ihn dazu zu bringen, daß er weiter auf der Schule bleibt, aber da war nichts zu machen. Ich wußte, daß ich sowieso im Valley landen würde, aber vorher wollte ich noch in Uniform mit einem M-16 in der Hand den Helden spielen – im Dienst des Vaterlandes. Na, Sie wissen ja Bescheid. Sie waren drüben, Sie wissen, wie das ausgegangen ist. Ich habe mitangesehen, wie prima Kerle zerrissen wurden und in die Luft geflogen sind. Für nichts und wieder nichts. Das hat mir furchtbar zugesetzt.«

Simroe war in der Bravo-Kompanie gewesen. Viertes Bataillon, 31. Infanterieregiment, American Division. Er hatte ein Jahr lang in glühender Hitze im Hiep Duc Valley gekämpft und war zweimal verwundet worden.

»Haben Sie später noch mit Vic in Verbindung gestanden, als Sie beide im Lande waren?«

»Wir haben nur ein paar Briefe gewechselt. Wir wollten uns mal treffen, aber daraus ist nichts geworden.«

»Hat er Ihnen noch geschrieben, nachdem er desertiert war?«

»Ich wußte, daß Sie mir diese Frage stellen würden. Ich sollte Ihnen mein Bier über den Kopf schütten, Herr Kinderarzt. Ich habe Ihnen doch schon längst gesagt, daß ich nie mehr was von ihm gehört habe. Wahrscheinlich hat er sich völlig zurückgezogen.«

»Was glauben Sie, was aus ihm geworden ist?«

Simroe schob sein Bierglas durch die Lachen auf dem nassen Tisch. Er sah Michael forschend an und blickte dann wieder in sein Glas. »Genau das könnte ich Sie auch fragen. Aber ich will Ihnen sagen, was ich glaube, Herr Doktor. Ich glaube, daß er nur noch höchstens einen Monat überlebt hat. Wahrscheinlich ist ihm dann das Geld ausgegangen und er hat versucht, sich auf irgendeine miese Sache einzulassen. Der, mit dem er sich da eingelassen hat, hat ihn dann wohl aufs Kreuz gelegt und umgebracht. Vic Spitalny war immer schon in Schwierigkeiten. Er saß ständig in der Tinte. Wahrscheinlich war er schuld daran, daß diese letzte Sache schiefgelaufen ist. Ich glaube, er hat sich nicht mal sechs Wochen gehalten, als er auf eigenen Füßen stand. Jedenfalls war ich bisher dieser Meinung. Aber jetzt sind Sie plötzlich aufgetaucht.«

»Trauen Sie ihm zu, daß er Dengler umgebracht hat?«

»Nie im Leben«, sagte Simroe und sah Michael prüfend an. »Trauen Sie ihm das denn zu?«

»Ich fürchte ja«, erwiderte Michael.

Simroe zögerte und wollte etwas sagen, aber da brach plötzlich am Tresen ein Tumult los. Die Männer drehten sich um. Sie wollten sehen, was da los war. Eine Gruppe junger Männer Ende Zwanzig oder Anfang Dreißig scharte sich um einen älteren Mann mit gelocktem Haar und dem glückseligen Gesichtsausdruck eines Dorfnarren. »*Cob*«, brüllten sie. »Na los schon, Cob!«

»Passen Sie mal auf«, sagte Simroe.

Die jungen Männer sprangen um den Mann namens Cob herum, verpaßten ihm Boxhiebe auf die Schultern oder flüsterten ihm irgendwas ins Ohr. Michael nahm einen bitteren, vertrauten Geruch wahr – rauchloses Pulver oder Napalm? Nein, das war es beides nicht. *Cob,* gröhlten die jungen Männer, *na los, du Mistkerl,* mach's doch schon.

Der Mann mit Namen Cob grinste und zog den Kopf ein. Es freute ihn, daß er im Mittelpunkt der Aufmerksamkeit stand. Wahrscheinlich schwang er sonst bei Dux, Glax oder Fluegelhorn Brothers den Besen, fegte die Fabrikhallen. Seine Haut hatte eine gräuliche Farbe angenommen, und seine Haare sahen aus wie Bleistiftschnitzel aus dem Spitzer. *Na los schon, du blöder Arschkriecher! Cob! Mach's doch endlich! Leg schon los!*

Simroe beugte sich über den Tisch zu Michael hin. »Manche der Burschen hier behaupten, sie hätten mal mitangesehen, wie sich Cob einen halben Meter in die Luft erhoben hat und dreißig oder vierzig Sekunden in der Schwebe hing.«

Michael sah Simroe zweifelnd an. Da hörte er mit einemmal ein lautes metallisches Geräusch wie eine ganze Reihe von Fehlzündungen oder eine Maschinengewehrsalve, ein *BRRRRAAAAPPPP!*, das sicherlich kein Mensch erzeugen konnte. Er blickte gerade noch rechtzeitig zur Seite, um eine über einen Meter lange torpedoförmige Flammenwand auf die Mitte des Tresens zuschießen und wieder erlöschen zu sehen. Der Gestank nach Napalm und rauchlosem Pulver wurde stärker und verzog sich wieder.

»Das reinigt die Luft, was?« meinte Simroe.

Die jüngeren Männer schlugen Cob auf den Rücken und schenkten ihm Dollarnoten. Cob taumelte einen Schritt zurück, fing sich aber noch, bevor er fallen konnte. Einer der Männer drückte ihm ein Glas Bier in die Hand. Er goß es sich in den Schlund, als wolle er es in einen Brunnen kippen.

»Das ist Cobs Trick«, erklärte Simroe. »Er kann das zwei- bis dreimal an einem Abend machen. Fragen Sie mich aber nicht, wie. Ihn selbst brauchen Sie auch nicht erst danach zu fragen. Er kann es Ihnen nämlich nicht sagen. Kann nicht sprechen, hat keine Zunge. Ich glaube, der arme Hund schüttet sich Feuerzeugbenzin in den Mund, bevor er reinkommt. Dann steht er rum und wartet, bis ihn jemand bittet, ihnen seinen Trick noch einmal vorzuführen.«

»Aber haben Sie ihn je ein Streichholz anzünden sehen?«

»Nein, niemals.« Simroe zwinkerte Michael zu, dann goß er sich noch ein Bier ein. »Ein anderer Kerl hier frißt sein Bierglas auf, wenn er besoffen ist.« Er trank einen kräftigen Schluck. »Sie sind also bei Denglers Mutter gewesen? Hat sie Ihnen irgendwas darüber erzählt, wie Karl im Kittchen gelandet ist?«

Michael riß die Augen auf.

»Nicht? Hätte ich mir denken können. Der alte Karl ist eingebuchtet worden, als wir noch auf der High School waren. Eine Fürsorgerin hat nach dem Kind gesehen und hat ihn furchtbar zugerichtet im Fleischkühlraum des Metzgerladens entdeckt. Der Alte ist schlimmer über ihn hergefallen als sonst. Da hat er ihn eingeschlossen, um ihn aus dem Weg zu schaffen, bis er sich wieder beruhigt hatte. Die Fürsorgerin hat die Polizei gerufen. Da hat der Junge sich alles von der Seele geredet.«

»Was denn alles?«

Mack Simroe ließ ihn nicht lange warten. »Wie sein Alter – dieser Karl – ihn immer wieder, nun ja, mißbraucht hat. Mehrmals in der Woche, seit er fünf oder sechs Jahre alt war. Der Alte hat ihm immer wieder angedroht, ihm den Schwanz abzuschneiden, wenn er ihn dabei erwischte, daß er sich mit Mädchen einließ. Manny mußte in den Zeugenstand und gegen seinen alten Herrn aussagen. Der Richter hat ihm zwanzig Jahre aufgebrummt, aber nachdem er ein paar Jahre abgesessen hatte, ist er im Gefängnis ermordet worden. Ich glaube, er hat sich an den falschen Jungen rangemacht.«

Nach dem, was sie gesagt haben, fiel Michael wieder ein. *Alle haben Lügen über uns verbreitet.*

Und: *Wir haben dafür gesorgt, daß der Junge immer beschäftigt war.*

Und: *Wir mußten ihn in Ketten legen. Ganz gleich, was die Leute davon hielten.*

Und: *Wir haben die Metzgerei schon kurz davor geschlossen.*

Michael sah Mrs. Denglers Gesicht wieder vor sich. Er spürte förmlich ihre lodernden Blicke. Sie hatte irgendeinen Unsinn vom Tal des Todesschattens gesagt.

Sie hatte gesagt: *Aber wir konnten ja nicht ahnen, was geschehen würde.*

Und: *Der Fantasie muß ein Riegel vorgeschoben werden. Mit der Einbildungskraft muß Schluß sein.*

All das hatte er entweder ignoriert oder falsch interpretiert. An der Bar blickte der Mann mit Namen Cob verlegen lächelnd auf. Seine Augen starrten blicklos ins Leere. Seine ungesunde Hautfarbe wirkte besorgniserregend. *Nach allem, was sie gesagt haben.* Wenn ein Mensch sich in die Luft erheben und dreißig Sekunden in der Schwebe bleiben konnte, dann sah er sicher bald aus wie Cob. Dieser Schwebezustand forderte seinen Tribut. Dafür mußte man einen hohen Preis bezahlen. Ganz zu schweigen davon, wie es einen mitnahm, wenn man den Flammenwerfer spielte.

Hat das ganze Elend nicht auch damit angefangen, daß er sich bestimmte Dinge ausgedacht hat?

Dieses angeblich In-der-Schwebe-verharren-Können, damit schoß Cob den Vogel ab, dachte Michael. Einer der jungen Männer packte Cob an den Schultern und drehte ihn so herum, daß sein Blick auf eine ganze Reihe von Schnapsgläsern fiel, die auf dem Tresen aufgereiht standen. Michael konnte nicht genau erkennen, wie viele es waren – sechs, acht oder zehn. Jedenfalls standen sie da Cob zu Ehren aufgereiht. Cob goß sich blitzschnell ein Glas nach dem anderen in den Schlund. Das erinnerte Michael an ein wildes Tier, das gierig fraß, was es eben erst gerissen hatte.

»Das haben Sie wohl nicht gewußt, wie?« fragte Simroe. »Manny Dengler ist danach ein Jahr lang nicht in die Schule gegangen, und als er wiederkam, mußte er die Klasse wiederholen. Er wurde natürlich noch schlechter behandelt als zuvor.«

Michael fielen die Worte Denglers wieder ein: *Beruhige dich doch, Vic. Was es auch war…*

»Es ist schon so lange her«, beendete er den Satz.

»Genau«, pflichtete ihm Simroe bei. »Aber ich will Ihnen mal sagen, was mich einfach rasend macht. Diese Leute haben ihn *adoptiert.* Dabei mußte doch ein Blinder sehen, daß Karl Dengler ein Verrückter war. Trotzdem durften sie Manny zu sich nehmen. Selbst als alles rausgekommen war und Karl in Waupun saß, wo ihn irgendein Junge mit einem selbstgeschnitzten Messer fast enthauptet hätte, hat Manny weiter in dem Haus in der Muffin Street gelebt. Zusammen mit dieser alten Dame.«

»Er ist also wieder in die Schule gegangen…« sagte Michael, aber seine Augen ruhten immer noch auf Cob.

»Stimmt.«

»Und jeden Abend ist er wieder nach Hause gegangen.«

»Er hat die Tür hinter sich zugemacht«, sagte Simroe. »Aber wer kann sagen, was dahinter vor sich ging? Worüber hat sie mit ihm gesprochen? Ich glaube, daß er überglücklich war, als er endlich eingezogen wurde.«

4

All das fand auch Tim Underhill innerhalb von zwei Stunden in der Stadtbibliothek heraus. Er sah sich die Mikrofilme der beiden Zeitungen in Milwaukee an und las die Berichte über den Prozeß und die Verurteilung Karl Denglers sowie die Berichte über seine Ermordung im Staatsgefängnis. ›Sexualverbrechen eines Predigers‹ lauteten die Bildunterschriften zu den Fotos von Karl Dengler, der wild um sich blickte. ›Prediger, der wegen Sexualverbrechen angeklagt ist, und seine Frau erscheinen zum zehnten Verhandlungstag‹ stand unter einem Foto von Karl Dengler mit einem grauen Filzhut auf dem Kopf, den Blick in weite Fernen gerichtet. Helga Dengler sah auf dem Foto jünger und schlanker aus. Die dicken blonden Zöpfe um den Kopf gewunden, sprengte sie die Kamera mit einem lodernden Blick aus ihren farblosen Augen. Underhill stieß auch auf ein Foto von dem Haus in der Muffin Street – mit verlassener Veranda und heruntergelassenen Rolläden. Daneben ein Foto des Metzgerladens zum Lamm Gottes. Der Laden schien schon nicht mehr in Betrieb zu sein. Bald würden Kinder Ziegelsteine in das Schaufenster der Metzgerei werfen. Doch ein Foto aus dem *Sentinel* bewies, daß das Schaufenster im Auftrag der Stadt schon am nächsten Tag mit Brettern vernagelt worden war.

FÜRSORGERIN PLÄDIERT FÜR PFLEGEHEIM lautete ein Untertitel eines Zeitungsartikels über den letzten Verhandlungstag. Die vierundvierzigjährige Miß Phyllis Green, die Frau, die das Kind schwerverwundet und kaum noch bei Bewußtsein in der Kühlkammer entdeckt hatte, wie es sein Lieblingsbuch an sich drückte, hatte das Gericht aufgefordert, ein neues Zuhause für Manuel Orosco Dengler ausfindig zu machen. Ein ›Fürsprecher‹ Mrs. Denglers setzte sich heftig gegen diese Forderung zur Wehr und behauptete, die Familie Dengler hätte schon genug durchgemacht. FORDERUNG NACH EINEM PFLEGEPLATZ ABGELEHNT hieß es eine Woche nach dem Urteil im Journal. In einer gesonderten Verhandlung entschied der Richter, der Junge solle so bald wie möglich ›wieder ein normales Leben führen‹. Am ersten Tag des neuen Schuljahrs sollte er wieder in die Schule gehen. Der zweite Richter riet dazu, ›diese unglückselige Geschichte schnell zu vergessen‹. Helga Dengler und der kleine Manuel sollten ›wieder anfangen zu leben‹. Nach einem Heilungsprozeß ginge ›alles wieder seinen ganz normalen Gang‹. Die beiden verließen zusammen das Gerichtsgebäude, fuhren mit dem Bus zur South Side und machten in der Muffin Street die Haustür hinter sich zu.

Alle haben Lügen über uns verbreitet.

All das brachte Tim Underhill in Erfahrung. Aber auch noch etwas darüber hinaus. Manuel Orosco Denglers Vater war wirklich Manuel Orosco Denglers Vater.

»Karl Dengler war also wirklich sein Vater?« fragte Michael.

Um halb acht Uhr abends fuhren sie zurück zum Hotel Pforzheimer. In der Wisconsin Avenue glitten die hellerleuchteten Schaufenster der Kaufhäuser wie Ausstellungsstücke in einem Museum an ihnen vorbei – Liebespaare auf Hollywoodschaukeln, Männer in locker sitzenden grellfarbigen Pullovern à la Perry Como und schlappen Mützen.

»Und wer war seine Mutter?« wollte Michael wissen.

»Rosita Orosco – genau was Helga Dengler gesagt hat. Rosita hat ihn Manuel genannt und ihn dann einfach im Krankenhaus zurückgelassen. Aber beim Ausfüllen der Aufnahmeformulare hat sie Karl Dengler als Vater angegeben. Und er hat das auch nie abgestritten, denn sein Name steht auf Denglers Geburtsurkunde.«

»Sind die Geburtsurkunden denn in der Stadtbibliothek registriert?«

»Nein, da mußte ich ein paar Straßenzüge weitergehen. Etwas ist mir schließlich aufgefallen – die Denglers haben dieses verlassene Baby anscheinend adoptieren können, ohne daß sie sich mit dem üblichen Behördenkram herumschlagen mußten. Diese Prostituierte aus Nicaragua kommt direkt von der Straße in den Kreißsaal. Dort kriegt sie ihr Kind und verschwindet wieder. Die Denglers adoptieren ihr Kind schon nach zwei Wochen. Ich glaube, das ist alles schon vorher arrangiert worden.«

Underhill rieb sich die Hände. Seine Knie ragten in dem kleinen Wagen vor ihm auf. »Ich wette, Rosita hat Karl gesagt, daß sie schwanger ist. Da hat er ihr versichert, daß er das Kind adoptieren würde, das würde keine Schwierigkeiten machen – alles ganz legal. Vielleicht hat er ihr sogar weisgemacht, er wolle sie heiraten. Das können wir nun leider nicht mehr in Erfahrung bringen. Es kann auch sein, daß Rosita gar keine Prostituierte war. In dem Aufnahmeformular für das Krankenhaus hat sie als Berufsbezeichnung Schneiderin eingetragen. Ich könnte mir zum Beispiel gut vorstellen, daß Rosita zufällig in einen Gottesdienst der Kirche vom Lamm Gottes oder des Tempels oder was auch immer geraten ist – genaugenommen in die umfunktionierte Metzgerei. Vielleicht ist Dengler da sofort auf sie zugegangen und hat sie dazu überredet, zu einer Privatpredigt zu ihm zu kommen. Weil er nicht wollte, daß seine Frau Rosita sieht.«

Jemand hupte hinter Michael. Da erst merkte er, daß die Ampel inzwischen wieder grün war. Er raste über die Kreuzung, bevor die Ampel wieder auf Rot schalten konnte und hielt vor dem Hoteleingang.

Michael und Underhill gingen durch das unter dem Schutzdach angebrachte grelle künstliche Licht auf die Glastüren zu, die sich automatisch öffneten, als sie näherkamen. Er stellte nur eine von den vielen Fragen, die ihm durch den Kopf gingen. »Wußte Helga Dengler, daß ihr Mann der Vater ihres Sohnes war?«

»Das stand ja auf der Geburtsurkunde.« Sie betraten die Hotelhalle, der Empfangschef nickte ihnen zu. In der Halle war es geradezu anheimelnd warm.

»Ich glaube, sie wollte es nicht wissen«, meinte Underhill. »Das hat ihr noch mehr zugesetzt und sie erst so richtig wahnsinnig gemacht. Manny Dengler war der lebende Beweis dafür, daß ihr Mann ihr untreu gewesen war. Zu allem Unglück hatte er sie auch noch mit einer Frau betrogen, die in ihren Augen zu den Untermenschen zählte.«

Sie stiegen in den Lift. »Wo ist Rositas Leichnam denn gefunden worden?« Michael drückte auf den Knopf für das fünfte Stockwerk.

»Neben dem Milwaukee River, ein paar Straßenzüge südlich der Wisconsin Avenue. Es war mitten im Winter – übrigens so ungefähr um diese Zeit. Rosita wurde nackt und mit gebrochenem Hals gefunden. Die Polizei nahm an, ein Kunde habe Rosita umgebracht.«

»Zwei Wochen nach der Geburt des Babys?«

»Sie müssen wohl angenommen haben, daß sie verzweifelt war und alles auf eine Karte gesetzt hat«, meinte Underhill. Der Lift hielt, die Türen glitten auf. »Ich fürchte, es hat sie einen Dreck geschert, was so einer mexikanischen Hure zugestoßen ist.«

»Rosita stammte aus Nicaragua«, verbesserte ihn Michael.

5

Sie mußten Maggie alles erzählen. »Und wie war das mit den *Babar*-Büchern?« fragte sie.

»Es sieht so aus, als hätte Karl Dengler sie aus der Wühlkiste in seinem Laden genommen und Rosita gegeben. Sie muß ihn wohl um etwas gebeten haben, was sie ihrem Kind schenken oder auch hinterlassen konnte. Da hat er nach dem erstbesten Kram gegriffen, der ihm in die Finger kam.«

Auf dem Gemälde an der Wand wachten die Hunde neben dem erlegten Wild, und die selbstzufriedenen dicken Männer starrten sie aus dem Bilderrahmen an, als freue es sie sehr, für alle Zeiten so verewigt worden zu sein.

»Und Dengler hat die Bücher aufgehoben, bis er eingezogen wurde.«

»*Babar* lebt in einer friedlichen Welt«, bemerkte Michael. »Vielleicht hat ihn das so angezogen.«

»So friedlich sind diese Bücher nun auch wieder nicht«, widersprach ihm Maggie. »Schon auf den ersten Seiten von *Babar* erschießt ein Jäger Babars Mutter. Kein Wunder, daß euer Freund Dengler diese Bücher immer aufgehoben hat.«

»Wirklich? Das habe ich gar nicht gewußt«, staunte Underhill.

»Ja, natürlich – aber das ist noch nicht alles. Am Ende des Bandes *König Babar* vertreiben fliegende Elefanten namens Liebe, Glück, Gesundheit, Hoffnung, Freude, Arbeit, Wissen, Güte, Intelligenz, Geduld, Ausdauer und Mut böse Kreaturen namens Angst, Verzweiflung,

Schwäche, Unglück, Unwissen, Feigheit, Faulheit, Dummheit und Entmutigung. Glaubt ihr nicht auch, daß ihm das viel bedeutet haben muß? Denn nach allem, was ich inzwischen über Dengler weiß, hat er das doch selber auch gemacht – er hat alles Schreckliche vertrieben und verbannt, was man ihm angetan hat. Ich sehe da auch noch mehr Zusammenhänge, aber ich weiß nicht, was ihr davon haltet. Als Kind habe ich eine Seite in diesem Buch immer ganz besonders gern gehabt. Auf dieser Seite sind die Bürger von Elefantenstadt dargestellt. Natürlich nur ein paar. So zum Beispiel Dr. Capoulosse, der Schuhmacher Tapitor, ein Bildhauer namens Podular, ein Bauer namens Poutifour, Hatchimbombitar, ein großer starker Straßenkehrer... und ein Clown namens Coco.«

»Koko?« wiederholte Underhill.

»Ja, aber man schreibt es anders. C-o-c-o.«

Da erkannten sie plötzlich eines ganz deutlich. Michael warf die Hände hoch. »Das einzige wirklich Wichtige, was wir hier erfahren haben, war die Tatsache, daß sich Spitalny und Dengler schon aus der High School kannten. Wir haben Spitalny aber noch immer nicht gefunden. Wir sind ihm nicht einmal auf der Spur. Ich finde, wir sollten nach New York zurückfliegen. Es ist höchste Zeit, daß wir aufhören, Harry Beevers um den Bart zu gehen. Wir sollten Lieutenant Murphy alles sagen, was wir wissen. Die Polizei hat andere Möglichkeiten. Wir können ihn nicht dingfest machen. Die Polizei kann es wahrscheinlich.«

Er sah Maggie in die Augen.

»Es ist auch höchste Zeit, sich anderen Dingen zuzuwenden.«

Maggie nickte.

»Also gut, dann fliegen wir nach New York zurück«, hörte er Underhill sagen. Er konnte oder wollte die Augen nicht von Maggie lassen. »Vinh fehlt mir. Die Arbeit am Morgen fehlt mir. Vinh steckt dann manchmal den Kopf zur Tür herein und fragt mich, ob ich noch eine Tasse Tee will.«

Michael wandte sich Underhill zu und sah ihn lächelnd an. Der blickte ihn verlegen an und klopfte mit einem Bleistift an seine Schneidezähne. »Irgend jemand *muß* sich schließlich um Vinh kümmern«, sagte er. »Der arme Junge hört ja niemals auf zu arbeiten. Er schuftet pausenlos, wenn man ihn nicht daran hindert.«

»Sie wollen also häuslich werden und eine Familie gründen«, meinte Maggie.

»Ja, so ungefähr.«

»Und ein geregeltes, bescheidenes Leben führen.«

»Ich muß ein Buch schreiben. Ich habe mir schon überlegt, ob ich nicht den alten Fenwick Throng anrufen soll – nur um ihm zu sagen, daß ich von den Toten auferstanden bin. Ich habe gehört, daß Geoffrey Penmaiden nicht mehr bei Gladstone House ist. Vielleicht kann ich mich wieder mit meinem alten Verleger arrangieren.«

»Hast du ihm wirklich ein Paket mit Scheiße geschickt?« erkundigte sich Michael lachend. »Tina hat mir erzählt...«

»Du kennst ihn nicht, sonst würdest du das ganz bestimmt verstehen. Er war Harry Beevers in vielem sehr ähnlich.«

»Mein Held«, sagte Michael. Er griff nach dem Telefon und buchte für sie einen Flug nach New York. Die nächste Maschine ging am Vormittag des folgenden Tages um zehn Uhr dreißig. Nachdem die Plätze in dieser Maschine reserviert waren, legte er den Hörer wieder auf. Er starrte Maggie an.

»Na, was überlegen Sie?« erkundigte sie sich.

»Ob ich Harry anrufen soll.«

»Klar«, sagte sie.

Er geriet an Harrys Anrufbeantworter. »Harry, hier ist Michael«, sagte er. »Wir kommen morgen nach New York zurück. Wir kommen mit einer Maschine der Republic Airlines um zwei Uhr in LaGuardia an. Wir können zwar nicht mit konkreten Hinweisen dienen, haben aber alles mögliche herausbekommen. Harry, ich glaube, es wird langsam Zeit, daß wir zur Polizei gehen und dort alles sagen, was wir wissen. Bevor ich etwas unternehme, unterhalten wir uns noch, aber Tim und ich sind fest entschlossen, uns Murphy anzuvertrauen.«

Anschließend rief er noch Conor bei Ellen Woyzack an und sagte ihm, wann sie in New York ankommen würden. Ellen kam auch ans Telefon und versprach, sie mit Conor zusammen am Flughafen abzuholen.

Sie aßen bei gedämpftem Licht im Speisesaal des Hotels. Maggie und Michael teilten sich eine Flasche Wein. Tim Underhill begnügte sich mit einem Club Soda. Beim Essen verkündete er auf einmal, er könne eigentlich ein Jubiläum feiern. Er habe seit über zwei Jahren keinen Tropfen Alkohol mehr angerührt. Dann erzählte er von dem Buch, das er in Bangkok angefangen hatte, nachdem er sich zu einem vernünftigen Lebensstil durchgerungen hatte. Es handelte von einem Kind, das in einem hölzernen Verschlag hinter dem Haus dahinvegetierte, und dann von dem gleichen Menschen etwa zwanzig Jahre später. Michael fühlte sich jämmerlich allein. In ihm war alles leer. Er fühlte sich so abgeschnitten vom Leben wie ein Astronaut, der irgendwo im Weltraum schwebt. Er beneidete Tim Underhill um seine Arbeit. Underhill konnte es kaum erwarten, wieder zu schreiben. Er hatte im Flugzeug geschrieben, an den Vormittagen und auch abends im Hotel. Michael hatte sich immer eingebildet, Schriftsteller könnten nur arbeiten, wenn vollkommene Ruhe herrschte. Er hatte immer geglaubt, sie bräuchten das Alleinsein und die Abgeschiedenheit. Aber es sah ganz danach aus, als ob Underhill nur eine gewisse Anzahl von Blöcken und Stiften brauchte. Blackwing-Stifte. Die hatten einmal Tina Pumo gehört. Tina war immer sehr penibel gewesen, was sein Handwerkszeug bzw. Arbeitsmaterial betraf. Im Restaurant befand sich noch ein riesiger Vorrat dieser Stifte. Maggie hatte Underhill vier Schachteln überlassen. Der hatte ihr versprochen, das Buch damit fertigzuschreiben. Die sind *schnell*, behauptete er. Diese Stifte *gleiten* nur so über das Papier. Underhill war ihnen schon entglitten, hatte sich ganz in sich selbst zurückgezogen. Er schwebte auf einem Teppich aus Worten, konnte es kaum erwarten, diese zu Papier zu bringen.

Als sie mit dem Lift nach oben fuhren, nahm sich Michael vor, Underhill auf den Flügeln seiner Fantasie und mit Hilfe seiner Blackwing-Stifte entschweben zu lassen und sich in sein Buch *The Ambassadors* zu vertiefen. Strether machte darin von Paris aus gerade einen kleinen Abstecher aufs Land. Auf dem Lande in Frankreich genoß er ›die allgemeine Liebenswürdigkeit des Tages‹, wie Henry James das nannte. Im Augenblick speiste er auf einer Terrasse am Fluß. Alles erschien ihm wunderschön, üppig und verschwenderisch.

Zusammen mit Maggie Lah in einem walnußgetäfelten Lift fünf Stockwerke hochzufahren war so etwa alles, was das Leben Michael an verschwenderischer Pracht zu bieten hatte. Ach ja, das Buch nicht zu vergessen.

Der Aufzug hielt im 5. Stockwerk. Sie traten auf den breiten, kalten Flur hinaus und wandten sich ihren Zimmern zu. Underhill hielt schon den Schlüssel in der Hand. Die beiden anderen nahm er kaum mehr wahr.

Michael wartete hinter Underhill, als der die Tür aufschloß. Er rechnete damit, daß Maggie ihm nur zulächeln oder zunicken und dann in ihr Zimmer gehen würde. Sie ging an ihnen vorbei und blieb stehen, sobald Underhill die Tür aufgestoßen hatte. »Michael, kommen Sie noch ein bißchen mit?« fragte sie. Ihre Stimme klang hell und durchdringend. Eine dieser sanften Stimmen, die auch Betonmauern mühelos durchdrangen. »Tim wird gar nicht merken, ob Sie da sind oder nicht.«

Michael klopfte Underhill noch auf den Rücken und sagte ihm, er käme später, dann ging er hinter Maggie her. Sie stand auf einem Bein und schaute zu ihrer Zimmertür heraus. Dabei lächelte sie ihn so zwingend und eindringlich an wie George Spitalny.

Ihr Zimmer war ein langer Schlauch. Am hinteren Ende reichte ein riesiges Fenster vom Boden bis zur Decke. Die Wände waren in einem leicht angestaubten Roséton gehalten. Das Mobiliar bestand aus einem Sessel, einem Schreibtisch und einem Doppelbett. Michael sah *Kätzchens hübscher Muff* auf der zurückgeschlagenen Decke liegen.

Maggie setzte sich aufs Bett. Michael sagte irgend etwas – und hatte es im nächsten Augenblick vergessen. Ihre Haare und Arme strömten einen frischen, erregenden Duft aus.

»Michael, ich sehne mich nach einem Kuß von dir.«

Er küßte sie.

Maggies Lippen fühlten sich überwältigend weich an, viel weicher als ein Kissen. Ein Blitz durchzuckte seinen ganzen Körper, als sich ihre weichen Lippen so willig öffneten. Sie streckte die schlanken runden Arme nach ihm aus und zog ihn fest an sich, so daß sie engumschlungen auf das Bett sanken. Michael legte seine Arme unter ihren Körper. Gemeinsam schoben sie sich höher auf das Bett hinauf.

Schließlich ließ sie den Kopf zurücksinken und lächelte ihn strahlend an. Ihr Gesicht erinnerte an einen großen Mond. Michael hatte noch nie so ein Gesicht gesehen. Maggies Augen waren so quicklebendig und gleichzeitig schutzbedürftig. »Schön«, sagte sie. »Jetzt siehst du nicht mehr gar so traurig aus. Beim Abendessen hast du einen furchtbar traurigen Eindruck gemacht.«

»Da habe ich auch noch damit gerechnet, in mein Zimmer zurückzugehen und Henry James zu lesen.«

Wieder hob ihm Maggie ihr Gesicht entgegen. Ihre rosa Zungenspitze glitt in seinen Mund.

Ihre Kleidung schien von selbst hinwegzuschmelzen. Sie lagen eng aneinandergepreßt. Maggies Haut war ganz weich und glänzte seidig. Ihr ganzer Körper schien sich auszudehnen, um ihn in sich aufzunehmen. Er küßte sie auf die Handflächen, die kreuz und quer von tausend ziellosen kleinen Linien durchfurcht waren. Sie schmeckte nach Salz und Honig. Er vergrub das Gesicht tief in die Beuge ihres Nackens und sog ihren Duft in sich ein. Ganz gleich, wonach sie auch vorher gerochen haben mochte – jetzt roch sie nach frischem Brot.

»Wunderbarer Mann«, murmelte sie.

Er glitt in eine warme feuchte Öffnung ihres Körpers und fühlte sich zu Hause. Weil er zu Hause *war.* Maggie wand sich und erbebte in einem herrlichen Orgasmus, sobald er in sie eindrang. Er empfand ihr Beisammensein als Segen. Endlich zu *Hause.*

Später lag Michael verwundert und wohlig müde da. Dankbar umschlang er die schlafende Maggie. Das alles glich einer Reise, einer Reise in ein Land, das der Inbegriff der Heimat war. Maggie Lah, die Flagge ihres Landes, der Schatz und Schlüssel zu dem Schatz. Michael war so glücklich, daß er beseligt einschlief.

34. KAPITEL

Das Ende der Suche

1

Er konnte kaum stillsitzen. Er war ganz sicher, daß sich heute alles klären würde. Heute war der große Tag, an dem die Entscheidung über sein restliches Leben fallen würde. Wie gebannt starrte er das Telefon an und beschwor es: *läute, und zwar gleich.* Er sprang von dem Stuhl am Fenster auf, ging zum Telefon und legte die Fingerspitzen auf den Hörer. Wenn der Anruf genau in diesem Augenblick erfolgte, konnte er sich schon fast melden, bevor es läutete.

Gestern hatte das Telefon geläutet. Er hatte den Hörer abgenommen, ohne nachzudenken oder dummerweise an etwas ganz anderes gedacht. Das kommt ja öfter vor, wenn etwas wirklich Wichtiges geschieht. Er meldete sich und wartete, war völlig abwesend, während der andere Teilnehmer zögerte. Nach ein paar Sekunden kam er wieder zu sich. Seine Nerven vibrierten, denn der Teilnehmer am anderen Ende der Leitung sagte immer noch nichts. Der Teilnehmer war aber Koko. O Gott, was für eine Situation. Er spürte, wie Koko zögerte, spürte Kokos Bedürfnis, sich mit ihm zu unterhalten und spürte auch die Furcht, die ihn daran hinderte zu sprechen. Es ließ sich mit dem Augenblick vergleichen, in dem man spürt, daß etwas ganz fest an der Angelschnur zieht. Der Angler weiß, daß dort in der Tiefe etwas Großes und ungeheuer Wichtiges sich nicht entscheiden kann. »Ich möchte mit dir sprechen«, hatte Harry gesagt. Er fühlte, wie sich die ganze Atmosphäre auflud mit Erregung und der Notwendigkeit, sich einander mitzuteilen. Hätte er einen Herzfehler, so hätte sein Herz in diesem Augenblick bestimmt versagt, so aufgeregt war er. Koko hatte ganz sanft und fast widerstrebend den Hörer wieder aufgelegt. Harry hörte seine Not und sein Bedauern, denn in solchen Augenblicken hört man *alles*, alles *spricht*. Er legte den Hörer auf. Er wußte ja, daß Koko sich wieder melden würde. Harry war jetzt für ihn die Droge, nach der er süchtig war.

Alles sprach zu seinen Gunsten. Michael Poole und Tim Underhill, der in Harrys Augen nur noch fünftes Rad am Wagen war, sahen sich im Mittleren Westen Victor Spitalnys Jahrbuch von der High School an oder irgend etwas in der Art, und er saß hier am Schauplatz des Geschehens.

Heute würde er Koko in die Falle locken.

Er hatte geduscht und etwas Bequemes, ganz Legeres angezogen. Seine einzigen Jeans, einen schwarzen Rollkragenpullover und schwarze Slipper. Die Handschellen hingen an seinem Gürtel. Der Pullover fiel darüber. Das Messer steckte wie ein kleines kaltes schlafendes Tier in seiner Hosentasche.

Harry schlenderte zum Fernseher und schaltete ihn ein. Jane Pauley und Bryant Gumble sahen sich lächelnd an. Sie lachten zusammen über irgendeinen Scherz. In spätestens einem Jahr würden sie *seinen* Namen aussprechen, *ihn* anlächeln, ihn mit einem Blick ansehen, in dem Staunen und Bewunderung lagen... sie überließen den Bildschirm dem gutaussehenden Mädchen, das die Nachrichten verlas. Dunkle Augenbrauen, volle, feuchte Lippen, dieser eindringliche erregende Blick – sexy auf diese *intellektuelle* New Yorker Art und Weise. Harry preßte die Hand auf seine Genitalien. Ganz nach vorn gebeugt starrte er auf den Bildschirm. Er stellte sich vor, was das Mädchen sagen würde, wenn sie von ihm wüßte und was er selbst tun würde...

Schließlich trat er ans Fenster und sah auf die Arbeiter hinunter, die in Zweier- oder Dreiergruppen aus dem Gebäude kamen, in dem er jetzt wohnte. Ein Mädchen trat vor die Tür und eilte in dem eisigen Wind auf die Tenth Avenue zu. Läute doch endlich, Telefon! Das Mädchen bewegte sich immer noch auf die Tenth Avenue zu. Harry bemerkte, daß sie schöne Beine hatte und einen tollen Hintern, der unter ihrer kurzen Jacke hin- und herschwang. Dieses Mädchen vom Kanal 4, Jane Hanson. Millionen Männer träumten Tag für Tag davon, einem solchen Mädchen einmal zu begegnen. Aber wenn all das vorbei war, würde sie über ihn sprechen. Schon bald würde er ins Fernsehstudio gerufen werden oder im Rockefeller Center sitzen. Der Trick bestand darin, nicht zu wissen, wo es war. Der Trick bestand darin, eingeladen, *hereingebeten zu werden.* Über der Welt der Lohn- und Gehaltssklaven lag die Glitzerwelt, die eine einzige große Party war. Dort verkehrten nur berühmte Leute, die sich alle kannten. Wenn man erst einmal dazugebeten worden war, gehörte man dazu. Dann hatte man endlich den Umgang, der zu einem paßte. Alle Türen taten sich vor einem auf, man hatte jede Chance, man war endlich am Ziel angelangt, bewegte sich in der Gesellschaft, zu der man sowieso gehörte.

Mit zwanzig Jahren war er schon auf den Titelbildern von *Time* und *Newsweek* gewesen!

Harry ging ins Badezimmer und kämmte sich die Haare vor dem Spiegel.

Er aß ein Kirschjoghurt und ein Stück dänischen Steppenkäse, den er noch im Kühlschrank fand. Gegen zehn Uhr dreißig, als er wieder fernsah – diesmal einen anderen Sender –, verspeiste er noch ein Mars und einen Schokoladenkeks aus dem kleinen Vorrat an Leckerbissen, die er in der Schreibtischschublade aufbewahrte. Er hatte große Lust auf einen Drink, wollte jedoch vor einer so wichtigen Aufgabe keinen Alkohol trinken.

Gegen zwölf Uhr dreißig rief Harry in einem Restaurant an, dem

Big Wok in der Tenth Avenue, und gab eine Bestellung für Sesamnudeln und gebratenes Schweinefleisch auf, das ins Haus geliefert werden sollte.

Der Fernseher spulte sein Programm ab, eine Sendung nach der anderen. Nach einer Weile konnte man sie kaum noch voneinander unterscheiden. Harry verleibte sich das inzwischen angelieferte chinesische Menü ein, doch er merkte kaum, was er da zu sich nahm.

Um zwei Uhr dreißig sprang er auf und schaltete den Anrufbeantworter ein.

Der Nachmittag wollte nicht vergehen. Nichts tat sich, absolut nichts: Ein Kind ertrank im Harlem River, ein anderes Kind wurde von seinem Stiefvater furchtbar zugerichtet. Dann steckte es dieser Unmensch auch noch in den Ofen und verbrannte es. In Kalifornien behaupteten dreißig Kinder, sie seien im Kindergarten sexuell mißbraucht worden. Diese verdammten kleinen Lügenbolde, dachte Harry. Wenn so etwas Schule machte, würden am nächsten Tag zwanzig Schulkinder behaupten, der Lehrer hätte ihre kleinen Pimmel oder seinen *eigenen* Pimmel rausgeholt. Die Hälfte dieser Lauser sehnte sich vielleicht danach, daß er das tat. Vielleicht fragten sie, ob sie damit spielen konnten. Die kleinen Mädchen in Kalifornien schminkten sich bereits, an ihren durchstochenen Ohrläppchen baumelten lange Ohrringe. Ihre festen kleinen Hintern steckten in Designer-Jeans für kleine Mädchen...

Ein Erdbeben, eine Feuersbrunst, ein Zugunglück, eine Lawine... Wie viele Tote insgesamt? Tausend – oder zweitausend?

Um halb fünf Uhr hielt er es einfach nicht mehr aus. Er überprüfte den Anrufbeantworter, um ganz sicher zu sein, daß er noch lief. Dann zog er sich den Mantel an, setzte sich den Hut auf und ging hinaus, um einen Spaziergang zu machen und sich die Beine zu vertreten. Ein Tag im Februar ging zu Ende. Die feuchte Abendluft durchdrang die Kleidung, bald fror man bis ins Mark. Harry fühlte sich befreit. Sollte der verrückte Hund doch noch mal anrufen. Was blieb ihm auch anderes übrig?

Harry eilte die Ninth Avenue entlang. Er ging weit schneller als die anderen Leute. Hin und wieder fiel ihm auf, daß ihn viele mit Angst oder Sorge ansahen. Endlich bemerkte er, daß er lauthals Selbstgespräche führte. »Es ist höchste Zeit, daß wir uns endlich unterhalten. Wir haben uns sehr viel zu sagen. Ich möchte dir doch helfen. Das ist unsere Bestimmung.«

»Du brauchst mich, und ich brauche dich«, sagte Harry zu einem erschrockenen Mann, der an der achtundzwanzigsten Straße ein Mädchen in ein Taxi setzte. »Man könnte es fast Liebe nennen.«

An der Ecke zur dreißigsten Straße schoß er in einen kleinen Laden und kaufte sich etwas Süßes. In der künstlichen Hitze, die im Laden herrschte, wurde ihm ganz schwindlig. Der Schweiß stand ihm auf der Stirn. Er mußte raus, mußte sich bewegen. Harry warf dem Dicken an der Kasse zwei Vierteldollarmünzen zu und wartete auf sein Wechselgeld. Aus seinen Haaren rann der Schweiß. Der Dicke sah ihn stirnrunzelnd an. Die Säcke unter seinen Augen schienen anzuschwellen und sich zu verdunkeln, als könnten sie jeden Augenblick platzen. Er stürzte in die eiskalte gesunde Luft hinaus.

Du bist aus der Höhle rausgerannt gekommen, sagte Harry zu sich selbst.

Sein Leben lang hatte ihm das Schicksal über die Schulter geglitzert und gefunkelt. Und machte ihn damit zu einem der Auserwählten, die zum inneren Kreis gehörten. Warum hätten ihn die Leute wohl sonst so beneidet und ihm gegenüber Ressentiments verspürt? Warum hätten sie denn sonst versucht, ihn zurückzuhalten?

Du bist aus der Höhle gerannt gekommen, um uns zu suchen. Seitdem hast du ständig versucht zurückzukehren.

Du wolltest eben dazugehören.

Harry spürte, wie das Blut pulsierte, wie seine Haut immer heißer wurde. Sein Körper dampfte wie der eines gesunden jungen Hengstes.

Du hast es gesehen, gehört und gespürt, und du wußtest, daß du am Mittelpunkt deines Lebens angelangt warst.

Jetzt brauchst du mich, um dorthin zurückzukommen.

Harry blieb an einer Straßenecke stehen. Er hatte das Gefühl, unter Hochspannung zu stehen. Das lange, breite Schild der White Horse Tavern leuchtete im Dunkeln auf der anderen Straßenseite auf. *Um dorthin zurückzukehren.*

Harry dachte daran zurück, daß er wie elektrisiert gewesen war, als er die Waffe auf all die stummen Kinder richtete, die die Dorfbewohner von An Lat später durch den Hinterausgang aus der Höhle herausgeschafft haben mußten. Auch damals hatte er unter Hochspannung gestanden. Er erinnerte sich an den Phosphorglanz. An die großen Augen dieser Kinder, an ihre flehend ausgestreckten Hände. Er hatte vor ihnen gestanden, doppelt so groß wie sie, ein erwachsener Amerikaner. In dem Bewußtsein, in diesem einen glorreichen Augenblick seines Lebens alles tun zu können, was er wollte. Wirklich alles. Allmächtig zu sein. Ein sexuell erregendes Gefühl.

Wenn da jemand behaupten wollte, daß das schlimm war – so konnte er nur sagen – sie waren ja nicht dabeigewesen. Was konnte schließlich daran schlimm sein, wenn der Körper so laut sprach?

Zuweilen war es einem Menschen einfach vergönnt, uneingeschränkte *Macht* auszuüben, wobei der ganze Körper mitsprach. Manchmal, vielleicht nur ein einziges Mal im Leben, wußte man, daß sich ganze Welten aus dem Schwanz ergossen, denn in diesem Augenblick *konnte gar nichts falsch sein, was man tat.*

Endlich schloß sich sein Lebenskreis. Ich hätte beinahe laut gelacht, dachte Harry. Dann lachte er tatsächlich laut. Er und Koko würden zum heißen Mittelpunkt ihrer beider Leben zurückkehren. Wenn er diesmal aus der Höhle käme, dann als Held.

Triumphierend ging Harry zurück in seine Wohnung.

2

Doch gegen sechs ließ Harrys Energie nach. Sie schwand und schlug in Zorn und Zweifel um. Warum saß er tatenlos in der total verdreckten und verschlampten Wohnung rum – zu allem Überfluß auch noch in dieser lächerlichen Action-Man-Montur? Wem wollte er damit eigentlich imponieren? Schließlich war er alt genug, um zu wissen, was aus seinen besten Augenblicken wurde, wenn die Ziele unerreichbar schienen, in weite Ferne rückten. Die Welt verfärbte sich tiefschwarz. Er selbst war dann diese Schwärze. Ausgesondert. Er wußte, *daß er bekommen würde,* was er wollte, was er brauchte. Doch es kam ihm so vor, als würde es ihm erst einmal entgleiten und in weite Ferne rücken. Sein ganzes Wesen war dann nur noch ein Bollwerk gegen das wirbelnde Chaos. Er hatte schon einmal vor Gericht gestanden, als er wegen Mordes an Zivilisten angeklagt war. Die Welt hatte ihn beinahe des Wahnsinns bezichtigt und ihn als Irren eingestuft. Doch von lodernder, offenkundiger Gerechtigkeit, von der Richtigkeit seines Tuns überzeugt zu sein, wurde als verbrecherisch gewertet. Die Dämonen waren ihm damals sehr nahegekommen. Er hatte gehört, wie sie kicherten und schauerlich lachten, ihre Augen blutrot leuchten sehen und das Entsetzen und die Leere gespürt, die sie mit sich brachten.

Die Dämonen hatten um sein Geheimnis gewußt.

Wenn Koko ihn zurückrief, nahm die Welt die ihr gemäße Form an. Der Mittelpunkt der Erde war der Mittelpunkt, das war das Geheimnis. Die Macht dessen, was Harry Beevers getan und empfunden hatte, überstrahlte hinfort sein ganzes Leben und brachte ihn dorthin, wo er hingehörte. Warum wäre Koko denn sonst wieder aufgetaucht?

Koko war wieder in Erscheinung getreten, um sich Harry Beevers zu überantworten, dachte er. Dieser Satz grub sich tief in ihn ein, während er nur halbherzig dem schmutzigbraun geschminkten Mann zuhörte, der das Wetter für die nächsten fünf Tage voraussagte.

Um zehn Uhr wurden im Rundfunk die gleichen Nachrichten wiederholt – das Erdbeben, die Überschwemmung, die toten Kinder. Eine Katastrophe nach der anderen regnete auf die Erde herab. Man hätte meinen können, ein riesengroßer schwarzer Vogel richte diese Verwüstungen an, indem er hier kurz mit der Klaue zuschlug und dort mit einem Flügelschlag Gebäude umstürzte. Ein Vogel, der sich niemals niederließ, stets in der Luft blieb und den niemand sah.

Eine halbe Stunde später schien eine seiner weiten Schwingen direkt über Harrys Kopf zu flattern und zu schlagen. Er war nun doch schwach geworden und mixte sich einen Drink – einen einzigen wollte er sich genehmigen, um seine angeknacksten Nerven zu stabilisieren. Als Harry gerade Wodka in ein Glas goß, läutete das Telefon. Harry erschrak so, daß er etwas von dem Wodka verschüttete. Er stürzte ins Wohnzimmer, als Michael gerade seinen Namen nannte.

Bleibt noch ein paar Tage, sandte Harry stillschweigend ein Stoßgebet zum Himmel, doch da teilte ihm Michael bereits mit, daß sie am nächsten Tag nach New York zurückkehren würden. Er nannte auch die Flugnummer und die Ankunftszeit. Dann sprach er davon, daß er zur Polizei gehen wollte. Michaels Stimme klang ernst, besorgt und freundlich. Harry Beevers hörte schon am Tonfall, daß Michael alle seine Pläne zunichte machen würde.

Später bekam Harry wieder Hunger, konnte sich aber nicht mit dem Gedanken anfreunden, noch einmal etwas Chinesisches zu essen. Übelkeit bereitete ihm auch der Gedanke, daß Michael Poole und Tim Underhill, von denen er schon angenommen hatte, daß sich bei ihnen in sexueller Hinsicht nichts mehr tat, Maggie nach Milwaukee mitgenommen hatten – wo doch nur er wußte, was man mit einem solchen Mädchen anfing. Das war so komisch, daß es weh tat. Er ging zum Eisschrank und dachte voller Zorn an Maggie Lah. Im Kühlschrank fand er ein paar Pfirsiche, ein paar Karotten und ein Stück Käse, der schon hart und trocken wurde.

Harry warf diese kläglichen Vorräte aufgebracht auf einen Teller und ging damit ins Wohnzimmer zurück. Wenn sich nichts mehr tat – wenn ihn seine Vorahnungen wirklich so getrogen haben sollten –, mußte er zum Flughafen hinausfahren und versuchen, Michael das Maul zu stopfen. Vielleicht konnte er ihn noch ein paar Tage woanders hinschicken.

Spät nachts saß Harry im Dunkeln neben dem Telefon samt Anrufbeantworter, nippte an seinem Drink und ließ das rote Lämpchen des Anrufbeantworters nicht aus den Augen. Alles erschien ihm ganz unwirklich in dem silbrigen Licht, das durch das Fenster hereindrang. Wie oft hatte Harry so unbeweglich im Dschungel auf der Lauer gelegen – und die Welt ringsum schien sich in einem seltsamen Schwebezustand zu befinden.

Schließlich läutete das Telefon, das rote Lämpchen blinkte. Harry streckte die Hand aus und wartete darauf, daß der Anrufer seinen Namen nannte. Das Band schaltete sich ein. Harry nahm den Hörer ab und sagte: »Da bin ich.«

In diesem Augenblick erkannte er ganz deutlich, daß Koko darauf wartete, daß er, Harry Beevers, weitersprach.

»Sprich doch – ich höre«, sagte Harry.

Das leise Zischen des Tonbandes drang aus dem kleinen Lautsprecher des Anrufbeantworters.

»Vorwärts und zurück, stimmt's? Stammt das nicht von dir? Ich weiß, was du damit sagen willst. Du willst zu den Ursprüngen zurück.«

Er glaubte zu hören, wie der Teilnehmer am anderen Ende ganz langsam und sachte einatmete.

»Paß auf, ich sage dir, wie wir es machen. Ich möchte, daß wir uns an einem ganz bestimmten Ort, an einem sicheren Ort treffen. Im Columbus Park am Rand von Chinatown. Von dort aus können wir über die Straße ins Kriminalgericht gehen. Auch da bist du ganz sicher. Ich kenne da jede Menge Leute. Leute, die mir vertrauen. Die machen, was ich ihnen sage. Dort gehen wir dann in ein Privatzimmer, da kannst du dich setzen. Dann ist alles überstanden. Hast du mir zugehört?«

Schweigen, nichts als das leise Zischen des Bandes.

»Aber ich möchte sicher sein können, daß auch mir keine Gefahr droht. Ich möchte wissen, ob du auch tust, worum ich dich bitte. Deshalb will ich, daß du einen ganz bestimmten Weg zum Columbus Park einschlägst. Ich werde dich dabei die ganze Zeit beobachten. Ich will, daß du meine Anweisungen ganz genau befolgst. Ich muß mich davon überzeugen, daß du genau das tust, worum ich dich gebeten habe.«

Als Koko nichts verlauten ließ, fuhr Harry fort: »Ich möchte, daß du morgen nachmittag um zehn Minuten vor drei in der Bowery losgehst, und zwar gegenüber dem nördlichen Ende von Confucius Plaza. Betritt die Passage genau in der Mitte zwischen Canal- und Bayard Street und geh durch die Passage zur Elizabeth Street. Dort biegst du dann nach links ab und gehst zur Bayard Street. Von da weiter in Richtung Westen zur Mulberry Street. Auf der anderen Straßenseite liegt der Columbus Park. Geh über die Straße in den Park. Immer den Weg entlang und setz dich auf die erste Bank. Genau zwei Minuten später betrete ich den Park von Süden her und setze mich neben dich auf die Bank. Dann ist alles überstanden.«

Harry holte ganz tief Luft. Er schwitzte fürchterlich in seinem Rollkragenpullover. Er wollte noch etwas hinzufügen – *wir beide können gar nicht anders handeln* oder irgend etwas in der Art, aber da wurde am anderen Ende der Hörer aufgelegt, und das Freizeichen ertönte.

Harry saß noch lange regungslos im Dunkeln. Dann knipste er die Schreibtischlampe an und rief das Polizeirevier an. Er nannte seinen Namen nicht, hinterließ aber eine Nachricht für Lieutenant Murphy. Tim Underhill käme morgen nachmittag um zwei Uhr mit einer Maschine der Republic Airlines aus Milwaukee am Flughafen LaGuardia an.

Später lag er dann noch lange wach, unfähig Schlaf zu finden.

3

Tod und Verbrechen umgaben den Elefanten. Er selbst bewegte sich inmitten von Tod und Verbrechen. Tod und Verbrechen sog er mit jedem Atemzug tief in seine Lungen ein. Eines wußte Koko ganz genau: auch wenn man sich durch eine Stadt bewegte, starrte einen bei jedem Schritt der Dschungel an. Der Dschungel wuchert neben den Bürgersteigen, hinter Fenstern und Türen. Inmitten des tosenden Verkehrs stoßen Vögel wilde Schreie aus.

Wenn er zu der alten Dame in der West End Avenue hinaufgekommen wäre, hätte sie ihn ganz neu eingekleidet und ihn gezähmt, indem sie ihn von seinen Sorgen befreite und seine Qualen linderte. Doch der Portier Philophage hatte ihn abgewiesen. Da hatten die wilden Tiere geknurrt und die Zähne gefletscht. Niemand hatte ihn von seinen Sorgen befreit und seine Qualen gelindert.

Die Tür ging auf und...

Die Tür ging auf und Blut, der Metzger, zwängte sich ins Zimmer. Der Dämon Unglück trat ein, begleitet von der weißhaarigen Fledermaus, der Angst.

Koko saß ganz allein in seinem Zimmer, seiner Zelle, seiner Höhle. Das Licht war an. Höhle fing das ganze Licht ein und reflektierte es von Wand zu Wand, ließ keinen Strahl entkommen, denn Koko brauchte alles Licht.

Flammen züngelten aus dem Boden, doch sie versengten Koko nicht. Tote Kinder drängten sich um ihn, schrien und jammerten. Mit weitaufgerissenen Mündern, die Ellenbogen fest an sich gepreßt. Den Mündern der Kinder entströmte der faulige Atem von Löwen, denn sie hausten in der Höhle, so wie er in der Höhle hauste. Vorwärts und zurück.

Die Tür ging auf und...

Die Flammen züngelten empor, ein Wind kam auf.

Verschone mich, laß mich am Leben, schrie ein Kind in der Sprache der Fledermäuse.

Philophage, der General, posierte bei Justinien, dem Maler, der ihn porträtierte. Der General trug seinen Helm mit Federbusch unterm Arm. Er sah großartig aus, wirklich gut. Der Lieutenant stand in der dunklen Höhle. Er wirkte weder großartig noch gut, hatte seine Schaufel dabei. Und das Mädchen aus der Nebenstraße der Phat Pong Road sah ihn an und wußte Bescheid.

Wollt ihr wissen, was dunkel ist?

Das Arschloch des Teufels ist dunkel. Koko ging in die Höhle, kroch dem Teufel in den Arsch. Dort stieß er auf Lieutenant Harry Beevers, mit seiner Schaufel, seiner Waffe vor sich. Er spielte darauf wie auf einer Flöte – schoß. Wollt ihr es wirklich wissen? Wie der Leutnant mit leuchtenden Augen und einer enormen Erektion dastand? Der Teufel hörte auf zu atmen, schloß die Augen und steckte sich die Finger in die Ohren. Die Ewigkeit brach mit Donnergetöse über sie herein, von allen Seiten. Die Frau kam aus Nicaragua angekrochen, brachte ein Kind zur Welt und starb inmitten einer schwarzen Wolke, nackt und mit gefrorenem Schlamm besudelt.

Bei dem Gedanken an Harry Beevers stießen die Kinder Jammerlaute aus und klammerten sich aneinander fest. Sie stanken noch fürchterlicher als zuvor. Es war kaum mehr auszuhalten.

Guten Tag, meine Herren. Willkommen im Arschloch des Teufels. Wir haben im Augenblick keine Zeit, kein Datum und kein Jahr. Sie begeben sich jetzt augenblicklich in die Passage in der Bowery. Dort werden Sie dem Elefanten wieder gegenüberstehen.

4

Als Babar zu Bett gegangen war, fand er keinen Schlaf. Die Zwietracht und das Unglück hatten Einzug in Celesteville gehalten. Vor dem Fenster von Babar unterhielten sich Dämonen. Als Pilophage, der General, den großen Mund auftat, entschlüpften ihm in Windeseile Schlangen und Fledermäuse.

Wir haben alle ihrer Bestimmung zugeführt, ihrer Bestimmung zugeführt.

Tapitor, Capoulosse, Fandago, Barbacol, Podular, Pilophage, Justinien, Doulamor, Poutifour. Der stämmige Hatchibombotar mit seinem rotgestreiften Hemd und der karierten Mütze, der Straßenkehrer, der keinen Ehrgeiz kannte, als die Straßen sauber zu halten, ein freundlicher ehrlicher Zeitgenosse. Er fegte und fegte den ganzen Schmutz hinweg. Ihn hatte das überwältigte, halb betäubte Kind in König Babar am meisten geliebt. Hatchibombotar fegte und fegte den ganzen Schmutz hinweg.

5

Gegen Mitternacht hörte er vor dem Fenster Flügelschläge, aber nicht von Vögeln, wie er zuerst annahm, sondern von finsteren, erschreckenden Geschöpfen, doppelt so groß wie Fledermäuse. Diese Kreaturen waren aus der Erde gekrochen, um ihn heimzusuchen. Sie würden sich noch lange vor dem Fenster herumquälen, bevor sie den Rückzug antreten und sich wieder in die Erde verziehen würden. Kein Mensch außer ihm sah oder hörte sie. Niemand war dazu imstande. Harry selbst hatte sie auch noch nie vorher gesehen. Da sein Bett in dem kleinen Alkoven neben dem Badezimmer stand, konnte er nicht aus dem Fenster schauen. Harry lag lange Zeit im Dunkeln wach und lauschte den unüberhörbaren, beängstigenden Flügelschlägen der Dämonen. Schließlich verebbte das Getöse. Die gräßlichen Kreaturen flogen nacheinander in ihr Loch in der Erde zurück. Dort drängten sie sich dicht aneinander. Sie kreischten, bissen um sich und leckten sich gegenseitig gierig die Bluttropfen von den Leibern. Harry hörte, wie sie immer weniger wurden. Die letzten zwei oder drei flogen in ihrer Verzweiflung tatsächlich gegen die Fensterscheibe. Schließlich flatterten auch sie davon. In ein paar Stunden brach der neue Tag an.

Harry schlief eine oder zwei Stunden. Als er wieder zu sich kam, sah er sich dem alten Problem gegenüber. Gab es diese Kreaturen wirklich, oder bildete er sich das nur ein? Er machte es sich allzu einfach, wenn er sie bei Tageslicht als Ausgeburt seiner Fantasie abtat. In den Nächten, in denen sie ihm erschienen, existierten sie tatsächlich. Das war bisher vier- oder fünfmal nachts geschehen, seit er keine Uniform mehr trug. Er wußte, daß er sie hätte sehen können, hätte er den Mut dazu gehabt.

Doch sie hatten ihm auch diesmal nichts anhaben können. Gegen neun Uhr stand er auf. Obwohl er fast nicht geschlafen hatte, fühlte er sich irgendwie gestärkt. Er duschte lange und ausgiebig, seifte sich ein und schrubbte sich ab. Zärtlich massierte er seinen Penis, umschloß die Hoden mit der Hand. Er zog an seinem Schwanz und rieb ihn.

Dann zog er die Jeans und den Rollkragenpullover vom Vortag wieder an, darunter jedoch ein frisches Hemd, das von der Stärke noch ganz starr war.

Als er sich im Spiegel neben seinem Bett betrachtete, sagte er sich, daß er nach Sonderkommando aussah – wie einer von den Green Berets. Er trank zwei Tassen Kaffee und mußte daran denken, wie er sich morgens im Camp Crandall manchmal gefühlt hatte, bevor er auf Patrouille ging. Der bittere Kaffee, das Gewicht der Automatik auf der Hüfte. Manchmal hatte sich sein Herz bei solchen Gelegenheiten hart und fest wie eine Walnuß angefühlt. Seine Haut hatte geprickelt, und es war ihm vorgekommen, als könne er wie ein Adler hören und sehen. Die Farben der Zelte wirkten besonders intensiv. Der rote Staub der Straße stach ihm in die Augen, ebenso der glitzernde Draht der Umzäunung. In der diesigen Luft hing noch der Morgennebel. Die Gerüche, die Menschen und Maschinen ausströmten, wurden überdeckt von einem lebendigen grünen Duft, zart und köstlich und doch messerscharf. So roch in Harrys Augen Vietnam. In Ia Thuc hatte er eine alte Frau an der Schulter gepackt und grob zu sich herumgerissen. Er hatte sie barsch irgendwas gefragt, woran er sich nicht mehr erinnerte. Auch ihr Körper hatte diesen messerscharfen grünen Geruch ausgeströmt und den Gestank von brennendem Holz überdeckt.

Wenn eine Frau so roch, dachte Harry, so hat sie einen damit am Angelhaken, und man kommt nie mehr von ihr los.

Er saß auf der Klappcouch und trank noch eine Tasse Kaffee. Er versuchte, sich jeden Schritt ganz genau vorzustellen, der ihn mit Koko in der Passage in der Bowery zusammenführen würde. Um ein Uhr fünfundvierzig würde er ein Taxi zur nordwestlichen Ecke der Bowery und Canal Street nehmen. Dort käme er so gegen zwei Uhr an. Genau um diese Zeit würde Lieutenant Murphy mit zwei oder drei Polizisten in Uniform am Flughafen LaGardia auf die Ankunft der Maschine der Republic Airlines aus Milwaukee warten. Ihn selbst erwartete ein kalter, grauer Wintertag in Chinatown. Es würden sicher kaum Leute unterwegs sein. Harry würde die Bowery überqueren und sich auf der breiten Verkehrsinsel nördlich des Confucius-Plaza-Komplexes postieren, um den ganzen Block rasch absuchen zu können, in dem sich die Passage befand. Er sah den langen Block im Geist schon vor sich, die gekachelten Fassaden der Restaurants mit ihren Spiegelglasfenstern. Ein paar Männer und Frauen eilten in dicken Wintermänteln durch die Straßen. Falls Spitalny sich entschließen sollte, sich in einem Eingang oder in einem Restaurant zu verschanzen, würde er ihn sehen und sich sofort im Confucius Plaza verbergen. Spitalny würde in Panik geraten, wenn ihm aufging, daß etwas schiefgelaufen war. Wenn Spitalny sein Versteck verließ, konnte ihm Harry folgen und ihn zur Strecke bringen, sobald sie allein waren. Falls er Spitalny nicht entdeckte – und das nahm er eigentlich nicht an – wollte er wieder über die Bowery zurückgehen, um die Passage noch einmal kurz in Augenschein zu nehmen und sich zu vergewissern, daß die Treppe nicht etwa blockiert oder gesperrt war. Falls sich dort irgend etwas Ungewöhnliches tat, mußte er Spitalny bis in die Elizabeth Street verfolgen und ihm dicht auf den Fersen bleiben, bevor er die Bayard Street erreichte. Zur Elizabeth Street konnte Harry im Notfall auch noch Zuflucht nehmen. Da gab es nur wenige Restaurants, Häuser und Mietwohnungen machten einen düsteren Eindruck. Doch wenn alles ganz nach Plan verlief, wollte Harry wieder über die Bowery zurückgehen und sich zwischen den Bäumen und Bänken des Confucius Plaza verstecken. Dort wollte er bis fünf Minuten vor halb drei Uhr warten. Das war eine Vierteltunde vor der Zeit, die er Koko angegeben hatte. Zu diesem Zeitpunkt glaubte er, die Bowery ein letztesmal zu überqueren, um sich noch einmal in die Passage zu schleichen und sich endgültig davon zu überzeugen, daß am Ausgang Elizabeth Street alles in Ordnung war. Dann brauchte er sich nur noch auf der dunklen Treppe zu postieren, um Koko abzupassen.

Als Harry so mit der warmen Kaffeetasse in der Hand auf seinem Sofa saß, sah er den gekachelten Boden bis zu dem breiten Eingang zur Passage vor sich. Harry würde jeden Passanten in dem natürlichen Licht, das von der Straße hereinfiel, hell erleuchtet sehen. Wandte sich jemand dem Eingang zur Passage und damit auch ihm zu, so wäre das, als sei ein Scheinwerfer auf ihn gerichtet. Victor Spitalny war sicher braungebrannt von der Sonne, die ihn all die Jahre in Singapur beschienen hatte. Wahrscheinlich hatten sich in sein Gesicht schon tiefe Falten eingegraben, doch seine Haare waren ganz bestimmt noch schwarz, und in seinen eng zusammenliegenden Augen lag sicher immer noch der Ausdruck von Schmerz und Enttäuschung wie während seiner ganzen Militärdienstzeit.

Harry sah sich schon auf leisen Sohlen die Treppe hinaufschleichen, sobald Spitalny vorbeigegangen wäre. Er wollte sich auf dem gefliesten Boden unhörbar leise an ihn heranmachen und Victor nicht von der Pelle rücken. Dann würde er das Messer aus der Tasche ziehen. Spitalny würde zögern, bevor er aus der Passage trat – wie er auch zögern würde, bevor er sie betrat. In seinen häßlichen Klamotten sah er wahrscheinlich spindeldürr und unbeholfen aus. In diesem kurzen Augenblick des Überlegens würde er nicht auf der Hut sein. Da konnte Harry ihm den linken Arm um die Gurgel legen und ihn aus dem Licht in die Passage zurückziehen.

Harry setzte die Tasse an die Lippen und staunte, daß der Kaffee inzwischen kalt geworden war. Dann grinste er – die gräßlichen Kreaturen, sie würden jetzt Victor Spitalny heimsuchen.

Als Harry seinen Hunger nicht mehr länger ignorieren konnte, ging er in ein Feinkostgeschäft in der Ninth Avenue und erstand ein Sandwich mit Hühnerfleisch und Salat und eine Dose Pepsi. Doch wieder in seiner Wohnung angelangt, brachte er das Sandwich nur zur Hälfte hinunter. Alles in ihm sträubte sich dagegen. Heftiger Brechreiz überkam ihn. Harry packte ein, was er nicht essen konnte, und deponierte es im Kühlschrank.

Alles was er tat, erschien ihm wie eine Folge von Filmszenen aus einem Drehbuch.

Als Harry aus der Küche kam, sprangen ihm die gerahmten Titelbilder an, Musik dröhnte ihm in den Ohren. Er sah sein Gesicht, las seinen Namen. Atemlos stand er davor.

6

Bevor Harry hinunterging, um ein Taxi anzuhalten, goß er sich einen Schuß Absolut ein. Das Zeug kam zuckersüß aus dem Kühlschrank und rann ihm wie eine Quecksilberkugel durch die Kehle. Was diese Kugel berührte, gefror sofort, doch im Magen angekommen, verbreitete sie Wärme und Vertrauen. Harry schraubte die Flasche wieder zu und stellte sie in den Kühlschrank zurück.

Er fuhr allein im Lift hinunter, wo er sich noch einmal kurz mit seinem Taschenkamm durchs Haar fuhr.

Draußen in der Ninth Avenue hob er den Arm, da zischte ein Taxi über zwei Fahrspuren hinweg und hielt direkt vor ihm. Das Türschloß klickte, und die Tür flog auf. Von jetzt an ging alles wie geschmiert. Harry nahm im Fond des Wagens Platz und gab dem Fahrer Anweisungen, wohin er ihn bringen sollte.

Das Taxi sauste durch die Ninth Avenue. Nichts stellte sich ihm in den Weg. Harry sah alles klar und deutlich vor sich. In einem hohen Fenster spiegelte sich der Himmel, der von drohenden Wolkenbergen übersät war. Über dem Wagendach vernahm Harry plötzlich rasches, lautes Flügelschlagen.

Am Ziel angekommen stieg Harry Beevers aus. Kein Mensch war auf dem Bürgersteig zu sehen. Er blickte nach Süden über die geschäftige Canal Street hinweg zu dem Häuserblock, in dem die Passage lag. Leute mit Einkaufstüten und Taschen oder kleinen Kindern bogen von der Canal Street ab und in die Bowery ein. Harry stand da und betrachtete eine kleine Gruppe. Junge Chinesen in Anzügen und Mänteln. Sie kamen aus der Manhattan Savings Bank und bogen ebenfalls in die Bowery ein. Sie gingen an der Passage vorbei, ohne auch nur einen Blick hineinzuwerfen. Plötzlich kamen Harry alle seine Pläne und Vorsichtsmaßnahmen überflüssig vor. Er war eine volle Stunde zu früh dran. Er brauchte nur in die Passage zu gehen und sich auf der Treppe zu postieren.

Er zog die Schultern hoch – sowohl angesichts dieser Gedanken, als auch zum Schutz gegen die Kälte. Wenn man sich ein Vorhaben ausmalte und vergegenwärtigte, verhalf man ihm damit zum Gelingen. Die Vorbereitungen waren eine Phase, die nicht fehlen durfte, wenn er Koko dingfest machen wollte. Sie waren ein wesentlicher Aspekt im Gang der Ereignisse.

Als der Verkehrsstrom einmal kurz abriß, machte sich Harry auf den Weg und rettete sich mit einem Satz auf die Verkehrsinsel nördlich des Gebäudekomplexes Confucius Plaza. Damit war er im zweiten Stadium seiner Vorbereitungen angelangt. Er konnte jetzt den ganzen Straßenzug zwischen Canal- und Bayard Street überblicken. Andererseits konnte ihn auch jeder sehen, der zufällig über die Straße blickte. Harry zog sich an das entfernteste Ende der Verkehrsinsel zurück. Die chinesischen Yuppies warteten. Sie wollten die Bayard Street überqueren. Die Leute mit den Einkaufstaschen und den kleinen Kindern trotteten gerade im Schneckentempo an der Passage vorbei. Niemand stand vor den Restaurants und tat, als läse er die Speisekarte, niemand blickte aus den Fenstern.

Als die Ampel auf Grün sprang, rannte Harry wieder über die Bowery zurück und stürzte mit eingezogenem Kopf in die Passage. Nun kam die dritte Phase an die Reihe.

Die Passage war sogar noch günstiger, als er sie in Erinnerung hatte, noch dunkler und so ruhig, wie man es sich gar nicht besser wünschen konnte. Eine alte Dame schlenderte an den Läden vorbei. Harry sah in jedes Schaufenster und durch jede Ladentür. Heute kamen die Kunden sogar noch spärlicher als vor zwei Tagen. Die Treppe zum Untergeschoß war kaum zu sehen. Als Harry hinunterblickte, stellte er erfreut fest, daß die Glühbirne ganz unten ausgebrannt war. Niemand hatte bisher eine neue hineingeschraubt. Die untere Etage der Passage wurde nur durch das schwache Licht erleuchtet, das aus dem Laden des Friseurs drang.

Rasch überprüfte er auch noch das äußerste Ende der Passage. Ein magerer Chinese im Pyjama starrte ihn von der Veranda eines Mietshauses aus an, bevor er sich wieder in das Haus zurückzog.

Damit begann die vierte Etappe seines Plans. Confucius Plaza. Ein paar Chinesen in wattierten Daunenmänteln kamen über die große Plaza und verschwanden in dem Bürogebäude hinter Harry. Sie achteten nicht auf ihn. Zwischen den Bäumen und den Blumenkübeln auf der Plaza standen etwa ein halbes Dutzend Bänke aus Beton. Harry entschied sich für die Bank, von der aus er den besten Rundblick hatte.

Hin und wieder blieb ein Laster direkt vor ihm stehen und nahm ihm die Sicht. Einmal hielt ein Lieferwagen direkt vor der Passage. Harry sah auf seine Armbanduhr, während er ungeduldig darauf wartete, daß der Lieferwagen wieder abfuhr. Es war zwei Uhr zwanzig.

Er tastete nach dem Messer in seiner Manteltasche. Es war nicht mehr da. Jedenfalls fand er es nicht mehr. Harry suchte gründlicher. Trotzdem fühlte er das Messer immer noch nicht. Der Schweiß lief ihm über die Stirn hinunter bis in die Augenbrauen. Hastig zog er sich den rechten Handschuh aus und fuhr mit der bloßen Hand in die Manteltasche. Das Messer war und blieb verschwunden.

Leute, die in Autos vorbeifuhren, zeigten lachend mit den Fingern auf ihn. Er blieb zurück, und sie brausten davon – unterwegs zu Partys, Empfängen, Interviews...

Er tastete die untere Naht der Manteltasche ab und fand ein Loch im Futter. *Natürlich* waren Löcher in den Taschen, schließlich war der Mantel ja acht Jahre alt, was konnte man da noch erwarten? Das Messer war ganz unten bis zum Mantelsaum gerutscht – da lag es jetzt, so nutzlos wie eine Zahnbürste. Harry schob es innerhalb des Mantelfutters wieder hoch. Schließlich praktizierte er es so nahe an den Riß im Futter, daß er die Finger durchstecken und das Messer fühlen konnte. Ein paar Stiche gaben nach, der Riß wurde länger. Harry packte das Messer, zog es aus der defekten Manteltasche und steckte es in die linke. Um ein Haar wäre alles schiefgelaufen, und das nur wegen eines acht Jahre alten Wintermantels!

Harry ließ sich schweratmend auf die Bank fallen. Sofort fuhr er mit der linken Hand in die Manteltasche und umklammerte das Messer. Er war ganz verwirrt und irritiert. Er wischte sich den Schweiß von der Stirn, zog sich den rechten Handschuh wieder an und faltete die Hände im Schoß.

Laster, Taxen und Personenwagen brausten durch die Bowery. Eine große Gruppe gutgekleideter Chinesen ging an der Passage vorbei. Während Harry sie beobachtete, geriet er ganz plötzlich in Panik, weil er sich sagen mußte, daß alle möglichen Leute die Passage von der Elizabeth Street aus betreten haben könnten, während er über das andere Ende bzw. den zweiten Eingang oder Ausgang wachte.

Aber Koko war Soldat. Er würde die Befehle genauestens befolgen.

Die Chinesen langten in der Bayard Street an. Dort trennten sie sich lächelnd und winkten einander noch nach.

Während Harry so mit dem Messer in der Tasche auf der Steinbank saß und auf Koko wartete, ging ihm plötzlich auf, daß er ihn nicht dingfest machen, sondern töten wollte und daß er sich einbildete, dadurch reich und berühmt zu werden. Dieser Gedankengang kam ihm mit einemmal ebenso dürftig und sinnlos vor wie sein ganzes Leben. Einen kurzen Augenblick lang sah sich Harry als einen Menschen unter Millionen, eine einsame Gestalt auf einer Bank. Er konnte aufstehen, das Messer in einen Blumenkübel werfen und einfach wieder gehen. Und was dann?

Um halb drei Uhr überlegte es sich Harry plötzlich anders. Er wich von seinem Plan ab und nahm sich vor, die noch verbleibende Zeit auf der Treppe zu warten. Es schadete bestimmt nicht, wenn er schon vorzeitig an Ort und Stelle war. Zudem hatte das den Vorteil, daß er auch alle Leute sehen konnte, die die Passage von hinten her betraten.

Harry erhob sich von der Bank. Er ging kerzengerade, mit hocherhobenem Kopf und bemühte sich um eine teilnahmslose, ganz neutrale Miene, die niemandem etwas verriet. Harry Beevers war *ganz in sich selbst versunken. Niemand kam an ihn heran.* Er kam zum Bordstein. Seine Nerven reagierten auf jeden Menschen und jedes Fahrzeug, das vorbeikam. Hohe Absätze kamen auf ihn zugeklappert. Eine junge Chinesin gesellte sich am Fußgängerüberweg zu ihm. Als sie ihn ansah, fühlte sie sich zu ihm hingezogen, fand ihn interessant – eine hübsche junge Frau mit seidigem schwarzem Haar und einer Sonnenbrille auf der Nase, und das an einem solchen Tag. Die Ampel wurde grün, und sie traten gleichzeitig von der Bordsteinkante. Mitten auf der Straße sah sie ihn fragend und bekümmert an. Auf der anderen Straßenseite angekommen, ging das Mädchen auf die Bayard Street zu und dehnte den ganz besonderen Nerv, den er an ihr befestigt hatte, dehnte ihn immer weiter, zog ihn immer mehr in die Länge wie einen elastischen Faden.

Harry eilte in die dunkle Passage. Vom anderen Ende her hörte er leise Stimmen. Er nahm die Menschen nur ganz vage wahr. Als sich seine Augen an die Dunkelheit gewöhnt hatten, konnte er erkennen, daß es drei Personen waren. Harry ging ganz beiläufig auf die Wand zu und tat, als interessiere ihn das große Plakat an der Wand. X RAY SPECS. THE BLASTERS. Drei übergewichtige Teenager in Dufflecoats schlurften um die Biegung der Passage. Er registrierte, daß sie ihn zur Kenntnis nahmen. Doch sie gönnten ihm nur einen kurzen Seitenblick. Sie hatten Rucksäcke bei sich und trugen abgetretene braune Slipper. Die Mädchen schlenderten gemächlich durch die Passage. Sie ließen sich Zeit, sie hatten es nicht eilig. Schließlich traten sie aus der Passage in das hellere Tageslicht hinaus. Sie taten immer noch, als hätten sie ihn nicht gesehen.

Harry blickte sich nach beiden Seiten um. Kein Passant oder Kunde hielt sich in der Passage auf. Der Ausgang zur Bowery hin war klar und deutlich zu erkennen. Harry ging auf die Treppe zu. Natürlich hatte immer noch kein Mensch die ausgebrannte Birne ausgewechselt. Er eilte etwa sechs Stufen hinunter, blickte sich noch einmal nach dem Ausgang zur Elizabeth Street hin um und ging dann ganz hinunter. Harry knöpfte seinen Mantel auf, zog sich die Handschuhe aus und stopfte sie in die Manteltasche. Als er sich an das Geländer lehnte, grub es sich schmerzhaft in seine Hüfte ein.

Da tauchte ein Arm aus der Finsternis hinter ihm auf und schlang sich um seinen Hals. Jemand, der hinter ihm stand, riß ihn zu Boden und stopfte ihm einen Knebel in den Mund. Harry wollte nach dem Messer greifen, doch seine Hand verfing sich in einem Handschuh. Dann fiel ihm ein, daß das sowieso die falsche Tasche war, aber da war es auch schon zu spät, um das Messer rauszuholen. Er hörte seine Handschellen klirrend auf die Treppe fallen.

35. KAPITEL

Die Falle

1

Maggie entdeckte die Polizei zuerst und fragte Michael, was das wohl zu bedeuten habe. Sie hatten schon den halben Weg zum Terminal zurückgelegt, da sahen sie die beiden Polizeibeamten am hellerleuchteten Ende des Zubringertunnels. »Ich weiß es auch nicht«, sagte Michael. »Wahrscheinlich...« Er sah sich um. Etwa ein halbes Dutzend Leute trennte sie noch von Tim Underhill. Maggie griff nach seinem Arm und blieb einfach stehen. Michael blickte wieder nach vorn. Da entdeckte er Lieutenant Murphy, den hochgewachsenen Kommissar vom Morddezernat. Er stand neben den beiden Polizisten in Uniform und starrte Michael an. In seinem Blick lag eiskalte Wut. »Immer mit der Ruhe«, sagte Murphy. Die beiden Polizisten neben ihm rissen sich daraufhin am Riemen, zogen ihre Waffen nicht. »Gehen Sie bitte weiter«, sagte Murphy. Die Leute vor Maggie und Michael waren nämlich stehengeblieben. Die Passagiere stauten sich im Tunnel. Murphy winkte die Fluggäste weiter, bis sie schließlich weitergingen. Maggie hielt Michaels Hand ganz fest umklammert.

»Gehen Sie bitte alle weiter«, befahl Murphy. »Weitergehen und Ruhe bewahren.«

Eine Weile herrschte noch verschrecktes Schweigen. Dann überfielen die Leute Lieutenant Murphy mit Fragen. Aufgeregtes Stimmengewirr erfüllt den Tunnel.

»Gehen Sie bitte weiter. Hier gibt es nichts zu sehen«, ließ Lieutenant Murphy sich vernehmen. Michael warf einen Blick über die Schulter zurück. Tim Underhill war blaß geworden, doch er ging weiter, von den nachrückenden Passagieren bedrängt und mitgerissen. Beim Anblick der Polizisten schrie eine Frau irgendwo inmitten all der Passagiere auf.

Murphy ließ Underhill nicht aus den Augen. Als Michael und Maggie das Terminal erreichten, sagte er: »Nehmt sie beiseite«, ohne sie dabei anzusehen.

Einer der Polizisten nahm Michael an dem Arm und zog ihn zum Fenster neben dem Flugsteig. Der andere Polizist versuchte, Maggie dazu zu bewegen, daß sie Michael losließ, doch sie hielt Michaels Hand mit eisernem Griff umklammert. Also schoben die beiden Polizisten Maggie und Michael im Krebsgang an eine freie Stelle am Fenster. Vor dem Zugang zu dem Flugsteig hing ein Seil. Hinter dieser Absperrung stand eine Menschenmauer und betrachtete das Schauspiel. Seitlich hinter Murphy standen zwei Polizisten in Uniform mit Gewehren. Die Passagiere in dem Tunnel konnten sie nicht sehen.

Als Tim Underhill heraustrat, schritt Murphy auf ihn zu, bezichtigte ihn des Mordes an Anthony Pumo und las ihm seine Rechte vor. Er las sie von einer weißen Karte ab, die er aus der Tasch zog. Der Polizist, der Maggie beiseite genommen hatte, klopfte Underhills Brust und Seiten ab, dann auch noch beide Beine. Underhill rang sich zu einem Lächeln durch.

»Wir wollten Sie sowieso gleich nach unserer Ankunft anrufen und aufsuchen«, sagte Michael. Murphy ignorierte ihn.

Die anderen Passagiere aus der gleichen Maschine bewegten sich langsam auf die Absperrseile zu. Die meisten gingen rückwärts, um nur ja nichts zu versäumen. Die Crew der Maschine, die das Schlußlicht bildete, stand dichtgedrängt beisammen. Sie flüsterten miteinander. Vor dem Seil blieben die meisten Passagiere stehen. Sie stellten ihr Gepäck ab und starrten wie gebannt auf die Szene, die sich da vor ihnen abspielte.

Murphys Miene verfinsterte sich. Er verfärbte sich dunkelrot, fuhr mit einem Satz herum und schrie: »Wollen Sie vielleicht den Durchgang freimachen und endlich weitergehen?« Es war nicht klar ersichtlich, ob er damit die Polizisten oder die neugierigen Passagiere meinte.

»Gehen Sie bitte auf die andere Seite des Seils«, sagte ein junger Detective in Zivil. Ein Dandy, der einen dunkelblauen Mantel und einen weichen Hut mit breiter Krempe trug – ganz unbeabsichtigt ein starker Kontrast zu Underhills schäbigem Mantel und Schlapphut. Die meisten Passagiere hatten ihr Handgepäck inzwischen wieder aufgenommen und gingen auf die Öffnung in den Absperrseilen zu. Im gesamten Terminal herrschte lebhaftes Treiben.

»Lieutenant«, setzte Michael an. Maggie sah zu ihm auf. Da nickte er.

»Halten Sie den Mund, Herr Dr. Poole«, fuhr ihn Murphy an. »Ich nehme Sie und das Mädchen ebenfalls fest. Da haben Sie genügend Zeit, um zu sagen, was Sie sagen möchten.«

»Was glauben Sie wohl, was wir in Milwaukee gemacht haben? Könnten Sie mir das vielleicht verraten?«

»Ich darf gar nicht daran denken, was Sie getan haben – wo auch immer.«

»Sie glauben doch wohl nicht im Ernst, daß Maggie Lah mit Tina Pumos Mörder verreisen würde? Oder daß sie überhaupt irgendwas mit ihm zu tun haben wollte. Überlegen Sie doch mal! Das ist doch völlig aus der Luft gegriffen.«

Murphy nickte dem Dandy zu. Der trat hinter Underhill und legte ihm Handschellen an.

»Tim Underhill war noch in Bangkok, als Tina Pumo ermordet worden ist. Das können Sie anhand der Passagierlisten mühelos feststellen.«

Da konnte Maggie nicht mehr an sich halten. »Ich habe den Mann doch *gesehen*, der Tina umgebracht hat. Er hat Timothy Underhill kein bißchen ähnlich gesehen, Lieutenant. Irgend jemand hat Ihnen einen

Bären aufgebunden. Woher wußten Sie denn überhaupt, daß wir mit dieser Maschine zurückkommen würden?«

»Jemand hat uns anonym einen Tip gegeben.« Murphys Gesicht war noch immer puterrot und aufgedunsen.

»Harry Beevers«, sagte Michael und sah Maggie an.

»Lieutenant, sehen Sie sich doch meinen Paß an«, sagte Underhill ruhig und gelassen. »Ich habe ihn dabei. Er ist in meiner Manteltasche.«

»Holen Sie seinen Paß raus«, sagte Murphy zu dem Dandy. Der langte in die nächstbeste Tasche von Underhills langem formlosen Mantel und fand den Paß sogleich.

»Schlagen Sie ihn auf«, befahl ihm Murphy.

Der junge Polizist trat näher an Underhill heran. Der Dandy schlug den Paß auf und blätterte darin herum. Wirklich jede Menge Stempel aus aller Herren Länder. Der Dandy schlug die letzte Seite auf, begutachtete die Einreisestempel und reichte Lieutenant Murphy den Paß.

»Ich bin zusammen mit Harry Beevers und Michael Poole zurückgekommen«, sagte Tim. »Massenmord ist einer der Fehler, die ich bisher tunlichst vermieden habe.«

»Massenmord! Massenmord!« wiederholte die entsetzte Menge, die dicht gedrängt am Seil stand.

Murphy verfärbte sich noch um einen Schein dunkler, als er in Underhills Paß starrte. Er blätterte ein paar Seiten zurück und suchte nach einem Stempel, einer Eintragung, die besagte, daß Underhill zu einem früheren Zeitpunkt in die Staaten eingereist war. Schließlich ließ er die Hände sinken, trat von einem Fuß auf den anderen und wandte sich der Menschenmenge im Terminal zu. Die Leute drängten sich an der Absperrung, die Polizisten und Scharfschützen standen zwischen leeren Plastikstühlen. Murphy verlor lange Zeit kein einziges Wort. Ein Tourist schoß ein Blitzlichtfoto.

»Sie werden mir allerhand erklären müssen«, sagte Murphy schließlich. Tims Paß verschwand in seiner Manteltasche. »Legen Sie den anderen beiden auch noch Handschellen an.«

Die beiden Polizisten in Uniform taten wie geheißen.

»Ist dieser Underhill mit der gleichen Maschine wie Sie, Beevers und Linklater aus Bangkok zurückgekommen?«

Michael nickte.

»Aber Sie haben es vorgezogen, das für sich zu behalten. Sie haben in meinem Dienstzimmer gesessen und sich gesagt: Soll er doch ruhig dem falschen Mann nachjagen.«

»Das bereue ich inzwischen«, sagte Michael.

»Und Sie haben überall in Chinatown diese Anschläge angeklebt.«

»Koko war ja unter Underhills Namen aufgetreten.«

»Wollten Sie ihn auf eigene Faust suchen?« fragte Murphy. Anscheinend war ihm der Gedanke gerade erst gekommen.

»Harry Beevers hatte etwas in der Richtung vor. Wir haben uns ihm nur angeschlossen.«

»So, Sie haben sich ihm angeschlossen«, wiederholte Murphy und schüttelte den Kopf. »Wo ist denn Beevers jetzt?«

»Mikey!« rief jemand hinter der Menschenmenge an der Absperrung.

»Conor Linklater wollte uns abholen.«

Murphy forderte einen der uniformierten Polizisten auf: »Bringen Sie den Mann hierher!« Der Polizist trottete auf den Durchgang in dem Seil zu. Conor und Ellen Woyzack waren inzwischen an das Seil herangetreten.

»Bringen Sie sie mit«, befahl Murphy und ging auf die Menschenmenge zu, die vor ihm zurückwich.

»Wir waren in Milwaukee, um zu sehen, ob wir dort in Erfahrung bringen können, wo sich Koko aufhält!« rief ihm Michael zu. »Statt dessen haben wir herausgefunden, wer er ist. Wenn Sie mir gestatten, etwas aus dem Kofferraum meines Wagens zu holen, kann ich Ihnen demonstrieren, was ich meine.«

Murphy drehte sich um und starrte Michael und Maggie mit finsterer Miene an. Tim Underhill warf er einen geradezu angewiderten Blick zu.

»He, Sie können diese Leute doch nicht einfach festnehmen«, ereiferte sich Conor. »Sie suchen einen Mann, der in Wahrheit Victor Spitalny heißt. Nach dem wollten sie sich in Milwaukee erkundigen...«

»Nein, Conor«, sagte Michael. »Spitalny ist nicht der Gesuchte.«

Conor riß die Augen auf und verstummte auf der Stelle. Dann trat er auf Murphy zu und streckte ihm die Hände hin. »Legen Sie mir auch Handschellen an.« Ellen Woyzack stieß einen kreischenden Laut aus. »Her mit den Handschellen«, verlangte Conor. »Ich habe keinen Lust, hier den Ehrenmann zu spielen. Was die anderen getan haben, das habe ich auch getan. Deshalb sehe ich nicht ein, warum Sie mich verschonen sollten. Also bitte.«

»Halt doch die Klappe, Conor!« herrschte ihn Ellen an.

Murphy wirkte, als würde er am liebsten die Hände vor dem Gesicht zusammenschlagen. Die Polizisten sahen ihn alle an wie ein wildes Tier.

Schließlich wies Lieutenant Murphy auf Maggie, Michael und auf Underhill. »Die drei fahren mit mir«, sagte er und preschte wie ein Stier in der Stierkampfarena auf die Menschenmenge zu. Blitzlichter flammten auf. Sobald er die Lücke in der Absperrung erreichte, teilte sich die Menge.

»Setzt sie in den Wagen des Lieutenants«, bat der Dandy die Kollegen. »Ich nehme Harry Truman mit.«

Bevor sie im Fond seines Wagens Platz nahmen, hatte Murphy ihnen die Handschellen wieder abgenommen. Er war zwar noch immer rot im Gesicht, aber schon viel ruhiger als im Terminal. Einer der jungen Polizisten fuhr sie über die Whitestone Bridge. Murphy drehte sich zur Seite, um besser hören zu können, was sie sagten. Alle paar Minuten zischte und knisterte das Autoradio. Durchsagen kamen über den Polizeifunk. Die Wagenfenster schlossen nicht dicht. Eisige Luft strömte durch die Ritzen herein. Ein anderer Polizist fuhr Michaels Wagen zum Revier.

»Im Flugzeug?« fragte Murphy. Er war jetzt nicht mehr so aufgebracht wie im Terminal, aber immer noch sehr mißtrauisch.

»Ja«, bestätigte Michael. »Ich glaube, bis dahin dachten Maggie und ich noch, daß wir Victor Spitalny suchen müßten. Vielleicht wußte ich ja schon, wie es sich in Wahrheit verhielt, aber ich wollte es mir nicht eingestehen, wollte es einfach nicht wahrhaben. Wir hatten alle Beweise in den Händen, die wir brauchten, alle Puzzleteilchen, sie waren nur noch nicht zusammengelegt worden.«

»Bis ich auf Babar zu sprechen kam«, erklärte Maggie. »Da fiel es uns beiden wieder ein.«

Michael nickte, um seine Zustimmung auszudrücken.

»Was ist Ihnen wieder eingefallen?«

»Das Lied«, sagte Maggie. »Michael hat mir erzählt, was der Mann in Singapur und die Stewardeß zu ihm gesagt haben. Da wußte ich, was sie gehört hatten.«

»Welcher Mann in Singapur und welche Stewardeß?«

Michael erzählte ihm von Lisa Mayo und dem Besitzer des Bungalows, in dem die Martinsons ermordet worden waren. »Der Mann in Singapur hat gehört, wie Koko etwas sang, das sich anhörte wie *rip-a-rip-a-rip-a-lo*. Lisa Mayo hörte den Passagier, der neben Clement Irwin saß, etwas ganz Ähnliches singen. Sie haben beide das gleiche Lied gehört, aber beide nicht ganz richtig.«

»Aber ich habe es erkannt«, erklärte Maggie. »Sie meinen das Lied der Elefanten. Aus dem Buch *König Babar*. Hier, sehen Sie es sich mal an.«

Michael reichte ihm das Buch, das er aus dem Kofferraum seines Wagens geholt hatte, über die Sitzlehne nach vorn.

»Was zum Teufel soll denn das?« fragte Murphy ärgerlich.

»Aus diesem Buch hat Koko seinen Namen«, sagte Underhill. »Es gibt da noch mehr Zusammenhänge, aber das ist der vordergründigste und allerwichtigste.«

Murphy sah sich die Seite an, an der das Buch aufgeschlagen war. »Daher hat er also seinen Namen?«

»Lesen Sie den Text«, forderte ihn Michael auf und wies auf das Lied.

»Patali dirapata
cromda cromda ripalo
Pata Pata Ko Ko Ko«

las Murphy. Das Lied stand mitsamt den Noten auf einer Seite mit gelbem Hintergrund.

»Da haben wir es begriffen«, sagte Michael. »Daß Dengler der Gesuchte ist. Vermutlich haben wir es schon längst geahnt. Spätestens seit dem Besuch bei seiner Mutter.«

»Die Sache hat nur einen Haken«, wandte Murphy ein. »Der Private First Class Manuel Orosco Dengler ist seit 1969 tot. Die Army hat seine Leiche eindeutig identifiziert. Anschließend ist sein Leichnam in die Heimat zurücktransportiert worden, damit er dort beerdigt werden konnte. Sie glauben doch wohl nicht im Ernst, daß sich seine Eltern mit dem Leichnam eines anderen zufriedengegeben hätten.«

»Sein Vater war damals schon tot und seine Mutter so verrückt, daß sie auch gegen einen toten Affen nichts eingewendet hätte, wenn es sich nicht anders hätte machen lassen. Da der Leichnam so fürchterlich verstümmelt und entstellt war, hätte ihr die Army sehr dazu geraten, jeglichen Leichnam als den ihres Sohnes anzuerkennen«, sagte Michael. »Sie hat ihn sich sowieso nicht angesehen.«

»Aber wessen Leichnam *war* es dann?« wollte Murphy wissen. »Vielleicht der vielgerühmte unbekannte Soldat?«

»Der Leichnam Victor Spitalnys«, erklärte Underhill. »Kokos erstes Opfer. Ich habe das ganze Drehbuch dazu schon im voraus geschrieben. Ich habe ganz genau erklärt, wie man dabei vorgehen muß. Ich habe ganz genau erklärt, wie man dabei vorgehen muß. In einer Story, die ich ›Der wildgewordene Soldat‹ betitelt habe. Dengler hat Spitalny irgendwie dazu gebracht, sich in Bangkok mit ihm zu treffen. Dort hat er ihn dann umgebracht, die Marken und Papiere ausgetauscht und schließlich auch dafür gesorgt, daß der Leichnam so verstümmelt war, daß ihn niemand mehr identifizieren konnte. Inmitten dieses Chaos hat er sich dann aus dem Staub gemacht.«

»Wollen Sie damit sagen, daß Sie ihm diese Idee eingegeben haben?« fragte Murphy.

»Hätte ich dieses Story nicht geschrieben, wäre er von selber drauf gekommen. Oder etwas Ähnliches wäre ihm eingefallen«, versicherte Underhill. »Aber ich glaube, er hat meinen Namen angenommen, weil die Idee, Spitalny zu töten und zu desertieren, aus meiner Feder stammt. Er hat sich im Anschluß daran noch in vielen Städten als Tim Underhill ausgegeben. Viele Gerüchte waren über mich im Umlauf, für die in Wirklichkeit er der Anlaß war.«

»Aber warum hat er das getan?« erkundigte sich Murphy. »Was glauben Sie, warum hat er Spitalny umgebracht? Um eine andere Identität anzunehmen und unter falschem Namen zu desertieren?«

Underhill und Michael warfen sich einen kurzen Blick zu. »Ja, das ist mit Sicherheit einer der Gründe«, sagte Underhill.

»Vermutlich sogar der Hauptgrund«, fügte Michael hinzu. »Im übrigen sind wir uns auch nicht so sicher.«

»Was heißt denn hier ›im übrigen‹?«

»Vermutlich spielt auch ein Ereignis aus dem Vietnam-Krieg eine entscheidende Rolle«, sagte Michael. »Nur drei Leute waren dabei: Harry Beevers, Dengler und Spitalny.«

»Erzählen Sie mir von dem wildgewordenen einfachen Soldaten«, bat Lieutenant Murphy.

2

Ein Mann mit ausgeprägten Falten auf der Stirn und einem bekümmerten selbstgefälligen Gesichtsausdruck sprang von einem Stuhl im Gang vor dem Dienstzimmer des Lieutenants auf, sobald Michael, Maggie, Underhill und Murphy die letzten Stufen hinaufgestiegen waren. In seinem Mundwinkel steckte eine erkaltete Zigarre, die aussah wie ein rostiges Stück Rohr. Er starrte dem kleinen Trupp entgegen, fischte die Zigarre aus dem Mund und trat beiseite, um nachzusehen, ob hinter ihnen noch jemand kam. Als er die nächste Gruppe die Treppe heraufkommen hörte, stopfte er die Hände in die Hosentaschen und nickte Murphy zu. Er wartete ungeduldig auf die anderen.

Als Ellen Woyzack, Conor Linklater und der junge Detective im blauen Mantel und eleganten Hut die Treppe heraufkamen und auf Murphys Büro zugingen, murrte der Mann »He!« und beugte sich über das Treppengeländer, um nachzusehen, ob noch jemand kam. »Wo ist er denn?« fragte er verärgert.

Murphy bat alle in sein Büro und machte auch dem Mann ein Zeichen, sich ihnen anzuschließen. »Mr. Partridge, kommen Sie bitte auch herein.«

Michael hatte zunächst angenommen, daß der Mann auch ein Polizist sei, doch jetzt sah er, daß dem nicht so war. Der Mann sah so wütend aus, als sei er soeben bestohlen worden.

»Was soll das überhaupt? Sie haben doch gesagt, er würde hier sein. Er ist aber nicht dabei.«

Murphy trat hinaus und hielt die Tür zu seinem Büro auf. Partridge zuckte die Achseln und ging betont langsam den Gang entlang. Als er das Büro betrat, sah er Michael und die anderen so wütend an, als habe er sie in seinem Wohnzimmer angetroffen, wo sie nichts zu suchen hatten. Seine Kleidung war ungepflegt und zerknittert und seine unangenehmen blaugrünen Augen schienen ihm aus dem Kopf zu quellen. Er hatte ein nichtssagendes, grobschlächtiges Gesicht. »Und, was ist jetzt?« Wieder zuckte er die Achseln.

»Setzen Sie sich bitte«, ordnete Murphy an. Der junge Detective zog ein paar Klappstühle hinter einem Aktenschrank hervor und fing an, sie aufzustellen. Als alle Platz genommen hatten, setzte sich Murphy auf die Schreibtischkante und verkündete: »Dieser Herr ist Bill Partridge. Er ist einer der Leiter des Wohnheims des Christlichen Vereins Junger Männer. Ich habe ihn gebeten, heute nachmittag herzukommen.«

»Jetzt kann ich ja wohl wieder gehen«, murrte Partridge. »Was soll ich denn noch hier? Ich habe viel zu tun.«

»Eins der Zimmer, für die Mr. Partridge zuständig ist, war an einen Mann namens Timothy Underhill vermietet worden«, sagte Murphy. Er bewies jetzt viel mehr Geduld als vor kurzem noch am Flughafen.

»Der hat sich davongemacht«, ereiferte sich Partridge. »*Und* hat das ganze Zimmer ruiniert. Ich weiß nicht, wer dafür aufkommt, aber einer von den Herren schuldet mir noch die Miete. Und ich muß das Zimmer ganz neu streichen lassen. Dafür hat gefälligst auch jemand aufzukommen.«

»Mr. Partridge«, unterbrach ihn Murphy. »Sehen Sie den Mann, der sich unter dem Namen Timothy Underhill bei Ihnen eingemietet hatte, hier in meinem Büro?«

»Nein, natürlich nicht. Das wissen Sie doch ganz genau.«

»Vielen Dank, daß Sie gekommen sind. Sie können jetzt gehen, Mr. Partridge«, sagte Murphy. »Es tut mir leid, daß wir Sie von Ihrer Arbeit weggerufen haben. Aber gehen Sie doch bitte noch hinunter und sehen Sie sich das Phantombild an, an dem unser Zeichner gerade arbeitet. Wenn Sie glauben, daß Ihnen die Polizei etwas schuldet, können Sie uns ja die Rechnung schicken.«

»Sie sind wirklich Klasse«, sagte Partridge und wandte sich zum Gehen.

»Mr. Partridge, was hat der Mann denn angestellt in diesem Zimmer?« rief ihm Michael nach.

Partridge machte eine Kehrtwendung und sah Michael stirnrunzelnd an. »Lassen Sie sich das von *ihm* erzählen«, sagte er und wies auf Murphy. Dann ging er, ohne die Tür hinter sich zu schließen.

Der junge Detective ging zur Tür und zog sie zu. Auf dem Weg zu seinem Platz neben dem Schreibtisch grinste er Maggie an. Er hatte ein breites sympathisches Gesicht. Seine Zähne leuchteten strahlend weiß unter dem dichten Schnurrbart.

Murphy starrte Underhill mit düsterer Miene an. Der saß in seinen riesigen Mantel eingehüllt mit dem Hut auf dem Schoß da. »Ich habe ihn vorgeladen, weil er Timothy Underhill identifizieren sollte. Timothy Underhill hat sich am Abend des Tages ein Zimmer im Christlichen Verein Junger Männer an der Upper West Side genommen, an dem Clement Irwin am Flughafen ermordet worden ist. Übrigens hat im Januar niemand mit Namen Timothy Underhill die Paßkontrolle passiert, um in die Staaten einreisen zu können. Wir wissen also, daß er unter einem anderen Namen gereist sein muß. Wir haben natürlich aufgehört, die Unterlagen durchzugehen, bevor die hier anwesenden Herren und Mr. Beevers zurückgekommen sind, weil wir wußten, daß unser Mann inzwischen unter uns weilte.« Er schüttelte den Kopf. »Partridge hat uns sofort angerufen, nachdem er einen Blick in Underhills Zimmer geworfen hatte. Als wir es sahen, wußten wir, daß wir ihn hatten. Wir brauchten nur noch zu warten.« Er nahm einen Umschlag aus der mittleren Schreibtischschublade. »Aber wir haben die ganze Nacht hindurch vergebens gewartet. Er muß wohl zurückgekommen sein, nachdem wir aufgekreuzt waren. Da hat er dann wohl unsere Streifenwagen gesehen. Das bedeutet, daß wir ihn bloß um ein paar Minuten verfehlt haben. Sehen Sie sich die Fotos von dem Zimmer einmal an.«

Er zog eine Handvoll Polaroidfotos aus dem Umschlag und gab sie dem jungen Detective. Der ging grinsend direkt auf Maggie zu und überreichte ihr die Fotos.

Maggie lächelte ihn an und gab die Fotos an Michael weiter, ohne auch nur einen Blick darauf zu werfen.

Die Wände des Zimmers sahen chaotisch aus. Fotos und Zeitungsausschnitte waren auf einem welligen Muster festgeklebt. Rote Farbspritzer überall auf den Wänden. Auf einem anderen Foto erkannte Michael ein aus einer Zeitung herausgerissenes Schwarzweißfoto von Tina Pumo. Auf dem dritten Foto sah Michael dann schließlich, was das wogende Wellenmuster auf der Wand darstellen sollte. Michael schluckte heftig. Dieses grob hingeschmierte Wandgemälde zeigte die Köpfe und Leiber vieler Kinder. Durch Explosionen aufgeplatzte Brustkörbe. Köpfe, die leblos an den Torsos baumelten. Mehrere Kinder waren nackt dargestellt. Die Einschußwunden im Rumpf und Unterleib waren deutlich zu erkennen.

Auf einer anderen Wand standen die folgenden Worte: EIN TRÄGER UNTERDRÜCKTER LEIDENSCHAFTSLOSER KUMMER und EIN MANN DER SCHMERZEN UND UMGEBEN VON QUAL.

Michael reichte Underhill die Fotos.

»Jetzt werden Sie sehen, daß ich auch noch einen anderen Grund dafür hatte, Sie am Flughafen in Empfang zu nehmen«, sagte Murphy. Er nahm einen maschinengeschriebenen Brief aus dem Umschlag und gab ihn dem jungen Detective. »Dalton, geben Sie das diesmal bitte Herrn Dr. Poole.«

Dalton lächelte Maggie liebenswürdig an und reichte Michael das Blatt Papier.

»Die Polizei von St. Louis hat das in seinem Schreibtisch gefunden.«

Nun stellte sich heraus, wie Koko die Journalisten dazu gebracht hatte, ihn aufzusuchen. Harry Beevers hatte also tatsächlich recht gehabt. Michael las den Brief ganz langsam, Wort für Wort.

Sehr geehrter Mr. Martinson,
Ich bin zu dem *Schluß gekommen, daß ich die Wahrheit über die Vorfälle in Ia Thuc nicht mehr verschweigen darf...*

Ihm kam zu Bewußtsein, daß Murphy etwas über die Wohnung von Roberto Ortiz sagte. Der Detective hielt eine weitere getippte Seite hoch. »Genau der gleiche Text wie der des Briefes an Mr. Martinson – außer, daß der Schreiber dieses Briefes Mr. Ortiz mitteilt, daß er unter der folgenden Adresse zu erreichen ist:« Er warf einen Blick auf die getippte Seite. »In der Plantation Road in Singapur. Wo sein Leichnam dann gefunden wurde.«

»Hat die Polizei nur diese beiden Briefe gefunden?«

Murphy nickte. »Die anderen müssen Kokos Bitte nachgekommen sein. Sie haben die Briefe wohl vernichtet. Jedenfalls haben wir uns wegen dieser Briefe und des Zimmers im Christlichen Verein Junger Männer so für Sie interessiert, Mr. Underhill.«

»Haben Sie eine Ahnung, wer Sie angerufen haben könnte, ohne seinen Namen zu nennen?«

»Wissen *Sie* es nicht?«

»Michael und Conor und ich sind davon überzeugt, daß es Harry Beevers war.«

»Aber wenn er Ihre Freunde dazu gebracht hat, mir Ihren Aufenthaltsort zu verschweigen, warum sollte er mich dann losschicken, damit ich Sie festnehme?«

Underhill sah Michael an.

»Ihr wißt doch ganz genau, warum dieser Schweinehund die Polizei gerufen hat«, ereiferte sich Conor. »Er wollte Koko dingfest machen, und zwar auf eigene Faust. Dabei wärt ihr ihm im Weg gewesen.«

»Wo steckt denn Mr. Beevers jetzt? Glauben Sie tatsächlich, daß er ganz allein Jagd auf diesen Mann macht?«

Alle schwiegen.

»Rufen Sie bei Beevers an«, befahl Murphy. Dalton warf noch einen letzten Blick auf Maggie und eilte aus dem Zimmer.

»Wenn Sie mir irgendwas verheimlichen, werden Sie das bitter bereuen, das versichere ich Ihnen.«

Sie saßen schweigend da, bis Dalton wiederkam. »Ich kann Beevers nicht erreichen. Ich habe die Nachricht hinterlassen, daß er so schnell wie möglich zurückrufen soll, und ich habe einen Wagen zu dem Haus geschickt, in dem er wohnt, falls er etwa doch da ist.«

»Ich glaube, es gibt nichts mehr zu besprechen«, sagte Murphy. »Ich hoffe wirklich, daß ich mit Ihnen nichts mehr zu schaffen habe. Sie können alle von Glück sagen, daß Sie nicht im Kittchen gelandet sind. Gehen Sie mir jetzt aus den Augen, und lassen Sie mich meine Arbeit machen. Kommen Sie mir ja nicht noch mal in die Quere.«

»Fahren Sie jetzt nach Chinatown?« erkundigte sich Michael.

»Das geht Sie gar nichts an. Ihr Wagen steht vor dem Polizeirevier, Herr Dr. Poole.«

»Gibt es in Chinatown irgendwelche Höhlen oder Löcher?« fragte Underhill. »Irgend etwas, das einer Höhle ähnlich sieht?«

»Na klar doch, in New York gibt es eine Unmenge von Höhlen«, schnauzte ihn Murphy an. »Jetzt aber schleunigst raus hier. Fahren Sie nach Hause und bleiben Sie zu Hause. Wenn Sie etwas von diesem Dengler hören, rufen Sie mich sofort an!«

»Jetzt verstehe ich gar nichts mehr«, murmelte Conor verwirrt. »Wieso denn plötzlich Dengler? Vielleicht hat jemand die Güte, mir mitzuteilen, was hier gespielt wird.«

Underhill zog Conor zu sich heran und flüsterte ihm etwas ins Ohr.

»Bevor Sie gehen, möchte ich Ihnen noch einen Vorschlag machen«, sagte Murphy. Er stand neben seinem Schreibtisch. Sein Gesicht war schon ganz fleckig von der unterdrückten Wut, die er sich nicht anmerken lassen wollte. »Wenn Sie etwas Wichtiges in Erfahrung bringen, was diesen Fall angeht, teilen Sie es mir nicht per Post mit. Nicht *brieflich*, meine ich. So, und jetzt raus mit Ihnen!«

Er verließ das Zimmer. Dalton folgte ihm. »Mikey, was ist denn auf einmal los? Wieso denn Dengler?« fragte Conor ungeduldig.

Ein Polizist in Uniform erschien und forderte sie höflich auf zu gehen.

3

»Ich muß Judy anrufen«, sagte Michael draußen. »Da gibt es noch allerhand zu klären.«

Maggie schlug ihm vor, vom Restaurant Saigon aus anzurufen. Michael sah auf seine Armbanduhr. Vier Uhr.

»Harry hat das Lokal geliebt«, erklärte Conor seiner Ellen. »Ich glaube, er hat fast jeden Nachmittag hier an der Bar verbracht.«

»Wie du von ihm redest – als wäre er schon tot«, bemerkte Ellen.

»Das befürchten wir wohl alle«, meinte Underhill. »Michael hat ihn angerufen und ihm gesagt, daß wir gegen zwei Uhr hier eintreffen. Es muß ihm wohl gelungen sein, sich genau um diese Zeit mit Koko zu verabreden. Das ist jetzt zwei Stunden her. Wenn Dengler Harry angerufen hat, weil er sich stellen wollte und Harry irgendeinen miesen Trick versucht hat – er *kann* ja gar nicht anders – dann kann ihm jetzt wahrscheinlich schon kein Mensch mehr helfen.«

»Vielleicht erklärt mir jetzt mal einer, was es mit Dengler auf sich hat!« beschwerte sich Conor.

»Da brauchst du erst mal einen Drink«, erklärte Underhill. »Du, nicht ich.«

Michael schloß seinen Wagen auf. Maggie trat neben ihn. »Michael, ich möchte dir jemanden vorstellen. Nämlich meinen Patenonkel.«

Michael sah sie verwundert an, doch sie lächelte nur und fragte: »Können wir uns wirklich alle in deinen Wagen quetschen?«

Sie schafften es.

Während der Fahrt erzählte Underhill, was sie in Milwaukee alles erlebt hatten. Underhill war schon immer ein guter Erzähler gewesen. Als Michael durch die Seventh Avenue fuhr, sah er die armselige Küche der Spitalnys deutlich vor sich. Er stellte sich vor, wie George Spitalny Maggie durch ein altes Foto für sich einnehmen wollte. Er sah, wie ein wutschnaubender Mann mit seinem Wagenheber auf einen Bus einschlug.

Vor seinem inneren Auge erstanden Schneewehen wie kleine Hügelketten. Underhill rief ihm das Buch *Kätzchens hübscher Muff* wieder ins Gedächtnis. Gasflammen züngelten im Valley auf. Der Geruch nach siedendem Wesson-Öl stieg ihm in die Nase. Er sah Helga Denglers Hundeaugen wieder vor sich. Der kleine M. O. Dengler steht hinter einem toten Hirsch, den er gehäutet und ausgenommen hat.

»Michael!« schrie Maggie plötzlich ganz entsetzt auf.

Michael riß das Lenkrad gerade noch rechtzeitig herum, sonst wäre er mit einem Taxi zusammengestoßen. »Tut mir leid. In Gedanken war ich wieder in diesem schrecklichen Haus in Milwaukee. Und ich gebe mich nicht gern geschlagen, wenn die Möglichkeit besteht, daß Harry noch am Leben ist.«

»Und auch Dengler«, sagte Underhill. »Murphy hat doch gesagt, daß es in New York jede Menge Höhlen gibt. Maggie, dir fällt wohl nicht zufällig irgendwas in Chinatown ein, das einer Höhle ähnlich sieht – wenn auch nur ganz entfernt?«

»Nein«, sagte Maggie. »Wirklich nicht. Mit Pumo bin ich öfter in ein Restaurant gegangen, das in einer Passage liegt. Sonst erinnert in Chinatown eigentlich nichts an eine Höhle.«

Michael fragte sie, wo die Passage lag.

»In der Nähe der Bowery. Am Confuzius Place.«

»Sehen wir sie uns mal an?« schlug Underhill ihnen vor.

»Im Ernst?« fragte Michael.

»Hast du was dagegen?«

»Na, ich weiß nicht«, sagte Michael.

»Michael, du kannst doch jetzt nicht einfach aufgeben«, hielt ihm Maggie vor. »Du hast diesen Saufraß in der Küche der Spitalnys in dich reingeschlungen. Und im Restaurant Tick Tock ein Salisbury Steak auf dich genommen.«

»Ich habe was von einem Forscher an mir«, sagte Michael. »Conor und Ellen, was meint ihr dazu?«

»Michael, ich bin dafür. Versuchen wir es wenigstens«, schlug Ellen vor.

»Man merkt, daß sie Harry Beevers nicht kennt«, grinste Conor.

Als Michael in dem dichten Verkehr in der Canal Street an der Mulberry Street vorbeifuhr, schaute Underhill über den hochgeschlagenen Kragen seines riesigen Mantels hinweg aus dem Fenster und sagte: »Die Polizei, unser Freund und Helfer, ist ja hier sehr zahlreich vertreten. Seht euch das mal an.«

Michael warf durchs Seitenfenster einen Blick auf Chinatown. In der Mulberry Street drehte sich das Rotlicht auf dem Wagendach der Streifenwagen, die halb auf dem Bürgersteig standen. Weitere Polizeiblinklichter spiegelten sich in den Schaufenstern in der Bayard Street. Michael erspähte eine Gruppe Polizisten, die sich wie ein militärischer Zug diagonal über die Straße bewegten.

»Die können ihn ja nicht verfehlen«, meinte Conor. Er sagte das so, als wolle er es sich unbedingt einreden. »Seht euch bloß mal alle diese Bullen an. Wir können ja gar nicht wissen, ob Harry wirklich versucht hat, Koko an der Nase rumzuführen.«

Inzwischen passierten sie die Mott Street. »Da ist nichts zu sehen«, sagte Michael.

»Sieht aus, als gingen da zwei Polizisten von Tür zu Tür«, bemerkte Underhill. »Aber wir haben keinerlei Beweis dafür, daß Harry hier ist oder daß er versucht hat, Dengler und uns aufs Kreuz zu legen.«

»Er wollte immerhin, daß Murphy uns erst einmal festnimmt, damit wir ihm nicht in die Quere kommen«, sagte Michael. Er warf einen Blick zur Seite in die Elizabeth Street, doch da tat sich noch weniger als in den anderen Straßen. »Das beweist auf jeden Fall, daß er uns aus dem Weg haben wollte.«

Michael bog inmitten des Verkehrsstroms zu dem hohen weißen Gebäudekomplex von Confucius Plaza ab.

»Da ist es«, sagte Maggie. Michael folgte ihrem Fingerzeig und blickte aus dem Seitenfenster. Da entdeckte er eine Lücke zwischen den Läden und Restaurants in der Bowery. Man konnte etwa zwei Meter tief in diese Lücke hineinsehen. Dann erkannte man nichts mehr, weil es zu dunkel wurde. Maggie hatte recht. Da sah wirklich wie eine Höhle aus.

Michael fand eine Parklücke vor einem Fischmarkt in der Division Street. Als er ausstieg, sah er auf dem Bürgersteig hartgefrorene Fischinnereien und glitschige kleine Lachen. »Wir müssen aufpassen, daß wir Murphy nicht über den Weg laufen. Wenn wir die Passage durchsucht haben, können wir ins Saigon fahren. Da kann ich mir so langsam überlegen, wo ich wohnen soll.«

In dem eisigen Wind, der um die runden Wohnkolosse strich, gingen sie die Bowery entlang. Ein einzelner Polizist bog aus der Bayard Street in die Bowery ein. Michael wehrte sich innerlich dagegen, daß der Polizist die Passage betrat. Murphy und all die Polizisten hatten ja schließlich schon die Mulberry Street, die Mott Street und die Pell Street. Michael dagegen begnügte sich mit der Passage. Die Passage reichte ihm.

Der Polizist schwenkte in ihre Richtung. Michael erkannte ihn wieder. Es war der stiernackige junge Polizist, der ihn an dem Morgen, an dem die Gegenüberstellung stattgefunden hatte, die Treppe hinaufbegleitet hatte. Der Mann sah Michael flüchtig an, dann fiel sein Blick auf Maggies Beine. Er kehrte ihnen den Rücken zu und ging die Bayard Street entlang.

»Oink«, flüsterte Maggie.

Michael sah dem jungen Polizisten nach, der durch die Bayard Street auf einen Streifenwagen zuging. Neben dem Wagen stand ein ganzer Trupp von Uniformierten, die durch das Schaufenster in ein Lebensmittelgeschäft starrten.

Ein paar Sekunden später standen sie alle fünf vor der Passage. Maggie tat den ersten Schritt. Sie betraten die Passage und schwärmten nach beiden Seiten aus.

»Ich wünschte, wir würden etwas ganz Bestimmtes suchen«, sagte Underhill. Er arbeitete sich ganz langsam vor und suchte jeden Zentimeter Boden ab.

»Da geht's auch noch die Treppe runter«, stellte Conor fest. Er hatte sich mit Ellen die rechte Seite der Passage vorgenommen. »Wenn wir hier oben fertig sind, sollten wir uns mal da unten umsehen.«

»Ich weiß eigentlich nicht, was wir hier suchen«, sagte Ellen. »Meint ihr denn nicht auch, daß sich euer Freund mit Koko oder diesem Dengler in einem Park oder an irgendeiner Straßenecke getroffen hat? Oder auch in einem Büro?«

Michael nickte und betrachtete dabei die staubbedeckte Damenunterwäsche in einem der Schaufenster. »Wenn er sich nur mit ihm treffen wollte, dann ganz bestimmt nicht hier. Aber hier ist schließlich von Harry Beevers die Rede.« Er kam an Posters vorbei, auf denen für einen Rockclub geworben wurde. Er drehte sich zu Conor um. Der lehnte am Treppengeländer, den Arm um Ellen Woyzacks Schultern.

»Und unser hochgeschätzter Boß, der sich öfter mal verrennt, würde sich nie mit etwas Einfachem zufriedengeben«, sagte Conor. »Er brütet immer etwas ganz Besonderes aus. Er hat Koko ganz bestimmt gebeten, sich an einem Ort mit ihm zu treffen und sich vorgenommen, ihn ganz woanders abzupassen. Um einen Überraschungsangriff zu starten.«

Sie bogen in der Passage um die Ecke. Ihr Blick fiel auf die kalte graue Elizabeth Street.

»Nehmen wir mal an, daß Koko schließlich doch noch auf seine Anzeigen eingegangen ist«, sagte Michael. »Das wäre ja immerhin möglich.«

»Tina und ich haben uns öfter durch solche Zeitungsanzeigen verständigt«, erklärte Maggie.

»Von euch hat er die Idee ja wohl auch übernommen«, meinte Michael.

»Na schön, aber warum sollte er sich mit Koko in einer Höhle treffen wollen?« fragte Ellen. »Deshalb sind wir doch hergekommen, oder? Weil Maggie in ganz Chinatown nur diese Passage eingefallen ist, die wie eine Höhle aussieht?« Sie sah die drei Männer der Reihe nach an. »Wäre es Harry Beevers nicht viel vernünftiger erschienen, Koko dazu zu bringen, daß er an einem ganz bestimmten Haus vorbeigeht und ihn dann von hinten anzufallen oder so was?«

»Der Höhepunkt in Harry Beevers Leben hat sich in einer Höhle abgespielt«, erklärte Underhill. »Er ist hineingegangen, und als er wieder rauskam, da war er berühmt. Das war die Wende in seinem Leben.«

»Sehen wir uns mal die Treppe an«, schlug Conor vor. »Anschließend können wir ja ins Saigon gehen und dort warten, bis Murphy uns verrät, wie es gelaufen ist.«

Michael nickte. Ihm war die Sache schon längst nicht mehr geheuer. Murphy würde schließlich in irgendeinem Zimmer auf Harry Beevers Leichnam stoßen. Mit einer Spielkarte im Mund und ganz verstümmeltem Gesicht.

»Müßte da unten nicht noch eine Lampe brennen?« fragte Maggie. Sie standen oben an der Treppe und schauten in die Finsternis hinab.

»Funktioniert nicht mehr«, bemerkte Conor.

Aus dem Frisiersalon drang schwaches Licht in die untere Etage der Passage hinaus. Weiter hinten lag noch ein anderer Laden, aus dem fächerförmig etwas Licht auf den gefliesten Boden fiel.

»Die Birne ist rausgeschraubt worden«, sagte Maggie. »Seht doch mal.« Sie wies auf die leere Fassung in der Decke des Untergeschosses.

»Jemand hat die Birne rausgeschraubt, weil sie ausgebrannt war«, meinte Conor.

»Aber was ist das denn?« fragte Maggie. In einer Ecke der untersten Stufe lag etwas, wovon sie nur das runde Oberteil aus Messing sahen.

»Sieht mir ganz nach einer Glühbirne aus«, sagte Ellen aufgeregt. »Jemand muß also...«

»Nicht irgend jemand, sondern Harry«, sagte Michael. »Er hat die Birne rausgeschraubt, um sich besser verstecken zu können und um nicht gesehen zu werden. Gehen wir doch mal runter und sehen wir uns das genauer an.«

Im Gleichschritt gingen sie nebeneinander die Treppe hinunter. Harry Beevers hatte sich garantiert auf dieser Treppe versteckt, nachdem er ihnen am Flughafen die Polizei auf den Hals gehetzt hatte. Aber was war dann geschehen?

»Die Birne ist noch ganz«, erklärte Maggie. Sie hatte sie ans Ohr gehalten und geschüttelt. »Nichts klappert und rasselt in der Birne.«

»Ja, seht euch das mal an!« rief Conor.

Er hielt nagelneue Handschellen hoch.

»Jetzt muß ich das wohl alles glauben«, sagte Ellen. »Bringen wir Murphy die Handschellen. Wir sollten ihn davon überzeugen, mit uns sofort hierherzukommen.« Sie schien zu frieren und drängte sich dichter an Conor.

»Ich fürchte, der würde uns alle sofort einbuchten, wenn er uns hier anträfe«, meinte Conor. »Die Dinger hat *Beevers* doch gekauft, meint ihr nicht auch?«

Underhill und Michael nickten.

»Etwas möchte ich mal wissen«, sagte Maggie und ging die Treppe ganz hinunter. Sie hielt die Birne noch immer in der Hand. Michael sah, wie sie in dem Frisiersalon verschwand.

»Ich glaube, Dengler hat die Birne rausgedreht«, sagte Conor. »Ich wette, Dengler hat ihm hier schon aufgelauert, als er herkam. Dann hat er ihn irgendwo hingeschleppt. Weit können sie nicht sein.«

Als Maggie aus dem Laden kam, sah sie mit einem Mal ganz aufgeregt aus. »Sie haben ihn *gesehen*. Am frühen Nachmittag haben sie gemerkt, daß hier kein Licht mehr brannte. Natürlich haben sie gedacht, daß die Birne ausgebrannt ist. Später haben sie einen Weißen auf der Treppe stehen sehen. Sie haben ihn für einen Polizisten gehalten.«

»Wenn das kein Witz ist«, meinte Michael. »Harry wollte doch schon immer, daß ihn die Leute für einen Bullen halten.«

»Das war nicht Harry«, sagte Underhill. »Sie haben Dengler gesehen.«

»Haben sie denn sonst noch was über ihn gesagt?«

»Eigentlich kaum. Er hätte da ziemlich lange gestanden. Dann hätten sie nicht mehr an ihn gedacht, und als sie wieder rausgesehen haben, war er nicht mehr da. Eine Schlägerei oder einen Ringkampf haben sie nicht beobachtet.«

»Natürlich nicht«, meinte Michael. »Das hätte mich auch gewundert. Wenn ihr jemanden leise und möglichst unbemerkt aus der Passage rausschaffen wolltet, in welche Richtung würdet ihr dann gehen?«

»Hier lang«, sagte Ellen und wies mit dem Finger auf die Elizabeth Street.

»Ja, das täte ich auch.« Michael ging vor den anderen die Treppe wieder rauf.

»Michael, was haben Sie jetzt vor?« rief ihm Ellen nach.

»Ich sehe mich noch einmal um«, antwortete Michael. »Wenn Dengler Harry Beevers auf die Straße rausgeschubst hat, ist ihm vielleicht noch etwas aus der Tasche gefallen. Vielleicht hat Beevers auch geblutet. Harry war bestimmt nicht unbewaffnet, wenn man bedenkt, was er vorhatte. Vielleicht finde ich noch etwas.«

Doch er wußte, daß das so gut wie hoffnungslos war. Koko hätte Beevers einfach ein Messer zwischen die Rippen gestoßen und ihn zu einem Wagen rausgeschleift. Selbst wenn Beevers dabei etwas verloren hätte – ein Stück Papier, ein Streichholzheftchen oder ein Taschentuch – der Wind hätte es schon längst weggeweht.

»Was suchen wir denn eigentlich?« erkundigte sich Maggie, als sie auf den Bürgersteig der Elizabeth Street hinaustraten.

»Irgend etwas, was Harry Beevers fallenlassen haben könnte.« Michael ging den Bürgersteig entlang und suchte dabei das Pflaster und die Bordsteinkante ab. »Conor, vielleicht kannst du dir die Straßenmitte vornehmen und du, Tim, den gegenüberliegenden Bürgersteig samt Bordstein.«

»*Conor*«, sagte Ellen.

Underhill nickte. Er verkroch sich tiefer in seinen voluminösen Mantel und seinen Schlapphut und ging auf die andere Straßenseite, die im Zickzack abging. Maggie glitt über die Straße, um sich ihm anzuschließen. Sie schien zu schweben.

»Conor?« wiederholte Ellen.

Conor legte den Finger auf die Lippen und trat auf die Straße hinaus. Er suchte minuziös die Straße ab. Michael schritt währenddessen den Bürgersteig Zentimeter für Zentimeter ab, auf der Suche nach irgendeinem Hinweis darauf, was aus Harry Beevers geworden war. Sein Herz schlug immer stürmischer. Er konnte sich des Gefühls immer weniger erwehren, daß jede Minute kostbar war. Sie mußten Harry retten. Als er so den Boden absuchte, ohne genau zu wissen, was er da zu finden hoffte, hörte er, wie Maggie etwas zu Underhill in dem für sie typischen ironischen Tonfall sagte. Dann hörte er sie kichern.

»Ach, zum Teufel!« sagte Ellen und folgte Conor auf die Straße. »Falls wir auf abgeschnittene Finger oder andere abgetrennte Körperteile stoßen sollten, habt ihr hoffentlich nichts dagegen einzuwenden, daß ich schreie wie am Spieß.«

Michael hatte noch nichts Nennenswertes auf dem Bürgersteig gefunden. Nur ein paar Pennies, eine geplatzte Lachgaskapsel und eine winzige entkorkte Phiole, die einmal Crack im Wert von etwa zehn Dollar enthalten hatte, was Michael allerdings nicht wußte. Vor ihm auf dem Bürgersteig lag ein kleiner Gummistiefel, den ein Kind verloren haben mußte. Auch etwas feuchtes Wolliges. Michael nahm an, daß es sich bei näherer Untersuchung als toter Spatz erweisen würde. Michaels Herz schlug noch immer so heftig wie nach einem Hundertmeterlauf. Er hatte allmählich das Gefühl, daß diese Suche sinnlos war. Koko hatte Beevers vor mehr als zwei Stunden in seiner eigenen Falle aufgespürt. Vermutlich war Harry Beevers längst tot. Er rannte Hirngespinsten nach und zog die anderen mit hinein. Trotzdem verspürte er noch immer diese Erregung, die ihm keine Ruhe ließ. Die Sache mit der Passage stimmte allerdings. M. O. Dengler und Harry Beevers waren hier vor einer oder zwei Stunden durchgekommen. Er hatte Tausende von Kilometern zurückgelegt, um Koko so nahezukommen. Er dachte gar nicht daran aufzugeben. Alles in ihm wehrte sich dagegen, Lieutenant Murphy und den stiernackigen jungen Polizisten zu Hilfe zu rufen.

»Michael?« rief Maggie leise von der anderen Straßenseite her.

»Ich weiß, ich weiß«, sagte Michael. Am liebsten hätte er sich auf den Bürgersteig geworfen und sich mit den Fingernägeln durch das Pflaster, durch den Beton gegraben, bis er Koko und Harry Beevers erreichte.

Wenn er das täte, wenn er dazu imstande wäre und wüßte, wo er graben mußte und es ihm nicht an der dafür erforderlichen Kraft und Ausdauer fehlte, konnte er das lächerliche Leben von Harry Beevers vielleicht noch retten.

»Michael?« rief jetzt Ellen.

Er ballte die Hände zu Fäusten und hielt sie sich vors Gesicht. Er konnte sie kaum sehen. Er drehte sich um und nahm die Elizabeth Street in Augenschein, sah ganz verschwommen eine stämmige Gestalt in einem langen blauen Mantel, die in sein Blickfeld trat.

»Zurück, versteckt euch, nichts überstürzen, aber paßt auf, daß er euch nicht entdeckt«, sagte er eindringlich.

»Was –«, begann Ellen einen Satz, aber Conor packte sie rasch an der Hand und zog sie die Straße entlang. Michael zog den Kopf ein und begab sich in die schützende Passage. Er versuchte, den Eindruck eines in

Gedanken versunkenen Bürgers auf dem Heimweg vom Büro zu erwekken. Als er in der Passage verschwand, spürte er die Blicke des jungen Polizisten auf dem Rücken. Er vernahm ein zittriges, ganz unirdisches Geräusch und wußte, daß Conor tatsächlich pfiff. In der Passage angelangt, preßte sich Michael an die Wand und sah hinaus. Der plumpe unbeholfene junge Polizist blickte immer noch in seine Richtung. Er kannte sich anscheinend nicht mehr aus, war ziemlich ratlos. Michael sah auf die andere Straßenseite, doch Maggie und Underhill waren in einem der Mietshäuser verschwunden.

Der Polizist stemmte die Hände in die Hüften – irgend etwas machte ihm wohl zu schaffen. Wahrscheinlich hatte er Maggie, Conor und mich gerade erst wiedererkannt, sagte sich Michael. Der Polizist sah aus, als überlege er, was sie wohl in der Elizabeth Street zu suchen hatten. Er sah die Bayard Street entlang, hielt nach den anderen Polizisten Ausschau, dann machte er einen Schritt auf die Passage zu. Michael hielt den Atem an und blickte die Straße entlang, nach dem anderen Ende zu. Conor und Ellen Woyzack waren inzwischen in die Rolle von Touristen geschlüpft, die sich in eine völlig uninteressante Gegend verirrt hatten. Der junge Polizist schaute sich um, dann sah er wieder zu den anderen Polizisten hin. Er ging zurück, auf die anderen Polizisten zu, die sich um den Streifenwagen scharten.

»Scheiße«, sagte Michael.

Er hörte einen kurzen schrillen Pfiff und bildete sich schon ein, daß Conor wieder Gary Cooper spielte. Michael sah auf die andere Straßenseite und entdeckte Tim Underhill, der in seinem voluminösen Mantel und dem Schlapphut wie eine Vogelscheuche wirkte. Er stand in dem Bogengang eines der Mietshäuser. Maggie Lah schaute hinter ihm hervor. Ihre Augen erschienen ihm ungeheuer groß. Underhill gestikulierte wie wild. Er wollte Michael signalisieren, daß er zu ihnen rüberkommen sollte, und ruderte mit den Armen in der Luft herum wie ein Verkehrspolizist.

Der plumpe Polizist stand jetzt ganz am Ende der Straße und schien auf jemanden zu warten – er war genauso ungeduldig wie Tim Underhill. Plötzlich straffte er die Schultern und nahm Haltung an. Dalton kam in Sicht.

Michael sah die Straße entlang. Conor und Ellen waren inzwischen um die Ecke verschwunden. Daltons Blicken bot sich nichts als die verlassene Straße dar.

Der junge Polizist sprach einen Augenblick mit Dalton, dessen einzige Aktion darin bestand, daß er die Blicke einmal durch die Elizabeth Street schweifen ließ.

Michael hätte viel darum gegeben, alles zu verstehen, was sie sagten.

Sind Sie sicher, daß Sie sie gesehen haben? Genau die gleichen Leute wie vorhin im Revier?

Ja, ich bin ganz sicher. Sie waren da hinten.

Hatte Dalton dann gesagt: *Ich bin gleich wieder da, zusammen mit Lieute-*

nant Murphy? oder aber *Behalten Sie hier alles gut im Auge, bis wir in der Mulberry Street fertig sind?*

Wie dem auch sei – Dalton trollte sich wieder. Entweder war Stiernakken jetzt wieder ganz sich selbst überlassen oder Dalton holte Murphy. Stiernacken kehrte ihm den Rücken zu. Er beobachtete die vielen Chinesen in der Bayard Strett und seufzte dabei so abgrundtief, daß Michael es beinahe hörte.

Michael blickte wieder auf die andere Straßenseite. Underhill sah aus, als würde er jeden Augenblick explodieren. Maggie starrte ihn mit weitaufgerissenen Augen an, deren Blick er nicht zu deuten wußte. Der trübselige junge Polizist rührte sich nicht, als Michael auf die Straße hinaustrat. Die Elizabeth Street kam ihm jetzt ungeheuer breit vor. Michael ging so schnell er konnte und hoffte inständig, daß er nicht an einen Stein stieß oder sonst irgendwelchen Lärm vollführte. Der Winterwind schien ihn zu umbrausen. Endlich konnte er den Fuß auf den Bürgersteig auf der anderen Straßenseite setzen. Underhills Gesicht glühte wie im Fieber. Er sah ihn an, als wollte er ihn verschlingen. Er hatte das ungute Gefühl, als mache Stiernacken gerade Anstalten, sich nach ihm umzudrehen, doch er bewegte sich so langsam und so unbeholfen wie eine große unhandliche Maschine. Hastig legte Michael die letzten Meter über den Bürgersteig zurück und stürzte sich förmlich in den Schutz des Bogengangs.

»Hoffentlich hat er mich nicht gesehen«, keuchte Michael völlig außer Atem. »Was gibt es denn so Wichtiges?«

Underhill ging wortlos durch den Bogengang in einen schmalen kleinen mit Steinen ausgelegten Hof, ringsum von den schmutzigbraunen hohen Mauern der Mietshäuser umgeben. Ein schmieriger Geruch, ein Geruch nach Schweiß hing in der Luft. »Wir haben es ganz zufällig entdeckt«, erklärte Underhill. Er ging auf einen der Hauseingänge zu. Neben der schäbigen abgewetzten Tür, durch die man in das Erdgeschoß gelangte, befand sich ein halbkreisförmiger Schacht, in dem zumindest Platz war für das Fenster eines Zimmers unterhalb des Erdgeschosses.

In diesem Schacht also, sagte sich Michael. Tim Underhill hatte neben der Haustür Aufstellung genommen. Mit grimmiger Miene blickte er in den Schacht hinunter, hoffte inständig, daß der tote Beevers nicht dort lag. Aber wahrscheinlich hatte Koko Harry Beevers mit Gewalt aus der Passage rausgedrängt, ihn durch den Bogengang geschleppt und ihm die Kehle durchgeschnitten. Dann hatte er noch seine ganz besondere Handschrift hinterlassen, ihn entsprechend zugerichtet, ihm die Spielkarte in den Mund gesteckt und den Leichnam schließlich in den Fensterschacht geworfen. Dann war er wie immer spurlos verschwunden.

Michael fürchtete zum ersten Mal um sein eigenes Leben. Er trat an den Schacht und sah hinein.

Er hatte so genau zu wissen geglaubt, was er dort vorfinden würde, daß er zunächst überhaupt nichts sah. Die Rückwand fiel zwei bis drei Meter tief bis zu einem schmutzigen Betonboden vor einem schwarz zugestrichenen Fenster ab. Der verdreckte Boden war mit gelben Papierfetzen und leeren Bierdosen übersät. Aber keine Spur von einer Leiche. Er blickte auf, schaute Underhill an und dann Maggie. Beide fixierten ihn, ganz zappelig vor Ungeduld. Schließlich wies Maggie auf eine der Ecken hinunter, dort wo die geschwungene Ziegelmauer mit der Mauer des Mietshauses zusammenstieß.

Ein glänzendes Messer lag auf einem Stapel alter Zeitungen. Mit blutverschmierter Klinge.

Poole blickte auf. Er sah Conor und Ellen durch einen anderen Bogengang vom Westen des Gebäudes her auf sie zukommen. Sie waren um den Block herumgegangen, in die Mott Street gelangt und geduckt durch den erstbesten Eingang hereingeschlichen.

»Lieutenant Murphy ist vermutlich direkt hinter uns«, erklärte er. »Ich will ins Haus gehen.«

»Tu das nicht«, wehrte Maggie ab. »Bitte, Michael –«

»Ich kenne Dengler. Murphy kennt ihn nicht. Vielleicht ist Beevers noch am Leben.«

»Mag sein, daß du Dengler kennst«, gab Maggie zu. »Aber was ist mit Koko?«

Die Frage war durchaus berechtigt, und Michael fiel auch sofort eine Antwort darauf ein, doch die war so irrational, daß er sie im Keim erstickte. Koko gehört mir.

»Maggie, wahrscheinlich ist er schon seit Stunden weg«, versuchte Tim sie mit seiner leisen Stimme zu beschwichtigen. »Michael, ich komme mit.«

»Sagt Murphy, wo wir sind, falls er aufkreuzen sollte, bevor wir zurück sind«, bat Poole. Er zog die primitive, durchhängende Holztür auf, durch die man in das Haus gelangte. Michael trat ein und stand vor einer dunkelgrün gestrichenen Eisentreppe, die nach oben führte. Am anderen Ende führte eine Treppe im Dunkeln nach unten ins Kellergeschoß. Links von Michael führte eine Tür in eins der Zimmer. Er klopfte an in der Hoffnung, daß der Mieter vielleicht gehört haben könnte, was sich gerade erst vor seiner Tür abgespielt hatte. Er klopfte noch einmal, doch es machte niemand auf.

»Sehen wir uns mal im Haus um«, wandte er sich an Underhill.

»Ich komme auch mit«, sagte Conor hinter ihm.

Poole drehte sich um und sah, daß Conor Ellens Hand von seinem Arm zu lösen suchte. »Wir sind sicherer, wenn wir zusammenbleiben.«

Maggie legte Ellen ihren Arm um die Taille.

Poole ging auf die Treppe zu. Er blieb kurz stehen und sah die sechs oder sieben Stockwerke hoch, zu denen die Treppe hinaufführte. Doch machte er sich an den Abstieg ins Kellergeschoß.

Sobald er sich nicht mehr zu ebener Erde befand, wurde es stockfinster. Die Wände fühlten sich kalt und feucht an. Conor und Tim folgten ihm auf dem Fuße. Sie gingen so leise, daß er Maggie und Ellen Woyzack immer noch im Erdgeschoß oben hören konnte. Michael tastete sich Schritt für Schritt die Treppe hinunter. Die Luft ringsum wurde immer eisiger. Underhill hatte ganz sicher recht. Koko, der Babar einmal geliebt hatte, war schon vor Stunden geflohen. In irgendeinem schäbigen kalten Loch hier unten würden sie auf den Leichnam Harry Beevers stoßen. Michael wollte ihn finden, bevor die Polizei ihn fand. Für Beevers spielte das zwar keine Rolle mehr, doch er war der Meinung, daß es das Mindeste war, was er für ihn tun konnte. Er glaubte ihm das schuldig zu sein.

Schließlich sah Michael einen gelben Lichtschimmer unter einer Tür ganz unten hervordringen. Er beugte sich über das Geländer, sah hinauf. Ein milchig weißer Lichtschein hing über dem Treppenschacht.

Er langte unten an. Durch einen Spalt in der Tür sah er ein Stück Wand, genauso grün gestrichen wie die Treppe. Die Wand war ganz bespritzt, mit rot und schwarz besudelt.

Conor oder Tim legte ihm die Hand auf die Schulter, um ihn auf etwas aufmerksam zu machen. Unmittelbar vor der Tür entdeckte Michael einen dunklen Blutfleck.

Michael stieß die Tür ganz sachte auf. Eisige Kälte schlug ihm aus dem Raum entgegen. Drinnen war es offenbar noch kälter als im Treppenhaus. In dem trüben Licht im Zimmer saß Harry Beevers gefesselt auf einem Stuhl aus Holz, den Blick auf die Tür gerichtet. Sein Körper hing in den breiten Gurten, mit denen er gefesselt war. Ihm war Blut seitlich über das Gesicht gelaufen. Auch die weißen Lumpen waren blutbesudelt, mit denen er geknebelt war. Das Blut war auch auf seinen Pullover getropft. Michael fiel als Erstes auf, daß Beevers linkes Ohr abgeschnitten worden war. Beevers mußte tot sein. Doch plötzlich schlug Beevers die Augen ganz unvermittelt auf. Sein Blick verriet Entsetzen und unsägliche Schmerzen.

Der Boden rings um Harry Beevers war mit Blutspritzern übersät. Michael sah auf den Wänden Wellenlinien und Handgeschriebenes. Auf dem Boden saß ein schlanker Mann mit gekreuzten Beinen. Er wandte ihnen den Rücken zu und starrte ganz versunken auf die bemalten Wände. Direkt vor ihm grob gezeichnet eine schwarzhaarige kleine Vietnamesin, die mit ausgestreckten Händen lächelnd oder schreiend auf den Betrachter zulief.

Michael hätte nicht einmal sagen können, was er dabei empfand, auch nicht begründen können, was in ihm vorging. Die ganze Szene war schrecklich und maßlos traurig. Koko, also M. O. Dengler oder vielmehr derjenige, der einmal M. O. Dengler gewesen war, kam ihm wie ein verzweifeltes Kind vor. Michael wußte noch nicht, was er sagen wollte, wußte überhaupt nicht, daß er sprechen würde, doch er sagte: »Manny.«

M. O. Dengler drehte den Kopf und sah ihn an.

4

Poole trat ein, begab sich in den kalten grüngestrichenen Raum. Bis zu diesem Augenblick hatte sich etwas in ihm dagegen gesträubt zu glauben, daß Dengler wirklich Koko war. Trotz allem, was er zu Maggie und Lieutenant Murphy gesagt hatte, fühlte er sich jetzt völlig leer und ausgepumpt. Er hatte nicht die blasseste Ahnung, wie er sich jetzt verhalten sollte. Es fiel ihm noch immer schwer, sich mit dem Gedanken vertraut zu machen, daß ihm Dengler möglicherweise etwas antun wollte. Durch seinen blutdurchtränkten Knebel stieß Harry Beevers einen durchdringenden Schrei aus. Michael hörte, wie Tim und Conor auf leisen Sohlen hereingeschlichen kamen und rechts und links neben ihn traten.

Über dem wachen Gesicht des scheinbar erst neunzehn Jahre alten Dengler erkannte Michael jetzt, daß es sich bei der vermeintlichen Wellenlinie um eine Reihe von Kinderköpfen handelte. Die Leiber waren nur sehr unvollkommen ausgeführt. Manche der Kinder waren mit hocherhobenen Händen dargestellt, andere streckten die Arme starr wie Stöcke aus. Durch sie hindurch wand sich ein Strang roter Farbe. Dengler hob Poole sein lächerlich junges Gesicht entgegen, die Lippen leicht geöffnet – als ob er sagen wollte: *Ich habe recht gehabt, was Gott angeht. Was auch geschehen ist, es ist schon lange her.*

Auf die Seitenwand war mit großen schwarzen Buchstaben der Satz gemalt, den Michael auch schon auf den Fotos bei der Polizei gesehen hatte. EIN TRÄGER UNTERDRÜCKTER LEIDENSCHAFTSLOSER KUMMER. Und darunter in den gleichen Großbuchstaben: SCHMERZ IST EINE ILLUSION.

Michael nahm das alles blitzschnell in sich auf. Schneller als ein Augenzwinkern. Ganz richtig, er war nirgendwo. Er war wieder dort. Koko hatte da die ganze Zeit gelebt, in diesem Zimmer unter der Erde, das er und Underhill zweimal gesehen hatten.

Ich bin gekommen, um dir zu helfen, wollte Michael sagen.

Ein Lächeln lag um Denglers jugendlichen Mund. Lächelnd sah er zu Michael auf.

Hast du was Schlimmes getan? schien dieses Lächeln besagen zu wollen. *Wenn du nichts...*

Harry Beevers stöhnte wieder gequält und verdrehte die Augen.

»Ich bin gekommen, um zu helfen«, hörte sich Michael sagen. Fast schien es, als würden ihm die Worte aus dem Mund gezogen, als träume er gerade und als mache ihm jeder einzelne Schritt unendliche Mühe.

»Dengler, komm mit uns raus«, sagte Conor einfach. »Es geht nicht anders. Das wirst du doch auch selber wollen.«

Das lächelnde kleine Mädchen mit den ausgestreckten leeren Händen schien aus dem Hintergrund einer schattigen Hütte auf Michael zuzukommen. Einen Augenblick bildete er sich ein, in dem kalten Luftzug über seinem Kopf einen Flügelschlag zu hören.

»Steh auf und komm zu uns her«, sagte Conor. Er machte einen Schritt auf Dengler zu und streckte ihm die Hand hin.

Beevers schrie gepeinigt auf. Vielleicht war es auch ein Wutschrei.

Dann hörte Michael, daß mehrere Männer die Eisentreppe heruntergelaufen kamen. Entsetzt sah er Dengler an. Der wirkte ganz ruhig und gelassen. Mit ausdrucksloser Miene saß er da. »Halt!« rief er. »Wir sind alle noch am Leben! Kommen Sie nicht herein!«

Während er den Polizisten das noch zurief, sah Michael, wie Dengler mit einem Satz aufsprang. Er hielt ein langes Messer in der Hand.

»Dengler, leg das Messer weg«, sagte Underhill.

Als Dengler aufstand und näher an die Glühbirne, die von der Decke hing, herantrat, fielen die erschreckende Unschuld und sein jugendliches Aussehen von ihm ab, verflüchtigten sich wie ein Trugbild. Er zerschlug die Birne mit dem Messerknauf. Im Zimmer wurde es so dunkel wie in einem Minenschacht. Michael duckte sich ganz instinktiv.

»Alles in Ordnung da drinnen?« rief einer der Polizisten aus dem Treppenhaus.

»Dengler, wo steckst du denn?« fragte Underhill im Flüsterton. »Wir wollen zusehen, daß wir alle lebend hier rauskommen, einverstanden?«

»Ich habe noch viel zu tun«, hörte Michael jemanden sagen. – Er erkannte die Stimme nicht sofort. Sie schien aus allen Richtungen auf ihn einzustürmen.

»Wer befindet sich in diesem Raum?« rief Lieutenant Murphy. »Ich will wissen, wer da drin ist, und ich will der Reihe nach alle Stimmen hören.«

»Poole!« rief Michael.

»Underhill!«

»Linklater! Beevers ist auch hier bei uns, aber er ist verletzt und außerdem geknebelt.«

»Ist da sonst noch jemand drin?« rief der Lieutenant.

»Oh, ja«, ließ sich eine ganz ruhige Stimme vernehmen.

»Lieutenant!« rief Michael durch die Tür. »Wenn Sie reinkommen und schießen, sind wir alle geliefert. Gehen Sie wieder die Treppe rauf, dann kommen wir auch raus. Für Beevers brauchen wir einen Krankenwagen.«

»Ich verlange, daß einer nach dem anderen rauskommt. Jeder einzelne wird von einem Polizisten in Empfang genommen und die Treppe hinaufgeleitet. Ich kann Ihnen auch einen Spezialisten zur Verfügung stellen, der mit dem Mann verhandelt, der Sie alle festhält – falls der Geiselnehmer damit einverstanden ist.«

Poole stützte sich mit der Hand am Boden ab, um nicht umzukippen. Auch der Boden fühlte sich kalt und feucht an, klebrig von Beevers Blut.

Ein schriller Schreckensschrei schien aus allen Richtungen auf ihn einzudringen und von den Wänden abzuprallen.

»Wir werden hier nicht festgehalten, wir sind keine Geiseln«, sagte Poole. »Wir stehen hier nur im Dunkeln rum.«

»Poole, ich habe es allmählich satt, immer nur mit *Ihnen* zu sprechen!« brüllte Murphy. »Ich will das von Koko hören. Erst wenn wir Sie da rausgeholt haben, Herr *Doktor,* bin ich wieder daran interessiert, mich mit Ihnen zu unterhalten. Dann werde ich *Ihnen* nämlich mal was erzählen.« Jetzt schrie er noch lauter. »Mister Dengler! Ihnen droht keine Gefahr, wenn Sie genau das machen, was ich Ihnen sage. Ich verlange, daß Sie die anderen Männer in dem Zimmer nacheinander freilassen. Schikken Sie einen nach dem anderen raus. Dann erwarte ich von Ihnen, daß Sie sich ergeben. Haben Sie verstanden?«

Dengler wiederholte, was er gesagt hatte, nachdem er die Birne zerschlagen hatte und den Raum in Dunkel hüllte. »Ich habe noch viel zu tun.«

»Wie schön«, sagte Murphy. Michael hörte, wie Murphy zu den anderen Polizisten sagte: »Er hat noch viel zu tun. Was, zum Teufel, meint er bloß damit?«

Jemand flüsterte Poole etwas ins Ohr. Das kam so plötzlich und unerwartet, daß er zusammenfuhr. Die Stimme sagte ganz dicht an seinem Ohr: »Richte ihm aus, daß er wieder raufgehen soll. Die ganze Treppe rauf.«

»Er will, daß Sie die Treppe wieder raufgehen. Bis ganz nach oben«, rief Michael Murphy zu.

»Wer spricht denn da?«

»Poole.«

»Das hätte ich mir denken können«, sagte Murphy jetzt ein wenig leiser. »Läßt er Sie denn alle frei, wenn wir wieder raufgehen?«

»Ja«, flüsterte die Stimme Michael in das andere Ohr.

»Ja!« rief Michael den Polizisten zu. Er hatte nicht das leiseste Geräusch vernommen, als Dengler auf die andere Seite kroch. Er hörte wieder Flügelschlagen. In Wahrheit waren das die Geräusche, die die Leute machten, die sich um ihn herum bewegten. So kam es ihm zumindest vor. Als sei er umringt von einer Menschenmenge, die sich flüsternd unterhielt. Es roch nach Blut.

»Sonst noch irgendwelche Bitten?« wollte Murphy wissen. Das klang sarkastisch.

»Die gesamte Polizei soll sich in den Hof zurückziehen«, flüsterte die Stimme Michael direkt ins Gesicht.

»Er verlangt, daß die Polizei sich ohne Ausnahme in den Hof hinausbegibt.«

»Aber dafür läßt er auch die Geiseln frei«, betonte Murphy. »Das hat er ja wohl begriffen.«

»Conor, ist alles in Ordnung?« fragte Poole.

Keine Antwort. Die anderen waren tot, und er selbst war ganz allein mit Koko in diesem Niemandsland. Er trieb in einem Meer von Blut – dem Blut seiner Freunde – und Koko flatterte um ihn herum wie ein ganzer Vogelschwarm. Oder Fledermäuse.

»Conor!«

»Ja, doch«, vernahm er Conors Stimme. Das Entsetzen verflog.

»Tim?«

Wieder keine Antwort.

»Tim!«

»Ihm geht es gut«, hörte er wieder dieses Flüstern. »Er kann nur im Augenblick nicht sprechen.«

»Tim, hörst du mich?«

Michael verspürte an der rechten Seite plötzlich einen glühend heißen Schmerz. Er preßte die Hand auf die schmerzende Stelle. Er fühlte kein Blut, aber er erstastete einen langen geraden Schnitt in seinem Jackenstoff.

»Ich war in der Muffin Street«, erklärte er. »Ich habe mich mit deiner Mutter unterhalten – Helga Dengler.«

»Wir nennen sie Murmeln«, vernahm er eine Flüsterstimme irgendwo von rechts.

»Ich weiß auch über deinen Vater Bescheid. Ich weiß, was er getan hat.«

»Wir nennen ihn Blut.« Diesmal kam das Flüstern von der Stelle, wo er Conor zuletzt gesehen hatte.

Michael preßte die Hand noch immer auf die schmerzende Stelle. Jetzt spürte er plötzlich, wie Blut durch seine Jacke quoll. »Singst du mir das Lied der Elefanten vor?«

Da erklangen Bruchstücke des Liedes, wortlos und unmelodisch. Sie schienen gleichzeitig aus mehreren Richtungen zu kommen. Ein ganz und gar unirdischer Gesang, Musik aus einem Niemandsland. Manchmal hörte es sich an, als sprächen oder schrien Kinder irgendwo in weiter Ferne. Das waren die toten auf die Wand gemalten Kinder. Wieder setzte sich in Michael die Überzeugung fest, daß er mit Koko ganz allein war, ganz gleich, was er in dem Raum auch hörte oder noch hören würde. Der Rest der Welt und alle anderen Menschen befanden sich am anderen Ufer eines Flusses, den niemand lebend überqueren konnte.

Als Koko so im Dunkeln sang und sein Lied im Raum zu schweben schien, hörte Michael auch die Schritte der Polizisten, die die Stufen der Eisentreppe wieder erklommen. Seine Seite brannte höllisch, und er fühlte, wie das Blut seine Kleidung immer mehr durchtränkte. Die Wände des Raumes waren zurückgetreten. Das Zimmer nahm die Dimension der ganzen Welt an, und er war mit Koko und den toten Kindern ganz allein auf dieser Welt.

Schließlich hörte er Murphys Stimme. Die Lieutenant schrie in ein Megaphon: »Wir sind jetzt oben im Hof. Hier bleiben wir, bis die drei Männer, die Sie bei sich haben, zur Tür herausgekommen sind. Was haben Sie jetzt vor?«

»Wir lassen nichts verkommen«, zischte Koko.

Die sterbenden Kinder jammerten und schluchzten. Nein, die Kinder waren ja schon tot, fiel Michael wieder ein. Es war Harry Beevers, der da so jammerte.

»Soll ich ihm sagen, daß du nichts verkommen läßt?« erkundigte sich Poole. »Aber er hört das sowieso nicht.«

»Und ob er dich hören kann!« flüsterte Koko eisig.

Auf einmal begriff Michael, was damit gemeint war. »Das war der Leitspruch der Metzgerei, stimmt's? Metzgerei Dengler zum Lamm Gottes. Wahrscheinlich stand das direkt unter eurem Namen. WIR LASSEN NICHTS VERKOMMEN.«

Die Stimmen verstummten auf der Stelle. Das unsinnige Lied brach ab, und die Schreie der toten Kinder erstarben. Einen Augenblick lang spürte Poole, wie in der kalten abgestandenen Luft ringsum Gewaltätigkeit aufkam. Er war starr vor Schreck. Er hörte Kleidung rascheln und rauschen. Underhill mußte sich der Tür genähert haben. Er wußte, daß Koko noch einmal mit dem Messer auf ihn losgehen würde, doch diesmal würde Koko ihn töten und sein Gesicht bis zur Unkenntlichkeit verstümmeln, wie es bei Spitalny der Fall gewesen war.

»Glaubst du, daß er deine richtige Mutter umgebracht hat?« fragte Michael flüsternd. »Glaubst du, daß er sich am Ufer des Flusses mit Rita Orosco verabredet und sie dort ermordet hat? Ich bin davon überzeugt. Das hat er ganz bestimmt getan.«

Ganz weit links von Poole flüsterte jemand fast unhörbar oder atmete vielmehr wortlos aus.

»Conor?«

»Ja.«

»Du hast es auch gewußt, nicht wahr?« fragte ihn Michael. Ihm war zum Weinen zumute, aber nicht vor Angst. »Niemand hat es dir je gesagt, aber du hast es schon immer gewußt.« Das eiskalte Entsetzen wich von Michael. Er mußte weitersprechen, bevor Koko sie alle tötete oder bevor die Polizei hereingestürmt kam und sie alle über den Haufen schoß.

»Zehn Tage nach deiner Geburt hat sich Karl Dengler mit Rosita Orosco am Flußufer verabredet. Mitten im Winter. Er hat sie erstochen, dann hat er sie entkleidet und dort liegenlassen. Ob er sie noch vergewaltigt hat, nachdem er sie getötet hatte? Oder kurz bevor er sie erstochen hat? Dann ist er in dein Zimmer gegangen, als du noch ein kleiner Junge warst und hat dir das gleiche angetan wie ihr. Nacht für Nacht.«

»Was geht denn da vor?« hörten sie Murphys Stimme ganz verzerrt und furchtbar laut durchs Megaphon.

»Nacht für Nacht«, wiederholte Michael. »Tim hat das irgendwie geahnt. Ohne daß er wußte, was tatsächlich vorgefallen ist, hat er es gefühlt. Alles hat er gefühlt. Underhill brauchte dich nur anzusehen, da wußte er schon, wie dein Leben verlaufen ist, was sich abgespielt hat.«

»Underhill geht als erster raus«, flüsterte Koko hinter Poole. Ein Messer glitt unter Michaels Ohr hindurch. Die Kinder jammerten und baten um ihr Leben. »Underhill zuerst. Dann du. Dann Linklater. Ich gehe ganz zuletzt raus.«

»Es stimmt doch, ich habe recht, nicht wahr?« erkundigte sich Poole.

Seine Stimme zitterte. Er wußte, daß Koko nicht antworten würde. Das brauchte er auch gar nicht. »Underhill kommt zuerst raus!« schrie er.

Gleich darauf hörte er Murphys Stimme vom anderen Ufer des breiten reißenden Stromes. Murphys Stimme klang brüchig, doch er ahnte nicht, daß dieses Niemandsland inmitten eines Flusses lag, der es von der von Menschen bewohnten Welt abschnitt.

»Schicken Sie ihn rauf!« rief Murphy.

Harry Beevers stieß einen Laut aus wie ein Tier, das in der Falle saß, und warf sich gegen die Gurte, mit denen er gefesselt war.

Wenn Underhill noch am Leben war, dachte Poole bei sich, schickte Dengler ihn hinaus, weil er wollte, daß er, Michael, weitersprach. Maggie Lah befand sich am anderen Ufer des Flusses. Er würde sie nie wiedersehen, denn auf dieser Seite lag die kahle kleine Toteninsel, die sie bevölkerten.

»Geh, Underhill«, sagte Michael. »Geh die Treppe rauf.« Seine Stimme klang ganz fremd.

Die Tür öffnete sich einen Spalt breit. Underhill glitt hinaus. Michael sah nur seinen Rücken und staunte, daß er noch am Leben war. Die Tür fiel langsam hinter Underhill ins Schloß. Michael hörte, wie Underhill langsam die Treppe hinaufging.

»Halleluja«, sagte Michael. »Und wer soll jetzt gehen?«

Er hörte nur das Quietschen und Stöhnen. Es klang wie das Geschrei von toten Kindern, das aus weiter Ferne an sein Ohr drang.

»Es war das, was sich in der Höhle abgespielt hat, stimmt's?« wollte er wissen. »Der Herr sei Harry Beevers gnädig.«

»Schicken Sie den Nächsten raus!« drang Murphys Stimme an ihr Ohr.

»Wer soll denn jetzt gehen?« fragte Michael.

Conor flüsterte: »Hier drin ist es jetzt ganz anders.«

Kaum hatte Conor das gesagt, da dämmerte es Poole. Conor hatte das ganz richtig erkannt. Er hatte nicht mehr das Gefühl, daß jemand um ihn herumschlich und ihn belauerte. Die kalte klamme Luft kam ihm mit einem Mal ganz dünn und leer vor. Michael stand in einem lichtlosen Kellerraum – von weit entfernten Kindern und von einem Fluß konnte keine Rede sein. »Gehen wir doch zusammen rauf«, schlug er vor.

»Du zuerst«, sagte Conor. »In Ordnung, Dengler?«

Beevers grunzte, um seinen Protest kundzutun.

»Ich gehe hinter dir her«, sagte Conor. »Wir gehen jetzt, Dengler.«

Die Umrisse der Tür waren nur vage zu erkennen. Michael ging ganz langsam auf sie zu, ihm war, als müsse er seinen Armen und Beinen erst einen Anstoß geben. Bei jedem Schritt schmerzte die Wunde an seiner Seite so, daß er am liebsten laut geschrien hätte. Er fühlte, wie das Blut aus der Wunde sickerte und hatte das Gefühl, durch Blut zu waten.

Dann wußte Michael, was geschehen war. Dengler hatte sich die

Kehle durchgeschnitten. Deshalb waren die Stimmen verstummt. Dengler hatte sich umgebracht und lag jetzt tot auf dem Boden dieser kleinen dunklen Zelle.

»Es wird schon sehr bald jemand kommen und dir helfen, Harry«, sagte Michael angewidert. »Ich wünschte, ich hätte nie auf dich gehört.«

Quietschen und Stöhnen.

Michael erreichte die Tür. Er zog sie auf sich zu, da hüllte ihn gleich nicht mehr diese tiefe Dunkelheit ein. Er blickte zu dem verschwommenen trüben Lichtkreis oben an der Treppe hoch. Dort standen zwei uniformierte Polizisten, die zu ihm herunterstarrten. Er mußte an den armen, wahnsinnig gewordenen Dengler denken, der in diesem schauderhaften Zimmer tot oder doch zimindest im Sterben lag. Und er dachte an Harry Beevers, den er nie wiedersehen wollte.

»Wir kommen«, sagte er mit schwacher Stimme, die er kaum wiedererkannte.

Michael schleppte sich mühselig die Treppe hoch. Sobald er so weit oben war, daß er besser sehen konnte, blickte er zur Seite. Es kostete ihn große Mühe, sich auf den Beinen zu halten. Im nächsten Augenblick erkannte er, daß die Blutmenge trog, die geflossen war. Sein dicker Wintermantel hatte dafür gesorgt, daß er mit einem blauen Auge davongekommen war. »Dengler hat Selbstmord begangen«, sagte er.

»Genau«, bestätigte Conor hinter ihm.

Michael sah sich um. Conor kam hinter ihm her, die Augen groß wie Wagenräder. Da wandte sich Michael wieder nach vorn und erklomm die letzten Stufen.

Als er endlich oben ankam, fragte ihn einer der Polizisten, ob er Hilfe brauche.

»Es ist nicht allzu schlimm, aber ich werde diesen Krankenwagen auch in Anspruch nehmen müssen.«

Dalton steckte den Kopf zur Tür herein und sagte: »Helfen Sie dem Mann heraus.«

Da legte einer der Polizisten Michael den Arm um die Schultern und führte ihn in den Hof hinaus. Draußen im Freien kam es ihm wärmer vor, und der kahle verdreckte Hof erschien ihm jetzt wunderschön. Maggie schrie auf, als sie ihn kommen sah. Er sah sich nach ihr um. Tim hing zusammengesunken in seinem Mantel, doch das nahm er nur ganz vage war. Tim hatte sich den Hut ganz tief ins Gesicht gezogen. Maggie und Ellen Woyzack standen im entferntesten Winkel des kleinen Hofes. Mustergültig eingerahmt, wie beim Fotografen. Auch die beiden Frauen waren wunderschön, unbeschreiblich schön – jede auf ihre Art. Michael fühlte sich, als sei sein eigenes Todesurteil noch im allerletzten Augenblick aufgehoben worden, als man ihm die Augen schon verbunden hatte. Ellen strahlte, als Conor hinter ihm den Hof betrat.

»Bringt ihn zum Krankenwagen«, knurrte Murphy und ließ die Flüstertüte sinken. »Sind Beevers und Dengler immer noch da unten?«

Michael nickte. Maggie stürzte mit einem leisen Aufschrei auf ihn zu und schlang ihm die Arme um den Hals. Sie redete rasend schnell auf ihn ein. Michael verstand kein Wort. Wahrscheinlich sprach sie gar nicht englisch, aber er wußte ohnehin, was sie ihm sagen wollte. Er küßte sie zärtlich auf die Haare.

»Was ist denn passiert?« wollte Maggie von ihm wissen. »Wo ist Dengler?«

»Ich fürchte, er hat sich umgebracht. Ich glaube, er ist tot«, erklärte er.

»Schafft ihn in den Krankenwagen«, befahl Murphy seinen Leuten. »Bringt ihn ins Krankenhaus und bleibt dort bei ihm. Dalton, Ryan und Peebles, Sie gehen jetzt da runter und sehen nach, was von den beiden anderen noch übrig ist.«

»Was ist mit Harry?« fragte Maggie.

Ellen Woyzack hielt Conor in den Armen. Er stand unbeweglich wie eine Statue da.

»Der lebt noch.«

Der stiernackige Polizist ging auf Michael zu, und drängte ihn zu dem Bogengang, durch den man in die Elizabeth Street gelangte. Michael warf einen Blick auf Underhill, der noch immer ganz in sich zusammengesunken an der Hauswand lehnte. Neben ihm stand der Polizist, der ihn aus dem Haus geleitet haben mußte. Tim Underhill kam ihm irgendwie merkwürdig vor. Irgend etwas stimmte nicht mit ihm. Er hatte sich den Hut tief ins Gesicht gezogen, den Mantelkragen hochgeschlagen, und sein Kopf hing auf die Brust hinunter.

»Tim?« sprach ihn Michael an.

Underhill rutschte ein paar Zentimeter von dem Polizisten weg, doch er sah nicht zu Michael auf.

Michael fiel auf, wie *klein* er war. Praktisch eine Miniaturausgabe von Tim Underhill. Aber die Menschen schrumpften doch nicht plötzlich. In der Sekunde, bevor ihm klar wurde, wen er da vor sich hatte, sah Michael hinter Tims hochgeschlagenem Mantelkragen Zähne aufblitzen. Angesichts des grauenhaften unmenschlichen Lächelns bekam er eine Gänsehaut.

Er erstarrte zur Salzsäule. Er wollte schreien, weinen, doch durch den breiten schwarzen Fluß wurde er von allem abgeschnitten, und nur die toten Kinder jammerten und klagten.

»Michael?« sprach Maggie ihn besorgt an.

Michael zeigte stumm auf die Gestalt, die sich Tim Underhills Hut und Mantel angeeignet hatte. Endlich löste sich der Krampf. »Koko!« schrie er. »Das ist er! Er hat...«

Der teuflisch grinsende Mann in Underhills Mantel hielt plötzlich ein Messer in der Hand, ein Messer mit einer langen blitzenden Schneide. Während Michael noch aus vollem Halse schrie, machte der Mann einen Bogen um den Polizisten, der neben ihm gestanden hatte. Er stieß dem Ordnungshüter das Messer tief in den Rücken.

Da verstummte Michael.

Alle waren wie erstarrt. Bevor sich noch irgend jemand rühren konnte, war der Mann schon durch den Bogengang entschwunden, zur Elizabeth Street hinaus.

Der Polizist, auf den er eingestochen hatte, rutschte im Zeitlupentempo an der Ziegelmauer hinunter. Seine Miene verriet kaum etwas, allenfalls einen Anflug von Verwunderung. Erst jetzt wurde Murphy plötzlich aktiv und befahl vier Polizisten, die Verfolgung Denglers aufzunehmen und ihren schwerverwundeten Kollegen in den Krankenwagen zu tragen. Er sah sich noch ein letztes Mal wutentbrannt im Hof um, dann rannte er durch den Bogengang auf die Straße hinaus.

»Ich kann warten«, sagte Michael, als einer der Polizisten versuchte, ihn durch den Bogengang zu schieben, hinaus zu dem Krankenwagen. »Ich muß nach Tim Underhill sehen.«

Der Polizist starrte ihn ganz verwirrt an.

»Holen Sie ihn um Himmels willen aus dem Tiefgeschoß herauf«, beschwor Michael den Uniformierten.

»Michael«, bat Maggie flehentlich, »du mußt sofort ins Krankenhaus. Ich komme mit.«

»Es ist nicht halb so schlimm, wie es aussieht«, versuchte Michael sie zu beruhigen. »Ich kann doch nicht weg, bevor ich weiß, was aus Tim Underhill geworden ist.«

Tim war ganz sicher tot. Koko hatte ihn stillschweigend ermordet, sich seinen Hut und Mantel angeeignet und den Kellerraum in dieser Verkleidung ungehindert verlassen können.

»Nein, bitte nicht«, sagte Maggie. Sie wollte auf die Haustür des Mietshauses zulaufen, doch Michael griff nach ihrem Arm, und dann hielt auch Dalton sie zurück.

Michael sagte: »Dalton, gehen Sie hinunter. Lassen Sie meine Freundin los. Gehen Sie sofort hinunter und sehen Sie zu, ob Sie Tim helfen können – oder ich schlage Sie krumm und lahm.« Seine Seite pochte und brannte fürchterlich. Von der Straße her vernahm er Rufe und das Geräusch von Schritten. Da draußen rannte jemand.

Dalton wandte sich langsam dem Bogengang zu, doch dann überlegte er es sich anders und ging auf die Haustür des Mietshauses zu. »Johnson, wir sehen mal nach, warum das so lange dauert.« Einer der Polizisten trottete hinter ihm her. Michael hörte sie die Treppe runterpoltern. »Das ist mein Ernst«, gelobte er. »Ich schlage zu. Ich schlage ihn krumm und lahm.«

Ellen und Conor kamen über den Hof auf Michael und Maggie zu.

»Mikey, er ist entkommen«, sagte Conor ungläubig.

»Die kriegen ihn schon noch. So raffiniert kann er gar nicht sein.«

»Mikey, es tut mir so leid.«

»Aber Conor, du hast dich großartig verhalten. Viel besser als wir anderen.«

Conor schüttelte den Kopf. »Tim hat keinen Laut von sich gegeben. Ich weiß nicht... ich glaube...«

Michael nickte. Er wollte es auch nicht aussprechen.

»Hat es dich sehr schlimm erwischt?«

»Nein, es ist nicht allzu schlimm«, beruhigte ihn Michael. »Aber vielleicht setze ich mich besser.« Er lehnte sich an die Hauswand und ließ sich ganz langsam hinuntergleiten, wobei ihn Maggie und Conor an den Ellenbogen stützten. Als er schließlich saß, war ihm so heiß, daß er versuchte, seinen Mantel auszuziehen, doch die Schmerzen in seiner Seite machten das unmöglich. Er stieß eine leisen Klagelaut aus.

Maggie kniete sich neben ihn und griff nach seiner Hand.

»Es sticht und zwickt nur ein bißchen. Und ich habe einen leichten Schock erlitten.«

Maggie drückte ihm die Hand.

»Alles in Ordnung, Maggie. Mach dir keine Sorgen. Mir ist nur ziemlich heiß.« Er beugte sich vor, und Maggie half ihm, den Mantel von den Schultern zu ziehen. »Alles nur halb so schlimm«, bemerkte Michael. »Aber diesen Bullen hat es ziemlich schlimm erwischt.« Er sah sich nach dem Polizisten um, dem Koko das lange Messer in den Rücken gestoßen hatte. »Wo ist er denn geblieben?«

»Er ist schon längst weggebracht worden.«

»Konnte er noch laufen?«

»Er ist auf einer Bahre rausgetragen worden«, sagte Maggie. »Willst du jetzt nicht zum Krankenwagen rausgehen? Da draußen steht nämlich noch einer.«

Dann hörten sie auf einmal schwere Schritte im Treppenhaus.

Gleich darauf trugen zwei Polizisten Harry Beevers aus dem Haus. Auf der einen Seite seines Kopfes klebte ein großer weißer Lappen. Er sah aus wie das Opfer einer wilden Straßenschlacht. Er konnte sich nicht auf den Beinen halten und schwankte zwischen den beiden Polizisten hin und her. »Wo ist er geblieben?« knirschte Beevers mit zusammengebissenen Zähnen. Er hatte offensichtlich starke Schmerzen. »Wo steckt dieser Schweinehund?«

Michael nahm natürlich an, daß er damit Koko meinte. Er rang sich ein Lächeln ab. Diese Frage war berechtigt.

Als Beevers Blick auf Michael fiel, schrie er ihn erbittert an: »Du elender Mistkerl, du hast mir alles versaut! Was wolltest du um Himmels willen da unten? Du wolltest uns wohl alle unter die Erde bringen. Du glaubst doch nicht im Ernst, daß du mir die ganze Schuld in die Schuhe schieben kannst! Du bist an allem schuld! Du hast alles gründlich versaut! Ich hatte ihn schon fast, und du hast dafür gesorgt, daß er entkommen konnte!«

Michael hielt sich verzweifelt die Ohren zu, um Beevers hysterische Vorwürfe nicht mehr zu hören. Im Hauseingang erschienen Dalton und ein großer vierschrötiger farbiger Polizist. Zwischen ihnen ging Tim Underhill. Tims Gesicht war blau verfärbt. Seine Zähne schlugen aufeinander. Sein Pullover war an der Seite aufgeschnitten. Links war alles blutdurchtränkt. Genau wie Michael hatte er eine lange tiefe Schnittwunde an der linken Seite davongetragen. Auf den ersten Blick sah es fast so aus, als habe man versucht, ihn in zwei Hälften zu schneiden. »Hallo, Michael«, sagte er mit schwacher Stimme, als sie ihn hinaustrugen.

»Na, Tim«, begrüßte ihn Michael. »Warum hast du denn da unten nichts verlauten lassen, als dir Dengler den Mantel ausgezogen hat?«

»Setzen Sie mich neben Poole ab«, bat Tim Underhill. Dalton und der andere Polizist halfen ihm über den Hof und ließen ihn ganz sachte auf den Boden gleiten. Dalton machte einem anderen Polizisten ein Zeichen. Der kam herbeigestürzt und brachte eine Decke, die er Tim Underhill um die Schultern legte.

»Er hat mir irgend etwas um den Mund gebunden«, erklärte Underhill. »Ich glaube, es war Harry Beevers Hemd. Hatte unser guter alter Harry ein Hemd an, als er rauskam?«

»Weiß nicht. Habe nicht darauf geachtet.«

Lieutenant Murphy kam durch den Bogengang hereingestürmt. Die beiden Männer sahen zu ihm hoch. Sein Gesicht glühte noch immer bläulich-rot. Das machte jedoch nicht nur die Wut, sondern auch die Erschöpfung. Eben ein typisch irisches Gesicht, dachte sich Michael. Wenn Murphy erst mal sechzig war, blieb ihm diese Gesichtsfarbe für immer. Als der Detective Poole und Underhill mit ausgestreckten Beinen an der Hauswand lehnen sah, schloß er die Augen. Sein Mund wurde zu einer dünnen Linie, so daß man die Lippen kaum mehr sah. Er fragte leise und drohend: »Ob es sich wohl machen läßt, für diese beiden Schwachköpfe auch noch einen Krankenwagen zu besorgen? Das ist doch hier kein Krankenhaus für Rekonvaleszenten.«

»Mr. Poole hat sich geweigert, sich wegbringen zu lassen, solange Mr. Underhill noch unten war«, verteidigte sich Dalton, »und als Beevers dann im Krankenwagen war, hat er damit gedroht, uns alle anzuzeigen, wenn er nicht sofort ins Krankenhaus gefahren würde. Was sollten wir da machen?«

Murphy sah ihn an.

»Sir«, sagte Dalton und verschwand durch den Torbogen.

»Haben Sie ihn erwischt?« erkundigte sich Michael.

Murphy ignorierte seine Frage. Er ging über den Hof und blickte in das Treppenhaus, als erwarte er, daß noch jemand unten sei. Dann schaute er in den Fensterschacht. »Nehmen Sie das Messer an sich«, befahl er einem Polizisten in Uniform.

»Haben Sie ihn erwischt?« fragte Michael noch einmal.

Aber Murphy stellte sich noch immer taub.

Gleich darauf hörten sie das Martinshorn eines Krankenwagens, der immer näher kam. Vor dem Mietshaus angelangt, stellte der Fahrer das Martinshorn ab.

Dalton kam gerade durch den Torbogen in den Hof.

»Wie geht es denn dem Polizisten, den Dengler so übel zugerichtet hat?« erkundigte sich Michael. Dalton und der farbige Polizist halfen ihm behutsam wieder auf die Beine. Maggie sprang aufgeregt um ihn herum, streichelte ihn und konnte gar nicht von ihm lassen.

»Er ist auf der Fahrt ins Krankenhaus gestorben«, sagte Murphy. »Ich habe es eben erst erfahren.«

»Das tut mir leid«, sagte Michael bedauernd.

»Warum denn? Sie haben ihn ja schließlich nicht erstochen, oder?« Murphy funkelte ihn wütend an. Er eilte auf Michael zu und stellte sich demonstrativ vor ihn hin. »Ihr Freund Dengler ist uns durch die Lappen gegangen.« Er runzelte wütend die Stirn, bis sich seine Augenbrauen fast an einer tiefeingegrabenen vertikalen Furche über der Nasenwurzel trafen. »An der nächsten Straßenecke hat er Hut und Mantel weggeworfen und ist wie ein Karnickel durch die Mott Street davongeprescht. Wahrscheinlich hat er sich in einem Haus versteckt. Aber er kommt bestimmt nicht weit.« Murphy wandte sich ab. Seine Kinnbacken mahlten. »Ich komme dann zu Ihnen und Ihrem Freund ins Krankenhaus.«

»Es tut mir einfach leid, daß einer Ihrer Leute tot ist, auch wenn mich keine Schuld trifft.«

»Grundgütiger Himmel!« stöhnte Murphy und ging ihnen durch den Torbogen voraus.

»Manche Leute wissen mit Mitgefühl einfach nichts anzufangen«, sagte Underhill zu Michael, als man sie zum Krankenwagen brachte.

5

Michael und Tim Underhill wurden in der Notaufnahme von einem jungen Assistenzarzt wieder zusammengeflickt. Der erkannte, daß ihre Wunden ganz identisch waren, nannte sie aber ›Glamourwunden‹. Damit wollte er ausdrücken, daß zwar ansehnliche Narben zurückbleiben würden, daß die Wunden aber nicht bedrohlich oder gar lebensgefährlich waren. Nachdem der Arzt ihre Wunden genäht hatte, wurden sie in ein Zweibettzimmer hinaufgebracht. Es hieß, der Polizist, der sie im Krankenwagen her begleitet hatte, werde Nachtwache halten. Er hieß Le Donne, hatte einen ordentlich gestutzten Schnurrbart und gütige Augen.

»Ich bin direkt draußen vor der Zimmertür«, bestätigte er ihnen.

»Es ist nicht nötig, daß wir die Nacht im Krankenhaus verbringen«, wandte Michael ein. »Dem Lieutenant ist es aber lieber so«, versicherte ihm Le Donne.

Drei Stunden später erschien Maggie Lah mit Conor Linklater und Ellen Woyzack. Die drei Besucher berichteten, daß sie in der Zwischenzeit Lieutenant Murphy erzählt hatten, wie sie zu dem Haus in der Elizabeth Street gekommen waren, und wie er schließlich davon überzeugt war, daß sie sich keines Verbrechens schuldig gemacht hatten. Er hatte begriffen, daß ihnen keine strafbare Handlung anzulasten war.

Maggie erzählte Michael und Tim Underhill außerdem, daß Koko der Polizei in Chinatown entwischt war, daß Murphy jedoch fest daran glaubte, daß sie ihn noch vor Einbruch der Dunkelheit dingfest machen konnten. Doch Tim Underhill konnte ihm nur mit Mühe folgen, er war zu schwach.

Conor und Ellen verabschiedeten sich bald. Sie wollten zur Grand Central Station und von dort mit der Bahn nach Hause fahren. Ellen gab beiden Männern zum Abschied einen Kuß. Sie mußte Conor regelrecht zur Tür hinausschleifen. Michael hatte den Eindruck, daß Conor viel darum gegeben hätte, selbst verletzt zu sein, um bei ihnen bleiben zu können.

Maggie ging noch nicht.

»Wo ist denn Harry Beevers abgeblieben?« fragte Michael sie.

»Drei Stockwerke höher. Möchtest du ihn sehen?«

»Ich glaube kaum, daß ich Harry Beevers jemals wiedersehen will«, sagte Michael aufgebracht.

»Er hat ein Ohr eingebüßt«, sagte Maggie.

»Er hat ja schließlich noch eins.«

Das Licht im Zimmer wurde trübe. Michael fiel der wunderbare graue Lichtkreis oben an der Treppe wieder ein, der ihm nach dem Verlassen von Kokos Zelle so überirdisch hell vorgekommen war.

Eine Krankenschwester erschien und verpaßte ihm noch eine Spritze. Er gab ihr zwar zu verstehen, daß er keine wollte und auch keine brauchte, doch seine Einwände halfen ihm nichts. »Ich bin doch selber Arzt«, erklärte er.

»Hier nicht. Hier sind Sie nur Patient«, meinte sie lakonisch und stieß ihm die Nadel in die linke Pobacke.

Anschließend unterhielten er und Tim Underhill sich lange über Henry James. Später erinnerte sich Michael jedoch nur noch vage an dieses Gespräch, wußte nur noch, daß Tim ihm von einem Traum erzählt hatte, den James als alter Mann geträumt hatte. Es ging dabei um eine furchterregende Gestalt, die versuchte, in das Zimmer des Schriftstellers einzudringen. Schließlich hatte der Schriftsteller seinen Angreifer angegriffen und in die Flucht geschlagen.

Am nächsten Tag – Murphy hatte befohlen, daß man sie noch mindestens vierundzwanzig Stunden dabehielt – stand Judy Poole kurz vor dem Ende der Besuchszeit auf einmal an der Tür. Michael sah Pat Caldwell hinter seiner Frau stehen. Er mochte Pat sehr gern. Sie hatte ihm schon immer gut gefallen. Aber er konnte sich nicht mehr daran erinnern, ob ihm seine Frau immer gut gefallen hatte.

»Ich komme erst herein, wenn diese Person das Zimmer verlassen hat«, sagte Judy. *Diese Person* war Maggie Lah. Maggie raffte sofort ihre Sachen zusammen.

Michael bedeutet ihr, bei ihm zu bleiben. »Dann bleibst du eben draußen«, sagte er zu seiner Frau. »Obwohl ich das jammerschade finde.«

»Willst du Harry nicht besuchen?« rief ihm Pat zu. »Er sagt, er hätte mit euch beiden eine Menge zu besprechen.«

»Ich möchte mich vorerst nicht mit Harry unterhalten«, sagte Michael. »Und wie steht's mit dir, Tim?«

»Später vielleicht«, meinte Underhill.

»Michael, hast du nicht vor, dieses Mädchen loszuwerden?« fragte Judy.

»Nein, schlag dir das aus dem Kopf. Aber nun komm schon endlich rein, damit wir uns nicht zwischen Tür und Angel unterhalten müssen, Judy.«

Doch Judy dachte nicht daran. Sie machte kehrt und ging.

»Macht wirklich Spaß, im Krankenhaus zu liegen«, sagte Michael. »Da zieht das ganze Leben an einem vorbei.«

Am nächsten Abend erschien spät abends noch Lieutenant Murphy. Lieutenant Murphy betrat das Krankenzimmer lächelnd, er wirkte ruhig und gelassen.

»Also, da Sie jetzt nicht mehr in Gefahr schweben, schicken ich Le Donne heim, damit er sich ein bißchen ausruht. Sie werden morgen früh entlassen.« Er verlagerte sein Gewicht, wippte auf den Ballen auf und ab und überlegte offensichtlich angestrengt, wie er ihnen beibringen sollte, was inzwischen geschehen war. Er entschied sich für eine Mischung aus Aggression und Optimismus. »Jetzt ist er uns so gut wie sicher. Ich verdanke es Ihnen beiden und Mr. Beevers, daß er uns in Chinatown entwischt ist. Aber ich habe Ihnen ja vorausgesagt, daß wir ihn noch fangen werden. Das wird sich bald zeigen.«

»Sie wissen also, wo Dengler sich versteckt hält?« fragte Michael.

Murphy nickte.

»Und – wo ist er?«

»Ich werde mich hüten, Ihnen das zu sagen.«

»Aber Sie kommen nicht an ihn heran. Das schließe ich aus Ihren Worten. Sie können ihn noch nicht verhaften.«

Murphy schüttelte den Kopf. »Aber er kann uns nicht entkommen. Sie brauchen sich seinetwegen keine Sorgen mehr zu machen.«

»Ich mache mir gar keine Sorgen«, sagte Michael. »Ist er an Bord eines Flugzeugs?«

Murphy stierte ihn wütend an, dann nickte er.

»Hatten Sie denn keine Leute am Flughafen postiert?«

Das nahm ihm Murphy sichtlich übel. »Natürlich! Ich hatte an jeder U-Bahn-Station Streifenwagen stehen. Wir haben Polizisten zu dem Busbahnhöfen geschickt und eine kleine Armee am Kennedy-Flughafen und am La Guardia-Flughafen postiert.« Er räusperte sich. »Aber bevor wir dahinterkamen, welchen Namen er benutzte, war er schon unterwegs nach New Orleans. Und bis wir rausbekommen hatten, wohin er unterwegs war, saß er schon in der Anschlußmaschine. Da sitzt er jetzt noch. Damit ist die Sache für ihn ausgestanden. Er entkommt uns nicht mehr.«

»Wohin fliegt er denn?«

Murphy überlegte hin und her. Schließlich entschied er sich dafür, ihnen reinen Wein einzuschenken. »Nach Tegucigalpa.«

»Also nach Honduras«, murmelte Michael vor sich hin. »Warum bloß nach Hondouras? Ah – Roberto Ortiz! Sie haben die Passagierlisten durchgesehen und sind auf den Namen gestoßen, stimmt's? Dengler hat ja den Paß von Roberto Ortiz immer noch.«

»Ihnen braucht man gar nichts zu erzählen. Sie wissen ja schon alles«, sagte Murphy ärgerlich.

»Und Sie glauben, daß er Ihnen jetzt nicht mehr durch die Lappen gehen kann?«

»Schließlich sitzt er ja im Flugzeug, wie soll er uns denn da entkommen? Die Maschine landet in vier Stunden in Tegucigalpa. Da steht eine kleine Armee zu seinem Empfang bereit. Diese Leute da unten wollen unbedingt unsere Freunde sein. Wir brauchen nur mit den Fingern zu schnippen, und schon springen sie. Die nehmen ihn gefangen, bevor er wieder festen Boden unter den Füßen hat.« Murphys Gesicht verzog sich tatsächlich zu einem schwachen Lächeln. »Er kann uns jetzt nicht mehr entkommen. Wenn der Bursche auch ein wildgewordener Soldat ist, wie Sie behaupten, so geht er uns jetzt endlich in die Falle.« Murphy nickte ihnen zum Abschied zu und ging zur Tür. Kaum war er draußen, da fiel ihm noch etwas ein. Er steckte den Kopf wieder zur Tür herein. »Ich sage Ihnen morgen früh, wie alles abgelaufen ist. Bis dahin ist der Bursche schon auf dem Rückweg nach New York.« Er grinste. »Und zwar in Ketten, mit ein paar Abschürfungen und ein paar Zähnen weniger.«

Als er gegangen war, bemerkte Underhill ironisch: »Da geht er dahin – Harry Beevers Idol.«

Eine Krankenschwester kam herein und verpaßte ihnen wieder Spritzen.

Michael machte sich Sorgen um seinen Wagen, der an einer Parkuhr in der Division Street stand. Doch bald tat die Spritze ihre Wirkung. Er schlief ein.

Als Michael am nächsten Morgen wieder zu sich kam, rief er im Polizeirevier an, in dem Murphy Dienst tat. Auf seinem Nachttisch stand eine Blumenvase mit Lilien und Iris. Neben der Vase lag sein Buch *The Ambassadors* von Henry James. Auch die *Babar*-Bücher fehlten nicht. Maggie hatte Michaels Wagen in der Nacht sichergestellt. Michael fragte den Beamten, der sich im Revier meldete, ob Lieutenant Murphy vorhabe, am Vormittag einen Besuch im Krankenhaus St. Luke zu machen.

»Nicht daß ich wüßte«, antwortete der Mann. »Aber mich dürfen Sie das nicht fragen.«

»Ist der Lieutenant da?«

»Ja, aber er hat eine Konferenz.«

»Können Sie mir wenigstens sagen, ob Dengler in Honduras festgenommen worden ist?«

»Es tut mir leid, aber ich darf Ihnen darüber keine Auskunft geben«, sagte der Beamte. »Da müssen Sie mit dem Lieutenant selber sprechen.« Er legte auf.

Nach einer Weile kam ein Arzt, um sie zu entlassen. Er berichtete, daß am Morgen eine junge Frau erschienen sei. Sie habe ihnen etwas zum Anziehen gebracht. Der Arzt verabschiedete sich. Gleich darauf erschien eine Krankenschwester mit zwei braunen Einkaufstüten. Die enthielten frische Unterwäsche, Socken, Oberhemden, Pullover und Jeans. Underhills Sachen stammten aus den Beständen im Saigon. Michael bekam lauter neue Sachen. Maggie hatte raten müssen, was die Größen anging. Das Hemd erwies sich als eine Nummer zu klein, die Jeans waren dafür in der Taille um fünf Zentimeter zu weit, doch er konnte alles tragen. Ganz unten in der Tüte fand er einen Zettel. *Mäntel konnte ich euch nicht mehr kaufen, weil mir das Geld ausgegangen ist. Der Arzt sagt, daß ihr so gegen halb zehn Uhr entlassen werdet. Kommt ihr ins Saigon, bevor ihr woanders hinfahrt? Dein Wagen steht in der Garage auf der anderen Straßenseite. In Liebe, Maggie.* An dem Zettel war der Parkschein festgeklammert.

»Wir haben also keine Mäntel«, sagte Michael. »Meiner ist hin, und deiner gilt wahrscheinlich als Beweisstück. Aber mach dir keine Sorgen. Ich besorge uns schon Mäntel. Die Leute lassen doch in Krankenhäusern immer etwas liegen.«

Im Büro unterschrieben sie dann eine ganze Menge Formulare. Ein junger Assistenzarzt, der Wilson Manly des St. Lukas-Krankenhauses, brachte ihnen tatsächlich Mäntel, wie Michael vorausgesagt hatte. Die Mäntel hatten zwei älteren Herren gehört, die keine Familie hatten und vor kurzem hier gestorben waren. »Wenn Sie sich noch einen oder zwei Tage gedulden, kommt wahrscheinlich noch was Besseres herein.«

Underhill sah in dem langen schmuddeligen Mantel wie ein Wilddieb aus. Michael hatte einen altmodischen Chesterfield-Mantel mit einem fadenscheinigen Samtkragen geerbt und wirkte darin wie ein heruntergekommener Mann von Welt.

Sie gingen über die Straße, um den Audi abzuholen. Michael blieb erst einmal eine Weile tatenlos hinter dem Lenkrad sitzen, bevor er auf die Seventh Avenue hinausfuhr. Seine Seite schmerzte fürchterlich. Der Mantel des Verstorbenen roch nach Alkohol und Zigarettenrauch. Er wußte nicht, wohin er fahren sollte. Vielleicht würde er einfach immer weiterfahren wie in dem Traum, in dem ihm Kokos Identität enthüllt werden sollte. An der ersten Ampel hielt er an. Er konnte fahren, wohin er wollte. Ihm standen alle Möglichkeiten offen. Im Augenblick war er weder Arzt noch Ehemann, auch für Maggie Lah war er noch nichts. Er brauchte sich nur für das Auto verantwortlich zu fühlen.

»Bringst du mich zum Saigon?« fragte Tim Underhill.

»Selbstverständlich«, versprach Michael. »Aber vorher statten wir unserem Lieblingspolizisten einen Besuch ab.«

6

Lieutenant Murphy konnte sie nicht sofort empfangen, sondern ließ ihnen ausrichten, sie könnten auf ihn warten, wenn sie wollten. Dinge im Zusammenhang mit anderen Fällen hielten ihn noch auf. Er sei sehr beschäftigt. Nein, über das Schicksal des flüchtigen M. O. Denglers werde keine Auskunft erteilt.

Der junge Beamte hinter der kugelsicheren Plexiglasscheibe ließ sie gar nicht erst herein. Er wich ihren Blicken aus, kehrte ihnen ständig den Rücken zu und tat, als habe er an einem anderen Schreibtisch zu tun.

»Ist er festgenommen worden, als er aus dem Flugzeug stieg?« erkundigte sich Michael. »Wird er in Ketten nach New York zurückverfrachtet – mit Prellungen und blauen Flecken übersät?«

Der Polizeibeamte hüllte sich in Schweigen.

»Er ist euch wieder mal entwischt, was?« Michael schrie jetzt fast.

»Soviel ich weiß, hat es während des Fluges Ärger gegeben«, sagte der Polizeibeamte so leise, daß er kaum zu verstehen war.

Nachdem sie etwa eine halbe Stunde vergeblich gewartet hatten, erschien Detective Dalton. Der hatte offensichtlich Mitleid mit ihnen, denn er ließ sie ein. Er führte sie die Treppe hinauf und öffnete die Tür von Zimmer B. »Ich sorge schon dafür, daß er zu Ihnen kommt«, versprach er. Er sah Michael grinsend an. »Ihr Mantel gefällt mir unheimlich gut.«

»Dann können wir ja tauschen. Sie geben mir Ihren blauen Mantel und bekommen dafür diesen«, sagte Michael.

Dalton verschwand wieder. Eine oder zwei Minuten später ging die Tür auf. Lieutenant Murphy trat ein. Die gesunde Zornesröte stand ihm nicht mehr im Gesicht. Mit hängenden Schultern stand er da. Selbst sein arroganter Schnurrbart wirkte ausgelaugt und müde. Murphy nickte den beiden Männern zu, warf eine Akte auf den Tisch und ließ sich auf den nächstbesten Stuhl fallen.

»Also gut«, begann er. »Ich will nicht, daß Sie glauben, ich ginge Ihnen aus dem Weg. Ich wollte Sie erst anrufen, wenn ich Gewißheit habe.«

Er breitete die Hände aus, als sei damit schon alles gesagt.

»Ist das Flugzeug etwa nicht gelandet?« fragte Michael. »Was hat er sich denn jetzt schon wieder einfallen lassen? Hat er es entführt?«

Murphy saß ganz in sich zusammengesunken auf dem Stuhl. »Gelandet ist das Flugzeug schon. Sogar mehr als einmal. Das ist ja das Problem.«

»Es ist also zu einer nicht planmäßigen Zwischenlandung gekommen?«

»Nicht direkt.« Murphy sprach jetzt ganz langsam und widerstrebend. Sein Gesicht begann sich wieder zu verfärben. »Anscheinend landen die Maschinen, die von hier aus nach Tegucigalpa fliegen, auch immer in Belize. Wir haben natürlich dafür gesorgt, daß auch dort Leute bereitstehen für den Fall, daß Dengler dort von Bord gehen würde. Das hat uns die Polizei von Belize jedenfalls versichert.« Michael beugte sich vor, um etwas zu sagen, doch Murphy hielt die Hand hoch und gebot ihm Einhalt. »Die Flugzeuge nach Tegucigalpa landen auch planmäßig in San Pedro de Sula in Hondouras. Alle, die dort von Bord gehen, werden dort überprüft. So, Herr Doktor, jetzt will ich Ihnen sagen, was passiert ist. Das *glaube* ich zumindest. Zwischen San Pedro de Sula und Tegucigalpa liegt nur noch ein planmäßiger Zwischenstop.« Er quälte sich ein Lächeln ab. »Die Maschinen landen am Goloson Airport, in einem gottverlassenen Nest namens La Cieba. Von San Pedro de Sula und La Cieba fliegt man nur zehn Minuten. In La Cieba steigen nur Einheimische aus. Ihre Bordkarten haben nicht die gleiche Farbe wie die der internationalen Passagiere. Man sieht also gleich, welche Staatsangehörigkeit sie haben. Diese Einheimischen brauchen nicht durch die Zollkontrolle zu gehen etc. Ein paar Soldaten der Armee von Honduras hatten am Flughafen von La Cieba Position bezogen, aber außer einheimischen Passagieren haben sie niemanden gesehen.«

»Dengler war also nicht in der Maschine, als sie in Tegucigalpa landete«, konstatierte Michael.

»Nein. Aus der Ferne ist das schwer zu sagen, aber es sieht tatsächlich so aus, als sei er dort nicht angekommen.« Er schnüffelte. »Wonach riecht es denn hier bloß?«

»Der Polizist am Schalter unten hat gesagt, es habe während des Fluges Ärger gegeben«, sagte Underhill. »Da fällt mir gleich wieder ein, was sich am Kennedy Airport abgespielt hat.«

Murphy stierte ihn mit einem verzehrenden Blick an. »Ja, es hat Ärger gegeben, um es einmal milde auszudrücken. Als die Crew noch einmal durch das Flugzeug ging, fand sie einen Passagier, der nicht ausgestiegen war. Er schlief mit einer Zeitschrift über dem Gesicht. Als eine Stewardeß die Zeitschrift wegnahm und ihn schüttelte, sah sie, daß er tot war. Er hatte das Genick gebrochen.« Murphy schüttelte den Kopf. »Der Mann konnte noch nicht identifiziert werden.«

»Dengler kann also überall sein«, konstatierte Michael. »Das wollen Sie doch wohl damit sagen. Nach dem Verlassen der Maschine kann er sonstwo hingeflogen sein.«

»Also, wir haben jetzt Leute am Goloson Airport«, sagte Murphy. »Das heißt, Honduras hat Leute dort postiert.« Er stieß sich vom Tisch ab und stand auf. »Mehr kann ich Ihnen vorerst noch nicht sagen, meine Herren. Wir sprechen uns wieder.« Er ging auf die Tür zu.

»Mit anderen Worten, noch hat ihn niemand gefunden. Wir wissen nicht einmal, unter welchem Namen er jetzt auftritt.«

Murphy stürzte auf die Tür zu. »Ich rufe Sie an, sobald ich etwas Neues weiß.« Er floh.

Sofort kam Dalton herein. Man hätte meinen können, er habe vor der Tür gewartet. »Wissen Sie jetzt, was Sie wissen wollten? Ich bringe Sie hinunter. Sie brauchen keine Angst zu haben. In ganz Honduras sucht die Polizei nach diesem Kerl. Glauben Sie mir, in Honduras bringt man sich fast um, wenn man den Vereinigten Staaten einen Gefallen tun kann. Sie werden sehen, in einem oder zwei Tagen haben sie ihn in Gewahrsam und schicken ihn uns her. Freut mich, daß Sie mit einem blauen Auge davongekommen sind, was Ihre Verletzungen betrifft. Übrigens, Herr Doktor, sagen Sie Ihrer gutaussehenden Freundin, daß Sie mit mir rechnen kann, wenn sie Sie mal satt bekommt...«

Sie verließen das Revier in den Mänteln von Verstorbenen.

»Wie ist es denn so in Honduras?« fragte Michael.

»Hast du doch gerade erst gehört«, meinte Underhill. »Die lieben uns abgöttisch.«

Teil VIII

TIM UNDERHILL

Und wie ging es weiter?

Überhaupt nicht.

Nichts geschah.

Es ist jetzt zwei Jahre her, seit Michael Poole und ich aus dem Polizeirevier getreten und zum Saigon zurückgefahren sind, Tina Pumos Restaurant. Seitdem haben wir nichts mehr von Koko oder M. O. Dengler oder wie immer er sich nennen mag, gehört. Zuzeiten – wenn in meinem Leben alles glattgeht – weiß ich, daß er tot ist.

Es ist wahr – Koko muß den Tod herbeigesehnt haben. Wahrscheinlich glaubte er, seinen Opfern die Freiheit zum Geschenk gemacht zu haben. Er glaubte, sie von der schrecklichen Unsterblichkeit, dem ewigen Leben erlöst zu haben, das er ringsum wahrnahm. *›Ich bin Esterhaz‹*, hat er auf den Zettel geschrieben, der für Michael bestimmt war, womit er wohl auch sagen wollte, daß das Geschehen an dem hartgefrorenen Ufer des Milwaukee River für ihn nie abgetan war, in seinen Augen immer wieder geschehen ist – wie oft er auch gemordet hat, damit das endlich aufhört. Mit *vorwärts und zurück* meint er die Unsterblichkeit, die Ewigkeit, die für den Mann, für den sie zum Gefängnis wurde, unerträglich ist.

Lieutenant Murphy schickte Michael Fotos oder vielmehr Abzüge der Fotos aus dem Zimmer im Christlichen Verein Junger Männer. Fotos von verurteilten oder angeklagten Massenmördern, die Dengler aus Zeitungen und Zeitschriften ausgeschnitten hatte. Fotos von Ted Bundy, Juan Corona, John Wayne Gacy, Wayne Williams und David Berkowitz. Über den Kopf eines jeden einzelnen hatte Dengler einen flachen goldenen Ring gemalt – einen Heiligenschein. Sie waren die Bevollmächtigten der Unsterblichkeit, der Ewigkeit. In meinen schlimmsten Augenblicken glaube ich, daß Koko uns, die Repräsentanten von Harry Beevers Zug, auch so gesehen hat, als unheilverkündende Engel, die die Menschheit von einer Art der Unsterblichkeit befreien und in eine andere Art entlassen. *Ich habe noch viel zu tun*, hat Koko in seinem Kellerraum in der Elizabeth Street gesagt. Daß wir nichts mehr von ihm oder über ihn gehört haben, muß ja nicht bedeuten, daß seine Arbeit getan ist oder daß er damit aufgehört hat.

Ein Jahr nachdem Koko in Honduras untergetaucht war, wurde das Buch fertig, an dem ich gearbeitet hatte. Mein alter Verlag Gladstone House brachte es unter dem Titel *Das geheime Feuer* heraus. Die Kritiker äußerten sich lobend. Das Buch verkaufte sich ganz gut, zumindest so gut, daß ich davon leben kann und unabhängig bin, bis ich mein nächstes Buch geschrieben habe. Diesmal kein fiktives Buch, sondern ein

Buch über M. O. Dengler bzw. Koko, das auf Tatsachen beruht. Ein Roman sollte es trotzdem werden, aber kein fiktiver. Inzwischen weiß ich, daß ich dieses Buch nicht schreiben kann. Ich weiß ja gar nicht, wie man einen nicht-fiktiven Roman schreibt oder was das überhaupt ist. Man kann einen Adler nun mal nicht mit einem Ackergaul zusammentun, ohne daß beide sehr darunter leiden.

Aber sobald ich es mir leisten konnte, flog ich nach Tegucigalpa. Auf dem Flug dorthin hatte sich Koko verdünnisiert, als Michael und ich im Krankenhaus St. Lukas zusammengeflickt und mit schmerzlindernden Mitteln vollgepumpt worden waren. Vor meinem geistigen Auge *sah* ich, was sich während des Fluges abgespielt hatte, wie ich das Mädchen *sah*, das er in Bangkok umzubringen versucht hatte. Ich wußte, was passiert sein könnte, und dann sah ich tatsächlich, wie es gewesen war.

Dies ist eine Version, wie Koko nach Honduras gekommen sein könnte.

Der Jet ist klein und schon so alt, daß er ständig irgendwo klappert. Es sind nur wenige Nordamerikaner an Bord. Die Passagiere aus Mittelamerika haben schwarzes Haar und ziegelrote Haut. Sie sind sehr gesprächig und sehen exotisch aus. Koko müßte sich unter ihnen eigentlich gleich wie zu Hause gefühlt haben. Er kam auch aus dem Keller, er hatte auch die Kinder von Ia Thuc und das Mädchen aus Patpong im Keller zurückgelassen. Jetzt hört er eine völlig neue Sprache. Wahrscheinlich schließt er die Augen und erblickt die große Plaza einer glühend heißen kleinen Stadt. Die Plaza ist mit Toten und Sterbenden übersät. Auf der Treppe, die zur Kathedrale führt, liegen furchtbar zugerichtete verstümmelte Leichen mit ganz verdrehten Gliedern, mit ausgestreckten Armen und eingekrallten Fingern, mit weitaufgerissenen starren Augen. Die Sonne steht ganz tief, ist eine riesengroße grellweiße dunstige Scheibe, die an einen Heiligenschein erinnert. Ganze Fliegenschwärme schwirren umher. Er schwitzt – er stellt sich vor, daß er schwitzend mitten auf der Plaza steht, und seine Haut vor Hitze prikkelt.

Als das kleine Flugzeug in Belize landet, gehen zwei Leute von Bord. Sie treten in das funkensprühende grelle Sonnenlicht, das sie sofort verschlingt. Die Passagiere sehen, wie zwei Männer in braunen Uniformen ein paar Gepäckstücke durch eine offene Luke herausreichen. Weißer Zement, hartes Licht, das in den Augen schmerzt.

Eine Viertelstunde später befinden sie sich wieder in der Welt hoch über der Welt, hoch über den Wolken und dem Regen, wo sich Koko schwerelos fühlt. So hoch oben fühlt er sich Gott, der Unsterblichkeit oder der Ewigkeit näher. Vielleicht auch Gott, der Unsterblichkeit *und* der Ewigkeit. Wenn er die Augen schließt, sieht er einen breiten Bürgersteig mit Straßencafés. Hinter den weißen Tischen mit farbigen Sonnenschirmen stehen weiße Stühle aufgereiht. In den offenen Türen der Cafés stehen Kellner, die schwarze Westen und schwarze Hosen tragen. Er vernimmt die rauschende Musik der Ewigkeit. Die leeren Stühle sind jetzt nicht mehr leer. Auf den Sitzen hängen blutüberströmte Leichen. Die Kellner liegen zusammengesunken vor den Eingängen zu den Cafés. Das Blut ergießt sich in die Gosse und wälzt sich träge durch die Straße...

Er sieht nackte braungebrannte Kinder, kräftige Bauernkinder mit breiten Rücken und Händen, die zupacken konnten. Kinder, die in einem Graben starben, von einem Flammenwerfer bis zur Unkenntlichkeit verbrannt.

Die Bilder laufen schwerelos und völlig unzusammenhängend wie von einer Filmspule ab.

Ich muß wieder an die Arbeit. Es gibt noch viel zu tun.

Als das Flugzeug in San Pedro de Sula landet, drängt sich ein halbes Dutzend Leute ungeduldig auf den Ausgang zu. Die Männer und Frauen haben geflochtene Körbe und zollfreien Whisky dabei. Die Krawattenknoten der Männer sind verrutscht, ihre Gesichter schweißüberströmt. Beim Sprechen knurren sie wie Hunde. Sie stammen nämlich von den Hunden ab, so wie andere Menschen von den Affen und wieder andere von Ratten oder Mäusen, von Panthern oder anderen Wildkatzen, von Ziegen oder Schlangen. Einige wenige stammen auch von Elefanten oder Pferden ab. Koko starrt mit zusammengekniffenen Augen durch die Luke auf ein schmutzigweißes Amtsgebäude bzw. einen offiziellen Bau, das Flughafengebäude. An dem Fahnenmast hängt schlaff eine von der Hitze schon ganz ausgeblichene Fahne.

Hier noch nicht.

Nachdem die Horde von Bord gegangen ist, geht ein einzelner Mann mit einer orangefarbenen Bordkarte in der Hand durch den Mittelgang zur hintersten Sitzreihe. Ein Honduraner aus San Pedro de Sula. Er trägt eine schlechtsitzende braune Jacke und ein schokoladenbraunes Hemd. Seine orangefarbene Bordkarte beweist, daß er ein Einheimischer ist.

Kurz bevor sich das Flugzeug wieder in die Luft erhebt, steht Koko auf, nickt der Stewardeß zu, die ihn bisher ignoriert hat und geht im Flugzeug ganz nach hinten, um sich neben den neuen Passagier zu setzen.

»Buen' dia«, begrüßt ihn der Honduraner. Koko nickt und lächelt.

Schon im nächsten Augenblick lassen sie das schmutzigweiße kastenförmige Flughafengebäude endgültig hinter sich. Das Flugzeug erhebt sich bebend und ratternd in die Luft und begibt sich damit wieder in die Atmosphäre von Schwerelosigkeit. In zwanzig Minuten wird die Maschine das nächste Mal landen. Irgendwann während dieser zwanzig Minuten erhebt sich Koko und tritt in den Gang hinaus. Vielleicht nutzt er den Augenblick, in dem die Stewardeß in der Toilette oder im Cockpit verschwunden ist. Kokos Blut braust durch die Adern. Er verspürt einen unendlich süßen Drang, dem er sich nicht entziehen kann. Die Ewigkeit sieht ihm mit angehaltenem Atem zu. Koko zeigt lächelnd auf den Boden. »Haben Sie das Geld verloren?« fragt er. Der Mann im braunen Sportjackett dreht den Kopf zur Seite und sieht Koko fragend an, dann beugt er sich vor und blickt auf den Boden. Da zwängt sich Koko neben ihn, als wolle er ihm helfen. Er legt dem Mann die Arme um den Hals und dreht ihm den Kopf herum. Es *knirscht und knackt*, doch immerhin so leise, daß man es bei dem Fluglärm gar nicht hört. Der Mann sinkt tot in seinem Sitz zusammen. Koko setzt sich neben den Leichnam. Jetzt kann ich seine Empfindungen nicht mehr nachvollziehen. Auch mir stellt sich jetzt die Frage, die Zivilisten Kriegsveteranen immer wieder stellen – ob nun stillschweigend oder gerade heraus: *Was ist das für ein Gefühl, jemanden zu töten?* Doch Kokos Gefühle sind in diesem Augenblick viel zu persönlich und stehen mit seiner schrecklichen Kindheit in Zusammenhang. Ich kann kein Licht in dieses finstere Kapitel bringen.

Vielleicht war es so für ihn: Koko sieht durch das Flugzeugdach hindurch seinen Vater glorifiziert auf einem goldenen Thron sitzen. Sein Vater nickt ihm mit undurchdringlicher Miene zu, tut ihm aber seinen Beifall kund.

Oder aber: er spürt auf der Stelle, wie das Wesen dieses Mannes oder vielmehr die Essenz seines Wesens durch seine Augen, seinen Mund oder die Öffnung am Ende seines Penis in seinen eigenen Körper schlüpft. Es ist, als habe Koko den Mann aufgegessen, denn seine Gedanken und Erinnerungen gehen Koko durch den Kopf. Koko sieht im Geist eine Familie. Er erkennt seine Geschwister – eine Schwester und einen Bruder: er sieht ein kleines weißgekalktes Häuschen an einer Schotterstraße. Davor steht ein rostiger alter Wagen. Er riecht Tortillas, die in einer flachen, schon ganz schwarz gewordenen Pfanne ausgebakken werden...

Genug, es reicht.

Koko zieht dem Mann die orangefarbene Bordkarte aus der Tasche und steckt seine eigene dafür hinein. Dann greift er dem Mann in die Jackentasche und angelt sich die Brieftasche heraus. Er klappt sie auf. Schließlich will er wissen, wer er von jetzt an sein wird, wenn er sich einverleibt hat, so daß derjenige jetzt in ihm weiterlebt. Er liest seinen neuen Namen. Schließlich legt er dem Mann noch eine Zeitschrift aus dem Netz in der Rückenlehne vor sich aufgeschlagen aufs Gesicht und faltet ihm die Hände im Schoß. Jetzt sieht der Tote aus, als schliefe er. Die Stewardeß wird erst Anstalten machen, ihn wachzurütteln, wenn alle andere Passagiere schon von Bord gegangen sind.

Dann setzt das Flugzeug zur Landung auf dem winzig kleinen Flughafen von La Cieba an...

Gleich sind wir in La Cieba.

Nehmen wir mal an, daß wir uns nicht in Mittelamerika, sondern in Vietnam befinden, und zwar zur Regenzeit. In den Zelten von Camp Crandall perlt die Feuchtigkeit an den grünen Metallspinden hinab. Es riecht süßlich nach Marihuana. Wir hören Musik. Spanky Burrage, der jetzt in Kalifornien Drogenabhängige berät, spielt auf seinem großen Tonbandgerät von Sony Tonbänder ab. In einer großen Tasche am Fußende von Spankys Feldbett befinden sich dreißig oder vierzig Tonbänder, die seine Freunde in Little Rock in Arkansas für ihn aufgenommen haben. Fast alles Jazz. Auf die zu den Tonbändern gehörigen Pappschachteln haben die Freunde handgeschriebene Etiketten geklebt, damit Spanky weiß, was auf den Bändern drauf ist. *Ellington, Basie, Parker, Rollins, Coltrane, Clifford Brown, Peterson, Tatum, Hodges, Webster...*

Das ist das Zelt der Brüder, hier läuft ständig Musik. M. O. Dengler und ich sind auch willkommen, weil wir Jazz mögen. Aber Dengler, den alle hier im Camp gern haben, wäre wohl selbst dann willkommen, wenn er Lawrence Welk für einen Band Leader, den Leader einer Jazz-Band hielte.

Die Musik klingt hier ganz anders, als sie in der normalen Welt klingen würde: Sie hat hier eine ganz andere Aussagekraft. Wir müssen also ganz genau hinhören.

Spanky Burrage kennt seine Bänder in- und auswendig. Er hat ganz genau im Kopf, wo die einzelnen Stücke anfangen, so daß er alles sehr schnell findet, wenn er das Tonband vorwärts oder rückwärts spult. Er hat ein so ausgezeichnetes Gedächtnis, daß er verschiedene Interpretationen ein- und desselben Stückes nacheinander ablaufen lassen kann. Das macht Spanky Freude.

Spanky kam immer wieder auf Duke Ellington und Charlie Parker zurück. Ich habe mindestens zwanzigmal neben M. O. Dengler vor den Lautsprechern des Sony-Tonbandgeräts gesessen, während Spanky Duke Ellingtons ›Koko‹ spielte und anschließend Charlie Parkers Song mit dem gleichen Titel. *Der gleiche Titel...*

»...aber wie verschieden«, betont Spanky immer wieder. Und er spult blitzschnell das Band ab, bis die gewünschte Nummer im Zählwerk erscheint. Spanky macht sich nicht einmal die Mühe, drauf zu achten, und zieht an einer langen Zigarette, selbstgerollt mit dem feinsten Tabak Si Van Vos. Er drückt abwechselnd die STOP- und die PLAY-Taste.

Das hören wir in Vietnam. Ellingtons ›Koko‹ zuerst.

Diese Musik stellte eine Bedrohung dar. Es ist Welt-Musik. Das bedeutet, daß sie eine ganze Welt in sich birgt. Lange unheilverkündende Töne, von einem Baritonsaxophon gespielt, bilden den Kontrapunkt zu Posaunenstößen. Das Saxophon spielte eine torkelnde, schwankende Melodie, die Unruhe und Unbehagen verbreitet. Aus der Dunkelheit dröhnender Posaunenschall. Dieses *Wa waaa wa waa* klingt wie Sprechgesang von Menschenstimmen. Diese Laute springen einen direkt aus den Lautsprechern an, sie stürzen sich auf einen wie ein wahnsinniger Vater mitten in der Nacht. Das Klavier gibt alptraumhafte Akkorde von sich, die jedoch in der Kakophonie der Band halb untergehen. Am Ende schleicht sich Jimmy Blantons Baß wie ein Einbrecher durch die Band – wie ein Pionier, der auf unseren Verteidigungsgürtel zukriecht. Es ist uns gar nicht aufgefallen, daß das villeicht trotz des bedrohlichen Charakters gewollt theatralisch, ja sogar drollig klang.

»So«, sagt Spanky. »The Bird.« Er läßt das Band mit Charlie Parker laufen. Spanky Burrage schätzt ›The Bird‹ von Charlie Parker sehr. Er fädelt das Band ein, läßt es bis zu der richtigen Zahl ablaufen, doch auf das Zählwerk braucht er wieder kaum zu achten. Spanky weiß genau, wann ›Koko‹ anfängt. STOP. PLAY.

Wir befinden uns sofort in einer anderen Welt. In einer ebenso bedrohlichen, aber viel neueren Welt. In einer Welt, die noch kartografisch dargestellt wird. Diese Version von ›Koko‹ ist 1945 aufgenommen worden, fünf Jahre nach der von Ellington. Der Jazz hat endlich eine moderne Richtung eingeschlagen. ›Koko‹ von Charlie Parker basiert auf dem Song ›Cherokee‹ des englichen Bandleaders Ray Noble. Doch darauf kann man unmöglich kommen – außer man erkennt die Harmonien.

Das Stück fängt mit improvisierten Passagen an, die sehr komplex und sehr aufdringlich klingen. Schließlich erklingt ein Fragment eines Themas, das eine kurz angebunde Abstraktion von ›Cherokee‹ ist, so unsentimental wie ein Porträt Picassos von Dora Marr oder ein Foto von Gertrude Stein. Dieses Stück von Charlie Parker ist keine Kollektivaussage wie das von Duke Ellington, es ist ganz individuell. Nach der Abstraktion des Themas fängt Charlie Parker an. Den ganzen ersten Refrain empfindet man als bedrohlich. Darauf sind wir so wirkungsvoll vorbereitet worden.

Denn Charlie Parker fängt sofort an zu *singen.* Er ist auf fast zauberische Weise eins mit seinem Instrument, den Harmonien des Liedes und seiner Fantasie. Das Lied ergießt sich förmlich aus ihm. Zu Beginn eines Satzes stottert er absichtlich. Der Satz heißt *I have work to do* (ich muß an die Arbeit). Er wiederholt den Satz sofort, doch dieses Mal viel leidenschaftlicher. Jetzt hört er sich so an: *I have work to do.* Während des ganzen langen ersten Teils seines Solos spielt er ganz flüssig gegen einen angespannten unnachgiebigen Rhythmus an.

Dann geschieht etwas Erstaunliches: Als Parker am Höhepunkt des Liedes angelangt ist, löst sich das laute Ansingen gegen die Bedrohung ganz überraschend in eine einfallsreiche Pracht auf. Parker verfällt in einen anderen Takt, der alles zu beschleunigen scheint, und die ganze Dringlichkeit wird von der Schönheit und Anmut seiner Einfälle überdeckt, die an Mozart erinnern und von einer wunderbaren Ruhe und Schönheit erfüllt sind.

Was Charlie Parker auf dem Höhepunkt von ›Cherokee‹ vollbringt, erinnert mich an den Traum von Henry James, den ich Michael im Krankenhaus erzählt habe. James träumte, jemand habe an seine Schlafzimmertür gedonnert. James hat sich erschrocken gegen die Tür gestemmt, um dem Fremden den Zutritt zu verwehren. Eine bedrohliche Gefahr. Im Traum reagiert James dann ganz sonderbar. Er tritt seinem Angreifer entgegen, indem er mutig die Schlafzimmertür aufreißt. Doch die Gestalt ist schon geflohen. James erblickt sie nur noch als verschwindend kleines Pünktchen in der Ferne. Es ist ein erhebender triumphaler Traum. Ein Ruhmesblatt.

Das haben wir uns 1968 in dem tropfnassen Zelt in Vietnam angehört

– Spanky Burrage, M. O. Dengler und ich. Die Musik hat uns die Angst genommen. Durch diese meisterhafte Interpretation löste sich die Angst in Luft auf.

Ich erinnere mich noch gut an den alten M. O. Dengler. An den Mann, den wir alle ins Herz geschlossen hatten. Wenn ich im Kellergeschoß des Mietshauses in der Elizabeth Street vor der Wahl gestanden hätte, ihn zu töten oder laufen zu lassen, so hätte ich ihn laufen lassen, wenn ich ihn nicht hätte töten müssen, um meine eigene Haut zu retten. *Er wollte sich geschlagen geben,* und wenn ihn Harry Beevers nicht verraten hätte, so wäre er näher an unsere moralische Weltanschauung herangerückt. Ich bin fest davon überzeugt, weil ich das glauben muß. Außerdem weiß ich ja schließlich, daß Koko uns in seinem Kellerraum alle drei leicht hätte töten können. Das hat er aber nicht getan. Er hatte sich unserer Welt soweit genähert, daß er uns am Leben ließ. Deshalb haben Michael und ich genau die gleichen Narben aufzuweisen, die uns zu Brüdern gemacht haben. Die Narben sind der sprechende Beweis dafür, daß Koko uns hat leben lassen. Die Arbeit rief ihn, die ARBEIT, die vielleicht darin bestand...

Ich kann es noch nicht sagen.

Auf den Tag genau sechs Monate nach der Befreiung oder besser noch Entlassung aus dem Kellerraum nahm sich Harry Beevers eine Suite in einem nagelneuen luxuriösen Hotel am Times Square. In einem dieser Hotels mit Atriumhalle und Wasserfall. Er bekam die gewünschte Suite, fuhr in der gläsernen Blase des Aufzugs hinauf, gab dem Pagen, der seinen Koffer trug, ein Trinkgeld, und zwar eine Zehndollarnote und schloß sich in seiner Suite ein. In seinem Koffer befanden sich zwei Dinge: eine Literflasche Wodka und ein Polizeirevolver. Harry Beevers nahm die Flasche aus dem Koffer, zog sich aus, trank Wodka, legte sich aufs Bett. Dort masturbierte er. Dann nahm er den Polizeirevolver vom Kaliber 0,38 aus dem Koffer, setzte sich den Lauf der Waffe an die Schläfe und drückte ab. Vier Stunden später starb er. Auf dem Laken neben seinem Kopf wurde eine Spielkarte gefunden. Vermutlich ist ihm die Karte durch die Wucht der Kugel aus dem Mund geflogen. In seinen Augen hatte sein Leben keinen Sinn mehr. Deshalb hat er es weggeworfen.

Harry öffnete die Tür und trat beiseite, damit die dunkle Gestalt eintreten konnte. Er hatte keine Stellung, nur sehr wenig Geld, und seine Fantasie hatte ihn im Stich gelassen. Seine Illusionen machten seine ganze Fantasie aus – eine grausame Armut.

Vielleicht hat Koko einmal ebenso verzweifelt wie Harry die Tür geöffnet, ist beseite getreten und hat der Gestalt Einlaß gewährt.

Michael Poole fährt jeden Tag in die Bronx, wo er seinen Beruf ›hautnah‹ ausübt, wie er das nennt. Maggie studiert an der New York University, doch obwohl sie sehr zielstrebig wirkt, möchte sie nicht über ihre Pläne sprechen. Michael und Maggie scheinen sehr glücklich zu sein. Voriges Jahr haben wir für sie noch eine Etage über der

Etage gebaut, in der Tina Pumo wohnte. Vinh, Helen und ich sind jetzt dort eingezogen. Ich führe inmitten dieser Menschen ein geregeltes maßvolles Leben. Manchmal gehe ich am frühen Abend in das Restaurant hinunter, um mit Maggies Bruder Jimmy ein einziges Glas zu trinken. Jimmy arbeitet an der Bar. Jimmy ist ein übler Bursche, ein charakterloser Mensch, aber jetzt, wo ich kaum noch solche Menschen kenne und selbst auch kein solcher Mensch mehr bin, finde ich Gefallen an ihm.

Ich glaube, Koko wollte nach Honduras. Mittelamerika hat seine Fühler nach ihm ausgestreckt. Vielleicht wegen Rosita Orosco, vielleicht aber auch, weil er glaubte, daß er dort den Tod finden würde. In Honduras würde es nicht schwierig sein, den Tod zu finden. Vielleicht ist es so gekommen. Vielleicht liegt Koko seit zwei Jahren in einem eilig ausgehobenen Grab, von der Polizei erschossen oder von einer Diebesbande, von der Miliz, von einem angetrunkenen Bauern, oder von einem verschreckten Jungen mit einer Pistole. Er hatte noch zu tun. Vielleicht bestand die Arbeit darin, in den Tod zu gehen. Vielleicht ist der Mob diesmal über ihn hergefallen, hat ihn in Stücke gerissen und die Leichenteile auf ein Feld geworfen.

STOP.

PLAY.

Ich bin nach New Orleans geflogen und zu dem Schalter gegangen, an dem ein Mann, der sich Robert Ortiz nannte, ein Fluckticket nach Tegucigalpa erstanden hat. Ohne Rückflug. Ich buchte auch einen Flug nach Tegucigalpa. Zwei Stunden später ging ich an Bord des kleinen Flugzeugs. Nach drei Stunden landete es in Belize. Die Hitze schlug uns durch die Passagiertür entgegen, als die wenigen Passagiere von Bord gingen, die nach Belize wollten. Als die Männer in braunen Uniformen die Luke des Frachtraums öffneten, um ein paar Gepäckstücke herauszuholen, prallte grelles Licht auf den weißen Beton und strahlte direkt in den Passagierraum. Das Flugzeug flog nach San Pedro de Sula weiter. Ich sah das kastenförmige schmutzig-weiße Flughafengebäude mit der schlaff herunterhängenden Fahne. Honduraner mit orangefarbenen Bordkarten bestiegen die Maschine. Wieder erhob sich das Flugzeug in die Luft. Nach erstaunlich kurzer Zeit landete es in La Cieba.

Ich zog meine Reisetasche aus dem Gepäcknetz und ging durch den Mittelgang nach vorn. Die Stewardeß öffnete mit gleichgültiger Miene die Passagiertür. Ich ging die Treppe hinunter und befand mich in der Welt, die Koko sich ausgesucht hatte. Hitze, Staub, bewegungsloses Licht. Ich sah ein flaches Gebäude oben auf einer Plattform wie eine Laderampe. Das hätte eine Bar oder eine vergammelte Kneipe sein können, aus unangestrichenen Brettern zusammengeschustert. Doch es war der Terminal. Koko war über das Rollfeld auf den Terminal zugegangen. Auch ich ging darauf zu, die hölzernen Stufen hinauf, um das Flughafengebäude zu passieren.

Dunkelhaarige Mädchen in den blauen Uniformen der Fluggesellschaft saßen auf Kisten, die hübschen Beine lang ausgestreckt. Auch Koko war an diesen Mädchen vorbeigekommen. Ein Soldat in Uniform, noch fast ein Kind, kaum größer als sein Schießgewehr, gönnte mir keinen Blick. Er langweilte sich so unsterblich, daß ihn ein weißer Nordamerikaner nicht erschüttern konnte. Er warf nicht einmal einen Blick auf meine Bordkarte. Er verachtet die *Gringos* zutiefst. Diese Abneigung ist so unerschütterlich, daß wir Luft für ihn sind. Ich frage mich, ob Koko sich wohl umsieht und was er da erblickt. Engel, Dämonen oder Elefanten mit Hüten? Ich glaube, er sieht eine immense vielversprechende Leere, die den Heilungsprozeß vielleicht ankurbeln könnte. Sobald ich an dem kindlichen Soldaten vorbeigegangen war, befand ich mich im hinteren Teil des Terminals. Nach ein paar Schritten kam ich zu einer Tür. Ich machte sie auf und befand mich in dem eigentlichen Terminal.

Ich betrat einen langgestreckten stickigen, völlig überfüllten Raum. Alle Sitzplätze waren belegt. Überall dicke braune Mütter mit dicken braunen Babys. An der staubigen Bar standen Lateinamerikaner mit breitkrempigen Hüten. Ein paar junge Soldaten mit leerem Blick gähnten und räkelten sich. Ein paar Nordamerikaner mit rosiger Haut sahen auf und sahen wieder weg. Wir sind nicht mehr hier, wir sind verschwunden.

Koko ist mir zeitlich und räumlich voraus. Er tritt aus dem Terminal des Goloson Airports in den grellen Sonnenschein hinaus. Er lächelt und schaut blinzelnd in die Sonne. Eine Sonnenbrille? Da war gar nicht daran zu denken bei dem überstürzten Abflug. Ich ziehe meine Sonnenbrille aus der Hemdtasche und lege mir die runden Enden der Bügel um die Ohren. Die Sonnenbrille hat winzig kleine runde schwarze Gläser. Ich sehe abgedunkelt, was Koko auch gesehen haben muß. Die Landschaft, die ihn gefangennahm. Er läßt den Terminal hinter sich, geht locker und leichtfüßig geradeaus, ohne sich auch nur einmal umzudrehen. Er weiß nicht, daß ich ihn im Abstand von etwa einem Jahr verfolge und ihn beobachte, wie er zuversichtlich die schmale Landstraße entlanggeht. Vor uns erstreckt sich flaches Land, wie auf einem Gemälde verkürzt dargestellt. Ein Niemandsland, sehr grün und unbeschreiblich heiß. Etwa einen Kilometer weiter wachsen ein paar niedrige, spärlich bewaldete Hügel aus der Ebene. Ich muß an Charlie Parker denken, der sich stets so gut an die äußeren Lebensumstände angepaßt hat; wie jemand, der sich bei einer Umarmung an einen anderen Menschen schmiegt. Ich denke aber auch an den dicken alten Henry James, der die Tür ganz plötzlich aufgerissen und sich der Gefahr gestellt hat. Ich wünschte, ich könnte die Seiten überfluten mit meiner Freude über diese Bilder. Die langen, fast blattlosen Zweige der Jacarandabäume hängen in der mörderischen Hitze schlaff herunter. Die schmale kleine Gestalt bewegt sich Schritt für Schritt auf den Wald in diesem Niemandsland zu, auf die bewaldeten Hänge, die für sich genommen völlig bedeutungslos sind. Schritt für Schritt nähert sie sich ihnen.